Ilona So
Der Hexenmeister, die

Phantastischer Roman

Wissen, Macht und Unsterblichkeit ...

... werden Amadée versprochen, wenn er der Stimme des schwarzen Hexenmeisters folgt, in jenen geheimen Orden einzutreten, der im magischen Vermächtnis von Efrén de Alpojar so finster beschrieben wird. Soll er sein junges Leben in die Waagschale werfen und für immer Ordensmitglied werden, oder soll er die schriftlichen Aufzeichnungen von Efrén als Hirngespinste eines Verrückten betrachten, der behauptet, bereits im Mittelalter gelebt zu haben und unsterblich zu sein?

Was geschieht mit der im Laufe von Jahrhunderten angehäuften, die Seele zerfressenden Schuld? Gibt es irgendwann für tiefsitzenden Hass Versöhnung, für schändlichen Verrat Vergebung? Ist Unsterblichkeit der Schlüssel für einen Neubeginn in Frieden mit sich selbst und anderen, oder bleibt am Ende nur der Fluch ewiger Verzweiflung?

Amadée erhält einen erschreckenden Einblick in vergangene Zeiten sowie in eine düstere Parallelwelt, die als „Draußen" bezeichnet wird.

Ilona Sonja Arfaoui, Jahrgang 1950, lebt mit ihrem Mann und vier Katzen in Stuttgart. Bereits während sie mit dem Schreiben ihres Romans und einer Katzengeschichte begann, arbeitete sie als Werbeberaterin und Grafik-Designerin in der Werbeabteilung eines Verlages. (www.ilonaarfaoui.com)

Ilona Sonja Arfaoui

Der Hexenmeister, die Macht und die Finsternis

BoD 2016

Bibliographische Informationen der Deutschen Nationalbibliothek
Die Deutsche Nationalbibliothek verzeichnet diese Publikation in der
Deutschen Nationalbibliographie; detaillierte bibliographische Daten sind
im Internet über http/dnb.dnb.de abrufbar.
Kein Teil des Werkes darf in irgendeiner Form (durch Fotokopie, Mikrofilm
oder ein anderes Verfahren) ohne schriftliche Genehmigung des Verlages
und des Autors reproduziert werden oder unter Verwendung elektronischer
Systeme verarbeitet, vervielfältigt oder verbreitet werden.
© 2016 Ilona Sonja Arfaoui
Alle Rechte vorbehalten
© 2016 Herstellung und Verlag: BoD - Books on Demand, Norderstedt
Layout und Umschlaggestaltung: Ilona Sonja Arfaoui
© Umschlaggrafik: Ilona Sonja Arfaoui
ISBN 9783743119154

In unserem Bestreben, Engeln gleich zu werden, sinken wir vielleicht tiefer als Menschen

Blaise Pascal: Pensées

Inhalt | Erstes Buch

Erster Teil – Efrén de Alpojar
1. Efrén de Alpojar soll zu seinem Geburtstag die nötige geistige Grundlage erhalten | Seite 18
2. Diner mit weißen Bohnen, schwarzem Kater und toter Maus | Seite 31
3. Im Brunnenschacht | Seite 39
4. Ein schwarzes Geheimnis hinter dem Kleiderschrank | Seite 48
5. Erzählung eines mexikanischen Stallknechts mit folgenschwerem Nachspiel | Seite 58
6. Efrén de Alpojar möchte auf die nötige geistige Grundlage verzichten | Seite 67
7. Begegnung mit einer außerirdischen Art hinter dem Kleiderschrank | Seite 76
8. Efrén de Alpojar erhält nun doch die nötige geistige Grundlage - Der schwarze Hexenmeister I | Seite 86
9. Juana / Azunta – Der schwarze Hexenmeister II – Azunta / Juana | Seite 97
10. Azunta mach einen Fehler | Seite 110
11. Efrén de Alpojar macht einen Fehler | Seite 120
12. Der Weg ins Draußen I | Seite 126
13.

Zweiter Teil – Der Schwarze I
1. Das Tal der Verdammnis | Seite Seite 138
2. Die Stadt des Ersten Königs – Erste Beute | Seite 147
3. Efrén de Alpojar macht eine Reise in die Vergangenheit I | Seite 159
4. Gilles de Rais | Seite 172
5. Vor dem Tor der Stadt des Ersten Königs I | Seite 180
6.

Dritter Teil – René de Grandier
1. Ein frommer Ritter wird Schwarzmagier | Seite 186
2. Der bluttrinkende Engel – Aufbruch in den Hundertjährigen Krieg | Seite 192
3. René de Grandier wird wider Willen Kindermädchen | Seite 198

4. Begegnung mit einer außerirdischen Art im Schlafzimmer | Seite 204
5. Gilles de Rais langweilt sich – René de Grandier macht einen Jäger zum Hirsch | Seite 208
6. Kätzchen trifft auf Gepard – Die verzauberte Buchmalertochter Der Engel trinkt Blut I | Seite 221
7. Eine Beschwörung mit folgenschwerem Nachspiel – Druidenbegräbnis | Seite 235
8. Der Marschall von Frankreich sinniert über eine Heilige René de Grandier äußert einen schrecklichen Verdacht | Seite 249
9. Der Engel trinkt Blut II – Der Weg ins Draußen II | Seite 263
10. Der schwarze Hexenmeister III | Seite 269
11. René de Grandier trifft auf einen ehemaligen Pagen und wird Jäger des Zweiten Königs von Draußen | Seite 274

Vierter Teil – Geoffrey Durham
1. Efrén de Alpojar macht eine Reise in die Vergangenheit II | Seite 282
2. Ginevra McDuff macht einen Fehler – Geoffrey Durham und wird Zweiter König von Draußen und erhält ein Krönungsgeschenk | Seite 291
3. König Geoffrey heiratet und erhält ein Hochzeitsgeschenk – Edward Duncan glaubt einem Geheimnis auf der Spur zu sein | Seite 301
4. Edward und Elaine – Der schwarze Hexenmeister IV | Seite 309
5. Viviane Duncan macht einen Fehler – Kieran Duncan hat einen Einfall mit folgenschwerem Nachspiel | Seite 316
6. Der Krieg beginnt | Seite 322
7. König Geoffrey wird von seinem schlechten Gewissen geplagt | Seite 327
8. Der schwarze Hexenmeister V – König Geoffrey erleichtert sein schlechtes Gewissen – Roger Duncan schließt einen Pakt mit König Kieran | Seite 334
9. Vor dem Tor der Stadt des Ersten Königs II | Seite 348
10. René de Grandier verkauft seine Seele und trifft alte Freunde – Jean T's Attraktion – Amaury de Craon hat ein Problem | Seite 349

11. René de Grandier trifft abermals einen ehemaligen Freund
Der bluttrinkende Engel stürzt in den Brunnenschacht | Seite 363
12. Die Jagd nach dem schwarzen Hexenmeister | Seite 371
13. Efrén de Alpojar schreibt einen Abschiedsbrief | Seite 379

Inhalt | Zweites Buch

Fünfter Teil – Kieran Duncan
1. Efrén de Alpojar kehrt zurück ins Draußen | 394
2. Kieran Duncan sieht eine Möglichkeit seine Haut zu retten | Seite 401
3. König Geoffrey Diener verplappert sich – Begegnung mit einer irdischen Art im Schlafzimmer | Seite 409
4. Lyonel Duncan kämpft mit einer schwierigen Aufgabe – Percevale de Thouars macht eine grauenvolle Entdeckung | Seite 416
5. Percevale de Thouars lehrt einen italienischen Magier das Fürchten – Zwei ungebetene Gäste lehren Percevale, Lyonel und Viviane das Fürchten | Seite 426
6. Kieran Duncan legt einen Köder aus – Lyonel Duncan glaubt endlich seine schwierige Aufgabe gelöst zu haben Gilles de Rais wird noch einmal der Prozess gemacht | Seite 435
7. Der Sturm – Allianzen werden geschlossen | 446
8. König Kieran langweilt sich | Seite 453
9. Die Rückkehrer | Seite 459
10. Guy Macenay sorgt für eine Überraschung | Seite 470
11. Viviane Duncan sorgt für eine Überraschung | Seite 477

Sechster Teil – Viviane Duncan
1. Viviane Duncan hat ein Problem mit ihren Haaren und macht eine Reise in die Vergangenheit | Seite 482
2. Drachenspiele | Seite 491
3. Geoffrey Durham kommt zu einer grundlegenden Erkenntnis – Viviane und Kieran entdecken ein Geheimnis mit folgenschwerem Nachspiel | Seite 499
4. Die Königin der Nacht – vorerst letzter Akt I | Seite 508

5. Viviane Duncan versucht zu helfen und fällt dem bluttrinkenden Engel in die Hände | Seite 515
6. Viviane Duncan weigert sich zu heiraten und bezieht eine Ohrfeige | Seite 523
7. Das Ende der Drachenspiele | Seite 531
8. Die Königin der Nacht – vorerst letzter Akt II | Seite 538
9. Das Tribunal der Söhne | Seite 547
10. Lawrence Duncan macht eine Reise in die Vergangenheit Ein König wird geopfert | Seite 558
11. Der Weg ins Draußen III | Seite 581

Siebter Teil – Der Schwarze II
1. Der schwarze Hexenmeister und seine Schwester | Seite 586
2. Der schwarze Hexenmeister und sein ehemaliger Schüler | Seite 610
3. Der schwarze Hexenmeister und sein König | Seite 621
4. Das Ende des schwarzen Hexenmeisters | Seite 639
5. Guy Macenay ist gezwungen eine weitere Reise in seine Vergangenheit zu machen | Seite 659
6. Die Königin der Nacht – letzter Akt | Seite 672
7. Was am Ende noch zu sagen ist | Seite 683

Personen | Seite 690
Glossar | Seite 693

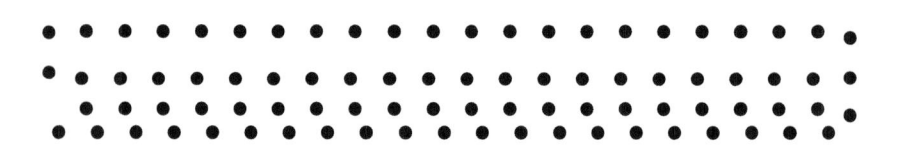

Erstes Buch | Der Hexenmeister

Das herrschaftliche Haus mit dem gepflegten Vorgarten sah, trotz des düsteren Himmels und des endlosen Regens – so harmlos und so gemütlich aus. Amadée konnte das flaue Gefühl in seinem Magen nicht los werden. Er zog den zerknitterten Brief aus der Manteltasche – die Adresse stimmte. Obwohl er allmählich erbärmlich nass wurde und zu frieren begann, zögerte er noch einen Moment, fingerte den Brief aus dem Kuvert, um ihn zum x-ten Mal durchzulesen. Eine so harmlose altmodische Einladung im Zeitalter der E-Mails zu einem so beschaulichen Wochenende:

London, 26.10.2013.
Mein lieber Herr Castelon,
natürlich würde ich Sie jetzt gerne persönlich kennenlernen. Sollten Sie eine Entscheidung in unserer Angelegenheit getroffen haben, möchte ich Sie bitten, mich in meinem Haus in London aufzusuchen. Wir können dann alles Weitere persönlich besprechen. Ein Zimmer steht Ihnen selbstverständlich auch zur Verfügung und für die Fahrtkosten komme ich auf. Ich freue mich ehrlich auf Ihren Besuch.
Ihr Henry Stanford

Amadée knüllte den Brief zusammen, steckte ihn in die Manteltasche zurück und klingelte zaghaft, während er noch überlegte, in was er da hinein geraten war. Es vergingen nur einige Sekunden – als ob man ihn schon sehnsüchtig hinter der verschlossenen Tür erwartete – bis geöffnet wurde. Vor ihm stand ein schlanker erschreckend blasser Mann ungefähr um die Mitte vierzig, bekleidet mit einem Morgenmantel in grausam scheußlichen Farben. Amadée wurde einen Augenblick wie starr vor Schreck. Der Morgenmantel war in der Tat komisch und irgendwie spießig – so harmlos und so gemütlich. Sein Träger weder das eine noch das andere. Es waren vor allem die kohlschwarzen Augen seines Gegenübers, die in ihn einzudringen schienen, als wollten sie den letzten Winkel seiner Seele durchforschen. „Professor Stanford?", wollte Amadée fragen, brachte aber kein Wort heraus, kramte den Brief wieder aus der Manteltasche und hielt ihn seinem unheimlichen Gastgeber hin, bis er es endlich schaffte seinen Satz zu vollenden:
„Guten Abend, mein Name ist Castelon. Bitte verzeihen Sie meinen verwunderten Gesichtsausdruck, aber ich hatte eigentlich Professor Henry …?"
Der Andere entschärfte auf der Stelle sein bedrohliches Aussehen mit einem breiten Grinsen, als er Amadée hieß einzutreten.
„Oh je, in Ihrem Gesicht steht ja das nackte Entsetzen. Tut mir leid, dass ich Sie in diesem Aufzug empfange, aber ich habe eine arbeitsreiche Nacht hinter mir

und bin bis jetzt noch nicht dazugekommen mich anzukleiden", fuhr er mit einer ungewöhnlich tiefen rauen Stimme fort, während ihm Amadée in einen geschmackvoll eingerichteten Aufenthaltsraum folgte. „Professor Henry Stanford ist mein Onkel. Mein Name ist Cecil Stanford. Bitte, so legen Sie doch endlich ab, Ihren Mantel und Ihre Befangenheit. Mein Onkel hat mich von Ihrer Ankunft unterrichtet, Herr Castelon. Leider musste er plötzlich für einige Tage verreisen. Ich hoffe, dass er bis Ende der Woche zurück ist."

Amadée, von der langen Reise erschöpft, nickte ergeben verständnisvoll und machte es sich in einem der großen Ledersessel bequem.

„Sie hatten sicher eine sehr anstrengende Reise", versuchte Cecil das Gespräch erneut in Gang zu bringen und zündete sich eine Zigarette an. „Wollen Sie auch?"

„Ja, gern, ich komme direkt von Lyon und hatte eine sehr anstrengende Reise", entgegnete Amadée und schwieg, während sein Blick den Rauchwolken folgte. Er verabscheute diese Art peinlicher Konversation. Er merkte, dass es seinem Gegenüber ähnlich ging und beschloss deshalb nicht auch noch vom Wetter anzufangen, sondern gleich auf das Wesentliche zu kommen.

„Ich bin hier, weil ich mich, wie Sie sicher wissen – na ja, sagen wir mal – entschieden habe. Also ich bin bereit, Sir Henry bei seiner Arbeit zu unterstützen. Er hat Sie doch unterrichtet?"

Er ging einfach davon aus, dass Cecil unterrichtet war. Er war es.

„Aber ja doch, das hat er, der Gute", grinste der ebenso sichtbar erleichtert. „Auch ich unterstütze ihn schon seit vielen Jahren. Aber wir sollten aufhören, um den heißen Brei zu reden. Sie wollen in unseren geheimen Orden eintreten?"

„Ganz richtig", bestätigte Amadèe ebenfalls erleichtert mit nachdrücklichem Kopfnicken. „Mit meinem Erscheinen hier hat er nun meine Zusage. Ich kann kaum beschreiben, wie gespannt ich bin. Hoffentlich werde ich nicht wieder enttäuscht. Die meisten okkulten Organisationen sind uninteressant oder sterbenslangweilig. Sie glauben gar nicht, wie sehr mir das esoterische Geschwafel in den New Age Clubs auf den Geist geht. Mit so genannten Satanisten habe ich noch viel weniger am Hut. Sind doch alles unappetitliche Kindereien, nicht wahr?"

Er hielt inne. Jetzt plauderte er offensichtlich zu viel. Es waren Kamele, Kamele und Palmen – das konnte er inzwischen auf Cecils Morgenmantel erkennen. Idiotisch, dass er ausgerechnet auf so etwas achtete, aber jemand, der solche kitschigen Geschmacklosigkeiten am Leib trug, konnte nicht gefährlich sein, oder?

„Sie können unbesorgt sein. Bei uns wird nicht geschwafelt, da geht es ordentlich zur Sache. Und was Ihren Geist angeht, Ihnen wird garantiert ein großes Licht aufgehen, versprochen. Aber den Weg zur großen Erleuchtung soll ihnen lieber mein Onkel selbst weisen. Er legt darauf besonders wert und überlässt es nicht gern anderen. Ich habe lediglich die Aufgabe, Ihnen die Wartezeit zu verschönen."

Amadée lächelte noch immer angespannt.

„Nun, dann muss ich mich wohl noch etwas in Geduld fassen. Ich glaube, wir beide werden sicher bis dahin noch andere interessante Gesprächsthemen finden."

„Ich verspreche Ihnen, Sie nicht zu langweilen." War da ein leicht ironisches Lächeln, das Amadée einen Moment zu sehen glaubte? „Sie sehen irgendwie hungrig aus; jetzt plündern wir mal Professors Kühlschrank und Keller", fuhr Cecil lachend fort und Amadée verwarf vorerst seine Bedenken bezüglich seines Gastgebers und beschloss, sich endlich zu entspannen. Der bot seinem Gast nach dem reichlichen Imbiss noch reichlich französischen Wein an und nachdem man ganz harmlos über Gott und die Welt geplaudert hatte, merkte Amadée, dass er doch müde wurde und bat auf sein Zimmer gehen zu dürfen.

„Verständlich", erwiderte Cecil gähnend, obwohl er nicht im geringsten müde zu sein schien. „Möchten Sie noch einen Schluck Wein?"

Amadée brummte schon der Kopf, er verneinte dankend und erhob sich.

„Gut, dann zeige ich Ihnen Ihr Zimmer."

Als sie die knarrende Treppe nach oben stiegen, wunderte sich Amadée, dass es in dem großen Haus keine Bediensteten gab. Cecil hatte seine Gedanken offenbar erraten.

„Wir stellen nur Personal ein, das dem Orden angehört. Den letzten Butler hat der Teufel geholt." Bevor sich Amadée über Cecils eigenwilligen Humor schockieren konnte, fuhr der fort: „Quatsch beiseite. Er begleitet meinen Onkel auf der Reise. Ich bin hier sozusagen die Vertretung. Ich wohne auch normaler Weise nicht hier. Bitte, Ihr Zimmer."

Amadée verabschiedete sich und ließ sich gleich, nachdem er die Tür vorsichtshalber verschlossen hatte, ins Bett fallen. Kurz nach zwölf – er registrierte noch die Uhrzeit, bevor er einschlief.

Am frühen Morgen, gleich nach dem ungewohnt üppigen englischen Frühstück, begleitete er Cecil, der sich offenbar noch immer nicht von seinem wildgemusterten Kleidungsstück trennen konnte, in die Bibliothek. Sie beinhaltete zwar eine Menge kostbarer und seltener Bücher über diverse Geheimlehren, doch keines interessierte ihn im Augenblick sonderlich. Die meisten dieser Schriften kannte er sowieso. Auf die Frage, wo er Literatur zu dem Orden finden könne, erwiderte Cecil ohne Umschweife:

„Das ist schließlich ein Geheimorden, der angeblich schon seit langer Vorzeit existieren soll. Falls Sie Handbücher über Beschwörungen meinen, so etwas gibt es hier schon lange nicht mehr. Und warum wohl? Weil es zwischenzeitlich strengstens verboten ist, Beschwörungen aufzuschreiben. Die bekommen Sie bei der richtigen Gelegenheit mündlich mitgeteilt und müssen sie auswendig lernen. Und davon werden Sie eine ganze Menge zu lernen haben."

Diese Tatsache machte auf Amadée Eindruck und überzeugte ihn von der Ernsthaftigkeit des Ordens. Cecil gestattete ihm selbstverständlich gern, sich noch weiter umzusehen.

Mitten in einem Stapel alter Zeitschriften glaubte Amadée, fündig geworden zu sein. Es war eine Mappe mit zusammen gehefteten Blättern, deren handgeschriebener Text auf ein Tagebuch oder ähnliches schließen ließ. Er hatte irgendwie das Gefühl, auf etwas Wichtiges und Verbotenes gestoßen zu sein. Da er sich nicht ganz sicher war, ob Cecil seine Wahl akzeptieren würde, nahm er das Manuskript an sich, als er sich einen Moment unbeobachtet glaubte und schlug es hastig auf. Auf der ersten Seite stand lediglich das Datum: 23. Mai 1923. Bevor er jedoch weiterlesen konnte, unterbrach ihn Cecils Stimme, der scheinbar in seine Zeitung vertieft gegenüber im Sessel saß:

„Können Sie spanisch?"

„Aber ja doch …", schreckte Amadée verwundert auf. „Da mein Vater Spanier ist, ist spanisch sozusagen meine zweite Muttersprache."

Cecil schien diese Tatsache irgendwie zu amüsieren. Sein Gesicht kam hinter der Zeitung hervor. Er schaute Amadée kurz durchdringend an, schob mit seiner mageren Hand die schulterlangen schwarzen Haarsträhnen hinter die Ohren, zündete sich eine Zigarette (bereits die fünfte) an und fuhr hinter einem Schwall von Rauchschwaden fort:

„Na, dann werden Sie Freude an diesem Manuskript haben. Wie Sie sicher richtig gesehen haben, es ist in spanisch geschrieben. Eine ekelhaft pingelige Handschrift, wenn Sie mich fragen. Mein Onkel hat es vor einigen Jahren aus Mexiko mitgebracht. Er behauptet, es auf einer verfallenen Hazienda gefunden zu haben. Klingt richtig abenteuerlich, was? Offen gestanden, ich habe es noch nicht angerührt, denn meine spanischen Sprachkenntnisse sind so gering, dass sich ein Versuch auch nicht lohnen würde."

„Hat Ihr Onkel es gelesen?", fragte Amadée, ohne das Manuskript beiseite zu legen. Cecil zuckte die Achseln.

„Keine Ahnung. Er schreibt und spricht zwar sehr gut spanisch. Aber ich glaube kaum, dass er bis jetzt die Zeit dazu hatte. Jedenfalls hat er darüber noch kein Wort verloren."

Amadée setzte sich wieder mit dem Manuskript in den Sessel.

„Erlauben Sie, dass ich es lese?"

„Aber klar doch", ereiferte sich Cecil. „Ich habe nichts dagegen und Onkelchen bestimmt auch nicht, sonst würde er es wohl nicht so offen herumliegen lassen. Außerdem haben Sie mich jetzt richtig neugierig gemacht, sie können es mir ja anschließend übersetzen."

Amadée nickte zustimmend. Er war im Grunde froh, eine Möglichkeit gefunden zu haben, die Wartezeit bis zu Henry Stanfords Rückkehr zu überbrücken. Cecil war bestimmt ein witziger brillanter Gesprächspartner, aber auf der anderen Seite wurde Amadée noch immer nicht den ersten Eindruck von ihm los – er war ihm einfach ein wenig zu unheimlich, trotz seiner Vorliebe für Morgenmäntel mit Kamelen und Palmen.

„Da ich zu einer mitteilsamen Sorte Mensch gehöre, werde ich mir das kaum verkneifen können", versuchte er zu flunkern. „Ich kann es kaum erwarten. Ganz schön umfangreich dieses Skript."

Nach kurzem Durchblättern stellte er befriedigt fest, dass das Manuskript noch gut erhalten und in der Tat pingelig, aber dafür leserlich geschrieben war. Dann zündete er sich eine Zigarette an und tauchte ab in das Jahr 1923.

Erster Teil | Efrén de Alpojar

Mexiko – Finis Terra 1917 – 1923

1.

Efrén de Alpojar soll zu seinem siebzehnten Geburtstag die nötige geistige Grundlage erhalten

Ich bin zurückgekehrt. Während meiner Abwesenheit ist im Haus alles unverändert geblieben. Fast drei Wochen soll ich fort gewesen sein – spurlos verschwunden – wie unser Pferdeknecht sich vorwurfsvoll ausdrückte. Mir kam diese Zeit allerdings vor wie eine Ewigkeit, denn von wo ich herkomme, scheint es keine Zeit mehr zu geben.

Ich glaube, ich bin verrückt. Seit zwei Tagen laufe ich regelmäßig jede Stunde zum Spiegel und bin überglücklich, wenn ich feststelle, dass mir wieder ein einigermaßen anständiges menschliches Gesicht entgegen schaut. Aber ich bin alt geworden in der so kurzen Zeit – alt? Alt! Natürlich, ich bin sehr alt. Nicht daran denken, sonst verliere ich wirklich den Verstand. Doch – daran denken – da musst du jetzt durch, Efrén. Die Stille im Haus macht mich traurig, aber was bedeutet das schon fast vertraute Alleinsein hier auf der Hazienda gegen die schreckliche Einsamkeit „Draußen". Ich werde warten, bis mein Vater zurückkehrt, denn er ist mir noch eine Erklärung schuldig. In der Zwischenzeit werde ich schreiben. Erstens, um mir das Warten zu verkürzen und zweitens habe ich so viel unglaubliche Dinge erlebt, die ich unbedingt zu Papier bringen muss, um mir darüber klar zu werden, ob ich jetzt wirklich verrückt bin oder nicht.

Ich war schon wieder am Spiegel. Es ist keinerlei Eitelkeit. Ich kann es einfach noch immer nicht fassen, wieder wie ein normaler Mensch auszusehen, wo ich vor etlichen Tagen noch so etwas wie eine abgemagerte Kreatur aus einer anderen Welt war. Wie soll ich eine Erscheinung, die so wenig menschlich scheint, anders bezeichnen? Ein Phantom, ein Nachtmahr, ein ... also bleib bei Kreatur, Efrén.

Ich muss lachen, denn ich sehe gerade, wie sich mich ein eventueller Leser als diese Kreatur vorstellt – schätze zum Davonlaufen. Vorsicht, du wirst hysterisch, Efrén, reiß dich zusammen! Und mir vergeht das Lachen wirklich, wenn ich daran denke, dass ich nach meinem endgültigen Tod diese Gestalt wieder annehmen werde. Es sei denn, ich bestehe in diesem Leben eine Prüfung. Prüfung – lachhaft. Irgendeine Teufelei steckt mit

Sicherheit dahinter. Immerhin besteht sie darin, dass ich mit einer schrecklicheren Kreatur, die ich von ganzem Herzen wie die Pest verabscheue, keinen Kontakt aufnehmen darf und irgendwie erwartet man von mir, dass ich es trotzdem tue. Ich lass mich überraschen, auf eine Überraschung mehr oder weniger kommt es auch nicht mehr an. Aber nun will ich nicht mehr vorweg greifen, sondern alles der Reihe nach aufschreiben. Ich werde viel Zeit und viel Papier brauchen. Von der ersten habe ich genügend und von dem zweiten hoffe ich, dass es reicht. Ich gehe ab jetzt nicht mehr zum Spiegel. Am besten, ich schmeiße ihn gleich weg. Ich bin schon so durcheinander, dass ich auf einmal nicht mehr weiß, ob ich mein Vorhaben überhaupt zustande bringe. Vor allem brauche ich einen Anfang. Also, wo fange ich an? Ich glaube mich zu erinnern, dass der ausschlaggebende Punkt an meinem siebzehnten Geburtstag war, als mein Leben als Magier begann.

Es regnete. Das ist kein Satz, um einen Einstieg zu finden. Es regnete an jedem meiner Geburtstage. Dieser trostlose Umstand drückte auf meine ohnehin permanent schlechte Stimmung. Mit unerbittlicher Regelmäßigkeit war, wie jedes Jahr, der Zeitpunkt gekommen, an dem ich mich fragte, für wen und für was meine Geburt in dieser Einöde irgendwo in Mexiko von Nutzen sein sollte. Gerade jetzt mit siebzehn Jahren schien mir mein Leben noch immer so sinnlos, begleitet von dem dumpfen Gefühl, dass ich und auch meine Geschwister nur als Zielscheibe für die Spötteleien unseres Vaters herhalten durften. Unser Vater – ich spreche, beziehungsweise schreibe nicht gern über ihn. Aber, er ist nun mal derjenige, der mein Leben und sogar meinen Tod vollkommen beeinflusst hat und somit leider auch einer der Hauptakteure in diesem Manuskript. Don Rodrigo de Alpojar, Nachfahre eines alten spanischen Adelsgeschlechts, war ein bemerkenswert kaltherziger und zynischer Mensch, der sich kaum um unser Wohlergehen kümmerte und uns mit seinen bissigen Bemerkungen das Leben noch unerträglicher machte. Zum Glück ließ er uns oft allein, aber wenn er sich im Haus aufhielt, verursachte allein seine Gegenwart ein Gefühl von Angst und abgrundtiefer Abscheu.

In der letzten Zeit war mir aufgefallen, dass er sich häufig mit meinem älteren Bruder unterhielt, das heißt vielmehr, die beiden stritten sich, dass die Fetzen flogen. Um was es dabei ging, konnte ich nicht herauskriegen, obwohl ich es zu gern gewusst hätte. Aber zu lauschen wagte ich zu diesem Zeitpunkt noch nicht. Auf jeden Fall wurde mir klar, dass mein Bruder seit längerer Zeit schon in der Gunst unseres Vaters „bevorzugt" wurde. Nach langem Grübeln, mit dem ich mir die schlaflosen Nächte vertrieb, kam ich zu dem Schluss, dass diese böse Geschichte vor einigen Monaten auf Don Rodrigos Kosten gegangen sein musste. Man stelle sich vor, ein Mensch verliert ganz plötzlich so einfach über Nacht sein Augenlicht. In diesem Haus gab es Geheimnisse, schreckliche Geheimnisse. Enrique wusste davon und ich nicht! Natürlich habe ich nach diesem grauenvollen Zwischenfall versucht, dahinter zu kommen und ihn mit mehr oder weniger feinfühligen Mitteln ausgehorcht. Ohne Erfolg. Er schwieg wie ein Grab. Eigentlich konnte ich Enrique nie so recht leiden, weil er als Ältester glaubte, die Rolle der verstorbenen Mutter übernehmen zu müssen und uns ständig bevormundete. Streng und beharrlich wie eine Betschwester. Noch bis zu dem Vorfall, der zu seiner mysteriösen Erblindung führte, nahm ich diese Marotte vollkommen gelassen hin. Aber seit dem Vorfall gerieten auch wir beide häufiger aneinander, weil ich sein klammheimliches, frömmelndes, heuchlerisches Geschwätz nicht mehr ertrug. Er war zu einem blinden Seher geworden, der mich mit seinen merkwürdigen Andeutungen und düsteren Prophezeiungen permanent aus der Fassung brachte. Seine Gegenwart stank regelrecht nach Unheil. Auf der anderen Seite tat er mir auch leid (was er selbstverständlich von mir erwartete). Er, der das Licht so liebte, war dazu verdammt für den Rest seines Lebens in Dunkelheit dahinzuvegetieren.

Manchmal, wenn er sich allein glaubte, murmelte er unverständliche Worte vor sich hin, aus deren Tonfall ich heraushörte, dass er vor irgendetwas grässliche Angst zu haben schien. Sobald er jedoch meine Gegenwart zu spüren schien, lächelte er wieder unverfänglich und wenn ich ihn besorgt fragte, ob ich ihm helfen könne (und das wollte ich wirklich), wurde sein Lächeln mit einer stumpfsinnigen Regelmäßigkeit mitleidig und ich bekam zum x-ten Mal zu hören:

„Lass nur, es ist nichts. Kümmere dich nicht um mich. Kümmere dich um Gottes Willen um nichts, was in diesem Haus vorgeht."

Statt dankbar für diese gut gemeinte Warnung zu sein, kochte ich vor Wut, weil ich wusste, dass es zwischen ihm und unserem Vater ein Geheimnis gab, von dem ich ausgeschlossen war. Merkte Enrique denn nicht, dass er gerade mit solchen Worten meine Neugierde nur noch mehr anstachelte? Hielt er mich für einen Idioten? Also gut, sollte er sich weiterhin allein fürchten und auf meine ehrliche Anteilnahme verzichten. Ein schwieriges Unterfangen in einem einsamen Haus mit so wenigen Personen, und ohne Abwechslung. Natürlich waren meine Vorsätze zum Scheitern verurteilt und bei der nächsten Gelegenheit schrie ich ihn wieder an: Er wolle doch nur die Aufmerksamkeit auf sich lenken, um damit zum Ausdruck zu bringen, dass er als Einziger in der Lage war, diese anscheinend schrecklichen Geheimnisse zu tragen. Aber Enrique lächelte und vergab, er vergab mir immer und ich war der widerwärtige kleine Bruder, der sich in Grund und Boden zu schämen hatte. Ich beneidete ihn trotz seines grausamen Schicksals. Er hatte etwas Ungeheuerliches erlebt, vor allem hatte er „gelebt" – vielleicht miserabel gelebt, aber gelebt – und ich musste mein Leben in alltäglicher Monotonie und alltäglicher Langeweile fristen, was weiß ich!

Aber da waren noch meine beiden Schwestern. Zum Beispiel mit Juana, zwei Jahre jünger als ich, verstand ich mich sogar fabelhaft. Sie war ein für ihr Alter zu dünnes unterentwickeltes Mädchen mit unerschöpflicher Phantasie, das in der Lage war, mir zeitweise Abwechslung in den öden Alltag zu bringen. Ganz ehrlich: eigentlich war sie, nüchtern gesehen, nicht ganz richtig im Kopf – nur von einer mehr oder weniger schweren Geistesverwirrung schien unsere ganze Familie betroffen zu sein. Juanas Vorliebe zeigte sich im Erfinden von schauderhaften irrwitzigen Geschichten. Sie bekam Besuch aus dem Jenseits und wurde natürlich auch oft dorthin mitgenommen. Obwohl ich ihr kein einziges Wort glaubte, war ich oft so weit, dass ich mir wünschte, auch einmal auf eine solche „Reise" gehen zu dürfen (heute würde ich liebend gern darauf verzichten). Besonders köstlich war Juana, wenn sie diese Geschichten musikalisch umzusetzen versuchte. Sie hatte eine erstaunlich gute Stimme und wenn die Stimmung im Haus auf dem Nullpunkt angelangt war, holte ich meine Gitarre und begleitete sie zu ihren grausam „schröcklichen Balladen", wie sie ihre Kompositionen bezeichnete. Meistens ereilte darin Irgendwer auf besonders schlimme und skurrile Weise der Tod. Und dieser Irgendwer hatte das selbstverständlich auch verdient. Juana legte viel Wert darauf, dass ihre Lieder immer mit der „Moral von der Geschichte" abschlossen. Ich konnte nicht anders, als mich zu amüsieren, mit wie viel Hingabe sie diese Moritaten vortrug. Wenn sie dem Schrecken noch mehr Ausdruck verleihen wollte, verzog sie ihr zartes hübsches

Gesicht zu einer Grimasse, die mich allerdings zum Lachen reizte, in das sie schließlich notgedrungen einstimmen musste.

An diesem Abend war auch unsere kleine Gracía dabei (Enrique leistete uns ausnahmsweise Gesellschaft, auch wenn er mit unserem eigenwilligen Humor wenig anzufangen wusste). In den großen Sessel gekuschelt lauschte sie mit großen ängstlichen Augen, um endlich erleichtert aufatmen zu können, wenn wir in unser albernes Gelächter fielen. Wir Geschwister hatten dieses ernste kränkelnde Kind sehr lieb, vielleicht gerade deshalb, weil wir ahnten, dass sie ihre kurze trostlose Kindheit wahrscheinlich nicht überleben würde.

Ausgerechnet dann, wenn wir glaubten, endlich etwas Behaglichkeit und Frieden in dieses düstere Haus gebracht zu haben, tauchte, als ob der Teufel es wollte, unser Vater auf. Er sagte uns nie, wohin er ging und nie, wie lange er fort blieb — war uns auch eigentlich egal. Meine beiden Schwestern, die sich vor ihm fürchteten sprangen sofort auf und verschwanden lautlos in ihre Zimmer, obwohl er ihnen nie etwas zu leide getan hatte. Jedes Mal, wenn Don Rodrigo den Raum betrat, glaubte ich, dass alles Lebende vor Kälte erstarrte. Er war ungewöhnlich groß, ausgezehrt wie ein Asket und seine Haltung immer ein wenig nach vorn gebeugt. Vor vielen Jahren musste er bestimmt ein schöner und stolzer Mann gewesen sein. Geblieben war ihm der unstete Blick aus seinen eisigen hellblauen Augen und das schmale Gesicht mit den scharfen Wangenknochen gab ihm das Aussehen eines von Bitternis und Fanatismus geprägten Großinquisitors. So bezeichneten wir ihn auch unter vorgehaltener Hand. Ihm fehlte tatsächlich nur noch eine schwarze Priesterkutte. Die hätte ihm zweifelsohne besser gestanden, als der schäbige dunkle Anzug, in den er fast zweimal hinein passte.

Zuerst musterte uns Don Rodrigo abschätzend von oben bis unten, bis er ein Buch aus dem Schrank holte, sich in den Sessel, in dem vorhin noch Gracía gelegen hatte, fallen ließ und tat als ob er las. Mein Blick fiel auf Enrique – unser Vater war vollkommen lautlos erschienen – er saß wie erstarrt und wagte sich nicht zu rühren, bis Don Rodrigo plötzlich aufschaute und sagte:

„Bevor du vor Furcht noch einen Herzanfall bekommst, solltest du lieber nach oben auf dein Zimmer verschwinden."

„Das hättest du gern. Ich habe keine Angst, aber in diesem Raum ist kein Platz für uns beide", zischte Enrique, der seine Angst wieder unter Kontrolle hatte und erhob sich demonstrativ langsam.
„Nun, dann muss wohl einer von uns gehen." Eine weitere Aufforderung war nicht nötig und Enrique beeilte sich nun doch, nach oben zu gelangen. Ich blieb zurück – allein mit dem „Großinquisitor" – und ich fühlte mich weiß Gott mehr als unwohl. Also beschloss ich, ebenfalls schleunigst auf mein Zimmer zu flüchten. Noch nicht ganz bei der Treppe angelangt, rief mein Vater mich zurück.
„Setz dich wieder", wurde ich aufgefordert. Mir schnürte es die Kehle zu und noch immer zur Flucht bereit, ließ ich mich behutsam auf der Stuhlkante nieder. Ich überlegte verzweifelt in Sekunden, was ich in den letzten Jahren verbrochen hatte, für das ich in diesem Augenblick garantiert zur Rechenschaft gezogen werden sollte.
„Du wirst heute siebzehn Jahre alt."
Er wollte mir doch nicht etwa zu meinem Geburtstag gratulieren? Ich glaubte grinsen zu müssen, unterließ es jedoch, schließlich wusste ich nicht, was nach dieser umwerfenden Feststellung noch folgen würde. Ja, ich wurde genau siebzehn Jahre alt, genauso lange war ich sein Sohn und er schien diese Tatsache erst heute zu bemerken. Meine Beklommenheit wich der Neugierde. Sollte ich am Ende die Nachfolge meines Bruders antreten und somit in den großen Kreis der „Beachteten" aufgenommen werden?
„Keine Angst", fuhr Don Rodrigo fort, „du brauchst nicht so misstrauisch drein zu schauen, ich reiß dir den Kopf nicht herunter. Ich wollte dich nur fragen, mit was du dich den ganzen lieben langen Tag beschäftigst?"
Jetzt musste ich wirklich grinsen, denn diese Frage war unangemessen und lächerlich. Ja, womit beschäftigte ich mich den lieben langen Tag. Ich spielte Gitarre, ritt spazieren, jagte hin und wieder für unser Abendessen und langweilte mich, eben all das, was ein Nachfahre spanischer Aristokraten zu tun pflegte.
„Hast du schon einmal an deine Zukunft gedacht?"
Wenn ich meinen Vater nicht so gefürchtet hätte, wäre ich nun garantiert in ein brüllendes Gelächter ausgebrochen. Natürlich hatte ich an meine Zukunft gedacht und war zu dem schlichten Ergebnis gekommen, dass ich keine hatte. Wie und wo denn auf einer abgelegenen heruntergekommenen Hazienda irgendwo in Mexiko, meilenweit vom nächsten Dorf

entfernt, ohne Kontakt zu anderen Menschen. Und diese anderen Menschen hegten zu uns blonden bleichen eingewanderten Spaniern ein abergläubisches Misstrauen. Meine Verwunderung wurde von einem mitleidigen Grinsen seitens Don Rodrigos quittiert.

„Mein Sohn, hast du eigentlich schon einmal in den Schrank dort drüben geschaut?"

Hatte ich nicht, zumindest nicht bewusst.

„Gut, dann geh rüber und hole das jetzt nach."

Ich spielte sein Spielchen mit und tat wie geheißen. Was erwartete er von mir? Ehrlich gesagt außer Büchern konnte ich nichts anderes entdecken. Ich zog es vor, lieber nichts zu sagen.

„Hol dir irgendein Buch heraus, egal welches", befahl Don Rodrigo weiter. Ich zog einen in Leder eingefassten Band aus dem Regal.

„Nun komm wieder zurück."

Dieses Mal setzte ich mich ganz auf den Stuhl, denn ich fand das Spiel langsam irgendwie spannend. Don Rodrigo beugte sich plötzlich zu mir vor und schaute mich eine Zeitlang durchdringend an, bis er ganz sanft fragte:

„Sag einmal, mein jüngster Sohn. Kannst du überhaupt lesen?"

Also wieder der alte Spott. Ich sollte nicht vergessen, er spielte mit mir, nicht ich mit ihm. Ich erinnerte ihn zaghaft daran, dass ich vor etlichen Jahren ein Klosterinternat besucht hatte, in dem Lesen und Schreiben auf dem Stundenplan stand.

„Ich verstehe dich nicht", seufzte mein Vater und ließ sich mit dem Ausdruck gespielter Verzweiflung in den Sessel zurückfallen. „Hier steht ein unerschöpflicher Reichtum an Wissen herum und was macht mein jüngster Sohn? Er langweilt sich. Weißt du, was ich getan habe, als das Haus brannte? (Es brannte nicht das Haus – es brannte vor dem Haus – sinnlos zu widersprechen.) Rate mal! Ich habe alle diese Bücher gerettet, mein Kind. Weil ich wusste, was sie für mich und auch einmal für euch bedeuten würden. Aber ich habe sie gewiss nicht gerettet, damit sie nun im Schrank verrotten, sondern gelesen und vor allem begriffen werden. Wenn möglich von euch allen. Wobei ich bei deinen Schwestern die Hoffnung schon begraben habe. Juana kann ja gerade mal ihren Namen schreiben. Der einzige, der sich allein und ohne meine Anregung mit den Büchern beschäftigt hat, war Enrique. Er hat alle gelesen …"

„… bis er blind geworden ist", erlaubte ich mir, seinen Monolog zu unterbrechen und erschrak über meine Unverfrorenheit. Aber zugleich kehrte eine ungeheuer tiefe Befriedigung in mir ein, denn er war so verblüfft, dass er eine ganze Weile für eine Antwort brauchte, die wider Erwarten nicht in einer kräftigen Ohrfeige bestand.

„Mein jüngster Sohn, du bist ja regelrecht schlagfertig und gar nicht so tumb und verträumt wie ich erst glaubte. Ganz richtig. Es existieren Bücher, bei deren Durchblättern man schon blind werden kann."

„Ist das hier so ein Buch?", fragte ich sofort übermütig, weil er mir offensichtlich zu verstehen gab, dass ich ihm „ebenbürtig" war und deutete auf den Band, der noch immer schwer auf meinen Knien lag. Jetzt kam die Retourkutsche – ich hätte es wissen sollen:

„Nein, blind wirst du davon nicht. Mit Sicherheit bekommst du Kopfschmerzen, weil dein verkümmerter Geist den Text nicht zu erfassen vermag. Es ist das Werk eines sehr berühmten großen deutschen Dichters, den ihr in eurer Klosterschule bestimmt nicht gelesen habt."

Immer dieser ekelhafte Dünkel. Ich beschloss, heute Nacht meinen verkümmerten Geist zu Höhenflügen zu verhelfen und diesen Lederschinken bis zur letzten Zeile zu lesen! Sollte ich so kühn sein und ihm auch eine Frage stellen? Ich sollte!

„Ich möchte noch wissen, was solche Bücher mit meiner Zukunft zu tun haben?"

Auch wenn ich seine Arroganz verabscheute, hatte er meine ganze Aufmerksamkeit geweckt. Don Rodrigo erhob sich und ging zum Fenster, schaute eine Weile hinaus, bevor er bedeutungsvoll fortfuhr: „Wir sprechen uns in einem halben Jahr. Du musst erst die nötige geistige Grundlage haben, bevor du begreifst, was ich mit dir vorhabe. Also mein jüngster Sohn, streng dein Gehirn, das du dem Himmel sei Dank ja zu haben scheinst, endlich einmal an und beschäftige dich mit wichtigeren Dingen, als den Schauermärchen deiner Schwester. Wie du siehst, dir steht alles zur Verfügung. So, und jetzt lass mich allein, ich habe noch zu tun."

Ich klemmte das Buch unter den Arm und schlich vollkommen durcheinander nach oben auf mein Zimmer. Was war mit einem Mal in ihn gefahren? Einerseits war ich über sein ungewöhnliches Verhalten glücklich, andererseits wurde mir trotzdem irgendwie allmählich unheimlich. Am besten, ich würde ganz unbefangen an die Sache herangehen. Zuerst musste ich dieses Buch durchbringen und selbstverständlich auch die vielen anderen und wenn ich die nötige geistige Grundlage hatte ... ich kam nicht weiter, den Gedanken auszuspinnen.

„Efrén."

Ich schaute mich erschrocken um und erkannte in der Dunkelheit Enriques Umrisse.

„Ich habe euer Gespräch mit angehört", flüsterte er hastig und zog mich an sich „Jetzt macht er es mit dir genauso, wie er mit mir angefangen hat. Lass dich bloß nicht von ihm einwickeln. Bitte sei vorsichtig, er ist ein ..." Enrique kam nicht weiter.

„Er glaubt, ich sei ein Schwarzmagier", ertönte Don Rodrigos Stimme plötzlich unten an der Treppe. „Er hat zu viele Schauergeschichten gelesen (doch nicht etwa die im Schrank?). Nun ist sein armer Geist so verwirrt, dass er nicht mehr Phantasie und Realität auseinander halten kann."

„Ich weiß sehr genau, was ich sage", brüllte Enrique zurück und zitterte dabei vor Wut am ganzen Leib. „Warum willst du deinen jüngsten Sohn wieder verderben? Kannst du nicht deine schmutzigen Finger von ihm lassen. Misch dich dieses Mal nicht in sein Leben ein."

„Und du, misch dich gefälligst nicht in meine Entscheidungen ein", entgegnete Don Rodrigo verärgert als er oben angekommen war. „Ich will auf keinen Fall, dass er total verblödet. Es ist an der Zeit, dass er zu lernen beginnt."

„Ich kann es nicht fassen. Nun, immerhin wird er hoffentlich schnell lernen, was für ein hinterhältiger Schuft sein eigener Vater ist", fuhr Enrique unbeirrbar fort. „Es ist wahrscheinlich besser, ein verblödeter Geist zu bleiben, als eine Ewigkeit kreuzunglücklich zu werden."

Nun verlor auch unser Vater die Geduld.

„Du solltest nicht immer von dir auf andere schließen. Im Übrigen bist du zwar kreuzunglücklich geworden, aber trotzdem noch verblödet geblieben. Das zum Ersten. Zum Zweiten – und das meine ich jetzt verdammt ernst – ich verbiete dir, Efrén in irgendeiner Weise zu beeinflussen. Du weißt, was ich meine, nicht wahr? Hoffentlich begreift das dein kreuzunglücklicher verblödeter Geist. Gute Nacht zusammen."

Dem hatte Enrique nichts mehr entgegen zu setzen. Mit einem lauten Aufschluchzen verschwand er in seinem Zimmer. Ich fragte mich einen Augenblick, ob er mich wirklich vor einer drohenden Gefahr warnen wollte oder ob er ganz einfach eifersüchtig war. Ich fürchte, dass der erste Gedanke wohl am ehesten zutraf. Ich konnte mich also noch auf einiges gefasst machen, bevor ich die nötige geistige Grundlage hatte. Nur mich sollte mein Vater niemals heulen sehen!

In meinem Zimmer angelangt, warf ich mich auf das Bett um nachzudenken. Und ich kam zu dem Ergebnis, dass mein Leben nun doch einen Sinn haben sollte, denn ich wurde gefordert und ich wurde gebraucht. Mein Vater, Don Rodrigo de Alpojar beschäftigte sich mit seinem jüngsten Sohn! Ich glaubte, das erste Mal in meinem Leben wirklich glücklich zu sein – nur das zählte im Augenblick. Was er mit mir vorhatte, war mir im Moment gleichgültig, genauso ob er ein Schwarzmagier war. Enrique phantasierte bestimmt. Zugegeben, Don Rodrigo war oftmals mehr als eigenartig, aber mein Bruder tat ja gerade so, als ob er der Teufel persönlich wäre, idiotisch.

Ich beschloss nun endlich mit dem Buch anzufangen, das ich mit nach oben geschleppt hatte. Den Titel fand ich ehrlich gesagt nicht sehr aufschlussreich „Faust – eine Tragödie von Johann Wolfgang von Goethe". Also gut. Ich schüttelte mein Kopfkissen zurecht und begann forsch zu lesen. Eine halbe Stunde später stellten sich tatsächlich die Kopfschmerzen ein, die mein Vater mir prophezeit hatte. Ich hätte nie gedacht, dass Lesen dermaßen anstrengend sein konnte. Die Zeilen verschwammen vor meinen Augen und schließlich wusste ich am Ende der Seite nicht mehr, was ich am Anfang gelesen hatte. Aber ich wollte durchhalten – unerbittlich. Ich musste dieses verdammte Buch durchstehen und verstehen, damit mich Don Rodrigo nicht für einen Schwachkopf hielt und mich womöglich wieder in die triste Langeweile zurückschickte. Außerdem brauchte ich so schnell wie möglich die nötige geistige Grundlage. Ein unvorstellbares Grauen erfasste mich, als ich mir vorstellte, dass die gesamte Bibliothek meines Vaters aus dieser Gattung Literatur bestand. Ich würde Jahre brauchen, bis ich das ganze Zeug durchgeackert hatte. Ein schwaches Aufflackern meines erschöpften Geistes glaubte ich zu spüren, als ich an die Stelle kam, wo sich Faust und Mephisto in der Hexenküche befanden, dann fiel ich in tiefen Schlaf.

Irgendwann mitten in der Nacht erwachte ich. Die Kerze war schon längst herunter gebrannt. Wie ein erdrückender Albtraum lag der „Faust" in meinem Magen beziehungsweise auf dem selben. Bevor ich weiter las, begann ich erst einmal die Seiten zu zählen die mir noch bevorstanden und gleichzeitig wurde mir schmerzlich bewusst, dass ich das gewünschte Pensum diese Nacht niemals schaffen würde. Warum sollte ich mich eigentlich mit einem Buch herumplagen, das mich zu Tode langweilte. Don Rodrigos Bibliothek war so umfangreich, dass ich die nötige geistige Grundlage bestimmt mit einem spannenderem Werk erreichen konnte.

Diese Erkenntnis befriedigte mich. Ich legte mich entspannt in meine Kissen zurück und versuchte zu schlafen. Aber ich hatte dermaßen grässliche Träume, animiert von Goethes Faust und Enriques finsteren Andeutungen, dass ich nach kurzer Zeit schweißüberströmt am ganzen Leib zitternd erwachte. So etwas war mir in meinem ganzen Leben noch nie passiert und einen kleinen Moment sehnte ich mich doch nach meinem ruhigen und langweiligem Leben zurück — aber wirklich nur einen ganz kleinen Moment. Nach weiteren vergeblichen Versuchen wieder zur Ruhe zu kommen, gab ich auf, erhob mich und ging ins Nebenzimmer zu Juana. Wie erwartet, war sie noch wach. Ich setzte mich zu ihr an den Bettrand und ließ mir von ihr die üblichen harmlosen Schauermärchen erzählen, die ich weitaus unterhaltsamer fand, als Don Rodrigos hochgestochene Bücher, die sowieso in einer Sprache geschrieben waren, in der sich kein normaler Mensch zu unterhalten pflegte.

Am nächsten Morgen – in aller Herrgottsfrühe – schlich ich verstohlen in den Aufenthaltsraum hinunter, um den verhassten Goethe so schnell wie möglich in den Schrank zurückzustellen. Kaum hatte ich ihn mit einem hörbar erleichterten Aufseufzen ins Regal geschoben, da bemerkte ich zu meinem Entsetzen, dass mein Vater hinter mir stand.

„Hat es dir gefallen?"

Ich glaubte, einen dicken Kloß in der Kehle stecken zu haben. Nachdem ich mehrere Male versuchte hatte, ihn hinunterzuwürgen, gab ich ihm auf seine Frage die typische Antwort, die einem immer einfällt, wenn man etwas absolut nicht verstanden hat.

„Nun, es war ganz interessant."

„Was bist du für ein ergötzliches Kerlchen, Efrén. Das Buch war offenbar so interessant, dass du darüber eingeschlafen bist", höhnte mein Vater.

„Das nächste Buch verstehe ich bestimmt", erwiderte ich gereizt, was Don Rodrigo veranlasste schallend zu lachen. Ich fühlte mich nicht nur bis auf die Knochen blamiert, sondern auch erbärmlich gedemütigt.

„Du bist gemein", flüsterte ich kaum hörbar und versuchte verzweifelt, meine Tränen zurückzuhalten. Und er hörte sofort auf zu lachen.

„Es tut mir leid Efrén. Aber du wirst doch jetzt nicht aufgeben wollen." Ich spürte, wie er auf einmal seinen Arm um meine Schulter legte und seine Stimme wurde ganz freundlich, als er fortfuhr: „Natürlich kannst du das noch nicht verstehen. Du hast dich am Anfang einfach übernommen. Komm mit, ich suche etwas für dich aus, was du ohne Schwierigkeiten lesen kannst. Keine Angst, mein jüngster Sohn, du wirst es schaffen. Das weiß ich."

Sofort war ich wieder mit mir und mit ihm versöhnt und musste sogar an mich halten, dass ich ihm nicht vor lauter Freude um den Hals gefallen wäre.

Mag Don Rodrigo in vielen Dingen noch immer ein Scheusal geblieben sein, so häuften sich doch die Momente, in denen ich ihn zu mögen begann und mich nicht über seine mangelnde Aufmerksamkeit beklagen konnte. Von jenem Tag an beschäftigte er sich mit mir mit einer immensen Geduld und bereits nach einem halben Jahr war ich so weit, dass ich mich fast ohne seine Hilfe mit der komplizierten Materie befasste. Er hatte sich wirklich Mühe gegeben und mich in Literatur, Philosophie, Theologie sowie Astrologie und auch Mathematik unterrichtet. Oft waren die Tage so anstrengend, dass ich abends todmüde ins Bett fiel und in traumlosen Schlaf sank. Ich lernte erstaunlich schnell, so als ob ich in kürzester Zeit das Wissen, das mir all die Jahre vor meinem siebzehnten Lebensjahr vorenthalten wurde, einverleiben müsste. Kurz gesagt, ich wollte einfach so schnell wie möglich die nötige geistige Grundlage erreichen. Ich war doch so gespannt, was Don Rodrigo dann mit mir vorhatte (ich blödes naives Kalb).

Ein Wermutstropfen blieb, denn während der ganzen Zeit folgte mir Enrique wie ein drohender Schatten und immer wenn er unseren Vater nicht in der Nähe glaubte, zischte er mir dieselbe Warnung zu. Er tat mir leid, schließlich hatte ich jetzt seine Stelle eingenommen. Ihn hatte man fortgestoßen wie einen lästigen alten Hofhund und wer weiß, was unser Vater sonst noch mit ihm vor hatte. Ich versuchte mein Mitleid in Grenzen zu halten, indem ich mir immer wieder einredete, dass er meine Fortschritte nur neidete. Trotz des Unbehagens, das mein Bruder nach jedem seiner Auftritte hinterließ, behielt meine Neugierde die Oberhand. Ich versprach ihm, mich in acht zu nehmen, damit hatte er und vor allem ich Ruhe.

Nach diesem halben Jahr intensiver Arbeit, glaubte ich, dass nun endlich der Augenblick gekommen sei, wo mein Vater mir seine wirklichen Absichten mitteilen würde. Ich war aufs Äußerste enttäuscht, als mich Don Rodrigo auf ein weiteres Jahr vertröstete. Er behauptete, ich müsse noch viel mehr Geduld aufbringen, das Gelernte sinnvoll verarbeiten und nichts überstürzen, weil ich mir sonst alles verderben würde. Ich hegte kurz den Verdacht, dass er mich doch an der Nase herumführte, aber ich verwarf diesen Gedanken sofort wieder. Er hätte sich ja wohl kaum die anstrengende Arbeit gemacht, mir sein Wissen, das er sonst hütete wie einen verborgenen Schatz, zu vermitteln. Ich musste eben weiter warten, warten, warten!

Übrigens, Goethes Faust habe ich allerdings seit jenem bewussten Abend nie wieder angerührt.

Mexiko | Finis Terra 1917 – 1923

2.

Diner mit weißen Bohnen, schwarzem Kater und toter Maus

Wenn ich mich an Don Rodrigos eigenartigste Gepflogenheit zu erinnern versuche, so fällt mir sofort der abendliche Vollzug unseres „Diners" ein. Jetzt, im Nachhinein, kann ich mich darüber amüsieren. Aber noch vor wenigen Wochen war es mir so unbegreiflich wie entsetzlich, dass von unserem vergoldeten Tafelservice, das sicher einst herrliche Festtafeln erlebt hatte, zur Unkenntlichkeit zerkochte Maiskolben und weiße zermanschte Bohnen und noch andere undefinierbare Schrecklichkeiten einverleibt wurden. Don Rodrigo bestand auf dieser „Tradition", die er bereits als Kind pflegte und die Armut und der Zerfall dieses Hauses hinderte ihn keineswegs daran, diese Tradition aufrecht zu erhalten. Im Grunde war das Ganze nichts anderes als eine Farce, auf deren Höhepunkt selbst diniert wurde, wenn gar nichts zu Essen da war. So kam es hin und wieder vor, dass wir sogar mit knurrenden Mägen vor den schönen leeren Tellern saßen und so tun mussten, als ob wir fürstlich speisten. Ob unser Vater in dieser Beziehung wirklich verrückt war oder ob das nur eine weitere Variante seiner Gemeinheiten darstellte, ist mir bis heute noch nicht klar. Während seiner Abwesenheit ließen wir das Diner selbstverständlich ausfallen. Leider hatte er anscheinend beschlossen, sich endgültig hier im Haus zur Ruhe zu setzen, denn er beglückte uns schon seit mehr als einem Jahr mit seiner Gegenwart und verschonte uns keinen Abend mit diesem blödsinnigen Ritual.

Felipe, unser Diener, kochte, sofern es etwas zu kochen gab, bereitete die Gänge „sorgfältig" zu und trug schließlich über alle Maßen zufrieden und stolz einen nach dem anderen auf. Ja, wir hatten sogar einen Diener, der die Funktion eines Kochs und vor allem die des Hofnarrs inne hatte. Don Rodrigo hatte die arme kleine Missgeburt auf der Straße aufgelesen. Felipe war ein winziges dünnes Kerlchen mit einem zu großen aufgequollenen Bauch, mageren steifen Beinen und der riesige Kopf, der so rund war wie seine grauen wässrigen Augen, gaben ihm das Aussehen einer wandelnden Wassermelone. Geistig auf der Stufe eines zehnjährigen

Kindes zurückgeblieben, war er die ständige Belustigung unseres Vaters, der an ihm immer wieder seinen schlechten Humor austobte.

Felipe hatte eben den Tisch gedeckt. Er brauchte eine Ewigkeit dazu, tat es aber mit einer ganz besonderen Hingabe, als Don Rodrigo mit wohlgefälligem Lächeln auf der Bildfläche erschien. Noch einen Augenblick schweiften seine Blicke über die Pracht des vergoldeten Tafelgeschirrs, dann forderte er mit einer wahrhaft königlichen Geste auch uns auf zu sitzen.

„Felipe!"

Der Genannte erschien am Eingang.

„Du kannst auftragen."

Felipe nickte, verbeugte sich und verschwand, um seinen Höhepunkt des Abends zu zelebrieren. Inzwischen hatte Don Rodrigo die Kerzenstummel auf den versilberten Leuchtern angezündet. Dann kam Felipe zurück. Auf dem Arm trug er eine große Schüssel.

„Herr, der erste Gang", verkündete er dabei einfältig lächelnd. Die einzelnen „Gänge" waren haarsträubend phantasielos. Sie variierten hauptsächlich zwischen weißen Bohnen und Mais. Manchmal gab es aber auch hintereinander das Gleiche. Nun begann Felipe auszuteilen und ich fragte mich jedes Mal, ob dieses dampfende Etwas essbar war oder ob es zum Verkitten der Risse an den Wänden diente. Es roch nicht nur seltsam, es bot in dem feinen Geschirr einen derart widerlichen Anblick, dass mir der Hunger erst einmal gründlich verging. Aber mein Magen knurrte und ich hatte keine andere Wahl, als ihn wieder mit dieser abscheulichen Pampe aufzufüllen. Also spielte ich meine Rolle wie jeden Abend in dieser unsäglichen Farce, grinste Felipe gequält an und ließ ihn in aller Ruhe meinen Teller voll häufen. Als er endlich seine Runde gemacht hatte, wünschte uns seine blöde Fratze „Guten Appetit", den wir allerdings nötig brauchten. Das Tischgebet ließen wir ausfallen, zumal Don Rodrigo seit dem Tod unserer Mutter keinen gesteigerten Wert mehr darauf legte.

Noch unerträglicher als dieser Fraß, war unser Vater, der es nicht lassen konnte, uns während den „Mahlzeiten" mit seinen herablassenden Bemerkungen auf die Nerven zu gehen. Er rief Felipe an den Tisch und erkundigte sich mit interessierter Stimme:

„Felipe, du gibst mir ein Rätsel auf, was ist das für ein eigenartiges Gericht?"

„Es sind Bohnen, Herr – eine Bohnensuppe." (Sehr eigenartig.). Don Rodrigo schüttelte daraufhin fassungslos den Kopf, nahm die Gabel und

stocherte eine Weile im Teller herum. Schließlich spießte er ein verschrumpftes Gebilde auf und fixierte es.
„Wahrhaftig eine Bohne."
Diese umwerfende Erkenntnis versetzte Felipe in einen wahren Freudentaumel.
„Es freut mich, wenn es Ihnen schmeckt, Herr."
„Aber natürlich. Äußerst süperb diese Bohne", entgegnete Don Rodrigo zufrieden und wandte sich an uns: „Mir scheint, ihr seid nicht hungrig. Aber ihr solltet trotzdem unbedingt Felipes ausgezeichnete Bohnensuppe versuchen."
Enrique hatte die versteckte Drohung zuerst begriffen. Er nahm den Löffel und begann mühsam zu essen. Juana und Gracía folgten seinem Beispiel. Ich konnte mich dazu absolut nicht aufraffen, bis mein Vater auch mich ermahnte:
„Du willst doch nicht verhungern, mein jüngster Sohn. Iss, das ist kein Gift!"
Ich hatte weder die Absicht, an Hunger noch an Gift zu sterben. Ich beschloss, gleich am nächsten Morgen auf die Jagd zu gehen. Ich hatte schon lange keinen Kaninchenbraten mehr gegessen. Offensichtlich besaß Don Rodrigo die unheimliche Kraft des Gedankenlesens.
„Efrén, bitte lass das Gewehr im Schrank. Wir brauchen die Munition für das Gesindel, das sich hier in der Gegend herumtreibt und nicht für die armen Häschen, die du so leidenschaftlich gern abschießt."
Er wusste ganz genau, seit dem Aufstand hatte sich keine Menschenseele mehr hier blicken lassen und ich hätte meinen Kopf dafür gewettet, dass das alte Ekel die „armen Häschen" hinter unserem Rücken haufenweise abknallte, um sie heimlich zu verspeisen. Aber ich spürte, dass er sehr gereizt war und ich mich lieber nicht mehr mit ihm anlegen sollte. Ich ergriff schließlich auch den Löffel, zitterte aber dabei so vor Wut, dass er mir aus der Hand in den Teller glitt. Das Aufklatschen in der grauen Brühe war dermaßen ekelhaft und ich musste mich fast übergeben, wenn es etwas zu übergeben gegeben hätte. Meine Geschwister aßen mit gequälten verängstigten Gesichtern. War es wirklich die Angst vor unserem Vater, die sie dazu trieb oder einfach nur der nackte Hunger. Was ihn betraf, er musste wirklich komplett übergeschnappt sein. Er löffelte dieses grässliche Zeug wie eine seltene Köstlichkeit. Dann klatschte er wie ein satter zufriedener Sultan in die Hände. Prompt erschien Felipe am Eingang.

„Du kannst den nächsten Gang auftragen."

Felipe verneigte sich wieder und sammelte lärmend die Teller ein. Als er bei mir vorbeikam, konnte ich seine Enttäuschung deutlich spüren.

„Ach, Don Efrén, hat es Ihnen nicht geschmeckt?"

Um die Heuchelei auf die Spitze zu treiben (ich bin immerhin der Sohn meines Vaters) bedauerte ich schmerzlich:

„Es war ausgezeichnet wie immer, aber ein wenig zu scharf, du weißt, mein Magen."

„Wie konnte ich das vergessen, Don Efrén. Ich verspreche Ihnen, in Zukunft nicht mehr so verschwenderisch mit den Gewürzen umzugehen."

Felipe hatte bestimmt noch nie in seinem Dasein ein Gewürz gesehen geschweige benutzt – seine Speisen waren grundsätzlich „gewürzarm" – aber er war beruhigt. Der zweite Gang entpuppte sich als Bohnengemüse. Nachdem Don Rodrigo noch eine Weile den unerschöpflichen Einfalls- (oder eher Einfalts-) reichtum unseres Meisterkochs gelobt hatte, entschied ich, doch nicht am Hungertod zugrunde zu gehen und würgte den weißgrauen Brei herunter. Als Felipe zum dritten Mal auftauchte, in der Hand eine Schale mit der gleichen weißen Masse, ahnten wir, dass es sich bereits um den dritten Gang handeln musste und wir bald „erlöst" waren. Don Rodrigo, wie immer an den neuesten Rezepten interessiert, fragte natürlich sofort:

„Entzückend, was ist das Delikates?"

„Das ist pikanter Bohnensalat, Herr."

„Meine Güte, deiner Phantasie sind keine Grenzen gesetzt."

Felipe lächelte verlegen und eine eifrige Röte stieg in sein teigiges blasses Gesicht. Dann stelzte er nach draußen, um in der Küche die Reste dieses Festmahles zu verzehren. Nun wurden sogar meine Geschwister ungeduldig. Gracía war ohnehin schon fast eingeschlafen, Juana lauerte offensichtlich darauf, endlich in ihr Zimmer verschwinden zu können und Enrique stocherte lustlos in seinem Teller herum, bis er ihn schließlich angeekelt beiseite schob und etwas von „verdorben und muffig" murmelte. Mit finsteren Blicken hatte Don Rodrigo ihn beobachtet, bis er gleichfalls die Gabel sinken ließ.

„Was ist mit dir, mein Erstgeborener?"

Enrique erhob sich.

„Ich bin satt und wünsche nach oben zu gehen," brachte er mühsam heraus.

„Wünschen kannst du. Nur, ob deine Wünsche sich erfüllen, ist eine andere Sache", zischte Don Rodrigo „Hier wird noch immer getan, was ich wünsche. Du setzt dich wieder und bleibst hier, bis wir alle fertig sind. Wo bleibt dein Familiensinn."

Mit wutverzerrtem Gesicht ließ sich Enrique nieder. Ich hatte noch nicht erwähnt, dass der absolute Höhepunkt unseres abendlichen Festessens immer in einem handfesten Krach zwischen meinem Bruder und Don Rodrigo endete. Heute waren die beiden sogar früher dran, denn normalerweise begann Don Rodrigo mit seinen Sticheleien erst zum Dessert (Bohnenmus?!).

„Sag nur, dir schmeckt es nicht."

„Nein verehrter Don Rodrigo de Alpojar. Es schmeckt mir nicht. Der Fraß ist genauso abgeschmackt wie deine niederträchtigen Bemerkungen. Du und dein Spott ekeln mich an."

„Habe ich dich verspottet, Erstgeborener? Aber nein. Ich habe dich nur gebeten noch zu bleiben."

„Vergiss nicht, ich verabscheue schlicht und einfach deine Gegenwart", murmelte Enrique und versuchte, sich wieder vom Stuhl zu erheben.

„Hast du schlecht geschlafen?"

„Keineswegs. Ich habe ausgezeichnet geschlafen. Aber es ödet mich einfach an, wenn ich jeden Abend erleben muss, wie dir das Gift aus allen Löchern herauskommt."

„Bei dir sind es wenigstens nur die Bohnen", feixte Don Rodrigo zurück.

„Lass mich endlich mit deinen verdammten Scheißbohnen in Frieden."

Unser Vater ließ sich keineswegs aus der Ruhe bringen. Er genoss den widerlichen Streit wie er die widerlichen Bohnen genoss.

„Ich weiß, von was du dich normalerweise ernährst, du ekelhaftes Geschöpf. Sei also froh, dass du hier bei mir überhaupt deinen Magen mit etwas Anständigem füllen darfst. Diese Bohnen enthalten alle wichtigen Nährstoffe für deine überreizten Nerven. Fleisch täte dir gewiss nicht gut. Es würde nur unnötig deine Sinne anregen, wenn du weißt was ich meine, mein Erstgeborener."

Nun kam auch Enrique in Fahrt – er hatte keine Chance - aber er musste es immer wieder versuchen. Und er war wütend, und so wütend hatte ich ihn noch nie erlebt.

„Ich weiß sehr wohl was du meinst, spar dir deine vulgären Andeutungen. Wir wollen in der Tat etwas Anständiges zu essen. Wenn du mit diesem vergammelten Dreckzeug zufrieden bist, ist das deine Angelegenheit."

Scheinbar fassungslos schüttelte Don Rodrigo den Kopf.

„Lass deine Geschwister gefälligst da raus. Und das ist der Dank dafür, dass ich dir mein ganzes Wissen vermacht habe? Du streitest dich mit mir um ein blödsinniges Stück Fleisch. Vor einigen Jahren fandest du andere Dinge noch wesentlich erstrebenswerter als nur deinen Bauch voll zuschlagen. Deine Weisheit beschränkt sich jetzt nur noch auf primitivste Bedürfnisse. Du bist so armselig, Enrique."

„Lass mich endlich in Ruhe!", brüllte Enrique.

„Hör du endlich auf, dich zu benehmen wie ein keifendes Fischweib!", schrie nun auch mein Vater. Er war wohl gerade im Begriff aufzustehen, um vielleicht Enrique eine Ohrfeige zu verpassen, als er plötzlich innehielt und grinste. Der Grund war unser Kater, der mit einer erbeuteten Maus auf den Tisch gesprungen war. Obwohl, oder gerade weil Enrique dieses „schwarze Vieh" hasste wie die Pest, hatte es nichts anderes zu tun, als ausgerechnet die tote Maus auf seinem Teller abzulegen.

„Schau Onyx hat sich deiner erbarmt und dir eine kleine Leckerei mitgebracht."

Don Rodrigo konnte kaum an sich halten vor Lachen. Wenn die Situation in ihrer Grausamkeit nicht so real gewesen wäre, hätte ich einen Augenblick geglaubt, Akteur in einem miserablen Theaterstück zu sein. Natürlich tastete Enriques Hand nach dem Teller und befühlte zitternd die tote Maus. Bevor unser Vater noch ein weiteres geschmackloses Bonmot von sich geben konnte, war Enrique mit einem Aufschrei größter Verzweiflung aufgesprungen und stolperte weinend nach oben in sein Zimmer.

Ich bezweifelte, dass dieser Zwischenfall zufällig war. Enriques Flucht hatten auch meine Schwestern als Gelegenheit genutzt, unauffällig zu verschwinden. Ich wusste nicht, was ich tun sollte – meinem Bruder folgen und ihn trösten – ich hatte keine Worte, um ihn zu trösten. Also blieb ich, ohne es zu wollen, wie erstarrt sitzen und beobachtete, wie Felipe geschäftig das Geschirr abräumte. Eine Spur von Mitleid kam in dem Augenblick in mir auf, als mich seine blöden runden Augen traurig anschauten und er schließlich in seiner demütig gebückten Haltung wieder in der Küche verschwand.

Ich wollte ebenso nach oben gehen, aber ein unerklärlicher Zwang hielt mich plötzlich in diesem Raum gefangen. Ich atmete ein paarmal tief auf und schaute verängstigt zu der anderen Seite des Tisches, wo mein Vater saß und mit starren Blicken das fahle Licht der Kerzen fixierte. Er schien mich nicht mehr wahrzunehmen und völlig entrückt zu sein. Seine Augen waren wie verschleiert und ab und zu huschte ein eigenartiges Lächeln über seine Lippen. Merkwürdig – jetzt konnte ich erkennen, dass er überhaupt nicht in die Kerzen sah. Ohne mich von der Stelle zu rühren, folgte ich vorsichtig seinen Blicken. Er schaute unbeweglich auf den großen Schrank in der Ecke des Raumes. Aber sein blasses Gesicht mit den harten Zügen war mit einem Mal nicht mehr beunruhigend und bösartig, sondern unglaublich anziehend. Seine starren Augen, die unaufhaltsam etwas suchten oder vielmehr betrachteten, die durch die Dunkelheit hindurch zu sehen vermochten, die Dinge erfassten, die mir trotz größter Anstrengungen nicht gegenwärtig wurden, hatten meine Sinne gefangen genommen.

An diesem Abend, als das Verhängnis unaufhaltsam seinen Lauf nahm, als in mir der Wunsch aufkam, wie auch er diese Dinge sehen zu wollen, ihren Sinn zu begreifen, ertappte ich mich dabei, wie auch ich den Schrank anzustarren versuchte. Natürlich sah ich nichts. Ich probierte es ein zweites Mal, nichts. Dieses Etwas wollte sich nicht vor meinen Augen materialisieren, die undurchdringliche Dunkelheit gab mir ihr Geheimnis nicht preis, noch nicht. Und ich war mir der Gefahr, in die ich mich begab, nicht im geringsten bewusst. Die Tatsache, dass mein armer verzweifelter Bruder für diese Dinge womöglich mit seinem Augenlicht und seinem Verstand bezahlt hatte, ignorierte ich.

Auf eimal spürte ich, wie sich eine schwere Hand auf meine Schulter legte und als ich mich umdrehte, sah ich entsetzt in Don Rodrigos Gesicht. Ich hatte Zeit und Raum vergessen und nicht gemerkt, wie er aufgestanden war. Wie immer lag ein herablassender Ton in seiner Stimme, als er sagte:
„Ich begreife dich nicht, Efrén. Im Garten ist es herrlich, der Mond scheint und die Nacht ist so mild. Stattdessen sitzt du hier herum und starrst förmlich Löcher in die Luft. Oder wartest du auf eine Erleuchtung?"

Er betrachtete mich noch kurz mit leutseligen schadenfrohen Blicken, dann verließ er wortlos den Raum. Er wusste genau, was in mir vorging – von meinem Wunsch so zu sein wie er – er wusste, dass ich unwiderstehlich von ihm gefangen war.,

3.

Im Brunnenschacht

Letzte Nacht habe ich wieder sehr schlecht geschlafen. Ich muss etwas Scheußliches geträumt haben. An den Traum selbst kann ich mich nicht mehr erinnern, ich weiß nur noch, dass ich schreiend aufgewacht bin. Eigentlich wäre es gescheiter, wenn ich mich nicht allzu sehr mit meiner Vergangenheit beschäftigen würde. Sie belastet mich mehr als ich dachte. Wenn wenigstens jemand bei mir wäre. Die Stille im Haus beginnt mich zu beunruhigen. Aber ich habe weder die Kraft noch den Mut, dieses Haus zu verlassen. Als einzige Gesellschaft, außer unserem Stallknecht, ist mir der schwarze Kater geblieben, der gegenüber auf dem Sessel liegt und friedlich schläft.

Wo war ich eigentlich stehen geblieben? Ach, bei unserem Diner. Inzwischen war ein weiteres Jahr vergangen und mein Vater hatte mir noch immer nicht gesagt, was er mit mir vorhatte. Langsam begann ich die Geduld zu verlieren. Doch er brachte es fertig, mich bei der Stange zu halten. Ich hoffte also unermüdlich weiter auf den großen Augenblick.

Gracía, unsere jüngste Schwester litt seit einiger Zeit an einer schweren Grippe. Unser Vater dachte weder daran, einen Arzt zu holen, noch sonst sich um sie zu kümmern. Wir Geschwister wussten nicht, wo wir einen finden konnten und hatten Angst, die Hazienda zu verlassen. Es gab noch genügend Banditen und Aufständische in der Nähe. Und mit Sicherheit hätte ein Arzt ihr auch nicht mehr helfen können. Schon seit Tagen hatte sie hohes Fieber und kam nicht mehr zu Bewusstsein. Das einzige, was wir tun konnten, war an ihrem Bett wachen und auf ihren Tod zu warten.
„Es sieht böse aus", flüsterte Enrique, als ich ihn für einige Stunden ablöste. „Wir müssen uns bald auf das Schlimmste gefasst machen."
„Sie wird sterben."
„Ich fürchte ja."
Einen Augenblick machte mich diese vollendete Tatsache fassungslos, aber nach kurzem Überlegen kam ich zu der Einsicht, dass der Tod für dieses arme kleine Wesen nur eine Erlösung sein konnte von einem Leben,

das zwangsläufig so enden musste, wie das von Juana. Sie atmete nur noch schwach. Bald würde sie in eine andere Welt hinüber triften. Wie immer diese Welt auch sein würde, ihr feines Lächeln, verriet uns – dort musste es ihr gut gehen.

„Es wird bestimmt besser für sie sein", versuchte ich verzweifelt den aufkommenden Schmerz über ihren baldigen Verlust zu verdrängen. Enrique bestätigte meine Feststellung mit einem schwachen Kopfnicken.

„Es ist in jedem Fall besser, wenn sie jetzt schon von uns geht. Ich frage mich nur, wer dann von uns drankommt."

Wir verließen das Zimmer und schlossen die Tür leise hinter uns zu, um unsere kleine Schwester nicht aus ihren Fieberträumen zu wecken.

„Was willst du damit sagen?"

„Nun, unsere Lebenserwartung ist nicht gerade hoch."

Mit diesen Worten ging er langsam zur Treppe. Er musste wohl gerade im Begriff gewesen sein, seine Ausführung fortzusetzen, als er plötzlich mit einem Aufschrei taumelte und sich gerade noch am Geländer festhalten konnte.

„Da Efrèn! Hast du es gesehen! Dieses verdammte Katzenvieh!"

Fauchend mit gesträubten Haaren wich Onyx zurück.

„Wie ich dieses Biest verabscheue, wenn ich es erwische, schlage ich es tot!"

In dem Augenblick – völlig unerwartet – zischte eine schneidende Stimme durch den Raum:

„Was kann die arme Katze für deine Schussligkeit. Mach eben die Augen auf, du Trottel."

Mit befriedigendem Schnurren strich der Kater um Don Rodrigos Beine. Enrique atmete noch einmal tief durch. Offenbar hatte es ihm die Sprache verschlagen. Dann brüllte er mit voller Kraft zurück:

„Gestattet, Herr Vater – ich bin blind!"

Mit spöttischem Lächeln sah Don Rodrigo ihn an, der Auftakt zu einem neuen handfesten Krach.

„Ach du Ärmster. Wie konnte ich das vergessen. Hüte deine Zunge, sonst wirst du auch noch stumm und das wäre besonders furchtbar für dich."

Wann lernte Enrique endlich, dass er unserem Vater niemals gewachsen war. Er verlor auch dieses Mal sofort die Fassung und brachte vor Zorn und Verzweiflung kaum ein vernünftiges Wort heraus.

„Das könnte dir so passen. Du willst mich noch stumm sehen. Töte mich doch gleich."

„Bist zu feige es selbst zu tun", knurrte Don Rodrigo.

„Aufhören, sofort aufhören – hör auf damit!", schrie Enrique und ließ sich stöhnend auf den Treppenstufen nieder. „Efrén, hilf mir auf mein Zimmer, ich werde sonst noch wahnsinnig."

„Das bist du bereits, mein Erstgeborener, wahnsinnig und blind."

Mir selbst hatte es längst vor Entsetzen die Sprache verschlagen und als Enrique nun noch zu weinen anfing, war ich wie gelähmt und unfähig etwas zu unternehmen.

„Eines Tages wird dein Hochmut gerächt werden", schluchzte er. Don Rodrigo verzog keine Miene.

„Ich wüsste nicht, wer an mir Rache nehmen sollte. Efrén nimm endlich dieses hysterische Bündel Elend und bring es auf sein Zimmer, wo es sich ausheulen kann."

„Berühren meine Tränen vielleicht doch dein schlechtes Gewissen?"

Der Rest des Satzes ging in ein unverständliches Winseln über.

„Du sagst es", höhnte Don Rodrigo unaufhörlich weiter „Mir blutet schon das Herz."

„Oh ja, dein Herz soll bluten. Glaubst du, ich weiß nicht, was sich hinter deiner zynischen Fassade verbirgt. Aber nein, ich vergaß, dein Herz ist bereits vor langer Zeit zum Bluten gebracht worden – und wenn es dir nicht schon herausgerissen worden wäre, würde ich es jetzt mit Freuden tun", entgegnete Enrique schluchzend. „Weißt du eigentlich, dass deine Tochter im Sterben liegt?"

„Was für eine Tochter? Du weißt, ich hatte nur eine Tochter."

„Nein, du hast zwei, und ich rede von García. Aber wozu. Es interessiert dich doch ohnehin nur einen Dreck."

„Soll ich vielleicht herum flennen wie du. Dein Auftritt ist ja schon bühnenreif."

„Verdammt! Sie ist dein Kind!"

„Bist du dir da so sicher? Und wenn schon, dann ist sie aus dem entstanden, was mir hin und wieder Freude machte. Deine falsche Sentimentalität ekelt mich an."

„Du bist nichts weiter als eine kaltschnäuzige Bestie."

Für den Bruchteil einer Sekunde glaubte ich, meinen Vater zittern zu sehen – vor Wut? Nein, er zitterte nie, wenn er wütend war. Enrique hatte es geschafft, ihn zu verletzen. Doch Don Rodrigo hatte sich bereits wieder in der Gewalt.

„Ich weiß, dass deine Mutter eine Heilige war. Warum bist du eigentlich nicht ins Kloster gegangen? Aber mein Erstgeborener, auch du hast Schlimmes zu verbergen – das macht dir ordentlich zu schaffen – ich kenne deine abwegigen Gelüste. Außerdem brauchst du nicht so zu schreien, ich bin nicht taub."

„Oh doch, das bist du. Du bist taub für alles, was um dich herum vorgeht. Außer für die Sauereien, die du mir permanent unterstellst, die nur deinem krankhaften Gehirn entspringen. Deinetwegen können wir ja verrecken, das würde dich nicht kümmern. Das hast du nun von deinen erniedrigenden Vergnügungen, einen Sohn, der dich verabscheut wie die Pest."

Don Rodrigo lachte gequält auf und rieb sich die Hände.

„Nun ist das große Drama auf dem Höhepunkt angelangt. Wenn ich nicht das unwiderstehliche Verlangen hätte, dich zu ohrfeigen, würde ich jetzt applaudieren." Er wurde wieder ernst als er fortfuhr: „Du traust mir das also zu? Du traust mir nur niedrigste Empfindungen zu? Du kommst mir mit Liebe. Du weißt ja nicht einmal was das ist. Du verweigerst mir die Trauer um mein sterbendes Kind? Du kennst doch keine Trauer. Du kennst nur Rache in deiner unendlichen Selbstgerechtigkeit. Aber ich muss mich ja wohl nicht ausgerechnet vor dir rechtfertigen. Weißt du mein Erstgeborener, mein eigen Fleisch und Blut, das einzig Niedrige an meinen Vergnügungen, wie du es nennst, ist das Ergebnis - nämlich du. Und du weißt nur zu genau, ich wollte dir helfen, dir eine neue Chance geben. Hast du das vergessen, oder überhaupt jemals zur Kenntnis genommen? Du machst mich für dein erbärmliches Scheitern verantwortlich. Du selbst bist schuld, du bist gefallen durch deine eigene Schuld und deinen immensen Hochmut. Du hast dabei nicht einen Deut von Würde bewiesen. Jetzt heulst du sogar den Gott der Christen an, aber der hat bestimmt kein Erbarmen mit dir rachsüchtigen Einfaltspinsel. Und ein Einfaltspinsel bist du. Ein greinender Idiot, der mit erloschenen Augen und ebenso erloschenem Verstand durch sein verpfuschtes Leben torkelt. Du solltest dich wirklich lieber gleich erschießen."

„Ich hasse dich", ächzte Enrique.

„Natürlich, natürlich. Aber nicht mal das kannst du richtig. Du hast es mir jetzt oft genug gesagt. Dein letztes Argument, wenn du nicht weiter weißt und dich in die Enge getrieben fühlst. Deine Wortwahl ist inzwischen ebenso beschränkt wie dein Verstand. Mach dass du mir endlich aus den Augen kommst, bevor ich deinem Dahinscheiden nachhelfen muss."

„Du wirst mich so schnell nicht los." Enrique jedoch gab nicht auf – dieses Mal nicht – und rappelte sich wieder hoch, um noch seinen letzten Triumph auszuspielen. „Du bist unfähig mich zu töten, sonst hättest du es längst getan. Vergiss nicht, von wem der Schwächling seine Schwäche geerbt hat. Außerdem, du brauchst einen Grund, um mich zu töten, sonst fällst auch du und diesen Mord kannst du nicht vertuschen. Aber das Ekelhafteste ist, dass du nun glaubst Efrén für dich zu gewinnen. Du spielst ein mieses Spiel mit ihm, doch vergiss nicht, dieses Spiel kann auch für dich gefährlich werden. Mein Gott, Efrén, lass dich nicht von dieser Schlange mit ihren falschen Versprechungen einwickeln."

Dass der Streit um meine sonst so uninteressante Person ging, berührte mich doch unangenehm. Ich unternahm einen kümmerlichen Versuch zu schlichten, der natürlich voll daneben ging.

„Beruhige dich doch Enrique." Etwas Besseres fiel mir nicht ein. Ich wollte nur, dass sie aufhörten.

„Du wirst dein Mitleid für diesen Schwachkopf bereuen, wenn du erfährst, was er auf dem Kerbholz hat. Na, vielleicht beichtet er dir mal in einer stillen Stunde", fuhr mein Vater nun auch mich an. „Deine Gefühle sind reine Energieverschwendung."

„Mach ihn nur kaputt!", schrie Enrique. „Nimm ihm den letzten Zug von Menschlichkeit, damit er endlich so kaltschnäuzig wird wie du. Ach, was rede ich denn noch. Es ist so sinnlos, alles ist so sinnlos." Damit taumelte er nach oben in sein Zimmer. „Alles ist sinnlos."

Noch am selben Nachmittag nach diesem Zwischenfall starb Gracía. Musste ich nicht weinen, weil ich geahnt hatte, dass sie sterben würde? War ich auch schon so abgebrüht wie unser Vater? Aber war er wirklich so abgebrüht? Ich redete mir tapfer ein, dass er es nicht war, um noch etwas Menschlichkeit in ihm zu finden. Im Grunde war ich froh, denn sie war aus diesem erbärmlichen Leben erlöst und hatte hoffentlich Frieden in einem anderem schönen Leben gefunden. Während ich ihre durchsichtige schmächtige Gestalt betrachtete, überkam mich dann doch eine unendliche Traurigkeit und ich wünschte mir, ihr dorthin zu folgen, wo sie jetzt sein mochte. Aber vielleicht löschte der Tod auch nur alles aus, man hörte einfach auf zu existieren. Ich machte mich damit vertraut, auch diesen Gedanken annehmbar zu finden. Ich wandte mich zur Tür, denn ich hatte plötzlich das Gefühl, nicht mehr allein zu sein. Ich erschrak – so elend hatte ich meinen Bruder noch nie gesehen. Die toten blauen Augen, die mich immer wieder irritierten, blickten ins Leere, die verbittert zusammengekniffenen Lippen und das fahle magere Gesicht machten ihn, der einstmals strahlend schön gewesen war, um viele Jahre älter. Dieser Streit mit Don Rodrigo musste ihm furchtbar zugesetzt haben. Er ließ die Türklinke los und wankte langsam auf mich zu.

„Efrén, besser du verlässt jetzt dieses Zimmer. Du kommst auf Gedanken, die dir später leid tun könnten."

„Welche Gedanken?", fragte ich zu verblüfft, um mich darüber aufzuregen, dass er schon wieder diffuse Andeutungen machte.

„Du wolltest doch eben sterben." Er schien mit seinen toten Augen in mein Innerstes eindringen zu wollen. „Du glaubst, den Tod nicht zu fürchten."

„Nein, eigentlich nicht. Wenn ich sehe, wie friedlich unsere kleine Gracía daliegt. Für sie war er zumindest eine Erlösung."

„Für sie bestimmt, aber das trifft nicht auf alle zu."

Er signalisierte „Gesprächigkeit", ich spürte, dass ich einen Teil von dem großen Geheimnis erfahren konnte, wenn ich jetzt beharrlich weiterfragte:

„Gehörst du zu diesen nicht allen?"

Er schwieg. Er schwieg noch immer, als wir draußen im Garten angelangt waren. Aber er kämpfte mit sich, sein Schweigen zu brechen. Er ließ sich erschöpft auf der brüchigen Holzbank nieder. Ich folgte seinem Beispiel.

„Ja, ich gehöre dazu – und du bald auch", beantwortete er mit einem Mal unerwartet meine Frage. Nun musste ich wissen, worauf er hinauswollte. Er war am Ende, er brauchte jemanden, dem er sich anvertrauen konnte und ich hatte nicht einmal Skrupel, diese Gelegenheit auszunutzen.

„Und das heißt?"

„Dass wir unsterblich sind."

Mir stockte der Atem.

„Wird mir das eines Tages Don Rodrigo erklären?"

Enrique lächelte mitleidig. „Damit hat er bereits angefangen und wenn er fertig ist, ist es zu spät."

„Willst du mir wieder Angst machen?"

„Vielleicht, aber vor allem möchte ich dich warnen."

Ich verlor nun doch allmählich die Geduld. Ich entschied aufs Ganze zu gehen – eine eindeutige Antwort auf eine eindeutige Frage.

„So, bitte sage mir, vor was und vor wem du mich andauernd warnen willst. Ich weiß längst, in diesem Haus gibt es Dinge, die sagen wir mal, nicht so ganz alltäglich sind. Ich möchte darüber endlich Genaueres wissen und wenn du nicht willst oder kannst, dann meine ich, dass alle weiteren Gespräche zwischen uns überflüssig sind."

Ich glaubte, ein Zittern in meiner Stimme zu spüren und das erste Mal fühlte ich so etwas wie Angst. Enrique schien tatsächlich einen inneren Kampf geführt zu haben, bis er sich schließlich bereit erklärte, wenigstens einen Teil des Geheimnisses zu lüften.

„Nun gut, es gibt Menschen, die glauben mit Hilfe von übersinnlichen Fähigkeiten Götter geworden zu sein. Ein solcher Gott wird dich jetzt in die Geheimnisse der Schwarzen Magie einweihen. Und damit meine ich nicht irgendwelche albernen Zauberkunststücke wie Kartenlegen, Vodoopuppen oder Handlesen – da geht es um viel mehr – und verlass dich drauf, es ist Schwarze Magie. Jegliche Art, es dem großen Schöpfer gleichzutun, ist Schwarze Magie und verwerflich, falls du dich erinnerst, was unser Lehrer in der Schule gesagt hat: es wird mit ewiger Verdammnis bestraft. Na ja, zu der Verdammnis kommen wir gleich. Unser eigener Vater, dieser kleine schäbige Götze möchte, dass du ihm gleich wirst, sein Nachfolger, und das Wissen, das du dabei erlangst, ist wirklich einzigartig. Aber du wirst dafür einen Preis bezahlen – einen hohen Preis für deine Unsterblichkeit. Unsterblich wirst du, es kommt nur darauf an, wo und wie. Solange du frei walten kannst, ist auch alles wunderbar. Aber hat einer der Dämonen – ah dir wird unbehaglich – das sind Dämonen, Efrén, auch wenn sie behaupten Engel zu sein, die du beschwörst, damit sie dir zu Diensten sind, – deine schwache Stelle erwischt, dann wird deine Unsterblichkeit zur Hölle schon bevor du wahrscheinlich am Jüngsten Gericht endgültig dorthin fahren wirst. Der Gedanke begeistert dich trotzdem. Das ist ja das Schreckliche, mir ging es nicht besser. Ich bin ehrlich. Ich hatte weder die Kraft noch die Nerven, um das zu bewältigen, was ich erlebt und vor allem, was ich getan habe. Vielleicht hast du mehr Glück, was ich jedoch bezweifle. Aber pass auf, ich will dir an einem Beispiel erläutern, in welcher Lage sich ein gescheiterter Magier befindet:

Stell dir vor, man hat dich in einen tiefen Brunnen mit einer unendlich hohen Mauer geworfen. Du befindest dich fast ganz unten auf dem Grund

und versuchst nun, wieder langsam an dieser glatten Mauer entlang zum Licht zu klettern. Vielleicht schaffst du sogar ein ganzes Stück nach oben. Aber kurz vor dem Ziel machst du einen Fehlgriff und stürzt abermals nach unten – dieses Mal sogar noch tiefer. Einen Moment kannst du noch nicht begreifen, wie das geschehen konnte, du hast dir doch so Mühe gegeben und verzweifelt gekämpft. Du denkst nicht mehr darüber nach, reißt dich zusammen und beginnst wieder nach oben zu klettern. Du kannst das Ende des Brunnenschachtes deutlich erkennen, du hast das Ziel wieder greifbar in deiner Nähe – einen Bruchteil von einer Sekunde und ... vor blindem Eifer siehst du nicht, wie sich ein Stein in der Mauer lockert. Deine Hände krallen sich verzweifelt fest, der Stein löst sich und du fällst bis du unten angelangt bist, wo du angefangen hast. Du versuchst es schließlich ein drittes Mal, ein viertes Mal, ein fünftes Mal. Inzwischen ist eine lange Zeit vergangen. Das hält dich nicht ab, es immer wieder aufs Neue zu versuchen, aber der Stein, du scheiterst jedes Mal an diesem lockeren Stein. Du warst der Freiheit so oft schon so nahe, hast einen kurzen Einblick in ein besseres Leben gehabt. Aber so sehr du dich auch anstrengst, du wirst diese Freiheit nicht mehr erreichen. Der Stein, dein lockerer Stein, wird nachgeben – immer wieder.

Nun beginnst du allmählich jegliche Hoffnung zu verlieren. Du möchtest am Ende einfach nicht mehr existieren, denn deine Unsterblichkeit ist zur ewigen Qual geworden. Nach dem Fall bist du zwar jedes mal für einen Augenblick wie betäubt, hast deine Bemühungen, den lockeren Stein zu überwinden, vergessen. Du erwachst und siehst Dunkelheit um dich. Aber nein, da oben in ganz weiter Ferne scheint es Licht zu geben, ein kleines Licht der Hoffnung. Wie mechanisch beginnst du, wieder nach oben zu klettern. Du schwörst, dieses Mal aufzupassen, doch als du oben angelangt bist, fehlt dir die Kraft, dich festzuhalten und du fällst. Die erneute Erkenntnis, dass es eigentlich keine Erlösung mehr gibt, wird nach jedem Versuch schmerzhafter. Um es deutlich zu sagen, wer einmal gefallen ist, schafft es in den meisten Fällen nie wieder, nach oben zu gelangen. Aber bis du das begreifst, können Jahrhunderte vergehen – du hast richtig gehört – Jahrhunderte!"

Enrique machte eine kurze Pause, dann fuhr er fort:

„Irgendwann bist du soweit, dass du den Weg nach oben nicht einmal mehr bis zur Hälfte schaffst, weil du einfach zu erschöpft bist. Und du wirst merken, dass der Brunnen noch viel tiefer ist. Du gehst sogar freiwillig so tief hinab, dass du das Licht nicht mehr sehen kannst, weil du es nicht mehr sehen willst. Nur, es ist trotzdem unwiderruflich in deinem Gedächtnis eingeprägt. Du tust alles, um es zu verdrängen und schnell wird dir klar, dass es auf dem Weg nach unten in die Einsamkeit und das Elend keine Grenzen mehr gibt. Du unternimmst noch ein paar schwache Anstrengungen und versuchst, dich zu wehren, schließlich stumpfst du völlig ab und bleibst in ewiger Finsternis. Ein elender Zustand, mit dem du dich sogar am Ende abzufinden versuchst. Ja, und mit einem Mal wird dich irgendwann jemand für kurze Zeit, für ein zu erbärmliches menschliches Leben – nach oben holen. Dieser Jemand will dir nicht helfen. Du bist für ihn lediglich ein Mittel zum Zweck. Er braucht die Energie deiner Verzweiflung und deines Hasses, um selbst noch weiter nach oben zu gelangen. Glaub mir, Hass und Verzweiflung setzen die größten Energien frei. Hat er seinen Weg mit deiner unfreiwilligen Hilfe erfolgreich zurückgelegt, lässt er dich fallen und du sitzt wieder unten im Brunnenschacht. Du beginnst die anderen hilflosen Geschöpfe, die weiterhin vergebens versuchen nach oben zu gelangen, zu verachten, denn sie scheinen noch nicht zu wissen, wie oft sie diesen ergebnislosen Versuch gemacht haben."

Er hielt inne und ließ den Kopf auf die Brust sinken. Weinte er? Ich wagte nicht ihn anzuschauen. Ich hatte begriffen. Es war nur eine Frage der Zeit, bis Don Rodrigo ihn nicht mehr brauchte und zurückstieß in die Dunkelheit. Aber ich war doch nicht betroffen, oder? Bestand meine nötige geistige Grundlage darin zu verstehen, dass ich auf dem Grund eines Brunnenschachtes lag und feststellte, dass meine ganze Existenz nichts weiter als ein jämmerliches Versagen darstellte?

Ich erhob mich und ging schweigend ins Haus zurück.

Mexiko | Finis Terra 1917 – 1923

4.

Ein schwarzes Geheimnis hinter dem Kleiderschrank

Am nächsten Morgen begruben wir Gracía draußen im Garten. Ein schlichtes Holzkreuz – Enrique wollte es so – und ein paar Blumen schmückten ihre letzte Ruhestätte.

Am schlimmsten von uns allen war offensichtlich Juana betroffen, denn noch in der Nacht nach dem Tod unserer kleinen Schwester, bekam sie einen furchtbaren Anfall. Mit García hatte sie eine ihrer wichtigsten Bezugspersonen verloren. Dieses zerbrechliche Kind aufzuheitern, zu beschützen gab ihr noch einen kleinen Rest von Normalität. Sie schrie und hämmerte wie besessen mit den Fäusten an die Wand. Schweißüberströmt hatte ich mich im Bett aufgerichtet. Mein Gott, was ging hier vor? Ich hörte ihr verzweifeltes Schreien und ihr herzzerreissendes Weinen, aber ich war vor Entsetzen wie gelähmt und hoffte inständig, dass dieser Anfall ohne meine Anwesenheit vorüberging. Tat er aber nicht. Im Gegenteil, er wurde sogar heftiger. Warum erbarmte sich nicht Enrique ihrer? Wahrscheinlich dachte er im Moment genau das Gleiche: Warum erbarmte sich nicht Efrén ihrer. Auf einmal war es still. Ich lauschte, aus dem Zimmer nebenan war kein Ton mehr zu hören. Erschöpft und erleichtert ließ ich mich in die Kissen zurückfallen. Ob sie jetzt bewusstlos auf dem Boden lag? Mein schlechtes Gewissen ließ mir keine Ruhe. Sie brauchte Hilfe. Ich musste nach ihr sehen! Tatsache war, ich konnte nicht nach ihr sehen, ich hatte Angst, Angst vor der unheimlichen Stille, dem Anblick ihres entstellten Gesichtes und Angst vor dem, was sich womöglich noch in diesem Zimmer befinden konnte. Ich entschied gegen mein Gewissen und rührte mich nicht vom Fleck. Ich starrte an die Decke, dann wieder ans Fenster. Es war so dunkel, dass man fast nicht die Hand vor Augen sehen konnte. An einschlafen war heute Nacht ohnehin nicht mehr zu denken. Um mich abzulenken, begann ich mit einem Spiel, das mich seit meiner Kindheit so fasziniert hatte. Ich starrte so lange in die Finsternis, bis sich vor meinen Augen kleine helle Punkte zu bilden begannen, die sich schließlich zu phantastischen Wesen zusammen-fügten. Manche dieser Gestalten amüsierten mich, aber vor den meisten Auswüchsen meiner Phantasie bekam ich solche Furcht, dass ich sofort Schutz unter der Bettdecke suchte.

Mit der Zeit stellte ich fest, dass diese Tätigkeit kindisch und albern war – eines zukünftigen Magiers unwürdig; außerdem lenkte sie mich nicht von meinem eigentlichen Problem ab. Der Gedanke, Juana schutzlos allein zu lassen, ließ mir keine Ruhe. Ich wollte nun nach ihr sehen. Zögernd stieg ich aus dem Bett, legte den Morgenmantel um, tastete mich zur Tür und schlich ohne Licht zu machen hinaus. Scheußlich, diese stickige Luft im Haus, die einem den Atem nahm. Kein Wunder, denn in dem großen Aufenthaltsraum wurde selten gelüftet. Endlich stand ich vor Juanas Zimmer. Ich glaubte, Stunden dazu gebraucht zu haben. Das Quietschen der Tür ließ mich zusammenfahren. Bei ihr brannte noch Licht. Ich war auf alles vorbereitet, doch auf diesen Anblick war ich nicht gefasst. Sie lag auf dem Bett und schlief friedlich, als ob nichts gewesen wäre. Vielleicht hatte sie nur schlecht geträumt, oder ich begann allmählich zu spinnen; nicht das geringste Anzeichen von ihrem schrecklichen Anfall war zu erkennen. Ich strich ihr behutsam das Haar aus dem Gesicht. Dabei fiel mein Blick auf das Bett gegenüber – es war leer. Natürlich, einen Augenblick hatte ich vergessen, dass Gracía nicht mehr unter uns war.

Da es Juana anscheinend wieder besser ging oder wahrscheinlich nicht schlecht gegangen war, konnte ich beruhigt in mein Zimmer zurückkehren und endlich schlafen. Leise schloss ich die Tür. Täuschte ich mich? Auf der Balustrade und unten im Aufenthaltsraum war es gerade noch stockfinster gewesen. Ein eigenartiges Licht, von dem ich erst nicht wusste, woher es kam, beleuchtete jetzt die Treppe. Ich glaubte meinen Augen nicht zu trauen. Dort, wo sonst der große Schrank stand, befand sich mitten in der Mauer der Eingang zu einem unbekannten Raum, aus dem das seltsam bläuliche Licht nach oben drang. Ich betrachtete das selbstverständlich sofort als Aufforderung einer näheren Untersuchung und huschte die Treppe hinunter. Vor dem mysteriösen Eingang angelangt, bekam ich dann doch wieder Angst und berechtigte Zweifel über die heile Rückkehr aus diesem Gewölbe stiegen in mir auf. Unsinn, jetzt hatte ich die Gelegenheit, Spannung in mein langweiliges Leben zu bringen und genau das gedachte ich ungeachtet der Folgen auszunützen. Also schlüpfte ich lautlos hinein. Der Eingang war so niedrig, dass ich mich erst bücken musste. Das Gewölbe selbst dagegen groß und geräumig. Kleine Abzweigungen führten irgendwo hinein in die Dunkelheit. Ich zog es vor, lieber auf dem beleuchteten Hauptweg zu bleiben. Nach wenigen Minuten befand ich mich an Ende des Ganges und schaute in einen hell erleuchteten Raum. In der Mitte stand lediglich ein großer langer Tisch, an dessen Ende, mir den

Rücken zugewandt, mein Vater saß und in einem Buch blätterte. Er musste mich nicht bemerkt haben, denn er schien vollkommen in dieses Buch vertieft zu sein. Dabei murmelte er irgendwelche unverständlichen Worte vor sich hin. Er sah aus wie ein ... Verdammt! Enrique hatte doch recht.

Aber das war doch glatter Irrsinn! Bestimmt träumte ich nur. Ich träumte natürlich nicht. Ich stierte noch immer fassungslos auf Don Rodrigo, der wie versteinert in dem hohen Sessel saß und mit einem Mal verstummte. Hatte er meine Ankunft bemerkt? Es war so still, dass man eine Nadel fallen hören konnte. Ein beklemmendes Unbehagen verdrängte meine Neugierde; mein Herz begann wie rasend zu klopfen, dass ich glaubte es zwischen den Mauern dröhnen zu hören – und wer weiß, wer es noch hören konnte? Jetzt half nur eine rasche Flucht, bevor es zu spät war. Ich wollte gerade mucksmäuschenstill umkehren, da spürte ich, wie sich der Raum auf einmal zu verdunkeln begann. Die Luft wurde angefüllt von Etwas, das ich nicht sah, aber sehr wohl fühlte – Grauen, ein unaussprechliches Grauen. Eines war klar, mein Vater und ich waren nicht mehr allein. Etwas war in diesen Raum gekommen. Ich wagte mich nicht mehr von der Stelle zu bewegen, Panik erfasste mich, ich rang nach Atem und versuchte einen Aufschrei zu unterdrücken, als mir schwarz vor Augen wurde, ich das Gleichgewicht verlor und zu Boden fiel. Eine zischende Stimme, die mir ins Ohr flüsterte, war meine letzte Wahrnehmung bevor ich bewusstlos wurde. Als ich wieder zu mir kam, war noch immer diese unheimliche Stille um mich. Wo ich jetzt wohl sein mochte? Vielleicht im Jenseits, in der Hölle? Vielleicht war ich gar nicht mehr vorhanden? Ich öffnete ganz vorsichtig die Augen, machte sie vor Schreck gleich wieder zu. Dieses Licht, dieses grelle Licht. Oh Himmel, ich wollte wirklich lieber sterben, aber wahrscheinlich war ich ja schon tot? Jemand berührte mich, mein Körper schmerzte überall und ich stöhnte auf. Ich wagte schließlich die Augen zu öffnen und sah in Juanas Gesicht. Sie lächelte:

„Efrén, bist du aus dem Bett gefallen? Hast du schlecht geschlafen?"

Ich hob mühsam meinen Kopf. Er tat scheußlich weh. Ich schaute völlig verwirrt um mich. Mein Bett war zerwühlt und ich selbst lag tatsächlich am Boden. In mein Zimmer fiel der helle Schein des Tageslichtes und Juana lächelte – wie eine Erlösung kam mir ihr Lächeln vor.

Trotzdem, die vergangene Nacht ließ mir keine Ruhe. Ich musste meiner Sache sicher sein und ich war sicher, dass mein Erlebnis in diesem Gang niemals ein Traum gewesen war. Und verrückt war ich schon gar nicht!

Jetzt bei Tagesanbruch wurde ich verwegen. Ich wartete den Augenblick ab, in dem ich mich unbeobachtet glaubte und versuchte den Schrank, hinter dem ich den Gang vermutete, beiseite zu schieben. Natürlich reichten trotz aller Bemühungen meine Kräfte nicht dazu aus. Ich brachte das riesige Monstrum nicht einen Millimeter von der Stelle. Aber ich dachte nicht im Traum daran aufzugeben und versuchte es immer wieder unter Aufbietung meiner gesamten Energie. Der Schrank bewegte sich nicht einen Millimeter. Einen Augenblick hegte ich Zweifel. Vielleicht gab es gar keinen Gang hinter dem Schrank. Nein, unmöglich, ich hatte mich bestimmt nicht getäuscht. Ich zitterte vor Wut und Anstrengung. Bevor ich soweit war loszuheulen, schlug ich mit aller Gewalt auf dieses stumpfsinnige Stück Möbel ein, wobei ich mir mehr schadete als ihm, denn meine Hände taten ganz schön weh.

„Fühlst du dich nicht wohl?", hörte ich die Stimme meines Vaters plötzlich hinter mir, während ich mir die schmerzenden Hände rieb. Erschrocken fuhr ich herum.

„Nein, nein, es geht mir gut." Meine Reaktion war ein undeutliches Gestammel, das schließlich in die Behauptung überging, mir sei etwas hinter den Schrank gefallen. Einen Augenblick noch musterte mich Don Rodrigo forschend von oben bis unten als sei ich nicht ganz richtig im Kopf. Dann grinste er leutselig, rückte den Schrank mit einer geschickten Bewegung beiseite und erwiderte:

„Bitte mein jüngster Sohn, hole es dir."

Ich glaubte, vor Scham in den Boden zu versinken. Ich wünschte mich ganz weit weg, mir wurde schwindlig. Fassungslos schaute ich hinter den Schrank – keine Tür, geschweige ein Eingang. Nichts als die bloße Mauer. Der kalte Schweiß trat mir auf die Stirn und ich fürchtete, abermals ohnmächtig zu werden. Das leise „Nun was ist?" meines Vaters holte mich zurück. Ich sah ihn noch noch immer fassungslos an. In seinen Augen und an seinem ironischen Lächeln konnte ich genau erkennen, dass er mich längst durchschaut hatte. Endlich wandte er sich von mir ab.

„Mir scheint, du fängst an zu phantasieren, Efrén. Das ist nicht ungefährlich, hüte dich", flüsterte er.

Infame Lüge! Ich phantasierte keineswegs. Er wusste es genau. Er wusste auch, dass sich hinter genau diesem Schrank ein Eingang zu einem Gewölbe befand und er wusste, dass ich letzte Nacht dort unten gewesen war. Und er wollte mich für verrückt erklären, wie er es mit meinem Bruder tat. Aber ich war noch nie so normal gewesen, wie in diesem

Augenblick. Und er hatte deutlich eine Drohung ausgesprochen. Ich musste vor ihm auf der Hut sein und Enriques wohl gemeinte Ratschläge endlich ernst nehmen. Wie gerne hätte ich jetzt Don Rodrigo meine Meinung gesagt, jedoch die Angst vor der Blamage und seinen Argumenten, mit denen er jeden zu überrollen pflegte, hielten mich rechtzeitig von diesem sinnlosen Vorsatz ab. Er schob den Schrank wieder zurück (woher er bloß die Kraft dazu nahm?) und verließ den Raum genauso plötzlich wie er gekommen war. Völlig verstört und maßlos zornig blieb ich zurück. Jetzt erst recht würde ich keine Gelegenheit auslassen, um hinter dieses Geheimnis zu kommen und es würde mir mit Sicherheit gelingen.

Ich blieb nicht lang allein, denn auch Enrique musste mein lautes Gepolter nicht entgangen sein. Er erschien genauso lautlos wie Don Rodrigo.

„Bist du noch hier, Efrén?"

Ich bestätigte seine Frage mit einem unwilligen „Ja". Er ließ sich sichtlich erschöpft im Sessel nieder, das hieß, er gedachte mit mir ein längeres Gespräch anzufangen, das bestimmt wieder aus mannigfaltigen Ermahnungen bestand. Ich hatte nicht die geringste Lust, mich mit ihm zu unterhalten und schwieg. Enrique ließ sich nicht so leicht abwimmeln wenn er beabsichtigte, mannigfaltige Ermahnungen auszuteilen.

„Weißt du Efrén, ich habe in der letzten Zeit oft an unsere Zeit im Internat gedacht. Geht es dir nicht manchmal auch so?"

Er bemühte sich vergeblich, unverfänglich zu sein. Natürlich interessierte es ihn herzlich wenig, ob ich an diese grausige Klosterschule dachte oder nicht. Nein, er wollte nur wissen, weshalb ich gegen den Schrank geschlagen hatte. Aber wegzulaufen wäre ein Fehler gewesen. Sollte er sein unverfängliches Gespräch eben haben – die Klosterschule. Eigenartig, wo er mich darauf ansprach, erinnerte ich mich. Unsere Mutter hatte darauf bestanden, dass wir dorthin geschickt wurden (wahrscheinlich um uns von unserem Vater fern zu halten). Enrique, der ohnehin zur Frömmelei neigte, fühlte sich in diesem Internat von Anfang an wohl und aufgeräumt. Er schien dort sogar so etwas wie Freunde gewonnen zu haben. Ich selbst mochte dieses Internat nicht und die fanatische Religiosität unserer Erzieher, mit der ich beim besten Willen nichts anfangen konnte, war mir verhasst. Als unsere Mutter bei dem Aufstand ums Leben kam, holte uns Don Rodrigo nach Finis Terra zurück. Um uns von da an uns selbst zu überlassen. Und hier existieren wir nun isoliert vom wirklichen Leben seit so vielen Jahren, allein, am Ende der Welt.

„Ob meine Freunde jetzt glücklicher sind?", fragte Enrique mehr sich selbst, als ich ihm meine Antwort noch schuldig blieb.

„Woher soll ich das wissen", erwiderte ich schließlich gereizt. Seine Freunde waren mir völlig gleichgültig. Entweder dieses alberne um den heißen-Brei-Geschwätz wurde beendet oder er kam ganz schlicht und einfach endlich zur Sache. Außerdem wollte ich meine Ruhe haben, aber er fuhr unbeirrbar fort.

„Verzeih, ich komme von meinen Erinnerungen nicht mehr los. Ich habe diese Zeit so geliebt. Ich denke schon, dass viele von ihnen glücklich sein werden. Sie sind bestimmt auf die Haziendas ihrer Väter zurückgekehrt und haben eine Familie gegründet."

„Und diesen Zustand bezeichnest du als glücklich, für mich unvorstellbar."

„Und warum, Efrén?"

„Ich verachte diese behäbige Zufriedenheit. Ich erwarte mehr von meiner Zukunft – als nur Familie, Geld und ein gutes Leben. Ich will unerschöpfliches Wissen, Macht und Unsterblichkeit."

„Du bist vermessen, Efrén. Wahre Unsterblichkeit in Frieden kann dir nur der allmächtige Schöpfer allein geben."

„Enrique, hör auf damit, du bist nicht mehr in der Klosterschule."

Er lächelte schwach.

„Nett, dass du mich darauf hinweist. Keine Angst, ich vergesse es bestimmt nicht, denn für mich ist alles ohnehin zu spät. Du sprichst ja schon wie unser Vater."

„Du warst doch bestimmt auch einst von ihm überzeugt oder irre ich mich?"

Enrique seufzte.

„Selbstverständlich war ich das, sonst säße ich nicht hier. Aber ich wäre so froh, ich könnte ein zufriedenes Leben führen. Jawohl ein zufriedenes langweiliges normales Familienleben."

Ich fand diesen Gedanken absurd.

„Ich glaube dir kein einziges Wort. Du bist gerade auf einem Tiefpunkt angelangt, wo du dich natürlich nach so einem stumpfsinnigen Leben sehnst. Aber erzähl mir bloß nicht, dass du in Wirklichkeit nicht froh bist über das Wissen, das diese anderen niemals haben werden."

Enrique schüttelte energisch den Kopf.

„Oh nein, Efrén. Ich will dieses verdammte Wissen nicht mehr. Ich verabscheue es sogar. Dieses Wissen bringt nur Unglück. Du selbst wirst es eines Tages am eigenen Leib zu spüren bekommen. Ich wünschte, ich hätte mich niemals darauf eingelassen. Das ist mein Ernst."

Es war sein Ernst, denn er überzeugte mich in der Tat einen Augenblick, mich lieber nicht auf dieses einzigartig gefährliche Wissen einzulassen – aber wie gesagt – einen Augenblick.

„Gibt es keine Hoffnung mehr für dich?", fragte ich vorsichtig in der Erwartung, ihn noch weiter aushorchen zu können.

„Nein, es gibt keine Hoffnung."

„Und wenn es dir gelingt, Don Rodrigo zu beseitigen."

„Deine Nerven möchte ich haben, Efrén. Wenn ich es mir überhaupt gelingt ihn zu beseitigen, ist er vielleicht ein gefallener Magier. Aber an meiner Lage ändert das überhaupt nichts – im Gegenteil – es kann noch viel schlimmer kommen."

„Mir wäre es schon eine Genugtuung, wenn er ganz unten im Brunnenschacht sitzen würde", entgegnete ich und eine hämische Freude erfüllte mich bei dem Gedanken, meinen Vater einmal in einer so jämmerlichen Verfassung erleben zu dürfen. Aber Enrique war schon zu sehr am Boden zerstört, dass ihn nicht einmal diese Vorstellung aufrichtete.

„Dann nur zu. Viel Erfolg, Efrén."

„Na, immerhin bist du noch in der Verfassung zu spotten. Lieber Enrique, ich verspreche dir hiermit, er wird eines Tages Tränen vergießen – wegen mir! Was geschieht eigentlich mit dir, wenn du diese Erde verlässt? Verwandelst du dich dann in einen Vampir oder einen Werwolf oder so was ähnliches?"

Ich wollte ihn eigentlich mit der letzten Bemerkung aufmuntern, doch offenbar erreichte ich damit genau das Gegenteil. Er zuckte zusammen, wurde um einige Nuancen blasser und stammelte schließlich:

„Ich darf ich dir nichts sagen."

„Ach, das große Geheimnis. Bestraft dich dann Don Rodrigo?", bohrte ich weiter ohne zu merken, wie gemein meine albernen Fragen wurden. Enrique schwieg beklommen. Ich beschloss, ihn jetzt endgültig aus der Reserve zu locken: „Du weißt, dass ich gegen den Schrank geschlagen habe."

„Du hast gegen den Schrank geschlagen? Ich glaubte es gehört zu haben."

„Komm, tu nicht so ahnungslos. Du bist zwar blind aber nicht taub. Deshalb bist du doch gerade gekommen, um das von mir zu erfahren, und nicht um mich zu fragen, wie ich mir die Zukunft deiner verflossenen Mitschüler vorstelle, oder?"

„Gut, wenn es dir so wichtig ist, Efrén, warum hast du gegen den Schrank geschlagen?"

„Dahinter ist ein Eingang zu einem Gewölbe und einem Raum, in dem sich sehr eigenartige Dinge abzuspielen scheinen."

„Er konnte es also nicht erwarten? Er hat dich also schon mitgenommen?"

Endlich – ich hatte ihn soweit – er war bereit zu sprechen. Leider machte ich einen dummen Fehler:

„Nein, ich bin natürlich allein und heimlich hinunter gegangen."

Enrique fuhr entsetzt zusammen, keuchte und ballte seine zitternden Hände zu Fäusten

„Das hätte ich nicht tun dürfen", fuhr ich überflüssiger weise fort.

Er schlug sich kurz die Hände vor das Gesicht, fasste sich aber scheinbar wieder und entgegnete:

„Was soll ich dir darauf sagen. Ich persönlich glaube, dieses Gewölbe existiert in Wirklichkeit nicht. Auch ich glaubte schon einige Male dort unten gewesen zu sein. Aufgewacht bin ich jedes mal am nächsten Morgen in meinem Zimmer. Ich konnte mich zwar daran erinnern, wie ich hinein, aber nicht wie ich wieder zurückgekommen bin."

„Juana sagte mir, ich hätte schlecht geträumt. Ich nahm ihr das ab. Aber nicht dir. Du kannst verdammt schlecht lügen, Enrique."

Sicher hatte ihm diese unverfrorene Bemerkung den Rest gegeben, denn er erstarrte und wusste keine Antwort mehr. Lange Zeit saßen wir uns schweigend gegenüber, bis er mit einem Mal aufschluchzte und zu weinen begann:

„Efrén, bitte hör auf mich zu quälen. Ich habe einfach Angst, schreckliche Angst. Ich bin so verzweifelt, weil ich fürchte, bald sterben zu müssen. Auch wenn meine Existenz nach meinem Tod nicht qualvoller ist als jetzt, so will ich doch am Leben bleiben – ich muss leben. Weißt du, wie oft ich schon versucht habe aus dem Brunnenschacht zu entkommen? Vergeblich. Er hat mich herausgeholt und es steht in seiner Macht mich wieder hinabzustoßen. Ich bin am Ende, denn meine einzige Hoffnung ist, dass er mir mein erbärmliches Leben lässt und mir damit noch eine kleine Chance gibt. Ich habe schreckliche Dinge getan. So schreckliche Dinge, von denen ich nie geglaubt hätte, sie tun zu können. Mein Gott, ich habe keine Vergebung verdient und ich Narr wage noch immer darauf zu hoffen. Doch ehrlich gesagt, sollte ich keine Hoffnung mehr haben dürfen und ich frage mich jeden Tag, weshalb ich mich noch so verzweifelt an diese elende Existenz klammere. Ich bin ein Narr, unser Vater hat recht, ein einfältiger Narr. Bitte, Efrén, frag nicht weiter, frag mich nichts mehr. Er wird mich töten, wenn ich dir noch mehr erzähle. Du musst warten, bis er es selbst tut. Was rede ich nur, ich weiß mehr über dich als du selbst und ich muss schweigen. Es macht mich krank. Ich kann dir nur eines sagen, pass auf dich auf. Du bist in großer Gefahr."

Er erhob sich und fiel vor mir auf die Knie, während seine Hände sich an mir festkrallten. Es war das erste Mal, dass ich wirklich tiefes Mitleid mit ihm fühlte und ich fragte mich, ob mich das selbe Schicksal erwartete nachdem ich die „nötige, geistige Grundlage" erlangt hatte. Er wusste offensichtlich von Anfang bis zum Ende die Wahrheit über mich. War diese Wahrheit von solcher Bedeutung, dass Enrique sogar mit dem Tod bedroht wurde, wenn er sein Schweigen brach?

„Ich werde dich nicht weiter ausfragen, Enrique. Nur, wenn es dir möglich ist, beantworte mir noch eine allerletzte Frage, bitte."

„Also gut, ich werde es versuchen." Er hatte sich wieder gefasst und setzte sich mir gegenüber in den Sessel zurück.

Ich rang einen Augenblick um eine optimale Formulierung, damit ich eine optimale Antwort auf diese allerletzte wichtige Frage erhielt:

„Ich habe verstanden, es geht um mehr, als irgendwelche Bücher zu lesen. Ich soll, wenn ich in den Augen unseres Vaters schlau genug bin, eingeweiht werden. Eingeweiht in irgendeinen geheimen Orden oder so was ähnliches, stimmt's. Natürlich stimmt es! Ich habe aber auch irgendwie kapiert, dass er mein Einverständnis braucht. (Das ist ja wohl so üblich, wenn man dem Teufel seine Seele verschreibt. Den Gedanken traute ich mich nicht auszusprechen). Reden wir nicht lange darum herum. Angenommen, ich überlege es mir ganz einfach anders und beschließe, auf diese Einweihung zu verzichten und ein ganz normaler Mensch zu bleiben. Gibt es für mich noch eine Chance, dem zu entkommen?"

„Willst du darauf wirklich eine Antwort?"

„Ich schlafe jede Nacht schlecht, egal wie diese Antwort ausfallen wird oder ob ich sie überhaupt erhalte."

„Da hast du allerdings recht. Aber da das deine letzte Frage an mich ist – du hast es ja eben versprochen – wirst du keine Begründung dafür erfahren. Ich riskiere mein Leben damit und ruhiger schlafen wirst du auch nicht, immerhin weißt du woran du bist."

„Dann sag mir endlich woran ich bin, verdammt noch mal!"

„Ich sag dir woran du bist. Es gibt für dich kein Zurück mehr!"

Obwohl ich komischerweise diese Antwort sogar erwartet hatte, traf sie mich jetzt wie ein Schlag ins Gesicht. Ich war also bereits Mitglied einer geheimen Vereinigung und der Pakt und die Einweihungszeremonie waren in der Tat lediglich nur noch Formalitäten. Ich fühlte mich erbärmlich betrogen und ich hatte erbärmliche Angst. Warum, warum, warum was sollte dieses Versteckspiel? Ich durfte es keinen Tag, keine Stunde, keine Minute, keine Sekunde vergessen – mein Vater, mein schleimig freundlicher Vater liebte Spiele, miese hinterhältige Versteckspiele. Natürlich hätte ich zu gern Enrique weiter ausgefragt, aber das mindeste, was ich für ihn tun konnte war, ihn nicht weiter auszufragen um sein Leben nicht zu gefährden. Und dass Don Rodrigo ihn in den Abgrund stoßen würde, dessen war ich mir inzwischen sicher.

Und ich, was wurde aus mir? Ich musste warten, warten auf den großen Tag, an dem die Falle schließlich zuschnappte!

Mexiko | Finis Terra 1917 – 1923

5.

Erzählung eines mexikanischen Stallknechts mit folgenschwerem Nachspiel

Das letzte Gespräch mit Enrique warf meinen verwegenen Plan, hinter das Geheimnis des Schrankes zu kommen, vorerst zurück. Meine Neugierde wurde von einer unvorstellbaren Angst überschattet. Am liebsten wäre ich davongelaufen – nur dann würde ich meine Angst zugeben und nie hinter Don Rodrigo Geheimnis kommen. Das eine war so unerträglich wie das andere. Und wenn er wirklich so mächtig war wie Enrique behauptete, dann würde er mich ohnehin überall aufspüren. In der nächsten Zeit versuchte ich ihm auszuweichen und vermied, mich in irgendwelche verfängliche Gespräche ziehen zu lassen. Ihn schien das überhaupt nicht zu kümmern oder es fiel ihm gar nicht weiter auf, denn er ließ mich in Ruhe. Auch mit Enrique vermied ich zu nahen Kontakt, zumal mich seine Gegenwart doch nur zu weiteren Fragen provozierte. Einige Wochen verbrachte ich sogar in völliger Zurückgezogenheit in meinem Zimmer, log meinem Vater erfolgreich an, dass ich um meine kleine Schwester trauerte und erschien nur abends zum Diner, um mich anschließend zurückzuziehen. Nächtelang lag ich wach und grübelte, ohne zu einem vernünftigen Ergebnis zu kommen. Meine Gedanken drehten sich im Kreis bis ich wieder zu der Erkenntnis gelangen musste, dass mir nichts anderes übrig blieb als zu warten.

Obwohl ich wusste, wie sehr mein Vater Unpünktlichkeit verabscheute, kam ich eines Abends zu spät zum Diner. Da ich mit ihm keinesfalls Streit wollte, entschuldigte ich mich sofort in aller Form bei ihm und versuchte, so reumütig wie möglich auszusehen. Don Rodrigo antwortete nicht, sondern starrte mich so bedrohlich an, dass ich glaubte, mein Blut müsse in den Adern gefrieren. Ich bat ihn also lieber nochmals um Verzeihung und entschärfte mein Schauspiel mit einem gewinnenden Lächeln. Sein Blick ließ noch immer nicht von mir ab und ich wurde allmählich unsicher. Ich hatte das ungute Gefühl, dass er mich jeden Moment in den Gang hinunter schleppen würde, um mir gleich eine anständige „Einweihung" zu verpassen. Diese Sorge erwies sich als ungerechtfertigt, denn er warf mich „ohne Abendessen" schlicht und einfach hinaus. Ich kann kaum beschreiben, wie erleichtert ich war, als die Haustür hinter mir zufiel. Mit zitternden Knien ließ ich mich auf die Steinstufen nieder. Jedoch kaum den gestrengen Blicken meines Vaters entronnen, ärgerte ich mich darüber, dass ich mich benommen hatte, wie ein dummes verängstigtes Kind. Selbst wenn er noch viel Grauenvolleres mit mir anstellte, wenn ich ganz in seiner Hand war, so wollte ich ihn gleich daran gewöhnen, dass er mit mir kein leichtes Spiel hatte.

Draußen auf der Treppe wurde es dunkel und empfindlich kalt und da ich den Rest der Nacht nicht frierend und hungrig verbringen wollte beschloss ich, mir in der Küche etwas Essbares zu organisieren und danach gleich ins Bett zu gehen, ich brauchte dringend Schlaf. Da begannen in der Stille die Kojoten zu heulen. Das war nicht ungewöhnlich, aber in der letzten Zeit jagte mir sogar das Rascheln der Mäuse Schrecken ein.

„Sie heulen schon die dritte Nacht", hörte ich plötzlich eine Stimme neben mir. Ich erschrak buchstäblich zu Tode, denn ich hatte nicht bemerkt, wie Pancho, unser Stallknecht, den Weg zum Haus hinaufgekommen war.

„Was ist denn am Geheule von ein paar Kojoten so besonders", entgegnete ich unwirsch, um den Schreck, den er mir eingejagt hatte, zu überspielen. Eigentlich mochte ich den alten Mann gut leiden, aber ich war überreizt und absolut nicht in der Stimmung, mich mit ihm zu unterhalten. Ich wollte gerade aufstehen, um mich zu verabschieden, da sagte Pancho:

„Don Efrén, das sind keine Kojoten."

Auf diese Bemerkung konnte ja nur die Frage folgen:

„Und was soll es sonst sein?"

„Die verdammten Geister", fuhr Pancho mit einer Selbstverständlichkeit fort, die jeden Zweifel behob. Das hatte mir noch gefehlt, wo ich mich gerade so schön mit dem Gedanken an stinknormale Kojoten vertraut gemacht hatte. Meine Müdigkeit war verflogen, ich wollte ihn unbedingt aushorchen, weil ich hoffte, sogar in den Schauergeschichten des mexikanischen Stallknechts eine Lücke in Don Rodrigos Geheimnis zu finden und fragte Pancho sofort weiter aus, bevor er sich zum Gehen entschloss.

„Geister? Das Heulen kommt von der Festung."

„Aber natürlich, Herr", bestätigte Pancho. „Sie wissen doch, dass auf der Festung böse Geister umgehen, seitdem man den unglücklichen Armando de Villavieja hingerichtet hat."

Sicher wusste ich das. Dieses uralte Melodrama kannte ich schon als Kind. Man hatte gegen Anfang des 16. Jahrhunderts den jungen Mann verbrannt, weil er mit dem Teufel im Bund gestanden haben soll. Vor etlichen Jahren, als ich vor Langeweile weder ein noch aus wusste, verbrachte ich sogar eine Nacht in den Ruinen der Festung, die nicht weit von unserer Hazienda entfernt liegen. Als jedoch kein Geist erschien, wurde das Schauermärchen schnell uninteressant.

„Auf der ganzen Familie lag ein Fluch", berichtete Pancho weiter. Der Stallknecht schien mehr zu wissen, denn davon war mir nichts bekannt. Nun, im Laufe von Jahrhunderten hat wohl jeder so seine eigene Variante dazu gesponnen und seine Variante interessierte mich.

„Von diesem Fluch musst du mir erzählen."

„Nun ja, gerne, Don Efrén. Ich fange ganz von Anfang an."

Wir setzten uns. Das hatte ich befürchtet. Er würde „von Anfang an" ungefähr bei der Genesis beginnen und im Laufe seiner Erzählung noch weitere haarsträubende Einzelheiten dazu erfinden. Vielleicht war aber gerade eine dieser Einzelheiten wichtig:

Don Armando de Villavieja war erst vor einigen Jahren mit seinem Vater, einem spanischen Kommandanten, nach Mexiko gekommen – etliche Jahre nach der Eroberung durch Hernando Cortez, als sich noch eine Menge Abenteurer und Glücksritter in dieses unbekannte Land aufmachten. Nur, Armandos Vater war keineswegs ein Glücksritter und Armando wurde nachdenklich, nachdem der Kommandant eines Morgens tot in seinem Zimmer aufgefunden wurde. Weshalb hatte sein Vater Spanien so plötzlich verlassen? Er war reich genug, stand in tadellosem Ansehen. Er hätte also kaum Grund gehabt, sich dieser Horde Abenteurer anzuschließen – für eine vollkommen ungewisse Zukunft in diesem Land – weitab jeglicher Zivilisation. Armando war ungefähr dreizehn Jahre alt, als sein Vater nur mit ihm zusammen die gesamte Familie verließ. Warum nahm er ausgerechnet nur den Sohn mit und die Mutter mit den Töchtern blieb zurück in Spanien? Er hatte auch nicht die Absicht sie nachzuholen. Der ganze Aufbruch nach Mexiko erfolgte völlig überstürzt, ja es hatte fast den Anschein, als ob de Villavieja vor irgendwas fliehen wollte. Aber er war keines Verbrechens schuldig. Armando versuchte sich zu erinnern.

Der Fluch – das war das einzige, wo er einen Zusammenhang sehen konnte. Der Fluch des jungen Magiers und Ketzers. Noch wenige Tage vor seinem unerklärlichem Tod erzählte ihm sein Vater davon:

„Armando, es ist an der Zeit, dass ich dir etwas Wichtiges sage. Wie du dich vielleicht erinnerst, starb dein Großvater an einer mysteriösen Krankheit. Und noch viel mysteriöser ist, dass er mir kurz vor seinem Tod von einer merkwürdigen Begebenheit erzählte. Er selbst war damals noch ein Kind gewesen, als er mit ansehen musste, wie ein Ketzer, den sein Vater, Don Fernando de Villavieja, bei der Inquisition angezeigt hatte, auf einem Karren zum Scheiterhaufen gefahren wurde. Für deinen Großvater war das ein unvergesslicher und schrecklicher Anblick. Der arme Mensch wehrte sich verzweifelt, obwohl er von der grausamen Folter völlig entkräftet war. Und es kam noch schlimmer. Als der Karren neben Don Fernando angelangt war, wandte sich der Ketzer an ihn und schrie: „Fernando de Villavieja. Was habe ich dir getan? Warum hast du mich so verleumdet? Wir waren doch Freunde. Warum hast du mein Vertrauen so missbraucht? Ich bin niemals mit dem Bösen im Bund gestanden und das weißt du. Aber das schwöre ich dir: Jetzt auf dem Scheiterhaufen werde ich mit ihm einen Pakt schließen, damit ich mich für die Qualen, die ich durch dich erlitten habe, rächen kann. Du wirst nach meinem Tod keine Ruhe mehr finden, Fernando. Ich werde dich wahnsinnig machen und nicht nur das: Ich werde jeden deiner männlichen Nachfahren töten, bis dein Name für immer erloschen ist."

Die letzten Worte verstand Fernando kaum noch, denn der Karren war bereits weiter gefahren. Er bekreuzigte sich zwar hastig, nahm die Drohung des Ketzers jedoch nicht allzu ernst, denn als guter Christ fühlte er sich im Recht und vertraute auf Gott. Aber der Allmächtige schien seine Hand von ihm genommen zu haben, denn ein Jahr später war Don Fernando tot. Er hatte sich im Wahnsinn aus dem Fenster gestürzt. Dann starb sein Sohn, dein Großvater, ebenso an einer unerklärlichen Krankheit. Ich bin sehr beunruhigt und fürchte mich ganz ehrlich. Vielleicht sind wir hier in Sicherheit. Ich weiß es nicht. Aber was immer auch kommt, du darfst niemals das Vertrauen zu unserem Herrn verlieren. Darum wollen wir beten, dass Gott dieses grässliche Schicksal von uns abwendet."

Die Gebete und die sinnlose Flucht nach Mexiko hatten offenbar nichts bewirkt. Auch Ojeda de Villavieja, Don Armandos Vater, starb genauso plötzlich, genauso mysteriös. Armando schauderte, er war der vierte und der letzte Villavieja. Die Aussicht, womöglich gleichfalls eines gewaltsamen Todes sterben zu müssen, raubte ihm von Stund an jede Lebensfreude. Seine Stimmung reichte von tiefster Niedergeschlagenheit bis zu unberechenbarer Reizbarkeit. Don Manuel, sein Beichtvater, beobachtete das Verhalten des Jünglings mit Sorge.

Besonders qualvoll wurden für Don Armando nun die einsamen Nächte. Wenn es ihm endlich gelungen war einzuschlafen, plagten ihn schreckliche Albträume, von denen er schreiend erwachte. Verzweifelt erhob er sich am ganzen Leib bebend, kniete nieder und versuchte zu beten. Aber jedes Mal, wenn er die Augen schloss, tauchte diese grauenvolle Vision auf. Er sah den Karren mit dem noch so jungen Ketzer vorbeifahren. Der arme geschundene Rest von einem Menschen war abgemagert bis auf die Knochen und versuchte sich mit letzter Kraft aufzurichten. Weil er nicht mehr in der Lage war, selbst zu gehen, wurde er zum Scheiterhaufen geschleift und weinte vor Schmerz und Verzweiflung wie ein Tier, als sie ihn an den Pfahl banden. Sein Wille zu leben war ungebrochen und seine Schreie hörte man noch aus der Ferne aus den Flammen heraus: „Lasst mich leben! Ihr verfluchten Mörder – was habe ich euch getan – verflucht seist du Armando de Villavieja!" Zu Tode erschrocken fuhr Armando hoch. Er zitterte, es war sein Name, den er in der Dunkelheit seines Zimmers rufen hörte. „Sei verflucht Armando de Villavieja!" Stille, es war also soweit, der Ketzer wollte auch ihn vernichten. Und in diesem Augenblick beschloss er, sich diesem Geschöpf zu widersetzen. An ihm sollte sich der Fluch nicht erfüllen.

Nach diesem Entschluss wurde Armando ausgeglichen und ruhig. Er wartete sogar gefasst darauf, dass die Erscheinung zurückkehrte. Ein paar Wochen vergingen, bis er eines Nachts durch ein Flüstern erwachte. Jemand hatte wieder seinen Namen genannt. Armando erhob sich und sah sich vorsichtig um. Als er am Fenster die schwachen Umrisse einer Gestalt erkannte, bekreuzigte er sich einige Male hastig. „Was willst du von mir?", fragte er erst zaghaft, noch immer in der Hoffnung, dass sich die Erscheinung als ein Auswuchs seiner eigenen Phantasie erweisen würde. „Dein Leben." Es war die gleiche Stimme, die ihn vor etlichen Wochen verflucht hatte – die Stimme des Ketzers. „Du irrst. Ich fürchte dich nicht", log Armando und versuchte die Gesichtszüge seines Gegenübers zu erkennen. „Vor mir brauchst du dich nicht zu fürchten", fuhr die Stimme beängstigend sanft fort, „sondern vor der Kirche, die dich bald auf den Scheiterhaufen bringen wird." „Mich?", lachte Armando gequält auf. „Ja, dich. Ich habe mir für den letzten der Villaviejas etwas Besonderes ausgedacht. Man wird dich verhören, foltern und anschließend verbrennen. Das wird den Glauben an deinen Gott sicher festigen."

Diese ungeheure Blasphemie ließ Armando für einen Augenblick die Angst vergessen und rasend vor Wut tastete er nach dem nächstbesten Gegenstand in seiner Nähe und warf ihn zum Fenster. Die dunkle Gestalt verschwand.

Er fühlte sich bestätigt, dass diese Reaktion und seine Gebete zu Gott Erfolg hatten, denn die weiteren Nächte hatte er Ruhe und verschwendete keinen Gedanken mehr an seinen unheimlichen Besucher. Don Manuel, sein Beichtvater, war über Armandos Wandel hoch erfreut, er hatte den jungen Mann lieb gewonnen und bemühte sich mehr denn je um ihn. „Ihr habt Euren Vater sehr geliebt", hörte Armando die Stimme des Priesters hinter sich sagen, als er mit gesenktem Kopf am Grab seines Vaters stand. Er wandte sich um, lächelte Don Manuel an und erwiderte: „Ja, ich hatte den alten schwachsinnigen Trottel wirklich gern, du gottserbärmlicher Pfaffe."

Wie betäubt blieb Armando stehen und erst das entsetzte Gesicht des Priesters brachte ihn wieder zur Besinnung. Er bebte am ganzen Leib und bevor er eine Erklärung hervor stammeln konnte, hörte er sich sagen: „Warum gaffst du mich so an, du klerikaler Hundsfott? Mein Gott, ich ... Padre, was ist mit mir? Padre, verzeiht ... ich bin besessen." Heulend vor Wut und Verzweiflung fiel Armando vor dem Priester auf die Knie und küsste inbrünstig dessen Füße. „Helft mir, ich bin besessen. Helft mir bitte!"

Von jenem Tag war Armandos Schicksal besiegelt. Don Manuel und die anderen Priester zeigten anfangs noch viel Verständnis für die arme verwirrte Seele, aber als alle Geduld, alles Drohen nichts halfen und Armando in aller Gelassenheit die obszönsten Flüche und Blasphemien von sich gab, machte man dem jungen Villavieja den Prozess und verurteilte ihn wegen Hexerei und Gotteslästerung zum Scheiterhaufen. An seine Unschuld glaubte inzwischen kein Mensch mehr, sonst hätten ja die vielen Gebete und Teufelsaustreibungen geholfen. In der Nacht vor seiner Hinrichtung materialisierte sich wieder die dunkle Gestalt des Ketzers. „Ich wollte dich noch einmal sehen," flüsterte sie scheinheilig. „Ich möchte, dass du deinen Vorfahren Grüße von mir ausrichtest – Grüße aus der Hölle. Aber vielleicht landest du ja auch gleich dort." „Gut, du hast deinen Willen," entgegnete Armando ruhig, ohne auf den Spott des Anderen einzugehen. „Ich habe längst keine Furcht mehr vor dir. Ja, du bist in der Hölle, und deine Hölle ist, ewig damit zu leben, dass du Unschuldige in den Tod getrieben hast. Oder hast du vergessen, dass alle Nachkommen Don Fernandos unschuldig starben – so unschuldig wie du damals auch. Nur, ich verkaufe meine Seele nicht, um Rache zu nehmen. Ich werde trotz meines schmachvollen Todes auf Christus vertrauen, er wird mir helfen. Das macht meine Qual nur ganz kurz und der Tod lässt sich leichter ertragen. Ich bete um Vergebung und glaube an diese Vergebung meiner Sünden. Du wirst ewig leben – ohne Vergebung mit deiner Schuld und deiner Einsamkeit. Ich empfinde tiefstes Erbarmen mit dir." Armando hielt inne. Es war totenstill. Die Gestalt des Ketzers war verschwunden – dieses mal für immer. Armando wurde am nächsten Morgen verbrannt und wenige Zeit später verließ Don Manuel mit dem Rest des Gefolges die verfluchte Festung, die seit jenem Tag nicht mehr bewohnt ist.

„Ja, Don Efrén, der arme Armando. Man erzählt, der Geist des Ketzers kommt manchmal zurück, um ihn um Vergebung zu bitten." Pancho seufzte auf. Seine tragische Erzählung hatte ihn sichtlich erschöpft. Die erbauliche Erzählung eines frommen, abergläubischen Stallknechts. Mich beeindruckte sie nicht, diese Erzählung von Rache, Schuld und Vergebung. Wirklich nicht?

„Die Geschichte ist sehr umfangreich. Wer hat sie dir erzählt?"
Er zuckte die Achseln und bevor er antworten konnte, fuhr ich fort:
„Vielleicht Don Rodrigo?"
„Wieso gerade Ihr Vater, Don Efrén", stammelte Pancho verwirrt.
„Warum nicht. Er erzählt gerne solche Geschichten."
Pancho sah mich an, als ob der Geist jenes Ketzers jetzt auch in mich gefahren wäre, murmelte etwas von jahrhundertelanger Überlieferung und dass er noch dringend nach den Pferden schauen müsse – mitten in der Nacht – dann erhob er sich und verschwand aus meinem Blickfeld, ohne noch ein weiteres Wort zu verlieren in der Dunkelheit.

Und ich war wieder mal mit meinem Latein am Ende, wie man so sagt. Ständig wich man mir aus, laufend wurden irgendwelche Halbwahrheiten erzählt oder legte ich in die Geschichte des alten Pancho zu viel Gewicht? Ja, das tat ich wohl. Vielleicht hatte er nur Lust zu reden und sich dabei, wie ich schon anfangs vermutete, diese Details selbst zusammengesponnen. Ob ich ihn erschreckt hatte? Jedenfalls war das niemals meine Absicht gewesen. Das Heulen der Kojoten, ach nein, es war ja der verdammte verbrannte Ketzer, nahm kein Ende. Tatsächlich glaubte ich einen Augenblick in dem Geheule meinen Namen zu hören. Sollte sich sein Fluch nun von den Villaviejas auf die Alpojars übertragen haben? Ich kam mir so lächerlich vor, dass ich jegliche Furcht gleich wieder verwarf, was allerdings nichts an der Tatsache änderte, dass inzwischen schon ein paar Mal laut und deutlich nach mir gerufen wurde. Bevor ich gedachte, mit zitternden Knien in Ohnmacht zu fallen, registrierte ich gerade noch rechtzeitig, dass diese Schreie nicht von der Festung, sondern aus unserem Haus kamen. Um es zu präzisieren, es war Enrique, der nach mir rief – unmenschlich verzerrt und völlig verzweifelt. Mir war augenblicklich klar, er brauchte meine Hilfe. So drückte ich mutig und entschlossen die Türklinke herunter. Als ich die Tür jedoch einen Spalt geöffnet hatte und seine Worte genau verstand, konnte ich vor Entsetzen keinen Schritt mehr weiter gehen.

„Efrén, hilf mir. Er wird mich umbringen. Bitte mein Vater, ich hab kein einziges Wort verraten. Er weiß nichts, gar nichts. Ich werde nie wieder mit ihm sprechen. Aber bitte lass mich leben. Bitte, ich flehe dich an!"

Ich vernahm sein Aufschluchzen, dann Don Rodrigos eisige Stimme:

„Natürlich, du wirst nie wieder mit ihm sprechen, dafür werde ich sorgen. Hör auf zu flennen. Dein Gejammer ist mir lästig. Wenn du endlich einmal deinen Verstand gebrauchst, wirst du feststellen müssen, dass du überfällig geworden bist. Das siehst du doch ein, oder?"

Der Aufschrei, der nun folgte raubte mir den letzten Rest von Mut. Ich war wie gelähmt, unfähig meinem Bruder zu helfen. Und als ich hörte, wie er wimmernd um Erbarmen flehte, sank ich auf die Stufen und weinte wie ein Kind – wie ein einsames verlassenes Kind. Enrique schien vor Angst den Verstand verloren zu haben. Außer dem unartikuliertem Gestammel, das er zwischen den Schreien hervorbrachte, war er zu keinem zusammenhängendem Satz mehr fähig. Von Don Rodrigo war nichts mehr zu hören, aber ich spürte bis hierher seinen erbarmungslosen eiskalten Blick. Ich hatte nicht einmal mehr die Kraft, ihn zu hassen. Ich hatte nur noch Angst, gottserbärmliche Angst. Ich blieb wie ein Häufchen Elend sitzen und heulte weiter Rotz und Wasser. Plötzlich, hastige Schritte, Lärm auf der Treppe.

„Lass mich los!" Es war wieder Enrique. Seine Todesangst musste dem Mut des Verzweifelten gewichen sein. „Lass mich los, du verdammter Satan. Fahr zur Hölle ..." Seinem Schrei folgte ein lautes Poltern. Dann war

Stille. Ich hielt mit dem Schluchzen inne und lauschte. Es war absolut nichts mehr zu hören. Nach einer gefühlten Ewigkeit erhob ich mich mühsam und öffnete schließlich die Tür. Ihr Knarren ließ mich kurz zusammenfahren. Dann trat ich endlich zaghaft ein. Noch bevor ich mir richtig klar wurde, dass hinter dem Schrank der Eingang zu dem unterirdischen Gewölbe offen stand, fiel mein Blick auf Enrique, der vor der Treppe lag. Er war kreidebleich, die Augen weit aufgerissen und der Mund zu einem neuen Schrei erstarrt. Ich kniete neben ihm nieder und fühlte überflüssiger weise seinen Puls – Enrique war tot. Mir war so elend, dass ich nicht mehr zu weinen vermochte. Ich schaute nach oben. An der Treppe stand Don Rodrigo. Seine Augen flackerten, seine schmutzig blonden Haare hingen ihm wie nach einem heftigen Kampf wirr ins Gesicht und er war blasser als sonst.

„Vater, Enrique ist tot." Warum sagte ich so was? Er wusste es doch längst. Sein Gesicht blieb unbeweglich, als er entgegnete:

„Ja, Efrén, dein Bruder ist tot. Es musste ja eines Tages so kommen. Diese verdammte Treppe. Ich habe so oft zu ihm gesagt, dass er auf der Treppe aufpassen soll. Gerade in seinem Zustand hätte er besonders vorsichtig sein sollen."

Ich war von dieser infamen Heuchelei, die bis jetzt alles übertraf, so entsetzt, dass mir jedes weitere Wort in der Kehle stecken blieb. Mir schwindelte vor Grauen als mein Vater gefolgt, von der schnurrenden Katze, langsam die Treppe nach unten kam und völlig belanglos fortfuhr:

„Ich weiß, mein jüngster Sohn, das hat dich jetzt ziemlich mitgenommen. Du hast ihn schließlich ganz gern gemocht. Es war seine Bestimmung dorthin zuzukehren, von wo er gekommen war. Eines Tages wirst du das verstehen, ganz bestimmt. Geh aber jetzt auf dein Zimmer und ruh dich aus. Ich werde mich um ihn kümmern. Sei nicht traurig, denn du hast noch ein so langes Leben vor dir und wenn du erst die nötige geistige Grundlage hast ..."

Nein, um Gottes Willen, ich durfte nicht ohnmächtig werden, nicht jetzt. Mir wurde schwarz vor Augen. Nein, ich musste doch fliehen. Ich durfte nicht ohnmächtig werden!

6.

Efrén de Alpojar möchte auf
die nötige geistige Grundlage verzichten

Ich brauchte viel Zeit, um über Enriques Tod hinwegzukommen. Er fehlte mir und ich musste erst durch diesen schrecklichen Anlass erkennen, dass er mir im Grunde doch mehr bedeutete als ich dachte. Zu spät Efrén! Ich werde sentimental und das bringt ihn mir nicht zurück. Vielleicht hat er irgendwann wieder die Chance, einen menschlichen Körper zu bekommen – ein erneuter, vergeblicher Versuch, seinen lockeren Stein zu überwinden. Trotzdem, diese vage Hoffnung beruhigte mein angeschlagenes Gewissen nicht sonderlich. Aber was ich auch tu oder lasse, ich werde niemals vor ihm ein ruhiges Gewissen haben, denn in seiner Gegenwart fühlte ich mich grundsätzlich mies. Mies, weil ich ihn eigentlich nicht ausstehen konnte. Mach dir doch nichts vor, Efrén, nicht sein Tod hat dir solches Entsetzen eingejagt, sondern die Angst, dass dir in absehbarer Zeit wahrscheinlich das gleiche Ende blühte.

Noch Wochen nach seinem Tod lag ich krank im Bett. Ich war so krank wie noch nie in meinem Leben. Ich konnte keinen Bissen zu mir nehmen, hatte hohes Fieber begleitet von furchtbaren Albträumen. Soweit ich mich noch schwach erinnerte, sorgte mein Vater für mich. Wer hätte es auch sonst tun können. Sein Anblick, den ich in lichten Momenten wahrnahm, nahm mir sogar die Hoffnung zu sterben. Ich war ihm mit Leib und Seele ausgeliefert. Als es mir wieder besser ging, war er plötzlich verschwunden. Sicher hatte er vor, sich wieder für eine Weile von Finis Terra zu trennen, denn ich konnte im ganzen Haus nichts, was auf seine Anwesenheit schloss, entdecken. Zu schön, wenn ihn der Teufel geholt hätte.

Dass Don Rodrigo nie ein einfühlsamer und feinfühliger Mensch war, hatte ich längst erkannt. Aber wenigstens hätte er seinem erstgeborenen Sohn ein anständiges Begräbnis bereiten können. Vergeblich suchte ich den Garten nach Enriques letzter Ruhestätte ab. Das alte Scheusal musste ihn wie einen Hund verscharrt haben. Juana, die nun seit Enriques Tod gänzlich den Verstand verloren hatte, behauptete, Don Rodrigo habe die Leiche gefressen. Diese Anschuldigung erschien mir aber zu ungeheuerlich.

Die Tage nach meiner Genesung waren auch ohne meinen Vater nicht mehr zu ertragen. Juana, die fast jede Nacht ihre Anfälle bekam, ging mir schon derart auf die Nerven, dass ich sie sogar manchmal am liebsten verprügelt hätte. Ihr Zustand zeigte auch nach Wochen keine Besserung. Wenn sie nicht gerade wie am Spieß kreischte, schlich sie den ganzen Tag blöde kichernd durchs Haus. Jedes mal, wenn sie mir begegnete, brach sie in einen hysterischen Lachkrampf aus. Mein Gott, sie war nicht mehr meine kleine Schwester, die mir ihre skurrilen Schauermärchen erzählte. Sie war jetzt selbst ein personifiziertes Schauermärchen. Ich weiß, ich handelte ungerecht und wahrscheinlich in einer Art Panik, aber um nicht selbst auch noch überzuschnappen, entschied ich, Finis Terra zu verlassen – endgültig. Nur wohin? Egal, ich hatte nichts mehr zu verlieren. Ich hatte es satt, den Rest meines Lebens mit einer Irren, einem schwachsinnigem Diener und einem sadistischen Vater zu verbringen.

Ich packte meine wenigen Habseligkeiten, sattelte gleich am nächsten Tag mein Pferd und ritt davon. Einfach davon. Don Rodrigo war mir erstaunlich gleichgültig. Sollte er doch machen was er wollte. Vielleicht besaß er nicht einmal magische Kräfte, sondern war nur ein gerissener Scharlatan, der gerade einen Naivling wie mich beeindrucken konnte. Diese These stimmte nicht, aber sie gefiel mir dermaßen gut. Ich lenkte das Pferd mit überschäumenden Optimismus in Richtung des nächsten Dorfes. Unsere Hazienda trug ihren Namen zu Recht, denn erst am späten Nachmittag erreichte ich mein Ziel.

Meine Vorfreude wurde allerdings schnell durch die sengende Hitze, den ungewohnt anstrengenden Ritt und ein immenses Hungergefühl gedämpft. Ich hatte zwar ein geladenes Gewehr dabei in dem festen Glauben, dass die Gegend von Wild nur so wimmelte, aber an Brot und weitere Lebensmittel, die man nicht unbedingt schießen musste, nicht gedacht. Und das, was ich jetzt sah, brachte meine Stimmung auf den absoluten Nullpunkt. Ein armseliges Dorf mit windschiefen Hütten. Davor spielten schmutzige halbnackte Kinder, deren zerlumpte Mütter mich feindselig anstarrten. Ich wusste nicht, ob ich diese Kreaturen verabscheuen oder bemitleiden sollte. Um es genau zu sagen, ich hatte mich verfranzt. Was hatte ich denn um Himmelswillen nur erwartet? Das

Paradies mit einem Empfangskomitee und rotem Teppich? Diese Welt außerhalb unserer Hazienda war Armut, Schmutz und Gestank. Ich bereute meinen Entschluss und die Lust, mich noch weiter von unserer schützenden Hazienda zu entfernen, war mir gründlich vergangen. Noch einen Augenblick war ich wie gelähmt, ich spürte, wie mir vor Enttäuschung die Tränen in die Augen traten, wie mich die Dorfbewohner mit ihren grausamen Blicken ablehnten. Umkehren, ich musste sofort wieder umkehren. Gerade als ich mein Pferd in Richtung Heimweg lenken wollte, wurde ich plötzlich von den obskuren Gestalten, die bis jetzt im Schatten ihrer Hütten herumgelungert waren, umringt. Ein großer Bursche mit einem beängstigend großem Dolch in der Schärpe packte die Zügel meines Pferdes, spuckte aus und knurrte: „Du bist doch einer von diesen verdammten Spaniern. Haben unsere Leute es nicht geschafft euch Satansgesindel auszurotten."

Ich selbst hatte damals von dem Aufstand auf Finis Terra nichts mitbekommen, weil ich mich zu dieser Zeit im Internat aufhielt, aber der Gedanke, dass dieser schmutzige Pöbel in unser Haus eingedrungen war und meine Mutter getötet hatte, machte mich rasend vor Wut und Abscheu. Meine Mutter, meine liebevolle bigotte Mutter und nicht … ich spann den Gedanken lieber nicht weiter und dazu hatte ich auch keinerlei Gelegenheit. „Willst du unsere Kinder holen und sie dem Teufel opfern, wie dein verdammter Vater?"

Ich ließ den Kerl nicht weiterreden, sondern schlug ihm mit der Reitpeitsche links und rechts ins Gesicht. Für meine bigotte tote Mutter, meine kleine tote Schwester und meinen großen toten Bruder und dafür, dass seinesgleichen schuld war an meinem erbärmlichen Leben. Die blutigen Striemen, die sich auf seinem speckigem Gesicht abzeichneten erfüllten mich mit Genugtuung. Zum Glück war er wie erstarrt und bevor er den Versuch machen konnte, mich vom Pferd zu reißen, drehte ich um und ritt so schnell ich konnte davon. Ich fürchtete, dabei einen der Männer zusammengeritten zu haben, denn eine Frau rannte noch bis zum Ende des Dorfes kreischend hinter mir her. Ob ich den Mann verletzt hatte oder ob ich ihn überhaupt erwischt hatte, war mir im Moment gleichgültig. Gleichgültig war mir bestimmt nicht mein eigenes Leben. Erst Meilen von dem Dorf entfernt ließ ich das Pferd im Schritt gehen und sah mich immer noch unruhig nach allen Seiten um. Ich war allein und mit Erleichterung stellte ich fest, ich wurde nicht verfolgt.

Eigentlich war ich zu erschöpft, um den ganzen Weg zurückzureiten, aber ich musste mich und mein armes treues Pferd dazu zwingen. Zurück nach Finis Terra, zurück in die Zivilisation, zurück zu meiner verrückten übrig gebliebenen Schwester und meinem sadistischen Vater. Zum ersten Mal begriff ich, weshalb Don Rodrigo so ein leidenschaftlicher Menschenverächter war. Oh, verdammt, dieses gemeine, stumpfsinnige Gesindel! Mir wurde übel vor Wut. Eines Tages würde ich dieses Dorf dem Erdboden gleichmachen, wie es sich für einen anständigen spanischen Granden gehörte. Ich war so in die Vorfreuden meiner Vergeltung, die ich mit Sicherheit niemals realisieren würde, versunken, dass ich erst nicht bemerkte, wie nicht weit vor mir zwei berittene Gestalten auftauchten. Sie sollten nur heran kommen. Ich war auf alles gefasst und noch immer in sehr streitsüchtiger Stimmung. Ich legte das Gewehr an, um sie entsprechend zu empfangen. Jetzt konnte ich sie erkennen: Ein dürrer zerlumpter Kerl, ein typisch mexikanischer Mestize – gefolgt von einem jungem Mädchen, milch-kaffee-braun mit dem eigenartig maskenhaften Gesicht, das den aztekischen Göttern zu eigen war. Als die beiden sahen, wie ich mit dem Gewehr auf sie zielte, brachten sie ihre Maultiere zum Stehen.

„He, Señor. Sie wollen uns doch nicht so einfach abknallen?", rief der Mestize und hob lachend die Hände. Der Bursche war mir eigentlich nicht mal unsympathisch, obwohl er sich ordentlich über mich lustig zu machen schien. Die Komik der Situation wurde auch mir schnell klar und ich ließ das Gewehr sinken.

„Was wollt ihr von mir?", stellte ich noch die dumme Frage. Was sollten wohl diese harmlosen Leute, die mir rein zufällig über den Weg liefen, schon wollen. Der Mestize teilte mit mir diese Einsicht.

„Wir wollen überhaupt nichts. Aber Sie sind bewaffnet bis an die Zähne. Also wollen Sie was von uns. Wir haben aber nix und suchen nur einen Unterschlupf für die Nacht."

Ich erlaubte zu bemerken, dass sich ein paar Stunden von hier ein Dorf befand. Der Mestize schüttelte unwillig den Kopf.

„Nein, nicht zu viele Leute. Viele Leute machen Unannehmlichkeiten. Lieber was Einsames."

Welcher Art seine Unannehmlichkeiten mit diesen „vielen Leuten" waren interessierte mich augenblicklich nicht. Ich schlug ihm stattdessen vor, auf der alten Festungsruine, die nicht mehr weit entfernt war, zu übernachten.

„Hmm, da müssen wir ein Stück zurück. Ach, was macht das schon. Wir haben ja Zeit. Da Sie die gleiche Richtung zu haben scheinen, können Sie uns ja begleiten – als bewaffnete Eskorte hä hä – nein Spaß beiseite, es plaudert sich angenehmer in Gesellschaft, nicht wahr, Señor!"

Ich war einverstanden und freute mich sogar über seine Vertrauensseligkeit. Bestimmt hielt er mich für einfältig, aber er konnte nicht wissen, wie glücklich ich war festzustellen, dass die Welt doch nicht nur aus blödsinnigen Schlägern bestand. Auf den Gedanken, dass es sich bei ihm um einen gar nicht blödsinnigen Betrüger handelte, der es womöglich auf mein (nicht vorhandenes) Geld absah, kam ich nicht. Wir machten uns auf den Weg. Arturo, so hieß der Mestize, gehörte der besonders redseligen Gattung Mensch an. Er war das Kind armer Handwerker und hatte schon viel Hunger und Leid ertragen müssen. Zuerst probierte er auf anständige Art und Weise seinen Lebensunterhalt zu verdienen, verfiel jedoch in noch größere Armut. Unzählige Diebstähle, Betrügereien und sonstige kleine Gaunereien bescherten ihm zwar nicht den gewünschten Reichtum, aber immerhin ein einigermaßen erträgliches Leben. Als ich mich nach seiner faszinierenden Begleiterin erkundigte, die mich mit ihren schmalen kohlschwarzen Augen unentwegt fixierte, erzählte er mir, dass es sich um seine kleine Schwester handelte, die niemand mehr heiraten wollte, weil irgendein Schuft sie verführt hätte. Ein paar Minuten später sprach er von ihr als seiner Tochter, die er einem anständigen Mann anzuvertrauen gedachte. Garantiert, sie war weder das eine noch das andere. Sie hatte bis jetzt noch nicht ein Wort gesprochen – aber sie brauchte keine Worte – und ich, ich brauchte auch keine Worte! Ich fand diese kleine Aztekengöttin wunderschön. Sie fand mich wunderschön. Was wollten wir mehr, als ein stilles verschwiegenes Plätzchen. Stille, verschwiegene Plätze gab es genügend in der alten Festung.

Als wir bei der Ruine angelangten, war es bereits dunkel. Aber der Mond schien hell genug, so dass wir einen geeigneten Platz zum Rasten fanden. Nachdem Arturo ein Feuer gemacht hatte, kramte er aus seinen Taschen noch etwas Essbares hervor, das er redlich mit uns teilte. Was es war, konnte ich nicht identifizieren (wollte ich auch nicht), aber ich hatte Hunger und schlang es mit wahrer Wonne in mich hinein. Bevor Arturo sich zur Ruhe legte, meinte er, ich wäre ein ganz brauchbarer Bursche und könne jederzeit mit ihm gehen. Ich erzählte ihm daraufhin genauso farbig und verlogen, wie er mir vor einer Stunde, dass auch ich heimatlos und arm war. Ich hatte längst die Absicht gehabt, mich ihm – und vor allem ihr

– anzuschließen und war froh, dass er von selbst darauf gekommen war. Meine Lebensgeschichte musste ihn trotz der Dramatik ermüdet haben (sicherlich hatte ich zu dick aufgetragen) und er verabschiedete sich, um zu schlafen. Ich dachte überhaupt nicht an so etwas wie Schlaf. Und die Festung wurde mein Platz aller irdischer Wonnen und die Kojoten sangen das schönste Lied, als ich meine Unschuld verlor: Miahua, Miahua! Meine Aztekengöttin war alles andere als unschuldig; ihr wundervoller weicher Mund war zu erfahren und ihre Hände viel zu geschickt, mit denen sie unglaubliche, unbeschreibliche, ungehörige Dinge anzustellen wusste. Finis Terra, das war von hier nur ein Katzensprung entfernt und doch kam es mir so unendlich weit vor – wie ein schlechter Traum, aus dem ich endlich erwacht war. Hier in den braunen Armen von Miahua war jetzt die Wirklichkeit. Falsch, die Wirklichkeit war, dass sie mit diesen Gefälligkeiten ihren und Arturos Lebensunterhalt bestritt. Aber ich war viel zu glücklich, mich mit dieser Tatsache auseinander zu setzen. Ich war jetzt in diesem Augenblick der Einzige, den sie je gehabt hatte und in Zukunft haben sollte. Sie hatte mir ein neues Leben geschenkt und mit ihr würde ich dieses neue Leben beginnen. Selig und erschöpft schloss ich die Augen und sank in einen seltsamen Traum:

Zuerst umgab mich angenehme Dunkelheit. Als es langsam aufhellte, wurden die Konturen eines lichtgrünen Waldes mit bizarren Bäumen sichtbar. Ich selbst spürte, wie ich körperlos durch diesen Wald zu schweben begann. Eine unglaubliche Leichtigkeit lag in diesem Schweben, aller Ballast, den ich mit mir herumschleppte, war wie abgestreift. Ich war frei, an nichts mehr gebunden, vorbei die Angst, in einen schwerfälligen Körper zurückzumüssen. Aber diese Seligkeit sollte nicht lange dauern und ich merkte zu spät, dass ich längst am Ende dieses idyllischen Waldes angelangt war. Ich erhielt meinen schwerfälligen Körper zurück, schlug plötzlich wie nach einem Sturz auf und fand mich in einer dunklen zerklüfteten Schlucht wieder. Sofort hatte ich sie entdeckt: bleiche, ausgemergelte Kreaturen in schwarzen zerrissenen Gewändern. Und auch sie hatten mich entdeckt. Sie schlichen in Scharen zwischen den Felsen hervor und griffen mit ihren knochigen Händen nach mir. Entsetzt wich ich zurück. Ich musste umkehren in diesen friedlichen Wald.

„Nein, Efrén, du musst hier durch." Wer gönnte mir meine Glückseligkeit nicht und gab mir den Befehl? Ich sah mich um, konnte jedoch weder neben noch hinter mir jemanden erkennen. „Efrén, geh jetzt da durch!" Die Stimme wurde lauter, eindringlicher. „Geh durch, du kannst jetzt nicht im Reich der Glückseligkeit bleiben. Das ist momentan nicht gut für dich. Denn dieses Glück, von dem du nur glaubst, dass es Glück ist, wird dich abstumpfen. Und du wirst nun durch diese Schlucht gehen. Diese Wesen können dir jetzt nichts anhaben und wenn du willst, können sie dir niemals etwas anhaben. Hab keine Angst," klang es deutlich hinter mir, eine vertrauenserweckende sanfte, dunkle Stimme. „Geh endlich, Efrén. Das ist nur der Anfang. Hab Mut, du wirst ihn noch oft brauchen auf deiner Reise. Geh, schau dich nicht so lange um, sonst verpasst du die Gelegenheit." Und während die Stimme weitersprach, ging ich vorbei an all diesen abscheulichen armseligen Geschöpfen, die nicht einmal den Versuch machten, mich anzugreifen und je weiter ich in die Schlucht eindrang, umso mehr schlug meine anfängliche Furcht in Mitleid mit ihnen um. Noch ein kleiner Augenblick und ich war dabei, diesen trostlosen Ort zu verlassen. Ein Weg führte nach oben und wie mechanisch wurde ich weitergetrieben, bis ich auf einem Felsvorsprung stand. Auf der rechten Seite führte ein schmaler Pfad auf einen schier endlos hohen Berg hinauf und links vor mir lag der Abgrund, die schwarze Schlucht, aus der ich gerade gekommen war. Mir schwindelte, erschrocken krallte ich mich an der Felswand fest. „Wo bin ich? Wie geht es weiter?", rief ich und lauschte angestrengt auf die Antwort meines unsichtbaren Begleiters. „Du wirst auf dem schmalen Pfad nach oben gehen." Ich schaute nach oben. Der Pfad war sehr schmal, ohne ein schützendes Geländer und der Gipfel des Berges lag irgendwo weit oben in den Wolken verborgen. Ich schüttelte traurig den Kopf. „Das schaffe ich niemals." „Jetzt bist du schon so weit gegangen. Du musst weitermachen", wurde ich jedoch beharrlich weiter ermutigt. „Geh diesen Pfad hinauf. Aber sei vorsichtig, man wird dir Fallen stellen. Schau nie nach unten, sonst kann es sein, dass du stürzt. Dieser Abgrund ist das Tal der Verdammnis. Von dort aus ist es so gut wie unmöglich, nach einem Sturz wieder nach oben zu gelangen. Und das, was du in dieser Schlucht gesehen hast, ist nur der Bruchteil jenes Reiches, aus dem du nicht mehr zurückkehren wirst. Selbst wenn jemand behauptet, er wolle dir helfen, ist deine Lage aussichtslos, denn meistens stürzt derjenige selbst mit hinab. Darum überlege gut, ob du einem der Verdammten dort unten selbst die Hand reichen würdest, denn deine Hilfsbereitschaft kann dir zum Verhängnis werden. Sei vor allen Dingen immer wachsam, vergewissere dich vor jedem Schritt. Schau dich nicht um und halte dich nirgends zu lange auf. Überstürze nichts, auf der anderen Seite zögere nicht zu lange. Du darfst den richtigen Augenblick nicht verpassen, sonst musst du lange warten, bis sich eine neue Gelegenheit bietet. Mach weiter, wie vorhin, denn damit hast du die erste Stufe erreicht. Sei dir immer deiner Kräfte bewusst, ohne sie zu überschätzen. Sei dir darüber im Klaren, ob du ein Wagnis eingehen kannst oder ob du lieber wartest. Doch wie ich bereits sagte, warte nicht zu lange, sonst wartest du womöglich ewig. Wenn du das alles beachtest, läufst du nicht Gefahr, blindlings in den Abgrund zu stürzen, denn vergiss nie, das Wissen um die Gefahren wird dich schützen, wie auch deine Wachsamkeit. Schlaf daher niemals ein, werde nicht leichtsinnig, habe immer den Anblick des Abgrundes und ihrer Bewohner vor Augen. Denke daran. Nun komm, ich werde dich noch ein Stück führen. Dann musst du allein weitergehen." „Wer bist du?", fragte ich zaghaft. „Wir werden uns in Kürze sehen." Als ich den Fuß auf den Pfad setzte, wurde es dunkel. Der Berg und die Schlucht verschwanden im Nichts.

Ich öffnete die Augen, es war heller Tag. Ich glaubte meinen Augen nicht zu trauen. Ich lag zuhause in meinem Bett. Noch ganz benommen richtete ich mich auf. Mir den Rücken zugewandt, stand Don Rodrigo am Fenster und schaute hinaus.

„Was soll das?", rief ich. Mein Vater drehte sich um und musterte mich eine Weile.

„Geht es dir wieder besser?"

„Wieso? Es geht mir gut!" Dieses Mal wollte ich mich nicht auf sein Spiel verrückter-jüngster-Sohn einlassen.

„Du warst krank, Efrén. Sehr krank, als dich diese Leute vor drei Tagen ..."

„Mein Gott, welche Leute?" Allmählich dämmerte es mir. Don Rodrigo zuckte die Achseln.

„Was weiß ich. Irgendein Landstreicher mit einer Indianerin. Sie behaupteten, du warst mit ihnen auf der Festung gewesen. Am nächsten Morgen hattest du anscheinend hohes Fieber. Du sollst völlig hinüber gewesen sein und bist nicht mehr aus deiner Ohnmacht aufgewacht. Sie hatten wirklich Angst um dich und da unsere Hazienda in Sichtweite ist, haben sie dich logischerweise hierher gebracht. Willkommen daheim. Ich glaube, du solltest in Zukunft derartige Ausflüge unterlassen, mein jüngster Sohn."

Er hatte also doch gewusst, dass ich fliehen wollte.
„Miahua, Arturo, wo sind sie?"
„Sie sind weitergezogen."
Natürlich, was hatte ich nur anderes erwartet. Trotzdem kannte meine Enttäuschung keine Grenzen mehr. Sie hatten mich verraten, im Stich gelassen und um mein Glück betrogen, der listige Arturo und meine Aztekengöttin mit den geschickten Händen.
„Warum haben sie mich nicht mitgenommen?", fragte ich noch immer fassungslos mich selbst. Don Rodrigo schaute mich lange an, bis er lächelte und die Antwort gab, die ich schon längst wissen sollte:
„Du kannst nicht ewig im Reich der Glückseligkeit bleiben. Das ist nicht gut für dich, denn dieses kurze Glück wird dich abstumpfen …", er machte eine kurze Pause, „… jetzt bist du schon so weit, du musst weitermachen, Efrén."
Ich glaubte wieder zu träumen – die Stimme, es war natürlich seine Stimme gewesen. Er hatte mich absichtlich von Arturo und Miahua fortgeholt, dieser elende, nein, ich fürchte, er war doch kein Scharlatan.

7.

Begegnung mit einer außerirdischen Art hinter dem Kleiderschrank

Obwohl ich wusste, dass Arturo und Miahua längst über alle Berge waren, ritt ich trotzdem jeden Tag zur Festung hinaus. Es war die Erinnerung an eine wundervolle Nacht, die Erinnerung an einen Augenblick der Freiheit und der Glückseligkeit, die ich mir nicht nehmen lassen wollte. Auch der unglückliche Armando de Villavieja und sein erbarmungswürdiger Rächer hatten wieder mein Interesse erweckt. Jeden Stein hatte ich mittlerweile durchforscht, aber nichts deutete auf ein Wesen aus einer anderen Welt, das dort hausen sollte, hin. Das Heulen der Geister, es waren und blieben nichts weiter als Kojoten. Aber nach all dem, was mir in der letzten Zeit widerfahren war, war ich froh, dass sich für jede unerklärliche Begebenheit letztendlich eine einfache reale Lösung fand. Und die Festung entpuppte sich somit nach kurzer Zeit als eine ganz gewöhnliche Ruine, auf der ich Zuflucht vor Don Rodrigos spöttischen Bemerkungen finden konnte.

Einige Wochen später, als ich lange nach Einbruch der Dunkelheit heimkehrte, geschah etwas, was meiner „nötigen, geistigen Grundlage" einen völlig neuen Inhalt geben sollte. Ich erinnere mich, dass ich sehr müde war. Es musste bestimmt schon nach Mitternacht gewesen sein. Ich schlich leise die Stufen nach oben, um Juana, die hoffentlich längst schlief, nicht zu wecken. Gerade als ich die Tür zu meinem Zimmer öffnen wollte, zerriss ein klägliches Jaulen die nächtliche Stille – Katzengejaule! Onyx. Ich schaute mich um, er war nirgends zu sehen, was bei schwarzen Katzen in schwarzer Nacht sicher nicht ungewöhnlich war. Ich rief leise seinen Namen, ein langgezogenes „miiaauur" war die Antwort. „Onyx, wo steckst du?" Ich hob meine Stimme etwas an. Sein Klagen war schrecklich, es klang, als ob ihm jemand bei lebendigen Leib das Fell über die Ohren ziehen würde. Immerhin konnte ich herausbekommen, dass er sich unten im Aufenthaltsraum befinden musste. Ich hatte das schwarze Katzenvieh gern und ging, obwohl ich zum Umfallen müde war, wieder hinunter. Ich beleuchtete so gut es ging den stockdunklen Aufenthaltsraum und folgte dem Geheule. Es kam, wie ich befürchtete, hinter dem Schrank hervor. Das dumme Vieh musste sich wohl eingeklemmt haben. Und ich hatte schon einmal vergeblich versucht, den Schrank beiseite zu schieben. Sollte ich nun wegen einer idiotischen Katze mitten in der Nacht das ganze Haus aufwecken. Ich sollte. Er war immerhin Don Rodrigos kleiner pelziger Liebling. Kaum hatte ich beschlossen, meinen Vater zu alarmieren, kam Onyx plötzlich hinter dem Schrank hervor, setzte sich, den Schwanz völlig entspannt auf die Vorderpfoten gelegt, und betrachtete mich eingehend mit funkelnden vorwurfsvollen Augen, also ob ich Schuld an dem ganzen Lärm im Haus hätte. Ich war natürlich ärgerlich, obwohl ich längst wusste, dass Don Rodrigos pelziger Liebling eigensinnig bis zur Boshaftigkeit war.

„Verrat mir bloß, was der Blödsinn hier soll? Musst du ständig irgendwelchen Leuten auf die Nerven gehen?"

„Wrrau – aaauurrr." Onyx legte gereizt die Ohren zurück. „Wrraunang."

„Ich falle hier um vor Müdigkeit und du plärrst mir die Ohren voll. Ich habe tatsächlich einen Augenblick geglaubt, Enriques Geist würde dich endlich abstechen."

„... auurrr." Er erhob sich, wandte mir den Hintern zu und stolzierte zum Schrank. Da mir unser Gespräch inzwischen zu eintönig wurde, beschränkte ich mich darauf zu bemerken, dass mich seine toten Mäuse, die er mir wahrscheinlich vorzuführen gedachte, nicht einen Deut interessierten. Im gleichen Augenblick schoss es mir durch den Kopf – der Eingang. Der Kater musste aus dem unterirdischen Gang gekommen sein. Ich rannte zum Schrank. Tatsächlich, er war ein Stück beiseite geschoben und dahinter konnte ich das große Loch erkennen, das durch die Mauer hinab führte. Jetzt, nachdem ich das dritte Mal damit konfrontiert wurde, konnte ich sicher sein, dass ich mir das niemals eingebildet hatte. Ich war wieder hellwach und stieg vorsichtig, nach allen Seiten Ausschau haltend, die Steinstufen hinunter. Dieses Mal war es stockfinster, eine eisige Kälte schlug mir entgegen und ich fuhr zu Tode erschrocken zusammen, als der Kater mir plötzlich zwischen den Beinen hindurch in die Dunkelheit huschte. Ich hielt die Lampe höher und leuchtete die Wände an in der Erwartung, irgendetwas eingeritzt zu finden. Abstruse Formeln aus uralten Zeiten, schreckliche Malereien, Fratzen von Dämonen und Teufeln, ich ging das gesamte Repertoire von Juanas Schauergeschichten durch. Nichts, ich wurde, dem Himmel sei Dank, enttäuscht.

Also gut, wenn ich wie damals immer geradeaus ging, musste ich eigentlich in den Raum gelangen, in dem ich bei meinem ersten „Besuch" meinem Vater begegnet war. Kein Problem, der Hauptgang war breiter als die vielen Abzweigungen. Wohin die führten, sollte mich ein anderes Mal interessieren. Als ich schließlich in dem besagten Raum angelangt war, erschrak ich vor der seltsamen Stille, die dort herrschte – Grabesstille, wäre wohl der passende Ausdruck dafür. Die Geheimnisse, die dieser Raum barg, konnte ich nur schwach erahnen. Mir schwindelte bei dem Gedanken, was sich hier zwischen Don Rodrigo und Enrique abgespielt hatte und was sich hier zwischen Don Rodrigo und mir abspielen würde. Ich war kurz davor, in panischer Angst davonzulaufen. Doch eine andere Stimme sagte mir, dass ich eines Tages – bestimmt sogar bald – hier herunter musste und warum sollte ich mich nicht gleich mit dieser Umgebung vertraut machen. Ob hier unten Menschen geopfert wurden? Meinem Vater traute ich alles zu – genau wie die Bewohner des nächst liegenden Dorfes. Offensichtlich täuschte ich mich. Der Boden war sauber, wie leergefegt, und auf dem langen klobigen Tisch waren auch keinerlei Spuren von getrocknetem Blut, was mich allerdings nicht sonderlich beruhigte. Dafür weckte das große in einem undefinierbarem Material eingebundene Buch mein Interesse. Es war natürlich zugeschlagen und wartete darauf, aufgeschlagen zu werden. Als ich es jedoch mit zitternden Händen öffnete, stellte ich zu meiner Enttäuschung fest, dass ich aus den merkwürdigen Schriftzeichen und der seltsamen Sprache nicht schlau wurde. Ich setzte mich auf die Tischkante, blätterte darin herum. Die Schrift war eindeutig die meines Vaters. Saubere penible Buchstaben, die keinerlei Sinn ergaben, außer dass sie mich zum Lachen reizten, als ich sie versuchte nachzusprechen. Erst flüsternd, dann immer lauter. Ich empfand jenen Nervenkitzel, der ein angenehmes Schaudern in der Nackengegend verursacht, als meine Stimme in der Stille des Gewölbes widerhallte: „Astarot, ince tahan ca tu an." Nachdem aber weder Astarot noch Beelzebub erschienen, legte ich das Buch irgendwie befriedigt beiseite und überlegte, ob ich jetzt nicht doch einen der kleineren Gänge erforschen sollte. Ich verwarf den Gedanken sofort wieder, weil ich fürchtete, mich zu verirren.

Plötzlich schreckte mich ein Geräusch aus meinen Überlegungen auf. Da ich auf dem Ende der Tischkante saß, die zum Eingang zeigte, konnte ich nicht sehen, was nun hinter mir auf dem großen Stuhl vorging, denn irgendetwas machte sich auf ihm zu schaffen. Ich verhielt mich ganz ruhig und hoffte inständig, nicht die Nerven zu verlieren. Jetzt war es still. Ich lauschte, außer dem Klopfen meines Herzens war nichts mehr zu hören. Vielleicht hatte ich mich geirrt. Ich hatte mich nicht geirrt. Da war es wieder. Es kratzte am Tisch. Es gab nur zwei Möglichkeiten: Die erste, ich würde ganz sacht aufstehen und vorsichtig, ohne zurückzuschauen nach oben gehen. Die zweite, mich schlicht und einfach umdrehen. Die letztere erschien mir am grauenvollsten. Aber woher sollte ich andererseits wissen, ob mich dieses Ding nicht versuchen würde zurückzuhalten, wenn ich die Flucht ergriff. In Ohnmacht zu fallen, wäre die beste Lösung gewesen. Dummerweise blieben meine Sinne so scharf wie nie. Auf dem Höhepunkt meiner Verzweiflung angelangt, rettete mich auf einmal ein Gedanke. Der Kater. Natürlich Onyx, der mir in den Gang gefolgt war, saß hinter mir auf dem Stuhl. Dieses Katzenvieh kostete mich noch den letzten Nerv. Trotzdem fiel mir jedoch ein gewaltiger Stein vom Herzen und lachend wandte ich mich um – mein Lachen erstarrte – es war nicht Onyx, der mir gegenübersaß.

Von keinem erwarte ich jetzt, dass er mir Glauben schenkt. Er würde mich zweifellos für verrückt erklären, wenn ich es im Augenblick nicht sogar selbst tat. Das, was mich an diesem Wesen eigentlich am meisten erschreckte, war die Tatsache, dass es mit Sicherheit nicht der Gattung Mensch angehörte. Ansonsten flößte es mir bei näherer Betrachtung eher Erstaunen als Entsetzen ein. Schätzungsweise war es nicht einmal anderthalb Meter groß. Die ganze Gestalt, fast durchsichtig schimmernd in ein weißes Gewand gekleidet, schien mit blauer Farbe durchtränkt zu sein. Die langen Haare glichen Spinnweben und den großen weißen Augen fehlten die Pupillen. Jedenfalls einen Abgesandten der Hölle stellte ich mir irgendwie anders vor. Selbstverständlich erweckte dieses Geschöpf mein reges Interesse und da es keinerlei böse Absichten hegte, fragte ich zaghaft, mit wem ich es zu tun hatte. Nun öffnete es den schmalen Mund und erwiderte mit hoher Stimme, die an das Klirren von Glas erinnerte, dass es ein ein Bote aus dem „Zwischenreich" sei. Diese Auskunft nützte mir herzlich wenig, da ich mit dem „Zwischenreich" nichts anzufangen wusste. Mein Gegenüber wiederum konnte nicht begreifen, dass mir das „Zwischenreich" unbekannt war.

„Aber du willst doch, dass ich dich hinführe?", entgegnete es noch immer völlig perplex. Ich versicherte ihm eindringlich, dass ich mich grundsätzlich nicht von unbekannten Leuten in unbekannte Regionen führen lassen wollte.

„Warum hast du mich dann gerufen?" Seine Enttäuschung war nicht zu überhören.

„Was habe ich?" Ich konnte mich nicht daran erinnern, nach einem kleinen blauen Geist verlangt zu haben. Gerade, als ich ihm das begreiflich machen wollte, fiel mir ein, ich hatte vorhin laut aus dem Buch rezitiert. Oh verdammt, die Beschwörungsformeln waren tatsächlich echt! Nicht auszudenken, was passiert wäre, wenn ich einen höheren Dämon oder den Teufel selbst erwischt hätte. Da hatte ich wohl mit dem kleinen Blauen unheimlich Glück gehabt, denn ich war schnell zu dem Schluss gekommen, dass er ein Geist für Anfänger sein musste – leicht, handlich und anschmiegsam.

„Ja, sicher hast du mich beschworen", fuhr er beleidigt zu klirren fort. Einen Augenblick überlegte ich, ob ich ihm den Gefallen tun sollte und ihm doch ins „Zwischenreich" folgen. Nein, lieber keine Experimente mehr.

„Ich habe es mir überlegt", entgegnete ich souverän. „Ich gehe lieber ein anderes Mal ins Zwischenreich."

„Dann leb wohl."

„Nein, halt!", schrie ich auf, als er plötzlich immer durchsichtiger wurde und zu verschwinden drohte. „Bleib, ich muss dich noch was fragen."

„Was willst du von mir wissen?", fragte er schon nicht mehr so eingeschnappt, nachdem er sich wieder vervollständigt hatte.

„Kannst du die Zukunft voraussagen?"

„Nein."

„Kannst du Gold machen?"

„Nein."

„Kannst du das Wetter verhexen?"

„Nein."

„Erscheinst du manchmal Menschen, um sie zu Tode zu erschrecken?"

„Nein. Wenn ich mir eine Bemerkung erlauben darf. So dumme Fragen hat mir noch nie jemand gestellt."

Was heißt dumme Fragen. Was konnte dieser komische Geist überhaupt außer die beleidigte Leberwurst spielen. Jedenfalls warf er meine sämtlichen Klischees von Dämonen und Geistern über den Haufen. Ich musste laut auflachen – ein Dämon wie du und ich!

„Jetzt ist es wohl an mir, dich zu fragen", unterbrach er meinen Heiterkeitsausbruch. Humorlos war er auch noch.

„Aber gern, frag mich was du willst." Ich konnte nicht aufhören zu lachen.

„Hast du vorher das Ritual vollzogen?"

Oh nein, ein Ritual wollte er. Die Situation wurde immer komischer.

„Was für ein Ritual? Dreimal nackt um den Tisch springen oder so was? Um ganz ehrlich zu sein, du bist so eine Art Lotteriegewinn. Ich habe nämlich nur ein paar Zeilen in dem Buch da gelesen."

„Unser Meister hat dich also nicht eingeweiht?"

„Nein, hat er nicht. Ich scheine ein Naturtalent zu sein, sozusagen medial hochbegabt."

„Ach. Nun, der Meister ist auch medial hochbegabt. Wenn ich dir jetzt einen guten Rat geben darf, verlass so schnell du kannst diesen Raum. Wenn er dich erwischt, kann es dir ziemlich schlecht gehen."

Der eindringliche Ernst in seiner Stimme überzeugte mich sofort. Ich stellte das alberne Lachen sofort ein. Er schien Don Rodrigo gut zu kennen. Ich Vollidiot, wie konnte ich nur meinen Vater vergessen. Womöglich lauerte er schon hinter der Tür. Diese Aussicht gab mir einen ungeahnten Auftrieb. Ich nahm von meinem blauen Geist Abschied und verließ schleunigst den verbotenen Raum.

Eine Ewigkeit schien vergangen zu sein, als ich endlich aus dem Gang trat und die Stufen zu meinem Zimmer hinauf hastete. Niemand hatte mich gesehen. Irrtum!

„Was wolltest du verdammt noch mal da unten in dem Gang, mein jüngster Sohn?"

Mit Entsetzen sah ich in das zornige Gesicht meines Vaters und taumelte gleich einige Schritte zurück.

„Ich wiederhole – zum letzten Mal – was wolltest du da unten in dem Gang?"

Ich schwieg. Ich wusste ja selbst nicht, was ich eigentlich wollte und genau das wusste auch er.

„Du hast zur Zeit nichts als Blödsinn im Kopf. Komm jetzt!"

Ich folgte ihm widerwillig mit weichen Knien zurück in den Aufenthaltsraum, wo er mich auf einen Stuhl stieß und sich selbst mir gegenüber auf den Sessel setzte. Ich schlotterte vor Angst am ganzen Leib.

„Also, Efrén. Plaudern wir doch ein wenig zu nächtlicher Stunde. Du hast mir bestimmt ungeheuer viel zu erzählen, schätze ich," fuhr er fort, während er mich hämisch angrinste. Ich brachte natürlich kein Wort heraus. Ich spürte in meinem Kopf eine grässliche Leere, einen Augenblick wurde mir sogar schwarz vor Augen und ich hoffte, die Besinnung zu verlieren. Dann sah ich jedoch Don Rodrigo wieder vollkommen klar und bedrohlich mir gegenübersitzen. Er wurde über das Ausbleiben meiner Antwort langsam sehr ungeduldig.

„Bist du stumm geworden, Efrén?"

Ich biss die Zähne zusammen. Stumm und taub, ohnmächtig und tot, alles wäre ich am liebsten gleichzeitig gewesen.

„Was soll dieses infantile Gehabe eigentlich", brummte er. „Nun, ich glaube, dir fehlt die entsprechende Atmosphäre zu unserem Plauderstündchen."

Mit diesen Worten packte er mich so fest am Arm, dass ich vor Schmerz aufschrie und zerrte mich in das Gewölbe hinunter.

„Nun ich höre, mein jüngster Sohn."

Ich schwieg noch immer und versuchte mich vergeblich aus seiner Umklammerung zu befreien. Mit einem vulgären Fluch ließ er mich schließlich los und setzte sich auf den Sessel, auf dem vorhin das blaue Wesen gesessen hatte.

„Ich glaube es einfach nicht, dir hat es wirklich die Sprache verschlagen."

Wie recht er hatte. Nicht einen Laut brachte ich über die Lippen, außer einem leisen Aufschluchzen, das ich nur mit Mühe unterdrücken konnte.

„Bist du dir darüber im Klaren, dass dich deine Neugierde in große Gefahr hätte bringen können. Als du das erste mal hier eingedrungen bist, konnte ich dich ja noch für geistig umnachtet erklären. Aber offensichtlich habe ich deine Hartnäckigkeit und deine Dummheit unterschätzt. Gut, du wirst die erwünschte Antwort von mir erhalten – mit allen Konsequenzen. Du hast es nicht anders gewollt."

Was heißt nicht anders gewollt. Am liebsten hätte ich ihm ins Gesicht geschrieen, dass doch er mich so weit gebracht hatte. Aber ich beschränkte mich darauf zaghaft zu erwähnen, dass die Tür zu dem Geheimgang offen stand.

„Welche Wonne, mein jüngster Sohn spricht wieder, wenn auch noch sehr gedämpft. Und wer hat dir gesagt, dass du hineingehen sollst", kam prompt die Antwort. Niemand! Es hatte keinen Sinn mit ihm zu streiten. Aber ich würde mich unter allen Umständen weigern, mit ihm einen zweifelhaften Pakt zu schließen. Offenbar hatte er meine Gedanken gelesen.

„Dir fehlt noch immer die nötige geistige Grundlage, mein jüngster Sohn. Aber du bist dir wohl im Klaren darüber, du weißt zu viel und und kannst nicht mehr zurück."

Genau das hatte ich befürchtet. Ich wollte aufspringen, um davonzulaufen, aber ein unvorstellbares Grauen lähmte mich. Ich konnte mich nicht von der Stelle bewegen, bis ich schließlich doch von einem Weinkrampf geschüttelt vor meinem Vater auf die Knie sank und ihn anflehte, meine Seele zu schonen – nichts würde ich erzählen, keiner Menschenseele, nichts unternehmen. Ich versprach jeden Schwachsinn, wenn er mich nur in Ruhe ließ oder davonjagte.

„Aber Efrén, du wirst doch in so einem großen Augenblick nicht weinen," flüsterte er, während er mich wieder auf die Beine brachte. „Es gibt keinen Grund, die Nerven zu verlieren, wo du dich noch vorhin beim Erscheinen dieses Geistes so tapfer verhalten hast. Warum bekommst du jetzt solche Panik? Du weißt doch längst, welche Vorteile dir diese Erkenntnisse bringen werden. Hast du denn so sehr Angst den steilen Pfad zu erklimmen?"

Ich nickte schwach und schluchzte erneut auf. Auch sein plötzlicher Sinneswandel hatte meine aufgewühlte Seele nicht im geringsten beruhigt.

„Du bist schon ein bemerkenswerter Mensch, Efrén. Erst kannst du es kaum erwarten, hinter die Geheimnisse der Magie zu kommen und nun, wo es endlich so weit ist, wird dir bange. Du hast dir sicher an allen zehn Fingern ablesen können, dass es für dich kein Zurück mehr gab, als du hier eindrangst und zu allem Überfluss auch noch einen Geist beschworen hast. Außerdem hat dir dein Bruder schon vorher viel zu viel verraten."

Ich heulte unaufhörlich weiter.

„Nun, mein jüngster Sohn, hör doch auf zu weinen, denn das, was dich erwartet, ist ein Grund zu großer Freude."

Er strich mir mit seiner kalten Hand über das Gesicht. Die Rolle des liebevollen, besorgten Vaters machte ihn noch widerlicher.

„Du kannst mich nicht dazu zwingen." ächzte ich.

„Wer will dich denn zwingen?" Er ließ von mir ab. „Ich war der festen Überzeugung, dein sehnlichster Wunsch sei, in die Geheimnisse der Magie eingeweiht zu werden."

Sollte ihn und seine Magie doch der Teufel holen.

„Ich wusste nicht, was mich erwartet," erwiderte ich etwas gefasster und wischte mir die Tränen aus dem Gesicht. Zuerst musste ich mit dem Flennen aufhören.

„Sicher wusstest du das. Ich glaube, der Tod von Enrique hat dich erschreckt."

Ich bestätigte seine Vermutung durch ein allerletztes Aufschluchzen.

„Efrén, es war ein Unfall – oder was hast du gedacht? Aber lassen wir dieses unerfreuliche Thema. Die Magie ist kein Kinderspiel und nicht ungefährlich", fuhr Don Rodrigo mit samtweicher Stimme fort. „Dein Bruder hat einen großen Fehler gemacht und ist gescheitert. Das heißt aber noch lange nicht, dass es dir auch so gehen muss. Man scheitert nur durch eigenes Versagen – und dein Bruder war ein Versager."

„Das ist mir gleichgültig. Ich werde erst gar nicht versuchen herauszubekommen, ob ich auch ein Versager bin. Ich denke nicht daran, meine Seele irgendeinem vermaledeiten Orden zu verschreiben und du kannst mich nicht zwingen, diesen Pakt zu schließen, soviel nötige geistige Grundlage habe ich bereits, um das zu wissen", versuchte ich ihm mutig entgegenzutreten und klammerte mich an diesen Gedanken, als ob mein Leben – mein ewiges – davon abhinge.

„Jetzt hör auf mit diesen Ammenmärchen vom Teufel. Aber natürlich hast du recht. Zwingen kann ich dich nicht." Don Rodrigos Gesicht hätte jedem Prediger Konkurrenz gemacht, als er mir diese „frohe" Botschaft mitteilte. „Es ist allein deine Entscheidung, ob du mit mir diesen Pakt schließt (damit wollte er mir wohl meine unbegrenzte Freiheit demonstrieren) oder ob du den Rest deines Lebens total verblödet im Wahnsinn verbringst."

Ich glaubte nicht recht zu hören.

„Was heißt denn das?", brauste ich bestürzt auf.

„Genau das, was ich gesagt habe, mein jüngster Sohn." Don Rodrigo setzte sein unvergleichliches Großinquisitor-Lächeln auf. „Für einen normalen Sterblichen weißt du bereits zu viel. Darum bin ich verpflichtet, dieses Wissen aus deinem Gedächtnis zu tilgen. Dabei kann es jedoch geschehen, dass du den Verstand verlierst. Also, Efrén, du kannst dich frei entscheiden, ob du mit mir diesen Pakt schließt oder ob du riskierst überzuschnappen. Doch ich bin sicher, dass dir die Entscheidung unter diesen Gesichtspunkten nicht allzu schwer fällt."

Das war mehr als deutlich. Eine Antwort hielt ich daher für überflüssig.

„Aber wie ich dich kenne, bist du erst recht darauf versessen, dich in meine Obhut zu begeben. Ehrlich gesagt, ich fände es zu schade, wenn du dich von nun an mit groß aufgerissenen Glotzaugen, tolpatschigen Bewegungen, wildgestikulierend und stumpfsinnig lallend durchs Leben schlagen müsstest. Wenn du meinst, dass du so glücklicher bist, was bestimmt der Fall sein wird, denn den Spott deiner Umwelt (unter Umwelt verstand er wohl sich) wird dein armes erweichtes Hirn nicht mehr wahr-nehmen. Das ist wahre Glückseligkeit, Efrén. Selbst ein Rindvieh auf der Weide ist nicht glücklicher als du es sein wirst."

Diese farbige Schilderung erinnerte mich beängstigend an unseren Diener Felipe. Ich fragte mich kurz, ob der wohl einst die „Glückseligkeit eines Idioten" dem „schrecklichen Wissen eines Eingeweihten" vorgezogen hatte. Mit Schrecken sah ich mich schon im Geist mit ihm zusammen blödsinnig grinsend Bohnen servieren. Nun, gut, Don Rodrigo hatte mich einmal wieder dank seiner so eindrucksvollen Argumentation überzeugt. Er wollte ja schließlich nur das Beste für seinen „jüngsten Sohn" und der zog lieber die Hölle als die Intelligenz eines Rindviehs vor.

Hocherfreut, meine Vernunft lobend, verkündigte er mir, dass er in sieben Tagen mit mir den Pakt zu schließen gedachte.

Die sieben Tage ließ er mir als Frist, falls ich es mir doch noch anders überlegen sollte – diese hinterhältige Schlange.

Nun hatte ich ja was ich wollte, die nötige, geistige Grundlage.

Mexiko | Finis Terra 1917 – 1923

8.

Efrén de Alpojar erhält nun doch die nötige geistige Grundlage
Der schwarze Hexenmeister I

Die sieben Tage vergingen, ohne dass ich den Versuch machte, etwas gegen meine missliche Lage zu unternehmen. Ich vertrieb mir stattdessen die Zeit mit nutz- und geistlosen Dingen. Ich war ohnehin nicht fähig, einen klaren Gedanken zu fassen. Einen kleinen Augenblick kam in mir der Gedanke auf, es noch einmal mit Flucht zu versuchen, ich trug ihn jedoch sofort wieder zu Grabe. Da mir nun, als angehender Magier, die Tür zum Gang offen stand, konnte ich hinuntergehen so oft ich wollte. Eigentlich wollte ich gar nicht mehr, aber ich hoffte, den blauen Geist wieder zu sehen. Wie erwartet, ließ er sich nicht mehr blicken. Außerdem hatte Don Rodrigo das Buch mit den Beschwörungsformeln außer Reichweite gebracht. In den langen schlaflosen Nächten verfolgte mich hartnäckig mein Traum: Der schwarze Berg, die dunkle Schlucht, der schmale Pfad. Mein Vater stellte Erwartungen an mich, die mir unendlich höher erschienen als der Gipfel jenes Berges und ich fürchtete mich, sie nicht erfüllen zu können. Enrique hatte es nicht geschafft. Er bezahlte grausam dafür. Er saß auf dem Grunde seines tiefen Brunnens und ich fragte mich, ob er wieder den Versuch machte, nach oben zu gelangen. Und vor allem – wie sich mein „lockerer" Stein offenbaren würde.

Am Abend vor dem siebten entscheidenden Tag hatte ich immer noch das scheußliche Gefühl, für das man das schlichte Wort Angst gebraucht. Mir graute davor, dass ich mich von nun an mit Dämonen und anderen Höllengeistern herumschlagen sollte. Ehrlich gesagt, ich begann sehr schnell, an meinen guten Nerven zu zweifeln und lag den Rest der Nacht mit aufgerissenen Augen wie erstarrt auf dem Bett, in der schaurigen Erwartung, einem meiner künftigen „Mitarbeiter" zu begegnen.

Der mit Bangen und Beben erwartete Abend des siebten Tages war herangebrochen. Ich halte es für unnötig, noch eine lange Einleitung zu schreiben. Wie mir dabei zumute war, ist sowieso unbeschreiblich. Um es kurz zu sagen, ich hätte mich ganz weit weg gewünscht Wenn ich wenigstens ohnmächtig geworden wäre. Ich wollte eigentlich mein ganzes Leben ohnmächtig sein.

„Du machst ein Gesicht, als ob du zu einer Hinrichtung geschleppt wirst", stellte Don Rodrigo sinnigerweise fest, als wir in den Gang hinunterstiegen. Ich bemühte mich daraufhin mir ein gequältes Lächeln abzuringen und versuchte, mir durch forsches Weiterschreiten Mut zu machen. Wir betraten den Raum. Seit meinem letzten Besuch hatte sich, außer dass um den Tisch nun mehrere Stühle standen, nichts verändert. Man erwartete „Gäste" – und was war ich? Das Hauptgericht? Auf dem Tisch war ein Leuchter mit zwei Kerzen dekoriert, davor lag das Buch mit den Beschwörungsformeln. Don Rodrigo forderte mich auf zu sitzen. Ich ließ mich nieder, er setzte sich mir gegenüber an das andere Ende des langen Tisches, schlug das Buch auf und vertiefte sich eine Weile hinein. Nach einigen Minuten, die mir wie eine Ewigkeit vorkamen, klappte er es geräuschvoll wieder zu und schaute mich durchdringend an.

„Nun mein jüngster Sohn", begann er feierlich. „Wie ich sehe, du hast deine Entscheidung getroffen. Eine wirklich weise Entscheidung. (Klar, ich wollte ja auch weise bleiben). „Übrigens, du siehst ein wenig blass aus, aber ich nehme an, das macht dieses diffuse Licht hier unten." Er erhob sich und zog einen dunkelblauen langen Mantel an, der offensichtlich die ganze Zeit über seiner Sessellehne gelegen hatte. Dann setzte er sich wieder. Noch ein kurzer prüfender Blick traf mich, bis er seine Rede fortsetzte:

„Du bleibst jetzt ganz ruhig auf deinem Platz sitzen, ganz gleich, was geschehen wird. Verhalte dich still und sprich vor allen Dingen nur, wenn du gefragt wirst. Halte dich in deinem Interesse an diesen Befehl."

Dann senkte er den Kopf und starrte erst eine ganze Weile auf die Tischplatte, bis er zu flüstern begann. Ich bemühte mich, seine Worte zu verstehen – vergeblich – die Sprache war mir unbekannt. Don Rodrigos Stimme wurde lauter. Er hob die Hände und schien beschwörend Symbole in die Luft zu zeichnen. Und ganz plötzlich war sie verschwunden. Meine Angst war ganz einfach verschwunden. Ich war von dieser unglaublichen Zeremonie so fasziniert, dass ich mich dabei ertappte, wie ich meinen Vater wieder zu verehren begann – ich wollte sein wie er – und damit hatte er mich mit Leib und Seele. Die Kerzen erloschen und der Raum wurde dunkel, während seine Stimme anschwoll bis er beinah schrie. Seine Bewegungen wurden heftiger, ein Zittern ging durch seinen ganzen Körper. Schließlich sank er in sich zusammen, er war kreidebleich, als er sich über das Buch beugte und mit heiserer Stimme wieder zu rezitieren begann. Ich zitterte am ganzen Leib, diesmal vor Aufregung. Mein Kopf dröhnte. Ich versuchte, ihn zu stützen, doch meine Hand war schwer wie Blei. Ich konnte kaum noch aus den Augen sehen, so unerträglich wurde der Druck in meinem Kopf. Ich registrierte ein bläuliches Licht, das den Raum erfüllte, spürte die dumpfe Luft – der gleiche Zustand wie damals bei meinem ersten Besuch hier unten – nur in meinem Bett würde ich dieses Mal bestimmt nicht erwachen. Mir wurde schwindlig, die Wände fingen an, sich im Kreis zu drehen. Ich schrie kurz auf, versuchte mich sogar zu erheben, aber meine Beine versagten. Ich fiel und schlug dabei mit dem Kopf auf den Tisch auf. Als ich aus einer kurzen Ohnmacht erwachte, war das blaue Licht heller geworden. Mein erster Blick fiel auf Don Rodrigo, der mich ermunternd anlächelte. Ich wollte ihn fragen, was passiert war, aber mir fiel noch rechtzeitig ein, mir war verboten zu sprechen. Ich sah mich um und entdeckte an meiner Seite zwei von den blauen klirrenden Wesen, wobei ich den meinen sofort wieder erkannte. Und auf der anderen Seite von mir saßen zwei in weiß gekleidete, sehr menschlich aussehende Geschöpfe mit schmalen ernsten Gesichtern.

„Das was du hier siehst", hörte ich Don Rodrigo auf der Stelle erläutern, „sind Wesen aus dem Zwischenreich. Was das ist, wirst du noch erfahren, aber nicht heute. Die beiden zu deiner Linken sind Elementargeister. Einer davon wird in Zukunft dein Diener sein, der andere auch. Aber auf eine besondere Weise. Es muss ja auch für dein leibliches Wohl gesorgt sein. Die beiden zu deiner Rechten sind höher gestellt und sind nur als Zeugen für deine Einweihung anwesend."

Ich nickte allen freundlich zu und bedankte mich höflich. Die beiden höher gestellten Geschöpfe waren mir auf Anhieb sehr angenehm, aber auch meine bizarren Diener gefielen mir ganz gut. Was der eine allerdings mit meinem „leiblichen Wohl" im Sinn hatte, war mir nicht so recht klar. Er schien es offenbar zu wissen, denn er kicherte wie ein albernes Schulmädchen.

„Jetzt, mein jüngster Sohn, stelle ich dir deinen Meister vor, der dich in Zukunft einweihen wird."

Ich verstand nicht. Was sollte das bedeuten? Mein Vater verschonte mich „in Zukunft" mit seiner Gegenwart? Ich hatte wenig Gelegenheit, darüber nachzudenken, ob ich mich darüber freuen sollte. Denn zwischen den vier Wesen aus dem Zwischenreich entstand eine merkwürdige Unruhe, sie schüttelten verständnislos die Köpfe und Don Rodrigo bremste ihre aufkommende Diskussion sofort mit einem kurzen barschen Fluch ab. Und bevor ich noch den Grund für dieses eigenartige Verhalten in Erfahrung bringen konnte, tönte auf einmal eine dunkle schnarrende Stimme in den Raum:

„Grüß dich, Efrén."

Ich wandte mich um und glaubte gleichzeitig vor Entsetzen umzufallen. Das Wesen, dem diese Stimme gehörte, unterschied sich von den anderen Anwesenden wie Himmel und Hölle. Dieses Geschöpf musste aus den Tiefen der dunklen Schlucht entstiegen sein. In einen langen schwarzen Mantel gehüllt, schien es zu schweben oder es lag daran, dass die Konturen seines weiten Gewandes in der aufsteigenden Dunkelheit verschwanden. Sein bleiches hartes Gesicht mit den eingefallenen Wangen glich dem der Kreaturen aus meinem Traum. Doch er war weder erbärmlich noch bedauernswert. Er war sogar stark, beängstigend stark. Seine tiefliegenden schwarzen Augen funkelten mich böse an. Seine Lippen waren erschreckend rot und die schwarzen, erstaunlich gepflegten Haare, die durch eine leuchtend weiße Strähne durchbrochen wurden, reichten ihm bis auf die Schultern herab. Am grausamsten waren jedoch seine knochigen kräftigen Hände mit messerscharfen Krallen, die keinen Zweifel an ihrer eigentlichen Funktion ließen – bestimmt zum Zupacken und zum Zerreißen. Mein Meister – das war mein Meister – ich hätte heulen können. Ich verabscheute ihn, diesen Meister und noch viel mehr verabscheute ich meinen Vater, der es wieder fertig gebracht hatte, mein Vertrauen zu missbrauchen. Ich wandte mich ihm zu, in der Hoffnung, endlich eine plausible Erklärung zu bekommen, doch er verzog keine Miene.

„Willst du mich nicht begrüßen, Efrén!"

Die Stimme dieses Wesens erinnerte mich an das Krächzen einer Krähe – einer bösen schwarzen Krähe. Ich beschloss, es ganz einfach den „Schwarzen" zu nennen. Ich schaute ihn nur mit größter Vorsicht an. Ich musste vermeiden, ihm in die Augen zu sehen. Er konnte sicher mit seinen Blicken in meine innersten Gedanken eindringen und sicher konnten sie auch töten. Ich würgte schließlich einen Gruß heraus.

„Brav, mein Engel. Ich hoffe, wir werden uns gut verstehen, was."

Was sollte ich darauf antworten. Ich tat wohl gut daran, mich mit ihm gut zu verstehen. Ich schaute meinen Vater hilfesuchend an. Endlich kam auch von ihm eine Reaktion.

„Mein jüngster Sohn, er gefällt dir nicht. Wenn es dich tröstet, mir auch nicht. Aber du musst dich an ihn gewöhnen. Er hat hervorragende Qualitäten und kann sogar sehr charmant sein. Wenn er will."

Die charmante schwarze Krähe verneigte sich daraufhin vor Don Rodrigo und grinste süffisant:

„Ich danke Euch, dass Ihr mir die hohe Gunst gewährt, Euren Lieblingssohn einweihen zu dürfen. Ich werde meine Arbeit gewissenhaft vollziehen, Großmagier."

Von einer seiner „hervorragenden Qualität" war ich sofort über-zeugt. Er war Don Rodrigo ein ebenbürtiger Gegner, genauso sarkastisch und widerwärtig.

„Schon gut", entgegnete mein Vater kalt auf diese geballte Ladung höflicher Heuchelei. „Fang an."

„Würdest du bitte zu mir kommen, Efrén." Der Schwarze war tatsächlich in der Lage, seine Stimme weicher klingen zu lassen. Ich erhob mich, dabei spürte ich einen stechenden Schmerz in der Brust und schloss für einen Augenblick die Augen. Ich sah sie vor mir, die dunkle Schlucht, die schwarzen Wesen mit den langen Krallen ... du musst da durch Efrén, geh einfach durch!

„Kommst du jetzt endlich. Wir wollen es doch hinter uns bringen."

Ich taumelte auf den Schwarzen zu.

„Näher, ich fresse dich nicht." (Noch nicht!)

Ein Gefühl von Übelkeit und rasender Panik stieg in mir auf, als ich an ihn herantrat. Ich gab mir nicht mal Mühe, es zu verbergen, und er ging auch nicht darauf weiter ein.

„Folge mir."

Ich folgte ihm gehorsam durch eine Tür, die mir vorher nie aufgefallen war. Ein kurzer Gang führte in einen kleinen Saal, in dessen Mitte ein großer schwarzer Block stand, zu dem drei Stufen hinaufführten. Als ich mich kurz umsah, stellte ich beruhigt fest, dass Don Rodrigo und die beiden Wesen mit den schönen Gesichtern ebenfalls anwesend waren.

„Dreh dich um", befahl der Schwarze weiter. „Gut, und jetzt geh auf die Knie."

Ich tat wie geheißen.

„Efrén de Alpojar, du wirst heute in unseren geheimen Kreis aufge-nommen. Du wirst Dinge erfahren und lernen, die kein anderer Sterblicher weiß. Es ist eine große Ehre, dass du zu uns gehören wirst. Schätze diese

Ehre hoch, denn vergiss nicht, du wirst Unsterblichkeit erlangen, Wissen, Macht und Unsterblichkeit. Schließ die Augen und sag, ob du bereit bist."

Einen kleinen Moment nur versuchte ich, in Ruhe zu verharren, aber mein Herz klopfte so furchtbar in der Stille, ich war viel zu aufgeregt. Ich spürte für den Bruchteil einer Sekunde, wie ein Etwas von meinen verwirrten Gedanken Besitz zu nehmen begann und gleichzeitig mein Körper zur Bewegungslosigkeit erstarrte.

„Bist du bereit?"

Um diesem scheußlichen Zustand ein Ende zu bereiten, hauchte ich ein kaum vernehmbares „Ja" heraus.

„Dann steh auf."

Ich erhob mich wieder.

„Jetzt entkleide dich."

Zitternd vor Scham, Furcht und Kälte entledigte ich mich meiner Kleider. Nun trat der Schwarze auf mich zu, zog einen Gegenstand, der wie ein Messer aussah, aus seinem Gewand und schnitt mir damit zweimal in die Brust. Ich stöhnte leise auf und wich zurück.

„Na, nicht so zimperlich. Du musst bei dieser ergreifenden Zeremonie etwas Blut lassen", flüsterte er mir anzüglich ins Ohr. „Pass aber auf, dass das in Zukunft das einzige Blut ist, das du verlierst – es ist kostbar."

Ich hatte die versteckte Drohung sehr wohl verstanden. Inzwischen überreichte mir Don Rodrigo ein blaues Gewand und einen Becher.

„Zieh dich an und trink das aus."

Nachdem ich das Gewand angezogen hatte, setzte ich zum Trinken an. Das Getränk hatte einen beißenden Geschmack. Als ich den ersten Schluck zu mir nahm, glaubte ich, innerlich zu verbrennen, aber der bohrende Blick des Schwarzen duldete keine Verweigerung und bald merkte ich, dass ich mich sogar wohl zu fühlen begann. Durch die Anspannung geschwächt, durchströmte nun eine angenehme Wärme meinen Körper. Don Rodrigo hatte sich auf der zweiten Stufe des Altars niedergelassen. Zu seiner Seite knieten eine Stufe tiefer die zwei weißen Wesen. In den Händen hielt er eine Schale, aus der ein eigenartiger Duft aufstieg, der ein wenig an Weihrauch erinnerte.

„Nun, mein Sohn, wird dich dein Meister in einen Bereich einführen, den du hoffentlich nur dieses eine Mal zu Gesicht bekommen wirst. Jawohl, du kannst ihn noch so anstarren, er ist dein Meister und wird dir alles beibringen, was du brauchst. Ich will es so und warum, das wirst du garantiert auch erfahren. Du wirst fürs Erste von ihm lernen, aber sei dir immer darüber im Klaren, dass du sein Herr bist und trotzdem vor ihm auf der Hut sein musst. Du kannst alles was du willst von ihm wissen, aber pass auf, dass er nicht zu viel von dir weiß." Dann wandte er sich an den Schwarzen: „Du weißt, ich vertraue ihn dir an, weil ich vor allem seine Stärke und seine Standhaftigkeit prüfen muss. Du weißt, welche Konsequenzen es für dich hat, wenn er die Prüfungen besteht und vor allem, wenn er sie nicht besteht. Ich rate dir, ihn nicht zu provozieren und ich verbiete dir, ihn zu misshandeln, solange er nicht gefallen ist. Und keine miesen Tricks. Verstanden!"

Ich spürte eine eisige Hand in meinem Nacken. Ein schrecklicher, aber auch, und das wollte ich nicht wahrhaben, angenehmer Schauer lief mir über den Rücken. Als ich die Stufen zum Altar hinaufstieg, nahm ich die kurze Gelegenheit war, meine Umgebung genauer zu betrachten. Der Raum, in dessen Mitte sich nur der steinerne Altar befand, war von scheinbar endlos hohen schwarzen Wänden umgeben. Sie schienen so eng, als ob sie uns jeden Augenblick zu erdrücken drohten. Mit Entsetzen nahm ich wahr, dass weit oben in der Ferne nicht das winzigste Licht zu sehen war. War ich womöglich schon am Ende des Brunnenschachtes angelangt?

„Nun leg dich auf den Altar", befahl der Schwarze, als wir oben angelangt waren, „und schließ die Augen. Denke an nichts, du weißt nicht mehr wo du bist und wer du bist. Schließ die Augen, hab ich gesagt!"

Als ich die Augen schloss, umfing mich eine unendliche Leere. Es war dunkel und doch nicht dunkel. Es war einfach nichts. Ich hörte wie von fern Don Rodrigos leise Stimme, spürte den Rauch, der langsam zum Altar aufstieg und die eisige Hand des Schwarzen, die sich auf meine entblößte Brust legte. Und dann schien der Stein unter meinem Körper davon zu schweben, ich selbst mich ins Nichts aufzulösen. Noch ein paar unverständliche Worte des Schwarzen drangen an mein Ohr, dann verlor ich gänzlich das Bewusstsein.

Als ich erwachte, glaubte ich zunächst, in das Gewölbe zurückgekehrt zu sein. Aber der Geruch nach Moder sagte mir, dass das unmöglich das gleiche Gewölbe sein konnte und die Luft war zudem angefüllt mit einem Gestank, der mir fast die Sinne raubte. Ich erhob mich und schaute mich zaghaft um, sah die Mauern, von irgendwo schwach beleuchtet, mit Moos und Flechten bewachsen. Bräunliches Wasser tropfte aus den Ritzen, das sich auf dem glitschigen Boden in kleinen Pfützen sammelte. Die Größe des Gewölbes ließ sich wegen des diffusen Lichtes nicht überblicken, aber der Gang schien genau wie der andere ziemlich breit zu sein, und hin und wieder waren auch hier kleine Abzweigungen erkennbar. Ich lauschte, offensichtlich musste ich hier unten allein sein, außer dem Aufklatschen der Wassertropfen war nicht das geringste Geräusch zu hören. Ich ahnte, es war wohl an der Reihe, eine Mutprobe zu bestehen. Also nahm ich allen Mut zusammen und machte einen Schritt vorwärts. Dabei spürte ich, wie ich auf etwas trat, auf etwas, das knackte und knirschte. Ich wollte lieber nicht wissen, was dieses Etwas war. Aber mit Sicherheit gehörte es zur Mutprobe, das auf der Stelle festzustellen. Mit klopfendem Herzen bückte ich mich und schaute zu Boden. Mein Schrecken kannte keine Grenzen, ich war auf menschliche Knochen getreten. Das ganze Gewölbe war voll davon. In jedem schlechten Schauerroman hätte mich eine solche Szene zum Lachen gereizt, aber das hier war Realität – oder etwa nicht? Träumte ich vielleicht nur einen schlechten Schauerroman? Und bevor ich die Steinsärge, die ich nun gleichzeitig zu beiden Seiten entdeckt hatte, näher betrachten konnte, hörte ich plötzlich die Stimme meines schwarzen Meisters hinter mir:

„Du befindest dich hier im Reich der Toten."

Der Hinweis war völlig überflüssig, aber ich wagte nichts zu sagen und leistete seinem Befehl, ihn von nun an zu begleiten, Folge.

„Diese Toten hier", nahm er das Gespräch wieder auf, „sind nicht irgendwelche Leichen. Sie haben mehr oder weniger auf dem Gebiet der Magie in ihrem Leben viel geleistet. Sie waren alle Schüler unseres Großmagiers, deines Vaters. Nur, sie alle haben einen Fehler gemacht und sind gefallen. Sie sind mit den Geschöpfen, die ihnen eigentlich dienen sollten, nicht fertig geworden. Und nun sind sie selbst zu solchen Geschöpfen geworden, die nur noch im Sinn haben, unerfahrene Magier in ihre Klauen zu bekommen. Die Magie ist sehr gefährlich, Efrén. Aber einige wenige haben es sogar geschafft, diesem Schicksal zu entgehen. Dein Vater gehört zu diesen einigen wenigen." Der Schwarze fletschte die Zähne und ergänzte mit höhnischem Grinsen. „Aber auch er, der mächtige Herrscher über uns, ist nicht unfehlbar und kann gestürzt werden."

„Vom Teufel höchstpersönlich." Ich konnte mir diese Bemerkung einfach nicht verkneifen. Er schaute mich mit seinen schwarzen Augen böse an:

„Dazu braucht es nicht den Teufel selbst. Es gibt eine Menge Leute, die sich nichts sehnlicher wünschen, als ihm endlich das Genick zu brechen und einige haben gute Chancen es zu schaffen."

Er hasste Don Rodrigo mit seiner ganzen zerschundenen verbitterten Seele – und ich, ich war der Sohn von Don Rodrigo de Alpojar. Mein Gott, warum hatte mein Vater diese Bestie auf mich losgelassen! Obwohl wir schon ein ganzes Stück weitergegangen sein mussten, schien der Gang endlos. Der scheußliche Gestank von Verwesung, den ich vorhin noch nicht definieren konnte, erfüllte die Luft. Kein Wunder, denn einige Deckel der Steinsärge waren zum Teil beiseite gerückt oder heruntergeworfen. Ich hatte nicht die Absicht, etwas von ihrem Inhalt anzuschauen und bemühte mich krampfhaft, geradeaus zu starren. Ein Zwang, gegen den ich mich nicht wehren konnte, ließ mich trotzdem auf einen der offenen Särge zugehen. Ich trat heran und schaute wie gebannt hinein. Die Art und Weise, wie ich mit der Vergänglichkeit alles Irdischen konfrontiert wurde, jagte mir unvorstellbares Grauen ein. Die Leiche befand sich schon im fortgeschrittenen Zustand der Verwesung. Das Gesicht, von Maden zerfressen, war bereits bis zur Unkenntlichkeit entstellt, das Hemd zerrissen gab die Brust frei, aus der die blanken Rippen herausragten. Da entdeckte ich ein goldenes Amulett am Hals des Toten. Meine Neugierde überwand allen Ekel, ich fasste in den Sarg und riss es mit einem Ruck heraus. Ich hätte es lieber bleiben lassen sollen. Zitternd betrachtete ich es. Ich kannte dieses Amulett – es gehörte Enrique. Ich wollte gerade aufschreien, als mir der Schwarze seine knochige Hand auf den Mund legte.

„Keinen Lärm hier unten", zischte er. „Ich weiß, dass du ihn in besserer Verfassung kanntest. Aber das, was du hier siehst, ist nur noch seine sterbliche Hülle. Er selbst hat längst einen anderen Körper und befindet sich in einem Reich, von dem du hoffen kannst, niemals hinzugelangen. Er war dem Wahn verfallen, davon befreit zu sein. Er hat sich halt geirrt. Zu Gott dem Allmächtigen soll er sogar gebetet haben. Das ist in diesem Orden der Beweis für totalen Schwachsinn oder tiefste Verzweiflung. Wie blass du bist, Efrén, du scheinst zu frieren."

Er hatte recht. Erst jetzt merkte ich, dass ich trotz der stickigen Luft die ganze Zeit erbärmlich fror. Es war auch keine Kälte, die mich zittern ließ, sondern die Gewissheit, in eine Lage geraten zu sein, aus der es kein Entrinnen mehr gab. Der Schwarze strich mir mit seinen Ekel-Raubvogel-Krallen über die Haare und meinte betulich:

„Bald wirst du nicht mehr frieren. Jetzt wird dich bestimmt jemand wärmen. Dieser komische kleine Elementargeist behauptet, dass er dich liebt und möchte mit dir schlafen. (Das hatte mir gerade noch gefehlt). Ich nehme an, dass dir eine Vereinigung mit seinem menschlichen Körper (das klang schon besser) mehr Vergnügen bereiten wird, als halbverweste Leichen zu betrachten. Aber das letztere musste sein, damit du abgehärtet wirst oder vielmehr abgestumpft, wie dein seliger Bruder zu sagen pflegte. So, meine Zeit ist für heute zum Glück um und bevor ich mich verabschiede, möchte ich noch eines klarstellen: Ich bin genauso wenig begeistert von deiner Gegenwart wie du von meiner. Also reißen wir uns zusammen und versuchen, das Beste daraus zu machen, nicht wahr, Herzchen!"

Wir bogen in eine der Abzweigungen ein und gelangten vor eine verschlossene Tür.

„Tritt ein. Keine Panik, ich werde dir nicht folgen", erläuterte der Schwarze. „Ich wünsche dir viel Vergnügen und übernimm dich nicht", ergänzte er noch eindeutig grinsend. Ich wusste nicht, ob ich es schaffen würde „das Beste daraus zu machen" – ich wusste es wirklich nicht. In angespanntem Interesse trat ich in einen kleinen mit wenigen Kerzen beleuchteten Raum. Am Eingang standen Don Rodrigo und die beiden Wesen aus dem Zwischenreich. In der Mitte befand sich ein Lager aus Fellen. Trotz des anheimelnden Raumes fühlte ich mich ziemlich beklommen.

„Mein jüngster Sohn", schnitt mir Don Rodrigo die Frage, die ich stellen wollte, ab. „Einer deiner Diener hat für heute Nacht einen menschlichen Körper angenommen und wenn du ihm hilfst, wird er diesen Körper behalten können und den Rest seines Lebens mit dir verbringen. Bist du damit einverstanden?"

Völlig verwirrt nickte ich zustimmend. In diesem Haus war mir jede Gesellschaft außer meiner meschuggenen Familie recht. Allerdings war mir die momentane Situation äußerst peinlich und ich genierte mich vor meinem Vater, mit irgendwelchen fremden Menschen kopulieren zu müssen, auch wenn mir dieser Teil der Einweihungszeremonie bestimmt nicht unangenehm schien. Don Rodrigo strich sich nachdenklich über das Kinn und deutete hinter sich.

„Gut, dann schau sie dir an. Ich nehme an, es ist dir recht, wenn es eine Sie ist? (Für was hielt er mich eigentlich?). Und ich hoffe, dass sie dir auch gefällt."

Ich sah in besagte Richtung und versuchte, das Gesicht der dünnen Mädchengestalt zu erkennen, die sich bis jetzt hinter meinem Vater versteckt gehalten hatte.

„Komm schon vor, zeig dich", befahl er. Sie tat wie geheißen. Ich hatte so gehofft, es wäre Miahua mit den geschickten Händen. Es war nicht Miahua. Ich glaubte meinen Augen nicht zu trauen – es war – nein, das konnte nicht sein, das durfte nicht sein. Es war meine Schwester Juana.

„Um Himmelswillen, nein, niemals!", schrie ich entsetzt auf und wich zurück.

„Schweig jetzt!", fuhr mich sofort Don Rodrigo an, dann wandte er sich wieder an sie. „Geh zu ihm, zeig dich endlich. Er brennt darauf, dich näher kennenzulernen."

Garantiert nicht! Im selben Augenblick kam sie auf mich zu und presste ihren mageren Körper so fest an den meinen, dass wir beide zu Boden sanken.

„Ich bin nicht Juana", flüsterte sie, während sie mein Gesicht mit Küssen bedeckte. „Kennst du mich denn nicht mehr?" Natürlich hatte ich die Stimme des kleinen blauen Geistes wieder erkannt, auch wenn ihr dieses Mal das typische Klirren fehlte. „Er hat mir einen menschlichen Körper gegeben", murmelte sie und streichelte wie besessen meine Haare. „Ich bin so glücklich. Ich liebe dich Efrén, von Anbeginn unserer Begegnung. Du hast mich gerufen, ich bin gekommen. Ich werde jetzt immer kommen, wenn du nach mir verlangst. Und nenn mich bitte nicht Juana. Ich heiße Azunta, gefällt dir der Name?"

Ihr Name war mir so egal. Ich wehrte mich verzweifelt, ich wollte sie zum Teufel schicken, denn von dem kam sie offensichtlich her. Aber meine Worte wurden durch eine erneute Flut von Küssen erstickt. Die Art und Weise, wie mich dieses Geschöpf umklammerte, ließ darauf schließen, dass sie den Wunsch nach einem menschlichen Körper schon seit Jahrhunderten hegte. Aber warum musste dieser Körper ausgerechnet Juana gehören. In mir sträubte sich alles, ihre Leidenschaft zu erwidern und endete schließlich doch in einer totalen Kapitulation. Ich bekam gerade noch mit, wie Don Rodrigo und seine Gefährten diskret den Raum verließen, bevor ich ihr die Kleider vom Leib riss und den letzten Teil der Einweihungszeremonie vollendete. Miahua mit den geschickten Händen war in weite Ferne gerückt, ihren Platz hatte Azunta mit ...

.... ich beende dieses Kapitel jetzt lieber. So berauschend diese Nacht war, so werde ich nie vergessen, was ich meiner armen einfältigen Schwester angetan habe – aber Azunta war nicht meine Schwester – sie war meine Geliebte!

Mexiko | Finis Terra 1917 – 1923

9.

Juana/Azunta – Der schwarze Hexenmeister II – Azunta/Juana

An das Erwachen am Morgen darauf erinnere ich mich ehrlich gesagt nicht mehr so gern. Als ich nämlich die Augen aufschlug, fand ich mich völlig nackt in meinem Bett wieder und neben mir lag meine schlafende Schwester im selben Zustand. Die Sonne schien bereits durch das Fenster und ich hatte die Geschehnisse der vergangenen Nacht vergessen. Es dauerte sogar eine ganze Weile, bis ich meine zerstreuten Sinne wieder gesammelt hatte. Ich erinnerte mich an die Einweihungszeremonie. Mir wurde übel, was hatte ich nur getan. War das, was nun neben mir lag Azunta oder Juana? Ich war nicht darauf versessen, gleich eine Antwort zu erhalten. Sie durfte vor allem erst einmal nicht aufwachen. Vielleicht konnte ich mich aus der Affäre ziehen, bevor sie etwas merkte. Ich erhob mich, um ihr am Boden liegendes Hemd aufzuheben. Meine Kleider konnte ich nirgends ausfindig machen, wahrscheinlich lagen sie noch unten im Gang. Als ich mich bückte, spürte ich einen stechenden Schmerz in meiner Brust, so dass ich stöhnend auf das Bett zurücksank. Die Wunde, die mir der Schwarze gestern Nacht beigebracht hatte, behob jeden Zweifel an der Wirklichkeit des Geschehenen. Unglücklicherweise hatte ich Juana/Azunta aufgeweckt. Ich sprang mit einem Satz ins Bett zurück, deckte mich sicherheitshalber bis zum Hals zu und wartete ab. Zuerst blinzelte sie vorsichtig, dann richtete sie sich auf. Dem unerhört verblüfften Gesichtsausdruck nach zu schließen, konnte es sich nur um Juana handeln. Gleichzeitig kam in mir der Verdacht auf, dass dieser verteufelte Geist nur nachts ihres Körpers habhaft werden konnte. Diese Tatsache jetzt schonend meiner Schwester beizubringen, war eine wahre Herausforderung an meinen Intellekt. Nachdem sie sich noch ein paarmal mit der Faust an den Kopf geschlagen hatte, um sich davon zu überzeugen, dass sie nicht träumte, stellte sie die von mir mit Bangen erwartete Frage:

„Efrén, was ist passiert?"

Wie sollte ich diesem zartbesaiteten Mädchen nun beibringen, dass sie kein Mädchen mehr war. Nach kurzer Überlegung kam ich zu dem

Schluss auf ihre Naivität zu vertrauen und im Laufe des Gespräches eine plausible Lüge zu finden.

„Efrén, du bist ja auch …", hauchte sie, während ihre Wangen schamrot anliefen. Wäre ich nicht der Verursacher gewesen, hätte mich diese Situation eher zum Lachen gereizt als entsetzlich peinlich berührt.

„Efrén, ich möchte sofort mein Hemd haben. Bitte gib es mir."

Ich wollte gerade aus dem Bett springen, um ihrer Bitte ganz schnell Folge zu leisten, da hielt sie mich mit einem Aufschrei zurück:

„Santa Maria, doch nicht so."

Ich hangelte hastig nach der Überdecke und wickelte mich darin ein.

„So, und nun dreh dich um", befahl sie, nachdem ich ihr das wertvolle Kleidungsstück überreicht hatte. „Efrén, was hat das zu bedeuten?"

„Ich weiß es selbst nicht", entgegnete ich so ahnungslos wie möglich. „Ich nehme an, man hat uns missbraucht."

„Missbraucht?"

„Ja, weißt du, wahrscheinlich haben zwei unreine Geister von unseren Körpern Besitz ergriffen."

Mit einem „Um Gottes Willen" sank Juana in ihre Kissen zurück. Ich setzte mich neben sie und versuchte, ihr wenigstens einen kleinen Teil der Wahrheit zu sagen:

„Wie oft wollten dich diese Geister besitzen, du hast es mir selbst erzählt. Und nun haben es zwei heute Nacht mit uns beiden geschafft. Du weißt, Geister sind geschlechtslos, sie brauchen einen Körper um …"

„Efrén, das ist ja fürchterlich." Juana war den Tränen nahe. „Zwei von den Geistern haben unsere Körper benutzt, um sich einer unreinen Liebe hinzugeben", endete sie schluchzend. Obwohl sie in ihrer zickigen Jungfräulichkeit eher komisch wirkte, kam ich mir doch ausgesprochen schäbig vor. Ich schloss sie zärtlich in die Arme.

„Du darfst nicht verzweifeln", tröstete ich sie, während ich sämtliche unreine Geister in die tiefste Hölle verwünschte.

„Ich werde von nun an beten", wimmerte sie. „Die Jungfrau Maria wird mir beistehen und ich werde auch nie wieder böse Lieder singen und vor allen Dingen nicht mehr an diese Geister denken. Ich weiß ja, wie schwach ich bin und wie schnell so ein Geist in mich fahren kann."

Ich entgegnete, dass es mir ähnlich ging.

„Weißt du Efrén, bestimmt ist Don Rodrigo an allem schuld. Er ist ein schlechter Mensch, auch wenn er unser Vater ist. Er ist gemein und niederträchtig. Das hat Enrique schon immer gesagt. Und bestimmt steht er mit dem Teufel im Bund."

Ich wollte gerade ebenfalls erleichtert alle Schuld auf unseren Vater abwälzen, als selbiger plötzlich in der Tür stand. Mit einem Aufschrei sprang Juana auf und rannte aus dem Zimmer.

„Was ist denn mit der los? Hier, mein jüngster Sohn, du hast etwas vergessen."

Damit warf er meine Kleider auf das Bett.

„Tu nicht so, als ob nichts geschehen wäre", brummelte ich, während ich mich hastig ankleidete. „Wie kannst du mich so blamieren und vor allem, wie konntest du Juana das antun."

Ich war so wütend, dass ich ihm gegenüber jegliche Furcht vergaß. Und ich schämte mich vor meiner Schwester, als mir klar wurde, dass ich ihr nie wieder mit gutem Gewissen in die Augen schauen konnte.

„Mein jüngster Sohn", beschwichtigte Don Rodrigo sofort mit einer gewaltigen Portion Ironie in der Stimme. „Wir wollen doch klarstellen, wer ihr was angetan hat – das warst doch du – und du hattest bestimmt viel Vergnügen dabei."

Er hatte einfach immer eine blöde Bemerkung parat.

„Warum hast du sie dann nicht anschließend auf ihr eigenes Zimmer gebracht?"

Don Rodrigo grinste. „Azunta wollte ihren Körper nicht mehr verlassen. Auch du warst von ihr dermaßen angetan, dass du gleich die ganze Nacht mit ihr verbringen wolltest."

Dummerweise daran erinnerte ich mich nicht mehr – oder wollte mich nicht daran erinnern. Es hatte ohnehin keinen Sinn, mit meinem Vater zu streiten. Warum kapierte ich das nicht endlich, er war grundsätzlich im Recht war.

„Ich gehe davon aus, dir ist bereits eine passende Antwort eingefallen", meinte Don Rodrigo. „Juana ist so arm an Geist, dass sie alles glaubt, was man ihr sagt."

„Deshalb konnte auch Azunta leichter an ihren Körper herankommen", fuhr ich auf.

„Möglich."

„Und du hast ihr dabei geholfen, nehme ich mal an."

Don Rodrigo legte die Stirn in Falten.

„Efrén, startest du hier im Augenblick ein Verhör mit deinem Vater?"

Aha, er wollte mich auf den Platz des „jüngsten Sohnes" zurückverweisen.

„Ich dachte, das Sprechverbot von gestern ist bereits aufgehoben."

„Werd nicht unverschämt, jüngster Sohn", maßregelte er mich ziemlich unwirsch.

„Ich werde nicht unverschämt, das würde ich mir nie erlauben. Ich will nur wissen, wie dieses Theater weitergeht. Ich bin schließlich einer der Hauptakteure in diesem Stück."

„Was fragst du dann mich. Wende dich vertrauensvoll an Azunta. Ich nehme an, dass sie dir keine Antwort verweigern wird."

Mit diesen Worten verließ er das Zimmer. Und ich musste mich bis zum Abend gedulden. Mit Sicherheit würde sie mir keine Antwort schuldig bleiben – dafür würde ich sorgen.

Als sich Azunta nach Einbruch der Dunkelheit noch nicht im Körper von Juana gemeldet hatte, ging ich in den Gang hinunter und rief mehrere Male nach ihr. Ich rief ganz einfach ihren Namen mit ein paar wenig schmeichelhaften Beinamen ohne magisches Buch mit undefinierbarem Einband in einer Sprache, die ich und sie garantiert verstanden. Sie ließ sich ziemlich viel Zeit, bis sie endlich auftauchte.

„Was willst du von mir? Warum hast du mich gerufen?", fragte sie wieder mit ihrer klirrenden Stimme.

„Was soll diese Förmlichkeit. Ich möchte mich mit dir unterhalten. Und zwar auf eine andere Art, wie letzte Nacht."

„Unterhalten ...", wiederholte sie leise, während ihre blauen Finger nervös mit den Haaren spielten. Als Schauspielerin war sie schlichtweg total unbegabt.

„Ja, sprechen wir doch zum Beispiel über unsere gemeinsame Zukunft."

Einen Augenblick herrschte angespanntes Schweigen.

„Heda! Hier geblieben!", schrie ich, als ich merkte, wie sie versuchte, sich unsichtbar zu machen.

„Efrén, was gibt es über unsere Zukunft denn noch zu sagen", flüsterte sie, während die blaue Farbe ihres Körpers wieder intensiver wurde.

„Azunta, so hast du unseliger Geist dich doch genannt. Ich will vor allem zuerst wissen, wie lange du gedenkst, den Körper meiner Schwester zu missbrauchen?"

„Missbrauchen!", fuhr sie empört auf, wobei ihre Stimme sich beinah überschlug. „Ich missbrauche den Körper deiner Schwester nicht. Er gehört mir."

So einfach war das! Nein, so einfach war das eben nicht!

„Warum hast du keinen eigenen?"

„Ich weiß es nicht. Vielleicht bin ich so unbedeutend, dass man mich nur als deine Bettgenossin auf die Erde lässt. Spielt das vielleicht eine Rolle? Glaubst du, ich will dir laufend nur als Vision erscheinen."

Sie schien tatsächlich verzweifelt zu sein; ich war es nicht weniger, denn ich begann, mir ernsthaft große Sorgen um Juana zu machen.

„Und was wird aus Juana?"

„Sie wird sterben."

Die Antwort war kurz und eindeutig und genau das hatte ich ja befürchtet.

„Und du glaubst, dass ich das zulasse", protestierte ich wütend über ihre Kaltschnäuzigkeit.

„Sicher, Efrén, das wirst du. Denk doch an die letzte Nacht. Ich weiß längst, dass du dir nichts sehnlicher wünscht als noch mehr solcher Nächte. Widersprich mir nicht. Du liebst deine Schwester doch gar nicht. Gib ruhig zu, dass sie dir eigentlich lästig ist."

„Mag sein", entgegnete ich wütend, weil sie im Prinzip recht hatte. „Aber woher nimmst du das Recht, sie zu töten."

Azunta verschränkte die Arme und starrte mich mit ihren leeren Augen an, als ob ich schwer von Begriff wäre.

„Was heißt hier Recht. Mach dir nichts vor und vergiss deine verlogene Moral. Diese falsche Nächstenliebe gibt es bei uns nicht. Du bist nicht mehr in der Klosterschule, sondern bei selbstständig denkenden Menschen, die nur den Regeln unseres Ordens gehorchen. Hier gilt das Recht des Klügeren, des Stärkeren und in diesem Fall ist deine Schwester die Schwächere und Dümmere. Du weißt genau, sie ist schwachsinnig. Jeden Tag wird es schlimmer mit ihr. Bis vor kurzem hast du sie sogar so gehasst, dass du sie hier ganz allein lassen wolltest und jetzt kommst du mir mit deiner Kirchenchorethik. Efrén, auch ich habe Rechte und ich habe Gefühle. Ich liebe dich wirklich. Ich will ganz einfach bei dir sein und du willst bei mir sein. So ist es doch, oder?"

Sie stellte mich vor vollendete Tatsachen. Sie sprach das aus, was ich nicht auszusprechen wagte, aber in Wirklichkeit unentwegt dachte. Wo war da der Unterschied? Der Unterschied bestand zwischen Denken und

Tun. Dem Tun konnte ich mich nun nicht mehr entziehen. Denn ich begehrte Azunta; nicht nur körperlich, sondern auch ihren wachen gesunden Geist. Auf der anderen Seite stieß mich ihre Art, wie sie vollkommen gewissenlos und selbstverständlich über das Leben anderer entschied, maßlos ab.

„Tut mir leid, ich schätze hin und wieder meine so genannte Kirchenchorethik. Liebe Azunta, wo kämen wir hin, wenn wir Menschen töten, nur weil sie uns lästig geworden sind. Gut, du hast recht, ich will es sogar, aber ich kann nichts dagegen unternehmen. Das hat nicht einmal mit meiner Moral zu tun, sie tut mir ganz einfach leid. Ich werde meine Finger aus diesen Verwandlungsspielchen lassen." Ich hoffte nicht zu hoch zu pokern und wusch bereits im Geist meine Hände in Unschuld. „Mach was du willst, ich hindere dich nicht daran, aber ich werde nicht aktiv helfen." Das war genial! Das war richtig diplomatisch. Das war einfach schändlich, doch ich fühlte mich momentan gut.

Sie versuchte zu lächeln und ich glaubte einen Augenblick, dass sie mich als den Feigling, der ich ja war, beschimpfen würde, doch sie zeigte für meine Lage erstaunlicherweise Verständnis. Sie hatte meine Heuchelei längst durchschaut und versuchte ihr sarkastisches Grinsen, so weit es ihr möglich war, zu verbergen.

„Ich mache es allein mit ihr. Ich verspreche dir, sie wird nicht leiden. So, mein Geliebter und jetzt leb wohl. Ach, und nimm dich bitte vor deinem Meister in acht, er ist sehr gefährlich."

Die Warnung war überflüssig. Der erste Eindruck von diesem hohlwangigen Todesengel war in mir so fest verwurzelt, dass ich nicht im Traum auf den Gedanken gekommen wäre, unvorsichtig zu sein.

Die folgenden Tage ereignete sich nichts. Es lag daran, dass ich nichts tat. Irgendwie drückte ich mich darum, weiter in die Geheimnisse dieses mysteriösen Ordens eingeweiht zu werden. Die meiste Zeit zog ich mich wieder auf die Festung zurück und überlegte, was ich in meinem kurzen Leben bereits falsch gemacht hatte. Ich hatte so ziemlich alles falsch gemacht. Eines Abends, als ich wie üblich sehr spät heim kam, empfing mich Don Rodrigo, der wohl mit seiner Langmut am Ende war:

„Wo treibst du dich in drei Teufelsnamen eigentlich herum?"

„Ich war auf der Festung."

„Aha. Mein jüngster Sohn sucht seit Neuestem die Besinnung in der großen Einsamkeit. Aber jetzt ist Schluss damit." Er machte eine kurze Pause, in der Erwartung, ich würde mich entschuldigen, dann fuhr er fort:

„Du begibst dich auf der Stelle nach unten. Du wirst bereits erwartet. Nun schau nicht wie ein Mondkalb. Da ist der Eingang!"

Völlig verdattert schlurfte ich in den Gang hinunter. Ich wurde tatsächlich erwartet. In Don Rodrigos Sessel lümmelte der Schwarze. Er hatte seine Füße auf den Tisch gelegt und wickelte gedankenverloren die schneeweise Strähne in seinen blauschwarzen Haaren um die knochigen Finger. Seltsam, auf einmal sah ich ihn in einem anderen Licht – ich hatte keine Angst mehr vor ihm. Warum auch. Er war zwar mein Meister, aber in erster Linie auch mein Diener. Ich hatte begriffen, dass ihn mein Vater mir als „Spielzeug" gegeben hatte und nicht umgekehrt. Er forderte mich auf zu sitzen. Dann fing er sofort an:

„Du hast dich lange nicht gemeldet. Hast du kein Interesse mehr in die großen Geheimnisse der Magie eingeweiht zu werden? Sie beherbergen so unschätzbare Möglichkeiten, Efrén. Du wirst noch auf den Geschmack kommen – ganz bestimmt. Doch bevor ich dir diese ungeheuerlichen Dimensionen eröffne, ein kleiner wichtiger Hinweis: Selbstverständlich darfst du diese großen Geheimnisse nicht jedem Normalsterblichen ausplaudern, geschweige aufschreiben, sonst sind es ja keine Geheimnisse mehr, was?" Ich war versucht zu lachen. Er schien zumindest originell und unterhaltsam zu sein. „Ich werde meine Aufgabe, dich anständig einzuweihen sehr ernst nehmen. Dein Vater schätzt dich ziemlich hoch ein. Du bist seine ganz große Hoffnung. Also enttäusche den armen Mann nicht, Herzchen." Ich fing schon mal an, die „Herzchen" zu zählen und für jedes „Herzchen" würde er, sobald ich über genügend Macht verfügte, ausreichend Prügel beziehen – ganz sicher. „Du bekommst von nun an regelmäßig Aufgaben gestellt, die ganz speziell auf dich abgestimmt sind. Auf deine Ängste, die du überwinden musst, auf deine Begierden, die du überwinden musst. Überhaupt, du wirst erst mal einiges zu überwinden haben. Wenn du endlich all diese grausigen, menschlichen Gefühle überwunden hast, kannst du dich einer Prüfung unterziehen. Es sind mehrere Prüfungen, die dich immer eine Stufe weiter bringen. Du steigst bei jeder bestandenen Prüfung einen Grad höher. Du musst genau sieben Stufen mit jeweils sieben Graden erreichen, bis du Großmagier des gesamten Ordens und einer ordentlichen Anzahl von Dämonen und ähnlichem Zeug bist. Schöne Aussichten und ein sehr sehr langer Weg bis dahin. Diese Prüfungen ..."

„Bist du schon sehr weit?", erlaubte ich mir, ihn zu unterbrechen.

„Diese Prüfungen …", er schien meine Frage großzügig überhört zu haben, „kannst du jeweils zweimal machen. Solltest du beim zweiten Mal eine Prüfung nicht bestanden haben, so bleibst du in diesem Leben auf der Stufe stehen, und kannst erst in deinem nächsten Leben weitermachen. Es versteht sich, dass du dann immer wieder von vorn anfangen musst. Es liegt also einiges vor dir, Efrén."

„Was bedeuten diese blauen kleinen Geister?"

„Ziemlich uninteressant. In ihren Leben, sofern sie überhaupt welche hatten – haben sie nicht einmal die erste Stufe erreicht. Meist ist es zwecklos, ihnen einen menschlichen Körper zu geben. Sie haben für den Orden wenig Nutzen, weil sie einfach zu beschränkt sind."

„Aber das Mädchen, Azunta?"

„Eine Ausnahme. Dein Vater findet es offenbar vergnüglich, sie in der Hülle deiner Schwester zu deiner sexuellen Befriedigung zur Verfügung zu stellen. Du wirst sie bald über haben."

Dafür hatte er eine doppelte Tracht Prügel verdient. Ich musste mich beeilen, die sieben Stufen zu erreichen! Da das noch eine Weile dauern würde, beschränkte ich mich darauf, ihm trotzig zu erwidern, dass ich sie liebte.

„Du schläfst mit ihr."

„Eben genau deswegen!"

„Deine Seelenblähungen interessieren mich nicht, Efrén."

Gut – und mich interessierte seine Meinung zu meinen „Seelenblähungen" einen Dreck. Aber was mich brennend interessierte, war seine Funktion, nach der ich mich nun ein zweites Mal eindringlicher erkundigte.

„Du willst es wohl unbedingt wissen, was? Der Aufstieg zum siebten Grad erfolgt nicht immer so reibungslos. Solltest du in deiner Laufbahn, oder sogar wenn du den letzten Grad schon erreicht hast, dich mit den Verbannten, wie ich es bin, verbünden oder dich eines Vergehens schuldig machen, zum Beispiel ein Mitglied des Ordens ermorden oder ermorden lassen, gegen den Magier rebellieren, einen zu starken Dämon beschwören – ach, es gibt noch etliche Stolpersteinchen – dann fällst du. Du kommst in eine Lage, die dich nicht gerade in Freudentaumel versetzen wird. Nach deinem meist schmachvollen Tod wirst du in einen Körper gezwungen, so ähnlich wie ich ihn jetzt habe, und kommst vor allem an einen Ort, den feinsinnige Leute als Hölle bezeichnen würden. Manchmal ist der Großmagier so gnädig und gibt dir einen menschlichen Körper, damit du eine neue Chance hast – meistens geht's daneben. Nun ja, mir hat er ausnahmsweise einen versprochen, wenn du nach deinem Dahinscheiden glücklich im Zwischenreich landest. Also, reiß dich zusammen. Wir tun uns beide was Gutes damit. Doch mein lieber Efrén, ich möchte jetzt deinen ungetrübten hoffnungsfrohen Geist nicht mit diesen Worten verdüstern. Wenn du je in meine Lage geraten solltest, hast du alle Zeit der Welt, darüber nachzudenken. Und jetzt fangen wir endlich an mit dem mühevollen großen Aufstieg zum Nachfolger des Großmagiers."

Erstaunlicherweise hatte ich den Schwarzen ziemlich schnell im Griff, glaubte ich. Und ich stürzte mich mit wahrer Begeisterung in die Arbeit. Dabei stellte ich sogar fest, dass mein schwarzer Lehrmeister doch wesentlich angenehmer war als Don Rodrigo. Nüchtern gesehen lag es wohl eher daran, dass ich bei ihm eine andere Position inne hatte, als bei meinem Vater. Auf alle Fälle, der Schwarze war klug, hin und wieder wirklich witzig – wenn auch auf meine Kosten – und vor allem hätte ich so gern noch mehr über ihn erfahren. Natürlich wollte er mit der Sprache nicht herausrücken und als es ihm zu viel wurde, gab er mir ohne Umschweife zu verstehen, dass mich seine Privatsphäre nichts anginge. Ich wurde bereits am ersten Abend unserer Zusammenkunft über die unglaublichen Möglichkeiten der Magie aufgeklärt. Ich war fasziniert und begriff nicht, weshalb ich einmal davor Angst haben konnte. Allein der Gedanke, meinen Körper x-beliebig verlassen zu können, um in andere noch unbekannte Dimensionen zu reisen, war einfach bestechend. Das war immerhin das erste, was ich lernen sollte. Jedes Mal, wenn ich nach den spannenden „Unterrichtsstunden" nach oben auf mein Zimmer ging, schwirrte mir der Kopf von diesen überwältigenden Erkenntnissen und ich ließ mich wie ausgebrannt auf das Bett fallen, um das Gelernte in Ruhe zu verarbeiten. Es war einfach phantastisch, einmalig, großartig!

In dieser Nacht hatte ich plötzlich das Gefühl, beobachtet zu werden. So viel Sensibilität hatte ich vor etlichen Wochen noch nicht entwickelt. Ich fuhr hoch und sah mich um, es war niemand zu sehen, aber ich war nicht allein. Vielleicht hatte ich von den anstrengenden Ausflügen Halluzinationen? Nein, noch vor wenigen Minuten war ich belehrt worden, dass es keine Halluzinationen gab. Alles was ich sah, war Wirklichkeit – auch meine eigenen Gedanken, die sich materialisierten. Ich hatte also Besuch aus einer „anderen Welt". Warum zeigte sich das Wesen nicht? Vielleicht besaß es nicht genügend Kraft, vielleicht wollte es mich nur beobachten. Ich musste trotzdem vorsichtig sein. Unwillkürlich dachte ich an Enrique und hatte daher nicht die Spur von Angst (wirklich!). Ich konnte beruhigt schlafen gehen und begann allmählich einzudösen. Mit einem Mal erwachte ich durch einen Schrei. Ich brauchte nicht lange um herauszufinden, dass dieser Schrei aus Juanas Zimmer kam. Sie hatte wieder einen ihrer Anfälle, nur dieses Mal war irgendetwas anders. Ohne zu zögern rannte ich zu ihr hinüber und riss die Tür auf. Der Anblick, der sich mir bot, war grauenvoll. Nur mit ihrem Nachthemd bekleidet, das bereits an etlichen Stellen zerrissen war, wälzte sie sich unter krampfartigen Zuckungen noch immer schreiend am Boden. Ihr Gesicht war bis zur Unkenntlichkeit verzerrt und ihre weit aufgerissenen Augen flehten einen Unsichtbaren an. Sie musste fürchterliche Schmerzen haben und schien dem Ersticken nahe zu sein, denn sie rang verzweifelt nach Luft. Dann begann sie, sich abermals unter grässlichen Schreien zu krümmen und biss sich dabei die Lippen blutig.

„Es hat mich angefallen, Efrén. Es würgt mich! Es dringt in mich ein. Bitte hilf mir!", war der einzige zusammenhängende Satz, den ich zwischen ihrem unartikuliertem Ächzen heraushören konnte. Ihr helfen – meine Güte – wie denn? Ich war nicht in der Lage, mich von der Stelle zu rühren. Mir die Ohren zuhalten, war die einzige Tat, zu der ich im Moment fähig war. Ansonsten hoffte ich inständig, dass dieser furchtbare Anfall bald ein Ende nehmen würde. Aber Juana schrie weiter, unaufhörlich. Endlich hörte sie auf. Das arme Geschöpf, das nun nur noch zuckend vor mir lag, stöhnte noch etliche Male auf, dann schleifte es sich auf allen Vieren in eine Ecke, wo es wimmernd liegen blieb. Erst als sie sich gar nicht mehr rührte, ging ich zu ihr hinüber, hob sie auf und legte sie behutsam auf ihr Bett. Ich nahm den Zipfel der Bettdecke, um ihr damit den blutigen Schaum vom Mund zu wischen. Sie war ganz still, atmete ganz entspannt und hatte die Augen geschlossen. Ich fühlte ihren Puls, Gott sei dank, sie lebte noch. Ihr Hals und ihre Brust waren mit blutunterlaufenen Flecken bedeckt, die sie sich in ihrem Schmerz selbst zugefügt hatte.

„Was hast du nur verbrochen?", fragte ich leise, während ich sie zudeckte. Wahrscheinlich wurde sie nicht einmal bestraft. Man quälte sie aus reiner Lust. Was immer das für ein satanisches Gesindel war, ich hätte sie alle totschlagen können. Nun spürte ich wieder meine große Müdigkeit und als ich das Gefühl hatte, dass Juana für diese Nacht ruhig schlafen würde, erhob ich mich, um das Zimmer zu verlassen. Eine Stimme, die meinen Namen rief, als ich gerade die Türklinke berührte, hielt mich zurück.

„Efrén, bleib doch."

Die Stimme klang schmeichelnd, zärtlich. Mit Entsetzen sah ich in Juanas Augen, die mich verlangend ansahen. Aber nein, das war nicht mehr meine Schwester. Es war Azunta. Ich begriff.

„Das hast du großartig gemacht!", schrie ich sie sofort an. „Meinen Glückwunsch zu dieser Glanzleistung."

Ihre Augen wurden größer und verständnisloser.

„Bist du mir böse?"

„Ich dir böse?" Ich hätte sie auf der Stelle erwürgen können. „Bist du eigentlich wahnsinnig, meine Schwester so zu quälen."

„Sie ist stärker, als ich erwartet habe. Ja, glaubst du etwa für mich war es nicht schmerzhaft. Aber ich bin froh, dass ich es diesmal geschafft habe."

„Was soll das heißen?" Ich wurde immer wütender.

„Nun, dass ich heute Nacht keine Hilfe gebraucht habe. Aber ich fürchte, auf Dauer wird das sehr, sehr anstrengend und schmerzhaft für mich – und für deine Schwester. Du wirst mir doch helfen, Efrén!"

Mit welcher Unverschämtheit setzte sie voraus, ich würde ihr helfen, meine Schwester umzubringen.

„Du irrst. Wir hatten eine Abmachung. Hast du das vergessen?"

„Efrén, ich liebe dich."

Sie erhob sich, kam auf mich zu und fiel vor mir auf Knie.

„Ich weiß, aber bitte hilf mir doch", schluchzte sie auf einmal. „Hilf mir, ich will doch nur leben."

Nun war ich vollkommen ratlos. Natürlich versuchte ich, sie zu trösten, aber sie weinte unaufhörlich weiter. Erst als ich sie in die Arme nahm und ihren Nacken streichelte, hörte sie auf.

„Du bist so zärtlich, Liebster. Sag, dass du mich nie mehr fortschickst. Ich bin so allein. Lass mir dieses Leben. Bitte."

„Und was wird aus Juana?", fragte ich stoisch.

Sie riss sich von mir los.

„Jetzt schau mir in die Augen und sage auf der Stelle, was du für mich empfindest."

Was sollte ich antworten? War es wirklich Liebe oder war es nur die Begierde nach ihrem Körper? Eines war mir klar, ich konnte seit jener Nacht nicht mehr ohne sie sein und ich musste dafür einen Preis bezahlen. Sie oder Juana. Ich gab mich geschlagen.

„Ich will dich", flüsterte ich so leise, dass sie es gerade noch hören konnte.

„Du bist wirklich bereit, dieses Opfer zu bringen", fuhr sie auf, während sie meine Lippen zu küssen begann. „Efrén, ich bin keine Hexe und auch kein Dämon. Ich bin jetzt ein menschliches Wesen, das sich nach deiner Liebe sehnt. Vergiss nicht, deine Schwester ist krank, sie ist zu diesen Empfindungen nicht mehr fähig. Du wirst mir helfen, damit ich von ihrem Körper endgültig Besitz ergreifen kann, sonst nimmt diese Quälerei kein Ende, denn ich lasse sie nicht mehr los. Denk doch an unsere Zukunft."

Sicher dachte ich an unsere Zukunft. An ihre Nähe, an den Rausch unserer leidenschaftlichen Nächte, die kein Ende nehmen sollten, an das Glück, sie für immer bei mir zu haben.

„Und wie soll ich dir helfen?"

Einen kleinen Augenblick glaubte ich, Triumph in ihrem Lächeln zu sehen.

„Das ist ganz einfach. Du selbst musst den Großmagier, deinen Vater um Hilfe bitten. Die Initiative muss allein von dir ausgehen. Du musst es wollen."

Also doch kein Händewaschen in Unschuld, aber war ich unschuldig, wenn ich nichts tat? Verhindern konnte ich den Lauf der Dinge auch nicht mehr. Falsch, ich wollte es nämlich gar nicht verhindern. Ich durfte nicht zu lange überlegen, ich musste mich sogar beeilen, denn Don Rodrigo beabsichtigte wieder, für längere Zeit das Haus zu verlassen. Ich zögerte nicht mehr und trug ihm meine Bitte gleich am nächsten Morgen vor. Er war auf der Stelle bereit zu helfen und lobte zudem noch überschwänglich meine Vernunft. Vernunft? Ich hatte ein miserables Gefühl dabei.

Nun, das Ende ist kurz. Es gab keinen Kampf mehr und als Azunta von Juanas Körper Besitz ergriff, ließ sie es schweigend und ergeben über sich ergehen. Hätte sie wenigstens noch ein Wort gesagt. Ich kann kaum beschreiben, wie weh mir ihr stummer Tod getan hat. Aber ich vergaß schnell. Azunta ließ mir zum Trauern keine Gelegenheit. Von Tag zu Tag verwandelte sie den Körper dieses schwächlichen kleinen Mädchens in eine blühende wunderschöne junge Frau. Ich schwebte im siebten Himmel und wenn ich nicht mit meinen Studien beschäftigt war, waren wir zusammen – Tag und Nacht. Wir liebten uns in allen erdenklichen Variationen. Ich höre auf der Stelle damit auf. Ich will und ich kann das nicht beschreiben. Ich wünschte, all das wäre nie geschehen. Mein Gott, was habe ich nur getan, was habe ich nur getan!

Du kannst nicht immer im Reich der Glückseligkeit bleiben, Efrén, denn jede Glückseligkeit hat einmal ein Ende, und das Ende unserer so berauschenden Beziehung war erbärmlich.

10.

Azunta macht einen Fehler

Es dauerte nicht einmal ein halbes Jahr bis der Rausch unserer ersten Leidenschaft verflogen war. Wir hatten unser Zusammensein ausgekostet, die Spannung unserer sexuellen Anziehungskraft ließ zusehends nach und wenn wir uns nicht gegenseitig langweilten, begannen wir, uns nur noch auf die Nerven zu gehen. Azunta entwickelte Launen, die unerträglich wurden und mich unnötig an meiner wichtigen Arbeit hinderten. Besonders unausstehlich wurde sie, wenn ich ihrer Meinung nach zu lang und zu oft mit dem Schwarzen zusammen war. Ihre blödsinnige Eifersucht belastete natürlich auch meine Beziehung zu ihm. Vor allem wurde es für mich immer schwieriger, in seiner Gegenwart mir nichts von meiner Anspannung anmerken zu lassen. Hin und wieder ging ich mit Azunta noch pflichtgemäß ins Bett. Ihr schöner fordernder Körper bedeutete mir nichts mehr und mit ihrem oberflächlichem Geplauder konnte ich nichts mehr anfangen. Ich hatte einen großen Fehler gemacht. Ich hätte mich niemals darauf einlassen dürfen, meine arme Schwester zu opfern. Und meine Gewissensbisse waren fürchterlich. Ich lag nächtelang wach, starrte in die Dunkelheit, vielleicht in der vagen Hoffnung, sie würde mir erscheinen und mir vergeben. Sie erschien nicht und ich blieb mit meiner Schuld allein. Aber ich wollte mit meiner Schuld nicht allein bleiben, Azunta hatte sie gefälligst mitzutragen. Das Problem war nur, dass sie sich keinerlei Schuld bewusst war und aus meiner anfänglichen Verachtung für sie wurde langsam und schleichend Hass. Mein Gott, wir hassten uns. Sie versuchte alles, um mich zu verführen und wenn es ihr gelang, dann erfüllte sie das mit boshaftem Stolz. Ich fühlte mich benutzt und erniedrigt. Aber noch schlimmer war, ich hatte niemanden, dem ich mich anvertrauen konnte – der Schwarze: indiskutabel – mein Vater: nicht mal daran zu denken. Und bevor der Hass meine Arbeit völlig zu lähmen begann, verzog ich mich lieber wochenlang in den Gang hinunter, wohin sie mir nicht folgen konnte oder wollte, arbeitete wie besessen an meinen Formeln, beschwor dienstbare, schlechte sowie angenehme Geister und unterhielt mich stundenlang mit dem Schwarzen. Er war ein äußerst brillanter Gesprächspartner, er hatte es nicht nötig, mich mit schönen

Worten und Schmeicheleien zu blenden. Er hielt beharrlich auf Distanz und wenn ich ihm zu nahe trat, machte er mir unmissverständlich klar, wo mein Platz war und dass ich von ihm außer Lernen nichts zu erwarten hatte. Keine Zuneigung, keine Freundschaft. Ich war sein Herr, er mein Meister und mein Diener.

Ich machte natürlich mit meiner Arbeit ungeheure Fortschritte und konnte es kaum erwarten, meinem Vater diesen Erfolg zu präsentieren. Er hatte sich schon seit Monaten nicht mehr blicken lassen. Und das erste Mal in meinem Leben konnte ich seine Rückkehr kaum erwarten. Er musste einfach stolz auf mich, seinen jüngsten Sohn, sein, denn zwei der Prüfungen hatte ich bereits bestanden. Am liebsten hielt ich mich im Zwischenreich auf. Dem Land mit den lichten Wäldern, den weißen Tempeln, errichtet von unbekannten Baumeistern aus alten Zeiten. Der Schwarze begleitete mich ein Stück, dort angelangt übernahm der andere kleine Elementargeist die Führung. Ich liebte nichts so sehr, wie mich dort mit den Wesen, von denen ja auch zwei bei meiner Einweihung dabei waren, zu unterhalten. Sie bildeten natürlich einen Kontrast zu meinem dunklen Hexenmeister. Er war bei allen hervorragenden Fähigkeiten hin und wieder doch ein ziemlich zynisches schnoddriges Ekel. Aber diese Wesen aus dem Zwischenreich hatten bereits die Stufe erreicht, wo sie über jegliche armselige menschliche Emotionen erhaben waren. Sie mussten schon sehr lange dort existieren. Für mich waren sie mit ihren schönen verklärten Gesichtern der Inbegriff von Weisheit und ihre Ausgeglichenheit brachte sogar meinen nervösen Geist schnell wieder zur Ruhe. Nun, was bedeutet das Zwischenreich? Das ist etwas kompliziert zu erklären. Ich werde es trotzdem versuchen. Nach dem Tod wurde ein Magier – falls er nicht gefallen war – dort aufgenommen. Allerdings wurde er vorher einer Prüfung unterzogen. Hatte er die Aufnahmeprüfung nicht bestanden, so bekam er sofort wieder einen menschlichen Körper. Bestand er sie, durfte er dort bleiben solange er wollte. Doch jetzt kommt der Haken. Um einen weiteren Grad aufzusteigen, musste er wieder einen menschlichen Körper annehmen und alles, was er glaubte an menschlichen Schwächen abgelegt zu haben, noch einmal durchmachen. Somit bestand eigentlich erneut die Gefahr zu fallen. Es war daher sinnvoll, überlegte ich spitzfindig, wenn ich in diesem Leben schon so viele Prüfungen wie möglich ablegte, damit ich mich in den herrlichen weißen Tempeln des Zwischenreiches auf meinen Lorbeeren ausruhen konnte – so dachte ich. Dazu musste ich selbstverständlich noch viel an mir arbeiten, damit ich an Weisheit und Können zunahm – so dachte ich weiter. Ich war zuversichtlich. Ich hatte ja noch ein so langes Leben vor mir und wenn ich mich an Don Rodrigos Gesetze hielt, konnte nichts schief gehen.

Dass ausgerechnet er der Großmagier dieses Ordens war und Herrschaft über das Zwischenreich hatte, stimmte mich hin und wieder doch nachdenklich. Vor allem, wenn ich daran dachte, wie grausam er sein konnte und wie wenig ähnlich er den Bewohnern des Zwischenreiches war, abgesehen davon, dass er blonde Haare und ein blasses schmales Gesicht hatte. Ich wagte den anderen auch nicht meine Zweifel mitzuteilen in der Angst, womöglich einen Fehler zu machen. Kritik war nicht erwünscht, was mir eigentlich in diesem so toleranten Reich zu denken geben sollte. Ich fand mich damit ab, dass er wahrscheinlich zwar die Macht hatte, aber an seiner Weisheit und Gelassenheit noch arbeiten musste. Man belehrte mich auch schnell, dass in dem Orden andere Begriffe von Gut und Böse galten. Ich selbst musste meine Gefühle in mir annehmen – alle, die Guten und die Schlechten. Die letzteren durfte ich sogar ausleben, allerdings dabei kein Gesetz des Ordens brechen. Diese Grenze musste ich unter allen Umständen einhalten. Nur wo war diese Grenze? Und war das überhaupt möglich? Bestimmt – mein Vater war so ein Beispiel. Er lebte seine miesen Gefühle voll aus und brachte anscheinend das Kunststück fertig, kein Gesetz des Ordens zu brechen. Diese Widersprüche, die irgendwie einen dunklen Schatten auf das vollkommen lichte Zwischenreich warfen, versuchte ich letztendlich mehr oder weniger zu verdrängen. Denn diese Philosophie leuchtete mir anfangs (und jetzt erst recht) absolut nicht ein. Sie war so völlig entgegen der Erziehung, die ich bei meiner Mutter und auf der Klosterschule genossen hatte. Da war ich von der Willkür eines unsichtbares Gottes abhängig, der mich Tag und Nacht beobachtete und jedes Vergehen früher oder später bestrafte. Aber ich wurde belehrt, dass es ein langer Lernprozess wäre, sich von diesem allgegenwärtigen mächtigen Gott zu lösen, was ich im Laufe der Zeit kapieren würde. Inzwischen habe ich es kapiert. Der Lernprozess war keineswegs lang. Er dauerte nur die paar Sekunden, die benötigt wurden, um eine verbotene Frucht von einem verbotenen Baum zu essen.

Jedes mal nach der Rückkehr von meinen herrlichen Reisen ins Zwischenreich war die große Euphorie erst mal verflogen, wenn ich zu meiner Ausgangsposition in den unterirdischen Gang zurückkehrte. Dort wartete der Schwarze auf mich, die andere Seite, die, die es nicht geschafft hatten, die, die auf dem Grund des Brunnens saßen. Er starrte mich aus seinen Augenhöhlen an und fragte mich regelmäßig höhnisch, ob ich eine gute Reise gehabt hätte. Ich jagte ihn davon und verließ angewidert von seiner morbiden Ausstrahlung, die so ekelhaft nach Verzweiflung und Elend roch, den Gang, um oben im Garten frische Luft zu schöpfen.

Es war nicht nur der Schwarze, der mir den Kontakt zum Zwischenreich missgönnte. Als ich eines Morgens in mein Zimmer trat, erwartete mich bereits Azunta. Sie war, wie erwartet, in äußerst reizbarer Stimmung.

„Na, ist mein großer Meister aus den hohen Gefilden in die Niederungen des Alltags hinabgestiegen?"

Ich hatte sie so satt!

„Du scheinst wohl auf diese höheren Gefilde keinen gesteigerten Wert zu legen", erlaubte ich sofort zu bemerken. Sie schüttelte den Kopf.

„Ich habe es dort lange genug aushalten müssen. Diese sterilen Gesichter hängen mir zum Hals heraus. Ich habe jetzt einen menschlichen Körper und ich gedenke, mich auch wie ein Mensch zu benehmen und nicht wie ein alabastergesichtiger Götze, der laufend irgendwelche Weisheiten versprüht."

Ich hatte nur ein verächtliches Lächeln für sie übrig.

„Zu den alabastergesichtigen Götzen fehlt dir ja noch einiges. Vielleicht legst du keinen Wert darauf, aber ich will werden wie sie. Und wenn du soweit bist, kannst du leben soviel du willst. Vor allem, du kannst selbst bestimmen ob, wann und wo du leben möchtest. Du erfährst sogar alle Stationen aus früheren Leben. Du bist unsterblich. Das finde ich absolut erstrebenswert. Ich verstehe dich nicht."

Azunta schrie auf vor Lachen.

„Ich glaub's nicht, Efrén. Bis du einmal so weit bist, kann eine Ewigkeit vergehen. Außerdem gelten dann andere Maßstäbe, die von den menschlichen weit entfernt sind." Sie hörte auf zu lachen und wurde plötzlich ernst. „Und manchem wünsche ich, dass er die Stationen seiner Vergangenheit niemals erfährt. Es gab schon bitterböse Überraschungen. Efrén, du bist so stolz, weil du glaubst, schon mehr zu wissen als ich. Aber woher nimmst du die Gewissheit, dass ich nicht über deine Vergangenheit Bescheid weiß?"

„Blas dich nicht auf!", fuhr ich zornig dazwischen. „Ich kann mir kaum vorstellen, dass ausgerechnet du das weißt. Dazu gehört ein Wissen, das dir völlig fehlt und über die Geschöpfe, die auf deiner Stufe stehen, weiß ich zum Beispiel gut Bescheid."
Sie tobte wider Erwarten nicht, sondern lehnte sich mit einem überlegenen Grinsen aufs Bett zurück und fuhr fort:
„Gut, gut. Du verachtest mich. Ja, das stimmt, ich stehe auf der untersten Stufe, das heißt jedoch noch lange nicht, dass ich unwissend bin. Aber egal, du glaubst mir ohnehin nicht. Und im Übrigen habe ich auch keine Lust, nach oben zu gelangen. Ich fühle mich so wohl, wie ich jetzt bin. Weshalb sollte ich mein so kostbares menschliches Leben verschwenden für ein Ziel, das viel zu hochgesteckt und wahrscheinlich unerreichbar ist. Vergiss nicht, die meisten bestehen überhaupt nicht die Prüfung ins Zwischenreich und diejenigen, die sie bestehen, zieht es immer wieder zu ihrem menschlichen Leben zurück. Ganz zu schweigen von denen, die gefallen sind. Das letztere ist schrecklich und du hast wirklich die Gelegenheit, die grausamste Seite der menschlichen Existenz kennen zu lernen. Dein Meister ist das beste Beispiel. Auch er war mal ganz oben und nun ist er ganz unten. Nein, ich möchte mein Dasein genießen, um dann eben wieder als kleiner unscheinbarer Elementargeist zu enden, bis ich vielleicht wieder einen menschlichen Körper bekomme." Sie seufzte. „Aber in dieser traurigen Einöde hier mit dem edlen Don Efrén de Alpojar gibt es nichts mehr zu genießen. Ich habe mir das Zusammenleben mit dir so herrlich vorgestellt. Aber du bist jede Nacht in der Gruft da unten und lässt dich von dieser Schlange langsam einwickeln, während ich Nacht für Nacht hier oben sitze und auf dich warte, bis du einmal Zeit für mich hast. Es ist so erbärmlich, dass du mit mir nur noch betrunken schlafen kannst. Wo sind deine Versprechen, Efrén? Wir haben uns doch einmal so geliebt. Und komm mir bloß nicht wieder mit der Behauptung, dass du dich nach deiner Schwester sehnst." Ich wollte aufschreien, doch Azunta schnitt mir gleich das Wort ab. „Du musst gleich so übertreiben. Ich warne dich. Man fällt schneller als man denkt. Und wenn du gefallen bist, dann wirst du wissen, wie kostbar es ist – das menschliche Leben, gleichgültig wie schwer es war. Du wärest so froh, wenn du dann wenigstens die Erinnerung an ein erfülltes Leben hättest, denn von dieser Erinnerung wirst du sehr lange zehren. Wenn du so weitermachst mit deinem krankhaften Ehrgeiz, holt dich der Schwarze. Ja, er ist dein Diener und dein Meister, aber er ist auch dein Widersacher,

Efrén. Und er ist schlau, schlau und gefährlich. Dein Vater kann dich nicht schützen, wenn du ihm in die Arme rennst. Er hat niemals die Chance einen menschlichen Körper zu bekommen und das weiß er genau. Er wird dich fallen lassen. Du kennst ihn nicht, aber er kennt dich und er weiß, dass du deine Gefühle nicht unter Kontrolle hast. Ausserdem besitzt er viel Macht, viel zu viel für ein gefallenes Geschöpf. Dann Gnade dir Gott. Dann ist es aus mit schönen alabastergesichtigen Götzen und weißen Tempeln. Efrén, bitte, lass uns doch noch einmal einen Versuch machen. Komm, lass hier alles liegen, wir gehen für eine Weile von hier fort. Das Leben ist so kurz und du verschwendest es hier."

Niemals! Jetzt, wo ich die Stufen unaufhaltsam nach oben ging, das Haus verlassen, um mich albernen zweifelhaften Zerstreuungen hinzugeben? Ich schüttelte energisch den Kopf.

„Ich hab's geahnt ...", sie stöhnte gequält auf. „Dann halte deine reine Seele und vor allem deinen so reinen Körper fern von mir. Ich beabsichtige nicht, rein zu bleiben und ich schwör dir, dem ersten Mann, der dieses Haus betritt, werfe ich mich an den Hals."

Diese Drohung fand ich nahezu idiotisch.

„Wozu warten. Unser alter Pancho ist noch hier. Nein, viel besser, nimm Felipe. Vielleicht kannst du noch ein paar kleine Wasserköpfe in die Welt setzen. Die Mutterschaft soll ja für jede Frau die Krönung eines erfüllten menschlichen Lebens sein."

Azunta blieb völlig ruhig.

„Lernst du diese Widerwärtigkeiten von deinen weißen Götzen oder von deinem schwarzen Meister? Nein, ich vergaß ja, du bist schließlich der Sohn deines Vaters. Keine Angst, ich nehme mir schon den richtigen Mann. Ich schwöre, dir wird es das Herz zerreißen. Du wirst leiden – schlimmer als ein Tier."

„Dann viel Vergnügen, immerhin bist du wenigstens beschäftigt und lässt mich endlich in Ruhe. Vielleicht verirrt sich einmal ein verlauster Indio hierher. Mein Herz wird es zerreißen, mein armes Herz. Schade, den Wunsch werde ich dir nicht erfüllen", erwiderte ich und erhob mich. „Du gestattest, dass ich mich nach unten verziehe. Mir sind Menschen unerträglich, die nur die Befriedigung ihrer niedrigsten Gelüste im Kopf haben."

„Geh ruhig nach unten ...", schrie Azunta mir noch hinterher, „... unaufhaltsam nach unten, bis du eines Tages in deiner Geilheit sogar den Schwarzen nimmst."

Das reichte, ich hielt mir die Ohren zu. Diese ordinäre gemeine Kreatur. Als ob ich leiden würde, wenn sie es mit irgendeinem Kerl trieb – sollte sie doch – und hoffentlich schaffte dieser Kerl sie mir endlich vom Hals. Ich flüchtete auf der Stelle in den Gang hinab. Ich ließ meine negativen Gefühle zu, ich ließ sie zu. Ich verabscheute aus tiefstem Herzen Azuntas banales Geschwätz, ihre grobe Gedankenlosigkeit – und für diesen Preis musste Juana sterben wie ein lästig gewordenes Tier!

Im Gang unten angelangt, hegte ich jedoch Zweifel, ob ich den Schwarzen beschwören sollte. Don Rodrigo hatte mich davor gewarnt, es zu tun, wenn ich zu angespannt sei. Und mir war auch ehrlich gesagt nach dem Streit mit Azunta nicht wohl bei der Sache. Ich hatte keine Angst, aber er würde sich womöglich über meine Enttäuschung königlich amüsieren, zumal er mir ja selbst das Ende dieser Beziehung prophezeit hatte. Nur, ich hatte keinen Menschen, mit dem ich mich aussprechen konnte. Also zog ich zitternd den Kreis um mich, stammelte die Formel und beschwor ihn. Sein hageres Gesicht war mir jedoch genauso widerwärtig wie der freche herausfordernde Blick von Azunta. Ich bereute auf der Stelle meinen Entschluss, denn ich war bereits bei der Beschwörung zittrig und unkonzentriert.

„Hast wohl heute etwas Muffe, Herzchen?"

Im Augenblick schien wohl jeder gegen mich zu sein.

„Du sollst keine Bemerkungen zu meinem Zustand abgeben, sondern mich ins Zwischenreich bringen."

„Aber gern", er versuchte ein gefälliges Lächeln aufzusetzen. „Ergötze dich nur an den hübschen Dingen. Wer weiß, wie lange du das noch kannst."

„Willst du mir drohen?"

Aber sicher wollte er mir drohen. Ich musste ihn für heute gleich wieder loswerden, denn ihm war ich, im Gegensatz zu Azunta, nicht gewachsen.

„Keineswegs will ich dir drohen. Nur, woher nimmst du die unbeirrbare Gewissheit, dass du ins himmlische Zwischenreich gelangst. Diese unbeirrbare Gewissheit hat schon vielen das Genick gebrochen."

Diese Bemerkung brachte mich völlig aus der Fassung.

„Wieso denn nicht", stammelte ich verwirrt. „Ich hab doch nichts Unrechtes getan."

„Sicher hast du bis jetzt nichts Unrechtes getan, Herzchen", äffte mich der Schwarze nach. „Und du wirst auch bestimmt nichts Unrechtes tun, was? Halte dich brav an Papis Gesetze und eines davon lautet vor allem: verbünde dich niemals mit deinem Todfeind."

Das war entschieden zu viel. Ich gewann meine Fassung und meine Wut wieder:

„So hirnverbrannt werde ich bestimmt nicht sein. Für wie dämlich hältst du mich eigentlich. Ich bin froh, wenn ich dich endlich nicht mehr brauche. Dann kannst du dahin zurückkehren, wo du hergekommen bist – wohin auch immer. Grins nicht so widerlich. Ich kann dich heute absolut nicht ertragen. Verschwinde, ich geh ein andermal ins Zwischenreich."

Der Schwarze grinste noch immer als er sich schweigend in der Dunkelheit auflöste. Auf dem Weg nach oben bedauerte ich diesen Ausbruch, denn ich hatte damit vor ihm Schwäche gezeigt und das war nicht ungefährlich. Am Ausgang merkte ich, dass ich wieder zitterte, aber dieses Mal wirklich vor Angst. Ich schwor, ihn in diesem Zustand nie wieder zu beschwören.

Im Haus war es dunkel und still. Ich hatte plötzlich das Gefühl, als ob mich eine schreckliche Leere umfing. Ich tastete mich langsam die Treppe nach oben, weil meine Kerze bereits erloschen war. Vor Azuntas Zimmer blieb ich kurz stehen. Wenn sie nun doch recht hatte? Diese Frage entsprang nicht unbedingt meinem schlechten Gewissen. Ich fühlte mich ganz einfach einsam und begann meinen Ausbruch ihr gegenüber zu bereuen. Ich öffnete die Tür und trat leise ein. Sie schlief, die Kerze auf ihrem Nachttisch war fast heruntergebrannt. Sie räkelte sich wohlig wie eine Katze und drehte sich auf den Rücken. Ich war immer wieder erstaunt, wie locker sie in der Lage war, unsere Streitereien wegzustecken. Ich hätte heute Nacht kein Auge zugedrückt. Jetzt wollte ich schon schlafen, jedoch nicht allein. Ich spürte ein Verlangen in mir, das ich alles andere als niedrig empfand, zumal die Bettdecke beiseite geglitten war und ich ihren schönen begehrenswerten nackten Körper sah. Es muss ja auch für das leibliches Wohl gesorgt sein, Efrén. Wie gut mein Vater mich kannte – und wie recht er hatte.

„Liebes, verzeih mir", murmelte ich, drückte sie sanft an mich und küsste ihre Schultern und Brüste. Das Zwischenreich konnte noch etwas warten. Sie seufzte, fuhr über meine Hand und flüsterte im Halbschlaf:

„Nicht schon wieder. Dein Sohn kann jeden Augenblick kommen."

Ich erstarrte. Ein eiskalter Schreck fuhr mir in die Knochen. Ich hätte nie geglaubt, dass es das gab – vor Entsetzen zu Eis erstarren. Irgendwann, nach einer Ewigkeit erhob ich mich schwankend und schlich zur Tür. Ihre Aufforderung doch zu bleiben, erreichte mich nur vage. Mein Gott, bestimmt hatte ich mich verhört. Bitte, bitte ich musste mich verhört haben. Ich brauchte dringend frische Luft und schlich noch wie betäubt die Stufen hinunter in den Aufenthaltsraum. Auf dem Tisch brannte jetzt Licht und im großen Sessel saß Don Rodrigo. Ich hatte doch richtig gehört. Nein, daran hatte ich niemals gedacht, niemals. Er musste heute zurückgekommen sein, ohne dass ich es bemerkt hatte. Als er mich wahrnahm, gab er keinen Ton von sich, sondern sah mich nur spöttisch wissend von oben bis unten an. Ich konnte seinem Blick nicht standhalten, denn ich war den Tränen nahe, erschüttert, maßlos enttäuscht. Ich wandte mich ohne Gruß um und rannte wieder nach unten in den Gang. Als der Schwarze nach der Beschwörungsformel erschien, brach ich in Tränen aus. Es war mir so egal, was er von mir dachte. Er war nicht mein Feind. Mein eigener Vater war mein Feind! Er beobachtete mich eine Weile schweigend und etwas ratlos, bis er sagte:

„Armes gebrochenes Herzchen. Man hat dir übel zugesetzt. Das wird dir wohl eine Lehre sein. Man spielt nicht mit den Gefühlen anderer. Du hast sie scheußlich beleidigt und jetzt zahlt sie es dir heim, das Flittchen. Schieß sie endlich in den Wind."

„Ich hasse dieses Weib, ich hasse sie so sehr. Sie hat meine Schwester umgebracht und ich habe ihr dabei auch noch geholfen, ganz legal. Ich ertrage diese widerliche Schweinerei nicht mehr. Bitte bring mich ins Zwischenreich, bitte ganz schnell."

Doch der Schwarze verweigerte meinen Wunsch.

„Bist du verrückt. Doch nicht in dieser Verfassung. Oder willst du dort weiter toben und heulen. Bei mir kannst du das machen, ich bin heulende, tobende, frustrierte Magier gewöhnt. Aber deine lächerlichen menschlichen Gefühle werden auf die erleuchteten Wichser im Zwischenreich keinen Eindruck machen, außer einen sauschlechten. Derartige Probleme haben sie schon längst hinter sich gelassen oder niemals gehabt. Kleiner Tipp: Besauf dich lieber und versuche, wenn du wieder nüchtern bist, mit dir ins Klare zu kommen, statt die höheren Sphären mit deinem Liebeskummer zu belästigen."

„Ich hasse sie", fuhr ich unbeirrbar fort, „ich kann das nicht so einfach vergessen. Sie hat mit meinem Vater geschlafen. Ich bring sie um!"

„Soll ich dir dabei helfen?"

Diese Frage kam so unerwartet, dass ich genauso unerwartet zugestimmt hätte – fast. Einen Augenblick sah ich den Schwarzen zu Tode erschrocken an. Diesmal grinste er nicht.

„Mein lieber Schwan. Beinahe hätte ich dich erwischt. Du wirst unvorsichtig, Herzchen. Dein Hass vernebelt deinen Verstand und den wirst du noch verdammt gut brauchen. Also reiß dich gefälligst zusammen. Wenn du dich bei deinen ätherischen Tempelbrüdern auch so aufführst, fliegst du achtkantig raus. Ich denke, wir kommen heute nicht weiter. So ein Mist aber auch, dass sie mit deinem Vater geschlafen haben soll. Ich betone: haben soll!! Diese kleine rollige Schlampe macht dich ja noch vollkommen verrückt. Merkst du eigentlich nicht, dass sie dich bis aufs Blut reizen will. Halt bloß deine Gefühle unter Kontrolle – wegen der Konsequenzen und so ..."

Als ich mich erhob, lächelte er beängstigend freundlich und bevor er verschwand, hörte ich ihn noch wispern:

„... aber mein Angebot gilt weiterhin. Du brauchst es mir nur zu sagen."

11.

Efrén de Alpojar macht einen Fehler

Trotz der drückend heißen Nacht hatte ich Schüttelfrost. In meinem Zimmer angelangt, kroch ich gleich ins Bett, deckte mich zu und fror noch immer. Der Schwarze war mir wenigstens insofern eine Hilfe gewesen, dass er mich wieder auf den Boden der Tatsachen zurückgebracht hatte. Geschlafen haben soll! Daran klammerte ich mich, sie provozierte mich nur, sie wollte mich verletzen. Blieb nur die Frage, wie lange sie das zu tun beabsichtigte. Nachdem ich das gesamte Repertoire eines Inquisitionsprozesses durchgegangen war, entschied ich schließlich, ihr doch zu verzeihen. Immerhin hatte ja auch ich Fehler gemacht. Selbst wenn sie wirklich mit ihm geschlafen hatte, dann war das bestimmt nur ein einmaliger Ausrutscher. Am nächsten Morgen kam sicher wieder alles ins Reine. Ich bemitleidete mich noch eine kleine Weile und sank endlich beruhigt über die bevorstehende Versöhnung in Schlaf.

Ich hatte mich leider schwer getäuscht. Azunta dachte gar nicht an so etwas wie Versöhnung. Bei Tag ging sie mir aus dem Weg, beschränkte sich beim Diner auf ein „Guten Abend, Efrén, lass es dir schmecken, Efrén, schönes Wetter heute, Efrén" und nachts war sie nie in ihrem Zimmer. Ich wusste genau, wo sie steckte. Sie hatte doch mit ihm geschlafen – hatte – sie schlief noch immer mit ihm. Dieser Gedanke machte mich rasend, und ich versuchte, mit allen Mitteln gegen die irrsinnige Eifersucht anzukämpfen. Aber wenn es mir im Laufe einer langen schlaflosen Nacht gelungen war zu vergessen, machten die Blicke, die sie am nächsten Tag mit Don Rodrigo austauschte, alles wieder zunichte. Ich Trottel rannte auf mein Zimmer, in den Garten oder sogar auf die Festung, wo ich mich erst mal wieder für ein paar Stunden ausheulte. Ich versuchte mehrere Male mit ihr zu sprechen, doch sie wich mir geschickt aus oder sorgte dafür, dass wir nie allein waren. Mein Vater war völlig „arglos". Ihn hätte ich nie gewagt anzusprechen. Nur in meinen Träumen leistete ich mir den Luxus, ihn als geilen alten Bock zu beschimpfen. Von Tag zu Tag fiel es mir schwerer, mich zusammen zu nehmen und der Hass, den ich zügeln musste, um nicht vollends mein Gesicht zu verlieren, vergiftete mich schleichend und tödlich. Alle meine Gedanken waren blockiert, blockiert von dem Bild Azunta und Don Rodrigo, wie sie miteinander im Bett lagen, sich amüsierten und mit Sicherheit über mich lachten. Selbst die herrlichen Reisen ins Zwischenreich interessierten mich nicht mehr und bei den Beschwörungen war ich oft dermaßen nervös, dass ich sogar vor einem lächerlichen Elementargeist Angst bekam. Zum Schluss wagte ich mich nicht einmal mehr an den Schwarzen heran, was meinen Vater veranlasste, bissige Bemerkungen über meinen Leistungsabfall zu machen. Er hatte ja recht, wie immer, der geile alte Bock, der widerliche dreckige Hund. Unglaublich befreiend, diese Gefühle zu Papier zu bringen. Hoffentlich wird er dieses Manuskript einmal lesen. Lieber Vater, was ich dir schon immer mal sagen wollte und nie gesagt habe – lies es und erstick dran! Tatsache war, ich hatte nachgelassen. Azunta hatte jegliche Vernunft in mir ausgeschaltet und mich zu einem dumpfen Tier gemacht. So blieb mir nur inständig zu hoffen, dass sie von diesem Spiel bald genug hatte. Ich konnte diese Hoffnung für die nächste Zeit zu Grabe tragen, denn sie kam jetzt erst richtig in Fahrt und machte mich bei jeder Gelegenheit lächerlich. Sie, der erbärmliche Elementargeist, fühlte sich mir weit überlegen und das nur, weil sie einen schönen begehrenswerten Körper bekommen hatte, den ich nicht mit einem anderen teilen wollte – schon dreimal nicht mit meinem Vater. Ich fühlte mich beleidigt und erniedrigt, wie noch nie in meinem Leben. Und nachdem ich auch noch feststellte, dass sich sogar der blödsinnige Felipe über mich lustig machte, war meine Verzweiflung vollkommen. Um meinen Kummer zu vergessen, begann ich die Liebe zu den Weingeistern zu entdecken. Weniger mystisch ausgedrückt: Ich war die meiste Zeit besoffen.

So konnte es nicht weitergehen! Eines Abends, als ich noch nüchtern genug war, nahm ich allen Mut zusammen, fasste mir ein Herz und passte Azunta an der Treppe ab, als sie in ihr Zimmer wollte.

„Ich muss mit dir reden", fing ich gleich an und versperrte ihr den Weg.

Sie lächelte wissend.

„Also gut, gehen wir in mein Zimmer. Nun was hast du auf dem Herzen?", fragte sie während wir eintraten. Ich bemühte mich, mich zusammenzureißen, um einen möglichst sachlichen Eindruck zu machen, aber das ging natürlich wegen meiner völlig überreizten Nerven schief. Ich brachte nur irgendein unzusammenhängendes Zeug heraus, sank auf die Knie und umschlang ihr Beine.

„Hat dir der Schwarze wehgetan?"

Diese Frage war so scheinheilig wie gemein. Ich hielt inne und schaute zu ihr auf.

„Du weißt genau, dass du es bist, die mir wehtut."

Azunta setzte sich aufs Bett.

„Komm steh endlich auf, Efrén. Also, ich soll dich quälen? Efrén, ausgerechnet ich. Du bist doch über diese niedrigen Gefühle erhaben, dachte ich. Du hast mich behandelt wie eine Hure. Seit wann kann eine Hure dir wehtun oder hast du noch etwa Gefühle für diese Hure? Du glaubst, dass ich es mit deinem Vater treibe, stimmt's? Was soll ich dir darauf antworten. Egal was ich sage, du würdest es mir nicht glauben."

„Das ist mir egal!", unterbrach ich sie. „Ich habe dich beleidigt, du hast das Recht so zu reagieren. Bitte verzeih mir doch. Ich verspreche dir, ich werde dich nie mehr vernachlässigen. Lassen wir die Vergangenheit hinter uns und fangen ganz neu an. Wir werden wundervoll zusammen leben."

Sie schwieg eine Weile, bis sie erwiderte:

„Es steht immer jemand zwischen uns. Dein Vater hat mir gesagt, du würdest den Schwarzen lieben, mehr als alles auf der Welt."

Mein Vater – ich hätte nicht gedacht, dass er sich noch selbst übertreffen würde. Nein, es war dieses verdammte Haus, das irgendwann hier alle verrückt machte. Ich verfiel in einen hysterischen Lachkrampf.

„Und du glaubst ihm diesen Schwachsinn? Er irrt, ich liebe Felipe. Er ist mein ein und alles. Aber sag es nicht weiter, er bekommt ein Kind von mir." Ich konnte nicht mehr aufhören zu lachen.

„Ich glaube deinem Vater." Azunta verzog keine Miene bei dieser ungeheuerlichen Behauptung. Ich hörte sofort zu lachen auf, packte sie an den Schultern und schüttelte sie, um sie wieder zur Besinnung zu bringen.

„Azunta, hör bitte auf mit diesem albernen Geschwafel. Mir geht es weiß Gott dreckig genug."

Sie befreite sich aus meiner Umklammerung und nickte zustimmend und plötzlich glaubte ich, Traurigkeit in ihren Augen zu sehen.

„Ja Efrén, hören wir endlich auf mit diesen albernen Kindereien und benehmen wir uns wie erwachsene vernünftige Menschen. Ich habe dir so oft gesagt, was ich vom Leben erwarte und du hast mir so oft gesagt, was du vom Leben erwartest. Unsere Meinungen gehen doch sehr weit auseinander, nicht wahr? Natürlich können wir uns momentan wieder vertragen, aber es wird unweigerlich der Zeitpunkt kommen, an dem wir uns nicht mehr ertragen können und uns das Leben gegenseitig zur Hölle machen. Davor habe ich Angst und ich habe Angst hier vor Langeweile und Einsamkeit zu ersticken. Dieses Haus hat eine so lähmende Atmosphäre, grau in grau, farblos und erdrückend. Ich aber sehne mich nach Farben, den Farben des Himmels, den Farben der Blumen. Und ich will Menschen um mich haben – viele Menschen."

„Und wie willst du das ändern?", erlaubte ich zu fragen. Sie erhob sich und ging zum Fenster, um hinauszuschauen.

„Ich habe es bereits geändert. Ich werde Finis Terra verlassen."

„Allein?"

„Nein, dein Vater wird mich nach Mexiko-Stadt bringen. Er kennt dort Leute, bei denen ich unterkommen kann. Anständige Leute, kein Bordell."

Ich hatte die Spitze wohl verstanden. Mir wurde auf einmal schwindlig.

„Und was wird aus mir?"

„Du bleibst hier."

„Aber warum. Vielleicht will ich nicht bleiben. Ich wollte schon einmal von hier weg und ich würde auch wieder von hier weg wollen. Nimm mich einfach mit, du liebst mich doch."

„Nein, ich liebe dich nicht mehr, Efrén. Aber ich habe dich sehr gern und es tut mir leid, dass auch ich dich verletzt habe. Sieh doch, wir passen nicht zusammen. Außerdem erlaubt dein Vater das nicht. Er hat noch viel mit dir vor und du musst noch viel arbeiten. Ich bin doch nur ein lästiges Anhängsel auf deinem Weg nach oben zum Großmagier. Also, lass mir mein Leben und ich lasse dir deines – so einfach ist das."

Die Kälte, mit der sie ihren Entschluss verkündete, traf mich wie eine Ohrfeige.

„Aber du gehörst doch mir. Ich will nicht hier allein zurückbleiben." Ich stammelte noch blöderes Zeug, war den Tränen wieder nahe, so dass mir weiteres blödes Zeug in der Kehle stecken blieb. Azunta blieb ungerührt.

„Erstens, gehör ich überhaupt niemanden. Ich bin zwar ein armseliger Elementargeist, aber nicht gefallen und kann mein Leben selbst bestimmen. Zweitens, wird dich dein Meister vermissen und drittens, dein Vater kommt ja zurück." Sie wartete kurz meine Reaktion ab. „Allerdings ohne mich."

Ich warf mich auf den Boden und weinte bitterlich. Lange Zeit musste ich wie betäubt dagelegen haben, denn als ich mich erhob, war Azunta nicht mehr da. Bestimmt lag sie mit meinem Vater wieder im Bett. Aber das war mir mit einem Mal egal, es war mir wirklich egal. Viel schlimmer war, dass sie mich verlassen wollte, dass sie mich nicht mehr liebte. Sie warf mich weg wie ein Stück Abfall. Sie hatte die ganze Zeit nur mit mir gespielt, nun war sie meiner überdrüssig. Sie hatte mich benutzt wie auch den Körper meiner armen beschränkten Schwester. Bei diesem Gedanken schlug meine Verzweiflung in einen furchtbaren Hass um. Sie durfte Finis Terra nicht verlassen – niemals. Niemals sollte sie wieder glücklich werden, niemals durfte sie ihr menschliches Leben, an dem sie so hing, genießen, dieser jämmerliche kleine Elementargeist, der meine Gefühle so grausam zertreten hatte. Das Recht des Stärkeren, sie wollte das Recht des Stärkeren, dabei übersah sie etwas Wesentliches! Ich war der Stärkere und ich hatte die nötigen Mittel sie zu vernichten. Kurz darauf befand ich mich unten im Gang. Der Schwarze wich zurück als er mich sah.

„Schick sie dahin zurück, wo sie hergekommen ist. Ich weiß, dass du es kannst. Bring sie um", flüsterte ich. Als er nicht sofort reagierte, fuhr ich hoch und schrie, dass mein Echo in dem Gewölbe widerhallte:

„Ich habe dir gesagt, du sollst sie umbringen. Das ist ein Befehl verdammt noch mal!" Er nickte ohne die geringste Reaktion und verschwand. Oben in meinem Zimmer erfasste mich eine fürchterliche Übelkeit und ich musste mich erst ein paarmal übergeben, bevor ich wie ohnmächtig auf mein Bett sank.

Ich erinnerte mich am nächsten Morgen sehr wohl noch daran, was in der vergangenen Nacht geschehen war. Aber ich dachte weder an Reue, noch an die Folgen, die meine Tat nach sich ziehen sollte. Der Tag verging schnell, denn ich blieb im Bett und schlief fest und befriedigt darüber, Azuntas Pläne ein für alle mal vereitelt zu haben. Sie war wieder der kleine blaue Elementargeist geworden, der nun im Zwischenreich seinen toten menschlichen Körper und seine zerstörten Hoffnungen beweinen konnte. Jedoch am Abend kam dann die Ernüchterung. Ich wurde nervös, ging in meinem Zimmer unruhig wie ein gefangenes Tier auf und ab und traute mich nicht hinaus in der Angst, meinem Vater zu begegnen. Meine Nerven waren zum Zerreißen angespannt. Er würde mich bestimmt zur Rechenschaft ziehen. Ich musste mir dringend gute Argumente überlegen. Stattdessen kramte ich hinter meinem Bett eine Flasche Wein hervor und schüttete den gesamten Inhalt in mich hinein. Ich konnte danach zwar schlafen, hatte allerdings dermaßen grausige Albträume, dass ich froh war, als ich gegen Mitternacht wieder erwachte. Ich erhob mich mit brummendem Schädel. Die leere Flasche Wein, die neben meinem Bett lag, zeigte mir, woraus dieser Zustand resultierte. Da nur frische Luft meinem lädierten Kopf helfen konnte, entschied ich doch, im Garten spazieren zu gehen, auch auf die Gefahr hin, dort Don Rodrigo zu begegnen. Er war zum Glück unten im Gang, denn die Mauer war offen und ich gewahrte einen schwachen Lichtschein. Also hatte ich noch eine Galgenfrist für meine Verteidigung.

Der angenehme kühle Wind erweckte neue Lebensgeister in mir und ich fühlte mich bald viel wohler. Als ich jedoch in die Richtung schaute, wo Gracías Grab lag, erfasste mich mit einem Mal ein unvorstellbares Grauen. Ich bekam keine Luft mehr. Ich blieb kurz stehen und atmete tief ein, um mein wie rasend klopfendes Herz zu beruhigen. Schließlich riss ich mich zusammen und ging noch immer zitternd auf das Grab zu. Dort lag etwas. Ich wollte dieses Etwas unter keinen Umständen sehen. Ich ahnte ja bereits, was es war. Aber wie mechanisch steuerte ich darauf zu. Da lag es – mein Werk. Ein toter Körper. Ein bleiches eingefallenes Gesicht mit weit aufgerissenen Augen. Azunta, meine geliebte Azunta. Ich wollte mich gerade neben sie knien, da vernahm ich hinter mir ein klirrendes Kichern, das zu einem schadenfrohen lauten Lachen anschwoll und den ganzen Garten zu erfüllen begann. Ich kämpfte vergeblich gegen die aufsteigende Übelkeit an. Das war doch das Gesicht von Juana! Und in ihrer Hand hielt sie noch die Blumen, mit denen sie immer das Grab unserer kleinen Schwester zu schmücken pflegte. Ich war irrsinnig – total verrückt! Ich hatte die ganze Zeit ein Phantom geliebt, einen Dämon, der alle meine Hoffnungen zunichte gemacht hatte. Mir wurde einen Augenblick schwarz vor Augen. Ich schrie auf – ich schrie noch, als ich wie ein Besessener in die Nacht hinaus rannte.

12.

Der Weg ins Draußen I

Ich musste im Kreis gelaufen sein, denn als ich meine Sinne beisammen hatte, stellte ich fest, dass ich wieder vor unserem Haus stand. Ich unternahm keinen erneuten Versuch davonzulaufen, trat ein, ließ mich erschöpft in den Sessel fallen und überlegte nun ganz ruhig, was zu tun war. Ganz still und unauffällig bleiben, keine Aufmerksamkeit auf sich ziehen, nur wie lange würde ich das durchhalten? Ich schloss die Augen, das Bild von der toten Juana auf Gracías Grab wollte nicht verschwinden. Ich wollte weinen, weinen um meine arme Schwester und um mein verpfuschtes Leben. Unmöglich, ich war zu angespannt. Und ich wurde beobachtet von einer lauernden Kreatur mit schwarzen bösen Augen.

„Hast dich also doch zum Bleiben entschieden", schnarrte plötzlich seine Stimme aus der Dunkelheit und kurz darauf konnte ich den Schwarzen, der nun direkt vor mir stand, erkennen. Ich fuhr vom Sessel auf und wich dummerweise zurück – zeig ihm niemals deine Angst – nur, ich hatte fürchterliche Angst, denn er war gekommen, ohne dass ich ihn gerufen hatte.

„Nein, nicht wieder weglaufen. Es hilft dir sowieso nicht. Bleib gefasst und versuch, die Beherrschung zu behalten. Ich fürchte, es wird Schreckliches auf dich zukommen." Er kam langsam näher und drängte mich zur Wand. „Du zitterst als ob du Fieber hättest. Du fürchtest dich, ich spüre, wie jämmerlich du dich fürchtest." Er packte mich an der Schulter.

„Rühr mich nicht an! Scher dich fort!", brüllte ich und versuchte, zur Seite auszuweichen. „Ich will dich nie mehr sehen. Ich befehle dir, zu verschwinden."

Ein mitleidiges Grinsen war die Antwort.

„Keine Befehle mehr, Magier. Du kannst mir nicht mehr befehlen. Dein klopfendes Herzchen erfüllt ja den ganzen Raum. Du hast Angst, fürchterliche Angst, Efrén."

„Red keinen Schwachsinn. Ich befehle dir zum letzten Mal, geh! Im Namen von. Was ist los, ich, ich … ?"

Mir blieben die Worte in der Kehle stecken. Ich hatte diese verdammten Namen vergessen, ich hatte die ganze Formel vergessen. Ich fluchte und heulte gleichzeitig.

„Ich habe es gern, wenn du so zitterst", fuhr der Schwarze unbeirrbar fort. „Ich genieße es, wenn du so verzweifelt bist und nicht mehr ein noch aus weißt. Du bist auf einmal so hilflos, Herzchen. Komm, gönn mir den Spaß. Ich will dich einfach ein wenig quälen. Schau jetzt ganz genau hin."

Er hielt mir seine langen scharfen Krallen vor das Gesicht.

„Hast du schon mal so was auf deinem Rücken gespürt? Deine Schreie werden Musik in meinen Ohren sein. Doch das ist bei weitem nicht das Schlimmste. Es gibt Qualen, die sind unbeschreiblich. Die Qualen der ewigen Verdammnis. Du wirst sie bald kennenlernen, Efrén."

Ich fühlte mich so hundeelend, dass ich auf den Boden sank und gottserbärmlich heulte.

„Genug der Tränen. Wenn du flennst, bist du noch erbärmlicher. Du brauchst dich vor mir nicht zu schämen. Ich weiß, sie heulen alle, wenn es ihnen an den Kragen geht. Also heule, aber sag mir, wenn du fertig bist. Denn deine Tränen werden das Herz deines Vaters wohl kaum berühren."

„Was soll das heißen? Glaubst du, ich fürchte mich vor diesem alten Bock?" Ich spürte wieder Wut in mir aufglimmen und das war gut so. Vielleicht berührte Don Rodrigo meine Wut, die Wut darüber, wie er mich so schändlich hereingelegt hatte. Der Schwarze registrierte diese Gefühlsveränderung fast mit Wohlwollen.

„Schon besser. Sag ihm endlich die Meinung, dem alten Satan. Ihm ist es sowieso egal, ob du ihn anheulst oder anbrüllst, aber mit dem letzteren stehst du besser da. Auf jeden Fall will er dir noch was Wichtiges mitteilen, bevor er dich und mich im wahrsten Sinne des Wortes zum Teufel schickt."

„Um Gottes Willen, nein!"

Ich stieß ihn beiseite und rannte zur Tür. Jedoch bevor ich sie aufreißen konnte, hatte mich der Schwarze bereits eingeholt und packte mich mit unglaublicher Kraft und Brutalität am Arm.

„Lass Gott aus dem Spiel. Reiß dich lieber zusammen oder willst du, dass ich dich zu ihm hinunter prügele. Er hat mir nämlich befohlen, dich zu ihm zu bringen und ich nehme seine Befehle sehr ernst", fauchte er, während er mich in den Gang hinab zerrte. Meine Kräfte und mein Wille hatten endgültig versagt und ich hoffte, wenigstens die Besinnung zu verlieren. Natürlich war ich so wach wie noch nie, als ich vor Don Rodrigos Füße auf die Steinfliesen gestoßen wurde. Der Schwarze gab keinen Laut mehr von sich und als ich einen Augenblick zu ihm aufschaute, sah ich in seinen Augen ab-grundtiefe Verachtung. Nur, er sah nicht mich an. Sein Blick war auf Don Rodrigo gerichtet. Schweigen. Meine Wut war so schnell verflogen, wie sie gekommen war. Ich wagte nicht zu sprechen – was hätte ich auch noch zu sagen gehabt? Um meinen Vater nicht ansehen zu müssen, barg ich das Gesicht in den Händen und wartete. Es geschah nichts, es blieb totenstill. Schließlich hob ich vorsichtig den Kopf in der Hoffnung allein zu sein und ließ die Hände langsam sinken. Don Rodrigo war noch da, stumm und schrecklich. Er musterte mich von oben bis unten, zog eine Augenbraue nach oben und sprach endlich die Worte:

„Mein Sohn, mein jüngster Sohn. Beziehungsweise, das was von ihm übrig geblieben ist. Eine versoffene, erbärmliche Kreatur. Du hast wegen einer lächerlichen Eifersucht deine ganze Existenz zunichte gemacht. Und ich hatte so gehofft, du würdest es schaffen. Warum hast du mir das angetan?" Er wandte sich an den Schwarzen. „Gut gemacht, du verdammtes Miststück, du hast gewonnen. Meinetwegen nimm ihn für immer und ewig. Er gehört jetzt dir, mach mit ihm was du willst. Ich kann ihm nicht mehr helfen – aber, ich wollte, ich könnte es!"

Noch nie hatte ich meinen Vater so verbittert gesehen. Für den Bruchteil einer Sekunde glaubte ich, in seinem sonst so versteinertem Gesicht einen Anflug von tiefster Hoffnungslosigkeit zu erkennen. Seine Enttäuschung tat mir mehr weh, als mein bemitleidenswerter Zustand. Jetzt hatte ich begriffen und erkannte zu spät, was ich mit meiner Tat heraufbeschworen hatte. Ich hatte alles zerstört. Mein Leben, meine Zukunft und seine Träume. Und zu spät erkannte ich, dass er mich geliebt hatte – geliebt. Dieses zynische Scheusal mit den eisigen blauen Augen war wirklich fähig zu lieben. Als Don Rodrigo mich aufforderte, mich zu meinem Vergehen wenigstens zu äußern, konnte ich nur hilflos die Achseln zucken.

„Du bist wie dein Bruder ...", murmelte er kaum hörbar, „... gedankenlos gebt ihr euch euren dummen Gefühlen hin. Er seiner Rachsucht und du deiner sinnlosen Eifersucht. Ich habe wirklich prachtvolle Söhne."

„Ich habe es nicht mehr aushalten können. Es war für mich die Hölle", erwiderte ich endlich schwach.

Don Rodrigo lachte höhnisch auf.

„Was hast du gesagt? Die Hölle! Diese Hölle hättest du einfach nach Mexiko-Stadt ziehen lassen können. Da – dort ...", er zeigte auf den Schwarzen, „... da wird in Zukunft deine Hölle sein und da wirst du keine andere Wahl haben, als es auszuhalten. Und du wirst einiges aushalten müssen, mein Sohn. Hast du dir vielleicht einmal überlegt, dass deine so genannte Azunta eine Prüfung gewesen sein könnte? Nein, natürlich hast du das nicht. Jedenfalls, du bist durchgefallen. Du hast versagt und du bist gefallen, Efrén."

„Gefallen …", wiederholte ich fassungslos. Die Prüfung nicht bestanden, eine lächerliche Prüfung nicht bestanden.

„Ja, was hast du denn geglaubt", entgegnete Don Rodrigo zornig über meine Begriffsstutzigkeit. „Sag bloß, es war dir nicht bekannt, dass es verboten ist, ein Mitglied des Ordens ohne triftigen Grund zu töten oder töten zu lassen und dann hast du nichts Besseres zu tun als dich auch noch mit dem da zu verbünden."

Triftiger Grund. Für mich war es ein triftiger Grund – nur, was ein triftiger Grund war oder nicht bestimmte letztendlich er. Und er hatte recht, er hatte wie immer recht! Hätte ich mich doch nur damit begnügt, Azunta ziehen zu lassen, meine Gefühle für sie abgetötet und an meinen Studien weitergearbeitet wie eine alabastergesichtige eiskalte Maschine. So schnell konnte eine große Hoffnung zerstört werden. Kein Zwischenreich, keine weißen Tempel, sondern … als ich den Schwarzen ansah, begann ich hemmungslos zu weinen. Don Rodrigo erhob sich.

„Ich habe dir nichts mehr zu sagen. Wenn du noch irgendwelche wichtigen Fragen hast, wende dich an an ihn, deinen Hexenmeister. Leb wohl, Efrén."

Er ging, ohne mich anzuschauen zum Ausgang. Ich wollte ihm noch nachlaufen, aber ich blieb wie gelähmt sitzen. Erst als die Tür zufiel, sprang ich auf. Aber der Weg nach oben war verschlossen. Ich schlug verzweifelt mit den Fäusten an die Tür und schrie aus Leibeskräften. Ich spürte die Hand des Schwarzen auf meiner Schulter und fuhr herum.

„Bitte bring mich nicht um, lass mich leben", flehte ich ihn an.

„Du wirst sowieso sterben, denn er macht die Tür nicht mehr auf", entgegnete er völlig unbeteiligt.

„Ich verabscheue dich, du hast mich da reingezogen. Ich hasse dich so sehr", schrie ich ihn an. Er ließ sich nicht aus der Ruhe bringen.

„Du hasst ja schon wieder. Wieso gibst du mir die Schuld an deinen unkontrollierten Ausbrüchen. Nun, wem willst du jetzt deine Seele verschreiben, damit auch ich vernichtet werde. Verabscheue mich ruhig, ich verabscheue dich auch. Damit haben wir die besten Voraussetzungen für unser künftiges Zusammensein. Vor allem spielen wir unser Spielchen jetzt umgekehrt, ich dein Meister, du mein Diener. Ich freue mich, dass ich deine kleine hochmütige Seele zu Fall gebracht habe. Natürlich bekomme ich jetzt keinen menschlichen Körper und damit keine neue Chance, meine Freiheit zu erlangen. Wenn ich nur daran denke, könnte ich dich ganz einfach zerfleischen."

Den letzten Satz setzte er dann auch gleich in die Tat um.

Dunkelheit herrschte, als ich aus einer langen Ohnmacht erwachte. Noch schwach hob ich den Kopf und versuchte herauszufinden, wo ich mich befand. Ich lauschte – nichts war zu hören. Ich versuchte mich zu erheben, aber mein Rücken schmerzte so sehr, dass ich nicht in der Lage war, mich zu bewegen. Was blieb mir anderes übrig, als auf allen vieren zu kriechen. Eines war gewiss, ich befand mich an einem anderen Ort. Als sich meine Augen allmählich an die Dunkelheit gewöhnt hatten, konnte ich wieder vage das Gewölbe mit den Steinsärgen erkennen – das Reich der Toten. Nur, ich war noch nicht tot und ich war wild entschlossen, es auf keinen Fall zu werden. Ich musste den Ausgang finden. Geradeaus, ich kroch einfach erst mal geradeaus. Ich nahm meine ganze Kraft zusammen und kroch weiter. An der ersten Abzweigung angelangt, kamen mir jedoch Zweifel. Das Gewölbe schien viel größer und die vielen Abzweigungen mussten sich verdoppelt haben. Aufgeben wäre jetzt das absolut Falsche. Ich versuchte, mich trotz der wahnsinnigen Schmerzen zusammenzureißen in der Hoffnung, den Ausgang zu finden. Meine Erinnerung kehrte allmählich zurück und vor allem erinnerte ich mich daran, dass die Tür verschlossen war. Ein sinnloses Unterfangen. Es gab keine Aussicht auf Rettung. Mein Tod war beschlossene Sache und erstaunlicher Weise registrierte ich diese neue Erkenntnis völlig ruhig. Ich rutschte an die Wand. Die kühle Mauer tat meinem zerkratzen Rücken gut und ich wartete auf das Unvermeidliche, auf den Tod oder vielmehr auf das, was danach folgen sollte. Ich zog ganz kühl Bilanz: Was hatte ich eigentlich verloren in diesem Leben? Vielleicht die paar wenigen hoffnungsvollen Stunden mit meiner ersten Liebe, der kleinen Indianerin mit den geschickten Händen, die stürmischen Nächte mit Azunta, als sie noch der lebenslustige Elementargeist aus dem Zwischenreich war, genau dafür hatte es sich gelohnt zu leben. Nur diese Erinnerungen wollte ich in meinem Gedächtnis bewahren. Denn der lange Rest meines öden Lebens war nicht mehr und nicht weniger als ein stumpfsinniges Dahinvegetieren und zum Ende hin ein ehrgeiziges Lernen auf ein aussichtsloses Ziel gewesen. Bei diesen spitzfindigen Gedanken schwand meine Angst vor dem, was mich nun erwartete. Zumindest brauchte ich mir keine Sorgen darüber machen, dass es schlimmer würde.

Ich legte mich der Länge nach auf den Boden und versuchte, wenigstens erstmal einzuschlafen. Wahrscheinlich wäre mir das sogar gelungen, aber ich wälzte mich in einem unruhigen Halbschlaf hin und her, denn ich vermeinte fortwährend eine Stimme zu hören: „Sein Blut, er lebt." Ich öffnete die Augen. Ich träumte nicht. Dieses Geschöpf, zu dem die Stimme gehörte, saß neben mir und als ich aufschaute, sah ich in ein ausgemergeltes Gesicht mit pechschwarzen tiefliegenden Augen. „Sein Blut, er lebt", wisperte es wieder und strich mir mit seinen dürren Fingern über den Rücken. Zu meinem Entsetzen konnte ich eine fatale Ähnlichkeit mit dem Schwarzen feststellen. Allein der Gedanke, dass es womöglich noch mehr von diesen Scheusalen gab, löste meine anfängliche Gelassenheit in nichts auf. „Sein Blut, er lebt", beharrte es unaufhörlich und ich konnte ziemlich schnell seinem beschränkten Wortschatz entnehmen, dass es diese abstoßende Kreatur auf mich abgesehen hatte. Von wegen. So einfach sollte er es nicht bekommen – mein kostbares Blut. Ich versuchte, mich wieder mühsam mit dem Rücken zur Wand aufzurichten. Als es den Versuch machte, mich daran zu hindern, trat ich heftig mit dem Fuß nach ihm. Es wich wider Erwarten sofort zur Seite, wobei es ein bösartiges Knurren von sich gab. Ich nutzte die Gelegenheit, meinen blutigen Rücken in Sicherheit zu bringen.

„Versuch das nicht noch einmal!", schrie ich laut, um mir Mut zu machen. Mein Gegenüber hatte verstanden, doch es wich mir nicht von der Seite und begann mich nun mit einem dumpfen Grollen zu umkreisen, in der Hoffnung, dass ich ihm eine Angriffsfläche bieten würde. Ich presste den schmerzenden Rücken fester an die schützende Wand und behielt es weiter im Auge. Gott, wie lange würde ich das aushalten! Wir starrten uns noch eine Weile in die Augen, bis es plötzlich einen Schrei von sich gab. Ich verstand zuerst überhaupt nichts mehr, aber ich sollte auf der Stelle verstehen, denn gleich darauf hörte ich Flüstern gefolgt vom Tappen weicher Füße. Sie kamen näher. Diese ekelhafte Kreatur hatte drei seiner Artgenossen gerufen. Und wie sie, waren sie klapperdürr, in schwarze zerrissene Gewänder gekleidet – und sehr hungrig. Mehr Zeit für Vergleiche blieb nicht. Mich beherrschte nur noch ein Gedanke, als sie auf mich zu schlichen, fort, nur irgendwie fort von hier. Unter Aufbietung meiner letzten Kräfte sprang ich auf um zu fliehen. Ich glaube, ich kam nicht mal einen Meter weit, denn schon hatte mich eines der Geschöpfe am Arm gepackt und umklammerte ihn so fest, dass ich vor Schmerz laut aufbrüllte. Ein Anderer umschlang mit seinen kalten Händen gleichzeitig meinen Hals, während das dritte Wesen mich mit einem wohlgezielten Schlag in den Magen zu Boden gehen ließ. Das Vierte sprang auf meinen Rücken, bohrte seine Krallen in meine Wunden und begann wie besessen mein Blut zu lecken. Seine Zunge brannte wie Feuer. Ich schrie, ich flehte um Erbarmen und versuchte, mich verzweifelt zu befreien, aber die Krallen gruben sich nur noch fester in meinen Hals und Rücken. Die Schmerzen wurden unerträglich, ich rang nach Luft, ich spürte ihre brennenden Zungen. Alle vier saßen auf mir, hatten sich in mir festgebissen wie tollwütige Hunde – bis auf die Knochen spürte ich ihre Zähne – und tranken mein Blut. Ich winselte um Gnade, bis ich schließlich keinen Laut mehr herausbrachte. Ich drohte die Besinnung zu verlieren, mir wurde schwarz vor Augen, ich sah Blut, Lachen von Blut. Oh Gott, was taten sie mir nur an! Ich hätte niemals geglaubt, dass jemand in der Lage war, den Schwarzen zu übertreffen an Bosheit, an Gier. Er hatte mir gegen diese vier Kreaturen lediglich ein paar Kratzer verpasst.

„Aufhören!", schrie auf einmal eine Stimme. Sofort ließen diese Bestien von mir ab. „Macht dass ihr verschwindet – auf der Stelle." Es war die Stimme des Schwarzen. Ich versuchte, mich auf die Ellenbogen zu stützen und sah in sein Gesicht. Er zeigte keine Regung.

„Einen stürmischen Empfang hat man dir bereitet", bemerkte er scharfsinnig. Ich war nicht imstande über seine Art von Humor zu lachen und rang mir lediglich ein lautes Stöhnen ab. „Sie haben lange kein Blut gehabt. Wie fühlst du dich?"

(Idiot, ich hätte Bäume ausreißen können). Ich schüttelte fassungslos den Kopf. Er schien jeden Augenblick auseinander zu platzen. Durst – zu den Schmerzen bekam ich noch unerträglichen Durst.

„Gib mir einfach was zu trinken und halt das Maul ...", versuchte ich auf seine makaberen Scherze einzugehen und als er nicht reagierte, griff ich nach seinem Mantel, um ihn am Gehen zu hindern.

„Hier gibt es nichts zu trinken. Und es würde deinen Tod nur unnötig und qualvoll hinauszögern. Später hast du alle Zeit der Welt, dich ums Trinken zu kümmern. Du wirst werden wie diese Geschöpfe, die dich getötet haben. Genauso gierig nach Leben und Blut, genauso verzweifelt und ohne Hoffnung auf Erlösung. Aber ich sehe, du kannst meinen Worten in deinem kläglichen Zustand nicht folgen. Ich erwarte dich Draußen. Bis bald."

Er ließ mich allein, mein Vater ließ mich allein, sie alle ließen mich allein sterben. Ich, der angehende Großmagier, krepierte jämmerlich und einsam in einem feuchten dunklen Gewölbe. Mein Rücken brannte wie Feuer, mein Kopf dröhnte und meine Kehle war so ausgetrocknet, dass ich nicht mal mehr in der Lage war, einen Laut von mir zu geben. Ich wollte nicht sterben, ich wollte nicht sterben. Um wenigstens meinen quälenden Durst zu löschen, begann ich den feuchten Boden aufzulecken. Oh Gott, mir war so elend, so entsetzlich elend. Die Gitter vor meinen Augen wollten nicht verschwinden, ich schwitzte und fror zugleich. Ich versuchte sogar wieder davon zu kriechen, aber meine Beine schienen wie abgestorben und auch in meinen Händen spürte ich nichts mehr. Ich war gerade noch imstande, mich auf meinen schmerzenden Rücken zu wälzen, um zu warten, zu warten auf den tiefen Schlaf, der mich endlich erlösen sollte. Mein Kopf fiel zur Seite. Ein stechender Schmerz fuhr in meinen Hals und ich spürte, wie das restliche Blut in mir langsam heraus sickerte. Mit jedem Tropfen, den ich verlor, schwanden meine letzten Kräfte und die Hoffnung das Tageslicht wieder zu sehen. In Bruchteilen von Sekunden tauchten noch einmal Bilder aus der Vergangenheit – die so weit entfernt war – vor mir auf. Die erste Nacht unten im Gang, Enriques grausamer Tod, Arturo und Miahua sorglos scherzend auf der alten Ruine, Azunta, die schöne verderbte Azunta, meine beiden unglücklichen Schwestern, der Schwarze – mein Engel des Todes – und am Ende Don Rodrigo, der keine Gnade mehr für mich hatte. Das alles war so schnell vergangen und was mich nun erwartete, sollte eine Ewigkeit dauern. Ich hatte keine Vorstellung, was eine Ewigkeit war, aber es würde schrecklich werden. Was hätte ich darum gegeben, noch einmal nur eine Sekunde leben zu dürfen, nur einen Augenblick ins Haus zurückzukehren, nur noch ein allerletztes Mal eine menschliche Stimme zu hören. Ich schloss die Augen und konzentrierte mich darauf mir vorzustellen, wie es jetzt dort oben aussehen mochte. Ich glaubte, meinen Vater zu sehen. Zusammengesunken in seinem abgeschabten großen Sessel. Er war müde, müde und alt. Er schien Jahrhunderte alt. Und dann, dann war es vorbei. Ich wollte noch jemanden rufen, damit ich nicht so allein war, aber mir fiel kein Name mehr ein. Noch ein kurzes Gebet? Es war zu spät – ich sank in eine unendliche Schwärze.
Ich öffnete die Augen. Ich erhob mich ganz leicht, spürte kaum noch Schmerzen und verließ noch etwas benommen das Gewölbe. Irgendwie fühlte ich mich sehr erschöpft, so wie nach einem anstrengenden

arbeitsreichen Tag. Aber wovon war ich so erschöpft? Was wusste ich, wer war ich? Ich hieß Efrén de Alpojar – prima der Name war schon mal ein Anfang – und gleichzeitig kamen sie wieder die Erinnerungen. Mein Vater war ein großer Magier, er hatte mich in die Geheimnisse der Magie eingeweiht, er hatte mir Unsterblichkeit verheißen. Ich war unsterblich – und ich war gefallen. Ich hielt inne und strich mir über den Kopf. Dabei stellte ich augenblicklich fest, dass mein Haar länger war als sonst. Ich zog mir eine Strähne vor das Gesicht, sie war völlig verfilzt und erinnerte mich an ein Bündel Spinnweben. Und meine Hand, eine marmorbleiche Hand mit scharfen Krallen. Ich begann mein Gesicht abzutasten, es musste sehr mager sein. Schließlich schaute ich an mir herunter. Mein Körper war in lange schwarze Gewänder gehüllt, die ich jetzt nicht näher betrachten wollte. Denn mir war längst klar geworden, dass ich nicht mehr das war, was vorhin noch stöhnend und blutverschmiert am Boden gelegen hatte. Aber ich spürte ein Verlangen in mir, in diesen zerschundenen Körper zurückzukehren und wirklich zu sterben. Irgendwo musste er noch sein. Ich musste umkehren und ihn suchen. Ich drehte mich auf der Stelle um und rannte zurück. Aber da wo eben noch der Eingang zum Gewölbe war, befand sich nun nichts weiter als eine Mauer, durch die ein Hindurchkommen unmöglich war. Ich musste schmerzlich erkennen, dass ich zwar jetzt so etwas wie ein Geist, aber deswegen noch lange nicht allmächtig war. Ich wechselte wieder meine Richtung und ging dorthin, wo ich hingehen musste. Und ich ging diesen Weg nicht freiwillig.

Amadée schrak aus seiner Lektüre hoch und sah in Cecils blasses Gesicht, der ihn unverbindlich harmlos anlächelte. Wie lange hatte er gelesen? Tee? Er schaute aus dem Fenster in die aufsteigende Dunkelheit. Er befand sich an einem trüben Novembernachmittag in England. Sein Gastgeber hatte sich zwischenzeitlich von seinem wildgemusterten Morgenmantel getrennt und in seinen abgewetzten Jeans, den ramponierten schwarzen Stiefeln und der schwarzen Lederjacke passte er noch weniger in dieses gediegene Zimmer, bestückt mit den gediegenen Möbeln – er passte eigentlich überhaupt nicht hierher.

„Sie haben mich weder gehen noch kommen hören. Das Tagebuch scheint ja irrsinnig interessant zu sein", nahm ihm Cecil die Antwort gleich vorweg.

Amadée bestätigte durch ein lautes Aufstöhnen, dass er wieder aufnahmebereit war.

„Bitte verzeihen Sie, ich bin ein unmöglicher Gast. Aber ich bin noch so beeindruckt. Und ich muss Sie gleich mit einer Frage belästigen, haben Sie schon einmal etwas von einem Efrén de Alpojar gehört?"

Cecil kratzte sich angestrengt am Kinn, als ob er einen offenbar unermesslich großen Freundes- oder Bekanntenkreis durchgehen würde und kam schließlich zu dem Schluss:

„Nein, noch nie. Ist das der Autor dieses voluminösen Machwerks?"

„Genau", fuhr Amadée fort. „Ich dachte nur, dass vielleicht Ihr Onkel diesen Namen einmal erwähnt hätte."

„Auf keinen Fall. Um ganz ehrlich zu sein, mein Onkel und ich tauschen uns wenig miteinander aus, schon gar nicht über unsere Bekanntschaften."

Das wunderte Amadée nicht im geringsten. Was sollte ein konservativer älterer Archäologe auch mit einem rotzigen Rocker auszutauschen haben. „Hat dieser, wie heißt der noch mal, Alpojar oder so, was mit meinem Onkel zu tun?", fragte Cecil während er Amadée, bedächtig wie ein perfekter Butler, Tee einschenkte.

„Nun, ich finde es merkwürdig", sagte Amadée mehr zu sich selbst.

„Wieso?"

„Ich glaube einfach, dass dieses Manuskript mit dem geheimen Orden zu tun hat. Da bin ich mir sicher."

Cecil schien neugierig zu werden, denn er setzte sich, ohne jedoch seine Jacke auszuziehen. Er grinste verstohlen und räusperte sich ein paarmal, um das Krächzen in seiner Stimme zu beseitigen.

„Sie glauben, dass dieses unvergleichliche Manuskript auch für mich hilf- und lehrreich sein könnte?"

Amadée zuckte spontan die Achseln und unterdrückte das Lachen, denn ihm schoss ein Vergleich in den Kopf, den er aber als völlig absurd wieder verwarf. Sein Gastgeber hatte eine raue krächzende Stimme, ganz einfach, er ernährte sich regelrecht von Zigaretten und wahrscheinlich war er auch gewissen Wässerchen nicht abgetan. Seine Hautfarbe war in der Tat extrem weiß und er hatte glatte, schwarze Haare, zwischen denen unverkennbar eine weiße Strähne hervor blitzte und noch schwärzere Augen – Zufall, ja auch das war nur ein Zufall. Aber ja, er war schließlich ein Mensch und kein Gespenst.

„Oh, das will ich jetzt nicht so einfach sagen. Aber wenn der Inhalt den Tatsachen entspricht – meine Güte! Ich bin ja auch noch nicht fertig. Ich lese es am besten zu Ende und wenn Sie möchten, übersetze ich es Ihnen anschließend gern. Ich meine, Sie können dann selbst beurteilen, ob es sich um das Werk eines Verrückten handelt oder nicht. (Und bis dahin ist hoffentlich Ihr Onkel eingetroffen)."

„Ja, das will ich schon", rief Cecil sofort begeistert auf. „Sie haben mir wirklich den Mund wässrig gemacht. Englische Teestunde mit mexikanischer Folklore, was?"

Bevor Amadée registrierte, dass ein kalter Schauer über seinen Rücken laufen wollte, griff er wieder nach dem Manuskript.

„Sie gestatten, dass ich weiterlese? Ich weiß, ich bin nicht sehr unterhaltsam, aber ..."

„Jetzt hören Sie doch endlich auf, sich dauernd zu entschuldigen. Ich bin froh, Sie beschäftigt zu sehen. Es sollte mir leid tun, denn ich bin ein schlechter Gastgeber. Aber ich habe noch zu tun. Erzählen Sie mir davon, wenn Sie durch sind. Dann nehme ich mir Zeit für Sie. Sehr viel Zeit." Cecil erhob sich: „So, ich muss noch mal weg. Ich habe einen wichtigen Termin und meine heiße Braut wartet auch vor der Tür. Sie ist ganz wild darauf geritten zu werden."

Bevor Amadée weiterzulesen gedachte, war er doch neugierig, welche heiße Braut so wild darauf war, von Cecil geritten zu werden. Er schaute gut versteckt hinter den Gardinen aus dem Fenster, vernahm kurz ein dumpfes Grollen und Blubbern und sah ihn schließlich auf einem ziemlichen eindrucksvollen Motorrad davonbrausen.

Zweiter Teil | Der Schwarze I

Draußen 1922

1.

Das Tal der Verdammnis

Ich tastete mich vorwärts und kam erstaunlich gut mit der Dunkelheit zurecht. Was mit aller Wahrscheinlichkeit mit meinen „neuen Augen" zusammenhing. Der Gang schien endlos, seine Wände aus tiefschwarzem Gestein fühlten sich glatt und kalt an. Was mich jedoch beunruhigte, war, dass ich die ganze Zeit kein einziges lebendes Wesen sah. Ich hätte niemals gedacht, dass Stille so erschreckend und Einsamkeit so schmerzhaft sein konnte. Sogar meine Mörder wären mir in dem Moment willkommen gewesen. Gerade als ich mich einen Augenblick ausruhen wollte, glaubte ich, in der Ferne einen schwachen Lichtstrahl wahrzunehmen. Wo das Licht war, musste es vielleicht auch Leben geben und vielleicht war das Licht sogar eine unerwartete Rettung. Ich raffte mich auf der Stelle auf und ging schneller. Der Lichtschein kam näher. Ich war einfach froh, dass dieser bedrückende endlose schwarze Gang ein Ende gefunden hatte.

Aber als ich den Ausgang schließlich erreichte, blickte ich erstaunt und zugleich bitter enttäuscht auf eine eigenartige Landschaft hinab; in ein zerklüftetes Tal, das eingerahmt von bizarren schwarzen Bergen in einem gelblichen Nebel lag. Die riesigen Berge erreichten fast den schmutzig grauen Himmel und das, was ich für das Licht gehalten hatte, entpuppte sich als die schwefelgelben Nebelschwaden, die über dem ganzen Tal hingen. Das einzige Geräusch, das ich wahrnahm, war der eisige Wind. Sein monotones Heulen war noch schrecklicher als die Stille von vorhin. In was für eine verlassene Welt war ich geraten und ein Gefühl von Grauen und Verzweiflung erfasste mich erneut. Mit aller Vernunft wehrte ich mich gegen den Gedanken, hier existieren zu müssen – in diesem Tal, dass aus meinem Traum, ein nicht mehr endender Albtraum geworden war. Ich schrie und lauschte. Keine Antwort, keine Regung – nur der Wind. Ich war allein – irgendwo. Ich ließ mich auf die Knie fallen und presste das Gesicht auf den Boden, um nichts mehr sehen zu müssen, aber das Bild dieser unendlichen Einöde tauchte selbst bei geschlossenen Augen vor mir auf. Es war hoffnungslos. Ich war nicht gestorben. Ich lebte noch. Und eines wollte ich mit Sicherheit nicht mehr – leben! Ich sah nur einen Ausweg. Ich sprang auf, rannte zum Rand des Abgrundes und stürzte hinunter. Ich fiel durch den Nebel, hörte den dumpfen Aufschlag und lag am Boden. Ich spürte zwar einen scheußlichen Schmerz in allen Knochen, erhob mich jedoch sofort wieder etwas benommen und hinkte weiter. Die scharfkantigen Steine bohrten sich trotz der festen Schuhe in meine Fußsohlen. Unglaublich, erst jetzt registrierte ich es – ich trug Schuhe. Wer immer für diese gesorgt hatte, interessierte mich momentan nicht im Geringsten. Allmählich begann ich zu begreifen. Ich war in den Abgrund gesprungen und lebte noch, ich konnte nicht sterben. Das Bewusstsein unsterblich zu sein, machte meine Verzweiflung vollkommen. Selbst wenn ich noch so laut schrie, niemand hörte mich oder wollte mich hören. Ich war erschöpft, mein Bein schmerzte. Ich sollte mich wieder etwas ausruhen. Ein Glück, dass ich mir bei dem Sturz vorhin nichts gebrochen hatte. Die erste Lektion hatte ich nämlich schon mal gelernt: Ich war unsterblich, aber nicht frei von Schmerzen. Weitere Lektionen sollten folgen.

Der Nebel war verflogen und gab nun vollständig ein zerrissenes Tal mit den schwarzen Bergen frei: das Tal der Verdammnis. Und ganz weit weg, ganz weit oben war der Berg, den ich zu erklimmen gehofft hatte. Ich hatte mich so auf das Zwischenreich gefreut. Ich unterdrückte das Schluchzen auf der Stelle. Unsinnig hier zu sitzen und zu flennen. Ich musste weitergehen, wohin war letztendlich egal. Nach kurzer Zeit hatte ich zwei weitere Lektionen verinnerlicht: mein unsterblicher Körper war in der Lage, trotz Bekleidung, die offenbar nicht ausreichte, erbärmlich zu frieren und ich hatte rasenden Hunger. Woher sollte ich etwas Essbares bekommen? Verhungern konnte ich nicht – aber hungern – ganz einfach, Efrén. Ich konnte mir absolut nicht vorstellen, dass diese unwirtliche Gegend Nahrung hervorbringen sollte. Aber vielleicht war ja um die Ecke das Land, in dem „Milch und Honig fließt"? Witzig, Efrén. Nun Humor war nicht von Schaden, ich schätzte, dass ich ihn noch dringend brauchte.

Ich wollte gerade meine krampfhaften Überlegungen fortsetzen, als ich sah, wie mir jemand von Ferne entgegen kam. Ich war also nicht allein. Ich hatte mir nichts mehr gewünscht als das, doch jetzt empfand ich es nur als einen sehr schwachen Trost. Es war eine hohe dürre Gestalt mit blassem verhungertem Gesicht, die mir schnell klarmachte, dass das Nahrungsangebot auch in anderen Teilen dieses Landes nicht sonderlich reichhaltig sein musste, denn sie schien noch magerer zu sein als der Schwarze. Als sie mich entdeckt hatte, blieb sie stehen und musterte mich abschätzend von oben bis unten.

„Ja, du bist der, den ich suchen sollte. Komm mit."

Die Stimme klang schrill und unnatürlich hoch.

„Wer bist du?", fragte ich und stellte befriedigend fest, dass meine Stimme noch völlig normal war, während ich ihm gehorsam folgte.

„Was hast du davon, wenn du es weißt. Es ist unwichtig, wer ich bin. Alles ist unwichtig."

Damit war der Dialog von seiner Seite beendet. Wir stiegen schweigend auf einen der Berge hinauf, von dort aus gelangten wir wieder in ein Tal, das sich von dem ersten nicht wesentlich unterschied. Es war genauso leer und öde. Das heißt, bis auf die vielen kleinen Eingänge, die in die schwarzen Felsen geschlagen waren und durch schmale Pfade miteinander verbunden wurden. Vor einigen dieser Eingänge saßen die bleichen Wesen – aus meinen Traum – mit ihren schwarzen zerrissenen Gewändern und starrten uns ohne Regung an. Mein Begleiter zog mich weiter die Stufen zu einer der Höhlen hinauf. Dort angelangt wurde ich aufgefordert einzutreten. Dann stand ich in einem kleinen niedrigen Raum, den ein fahles Licht erfüllte. Woher es kam, konnte ich mir beim besten Willen nicht vorstellen. Rechts und links des Raumes befanden sich zwei Nischen, ansonsten war er völlig leer.

„Hier wirst du leben", erläuterte mein Begleiter monoton. Leben – gut gesagt, allein das Wort Leben war der glatte Hohn an einem Ort wie diesem. Mein Gegenüber hatte wohl meine Gedanken gelesen. Er schaute mich an ohne das Gesicht zu verziehen. Wahrscheinlich wollte er mich ermahnen, dass ich zu seinesgleichen gehörte und mir den angeekelten Blick sparen könne.

„Wozu sag ich dir das alles", murmelte er schließlich mürrisch. „Wo du längst alles wissen müsstest."

„Halt!", schrie ich auf, als er die Höhle verlassen wollte. „Was meinst du damit?"

„Vergiss es", kam die barsche Antwort.

„Du sagst mir jetzt sofort, was diese Bemerkung gerade eben sollte." Ich versuchte das Geschöpf zu packen, doch es entwand sich meiner Umklammerung.

„Warum gerade ich? Dein Mitbewohner kann dir viel mehr erklären." Ich ließ es laufen. Fassungslos sah ich ihm noch nach, bis es in einem der unzähligen Eingänge verschwunden war. Ich setzte mich in eine der Nischen, schloss die Augen und versuchte mal wieder vergeblich, einen klaren Gedanken zu fassen. Was für ein böses Spiel trieb man mit mir?

Bitte, bitte, lass das alles nur einen schlechten Traum sein. Aber dieser Albtraum dauerte schon viel zu lange – nur das haben wiederum ja Albträume so an sich. Ich schlug mit der Faust an die Wand und bekam dabei zu spüren, dass mein Körper kein Traum, sondern schmerzhafte Realität war. Wie ich zu dieser Metamorphose gekommen war, war mir noch immer schleierhaft. Aber eines stand fest: Mich ekelte vor diesem ausgemergelten Körper. Ich war zu einer lebenden Leiche geworden, dazu verdammt, diesen Kadaver eine Ewigkeit mit mir herumzuschleppen. Ich wurde aus meinen Betrachtungen um meine grauenvolle Zukunft unterbrochen, denn ich glaubte ein Flüstern zu hören. Mein „Mitbewohner" war gekommen. Ich erhob mich, um ihn zu „begrüßen" und schaute zum Ausgang. Die Gestalt des Schwarzen war nicht zu übersehen. Als er mich entdeckte, trat er ein und fletschte die Zähne.

„Ach, wir haben Besuch. Hätte dich fast nicht wiedererkannt. Du hast dich ganz schön verändert in der kurzen Zeit. Ehrlich gesagt, vorher war mir deine Gestalt angenehmer. Wie gefällt es dir hier?"

Ich zog es vor, ihm die Antwort schuldig zu bleiben und überlegte stattdessen, wie ich diesem Miststück an die Gurgel springen konnte. Er setzte sich auf den Boden und nachdem er mich noch eine Weile eingehend schadenfroh betrachtet hatte, fuhr er fort:

„Es gefällt dir nicht. Deine Blicke sprechen Bände. Du wirst dich daran gewöhnen – genauso wie schon einmal. Du bist nämlich nicht das erste Mal hier."

„Was soll das heißen?", fuhr ich auf und musste dabei sofort an die Bemerkung des Anderen von vorhin denken.

„Oh, wir haben eine kleine Amnesie. So ein Mist aber auch. Ich fürchte, man hat dir die Erinnerung absichtlich genommen."

„Welche Erinnerung?"

Er wusste offenbar etwas, was ich nicht wusste. Natürlich wurde ich nun gesprächig und neugierig. Der Schwarze ließ sich auf den Boden gleiten, lehnte sich mit dem Rücken an die Wand und begann in aller Ruhe seine Krallen zu putzen. Ich kannte diese Taktik und rechnete damit, das große Geheimnis vorerst nicht zu erfahren. Dann eben nicht. Ich setzte mich wütend in die andere Ecke und versuchte, in meinen Erinnerungen zu kramen. Vielleicht kam ich von selbst drauf. Beim besten Willen, ich kam nicht drauf. Ich hätte am liebsten gleich losgeheult, dazu hatte ich noch wahnsinnigen Hunger und hatte keinen Schimmer davon, wie ich ihn stillen sollte, wenn er überhaupt zu stillen war. Mein Leben hätte ich in diesem Augenblick für Felipes vermanschte Bohnen gegeben. Ich wechselte die Strategie und versuchte es auf die hab-doch-Mitleid-Weise, was bei ihm natürlich nur ein spöttisches Lächeln zur Folge hatte. Ich drehte ihm den Rücken zu, und genau den konnte er mir jetzt herunterrutschen.

„Bist du sehr an deiner Reinkarnation interessiert, meine kleine gerupfte Friedenstaube?", schnarrte seine heisere Stimme plötzlich durch den Raum und genauso plötzlich hatte ich mich wieder umgedreht.

„Du bist tatsächlich sehr interessiert, was? Aber ich nicht."

Ich erinnerte mich an den vorhin gefassten Entschluss, ihn einfach zu erwürgen.

„Spar dir deine Mordgedanken. Ich bin nämlich zufällig unsterblich und außerdem viel kräftiger. Aber keine Angst, ich werde dich schon noch früh genug aufklären. Ein größeres Vergnügen wie dein dummes Gesicht kann ich mir nicht vorstellen. Nur, ich mache es ganz behutsam, damit wir beide noch viel Genuss daran haben."

Ich griff mir entsetzt an die Stirn.

„Du brauchst dein armes Hirn nicht zu strapazieren. Es ist sinnlos", brummelte der Schwarze. „Ich kann nur soviel verraten, du bist nach deinem Dahinscheiden aus dem letzten Vorleben hier gelandet und hast bei einigen Leuten noch allerhand Schrecken angerichtet." Er machte eine bedeutungs-volle Pause: „Na ja, ist ja auch kein Wunder bei diesem schaurigen Anblick."

„Sei still! Sei endlich still!", fauchte ich.

„Bin ich nicht, bin ich nicht. Dummes eitles Herzchen. Ja, alle deine menschlichen Körper waren schön, viel zu schön. Aber das hier. Dieser Körper zeigt dich jetzt wie du wirklich bist. Schändlich, kleinlich, falsch und krank. Absolut verachtungswürdig."

„Und warum gibst du dich dann mit mir ab?", brüllte ich aus Leibeskräften. Der Schwarze hielt sich demonstrativ die Ohren zu.

„Nun …", er trommelte mit den Fingern auf den Boden, „… ich finde dich erstens unglaublich unterhaltsam, zweitens, ich quäle so gern dämliche gefallene Magier und drittens …", er gab ein schmatzendes Geräusch von sich, „… das sage ich dir später."

„Ich hasse dich, ich hasse dich!" Ich wusste nicht, wie oft ich das geschrien hatte, bis er aufsprang, mich an der Kehle packte und mich hin und her schüttelte.

„Du mich hassen. Gestatte, dass ich brülle vor Lachen. Du liebst mich und das ist dein ganz ganz großer Fehler." Er ließ mich los und trat einen Schritt zurück „Nein, eigentlich nicht. Lieben tust du mich nicht. Du glaubst nur mich zu lieben. Ich konnte dich beim besten Willen nicht davon abhalten. Es ist gefährlich mich zu lieben, beziehungsweise noch gefährlicher zu glauben, mich zu lieben. Mein armes gefallenes Herzchen. Und nun hockst du hier und grollst mir, weil du von mir abhängig bist, was du dir doch die ganze Zeit erträumt hast, was? Du kannst ohne mich nicht existieren, du brauchst mich. Aber die Sache hat einen verdammten Haken. Ich brauche dich nicht, du Schwachkopf. Für mich bist du lediglich ein Geschwür, das dein Vater mir angehängt hat. Eine Pestbeule, die vorwiegend aus zwei überdimensionalen um Gnade flehenden Augen besteht und sich in aller Verzweiflung an mich klammert in dem irrsinnigen Glauben, mich zu lieben. Ach, ich könnte dich auf der Stelle …". Er holte zum Schlag aus, ließ jedoch im gleichen Augenblick die Hand wieder sinken, beugte sich zu mir hinunter und flüsterte: „Lieber reiße ich mir ein Auge aus, als dass ich dir etwas antue." Er begann mir über die Haare zu streichen und plötzlich packte er mich und riss meinen Kopf nach hinten: „Ich möchte dir zu gern mit diesen hübschen Krallen den Hals aufreissen. Aber das würde dich in deinem Elend nur bestätigen – und außerdem", er legte den Arm um mich, „… liebe ich dich vielleicht ja auch."

Ich wagte mich nicht aus seiner Umarmung zu befreien und wartete zitternd ab.

„Weißt du…", fuhr er höhnisch fort, „vielleicht werden wir uns mal eines Tages richtig lieben – so mit allem drum und dran. Du verstehst?" Er kicherte blödsinnig. „Jedoch momentan steht dein wahres Ich noch in aller Jämmerlichkeit vor mir, so dass ich dich wandelnde Anhäufung von Elend und Vorwurf nicht zu ertragen vermag."

Mein Zorn war mittlerweile ins Unermessliche gestiegen. Ich kann nicht beschreiben, wie sehr ich dieses giftspuckende Scheusal gehasst habe und noch immer hasse. (Und ich vermisse ihn auch nicht. Nein ich vermisse ihn wirklich nicht!) Er ließ mich zum Glück wieder los und verzog sich in seine Nische. Eine Weile herrschte Schweigen, bis ich zaghaft einen erneuten Versuch unternahm, etwas über meine Identität zu erfahren:

„Hast du von Anfang an gewusst, dass ich schon einmal hier war?"

„Aber natürlich, du naiver Poltergeist."

„Und du weißt alles über mich, ich meine auch über uns beide?"

„Zum Teufel, ja doch. Deswegen könnte ich dich auf fortwährend verdreschen."

Ich rutschte auf diese Äußerung hin vorsichtshalber ein Stück in Richtung Ausgang.

„Also wirklich alles?"

„Ja, Herzchen. Alles – aaaallles – absolut wirklich und wahrhaftig alles."

„Willst du es mir nicht erzählen?" Mein Mut stieg ins Unermessliche.

„Nein."

Ich fürchtete mit dieser klaren Antwort war unsere Unterredung beendet, aber ich entschloss mich, wenigstens eine Begründung für seine Absage zu verlangen. Er ging tatsächlich darauf ein.

„Ich erzähle dir nichts, weil ich deinen armen geschundenen Geist nicht auch noch mit so schwerwiegenden Dingen wie deiner Vergangenheit belasten möchte. Und vor allem will ich nicht, dass du vor lauter Selbstmitleid zugrunde gehst. Ich schlage deshalb vor, du kostet erst einmal gründlich aus, dass dein schöner menschlicher Körper so schrecklich zugerichtet, dass du erniedrigt und in den Schmutz gestoßen wurdest, du arme jungfräuliche Seele."

„Was soll das denn wieder heißen?"

„Muss ich noch deutlicher werden?"

„Ich bitte höflich darum."

„Zuerst eine Frage. Weißt du was eine Sau ist?"

„Ein fettes rosa Tier zum Essen." (Die Vorstellung von einem Schweinebraten machte mich ganz krank). „Wieso? Gibt es hier etwa welche?"

„Also ...", begann der Schwarze zögernd, während er mit seinen Krallen in den Zähnen herum bohrte, „hmm, gibt es schon. Du, mein Sonnenschein bist zum Beispiel eine ausgekochte Sau. Du brauchst nicht so beleidigt zu schauen. Das ändert nichts an der Tatsache, du bist ein Schwein, ein kleines, aber ein Schwein. Du suhlst dich mit wohligem Grunzen in all deinen Leiden, die man dir zugefügt hat, herum. Deine hübschen blauen Augen sind nur so groß, damit jeder hier das Leuchten in ihnen sehen kann, wenn dir wieder mal eine ungeheure Ungerechtigkeit widerfährt. Du leidest gewaltig am Märtyrersyndrom, Efrén."

Meine Antwort hätte lauten können: Und du bist eine gerupfte böse Saatkrähe, die mit ungeheurer Begeisterung anderen die Augen aushackt, krah, krah. Aber ich hatte keine Lust mehr, mich mit ihm anzulegen, außerdem erklärte er, dass er Hunger „verspüren" würde, was mir äußerst willkommen war, denn meine Bauchschmerzen wurden langsam unerträglich. Der Schwarze schnitt eine Grimasse.

„Gut, dann sehen wir, ob wir was finden."

Wir verließen unsere Behausung und stiegen ins Tal hinunter. Wir waren schon ein ganzes Stück gegangen, bis ich mir zu fragen erlaubte:

„Kann man in dieser Gegend überhaupt etwas Essbares finden?"

„Manchmal schon", erwiderte der Schwarze knapp und sah sich nach allen Seiten um.

„Und was bitte sollen wir essen?"

Er sah mich an, als ob ich gerade vom Mond gefallen wäre. Dann kratzte er sich fassungslos den Kopf und entgegnete:

„Das ist doch wohl ganz einfach. Das Blut der Schwächeren."

Ich hatte mich darauf vorbereitet auf alles gefasst zu sein, aber das nahm mir jetzt wirklich die Fassung. Meine Frage darauf war dann auch so dumm wie sinnlos:

„Und die sterben nicht?"

„Nein." Der Schwarze rang ungeduldig die Hände. „Menschenskind, wir sind schließlich unsterblich. Wir können Schmerzen haben, und zwar die gleichen Schmerzen, wie als Menschen. Das, was du mit dir herumschleppst, ist so was wie ein physischer Körper, der sich von dem menschlichen dadurch unterscheidet, dass er sich nach einiger Zeit wieder regenerieren kann. Eine äußerst vortreffliche Einrichtung, das kann ich dir sagen. Du kannst ohne Nahrung auskommen, allerdings die Qualen des Hungers und die körperliche Schwäche bleiben dir nicht erspart."

„Und es gibt keine andere Möglichkeit, sich zu ernähren?", fragte ich angeekelt.

„Nun sei nicht so zimperlich", wies der Schwarze mich unwirsch zurecht. „Alle machen das hier. Es sei denn, du bist ein eingefleischter Vegetarier. Manchmal findest du hier Draußen Quellen, Seen oder so was wie Bäche. Das Wasser ist trüb, stinkt nach Moder, sieht aus wie Jauche und genauso schmeckt es auch. Es reicht, um den Magen ein wenig zu füllen. Ganz sensible Naturen heben sich das Zeug auf Vorrat auf. Es soll ganze Kolonien von diesen armen Idioten geben. Klar, dass die so geschwächt sind, dass sie sogar von den wilden Horden überfallen und ausgesaugt werden. Blut ist zwar auch auf Dauer etwas eintönig und vor allem so was von widerlich. Aber es gibt dir Kraft und Kraft brauchst du, weil es hier nur zwei Möglichkeiten gibt zu existieren – Räuber oder

Opfer. Schau Efrén, du bist hier permanent damit beschäftigt, wie ein Tier um deine Existenz zu kämpfen, um eine Existenz, die völlig sinnlos ist."

Was sollte ich darauf noch sagen, außer, dass ich lieber ein Tier gewesen wäre, das von seiner sinnlosen Existenz nichts wusste.

Draußen 1922

2.

Die Stadt des Ersten Königs – Erste Beute

Mir war nicht aufgefallen, dass wir wieder auf einen Berg hinaufstiegen. Schwarze Berge und aschgraue Täler schienen hier allein die Landschaft zu bestimmen, so dass man kaum eine Veränderung bemerkte.

„Ich habe das dumme Gefühl, wir werden nichts finden", knurrte der Schwarze und ließ sich resigniert auf einem Stein nieder. Offenbar gedachte er, eine Pause einzulegen um nachzudenken. Ich fühlte mich eigentlich kräftig und vor allem hungrig genug und kletterte noch ein Stück nach oben in der Hoffnung, wenigstens auf etwas Ablenkung zu stoßen. Die alte Neugierde hatte mich wieder gepackt – ein gutes Zeichen. Und ich wurde belohnt. Als ich auf die aschgraue Ebene hinabsah, glaubte ich wirklich erst nicht meinen Augen zu trauen. Aber ich täuschte mich nicht, als ich dort in der Ferne Gebäude sah — blauschwarze, glänzende Gebäude, die von einer hohen Mauer eingefasst waren. Es handelte sich zweifelsohne um eine Stadt, eine richtige Stadt. Allein die Tatsache, dass es in dieser trostlosen Wildnis so etwas wie eine Zivilisation gab, tröstete mich ungemein. Vielleicht war dem Schwarzen die Existenz dieser Stadt unbekannt. Deshalb rannte ich zurück, schreckte ihn aus seinen Grübeleien auf, erzählte ihm hellbegeistert von einer umwerfenden Entdeckung und bat ihn sofort mir zu folgen.

„Hast du etwas gefunden?", keuchte er, während er mir den Pfad hinauf folgte.

„Was ist das für eine Stadt?" Ich deutete triumphierend in besagte Richtung. Darauf folgte eine Reaktion, die ich nie erwartet hätte. Der Schwarze zuckte offensichtlich erschrocken zusammen, nahm mich bei der Hand und zog mich rasch hinter einen Felsen.

„Verdammt", flüsterte er. „Wir sind zu weit vom Weg abgekommen. Hast du armseliges Geschöpf denn ganz und gar vergessen, was das ist?"

Ich wies gleich darauf hin, dass ich alles vergessen hatte, es an seiner unendlichen Gnade lag, diesem Vergessen ein baldiges Ende zu bereiten und bat um freundliche Aufklärung. Ich setzte mich neben ihm nieder und ließ ihn berichten:

„Das, was du da gerade gesehen hast, ist in der Tat die Stadt des Ersten Landes. In dieser Stadt haben sich die Gefallenen, die in ihrem Leben einmal mächtige Meister gewesen waren, zusammengeschlossen. Sie haben sogar einen König, der mit einer Elite von Priestern und Jägern in seinem Palast lebt."

„Warst du schon dort?", unterbrach ich kurz. Wie immer überging der Schwarze derartig indiskrete Fragen und fuhr fort:

„Wenn du in diese Stadt gerätst, kann es dir ziemlich übel ergehen. Man hat nicht so gern Besuch, außer du dienst als Nahrungsquelle oder Arbeitssklave. Nur der Großmagier kann dich da wieder herausholen, wenn er überhaupt will. Meistens will er nicht. Und wenn der König und seine Leute dich endlich wieder freilassen, bist du so zerschunden, dass es sehr lange dauert, bis du dich erholt hast. Der König ernährt sich natürlich auch von Blut und das beschaffen ihm seine Jäger, die systematisch Jagd auf die verwilderten Gefallenen außerhalb der Stadt machen. Gut, es gibt Kolonien, ähnlich wie diese Stadt, die verschont bleiben. Genau gesehen, sind sie aber verpflichtet, dem König von Zeit zu Zeit freiwillig Opfer zu bringen, wobei das Los oder der Erste Jäger entscheidet, wer die Glücklichen sind. Unsere Kolonie gehört nicht dazu, daher müssen wir besonders vorsichtig sein und immer darauf achten, dass keiner der Jäger unterwegs ist. Glaub mir, nichts ist schlimmer und grausamer, als in den Verliesen des Palastes zu hocken und zu warten, bis du regelrecht abgestochen wirst. Manchmal, wenn sie die ausgebrauchten Gefangenen entlassen, lockt das natürlich die Geschöpfe aus den umliegenden Kolonien an. Und genau darauf warten die Jäger. Gib acht, auf wen du dich stürzt. Du läufst in eine Falle und bist eine leichte Beute für die Jäger. Meistens sind es mehrere außer dem Ersten Jäger. Es geht das Gerücht um, dass er fast immer allein jagt. Aber er ist der Gefährlichste. Was sitzen wir hier herum und plaudern. Machen wir, dass wir schleunigst fortkommen, hier wimmelt es von Jägern."

„Kann man die erkennen?", fragte ich schaudernd nach allen Seiten spähend.

„Allerdings", erwiderte der Schwarze ungeduldig. „Sie sind besser genährt und viel kräftiger als wir. Vor allem sehen sie nicht so fürchterlich heruntergekommen wie die Kreaturen in den wilden Kolonien aus. Meistens tragen sie dunkelblaue Mäntel und versilberte Helme oder monströse Turbane. Ach ja, das hübscheste Requisit, nicht zu vergessen: ein langer Speer mit zwei Widerhaken am Ende. Wenn du wüsstest, wie weit und sicher die das Ding werfen können, würdest du jetzt garantiert etwas schneller laufen."

Ich ergriff auf der Stelle die Flucht und hastete, gefolgt von dem Schwarzen, den Berg hinunter. Was mussten das für abscheuliche Geschöpfe sein, vor denen sogar er Angst hatte. Selbst als wir schon ein ganzes Stück von der Stadt entfernt waren, sah ich noch immer zitternd hinter mich in der panischen Angst, jeden Augenblick so einen Speer in den Rücken zu bekommen. Der Schwarze war längst wieder der Alte, er stieß unflätige Flüche aus, weil wir noch immer nichts Essbares gefunden hatten. Ich konnte irgendwie das dumpfe Gefühl nicht loswerden, dass er mich nur vor den Jägern in Sicherheit bringen wollte, um sich jeden Augenblick selbst auf mich zu stürzen. Besser ich behielt vorsorglich Abstand. Er schien meine Gedanken zu lesen und forderte mich fauchend auf, näher zu kommen.

„Willst du dich etwa aus dem Staub machen, Herzchen? Vergiss es, ich bin verdammt schnell, auch ohne Speer. Ich kriege dich, darauf kannst du dich hundertprozentig verlassen."

Ich bezeugte meine Einsicht, indem ich von nun an gehorsam wie ein Hündchen bei Fuß ging. Mit einem Mal hielt er mich mit einem scharfen „psssst" am Arm fest. Ich folgte seinen Blicken und sah ein mageres Wesen, das, als es uns wahrnahm, hinter einen Felsen zu fliehen versuchte. Als sich ihm der Schwarze langsam näherte, humpelte es schneller, dann stürzte es und zog mit schmerzverzerrtem Gesicht sein offenbar verletztes Bein nach sich. Geduckt wie ein Raubtier schlich der Schwarze noch näher an ihn heran. Sein Opfer machte einen erneuten vergeblichen Versuch fortzulaufen und stürzte. Obwohl der Schwarze wahnsinnigen Hunger haben musste, zögerte er und kostete die Hilflosigkeit des anderen aus. Er begann schließlich das wehrlose Geschöpf langsam zu umkreisen und fixierte es wie die Schlange das Kaninchen. Das vor Angst am ganzen Leib bebende Wesen versuchte nun, auf allen Vieren davon zu kriechen. Mit scheinbar desinteressierter Miene ließ der Schwarze es hinter einen Felsen rutschen, um ihm dann zähnefletschend zu folgen. Mich ekelte dieses Schauspiel dermaßen an, dass ich nahe daran war, zu einer dieser Moder-Wasser-Trinker-Kolonien aufzubrechen. Ich beschränkte mich vorerst mal darauf, einfach wegzuschauen und wollte mich gerade abwenden, da fiel mir mit Schrecken etwas ein.

„Vielleicht ist es ein Köder des Königs?", schrie ich und versuchte den

Schwarzen von seiner „Beute" wegzuzerren. Der hatte jedoch nichts Besseres zu tun, als mir ins Gesicht zu lachen.

„Das ist typisch. Bei dir ist die Angst größer als der Hunger. Gebrauche zur Abwechslung mal deinen Verstand, sofern du einen hast. Komm mit, schau ihn dir ganz genau an. Was stellst du fest?"

Ich stellte lediglich fest, es ging dem anderen wie mir, auch bei ihm war die Angst größer.

„Du bist unverbesserlich dämlich", bemerkte der Schwarze, während er seinen Arm aus meiner Umklammerung befreite. „Ich werde deinem schwachen Geist auf die Sprünge helfen. Schau dir seinen Hals an. Was siehst du?"

„Nichts."

„Ich bin beglückt über dein unsagbar scharfes Wahrnehmungsvermögen. Hast du schon einmal die Kehle eines ehemaligen Gefangenen des Königs gesehen?"

„Nein, zumindest erinnere ich mich nicht mehr daran", entgegnete ich etwas spitz.

„Hast du nicht. Also, in der Kehle eines solchen Gefangenen befindet sich immer ein sauberer roter Strich. Die in der Stadt haben nämlich feine Manieren. Sie bearbeiten ihre Opfer nicht mit den Zähnen oder Krallen, sondern sie benutzen schöne reich verzierte Messer. So, und jetzt verschwinde."

Nach diesen Worten sprang er endlich auf sein Opfer zu, packte es, riss ihm mit seinen Krallen den Hals auf und begann sein Blut zu trinken. Der Andere wehrte sich schwach und schrie wie am Spieß. Seine entsetzlich schrillen Schreie taten mir in den Ohren weh. Ich stand wie erstarrt, bis der Schwarze endlich von dem Geschöpf, das sich nicht mehr rührte, abließ. Als er sich mir zuwandte, rann ihm noch das dunkelrote klebrige Blut aus dem Mundwinkel.

„Servietten haben auch nur die in der Stadt. Mann, schau mich nicht so an wie ein abgestochenes Kalb. Sei lieber dankbar, dass der da aufgetaucht ist, sonst hättest du daran glauben müssen. Du bist nämlich meine eiserne Reserve."

Sofort griff ich schützend an meinen Hals und wich ein paar Schritte zurück.

„Keine Angst, meine kleine wandelnde Vorratskammer, ich bin satt und greife nur im äußersten Notfall auf dich zurück."

Mein Gott, war ich jetzt beruhigt!

Ich hätte zu gern gewusst, wie viel Zeit auf der Erde vergangen war. Wahrscheinlich existierte sie gar nicht mehr. Ich fand den Gedanken so absurd wie grausig und verwarf ihn gleich wieder. Ich saß in meiner Nische und grübelte vor mich hin, weil ich nicht in der glücklichen Lage war einzuschlafen. Der Schwarze lag mir gegenüber und hatte die Augen geschlossen, wobei er einen äußerst entspannten Eindruck machte. Kein Wunder, er war ja voll gefressen bis zum Rand. Merkwürdig, für einen Augenblick musste ich lächeln, lächeln über mich selbst. Was für ein verrückter Albtraum war das. Das alles war sicher nur ein Traum und es würde nicht mehr lange dauern, bis ich endlich erwachte. Ich würde in meinem warmen weichen Bett auf Finis Terra liegen, der Tag wäre gerade angebrochen, ich würde aufstehen – so wie ich es jetzt tat – ich würde das Zimmer verlassen und in den Garten gehen, so wie ich … ich sah hinaus auf die trostlose steinige Landschaft mit den kahlen Bergen, ich schaute in den grauen verhangenen Himmel. Ich hatte mich getäuscht. Mein Leben auf Finis Terra konnte nur ein Traum gewesen sein, ein Traum, der nun endgültig ausgeträumt war. Ich barg das Gesicht in den Händen und versuchte zu weinen, brachte aber nur ein unartikuliertes Ächzen heraus. Ich fühlte mich so elend, mir war so kalt und ich hatte Hunger, grausamen Hunger. Und es gab sogar eine Möglichkeit ihn zu beenden, denn eine kurze Strecke vor mir – der Gedanke war einfach widerwärtig. Aber ich suchte sofort nach einer Rechtfertigung „alle machen das hier", „du brauchst Kraft, um hier zu existieren". Genau das hatte der Schwarze mir gesagt. Noch während ich das dachte, befand ich mich schon auf dem Weg zu dem Tal, wo wir auf das Wesen gestoßen waren. Tatsächlich, es lag noch immer da und bewegte sich nicht, als ich verstohlen näher kam. Mein Gott, was hatte ich vor? Das Mitleid mit dieser armen geschundenen Kreatur versuchte vergeblich, gegen meinen rebellierenden Magen anzukämpfen – und verlor. Ich beugte mich zaghaft über das Wesen, aus seiner Wunde sickerte noch etwas Blut und sein Gesicht schien wie im Tod erstarrt. Ich zitterte am ganzen Leib, denn ich hatte Angst zuzubeißen und zögerte diesen schrecklichen Augenblick noch ein wenig heraus. Aber der Hunger ließ mir einfach keine andere Wahl. Meine Hand tastete nach seiner Kehle und entfernte die langen Haarsträhnen, die die Wunde teilweise bedeckten, dann biss ich zu und trank den letzten Rest von seinem Blut. Dabei spürte ich, wie mein Opfer unter mir mehrere Male zusammenzuckte. Das Blut schmeckte nach nichts, aber es tat mir gut und mit jedem Schluck verschwand der quälende Schmerz in meinen

Eingeweiden. Erst als kein Tropfen mehr kam, ließ ich von ihm ab. Wie lange es wohl dauern würde, bis er sich wieder erholt hatte? Verdammte Gewissensbisse, ich musste mir angewöhnen, meine Skrupel beiseite zu lassen. Als ich mich noch einmal zu ihm hinunterbeugte, um seinen Hals auszulecken, glaubte ich ein leises Stöhnen zu hören. Ich registrierte dieses Stöhnen mit einer derartig inneren Befriedigung, dass mir für einen Augenblick vor mir selbst unheimlich wurde. Ich war nicht besser als alle anderen hier und das Wesen hätte an meiner Stelle auch nicht anders gehandelt. Willkommen in der Hölle, Efrén. Zufrieden und satt richtete ich mich wieder auf, um in unsere Behausung zurückzukehren. Da spürte ich mit einem Mal, wie mich jemand von hinten an den Haaren packte und mit voller Wucht gegen einen Felsen schleuderte. Ich fiel zu Boden und blieb erstmal regungslos liegen. Dann hörte ich wie dieser Jemand auf mich zu kam.

„Ich habe mich nicht getäuscht!", zischte die Stimme des Schwarzen. „Du hast dich erstaunlich schnell eingelebt, Herzchen."

Mühsam erhob ich mich. Mein Körper schmerzte so sehr, dass ich fürchtete mir beim Aufprall sämtliche Knochen gebrochen zu haben.

„Warum hast du das getan?", fuhr mich der Schwarze unerbittlich an.

„Ich hatte Hunger", wagte ich kaum zu flüstern und suchte verzweifelt nach einer Gelegenheit ihm zu entwischen.

„Hunger, Hunger", feixte er. „Und du dachtest, du kannst einfach verschwinden und das Blut von meiner Beute saufen. Bist du eigentlich wahnsinnig geworden?"

Mit fehlte die passende Antwort. Jede wäre unpassend gewesen. Ich hielt es für angebrachter zu schweigen und ließ ihn weiter toben.

„... und das alles ohne mich vorher zu fragen. Hast du Schwachkopf eigentlich noch immer nicht begriffen, in welche Gefahr du uns bringst mit deinen Exkursionen? Also, wenn du noch einmal die Absicht hast, unser gemütliches Heim zu verlassen, wirst du mich in Zukunft vorher fragen, ob du das darfst, verstanden!" Er bekräftigte seinen Befehl, indem er mir mehrere Male so heftig ins Gesicht schlug, dass ich zu Boden ging. „So, du vollgesogener kleiner Blutegel, nun wirst du dich fein in deine Nische verkriechen, hoffentlich gut verdauen und warten, bis ich wieder Hunger habe. Nachdem hier nichts mehr zu holen ist, bin ich gezwungen, dir deine jungfräuliche Gurgel aufzuknacken. Dumm gelaufen für dich Herzchen. Nun mach schon!"

Ich bekam einen so kräftigen Tritt versetzt, dass ich mir fast die Hälfte des Weges sparen konnte.

Dieselbe Szene: Wir waren wieder in unserer Höhle. Der Schwarze saß vor dem Eingang und schien sich, dem Grinsen nach zu schließen, irgendeine neue Schikane auszuhecken.

„Bitte verzeih, aber ich hatte wirklich Hunger und ich habe nicht gewusst …", wagte ich zu bemerken in der Hoffnung, ihn rechtzeitig von weiteren Gemeinheiten abzulenken.

„Schon gut", winkte er ab. „Jetzt weißt du es ja. Such dir deine Beute in Zukunft selbst. Du bist schließlich kein Aasgeier. So weit bist du noch nicht gesunken."

„Bestimmt werde ich das tun." Ich bekräftigte meine Einsicht durch eifriges Kopfnicken. Wie tief ich gesunken war, war mir eigentlich längst egal, aber die Ohrfeigen hatten mir vollauf gereicht.

„Du wirst noch einiges tun", begann der Schwarze wieder, kicherte seltsam und starrte mich aus seinen Augenhöhlen unverhohlen an „Weißt du, dass ich dich liebe."

Ich hoffte, mich verhört zu haben.

„Was hast du gesagt?"

„Ich liebe dich."

Das tat er mit Sicherheit nicht. Ich musste auf der Hut sein und ich war gespannt welche Schweinerei nun folgte. Er erhob sich, kam auf mich zu und zog mich aus meiner Nische.

„Ich bin in Wahrheit froh, dass du bei mir bist", raunte er mir ins Ohr und begann mein Haar zu streicheln (auf diese Schweinerei wäre ich zuallerletzt gekommen). „Hast du nicht auch dieses eigenartige Gefühl in dir?"

Ich rückte ein Stück von ihm weg und schüttelte stur den Kopf. Ich hatte verstanden, wollte ihm jedoch das unter keinen Umständen zeigen.

„Nein, ich habe nur wieder Hunger."

„Nun, das ist auch so eine Art von Hunger", fuhr er unerbittlich mit gespielter Zärtlichkeit fort, dass mir fast übel wurde. Bevor ich mich versah, saß er schon wieder bei mir und strich mir mit seinen Krallen über den Nacken den Rücken hinunter. Jetzt war ich ganz sicher, welches Gefühl er meinte.

„Ich wollte unsere Körper könnten sich vereinen", murmelte er und ließ kurz von mir ab.

„Was heißt vereinen?" Ich ahnte, was er beabsichtigte, stellte mich aber weiter so dumm wie irgend möglich.

„Menschen nennen das Liebe." Seine Stimme klang erschreckend freundlich.

„Und bei uns ist das keine Liebe?" Ich entschloss mich nicht die Beherrschung zu verlieren.

„Es ist schon so was wie Liebe." Er schlug so gekonnt die Augen nieder, dass ich glaubte, er würde jeden Augenblick erröten. „Es wäre schöner, wenn wir uns mit einem menschlichen Körper vereinen könnten, das ist ästhetischer."

„Und mit diesem Körper können wir es nicht?", fragte ich schon sichtlich erleichtert. Meine Frage rief ein höhnisches Gelächter hervor.

„Schau mal unter deine Kutte und wenn du was findest mit dem du dich vereinigen kannst, lass es mich bitte wissen."

Da ich mir der Komik des Ganzen nicht bewusst war, wandte ich mich um, hob zaghaft mein Gewand hoch und zog das Kleidungsstück, das wohl eine Hose sein sollte, ein Stück herunter.

„Na, was ist?"

Zitternd bedeckte ich mich wieder. Ich hätte laut aufheulen können.

„Nichts", höhnte der Schwarze. „Gar nichts, gähnende Leere. Du brauchst dich hier schließlich nicht mehr zu vereinen oder womöglich fortzupflanzen. Das Fatale ist nur, du hast noch oft den unwiderstehlichen Wunsch dich zu vereinen, egal mit wem oder mit was!"

Genau diesen Wunsch verspürte ich im Augenblick sogar recht heftig und schämte mich in Grund und Boden dafür. Ich war über die neu entdeckte Teufelei meines Körpers so bestürzt, dass ich nicht mehr in der Lage war zu antworten. Ich wollte fort, hinaus aus dieser stickigen Höhle, fort von diesem widerwärtigem Geschöpf, für das ich etwas empfand, was ich niemals empfinden durfte. Doch der Schwarze hielt mich sofort zurück und warf mich zu Boden.

„Komm. Wir können trotzdem was machen und wir werden jubeln vor Lust."

Ich spürte seine Krallen auf meiner Brust, seine Zähne bissen sich in meine Lippen. Ich schrie und versuchte mich verzweifelt aus seiner Umarmung zu befreien.

„Es wird ganz wundervoll, Herzchen. Fast so wundervoll, wie die erste Nacht mit deiner Schwester."

„Das war nicht meine Schwester", ächzte ich und beinah wäre es mir gelungen, ihm mit meinen nicht minder scharfen Krallen ins Gesicht zu fahren. Er war viel schneller und schlug mit einem heftigen Hieb meine Hand von sich.

„Lassen wir doch diese Haarspaltereien in diesem feierlichen Augenblick. Wir begehen jetzt deine richtige Einweihungszermonie. Du gehörst nämlich jetzt hier her zu uns – eine ganze Ewigkeit, Efrén."

Ich spuckte ihm ins Gesicht. Wider Erwarten bekam ich keine Ohrfeige.

„Was für ein Temperament, du machst mich ganz wild. Hör auf dich zu wehren, soviel kann ich dir gar nicht antun."

Ich gab auf. Was er mir antat oder nicht war mir mit einem Mal gleichgültig. Ich ließ die Arme sinken und schloss ergeben die Augen.

„Du liegst da, wie die Unschuld in Person."

Ich fühlte mich nicht veranlasst, auf diese Bemerkung zu reagieren, ich gedachte überhaupt nicht mehr zu reagieren, vielleicht wurde ihm langweilig und er hörte von allein auf.

„Du siehst aus wie ein reiner Engel." Er begann mit seinen Krallen über mein Gesicht zu fahren. „Aber da drinnen bist du unrein, unrein und schmutzig. Die Schicht deiner Unschuld ist sehr sehr dünn. Ich brauche sie jetzt nur ein wenig anzukratzen und schon liegt deine Schändlichkeit in aller Pracht vor mir."

Nun konnte ich nicht anders, als Gegenmaßnahmen zu ergreifen und versuchte, ihn erneut von mir herunterzustoßen. Aber er ließ sich nicht beirren.

„Genau das liebe ich so an dir. Du bist verfault bis in die Knochen. Lass mal sehen, ob meine unendliche Liebe zu dir schon auf Gegenliebe gestoßen ist."

Zu spät bemerkte ich, wie er mir plötzlich in die Hose zwischen die Beine griff. Ich weiß nicht mehr, aber irgendwie gelang es mir, mich endlich loszureißen. Aber der Schwarze hatte mich bereits wieder an den Haaren gepackt und riss meinen Kopf zurück. Dabei hielt er mir seine Hand, die mit einer schwärzlichen Flüssigkeit beschmiert war, vor das Gesicht. Ich versuchte mit allen Mitteln meinen Kopf beiseite zu drehen, denn das Zeug stank erbärmlich.

„Sieh, der Beweis deiner Liebe", fauchte er wütend. „Um es genau zu sagen, deine Geilheit stinkt zum Himmel. Gib endlich zu, dass du geil bist – geil wie wir alle hier Draußen. Du säufst Blut wie wir und dir läuft genauso die Geilheit die Beine hinunter wie uns."

„Lass mich los, lass mich bitte los", flehte ich. Sein Griff lockerte sich. Ich spürte noch seinen Tritt und wie er nach mir ausspuckte. Als ich merkte, dass ich frei war, sprang ich auf und rannte schreiend davon. Ich weiß nicht wohin und wie lange ich gerannt war, bis ich auf einem steinigen Feld zusammenbrach.

Sterben, ich wollte endlich sterben. Was hätte ich darum gegeben nicht mehr existieren zu müssen. Ich musste ihn zerstören, diesen abscheulichen Körper. Ich schlug mir den Kopf an spitzen Steinen blutig. Aber ich lebte noch immer. Ich fühlte Schmerzen, ich roch den beißenden Gestank, ich hatte mich bis zu den Füßen mit diesem widerlichen Zeug besudelt. Nein, ich war nicht geil, nicht ich – dieser ekelhafte Kadaver war es. Ich wälzte mich auf den Rücken und starrte in den dunstigen Himmel und hörte auf das Jammern des Windes. War ich so schlecht, so grausam, so schändlich gewesen, dass ich das hier verdient hatte? Verdammt, ich wollte wenigstens eine Antwort. Ich gab sie mir schließlich selbst. Ja, ich war so schlecht, so grausam, so schändlich. Und zu dem Hunger und der Geilheit kam nun ein weiteres Gefühl dazu. Hass – unglaublicher Hass. Dieser Hass sollte mir von nun an mehr Kraft geben, als das Blut der gesamten Bevölkerung hier Draußen und der Schwarze würde ihn zu allererst zu spüren bekommen. Er würde büßen, für jede dreckige Bemerkung, für jedes dämliche Herzchen. Alles würde er zurückkriegen. Doppelt und dreifach! Irgendwie hatte ich das Gefühl, nicht mehr allein zu sein. Ich richtete mich auf. Tatsächlich, vor mir standen zwei meiner Artgenossen, die mich konsterniert musterten, bis der eine verächtlich bemerkte:

„Schon wieder so ein armer Teufel, der Paarungsversuche unternommen hat."

„Diese hemmungslose Triebhaftigkeit sollte man im Interesse der Allgemeinheit verbieten", ergänzte der andere sarkastisch.

„Verschwindet!", brüllte ich zurück.

„Worauf du dich verlassen kannst", kam prompt die Antwort. Ich wollte weg, nur wohin? Als ich mich umschaute, stellte ich fest, dass ich mich verlaufen hatte.

"Wo bin ich hier?"

„Wenn du die schleimige Spur deiner Läufigkeit zurückverfolgst, wirst du bestimmt heimfinden."

Diese Bemerkung kam mit einer derartigen Unverfrorenheit, dass ich im Moment nicht wusste, wie ich darauf reagieren sollte. Schließlich hob ich einen Stein auf und warf ihn nach den beiden, dem sie jedoch geschickt auswichen. Ich war viel zu erschöpft und zu resigniert, um noch einen weiteren Versuch zu machen und ließ mich wieder zu Boden sinken. Hier wollte ich liegen bleiben, bis mein Körper vielleicht doch irgendwann verrottete – und wenn es eine Ewigkeit dauerte.

„Hör mal, du liebestolles Geschöpf", fing der eine wieder an. Warum konnten sie denn nicht endlich verschwinden.

„Macht euch endlich davon." Ich griff nach dem nächsten Stein und der würde garantiert treffen. Und zwar beide.

„Es wäre besser, du machst dich davon in deine Höhle."

Ob ich hier oder in meiner Höhle saß, ging die zwei einen Dreck an. Diese überhebliche Fürsorge machte mich fast noch wütender als die Bosheit des Schwarzen und erinnerte mich an ...

„Der Erste Jäger ist unterwegs."

Diese Satz hatte eine ungeheure Wirkung. Ich wollte mit einem Mal weder sterben, noch hier liegen bleiben, ich wollte ganz einfach zurück in meine Höhle. Sofort sprang ich auf die Beine und ging auf das Wesen, das den bedeutungsvollen Satz von sich gegeben hatte, zu.

„Ja, ja, ich gehe. Und ich danke dir, dass du mich gewarnt hast. Es tut mir leid ..."

„Schon gut", winkte er ab. „Ich bin wohl dafür geschaffen, dich zu ermahnen, Efrén."

Ich taumelte ein paar Schritte zurück. Ich war so durcheinander, dass ich mich nicht einmal über das mitleidige Lächeln aufregen konnte – Enriques ewiges mitleidiges Lächeln. Ich wollte noch etwas „Nettes" zu ihm sagen, doch wir standen uns beide wie erstarrt gegenüber. Es gab nichts mehr zwischen uns zu sagen und ohne ein weiteres Wort zu wechseln, wandte er sich von mir ab und ging mit seinem Begleiter davon. Erst als beide in der Ferne verschwunden waren, machte ich mich auf den Heimweg und verschwendete keinen Gedanken mehr an diese unerfreuliche Begegnung.

Wahrscheinlich hatte ich so was wie einen Instinkt, denn verblüffender Weise fand ich unsere Höhle ohne Schwierigkeiten. Verstohlen schlich ich in meine Nische. Der Schwarze beobachtete mich aufmerksam, sagte aber nichts. Ich hätte es ihm auch geraten, denn meine Vorsätze von vorhin waren nicht vergessen. Um die schmierige Flüssigkeit nicht mehr spüren zu müssen, zog ich die Hose zum Trocknen aus und klemmte meinen Mantel zwischen die Beine.

Den Gestank musste ich noch bestimmt eine Weile ertragen, aber es tröstete mich, dass es der Schwarze auch musste. Dann legte ich mich hin und unternahm den Versuch zu schlafen.

Draußen 1922

3.

Efrén de Alpojar macht eine Reise in die Vergangenheit I

Seitdem ich erfahren hatte, dass der unheimliche Erste Jäger aus der unheimlichen Stadt unterwegs war, wagte ich keinen Schritt mehr aus unserer Höhle. Der Schwarze verschwand zwischendurch ein paar Mal, kam jedoch immer unversehrt zurück. Während der ganzen letzten Zeit hatten wir kein einziges Wort miteinander gewechselt. Schweigend verzog er sich nach seiner Ankunft in seine Nische, ließ den Kopf auf die Knie sinken und schien zu schlafen oder zu grübeln. Welche Erinnerungen er wohl an seine menschlichen Leben hatte? Müßig darüber nachzudenken. Ich hatte mit meinen eigenen Erinnerungen genug, vor allem mit denen, die mir abhanden gekommen waren. Mir blieb nichts anderes übrig , als ebenfalls seinem Beispiel zu folgen und die Augen zu schließen. Allerdings gelang es mir niemals richtig einzuschlafen. Es war eher ein dahin dösen, unterbrochen von diffusen Gedankenfetzen, die ich nicht einzuordnen wusste. Die Zeit schlich dahin, endlos lang. Mich fröstelte und ich hatte schon zu lange nichts mehr zu mir genommen, denn bei jeder Bewegung verkrampften sich meine Eingeweide vor Hunger. Ich stöhnte demonstrativ auf. Der Schwarze nahm davon keinerlei Notiz, obwohl auch er sicher hungrig war. Natürlich war er hungrig und die Art und Weise, wie er mich nun anschaute, ließ mich Schreckliches ahnen.

„Komm aus deiner Nische heraus."

Also, mein Stündchen hatte geschlagen. Nein, ich wollte nicht, dass er mein Blut soff. Bevor er rechtzeitig reagieren konnte, war ich schon aus der Höhle gerannt. Weit kam ich jedoch nicht, denn im gleichen Augenblick sprangen zwei der Kreaturen aus den benachbarten Höhlen und warfen mich zu Boden.

„Was soll der Scheiß!", hörte ich den Schwarzen zischen.

„Wir haben ihn für dich eingefangen. Dafür bekommen wir einen Anteil."

„Das könnte euch so passen. Schert euch zum Teufel, und zwar sofort!"

Mit diesen Worten packte der Schwarze die beiden und stieß sie den Abhang hinunter.

„Halt Freundchen, du bleibst hier." Mit einem geschickten Griff verhinderte er meinen erneuten Fluchtversuch. „Bleib brav beim lieben Onkel", höhnte er, während er mich in die Höhle zurückschleppte. Dort angelangt, tat er das, was ich schon die ganze Zeit befürchtet hatte. Er riss mir mit seinen scharfen Krallen die Kehle auf und trank mein Blut. Ich hatte es endgültig aufgegeben, mich zu wehren. Sollte er mit mir machen was er wollte und so hoffte ich mal wieder, die Besinnung zu verlieren um für einige Stunden „erlöst" zu sein.

Irgendwann – es schien hier Draußen keine Zeit zu geben – nachdem ich wieder fähig war, mich von der Stelle zu bewegen, kroch ich aus unserer Höhle. Es hatte sich nichts, aber auch gar nichts verändert. Die Wunden an meinem Hals waren verheilt, doch ich fühlte mich trotzdem schwach und elend. Den Schwarzen hatte ich seit dem Übergriff nicht mehr gesehen und ich fragte mich ernsthaft, ob der besonders böse Jäger ihn erwischt hatte. Andererseits, was machte ich mir Sorgen um ihn. Mir sollte es nur recht sein, wenn er nicht mehr zurückkam. Ich zog es schließlich vor, mich doch wieder in unsere schützende Behausung zurückzuziehen. Diese Vorsichtsmaßnahme war eigentlich lächerlich. Hier drinnen in der Höhle konnte ich genauso erwischt werden, wie außerhalb. Und im Grunde war es völlig egal, ob ich von dem Schwarzen oder den Jägern mit den reich verzierten Messern aufgeschlitzt würde. Nun, vielleicht waren die Jäger und deren König schlimmer. Besser, ich ließ es nicht auf einen Versuch ankommen. Zu Hunger und Kälte begann mich jetzt wieder die Frage nach meiner letzten Existenz zu quälen. Selbst wenn ich aus diesem Wissen keinerlei Nutzen ziehen konnte, so machte es mich nahezu verrückt, dass ausgerechnet der Schwarze mir meine Vergangenheit verheimlichte. Sicher hatte er mich damals schon gekannt, womöglich war sogar er mein lockerer Stein. Warum hatte man mir nur die Erinnerung daran genommen. Selbst wenn sie noch so unerträglich war, ich hatte ein Recht darauf, alles zu erfahren.

„Du bist schon ein unseliger Geist", hörte ich auf einmal die Stimme des Schwarzen. „Wann begreifst du endlich, dass du jedes Mal, wenn du auf die Erde zurückkehrst, die Chance, dich von mir zu befreien, verpasst."

Ich blickte zum Eingang, wo er stand. „Ja, verpasst und vermasselst. Vergiss nicht, dass es mit jedem neuen Leben schwerer wird. Ich fürchte, du schaffst es niemals. Warum hast du bloß so einen Narren an mir gefressen."

Was sollte dieses überflüssige Geschwätz.

„Wenn du mir nicht erzählst, wie unsere reizende Bekanntschaft zustande kam, können wir dieses Gespräch auf der Stelle vergessen", fuhr ich ihn an.

„Da hast du auch wieder recht", entgegnete er und setzte sich in seine Nische, um für die nächste Zeit zu schweigen wie ein Grab. Und langsam reihte sich eine neue Qual hier Draußen ein: Langeweile, schreckliche Langeweile. Nicht nur der grausige Hunger, die klamme Kälte oder die Geilheit, die nicht zu befriedigen war, sondern diese grässliche-scheussliche-gähnende-öde Langeweile. Ich hockte also abermals vor dem Eingang unserer Höhle und tat wirklich nichts anderes, als Löcher in die Luft zu starren – öde, öde, öde. Ich sehnte mich sogar nach den Schikanen des Schwarzen, die immerhin etwas Abwechslung boten. Und bevor ich noch auf die blödsinnige Idee kam, mir Zöpfchen in die Haare zu flechten, beschloss ich, dieser Lethargie ein Ende zu bereiten, indem ich mit Todesverachtung die Höhle verließ. Seltsamerweise machte der Schwarze keinen Versuch, mich daran zu hindern.

Ich ging hinunter ins Tal und schlug ganz verwegen den Weg in Richtung der Stadt ein. Ich war vor Langeweile so gereizt, dass ich es mit mindestens zehn Jägern aufzunehmen gedachte. Als ich den Berg wieder hinaufstieg, bereitete es mir eine fast perverse Freude (und bei Gott, ich war verrückt) die blauschwarzen glänzenden Gebäude wieder zu sehen. Das Unheil zog mich wie magisch an. Ich konnte einfach nichts dagegen machen. Ich begab mich nach unten in Richtung Stadt, denn ich wollte es mir nicht nehmen lassen, sie mir von der Nähe anzuschauen. Einen kleinen Augenblick schoss mir in den Kopf, dass ich einmal wieder im Begriff war, in eine äußerst unangenehme Lage hineinzuschlittern. Bestimmt wäre es vernünftiger umzukehren. Noch war Zeit dazu (oder auch nicht!). Unsinn, jetzt auch noch kneifen. Wahrscheinlich hatte ich sowieso das Pech, dass kein Aas unterwegs war und ich anschließend total frustriert von einem öden Spaziergang zurückkehren würde. Ja – und genau in dem Moment vernahm ich plötzlich hinter mir Schritte und genauso plötzlich wünschte ich mir, nun brav und gelangweilt in unserer Höhle zu hocken. Es war eigentlich die gleiche Situation wie damals in dem verborgenen Gang auf Finis Terra. Nur ein kleiner blauer Elementargeist war dieses Mal bestimmt nicht hinter mir. Ich beschleunigte meine Schritte und als ich kurz stehen blieb, stellte ich schaudernd fest, dass mir dieses Etwas noch immer folgte und meine weiteren Aktivitäten belauerte. Mir war schon ganz schlecht vor Angst.

Aber da kam mir der rettende Gedanke, dass es bestimmt der Schwarze war, der mir doch nachgegangen sein musste. Ich beruhigte mich auf der Stelle und in Erwartung der obligatorischen Ohrfeigen drehte ich mich um. Es war natürlich nicht der Schwarze. Als der Jäger mich ansah, ließ er seinen bereits erhobenen Speer sinken und wir starrten uns eine Weile wie gebannt an. Trotz der wächsernen Blässe und den dunkel-violetten Augenringen hatte er noch immer ein schönes ausgeprägtes Gesicht. Ja, er wirkte sogar sehr anziehend. Den auffallend grünen Augen fehlte das gierige Funkeln seiner Artgenossen. Er trug einen Indigofarbenen zerrissenen Mantel, der an den Hüften mit einem reich verziertem silbernen Gürtel zusammengerafft war, in dem zwei beängstigend große und sicher scharfe Dolche steckten. Unter einem bizarren Turban fielen Strähnen seiner schwarzen Haare bis auf die Hüften herab. Obwohl er sichtlich angegriffen und sehr ungepflegt aussah, erinnerte er mich an einen bleichen stolzen Berberfürsten in einer eiskalten Wüste. Bevor ich überlegen konnte, wo ich diese eindrucksvolle Erscheinung schon einmal gesehen hatte, kam er langsam auf mich zu. Ich wich sicherheitshalber, aber völlig sinnloser weise zurück. Er machte jedoch keinerlei Anstalten mich zu verspeisen, im Gegenteil, ich musste sogar feststellen, dass er im höchsten Maß verwirrt war. Er schüttelte wie fassungslos den Kopf und rief auf einmal:

„Raphael, was machst du denn hier?"

Er verwechselte mich mit jemandem. Ich winkte verneinend ab, aber er ließ sich nicht beirren.

„Raphael Martigny, sag bloß du kennst mich nicht mehr?"

Er kannte mich – und – und ich sollte offensichtlich ihn kennen? Ich fühlte mich daraufhin veranlasst, ihn noch mal genauer anzuschauen. Und – es fiel mir im wahrsten Sinne wie Schuppen von den Augen. Natürlich kannte ich dieses Gesicht, diese Stimme. Wie konnte ich ihn vergessen haben. Mein Gott, ich kannte meine Vergangenheit. Ich glitt am ganzen Leib bebend zu Boden und versuchte in Bruchteilen von Sekunden zu rekonstruieren:

Ich wurde ungefähr im Jahr 1428 geboren. Mein damaliger Ziehvater stammte aus einer wohlhabenden französischen und meine Mutter aus einer italienischen Adelsfamilie. Als ich fünf Jahre alt war, starben meine Eltern und der Bruder meiner Mutter steckte mich in ein Kloster. Dort sollte ich eine anständige Erziehung erhalten. Mit elf Jahren brach ich aus diesem Kloster aus. Ich fühlte mich eingeengt, hatte keine Lust zu lernen und vor allem Sehnsucht nach dem Leben außerhalb der muffigen Klostermauern. Und so entfloh ich in einen blühenden Sommer mit nichts weiter als meinen Kleidern auf dem Leib. Ich blieb zum Glück nicht lang allein. Allein zu sein, war in dieser Zeit nicht ganz ungefährlich. Auf einer Landstraße wurde ich von einem fahrenden Händler – ich glaube er hieß Baptiste – aufgelesen, der fortan mein Begleiter war. Wir verstanden uns auf Anhieb, wir hatten viel Spaß miteinander, schliefen unter freiem Himmel und konnten tun und lassen was wir wollten. So ein Leben hatte ich mir immer erträumt. Aber jeder schöne Traum hat eben dann doch einmal ein Ende. Das Ende nahte in Paris. Der herrliche warme Sommer war längst vergangen und der darauf folgende Winter war schrecklich. Unsere Unterkünfte, sofern wir überhaupt welche hatten, waren schmutzig und eiskalt. Die Geschäfte gingen miserabel und immer öfter hungerten wir. Ab und zu sang ich in Gasthäusern oder auf der Straße zur Laute. Ich hatte eine sehr schöne Stimme, die nun unser einziges Kapital zu sein schien, oder erbettelte mir vor den Kirchen etwas Geld. Ein hoher, zu hoher Preis für die unbegrenzte Freiheit, stellte ich sehr schnell fest. Aber um reumütig in mein Kloster zurückzukehren war ich zu stolz. So blieb mir nichts anderes übrig, als weiter auf den nächsten warmen Sommer zu hoffen. In der kurzen Zeit hatte ich genügend Gelegenheit, meinen Begleiter kennenzulernen. Baptiste war eigentlich immer sehr freundlich zu mir gewesen. Aber ich hatte bald herausgefunden, dass er nichts weiter, als ein gerissener Gauner war, der weder an Gott noch an den Teufel glaubte und seine „Kunden" nach Strich und Faden betrog. In jenen Tagen verscherbelte er auf den Märkten zweifelhafte selbstgebraute Wässerchen, die angeblich gegen sämtliche Leiden helfen sollten. Kurze Zeit später sah er sich aber gezwungen, das Geschäft mit den heilenden Wassern einzustellen, weil der Betrug entdeckt wurde und er auf dem Markt jämmerlich Prügel bezogen hatte. Als er an diesem Abend stöhnend und zerschlagen in unser verlaustes Schlupfloch kroch, war mir klar, dass dies niemals meine Zukunft werden durfte. Es musste etwas geschehen. Bestimmt geschah etwas! Denn ein Wahrsager hatte mir prophezeit, dass ich bald in großem Reichtum leben würde. Als ich Baptiste davon erzählte, machte er mit einem höhnischen Gelächter meine ganzen Zukunftspläne wieder zunichte. „Hast du mal darüber nachgedacht, dass der vielleicht genauso ein Gauner ist wie ich? Die Prophezeiung wird sich ebenso wenig erfüllen, wie dieses Gebräu hier den blöden Tölpeln geholfen hat." Mit diesen Worten warf er das letzte Fläschchen seines Heilwassers an die Wand und drehte sich um, um zu schlafen.

Eines Tages kam jedoch Baptiste freudestrahlend zu mir und behauptete, er hätte jetzt die Idee seines Lebens gefunden. In wenigen Worten machte er mir klar, dass er dazu unbedingt meine Hilfe benötigte und da mir wieder einmal der Magen knurrte, stimmte ich begeistert zu. Wir verließen auf der Stelle unsere Behausung, bis wir vor einem Haus standen, das auf angemessenen Reichtum schließen ließ. „Jetzt hör zu ...", begann er geheimnisvoll, „... du gehst da rein. Ja, da ist ein Mann – ein sehr angesehener Mann. Du musst nur alles tun, was er von dir verlangt, weiter nichts." Ich nickte und ohne groß zu fragen trat ich ein. Tatsächlich war da auch der Mann. Klein, wohlhabend und schmierig. Er ließ mich nähertreten, murmelte etwas von bezauberndem Engelsgesicht und .... ich ließ alles mit mir geschehen, wobei ich nun mit einer neuartigen Weise vertraut gemacht wurde, wie man viel und schnell Geld verdiente. Das Geschäft erwies sich als ebenso widerlich wie ertragreich, zumal diese Herren nicht nur meine „Dienste" sondern auch zusätzlich mein Schweigen über ihre abnormen Neigungen erkaufen mussten. Ein schlechtes Gewissen ließ ich erst gar nicht aufkommen, wozu auch: die meisten nahmen meinen Körper und nannten mich statt „Engelchen" auch mal „ein kleines Stück Scheiße". Sie hatten es nicht anders verdient. Mir ging es relativ gut, ich hatte genügend zu essen und bekam hin und wieder von besonders „barmherzigen" Gönnern ein neues hübsches „Gewändelchen" geschenkt – aber der Reichtum blieb aus. Außerdem ärgerte ich mich schwarz, dass Baptiste das meiste Geld einstrich, während ich meine Haut zu Markte trug. Also beschloss ich, sobald wir in der nächsten Stadt angelangt waren, mich selbstständig zu machen. Die Gelegenheit dazu bot sich schneller als ich dachte. Es war in Nantes, als mich eines Morgens ein gut gekleideter junger Mann ansprach. Er behauptete mich am Vorabend singen gehört zu haben und fragte, ob ich Lust verspürte, bei seinem Herrn in den Dienst zu treten. Wie sich im Laufe des Gespräches herausstellte, war er Kammerdiener bei einer sehr bekannten Persönlichkeit. Sein Herr, der Baron de Rais und Marschall von Frankreich, galt als einer der reichsten Männer in ganz Frankreich. Natürlich hatte ich die Prophezeiung vor Augen und freute mich, dass die Welt nicht nur aus Lügnern und Gaunern bestand. Mein Wahrsager hatte doch recht behalten. Baptiste würde sich noch wundern. Noch am gleichen Abend verließ ich heimlich meinen Begleiter und traf mich mit dem jungen Diener. Wir machten uns sofort auf den Weg zu der Burg seines Herrn – in eine Zukunft mit unermesslichem Reichtum. Wenn ich geahnt hätte, welchen Preis ich für diesen Luxus bezahlen sollte, wäre ich auf der Stelle umgekehrt und sogar wieder in die dumpfe Geborgenheit meines Klosters geflüchtet. Die Burg des Barons überbot alle meine Erwartungen, ich konnte es kaum erwarten ihn kennen zulernen – er offenbar weniger. Denn Sire de Rais empfing mich mit herablassender Miene und befahl lediglich seinem Diener, mich in mein Gemach zu führen. Das „Gemach" entpuppte sich als ein feuchtes Zimmer ohne Fenster und als ich feststellte, dass die Tür von außen verschlossen war, wurde mir rasch klar, dass ich meine Forderungen an diesen „Kunden" mit Sicherheit gewaltig herunterschrauben musste.

Als ich in das Zimmer des Barons geführt wurde, sah er mich noch immer, wie am Abend meiner Ankunft, mit dem gleichen überheblichen Gesichtsausdruck an, während er nervös mit einem reich verziertem Dolch spielte. Die Stimmung im Raum war seltsam drückend. Neben ihm saßen zwei seiner Diener. Den einen erkannte ich sofort wieder. Es war Poitou, der mich hierher gebracht hatte. Nun, er schien mich nicht mehr zu kennen. Er schaute mich ebenfalls abschätzend von der Seite an wie ein eben gekauftes Kalb. Ich kannte ähnliche Blicke zwar gut, aber dieses Mal hatte ich Angst. Ich wusste ja, was man mit dummen gekauften Kälbern zu tun pflegte. Er stieß seinen Herrn an und als der nicht reagierte, tuschelte er mit seinem blonden schönen Gefährten, der mir gleich darauf auch den „Kalbsblick" zuwarf. Der Baron gab einen zischenden Laut von sich und stieß den Dolch in den Tisch. Sofort verstummten die beiden Diener und schauten demütig zu Boden. Im Kerzenschein wirkte sein Gesicht eingefallen und grau und seine Augen glänzten fiebrig. Er musste ziemlich viel getrunken haben. Ich hatte nichts getrunken, aber auch ich fühlte mich eingefallen und grau. Baptiste hatte mich immer wieder eindringlich vor „Alleingängen" gewarnt. Das Geschäft kann sehr gefährlich sein, du brauchst einen Beschützer – wie recht er hatte! Oh Gott, wo war nur jetzt mein Beschützer. Ich war ihm davongelaufen, er wusste nicht, wo ich mich befand. Er konnte mich nicht mehr beschützen. Es gab kein Zurück, doch vielleicht ein Vorwärts. Ich hatte nichts zu verlieren außer meinem jungen blühenden Leben. Ich fasste mir zu guter Letzt ein Herz, setzte mich einfach auf den Tisch und begann zu singen. Und ganz schnell wurde mir klar, dass ich mit dieser Unverfrorenheit mein Leben gerettet hatte. Denn plötzlich lächelte der Baron verklärt, fast den Tränen nahe, nickte beifällig und am nächsten Tag war ich Mitglied seiner Hofkapelle. Er war hellbegeistert, dass ich so gut Latein sprach. Ich erzählte ihm daraufhin das klassische Schauermärchen vom Waisenkind, das man vor der Klostertür gefunden hatte. Ich vermied wohlweislich zu erwähnen, dass mein Onkel ein italienischer Adliger war, in der Angst, man würde mich ihm ausliefern, was bestimmt den lebenslänglichen Aufenthalt im Kloster zur Folge gehabt hätte. Jetzt auch noch Armut und Demut! Zuviel verlangt, wo mein Leben im Wohlstand gerade so schön begann.

Wie sich herausstellte, hatte der Baron de Rais dieselbe Veranlagung wie meine früheren Arbeitgeber. Mich störte diese Tatsache weniger, zumal er sehr schön und vor allem sehr gepflegt war, als seine Launen, die von Tag zu Tag wechselten wie das Wetter. Seine Gefühlsskala reichte von tiefster Niedergeschlagenheit bis zur höchsten Euphorie und unermesslichem Jähzorn. Den letzteren bekam ich eines Tages mehr als deutlich zu spüren. Ich erinnere mich noch ganz genau an diesen Morgen, als ich im Kamin seines Zimmers eine grausige Entdeckung machte. Ich hatte irgendetwas verschüttet, wahrscheinlich einen Becher mit Wein. Verzweifelt suchte ich so etwas wie einen Lappen, um mein Missgeschick zu beseitigen, denn mir war war zu Ohren gekommen, dass der Baron gerade besonders schlechte Laune hatte. Vor dem Kamin lag so etwas wie ein Stofffetzen. Als ich den Fetzen aufhob, glaubte ich vor Schreck zu erstarren. Ich hielt ein blutiges Kleidungsstück in der Hand, das einem Jungen aus dem Chor gehörte, mit dem ich vor einigen Tagen noch zusammen war. Ich hatte wenig Gelegenheit, über die ungeheuren Gerüchte im Schloss von plötzlich wie vom Erdboden verschwundenen Pagen und Sängern nachzudenken, denn in genau diesem Augenblick trat Sire de Rais ins Zimmer. Zuerst rief er seinen Kammerdiener und brüllte ihn an, dann schlug er mich windelweich. Ich musste bei allen Heiligen, Teufeln und was es sonst noch gab schwören, kein Wort von meinem Fund zu erzählen. Meine schreckliche Vorahnung vom ersten Abend hatte sich bestätigt. Ich gehörte von nun an zu den Eingeweihten. Ich musste nicht bei den widerwärtigen Orgien, die sich Nachts in diesem Raum abspielten anwesend sein, ich musste auch nicht die Leichen der unglücklichen Jungen, die er ermordete, fortschaffen, aber ich war eingeweiht. Die Nachwirkungen dieser Exzesse waren jedoch nicht minder grauenvoll. Wenn die beiden Lieblingsdiener des Barons die Leichen in die Latrinen des Schlosses geworfen und die grausigen Spuren im Zimmer beseitigt hatten, wurde auch ich gefordert, den Baron, der bis zum Rand mit Wein vollgelaufen war und meistens schon wie ein Stein schlief, zu waschen und ins Bett zu schleifen. Aber noch viel grauenvoller waren die Nächte, in denen er nach seinen scheußlichen Orgien nicht einschlafen konnte und vor Reue erbärmlich heulend in seiner Kapelle lag, die Hände voll Blut und Erbrochenem. Manchmal verließ er tagelang nicht sein Schlafgemach und ich durfte ihn dann mit erbaulichen Liedern wieder aufrichten. Er lag auf seinem Bett mit fiebrig gehetzten Augen, total verkatert und sprach kein Wort. Einmal war ich sogar so verwegen, ihn zu fragen warum er das tat. Die Antwort war so konfus, wie er wolle den Teufel sehen, er werde von einer unheimlichen Macht dazu getrieben, es mache ihm einfach Spaß, dass ich es lieber bleiben ließ, bevor er womöglich darauf kam, dass auch ich als potentielles Geschenk für den Teufel geeignet wäre.

Wenn man davon absah, dass ich Tag und Nacht um mein Leben fürchtete, ging es mir prächtig. Ich hatte alles, was ich mir erträumt hatte, gutes Essen, herrliche Gewänder und liebe freundliche Gefährten aus seinem Chor. Aber ich musste einen klaren Kopf behalten, denn mein Aufenthalt auf dem Schloss des Barons konnte, wie gesagt, jeden Tag schnell und mit Sicherheit wenig schmerzfrei enden – spätestens dann, wenn ich meine helle Stimme verlor. Und dass ich die verlieren würde, war wohl so sicher wie das Amen in der Kirche. Was ich jedoch auf keinen Fall zu verlieren gedachte, war mein Leben und die Wahrscheinlichkeit, es zu verlieren, war mit dem Verlust meiner Stimme ziemlich groß. Nur, wohin hätte ich fliehen sollen und vor allem wie hätte ich fliehen sollen? Seine Macht reichte weit genug, um mich jeder Zeit wieder einfangen zu können. Ihn bei der Inquisition anzeigen – ein Witz! Ich war ein fahrender singender Vagabund und er der Marschall von Frankreich! Ich saß in der Falle. Und noch war er mir wohl gesonnen, er verwöhnte mich, er liebte mich und manchmal liebte ich ihn sogar auch. Aber, es blieb immer das „aber". Doch eines Tages glaubte ich endlich gerettet zu sein, als ein junger Magier aus Florenz auftauchte. Ich wollte ihn dazu überreden, mit mir nach Italien zu fliehen. Dort lebte mein Onkel Cesare Alba, der würde mich zwar nicht dem Teufel opfern, sondern wieder ins Kloster stecken, aber aus dem konnte ich ja wieder abhauen. Ich musste diesen schönen Plan allerdings wieder gleich verwerfen, denn ich stellte fest, dass Francesco Prelati sich bei dem Baron ausgesprochen wohl fühlte, ihn bei seinen „magischen Experimenten" gern unterstützte und sich um meine Wenigkeit einen Dreck scherte.

Ich war von der Explosion dieser Erinnerungen noch ganz fassungslos, so dass ich eine Weile erst mal kein Wort herausbrachte.
„Raphael?"
Ich nickte schwach.
„Ja, Sire, ich habe Euch erkannt."
„Na endlich. Warum bist du hier? Was hast du verbrochen?"
Er setzte sich zu mir.
„Ich habe meine Freundin getötet."
Er grinste.
„Du hattest eine Freundin?"
„Ja, aber in meinem letzten Leben und das ist noch nicht lange her."
„Ach so ... in deinem letzten Leben."
Für einen Augenblick erstarb das Gespräch. Er schien nachzudenken.
„Das hätte ich nun wirklich nicht von dir gedacht. Ich mein, das mit dem Umbringen."
„Ich hatte ja bei Euch eine gute Schule", entgegnete ich verärgert darüber, dass meine Tat, hervorgerufen durch Eifersucht und Verzweiflung, mit seinen Massenschlächtereien gleichgesetzt wurde. Er schien seine Bemerkung auch unpassend zu finden, denn er schwieg verlegen. Ich nahm die Gelegenheit wahr, ihn näher zu betrachten und versuchte herauszufinden, was sich an ihm verändert hatte. Eigentlich wenig. Der Aufzug des schönen grausamen Jägers kleidete ihn vortrefflich. Aber seine Augen. Sie flackerten, schauten in die Ferne, als ob er panische Angst zu haben schien, als ob er selbst etwas so Grauenvolles erlebt hatte, dass er es nie mehr aus seinem Gedächtnis verbannen konnte. Ich erinnerte mich, welche Furcht er vor den Geistern und Dämonen hatte, die er immer wieder vergeblich zu beschwören versuchte. Letztendlich muss er einem von ihnen doch begegnet sein, sonst wäre er jetzt nicht hier Draußen. Und er hatte für mich nichts von seiner Faszination verloren, genau wie damals, ich hasste ihn, bemitleidete ihn und fühlte mich auf eine unerklärliche Weise zu ihm hingezogen. Doch im Augenblick wirkte er weder grausam noch draufgängerisch. Er stocherte mit seinem Speer verloren zwischen den Steinen herum und wich meinen Blicken bekümmert aus. Seine Wiedersehensfreude schien sich in tiefste Niedergeschlagenheit verwandelt zu haben. Wie automatisch fiel plötzlich mein Blick auf seine nackten blau gefrorenen Füße. Bei der scheußlichen Kälte und vor allem wegen der scharfkantigen Steine trugen selbst die Ärmsten

normalerweise irgendwelches Schuhwerk. Er senkte den Kopf und seufzte tief auf.

„Welches Jahr haben wir, Raphael?"

„Ich glaube 1922."

Er schien im Geist die Zeitspanne der Jahrhunderte, vor denen wir uns zuletzt gesehen hatte, nachzuvollziehen.

„Eine lange Zeit, Raphael."

„Ja, Sire, eine lange Zeit."

„Raphael!", rief er auf einmal. „Raphael, verzeihst du mir?"

Ich stutzte.

„Aber Sire, ich habe Euch doch längst verziehen."

Damals hatte ich allerdings beschlossen, ihm diesen hässlichen Vorfall niemals zu vergeben. Nur weil dieser abscheuliche italienische Magier, der mich sowieso bei jeder Gelegenheit tyrannisierte, behauptete, ein wunderbarer Dämon würde erscheinen, wenn ich getötet würde, versuchte mich Sire de Rais abzustechen wie ein Schwein. Zum Glück erschien offensichtlich der Dämon schon vorher und ich wurde nur ohnmächtig. Viel später erst erfuhr ich, dass der Baron keinen Dämon zu Gesicht bekommen hatte. Bei allen Beschwörungen – auch die mit Prelati – erschien kein einziges Mal ein Geist und ich wurde das Gefühl nicht los, dass der Italiener ihn aus irgendeinem Grund hereinlegen wollte. Selbst später vor dem Inquisitionsgericht erwähnte der Baron nicht einmal das Erscheinen eines außerirdischen Wesens während seiner Beschwörungen. Aber, wie war er dann nur nach Draußen gelangt? Da der Baron de Rais durch seine Teufelsbeschwörungen und Morde im Laufe der Jahrhunderte zu einer zweifelhaften Größe herangewachsen war und sich mehrere Literaten an seiner Person versuchten, war er mir natürlich sowohl als historische als auch als Romanfigur nicht unbekannt. Dass ich ihn sogar persönlich kannte, durfte ich gerade in diesem großen Augenblick erfahren.

„Ich habe dich nicht umbringen wollen", fuhr Sire de Rais zu lamentieren fort. Er hatte mir überhaupt nicht zugehört und bevor ich ihn korrigieren konnte, jammerte er weiter: „Ich war in dieser Nacht wieder so betrunken – betrunken wie noch nie. Ich kann mich nicht einmal daran erinnern, wie das passiert ist. Oh, Raphael, ich schäme mich so." Er schämte sich – na ja, dazu hatte er ja wohl allen Grund, sich zu schämen – nur er schämte sich zu spät. „Ich wollte dich gewiss nicht töten."

Ich musste der Heulerei ein Ende bereiten und mir energisch Gehör verschaffen. Ich war nicht mehr sein kleiner Lustknabe, der ihm demütig schmeicheln musste. Ich war Don Efrén de Alpojar, ein angehender Magier, gescheitert wie er. Wir saßen hier quasi in der Hölle, und die hatten wir wohl beide verdient. Aber er hatte nicht verdient, sich für etwas zu „schämen", was er nicht getan hatte.

„So hört doch auf zu flennen. Ihr habt mich nicht getötet. Ich bin zwei Tage nach der Beschwörung, während Ihr noch Euren Jahrhundertrausch ausgeschlafen habt, geflohen. Und Euer Francesco Prelati hat mir dabei sogar geholfen."

Das mit Prelati musste sein. Er sollte wissen, was für ein Lump dieser italienische Scharlatan war. Genau gesagt, es war so. Zwei Tage nach dem Zwischenfall, als der Baron im Bett lag und niemanden sehen wollte beziehungsweise konnte, tauchte der Lehrer von Prelati auf, den ich als meinen Onkel wieder erkennen durfte. Das erwartete Donnerwetter blieb aus und er steckte mich nicht zurück ins Kloster. Er bemerkte nur, es sei nun Schluss mit meinem Lotterleben und ich musste in seine „Schule" gehen, damit ich die „nötige, geistige Grundlage" erlangte und unter seiner Obhut künftig keinen solchen gefährlichen Unsinn mehr machen würde. Mit ihm ging ich anschließend nach Spanien. Sire de Rais ließ mir keine Gelegenheit für die Fortsetzung meiner Reise in die Vergangenheit und ich wusste auch nicht, ob ich diese Reise hätte machen wollen. Er stieß resigniert seinen Speer zwischen die Felsen.

„Oh, François", wimmerte er und zitterte vor Aufregung am ganzen Leib. „Ich habe ihn geliebt bis zum Wahnsinn (wie er mich bis zum Wahnsinn geliebt hatte, wie er viele andere bis zum Tod geliebt hatte). Ich habe ihm vertraut. Er hat mich betrogen – diese Schlange. Alle haben mich betrogen. Mein geliebter François, auch du Raphael und der König ..."

„Welcher König?"

„Der von Draußen."

„Ihr meint den in der Stadt hier?"

Sire de Rais nickte verzweifelt und da war wieder das irre Flackern in seinen Augen.

„Ihr kennt diesen König. Wie ist er?"

Er warf seinen Speer zornig auf den Boden und entgegnete plötzlich unwirsch.

„Ja, kenne ich ihn. Ich bin schließlich sein Erster Jäger. Als ich ihn das erste Mal sah, glaubte ich, den Erzengel Gabriel vor mir zu haben." Der

Erzengel Gabriel erscheint Gilles de Rais. Ich hatte große Mühe, mir bei aller Tragik das Lachen zu verkneifen. „Lach nicht, damals habe ich das wirklich geglaubt. Er ..."

Mit einem Mal unterbrach sich der Baron, sah in Richtung Stadt, sprang entsetzt auf, griff sich an die Stirn und packte mich fest an den Schultern:

„Nein, das ist einfach nicht möglich, das darf nicht wahr sein. Ich, ich muss dir noch was ganz Wichtiges sagen. Du bist ... so ein Mistdreck, ausgerechnet jetzt kommt einer meiner Leute da hinten aus der Stadt, sie wollen mich holen und wieder zum Schweigen bringen. Verschwinde, du musst ganz schnell weg von hier. Aber wir sehen uns ganz bestimmt wieder."

Was war denn jetzt mit ihm los? Merkwürdig, seine Stimme hatte sich verändert, seine Gestik hatte sich verändert, so als ob er plötzlich eine völlig andere Person war. Müßig darüber nachzudenken, er war noch nie ganz richtig im Kopf gewesen. Er murmelte noch etwas Unverständliches, während er seinen Speer aufhob. Bevor er sich zum Gehen umwandte, sagte er, als ob er selbst es schon lang gewusst hätte:

„Raphael, ich habe dich nicht getötet, wie konnte ich das vergessen. Natürlich habe ich dich nicht getötet. Dich doch nicht."

Die Tatsache, dass er einen seiner grausigen Morde weniger begangen hatte, schien ihn hell zu entzücken, denn bevor er endgültig seinem Artgenossen entgegen lief, glaubte ich, ein Lächeln auf seinem Gesicht zu sehen. Ich sah ihm noch nach, bis seine hohe Gestalt in der Ferne verschwunden war. Ich gedachte zu dem Schwarzen zurückzukehren. Der König war mir doch zu unheimlich, auch wenn er aussah wie der Erzengel Gabriel.

Die Begegnung mit meiner Vergangenheit hatte mich tief beeindruckt, auch wenn es noch beträchtliche Lücken gab. Daran erinnerte ich mich also: Mehr als ein Jahr lebte ich bei dem unglücklichen Baron de Rais, bis mein Onkel Cesare Alba, der kein anderer war als Don Rodrigo de Alpojar, mich zu sich nahm. Und wir gingen nach Spanien. Ich ließ die Erinnerung vorerst verblassen. Und das war auch gut so, denn ich ahnte Schreckliches, als ich an Panchos Erzählung dachte.

Und der Schwarze würde jetzt reden. Ich würde ihn dazu bringen zu reden, zu reden bis er kein Ende mehr finden konnte!

Draußen 1922

4.

Gilles de Rais

Der Schwarze sah mich fast heiter an, als ich die Höhle betrat. War er jetzt auch verrückt geworden, wo blieben die versprochenen Ohrfeigen? Ich setzte mich ohne ein Wort zu sagen in meine Nische, um erst einmal in Ruhe meinen Gedanken nachhängen zu können.
„Ich sehe, er tut dir noch immer leid", fing er ein Gespräch an.
„Äh wer?", fragte ich völlig geistesabwesend.
„Gilles de Rais."
„Was? Woher? Du kennst …"
„Ich weiß, dass du ihm gerade begegnet bist", unterbrach er mich. „Er hat dich nicht zu seinem König geschleift – als Opfer Zweihundert?"
„Du bist gemein", rief ich empört.
Der Schwarze entgegnete erbost.
„Nett von ihm, dass er dich diesmal verschont hat. Komm, spar dir die Tränen um diesen Kinderfresser, er hat sein Schicksal verdient."
„Wie jeder von uns", erwiderte ich heftig, ich wusste selbst nicht, weshalb ich den Baron zu verteidigen gedachte. „Im Übrigen, er hat überhaupt nicht gewusst, was mit ihm gemacht wurde. Er hat niemals eine richtige Beschwörung gemacht, er hat nie einen Dämon gesehen und in seinem Prozess auch keinen erwähnt. Er war ein elendes Schwein, aber eines konnte er nicht – lügen. Was hat Francesco Prelati ihm nur angetan und warum?"
„Prelati hat ihm gar nichts angetan", konterte der Schwarze. „Aber das ganze Versteckspiel hatte einen Grund."
„Den du sicher kennst."
Er lehnte sich mit einem wohlgefälligem Grinsen an die Wand. Ich hatte schon Angst, er würde sein zermürbendes Schweigen mit dem obligatorischen Krallen putzen einleiten, doch er schien im Augenblick in Redelaune zu sein.
„Du hast recht, Herzchen. Das alles war ein fürchterliches Desaster."
„Bestimmt hattest du deine schmutzigen Pfoten auch mit drin", mutmaßte ich. Der Schwarze wies diesen Vorwurf mit einem unwilligem Knurren zurück.

„Ich bin nicht so scheußlich, wie du immer glaubst. Ich habe mit dieser Geschichte absolut nichts zu tun, auch wenn ich sie kenne. Der Hauptschuldige war auch nicht mal Prelati, sondern der Erste König von Draußen. Er wollte unbedingt diesen Knabenschlächter in den illustren Kreis seiner ersten vier Jäger aufnehmen."

„Aber warum?", fragte ich. Es wurde richtig spannend.

„Er war in diesen hirnlosen Draufgänger verliebt."

Mir blieb fast die Luft weg, bevor ich zu lachen begann.

„Noch so ein paar Witze und das Leben wird hier direkt erträglich."

Dass der Schwarze das weniger spaßig fand, registrierte ich erst gar nicht. „Trotzdem ..." – ich wurde wieder ernst, „... er muss wohl nicht einmal eine Einweihung bekommen haben. Man könnte glauben, dass absichtlich niemand bei seinen Beschwörungen erschienen ist."

Der Schwarze nickte.

„Eine Einweihung hat er schon bekommen, nur hat er davon nichts erfahren dürfen."

„Um Himmelswillen, wieso?"

„Befehl des Königs. Er ist sehr exzentrisch. Vielleicht wollte er sehen, wie weit Gilles noch geht, um den Teufel zu sehen oder er wollte ihn nur quälen. Ich weiß nicht, was in seinem kaputten Hirn vorging. Nun, von Gilles konnte er in dieser Hinsicht noch viel lernen."

„Entsetzlich."

„Mag sein. Aber trotzdem muss sich der edle Baron de Rais darüber im Klaren gewesen sein, was er tat. Den Pakt mit dem Teufel hat er geschlossen in völlig nüchternem Zustand. Er hat fast zweihundert Jünglinge bestialisch abgeschlachtet, das allerdings meistens im Vollsuff."

„Bitte hör auf davon", wehrte ich ab.

„Was ist denn in dich gefahren? Immerhin warst du im zarten Alter von zwölf Jahren ganz wild darauf versessen, diesen Schlächtereien beizuwohnen."

„Bist du jetzt völlig verrückt geworden. Das ist nicht wahr!", protestierte ich aufs Heftigste. Die Antwort des Schwarzen war zunächst ein schallendes Gelächter.

„Sein armes unschuldiges Engelchen. So hat er dich doch genannt, oder? Du willst doch nicht etwa bestreiten, dass dich die Vorstellung, diese armen verstümmelten Leichen anzuschauen, nicht irgendwo in deinem ganz tiefsten verdorbenen Inneren fasziniert hätte? Wenn du wirklich das gewesen wärst, wofür du dich hältst, hättest du während deiner

Anwesenheit auf Tiffauges, Champtocé und ... ach, weiß der Henker, wie diese verdammten Schlösser noch alle geheißen haben mögen, deinen Verstand eingebüßt. Aber du hast es offenbar ohne größeren Schaden überstanden. Menschenskind, ich mach dir doch keinen Vorwurf. Ich will nur, dass du dich endlich von deinem Heiligenschein trennst, der dir schon das ganze Hirn eingeklemmt hat. Sag mal, merkst du eigentlich nicht, dass du mich die ganze Zeit provozierst?"

Klar, merkte ich das. Ich schwieg jedoch, denn es machte mir Spaß, ihn zu provozieren. Nur so ließ sich die Langeweile hier Draußen einigermaßen aushalten. Der Schwarze nahm, nachdem ich seinen ungeheuren Vorwürfen nicht widersprach, das Gespräch wieder auf:

„Sicher war es hinterfotzig, ihn nicht einzuweihen. Aber glaub mir, das hatte wirklich einen triftigen Grund. In einer stillen Stunde, wenn ich dich mal ganz nett finde, werde ich dir das erzählen. Du wirst Bauklötze staunen. Aber wir schweifen vom Thema ab. Er hat den Teufel beschworen und da er noch nicht so ganz schwachsinnig war, hat er wohl damit rechnen müssen, dass ihn nach seinem Ableben nicht gerade ein jubilierender Engelschor erwartete."

Jetzt musste ich dazwischen gehen:

„Doch genau, das hat er erwartet. Du vergisst den unglaublichen Einfluss der Kirche. Die Vergebung der Sünden und so. Er war ja während seines Prozesses völlig demoralisiert und die Kirche hat ihm vergeben. Er war sehr gläubig und hatte rasende Angst vor dem Jenseits. Joris Karl Huysmans hat sich in einem seiner Romane seitenweise darüber ausgelassen."

Der Schwarze grinste böse.

„Stimmt, du hast sogar recht. Na, da haben wir den Mist. Auf die Vergebung der Kirche kannst du aber einen Dreck geben. Sie war nur an seinem Geständnis und vor allem an seinem Geld und an seinen Ländereien interessiert. Der alte Schwachkopf. Dummheit schützt nun mal vor Strafe nicht. Da massakriert einer seelenruhig unschuldige Kinder, beschwört haufenweise Dämonen, schließlich kriegt er Panik vor dem Jenseits und ihm fällt ein, dass es ihm ja so schrecklich leid tut mit diesen armen Knäblein. Und was macht diese Kirche? Weil es dem edlen Baron de Rais so wahnsinnig leid tut, spricht sie ihn frei von aller Schuld und lässt ihn in den Himmel auffahren. Er muss schon ziemlich beschränkt gewesen sein, wenn er diesen Schwachsinn geglaubt hat. Wahrscheinlich wollte er es glauben. Der Auftritt während seines Prozesses war schlicht weg zum Kotzen. Ich hatte ihn für einen echten Ketzer gehalten. Aber das Geflenne um Vergebung war seiner unwürdig. Ein schlichter reumütiger Sünder." Der Schwarze seufzte resigniert. „Na ja, wie ich ihn einschätze, hat er wohl nur gemordet, um hinterher bereuen zu können. Ein übles Laster, Herzchen, was?"

„Krah, krah, krah ...", äffte ich ihn nach. „Aber du hängst gewaltige Emotionen an Gilles de Rais. Bist du etwa auch in ihn verliebt?"

Ich fand mich im Moment unglaublich gut.

„Das würdest du Naseweis jetzt zu gern wissen? Gut, ich kenne ihn – ich kenne ihn mehr als gut", entgegnete der Schwarze. Täuschte ich mich oder war da auch etwas in seinem Blick, was mich an den abrupten Abschied von Gilles von vorhin erinnerte? Und sofort mit gespieltem Augenaufschlag wurde mein Eindruck so schnell wie er gekommen war, weggewischt. „Er hat schon eine gewisse Ausstrahlung. Eifersüchtig?"

Ich hätte zu gerne gewusst, woher und vor allem wie mehr als gut er ihn wirklich gekannt hatte, doch ich startete erst mal ein Ablenkungsmanöver, damit meine unbändige Neugierde nicht zu offensichtlich wurde.

„Er glaubt, dass er mich umgebracht hat."

„Ach was, das hat ihm doch nur Prelati gesagt oder vielmehr sagen müssen."

„Dieses falsche Luder. Warum hat er das nur getan?"

„Damit du in Ruhe fliehen konntest, du Dummchen."

Falsch hin oder her, das Argument leuchtete wirklich ein. Merkwürdig, ich wusste so viel über meine Vergangenheit, aber nun wurde alles noch rätselhafter und verworrener, so als ob trotzdem noch immer eine große Lücke offen war. So ein Pech, dass Gilles so plötzlich verschwinden musste.

„Soll ich dir die hübsche Geschichte, die sich nach deiner Flucht abspielte, erzählen?", bot sich der Schwarze freundlicherweise an. Ich kannte diese „hübsche Geschichte" bereits aus einschlägiger Literatur, aber er war gerade so schön in Fahrt und so ungemein unterhaltsam. Ich stimmte begeistert, hoffentlich nicht zu begeistert, zu.

„Also, eines Nachts wurdest du von Francesco Prelati aus dem Bett geholt. Du erinnerst dich? Am Ausgang der Burg erwartete dich dein Onkel Cesare, der dich von da an unter seine Fittiche nahm. Francesco konnte er nicht überreden mitzukommen, obwohl die Lage für ihn auch langsam brenzlig wurde. Ich weiß nicht, was ihn an Gilles hielt. War es dieses verschwenderische Leben oder einfach Abenteuer. Ich glaube, es war das erstere, er war nämlich unglaublich geldgierig. Liebe war es mit Sicherheit nicht. Ist ja auch nicht so wichtig. Jedenfalls langsam fiel auf, dass in Gilles Wirkungskreis die Knaben zwischen zwölf und vierzehn Jahren rarer wurden. Aber das fiel erst mal einfach nur auf und juckte eigentlich niemanden so richtig. Mutter Kirche wurde erst richtig aufmerksam, als er ein Missgeschick beging, dass er seinem immensen Hochmut und seiner Dämlichkeit verdankte. Gilles war auf einmal auf die Idee gekommen, eine Festung, die er wegen permanentem Geldmangel verkauft hatte, wieder mit Gewalt zurückzuholen. Dabei fiel ihm nichts Besseres ein, als den Bruder des Käufers, einen Geistlichen während der Messe zu überfallen, ihn aus der Kirche zu schleifen und in einer seiner Burgen einzulochen. Für dramatische Auftritte hatte er schon immer viel übrig gehabt. Natürlich sah die Kirche sich jetzt veranlasst zu handeln, denn auf Misshandlungen ihrer eigenen Mitglieder reagierte sie sehr empfindlich und in der Verfolgung Abtrünniger mit unglaublicher Schnelligkeit. Das Verfahren gegen den Baron nahm bedrohliche Folgen an, in Kürze hatte man alle Fakten beisammen, dazu gehörten nebenbei vermisste Jünglinge und Knaben, um den schrecklichen Baron endlich der allumfassenden Gerechtigkeit zu übergeben. Unterdessen konnte Francesco Prelati den Hals noch immer nicht voll kriegen und stachelte Gilles zu weiteren Beschwörungen an."

„Aber sag mal", unterbrach ich nun doch den Schwarzen, bevor ich diesen wichtigen Gedanken vergaß. „Wie ist denn Gilles überhaupt gefallen? Er wusste ja nicht, dass er schon eine Einweihung in den Orden erhalten hatte. Er kannte die Gesetze nicht, wie sollte er die denn bloß brechen?"

„Das spielt doch keine Rolle, ob er von den Gesetzen wusste. Es reichte, dass er sie brach. Nun, die Sache war von Anfang nicht ganz sauber. Um es genau zu sagen, es war eine Riesenschweinerei, aber davon später. Ganz einfach, er ist eigentlich aus dem gleichen Grund wie du gefallen. Er hat ein Mitglied des Ordens getötet. Dieses Opfer hat ihm das Genick gebrochen. Wahrscheinlich denkt er, dass du es warst."

„Denkt er nicht mehr. Aber wer war dann dieses unglückliche Opferlämmchen?", erlaubte ich zu fragen.

„Natürlich der König von Draußen in der Gestalt eines süßen blond gelockten Knaben (so was Ähnliches hatte ich mir gedacht). Eine hundsgemeine Falle. Weiter im Text: Statt des heißbegehrten Dämons des Goldes und der Weisheit (die brauchte Gilles wirklich ganz dringend) erschienen schließlich der Bischof von Nantes sowie der Herzog der Bretagne und legten Gilles mit samt seinem illustrem Freundeskreis in Ketten. Gilles tobte zuerst wie ein Berserker, aber als man ihm klarmachte, dass er, wenn er sich weigerte zu gestehen und zu bereuen, zur Hölle fahren würde, wurde er butterweich. Monsieur Barbe Bleue soll sich vor Zerknirschung gar nicht mehr eingekriegt haben. Das Tribunal war selbstverständlich von kaltem Entsetzen und Empörung gepackt, ließ sich aber kein noch so unappetitliches Detail der grausigen Vergewaltigungen und Morde entgehen. Wegen dem Protokoll, versteht sich. Die Heilige Inquisition war da sehr genau. Nach dem ganzen Theater, wie Aufhebung der Exkommunikation, Beichte und was man sonst noch so veranstaltete, konnte Gilles sich mit reinem Gewissen hinrichten lassen, dachte er. Er fuhr butterweich auf der Stelle in unsere kalte Hölle – und da gehört er auch hin. Du siehst, entweder ist der ganze Vergebungsrummel der Kirche ein Schwindel oder der große Gott hat sich wirklich von ihm abgewandt. Ja, und was unseren schlauen Prelati angeht, der wurde zu lebenslangem Kerker verurteilt, aber kurz darauf befreit. Das zeigt deutlich, wie gut unser Orden schon damals zusammenhielt."

„Ist Francesco hier Draußen?" (Hätte mich das gefreut.)

„Ich habe ihn hier nicht gesehen. Wahrscheinlich hat der die im Zwischenreich auch angeschmiert."

Wir mussten auflachen.

„Ich würde sagen, wir gehen zu dem Strichknaben Raphael über."

Erstens, den Hinweis auf mein Gewerbe hätte er sich sparen können und da ich zweitens von Abstiegen die Nase voll hatte, winkte ich gleich ab:

„Ich ahne es schon. Ich wurde genau, wie in diesem Leben, von diesem Cesare ausgebildet und die nötige geistige Grundlage hatte ich dann, als ich total verblendet und vertrauensselig in deine knochigen Arme rannte."

Der Schwarze nickte zustimmend und war nicht im Geringsten zum Grinsen oder Lachen aufgelegt.

„Du hast gut gelernt. Selbsterkenntnis ist der beste Weg zur Besserung. Stimmt vollkommen. Raphael folgte Cesare nach Madrid. Er hatte dort einen schnellen glorreichen Aufstieg, selbstredend dank meiner Hilfe. Allerdings kam der Fall genauso schnell, wie in deinem letzten Leben. Papis Prüfung war mal wieder zu schwierig, was? Meinen Verführungskünsten hast du nur so lange standgehalten, bis dich ein gewisser Fernando de Villavieja bei der Inquisition anzeigte. Diese großartige Instanz ermöglichte mir, dich schließlich doch von meiner einzigartigen

Freundschaft zu überzeugen. Als der Rauch dich auf dem Scheiterhaufen zu ersticken drohte, hauchtest du mit letzter Kraft dein Ja-Wort und wir waren endlich vereint. Hättest du dein Maul gehalten, wärest du ganz einfach verbrannt und im Zwischenreich bei Gottvater, dem herrlichen Cesare/Rodrigo erwacht. Dein Pech."

„Und was geschah mit Cesare Alba?"

„Keine Ahnung. Er verschwand schon schnöde vor deinem Prozess, den Rest erledigte die Inquisition."

„Und ich kam danach hierher?"

„Ganz richtig", pflichtete der Schwarze bei. „Und zwar gleich in meinen Gewahrsam. Das einzige Vergnügen, das ich dir noch gestattete, war die ganze Sippschaft der Villaviejas mit deinem ständigen Erscheinen auszurotten."

Meine Ahnung hatte sich bestätigt. Die Erzählung des alten Pancho war kein Zufall gewesen. Nichts war Zufall. Alles war vorausberechnet gewesen, wie der Schwarze sich treffend ausdrückte, von Gottvater Cesare Alba, beziehungsweise Don Rodrigo oder wie er sonst noch hieß. Eine wichtige Frage sollte noch offen bleiben.

„Woher hast du das alles gewusst und ich nicht?"

„Ganz einfach", erklärte der Schwarze geduldig. „Sobald du eine menschliche Gestalt annimmst, fehlt dir erst mal die Erinnerung an dein früheres Leben. (Zitat Großmagier: Das ist wichtig für den unverfälschten Neuanfang.) Du musst einen bestimmten Grad erreichen, um über deine früheren Leben, sofern du welche hattest, Bescheid zu wissen. Sofern du es überhaupt wissen willst. Aber ich persönlich empfehle, es wissen zu wollen. Ja oder, was aber sehr selten ist, ein Zufall kommt dir zu Hilfe, wie bei deiner Begegnung mit Gilles, falls diese Begegnung überhaupt ein Zufall war. Ich habe schon sehr lange keinen menschlichen Körper mehr gehabt, das sind jetzt fast achthundert Jahre, ich weiß also viel über mich und über alle Personen, die ich im Laufe dieser Zeit kannte."

„Du hättest gern einen menschlichen Körper", erlaubte ich festzustellen. Er zuckte zusammen und hielt, als ob er den verzweifelten Blick in den Augen verbergen wollte, die Hände vor sein Gesicht.

„Mir wurde einer versprochen. Das ist noch nicht allzu lange her", murmelte er. Ich erschrak.

„Verzeihung, es war meine Schuld."

Er lächelte nur resigniert.

„Vergiss es. Ich alter Ochse hätte wissen müssen, dass es keine Chance gab. Ich bin erbärmlich hereingelegt worden. Du wirst immer an deinem gleichen Übel scheitern. Dein Übel ist deine Ungeduld und deine Unbeherrschtheit. Über meines wollen wir lieber nicht reden, das geht dich auch nichts an, aber es ist auch übel genug. Wir können uns nicht selbst überwinden, dazu müssen wir Engel oder gar Götter sein. Aber vergiss nicht Efrén, wir sind Menschen, ganz kleine Menschen mit zu viel göttlichem Wissen, das wir weder verkraften noch beherrschen können. So, und nun bin ich müde, lass mich schlafen."

Er war niemals müde, er hatte lediglich Angst, Angst seine wirklichen Gefühle preiszugeben und er war soeben nahe daran gewesen.

Draußen 1922

5.

Vor dem Tor der Stadt des Ersten Königs I

Unser Gespräch war vorerst beendet. Es war mir nicht einmal unrecht, denn ich hatte noch genügend damit zu tun, die vielen Eindrücke zu verarbeiten. Obwohl ich meine Vergangenheit nun kannte, hatte ich noch immer Schwierigkeiten, mich lückenlos an alles zu erinnern. Ich musste jedes Detail, das sich nur bruchstückhaft in meinem Gedächtnis befand, sorgfältig sortieren und vor allem auffüllen. Der Schwarze hatte mir zwar erzählt, dass ich schuldig am Tod der Familie de Villavieja war, doch bewusst fehlte mir daran jegliche Erinnerung, genauso wie an meinen anschließenden Aufenthalt hier Draußen. Diese Halbheiten machten mir jetzt fast mehr Schwierigkeiten, als das absolute Nichtwissen. Der Schwarze verfiel schließlich wieder in seine alte Sturheit, von ihm konnte ich vorerst nichts in Erfahrung bringen und das konnte ziemlich lange dauern. Ich war ganz auf mich selbst angewiesen. Zudem wurde ich den Verdacht nicht los, dass Gilles mir noch etwas sehr Wichtiges in diesem Zusammenhang sagen wollte. Aber er war in der Stadt des Königs und wer weiß, wann ich ihm wieder begegnete und ob ich ihm überhaupt wieder begegnen wollte. Er brach so plötzlich ab, so als ob man ihn dazu gezwungen hatte. Sein seltsam qualvoller Blick bestätigte meine Vermutung.

Ich sah zu dem Schwarzen hinüber. Er lag in seiner Nische und döste. Ich weiß nicht weshalb, er tat mir leid, denn er sah mit einem Mal so erschöpft und so schwach aus. Ich schloss die Augen und versuchte, mich zu konzentrieren. Und da sah ich ihn wieder vor mir, als ich ihm das erste Mal vor fast fünf Jahrhunderten begegnete. Er hatte schon damals dieses unverschämte Grinsen und diesen unbändigen Hass in seinen Augen. Sicher fürchtete ich mich anfangs vor ihm, aber auf der anderen Seite war ich von seinem Können beeindruckt. Ich versuchte ihm keinen Anlass für seinen Hass zu geben, sondern mit allen Mitteln sein Vertrauen zu gewinnen und mit der Zeit glaubte ich, dass sich sogar eine persönliche Annäherung zwischen uns zu entwickeln begann. Er war ja auch das einzige Lebewesen, das sich mit mir beschäftigte. Cesare/Don Rodrigo nahm sich schon damals wenig Zeit für mich und der schwarze

Hexenmeister war nicht nur mein Lehrer, sondern auch mein bester Gesprächspartner. Wir unterhielten uns nächtelang über Dinge, die mich schon immer fesselten – über verbotene Dinge, von denen kein anderer Sterblicher erfahren durfte. Der Orden war schon deshalb streng geheim, weil seine Gedanken und die gewagten Experimente denen der Kirche entgegengesetzt waren – gefährlich und vor allem ketzerisch. Man stellte alles in Zweifel, die Kirche, Gott und die Heilige Schrift, die wir aus reiner Pflichtlektüre lesen mussten, sofern wir an ein so wertvolles Teil wie ein handgeschriebenes Buch herankamen. Das war damals gar nicht so einfach. Deshalb machten viele von uns eine Ausbildung in den Klosterschulen. Aber ich hatte noch einen Freund, einen guten Freund, dachte ich. Diesem Freund glaubte ich, als ich an einem Abend zu übermütig war und genügend gezecht hatte, nun auch meinen Standpunkt zur Kirche klarmachen zu müssen. Ich vertraute Fernando, er war mir immer so wohl gesonnen und hatte bis dahin alle meine Einsichten einmütig mit mir geteilt. Das bestätigte er mir sogar an diesem verhängnisvollen Abend. Ich denke, er war ebenfalls nicht mehr ganz nüchtern. Doch mein Vertrauen sollte mich das Leben kosten. Was ich niemals ahnte, er war ein Spitzel der Heiligen Inquisition und nachdem er meinen ketzerischen Ausführungen genügend zu gehört hatte, verriet er mich schließlich.

Ich stelle gerade fest, dass ich bereits zweimal an dem selben Fehler scheiterte. Das ist mein „lockerer Stein", der mich daran hindert, über den Rand des Brunnens zu gelangen: mein Hass, der einer maßlosen Enttäuschung folgte. Und vor Zorn und Verzweiflung verbündete ich mich schon damals mit dem Schwarzen, ohne zu ahnen, dass dies ein abgekartetes Spiel zwischen ihm und dem Großmagier gewesen sein musste. Eine sinnlose idiotische Prüfung. Das Gesicht von Fernando, als er bei der Inquisition gegen mich aussagte, ist die schlimmste Erinnerung an dieses Leben. Zu den Folterungen kam die Erniedrigung der Verhöre, die Aussichtslosigkeit gegen einen Haufen geballten Fanatismus anzugehen. Und als ich allein und völlig zermürbt mit gebrochenen Knochen in meinem dunklen Loch lag, da erschien der Schwarze mit leiser Stimme und sprach auf mich ein, um mich weiter gegen meine Peiniger aufzustacheln. Es gelang ihm immer wieder, dass ich das Kreuz, das mir entgegengehalten wurde, verfluchte. Meine Wut und meine Besessenheit und mein Verlangen, Fernandos Verrat zu rächen, wurden so grenzenlos, dass ich nicht einmal mehr die Schmerzen der Folter spürte. Doch das Ende meiner großartigen Auftritte vor dem Inquisitionsgericht war nichts weiter als ein erbärmlicher Feuertod, den Cesare Alba nicht verhinderte, denn er sollte offenbar die Strafe dafür sein, dass ich zu viel Geheimnisse des Ordens ausgeplaudert hatte.

Jetzt wo ich wieder bei dem Schwarzen bin, tritt er mich mit Füßen, aber er lässt mich nicht los. Er braucht mich, um seine Langeweile oder seine Einsamkeit mit Quälereien und Boshaftigkeiten zu vertreiben. Alle unsere scharfsinnigen Gespräche sind fort, aber hier Draußen sind sie auch vollkommen sinnlos. Wir haben nichts mehr zu verlieren, wir haben nichts mehr zu erwarten, wir haben nur noch uns und unsere unendliche Leere. Sicher geht es dem Schwarzen sehr schlecht – achthundert Jahre – da hat man keine Illusionen mehr. Er war bestimmt nicht immer so. Etwas Furchtbares in seiner Vergangenheit war geschehen und hatte ihn zu diesem ekelhaften Zyniker gemacht. Und ich musste den Grund kennen und genau deshalb weigerte er sich, mir weiter von meiner Vergangenheit zu erzählen. Ich hätte ihn zu gern einmal weinen oder schreien gehört. Ich wusste, dass er dazu fähig war. Ich wollte nicht mehr warten, bis er mir irgendwann gnädig mehr aus meiner und seiner Vergangenheit erzählte, ich wollte es jetzt wissen, auf der Stelle. Im gleichen Augenblick spürte ich unwiderstehliche Lust, ihn zu provozieren, selbst wenn er mich windelweich prügelte. Wenigstens sollte er sich ärgern, bis ihm die Galle hoch kam.

Ich hatte keine Gelegenheit mehr, meine Absicht in die Tat umzusetzen, denn plötzlich schreckten uns Schreie vor unserer Höhle auf:

„Die Jäger kommen!"

Der Schwarze war mit einem Satz aufgesprungen. Ich starrte ihn an. Er war tatsächlich in der Lage, noch ein paar Nuancen bleicher zu werden. Er zitterte am ganzen Leib und ich glaubte schon, mein sehnlicher Wunsch ihn heulen zu sehen, ginge in Erfüllung. Doch er biss die Zähne zusammen und brachte an Verzweiflung nur ein gezischtes „Verdammte Scheiße, wie konnte ich das vergessen!" heraus. Aber er hatte Angst. Ich konnte mich nur wenig darüber freuen, weil es mir genauso ging. Vor der Höhle schien der Teufel los zu sein. Die Jäger rannten offenbar in jedes Loch und scheuchten ein kreischendes Wesen nach dem anderen heraus. Jetzt hörten wir hastige Schritte vor unserem Eingang. Der Schwarze blieb wie zur Salzsäule erstarrt stehen, als zwei der Jäger unsere Höhle betraten.

Die zwei, in prachtvollen schwarzen Gewändern gekleidet, wesentlich besser genährt und nicht so verdreckt wie der Erste Jäger, schauten sich kurz an, nickten sich zu, dann machte der eine eine eindeutige Geste zu dem Schwarzen.

„Darf ich bitten, Ihr habt die Ehre uns zu begleiten."

Mit Todesverachtung im Blick verließ der Schwarze, gefolgt von mir – ich weiß nicht warum, aber ich ging einfach mit – unsere Behausung. Unterhalb des Berges standen noch ungefähr zehn weitere Jäger und hielten die wimmernden anderen Wesen in Schach.

„Alles klar", befahl der Jäger von vorhin. „Lasst alle anderen laufen. Wir brauchen nur die beiden hier."

Jener Jäger, der den Befehl gegeben hatte, wandte sich nun an den Schwarzen. Er sah ihn lange durchdringend an, schließlich zuckte er wie resigniert die Achseln und meinte:

„Ich konnte es nicht verhindern, es tut mir leid."

„Du bist ein erbärmlicher Überläufer und ein Feigling, Grandier", knurrte der Schwarze. Die Höflichkeit des Jägers machte mich fast rasend. Warum stach er dem Schwarzen nicht einfach seinen schönen spitzen Speer zwischen die klapprigen Rippen. Er schien sogar noch zerknirscht zu sein. Hoffentlich färbte seine ausgesuchte Höflichkeit auch auf mich ab. Er runzelte die Stirn und ließ seinen Gefangenen, der ihn offenbar sogar beim Namen kannte, abführen. Dann wandte er sich mir zu:

„Nun, Raphael."

Ich war hier Draußen bekannter, als ich dachte. Ich konnte mich auch irgendwie an das Gesicht dieses Jägers erinnern und bevor ich versuchte, ihn in meiner Vergangenheit unterzubringen, fuhr er fort:

„Wir haben uns ewig nicht mehr gesehen. Ich habe gehört, du hattest zwischenzeitlich einen menschlichen Körper, du Glückspilz. Hat aber wohl nicht viel genützt. Mit Sicherheit hat dich Guy Macenay wieder erwischt."

Ich zuckte wie vom Blitz getroffen zusammen. Das erste Mal wurde der Schwarze im Zusammenhang mit einem Namen erwähnt.

„Guy Macenay?". Ich murmelte diesen Namen wie eine Beschwörungsformel. Anscheinend sah ich dabei nicht sehr intelligent aus, denn der Jäger brach in ein schallendes Gelächter aus.

„Du hast wohl Schwierigkeiten. Zu dumm, dass man in einem neuen Leben erstmal wieder alles vergisst. Was hat Guy, das alte Ekel, denn dieses Mal mit dir angestellt? He, Raphael, schau mich doch bitte genauer an."

„Ich weiß nicht …", konnte ich nur stammeln und tat wie geheißen.

„Oder soll ich wieder Edward Duncan zu dir sagen, wenn es dir hilft?"

Ich taumelte auf der Stelle ein paar Schritte zurück. Was der Zusammenhang zwischen den beiden Namen Edward Duncan und Guy Macenay bewirkte, war unfassbar. Er zeigte mir in diesem Augenblick meine Vergangenheit und meine Vergangenheit ging noch weiter zurück – fast achthundert Jahre – und ich wusste sie mit einem Mal lückenlos. Es war, als ob jemand in der Dunkelheit plötzlich ein Licht angemacht hätte. Nun wusste ich auch, weshalb der Schwarze so bösartig geworden war. Nicht ich war der Anlass, mein Vater war es. Und ich erinnerte mich, wie er von ihm gedemütigt wurde und als er die Chance, jemals wieder ins Zwischenreich zu gelangen, für immer verloren hatte, nahm er seine erbärmliche Rache an mir.

Ich werde hier von meinem allerersten Leben berichten – ganz von Anfang an. Aber ich muss an dieser Stelle vorher eine andere Geschichte einfügen, eine Geschichte aus der Sicht eines Anderen. Ich werde mit der Geschichte von René de Grandier fortfahren, er war ein wirklich guter Freund, wenn es überhaupt einen solchen gegeben hat.

Dritter Teil | René de Grandier

Frankreich 1400 - 1429

1.

Ein frommer Ritter wird Schwarzmagier

René de Grandier wurde um das Jahr 1400 als einziger Sohn des Grafen Colin de Grandier auf dessen Schloss im Anjou geboren. Seine Kindheit verlief bis zu seinem dreizehnten Lebensjahr ruhig und ziemlich bedeutungslos. Er bekam die zur Zeit übliche Ausbildung eines jungen Adligen, wie reiten, fechten und lernte außer feinen Manieren, lesen und schreiben und was nicht selbstverständlich war, auch noch ein Instrument zu spielen. Somit hatte er alle Voraussetzungen, um eines Tages bei Hof eine gute Figur zu machen. Gerade, weil sein Vater nur ein einfacher Soldat war, legte er ganz besonderen Wert auf die geistige Bildung seines Sohnes. Es gibt nur Löbliches über den jungen René zu berichten. Er war sehr wohlerzogen, fleißig und vor allem wissbegierig. Hin und wieder langweilte er sich ein wenig, denn sein Vater zog es vor, in der Abgeschiedenheit seiner bescheidenen Burg zu leben. Zu viele Menschen und vor allem die Intrigen bei Hof waren ihm zuwider.

Mit dem Besuch eines ganz besonderen Freundes von Colin de Grandier endete jedoch Renés harmonische brave Kindheit. René wunderte sich gleich nach der Ankunft des Gastes über die innige Beziehung seines Vaters zu diesem prächtig und übertrieben elegant gekleideten jungen Mann. Colin betonte immer wieder, wie sehr er Luxus und schöngeistiges Geschwafel verabscheute. Nun, was die beiden letztendlich miteinander verband, sollte René noch früh genug erfahren. Aber zuerst war auch er von der glänzenden Erscheinung des Barons völlig eingenommen. Er hatte schon so oft seine Mutter von Amaury de Craon erzählen hören, der der Sohn eines der mächtigsten und reichsten Feudalherren im Anjou war. Die Gräfin langweilte sich häufig und war daher von der Anwesenheit des schönen Jünglings ganz besonders begeistert. Er versprach genügend Zerstreuung – und hielt auch dieses Versprechen.

Während einem ausgiebigen Essen erzählte der Baron mit viel Esprit und Ironie den neuesten Klatsch bei Hof. Die Affären der Königin waren immerhin ein willkommenes Thema. Man ging schließlich zum Krieg gegen England über, der allmählich bedrohliche Ausmaße annahm. Im

Laufe dieses Gespräches äußerte sich Amaury mehrere Male zu spöttisch über das Rittertum. Und als René ihn stirnrunzelnd ansah, konnte er nicht umhin, seine Spotttiraden mit der Bemerkung: „Ja, auch aus unserem jungen René wird wohl einmal ein guter Ritter werden" beenden. Für René gab es nichts Erstrebenswerteres als die Ritterschaft. Er war gut erzogen und fiel Erwachsenen normalerweise nie ins Wort, aber jetzt beschloss er doch heftig zu widersprechen:

„Der Gedanke des Rittertums ist gut. Weshalb redet Ihr so schlecht von den Menschen, glaubt Ihr denn nicht an Edelmut und Loyalität?"

Amaury lehnte sich lässig in seinen Sessel zurück und musterte eine Weile René von oben bis unten.

„Das versuche ich ja verzweifelt, daran zu glauben. Schön, dass Ihr es tut junger angehender Ritter. Lehrt mich, dass ich unrecht habe." Und bevor René antworten konnte, wandte sich Amaury an dessen Vater: „Ihr habt Euren Sohn eigenartig erzogen, Colin."

Colin seufzte, als ob ihn diese Bemerkung jetzt zu einem lästigen Gespräch zwang.

„Wollen wir nicht ein anderes Mal darüber sprechen. Ich habe ihn nicht eigenartig erzogen, sondern wie es sich für einen Landadligen in Frankreich gehört. Er selbst soll entscheiden, was für ihn richtig ist."

„Und für ihn ist das Gute richtig", fuhr Amaury unbeirrbar zu bohren fort. René spürte, wie seine Hände sich in den Stuhllehnen verkrampften. Er hatte plötzlich das Gefühl, als ob der Leibhaftige zu ihm sprechen würde.

„Woher seid Ihr Euch nur so sicher. Ich habe mit Euch doch gerade ein paar Worte gesprochen und Ihr glaubt schon, mich zu kennen?"

Amaury lächelte. Renés Kritik ermunterte ihn nun erst recht den Dialog fortzusetzen:

„Ich kenne Euch vielleicht mehr, als Ihr denkt. Ich kann sehr gut sehen, wie sehr Ihr Euch gegen meine Worte zur Wehr setzt."

René fühlte das Blut in den Schläfen pochen. Er begriff nicht, weshalb er mit einem Mal so aufgeregt war.

„Im Prinzip ist es ja richtig, an das Gute im Menschen zu glauben. Jeder will das. Es entspricht der Norm unserer Kirche. Aber was ist wirklich das Gute und was ist nur die Norm?" Amaury hielt inne und sah Colin an, der ihn mit flehenden Augen anstarrte. „Habe ich etwas Falsches gesagt?"

„Nein, nein", winkte Colin ab, strich sich fahrig über seinen Bart und ließ müde den Kopf auf die Brust sinken.

„Ihr habt nie mit Eurem Sohn darüber gesprochen?"

Jetzt war die Reihe an Amaury, verwundert zu sein. Verwundert war vor allem René, er war sehr gespannt, was sein Vater ihm bis jetzt so Gravierendes vorenthalten haben sollte.

„Nein, zum Teufel noch mal, es hat Zeit."

„Da bin ich aber ganz anderer Meinung. Man kann nie früh genug damit anfangen. Ihr müsst es bald tun, bevor er womöglich noch ein guter Katholik wird."

„Das ist doch auch ganz hübsch", erwiderte Colin ironisch und versuchte, nicht zu grinsen. „Es entspricht zwar der Norm, ist aber nicht so gefährlich."

„Ihr solltet Eurem Sohn mehr bieten. Er ist immerhin Euer einziger."

René hatte diesem kurzen Gespräch mit Entsetzen beigewohnt. Er hatte selbstverständlich vorgehabt, ein brauchbares Mitglied der Heiligen Kirche zu werden. Nun wandte sich Amaury mit dem entwaffnenden Lächeln der Schlange aus dem Paradies an ihn:

„Euer Vater will nicht, dass Ihr ein Ketzer werdet."

Bevor René vor Schreck aufspringen konnte, hörte er sich fragen:

„Ist er denn einer?"

„Sehe ich so aus?", erwiderte Colin verärgert, hob den Pokal und trank seinen Wein mit einem Zug aus. René schüttelte verdattert den Kopf.

„Seid Ihr einer?", fragte er an Amaury gewandt. Colin antwortete für ihn:

„Sicher ist er einer. Er ist auch noch stolz darauf. So stolz, dass er seine Meinung überall herum posaunt. Nur zu, Baron de Craon, macht so lange, bis man Euch bei lebendigem Leib auf dem Scheiterhaufen verbrennt. Ich halte mich zurück und spiele brav den treuen Katholiken und erspare mir die Demütigung eines Inquisitionsprozesses."

Jetzt konnte Amaury vor Lachen nicht mehr an sich halten:

„Ihr seid ein Hasenfuß. Bei allen Turnieren hat er das größte Maul. Aber vor der Inquisition panische Angst. Mir, wer will mir etwas anhaben? Ich werde einmal einer der reichsten und mächtigsten Männer in Frankreich werden und auch die Heilige Inquisition ist bestechlich."

„Euer Vater wird Euch enterben, wenn er erfährt, was Ihr ein paar Zimmer weiter von ihm treibt."

Amaury lachte nur noch lauter:„Als ob ihn das groß berühren würde. Ihn kümmern keine Schweinereien, und er ist mit seinen eigenen

Schweinereien viel zu sehr beschäftigt, um sich für die anderer zu interessieren."

„Ihr habt für Euren Vater nicht viel übrig", stellte René altklug fest.

„Nicht jeder hat das Glück, einen Vater wie Ihr zu haben, junger Ritter. Meiner ist jedenfalls ein altes Scheusal. Er kümmert sich weder um Gott noch um den Teufel. Geld, Macht, das ist das wichtigste in seinem Leben. Und er hat keine Gewissensbisse. Es geht ihm gut, er ist bei bester Gesundheit und sein Reichtum wird jeden Tag größer." Amaury blickte den konsternierten René amüsiert an. „Ihr seht, so ein Gewissen ist nur lästig. Besonders, wenn es noch von der Kirche aufgezwungen wird. Ich brauche keinen Pfaffen, der mir sagt, was ich zu tun und zu lassen habe. Ich bin ganz allein für mich selbst verantwortlich und ich mache meine eigenen Gesetze. Ihr versteht, was ich meine?"

René nickte schwach. Er glaubte, begriffen zu haben, dass sein harmonisches Weltbild am Zusammenbrechen war und ihn dieses Thema viele schlaflose Nächte kosten würde. Er versuchte, immerhin noch einen letzten Trumpf auszuspielen:

„Ihr lebt nicht ewig. Denkt Ihr denn nicht an Eure unsterbliche Seele?"

„Genau, jetzt sind wir beim Thema, René – ich darf Euch doch René nennen? Meine Seele ist unsterblich, wie die Eure und alle anderen auch. Ob sie nun im Himmel oder in der Hölle ist bestimme jedoch ich allein. Und Ihr bald auch."

René war gar nicht so sicher, ob er selbst über seine unsterbliche Seele bestimmen wollte. Zumindest wusste er jetzt, was sein Vater und Amaury gemeinsam hinter verschlossenen Türen besprachen und trieben – Magie, schwärzeste Magie. Sie sündigten gegen die Kirche und gegen Gott.

„Wir sollten unsere Besprechungen in Zukunft hier abhalten", lenkte Colin ab, dem die Einführung seines Sohnes in die Geheimnisse des Ordens langsam zu anstrengend wurde. „In Eurem Champtocé geht es mir zu lebhaft zu."

„Warum nennt ihr es denn nicht gleich Beschwörungen", warf René etwas unverschämt dazwischen. Amaury nahm noch einen Schluck Wein. Er trinkt ganz ordentlich, stellte René amüsiert fest.

„Ihr habt schnell verstanden, worum es geht. Ihr habt recht. Beschwörung klingt geheimnisvoller. Aber das sind in der Tat nur Besprechungen. Nur, dass unsere Gesprächspartner nicht menschlich oder nicht mehr menschlich sind. Das werden diese Schwachköpfe von der Kirche nie begreifen."

„Es sei denn, Ihr redet mit Engeln", warf René besonders schlau ein.

„Ha, ha, Euer Gemüt möchte ich haben. Erzählt doch den Pfaffen, dass Ihr mit einem Engel gesprochen habt. Man dreht Euch so lange jedes Wort im Mund herum, bis tausend Teufel herauskommen. Dann ab auf den Scheiterhaufen. Was haben wir bloß für ein blödsinniges Zeitalter."

Amaury schlug sich mit gespielter Verzweiflung die Hände vor das Gesicht: „Der König ist ein Idiot, die Königin ist eine Hure und die Geistlichkeit stinkt vor Stumpfsinn und Korruption. Ich hebe hiermit meinen Pokal auf den Schwachsinn, der unser schönes Frankreich zusammenhält."

Nun hatte René das erste Mal Mühe, das Lachen zu verkneifen. Er fragte sich zwar einen Augenblick, ob Amaury womöglich nur verrückt war, aber der junge Baron war ihm sympathisch und seine Respektlosigkeit imponierte ihm dann doch. Amaury hörte gar nicht mehr auf zu lachen. Offensichtlich trug Colin de Grandiers vorzüglicher Wein erheblich zu diesen Heiterkeitsausbrüchen bei.

„Ihr habt einen so klugen und wundervollen Sohn. Er ist absolut lernfähig, Graf de Grandier."

Colin jedoch blieb ernst und nachdenklich. Er schien sich einfach Sorgen um seinen klugen, lernfähigen, wundervollen und einzigen Sohn zu machen?

„Was zieht Ihr denn für ein Gesicht, Sire de Grandier? Wollt ihr Eurem Sohn diese großartigen Erkenntnisse vorenthalten. Wollt Ihr einen ordinären Sterblichen aus ihm machen?"

Colin schüttelte daraufhin den Kopf, so als ob ihm alles gleich wäre.

„Ihr glaubt es nicht, genau das wollte ich eigentlich. Aber nun ist es zu spät. Seht ihn Euch an, er hat ja schon richtig Blut geleckt. Ihr seid ein Hitzkopf und ein elender Schwätzer und Ihr seid ein Versucher, Baron. Ihr habt meinem Sohn die süße Frucht angeboten, nun lasst ihn auch die bittere Pille schmecken und weiht ihn selbst ein. Ich beflecke meine Seele nicht noch mehr, indem ich unschuldige Kinder zu Ketzern erziehe."

„Jetzt ist er verärgert", murmelte René verstört, während ihn sein Vater grimmig ansah.

„Ist er sicher nicht", versuchte Amaury zu beschwichtigen. „Er hat nur keine Lust, Euch einzuweihen. Aber ich bin auch der bessere Lehrer."

„Ich bin nicht wegen dir verärgert, mein Sohn, ich war dir niemals böse und ich werde auch in Zukunft nicht verärgert sein. Du wirst deinen Weg gehen. Und was den Baron angeht, er ist wirklich der bessere Lehrer. Aber ich bin jetzt sehr müde. Ihr solltet mit Eurer Einweihung wohl erst morgen beginnen, Baron. Es bedarf eines klaren Kopfes dazu."

René war erstaunt, wie sein Vater in der Lage war, den betrunkenen Zustand seinen Gastes so höflich zu umschreiben. Der Graf erhob sich mühsam und schlurfte mit schweren Schritten zur Tür. Amaury folgte ihm steifbeinig, wobei er Mühe hatte, nicht über seine langen Schnabelschuhe zu stolpern, aber er vergaß nicht, René noch ein freundschaftliches „Bis morgen" zuzurufen.

Erst jetzt bemerkte René, dass die ganze Zeit auch seine Mutter anwesend war. Sie hatte kein Wort von sich gegeben. Sie sah ihn nur besorgt an. Ihr geliebter kleiner Sohn war soeben erwachsen geworden. Ein freier Mann, der selbst zwischen Himmel und Hölle entscheiden durfte. „Bitte pass auf dich auf mein Sohn." Was sollte sie auch noch mehr dazu sagen.

2.

Der bluttrinkende Engel – Aufbruch in den Hundertjährigen Krieg

Amaury de Craon weihte den jungen René de Grandier in die Geheimnisse des Ordens ein und blieb noch eine ganze Weile auf der Burg des Grafen. René lernte sehr schnell und vollzog in kürzester Zeit seine Beschwörungen so furchtlos, als ob er schon Jahre damit umgehen würde. Auch er hatte, wie alle Anfänger, einen Meister von Draußen, der ihn regelmäßig ins Zwischenreich brachte und ihm außer Amaury auch noch die Regeln des Ordens beibrachte. Renés Meister war im Gegensatz zu meinem ein ausgesprochen angenehmes Geschöpf, mit langen blonden Haaren, gekleidet in ein prachtvolles dunkelblaues Gewand, was auf den jungen Magier großen Eindruck machte. Natürlich ermahnten ihn Amaury und Colin ständig zur Vorsicht.

„Passt gut auf Euch auf", warnte Amaury immer wieder, aber René hatte für diese Bedenken nur ein verächtliches Lächeln übrig.

„Aber sicher passe ich auf", entgegnete er jedes Mal leutselig. „Mein Meister ist allerdings sehr kultiviert. Und er ist so schön wie der Erzengel Michael. Dabei dachte ich immer, diese Geschöpfe von Draußen sind bösartig."

„Eben", gab Amaury skeptisch zurück. „Ich habe ihn nur einmal ganz kurz gesehen. Ja, er sieht fast aus wie ein Engel und gehört eigentlich gar nicht in dieses grauenvolle Reich, in dem sich die Gefallenen vom Blut ihrer Artgenossen ernähren. Ihr solltet niemals vergessen, dass es die armseligsten Kreaturen Draußen sind, die ihm mit ihrem Blut diese Kraft und Schönheit verleihen. Ich traue ihm irgendwie nicht, denn er hat nicht einmal seinen Namen gesagt."

Das stimmte. Der Meister, der ja einmal einen menschlichen Körper gehabt haben musste, nannte nicht seinen Namen und sprach auch sonst nichts über seine Vergangenheit – genau wie meiner – und das war kein gutes Zeichen. Die meisten taten es jedoch, schon allein deshalb, weil sie aufgrund der Einsamkeit Draußen als besonders redselig galten. Wahrscheinlich war der Meister einfach nur zurückhaltend und höflich. Mehr Gedanken machte sich René nicht über ihn. Seine gute Erziehung gestattete ihm einfach nicht, sich wie eine neugierige Marktfrau zu benehmen und Engel waren schließlich dazu da, eine gewisse Ehrfurcht einzuflößen – oder?"

„Was ist daran so seltsam, dass er mir nicht seinen Namen gesagt hat?"

Amaury runzelte nachdenklich die Stirn.

„Er sollte es tun, denn normalerweise ist es üblich, wenn sich ein Geschöpf von Draußen für die Einweihung eines Mitgliedes bewirbt, seinen Namen zu nennen, weil es damit hofft, von dem Großmagier einen menschlichen Körper zu erhalten, was ihm die Gelegenheit gibt, ins Zwischenreich zu gelangen. Eben darum sollte der Magier wissen, wer der Glückliche ist, der einen Neuling einweiht."

„Verstehe, werdet Ihr ihm einen Körper geben?"

„Das kann ich nicht. Nur der Großmagier ist dazu in der Lage oder in einigen Fällen auch der Erste König von Draußen. Wenn der Magier mit der Arbeit Eures Meisters zufrieden ist, steht dem nichts im Wege."

„Aber Ihr seid doch auch Magier?", René war verblüfft.

„Aber sicher bin ich das. Und ich hab wohl total vergessen Euch von dem Großmagier zu erzählen," lachte Amaury über Renés verdutzten Gesichtsausdruck. „Typisch für mich. Der Großmagier leitet den Orden, sowohl hier auf der Erde als auch im Zwischenreich. Er steht an der obersten Spitze."

„Und hat er auch Draußen Macht?"

„Teilweise ja. Er bestimmt, ob Euer Meister einen menschlichen Körper bekommt oder nicht."

„Dann sind die Gefallenen vom Gutdünken des Großmagiers abhängig?"

„Allerdings. Auf der anderen Seite ist er aber verpflichtet, einer gewissen Anzahl von Gefallenen einen menschlichen Körper zu geben. Meistens trifft es natürlich diejenigen, die erfolgreich neue Mitglieder eingeweiht haben. Schon allein deshalb haben die wenigsten Meister Interesse, ihre Schüler fallen zu lassen. Außer es handelt sich um ein ganz besonders bösartiges Geschöpf."

„Mein Meister ist nicht bösartig, glaubt mir."

Amaury stimmte seufzend zu.

„Nun gut, vielleicht bin ich zu misstrauisch. Aber lasst ihn auf keinen Fall in Eure Gedanken eindringen und schirmt Euch immer gut ab."

„Aber sicher", wiederholte René zum x-ten Mal und versuchte, dabei äußerst verlässlich auszusehen. „Ich habe nicht gewusst, dass der

Großmagier auch über die Wesen Draußen Macht hat", fügte er noch nachdenklich hinzu. Offensichtlich ging es René wie vielen Schülern. Es hing von seinem Lehrer oder Meister ab, was man wann oder überhaupt erfuhr. Die Rede war selbstverständlich immer nur vom Zwischenreich. Es hieß natürlich, es wäre ratsam, keine Fehler zu machen um nicht zu fallen und jeder ahnte so vage, was ihm blühen würde, wenn er fiel. Aber Draußen war ein Tabu, über das nur mit vorgehaltener Hand getuschelt wurde wie über eine unaussprechliche widerliche Krankheit. Was es letztendlich wirklich bedeutete, erfuhr man meistens erst wenn man selbst dort gelandet war.

„Allmächtig ist er Draußen jedoch auch nicht", schränkte Amaury ein. „Es gibt ja noch die beiden Könige und einen Fürsten. Die drei sollen anscheinend über eine beachtliche Macht verfügen."

„Davon habe ich mal reden gehört."

„Ja, ich auch und mehr nicht. Ich beschäftige mich nicht mit Draußen und Ihr solltet es auch nicht zu häufig tun. Nun, soviel ich mich erinnere, ist Draußen in drei Reiche aufgeteilt und jedes Reich wird von einem König oder dem Fürsten regiert. Dazwischen existiert noch so etwas wie ein Niemandsland, das", Amaury zögerte einen Augenblick, „wie der Name sagt, neutral ist. Eigentlich ist es eine Strafkolonie in einer Strafkolonie. Dort befinden sich nach einer uralten Legende die Dunklen Herrscher, die vor vielen Jahren dorthin verbannt wurden. Und verbannt werden dorthin auch noch immer die Verräter, Aufwiegler und diejenigen, die ihre neugierige Nase zu weit in verbotene Geheimnisse gesteckt haben."

René schüttelte erstaunt den Kopf. Das schwarze Land, wie Draußen auch bezeichnet wurde, ging ihm nicht mehr aus dem Kopf.

„Von dem allen hat mir mein Meister nichts erzählt. Wie leben denn diese beiden Könige und der Fürst?"

„Der Meister muss nicht alles erzählen oder er geht davon aus, dass Ihr es wisst. Ja, wie leben diese Könige? Ich bin eigentlich gar nicht so auf dem Laufenden. Sie leben in ihren Städten relativ angenehm, lassen ihre Opfer von Jägern hetzen und führen anscheinend schon seit Jahrhunderten Krieg gegeneinander. Leider besitzen sie – vor allem der Erste König – hervorragende magische Fähigkeiten, was heißt, dass die beiden recht gefährlich sind. Und die beiden sind auch die einzigen, die sich ohne Hilfe des Magiers einen menschlichen Körper nehmen können. Ich glaube, sie haben allerdings wenig Interesse, ins Zwischenreich zu gelangen, damit würden sie ja ihre Macht Draußen verlieren und zu Dienern des Großmagiers im Zwischenreich werden. Sie sollen es sogar darauf anlegen, möglichst viele Magier fallen zu lassen. Was den Fürsten angeht, darüber ist mir jedoch so gut wie nichts bekannt. Also Vorsicht. Keine Angst, ich glaube nicht, dass Euer Meister ein König ist. Dazu seid Ihr – verzeiht den Ausdruck – wohl zu unbedeutend. Außerdem sind sie augenblicklich nur damit beschäftigt, sich das Leben gegenseitig schwer zu machen. Die zwei müssen sich anscheinend hassen wie die Pest. Ganz ohne den Großmagier kommen sie auch nicht aus, denn hin und wieder befolgen sie sogar seine Anweisungen. Aber fragt nicht, welchen Einfluss er auf sie hat. Ich weiß es wirklich nicht und will es eigentlich auch gar nicht wissen."

„Hat dieser Großmagier einen menschlichen Körper?"

„Er soll in Italien leben. Ich hatte bis jetzt noch keine Gelegenheit ihn zu sehen. Ich habe nur telepathisch mit ihm Kontakt. Spätestens im Zwischenreich werde ich ihn wohl persönlich kennen lernen."

„Im Zwischenreich? Ihr seid Euch ganz sicher?"

„Das bin ich, mein lieber René. Ich habe die ganz feste Absicht, ins Zwischenreich zu gelangen. Und auch Ihr werdet dorthin kommen, wenn Ihr Euren Engel nicht zu nah an Euch heranlasst. Vergesst niemals, er trinkt Blut."

René konnte Amaurys Abneigung gegen den Meister nicht so recht begreifen. Vielleicht lag es daran, dass der Gefallene nicht nur schön, sondern auch klug und der junge Baron ganz einfach ein wenig neidisch war.

Zwei Jahre später verdüsterte sich Renés Begeisterung für seine magischen Versuche schlagartig. Sein Vater war bei der Beschwörung eines höheren Wesens von Draußen unvorsichtig gewesen und angegriffen worden und dabei gefallen. Auch der sonst so selbstbewusste Amaury war noch tagelang verstört und redete völlig durcheinander. René war bei dieser Beschwörung nicht dabei gewesen und hatte somit keinerlei Vorstellung, was in jener Nacht im Saal des Schlosses vorgefallen war. Die Gräfin pflegte ihren Mann, der wochenlang im Fieber lag, liebevoll gesund und kümmerte sich sogar um den nicht weniger mitgenommenen Amaury. Sie hatte sich nie über die magischen Experimente ihres Mannes geäußert und im Augenblick war sie nur froh, dass er noch am Leben war. Über das Ausmaß und die Folgen des Angriffs von Draußen schien sie sich nicht im

Klaren zu sein. Nachdem es Colin de Grandier körperlich wieder besser ging, verlor er jegliches Interesse an dem Orden. Das Zwischenreich war für ihn nicht mehr erreichbar – also wozu sollte er weiter machen. Er beschloss stattdessen, das Leben vor seinem „Tod" zu genießen. Zuerst gedachte er, seinen Landsitz zu verlassen, auf dem er sich allmählich zu langweilen begann, um wieder als Soldat in den Krieg gegen England zu ziehen. Damit er wenigstens noch vorher eine Heldentat vollbringen und sich an das Abschlachten von potentiellen Feinden gewöhnen könne, kommentierte er sarkastisch seinen Entschluss. René nahm den Persönlichkeitsverfall seines Vaters mit Sorge hin. Er selbst hatte seit dieser tragischen Begebenheit keine Beschwörung mehr gemacht. Er wollte lieber, bis sich seine Nerven wieder beruhigt hatten, die Finger davon lassen – wenn es sein musste sogar für immer. Auch Amaury war, zwar nicht gefallen, gewillt, in das Leben eines normalen Sterblichen zurückzukehren und entschied, seinen Freund in den Krieg zu begleiten. Ihm saß dieser Zwischenfall doch mehr in den Knochen, als er zugeben wollte. René stellte fest, dass er noch mehr trank. Welches niederträchtige Geschöpf von Draußen hatte es nur geschafft, die Persönlichkeit zweier Menschen so zu verdrehen? Diese beiden weltfremden Magier versuchten, ihr einzigartiges Wissen zu vergessen, indem sie sich mit den niedrigsten menschlichen Bedürfnissen betäubten: saufen und Krieg führen. René war darüber derart befremdet, dass er hinter der ganzen Philosophie dieses Ordens keinen Sinn mehr sah und in einer stillen Stunde gestand er sich selbst ein, er hatte Angst – Angst vor seinem bluttrinkenden Engel.

Auf Schloss Champtocé an der Loire gab Amaury de Craon ein rauschendes Abschiedsfest, bei dem auch Colin de Grandier mit der Gräfin und René anwesend waren. Es war ohnehin beschlossen worden, René für einige Zeit auf Champtocé zu lassen. Ihm war das sehr angenehm, denn es versprach genügend Abwechslung, die er dringend brauchte.

Gleich am Morgen nach dem Fest brachen Colin und Amaury mit ihrem Gefolge auf. Grandier schärfte seinem Sohn noch einmal ein, keiner Menschenseele von der Existenz des Ordens zu erzählen und beim Umgang mit dem Meister weiterhin sehr vorsichtig zu sein. Dann verschwand er an die Spitze seines Trupps. Er hasste große Abschiedszeremonien.

„Warum tut Ihr das?", fragte René Amaury, der sich ebenfalls in voller Rüstung zum Aufbruch bereit machte. Amaury zuckte die Achseln.

„Eigentlich weiß ich es selbst nicht so recht. Aber ich werde mich ablenken und vergessen. Ich habe diese schreckliche Nacht noch vor mir, als wäre es erst gestern gewesen. Ich selbst habe diese Kreatur gar nicht gesehen, aber ihren unglaublichen Hass und ihre Verzweiflung wohl gespürt. Sie war sehr stark. Sie hatte es auf mich abgesehen, doch Colin kam dazwischen und ist dabei gefallen. Ihr seht, ich bin es ihm schuldig, dass ich ihn jetzt nicht allein lasse. Er hat sehr gelitten, auch wenn er mir nie erzählt hat, was er empfand. Aber es muss furchtbar gewesen sein. Deswegen reite ich mit ihm und außerdem ...", Amaury grinste süffisant, „bin ich es doch meinem Vaterland schuldig." Das Grinsen verschwand jedoch sofort wieder. „Ihr seid entsetzt? Oh, es ist mir im Grunde scheißegal – bitte vergebt diesen vulgären Ausdruck, lieber René – ob die Engländer Frankreich besiegen oder nicht. Ich will nur bei Eurem Vater bleiben, mehr nicht. Lebt nun wohl, lieber René und gebt gut auf Euch acht, wir sehen uns bald wieder."

„Lebt wohl, Amaury", entgegnete René und spürte, wie ihm langsam die Tränen in die Augen traten. Als sein Vater und Amaury verschwunden waren, rannte er auf sein Gemach und weinte.

Frankreich 1400 – 1429

3.

René de Grandier wird wider Willen Kindermädchen

Seinen Aufenthalt in Champtocé verbrachte René vorwiegend mit ausgedehnten Ausritten. Amaury hatte ihm seine kostbaren Falken anvertraut und René war in die schönen Vögel so vernarrt, dass er fast jeden Tag mit ihnen zur Jagd ging. Amaurys Vater, Jean de Craon, bekam er so gut wie nie zu Gesicht. Der hagere wortkarge Baron hielt sich meistens in seinen Gemächern auf oder war auf Reisen. Die Gäste, die ab und zu auf der Burg verkehrten, interessierten René eigentlich wenig und so war er die meiste Zeit für sich.

Am 25. Oktober des Jahres 1415 erschütterte ganz Frankreich die Nachricht von der furchtbaren Niederlage durch die Engländer bei der Schlacht von Azincourt. Ganz besonders hart wurde René davon betroffen, denn wie er bald erfahren musste, waren sein Vater und auch Amaury de Craon in dieser verhängnisvollen Schlacht gefallen. Die Tatsache, dass die menschlichen Körper dieser beiden Magier sterblich waren, entsetzte ihn doch. Colin de Grandier befand sich nun Draußen in dem Land mit den schwarzen Bergen, dem grauen verhangenen Himmel und wartete in dieser unendlichen Trostlosigkeit auf die Gnade des Großmagiers. Und Amaury? Ob er jetzt endlich im Zwischenreich war? Oder schaute er von irgendwo als körperloses Wesen zu, wie seine sterbliche Hülle unter dem Schluchzen seiner Angehörigen in die Gruft gebracht wurde.

Zur Beisetzung seines Vaters kehrte René als einziger Erbe auf sein Schloss zurück. Obwohl er gern noch bei seiner Mutter geblieben wäre, nahm er Jean de Craons Angebot, dessen Enkel zu betreuen, gern an und traf kurze Zeit später wieder in Champtocé ein. Auch dort herrschte noch tiefe Trauer. Amaury war Jean de Craons einziger Sohn gewesen und sein Tod hatte sogar den sonst so kühlen Mann sehr mitgenommen, zumal Anfang des Jahres auch seine Tochter und kurz darauf auch deren Mann einer mysteriösen Krankheit erlegen waren. Das riesige Vermögen des Baron de Craon sollte eines Tages der elfjährige Sohn seiner Tochter erben, denn Amaury hatte keine Kinder. Der kleine Gilles de Rais und sein jüngerer Bruder René waren bereits anwesend als René de Grandier in

Champtocé ankam. Jean de Craon hatte ihn gebeten, sich um die beiden Kinder zu kümmern, weil er selbst weder gesteigertes Interesse noch Zeit dafür hatte. Mit Jean de Craons Enkeln waren zusätzlich zwei Hauslehrer gekommen, die offensichtlich ihre Not mit den beiden zu haben schienen. Das heißt, eigentlich nur mit einem, denn der kleine René war ein blässliches stilles Kind, das kaum ein Wort sprach. Bereits nach kurzer Zeit war es René de Grandier klar, dass seine anfängliche Vermutung stimmte. Es war der Ältere, der die beiden Hauslehrer bis an die Grenze eines Nervenzusammenbruchs brachte. Gilles war ein eigenwilliges Geschöpf, das ihm bereits bei seiner Ankunft aufgefallen war. Es war die Mischung aus grausam kindlicher Hemmungslosigkeit und dem altklugen arroganten Gehabe eines jungen Adligen, der sich seines Reichtums und seiner Macht bereits bewusst war, die René so abstieß. Gilles war ein bildschönes Kind. Die blauschwarzen Haare bildeten einen aparten Kontrast zu seiner weißen Haut und den auffallend grünen Katzenaugen. Und das wurde ihm auch leider oft genug bestätigt. Er war der unumstrittene Liebling aller weiblichen Bewohner im Schloss, die sich an seiner mädchenhaften Anmut entzückten und um ihn herumschwirrten wie ein Schwarm aufgelöster Glucken. Nur sein großer Vetter, der Herzog von La Trémoille, beharrte darauf, dass hin und wieder ein paar ordentliche Ohrfeigen auf dem „entzückenden Antlitz" des kleinen Barons gut angebracht wären. Auch René teilte die Ansicht des Herzogs und war schon des öfteren versucht, diese pädagogische Maßnahme in die Tat umzusetzen. Keiner – allen voran der Großvater – hatte bis jetzt zu verhindern versucht, dass der jüngere Bruder ständig die Zielscheibe von Gilles Launen bildete. Eines Tages blieb René nichts anderes übrig, als ihn endlich heftig zur Rede zu stellen. Er kam gerade dazu, als er dem Kleinen befahl eines der wertvollen Gebetsbücher in den Kamin zu werfen. Eine Ungeheuerlichkeit! René war gewiss nicht übermäßig religiös, doch hatte man ihm von Anfang an eine gewisse Ehrfurcht vor dem Glauben anderer beigebracht. Und weil er der Überzeugung war, diese Ehrfurcht konnte dem kleinen Baron de Rais bestimmt nichts schaden, überhäufte er ihn erst einmal mit bitteren Vorwürfen, was sich natürlich als völlig überflüssig erwies. Gilles sah ihn unverhohlen frech an und erklärte mit süffisantem Grinsen, das an eine böse Karikatur von Amaurys Lächeln erinnerte:

„Grandier, ich wusste gar nicht, dass Ihr so fromm seid. Ich wollte nur die Standhaftigkeit seines Glaubens prüfen. Wie Ihr sehen könnt, ist es damit nicht weit her."

Grandier brach das trockene Schluchzen seines kleinen Namensvetters fast das Herz.

„Bildet Euch bloß nicht ein, dass Ihr uneingeschränkte Macht habt. Das kann böse Konsequenzen für Euch haben. Und außerdem – Ihr tut Eurem Bruder weh."

„Erstens, ich habe uneingeschränkte Macht, zweitens sind mir die Konsequenzen gleichgültig und drittens sehe ich meinen Bruder gern leiden."

René war so geschockt, dass er erstmal keine Antwort geben konnte und nicht in der Lage war einzuschreiten, als Gilles seinem Bruder befahl aufzustehen und ihn mit wüsten Beschimpfungen aus dem Zimmer jagte.

„Jetzt geht er zur Beichte und lässt sich seine Sünden vergeben und der Weg ist wieder frei für den Himmel."

Gilles rieb sich vergnügt die Hände.

„Passt auf, damit Ihr nicht eines Tages die Vergebung Eurer Sünden nötig habt", bemerkte René sarkastisch. Er wollte dieses unerfreuliche Gespräch so schnell wie möglich beenden und war gerade im Begriff, ebenfalls zu gehen als Gilles ihm wie eine gereizte Katze hinterher fauchte:

„Ihr habt es gerade nötig, so zu reden, Messire Grandier. Oder habt Ihr vergessen, dass Euer Vater ein Schwarzmagier war?"

René glaubte zu erstarren und drohte fast die Beherrschung zu verlieren.

„Sire de Rais. Ihr redet ausgesprochenen Schwachsinn."

Gilles grüne Augen schienen zu funkeln.

„Habe ich Euch erschreckt? Macht Euch nichts draus. Mein Onkel Amaury war auch einer."

Nun musste René sich setzen. Ob Amaury seinem Neffen etwas von dem Orden erzählt hatte? Ausgeschlossen.

„Wisst Ihr eigentlich, was Ihr mit dieser ungeheuren Anschuldigung heraufbeschwört?", fragte René gedehnt.

„Im Höchstfall die Inquisition", erwiderte Gilles kalt. „Habt Ihr eigentlich schon den Teufel gesehen, Sire de Grandier?"

„Ja, gerade eben. Ich wusste nur nicht, dass er mir in der Gestalt eines verzogenen Knaben entgegentritt", entfuhr es René und irgendwie bereute er sofort diese Bemerkung.

„Zuviel der Schmeicheleien. Also, habt Ihr ihn gesehen oder nicht?"

„Das geht Euch gar nichts an."

„Aber vielleicht die Kirche."

Das kleine Ungeheuer war ziemlich schlagfertig und ohne dass er es wollte, entwickelte René eine heimliche Zuneigung zu ihm. René war sich darüber im Klaren, er musste den Knaben in den Griff bekommen, um sich für die Zukunft genügend Respekt zu verschaffen. Gilles wollte Krieg. Also, sollte er den Krieg haben – und ihn verlieren.

„Ihr wollt mich wirklich bei der Inquisition anschwärzen?", fragte er, ließ sich neben Gilles nieder und legte langsam seine Hände um dessen Hals, ohne ihn aus den Augen zu lassen. Gilles Gesichtsausdruck war allerdings eher verblüfft als verängstigt.

„Nein, eigentlich nicht", murmelte der etwas unsicher und versuchte Renés bohrendem Blick auszuweichen.

„Sehr gut", entgegnete René, lockerte seinen Griff und ließ schließlich von ihm ab. „Ich würde es Euch nicht raten. Ich habe übrigens wirklich große magische Kräfte. Ihr könnt gar nichts gegen mich unternehmen, denn wenn ich will, kann ich in Euren Gedanken lesen. Mir entgeht kein einziger Eurer kleinen schmutzigen Gedanken. Und wenn Ihr es wagt, nur daran zu denken, mir etwas anzutun, werde ich immer schneller sein und Ihr werdet nicht mehr einen Augenblick in Frieden leben können, bis ich Euch das letzte bisschen Verstand aus dem Hirn gebrannt habe. Habt Ihr das verstanden?"

René erhob sich und machte eine theatralische Verbeugung.

„Das wird jetzt unser Geheimnis bleiben. Messire de Rais, ich erwarte Euch zur Falkenjagd. Ein guter Zeitvertreib, der Euch von dummen unüberlegten Dingen ablenkt. Und denkt Tag und Nacht daran, Ihr werdet beobachtet."

Gilles saß noch immer wie eine Statue auf der Bank, als René das Zimmer verlassen hatte, um sich hinter der Tür vor Lachen auszuschütten.

Die Falkenjagd war wirklich die einzige Möglichkeit, Gilles von allen möglichen Abscheulichkeiten abzubringen. René hatte dieses leidige Thema auch schon bei Jean de Craon vorgebracht. Der lachte ihm allerdings ins Gesicht und erwiderte, es handle sich hier um Kindereien und der jüngere Bruder sollte eben lernen, sich durchzusetzen. Es hatte wenig Sinn dem alten Baron zu widersprechen, also beschloss René, sich nicht mehr in diese „Kindereien" einzumischen. Er hatte keine Lust, sich auch noch lächerlich zu machen.

In der nächsten Zeit schlief René doch ziemlich unruhig. Er hatte Gilles für einen kleinen Augenblick aus der Fassung gebracht, aber eben nur für diesen kleinen Augenblick. Er dachte zu oft an Gilles eigenartigen Blick. Diesen intelligenten bohrenden Blick, der sein Innerstes um jeden Preis bloßlegen wollte. Und irgendwie spürte er, dass ihm der kleine Baron, wenn er nicht Acht gab, sogar gefährlich werden konnte. Er entschied deshalb, sämtliche magischen Aktivitäten auf Champtocé sofort einzustellen, denn er hatte vor kurzem wieder damit angefangen. Er wurde das Gefühl nicht los, dass Gilles ihn nun erst recht nicht mehr aus den Augen ließ. Und was René am meisten beunruhigte war, wie raffiniert er diese Schnüffelei anstellte. Irgendwie schaffte er es immer wieder um Grandier zu sein. Der jüngere Bruder war als Opfer uninteressant geworden. Er war sowieso viel zu willig. Gilles Faszination galt nun dem jungen Erzieher und sein verfeinerter Instinkt traf ganz genau dessen wunde Stelle. Er schien zu fühlen, wie Renés Augen nach jeder Frage, die sich auf die Magie bezog, aufflackerten und ein unmerkliches Zittern durch seinen Körper ging. Wie ein kleines Raubtier roch er die Furcht seines Gegenübers und ergötzte sich dann mit grausamer Begeisterung daran, wenn René verzweifelt versuchte, auf ein unverfängliches Thema auszuweichen.

 Gut, René hätte auf seine Burg zurückkehren können, aber er empfand Angst als albern und wenn er in guter Stimmung war, machte es ihm sogar Freude, Gilles weiter zu bluffen. Ansonsten versuchte er, ihn ganz einfach nur zu ignorieren. Allerdings entpuppte sich dieser Vorsatz als äußerst schwierig. Gilles hatte ausgesprochen kreative wie penetrante Einfälle, um auf sich aufmerksam zu machen. Und eines Tages kam es wie es kommen musste. René beherzigte den Ratschlag von George de La Trémoille und verpasste Gilles ein paar kräftige Ohrfeigen. Tatsächlich hatte er von da an Ruhe vor ihm. Ruhe vor dem Sturm. René rechnete fest damit, dass Gilles nun einen besonders perfiden Racheplan aushecke. Er war auf alles gefasst. Aber wider Erwarten war der kleine Baron, nachdem er aus dem Untergrund zurückkehrte, plötzlich ganz umgänglich und René fragte sich, warum er ihn nicht schon längst durchgebeutelt hatte. Auch wenn sich Gilles nun Mühe zu geben schien, traute René diesem Frieden nicht und somit kam die Freundschaft, die Gilles sich vielleicht erhofft hatte, nicht zustande. René zog sich von ihm zurück. Zwar registrierte er wohlwollend, dass Gilles ihn nicht mehr belauerte, aber er war jetzt fest entschlossen, sich ausschließlich seinen Studien zu widmen, statt das Kindermädchen von Jean de Craons verzogenem Enkel zu spielen. Gilles verstockt trauriger Blick, als er ihm mitteilte, dass er

Champtocé zu verlassen gedachte, gab ihm kurz zu denken. Der Kleine hatte sich wirklich gebessert. Vielleicht war es falsch, ihn jetzt allein zu lassen, wo sich aus diesem Scheusal allmählich ein menschliches Wesen herauszubilden schien. Doch René verbannte diese Gewissensbisse vorerst in die Tiefe seines Inneren. Er musste an sich selbst denken und begann seine Abreise vorzubereiten.

Frankreich 1400 - 1429

4.

Begegnung mit einer außerirdischen Art im Schlafzimmer

Aber in der folgenden Nacht ereignete sich ein Zwischenfall, der René zwang, doch noch eine längere Zeit auf Jean de Craons Burg zu bleiben. Es war eine heiße Nacht im Sommer und er konnte nicht einschlafen. Die stickig schwüle Luft, die schon seit Tagen ein Gewitter ankündigte, raubte ihm fast den Atem. Außerdem war er beunruhigt, weil sein Meister bei der letzten Beschwörung nicht erschienen war. Was hatte er nur falsch gemacht? René kam sich in der letzten Zeit ohnehin elend und verlassen vor. Er musste schließlich alle Entscheidungen allein treffen, er hatte niemanden mehr, den er um Rat fragen konnte. Sein Vater schien unerreichbar, es war viel zu gefährlich, ihn Draußen zu suchen und Amaury war einfach verschwunden. Vielleicht war er gar nicht im Zwischenreich, sondern wurde irgendwo auf dieser Erde wieder geboren. Die Hoffnung an den Großmagier zu gelangen, hatte er längst zu Grabe getragen. Italien war zu weit und telepathisch mit ihm in Verbindung zu treten, wagte er nicht. Was den Meister anbetraf: Amaury hatte ihn gewarnt – traue niemanden von Draußen, niemals, selbst wenn er aussieht wie ein Engel. Am besten, René hängte die ganze Magie einfach an den Nagel und führte ein ganz normales Leben – seiner unsterblichen Seele zuliebe.

Er erhob sich schweißgebadet, den Schlaf konnte er für diese Nacht vergessen, und kleidete sich an, um ein wenig Zerstreuung bei einem Spaziergang zu finden. Im Schloss schien alles zu schlafen. Nein, René gewahrte aus dem Zimmer der beiden Knaben einen schwachen Lichtschein. Er erinnerte sich daran, dass auch Gilles in der letzten Zeit schlecht schlief. Kurz vor der Tür hielt er inne. Er fragte sich, ob Gilles nicht triumphieren würde, wenn sein Erzieher mitten in der Nacht in sein Zimmer geschlichen kam und damit demonstrierte, dass auch er momentan in Schwierigkeiten war. Es galt, was Gilles anbetraf, noch immer die Devise, immer schön mit dem Rücken zur Wand bleiben. Was sollte dieser Unsinn? René hatte einfach das dringende Verlangen, sich mit einem menschlichen Wesen zu unterhalten, selbst wenn das Gespräch in Streit ausartete. Er registrierte, dass die Tür nur angelehnt war und trat ein. Sein erster Blick fiel auf den kleinen René, der fest zu schlafen schien. Sein Atem war ruhig, nur ab und zu gab er ein leises Seufzen von sich. Der helle Lichtschein kam von Gilles Bett. Er lag auf dem Rücken, die Hände auf der Brust gefaltet. Sein Gesicht war noch blasser als sonst. Er sah aus wie ein Toter. Aber das war es nicht, was René einen solchen Schreck einjagte. Jetzt hatte ihn die Gestalt, die vor Gilles Bett stand, wahrgenommen. Sie hob den Kopf und René starrte in zwei grüne Augen. Es waren dieselben funkelnden bösen Augen, wie Gilles sie haben konnte, wenn er gereizt wurde. René schluckte ein paarmal und bemühte sich, nicht zu zittern. Das Wesen – zweifelsohne, es kam von Draußen – war in einen großen schwarzen Mantel gekleidet, dessen Kapuze einen Teil seines Gesichtes verdeckte. Dennoch konnte er erkennen, dass es überirdisch schön war, wenn diese grausamen Augen nicht gewesen wären, die ihn spöttisch von oben bis unten musterten. Ihm schien, als ob eine Ewigkeit vergangen war, bis sich die Gestalt von ihm abwandte und sich allmählich in der aufkommenden Dunkelheit des Zimmers auflöste. Das letzte, was René noch sah, war eine Flut goldblonder Haare, als die Kapuze des Mantels nach hinten rutschte. Nachdem er sich von dem Schreck erholt und festgestellt hatte, dass Gilles nichts passiert war, ließ er sich erstmal völlig verwirrt auf einem Schemel nieder. Was hatte das um Himmelswillen zu bedeuten? Das Wesen hatte blonde Haare, genau wie sein Meister, aber die Augen des Meisters waren blau und seine Gesichtszüge männlicher. Ob es sich bei der Erscheinung um eine Frau handelte. Schwer zu sagen, aber möglich wäre es. René verließ das Zimmer. Er wollte erst am Morgen Gilles nach eventuellen Träumen ausfragen. Im Augenblick war er auch zu ratlos und konnte sich keinen Reim aus dieser Begegnung machen. Er verzichtete auf den Spaziergang. Weiß der Himmel, wem er da noch begegnete. In seinem Zimmer angelangt, betäubte er seine überreizten Sinne mit etwas Wein und schlief endlich erschöpft ein.

Gleich am nächsten Morgen stellte René zwar fest, dass Gilles noch immer sehr blass aussah, als er ihn jedoch vorsichtig fragte, ob er in der vergangenen Nacht von Albträumen heimgesucht wurde, bekam er zur Antwort, Gilles habe wie ein Toter geschlafen, worauf gleich die spitze Bemerkung folgte, seit wann René auf einmal so besorgt um seinen Schlaf sei.

Unerwartet blieb René mit kurzen Unterbrechungen noch drei weitere Jahre auf Champtocé, bis er sich schließlich aufraffte, auf seine Burg zurückzukehren, um sich in Ruhe seinen Studien zu widmen. Vielleicht kam er doch irgendwann hinter das Geheimnis dieser merkwürdigen Begegnung in Gilles Zimmer. Mit Gilles war er in der letzten Zeit recht gut ausgekommen und konnte mit ihm hin und wieder sogar recht scharfsinnige Gespräche führen. Aber in der Regel hielt René lieber auf Abstand in der Angst, doch etwas über den Orden auszuplaudern.

„Ihr seid so eisig, mein René", bemerkte Gilles am letzten Abend vor Renés Abreise, während er sich erneut Wein in den Silberpokal eingoss. Wenn er so weitermacht, säuft er bald soviel wie Amaury seinerzeit, dachte René, ohne Gilles richtig zuzuhören.

„Wovor habt Ihr nur Angst?" Gilles blieb hartnäckig. „Habe ich Euch denn nicht zur Genüge gezeigt, dass Ihr mir vertrauen könnt? Bitte vertraut mir doch endlich. Ich weiß, Ihr kennt Geheimnisse, von denen kein Sterblicher weiß. Ich möchte mit Euch diese Geheimnisse teilen. Ihr seid doch mein Freund, René."

Das hatte René eigentlich nie so empfunden und auf einmal bekräftigte Gilles seine „Freundschaft", indem er zärtlich den Kopf auf Renés Schulter legte. Obwohl René bereits an Gilles exzentrische Gefühlsausbrüche gewöhnt war, überraschte ihn diese Geste so sehr, dass er einen Augenblick verblüfft schwieg, auch wenn er ihn gern zurechtgewiesen hätte.

„Warum antwortet Ihr nicht?", murmelte Gilles und als René seinen Atem am Ohr spürte, fuhr er entsetzt zusammen. Er führte die plötzliche Zuneigung, die über eine reine Freundschaft doch etwas hinausging, auf die drei Pokale Wein zurück, die Gilles in kurzer Zeit in sich hineingeschüttet hatte.

„Ich habe keine Geheimnisse", erwiderte René monoton und hoffte, dass Gilles, abgefüllt von genügend Alkohol, bald einschlafen würde. Er wurde jedoch unsanft an den Schultern gepackt.

„Ihr lügt", schluchzte er. „Warum geht Ihr dann fort. Damit ich keine Fragen mehr stelle? Ihr müsst mich einweihen. Ich langweile mich so."

„Die Magie ist kein Mittel, um Langeweile zu vertreiben."

„Das habe ich nicht so gemeint." Gilles nahm sich zusammen und ließ endlich von René ab. „Gut, ich will Euch nicht mehr drängen. Aber lasst mich wenigstens erklären, weshalb ich so hartnäckig bin. Vielleicht könnt Ihr mir ja doch helfen. Ich habe seit ungefähr einem Jahr einen merkwürdigen Traum. Ich schließe die Augen und sehe schwarze Berge und auf einem dieser Berge befindet sich eine riesige schwarze Festung.

Alles ist nur schwarz und grau und ich fühle eine schreckliche Kälte und ich höre ununterbrochen den Wind, einen grauenhaften eisigen Wind. Und jedes Mal bevor ich aufwache, taucht auf dieser Festung eine Gestalt auf. Ich kann sie beim besten Willen nicht erkennen, sie ruft nach mir, ganz sicher nach mir, aber ich kann sie nicht verstehen und dann ist nichts mehr. Ich zermartere mir schon den Kopf, doch ich komme zu keinem Ergebnis. Bitte, mein René, vielleicht könnt Ihr mir helfen. Ich bin sicher, Ihr könnt es."

René fühlte sich zu müde und zu ausgelaugt, um sich über diesen Traum zu entsetzen. Ja, ja, Draußen gab es sicher schwarze Festungen auf schwarzen Bergen. Aber der Traum war einfach nur ein Zufall. Völliger Blödsinn. Er war natürlich kein Zufall, genauso wenig wie das Wesen, das vor drei Jahren an Gilles Bett gestanden hatte. Nur, helfen konnte René dem armen Baron auch nicht, im Gegenteil, er hätte ihn nur noch mehr verwirrt. Aber der eigentliche Grund für Renés Schweigen war Angst, Angst den Großmagier oder sämtliche Kreaturen von Draußen auf den Hals zu bekommen, wenn er nur ein Wort sagte. Er wand sich also wieder mehr schlecht als recht aus der Affäre und obwohl er keineswegs glaubhaft wirkte, hörte Gilles schließlich auf zu fragen, denn auch er war müde geworden. Sicher, René hatte mit einem Mal Mitleid mit ihm, aber er sah sich außerstande, Gilles aufzuklären oder womöglich einzuweihen, weil ihn die fixe Idee gefangen nahm, dass sein Schweigen womöglich eine Prüfung bedeuten könnte.

Als er am nächsten Tag aufbrach, war Gilles nicht zu sehen. Auf Renés Frage wurde ihm erklärt, der junge Baron leide unter unerträglichen Kopfschmerzen und könne das Bett nicht verlassen. „Er sollte nicht soviel Wein trinken." René versuchte, mit diesem lausigen Argument den quälenden Gedanken zu verdrängen, dass er Gilles offensichtlich wehgetan und vor allem mit seinen Albträumen allein gelassen hatte und machte sich bekümmert auf den Heimweg.

Frankreich 1400 – 1429

5.

Gilles de Rais langweilt sich
René de Grandier macht einen Jäger zum Hirsch

Auf seiner Burg angekommen, vertiefte sich René sofort in seine Studien und vergaß Champtocé. Er fand sogar wieder den Mut, seinen Meister zu beschwören, der dieses Mal ohne Verzögerung erschien.

„Warum seid Ihr das letzte Mal nicht gekommen?", fragte René auf der Stelle, um sich Klarheit zu verschaffen. Er erwartete eine heftige Reaktion seitens seines Gegenübers, der Meister jedoch lächelte nur freundlich. René war verwirrt und überlegte einen Augenblick, ob er dieses Lächeln nicht eine Spur zu milde, zu leutselig deuten sollte.

„Aber Ihr habt mich nicht beschworen."

René schluckte, ließ sich aber nichts anmerken. Er war völlig sicher, die Formel stimmte – oder etwa nicht? Aber der Meister war entwaffnend freundlich und ging auf eine tiefere Diskussion über sein Erscheinen oder Nichterscheinen gar nicht erst ein. René hatte seine Fassung wiedererlangt. Auch er ging nicht mehr auf weitere Fragen diesbezüglich ein. Auf jeden Fall wollte er nicht mehr so vertrauensselig sein. Er beschloss, gerade jetzt ganz besonders wachsam zu sein.

Bereits nach zwei Jahren hatte René schon erhebliche Fortschritte gemacht und die Prüfungen für drei Grade bestanden. Während der ganzen Zeit bereitete ihm sein Meister keinerlei Probleme und René war fest davon überzeugt, ihm wieder vertrauen zu können. Viele endlose packende Gespräche hatten stattgefunden, und trotzdem war es René nicht möglich, auch nur irgendetwas über die Vergangenheit des Wesens zu erfahren. Zudem wurde er das Gefühl nicht mehr los, dass er heimlich beobachtet wurde und vergaß deshalb nie, einen Bannkreis um sich zu ziehen bevor er schlafen ging. Mit zwanzig Jahren kam sich René vor wie ein alter Mann. Er kannte viele Beschwörungsformeln, hatte jede Menge verbotener Bücher über die Magie gelesen, hatte sich im Zwischenreich und anderen Parallelwelten aufgehalten, aber seine Burg in dieser Zeit nicht einmal verlassen. Er lehnte es ab, Gäste zu empfangen und als seine Mutter vage Anstalten machte, ihn zu verheiraten, wurde er sogar böse. Entrüstet erzählte er seinem Meister noch am gleichen Abend von den Versuchen der Gräfin, wieder Leben in die Burg zu bringen. Wider Erwarten stimmte der Meister jedoch der Gräfin zu.

„Sie hat recht. Ihr macht einen Fehler, René, wenn Ihr Euch zu sehr in die Mystik stürzt und das normale Leben verachtet. Denn Ihr lebt eigentlich schon das Leben nach Eurem Tod statt umgekehrt. Macht für einige Zeit eine Pause und vergrabt Euch nicht in den dunklen Gemächern hinter Büchern und Gespenstern. Ihr müsst auch Euer menschliches Leben kennenlernen mit allen Höhen und Tiefen und Banalitäten. Es ist für Eure Weiterentwicklung wichtiger als Ihr denkt, auf ein erfülltes Leben zurückzuschauen, wenn Ihr im Zwischenreich seid – oder womöglich Draußen".

René dachte lange über die Worte des Meisters nach und bevor er den Entschluss fasste, seinen Landsitz zu verlassen, um sich in die Banalität des normalen Lebens zu stürzen, kam ihm der Zufall zuvor. Seine Diener kündigten ihm eines Morgens den Besuch des jungen Baron de Rais an. Mit Gilles hatte René am wenigsten gerechnet. Mit Unbehagen erinnerte er sich an den Vorabend seiner Abreise von Champtocé. Aber als er Gilles mit seinem Gefolge durch das Burgtor reiten sah, waren alle Bedenken behoben.

„Mein geliebter René!"

Gilles sprang vom Pferd, um den „geliebten René" überschwänglich zu umarmen. René fühlte sich leicht unbehaglich, als ein Kuss seine Wange streifte und Gilles ihn mit seinen Katzenaugen ansah, als ob er ihn verschlingen wollte. Der Baron war kein Kind mehr. Er war zu einem jungen Mann von sechzehn Jahren herangewachsen und war zudem schöner als je zuvor. René gab ihm bei Hof die besten Chancen. Die Mädchen mussten ihm scharenweise nachlaufen. Er dachte spontan an seine erste Begegnung mit Amaury, der schon damals auf der dunklen schmucklosen Burg der Grandiers auch wie ein Paradiesvogel im Hühnerstall erschienen war. Natürlich übertraf Gilles seinen Onkel an Eleganz und er war sich der auch Bewunderung, die er auf der schlichten Festung verbreitete, voll bewusst. Seine Bewegungen waren in den extravaganten Luxusgewändern so selbstverständlich und vollendet natürlich, als ob er niemals etwas anderes getragen hätte. Gegen ihn erschien sein Onkel wie ein aufgeputzter Affe. René erinnerte sich noch mit einer gewissen Schadenfreude daran, wie Amaury sich nach den Mahlzeiten häufig in Schwierigkeiten befand, weil sein Wams eine eng geschnürte Taille verlangte und ihm den Bauch zuschnürte, was ihn allerdings nicht daran hinderte, weiter übermäßig zu essen. Ganz zu schweigen von den kläglichen Versuchen, nach dem Genuss von etlichen Pokalen Wein in den langen Schnabelschuhen die engen Treppen hinauf in sein Gemach zu gelangen, während die goldbestickten Ärmel schlapp am Boden schleiften. Was war er nur für ein liebenswerter Tor. René vermisste ihn.

Nach den üblichen Begrüßungsfloskeln folgte Gilles, seine Ärmel elegant um die Unterarme drapiert, ohne über seine Schnabelschuhe zu stolpern, René in den bescheidenen Empfangssaal. Wie sich im Laufe eines kurzen Gespräches herausstellte, ging der Baron de Rais im Moment einmal wieder seiner Hauptbeschäftigung nach – er langweilte sich zu Tode. Und weil offenbar nur der „geliebte René" in der Lage war, ihn aus der Hölle der unendlichen Tristesse zu befreien, sollte der wieder nach Champtocé zurückkommen. René sah schon vor sich, wie er Sire de Rais mit allerlei „Zauberkunststücken" zerstreuen musste. Doch Gilles ließ von der Magie kein Wort verlauten – bis jetzt. Vielleicht hatte er diese törichten Neigungen endlich abgelegt. Im Gegenteil, er war sogar blendend gelaunt, lachte viel und in seinen geistreich bissigen Bemerkungen glaubte René, immer wieder Amaury zu erkennen. Gilles hatte tatsächlich Ähnlichkeit mit seinem Onkel. Er war allerdings viel schlanker, hatte aber auch dieses spöttische Lächeln, das bei ihm noch eine Spur boshafter war, das blasse Gesicht und die schmalen Hände, die jedes Wort mit der passenden Geste zu unterstreichen pflegten.

Nach einigen Tagen brach René zusammen mit Gilles nach Champtocé auf. Renés Mutter war zwar traurig wieder allein zu sein, aber auf der anderen Seite froh, da sie noch immer die Hoffnung hegte, endlich eine Schwiegertochter ins Haus zu bekommen. René dachte allerdings nicht im Traum daran zu heiraten. Er half stattdessen Gilles Cousine zu entführen, die der ohne die Einwilligung ihrer Verwandten zu heiraten gedachte. Cathérine de Thouars war ein kapriziöses blondes Geschöpf, ebenso eitel und verzogen wie ihr zukünftiger Ehemann, die ihre Entführung als willkommene Zerstreuung in ihrem langweiligen Leben hinter den Schlossmauern betrachtete. Ihre Angehörigen konnten sich dafür auf andere Weise „zerstreuen". Da die Entführung die volle Unterstützung von Gilles Großvater fand, war Cathérines Mutter sofort klar, dass es der alte Raffzahn auf das beträchtliche Vermögen ihrer Tochter abgesehen hatte. Immerhin sollte Gilles durch diese Heirat einige große Ländereien in der Vendée und in der Bretagne erhalten. Obwohl sie nun ihre gesamte Verwandtschaft mobilisierte, konnte sie nicht gegen den alten Fuchs von Feudalherren angehen. Drei Jahre später sollte sie nochmals den Versuch starten, ihre Tochter zurückzugewinnen, der allerdings fehl schlug und mit dem Tod ihres Schwagers in den Verliesen von Champtocé endete.

Mit diesen Zwistigkeiten hatte René nichts mehr zu tun, denn er kehrte zwischenzeitlich auf seine Burg zurück – ohne Ehefrau zum Verdruss seiner Mutter, die sich durch ein weibliches Wesen endlich Abwechslung erhofft hatte. Er ignorierte den Kummer seiner Mutter und stürzte sich sofort wieder in seine magischen Studien. Er vertrat ohnehin die Ansicht, Frauen hatten auf dem Gebiet der Geheimwissenschaften nichts verloren. Schon allein deshalb wäre eine Ehe nur lästig gewesen, abgesehen davon, dass er mit dem weiblichen Geschlecht nichts anzufangen wusste. Er sollte in Bälde eines Besseren belehrt werden.

Irgendwann konnte sich René dann doch nicht mehr zurückhalten, den Meister zu fragen, ob es ihm möglich wäre, ein neues Mitglied in den Orden einzuweihen.

„Ihr meint wohl Euren Busenfreund Gilles de Rais", entgegnete der ohne Umschweife. René fühlte sich beklommen und bloßgestellt.

„Ja, den meine ich."

„Niemals. Lasst die Finger davon. Er ist bösartig und sehr unberechenbar und Ihr selbst seid auch noch lange nicht in der Lage, jemanden einzuweihen."

Die Antwort war eindeutig und klar. René wusste längst, dass er bereits den Grad erreicht hatte, wo er ohne Weiteres in der Lage war, ein neues Mitglied einzuweihen, aber es machte keinen Sinn, weiter mit seinem Meister zu streiten. Er wollte nicht und vielleicht war es auch gut so. Gilles würde ohne Magie glücklich werden, denn unberechenbar war er ja wirklich. Was René jedoch stutzig machte: Woher kannte sein Meister Gilles, er hatte ihm noch nie von ihm erzählt. Diese Antwort war er René schuldig.

„Wir können überall hin und wir können das Leben auf der Erde genau beobachten."

Auch diese Antwort kam zu kurz, zu barsch. Daran erkannte René, dass weitere Fragen diesbezüglich unerwünscht waren. Das Wesen log. Es stimmte nicht, dass alle Gefallenen Draußen so einfach verlassen und an jeden Ort der Erde erscheinen konnten, ohne vorher beschworen zu werden. Als er allerdings an seine Begegnung mit dem blonden, grünäugigen Geschöpf vor Gilles Bett dachte, wurde ihm schnell klar: diese Regelung galt für eine bestimmte Gattung von Draußen nicht. Amaury hatte ihn oft genug gewarnt, vor dem schrecklichen Wächter, der zum Glück ins Niemandsland verbannt war, vor den beiden Königen und mit Sicherheit auch für deren nahestehenden Priestern und Jägern sowie dem mächtigen Fürsten. Und da war es wieder – dieses eigenartige Lächeln auf dem Gesicht des Meisters, das René aus der Fassung brachte. Er murmelte schnell die Formel, mit der sein Meister nach Draußen zurückkehren sollte, was der auf der Stelle tat. So sehr sich René bemühte, er wurde dieses unangenehme Gefühl nicht los. Irgendetwas stimmte nicht mit diesem mysteriösen Geschöpf. Was plante er und welche Rolle spielte René? Sollte es sich bei ihm womöglich um einen Priester oder Jäger handeln? An den König selbst wagte René gar nicht zu denken. Wie auch immer, seine Formel wäre wirkungslos gewesen, wenn sein Meister einer der Könige war. Diese kamen und gingen, wann und wohin sie wollten und waren sogar in der Lage, in einem menschlichem Körper wieder geboren zu werden. Oder bluffte das Wesen? Aber aus welchem Grund? René war doch viel zu unbedeutend – nur, wer war dann so bedeutend? Bevor diese vielen unbeantworteten Fragen seine Nerven unnötig belasteten, beschloss René rigoros, wieder eine längere Pause von den magischen Experimenten einzulegen.

Gilles hatte ihn sowieso zu seiner Hochzeit mit Cathérine de Thouars eingeladen, die nach langem hin und her doch endlich stattfand. Jean de Craon hatte seinen korrupten Dickschädel durchgesetzt, auch wenn er dazu noch ein Jahr gebraucht hatte. Mit ziemlich miesen Mitteln, wie René bald erfahren sollte. Doch das störte ihn momentan wenig. Hauptsache er kam in Champtocé auf andere Gedanken. Notfalls konnte er sich noch genügend betrinken und vielleicht würde sein Meister von ihm lassen, wenn er sich als völlig harmlos und uninteressant entpuppte.

Bei den üppigen Festlichkeiten hatte er tatsächlich genügend Gelegenheit, sich abzulenken und dabei fiel ihm das erste Mal auf, dass Cathérine ein ausgesprochen hübsches Mädchen war. Er, der bis jetzt nie Frauen im Sinn hatte – im Gegenteil, er fand sie dämlich und wenig reizvoll – konnte mit einem Mal kaum seine Zuneigung verbergen und musste sich regelrecht zwingen, sie nicht andauernd anzustarren. Was ihm auf der einen Seite peinlich aber gleichzeitig sehr angenehm war, war die

Tatsache, dass sie ihn in der gleichen Weise ansah und völlig zwanglos mit ihm zu kokettieren begann, während der Bräutigam mit seinen giftig witzigen Bemerkungen die ganze Hochzeitsgesellschaft unterhielt. Gegenstand war der junge Dauphin, der ein Ausbund an Hässlichkeit und Dummheit sein musste. Nun, ein Ausbund an Hässlichkeit war Gilles gewiss nicht ... René biss sich auf die Zunge, um den Gedankengang nicht lautstark fortsetzen zu müssen. Vielleicht war Gilles auch schon zu angetrunken, um überhaupt zu registrieren, was für eindeutige Blicke seine frische Gemahlin dem „geliebten René" zuwarf. René, im Umgang mit den neckischen Spielen der Frauen noch völlig unerfahren, begann sich unbehaglich zu fühlen und er unterbrach schließlich den Baron de Rais in seinem schönsten Bonmont mit der banalen Bemerkung:

„Eure Gattin ist wirklich bezaubernd."

„Oh ja, sie ist nett", murmelte Gilles geistesabwesend und nahm noch einen Schluck Wein.

„Eure Begeisterung hält sich ja wirklich in Grenzen, Sire. Liebt Ihr etwa Cathérine nicht mehr?", entgegnete René ganz behutsam in der Hoffnung, dass sich diese Vermutung als Wahrheit erweisen würde. Gilles stellte den Pokal ab und fuhr René unwirsch an:

„Grandier, Konversation ist nicht Eure Stärke. Ich habe keine Lust, mich mit Euch über meine Gemahlin zu unterhalten. Ich finde Eure Beziehungen wesentlich interessanter."

René schwieg betroffen. Er wusste zu genau, worauf sein Gegenüber anspielte.

„Ich habe wieder Eure wunde Stelle berührt. Und ich habe meinen Traum auch nicht vergessen", fuhr Gilles sarkastisch fort. „Aber heute ist nicht der geeignete Augenblick, um über Mystik zu sprechen."

Zum Glück wurde René aus dieser verfahrenen Situation gerettet, als die Gäste den Baron lautstark aufforderten, mit seiner Gemahlin den Tanz zu eröffnen. Cathérine tanzte so anmutig und schön, dass auch René die Mystik noch warten lassen wollte. Er zog erst einmal eine Reise durch die Botanik vor: er registrierte mit Wohlwollen, dass die junge Braut große veilchenblaue Augen hatte, einen himbeerroten vollen Mund, Brüstchen wie reife Äpfel und unter dem blütenweißen Kleid verbargen sich sicher noch weitere verlockende Früchtchen, von denen er zu gerne genascht hätte.

Die Gelegenheit dazu sollte er ungefähr ein halbes Jahr später bekommen. Es war ein Abend im Herbst, an dem nach einer erfolgreichen

Jagd ausgiebig gefeiert wurde. Gilles hatte seine Extravaganz auf die Spitze getrieben und sich aus dem Orient zwei für die Jagd abgerichtete Geparden kommen lassen. Er war so in die gefleckten Katzen vernarrt, dass er bereits seit Stunden über kein anderes Thema mehr reden konnte. René beobachtete, wie Cathérine gelangweilt mit ihrem Pokal spielte und immer wieder hastig einen Schluck Wein zu sich nahm.

„Soll er seine dummen Katzen mit zu sich ins Bett nehmen und die schönen, hoch geschätzten Falken gleich dazu", murmelte sie. Offensichtlich war sie nicht gewillt, die Begeisterung ihres Gatten für die Tiere zu teilen.

„Ihr dürft sein Pferd nicht vergessen, Dame Cathérine", ergänzte René und traf voll ins Schwarze damit. Cathérine musste schallend auflachen.

„Da wird wohl kein Platz mehr für mich sein."

„Sehr bedauerlich. Ihr werdet nach einem anderen Bett Ausschau halten müssen, zumal die Nächte jetzt sehr kühl werden."

René hätte nicht gewagt, an einen Erfolg seines eindeutigen Angebotes zu denken, doch als er Stunden später in seinem Bett lag, klopfte es plötzlich an der Tür und gleich darauf stahl sich eine kleine weiße Gestalt in sein Zimmer. Cathérine erschien ihm hinreißender als je zuvor. Sicher lag es daran, dass sie, nur mit einem Hemd bekleidet, ihre langen blonden Haare offen trug. Sie sah so viel reizvoller aus, als in den üppigen Gewändern aus Brokat und den monströsen Hüten, die sie sonst zu tragen pflegte.

„Hat Euer Gemahl nun doch die Katzen und das Pferd in sein Bett geholt?", fragte René albern, um seine Erregung zu überspielen. Cathérine schien zu frösteln, sie schlang zitternd die Arme um ihren Körper.

„Nein, ich glaube, es ist sein Page oder eine von Girauds Töchtern. Mir ist kalt, René."

Natürlich wollte René keinesfalls, dass sie fror. In Windeseile streifte sie ihr Hemd ab und schlüpfte zu ihm unter die Bettdecke. René verwarf auf der Stelle die Gewissensbisse, die ihn nur für einen kurzen Augenblick zu plagen anfingen und ließ den Bedürfnissen seines ausgehungerten Körpers freien Lauf.

„Ich wollte, dass diese Stunden niemals aufhörten", flüsterte Cathérine hörbar glücklich und erschöpft, während sie zärtlich Renés Nacken streichelte.

„Ich habe schon lange bemerkt, dass du mit Gilles nicht glücklich zu sein scheinst."

Sie legte erbost die Stirn in Falten.

„Er hat mich seit unserer Hochzeit nur zweimal angerührt. Er sagt, ich sei eine alte verbrauchte Frau und ihn reizen nur junge Mädchen, die noch unberührt sind oder seine kleinen Pagen, mit denen er es laufend treibt."

René hatte von diesen Neigungen geahnt und ihm wurde klar, weshalb er immer ein so unangenehmes Gefühl hatte, wenn Gilles ihn umarmte.

„Möge er die hübschesten Pagen haben und Meister Giraud noch viele Töchter zeugen", erwiderte er und küsste Cathérines Apfelbrüstchen.

„Der hat schon fünf", kicherte sie genüsslich. „Die ersten zwei sind sogar bereits unter der Haube. Die beiden hat vorher sein Onkel Amaury vernascht. Die Dritte ist ziemlich beschränkt, die hat Gilles jetzt seinem Vetter vermacht. Die Vierte Beatrice, meine Zofe, dürfte jetzt bald soweit sein und die letzte, Eleonor, ist wahrscheinlich sogar für ihn noch zu jung."

René erinnerte sich vage gesehen zu haben, wie Gilles der dunkelhaarigen blassen Tochter des Buchmalers schon oft nachgestellt hatte. Beatrice war ein zartes blutarmes Geschöpf, das kaum ein Wort sprach und unter den bohrenden Raubtierblicken des Barons jedes mal zusammenzuckte wie ein aufgeschrecktes Reh. Die kleine Zofe tat René leid, doch im Augenblick war er zu sehr damit beschäftigt ihre vernachlässigte Herrin zu trösten.

„Was geschieht, wenn Gilles uns erwischt?", flüsterte René unheilschwanger ironisch, während seine Küsse auf der Stelle in tiefere Regionen rutschten.

„Er wird Euch zum Duell fordern, edler Graf de Grandier. Du kitzelst mich. Pfui, René, du darfst eine Dame nicht dahin küssen."

„Ich dachte, du bist eine alte verbrauchte Frau". erwiderte René, ohne von seiner erquickenden Tätigkeit abzulassen. „Ich werde diesem Schuft sämtliche Knochen brechen."

Cathérine schien der Gedanke immenses Vergnügen zu bereiten.

„Sehr gut, mein teurer Freund. Aber Vorsicht, Gilles ist sehr gewandt mit dem Schwert. Es geht das Gerücht um, du sollst ein Zauberer sei. Du musst ihn ganz einfach behexen, René."

„Ich werde ihn in ein Schwein verwandeln", entschied René und tauchte aus den Tiefen der Bettdecke auf und bevor er dazu kam, ein weiteres Kompliment über die samtweiche Haut seiner Angebeteten zu machen, wurde die von heftigen Lachkrämpfen geschüttelt.

„Was willst du denn da noch verwandeln! Nein, mein Liebster, mach ihn zu einem Hirsch und ein Geweih hat er ja bereits." Cathérine quietschte vor Vergnügen. „Und dann lassen wir die Katzen auf ihn los."

Nun konnte auch René nicht mehr an sich halten. Er schrie vor Lachen, bis er fast keine Luft mehr bekam. Er hatte nicht das Gefühl, womöglich bösartig zu sein. Im Gegenteil, er kam sich nur gerecht vor. Gilles war ein Jungfrauen- und Pagenfressendes Ekel und hatte eine solche wunderbare Frau niemals verdient.

Am nächsten Morgen erwachte René mit strahlender Laune. Er hätte vor Glück schlichtweg platzen können. Cathérine hatte das Bett bereits verlassen, aber der Duft ihres Körpers strömte noch aus den Kissen. Er grub stöhnend den Kopf hinein, sprang mit einem Schrei aus dem Bett und kleidete sich an, während er lauthals ein unanständiges Lied grölte. Er war sich keineswegs bewusst, dass er in seiner Verliebtheit alberne idiotische Dinge tat, die noch vor Wochen in seinen Augen verpönt und völlig undenkbar gewesen wären. Als er einen Blick aus dem Fenster warf, sah er unten im Hof Gilles stehen, der sich mit rührender Hingabe seinen beiden Geparden widmete. Vielleicht existierte eine Formel, die den Menschen in ein Tier verwandeln konnte. Gilles würde einen reizenden Hirsch abgeben und die Katzen hätten sicher viel Spaß dabei.

Als René die große Halle betrat, kam ihm an der Treppe Cathérines Zofe entgegen. Beatrice sprach noch leiser als sonst und ihre Hände zitterten, als sie René einen Brief ihrer Herrin überreichte. Er bemerkte sofort, dass ihre Augen rot umrandet waren und die blauen Flecken am Hals machten ihm klar, er verdankte eigentlich Beatrice sein ungestörtes Schäferstündchen mit Gilles Frau. Als die Stimme des Barons im Hof zu hören war, zuckte das Mädchen zusammen. René packte sie bei der Hand und hielt sie damit von ihrem Vorhaben, unauffällig zu verschwinden, ab.

„War er das?", fragte er und deutete auf ihren zerschundenen Hals. Sie nickte.

„Ja. Aber das ist nicht so schlimm. Vater sagt, dass er mich bald in Ruhe lassen wird, weil er sehr schnell die Lust verliert. Er ist unser Herr, Sire de Grandier."

Die Ergebenheit des armen Wesens und der Gedanke, dass der alte Giraud wusste, dass seine Töchter nacheinander von dem jungen Baron und womöglich auch von dessen Kumpanen geschändet wurden, brachte René an den äußersten Rand seines Zornes auf die unerträgliche Grausamkeit und Arroganz eines Menschen, der glaubte mit seinen

Untergebenen verfahren zu können, wie es ihm gerade beliebte. Immerhin waren die beiden ersten Töchter offenbar „nur" dem blasierten Amaury zum Opfer gefallen, der bestimmt nicht so grausam war wie sein Neffe.

Meister Giraud lebte unterhalb des Schlosses in einem kleinen Haus. Seit seine Frau bei der Geburt der jüngsten Tochter gestorben war, trank er ziemlich viel. Ansonsten bekam man ihn kaum zu Gesicht, weil er vorwiegend damit beschäftigt war, die prachtvollen Bücher seiner Herren mit kostbaren Miniaturen auszustatten. Eigentlich lebte er nicht schlecht, nur durfte er nicht zimperlich sein, wenn die hohen Herren einen Blick auf seine ausgesprochen schönen Töchter geworfen hatten, für deren Ehre er wenig tun konnte. Womöglich hatte er ihnen sogar eingeschärft, folgsam und demütig zu sein oder sich gar noch geschmeichelt zu fühlen, wenn der bildschöne Baron de Rais über sie herfiel. Beatrices ältere Schwester Aurelie, die Cathérine ein wenig beschränkt fand, schien sich sogar mit ihrem Schicksal abgefunden zu haben. Sie empfand es jedenfalls als äußerst vergnüglich, wenn man ihr bei den Saufgelagen die Röcke hochhob, um sich an ihren niedlichen weißen Schenkeln und anderen allerliebsten Kleinigkeiten zu ergötzen. Aurelie war natürlich keineswegs beschränkt. Cathérine konnte nur nicht ertragen, wenn noch andere Frauen in ihrer Nähe schön waren. Und schön war Aurelie. Sie hatte wie ihre Schwester rehbraune Augen, aber mit den roten Locken, die ihr immer ein wenig unordentlich ins Gesicht hingen und in dem abgewetzten grünen Kleid wirkte sie viel aufreizender als die stille melancholische Beatrice. René hatte Aurelie schon oft gesehen. Dass sie eine von Girauds Töchtern war, erfuhr er erst seit letzter Nacht.

Er trat in den Hof, um Gilles zu begrüßen. Neben dem Baron stand Aurelie, die kleine barfüßige Hexe mit den roten Haaren, in gebührendem Abstand und musterte mit großen Augen die beiden Geparden, die sich, ohne von jemanden Notiz zu nehmen, dekorativ am Boden räkelten, während Gilles mit zärtlicher Stimme auf das eine Tier einsprach.
„Das Schöne Mädchen ist heute sehr ungehalten", seufzte er, als er René bemerkte. Spontan warf der einen Blick auf Aurelie, die gerade gedankenverloren in der Nase bohrte und dabei überhaupt nicht schön aussah, bis ihm klar wurde, dass Gilles eine der beiden Katzen meinte. René schritt mutig auf die Tiere zu, machte eine tiefe Verbeugung vor ihnen und sagte höflich:

„Guten Morgen, Schönes Mädchen."

Das Schöne Mädchen musterte ihn mit den für Katzen typischen hochnäsig-gelangweilten Blick und begann sich dann in aller Ruhe den Pelz zu putzen, während sich ihr Bruder, der auf den Namen Sultan hörte (oder auch nicht hörte) gähnend zum Schlafen ausstreckte. Gilles ließ resigniert die Leinen zu Boden gleiten.

„Was macht Ihr bloß?", fuhr René entsetzt auf. Gilles zuckte die Achseln.

„Was soll ich schon machen. Sie wollen nicht auf die Jagd gehen."

„Vielleicht wollen sie nun auf die Jagd gehen und zwar auf uns. Das sind keine Hunde, Sire de Rais."

„Ihr seid ein Hasenfuß, mein René. Diese Kätzchen sind sehr menschenfreundlich, sie würden keiner Seele etwas zuleide tun."

Da könnte er recht haben, dachte René sarkastisch, die Kätzchen taten wahrscheinlich wirklich keiner Seele etwas zuleide. Zu fürchten war wohl eher ihr Herr. Trotzdem, so ganz traute er ihnen doch nicht. Auch Aurelie war sicherheitshalber ein paar Schritte zurückgewichen. Gilles warf ihr einen Blick zu, der ohne weiteres mit dem seiner Katzen in Konkurrenz gehen konnte.

„Das heißt, hin und wieder frisst Sultan mal ein kleines rothaariges Mädchen."

Doch Aurelie ließ sich nicht so schnell einschüchtern.

„Euer Sultan scheint mir feinere Manieren zu haben, als Euer abscheulicher Vetter de Sillé, Sire", erwiderte sie. „Außerdem bin ich Eurem Panther zu mager."

„Aber du bist besonders zart. Und was meinen Vetter angeht, ich kann ihn holen. Wenn du Glück hast, bist du auch ihm zu mager."

Aurelie biss sich angewidert auf die Unterlippe. René verstand das Mädchen und Cathérine bezeichnete den bewussten Vetter, entgegen ihrer kultivierten Ausdrucksweise, eigentlich nur als geile Wildsau. Was Gilles mit dieser vulgären Kröte verband, war René unverständlich. Aber er machte sich auch weiter keine Mühe nach irgendwelchen verständlichen Gründen zu suchen.

„Nun verschwinde, bevor der abscheuliche de Sillé hier auftaucht."

In Sekundenschnelle war Aurelie hinter den Büschen untergetaucht.

„Sie ist recht vorlaut, die kleine Hure", rief Gilles ihr hinterher.

„Ihre Schwester habt Ihr heute Nacht zu einer gemacht." erwiderte René, ohne sich einen spöttischen Unterton zu verkneifen.

Gilles lachte auf.

„Oh mein René, so viel Gift am frühen Morgen? Beatrice eine Hure - niemals. Eines Tages wird sie eine liebevolle tugendhafte Ehefrau, jedenfalls tugendhafter als meine." fügte er noch hinzu.

René überhörte selbstverständlich den letzten Satz.

„Wenn Beatrice dann überhaupt noch einen Mann findet."

Gilles sah ihn verständnislos an.

„Warum denn nicht. Außerdem bin ich ihr Herr und habe das Recht, mit ihr zu schlafen. Bei Euch daheim müssen ja die Mädchen speihässlich sein, dass ihr davon keinen Gebrauch macht."

„Ich habe andere Interessen", entgegnete René kalt. „Viel Möglichkeiten habt Ihr nicht mehr, Meister Giraud hat nämlich nur noch eine Tochter."

Gilles rieb sich die Hände.

„Ja, Eleonor. Der alte Fuchs zeigt sein Kleinod so gut wie nie vor in der letzten Zeit. Sie hält sich nur im Haus auf und streicht in den Wäldern herum, wenn niemand unterwegs ist. Sie hilft ihm sogar angeblich hin und wieder beim Zeichnen, hat zumindest Aurelie behauptet. Ich werde warten müssen, bis das Püppchen so weit ist."

René nahm Gilles die Vorfreude, indem er in Erwägung zog, dass das „Kleinod" sich nicht in der Öffentlichkeit zeigen durfte, weil es wahrscheinlich durch einen Buckel oder Klumpfuß entstellt sei.

Das Schöne Mädchen hatte zwischenzeitlich ihre Morgentoilette beendet und erhob sich, um Gilles und René in die große Halle der Burg zu folgen. Kurz darauf tauchte auch Sultan auf und legte sich neben seine Schwester auf die Fliesen.

„Sie sind so schön", musste jetzt sogar René zugeben – zum Glück war Cathérine nicht anwesend – während sich das Schöne Mädchen von ihm bereitwillig hinter dem Ohr kraulen ließ.

„Ja, das sind sie. Und sie sind schnell, schneller als La Trèmoilles schnellste Hunde. Hoffentlich vertragen sie den Winter."

Gilles Augen waren noch nie so sanft. Die übertriebene Zuneigung, die der Baron den Tieren entgegenbrachte, schockierte René angesichts der Tatsache, dass derselbe Mann in der vergangenen Nacht ein fünfzehnjähriges Mädchen eiskalt geschändet und misshandelt hatte.

Als René allein war, kam er endlich dazu, Cathérines Brief zu lesen, in dem sie ihn um ein baldiges Rendezvous bat. Diese heimlichen Schäferstündchen sollten noch reichlich stattfinden. Gilles war meistens irgendwie, irgendwo unterwegs und schien noch immer nichts zu ahnen oder wollte nichts ahnen. Während der nächsten zwei Jahre verlief das

Leben ruhig. Ab und zu ging René pflichtgemäß auf seine Burg zurück, war jedoch bei seinen Studien zu unkonzentriert. Der Meister hatte ihm ja schließlich empfohlen, das Leben in vollen Zügen zu genießen. Und das tat er – mit Cathérine.

Frankreich 1400 – 1429

6.

Kätzchen trifft auf Gepard – Die verzauberte Buchmalertochter
Der Engel trinkt Blut I

Als René an einem späten Nachmittag auf Champtocé eintraf, schien das ganze Schloss in heilloser Aufregung zu sein. Gilles kam überhaupt nicht dazu, ihn zu begrüßen, weil er damit beschäftigt war, seine Jagdaufseher anzubrüllen. Endlich bekam René aus dem ganzen unverständlichem Lärm heraus, dass einer der Geparden ausgebrochen und spurlos verschwunden war.

„Das Schöne Mädchen ist seit heute morgen verschwunden", lamentierte Gilles „Wenn ihr etwas zustößt, werde ich den Aufseher eigenhändig aufhängen", fügte er noch zornig hinzu. Obwohl René von dem langen Ritt erschöpft war, erklärte er sich bereit, nach dem Schönen Mädchen zu suchen. Noch vor Einbruch der Dunkelheit sollte er für seine Mühe belohnt werden. Mitten auf einer Lichtung im Wald saß die unglückselige Katze und putze sich, die gesamte Umgebung ignorierend, ihr Fell. Aber das Schöne Mädchen war nicht allein und was René eigentlich verwirrte, war die Tatsache, dass das Mädchen keinerlei Angst vor dem großen Raubtier zu haben schien. Er schätzte sie auf ungefähr vierzehn Jahre, wenn nicht sogar jünger. Ihre rötlichen hellbraunen Haare hatte sie, wie Beatrice, zu einem Zopf zusammengeflochten und ihre kohlschwarzen Augen sahen ihn an, als ob er und nicht der Gepard, dem sie zärtlich über den Kopf strich, die Bestie wäre.

„Ihr seid sicher einer von de Rais Leuten." Ihre Stimme klang ungewöhnlich dunkel und melodisch, doch der abfällige Unterton war nicht zu überhören. René nickte.

„Ja, er vermisst genau diese Katze."

Das Mädchen trat zur Seite.

„Dann holt doch genau diese Katze. Sie wird schon wissen, warum sie ihm weggelaufen ist. Oder traut Ihr Euch nicht?" Ihre offensichtliche Feindseligkeit verwirrte ihn, aber schließlich war er ja auch einer von de Rais Leuten.

„Das werde ich auch. Schön, dass wenigstens du keine Angst vor ihr hast", erlaubte René, so freundlich er dazu in der Lage war, zu antworten.

„Meine Güte, es ist doch nur eine große Katze."

Bevor er noch etwas weniger Freundliches entgegnen konnte, war Gilles Stimme im Wald zu hören, der gleich darauf auf der der Lichtung erschien.

„Mein René, was seid Ihr für ein Engel! Wenn ich Euch nicht hätte. Du solltest dich schämen, Schönes Mädchen."

Das Schöne Mädchen kommentierte Gilles Vorwurf mit einem kurzen Fauchen, zumal sie von dem Lärm, den sein Gefolge im Wald veranstaltete, verunsichert wurde.

„Das Schöne Mädchen befand sich ...", jetzt erst stellte René fest, dass die Kleine auf eimal wie vom Erdboden verschwunden war, „... in Gesellschaft von einem ebenso schönen Mädchen mit einem weniger schönen Mundwerk."

Gilles schaute etwas irritiert drein, bis René eine kurze Beschreibung der spröden Schönen abgab.

„Ach, das ist Eleonor. Wahrlich eine bezaubernde Kratzbürste, ein richtiger vorlauter kleiner Besen. Und meine Katze hatte keine Angst vor ihr?"

„Offenbar nicht", entgegnete René lachend, während er auf sein Pferd stieg.

„Enorm, sie hat Mut, das gefällt mir", bemerkte Gilles und pfiff durch die Zähne, während er seinem Pferd die Sporen gab. Das war also Meister Girauds „Kleinod". Ob sie ihr freches Mundwerk noch behielt, wenn sie nähere Bekanntschaft mit ihrem Herrn gemacht hatte, sofern der überhaupt noch Wert darauf legte? René sollte es noch früh genug erfahren.

In der nächsten Zeit sah man nämlich Eleonor öfter auf der Burg. Sie überbrachte dem Baron de Rais die illustrierten Bücher ihres Vaters. Dass der alte Giraud krank war und deshalb nicht selbst kommen konnte, nahm man ihr allerdings nicht so recht ab. Irgendwann fiel dann doch die hässliche Bemerkung, er wäre lediglich stockbesoffen, worauf Eleonor mit einer Anhäufung von wüsten Schimpfwörtern reagierte, die man dem zierlichen Persönchen niemals zugetraut hätte. Cathérine wollte selbstverständlich veranlassen, dass die kleine ordinäre Schlampe in Zukunft die Bücher unten am Burgtor abzugeben hatte, während Gilles sich halbtot lachte. Eleonors Augen wurden daraufhin noch schwärzer, ihr magerer Körper zitterte vor Zorn und mit einem Mal schleuderte sie die kostbaren Bücher dem Baron vor die Füße. Einen Augenblick herrschte absolute Totenstille. Eleonor nützte dieses Schweigen und bevor Gilles reagieren konnte – er brauchte dazu wirklich eine beträchtliche Weile – war sie verschwunden. Nun lachte Gilles nicht mehr und an seinem Blick konnte René erkennen, was er mit dem unverschämten Mädchen zu tun gedachte, bevor er es lauthals hinaus brüllte. Auf der anderen Seite wurde René das Gefühl nicht los, dass der junge Baron in diesem dünnen verwahrlosten Geschöpf einen ebenbürtigen Gegner finden würde. Sie sollte auch ihm nicht mehr aus dem Kopf gehen und ohne dass er wollte, fühlte er sich zu Eleonor hingezogen. Leider entging diese Tatsache auch Cathérine nicht.

„Man könnte fast denken, dass du dich in diese schwarzäugige Hexe verliebt hast", zischte sie ihm aus heiterem Himmel am Abend während der gemeinsamen Mahlzeit zu. René hatte keine Gelegenheit, sich zu wehren, da Jean de Craon mit seiner Gemahlin auftauchte. Der Abend verlief schweigsam und frostig. Gilles trieb sich mit seinen Kumpanen im Wald herum und gedachte wohl, diese Nacht nicht heimzukommen.

Irgendwie war es René dann doch gelungen, Cathérine von seiner Unschuld zu überzeugen, denn sie kam spät in der Nacht in sein Gemach geschlichen und schlüpfte schweigend an seine Seite. Beruhigt nahm er sie in seine Arme. Fast drei Jahre waren nun vergangen und seine Liebe zu ihr war noch immer die gleiche wie am ersten Tag, als er sie auf ihrer Hochzeit tanzen sah.

„Ich wüsste gar nicht, was ich ohne dich täte", flüsterte Cathérine in die Stille. Als Antwort gab er ihr einen zärtlichen Kuss auf die Stirn. Zweifelsohne empfand auch er so. Sogar seine geliebte Magie war zweitrangig geworden. Damit konnte er sich noch genügend beschäftigen, wenn Gilles ihn rauswarf, nachdem er von dem Verhältnis zu seiner Frau erfahren hatte. Sicher hatte er es längst erfahren, es war daher eher die Frage, wie lange er es noch dulden würde. Er war sehr unberechenbar, auch wenn er als Ehemann natürlich im Recht war. Im selben Augenblick war Gilles Stimme und das Gelächter seiner Freunde im Hof zu hören. René fuhr hoch.

„Du musst gehen."

Cathérine sprang aus dem Bett. Der Widerschein der Fackeln im Hof beleuchtete ihr Gesicht.

„Er wird heute Nacht nicht kommen. Sie haben irgendein Mädchen bei sich, wahrscheinlich Aurelie. Ich kann nichts erkennen. Er ist betrunken und er weiß, ich lasse ihn in diesem Zustand niemals zu mir ins Zimmer."

Sie legte sich wieder zu René ins Bett. Tatsächlich konnte er jetzt den Schrei eines Mädchens hören. Es war jedoch eher der Schrei eines kleinen wilden Raubtieres, das in eine Falle gelaufen war, aus der es kein Entrinnen mehr gab. Dieser gottverdammte Baron. René wünschte ihn manchmal schlicht und einfach zum Teufel. Zu gern wäre er nun aufgestanden, um ihn wenigstens zu ohrfeigen. Cathérine drückte ihren Geliebten sanft in die Kissen zurück.

„Leg dich jetzt nicht mit ihm an – außerdem sind sie in der Mehrzahl."

Das erste Mal fühlte René, dass sie Furcht vor ihrem Mann zu haben schien. Er umschlang ihren weichen nackten Körper und schlief gegen Morgen endlich ein.

Als er erwachte, stand Cathérine bereits angekleidet am Fenster und schaute in den Hof hinunter. Er erhob sich ebenfalls, um ihren interessierten Blicken zu folgen. Ein Zittern durchlief seinen Körper, als er auf den Steinfliesen ein graublaues schmutziges Bündel liegen sah.

„Es ist Eleonors Kleid", bestätigte Cathérine seine düstere Ahnung.

„Dieses Dreckschwein! Dieses Mal kommt er nicht so leicht davon." Halb wahnsinnig vor Wut verließ René, gefolgt von der aufgelösten Cathérine, sein Zimmer. Unten im Saal begegnete ihnen zuerst Gilles Page, der eines von Cathérines Kleidern auf dem Arm trug.

„Was willst du mit meinem Kleid", fauchte sie und riss dem verstörten Knaben das Kleid aus der Hand.

„Euer Gemahl hat mir befohlen, es auf sein Gemach zu bringen", stammelte er. Cathérine schnappte nach Luft.

„Hat er dir befohlen! Drück dich nicht so geschwollen aus. Er ist wohl jetzt völlig von Sinnen. Wozu braucht er das Kleid. Ich habe es am Tag meiner Hochzeit getragen. Dieses elende Scheusal."

„Ihr habt vor einigen Tagen selbst gesagt, Ihr wolltet dieses Kleid nie mehr tragen", ertönte die Stimme des elenden Scheusals oben an der Treppe, „eben wegen jener Hochzeit, Ihr wolltet nicht mehr daran erinnert werden, Madame."

Ohne sich um Cathérines und Renés giftige Blicke zu kümmern, kam Gilles nach unten, nahm seiner verblüfften Gemahlin mit einer unvergleichlich eleganten Geste das Kleid aus der Hand und betrachtete es wohlwollend von allen Seiten.

„Ja, das dürfte wohl etwas zu üppig sein. Sie ist recht mager. Egal. Ich möchte, dass sie aussieht wie eine Königin, wie meine Königin." Er leckte sich eindeutig die Lippen. „Madame, Ihr wollt doch sicher nicht, dass sie nackt zu Tisch erscheint, auch wenn mir das natürlich am liebsten wäre."

Cathérine war fassungslos. Sie brachte kein Wort mehr heraus, bis Gilles aus ihren Augen verschwunden war, während sich René kurz fragte, wer hier wen womöglich oder überhaupt vergewaltigt hatte.

Gegen Mittag erschien Gilles, wie angekündigt, mit seiner neuen Geliebten bei Tisch. René hatte Schwierigkeiten, sich daran zu gewöhnen, die rothaarige Eleonor in Cathérines Kleid zu sehen, selbst wenn sie jetzt frisch gewaschen sehr reizvoll darin aussah. Die Kratzspuren an ihrem Hals konnte allerdings auch das kostbare Halsband mit den leuchtend roten Rubinen nicht verbergen. Bei Gilles konnte er keine sichtbaren Spuren entdecken. Eleonors Augenlider waren rot umrandet, aber ihr starrer Blick aus den unergründlichen schwarzen Augen ließ nicht die geringste Regung erkennen. Erst als Gilles leise mit ihr sprach, glaubte René, ein feines Lächeln auf ihren schmalen Lippen zu sehen, und er täuschte sich nicht. Es war ein triumphierendes Lächeln. Jean de Craon nahm von der neuen Errungenschaft seines Enkels wenig Notiz. Es schien ihn nicht zu interessieren, dass der sich in aller Öffentlichkeit zu seiner Mätresse bekannte und die Unverschämtheit besaß, sie in die Kleider seiner Frau zu stecken.

Von nun an war Gilles ohne Eleonor nicht mehr denkbar. Zunächst glaubte jeder, dass es sich um eine der üblichen Marotten des Barons handelte und er das Mädchen wieder davonjagte oder einem seiner Kumpane überließ. Weit gefehlt, er betete sie an wie eine Göttin. Obwohl sich René darüber im Klaren war, dass ihn das alles nichts anging und vor allem, dass er nun so gut wie ungestört seine ehebrecherische Beziehung zu Cathérine ausleben konnte, machte er sich mehr als ihm lieb war Gedanken über die eigenartige Beziehung des Barons zu dem in Brokat gekleideten verwahrlosten Kind. Eleonor war noch ein Kind, auch wenn sie auf dem Weg zur Frau war. Sie war so klein und zerbrechlich, so unwirklich. Doch da war etwas, was René beunruhigte. Dieses Kind schien ihm alt zu sein — alt und unsterblich. Es waren ihre Augen, ihre kohlschwarzen Augen, die zu viel gesehen haben mussten und René wollte auf keinen Fall wissen, was sie gesehen hatten. Er, der in der letzten Zeit ohnehin eine merkwürdige Unruhe in sich verspürte, verbannte diese Gefühle in sein tiefstes Innerstes und entschied, den Dingen, wie auch immer sie enden sollten, den Lauf zu lassen. Allerdings waren seine lauernden Blicke in Bezug auf Eleonor nicht unbeobachtet geblieben. Cathérine, selbstverständlich sensibel wie alle liebenden Frauen, entgingen Renés „widernatürliche Gefühle" nicht und es kam immer häufiger zu unliebsamen Szenen. Eines Tages versteifte sie sich darauf, dass Eleonor kein Mensch, sondern ein Dämon war, der es darauf anlegte, Männer zu behexen.

Damit brachte sie René auf den richtigen Gedanken. Denn mit einem Mal wusste er, woran ihn diese faszinierenden Augen erinnerten. Diese Augen hatte er schon einmal gesehen, nur sie waren damals grün - jenes rotblonde Wesen an Gilles Bett. Ihm wurde allmählich beängstigend klar, dass Eleonor etwas anderes sein musste, als das vorlaute Töchterchen eines Buchmalers. Und gleichzeitig fasste er den Entschluss, Gilles in den Orden einzuweihen, weil er instinktiv spürte, dass er damit eine Katastrophe verhinderte. Doch vorher wollte er seinen Verdacht bestätigt finden. Aber Eleonor gab ihm dazu nicht den geringsten Anlass. Also beschwor René nach langer Zeit einmal wieder seinen Meister und begann auf der Stelle einen Frontalangriff zu starten:

„Wer ist das merkwürdige Mädchen, mit dem sich Gilles in der letzten Zeit umgibt?"

Selbstverständlich hatte der Meister nicht die geringste Ahnung und lächelte verblüfft.

„Ihr stellt seltsame Fragen, René. Sie ist offenbar seine Geliebte."

„Sie ist aber auch ein Mitglied des geheimen Ordens", entgegnete René ruhig. Er war entschlossen, aufs Ganze zu gehen. „Nun – und welche Rolle spielt sie in Eurem Stück?"

Obwohl der Meister kurz zusammenzuckte, versuchte er weiterhin vollkommen ungerührt zu bleiben.

„Ist das ein Verhör? Ihr seid ein Narr. Seit Monaten lasst Ihr Euch nicht blicken, dann beschwört Ihr mich, nur um mir zu verstehen zu geben, dass ich womöglich dieses Flittchen geschickt hätte, um Gilles unschuldige Seele der Hölle preiszugeben. Einfach lächerlich."

René kniff die Lippen zusammen. Dieses Wesen belog ihn, und genau das musste er ihm jetzt sagen:

„Das glaube ich. Aber wozu streiten wir uns. Eure Pflicht ist, mich die magischen Fähigkeiten zu lehren, ohne Euch um meine Meinung zu kümmern. Doch Ihr solltet mich nicht belügen, oder habt Ihr kein Interesse ins Zwischenreich zu gelangen?"

Der Meister verzog sein schönes Gesicht. Das erste Mal konnte René ein offensichtliches Zeichen von Bosheit darin erkennen.

„Ihr seid im Unrecht, junger Magier. Nichts wünsche ich mir sehnlicher als das. Für meine Freiheit werde ich, wenn es sein muss, über Leichen gehen, denn um ins Zwischenreich zu gelangen, ist mir jedes Mittel recht – jedes Mittel, René. Oder soll ich deutlicher werden? Fangt nicht an, mich zu bedrängen. Entweder Ihr vertraut mir ganz einfach und Ihr tut das, was ich Euch sage. Denn wenn Euch Eure eigene Existenz hier auf der Erde und im Zwischenreich wichtig ist, lasst die Hände von Gilles de Rais. Wenn Ihr nur einen Versuch macht, ihn einzuweihen, werde ich Euch nicht nur fallen lassen, sondern auf der Stelle töten. Versucht bloß nicht, den Großmagier zu benachrichtigen, auch das werde ich sofort merken und Maßnahmen ergreifen. Und vor allem – unterschätzt mich nicht, das könnte Euer Ende bedeuten. So, das wäre es für heute, lebt wohl. Und beschwört mich erst wieder, wenn Ihr klügere Fragen habt. Nicht vergessen, ab jetzt lasse ich Euch nicht mehr aus den Augen."

Bevor René etwas erwidern konnte, war das Wesen bereits in der Dunkelheit verschwunden. Eine ganze Weile blieb er noch wie angewurzelt stehen. Irgendwie hatte er so etwas eines Tages erwartet. Aber jetzt, wo diese Drohung so offensichtlich ausgesprochen wurde, saß ihm der Schreck noch gewaltig in den Knochen. Er versuchte, sich damit zu trösten, dass der Meister ihn immerhin „anständiger weise" gewarnt hatte. Und wenn René diese Warnung wirklich ernst nahm, durfte ihm eigentlich nichts passieren. Was hatte um Himmelswillen das Wesen dagegen, dass Gilles in den Orden eingeweiht wurde? Zwecklos, das zu fragen. Er musste sich endgültig damit abfinden, darauf nie eine Antwort zu erhalten. Da war sie wieder, diese Unruhe. René spürte Gefahr, Gefahr für den Baron. Nur, sollte er wegen ihm sein Leben riskieren? Am besten, er würde wieder eine Weile auf seine Burg zurückkehren, um Gilles nicht mehr zu sehen, der ihn ohnehin nur provozierte. Er brauchte noch Stunden, um sich zu sammeln. Schließlich verließ er resigniert sein Zimmer. Frische Luft würde ihn mit Sicherheit etwas ablenken. Es war früh am Morgen, der Nebel verzog sich gerade und der frische Herbstwind tat ihm gut. Unten im Hof wurden bereits Vorbereitungen zur Jagd getroffen. René hatte keine Lust, daran teilzunehmen. Er zog es vor, für den Rest des Tages allein zu bleiben. Vor ihm stand plötzlich Eleonor. In ihrem schlichten blauen Kleid sah sie zauberhaft aus, wie eine Fee aus den Tiefen der undurchdringlichen Wälder entstiegen. Sie hielt die beiden

Geparden an der Leine und lächelte René zu. Es war das erste Mal, dass sie ihn anlächelte und ihr Lächeln war verschwörerisch. Im Bruchteil einer Sekunde hatte sie ihm zu verstehen gegeben, dass sie von dem nächtlichen Gespräch mit seinem Meister wusste. Er hatte eine Verbündete gefunden. Nun wollte er auf keinen Fall auf seine Burg zurück. Auf der anderen Seite ängstigte ihn noch immer die unverhohlene Drohung seines Meisters, so dass er nicht wagte, sich seiner neuen Verbündeten zu offenbaren. Dazu kamen Cathérines Eifersuchtsszenen, die inzwischen sehr wohl registriert hatte, dass ihr Geliebter die jüngste Buchmalertochter nicht mehr aus den Augen ließ, obwohl sie die falschen Schlüsse zog. Natürlich konnte René ihr nicht sagen, weshalb er Eleonor ständig beobachtete. Cathérine hätte ihm sowieso nicht geglaubt, zumal sie die Beschäftigung mit der Magie für eine dumme Spinnerei und eine wenig kluge Ausrede hielt.

-s kam wie es kommen musste. Eines Morgens brach das Unheil mit aller Macht herein. Gilles verlangte nach René. Mit einem ungutem Gefühl betrat er das Gemach des Barons. Gilles lag noch im Bett und schien blendender Laune zu sein.

„Nun mein verehrter Magier, ich habe etwas für Euch. Das dürfte von großem Interesse für Euch sein. Eleonor, bitte gib ihm das Buch."

Eleonor, die gerade umständlich mit Ankleiden beschäftigt war, überreichte ihm ein kleines in dunklem Leder eingebundenes Buch.

„Na, und ?", fragte René irgendwie verärgert.

„So öffnet es doch endlich", ermunterte ihn Gilles eifrig. „Ich bin so gespannt, was Ihr dazu sagt."

René sagte gar nichts, weil es ihm buchstäblich die Sprache verschlagen hatte. In dem bewussten Buch waren zu seinem Entsetzen die verbotenen Beschwörungsformeln seines Ordens aufgezeichnet. Seine Knie zitterten so sehr, dass er sich sogar einen Augenblick setzen musste. Wozu sollte er diesen Schock verbergen, wenn er ohnehin schon weiß wie ein Leintuch war. Automatisch trafen seine Blicke die von Eleonor, sie lächelte wieder ihr verschwörerisches Lächeln. Klar, auch ihr waren diese Formeln nicht unbekannt.

„Wo habt Ihr das her?", fragte René an Gilles gewandt, nachdem er sich wieder einigermaßen gefangen hatte.

„Von einem Ritter aus Angers. Er ist im Augenblick eingesperrt wegen Ketzerei. Es hat mich ein Vermögen gekostet."

Gilles schien die Tatsache, das Buch eines womöglich Todgeweihten erworben zu haben, zu begeistern.

„Ach, und Ihr wollt ihm ins Verlies nach Anger oder auf den Scheiterhaufen folgen."

„Eigentlich nicht. Ich lass mich doch nicht erwischen oder haltet Ihr mich für dumm?" René wollte zu dieser Frage lieber nicht Stellung beziehen. „Ich will diese Formeln auf jeden Fall ausprobieren." Dieses mal strahlte Gilles über das ganze Gesicht. René warf das Buch zu ihm auf das Bett.

„Na, dann viel Spaß. Ohne mich, ich geh."

„Halt René, oh Ihr seid ein so verdammter Dickschädel!" Mit einem Satz war Gilles aus dem Bett gesprungen und versperrte ihm, bloß wie Gott ihn schuf, den Weg. „Ihr wollt mich doch nicht im Stich lassen?"

„Genau das will ich. Euch soll doch wirklich der Teufel holen."

„René, bitte!"

„Ich glaube, Ihr seid wahnsinnig."

„Nicht weniger als Ihr. Ihr müsst doch zugeben, es ist eine Fügung, dass ich dieses Buch in die Hände bekommen habe. Jetzt seid Ihr dran, mir zu helfen. Bitte, mein René."

René zögerte einen Augenblick.

„Gut. Aber ich möchte dieses Buch vorher allein durcharbeiten. Gebt es mir wieder zurück."

Wenn er das verbotene Buch bei sich aufbewahrte, kam Gilles wenigstens nicht auf den dummen Gedanken, die Formeln selbst auszuprobieren. Gilles Augen formten sich zu zwei Schlitzen. Er schien René auf einmal zu misstrauen.

„Habt Ihr mit einem Mal etwa Angst?", fragte René sarkastisch und hielt erwartungsvoll die Hand auf. Eleonor nahm Gilles das Buch ab und überreichte es René.

„Ihr solltet ihm vertrauen, Sire. Kleidet Euch endlich an, Ihr holt Euch noch eine Erkältung, und Ihr René …", sie folgte ihm vor die Tür, „… solltet es gut studieren."

„Ihr wisst genau, das ist nicht nötig", flüsterte René als Gilles außer Hörweite war. Auch sie hielt einen Moment inne, als ob sie sich vergewissern wollte, dass sie und René unbeobachtet waren.

„Sicher weiß ich, Ihr kommt ohne das Buch aus. Dieser Ritter aus Angers muss ja wirklich den Verstand verloren haben, so etwas aufzuschreiben. Das wird ihn weit mehr als den Kopf kosten. Verbrennt dieses unselige Buch. Ihr müsst sowieso eine Beschwörung machen, die nicht in diesem Buch steht. René, ich bitte Euch darum."

Jetzt war Vorsicht geboten. Anscheinend sollte er zu einem Werkzeug gemacht werden. Jemand wollte unbedingt, dass Gilles eingeweiht wurde, während ein anderer das unbedingt zu verhindern gedachte. Doch als Eleonor ihn wie flehentlich am Arm packte und ihre unergründlichen Augen ihn längst nicht mehr so abweisend ansahen, war seine Entscheidung bereits gefallen.

„Warum macht Ihr diese Beschwörung nicht selbst?"

Sie zog ihn hastig zu sich in eine Nische.

„Ich kann es nicht allein. Ich werde laufend beobachtet. Ich kann diese Beschwörung nicht machen und gleichzeitig meine Gedanken abschirmen. Er ist zu stark."

Renés Ahnung hatte sich bestätigt.

„Meine Liebe, auch ich habe das Vergnügen, ständig von einem Schutzengel umgeben zu sein. Dieser hat mir zu meinem Wohl, wie er sich netterweise ausdrückte, verboten, eine Beschwörung in Gegenwart von Gilles zu machen."

„Ich glaube, wir haben den gleichen Schutzengel. Wie sieht er denn aus?"

René gab eine kurze Beschreibung seines Meisters. Eleonor nickte und seufzte.

„Das habe ich befürchtet."

„Ihr kennt ihn?"

Sie seufzte abermals.

„Ja, er ist einer meiner Brüder."

Damit war klar, sie war ein Mitglied des Ordens und René saß offensichtlich mittendrin in einer Familienfehde und Gilles, ohne dass er davon die geringste Ahnung hatte, auch.

„Habt Ihr noch mehr solche anhänglichen Brüder?"

Eleonors Augen blitzten.

„Noch vier. Verehrter Sire de Grandier. Aber dieser ist ganz besonders anhänglich."

„Welch herrliche Aussichten."

Sie lachten auf und in diesem Augenblick bog Cathérine um die Ecke. Ihre Blicke schienen Eleonor tödlich zu durchbohren, einige dieser Blicke trafen auch René. Der kommende Abend versprach, recht turbulent zu werden.

„Sie liebt Euch", kommentierte Eleonor ironisch als Cathérine wütend und unglaublich hoheitsvoll mit rauschendem Kleid die Treppen hinabstolziert war.

„Und Ihr liebt Gilles", entgegnete René nicht weniger ironisch. Eleonor zuckte jedoch nur die Achseln.

„Vielleicht."

„Aber da bin ich mir ganz sicher." René ließ nicht locker. „Sonst würdet Ihr ja wohl kaum soviel riskieren, zumal Eure Verwandtschaft von Eurem Liebhaber nicht sehr begeistert ist. Warum darf Gilles eigentlich nicht eingeweiht werden?"

„Das kann ich Euch nicht sagen, noch nicht. Ihr werdet es auf jeden Fall nach der Beschwörung erfahren – ich meine, wenn sie gelingt, und sie muss gelingen. Es steht sehr viel auf dem Spiel. Ihr müsst mir helfen, denn zu zweit schaffen wir es sicher. Ihr werdet es nicht bereuen, das verspreche ich Euch. Ihr macht die Beschwörung, sie ist nicht schwierig und Euch kann dabei nichts passieren und ich gebe Euch Deckung."

René lachte amüsiert auf.

„Köstlich. Und wie soll ich wissen, dass Ihr dazu fähig seid?"

„Das bin ich wohl", fuhr Eleonor entrüstet auf. „Ich bin schließlich ..."

„... Erster Jäger des Ersten Königs von Draußen", alberte René.

„Knapp daneben, Grandier. Erster Jäger ist unser Schutzengel. Ich bin der Erste Priester des Ersten Königs."

„Gut, dann eben der Priester, ich meine Priesterin." René schüttelte nachdenklich den Kopf. „Ihr verlangt viel von mir Priesterin. Und Ihr seid, wie ich soeben mitbekommen habe, von Draußen. Ihr lasst mich blind eine Beschwörung machen. Ich weiß nicht, warum ich sie vollziehe, ich weiß nicht, wer dann erscheint und ich weiß nicht, weshalb offenbar die gesamte Elite von Draußen ein derartiges Interesse an einem so unbedeutenden Hohlkopf wie Gilles de Rais hat. Könnt Ihr verstehen, mir ist einfach unheimlich bei der Sache."

„Gilles de Rais mag ja ein Hohlkopf sein, aber er ist bedeutender als Ihr denkt. Und ein Erster Priester ist dem Ersten Jäger sehr wohl ebenbürtig, nur dass der leider noch Verstärkung hat. Mit allen werde ich allein nicht fertig. Habt Ihr etwa Angst?"

Angst? Natürlich hatte er Angst, aber das würde er gerade diesem dünnen kleinen Mädchen auf die Nase binden, selbst wenn sie der Großmagier persönlich wäre.

„Ich werde Euch helfen. Schon allein deshalb, weil ich zu neugierig bin. Und wenn es mich den Kopf kostet, habe ich halt Pech gehabt. Aber vorher muss ich noch meine Rachegöttin versöhnen. Sie glaubt, dass Ihr mich behext habt und vielleicht habt Ihr das auch gerade in diesem Augenblick."

„Als ob ich nichts anderes zu tun hätte", entgegnete Eleonor höhnisch, rief nach den Geparden und verließ gefolgt von ihnen das Schloss, um ihren morgendlichen Ausritt anzutreten.

Sie war eine ausgezeichnete Reiterin und René hatte sich schon immer gewundert, dass die Tochter eines einfachen Buchmalers so gut mit Pferden umgehen konnte. Wahrscheinlich war das eine Fähigkeit aus ihrem letzten Leben. In den umliegenden Dörfern hatte sie inzwischen wirklich den Ruf eines überirdischen Wesens, das sich mit wilden Tieren und schlimmeren Kreaturen herumtrieb, denn sie ritt oft in der Nacht in die Wälder und kehrte erst im Morgengrauen zurück. Selbst von ihrem Vater wurde sie gemieden – aber aus einem anderen Grund. Dass seine Töchter von dem Baron geschändet wurden, störte ihn weniger als die Tatsache, dass sein jüngstes Kind nun offiziell zu Gilles de Rais Hure gemacht worden war. Eleonor war jedoch in keiner Weise zurückhaltend und genoss sogar souverän ihren zweifelhaften Ruf. Eigentlich war sie die ideale Ergänzung zu Gilles. Diese beiden ungestümen Geschöpfe, die keinerlei Interesse an ihrer Umwelt zeigten, waren nur aufeinander fixiert. Sie vergötterten sich in einer ungesunden Weise, die René schon fast als abstoßend empfand. Im Grunde hatte er gegen diese seltsame Verbindung auch nichts einzuwenden, weil dadurch Unbeteiligte von Gilles Scheußlichkeiten verschont blieben, die Eleonor wiederum zu ignorieren wusste. Priesterin des Königs von Draußen. René war also doch nicht eine Nummer zu klein, wie Amaury behauptete. Sie, als Priesterin war also nicht nur eine der engsten Dienerinnen sowie Beraterinnen des mächtigen Ersten Königs, sondern sie musste auch über enorme magische Fähigkeiten verfügen und damit weit über ihm stehen. Der Gedanke flößte René ziemliches Unbehagen ein. Trotzdem, er wollte diese Beschwörung riskieren. Die Vorstellung, hinter das Geheimnis des Ersten Jägers zu kommen, war zu reizvoll und die Mahnung desselben außer Acht lassend, begann sich René in ein gefährliches Abenteuer zu stürzen.

Cathérine war äußerst schwer zu besänftigen und René hatte Gelegenheit, alle Variationen ihres Temperamentes kennenzulernen.

„Ach, du erzählst mir, dass du nichts für sie übrig hast und stattdessen drückst du dich albern kichernd mit ihr in den Nischen herum", zischte sie wie eine gereizte Ringelnatter.

„Wir haben uns lediglich über ihre Brüder unterhalten", erwiderte er, so zerknirscht wie möglich. Cathérines veilchenblaue Augen wurden immer größer und ihr hübscher weißer Hals merklich länger.

„Über wen habt ihr euch unterhalten?"

„Über ihre Brüder, mein Sonnenschein."

„Graf de Grandier, seid Ihr sicher, dass Ihr nicht verrückt geworden seid?"

„Dame Cathérine, wollt Ihr mich beleidigen?"

Vor der Tür war ein Geräusch zu hören. René fuhr erschrocken zusammen.

„Wer ist das?"

Cathérine verschränkte die Arme vor der Brust, atmete tief durch und entgegnete schließlich:

„Wahrscheinlich einer von Eleonors Brüdern. Du kannst hereinkommen Beatrice."

Zögernd trat die Zofe ein.

„Verzeiht, Dame Cathérine ..."

„Was für ein kräftiges stattliches Brüderchen. Schon gut, Bice. Hilf mir beim Packen. Wir werden mit Sire de Rais verreisen."

René war dieser Patzer mehr als peinlich. Eleonor Giraud hatte nicht einen einzigen Bruder, dafür vier Schwestern. Wie sie wohl als Schwester von den fünf Brüdern hieß? Das war im Augenblick jedoch unwichtig angesichts der Tatsache, dass er seine Geliebte von diesem Schnitzer ablenken musste.

„Du verreist?", nahm er behutsam das Gespräch wieder auf, in der Hoffnung, dass sie ihm jetzt den Inhalt ihrer Garderobe aufzählen würde, statt sein schlechtes Gewissen mit falschen Brüderchen und Schwesterchen zu quälen.

„Ja, mit meinem Sohn Gilles ..."

„Ach wie nett, ich dachte aber immer, er sei dein Onkel." Cathérine versuchte das Lachen zu verkneifen. „Seit wann hast du eigentlich einen Sohn?" René fühlte eine spürbare Erleichterung, als Cathérine endlich heraus prustete:

„Seitdem Eleonor Brüder hat. René, du solltest nicht so viel trinken, das macht blöde, wie du an meinem Herrn Gemahl langsam sehen kannst. Hat er dir nicht gesagt, dass wir auf mein Stammschloss in die Vendeé gehen?"

René verneinte verblüfft.

„Er will nach Tiffauges?"

„Ja, genau da will er hin. Du sollst auch mitkommen. Bice, gib mir doch mal das grüne Kleid."

Ihm war sofort klar, dort sollte die Beschwörung stattfinden, denn er hatte gehört, dass die Burg einsam und vor allem fast unbewohnt war.

„Und du gehst mit? Ich dachte, du magst Tiffauges nicht."

Die Anwesenheit von Cathérine war ihm gar nicht recht, zumal er sie in der Nacht wohl kaum loswerden konnte.

„Ich finde diesen elenden Steinhaufen sogar abscheulich und abstoßend. Bestimmt möchte mein Gemahl in dieser stimmungsvollen Atmosphäre den Teufel beschwören. Soll er doch, dann ist er in bester Gesellschaft. Ja, ja, ich weiß, du hilfst ihm dabei. Aber ich habe viel Toleranz für eure merkwürdigen Bekanntschaften. Doch mich beunruhigt eher Satans kleine Schwester, dieser rothaarige Dämon mit den nachtschwarzen Augen, der uns ebenfalls begleitet und nach dessen Anblick du offenbar nicht mehr Männchen von Weibchen unterscheiden kannst. Mein armer tapferer Ritter, René." Sie gab ihm einen Kuss auf den Mund. „Und um deine unsterbliche Seele und vor allem auch um deinen stattlichen Körper zu beschützen, werde ich den Aufenthalt in diesem feuchten Loch mit Freuden auf mich nehmen."

René war sich darüber im Klaren, dass jeglicher Widerspruch zwecklos war und beschloss, sich gegebenenfalls auf seinen Einfallsreichtum zu verlassen.

Frankreich 1400 – 1429

7.

Eine Beschwörung mit folgenschwerem Nachspiel
Druidenbegräbnis

Am frühen Morgen brach der Baron mit samt seinem Gefolge nach Tiffauges auf und erreichte es in wenigen Tagen. Cathérine hatte tatsächlich durchgesetzt, René auf dieser Reise zu begleiten und da auch Gilles an ihren Dickschädel gewöhnt war, ließ er sie ergeben mitkommen. Die Burg von Tiffauges, eine unnahbare Festung aus dem 12. Jahrhundert, entpuppte sich als die ideale Umgebung, um die Beschwörung vorzunehmen. Seit der letzten Begegnung mit dem Meister war René endlich klar geworden, dass der mit einem Engel nichts mehr gemeinsam hatte. Er war nur noch sein Feind, der ihm nach dem Leben trachtete. Als das Tor der Burg hinter René zufiel, hatte er für einen Augenblick das ungute Gefühl, dass er diese erdrückenden Mauern nie wieder verlassen würde. Bestimmt wurde er jetzt erst recht aufmerksam von seinem Meister beobachtet. Auf der anderen Seite bestand jedoch gerade hier die Möglichkeit den bluttrinkenden Engel für immer los zu werden. René hatte noch immer Angst vor der verbotenen Beschwörung. Diese Angst schnürte ihm schon während der ganzen Reise buchstäblich die Kehle zu, so dass er am Abend während der Mahlzeiten blass und verstört am Tisch saß und kein Wort herausbrachte. Gilles war die fahle Gesichtsfarbe seines Freundes nicht entgangen.

„Euch ist wohl nicht geheuer", bemerkte er nicht gerade feinfühlig. „Ihr seid totenblass, mein René".

„Ihr seht auch nicht gerade aus wie das blühende Leben", knurrte René.

„Ich habe lediglich kalte Fußspitzen. Ihr wisst, wie sehr ich kalte Fußspitzen verabscheue. Außerdem läuft seit Tagen meine Nase. Ich sehe bestimmt grässlich aus", entgegnete Gilles und putzte sich mit dem kostbar bestickten Ärmel seines Gewandes das verhasste Organ. René wollte schon erwähnen, dass den Dämon die verschnupfte Nase des Sire de Rais einen Dreck interessierte, aber er verkniff sich diese Bemerkung, denn der Hinweis auf die „kalten Fußspitzen" drückte Gilles äußerste Reizbarkeit aus. Auch Eleonor rieb sich nervös die blaugefrorenen Finger und jammerte über die Kälte. Es war bereits spät im Herbst, seit Tagen regnete es aus grauem Himmel und die Feuchtigkeit schien aus jeder Ritze des dunklen Gemäuers von Tiffauges herauszukriechen. Lediglich Cathérine war von einer penetrant guten Laune. Sie wirbelte wie ein bunter Schmetterling durch die düsteren Räume und gab mit ihrer unvergleichlichen hellen Zwitscherstimme der wenigen Dienerschaft Anweisung, den Kamin im großen Saal zu heizen, um endlich etwas Behaglichkeit in das drückende Schweigen der Anwesenden zu bringen. Ihr Vorschlag, sich mit Würzwein von innen zu erwärmen, fand zunächst nur zögernd Zustimmung. Besonders bei ihrem Gemahl war die Stimmung auf den absoluten Nullpunkt gesunken und seine üble Laune steckte die anderen an, zumal er grundsätzlich von seiner Umgebung verlangte, an seinen Stimmungsschwankungen teilzuhaben. Endlich, nach mehreren Bechern heißen Würzweins, ließ es sich am Kamin doch gemütlich plaudern. René entschied, die Beschwörung ein paar Tage zu verschieben. Er war einfach in zu guter Stimmung, um sich von einem blutdürstigen Dämon massakrieren zu lassen. Außerdem war Eleonor nach kurzer Zeit so angetrunken, dass er an ihrer Konzentrationsfähigkeit erheblich zweifelte. Auch Gilles hatte bereits einen glühenden Kopf und mit Sicherheit würde er am nächsten Morgen die Erscheinung eines Dämons auf den Genuss von zu viel Würzwein zurückführen.

Man ging spät zu Bett und als René und Cathérine sich bereits in den klammen Kissen gegenseitig zu wärmen versuchten, hörten sie noch Eleonor und Gilles klatschen und singen. Was für eine Nacht. Sie endete doch so schön, so unwirklich schön, als ob es für René und Cathérine die erste und die letzte wäre. Und wie in der ersten und der letzten Nacht gleichzeitig, liebten sie sich, aufgestachelt von Wein, voller Zärtlichkeit und Leidenschaft, während Eleonors wunderschöne Lieder wie aus einer anderen Welt zu ihnen hinauf klangen.

Am Morgen brachte der graue Himmel und ein etwas dicker Kopf René in die raue Wirklichkeit zurück. Cathérine war wie immer schon vor ihm wach. Auf seine Frage nach ihrem Befinden antwortete sie, es ginge ihr blendend. Doch an ihren Augen sah René, dass sie geweint hatte. Vor Glück, nur vor Glück, fuhr sie fort, als er weiter bohrte, noch nie sei sie so glücklich gewesen, und das sei aber nach ihrer Meinung ein schlechtes Omen. René verwarf diese düstere Ahnung und schloss sie tröstend in die Arme. Doch auch er war nicht ohne Zweifel, spürte Cathérine womöglich etwas? Er wusste nur zu gut, dass diese Beschwörung furchtbare Folgen nach sich ziehen konnte, wenn sie misslang. Und was ihn mit Entsetzen erfüllte, dass er gegen den unwiderstehlichen Drang, sich womöglich ins Unglück zu stürzen, nichts unternehmen konnte oder sogar wollte. Er und Cathérine kleideten sich an. Sie wollten ein wenig ausreiten, damit die frische Luft ihre Köpfe auslüften konnte.

Unten in der Halle waren Gilles und Eleonor vor dem Kamin eingeschlafen. Das Feuer war fast erloschen. Die beiden hielten einander so fest umschlungen, dass ihnen keine Kälte etwas anzuhaben schien. Cathérine musste plötzlich lächeln. Vielleicht dachte sie dabei an ihre vergangene Nacht mit ihrem geliebten René. Allerdings hatte dieses Paar seine Zeit mit Singen und Tanzen verbracht. René wusste, die beiden konnten sich bis zur Bewusstlosigkeit damit unterhalten.

„Eigentlich sieht sie recht hübsch aus", bemerkte Cathérine zu Renés Verblüffung. „Nur, sie ist immer so blass."

Das stimmte, aber seitdem René erfahren hatte, dass sie von Draußen kam, wunderte ihn nichts mehr. Im Übrigen war auch Gilles meistens sehr blass. René konnte den Gedanken nicht weiter ausspinnen, weil der Baron im gleichen Augenblick erwachte. Er rieb sich den Kopf, zog ein paarmal geräuschvoll die Nase hoch, befreite sich mühsam aus der Umklammerung seiner Geliebten, um sich schließlich mit müden Knochen zu erheben. Eleonor gähnte kurz, räkelte sich wie eine Katze, legte ihren Kopf auf Gilles Füße, der sich auf einer Holzbank niedergelassen hatte, und schlief weiter.

„Ich habe sie heute nacht zu meinem Fußspitzenwärmerchen ernannt", erläuterte er.

„Vielleicht hat das Fußspitzenwärmerchen Lust auszureiten", bemerkte Cathérine etwas spitz.

Das „Fußspitzenwärmerchen" war in der Tat geneigt, seinen wohligen Schlaf mit einem Ausritt zu unterbrechen. Sie öffnete die Augen und gab einen unbestimmten Laut des Entzückens von sich. René musste sich mit viel Mühe daran erinnern, dass dieses kleine Mädchen mit dem albernen Kosenamen, eine mächtige Priesterin von Draußen war, die sehr wohl in der Lage war, ihn vor seinem gefährlichen Meister zu beschützen.

Der Ausritt bereitete den vieren jedoch keine große Freude, denn der Regen und der kalte Wind machte einen Aufenthalt im Freien fast unmöglich. Gilles litt an den obligatorischen kalten Fußspitzen und Renés Gelenke schmerzten aufgrund der anhaltenden Feuchtigkeit. Man entschied einstimmig, zum warmen Kamin und Würzwein zurückzukehren. Auf einer Lichtung hielt Eleonor plötzlich ihr Pferd an und schaute wie gebannt auf eine Gruppe von merkwürdig zusammengewürfelten Felsen. Gilles platzierte sein Pferd neben sie.

„Seltsam ...", bemerkte er fast ehrfürchtig, ... es sieht aus wie eine alte Kultstätte. Ich habe sie vorher nie bemerkt."

„Ideal für eine Beschwörung", platzte Cathérine heraus. Gilles warf ihr einen vernichtenden Blick zu, der jede weiteren Kommentare im Keim erstickte. Er fand die Idee dann aber doch passabel und bevor er sie lauthals formulieren konnte, winkte René heftig protestierend ab und erklärte, er sei nicht irrsinnig, bei diesem Sauwetter mitten in der Nacht womöglich da draußen Geister zu beschwören.

„Völlig richtig. Das ist auch nicht der geeignete Platz", stimmte Eleonor ihm sofort zu, ohne die weiteren Gründe ihrer Entscheidung zu erläutern. Aber René spürte sofort, dass dieser Ort eine böse Erinnerung in ihr wachgerufen hatte. Er hatte ja noch die Möglichkeit, von seinem Vorhaben abzulassen und weil sie das große Geheimnis erst nach der Beschwörung lüften wollte, überlegte er ernsthaft, ob er das nicht wirklich tun sollte. Ihm war so klar wie noch nie, dass er ihr eigentlich völlig ausgeliefert war, aber er konnte nicht mehr zurück. Damit hätte er sich womöglich eine Blöße gegeben und außerdem – er musste schließlich eine Katastrophe verhindern, auch wenn er zu gern gewusst hätte, welche Katastrophe er verhindern musste.

„Wollt ihr hier Wurzeln schlagen." Cathérines ungeduldiger Hinweis brachte alle in die Realität zurück und sie ritten um die Wette im scharfen Galopp zur Burg. René war sofort aufgefallen, dass Eleonor mit einem Mal auffallend still geworden war und seinen fragenden Blicken auswich. Sie zitterte, nicht nur vor Kälte, als sie vom Pferd stieg. Dann verschwand sie und ließ sich bis zum Abend nicht mehr sehen. Sie spielte ihm gewiss nichts vor. Es war ihr bitterernst und er wollte ihr helfen und vertrauen.

„Vor vielen Jahren soll bei diesen Felsen jemand getötet worden sein." begann Cathérine plötzlich, als die vier nach Einbruch der Dunkelheit wieder vereint am Tisch zusammensaßen. Gilles reagierte sofort. Er war versessen auf mysteriöse Schauergeschichten, zumal sie ihn von seinen kalten Fußspitzen ablenkten. Er erkundigte sich begeistert nach dem Geschehnen.

„Nun allzu viel weiß ich auch nicht. Die Geschichte ist sehr alt. Vielleicht dreihundert Jahre", fuhr sie achselzuckend fort. „Es sollen zwei verfeindete Brüder gewesen sein, die sich anscheinend auf den Tod hassten. Wobei am Ende der eine Bruder von dem anderen so bedrängt wurde, dass er vor ihm fliehen musste. Er fand bei meinem Vorfahren Percevale de Thouars Zuflucht. Aber er wurde bis dorthin verfolgt und zum Zweikampf aufgefordert und verlor ihn schließlich. Der ältere Bruder tötete seinen jüngeren Bruder bei diesen Felsen. Noch im Sterben schwor der Rache und seitdem soll sich jedes Mal in der Nacht seines Todes der größte Felsen blutrot verfärben."

Cathérine hatte diese Geschichte völlig nüchtern erzählt. Sie schien auch sonst nicht weiter emotional beteiligt zu sein, denn sie kaute in aller Ruhe an ihrem Hühnerschlegel weiter. „Diese Nacht soll es wohl wieder so weit sein", fügte sie noch mit vollem Mund hinzu. René runzelte nur die Stirn. Er fand die Tatsache, dass sich zwei verfeindete Brüder gegenseitig abschlachteten, weder besonders mystisch noch aufregend.

„Das sind wohl nicht zufällig Eure Brüder gewesen", gab er trotzdem spöttisch an Eleonor weiter. Ihre Blicke trafen sich.

„Zufällig sind sie es", gab sie bissig zurück.

„Dann sieht die Sache ja ganz anders aus. Ihr meint, während die beiden damit beschäftigt sind, den Felsen mit Blut zu beschmieren, können wir unsere Beschwörung machen?"

„So ungefähr stelle ich mir das vor. Aber Ihr allein macht die Beschwörung. Ich werde Euch noch die Formel geben. Ich reite zu diesen Felsen. Dort werden meine Brüder sein. Sie erwarten mich bereits."

„Auch mein Meister?"

„Ganz besonders der. Ich hätte kaum geahnt, dass Ihr zu den auserlesenen Menschen gehört, die ein Gehirn besitzen. Nein, Ihr seid sogar in der Lage, es sinnvoll zu benutzen, faszinierend, René."

„Es hat mich allerdings auch viel Anstrengung gekostet", erwiderte René grinsend.

„Es ist kein Meister vom Himmel gefallen. Aber Ihr entwickelt Euch hervorragend zu einem fähigen Magier."

Eleonor und René lachten auf. Natürlich begriffen weder Gilles noch Cathérine den Grund ihrer Heiterkeit, weil der Dialog auf telepathischem Weg stattgefunden hatte. Cathérine kam zu der schlichtesten Lösung, erklärte die beiden für total betrunken und verabschiedete sich ganz plötzlich mit der Bemerkung, sie sei todmüde und wolle jetzt dringend schlafen.

„Gerade noch hat sie geplappert wie eine aufgescheuchte Ente", murmelte Gilles erstaunt.

„Das macht sicher der Wein", meinte Eleonor und ein Blick auf Cathérines Pokal ließ die beiden erahnen, dass sie ein wenig zu Cathérines Schläfrigkeit beigetragen hatte. „Fangt kurz nach Mitternacht an", fuhr sie fort und erhob sich. „Ich habe noch etwas zu erledigen und komme bald zurück." Und telepathisch zu René: „Ich werde diese Mistkerle jetzt ablenken. Und vergesst nicht, Gilles muss unbedingt dabei sein. Das ist sehr wichtig."

René wusste, dass sie zu den Felsen ritt. Gilles Gesicht war ein einziges Fragezeichen.

„Worauf wartet Ihr noch", ermunterte ihn René. Als die Antwort ausblieb, fuhr er spöttisch fort: „Ihr wolltet doch eine Beschwörung, soweit ich mich erinnere sogar ganz schnell, oder?"

„Ja schon?", entgegnete Gilles stockend. „Schon heute Nacht?"

René erheiterte der Gedanke, dass Gilles nun Angst vor seiner eigenen Courage hatte und zugleich veranlasste ihn diese Furcht, übermütig zu werden, woran der Genuss etlicher Becher Wein auch nicht ganz unschuldig war. Gilles warf verdrießlich den angeknabberten Hühnerschlegel auf den Teller.

„Mir ist die Sache nicht geheuer. Irgendetwas Schreckliches liegt heute in der Luft. Und ich habe letzte Nacht wieder von dieser schwarzen Festung geträumt. René, ich habe Angst."

„Ein Magier hat immer Angst. Entweder Ihr werdet damit fertig oder Ihr lasst die Magie einfach ganz bleiben." Der sarkastische Unterton war nicht zu überhören. Gilles sah nun aus wie ein verschämtes Kind, als er sich langsam erhob.

„So kenne ich Euch nicht, mein René. Was hat Euch mit einem Mal bewogen, mich so anzuschreien. Aber sei es drum. Ihr habt ja recht. Ich bin ein Feigling. Also begeben wir uns in den unteren Saal, da sind wir ungestört. Weiß Eleonor Bescheid?"

„Selbstverständlich. Ihr könnt das Kruzifix ruhig hier lassen. Es wird Euch nicht helfen. Meine sogenannten Dämonen sind nicht besonders gläubig."

„Aber ich bin es", knurrte Gilles verärgert. „Ich will es mitnehmen. Ihr seid heute wirklich unausstehlich, mein René."

„Und Ihr geht mir mit Eurer Quengelei auf die Nerven", gab René genervt zurück. „Nehmt zum Teufel Euer albernes Kruzifix und haltet wenigstens den Mund."

Gilles hielt für einen Moment die Luft an. Noch nie hatte jemand gewagt in dieser Weise mit ihm zu sprechen. Doch er zwang sich zum Schweigen und folgte de Grandier in den unteren Saal des Schlosses. Sein Zaudern schien Renés Selbstbewusstsein übermäßig zu steigern und genau das war es, was Gilles so beunruhigte. Irgendwie hatte sich sein sonst so besonnener Freund beängstigend verändert. Also klammerte er sich sicherheitshalber an das Symbol des katholischen Glaubens, auch wenn sein Verhältnis dazu sonst eher zwiespältig war. Schaden konnte es auf keinen Fall. Der Baron schwieg noch immer, als sie im unteren Saal angelangt waren und wie gelähmt starrte er auf den jungen Magier, der in aller Ruhe mit seinen Vorbereitungen begann. René wollte Gilles eigentlich ein prächtiges Wesen aus dem Zwischenreich präsentieren, aber vielleicht machte die Kreatur von Eleonor auch genügend Eindruck.

„Ihr müsst in den Kreis treten."

Natürlich hätte Gilles auch außerhalb des Kreises bleiben können, doch das aktive Mitwirken an einer Beschwörung würde ihn eher bei Laune halten. Der Baron de Rais war inzwischen kreidebleich geworden und hielt das Kruzifix in heller Verzweiflung umklammert, als ob jeden Augenblick sämtliche Geister der Hölle über ihn herfallen würden, und wagte noch immer keinen Ton von sich zu geben. René freute sich richtig, das Großmaul in diesem kläglichen Zustand zu erleben, war aber zu konzentriert, um sich darüber noch weiter zu amüsieren. Ein wenig theatralisch begann er mit der Beschwörungsformel und gleichzeitig spürte er, dass Eleonor mit ihm in Verbindung zu treten versuchte. Nun konnte er sicher sein und fuhr unbeirrt fort. Die Kerzen im Kreis begannen zu flackern, jeden Augenblick würde sich das unbekannte Wesen materialisieren. Die Umgebung verschwamm vor seinen Augen. René taumelte nach hinten und plötzlich merkte er, dass ihm die Kontrolle entglitt. Die Verbindung zu Eleonor war unterbrochen und er fragte sich eine Schrecksekunde, ob sie ihn nicht doch hereingelegt hatte. Aber nein, um Himmels Willen! Sie war in Gefahr – in größter Gefahr. Verzweifelt versuchte er die Beschwörung zu stoppen und bevor er die vernichtenden Blicke aus den grünen Augen registrieren konnte, hörte er in seinem Inneren einen so entsetzlichen Schrei, dass er glaubte, ihm würde der Kopf zerplatzen. Vor Schmerz hielt er die Hände an die Schläfen gepresst und schrie jetzt selbst, bis er ohnmächtig vornüber zusammenbrach. Ein lautes Schluchzen ließ ihn nach langer unendlicher Leere erwachen. Er fuhr sich wie betäubt mit der Hand über das Gesicht, als ob er prüfen wollte, dass er noch vorhanden war, und die Tränen auf seinen Wangen bestätigten ihm, es war sein eigenes erbärmliches Weinen, das er in der Stille des kalten Saales vernahm. Eine andere Stimme mischte sich in sein Wimmern und als er aufblickte, sah er in Gilles besorgtes Gesicht.

„Mein armer René, was ist nur mit Euch geschehen? Seid Ihr verletzt?"

„Ich glaube nicht", ächzte René. „Was ist denn geschehen?"

„Wenn ich das wüsste. Aber mir ist noch ganz übel vor Entsetzen. Ihr habt ganz furchtbar herumgeschrien und seid dann einfach umgekippt."

René versuchte, sich mühevoll zu erheben, sein Kopf dröhnte und sein ganzer Körper war ein einziger Schmerz.

„Habt Ihr etwas gesehen?"

Gilles verschränkte die Arme über der Brust.

„Nein, rein gar nichts", schnaubte er zornig, „nicht einmal eine Andeutung von einem Dämon, geschweige sonst was."

René konnte es nicht begreifen und schüttelte fassungslos den Kopf, während er sich aufrichtete.

„Verflucht, das kann nicht sein. Es war etwas da."

„Vielleicht zeigt sich Euer Dämon nur den Auserwählten."

Nun war es wieder an Gilles sarkastisch zu werden, auch wenn er froh war mit heiler Haut davongekommen zu sein. René war nicht nach Spötteleien zumute. Nicht nur, dass er sich wie ausgelaugt fühlte, er hatte sich vor dem Baron unsäglich blamiert. Erst wies er ihn großartig zurecht und dann brach er selbst plärrend wie ein Kleinkind zusammen. Er war weder gefallen, noch war ihm sonst ein größeres Leid zugefügt worden. Das Wesen wollte ihn lediglich lächerlich machen. Diese ekelhaften grünen Augen. René schluchzte noch einmal auf, aber dieses Mal vor Wut. Es war jedenfalls nicht sein Meister gewesen, sondern eindeutig das Geschöpf, das damals an Gilles Bett gestanden hatte.

„Sollen wir hier auf Eleonor warten?", fragte Gilles auf einmal. Wie vom Blitz getroffen fuhr René zusammen. Er hatte die Priesterin für einen Augenblick völlig vergessen. Er spürte wie seine Knie weich wurden und Gilles ihn gerade noch rechtzeitig auffangen konnte.

„Was ist mit Ihr? Bei allen Heiligen, so sprecht doch!"

René kam sofort wieder zu sich.

„Sie ist bei den Felsen auf der Lichtung, wir …", stammelte er, „… wir müssen …"

Aber Gilles rannte bereits nach draußen. Ohne weiter zu überlegen, folgte ihm René, doch er war noch zu schwach, um mit dem Baron Schritt zu halten. Er ließ ihn voraus rennen, denn er war nicht mehr darauf versessen, seine schreckliche Ahnung so schnell bestätigt zu bekommen.

Mit einem Aufschrei blieb Gilles vor der Lichtung stehen. In drei Sätzen war René bei ihm und die Fackeln der beiden Männer beleuchteten die gespenstische Szenerie der Felsblöcke, die in der Nacht noch bedrohlicher wirkten. Wie eine alte Kultstätte, hatte Gilles noch heute morgen ganz treffend gesagt und nun hatte diese Kultstätte abermals ein Opfer gefordert. Zwischen den Felsen stand Eleonors Schimmel und starrte mit verstörten Augen in die Fackeln. Eleonor selbst lag auf dem größten der Felsen. Ihre Augen waren wie entsetzt aufgerissen und aus ihrem Mund floss ein Streifen Blut, der sich in einem kleinen Rinnsal im Gras verlor. In Gilles kam zuerst Bewegung, er ging schwankend auf die Felsen zu.

„Sie haben sich ihr Opfer geholt", flüsterte er heiser. Erst als René auch dicht vor Eleonor stand, erkannte er wie seltsam verrenkt ihre Glieder waren. Sie musste mit voller Wucht auf den Felsen geschmettert worden sein. Behutsam, als ob sie nur schlafen würde, nahm Gilles sie auf seine Arme.

„Wir müssen sie zu Bett bringen. Schaut, sie ist eiskalt. Sie ist doch so leicht bekleidet und sie friert doch immer so schnell. Meine geliebte Eleonor, du sollst nie wieder frieren müssen."

Den ganzen Weg bis zur Burg wurde kein Wort mehr gesprochen. Gilles verzog keine Miene, doch sein Gesicht war wie erstarrt und seine Augen flackerten, als ob er jeden Augenblick den Verstand zu verlieren drohte. Auch René fühlte sich nur noch sterbenselend. Er spürte wieder diese furchtbare Leere im Kopf und seine Knie wurden weich, so dass er sich für einen Moment erschöpft an den warmen Körper des Schimmels lehnte. Sie hatten Eleonor getötet – grausam und hinterhältig. Sie hatten die Priesterin des Ersten Königs wie eine räudige Katze gegen die Felsen geschmettert, bis sie qualvoll verendet war. Warum musste er erst auf diese Weise begreifen, dass der Umgang mit den Kreaturen von Draußen keineswegs auf die leichte Schulter zu nehmen war. Er bereute, dass er nicht auf Gilles gehört hatte, der mit seiner panischen Angst einen gut entwickelten Instinkt bewies. Am schlimmsten war jedoch für René, dass er sich an Eleonors Tod schuldig fühlte, auch wenn sie es war, die auf der Beschwörung bestanden hatte und dass er dies Gilles niemals begreiflich machen konnte.

In Tiffauges angelangt wurden sie von Cathérine, die durch den Lärm von vorhin aufgewacht war, bereits am Tor empfangen. Als sie Eleonor in Gilles Armen sah, gab sie einen entsetzten Schrei von sich.
„Um Gottes Willen, was ist geschehen?"
Bevor René antworten konnte, flüsterte Gilles tonlos:
„Sie ist vom Pferd gestürzt."
„Ist sie ...?"
„Ja, sie ist tot", ergänzte er, ging in den Saal und legte Eleonor auf den großen Tisch. Einen Augenblick starrte er noch immer fassungslos das tote Mädchen an, dann wurde er von einem heftigen Aufschluchzen geschüttelt und warf sich schließlich hemmungslos weinend auf den armseligen zerbrochenen Körper.
„Armer kleiner Priester", murmelte René. „Tapferer, verdammter Erster Priester." Eine Hand berührte ihn sanft am Arm.
„Diese Kultstätte ist seit hunderten von Jahren verflucht", sagte Cathérine „Nicht wahr, dort ist es doch passiert? Ich glaube die Geschichte mit dem Pferd nicht, denn sie war eine zu gute Reiterin. Und langsam graust mir vor euren magischen Spielen. Komm, René, wir können im Moment hier nichts mehr tun."
Sie zog ihn nach oben und brachte ihn zu Bett. Er ließ alles stumm und ohne Widerstand über sich ergehen. Lange lagen René und Cathérine noch wach, schauten schweigend in die Dunkelheit und hin und wieder hörten sie Gilles lautes Weinen, das an das verzweifelte Aufheulen eines einsamen verlassenen Wolfes erinnerte.

Eleonor wurde auf der Lichtung zwischen den Felsen begraben. Die Unsterblichen Götter wollten die Seele ihres Opfers, also sollten sie den „Rest" auch noch haben. So argumentierte Gilles.
„Sie wollen Blut, sie sollen Blut haben. Ich werde es ihnen geben, solange, bis sich einer von ihnen mir gezeigt hat", beendete er einen langen Monolog, bis das unglückliche Geschöpf unter der Erde war. René führte das konfuse Geschwätz auf Gilles momentan labilen Geisteszustand zurück und machte sich weiter keine ernsthafte Gedanken, während Cathérine bei der ungewöhnlichen Beerdigungszeremonie sichtlich unwohl wurde.
„Ihr hättet ihr wenigstens ein christliches Begräbnis geben können", bemerkte sie schließlich. Gilles Augen funkelten.

„Wozu? Sie war keine Christin. Sie war eine echte Heidin. Wie die alten Zauberer und Druiden, die diese Felsen errichtet haben, ihnen fühlte sie sich zugehörig."

Und sie haben sie letztendlich umgebracht, dachte René. Zum Teufel mit allen Druiden, Magiern und Heiden. Er sehnte sich nach dem sonnigen milden Anjou zurück. Die Vendée war ihm nur noch verhasst mit dem grauen Himmel, den undurchdringlichen Wäldern und Sümpfen und den fluch beladenen Felsen. Er würde Gilles verlassen müssen, aber was war mit Cathérine? Sofort kam der Kompromiss:

„Wir sollten nach Champtocé zurück."

„Ich denke nicht daran", brüllte Gilles. „Nichts ist mir im Augenblick unerträglicher, als der Anblick von Jean de Craon."

„Mich stört er nicht", warf Cathérine wieder einmal völlig unpassend dazwischen.

„Verstehe." Gilles fletschte die Zähne. „Dann geht doch nach eurem dämlichen Champtocé. Ich hindere euch nicht daran."

„Ihr dürft nicht hier bleiben", versuchte René ihn zu beschwichtigen. „Ich werde jedenfalls Tiffauges nicht ohne Euch verlassen."

„Fürchtet Ihr um meinen Geisteszustand?"

„Vielleicht", sagte René mehr zu sich selbst. Sein Blick fiel auf Eleonors Grab „Es tut mir so leid."

Gilles Gesichtsausdruck wurde auf der Stelle wieder sanfter.

„Es war gewiss nicht Eure Schuld, mein René. Aber nun geht schon ihr beiden. Ich weiß längst, ihr beide gehört zusammen. Ich liebe Cathérine schon lange nicht mehr. Ich werde nie wieder lieben. Doch seid ihr zwei glücklich miteinander."

Cathérine jedoch verdrehte nur die Augen.

„Eure Großzügigkeit ist ja unerträglich, Sire de Rais."

„Und Ihr seid eine dumme Gans, Madame. Gott sei dank seid Ihr wenigstens einigermaßen hübsch anzuschauen, das wiegt immerhin Euren schwachen Verstand wieder auf, denn im Bett braucht Ihr ja nicht viel zu denken. Mehr wird René ja wohl nicht mit Euch anzufangen wissen."

Cathérine blieb ihm die passende Antwort nicht schuldig:

„Nur der Schmerz über eure kleine Heidin, die Ihr aufgelesen habt wie eine verhungernde Katze, hat mich für einen Augenblick Eure Gemeinheiten vergessen lassen. Aber Ihr seid eine widerwärtige Kreatur. ‚Ich liebe Cathérine nicht mehr'. Dass ich nicht lache. Ihr habt noch nie geliebt, weil Ihr nämlich dazu nicht fähig seid. Nur ein abnormes

Geschöpf wie Eure Eleonor konnte überhaupt Zuneigung zu Euch finden. Der Begriff menschlicher Wärme ist Euch völlig fremd. Ihr liebt nur Euch selbst – sonst niemanden. Ach, fahrt doch endlich zur Hölle, Gilles de Rais!"

Sie wandte sich um, bestieg ihr Pferd und galoppierte davon. Gilles stand noch eine Weile wie erstarrt, bis er hysterisch auflachte:

„Was ist denn jetzt in sie gefahren? Verdammt, ich habe ihr nur die Wahrheit gesagt. Sie kann mich mit meiner Genehmigung betrügen."

Sein Blick fiel auf René.

„Mir ist kalt", versuchte der verzweifelt abzulenken und rieb sich die Hände, um die Bemerkung noch demonstrativ zu unterstreichen.

„Da mir menschliche Wärme fremd ist, müsst Ihr meiner Gemahlin folgen, deren menschliche Wärme Ihr ja jede Nacht in vollen Zügen auskostet." Plötzlich begann Gilles laut aufzuschluchzen. „Ich fühl mich so elend, mir ist so schlecht."

„Ich habe Euch doch schon gesagt, dass ich Euch nicht allein lassen werde." fuhr René beharrlich fort.

„Ach, wollt Ihr mir etwa damit weismachen, Ihr liebt mich mehr als Cathérine?" René wich entsetzt zurück. Gilles schaute ihn auf einmal so wütend an, dass er kurz aus der Fassung geriet. „Nein, Grandier, Ihr habt nur ein schlechtes Gewissen. Ihr glaubt, nun eine Schuld begleichen zu müssen – diese Schuld." Gilles zeigte auf das frische Grab. „So ein Gewissen ist eben doch verdammt lästig. Euer Dämon hat sie sich ganz einfach geholt, weil Ihr mit ihm nicht fertig wurdet. Nun, so etwas kann selbstverständlich dem besten Magier passieren. War mein Pech, dass es gerade Eleonor sein musste und dumm für mich, dass ich ihren abnormen Geist bis zum Wahnsinn geliebt habe. Aber da mir ja nach eurer Meinung jegliche Liebe fremd ist, werde ich weder überschnappen noch Hand an mich legen. Keine Sorge, ich bleibe nicht hier, wo die Erinnerung an diese schreckliche Nacht mein Gehirn zermartert. Ich werde an den Hof nach Chinon gehen, vielleicht sogar in den Krieg gegen die Engländer ziehen, wie mein seliger Onkel Amaury. Sollte ich in dieser Schlacht sterben, wird das für Frankreich kein großer Verlust sein und Ihr könnt endlich Euer Verhältnis mit Cathérine legalisieren. Außerdem ist sie auch sehr reich, was ganz nützlich ist, so nebenbei, versteht sich."

René wollte ihn schlagen, doch er war wie betäubt vor Zorn:

„Cathérine hat recht, Ihr seid wahrhaftig nichts weiter als ein mieses Stück Scheiße. Ihr habt nicht einmal die Zuneigung dieser verhungernden

Katze verdient, die Euch wirklich geliebt hat und dafür sterben musste. Sie hat ihr Leben riskiert, um Euch zu helfen, wobei weiß ich nicht einmal. Aber auch ich habe mein Leben für Euch riskiert, so nebenbei versteht sich. Ich kehre auf der Stelle auf meine Burg zurück. Ich will weder Euch noch Cathérine, noch Eure gesamte verdorbene Sippschaft jemals wieder sehen. Und was aus Euch wird, ist mir gleichgültig." Seine Stimme wurde schwächer. „Natürlich habe ich ein schlechtes Gewissen. Natürlich bin ich schuld. Ja verdammt, hört noch mal genau hin. Ich bin schuld, schuld am Tod Eurer geliebten Eleonor! Ich habe Euch mit Eurer Frau betrogen … schlagt mich endlich tot, wenn es Euch Genugtuung bringt …". René spürte, wie ihm die Stimme versagte und er konnte nicht verhindern, dass ihm plötzlich die Tränen über das Gesicht liefen.

„Gütiger Gott, was ist nur plötzlich mit uns geschehen", wimmerte Gilles und ohne Widerstand ließ sich René das erste Mal von ihm in den Arm nehmen. „Wir haben uns doch lieb und beschimpfen uns hier am Grab von Eleonor auf das Schändlichste. Bestimmt ist es gut, wenn sich unsere Wege für eine Weile trennen. Aber ich bitte Euch inständig, geht nicht im Zorn, verzeiht mir, ich weiß manchmal nicht was ich tu. Es tut mir so leid, mein René …", endete Gilles weinend. René war unfähig zu antworten, denn auch er weinte. Die Verzweiflung, die Angst, der Zorn und die Anspannung, die sich im Laufe der letzten Tage angestaut hatten, wurden nun endlich von den Tränen fortgeschwemmt. Nach einer Weile schnäuzte Gilles wieder in Ermangelung eines Taschentuches in seinen Ärmel.

„Aber nun sollten wir aufhören mit dem Flennen. Ich sehe bestimmt scheusslich aus."

„Wenn das Eure einzige Sorge ist", entgegnete René und zog geräuschvoll die Nase hoch „Aber stimmt. Euer Anblick ist fürchterlich, und meiner?"

„Wie ausgekotzt, verehrter Graf de Grandier. Was für ein Glück, dass uns die Ziege von Thouars so nicht sehen kann."

„Die heult bestimmt auch."

„Geschieht ihr recht, René. Ich friere, meine Fußspitzen, ich spüre schon meine Fußspitzen nicht mehr."

„Ich spüre noch ganz andere Dinge nicht mehr. Gehen wir?"

René richtete sich auf und warf einen letzten Blick auf das frische Grab.

„Leb wohl, verhungerndes Kätzchen. Ich habe dich wirklich sehr gern gehabt. Und was immer du versuchen wolltest – es war recht so. Und wenn du noch kannst, beschütze wenigstens aus dem Jenseits diesen milchgesichtigen Trottel."

Ein Stoß in die Rippen brachte ihn zur Besinnung.

„Ihr wagt, mich einen Trottel zu nennen?"

René lachte auf.

„Ja, aber einen sehr schönen. Wollt Ihr denn wirklich nach Chinon? Ihr werdet mit Eurer blendenden Schönheit großes Aufsehen erregen."

„Und vor allem mit meinem blendenden Vermögen", ergänzte Gilles noch grinsend. „Ihr meint, dass ich wirklich blendend schön bin?"

Obwohl Gilles mit seinen verquollenen Augen und seiner roten Nase alles andere als blendend aussah, ging ihm Renés Streicheleinheit doch runter wie die sprichwörtliche Butter.

„Nun, das wird ja neben dem Dauphin keine Kunst sein", kokettierte er. „Ja, ich will mich bei Hof ein wenig zerstreuen. Ich breche schon morgen in der Frühe auf. Ihr werdet auf jeden Fall von mir hören, mein René."

Hätte „sein René" geahnt, was diese letzten Worte wirklich bedeuteten, wäre er niemals nur einen Augenblick von Gilles Seite gewichen. Aber so zog er sich auf seine Burg zurück und ließ Cathérine mitteilen, dass er für eine lange Zeit viel Ruhe und vor allem viel Einsamkeit brauchte.

Frankreich 1400 – 1429

8.

Der Marschall von Frankreich sinniert über eine Heilige
René de Grandier äußert einen schrecklichen Verdacht

Erstaunlicherweise kam René sogar mit der Einsamkeit auf seiner Burg besser zurecht, als er erwartet hatte. Die Arbeit hatte seine düsteren Gedanken an die verlassene Geliebte und an Gilles vollkommen verdrängt. Inzwischen konnte er auch einen neuen Meister ausfindig machen, der es nicht darauf anlegte, ihm nach dem Leben zu trachten. Natürlich war sich René noch immer darüber im Klaren, dass der Erste Jäger ihn weiterhin beobachtete. Doch solange er sich von dem Baron fern hielt, konnte eigentlich nichts weiter passieren. Manchmal glaubte er, Eleonor zu spüren, doch das war nur eine vage Ahnung, wenn nicht sogar ein Wunschgedanke.

Bis über den Winter fühlte er sich zufrieden und war glücklich, kein menschliches Wesen, das ihn störte, um sich zu haben. Aber als der Frühling allmählich nahte, hatte er mit einem Mal doch Sehnsucht nach Champtocé. Wie er zwischenzeitlich erfahren hatte, befand sich Gilles noch immer in Chinon, aber vielleicht traf er Cathérine auf Champtocé an. Er verwarf diesen Gedanken. Er musste sich von dieser Beziehung, die keine Zukunft hatte, endgültig losreißen, selbst wenn es ihm noch so weh tat. Und wahrscheinlich hatte sie ihn längst vergessen und sich einen neuen Liebhaber genommen. Falls sie aber doch auf ihn wartete? Nein, sie wartete nicht, denn er hatte auf seinen Abschiedsbrief bis heute keine Antwort erhalten. Seit Tagen schleppte er diese zermürbenden Zweifel mit sich herum. Cathérines Vorahnung, dass die gemeinsame Nacht vor Eleonors Tod ihre letzte gewesen war, wollte er letztendlich doch nicht wahrhaben. Und nach wochenlangem Grübeln fasste er endlich den Entschluss, sich Klarheit zu verschaffen und nach Champtocé zu reisen. Als er dort eintraf, teilte man ihm allerdings mit, dass sich die Dame de Rais bei ihrem Gemahl in Chinon befinden würde. Enttäuscht kehrte René wieder um. Er hatte sie ohne triftigen Grund verlassen und musste nun das Ende dieser wunderbaren Beziehung mit Fassung tragen. Ihm kam zwar noch die vage Idee, auch an den Hof zu gehen, aber er verwarf sofort wieder diesen Gedanken, zumal er, wie sein Vater, ein Einzelgänger war und es hasste, unter zu vielen Menschen zu sein. Also wandte er sich für die nächsten Jahre wieder seiner Arbeit zu. Unterbrochen wurde er lediglich durch die plötzliche Krankheit seiner geliebten Mutter. Sie war die einzige Person, die ihm noch nahe stand und als sie nach wenigen Wochen starb, fühlte er sich so elend und verlassen wie noch nie zuvor. Ihm wurde mit einem Mal schmerzlich bewusst, dass er durch sein zurückgezogenes Leben nun völlig vereinsamt war. Die freundlichen doch blutleeren Geschöpfe aus dem Zwischenreich und sein neuer Meister, den er mit viel Mühe ausfindig gemacht hatte, waren ihm so fremd geworden, ihre Gespräche kamen ihm sinnlos vor und ihre schönen ebenmäßigen Gesichter langweilten ihn unendlich. Es war bereits wieder Herbst geworden und ein weiterer Winter ohne menschliche Gesellschaft würde ihn mit Sicherheit um den Verstand bringen.

Als er am folgenden Tag sein Pferd zum Aufbruch rüstete, fühlte er sich endlich nach langer Zeit wieder glücklich. Er wollte, selbst wenn Cathérine und Gilles nicht anwesend waren, dieses Mal auf Champtocé bleiben oder den beiden eine Nachricht zukommen lassen. Während seiner Reise dorthin machte er sich erstmals bewusst, was ihm in diesem bedeutendem Jahr überhaupt entgangen war. Ein junges Bauernmädchen hatte es geschafft, mit der gesamten französischen Armee die Engländer bei Orléons zu besiegen und den schwächlichen Dauphin endlich zum König Charles VII zu krönen. Eine verrückte Welt. Gilles musste ihm unbedingt von diesem seltsamen Mädchen erzählen oder sie ihm sogar vorstellen. Komisch, dass Gilles es immer wieder schaffte, Menschen mit mystischen Ambitionen um sich zu haben. Wäre nur zu hoffen, dass dieses Mädchen einen besseren Einfluss auf ihn hatte als Eleonor. Ob die Stimmen, die sie zu hören glaubte, wirklich himmlisch waren? René, der überhaupt keine Vorstellung vom Himmel hatte, bezweifelte das allerdings. Mit Sicherheit bildete sie sich das alles nur ein, denn religiöse Hysterie war zu seiner Zeit alltäglich. Andererseits, eine Horde von Soldaten auf die Beine zu stellen, die unter ihrer Führung den seit fast hundert Jahren verhassten Feind besiegten, war sicher mehr als nur die Spinnerei eines Bauernmädchens.

Zu Renés Freude war der Marschall von Frankreich anwesend. Gilles hatte den Titel für außergewöhnlichen Mut im Kampf gegen die Engländer erhalten. Obwohl René längst davon wusste, wurde er auf diese Tatsache sofort aufmerksam gemacht, als er vor dem Burgtor von

Champtocé stand. Doch das beeindruckte ihn eigentlich wenig. Für ihn war Mut in diesem Sinne lediglich eine besondere Form von Dummheit, der auch sein Vater und Amaury erlegen waren. Außerdem hatte er nicht vergessen, dass der Baron einen Hang zur Grausamkeit hatte und sich gern herumprügelte. Also gut, dann gab er eben jetzt dem Marschall von Frankreich die Ehre. René fühlte sich in gehässig fröhlicher Stimmung und hoffte, dass auch Gilles noch in der Lage war, seine Gefechte verbal auszutragen. Er war es tatsächlich. Zuerst freute er sich natürlich und fasste Renés Besuch als Huldigung an seinen neuen Titel auf. René ließ ihm den Glauben und stellte amüsiert fest, dass Gilles seine kriegerische „Männlichkeit", ganz entgegen der Mode, nun durch einen gepflegten Bart unterstrich. Zu gepflegt, auch wenn er faszinierend unheimlich aussah, seine Haut war noch immer zu hell und seine Hände zu schmal. Er hätte sich buchstäblich bis über die Stirn zuwachsen lassen können, das dekadente Geschöpf mit den Katzenaugen konnte er beim besten Willen nicht verleugnen. Als er René schließlich mit seiner unvergleichlich eleganten Geste zum Sitzen aufforderte, musste der plötzlich lauthals herauslachen.

„Was stimmt Euch so heiter, mein René?"

„Dass Ihr mit diesen Händen ein Schwert führen könnt. Unglaublich", feixte René. Selbstverständlich wusste er, dass Gilles es konnte – er hatte ihm jahrelang beim Training zugeschaut. Er wollte ihn eigentlich nur etwas ärgern. Gilles hielt die Luft an.

„Was soll an meinen Händen so besonders sein. Ich bin ohne Weiteres damit in der Lage, einen Engländer um einen Kopf kürzer zu machen. Ach, ihr glaubt, ich hätte den Titel unschicklich erworben?"

„An Geldmangel habt Ihr noch nie gelitten."

„Was seid Ihr für ein Neidhammel, Grandier. Die gesamte Bosheit Eures gehässigen Wesens muss sich in der Einsamkeit Eurer tristen Burgmauern in Eurem Inneren aufgestaut haben. Bestimmt wäret Ihr an diesem Gift zugrunde gegangen, wenn Ihr nicht hier erschienen wäret, um mich zu verspotten."

„Nein, nein ", wehrte René noch immer lachend ab, „eigentlich wollte ich nur Komplimente verteilen."

„Jetzt nehmt Ihr mich schon wieder auf den Arm."

„Nein, verehrter Marschall von Frankreich. Ich wage gar nicht, in einem Raum mit Euch zu atmen. Wie viele arme Engländer muss man eigentlich massakrieren, um zu so einem imposanten Titel zu gelangen?"

Gilles stöhnte auf.

„Ich habe sie nicht gezählt, aber es war eine beträchtliche Anzahl. Ihr seid ekelhaft. Ihr verhöhnt mich, weil ich zum Wohl Frankreichs gekämpft habe, während Ihr auf Eurem dicken Arsch in irgendwelchen Pentagrammen gehockt seid, um auf das Erscheinen von Beelzebub zu warten."

„Ich verbiete mir das", prustete René, „mein Arsch ist nicht dick!"

„Ich habe ihn mir eigentlich auch nie so genau angesehen."

„Das hoffe ich auch."

„Pfui, was habt Ihr für schmutzige Gedanken, Graf de Grandier. Kaum sind wir zusammen, geht das wieder los. Doch ich habe es so vermisst. Ihr seid einfach so geistreich unverschämt, mein René. Bei Hof war es einfach schrecklich. La Trémoille, der alte Fettsack, hat einen Humor wie eine gefüllte Latrine und der schöne Charles VII ist so kalt und fromm geworden, dass dir jede Freude vergeht."

„Auch ich habe unsere reizenden Gespräche vermisst und Euch natürlich auch", gestand René. Gilles freute sich wie ein kleines Kind.

„Wir sollten sie mit etwas Wein anregen. Aber Ihr seid doch aus einem anderen Grund hier oder habt Ihr nur nach mir Sehnsucht?"

„Also gut, wie geht es ihr?"

„Dachte ich es mir doch. Oh, es geht ihr sehr gut. Etwas dick ist sie geworden, aber das wird sich in Kürze wieder legen."

„Äh was?"

René schien nicht zu verstehen, bis Gilles ihm mit einer eindeutigen Geste den Umfang ihres Bauches beschrieb.

„Nun der Gang allen Lebens. Eine der wenigen Zusammenkünfte zwischen uns hat wohl Früchte getragen."

Dass Cathérine schwanger war, musste René erst einmal verdauen.

„Und es ist von Euch?"

„Von wem denn sonst. Sie behauptet es zumindest. Nun schaut nicht so belämmert drein, ich bin schließlich mit ihr verheiratet."

„Natürlich, ich habe ja nichts gesagt. Bitte entschuldigt."

René wollte dieses Thema lieber beenden. Es wurde ihm allmählich unangenehm, zumal er nicht wusste, in welcher Stimmung er Cathérine antreffen würde.

„Sie wird bald herunterkommen", fuhr Gilles fort. „Solange müsst Ihr mit meiner Gesellschaft Vorlieb nehmen."

„Ich werde es überleben. Erzählt mir bis dahin von diesem mysteriösen Mädchen, das mit Euch zusammen gegen die Engländer gekämpft hat."

„Ihr meint Jeanne d'Arc?"

„Genau die. Das wird mich bestimmt erheitern."

„So heiter ist das gar nicht, mein René", begann Gilles wider Erwarten zögernd. „Ich weiß auch offen gestanden nicht, wo ich anfangen soll. Sie hat uns alle wie in einen Bann geschlagen. Besonders diesen schrecklichen Dauphin, das heißt aber nicht, dass er nicht noch immer schrecklich ist. Sie ist ein unglaubliches Mädchen."

„Der Bann muss wohl Euch am schlimmsten erwischt haben. Dann frage ich mich nur, weshalb sie noch immer Jungfrau ist. Soll sie doch sein – ganz Frankreich spricht davon."

„Ihr ward wohl zu lange enthaltsam, dass Ihr an nichts anderes mehr denken könnt. Ich habe sie nie begehrt, und werde sie auch nie begehren. Ihr seid ein Narr, mein René."

„Ja, ja ist schon gut. Erzählt mir von den Stimmen, die sie angeblich hört."

„Aha, also wieder die Mystik. Ja … diese Stimmen …" Gilles zuckte die Achseln und tat, als ob ihn das nicht sonderlich berührte. „Sie spricht wenig darüber – zumindest mit mir. Sie ist überhaupt sehr verschlossen – auch mir gegenüber. Meistens zieht sie sich zurück, um zu beten. Ich selbst habe nicht allzu viel mit ihr geredet und sie scheint auch, wie ich bereits sagte, keinen gesteigerten Wert auf meine Unterhaltung zu legen."

„Das kann ich mir denken. Sie ist ein frommes Kind und Ihr seid ein alter Schweineigel."

„Ihr seid heute unmöglich, René. Auf Eure Gesellschaft würde sie auch pfeifen. Ihr hört zwar auch Stimmen, aber wohl mehr aus der anderen Richtung."

Gilles wies mit dem Daumen nach unten. René musste auflachen.

„Auch über die Stimmen der frommen Jeanne kann man sich streiten. Nur meine Stimmen reden mir nicht so einen Schwachsinn ein, wie Frankreich befreien und diesen unfähigen Idioten zum König zu krönen. Ich glaube, sie ist einfach verrückt."

„Diese Verrückte hat dem Volk geholfen. Es ist jetzt so gut wie von den Engländern befreit."

„Dem Volk! Seit wann interessiert Euch denn das Volk, Sire de Rais? Ich lach mich wirklich kaputt. Das Volk wird leider eben jetzt von dem französischen König ausgequetscht, statt von dem englischen König. Worin besteht also für das Volk der Unterschied?"

„Eure Ansichten sind manchmal recht eigenartig, mein René."

„Seht Ihr, Ihr wisst doch auch keine Antwort. Die Wahrheit ist immer ärgerlich. Wisst Ihr, wem das gute Kind letztendlich geholfen hat? Euch, Sire de Rais. Sie hat nur der französischen Aristokratie geholfen, dass sie ihre Ländereien behalten kann, die sonst womöglich den Engländern in die Hände gefallen wären. Das Volk jedoch ist arm wie eh und je."

„Auch Ihr gehört der Aristokratie an, Graf de Grandier."

„Sicher, ich habe auch nie behauptet, ich hätte was dagegen. Aber wenn Eure kleine Heilige dem Adel zu unbequem wird, dann landet sie bald im Kerker oder gar auf dem Scheiterhaufen und geht vielleicht dann in die Geschichte der großen Märtyrer ein", endete René kalt.

„Als ob ich daran nicht auch schon gedacht hätte. Aber auf der anderen Seite, das Volk und der König verehren sie."

„Das heißt gar nichts", winkte René sofort ab. „Auf die Meinung eines König und des Volkes gebe ich eigentlich einen Dreck. Sie ist so launisch wie das Wetter. Wartet nur ab, Ihr werdet sehen, wenn Ihr etwas Verstand habt. Eine Heilige ist für das Volk doch nur heilig genug, wenn sie zuerst ordentlich leidet und anschließend hingerichtet wird. Das ist die ganze Idiotie des katholischen Glaubens."

Gilles wurde etwas blass.

„Ihr seid ein Ketzer, Grandier."

„Nun, das dürfte Euch wohl nicht neu sein. Was ist los mit Euch? Seid Ihr gar am Ende unter dem Einfluss dieses naiven Bauernmädchens fromm geworden? Lasst diesem Kind ihren naiven Glauben. Aber Ihr passt nicht in die Rolle des reuigen Sünders."

Gilles nickte nur noch schwach.

„Bestimmt habt Ihr recht. Aber sie hat einfach eine unglaubliche Ausstrahlung. Wenn Ihr sie selbst ..."

„Unsinn", unterbrach ihn René. „Sie ist einfach fanatisch."

„Nein, René. So einfach geht das nicht. Dann würdet Ihr ja sogar behaupten, dass all die gequälten Märtyrer Fanatiker waren?"

„Stellt Euch vor, das tu ich. Sonst hätten sie sich weder verbrennen, vierteilen, hängen noch kreuzigen lassen."

„Sie haben es nicht aus Fanatismus getan, sondern weil sie davon überzeugt waren, von ihren Sünden erlöst zu werden", entgegnete Gilles so bestimmt, dass sogar René einen Moment mit der Antwort zögerte.

„Erlösung? Was heißt Erlösung – wo sind wir erlöst? Ich sehe nur blinden Fanatismus. Ohne ihn gäbe es keine Kriege, keine Folterungen, keine Armut. Man kann es beliebig fortsetzen. Auf diese Geistlichkeit, die aus mündigen Menschen stumpfsinnig plappernde Schwachköpfe macht, denen ein paar andere raffinierte Schwachköpfe nach ihrem Tod das Paradies versprechen, verzichte ich." René hatte Mühe seinen Zorn zu bändigen. „Wenn Euer Kopf nicht gänzlich mit Stroh gefüllt sein sollte, müsstet Ihr mir jetzt zustimmen."

Doch Gilles gab sich noch nicht geschlagen.

„Und Ihr glaubt also wirklich, ohne die Kirche wird unsere verkommene Welt viel besser? Sehnt auch Ihr, mein René, Euch nicht nach einer Erlösung – wie sie in Euren Augen auch immer aussehen soll? Dem Himmel, wie es die Pfaffen dem reuigen Sünder versprechen? Ich glaube, auch Ihr wollt in Eurem Inneren erlöst werden. Und Ihr seid sicher, dass Ihr es allein schaffen werdet, die Erlösung? Seht Ihr, das glaube ich einfach nicht. Dieses Mädchen, Jeanne, so ungebildet und naiv sie ist, sie hat diesen Glauben. Und wenn sie eines Tages sterben sollte, vielleicht wirklich eines grausamen Todes, so wird sie sagen können, dass ihr Leben niemals sinnlos war. So bedingungslos ist sie von diesem Glauben überzeugt. Ich habe hier auf Erden alles, was ich mir nur wünschen kann, doch ich habe das Gefühl, dass mir etwas sehr Wesentliches fehlt. Es ist auch nicht so, dass ich mir keine Mühe gebe. Ich habe gebetet, gefastet, ich habe mich lange zurückgezogen, um Gott zu finden. Aber es war nichts. Ich fühle keinen Glauben. Es ist als ob ich in eine Welt eindringen will, die mir verschlossen bleibt. Und was Jeanne anbetrifft, sie weicht mir aus. Bei der Krönung des Königs in Reims wurde mir das erste Mal etwas Ungeheures klar. Als das ganze Volk, die Priester und der König zu Gott beteten, kam ich mir plötzlich wie ausgestoßen vor, als ob mich das alles nie betreffen würde. Ich konnte ihren Gebeten nicht folgen, meine Gedanken schweiften ab, als ob sie etwas suchten – jedoch nicht Gott. Es war etwas anderes. Es gibt Tage, da kann ich das Kreuz Christi nicht anschauen. René, was ist nur mit mir los? Wer bin ich eigentlich? Und ich habe große Furcht, ich habe sie seit jener Nacht in Tiffauges. Ich habe gespürt, dass *ES* da war und es hat mich seitdem nicht mehr verlassen. Es ist oft ganz nah bei mir, das Böse ..."

„... und hat grüne Augen", dachte René. „Dieselben Augen wie du, mein lieber Gilles."

Hatte Gilles gerade Renés Gedanken gespürt?

„Was ist mit Euch, Ihr seid mit einem Mal so bleich. Nicht wahr, es hat Euch doch angegriffen. Ich weiß, wir hatten vereinbart, über diese unsägliche Beschwörung nie wieder zu sprechen. Aber ich kann meinen Gedanken nicht davonlaufen und ich habe es wirklich versucht. Überall wo ich war, verfolgte mich das Bild von meiner armen toten Eleonor wie sie mit zerbrochenen Gliedern auf diesem Felsen lag. Verdammt, was hat sie getötet und warum wollte sie mein Leben retten? Wovor wollte sie mich retten, Ihr wisst es doch – oder? Ich habe mich deshalb in die Kirche geflüchtet, jedoch, wenn ich die Messe hörte, war es wieder da, dieses schreckliche Bild. Als ich Jeanne das erste Mal begegnete – es war in Chinon – hatte ich das Gefühl, als ob sie von diesem Vorfall etwas ahnte."

„Da Ihr aus Euren magischen Experimenten nie ein großes Geheimnis gemacht habt, wird sie schon vor ihrer Ankunft in Chinon von Euren ketzerischen Neigungen gehört haben", stellte René treffend fest. Doch Gilles ließ sich nicht festnageln.

„Nein, so war das nicht. So etwas fühlt man ganz tief im Inneren. Ich kann dafür auch nicht die richtigen Worte finden. Und niemand außer uns weiß, wie Eleonor wirklich umgekommen ist und was wirklich damals in Tiffauges geschah."

René war klar, dass er diese Erinnerung nicht aus Gilles herausbekommen konnte. Der Baron tat ihm in seiner Verlorenheit nicht nur leid, sondern er hatte ihn in der letzten Zeit auch lieb gewonnen. Vielleicht war es nun an der Zeit, endlich die Katze aus dem Sack zu lassen.

„Um noch einmal darauf zurückzukommen", fing Gilles nach kurzem Schweigen von neuem an. „Jeanne hat sich eigentlich immer von mir zurückgezogen, obwohl ich in dieser Zeit nie an so was wie Magie auch nur gedacht hätte. Sie hat gespürt – bitte lacht nicht – dass ich verdammt sein muss. Selbst Gott erhört mich nicht. Doch wenn ich verdammt bin, dann habe ich doch ein Recht darauf zu erfahren, warum ich es bin."

René lachte natürlich nicht, denn auf diesen Gedanken war er schon lange gekommen. In diesem Augenblick fasste er den endgültigen Entschluss, dem Geheimnis um Gilles nun doch auf den Grund zu gehen, auch unter Einsatz seines Lebens und seiner Seele.

„Ich fürchte, Ihr habt recht", entgegnete er ernst. „Ich werde sehen, wie ich Euch helfen kann."

Gilles Katzenaugen verengten sich.

„Und Ihr glaubt wirklich, dass Ihr dazu fähig seid? Ohne Tote dieses Mal?"

„Ich kann es nur hoffen. Eines ist mal sicher. Ihr werdet ständig beobachtet. Schon seit Eurer Kindheit. Ich habe ein Wesen, das nicht von dieser Welt ist, eines Nachts an Eurem Bett gesehen. Ich muss also herausbekommen, wer es ist, warum es Euch verfolgt und was es von Euch will. Es will offensichtlich auf keinen Fall von Euch gesehen werden. Es hat übrigens dieselben Augen wie Ihr", fügte er noch leise hinzu. „Nein, es ist nicht nur die Farbe, es ist Euch, ja, es sieht Euch irgendwie ähnlich — seltsam."

„Ihr werdet es nicht glauben, doch so etwas Grauenvolles habe ich bereits geahnt. Alles ist seltsam, nicht wahr? Ihr habt es wieder gesehen, in der Nacht, in der Eleonor starb?"

René nickte.

„Ja, Eleonor hatte es gekannt, sie wollte Euch wahrscheinlich vor ihm schützen und musste deshalb sterben."

Gilles schauderte.

„Nein, mein René. Ich bitte Euch inständig, lasst es so wie es ist gut sein. Ich habe solche Angst, dass es auch Euch tötet. Ich will es um diesen Preis niemals zu Gesicht bekommen. Ich brauche Euch vor allem lebend, Ihr seid mein einziger Freund. Ich weiß, dass es noch bei mir ist – ich fühle es ganz genau. Es verlangt von mir Dinge, die ich nicht auszusprechen wage. Wer weiß, vielleicht ist es sogar ein Teil von mir selbst. Aber ich allein muss mit ihm irgendwann fertig werden. Ganz allein – ohne fremde Hilfe – und ohne Hilfe von Euch. Das wurde mir klar, als meine vielen Gebete nicht erhört wurden und als Jeanne mich ansah, ihr Blick voll Mitleid und Abscheu. Ich komme mir so allein und verlassen vor und am schlimmsten ist der Gedanke, dass es mich eines Tages doch überwältigt und ich nicht mehr Herr über meine Sinne bin. Aber auf der anderen Seite, ich bin mir ganz sicher, einmal werde ich ihm gegenüber stehen – von Angesicht zu Angesicht. Meinem Dämon oder meinem zweiten Ich. Wie sieht es überhaupt aus?"

„Wie ein Engel", entgegnete René trocken. „Ich habe nie etwas Schöneres gesehen, wenn diese bösartigen Augen nicht wären."

Gilles senkte seufzend den Kopf.

„Na, was für ein Trost. Dann erschrecke ich immerhin nicht gleich zu Tode, wenn es mir begegnet." Er grinste verzweifelt. „Ihr wisst ja, ich habe viel Sinn für Schönheit, auch wenn ich mich vor einer Begegnung mit diesem Wesen fürchte. Es hat mir jetzt so wohl getan, dass Ihr mir zugehört habt. Ich habe Euch sehr vermisst. Ich brauche Euch mehr denn je. Deshalb bringt Euch, bei allen Heiligen, nicht wieder in Gefahr. Ich würde wahnsinnig werden, wenn Ihr sterben müsstet."

René versprach es widerwillig, auch wenn er nur zu gut wusste, dass Gilles nicht geholfen war, wenn er nichts tat.

In dem Augenblick kam Cathérine, gefolgt von ihrer Zofe, die Treppe herunter. René erschrak, aber nicht über die Tatsache, dass sie hochschwanger war, sondern über ihr blasses schmales Gesicht. Auch Beatrice sah sehr schlecht aus. Irgendetwas musste die beiden Frauen in den letzten Stunden sehr mitgenommen haben. Den Grund erfuhr René auf der Stelle. Als Cathérine ihn sah, begrüßte sie ihn entgegen seinen Befürchtungen so herzlich, als ob er sie niemals verlassen hatte, wandte sich allerdings dann sofort an Gilles.

„Sire, man hat Euren Pagen gefunden, beziehungsweise, das was noch von ihm übrig geblieben ist. Im Zwinger der beiden Katzen."

René erstarrte, auch Gilles wurde um etliche Nuancen bleicher.

„Zu Eurer Beruhigung, es ist natürlich nicht Euer Schätzchen Etienne Corrilaut, wie Ihr Euch sicher denken könnt."

„Ihr entschuldigt mich", murmelte Gilles zerfahren. „Ich muss mich um diese scheussliche Angelegenheit kümmern."

Damit verschwand er lautlos von der Bildfläche.

„Ich dachte Sultan und das Schöne Mädchen greifen keine Menschen an", versuchte René, das Gespräch wieder aufzunehmen.

„Was weiß ich …", fuhr Cathérine wütend auf. „Vielleicht sind sie durchgedreht. Bei wilden Tieren weiß man das nie."

Sie betonte das „wilde Tiere" so seltsam zweideutig, worauf Beatrice schreiend nach draußen rannte.

„Ich komme sehr ungünstig", bemerkte René etwas geknickt. Doch Cathérine lächelte wieder versöhnlich.

„Nein, du kommst immer gelegen. Ich bin sogar froh, das du hier bist. Du hast mir gefehlt und du kannst bleiben, solange du möchtest, auch wenn es zwischen uns nicht mehr so sein wird wie früher."

Sie setzte sich. René war erleichtert, dass sie keinen Zorn gegen ihn hegte, und dass es nicht mehr wie früher zwischen ihnen sein konnte, wusste er selbst schon lange. Er ging daher auf dieses Thema nicht weiter ein.

„Was ist mit Gilles Pagen?"

Cathérine seufzte.

„Du hast es ja selbst gehört. Das dumme Ding ist wohl in den Zwinger geraten und von den Geparden zerrissen worden."

„Warum hat Beatrice so plötzlich geschrien?"

„Es war der Sohn einer ihrer Schwestern." Cathérine versuchte sachlich zu bleiben, hielt jedoch instinktiv die Hände schützend über ihr ungeborenes Kind. René musste erst etliche Male schlucken.

„Das wusste ich nicht."

„Du weißt vieles nicht. Das Kind hat bis vor kurzem noch bei seiner Mutter gelebt. Sie verliert den Verstand, denn es ist ihr einziger Sohn."

„Und Gilles hat das Kind als Pagen bei sich aufgenommen?", forschte René weiter, obwohl er lieber gar nicht weiterforschen wollte, denn er begann Schreckliches zu ahnen.

„Ja, der Knabe war ungefähr zehn Jahre alt, als er vor vier Wochen zu uns kam. Schade, er war ein so schönes Kind." Zärtlich streichelte Cathérine ihren Bauch. „Ich wollte es wäre von dir", bemerkte sie nebenbei.

René lächelte schwach.

„Gilles ist dein Gemahl. Ich gehe davon aus, dass es sein Kind ist."

„Leider, doch das ist ihm ohnehin egal. Aber mir nicht. Ein übles Erbe, René. Ich werde nach der Niederkunft sofort dieses widerliche Schloss und die widerlichen Bewohner verlassen und in die Bretagne übersiedeln. Ich will nicht, dass es unter seinen Einfluss gerät."

„Was hast du nur gegen ihn?", fragte René verblüfft. „Du tust gerade so, als ob er ein Ungeheuer wäre."

Fast hätte Cathérine aufgeschrien, aber sie beherrschte sich und beschränkte sich darauf, die Hände um die Sessellehnen zu klammern.

„René de Grandier. Stell dich nicht dümmer, als du bist. Natürlich ist er ein Ungeheuer. Der kleine Page könnte es dir sicher bestätigen, wenn er noch am Leben wäre. Du glaubst doch nicht im Ernst, dass ein gesundes fröhliches Kind freiwillig in den Zwinger der Jagdleoparden klettert. Gilles hat diesen Jungen umgebracht. Anschließend muss er die Leiche zu den Katzen geworfen haben. Er hat nämlich gerade die fixe Idee, dass Gott ihn nicht erhört. Also probiert er es mal wieder mit dem Teufel. Und wenn der ihm nicht endlich erscheint, dann sehe ich schwarz für die künftigen Pagen dieses Hauses. René, ich werde dieses Tollhaus verlassen, auf dem schnellsten Wege. Ich hätte es längst getan, doch ich fühle mich in meinem momentanen Zustand nicht in der Lage zu reisen."

Obwohl René ja längst auch diesen grauenvollen Verdacht hegte, wagte er nicht, ihre Ahnung zu bestätigen. Einen Augenblick herrschte beklemmende Stille, keiner wagte zu sprechen, bis René zaghaft begann:
„Ich werde hier auf Champtocé bleiben, jetzt erst recht. Ich glaube, ich weiß, was dahinter steckt. Ich hoffe nur, dass es mir gelingt, eine weitere Katastrophe dieser Art zu verhindern."
Cathérine erhob sich mühsam.
„Ich kann dich kaum daran hindern. Doch ich habe große Angst um dich." Sie strich ihm zärtlich über die Wange. „Wir sehen uns noch später bei Tisch. Ich muss mich jetzt um die verzweifelte Beatrice kümmern."
René blieb nicht lang allein mit seinen Gedanken. An der Tür nahm er Gilles Gestalt wahr.
„Diese elenden Katzen", hörte er ihn flüstern. „Ich verstehe nicht, wie der Knabe in den Zwinger gelangt ist."
Gilles setzte sich wieder zu René und schenkte sich und ihm fahrig Wein nach. René bedankte sich süffisant. Gilles konnte seine Gefühle sehr schlecht verbergen und trank erst einmal einen Schluck.
„Ja, die Katzen. Obwohl sie zahm scheinen, sind sie doch unberechenbare, gefährliche Geschöpfe. Aber ich werde einfach das Gefühl nicht los, dass Ihr trotzdem mit ihnen sehr verbunden seid. Mehr als wie mit dem unglücklichen Kind."
„Das ist richtig, aber ..."
„Kein aber ...", unterbrach René und spürte, wie seine Stimme fester wurde. „Es liegt daran, dass Ihr nicht nur ihre Augen, sondern auch ihr ganzes Verhalten angenommen habt. Oder hat man Euch noch nicht gesagt, dass Ihr nicht nur Katzenaugen habt, sondern auch falsch seid wie eine Katze? Ich könnte wetten, es schmeichelt Euch sogar. Nein, nicht dass ich etwas gegen diese anmutigen Tiere hätte, die leider von unserem dummen katholischen Aberglauben verfolgt werden, aber es gibt eine besondere Art von Katzen. Ich meine damit Menschen, die sich nachts in Katzen verwandeln. Ihre Grausamkeit ist anders als die der echten Katzen. Das Schöne Mädchen und ihre kleinen Artgenossen töten um zu überleben, jedoch diese besonderen Katzen aus Freude an der Qual unschuldiger Geschöpfe. Kurz gesagt: Euer Dämon, Engel oder Euer zweites Ich scheint Euch wohl ab und zu in ein Raubtier zu verwandeln."
Gilles wurde immer blasser und seine Hand zitterte, als der den Weinpokal zum Trinken hob.
„René, wisst Ihr überhaupt, was Ihr damit sagt?"

„Ich weiß immer was ich sage. Und eines weiß ich vor allem: Euer Page wurde nicht von Sultan und dem Schönen Mädchen getötet. Er war bereits tot, als er in den Zwinger geworfen wurde. Bleibt ruhig sitzen." Gilles war gerade im Begriff aufzuspringen. „Aber ich will Euch doch nicht unterstellen, dass Ihr ein gemeiner Mörder seid. Oft wissen Menschen nicht, dass sie sich nachts in ein Raubtier verwandeln und töten."

Gilles schlug zornig den Pokal auf den Tisch.

„Mein René, ich finde Euch nicht im geringsten amüsant!"

„Ich habe auch nicht die Absicht, Euch zu amüsieren."

„Ihr redet mit mir wie mit einem Irrsinnigen."

„Richtig. Aber findet Ihr es normal, Pagen umzubringen."

„Ich habe ihn nicht umgebracht."

„Dann eben Euer zweites Ich", spottete René. „Sind das die unaussprechlichen Dinge, die es von Euch verlangt?"

„Hört endlich auf mit diesem Unsinn. Außerdem, Ihr seid nicht die Inquisition."

„Zu Eurem Glück nicht. Denn die würde Euch dazu bringen, haufenweise Morde zu gestehen, selbst wenn Ihr keiner Fliege etwas zuleide getan hättest."

„René, warum seid Ihr so gemein zu mir. Warum verwendet Ihr unser Gespräch von vorhin mit einem Mal gegen mich und beschuldigt mich derartig?"

René hätte fast vor Wut aufgeschrien.

„Ihr wisst ganz genau, dass diese Anschuldigung zu Recht besteht. Aber Ihr wisst auch, dass ich bereit bin, Euch zu helfen. Ihr werdet mit dieser Kreatur niemals allein fertig und wenn Ihr hunderte von Euren albernen Kruzifixen über Euer Bett hängt. Außerdem habt Ihr ja vorhin unmissverständlich zu verstehen gegeben, dass die allmächtige Kirche nicht gewillt ist, Euch zu helfen. Gilles, dieser Jemand ist eine große Gefahr für Euch und wenn Ihr Euch jetzt nicht von mir helfen lasst, kann es soweit kommen, dass nicht nur Jeanne d'Arc das große Kotzen bei Eurem Anblick kommt. Bitte glaubt mir, ich will …"

René gingen die Worte aus, denn mit einem Mal sah ihn Gilles so vernichtend und böse an, dass er glaubte, das Geschöpf bei seiner misslungenen Beschwörung wieder vor sich zu haben.

„Vielleicht will ich aber keine Hilfe, mein René. Vielleicht macht es mir Freude mich, wie Ihr so poetisch sagt, in ein Raubtier zu verwandeln. Vielleicht liebe ich den Geruch der Angst meines Opfers. Vielleicht liebe ich, mich an seinem Blut zu berauschen, seine qualvollen Zuckungen anzuschauen und sein letztes verzweifeltes Aufstöhnen zu hören ..."

René kämpfte gegen die seine Übelkeit an und erhob sich zitternd.

„Gut, wie Ihr wollt." Er hatte Schwierigkeiten, Gilles bohrendem Blick stand zu halten. „Ich werde nun ganz langsam zu dieser Tür gehen." Er deutete schwach zum Ausgang. „Bis dahin habt Ihr Zeit, mich ein allerletztes Mal um Hilfe zu bitten. Wenn ich die Tür erreicht habe und draußen bin, ohne dass Ihr mich zurückgerufen habt, werde ich dieses Schloss verlassen und Ihr werdet mich nie wieder sehen. Das ist mein letztes Wort, Gilles."

René ging langsam zum Ausgang. Die Stille wurde unerträglich. Gilles gab keinen Laut von sich und René verlangsamte weiter seine Schritte je näher er der Tür kam. Kurz davor angelangt, hörte er seinen Namen flüstern. Als er sich erleichtert umwandte, sah er Gilles, das Gesicht schluchzend in den Händen vergraben, über dem Tisch liegen:

„René, bitte hilf mir, wenn es jemand kann, dann du. Das ist es, wovor ich so Angst habe, es macht mir unglaubliche Freude zu töten."

Frankreich 1400 – 1429

9.

Der Engel trinkt Blut II – Der Weg ins Draußen II

Von nun an wich René dem Baron nicht mehr von der Seite. Das war natürlich alles andere als einfach, denn bei dem letzten Wutanfall blieb es nicht allein. Dazu kam, dass sich Cathérine immer mehr von ihm absonderte, weil sie für sein Verhalten keinerlei Verständnis aufbringen konnte. Allmählich wurde René auch klar, dass die Lage ziemlich hoffnungslos zu sein schien, zumal sich Gilles Zustand von Tag zu Tag verschlechterte. Er verbrachte Nächte mit Saufgelagen, die er mit seinen abscheulichen Kumpanen veranstaltete, war fahrig, reizbar und versuchte, seine Angst hinter einer geballten Ladung Sarkasmus zu verstecken.

„Stellt Euch mal vor, mein René", faselte er noch total verkatert von der letzten durchzechten Nacht. Er hatte den ganzen Tag im Bett verbringen müssen und offenbar beschlossen, trotzdem diese Nacht ohne Pause wieder durchzusaufen. „Es möchte nicht meinen Körper. Ich habe ihm nämlich angeboten, mich zu töten, wenn es das will."

„Habt Ihr irgendwann einmal wieder von dieser schwarzen Festung geträumt?", fragte René ohne auf Gilles Bemerkung einzugehen. Gilles richtete sich mühsam auf.

„Ihr hört mir doch gar nicht zu. Nein, ich habe nicht von der Festung geträumt, zumindest erinnere ich mich nicht daran und ich will auch gar nicht davon träumen. Ich habe Euch jedoch gerade gesagt, dass ich *ES* erst sehen werde, wenn ich tot bin. Also im Jenseits, wo auch immer."

„Redet keinen Unsinn."

Gilles lachte verzweifelt auf.

„Lenkt nicht ab. Es ist so sinnlos. Ihr könnt doch nicht ein Leben lang jede Nacht an meinem Bett sitzen und auf mich acht geben. Bitte, gebt mir lieber noch etwas Wein, wenn Ihr schon nicht mit mir sprechen wollt."

„Säufer", brummte René widerwillig, schenkte dem Baron jedoch einen Becher voll ein. Wenn er bis fast zur Bewusstlosigkeit trank, stellte er wenigstens kein weiteres Unheil an. Nur auf die Dauer war das keine Lösung. Gilles hatte recht. René war mit seiner Weisheit am Ende. Bei der letzten Beschwörung, die er versucht hatte, glänzte sogar sein neuer Meister mit Abwesenheit, das hieß, dass er wahrscheinlich noch immer heimlich beobachtet wurde. In einem Zug hatte Gilles den Wein ausgetrunken und ließ sich erschöpft in die Kissen sinken.

„Mein armer, armer René", seufzte er, als seine Hand zärtlich Renés Wange berührte, bevor er endlich völlig berauscht in tiefen Schlaf sank. Auch René war zerschlagen und müde, konnte aber beim besten Willen keine Ruhe finden. Er schenkte sich gleichfalls Wein ein, um seine Nerven wenigstens für ein paar Stunden zu beruhigen. Einen Moment sann er darüber nach, ob er Eleonors Formel noch einmal ausprobieren sollte. Das Risiko schien ihm viel zu groß, auch wenn sie mit Sicherheit nicht für das blonde grünäugige Wesen bestimmt war. Aber wusste er, ob ihm dann nicht viel Schlimmeres erschien? Auf einmal vernahm er ein Geräusch, das von der Tür kommen musste. Es war so leise, dass er es kaum gehört hätte, wenn seine Sinne in der letzten Zeit nicht so überreizt gewesen wären. Als er in besagte Richtung schaute, konnte er schwach erkennen, dass sich eine dunkle Gestalt zu materialisieren begann. Zuerst dachte er an seinen Meister, den er schon lange nicht mehr gesehen hatte, aber die Umrisse dieser Gestalt waren viel kleiner und als ihn zwei schwarze Augen ansahen, wurde ihm klar, dass er die Erste Priesterin von Draußen vor sich hatte. Und dieses Mal war es wirklich die Priesterin von Draußen. Er hätte Eleonor fast nicht wiedererkannt, denn dieses Geschöpf war nicht das freche alberne Mädchen aus seiner Erinnerung. Dieses blasse ausgezehrte Gesicht mit den eingefallenen Augen und den schmalen blutroten Lippen gehörte zu einem Wesen, das schon durch Jahrhunderte von zu viel bitteren Erfahrungen geprägt worden war. Nachdem René den ersten Schock überwunden hatte, flüsterte er ihren Namen.

„Nein, mein Name ist Viviane – Viviane Duncan", entgegnete sie leise. „Mein Bruder – Kieran Duncan – ist der Erste König von Draußen. Er will ...", sie deutete auf Gilles, „... dass er niemals eingeweiht werden darf." Bevor René widersprechen konnte, fuhr sie fort: „Du willst wissen, warum, ich kann es dir nicht sagen, selbst wenn ich wollte. Ich kann dir aber sagen, dass du in großer Gefahr bist, denn was du jetzt vorhast ist so sinnlos wie gefährlich. Geh zurück auf deine Burg. Mit dem König darfst du dich nicht anlegen, denn ein zweites Mal wird er dich nicht verschonen."

René erstarrte – das war also das grünäugige Wesen – der Erste König von Draußen. Was wollte der nur er von Gilles und verdammt noch mal warum?

„Ich dachte, du liebst Gilles und willst ihm mit allen Mitteln helfen?"

Sie senkte den Kopf.

„Das tu ich auch. Aber meine Kraft ihm zu helfen ist zu gering. Außerdem habe ich dem König meine Seele gegeben. Ich muss nur ihm gehorchen und nicht meinen Gefühlen. Aber du musst so schnell wie möglich fort von hier, René".

René erhob sich.

„Ob ich fort von hier muss oder nicht, entscheide immer noch ich. Ich will endlich wissen, was hier gespielt wird. Woher dein plötzlicher Sinneswandel? Du hast dein Leben für Gilles gegeben. Ich habe dir bei dieser ominösen Beschwörung helfen wollen und du hast mir dafür versprochen, alles zu erzählen. Du hast doch Angst, nicht wahr?" Sie schwieg betroffen. "Gut akzeptiert. Ich gehe unter der Bedingung, dass ihr ihn in Ruhe lasst oder ihn, wie es sich gehört, einweiht. Das was ihr hier macht, ist gegen das Gesetz unseres Ordens. Jeder Mensch hat danach ein Recht auf eine Einweihung. Sonst kann es sein, dass ich doch den Großmagier benachrichtigen muss."

Viviane stöhnte auf.

„Danke für diesen erbaulichen Vortrag. Ich bin schon einige hundert Jährchen in diesem Orden. Es ist schön, diese gut gemeinten salbungsvollen Worte zu hören, aber wir sind von Draußen, dem schwarzen Land, der Strafkolonie dieses elenden Ordens. Wir sind Verdammte, René. Uns interessiert die Moral des Ordens einen Dreck, weil wir uns so etwas wie Moral nicht leisten können. Du bist und bleibst ein selten sturer Ochse, Grandier."

Nur einen Moment war sie wieder die kleine unverschämte Eleonor. René hatte Mühe, trotz seiner Furcht, nicht zu grinsen.

„Der Großmagier ist weit, weit weg und weit ganz oben. Bis du überhaupt den Versuch gemacht hast, ihn zu erreichen, bist du …" Ihre Geste war eindeutig. René setzte sich wieder.

„Und was ist mit der Formel, die du mir gegeben hast? Wird der, der dann vor mir steht, mich erwürgen?"

„René, bitte …" Sie hob flehentlich die Hände. „Der mit Sicherheit nicht. Aber der, der hinter dir stehen wird, und zwar noch bevor derjenige vor dir stehen kann, kapiert?"

„Ich fürchte ja. Wie kommst du dazu, diesem grausigen König deine Seele zu verschreiben. Macht er das mit allen so?"

„Das ist eine lange Geschichte und meine Geschichte. Und das mit der Seele geht schneller als du denkst. Wenn du nicht bald das Weite suchst, wirst du womöglich noch in diese Verlegenheit kommen."

Das hätte René gerade noch gefehlt. Aber er dachte nicht daran, das Weite zu suchen, nahm seinen ganzen Mut zusammen und startete einen allerletzten verzweifelten Versuch, die zu erwartende Katastrophe zu verhindern.

„Gilles hat einen seiner Pagen umgebracht", bemerkte er plötzlich ganz nebenbei. Mal sehen, wie jetzt die Priesterin reagierte. Sie reagierte wie erwartet entsetzt.

„Willst du mich jetzt unnötig provozieren. Spinnst du? Aber warum nur. Du lügst mich doch an – oder?"

„Warum sollte ausgerechnet ich lügen. Hat dir das dein feiner König nicht erzählt? Oder der andere gefallene schöne Engel, mein großer Lehrmeister? Ich fürchte nichts mehr, als um Gilles Verstand. Ihr quält nicht nur ihn, sondern auch andere, denn ich befürchte, dass er nicht eher mit diesen widerwärtigen Exzessen aufhört, bis er diesem König von Draußen gegenübersteht. Mir ist euer Verhalten ganz unerklärlich und eine Erklärung wollt ihr mir ohnehin nicht geben. Ist mir inzwischen auch gleichgültig, weshalb ihr ihn unbedingt nicht einweihen wollt. Meine Haut steht mir selbstverständlich näher. Aber ihr ladet eine große Schuld auf euch – sofern ihr überhaupt noch wisst, was das heißt, eine Schuld auf sich zu laden. Ach ja, ich vergaß, ihr seid ja Verdammte ohne Moral. Jedoch ich appelliere an deine persönliche Moral, an dein Gewissen, Viviane Duncan – Erster Priester des Königs. Nehmt euren verdammten Gilles de Rais, aber sorgt dafür, dass Unschuldige nicht darunter leiden müssen."

Viviane verstummte. Sie hielt sich nur die Hand vor den Mund, um nicht schreien zu müssen.

„Hast du es etwa nicht gewusst?"

Sie schüttelte den Kopf.

„Gewusst? Vielleicht geahnt, zu was er fähig sein kann. Nur, wie hätte ich es denn verhindern können? Ich war doch die ganze Zeit eingesperrt."

„Eingesperrt?"

„Ja, wegen Hochverrat oder glaubst du, mein König lässt mich, nachdem was geschehen ist, noch frei herumlaufen? Ich konnte allerdings den Ersten Jäger überlisten und bin geflohen, nur um dich zu warnen.

Lyonel, du elendes Miststück, was hast du nur angerichtet!" Den letzten Satz schrie sie.

„Jetzt beruhige dich. Gilles könnte aufwachen", zischte René.

„Ja, aber das soll er doch. Er soll endlich aufwachen, jetzt auf der Stelle. Sie werden sich ihm niemals zeigen, egal wie viel Unschuldige er noch tötet. Nichts, aber gar nichts von dieser grausamen Intrige kann ich mit dem erbärmlichen Rest meines Gewissens vereinbaren. Vielleicht bedeutet mein Widerstand sogar unseren Untergang und womöglich die Verbannung aller Beteiligten in das Niemandsland. Doch ich will es so, ungeachtet der Konsequenzen. Also gut René. Die Formel, du weißt sie doch noch. Du musst die Beschwörung noch einmal machen, und zwar in Gilles Gegenwart. Bitte, so weck ihn auf der Stelle auf. Wir haben nicht mehr viel Zeit!" Sie hielt plötzlich inne und wich entsetzt ein paar Schritte zurück. Neben ihr stand Renés Meister – der Erste Jäger. René hatte ihn noch nie so außer sich vor Zorn gesehen.

„Wer ist hier ein elendes Miststück, du dreckiger kleiner Bastard. Hast du vergessen, was für mich auf dem Spiel steht? Willst du uns wirklich mit deiner krankhaften Triebhaftigkeit in den ewigen Abgrund reißen? Aber, ich werde dafür sorgen, dass du nie wieder auch nur einen einzigen Versuch wagen wirst, Draußen zu verlassen. Oder hast du im Ernst geglaubt, ich bin so dämlich und lasse dich nur einen Augenblick aus den Augen? Dieses Mal wird der König dich nicht verschonen und nur einsperren lassen. Dieses Mal wirst du die Peitsche auf deinem nackten Körper zu spüren bekommen und ich werde als begeisterter Zuschauer den Platz in der ersten Reihe einnehmen."

Sie versuchte vergeblich zu fliehen. Mit einem Griff hatte er sie gepackt und drehte ihr den Arm nach hinten.

„Lyonel, du tust mir weh. Auch wenn du es zu gern tust, quäl mich erst wenn wir Draußen sind. Lass mir noch etwas von meiner Würde. Verschon wenigstens diesen Magier. Er ist unschuldig, er hat nicht die geringste Ahnung davon, was für eine abscheuliche Intrige hier abgeht. Er hat nicht verdient zu fallen. Lass ihn laufen, lass ihn einfach in Ruhe!" Und als der Erste Jäger nicht reagierte: „René – die Formel – sprich diese verdammte Formel – mach schnell, bevor er dich … Oh ihr Götter helft ihm! Halte deine Gedanken zusammen. René, er will in deine Gedanken eindringen, deine Gedanken …"

Die letzten Worte vernahm René wie von weit her, bevor er von rasenden

Kopfschmerzen gepeinigt auf die Steinfliesen aufschlug. Dann war nichts mehr, absolut nichts.

In jener Nacht, als kurze Zeit später die aufgescheuchten Diener des Baron de Rais, geweckt von den unmenschlichen Schreien, Renés Leichnam fanden, brachte Cathérine ihre Tochter Marie zur Welt.

Draußen 1429 – 1530

10.

Der schwarze Hexenmeister III

René wusste nicht mehr, wie viel Zeit vergangen war, bis er Draußen in den schwarzen Bergen unter dem grau verhangenen Himmel erwachte. Obwohl er allein war, kroch er auf allen Vieren instinktiv zwischen die Felsen, um Schutz vor eventuellen Angreifern zu suchen. Dort blieb er lange liegen – völlig apathisch, unfähig sich von der Stelle zu rühren. Sein Kopf war wie ausgebrannt, seine Glieder schmerzten und der Hunger zerriss ihm fast die Eingeweide. Aber René gelang es die Augen zu schließen und sank in eine wohltuende dunkle Leere.

Irgendwann, nach unendlich langer Zeit, wurde er von Stimmen geweckt. Als er die Augen öffnete, sah er drei schwarz gekleidete Jäger mit langen silbernen Speeren in den Händen vor sich. Sie hatten jedoch nicht ihre Speere auf ihn gerichtet und schienen ihn auch nicht zu bedrohen. Er ließ sich von ihnen noch völlig willenlos mitnehmen. Die Jäger brachten ihn ohne ihm ein Leid zuzufügen in eine Kolonie, wo sie ihn schließlich in eines ihrer einfachen Häuser niederlegten. René war noch viel zu müde und zu schwach, um seine neue Umgebung wahr-zunehmen. Er war gerade mal in der Lage, ein paar Sätze wie „er muss einen schweren Schock erlitten haben", „er lag schon eine halbe Ewigkeit hier" oder „man hat ihm übel mitgespielt" zu verstehen. Irgendjemand brachte ihm Wasser und einmal sogar eine Schale mit frischem Blut. Er versuchte zu trinken, spürte, dass es ihm zwar gleich besser ging, aber der Ekel war dann doch stärker und er würgte das Blut stöhnend wieder heraus.

„Das ist am Anfang immer so, aber mit der Zeit gewöhnt man sich daran", sagte eine erstaunlich sanfte Stimme. Als René aufblickte, sah er in ein Gesicht, dessen gütige Augen ihn an ein Bild aus seiner Vergangenheit erinnerten. Es war das Bild eines Ritters, der aus Verzweiflung in einen sinnlosen Krieg gezogen war, um darin sein menschliches Leben zu verlieren.

„Du brauchst mir nichts zu erzählen, wenn du nicht willst, mein Sohn."

Colin berührte ihn vorsichtig an der Schulter. „Ein Glück, dass meine Leute dich gefunden haben."

René wollte etwas erwidern, aber er brachte nur ein lautes Schluchzen heraus. Auch wenn ihm die vertraute Gegenwart seines Vaters gut tat, so schämte er sich für seine entsetzliche Niederlage, für seine Unfähigkeit und für sein Versagen als Magier. Taktvoll ließ ihn Colin vorerst allein und langsam begann sich Renés Zustand zu bessern.

Es musste allerdings noch einige Zeit vergehen bis er imstande war, die schützende Behausung zu verlassen, um mit den Jägern und seinem Vater die Umgebung zu durchstreifen. René hatte bis jetzt Colin mit keinem Ton aus seinem Leben erzählt, außer der Tatsache, dass er bei der letzten Beschwörung unvorsichtig gewesen und deshalb gefallen war. Obwohl Colin sicher ahnte, dass sein Sohn ihm noch einiges verheimlichte, bohrte er nicht weiter, sondern hoffte lediglich, dass René ihm eines Tages den wirklichen Grund seines Scheiterns mitteilen würde. Dafür konnte René von seinem Vater umso mehr erfahren. Colin de Grandier verwaltete eine größere Kolonie im Reich von Geoffrey Durham, dem Zweiten König von Draußen. Zum König selbst hatte er keine Beziehung, geschweige ihn jemals zu Gesicht bekommen. Dafür traf er sich mit dessen engstem Berater, der regelmäßig die Kolonien aufsuchte, um zu kontrollieren, dass es bei den hin und wieder aufsässigen Untertanen mit rechten Dingen zu ging. Colin war nicht aufsässig. Im Gegenteil, er machte sogar Jagd auf die Rebellen und hatte damit die Gunst des Zweiten Königs redlich verdient. Er, der das unglaubliche Talent besaß, in der miserabelsten Situation noch etwas Positives zu finden, hatte sich mit seiner Existenz in diesem unwirtlichen Land einigermaßen abgefunden. Er erzählte René natürlich freudestrahlend, dass Amaury de Craon im Zwischenreich sehr eng mit dem Großmagier zusammenarbeitete. Colin war sogar Amaury, als der sich für eine Prüfung vorbereiten musste, einmal Draußen begegnet und die beiden hatten anscheinend heftig bedauert, dass sie ihr Wiedersehen nicht mit dem obligatorischen Burgunder begießen konnten. René fühlte sich mit der Zeit von dem unverwüstlichen Optimismus seines Vaters angesteckt und war sogar in der Lage, wieder zu lachen. Nur manchmal, wenn er allein war, musste er an Gilles und vor allem an seine geliebte Cathérine denken. Aber er verdrängte diese Erinnerung schnell wieder, in der Angst, Colin könnte womöglich in seine Gedanken schauen und etwas davon mitbekommen. René sollte sowieso bald genügend Ablenkung haben, denn die Vorbereitungen für den Empfang des Beraters von König Geoffrey waren in vollem Gang.

„Warum kommt der König nicht selbst?", erlaubte René zu fragen.
„Er kann anscheinend nicht, weil er noch sehr schwach sein soll", erwiderte Colin. René runzelte fragend die Stirn, was Colin veranlasste, sofort fortzufahren: „Ach, das ist alles lange vor meiner Zeit geschehen. Allzu viel weiß ich auch nicht. Außerdem, nach den Gerüchten hier Draußen kann man auch nicht immer gehen. Geoffrey Durham und Kieran Duncan, der Erste König, sind Todfeinde, obwohl sie Halbbrüder sind – oder wahrscheinlich gerade deshalb. Man sagt, dass die Mutter der beiden der erbarmungslose Wächter aus dem Niemandsland gewesen sein soll. Ich halte das für gewaltig übertrieben. Aber wie es aussieht, ist unserem König der zermürbende Krieg gegen Kieran ziemlich an die Nerven gegangen, zumal er noch mit seinem Vater, der jetzt Diener im Zwischenreich ist, Schwierigkeiten hatte. Jedenfalls musste Geoffrey für eine längere Zeit ins Tal der Ruhe. Dieses Tal ist ein abgeschlossenes Territorium mit Höhlen, in denen die Priester, Jäger und auch die Könige von Draußen durch Drogen für eine bestimmte Zeit in einen tiefen traumlosen Schlaf versetzt werden, um sich zu erholen. Das Tal der Ruhe befindet sich auf neutralem Boden und Geoffrey wurde – so lautet die Aussage seiner Leute – auf dem Rückweg von Kierans Jägern gefangen genommen. Damit hatte zwar König Kieran gegen das Gesetz verstoßen – er verstößt anscheinend laufend gegen Gesetze, das jedem gestattet, sich frei auf neutralem Gebiet zu bewegen, aber unser König war gefangen. Auf der anderen Seite gibt es wieder ein Gesetz, dass jeden König verpflichtet, einen Gefangenen der anderen Seite nach sieben Jahren wieder freizulassen oder auszuliefern. Will man den Gefangenen schon vorher zurückhaben, wird der Gegner meistens einen unverschämt hohen Tribut verlangen. Aber Kieran ging erst gar nicht auf einen Tribut ein und Geoffrey blieb genau sieben Jahre in Gefangenschaft. Und in sieben Jahren kann sehr viel geschehen und Kieran ist kein Muster an Tugend. Er soll ein gemeines Miststück sein, um es milde auszudrücken. Der schwarze Hexenmeister beziehungsweise der Berater und dessen Gefolge haben König Geoffrey in einem verlassenen Tempel auf unserem Land schließlich wieder gefunden – als Wrack. Sie haben ihn anscheinend sogar erst gar nicht erkannt und lange hat man geglaubt, er sei nicht mehr fähig zu regieren. Nun schreit sein Volk, das ihn abgöttisch verehrt, natürlich nach Rache und möchte lieber heute als morgen in das Erste Land einfallen, was natürlich eine entsetzliche Katastrophe auslösen würde. Ja, René, hier hast du die Fortsetzung des menschlichen Lebens auf der Erde, unsere großen

Magier sind ganz gewöhnliche Menschen mit zwar ungewöhnlichen Eigenschaften und sehr gewöhnlichen Veranlagungen."

Colin betrachtete seinen Sohn schweigend, als ob er zu erraten versuchte, was in dessen Kopf nun vorging. Renés Gedanken waren bei König Kieran, dem schönen engelhaften Geschöpf mit den goldblonden Haaren und den bösen grünen Augen, bei Eleonor oder vielmehr Viviane, der Ersten Priesterin, dem unbekannten Ersten Jäger, der ihn getötet hatte und bei Gilles de Rais, dessen verzweifelte Versuche, die Finsternis in seiner Seele zu bekämpfen, so vergeblich waren. Die Vorstellung, dass Gilles dem Ersten König inzwischen womöglich hilflos ausgeliefert war, empfand er als besonders grauenvoll. Er versuchte, die Beklemmungen, die seine Brust zuschnürten, zu verdrängen indem er mit Colin das Gespräch wieder aufnahm.

„Ja, und trotzdem halten sie sich für Götter."

„Götter, das ich nicht lache", feixte Colin, „Kieran, das blonde Engelchen soll einst Geoffreys Lustknabe gewesen sein. Sagt man. Aber nun Schluss mit diesen Klatschereien, komm beeile dich, unser hoher Besuch ist im Anmarsch."

Der geheimnisumwitterte Berater von König Geoffrey – Guy Macenay – traf mit seiner gesamten Entourage ein. Keiner wusste wirklich, woher dieses große hagere Geschöpf kam. Seine kohlschwarzen glühenden Augen waren das Unheimlichste an ihm. Er war in seinem letzten Leben Geoffreys Erzieher und Mentor gewesen und hatte schon vorher dessen mysteriöse Mutter begleitet. Er stammte — so wurde gemunkelt – aus Irland, dem alten Irland der Feen und Druiden. Einige Bewohner von Draußen verbreiteten unter vorgehaltener Hand das Gerücht, dass dieser dunkle Zauberer einst ein großer Häuptling oder König eines längst vergessenen kriegerischen Volkes gewesen sein soll. Mit Sicherheit strahlte er eine so starke Macht aus, dass René erst einmal schaudernd vor dieser eindrucksvollen Erscheinung zurückwich.

„Er sieht aus, als ob er schon tausende von Jahren alt wäre."

Colin sprach Renés weitere Gedanken aus.

„Das mag sein – er ist vor allem sehr mächtig und klug. Böse Zungen behaupten, dass er der eigentliche König sei und nicht Geoffrey Durham."

„Aber König Geoffrey hat seine Seele", widersprach René.

„Nein mein Sohn, das hat er nicht. Was hat man dir denn in deiner Ausbildung erzählt? Das mit der Seele funktioniert nur bei dem Ersten

König, der die Macht hat, sieben Seelen an sich zu binden. Der Zweite König muss sich mit einem schlichten Schwur begnügen."

René hatte wieder dazugelernt. Wenn man von der Trostlosigkeit der Umgebung und den anderen unaussprechlichen schlimmen Umständen einmal absah, konnte es Draußen wenigstens unterhaltsam werden. Denn sobald mehr als zwei Kreaturen zusammen kamen, blühten ungeheuerliche Klatschgeschichten und Gerüchte.

„Und wer ist das neben dem Schwarzen?"

Ein zartes Wesen, das man als schön bezeichnen konnte, wenn es nicht durch die verweinten Augen und eingefallenen Wangen entstellt gewesen wäre, erweckte Renés Interesse.

„Ich sehe ihn das erste Mal. Aber ich habe gehört, dass er Raphael heißen soll. Er begleitet seit neuestem Macenay. Der hat ihn zu sich geholt, nachdem man ihn in Spanien wegen Ketzerei verbrannt hatte. Aber eigentlich stammt dieser Raphael aus Frankreich. Er lebte vorher bei Gilles de Rais. Den müsstest du doch kennen. Er ist Amaurys Neffe."

René spürte wie ihm die Knie weich wurden.

„Ja, ich bin ihm ein paarmal flüchtig begegnet", log er verzweifelt. Colin war zum Glück von Guy Macenays Auftritt so abgelenkt, dass er die Wesensveränderung seines Sohnes nicht wahrnahm und beiläufig weiter plauderte:

„Ja, Amaury hat mir erzählt, dass Gilles ziemlich miserabel dran gewesen sein soll. Er ist übrigens auch von der Inquisition zum Tode verurteilt worden, wegen ... ach, das ist zu grausig, wer weiß, was daran stimmt. Amaury hat es selbst über tausend Umwege erfahren. Warum hast du Gilles eigentlich nicht in unseren Orden eingeweiht? Amaury hätte es gewünscht."

Guy Macenay, der Colin de Grandier nun begrüßte, ersparte René eine weitere Lüge. Es war viel zu viel geschehen, als dass es ihm gelingen konnte, Gilles völlig aus seinem Gedächtnis zu streichen, denn jetzt musste er doch etwas über dessen Verbleib erfahren. Und genau dabei konnte ihm dieser Raphael helfen. Sicher würde der ihm nur erzählen, was René längst befürchtete, aber nur so konnte er herausbekommen, ob der Baron vielleicht doch dem Ersten König entkommen war.

Dieses Vorhaben erwies sich schwieriger als erwartet, denn der schwarze Hexenmeister wich Raphael nicht von der Seite und René glaubte schon, sein Vorhaben aufgeben zu müssen.

11.

René de Grandier trifft auf einen ehemaligen Pagen und wird Jäger des Zweiten Königs von Draußen

Doch schneller als er dachte, ergab sich dann doch eine Gelegenheit, Raphael allein zu erwischen. Nicht weit von der Kolonie entfernt entdeckte er ihn zusammengekauert weinend zwischen den Felsen sitzend. Nachdem er ihn noch eine ganze Weile zögernd betrachtet hatte und nicht wusste, ob er ihn jetzt ansprechen durfte, erhob sich Raphael plötzlich und wandte sich um.

„Jetzt ist auch der letzte in den Tod gegangen", murmelte er mehr zu sich selbst. „Ich dachte, ich hätte Ruhe, aber ich kann keine Ruhe finden."

„Vor wem könnt Ihr keine Ruhe finden?", fragte René behutsam.

„Vor mir selbst und meinem Fluch", entgegnete Raphael und kroch mühsam zwischen den Felsen hervor. „Einst hatte mich mein bester Freund der spanischen Inquisition ausgeliefert. Bei meinem Prozess habe ich geschworen, jeden seiner männlichen Nachfahren in den Tod zu treiben, bis der Name seines Geschlechtes nicht mehr existierte. Erst jetzt wurde mir bewusst, wie schrecklich dieser Fluch war. Vier Menschen mussten auf grauenvolle Weise sterben. Nun haben sie den letzten seiner Familie hingerichtet. Er hatte nicht einmal Angst. Seine Hoffnung war der Himmel, verstehst du, was ich meine? Seine letzten Worte waren furchtbar für mich, denn er führte mir erst vor Augen, dass ich in alle Ewigkeit verdammt war. Ich hätte vielleicht seinen Tod sogar noch verhindern können, aber ich war nicht mehr in Lage dazu." Raphael begann erneut zu schluchzen.

„Warum habt Ihr ... äh, hast du den Fluch denn nicht gebrochen? Du hättest doch sicher eine Möglichkeit finden können, diesen Mann in letzter Minute zu retten. Ein Toter weniger hätte natürlich nicht dein Gewissen entlastet, aber er wäre es wert gewesen", fragte René irritiert, zumal er sich beim besten Willen nicht vorstellen konnte, dass dieses schwächliche Geschöpf in der Lage war, jemanden in den Tod zu treiben. Raphael starrte ihn mit seinen verweinten Augen fassungslos an.

„Wie hätte ich das können. Damals auf dem Scheiterhaufen habe ich mich dem schwarzen Zauberer ausgeliefert. Er hat dafür gesorgt, dass ich jeden meiner Flüche erfüllt habe. Er hat mich gleich nach meiner Ankunft hier Draußen völlig isoliert in einer Höhle eingesperrt und mir nur Nahrung gegeben, wenn ich Fernando und seine Nachfahren in den Tod schickte."

Er ließ sich zitternd auf den Boden sinken. In diesem Augenblick beschloss René, das arme Wesen in Ruhe zu lassen. Es hatte genügend gelitten. All die vielen Jahre eingesperrt, allein, dazu gezwungen, sich selbst zu verdammen. Ihm war plötzlich wieder diese erbärmliche Existenz Draußen bewusst geworden. In diesem Draußen, trostlos, jenseits von Raum und Zeit, in dem es sogar einem so angeblich weisem Geschöpf wie Guy Macenay Freude zu machen schien, zuzulassen, wie dieser armselige Rest von Mensch sich am Tod einer ganzen Familie schuldig machte. Er wollte sich gerade unauffällig zurückziehen, als er Raphaels Hand an seiner Schulter spürte.

„Kannst du, könnt Ihr nicht einen Diener gebrauchen?", fragte seine leise Stimme „Bitte, legt doch ein gutes Wort bei Guy Macenay für mich ein. Er will mich nun in die Stadt mitnehmen. Ich war so lange allein und hatte so schreckliche Angst, aber jetzt habe ich noch viel mehr Angst, denn ich weiß nicht, was mich dort erwartet."

Eigentlich brauchte René keinen Diener und er bezweifelte stark, ob „ein gutes Wort" Guy Macenay von seinem Vorhaben abbringen würde, aber Raphael tat ihm leid und außerdem war er ihm sympathisch.

„Ja, natürlich kannst du bei mir bleiben. Ich werde alles Mögliche versuchen, dass er dich endlich freigibt. Warum hasst Guy dich eigentlich so?"

„Guy hasst so ziemlich alles, außer vielleicht seinen König. Wahrscheinlich hasst er mich, weil ich angeblich der Liebling des Großmagiers gewesen sein soll. Das ist völlig idiotisch, denn der hat mich ihm ja ausgeliefert. Doch auch wenn Guy widerwärtig ist, so kann er wahrscheinlich im Grunde nichts dafür. Hier Draußen werden irgendwann alle widerwärtig. Er war immerhin auch einmal ein Mensch."

René musste über so viel Verständnis lächeln. Aber Guy und dessen Probleme interessierten ihn im Moment nicht.

„Du warst eine Zeitlang bei dem Baron de Rais", fragte er dann doch, während Raphael ihm folgte. Der zögerte einen Augenblick.

„Habt Ihr kein erfreulicheres Thema?"

„Leider nicht. Ich habe ihn gut gekannt, bevor er völlig den Verstand verloren hat. Ich will eigentlich nur wissen, was aus ihm geworden ist."

Im Grunde erfuhr er von Raphael nur, was er längst erahnt hatte, aber die Schilderung der Gräueltaten versetzte ihm dann doch einen gewaltigen Schock. Selbst wenn Gilles wirklich ein bedauernswertes Geschöpf war, so hatte er es redlich verdient, wenn er sich nun in der Gewalt des Ersten Königs befinden sollte. Einen Augenblick fühlte René sich sogar schuldig an der schrecklichen Laufbahn des Barons. Nein, er hatte sein Leben und seine Seele dafür gegeben, um ihm zu helfen – und das hatte Gilles bei weitem nicht verdient. René würde ihn einfach endgültig aus seinem Gedächtnis streichen.

Wieder in der Kolonie angekommen, erwartete ihn Colin mit einer Überraschung.

„Ach, René. Der schwarze Hexenmeister hat beschlossen, dich mit in die Stadt zu nehmen und dich seinem König vorzustellen. Der wünscht anscheinend, dass du sogar einer seiner Jäger wirst."

René stockte der Atem, denn Jäger, beziehungsweise Krieger eines Königs zu werden, war ein Privileg, das man sich normalerweise hart verdienen musste.

„Aber der König kennt mich doch nicht."

„Wenn du natürlich lieber hier bleiben willst", schränkte Colin sofort ein, als er merkte, dass sein Sohn nicht gerade in Freudentaumel ausbrach.

„Der König weiß von deinem Vater", warf Guy, so freundlich er dazu in der Lage war, ein. „Du wirst dich gut mit König Geoffrey verstehen, da bin ich mir sicher."

Sicher war sich René da überhaupt nicht, doch es gab genügend Argumente für König Geoffrey. Er war bei seinem Volk sehr beliebt, wurde von ihm schon fast vergöttert. Er ließ sich vom Großmagier aus dem Zwischenreich keine Vorschriften machen und er war vor allem der erklärte Todfeind von dem schrecklichen König Kieran. Außerdem sehnte René sich nach Abwechslung. Also stimmte er dann doch ohne weitere Bedenken zu. Raphael, der noch immer insgeheim gehofft hatte, jetzt aus Macenays Gesichtskreis zu verschwinden, war natürlich entsetzt. Doch René versprach ihm, ihn zu beschützen und erst recht dafür zu sorgen, dass er nicht mehr gequält. wurde.

Nachdem alle Klarheiten und Unklarheiten bezüglich der Kolonie geklärt waren, brach René mit Guy und Raphael samt Gefolge zu der Stadt des Zweiten Königs auf. Er fühlte sich sogar glücklich, einen neuen Anfang gefunden zu haben. Er war so gespannt, als die ersten mächtigen

Bauten auftauchten, die bereits die Stadt ankündigten. Die Stadt selbst sah schon aus der Ferne atemberaubend aus. Sie lag mitten in der weiten Ebene auf einem hohen Berg und war somit sicher uneinnehmbar. Einen Augenblick erschauderte René – die Festung, er musste an die schwarze Festung aus Gilles Traum denken. Er strich diese lästige Erinnerung sofort wieder aus seinem Gedächtnis. Hier ging es schließlich um eine neue Existenz, die er beginnen wollte, da hatten die Albträume des grausamen Barons einfach keinen Platz mehr. Vergessen, irgendwann würde es ihm gelingen, ihn für immer zu vergessen.

Der steile Weg zur Stadt hinauf war recht beschwerlich und oben angelangt dauerte es noch eine Weile, bis die massiven Tore geöffnet wurden. Die Gebäude der Stadt waren kein Vergleich zu den kargen Behausungen in den Kolonien. René, der bisher geglaubt hatte in einer endlosen lebensfeindlichen Wildnis zu leben, war fasziniert auf eine so hohe Zivilisation zu treffen. Jedes Haus, jeder Tempel war unterschiedlich verarbeitet und mit phantastischen Ornamenten verziert. Er strich fast ehrfürchtig über das schwarze Gestein. Er hätte geschworen, dass die ganze Stadt aus schwarzem Onyx erbaut war. Er fragte sich, welche mysteriösen Baumeister diese überwältigende Festung errichtet haben mochten, als er zusammen mit dem Zauberer und seinem neuen Diener die breite Straße zum Wohnsitz des Königs entlangging. Vor dem Palast wurden die beiden Neuankömmlinge von einem der Jäger des Königs empfangen. Und das erste Mal spürte René wieder ein seltsames Unbehagen. Er erinnerte ihn beängstigend an seinen Meister – ein ausdrucksvolles männliches Gesicht mit blauen Augen und blonden Haaren.

„Wie geht es dem König heute?", erkundigte sich Guy sofort hektisch, als sie dem Jäger in den Palast folgten.

„Er hat sich seit Eurer Abreise nicht mehr blicken lassen. Wenn Ihr nicht anwesend seid, scheint er noch immer jeden Kontakt zu scheuen."

Der Jäger warf einen misstrauischen Blick auf Raphael und zog die rechte Augenbraue nach oben.

„Wo zum Teufel hast du ihn die ganze Zeit versteckt? Du willst ihn also wirklich hierher bringen?"

Guy grinste, als ob er genau wusste, wovon der Jäger sprach.

„Warum nicht. Es wird wohl auch langsam Zeit, dass er erfährt, wer er wirklich ist, oder?"

„Von mir aus – als ob ausgerechnet ich was dagegen hätte und ich wäre froh, wenn du ihn einigermaßen anständig behandeln würdest", schnaubte der Jäger verächtlich. René beschloss im gleichen Moment, dass er versuchen würde, ihn zu mögen, was auch sinnvoll war, denn er ahnte schon jetzt, dass eine intensive Zusammenarbeit mit diesem offenbar erfahrenen Krieger bevorstand.

„Der König befindet sich bereits im großen Saal, er erwartet euch."

Der Jäger verabschiedete sich mit einer Verbeugung und einem kurzen freundlichen Blick auf René.

„Wer war denn das?", wollte René wissen.

„Du solltest gut mit ihm auskommen, dem Lieblingsjäger des Königs. Sein Name ist Roger Duncan."

René zuckte zusammen. Er wollte doch keine Erinnerungen mehr.

„Der Name Duncan kommt mir bekannt vor."

„Aber ja doch …", schnarrte Guy beharrlich weiter, „… das ist schließlich der bekannteste Name in diesem Orden. Hast du deine Einweihung eigentlich hinter dem Mond gemacht? Der Großmagier heißt nämlich Lawrence Duncan."

„Ich habe diesen Namen in einem anderen Zusammenhang gehört", erwiderte René etwas gereizt.

„Ach, du meinst bestimmt sein Söhnchen Kieran Duncan, den Ersten König. Ihm hast du doch deine Anwesenheit hier Draußen zu verdanken."

Seltsam – René hatte niemanden Draußen von seinem Kontakt zu Kieran Duncan erzählt. Ob Guy unmerklich in seine Gedanken eingedrungen war?

„Dann ist Kieran der Sohn des Großmagiers?"

Guy nickte geduldig.

„Ja, unser Magier hat eine große und sehr begabte Familie. Vier Söhne und eine Tochter. Roger, den du gerade gesehen hast, ist Nummer zwei."

René seufzte. Wer die Tochter war, danach brauchte er wohl nicht mehr zu fragen, nur, er glaubte sich vage zu erinnern, dass Eleonor/Viviane fünf Brüder hatte? Er hatte keine Zeit weiter darüber nachzudenken.

Sie betraten den großen Saal des Palastes, doch hier hatte er ebenso wenig Zeit, diesen düsteren Raum mit den bizarren Wandbemalungen genauer in Augenschein zu nehmen.

„Wir sind da", wies Guy unmissverständlich darauf hin, dass ab jetzt weitere banale Fragen bezüglich der Familienverhältnisse der Duncans überflüssig waren „Geht jetzt auf die Knie und schaut erst auf, wenn euch der König dazu auffordert."

René und Raphael taten wie geheißen, wobei sie die Köpfe zur Erde senkten. Dann hörten sie Guys Stimme durch die angespannte Stille krächzen:

„Mein König, René de Grandier ist auf Euren ausdrücklichen Wunsch gekommen. Und dann habe ich Euch noch jemanden mitgebracht, dessen Gegenwart Euch sicher ebenfalls erfreuen wird."

„Seid beide herzlich willkommen." Der König musste absolut lautlos erschienen sein. „Ihr könnt jetzt eure Köpfe erheben."

René wagte erst gar nicht aufzuschauen, er zitterte vor Aufregung am ganzen Leib und wusste nicht warum. Es war wohl etwas in der Stimme des Königs – sie klang fast zärtlich, als er den beiden gebot, auch aufzustehen. René tat wie befohlen. Es war nicht nur sein Herz, das für einen Augenblick stillzustehen drohte, auch Raphael taumelte fassungslos einige Schritte zurück. Beide sahen in ein blasses ebenmäßiges Gesicht; unter dem silbernen Helm mit den gebogenen Hörnern fielen blauschwarze Haare bis auf die Schultern herab und die grünen Augen sahen René so unverhohlen an, wie am ersten Tag ihrer Begegnung, als diese Augen noch einem aufsässigen verzogenen Kind gehörten.

„Folgt mir in mein Gemach", forderte König Geoffrey die beiden mit einer unvergleichlich eleganten Geste auf. „Ich bin euch eine Erklärung schuldig. Ganz besonders dir, mein René!"

René war nur noch in der Lage schwach zu lächeln – eine Erklärung. Wozu? Jetzt wusste er endlich, was Gilles de Rais offenbar nicht erfahren durfte – nämlich, dass er der Zweite König von Draußen war.

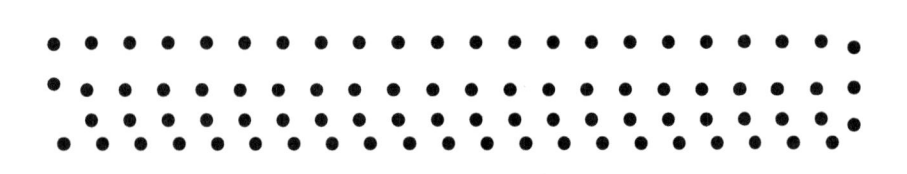

Vierter Teil | Geoffrey Durham

Schottland 1160 – 1192

1.

Efrén de Alpojar macht eine Reise in die Vergangenheit II

Ich lasse Renés Geschichte hier vorerst enden. Auch für mich war, nachdem ich sie kannte, die Tatsache, dass Gilles de Rais und Geoffrey Durham ein und dieselbe Person waren ein unglaublicher Schock. Jedoch noch ein viel größerer Schock war die Erkenntnis einer Vergangenheit, die noch weiter zurücklag. Dass mir Macenay gerade diese Vergangenheit verheimlichte, war mir klar, umso weniger konnte ich allerdings begreifen, weshalb mein Vater das auch getan hatte.

Bevor ich mit der eigentlichen Reise in meine letzte Vergangenheit (und hoffentlich die wirklich letzte, denn ich fürchte, mehr Überraschungen hätte ich kaum verkraftet) beginne, möchte ich zuerst von einigen wichtigen Begebenheiten berichten, die sich zu jener Zeit vor meiner Geburt ereigneten:
Es heißt, unser Orden sei sehr alt und geht bis auf die keltischen Druiden zurück, lange bevor das Christentum in Irland und Britannien seinen Einzug hielt. Und das ist so ziemlich alles, was die meisten Mitglieder über den Ursprung des geheimen Ordens wissen. Es gibt demnach noch genügend Geheimnisse, also doch! Aber da will ich nicht anfangen. Ich beginne erst im Jahr 1160 in Schottland. In dem Jahr war, mein Vater, Lawrence Duncan bereits Großmagier des Ordens. Wie lange er überhaupt Großmagier war und wie er es überhaupt geworden war, darüber herrschte Schweigen. Er soll ein kluger Mann mit hervorragenden magischen Qualitäten gewesen sein. Wahrscheinlich hielt er sich zu jener Zeit noch für einen Menschen und nicht, wie später, für einen größenwahnsinnigen Halbgott. Man erzählte, dass er nicht nur ungewöhnlich stattlich, sondern auch sehr angenehm im Umgang mit seinen Untergebenen von Draußen war, denn mit den damaligen Königen hatte er nicht nur ein gutes Verhältnis, er war ihnen sogar freundschaftlich zugetan und wollte daher beide so bald wie möglich bei sich im Zwischenreich haben. Die beiden Könige von Draußen, die überdurchschnittlich magische Kräfte besitzen, haben von allen Gefallenen die beste Chance, ins Zwischenreich zu gelangen, wenn auch mit

unterschiedlichen Mitteln. Der Zweite König zum Beispiel, muss eine Prüfung ablegen wie alle anderen auch, die er sogar so oft er will wiederholen kann, bis er am Ziel ist. Vorausgesetzt, er wird nicht vorher als König entmachtet oder sogar verbannt. Er wird von seinem Vorgänger, vom Großmagier oder von seiner Beratern auserwählt und untersteht den Gesetzen des Zwischenreiches, die ihm bei Übertretung das Genick brechen können. Das bedeutet, dass das Zweite Land Draußen nichts weiter als eine Art Strafkolonie des Zwischenreiches darstellt mit einem Vasall an der Spitze, der vom Gutdünken des Großmagiers abhängig ist. Nun ja, deshalb ist wohl eine „Freundschaft" mit demselben sehr empfehlenswert, wie sich bald noch zeigen wird. Beim Ersten König verhält es sich etwas anders: Er muss, bevor er überhaupt König werden kann, bei den Dunklen Herrschern im Niemandsland eine unaussprechlich grausame Ausbildung ablegen und er riskiert alles dabei, wenn er bei der Abschlussprüfung versagt. Und versagt haben schon so viele. Doch wenn er bestanden hat, verfügt er über wesentlich mehr Macht, ist nicht an alle Gesetze des Zwischenreiches gebunden und kann dorthin – sofern er das überhaupt noch möchte – ohne eine weitere Prüfung gelangen. Bedingung: Er muss dafür sorgen, dass sich ein Nachfolger für ihn findet, der natürlich auch die Prüfungen erfolgreich meistern sollte. Das hört sich einfacher an als es eigentlich ist. Denn kaum jemand findet sich bereit, diesen gefährlichen Schritt zu wagen, bei dem es nur zwei Möglichkeiten gibt, entweder er wird König oder er fristet künftig als Nahrungsquelle und Sklave der Dunklen ein jämmerliches Dasein. Ich muss den Werdegang der beiden Könige – soweit er mir bekannt ist – beschreiben, weil er für meine folgende Erzählung wichtig ist. Und nun kann ich wieder zu Lawrence Duncan zurückkehren. Kurz nach seiner Einweihung heiratete er eine junge Frau aus dem schottischen Adel, die er über alles liebte. Sie gebar ihm kurz hintereinander zwei Söhne: Lyonel und Roger.

Der damalige Erste König von Draußen, Richard McDuff, war ein unmittelbarer Nachbar von Sir Lawrence. Er war mit einer bretonischen Adligen, Beatrice de Thouars, verheiratet, deren Bruder Percevale de Thouars bereits schon seit vielen Jahren sein Zweiter Jäger war. Ich möchte doch noch kurz auf eine Besonderheit des Ersten Königs eingehen. Er hatte nämlich das Privileg, vier Jäger, die auch die Aufgabe hatten als Krieger die Stadt und das Land gegen die verwilderten Horden zu verteidigen, und drei Priester, beziehungsweise engste Berater, an sich zu binden. Das heißt, diese Sieben verschrieben ihm buchstäblich ihre Seelen. Sie waren damit sein Eigentum und er konnte mit ihnen verfahren, wie es ihm beliebte. Er, und nicht der Großmagier, bestimmte, ob sie einen menschlichen Körper bekamen oder nicht. Er hatte jederzeit Zugang zu ihren Gedanken, sie waren ihm also völlig ausgeliefert. Andererseits war aber auch der König an diese Jäger und Priester gebunden, zumindest an die, die er selbst ausgewählt hatte. Nur die Jäger und Priester seines Vorgängers konnte er freigeben, vorausgesetzt er wollte das. Oft war der Wechsel eines Ersten Königs für manchen dieser Jäger oder Priester der Weg zurück in die Freiheit. Doch dem König war an einer guten Zusammenarbeit mit den sieben gelegen, darum ließ er in den meisten Fällen die Seelen seines Vorgänger frei und suchte sich neue Priester und Jäger, die ihm nahe standen. Sie waren nicht nur sein Besitz, sondern er verpflichtete sich auch, sie zu beschützen. Und merkwürdigerweise fanden sich immer genügend Bewerber. König Richard war Draußen so angesehen und beliebt, dass der Vorgänger von Percevale de Thouars freiwillig bei ihm in der Stadt blieb, obwohl er jederzeit gehen und eine eigene Kolonie gründen durfte. Jeder wusste von der Grausamkeit der Geschöpfe Draußen, nur Richard machte nicht im geringsten einen bösartigen und verbitterten Eindruck. Im Gegenteil: er schien für einen "Verdammten" einen verblüffend ausgeglichenen Eindruck zu machen. Kein Wunder, er und die Bewohner seiner Stadt ließen es sich schließlich auf Kosten vieler armseliger Kreaturen, die in den Bergen oder Wüsten elendig dahinvegetierten, gut gehen, indem er sie erbarmungslos jagen ließ um ihr Blut zu saufen. Darin machte selbst der „edle" König Richard keine Ausnahme. Trotzdem versuchte er, seine Gefangenen mit Respekt zu behandeln – soweit das möglich war. Ausgerechnet dieser Umstand veranlasste den jungen Lyonel Duncan, nachdem er bei einem Experiment gefallen war, sich diesem so unglaublich gerechten König in schwärmerischer Anbetung als Ersten Jäger anzubieten. Er war sogar noch außer sich vor Glück, als Richard McDuff auf sein Angebot einging. Er ahnte nicht wie verhängnisvoll sich dieser Entschluss später erweisen würde.

Der Zweite König von Draußen, Sir Ashley Durham, lebte eigentlich in England, hielt sich allerdings die meiste Zeit lieber bei seiner Familie in Frankreich auf. Auch er hatte zwei Söhne, die später auf dem großen dritten Kreuzzug ums Leben kamen. Sir Ashley, schmal, groß und blass war ein undurchsichtiger Mensch, der seine Gefühle völlig unter Kontrolle zu haben schien. Im Gegensatz zu Sir Lawrence, war er auch absolut korrekt und geradlinig. Der Großmagier pflegte schon damals, hin und wieder wegen seiner widerspenstigen Kinder ordentlich aus der Haut zu fahren, spielte mit seinen Untergebenen und nahm es mit der Wahrheit nicht immer allzu genau. Trotzdem waren die beiden die besten Freunde. Sie machten vieles gemeinsam und hatten sogar ein Bündnis miteinander geschlossen, dass jedem Mitglied aus dem Zwischenreich gestattete, sich frei im Zweiten Reich Draußen zu bewegen. Wobei ich bis heute nicht verstand, weshalb man sich dort überhaupt aufhalten wollte. Diese holde Eintracht sollte bald durch einen simplen Zwischenfall empfindlich gestört werden. Der simple Zwischenfall entpuppte sich als eine Frau, die dem souveränen Großmagier und dem reservierten Zweiten König gleichermaßen den Verstand raubte.

Das Unheil begann seinen Lauf, als Richard ankündigte, dass er seine verschollene angebliche Halbschwester Ginevra in Irland ausfindig gemacht hatte und sie in wenigen Wochen in das Stammschloss der McDuffs zurückkehren würde. Dazu muss erwähnt werden, dass Richards Vater, ein etwas wunderlicher Kauz, plötzlich seine Frau verdächtigte, mit einem der Dunklen Herrscher im Niemandsland eine schändliche Beziehung eingegangen zu sein. Er weigerte sich das Kind, das sie erwartete, als das seine anzuerkennen. Er drohte sogar sie umbringen zu lassen und bevor er seine Drohung in die Tat umsetzen konnte, floh sie aus dem Schloss. Erst lange nach dem Tod seines Vaters erfuhr Richard, dass seine Mutter in Irland wenige Jahre nach der Geburt des Mädchens verstorben war. Das Kind wurde von irgendwelchen unbekannten Leuten aufgezogen. Natürlich stellte Richard Nachforschungen über den Verbleib seiner Schwester an, freute sich, jetzt endlich von ihr zu hören und hatte das ganze Schloss für einen würdigen Empfang auf den Kopf gestellt. Und Ginevra kam – und mit ihr eine Reihe von Katastrophen. Sie war schön wie ein Engel mit der Seele eines Dämons. Ziemlich schnell war allen Beteiligten klar, dass der alte McDuff doch nicht so wunderlich gewesen sein musste. Doch Ginevras bezauberndes Elfengesicht, ihre rabenschwarzen Haare und vor allen ihre grünen Katzenaugen, bereiteten von der ersten Stunde an nicht nur Sir Lawrence sondern auch Sir Ashley schlaflose Nächte. Schon bald schlug auch die anfängliche Bruderliebe von Sir Richard in einen wenig brüderlichen Hass um und nach einem hässlichen Vorfall, über den er jedoch nie sprach, sah er keinen anderen Ausweg mehr, als sie vor die Tür zu setzen. Man erinnerte sich noch wie sie, Flüche gegen Richard ausstoßend, zornig zusammen mit ihrem irischen Begleiter das Schloss verließ. Dieser irische Begleiter, Guy Macenay, wich ihr niemals von der Seite. Er war einfach aus irgendeinem Untergrund erschienen und er hielt seine wirkliche Herkunft sorgfältig im Dunkeln. Einige behaupteten sogar, er sei der wieder auferstandene Zauberer Merlin. Sir Lawrence Reaktion auf Guy Macenay bereitete seinen Untergebenen heftiges Kopfzerbrechen, denn er unterhielt sich des öfteren mit ihm in einer merkwürdigen Sprache, die keiner verstand. Wenn dem so war, dann musste Sir Lawrence „Merlin" aus einem früheren Leben gekannt haben, denn dass er ihn kannte und umgekehrt, konnten, weder er noch der Ire verbergen. Aber in diesem Fall hielt auch Sir Lawrence seine Vergangenheit sorgfältig im Dunkeln. Guy war jedenfalls Ginevras Beschützer, ihr Berater und wer weiss was sonst noch alles. Sie saß selbstverständlich nicht „auf der Straße", sie wurde freudig von Sir Ashley aufgenommen und lebte von da an als seine Geliebte auf dessen Burgen in England oder Frankreich. Das erboste den eifersüchtigen Sir Lawrence so sehr, dass er jeglichen Kontakt mit seinem Freund abbrach. Lawrence hatte schon seit langem keinen anderen Gedanken mehr, als die schöne verderbte Frau für sich zu gewinnen. Er vernachlässigte seine einst geliebte Frau – es gab immer häufiger Streit zwischen den beiden – und als diese kurz nach der Geburt des dritten Sohnes starb, wurde ihm erst schmerzlich bewusst, wie sehr er sie gedemütigt hatte. Er verwünschte die rabenschwarze Hexe, die ihm den Verstand geraubt hatte und schwor am Grab der Frau, die ihn bis an ihr trauriges Ende über alles liebte, von nun das Beste für den letzten gemeinsamen Sohn zu tun.

Doch eines Tages stand plötzlich Ginevra mit ihrem kleinen Sohn wieder vor dem Tor seiner Burg und bat weinend um Einlass (sie war in der Tat in der Lage herzzerreißend zu weinen). Sie sei angeblich von Sir Ashley schwer misshandelt worden und hätte bei Nacht und Nebel fliehen müssen. Zu ihrem Bruder Richard McDuff, sofern es überhaupt ihr Bruder war, konnte sie nicht zurück. Der Großmagier war also ihre einzige Hoffnung. Sir Lawrence war nichts lieber als das – die einzige Hoffnung! Sie wirkte so verstört, spielte ihre Tragödie so perfekt, dass sogar der listige Lawrence Duncan darauf hereinfiel. Ihm war die Demut der stolzen Frau nur willkommen und er nahm sie, obwohl sie ein Kind von Ashley mitbrachte, und auch den unheimlichen Begleiter bei sich auf und kurze Zeit später machte er sie zu seiner zweiten Frau. Genau neun Monate danach brachte sie ein Zwillingspärchen zur Welt. Es gab oft Streit, aber man raufte sich immer wieder zusammen. Die beiden waren ein schönes Paar, das bestätigten mittlerweile sogar diejenigen, die von vornherein gegen diese Verbindung gewesen waren. Sir Ashley, der zwar dieses „hinterhältige Miststück" nie wieder zu Gesicht be-kommen wollte, verlangte hartnäckig seinen Sohn zurück, den er auf keinen Fall unter dem Einfluss der Mutter lassen wollte. Sir Lawrence hätte sicher nichts lieber getan, als ihm den kleinen Bastard zurückzugeben, aber auf den Vorschlag, dass das Kind bei seinem leiblichen Vater gut aufgehoben wäre, verwandelte sich Ginevra regelmäßig in eine rasende Tigerin, dass Sir Lawrence irgendwann seine wenig konstruktiven Vorschläge einstellte. Sie hatte drei Kinder, aber in dieses schien sie abgöttisch vernarrt zu sein. Es sah ihr beängstigend ähnlich und alle hofften, es würde lediglich bei dieser äußerlichen Ähnlichkeit bleiben, vergebliche Hoffnung.

Damit wäre unsere Familie komplett: Lyonel, Roger, Edward, das glückliche Symbol der Liebe bin ich, Ashleys Bastard Geoffrey und die Zwillinge Kieran und Viviane. Von Anfang an gab es Rivalitäten zwischen meinen beiden älteren Brüdern und „Ginevras Brut". Ich stand irgendwie dazwischen. Für Lyonel und Roger war ich das kleine zarte Brüderchen, das zwar gehätschelt und beschützt, aber nicht im geringsten ernst genommen wurde. Also zog ich es vor, mit Geoffrey, Kieran und Viviane, die ungefähr in meinem Alter waren, zusammen zu sein, was jedoch seitens meiner Familie nicht gern geduldet wurde. Ginevra hatte geplant, ihre drei Kinder von Guy Macenay erziehen zu lassen. Aber Sir Lawrence machte ihr sofort einen Strich durch die Rechnung. Kieran und Viviane kamen in seine Obhut. Mit dem Bastardschoßhündchen konnte sie machen was sie wollte. Geoffrey wurde als einziger, wenn auch mit viel Widerwillen Macenays Schüler. Und ich beneidete ihn darum, denn dieser faszinierende Mann mit dem Ruf, der auferstandene Merlin zu sein, war einfach zu geheimnisvoll, zu anziehend und ungewöhnlich klug. Er hatte Medizin und mehrere Sprachen studiert, die er fließend beherrschte (besonders, die Sprache, die er mit Ginevra und Lawrence austauschte). In den umliegenden Dörfern war er bei der Bevölkerung beliebt wie gefürchtet. Beliebt, da er von den tyrannischen Duncans verabscheut wurde, weil er sich auf die Seite der geplagten Untertanen stellte.

Gefürchtet, da seine Fähigkeit zu Heilen, trotz der Dankbarkeit, die man ihm entgegenbrachte, das Misstrauen der einfachen Menschen erweckte. Es ging das Gerücht um, dass er noch ganz andere Fähigkeiten besaß, die niemand auszusprechen wagte. Ich für meine Person glaubte diesen Gerüchten. Und mein Vater schien ihn zu fürchten. Er bezeichnete ihn zwar immer als den „irischen Hund", aber ihn vom Schloss zu verjagen oder ihm womöglich ein Leid zuzufügen, wagte er nicht. Noch nicht.

An dieser Stelle möchte ich meine Geschwister vorstellen:

Lyonel: Er war der Erstgeborene und schon als Kind frühreif wie ein Dreißigjähriger. Er war krankhaft ehrgeizig und strebsam. Roger und ich wurden beharrlich bevormundet und die drei anderen Kinder mit einer fanatischen Konsequenz links liegen gelassen. Lyonel und Sir Lawrence hatten schon damals ein sehr angespanntes Verhältnis zueinander, das in einem späteren Leben – in dem Leben von Enrique und Don Rodrigo de Alpojar – seinen tragischen Höhepunkt erreichte. Aber damals war Sir Lawrence noch lange nicht so zynisch und bösartig. Ihm kam es eigentlich nur darauf an, den lästigen Störenfried ohne große Probleme so bald wie möglich aus dem Haus zu haben. Einige Jahre später war es dann endlich soweit, als Lyonel nach seinem Fall, sich und seine ehrgeizige Seele im Taumel der Begeisterung König Richard auslieferte.

Roger: Sir Lawrence zweiter Sohn war am unkompliziertesten. Ich mochte Roger sehr gern, auch wenn er sein cholerisches Temperament oft nicht zügeln konnte und später mit seinen unzähligen Affären mit den Frauen aus der Umgebung für allerhand Wirbel sorgte. Ausgerechnet er, der den Orden eher als Unterhaltung für Zauberkunststücke betrachtete und alles so gelassen und humorvoll hinnahm, sollte später als trauriger und einsamer Zweiter König von Draußen enden.

Geoffrey: Er war nur mein Stiefbruder, aber unsere Wege sollten sich noch oft kreuzen – leider. Er war sehr schön und seiner Mutter wie aus dem Gesicht geschnitten. Obwohl gerade er von unserer Familie ziemlich herablassend behandelt wurde, tat das seinem Selbstbewusstsein keinerlei Abbruch. Er war Ginevras Liebling und sie machte auch keinen Hehl daraus, dass sie ihn in seinen ungezügelten Bosheiten unterstützte, die dann Guy mehr oder weniger erfolgreich aus ihm heraus zu prügeln versuchte. Vielleicht bereitete sie damit schon die Grundlage, dass aus diesem nach allen Maßen verwöhnten Knaben im nächsten Leben der von

Reichtum und Langeweile überdrüssig gewordene wahnsinnige Kindermörder werden sollte.

Kieran: Wenn ein Engel vom Himmel steigen würde, dann müsste er sicher aussehen wie er. Er war mit seiner weißen Haut und den goldblonden Locken auf den ersten Blick vollkommen. Aber diese Vollkommenheit wurde durch die grünen Augen gestört. Sie waren wie ein grober Fehler in seinem schönen ebenmäßigen Gesicht. Sie schienen irgendetwas in seiner undurchsichtigen Seele zu verbergen, von dem jeder insgeheim hoffte, dass es auch für immer verborgen bleiben würde. Kieran war ein verschlossenes Kind, um das sich nicht einmal seine eigene Mutter sonderlich kümmerte und für Sir Lawrence musste sein engelsgleicher kleiner Sohn, der ihm am ähnlichsten sah, suspekt zu sein. Er distanzierte sich von ihm, so weit es ihm möglich war. Somit blieb Kieran die meiste Zeit für sich, was ihn nicht im geringsten störte, denn er liebte die Stille und Zurückgezogenheit. Lediglich Viviane konnte er für längere Zeit um sich ertragen. Geoffrey war von seinem Halbbruder nicht nur hingerissen, er war regelrecht verliebt in ihn. Und es kränkte ihn zutiefst, wenn Kieran ihn mit seiner unglaublichen Ruhe nicht beachtete. Geoffrey kam manchmal auf die ausgefallensten Ideen, um den Vergötterten wenigstens ein wenig auf sich aufmerksam zu machen – vergeblich. Es war keine Bosheit oder Verachtung, sondern eine beharrliche Gleichgültigkeit. Er wies Geoffrey lediglich von sich wie einen lästigen Köter, der ihm auf die Nerven ging. Etwas Schlimmeres konnte man Geoffrey nicht antun und die Kindereien der beiden, die von unserem Vater herablassend belächelt wurden, sollten eines Tages in einem langen grausamen Krieg Draußen enden.

Viviane: Sie war die einzige, die zu dem verschlossenen Kieran Zugang finden konnte, vielleicht, weil sie ganz das Gegenteil von ihm war. Als einziges Mädchen war sie zudem bei uns allen – bis auf Lyonel, der offensichtlich keine Mädchen leiden konnte – sehr beliebt. Sir Lawrence war in seine kleine Wildkatze regelrecht vernarrt, auch wenn sie oftmals sehr ungezogen war. Der Kosename passte zu ihr. Sie war wie ein kleines wildes Tier. Unbezähmbar streifte sie durch die Heide und nahm sich Freiheiten heraus, an die wir Jungen nicht im Traum zu denken gewagt hätten. Und solange man ihr diese Freiheiten ließ, war sie umgänglich und liebenswert. Versuche, sie zu zivilisieren, schlugen fehl und irgendwann ließ man sie halt schmutzig und halbnackt herumlaufen in der Hoffnung, dass sich diese Untugenden mit zunehmendem Alter legen würden.

Viviane lehnte ihre Mutter rigoros ab. Sie schien sie sogar regelrecht zu hassen. Und sie war auch das einzige Kind, dass nicht ihre grünen Augen hatte. Ihre Augen waren schwarz, tiefschwarz.

Schottland 1160 – 1192

2.

Ginevra McDuff macht einen Fehler – Geoffrey Durham wird Zweiter König von Draußen und erhält ein Krönungsgeschenk

Die gesamte Familie war sichtbar erleichtert, als es Lyonel bei einem seiner riskanten Experimente endlich erwischte und er für das Zwischenreich vorerst aus dem Verkehr gezogen war. Genauer gesagt, es war natürlich Sir Lawrence, der am allerwenigsten darüber betrübt zu sein schien und als Lyonel verkündete, dass er gedachte, der Erste Jäger von König Richard zu werden, stimmte mein Vater wenig begeistert zu. Er hätte ihn viel lieber in den unübersichtlichen Bergen Draußen verschwinden lassen. Trotzdem war der ehrgeizige Querulant die meiste Zeit außer Haus und vor allem aus dem Wirkungsbereich des Großmagiers. Die Verbindung, die damit zu dem Haus McDuff wieder hergestellt wurde, erwies sich für mich als angenehm, denn nun hatte ich mehr Kontakt zu Richards Kindern Elaine und Douglas, die ungefähr in meinem Alter waren. In den wenigen Sommermonaten, in denen wir von den lästigen Unterrichtsstunden befreit waren, durchstreiften wir oft tagelang das Heideland. Geoffrey, Douglas, Kieran die beiden Mädchen und ich. Die Zwillinge sonderten sich allerdings die meiste Zeit ab, um irgendwelchen geheimen Spielen zu frönen. Das machte Geoffrey noch wütender und neugieriger, aber trotz aller Bemühungen – er bekam nichts heraus.

Die Spannungen zwischen meiner schönen Stiefmutter und meinem Vater wurden von Tag zu Tag unerträglicher. Sie stritten nur noch, wobei einer den anderen an Sarkasmus zu überbieten versuchte. Ich erinnere mich genau wie ich einmal bei einer ihrer unzähligen gemeinen Auseinandersetzungen wie ein begossener Pudel dabei saß, unfähig den Raum zu verlassen. Ich dachte an Lawrences erste Frau, die er angeblich so geliebt hatte. Wer war schuld an ihrem Tod? Er mit seiner verhängnisvollen Zuneigung zu dieser anderen abscheulichen Frau? Oder womöglich sogar ich mit meinem Erscheinen in dieser Welt? Dieses Mal zankten sie sich wieder nach langer Pause um das leidige Thema Geoffrey. Sir Lawrence, der mit allen Mitteln die Freundschaft zu Sir Ashley wieder gewinnen oder vielmehr die diplomatischen Beziehungen aufrecht erhalten wollte, verlangte jetzt nachdrücklich, dass der Junge endlich zu seinem Vater nach England zurückkehrte. Der hatte nämlich verlauten lassen, dass er seinen Sohn unbedingt zu seinem Nachfolger ausbilden lassen wollte. Warum bloß gerade ihn? Er hatte doch noch zwei Söhne, die bestimmt wohlgeratener und begabter waren. Aber ich war ja in der gleichen Lage. Mein Vater hatte mich, nur weil er ein schlechtes Gewissen gegenüber meiner verstorbenen Mutter hatte, zu seinem Lieblingssohn und Nachfolger erwählt. Eine schier unerfüllbare Aufgabe, wie sich noch zeigen sollte.

Lag es am Einfluss Ginevras, dass Geoffrey seinen Vater, den er nicht einmal persönlich kannte, so hasste? Gleichzeitig hatte er panische Angst vor ihm. Doch solange sich Ginevra schützend vor ihn stellte, hatte er nichts zu befürchten. Das sollte sich allerdings bald ändern. Ich selbst habe nur das Ende dieses schrecklichen Vorfalls mitbekommen. Mitten in der Nacht wurde ich von grässlichen Schreien aufgeweckt. Solche Schreie waren manchmal im Schloss zu hören und ich verkroch mich dann meistens voller Furcht unter der Decke. Ein Glück, dass Sir Lawrence davon nie etwas erfuhr. Aber in dieser Nacht wollten sie nicht enden. Trotz meiner Angst siegte doch die Neugierde. Ich kroch aus dem Bett, schlich hinaus in den dunklen Gang und folgte den Schreien. Unten im großen Saal, der von den wenigen Fackeln nur schwach beleuchtet wurde, konnte ich erkennen, dass Geoffrey weinend – vielleicht hatte er so geschrien – neben einer am Boden liegenden Gestalt saß. Ich ging weiter zitternd die Treppe nach unten. Die Gestalt war Ginevra, die totenblass – nein, sie war nicht nur totenblass, sie war tot – schön und gefährlich wie im Leben und sie lächelte. Mein Gott, ich werde dieses Lächeln nie in keinem meiner Leben vergessen. Diese Szene wirkte so unwirklich und gespenstisch wie in einem bizarren Albtraum, und wenn Sir Lawrence nicht neben ihr gestanden wäre, dann hätte ich geglaubt, er sei ebenfalls gestorben. Sein Gesicht war kreidebleich, er war so erschöpft, dass er Mühe hatte, auf den Beinen zu bleiben. Wenige Schritte weiter standen auch Kieran, Viviane und Guy, der schützend seine Hände auf die Schultern der beiden verstörten Kinder gelegt hatte. Dann konnte ich erkennen, dass unten an den Stufen eine weitere Gestalt lag. Es war Roger. Er stöhnte leise. Gott sei dank war er noch am Leben. Ich beugte mich über ihn und versuchte ihm zu helfen, sich aufzurichten. Er grinste schwach, versuchte verzweifelt seinen Humor zu bewahren, obwohl er wusste, dass es absolut nichts zu grinsen gab.

„Danke, mein kleiner Bruder. Es geht schon. Sie wollte unseren Vater töten. Woher zum Teufel hatte sie nur diese ungeheure Kraft? Dummerweise bin ich gefallen, als ich ihm zu Hilfe kam, aber ich werde ganz bestimmt nicht einer von Richards Jägern oder Priestern ..."

Nun kam Bewegung in Sir Lawrence.

„Er hat versucht, mir zu helfen,", keuchte der noch fahrig, während wir zusammen Roger auf die Beine halfen. Inzwischen kam auch Guy dazu und wischte dem Verletzten das Blut aus dem Gesicht, das heißt vielmehr, er versuchte es. Sein Blick traf den von Lawrence, der ihn am Arm packte und wütend zur Seite stieß. Ich erschrak über den unbeschreiblichen Hass und die Feindschaft in den Augen meines Vaters. Was war geschehen? Angeblich hatte Ginevra versucht, den Großmagier anzugreifen. Allein der Versuch war glatter Selbstmord, wie sich gezeigt hatte. Aber sie musste über enorme magische Fähigkeiten verfügen, wenn sie sogar ihn in Angst und Schrecken versetzen konnte. Ob sie das mit den beiden Königen von Draußen auch versucht hatte? Vielleicht. Richard und Ashley begnügten sich offenbar nur damit, sie davon zu jagen oder sie hatten nicht genügend Mut sie zu töten, geschweige sie zu verbannen. Und genau das hatte Sir Lawrence getan. Nachdem man Ginevras Körper an einen unbekannten Platz in den Wäldern „beseitigt" hatte, ließ sich Sir Lawrence wochen-lang nicht blicken. Er hatte sich in seinem Zimmer eingeschlossen, um zu trauern oder um neue Kräfte zu sammeln. Roger, er tat mir am meisten leid. Ihm, der doch nur versucht hatte zu helfen, war die Hoffnung auf das Zwischenreich für immer zerstört worden. Ich fand die Gesetze des Ordens schon damals einfach nur abscheulich.

Langsam erholte sich mein Vater von dem Schrecken oder auch von dem Kummer, denn er schien trotzdem seltsamerweise Ginevra zu vermissen. Er wurde wieder aktiv. Zuerst übergab er Geoffrey seinem rechtmäßigen Vater. Ob Sir Ashley Freude an seinem Kind haben würde, dass von Anfang an kein Hehl aus seiner Feindschaft gegen ihn machte? Auf den Erzieher seines Sohnes verzichtete er dankend. So blieb Guy bei uns, vielmehr er verschwand noch am gleichen Abend nach Ginevras Tod im Verlies. Sir Lawrence äußerte als berechtigte Begründung, Guy habe mit ihr ein Komplott geschmiedet und ihn ebenfalls umbringen und stürzen wollen. Er sollte nun für den Rest seines schäbigen Lebens für Experimente genutzt werden, um dann wieder dahin zu verschwinden, wo er hergekommen war, nämlich in das finsterste Loch nach Draußen und damit war mit Sicherheit das Niemandsland gemeint.

Da unser Vater in seiner Funktion als Großmagier immer weniger Zeit für uns hatte, wurden Kieran, Viviane und ich von Sir Percevale, Richards Zweitem Jäger, unterrichtet. Wir alle mochten Percevale. Er war das Sinnbild eines echten Ritters seiner Zeit. Er war ungewöhnlich groß, mutig, gerecht und äußerst gewandt mit seinem Schwert und seinem prächtigen Pferd. Er tadelte uns so gut wie nie und brachte es sogar fertig, die ungestüme Viviane bei der Stange zu halten. Hin und wieder mussten wir allerdings auch zu Lyonel in die „gestrenge Schule". Der riss sich jedoch zusammen, auch wenn ihn der sonst so zurückhaltende Kieran schon durch seinen bloßen Anblick provozierte. Der Edelmut oder die Geduld seines Königs hatte also doch auf ihn abgefärbt.

Einige Jahre später brachte eine Neuigkeit Abwechslung in unser gleichförmiges Leben. Sir Ashley Durham wurde endlich Berater (klingt besser als Diener) des Großmagiers im Zwischenreich. Er und Sir Lawrence hatten sich längst, nachdem der schöne schwarzhaarige Widersacher aus der Welt geschafft war, überschwänglich versöhnt. Das hieß, dass nun Geoffrey seine Nachfolge als Zweiter König von Draußen antrat. Douglas McDuff und ich beneideten natürlich Geoffrey. Er war gerade ein Jahr älter als wir, hatte schon mit fünfzehn Jahren Gewalt über das Zweite Land Draußen, während wir uns gerade erst auf die dritte Prüfung vorbereiteten. Was wir nicht wussten, er sollte erst mit achtzehn Jahren die gesamte Vollmacht erhalten, so lange bestimmten noch die Berater im Zweiten Reich, beziehungsweise der Großmagier. Schon Wochen vor dem Besuch des jungen Königs war das ganze Schloss in Aufruhr. Am meisten ärgerte ich mich über Elaine, die ganz verrückt nach ihrem Cousin zu sein schien. Vielleicht war ich in Elaine ein wenig verliebt – mit Sicherheit war ich total verliebt in sie. Lediglich Kieran und Viviane ließ der Besuch ihres Halbbruders kalt. Viviane hatte sowieso wieder Hausarrest bis zu seiner Ankunft, weil sie dem unglücklichen Guy Macenay etwas Essbares ins Verlies geschmuggelt hatte. Wir alle hatten oft genug beobachtet, wie Guy von Lawrences Leuten aus dem Kerker geholt und Stunden später als wimmerndes Wrack zurückgeschleppt wurde. Ein paar Mal mussten meine Brüder, ich und Douglas im Zuge unserer Ausbildung Zeuge sein, wie mein Vater ihn auf abscheulichste und grausamste Weise erniedrigte. Douglas war begeistert. Er hasste den Iren inbrünstig, wie es auch sein Vater tat. Und ich hasste meinen Vater. Er hatte meinen Mythos zerstört. Den Mythos eines faszinierenden unverwundbaren Zauberers, der nun zerschlagen und halbverhungert in Ketten einem langsamen qualvollen Tod entgegen dämmerte. Aber ich hatte nie den Mut, mich gegen die Autorität meines Vaters aufzulehnen. Mut hatte wahrhaftig Viviane, sie hatte von klein auf einen unbestechlichen Gerechtigkeitssinn. Obwohl sie unseren Vater wie einen Gott verehrte und liebte, versuchte sie mit allen Tricks an den Gefangenen heranzukommen, um seine schlimmsten Qualen zu lindern. Seit einiger Zeit behauptete sie, wie die abergläubischen Leibeigenen, Guy sei wahrhaftig die Wiederverkörperung des Zauberers Merlin, was Lawrence zuerst ärgerte, ihn dann aber zu einem fast hysterischen Lachkrampf reizte. Dumme Gerüchte, die schon seit Jahren die Runde im Schloss machen und nicht auszurotten waren. Er liebte sein Töchterchen, aber er nahm sie nicht ernst. Auch Kieran beteiligte sich an der Hilfsaktion „Rettet Merlin". Aus Mitleid? Engel kennen kein Mitleid. Er tat es wohl eher, um den Großmagier zu ärgern, ihn endlich auf sich aufmerksam zu machen. Aber kennen Engel Schadenfreude und wollen sie wirklich Zuneigung? War mir eigentlich auch egal.

Endlich war es soweit. Sir Ashley und der junge König von Draußen hielten Einzug auf unsere Burg. Als Geoffrey durch das Tor ritt, stellte ich fest, dass er seiner Mutter immer mehr ähnelte. Er war die gleiche blasse katzenhafte Schönheit wie Ginevra. Er war längst kein verschrecktes Kind mehr, das seinen Vater fürchtete und nächtelang weinte. Er war sich nun seiner Macht voll bewusst. Leider stellte das auch Elaine fest.

„Er ist wunderschön. Wie ein König sein muss. Findest du nicht?", wandte sie sich entzückt an Viviane. Die verzog keine Miene.

„Er ist grausam wie seine Mutter. Und er wird uns allen großes Unglück bringen, so wie sie es schon getan hat. Ich liebe sowie nur Kieran und werde niemals einen anderen lieben."

„Aber Kieran ist dein Bruder", fuhr Elaine entrüstet auf.

Viviane grinste ihre Cousine an.

„Eben, genau deshalb."

Elaine runzelte die Stirn.

„Du bist von Sinnen."

Ich hatte diesen aufschlussreichen Dialog mitbekommen und schaute meine Halbschwester ebenfalls verwirrt an. Sie meinte es ernst, denn sie kümmerte sich nicht um unsere Blicke, sie war in die grünen Augen ihres

Zwillingsbruders versunken, während der wiederum Geoffrey skeptisch musterte.

Am Abend gab es ein großes Fest, bei dem auch der gesamte Clan der MacDuffs anwesend war. Besonders Sir Richard versuchte, sich wohlwollend mit dem jungen König zu unterhalten und nahm ihn die meiste Zeit in Beschlag. Ich hatte inzwischen genügend Gelegenheit gehabt, diesen humanen Ersten König von seiner ganz anderen Seite kennenzulernen und ich stellte sehr schnell fest, dass er auch berechnend sein konnte, wenn es um seine Vorteile ging. Er, der fortwährend gebets mühlenhaft herunterleierte, dass Menschen menschlich behandelt gehörten, misshandelte genau wie mein Vater den irischen Zauberer wenig menschlich, aber der war ja schließlich kein Mensch, sondern nur ein „irischer Hund". Ich mochte Richard nicht mehr, denn er war nichts weiter als ein elender Heuchler! Dafür seine liebreizende Tochter umso mehr. Nachdem ich allerdings vergeblich versucht hatte, Elaine von dem Anblick des „hinreißenden Königs" abzulenken, setzte ich mich schließlich frustriert zu Kieran, der ebenfalls noch immer keinen Blick von Geoffrey lassen konnte.

„Er muss viel gelitten haben", stellte er völlig unerwartet fest, als ob er für diese umwerfende Erkenntnis Stunden gebraucht hätte. Ich fand Geoffrey, der sich offensichtlich gut zu amüsieren schien, keineswegs leidend.

„Wieso denn das?"

„Schau doch genau hin. Er hat den Blick der Verdammten. Seine Augen, du musst in seine Augen sehen."

Ich wusste gar nicht, dass Kieran so viel Hang zum Melodramatischen hatte. In dem Augenblick kam der „Verdammte" auf uns zu. Mir schien er jedenfalls noch immer normal, aber wahrscheinlich fehlte mir der Sinn für so tiefe Einblicke in die „arme verdammte Seele". Geoffrey blieb vor Kieran stehen und fixierte ihn erst einmal eine Weile mit seinen schrägen Katzenaugen.

„Wie schön du bist", murmelte er. „Wie geht es dir, mein Engel?"

In Anbetracht vor so viel Schönheit wollte ich mich schon verziehen, aber da man mir des öfteren bestätigt hatte, dass auch ich nicht gerade ein Ausbund an Hässlichkeit war, glaubte ich, neben den beiden bestehen zu können, zumal ich hoffte, dass sie nach ihrer gegenseitigen Bewunderung zu einem interessanteren Thema überwechseln würden. Kieran lächelte schwach.

„Danke, es geht. Es ist langweilig hier. Es regnet dauernd. Aber setz dich doch und erzähl lieber wie es dir ergangen ist." Geoffrey von so viel unerwarteter Aufmerksamkeit überwältigt, ließ sich das nicht zweimal sagen. „Dein Vater ist ja in Hochstimmung."

Geoffrey warf einen verächtlichen Blick auf die lachende Runde, die von Sir Ashley strahlend unterhalten wurde.

„Ich hasse ihn", fuhr er ohne Umschweife auf. „Er denkt, dass er einen willigen König krönen wird. Das hat er lange genug versucht, mich willig zu machen und ich habe mich auch sehr willig gezeigt. Er wird eine große Überraschung erleben, denn sobald ich selbstständig bin, wird sich viel ändern in seinem zweiten Traumreich. Ich wollte nie sein Nachfolger werden und dass ich das nicht bin, werden zuerst seine Jäger und seine intrigante Elite zu spüren bekommen. Ich habe ihm jetzt lange genug mein Spiel vom unterwürfigen Söhnchen vorgespielt. Er wird Krieg bekommen, dieser widerliche Heuchler."

Wir schwiegen betroffen. Sogar Kieran wusste keine Antwort darauf und mit seiner Bemerkung von vorhin, fürchtete ich, hatte er recht.

„Wo ist eigentlich Guy Macenay?", fragte Geoffrey ganz plötzlich und ganz unerwartet. Bevor einer von uns reagieren konnte, entgegnete Viviane, die sich unbemerkt zu uns gesetzt hatte:

„Sir Lawrence hat ihm die unteren Räumlichkeiten unserer Burg zugewiesen. Genauer gesagt, er hält ihn im Verlies gefangen."

„Das habe ich mir gedacht. Seltsam, dass er ihn noch nicht getötet hat, denn er fürchtet sich nämlich vor ihm. Nun, jetzt wird er bereuen, dass er ihn am Leben gelassen hat. Vorhin hat der gute alte Großmagier verkündet, er wolle dem neuen wunderbarem Zweiten König von Draußen einen Wunsch zu seiner Krönung erfüllen. Ich werde natürlich Guy von ihm fordern."

„Brauchst du wieder einen Lehrer?", erlaubte ich zu fragen.

„Nein, das nicht mehr, aber einen fähigen Berater."

„Du hast doch bereits einen fähigen Berater."

„Du meinst wohl diesen schmierigen Misthaufen meines Vaters. Ich werde ihn davonjagen oder ihn den wilden Horden Draußen zum Fraß vorwerfen."

„Aber was wird der Papi-Priester aus den Zwischenreich, ehemals Zweiter König von Draußen dazu sagen, böser Junge." Der liebe stille Kieran konnte offensichtlich ordentlich austeilen.

„Ich bin jetzt der König von Draußen", wies ihn Geoffrey noch einmal nachdrücklich darauf hin.

„Das ist uns ja jetzt zur Genüge bekannt. Aber gibt es nicht auch für diesen König Gesetze? Hat man dir davon nicht erzählt?"

„Ich pfeif auf die Gesetze", entgegnete Geoffrey heftig, ohne auf Kierans Sticheleien einzugehen.

„Dann wirst du wohl bald aus dem letzten Loch pfeifen, wenn du so weitermachst", spottete Kieran. „Immerhin wird es dann in unserem Orden ein wenig spannende Unterhaltung geben."

Nun hatte Geoffrey begriffen, dass Kieran ihn die ganze Zeit nur auf den Arm nahm. Er strich ihm grinsend über die Haare.

„Spannende Unterhaltung ist immer gut. Und ich brauche zur spannenden Unterhaltung noch einen kleinen vorlauten Engel, dem ich die Flügel stutzen kann."

„Holt Ihr Euch immer mit Gewalt, was Ihr sonst nicht kriegen könnt?"

„Im Augenblick habe ich die Macht dazu."

Kieran ließ sich nicht beirren und schob Geoffreys Hand von sich.

„Im Augenblick, genau König Geoffrey, doch irgendwann ist vielleicht dieser Augenblick vorbei für Euch. Vergesst nicht, die Frau, auf die Ihr so stolz seid, ist auch meine Mutter gewesen."

Die beiden schauten sich einen Augenblick in die Augen – Geoffrey, der sicher grausam und gewalttätig sein konnte, und Kieran. Ich wollte wirklich nicht wissen, welche Fähigkeiten sich hinter diesen grünen Augen verbargen. Ich fand sie beide schrecklich, den blonden Engel und den rabenschwarzen König.

Geoffrey wandte sich wieder der Gesellschaft an der Tafel zu und sprach seinen Krönungswunsch laut und deutlich aus. Während der Stille, die danach herrschte, konnte man im wahrsten Sinne des Wortes die berühmte Stecknadel fallen hören. Sir Lawrence reagierte auf die Forderung mit süß-saurem Lächeln, aber die Wut in seinen Augen war unverkennbar, Sir Richard mit dem Aufschrei, das sei unmöglich und Sir Ashley mit stummer fassungsloser Empörung. Dann hagelte es gute Ratschläge. Man wollte den jungen hoffnungsvollen König ja nicht verstimmen. Ob er denn wisse, wie gefährlich sein ehemaliger Lehrer war und ihm zum Verhängnis werden könne. Und dann war die Rede von noch vielen grausigen Dingen, die eigentlich niemand außer den dreien dem armen „irischen Hund" zugetraut hätte. Mit Sicherheit würde der Ire Lawrence, Richard und Ashley zum Verhängnis werden, wenn er sich von seinen Misshandlungen erholte und Rache nahm. Und anscheinend konnte er das. Vor allem, wenn er jetzt der engste Vertraute von König Geoffrey wurde. Mein Vater quälte ihn also nur, um ihn mit allen Mitteln schwach zu halten. Guy umgab ein Geheimnis, von dem vor allem der Großmagier und vielleicht die zwei Könige zu wissen schienen. Oder wahrscheinlich wusste auch Geoffrey davon, denn er verlangte jetzt erst recht die Herausgabe des Iren. Ashley konnte protestieren soviel er wollte, er bezeichnete seinen Sohn als die Schlange, die er an seinem Busen nährte, sprach von Verrat, worauf ihn Lawrence sacht darauf hinwies, dass das Söhnchen schließlich eine Schlange zur Mutter hatte. Geoffrey setzte seinen Willen durch. Sir Lawrence musste nachgeben, um nicht sein Gesicht zu verlieren und hoffte sicher insgeheim, dass Macenay wenigstens die Strapazen seiner vierjährigen Kerkerhaft nicht mehr lange überleben und vor allem sich auch Draußen nicht zu rasch erholen würde. König Geoffreys Aufenthalt endete nach ungefähr zwei Wochen, weil sein „Krönungsgeschenk" noch nicht reisefähig war und als er dann mit seinem Gefolge inklusive mit dem Rest von Guy Macenay nach England abreiste, kehrte für uns wieder der ruhige aber langweilige Alltag ein.

Einige Jahre blieb es auch dann so langweilig und ruhig. Bis zu dem Tag, an dem Lyonel und der gar nicht mehr so liebe stille Kieran – es war ja vorauszusehen – aneinander gerieten. Kieran wäre dabei sogar fast getötet worden. Es hing wohl auch mit Viviane zusammen. Lyonel, schon damals das moralische Trüffelschwein, war hinter eine geheime pikante Geschichte gekommen, die eigentlich keinesfalls so geheim war, weil bereits das ganze Schloss zu wissen schien, was die Zwillinge hinter verschlossenen Türen trieben. Zumindest hatte er seinen verhassten Halbbruder zu Fall gebracht. Als Erster Jäger hatte er nun sogar Anspruch auf seinen Gefallenen, aber er verzichtete großzügig auf das Balg seiner Stiefmutter. Ein großer Fehler, wie sich später noch zeigen sollte. Lyonel und Kieran hassten sich wirklich. Es gab nicht einmal einen besonderen Grund dafür, wo sie sich doch äußerlich zumindest auf den ersten Blick sehr ähnlich sahen. Beide hatten das schmale Gesicht und die blonden Haare unseres Vaters. Beide sahen aus wie Engel: Kieran mit seinen Locken zart und anmutig wie ein Gemälde von Fra Angelico und Lyonel streng und kalt wie die Steinfiguren an den gotischen Kathedralen – der Engel mit dem Flammenschwert. Auweia! Efrén, hör endlich auf mit dem Spott, der arme Lyonel/Enrique ist sehr unglücklich. Ich schreibe es hiermit noch einmal zur Erinnerung und Ermahnung: ich muss mir verdammt viel Mühe geben, ihn zu mögen! Wie sah eigentlich ich aus? Angeblich blond, zart und lieb wie meine verstorbene Mutter, die mein Vater vor lauter Liebe sitzen ließ. Ach ja, Roger tanzte etwas aus der Reihe – äußerlich, zwar auch blond, aber eher untersetzt und ungemein kräftig. Vor allem unterschied er sich durch seinen offenen geradlinigen Charakter. Ich will meine arme Mutter gewiss nicht verdächtigen, aber ich hätte es Lawrence von Herzen gegönnt, wenn sie es ihm auch mit gleicher Münze heimgezahlt hätte. Denn, wie ich später erfuhr (von Lyonel!), war Ginevra nicht sein einziger Ausrutscher.

Doch nun zurück nach Schottland: Lyonel mit dem Flammenschwert sollte bald Gelegenheit finden, seinen frommen Ambitionen zu frönen. Er ging mit König Richard von Draußen und mit König Richard Löwenherz von England, der den Dritten Kreuzzug anführte, ins Heilige Land, um das Grab Christi aus den Händen der Ungläubigen zu befreien. Leider wurden die tapferen Kreuzfahrer auch von Sir Percevale de Thouars begleitet.

Schottland 1160 – 1192

3.

König Geoffrey heiratet und erhält ein Hochzeitsgeschenk
Edward Duncan glaubt einem Geheimnis auf der Spur zu sein

Wir, Kieran, Viviane, Douglas, Elaine und ich blieben enttäuscht in dem kalten, langweiligen Schottland zurück. Die Reisen in andere Dimensionen, die Begegnung mit außerirdischen Wesen, erschien uns öde im Vergleich, einmal den Orient in seiner ganzen Fremdartigkeit kennen zu lernen. Unterrichtet wurden wir wieder von Sir Lawrence, der wie immer hart und unerbittlich blieb. Elaine beschloss, irgendwann vor ihrer ersten Prüfung rechtzeitig aus dem Orden auszusteigen. Der Großmagier ließ sie gewähren, wahrscheinlich hatte er seit seiner Begegnung mit ihrer „Tante" von weiblichen Magiern die Nase voll. So blieb ich mit Douglas und Viviane allein. Das heißt, Viviane erschien, seit Kieran gefallen war und keine erbaulichen Unterrichtsstunden mehr brauchte, so gut wie überhaupt nicht mehr. Mit Sicherheit hing das auch damit zusammen, dass unser Vater sie, selbstverständlich ohne ihr Einverständnis, mit Douglas McDuff verlobt hatte. Lawrence schien die häufige Abwesenheit seines einst so heiß geliebten Töchterleins gleichgültig zu sein, er hatte aufgegeben, ihr Vorschriften zu machen und behandelte sie nicht anders als die zahlreichen verwilderten Katzen im Schloss, in der Hoffnung, dass irgendwann ihr zukünftiger Ehemann mit dem Problem fertig werden würde. Douglas hatte in der letzten Zeit einen unangenehmen Ehrgeiz, sicher machte das auch der Einfluss von Lyonel, entwickelt. Er war der einzige Sohn des Ersten Königs von Draußen. Ich war der Leib- und Magensohn des Großmagiers, aber dieser Anspruch stand in keinem Verhältnis zu meinem Ehrgeiz. Jedenfalls ging mir Douglas gewaltig auf die Nerven, seitdem er ständig davon sprach, dass er unbedingt Jäger bei Sir Richard werden wollte (wurde er später sogar auch, ohne darüber nachzudenken, was sein Entschluss für Konsequenzen hatte). Er verehrte seinen übermächtigen Vater wie einen Gott. Ich dagegen fürchtete meinen übermächtigen Vater wie einen Gott. Mein Verhältnis zu Sir Lawrence war bereits damals sehr zwiespältig. Er bemühte sich zwar sehr um mich, doch ich wurde einfach nicht den Verdacht los, er tat es nur, um sein schlechtes Gewissen gegenüber meiner verstorbenen Mutter zu beruhigen. Ich,

Edward Duncan, sollte, nachdem jetzt die drei anderen Söhne gefallen waren, das Musterexemplar werden – womöglich eines Tages sogar sein Nachfolger (was heißt womöglich?!). Und ich war gehorsam, aber mehr aus Angst. Verdammt, ich wollte nicht Großmagier werden. Ich hatte keine Lust, über eine Anzahl von bleichen langweiligen Dienern im Zwischenreich zu herrschen und bleiche gescheiterte Geschöpfe von Draußen zu schikanieren. Viel verlockender, da meine Neugierde durch die Geheimnistuerei von Don Rodrigo und Enrique anregt wurde, waren mir damals die Reisen in andere Welten, die Erscheinungen von irgendwelchen obskuren Wesenheiten sowie das ganze magische Kikiralala mehr als unangenehm. Zu schade, dass ich es nicht wie Elaine machen konnte. Ich fragte mich nur, wie sie es geschafft hatte. Auch wenn sie „bedeutungslos" war, rückte normalerweise der Orden seine Mitglieder nicht so leicht heraus. Selbst wenn der Großmagier sie gehen ließ, wie war sie dann nur in drei Teufelsnamen an dem Wächter vorbeigekommen? War sie also auch für den Wächter zu „unbedeutend"? Oder ließ man sie frei, weil sie in dem Orden noch nicht aktiv mitgewirkt hatte? Es sollte nicht mein Problem sein, mir darüber den Kopf zu zerbrechen. „Edward, du bist immer so zerstreut. Wo hast du nur deine Gedanken? Edward, sei nicht so zaghaft, du bist schließlich mein Sohn". Ja, ja, ich war sein Sohn. Er hatte aber noch drei andere gehabt, die er hätte ausbilden können. Lyonel war ihm zu widerspenstig, Roger war ihm zu aufrichtig und konnte gerade, wenn es ums Saufen ging mithalten und Kieran war ihm zu hinterhältig. Viviane, die sich als hochbegabt und absolut furchtlos entwickelte, wurde einfach ignoriert. Sie war nur noch ein halbverwildertes Streichelkätzchen, dem man die Läuse aus dem Pelz klaubte und es hin und wieder einsperrte, wenn es über die Stränge schlug. Ihr war es mehr als recht, denn so konnte sie ungehindert in der Heide herumstrolchen, während ich über komplizierten Formeln und langweiligen Zaubersprüchen brütete.

   Den Höhepunkt leistete sich mein Vater, als er mir Kieran zum Experimentieren als Medium anbot. Das hätte er mit Sicherheit auch mit Macenay gemacht, aber der war mir ja inzwischen mehr zu meinem als zu seinem Glück „entkommen". Ich lehnte mit allen Ausreden, die mir zur Verfügung standen, ab. Natürlich durchschaute mich Sir Lawrence. Sicher, ich war gleich stark wie Kieran, aber er hatte etwas an sich, vor dem ich zurückschreckte. Es war nicht unbedingt die Angst vor seiner Rache, mit der ich bestimmt zu rechnen hatte, sondern er schien irgendwie unantastbar zu sein. Es schien, als ob demjenigen, der es wagte, ihm ein Leid zuzufügen ein grauenvoller Fluch treffen würde. Der Fluch war nicht mal so abwegig. Er war in Form seiner rothaarigen Schwester sehr real vorhanden. Sie war stärker als ich und hätte mir auf der Stelle den Hals umgedreht, wenn ich mich an ihrem geliebten Bruder vergriff oder noch viel schlimmer, meine heimlichen Nachhilfestunden gestrichen, die ich dringend brauchte. Als Gegenleistung passte ich auf, dass unser Vater sie und Kieran bei den verbotenen Zusammenkünften nicht erwischte. Meine Lehrzeit damals als Jungmagier war eigentlich nur unerfreulich. Und dass mein Vater sich so geduldig um meine Aufmerksamkeit bemühte, verschlimmerte die Situation noch mehr. Vielleicht hat er mir deshalb in meinen beiden nächsten Leben so lange meine Vergangenheit verheimlicht und meinen Ehrgeiz angestachelt, indem er ganz einfach mit meiner unstillbaren Neugierde rechnete. Nur hatte er nicht mit einkalkuliert, dass mir gerade diese zum Verhängnis werden sollte. Meine Güte, ich könnte das Thema hoffnungsvoller Vater und missratener Sohn noch unendlich austreten. Ich würde damit sicher noch hunderte Seiten füllen, ohne zu einem vernünftigen Schluss zu gelangen. Jetzt nach fast achthundert Jahren bin ich wahrscheinlich endlich soweit, dass ich mir über unser Verhältnis nicht mehr den Kopf zerbrechen will. Ich will mit diesem Manuskript nur noch eine letzte Bilanz ziehen, die Vergangenheit vergessen und an die Zukunft denken – nur welche Zukunft habe ich? Ich werde es wissen, wenn ich mit diesem Buch fertig bin. Kluge Worte zur Nacht. Morgen schreibe ich weiter.

Nach mehr als über einem Jahr kehrten unsere tapferen Ritter mehr oder weniger lädiert von einem sinnlosen abscheulichen Krieg zurück. Ich fragte mich sowieso, was Mitglieder eines alten Druidenordens in einem christlichen Glaubenskrieg verloren hatten. Abenteuer hatten sie mit widerspenstigen Dämonen genügend. Bis auf Lyonel, der sich zum Christentum aus „ethischen Gründen" hingezogen fühlte, hatten alle keinerlei religiöse Ambitionen. Ja, Lyonel, sein Flammenschwert war erloschen. Er war nach seiner Rückkehr lange klein und still. Seine ganzen christlichen und ethischen Ideale von Nächstenliebe und Moral waren im Heiligen Land in Blut und Intoleranz untergegangen. Mit seinem Gott war er jedenfalls fertig und mit sich selbst, wie sich zeigen sollte, auch. Roger, der sich selbstverständlich dem „einmaligen Abenteuer" angeschlossen hatte, war ein Phänomen. Entweder war er geistig zurückgeblieben oder maßlos abgebrüht. Bei ihm hatte ich den Eindruck, als ob er von einer Erholungsreise aus dem sonnigen Süden zurückkam. „Schöne Frauen mit traumhaften Augen und solchen großen ..., ach mein kleiner keuscher Edward, das ist nichts für dich." Hielt er mich eigentlich für unterentwickelt? Wahrscheinlich schon. Er meinte es nicht böse und ich nahm es ihm nicht übel, dass er mir den Umfang der Brüste seiner „schönen Frauen" nicht bis ins Detail beschrieb. Roger sollte mich eines Tages jedoch in einer anderen Beziehung sehr verblüffen. Die Ausmaße der Grausamkeiten dieses Krieges bekam ich erst später durch Guy Macenays Schilderung von der ruhmreichen Schlacht bei Akkon mit. Doch ich hatte im Augenblick wenig Zeit, mich mit dem Sinn oder Unsinn der Kreuzzüge auseinander zusetzen, zumal meine eigene kleine Welt in Gefahr war. Sir Richard McDuff hatte seine Tochter König Geoffrey (wahrscheinlich in einem Anfall von geistiger Umnachtung) zur Frau versprochen. Für mich war das so etwas wie der Weltuntergang. Ich wünschte meinem Stiefbruder von ganzem Herzen die Pest auf den Leib. Ich erwog sogar für den Rest meines Lebens in ein Kloster zu gehen (ein Leben später wurde mir ja immerhin dieser „Wunsch" erfüllt).

Als Geoffrey wenige Monate später bei uns auftauchte, ließ ich mich zuerst eine Weile nicht blicken und schmiedete verzweifelt Pläne, wie ich diese unselige Hochzeit verhindern konnte. Es war mir natürlich niemals möglich, ihm Schaden zuzufügen, er war jetzt König von Draußen und ich ein lausiger Schüler. Außerdem, was hätte es geholfen, die junge Braut war schließlich unsterblich in ihn verliebt. Die Qual der Hochzeitszeremonie blieb mir dann doch nicht erspart. Inwieweit Geoffrey sich überhaupt für Elaine interessierte, wusste ich nicht. Mir fiel lediglich auf, dass er seine Blicke nicht von Kieran lassen konnte. Es waren die Blicke eines Leoparden, der sein Opfer belauerte, um es schließlich mit Haut und Haaren zu fressen. Das Opfer erwies sich jedoch später als vollkommen unverdaulich. Kaltblütig übergab Sir Lawrence seinen jüngsten Sohn dem Zweiten König als Diener, Medium, Sklaven, Bettgenossen oder als alles zusammen. Niemand wollte ihn mehr in Schottland haben und das ständige Aufpassen war ihm wohl zu lästig geworden. Geoffrey nahm dieses „Hochzeitsgeschenk" mit viel Wohlwollen entgegen. Kieran verzog keine Miene. Der König hätte genauso gut mit einer Statue heimziehen können. Viviane bekam er übrigens auch dazu. Sie war kein Geschenk. In einem Anfall von Wut packte sie, wie ich von Augenzeugen gehört hatte, ihre Sachen, um ihren geliebten Zwillingsbruder zu begleiten und zu beschützen. Sir Lawrence, der einst geliebte Vater war jetzt bei ihr unten durch. Anscheinend beruhte das auf Gegenseitigkeit, denn unser Vater hielt sie nicht zurück. Somit ersparte er sich die Peinlichkeit, Viviane an irgendjemanden verheiraten zu müssen, nachdem die Verbindung mit Douglas McDuff endgültig in die Brüche gegangen war. Ich hatte von dem Gerücht gehört, dass Lyonel und Roger an der Auflösung der Verlobung nicht ganz unbeteiligt gewesen sein sollten. Die Familie McDuff wünschte sich natürlich eine „intakte" Ehefrau für ihren hoffnungsvollen einzigen Sohn. Allen war bekannt, dass Viviane zu ihrem Zwillingsbruder viel mehr als eine geschwisterliche Zuneigung hegte. Trotzdem versuchte Sir Lawrence, seine Ehre als Vater zu retten, indem er behauptete, Viviane könne keine Kinder bekommen und er deshalb doch von der Ehe mit Douglas abriete aus Rücksicht auf die Dynastie der McDuffs (nein, ich bin nicht schadenfroh, ich muss nur ein ganz klein wenig grinsen). Die „Dynastie" tat so, als ob man ihm glaubte – er war schließlich der Großmagier – und sprach nicht mehr über diese delikate Angelegenheit.

Ganz unerwartet kam Sir Lawrence zu der Erkenntnis, dass auch mir „Luftveränderung" gut täte. Also durfte/musste ich mit dem Zweiten König nach England, beziehungsweise nach Frankreich auf das Schloss seiner Stiefmutter. Ihre beiden Söhne waren auf dem Kreuzzug umgekommen und wie ich hörte und nicht zu glauben wagte, hatte sie zu dem Sohn ihrer einstigen Rivalin ein gutes Verhältnis. Auch wenn Geoffrey mir meine geliebte Elaine weggenommen hatte, ging ich lieber mit ihm mit, als dass ich die strapaziösen Unterrichtsstunden meines Vater ertrug. Außerdem war ich in Elaines Nähe und konnte sie irgendwann von Geoffreys schlechten und von meinen guten Eigenschaften überzeugen. Aber Elaine zeigte wenig Interesse für meine guten Eigenschaften. Sie schien mit Geoffrey sogar glücklich zu sein – zumindest am Anfang. Denn ziemlich schnell wurde ihr klar, dass ihr Gatte mehr Augen für seinen blond gelockten Halbbruder hatte, was nicht auf Gegenseitigkeit beruhte. Kieran ignorierte ihn unerbittlich weiter, selbst wenn er sich nun in seiner Gewalt befand. Er hatte Glück, denn Geoffrey war im Augenblick zu beschäftigt und musste seine „Zuneigung" noch für eine Weile im Zaum halten.

Im Zaum hielt ihn vor allem sein ehemaliger Mentor. Guy hatte sich erstaunlich gut erholt, auch wenn er noch magerer war als vor seiner Kerkerhaft, einen beängstigend eindrucksvollen Stock bei sich trug, weil er auf dem linken Bein hinkte und sich nach jedem dritten Satz buchstäblich die Lunge aus dem Leib hustete. Seine kohlschwarzen unergründlichen Augen verrieten einen eisernen Willen, der keinen Widerspruch seitens seines einstigen Schülers duldete. Er behandelte Geoffrey, der mittlerweile über zwanzig Jahre alt war, noch immer wie ein unmündiges Kind statt wie seinen Herrn und Gebieter, dem Ehrerbietung und Demut gebührte. Doch Geoffrey schien das nicht weiter zu stören, er nahm Guys Befehle ohne größeren Widerstand entgegen. Das bekam ich deutlich zu hören, als ich den König aufsuchen wollte und erst an der Tür merkte, dass er nicht allein war und von dem Iren wüst beschimpft wurde, weil er sich nicht gebührend um seine Geschäfte als Herrscher des Zweiten Landes zu kümmern schien.

„... das ist ja nicht zum Aushalten. Nehmt ihn Euch endlich, Er ist schließlich Euer Eigentum. Ihr seid doch sonst nicht so zimperlich."

Ich hörte eigentlich nicht so gern den Gesprächen anderer zu, das verbot mir mein Taktgefühl (das war gerade eine verdammte Lüge, Efrén), aber dieser Dialog schien mir doch so interessant, dass ich zu gern von meinen Prinzipien abwich.

„Sagt jetzt bloß nicht, dass Ihr ihn liebt!" Guys Stimme klang schon damals wie ein Reibeisen.

„Ja, ich liebe ihn. Ich habe ihn schon immer geliebt. Bitte versteh mich doch endlich, ich kann ohne ihn nicht existieren."

„Werdet bloß nicht melodramatisch. Ihr seid Zweiter König von Draußen und habt Wichtigeres zu tun, als um die Gunst Eurer Lustknaben zu betteln. Außerdem solltet Ihr Euch schleunigst klarmachen, dass er sehr wohl ohne Euch existieren kann. Ich Idiot, warum habe ich Euch nur erlaubt, ihn mitzunehmen."

Einen Augenblick herrschte Schweigen. Ich hörte Geoffrey laut aufstöhnen.

„Lassen wir dieses Thema besser. Was verstehst du schon von Liebe. Ach, im übrigen, ich glaube Kieran weiß, dass unsere Mutter auch der Wächter ist."

Wieder Schweigen.

„Wie kommt Ihr zu dieser unglaublichen Annahme?"

„Kieran hat es ein paarmal selbst angedeutet."

„Kieran hat angedeutet. Nur weil dieses verdorbene Engelchen mal bei Euch was andeutet, glaubt Ihr ihm jeden Mist. Ich warne Euch nicht noch einmal, lasst die Finger von ihm. Er kann Euch wirklich ernsthaft gefährlich werden. Er ist schließlich ein echter Duncan. Ach, und wenn Ihr mir auch eine Andeutung gestattet: Jeder weiß längst, dass Ginevra auch der Wächter ist."

Fast, lieber Maceney, fast jeder. Ich brachte mich erst mal in Sicherheit. Meine Güte, ich musste mehrere Male schlucken. Der Wächter, Ginevra war der Wächter. Kein Wunder war sie so stark und gefährlich. Der Wächter war dem Großmagier so gut wie ebenbürtig. Soviel wusste ich schon vorher. Sie soll sogar aus jenem Volk gekommen sein, das einst von den Dunklen Herrschern regiert wurde und sie musste dort offenbar großen Einfluss und Macht gehabt haben. Aber sie missbrauchte diese uneingeschränkte Macht, sie übertrat die Regeln des Ordens in einer Weise, dass sie von ihrem Clan und dem König nicht wie üblich abgesetzt, sondern sofort ins Niemandsland nach Draußen verbannt wurde. Von dort konnte sie niemanden mehr erreichen und schaden. Lediglich der Großmagier war in der Lage, sie zu beschwören und vielleicht noch der Erste König. Doch die beiden hüteten sich, denn der geringste Fehler hätte ihren Aufenthalt im Niemandsland bedeutet. Sie hatte wie die Dunklen Herrscher vor ihr einer bösen Macht ihre Seele verschrieben und war – so wurde hinter vorgehaltener Hand geflüstert – kein menschliches Wesen mehr, sondern schon selbst ein Dämon, der auf seiner Festung auf unvorsichtige Zauberer wartete, um sie zu vernichten. Das einzige Vergnügen, was man ihr als Wächter ließ, war als Vollstrecker die zur Höchststrafe verurteilten Könige oder Magier zu bestrafen. Und der Wächter hatte noch eine weitere furchteinflößende Funktion, die ich bereits erwähnte: Keiner konnte den Orden, dem er Treue geschworen hatte, ab einem bestimmten Grad, verlassen, ohne an ihr vorbei zu müssen.

Ginevra musste irgendwann doch aus der Verbannung aus dem Niemandsland freigekommen sein. Ich selbst habe bis heute keine Ahnung, wie und durch wen, und die es wissen, schweigen darüber wie ein Grab. Seit dieser Zeit waren die höheren Magier im Zwischenreich und die Könige von Draußen bei ihren Beschwörungen besonders vorsichtig. Für Magier meinerseits war sie sowieso einige Nummern zu groß, das heißt jedoch nicht, dass ich sie nicht zu fürchten brauchte. Ohne Beschwörung hatte Ginevra jedoch kaum eine Möglichkeit, an ihre potentiellen Opfer heranzukommen. Sie griff zu dem einfachsten und tückischstem Mittel und dazu war sie offenbar in der Lage mit Hilfe von wem auch immer: Sie nahm sich den Körper, den sie bereits vor ihrer

Verurteilung hatte, den Körper einer schönen betörenden Frau. Richard McDuff und Ashley Durham mussten Ginevra irgendwann auf die Schliche gekommen sein. Sie jagten sie auf der Stelle panikartig fort, so wie man einen bösen Geist aus seinem Kreis verbannt. Lawrence verbannte und tötete sie. Er muss übermenschlichen Mut gehabt haben, denn er riskierte nicht nur sein Leben, sondern auch die Gefangenschaft in der Festung des Dunklen Meisters. Wie es aussah, hat er den Kampf gewonnen, denn sie kann inzwischen das Niemandsland nicht mehr verlassen. Sie ist wieder an dem Platz wo sie hingehört, sofern sie ein größenwahnsinniger Großmagier nicht abermals befreit. Ich zog im Stillen den Hut vor meinem Vater. Aber er musste Ginevra, wie auch Ashley, geliebt haben, bis er erkannte, dass sie nur gekommen war, um ihn zu vernichten. Sie hatte einen menschlichen Körper und sie schien auch vielleicht sogar wieder wie ein Mensch zu empfinden. Ich hatte sie selbst lachen und weinen gesehen, und sie war unglaublich schön und anziehend. Was hatte sie nur verbrochen, dass sie so grausam bestraft und in diese erbarmungslose Kreatur verwandelt wurde. Immerhin hinterließ sie drei Ableger auf dieser Erde, die ihr Blut hatten und von denen sie hoffte, dass wenigstens einer davon ihre destruktive Veranlagung erben würde. War sie darum so verrückt mit Geoffrey? War womöglich er derjenige, der an ihrer statt, sich für die Schmach, die sie erlitten hatte, rächen sollte? Welche Rolle spielte Guy Macenay? Er war ihr Diener – was war er sonst noch? Edward, Edward, erinnere dich, wie Guy uns Kinder schon damals eindringlich warnte: Neugierde ist der Katzen Tod. Ich komme, bevor meine Gedanken in gefährlichere Bahnen gelenkt werden, lieber wieder auf Geoffrey zurück. Er ließ wohl vorerst die Finger von Kieran, aber seine Blicke behoben jeden Zweifel. Er würde ihn zwingen, ihm zu Willen zu sein. Und es war bestimmt nicht unbedingt Macenays Verbot, was ihn momentan daran hinderte. Er wollte entweder zur Steigerung seiner Lust abwarten oder es machte ihm einfach Spaß, sein Opfer langsam zu zermürben. Wahrscheinlich stimmte beides.

4.

Edward und Elaine – Der schwarze Hexenmeister IV

Je länger ich in Frankreich blieb, desto mehr ließ meine Lust, in die weiteren großen Geheimnisse des Ordens einzusteigen, nach. Sir Lawrence war weit – zumindest physisch – niemand trieb mich an. Ich war mir selbst überlassen und genoss, die Tage mit entspannten Müßiggang zu vertreiben. Außerdem hatte mir Elaine in einer stillen Stunde zu verstehen gegeben, dass sie diese Beschwörungen verabscheute. Ich fand sie weniger abscheulich als langweilig. Weil Geoffrey beschäftigt war, sei es sein Reich Draußen neu zu organisieren oder unentwegt um Kierans Gunst zu buhlen, sah sich seine junge Frau gezwungen, ihre Zeit mit mir zu verbringen. Sie hatte den ersten Schritt gemacht und begann nun zaghaft, meine Zuneigung zu erwidern. Auf der einen Seite war ich natürlich vor Glück außer mir, auf der anderen Seite hatte ich furchtbare Angst vor den Konsequenzen, wenn ich mit ihr eine Beziehung einging, denn Geoffreys Zorn war gefürchtet. Ich spielte sogar einmal mit dem Gedanken, nach Schottland zurückzukehren, aber die Vorstellung, meinem Vater wieder zu nahe zu sein, war dann doch schlimmer. Ganz zu schweigen von der Nässe und Kälte, die fast das ganze Jahr über in Schottland herrschte. Ich versuchte also, meine Gefühle gegenüber Elaine so weit wie möglich unter Kontrolle zu halten und ging ihr mitunter schweren Herzens bewusst aus dem Weg.

Genügend Ablenkung fand ich, indem sich nach einiger Zeit zu Guy Macenay so etwas wie eine positive Beziehung anzubahnen schien. Ich will sehr vorsichtig mit der Formulierung sein, denn er hatte durch meinen Vater unsäglich leiden müssen und ich war oft genug bei diesen Demütigungen anwesend. Immerhin ließ sich Guy herab und unterhielt sich mit mir. Ich schätzte seinen unverwüstlichen Scharfsinn, der allerdings manchmal an Kaltschnäuzigkeit grenzte. Er sprach kein Wort über die Zeit seiner Gefangenschaft, was mir nur recht war, aber hin und wieder ließ er mich dann doch spüren, dass ich noch immer der Lieblingssohn des verhassten Großmagiers war, den er mit „Mylord" anreden musste. Trotzdem verspottete er mich ohne jeden Respekt, weil ich mit meinen Studien nicht vorankam und mich weigerte, einen Meister zu nehmen. Ich hätte ja gerne ihn als Meister gehabt, aber ich traute mich nicht zu fragen, wobei ich mehr Angst vor der Reaktion meines Vaters als vor seiner hatte.

„Du hast wohl Angst zu fallen? Frei nach dem Motto, lieber kein Risiko eingehen. Wer weit nach oben will, muss in Kauf nehmen, tief zu fallen, aber das kann dir momentan bestimmt nicht passieren."

Ich dachte nicht daran, mich zu rechtfertigen und bemerkte ganz beiläufig und ganz gelangweilt, dass mir der ganze Orden zum Hals heraushing.

„Aber sicher, Edward Duncan, der Sohn des Großmagiers wäre lieber ein einfacher schlichter Mensch. Du hättest Elaine McDuff heiraten sollen. Ihr beide hättet sehr glücklich werden können."

Ich wusste es, er hatte es geahnt. Es gab wohl nichts, was seinem Spürsinn entging. Ich versuchte, so unbeteiligt wie möglich zu bleiben.

„Sie hat aber Geoffrey vorgezogen."

„Es war wohl eher ihr Vater, der Geoffrey vorgezogen hat. Gut, sie selbst war von dem blendend schönen Zweiten König auch angetan, aber das sieht jetzt ganz anders aus. Er hat sie gewollt, er hat sie bekommen, sie interessiert ihn nicht mehr, so macht er es mit allen. Was hindert dich eigentlich daran, ihre Zuneigung endlich zu erwidern?" Bevor ich protestieren konnte, fuhr er fort: „Natürlich deine Moral. Nein, ich glaube eher, du fürchtest Geoffreys Zorn."

„Darf der Sohn des Großmagiers keine Furcht haben? Elaines Gemahl ist immerhin König von Draußen. Ich kenne schließlich meine Grenzen. Und wenn wir gerade von Moral sprechen. Ohne moralische Werte würden wir Menschen schließlich zu Tieren werden. Sogar unser Orden hält sich bei aller Freiheit an moralische Werte."

Guy lachte heiser auf, strich seine Haare nach hinten und versuchte dabei vergeblich die weiße Haarsträhne zu verbergen.

„Du bist köstlich. Du versuchst abzulenken, denn bestimmt würdest du im Hinblick auf Elaine gern ein Tier sein. Aber gut, lassen wir das Thema, wenn es dir zu heikel ist. Es geht mich ja auch nichts an. Klar, der Orden hat moralische Gesetze, aber jeder nimmt sich die Freiheit, sie nach seinem Gutdünken einzuhalten. Und gibt es denn überhaupt den moralischen Menschen? Mir ist jedenfalls noch keiner begegnet. Am schlimmsten sind sogar die, die sich Christen nennen, sie glauben als einzige die Moral gepachtet zu haben. Ich habe sie selbst erlebt, diese feinen Ritter mit ihrem dummen Kreuz auf der Brust und die Geistlichen, wie sie sich im Heiligen Land aufgeführt haben. Ein Gott-will-es-Massaker nach dem anderen. Es war so abstoßend, dass ich bis heute noch nächtelang nicht schlafen kann. Und ich habe sie erlebt, wie sie einst nach Irland gekommen sind, um ihren neuen Glauben zu verbreiten. Was für eine absurde Religion. Da hat uns Gott nach seinem Bild erschaffen, uns mit einem freien Willen ausgestattet und als wir diesen Willen für uns allein in Anspruch nahmen, schickte er uns zur Hölle. Also haben wir doch keinen freien Willen. (Tja, und jede Entscheidung deines freien Willens zieht eine Konsequenz nach sich, aber das hast du ja wohl inzwischen kapiert, Klugscheisser Macenay). Oder doch? Als er uns dann davongejagt hatte, stellte er fest, dass er uns eigentlich noch immer liebte und opferte sich selbst für uns, um uns wieder zu erlösen. Ich habe einige Ausführungen über diesen Glauben gelesen, aber ich verstehe ihn einfach nicht – oder ich will ihn einfach nicht verstehen. Und im Augenblick will ich mich nicht weiter damit beschäftigen. Ich habe zu viel erlebt, um an eine Erlösung zu glauben. Ich habe mich schließlich dann doch für meine eigene Freiheit entschieden, auch wenn es in meinem Leben einen wunderbaren gläubigen Sarazenen gab, der mich sehr beeindruckt hat. Jede ursprünglich gute Sache artet irgendwann, wie so eine Art Naturgesetz, in Fanatismus aus. Fanatismus ist die schrecklichste Form von Dummheit und der größte Teil der Menschheit scheint davon befallen zu sein. Wenn du meine Meinung hören willst, Edward – du willst. Nur du selbst bist für den Tun allein verantwortlich. Sei es gut oder böse. Man zieht sich aus der Verantwortung, wenn man einen Gott oder gar einen Teufel für sein Handeln braucht."

Ich fragte mich, was er wohl zu verantworten hatte, als mein Vater ihn für vier Jahre im Verlies einsperrte. Ich behielt die Frage lieber für mich und versuchte, genau wie er, unser Gespräch allgemein zu halten, in der Hoffnung, dass mein Gegenüber vielleicht doch etwas mehr ausplaudern würde.

„Die Philosophie unseres Ordens. Was sind wir für verdammte alte Ketzer. Alles schön und gut. Aber für jeden gilt seine eigene Moral. Und was ist dann der Maßstab? Der Wächter findet sich in seiner Schändlichkeit sicher sehr moralisch und leidet er überhaupt unter seiner schlechten Moral."

„Gute Frage. Aber die Konsequenz ihrer schlechten Moral wusste sie. Er ist nämlich eine sie. Die Tür war doch weit offen genug, als ich mit Geoffrey gesprochen habe. Denn als der Großmagier von ihrer Existenz erfuhr und sie ihn bis aufs Blut reizte, schaffte er sie ganz einfach aus dem Weg. Auch Geoffrey, der diese spezielle Neigung von ihr geerbt hat – er ist natürlich viel leichter durchschaubar –– wird die Konsequenzen seines Handelns tragen müssen. Er hat Elaine verstoßen, sie wendet sich einem anderen Mann zu. Vielleicht stört ihn das nicht einmal, wer weiß. Du solltest es versuchen. Sie liebt dich."

Ich hätte ja noch zu gern mehr über den schrecklichen Wächter erfahren, ganz besonders über Guys Beziehung zu demselben, doch er schaffte es immer wieder auf Elaine zurückzukommen. Ich beschloss, auf keinen Fall darauf einzugehen. Mich sollte er nicht festnageln.

„Du bestreitest also die Existenz eines Gottes?"

Guy nahm es gelassen und amüsierte sich eher.

„Gut, Edward Duncan möchte sich mit mir weiter über irgendeinen Gott unterhalten, auch wenn ihm ein gewisser Mensch doch viel näher am Herzen liegt. Alles klar, Mylord, reden wir über das Wetter, reden wir über Gott. Es kommt auf das gleiche raus. Wie wird das Wetter? Glaubt Ihr an einen Gott? Das fragst du ausgerechnet mich. Ich werde mich bemühen, dir einigermaßen befriedigend Auskunft zu geben. Ganz früher habe ich sogar an viele Götter geglaubt – Baumgötter, Erdgötter, Wassergötter, Steingötter, Luftgötter. Irgendwann beschränkte ich mich auf die Sonne. Als logische Schlussfolgerung, weil die Erde ohne sie nicht existieren kann. Gezwungenermaßen musst du, als weitere logische Schlussfolgerung, wenn du nicht völlig beschränkt bist, jedoch darüber nachdenken, wer ist hinter der Sonne? Wer hat sie geschaffen, sie und die Erde mit allen Pflanzen, Kreaturen und Menschen? Um es genau zu sagen, ich bestreite nicht, dass es einen alleinigen Schöpfer des Himmels und der Erde geben könnte. Was mich irritiert, er hat uns einen freien Willen gegeben. Den Willen, ihn anzubeten oder selbst zu erkennen was gut und böse ist. Und ich wollte selbst erkennen, ich wollte selbst ein Gott sein, ein erbärmlicher Gott, aber immerhin ein Gott. Und ich werde wohl jetzt bis in alle Ewigkeit ein verdammter Wilder bleiben. Aber du weißt doch sicher inzwischen selbst, dass unser Orden nicht nur dazu da ist, irgendwelche Geister und Dämonen zu zitieren, sondern du sollst lernen, vielleicht eines Tages ein mündiger verantwortungsvoller Mensch zu werden …"

„Ich versuche mich gerade verzweifelt an einen mündigen, verantwortungsvollen Menschen in unserem Orden zu erinnern", erlaubte nun ich zu spotten. „An einen Übermenschen, einen erbärmlichen Gott oder vielmehr an nichts weiter als ein Zerrbild. Traumhafte Aussichten. Dein Übermensch, der König von Draußen, erinnert mich eher im Augenblick an ein unbeherrschtes Raubtier. Genauso gut kannst du einem Wolf den Unterschied zwischen Gut und Böse erläutern."

Guy fand das auch irgendwie komisch.

„Du hast recht. Ich habe längst gemerkt, dass der Orden im Grunde völlig verfault ist. Und wenn man dich erst mal nach Draußen befördert hat, lässt du meistens die Sau raus oder versuchst verzweifelt und vergeblich, noch ein wenig Anstand zu bewahren. Geoffreys Vater hat alles versucht, um aus seinem Sohn einen humanen Menschen zu machen. Nur die Mittel, die er wählte, waren alles andere als human und bei Geoffrey helfen auch keine humanen Mittel. Er ist ein haltloses, ungezügeltes Geschöpf. Ashley wird noch viel Freude an ihm haben, garantiert."

Guy lächelte sein altes böses, zynisches Lächeln und seine schwarzen Augen funkelten. Er selbst war der einzige Mensch, der mit dem ungestümen König fertig wurde. Bei der Dienerschaft im Schloss ging sogar das Gerücht um, dass Guy ihm ab und zu mal so nebenbei ein paar wenig humane Ohrfeigen verpasste. Mir wurde langsam klar, was Sir Lawrence fürchtete: Geoffreys hemmungslose Gewalttätigkeit, die aber sehr gezielt und wohldosiert durch den Einfluss seines klugen Beraters eingesetzt werden konnte.

Meine Gedanken waren jedoch schnell wieder bei Elaine. Richtig. Das wären Geoffreys Konsequenzen, sie würde ihn betrügen – mit mir. Ich konnte eigentlich meine Skrupel vergessen. Aber welche Konsequenzen hatte das für mich? Eine interessante Frage mit einer wenig aussichtsreichen Antwort: Ihr Gemahl würde mich wahrscheinlich totschlagen. Ich tat es trotzdem und Geoffrey krümmte weder ihr noch mir ein Haar, als unsere heimlichen Zusammenkünfte bekannt wurden.

Jetzt habe ich erhebliche Schwierigkeiten, denn ich muss über die viel zu kurze Zeit schreiben, die ich mit der einzigen Frau, die ich wirklich geliebt habe, verbrachte – und mir fehlen die passenden Worte. Ich werde es trotzdem versuchen: Ganz im Gegensatz zu Azunta, war unsere Beziehung nicht stürmisch und leidenschaftlich, sondern sehr zart und inniglich. Das klingt so sentimental, wenn es zu Papier gebracht ist und ich fürchte, dass meiner poetischen Ausdrucksweise Grenzen gesetzt sind. Ich versuche es weiter: Ich mochte diesen Typ Frau wie Elaine. Sie war gegen meine garstige Halbschwester fast unscheinbar. Genau diese Schönheit mit den aschblonden Haaren, den schwermütigen graublauen Augen und der kleinen schmalen Gestalt gefiel mir. Wir verbrachten Stunden miteinander, ohne einen Satz zu sprechen. Wir spürten, dass wir zusammengehörten, wir hatten dieselben Gedanken, wir liebten ... oh je, ich werde immer sentimentaler. Ja, wir liebten in der Tat am frühen Morgen zusammen die Sonne aufgehen zu sehen, durch die taufrischen Wiesen zu laufen, wir waren ganz vernarrt in das wundervolle liebliche Land an der Loire, das wie für uns geschaffen schien. Die Abende vor dem warmen Kamin mit endlosen Gesprächen und die gemeinsamen Nächte voller Wärme und Geborgenheit – unsere kleine Welt, in der uns niemand störte. Unser Paradies, das nur uns allein gehörte.

Aber unsere kleine Welt war dann doch zerbrechlich und ein Paradies gibt es nicht, zumindest nicht für mich. Wenn ich jetzt weiter über Elaine nachdenke, wird mir schmerzlich klar, dass ich sie nie wieder sehen werde. Sie, die Tochter des Ersten Königs von Draußen, der ihr Unsterblichkeit und Macht hätte geben können, verweigerte die endgültige Einweihung, zog es vor zu sterben, wie jeder andere Mensch auch. Elaine fühlte sich schon sehr früh zu den Lehren der Kirche hingezogen. Nicht aus ethischer Schwärmerei wie Lyonel, der jedoch nach den Erlebnissen auf dem Kreuzzug mit der Christenheit nichts mehr zu tun haben wollte. Sie nahm ihren Glauben wirklich ernst. Sie verabscheute die heidnischen, magischen Experimente und erwähnte oft genug, dass sie Angst um meine Seele hatte. Sie sollte ja recht behalten. Sie litt unter dieser Angst und ihr Glaube war auch der Grund, weshalb sie ihre ehebrecherische Beziehung nicht zu ertragen vermochte. Ich musste mich allerdings sehr bemühen, dafür Verständnis aufzubringen, zumal ich sah, welche Qualen ihr unser Verhältnis und die Sorge um meine unsterbliche Seele bereiteten. Aber ich konnte mich ihrem Gott nicht annähern, im Gegenteil. Ich begann, diesen Gott zu hassen, der von ihr Treue zu einem Mann verlangte, der sie im Grunde verachtete und lieber seine Pagen zu sich ins Bett holte.

Und ich war eifersüchtig auf ihren Gott. Ich erkannte, dass sie ihn mehr liebte als mich, denn sie war von der Erlösung ihrer Seele so fest überzeugt, dass sie, nachdem Geoffrey in den Gewölben seines Schlosses einem gewaltsamen Tod erlegen war, ihm ihr Leben ganz übergab, mich endgültig verließ und in ein Kloster ging.

Wenn es diesen Gott gibt, will ich hoffen, dass sie nun bei ihm ist und ihren ewigen Frieden gefunden hat – im Gegensatz zu mir. Je mehr ich darüber nachdenke, umso irrsinniger kommt mir das alles vor: Nicht Geoffreys Boshaftigkeit war es, die unsere Liebe zerstörte, sondern die Liebe eines erbarmungslosen Gottes, der ein unmenschliches Opfer verlangte.

Sie fehlt mir so sehr und gerade jetzt hätte ich sie so gern an meiner Seite. Nur, hätten wir uns überhaupt noch etwas zu sagen? Es ist zu spät, du hast längst deine Unschuld verloren, Edward. Der Himmel hat dir nichts zu sagen. Tröste dich also weiter mit den Erinnerungen an die Sonnenaufgänge und die taufrischen Wiesen an der Loire.

Frankreich 1192 – 1199

5.

**Viviane Duncan macht einen Fehler
Kieran Duncan hat einen Einfall mit folgenschwerem Nachspiel**

Noch im gleichen Jahr nahm eine Reihe von Katastrophen unaufhaltsam ihren Lauf. Ich selbst erfuhr den größten Teil der Geschehnisse nur aus zweiter Hand. Aber bei dem ersten Ereignis war ich allerdings Augenzeuge.

Als Viviane von einem Jagdausflug nicht zurückkehrte, dachte sich erst niemand etwas dabei. Sie verschwand ja des öfteren allein und kam manchmal irgendwann in der Nacht zurück. Auch wenn ich meine ganze Aufmerksamkeit zu dieser Zeit meiner geliebten Elaine widmete, so fiel mir doch die merkwürdige Spannung zwischen ihr und Geoffrey auf, eine Spannung aus Aggression und Zuneigung. Doch es kümmerte mich nicht weiter, ich wollte Harmonie und Zuneigung. Ich war gerade dabei, in den Saal hinunterzugehen, da stand Viviane plötzlich vor mir an der Treppe. Sie erschrak genauso wie ich, offensichtlich wollte sie heimlich nach oben verschwinden. Natürlich fiel mir sofort auf, dass ihr Kleid zerrissen und verschmutzt war. Ihre ohnehin widerspenstigen Haare hingen ihr zerzaust über die Schultern und sie hatte Mühe, sich auf den Beinen zu halten. Bevor ich fragen wollte, was geschehen war, begann sie hastig zu erzählen, sie sei vom Pferd gestürzt. Viviane war eine ausgezeichnete Reiterin. Ich nahm an, dass sie nicht erwartete, dass ich ihr das glaubte. Sie wollte mich offensichtlich irgendwie ablenken, um endlich, ohne von noch jemanden gesehen zu werden, in ihr Zimmer zu gelangen. Mitten in ihrer Erzählung, die sie viel zu sehr ausschmückte, hielt sie mit einem Mal inne und erstarrte. Völlig lautlos musste Kieran an der Treppe aufgetaucht sein. Sie rührte sich nicht von der Stelle, doch als er langsam auf sie zukam, wich sie ein paar Schritte zurück und sah ihn dabei flehentlich an. So jämmerlich hatte ich sie noch nie gesehen. Sie versuchte noch seinen Namen auszusprechen, bevor er ihr ins Gesicht schlug. Ohne sie eines weiteren Blickes zu würdigen, verschwand er wieder. Viviane kauerte zusammen-gekrümmt am Boden und wimmerte. Aus ihrem Schluchzen konnte ich entnehmen, dass Geoffrey sie im Wald angeblich vergewaltigt hatte. Dass Geoffrey sie vergewaltigten wollte, traute ich ihm schon zu, aber dass sie sich vergewaltigen ließ, eigentlich nicht. Wahrscheinlich vermutete das auch Kieran. Nur so konnte ich mir die Ohrfeige erklären. Sie brauchte auf jeden Fall erst einmal Hilfe, also brachte ich sie wieder auf die Beine und in ihr Zimmer und verständigte Guy Macenay, der als Mediziner sicher wusste, was zu tun war. Mehr aus Neugierde als aus Mitgefühl wartete ich, bis er wieder aus ihrem Zimmer kam.

„Sie muss tatsächlich vom Pferd gefallen sein", bestätigte er meine Aussage, zu der Viviane offenbar nicht mehr fähig war.

„Sonst nichts."

Er grinste zweideutig.

„Meine Güte, sie hat mir erzählt, dass Geoffrey sie …", fuhr ich ärgerlich fort.

„Sie mir auch."

„Kieran hat ihr eine heruntergehauen. Verstehst du das?"

„Vielleicht hat sie es zu sehr genossen. Er ist rasend vor Eifersucht. Und frag mich jetzt bloß nicht, ob ich das mit dieser albernen Vergewaltigung glaube. Was Kieran angeht, der wird sich wohl damit abfinden müssen, dass er in Zukunft seine Schwester brüderlich teilen wird. So, jetzt lass mich meine Arbeit weiter machen. Wenn sie sich beruhigt hat, will ich schauen, ob sie sich außer ihrem Herzen noch ein paar Knochen gebrochen hat."

Diese verdammte zynische Giftspritze. Doch was das brüderliche „Teilen" anging, da sollte Guy sich gewaltig irren. Viviane war für Kieran „gestorben", er sah sie nicht einmal mehr an, geschweige richtete er ein einziges Wort an sie. Und je mehr er sie zu verachten begann, desto mehr warf sie sich nun Geoffrey vor die Füße. Die ersten Wochen nach dem Zwischenfall im Wald lag sie jedoch im Bett und niemand durfte sie besuchen, bis sie noch immer elend und schwach ihr Zimmer verlassen konnte. Wie ich später hörte – ich weiß nicht mehr von wem – war der Grund ihrer langen Krankheit weder die angebliche Vergewaltigung, noch Kierans Ohrfeige, sondern Guy hatte in ihr beseitigt, was durch die vielen Zusammenkünfte mit Kieran schon zu weit herangewachsen war. Er soll es offenbar so gründlich getan haben, dass sie in Zukunft keine Probleme mehr damit haben sollte.

Die kleine stolze „Fee", wie Guy sie immer nannte, war zu einem willenlosen Geschöpf geworden, das sich von Geoffrey in aller Öffentlichkeit demütigen ließ. Und sie selbst demütigte damit auch ihren einst so geliebten Bruder, dessen Abscheu ihr wenigstens noch etwas

Aufmerksamkeit entgegenbrachte. Nun war es Geoffrey endlich gelungen, die Einigkeit der Zwillinge zu zerstören. Bestimmt eine späte Rache für all die Kränkungen, die er als Kind von ihnen ertragen hatte.

Er ließ auch Kieran nun öfter spüren, dass der sein Gefallener und somit sein Eigentum war. Guy Macenay empfahl seinem König etliche Male eindringlich, das blonde Engelchen ebenfalls vom Pferd zu schmeißen und sich endlich wichtigeren Dingen zu widmen. Doch Geoffrey bevorzugte noch immer die „subtilere" Methode, das Engelchen sollte ihm freiwillig mit Haut und Haaren verfallen. Aber das Engelchen dachte nicht im Traum daran, ihm zu verfallen und als Antwort auf einen eindeutigen Annäherungsversuch seitens seines Königs spuckte er ihm vor versammelter Gesellschaft ins Gesicht. Und bevor Geoffrey endlich zu der Erkenntnis kam, dass Macenay mit den „härteren" Methoden völlig richtig lag, war Kieran plötzlich ganz einfach verschwunden. Wir hatten anschließend das Vergnügen, sämtliche Variationen von Geoffreys Wutanfällen zu erleben, sein Repertoire an schmutzigen Schimpfwörtern war wirklich beachtlich. Macenay bekam allerdings ziemlich schnell heraus, dass der Flüchtige bei Percevale de Thouars in Tiffauges Unterschlupf gefunden hatte. Dieser hatte ihn sicher sehr gern aufgenommen, zumal er auf den Zweiten König nach der üblen Geschichte mit Viviane nicht besonders gut zu sprechen schien, denn Viviane bedeutete für ihn viel mehr, als nur die kleine garstige Schülerin.

Außer von Elaine und mir wurde Geoffrey von dem ganzen Gefolge seines Hofstaates in die Vendée begleitet. Obwohl ich Kieran nicht so sehr mochte, tat er mir doch irgendwie leid. Er hatte nach seiner Rückkehr bestimmt nicht viel zu lachen, davon abgesehen, dass er sowieso kaum lachte. Aber der König kehrte ohne seinen Gefangenen zurück. Er hatte Kieran nicht weit von Tiffauges entfernt mit seinem Schwert getötet, als der ihn zu einem unsinnigen Zweikampf herausgefordert hatte. Kieran wusste von vornherein, dass er keine Chance gegen den geübten König hatte und Augenzeugen berichteten, dass er sich sogar selbst in Geoffrey Schwert gestürzt haben soll. Er muss ihn so verabscheut haben, dass er sogar den Tod vorzog. Geoffrey litt furchtbar unter dem Verlust und mir kam der Verdacht auf, dass dieses wilde despotische Geschöpf seinen Bruder tatsächlich abgöttisch geliebt hatte. Und auf einmal änderte sich auch sein Verhältnis zu Viviane. Die beiden wurden ein ausgesprochen liebevolles Paar, so als ob sie, enttäuscht von der Eiseskälte ihres gemeinsamen Angebeteten zusammengefunden hätten, um sich gegenseitig zu trösten.

Natürlich suchte Geoffrey Draußen weiter nach Kieran und ziemlich rasch erfuhr er, dass der bei König Richard, bestimmt unter Mithilfe von Sir Percevale, untergekommen war. Er verlangte zwar die Herausgabe seines Gefallenen, wurde aber darauf hingewiesen, dass ein König das Recht hatte, Gefangene und auch Flüchtige mindestens sieben Jahre zu behalten. Richard machte von diesem Recht verdächtig gern Gebrauch, auch wenn er kein Lösegeld verlangte. Er hatte einen ganz anderen Hintergedanken. Welchen? Wir sollten nicht so schnell darauf kommen. Also konnte Geoffrey vor Ablauf der Frist nicht mit seinem „Eigentum" rechnen. Da Beherrschung noch nie seine Stärke gewesen war, drohte er jetzt sogar mit Krieg. Von diesem Entschluss brachte ihn jedoch Macenay, wahrscheinlich mit ein paar überzeugenden Ohrfeigen, sofort wieder ab.

Die nächste Katastrophe wurde eingeleitet, als – es war ungefähr ein Jahr später – König Richard endlich ins Zwischenreich zurückkehren konnte. Wie viele lange Jahre hatte er darauf gewartet, endlich einen Nachfolger zu finden, der im Niemandsland die grausame Prüfung, die die Dunklen Herrscher den Bewerbern auferlegten, bestand. Bereits zwölf Bewerber scheiterten jämmerlich und Richard McDuff wollte schon aufgeben, als ihn der dreizehnte Kandidat schließlich von Draußen erlöste. Und so standen wir König Kieran gegenüber. Kieran Duncan war nun Erster König von Draußen und er war und ist noch immer einer der Gefürchtetsten. Nun war es an dem Zweiten König aufzupassen, denn der Erste König besaß bessere Fähigkeiten und eine ordentliche Portion Hass, Hass, den er in vielen Jahren still und unauffällig gepflegt hatte und der jetzt genügend Kraft besaß, seinem Gegner wirklich ernsthaft zu schaden. Aber Geoffrey amüsierte sich lediglich, dass sein kleiner Bruder nun auch mal König spielen wollte. Mir war der Ernst der Lage schon eher bewusst, als ich Kierans eindrucksvolle Erscheinung sah. Ein noch immer schöner, aber ein blasser, von den Strapazen der Prüfungen gezeichneter, gefallener Racheengel in einem blauschwarzen Gewand, entschlossen, seinen ehemaligen Peiniger mit allen ihm zur Verfügung stehenden Mitteln zu vernichten. Er zeigte zuerst keine Regung als Geoffrey ihn begrüßte, dann erhob er seine Stimme – leise und kalt – die Stimme unseres Vaters:

„Du kannst dich geschmeichelt fühlen, mein Bruder. Du bist einer von denen, der mich zu diesem König gemacht hat. Einzig mein Hass auf dich hat mir die Kraft gegeben, diese grausame Prüfung zu bestehen. Warum konntest du mich und meine Schwester nicht einfach in Frieden lassen, warum hast du unser Leben zerstört? Warum bist du überhaupt in unser Leben gekommen? Dein ganzes Bestreben ist nur, anderen weh zu tun, um deine abnorme Lust zu befriedigen. Du selbst bist nichts weiter als eine widerwärtige Krankheit, die sogar meine geliebte Schwester in ein willenloses Wrack verwandelt hat. Mach ruhig weiter so. Es wird der Tag kommen, wo es dir sehr leid tut, was du den Menschen, von denen du behauptest, sie zu lieben, angetan hast. Aber dann kannst du den Weg, den du bereits beschritten hast, nicht mehr verlassen. Auf diesen Augenblick werde ich warten. Ich habe hier viel Zeit und ich habe noch mehr Geduld, Geoffrey. Und das schwöre ich dir hiermit vor allen Anwesenden: Ich werde keine Ruhe finden, bis du an dieser Stelle vor meinem Thron kniest und mich anflehst, dass ich deine armselige Seele verschone. Ich werde aber deine Seele fordern – und du wirst sie mir geben."

„Er redet wirres Zeug", erlaubte Geoffrey zu bemerken, als wir von Draußen zurückgekehrt waren. Überzeugend klang diese Bemerkung jedoch keineswegs. Guy sah ihn eine Weile nachdenklich an.

„Ich fürchte, er ist leider nicht wirr und er wird zu Ende führen, was er begonnen hat, mit allen Mitteln. Er ist ein echter Duncan, mein König. Ich weiß, wovon ich spreche."

Guy sollte recht behalten. Zuerst machte Kieran Viviane zu seinem Ersten Priester. Ich selbst war zu dieser Zeit wieder in Schottland, wo ich mich unter der strengen Aufsicht meines Vaters, der von meinem Müßiggang endlich genug hatte, auf die nächste Stufe vorbereitete. Diese Prüfung dazu bestand ich und ich bekam sogar wieder Mut, weiterzumachen. Zur Belohnung und zur Erholung durfte ich dafür für einige Zeit wieder nach Frankreich zurück. Doch meine Vorfreude wurde schnell zunichte gemacht. Als ich auf Geoffreys Schloss ankam, war Viviane gerade gestorben, vielmehr befand sie sich Draußen bei ihrem Ersten König. Mit neun Jahren hatte sie anscheinend in ihrer uneingeschränkten Zuneigung Kieran ihre Seele versprochen, ohne sich darüber klar zu werden, welche schrecklichen Folgen dieses kindliche Versprechen einmal für sie haben sollte. Es musste einen furchtbaren Kampf gegeben haben und Geoffrey hatte versucht, sie mit allen Mitteln zu verteidigen, bis er schließlich doch völlig zermürbt aufgab. Ich begegnete ihm erst etliche Tage nach meiner Ankunft. Er sah so elend, blass und irr aus, dass ich einen Augenblick sogar ernsthaft um sein Leben fürchtete. Elaine war auch nicht ansprechbar, sie schien sich von uns absichtlich fern zu halten. Am liebsten hätte ich meine Sachen gepackt, um nach Schottland zurückzukehren, aber irgendwo glaubte ich, Geoffrey und Elaine beistehen zu müssen. Doch sie waren jeder für sich in den eigenen Kummer versunken. Sie nahmen meine zarten Signale überhaupt nicht zur Kenntnis. Guy konnte mich auch nicht ablenken, er war zu sehr damit beschäftigt, seinen demoralisierten König von Dummheiten abzuhalten. Leider passte er im entscheidenden Moment dann doch nicht auf. Erst nach dem Unfall, manche bezweifelten, ob es überhaupt ein Unfall war, gab ich jegliche Verbindung zu Frankreich auf und blieb für den Rest meines Lebens in Schottland.

Aber um noch mal auf den Unfall zurückzukommen. Geoffrey, so hieß es, ging mitten in der Nacht nach unten in den großen Empfangssaal, um angeblich eine Beschwörung zu machen. Jedenfalls wusste keiner, wie plötzlich das Feuer ausgebrochen war. Alles ging wahnsinnig schnell und wir hatten zu tun, dass wir so rasch wie möglich ins Freie gelangten, bevor die ganze Burg ausbrannte. Dem Himmel sei Dank, konnten alle Bewohner, obwohl bereits viele schliefen, gerettet werden, bis auf König Geoffrey, von ihm fehlte jede Spur. Seinen Körper mussten die Flammen bis zur Unkenntlichkeit verbrannt haben. Guy behauptete, der König habe das Feuer selbst gelegt und verschwand am nächsten Morgen. Es hieß, er sei später mit Percevale de Thouars nach Palästina gegangen.

Draußen 1200 –1530

6.

Der Krieg beginnt

Nun bin ich eigentlich schon fast am Ende mit dem Rückblick auf mein erstes Leben, das Leben, in dem ich zum ersten Mal diesem unglückseligen Orden beitrat, in der Hoffnung Wissen, Macht und Unsterblichkeit zu erlangen. Ich bekam letztendlich beides: Unsterblichkeit und Wissen insofern, als dass mir klar wurde, wie qualvoll und sinnlos meine Unsterblichkeit war. Gut, Edward Duncan selbst hatte kein allzu schweres Leben, er wuchs noch behütet in seinem Clan auf, anders als der kleine Vagabund Raphael, der schließlich von der Inquisition grausam zu Tode gefoltert wurde und Efrén de Alpojar, der gerade sein einsames Leben am Ende der Welt fristen muss und, um nicht verrückt zu werden, seine Memoiren zu Papier bringt.

Als ich damals nach meinem Tod – ich starb wenige Jahre nach Geoffrey an einer Epidemie, die auch halb Schottland dahinraffte – ins Zwischenreich kam, fand ich keineswegs den erhofften Frieden. Die meisten der angeblich ausgeglichenen Wesen dort waren mir schon nach kurzer Zeit unangenehm und vor allem war ich entsetzt über ihre Gleichgültigkeit. Sie schienen ihrer menschlichen Emotionen beraubt zu sein, während ich noch erfüllt war von den Geschehnissen aus meinem letzten Leben. Ich sollte doch endlich dieses Leben hinter mir lassen, sagte man mir, aber ich konnte und ich wollte dieses Leben nicht vergessen. Was interessierte es mich, eine nächste höhere Stufe zu erreichen, die mich zu einem ihrer seelenlosen Götzen machte. Ich hatte noch immer Sehnsucht nach Elaine, die nach Geoffreys Tod in ein Kloster gegangen war. Sie war bei ihrem Gott und ich war wieder und noch immer bei meinem Vater, der mir auch im Zwischenreich nicht von der Pelle rückte. Zusätzlich genoss ich noch die Gesellschaft von Sir Richard und Sir Ashley und hatte nicht einmal die Möglichkeit mich zurückzuziehen. Dafür wurde ich jedoch über die Geschehnisse Draußen regelmäßig auf dem Laufenden gehalten.

Immerhin mussten sich der Großmagier und ein Teil seiner Gefährten damit auseinandersetzen, was den Vorteil hatte, dass sie hin und wieder recht unsanft aus den vergeistigten Sphären des Zwischenreiches hinausbefördert wurden. Draußen war auch für das Zwischenreich nicht unwichtig und Sir Lawrence hatte sogar die Pflicht, dort für Ruhe und Ordnung zu sorgen. Und das sollte ihn für die nächsten Jahre voll in Anspruch nehmen. Denn Draußen herrschte Krieg. Nicht nur, dass sich Geoffrey und Kieran gegenseitig bekämpften, auch meine Brüder Lyonel und Roger waren zu Feinden geworden. Lyonel hasste zwar seinen neuen König, aber er blieb doch beharrlich auf der Seite des Ersten Landes. Sicher hasste er Geoffrey noch mehr und außerdem gab ihn Kieran nicht frei. Roger war inzwischen einer von Geoffreys Jägern geworden. Aus der anfänglichen Abscheu der beiden, war mit der Zeit sogar eine tiefe Freundschaft entstanden. Sie passten inzwischen gut zusammen. Sie hatten das gleiche ungezügelte Temperament, wobei Roger wesentlich gradliniger und liebenswürdiger war, als sein unheimlicher König. Roger war auch derjenige, der Geoffrey so weit brachte, in Kierans reichere Ländereien einzufallen, um den Teil mit den meisten Wasservorräten in den Besitz des Zweiten Landes zu bringen. Nicht alle Gefallenen Draußen konnten sich ausschließlich von Blut ernähren, deshalb war Wasser sehr wichtig. Außerdem wuchsen in der Nähe der Seen und Tümpel die schwarzgrünen Flechten, aus dessen Substanzen der Trank des langen Schlafes hergestellt wurde. Als dieser Schlag gelang, wurde Geoffrey von seinem Volk gefeiert wie ein Held. Wo er mit Roger zusammen auftauchte, wurde ihm zugejubelt wie noch nie einem König zuvor. Macenay schien nichts gegen die Verbindung Rogers und dem König zu haben. Wahrscheinlich war er sicher, dass ihm dieser stürmische Jäger mit dem schlichten Gemüt, dem er selbst während des Kreuzzuges angeblich das Leben gerettet hatte, niemals gefährlich werden könnte. Er irrte. Doch davon ein paar Kapitel später.

Im Zwischenreich war man von den kriegerischen Auseinandersetzungen der beiden Könige alles andere als begeistert. Gut, über derartige Streitereien war man selbstverständlich hinweg. Man tolerierte den Nächsten, das heißt bei genauerer Betrachtung: Der Nächste war eigentlich egal. Konflikte hatten nur Tiere und Gefallene. Revierkämpfe nannte man das verächtlich. Nur, Draußen hatten die Geschöpfe Hunger und Durst, wie sollten sie denn anders reagieren, wenn man ihnen die Existenzgrundlage fortnahm. Den Bewohnern des Zwischenreiches dagegen konnte fast nichts mehr fortgenommen werden. Ihre Gefühle hatten sie offensichtlich am Eingang abgegeben, aber nicht ihre Privilegien und genau an diesem Punkt waren sie jetzt auf einmal betroffen. Die beiden Könige, aber ganz besonders Geoffrey, verlangten absolute Unabhängigkeit. Vor allem Ashley Durham, der ehemalige Zweite König, im Zwischenreich, bekam den geballten Zorn seines Sohnes nun zu spüren. Zuerst weigerte sich Geoffrey den ihm auferlegten Tribut an das Zwischenreich zu leisten. Es kam noch schlimmer. Er verlangte von jedem aus dem Zwischenreich, der durch sein Land ging, ein Opfer. Damit hatte er natürlich auch die volle Unterstützung seines schwarzen Zauberers und Sir Lawrence verfluchte des öfteren den Tag, an dem er dem jungen, angeblich so dämlichen König das Angebot eines Krönungsgeschenkes nach dessen Wahl machte. Zähneknirschend und überhaupt nicht tolerant nahmen die edlen Wesen des Zwischenreiches nun in Kauf, dass sie den blutrünstigen verachteten Kreaturen Draußen Beschwörungsformeln und sonstige Privilegien abgeben mussten. Auf bestimmten Reisen durch andere Dimensionen war das Durchqueren von Draußen unbedingt erforderlich. Das Niemandsland konnte zwar auch betreten werden, aber der Weg war viel zu lang, außerdem saßen dort die gefährlichen Dunklen Herrscher. Der Erste König gestattete die Durchreise durch sein Land nur in Ausnahmefällen. Diese Ausnahmefälle hingen ganz von seiner Laune ab und die war eigentlich immer schlecht. Was bei König Richard noch eher möglich war, wurde nun bei König Kieran zum glatten Selbstmord, der noch zu ewiger Verdammnis führen konnte.

Als Sir Ashley noch Zweiter König war, schloss der mit Sir Lawrence einen freundschaftlichen Pakt. Die Geschöpfe aus dem Zwischenreich konnten sich im Zweiten Land Draußen aufhalten so oft und wann sie wollten. Normalerweise wäre so ein Pakt auch für seinen Nachfolger noch gültig. Aber Geoffrey, dem Magier keineswegs wohl gesonnen, setzte sich darüber hinweg, selbstverständlich mit dem Einverständnis seines Volkes, dieser Räuberbande, wie es im Zwischenreich hieß. Mit diesem neuen Pakt konnten sich die Gefallenen aus dem Zweiten Land nun ein Wissen aneignen, das sonst nur den Wesen aus dem Zwischenreich zustand, das hieß Macht und Unabhängigkeit. Ihr König, die Schlange, die Ashley im wahrsten Sinne des Wortes an seiner Brust genährt hatte, hielt das verschlafene Zwischenreich permanent auf Trab und ich war noch nicht so weit vergeistigt, dass mir diese Zwistigkeiten und Skandale nicht eine schaurig-schöne Abwechslung verschafft hätten. Obwohl mir Sir Ashley keinesfalls nahe stand, tat er mir manchmal sogar etwas leid. Aber im

Grunde beneidete ich seinen widerspenstigen Sohn, der es wagte, gegen den Vater aufzubegehren. Seltsamerweise hielt sich Kieran, was das Zwischenreich anbetraf, zurück. Wahrscheinlich war es doch eher umgekehrt, denn eine Einigkeit der beiden zerstrittenen Könige hätte wahrscheinlich eine weitere Gefahr für das Zwischenreich bedeutet.

Zum Glück sollte es nie soweit kommen. Die Reibereien mit dem Großmagier und dem Ersten König setzten Geoffrey irgendwann doch so zu, dass er beschloss, bestimmt auf Anraten Macenays, für eine längere Zeit in das Tal der Ruhe zu gehen. Sein Land wurde solange von Roger und Guy verwaltet. Kurz darauf äußerte ich nach reichlichem Überlegen, auch auf die Gefahr einer Absage, den Wunsch wieder in einen menschlichen Körper zurückzukehren. Nach endlosen Wenn und Abers gewährte mir endlich Sir Lawrence meine Bitte. Ohne ihn zu erkennen, sollte ich also dem Zweiten König in einem nächsten Leben wieder begegnen, der jetzt, ohne von seiner Vergangenheit und seiner magischen Macht zu wissen, zu einem abergläubischen, verzweifelten und grausamen Feudalherren herabgesunken war.
  Wie ich später erfuhr, nahm Geoffrey vor dem Tal der Ruhe trotz Macenays Verbot einen menschlichen Körper an. Er schickte seinen Diener, der den schwarzen Zauberer über diesen Entschluss informieren sollte – natürlich, wenn es bereits zu spät war, ihn daran zu hindern –- in die Stadt zurück. Dieser Diener kam dort jedoch niemals an. Durch einen dummen Zufall wurde er von Kierans Leuten gefangen genommen und ins Erste Land verschleppt. Wie es Kieran gelungen war zu verhindern, dass Gilles de Rais nichts von seiner Existenz als König von Draußen erfuhr, war ja wirklich bewundernswert. Nicht bewundernswert war jedoch, dass dafür ein junger Magier und über hundert unschuldige Knaben grausam mit dem Leben bezahlen mussten. Kieran – der kleine stille Engel – hatte es sogar geschafft, einen alten erfahrenen Magier wie Guy Macenay hinters Licht zu führen. Denn als Guy einmal gefolgt von meinem Vater in Tiffauges auftauchte, um mich aus den Fängen des abscheulichen Barons zu befreien, war er noch fest davon überzeugt, dass sein König im Tal der Ruhe schlief. Erst aus dem erbärmlichen Rest, der von Geoffrey nach seiner Gefangenschaft bei Kieran übrig geblieben war, bekam Guy mühsam heraus, was sich tatsächlich abgespielt hatte. Er hatte nun das Recht und vor allem die Pflicht, seinen abtrünnigen König beim Großmagier anzuklagen, damit der ihn rechtmäßig verurteilte. Vor allem

drangen penetrant die Gerüchte aus dem Ersten Land herüber, dass König Geoffrey nicht im Tal der Ruhe, sondern mit dem Menschen identisch war, der den kleinen „unschuldigen" Kieran bestialisch ermordete. Die Anklage war ungeheuerlich, denn der Mord an einem Mitglied des Ordens konnte Geoffrey den Kopf kosten. Er selbst hatte sogar auch damit gerechnet, aber er und vor allem Kieran hatten die Rechnung ohne Guy gemacht. Der wies die Anschuldigungen des Ersten Königs als infame Lüge zurück und behauptete, Geoffrey sei auf dem Rückweg aus dem Tal der Ruhe hinterrücks überfallen und verbotenerweise in die Gefangenschaft des Ersten Landes verschleppt worden. Also hatte er dann doch bewiesen, dass er um eine Kleinigkeit schlauer war. Warum tat er das? Ich nehme mal an, bestimmt nicht, weil er Geoffrey so sehr liebte. Ich glaube vielmehr, er fürchtete um seine neugewonnene Macht, denn ein neuer Zweiter König würde ihn wahrscheinlich nicht mehr um sich dulden. Kieran und seine Anhänger konnten nun über viele Jahre vergeblich intrigieren. Guy dachte nicht daran Anklage zu erheben, zumal es für das Volk im Zweiten Land sowieso völlig absurd gewesen wäre, dass sein geliebter Held ein geistesgestörter Kinderschänder sein sollte. Ich fragte mich aber nur, warum Sir Lawrence nichts unternahm, er hätte doch sicher Interesse an Guys Untergang gehabt. Hatte er Geoffrey in Tiffauges erkannt?

Ich lass mich nicht davon abbringen. Es gibt ein Geheimnis zwischen Macenay und meinem Vater. Ich würde sonst was dafür geben, wenn ich es lüften könnte. Aber es macht momentan wenig Sinn, darüber zu grübeln. Eines Tages werde ich es wissen. Ich habe ja noch angeblich eine ganze Ewigkeit Zeit, um es herauszubekommen.

Jedenfalls allein Guy Macenay wusste als Einziger im Zweiten Land, dass Geoffrey Durham damals nicht im Tal der Ruhe war und es gab keine weiteren Zeugen. Falsch! Er kam noch rechtzeitig genug darauf, dass er sein Wissen mit den zwei Leuten, die Gilles zu gut gekannt haben, teilen musste, mit mir und vor allem mit dem tapferen René de Grandier.

Diese beiden Zeugen sollten nun zum Schweigen gebracht werden. Und genau deshalb standen wir gerade vor dem Zweiten König, deshalb wurden wir unter Aufsicht seines Beraters in den Palast gebracht und zu absolutem Stillschweigen angehalten. Somit hatte Macenay alle Möglichkeiten beseitigt, die seinen König hätten zu Fall bringen können. Aber zwei davon hatte er nicht bedacht: Roger Duncan und König Geoffreys mit seinem schlechtem Gewissen.

7.

König Geoffrey wird von seinem schlechten Gewissen gequält

Es gab Zeiten, da schien Geoffrey sich in der Gewalt zu haben. Aber bald merkten auch René und ich, dass sein letztes Leben und vor allem die anschließende Gefangenschaft bei Kieran doch deutliche Spuren hinterlassen hatte. Er war oftmals nicht in der Lage, sein Gemach zu verlassen und lag die meiste Zeit von Kopfschmerzen und Albträumen geplagt auf seinem kargen Bett. Damit sein aufmerksamer Mitwisser hin und wieder auch mal ausspannen konnte, „durften" wir – also René oder ich – uns um die angeschlagene Verfassung des Königs kümmern und ihm in seinem Schmerz „beistehen". Andere Höflinge oder Jäger sowie Diener waren nicht zugelassen, weil Guy natürlich fürchtete, dass Geoffrey in seinem desolaten Zustand zu viel ausplauderte.

Wenn Geoffrey endlich, betäubt von dem Trank des Vergessens, eingeschlafen war, vertrieben wir uns die Zeit mit Erinnerungen aus unserem letzten Leben. Selbst die schlimmsten davon erstrahlten im Vergleich zu hier Draußen im hellsten Licht. Was mich am meisten empörte, war, wie René benutzt wurde. Obwohl Gilles, oder vielmehr Geoffrey im Grunde keine Schuld an diesen schmutzigen Intrigen hatte, hatte René große Schwierigkeiten, seine Freundschaft zu ihm, die ja immerhin einmal bestand, aufrechtzuerhalten. Damals war er der junge Graf und Gilles der kleine Baron. Sie waren sich fast ebenbürtig. Jetzt entpuppte sich der ängstliche Gilles mit einem mal als König von Draußen mit hervorragenden magischen Fähigkeiten und René war nicht mehr und nicht weniger sein Sklave geworden. René besaß wirklich einen guten Charakter, vielleicht sogar den besten, den ich hier Draußen kennen gelernt habe, aber er war auch sehr stolz. Doch Geoffrey, der an der Spitze der Macht stand, hatte sich leider noch immer von der großen Weisheit, auf die unser Orden so gesteigerten Wert legte, sehr wenig einverleibt. Er blieb der unberechenbare Baron de Rais, der wegen kalter Fußspitzen seine ganze Umgebung zu tyrannisieren pflegte. René hatte keine andere Wahl mehr, er musste bei dem König bleiben. Für wie lange, daran wollte er gar nicht denken.

Was meine Wenigkeit betraf. Ich hatte es trotz großartiger Ausbildung als Sohn des Großmagiers nur zum Leibdiener seiner Majestät gebracht – der Gang aller Mittelmäßigen. Und mein Vater hatte so viel mit mir vorgehabt. Aber vorerst schien er von seinem Lieblingssohn irgendwie die Nase voll zu haben – und sein Lieblingssohn im übrigen auch von ihm! Es gibt nämlich immer zwei Betrachtungsweisen. Nun, er konnte ja noch drei erfolgreichere Ableger vorweisen, auch wenn jetzt alle gefallen waren. Roger und Lyonel, die beiden Jäger und als wahre Krönung Kieran, Erster König von Draußen. Auf den konnte er bald ganz besonders stolz sein. Aber ich will nun auf Roger eingehen, der fürchtete, dass René de Grandier ihm den Rang streitig machen würde. Er verstand natürlich am allerwenigsten, weshalb ausgerechnet dieser Fremde – und dazu noch ein Franzose – auf einmal so vertraut mit seinem König war. Jedenfalls, das Misstrauen nagte schleichend und beharrlich an seinem sonst so gesunden Selbstbewusstsein. Vielleicht war Macenays Idee, uns hierher zu bringen, doch nicht so klug gewesen (war sie auch nicht)! Und ich befand mich in einer äußerst heiklen Lage, weil Roger mich permanent über René auszufragen versuchte. Ein Glück, er besaß nicht die Raffinesse von Guy und ließ sich sogar von mir leicht durchschauen.

Als ich Geoffreys Gemach für einen Augenblick verlassen musste, passte mich Roger an der Tür ab. Er tat das demonstrativ so zufällig, dass ein Zufall selbstverständlich ausgeschlossen war. Er verzichtete auf die üblichen Floskeln wie „guten Tag, lieber Edward, wie geht es dir ..." und kam unumwunden gleich zur Sache:
„Zugegeben, dieser Colin de Grandier ist ein hervorragender Krieger. Aber der König kennt ihn nicht einmal persönlich und macht nun ausgerechnet seinen Sohn zum Lieblingsjäger." (Ja, lieber Bruder, und nun willst du von mir natürlich wissen weshalb).
„Es war Guys Idee ...", murmelte ich knapp (alles abschieben, Macenay ist sowieso an allem schuld). Roger ging mir, ehrlich gesagt, auf den Geist und er schien auch meinen Unwillen zu spüren und beließ es vorerst bei dieser Bemerkung und fuhr fort.
„Macenay, er war schon immer ein großes Rätsel, und vielleicht ist es besser, dieser René steht dem König jetzt näher als er, das meinst du doch auch? Wie fühlst du dich eigentlich? Geht es dir wieder besser, kleiner Edward?"

Ich nickte. Er erkundigte sich tatsächlich nach meinem Wohlbefinden. Wie lange hatte ich dieses „kleiner Edward" nicht mehr gehört und auf einmal klang es richtig zärtlich. Roger hatte offenbar erst jetzt von meiner Vergangenheit als Raphael erfahren und davon selbstverständlich nicht alles, denn Guy hielt mich nach meiner Ankunft Draußen außerhalb der Stadt gefangen und ließ mich nur zu den „Begegnungen" mit den Villaviejas frei. Oft hatte ich das Gefühl, dass mich Roger nicht richtig einschätzen konnte. Er behandelte mich wie seinen kleinen naiven Bruder, dem absolut nichts Arges zuzumuten war. Ich war für ihn noch immer der kleine Edward mit den großen Augen, den er bevormundete und beschützte. Bei ihm störte es mich nie so wie bei Lyonel, beziehungsweise Enrique. Lyonel war streng kalt und beherrscht. Umso mehr erschütterte mich sein Zusammenbruch kurz vor seinem Tod auf Finis Terra. Auch er hatte nur menschliche Nerven und vor allem ein menschliches Gewissen. Welcher Teufel mag ihn eigentlich dazu gebracht haben, sich auf Kierans mieses Spiel mit Gilles de Rais einzulassen? Durch ihn fiel wahrscheinlich Colin de Grandier, er hatte René getötet und bestimmt mit angesehen, wie Gilles seine Opfer langsam zu Tode quälte. Einen Augenblick hatte ich Mitleid mit ihm, weil ich davon überzeugt war, dass er nicht freiwillig mitgemacht haben musste. Roger riss mich aus meinen Gedanken.

„Bestimmt hat der König wieder von diesem gräßlichem Zeug genommen."

Er ließ sich einfach nicht abschütteln und ich wollte davonlaufen, zurück zu René und Geoffrey.

„Er braucht das Zeug zur Beruhigung", entgegnete ich kurz angebunden. Das „Zeug", von dem wir sprachen, war ein Getränk, das in geringen Mengen eingenommen einen Rauschzustand erzeugte und anscheinend einen fast totenähnlichen Schlaf bescheren sollte.

„Nun sehr beruhigen tut es den König anscheinend nicht. Er sieht hinterher noch elender aus als vorher."

Roger nahm mir das Wort aus dem Mund. Normalerweise sollte dieser Trank in die glücklichen Zeiten eines vergangenen Lebens zurückführen. War Gilles überhaupt glücklich gewesen? Ein paar Augenblicke muss es doch gegeben haben. Aber da Guy ihm persönlich dieses Zeug überreichte (das Rauschmittel wurde von den Dunklen Herrschern zusammengestellt und wie es aussah, war er an diese Droge herangekommen) nehme ich an, dass er schon für die entsprechend „glücklichen" Ausschnitte aus dem letzten Leben seines Königs sorgte. Ich weiß nicht, ob Guy seinen Opfern moralisch ihre Abscheulichkeiten vor Augen führen wollte oder ob er ganz einfach ein widerlicher Sadist war, der sich an ihren erbärmlichen Gewissensbissen ergötzte. Ich selbst habe es am eigenen Leib erfahren müssen. So lange ich existiere, werde ich das Gesicht von Armando und auch das Entsetzen seiner Vorgänger nicht vergessen, als sie durch meinen Fluch starben. Getötet von der unerbittlichen Härte des schwarzen Zauberers, der meine Worte, in einer ausweglosen Verzweiflung gesprochen, in die Tat umsetzte.

Roger mag zwar grobschlächtig und schlicht gewesen sein, aber nicht grobschlächtig und blöd. Er ahnte, es wurde ihm etwas verheimlicht. Ich konnte sehr schlecht lügen. Immerhin war ich zweimal auf der Klosterschule gewesen, aber da mir der katholische Glaube nicht so nahe ging – zumal in diesen Einrichtungen ziemlich heftig gelogen wurde – war es wohl nur die Angst vor Strafe, falls meine Schwindeleien herauskamen. Warum ließ Roger mich nicht endlich in Ruhe, nein, jetzt begann er sogar sich mir auch noch anzuvertrauen.

„Der König ist völlig närrisch geworden. Er hat gestern mit Lawrence (Roger nannte unseren Vater grundsätzlich bei dessen Namen) einen Vertrag gemacht. Stell dir vor, plötzlich dürfen alle Geschöpfe aus dem Zwischenreich wieder ohne Tribut unser Land passieren. Edward, irgendetwas wird hier verheimlicht. Und du und dieser René de Grandier wisst Bescheid. Ich sehe dir doch an deiner Nasenspitze an, dass du schwindelst. Ganz zu schweigen von Macenay. Wenn ich könnte, würde ich es aus diesem verdammten Iren heraus prügeln, auch wenn er auf dem Kreuzzug mein verletztes Bein vor der Amputation bewahrt hat. Soll ich dir sagen, was ich glaube? Ich glaube ganz einfach, an diesen Gerüchten aus dem Ersten Land ist etwas wahr. Geoffrey war nicht im Tal der Ruhe, er hatte einen menschlichen Körper, er war dieser ... mein Gott, ich kann und will es eigentlich nicht fassen. Edward, du hast diesen Mann doch gekannt und Lawrence muss auch Bescheid wissen, denn er scheint den König jetzt damit zu erpressen. Du weißt, trotz allem ist Geoffrey mein bester Freund, aber ich kann nicht mit ansehen, wie er das Land zugrunde richtet. Er muss zu einem Geständnis gezwungen werden, abgesetzt und wenn er noch Schlimmeres getan hat, sogar verbannt werden. Gut, gut, schau mich nicht so an mit deinen verschreckten blauen Augen. Ich weiß, du darfst oder willst nichts sagen. Aber vergiss nicht, wenn Geoffrey fällt oder abgesetzt wird, bricht das auch deinem Todfeind Guy Macenay das Genick." Ich hatte Macenay zwar nie als meinen Todfeind gesehen, doch der Gedanke an seinem Fall war an sich nicht übel, nur vollkommen unrealistisch.

„Nimm dich in Acht, er wird dir vorher das Genick brechen, wenn du ihm in die Quere kommst ...", ermahnte ich, „... er besitzt sehr viel Überlebenswillen und eine gute Portion Machtgier."

Doch Roger ließ sich nicht beirren. Er war von dem Gedanken besessen das Zweite Land, für das er so unermüdlich gekämpft hatte, erhalten zu müssen. Und mit Sicherheit hatte er recht. Natürlich, Sir Lawrence hatte ich völlig vergessen. Er wusste Bescheid, denn er musste Gilles ja gesehen haben, als er mich von ihm befreite. Er trieb sicher noch eine Weile sein Spiel mit Geoffrey. Es war nur eine Frage der Zeit, bis der König im Niemandsland oder bei König Kieran landen würde. Den Triumph, Ginevra ihren geliebten Sohn vor die Füße zu werfen, würde Lawrence sich bestimmt nicht entgehen lassen. Außerdem war da noch Macenay. Es war an der Zeit, ihn wieder einzusperren. Nur, der war inzwischen sehr gefährlich und sehr stark geworden. Ich begann, mir eigentlich nur Sorgen um Roger zu machen, der der Hinterlist seines Vaters und des Iren mit Sicherheit nicht gewachsen war.

Ich ging leise in Geoffreys Gemach zurück. Er lag noch immer auf dem Bett, das Gesicht zur Wand gedreht. Neben ihm saß René und starrte auf den Boden. Ein lautes Schluchzen schüttelte Geoffreys ausgemergelten Körper.

„Bitte, mein René, schau mich nicht so an. Ich weiß, du hast in meine Träume gesehen und es ist nur ein Bruchteil von dem, was wirklich geschehen ist. Ich schwöre dir, ich wollte dich nicht hier haben, ich wollte dich nie wieder sehen. Aber Guy hat darauf bestanden, dich hierherzubringen, damit er dich unter Kontrolle hat. Du hast dein Leben und deine unsterbliche Seele für mich gelassen – für einen Mörder." Geoffrey richtete sich langsam auf. „Ich erwarte nicht, dass du mir vergibst, das hat nicht einmal Gott getan. Und ihn habe ich so oft um Vergebung angefleht. Ich habe an das, was die Kirche mir versprochen hatte so beharrlich geglaubt. Meine Angst vor der Exkommunikation war so groß, dass ich sogar vor diesem Simonisten und Hurenbock Malestroit meine Knie gebeugt habe. Hat die Kirche nicht gesagt, wenn du aufrichtig bereust, wird dir vergeben? Verdammt noch mal, ich habe aufrichtig bereut. Ich bin ganz ruhig in den Tod gegangen, obwohl er sehr langsam und qualvoll war. Ich bin wieder aufgewacht hier Draußen, umgeben von Kierans Jägern und wusste noch nichts von meiner Vergangenheit als Geoffrey

Durham – Schwarzmagier und Zweiter König. Kieran führte mir noch einmal meine Verbrechen genüsslich und in aller Deutlichkeit vor Augen. Er ließ mich schlagen und hungern, bis ich vor Schmerzen fast den Verstand verlor. Dabei hoffte ich Idiot noch immer auf meine Freiheit, doch als ich schließlich erkannte, dass ich schon lange hier nach Draußen gehörte, wurde mir klar, für mich konnte es keine Freiheit und keine Vergebung geben. Und was heißt Vergebung? Kann Gott denn das auslöschen, was geschehen ist? Will der barmherzige Gott überhaupt meine Schuld auf sich nehmen? Das habe ich wirklich einmal geglaubt. Jetzt weiß ich, dass dieser Gott für uns einfach nicht existiert. Er ist nur eine Lüge, eine verdammte Lüge der Kirche, um das armselige dumme Volk ruhig zu halten. Du hattest recht damals, mein René. Was ist wohl aus Jeanne geworden? Du weißt, sie haben sie verbrannt, genau wie du es vorausgesagt hast. Sie hat bis zu ihrem schrecklichen Ende an ihn geglaubt und sie hat nichts Böses getan. Ob sie jetzt auch erkennen muss, dass alles nur Schwindel ist? Wie sieht ihre Hölle wohl aus? Ist sie auch hier Draußen oder gibt es noch ein paar mildere Abstufungen für nicht ganz so schlechte Menschen, wie es Dante in seiner Göttlichen Komödie schreibt? Vielleicht ist sie im Zwischenreich und hält Lawrence Duncan für den Erzengel Michael? Und was hast du getan? Du bist hier Draußen in alle Ewigkeit verdammt? Du armer Held und du armer Esel wolltest nur einem Freund helfen, seine einfältige Seele zu retten, obwohl du gewusst hast, dass du dabei selbst deine unsterbliche Seele riskierst. René, wir beide sind einer äußerst genialen Intrige aufgesessen. Muss ich dir nun dankbar sein, dass du dein Leben für mich gelassen hast? Ich glaube, du hast es wirklich aus Freundschaft und nicht aus Neugierde oder Trotz getan.

Ich bin so in deiner Schuld. Ich bin schuld an deinem Tod, deiner Verdammnis und schuld am Tod von vielen unschuldigen Kindern. Soll ich auch sie um Vergebung bitten? Keines davon wird wieder lebendig und mein Gewissen würde es auch nicht entlasten. Gib mir lieber von dem Gesöff meines höllischen Wächters, damit ich versuchen kann zu vergessen, einfach nur vergessen. Guy Macenay hat immer gesagt, jede Tat hat ihre Konsequenzen, mit der jeder Mensch allein fertig werden muss. Ich werde nicht allein damit mit fertig, niemals. Und er ist auch nicht damit fertig geworden, was immer er damals getan haben mag, weshalb ihn der Großmagier in seinem Verlies fast zu Tode quälte. Dabei wäre so ein Gott, der alle unsere Schuld auf sich nimmt, so einfach. Ein schönes

Märchen. Stell dir vor, ich ertappe mich manchmal dabei, dass ich ihn noch immer um Hilfe bitte. Idiotisch, es gibt ihn nicht, und falls es ihn gibt, sieht er hier nicht mehr hin. Wir sind allein hier Draußen, René. So schrecklich allein mit unserer Schuld, unserem Gewissen und unserer blödsinnigen Freiheit. Und ich bin so müde. Ich kann nicht sterben. Selbst die Hoffnung auf den alles auslöschenden Tod ist eine Illusion." Plötzlich erhob sich Geoffrey und schlich ein paar Schritte, bis er vor dem Fenster stehen blieb und eine Weile hinausschaute, bevor er fortfuhr: „Du hast jetzt genug gehört von dem Mörder, Ketzer und Büßer. Schluss mit dem Geheule. Ich spreche nun als dein König zu dir und höre bitte ganz genau zu: Heute war Lawrence Duncan, der Großmagier, bei mir. Er weiß, dass ich mit Gilles de Rais identisch bin. Er weiß es schon lange, die alte Schlange, er hat bis jetzt geschwiegen. Nun will er den Lohn für sein Schweigen, er erpresst mich. Er wird mich immer weiter erpressen, bis wir wieder im Zweiten Land nichts mehr zu sagen haben. Ich mache mich an meinem Volk, das ich in die Unabhängigkeit geführt habe, auch noch schuldig. Doch diese Schuld will ich nicht auf mich nehmen.

Ich selbst habe nicht den Mut und die Kraft, die Wahrheit zu sagen. Es ist nicht die Angst vor körperlicher Strafe. Ich habe davon von Kierans Leuten genug erlitten. Nein, mein Volk liebt und verehrt mich und nun soll es erfahren, dass König Geoffrey ein armseliger Verbrecher ist, der wehrlose Kinder vergewaltigt und ermordet. Eines davon war übrigens Kieran selbst. Frag jetzt bloß nicht, ob er mir leid tut. Das bedeutet, ich werde nicht abgesetzt, sondern mit Sicherheit verbannt. Davor fürchte ich mich auch nicht, aber vor dem Entsetzen meines Volkes, das mir so viele Jahre vertraut hat. Ich bin sein König doch ich bin auch ein Feigling. Die Wahrheit muss ans Licht kommen, und selbst wenn ich den Mut endlich dazu aufbrächte, würde Macenay, der bedingungslos seine Macht erhalten will, das mit allen Mitteln verhindern. Es muss bald geschehen, bevor mein Reich in Lawrence Hände und an das Zwischenreich zurückfällt. Vielleicht tut es jemand für mich. Zeugen, es müssen Zeugen aussagen, René. Nach der Verurteilung verschwinde ich sowieso von der Bildfläche und da ich bestimmt auch noch geblendet werde, bleibt mir der Anblick meines enttäuschten Volkes erspart."

Geoffrey kehrte zu seinem Bett zurück, legte sich nieder und schloss erschöpft die Augen. Bevor sich René aus seiner Starre löste, um zur Tür zu schauen, verzog ich mich klammheimlich.

Draußen 1200 – 1530

8.

Der schwarze Hexenmeister V – König Geoffrey erleichtert sein schlechtes Gewissen – Roger Duncan schließt einen Pakt mit König Kieran

Ein paar Meter weiter lief ich prompt Guy in die Arme. Wir schauten uns kurz in die Augen – ich würde es dir nicht raten – schien sein Blick zu sagen.

„Hat er dich angefleht, endlich sein schreckliches Geheimnis endlich preiszugeben?"

Warum sollte ich lügen.

„Nein, nicht mich, sondern René."

„Natürlich René." Guy grinste böse. „Der tapfere René, der ehrliche René. Er will hoffentlich nicht noch einmal erleben, wie sein Gehirn zerfetzt wird. Seine Seele hat er ja bereits verloren."

Dieses widerliche Stück Dreck!

„Du siehst reichlich beschissen aus, wenn er ausplaudert."

Ich erschrak kurz über meine Unverfrorenheit.

„Wir alle sehen beschissen aus. Und am beschissensten König Geoffrey. Ihr tut ihm keinen Gefallen. Er muss mit diesem Schlamassel fertig werden, und zwar als König."

„Wie ich als der große Rächer der Villaviejas."

„Jetzt sei doch nicht so nachtragend. Du hast dich ja förmlich darum gerissen, der große Rächer der Villviejas zu werden. Und du hattest anfangs ungeheure Freude daran, du kleiner verlogener Heuchler."

Es war aussichtslos, mit ihm zu streiten. Ich ließ ihn einfach stehen. Je weniger ich mit ihm sprach, desto weniger musste ich mich aufregen. Er ging zu Geoffrey. Zu gern hätte ich jetzt gewusst, was er bei ihm wollte.

„Was hat diese schwarze Krähe beim König zu suchen?", fragte ich René, der gerade aus dessen Zimmer kam. Er zuckte jedoch nur die Achseln.

„Keine Ahnung, er wollte mich wohl nur ablösen. Entschuldige, Raphael oder Edward, ich bin hundemüde. Ich möchte mich im Moment nur ausruhen und ich will über nichts, über gar nichts reden."

Eigentlich hätte mir etwas Schlaf auch nichts geschadet, aber ich konnte dem Drang nicht widerstehen zu erfahren, was Macenay mit dem König zu besprechen hatte. Ich öffnete vorsichtig die Tür einen Spalt und lauschte:

„Bist du wahnsinnig geworden", hörte ich Geoffrey schreien. „Nein. Das tu ich nicht. Niemals. Roger ist mein bester Freund."

Ich hatte es befürchtet. Nun ging es offenbar Roger an den Kragen. Warum konnte er bloß den Mund nicht halten. Und wenn ich jetzt nicht aufpasste und mich beim Lauschen erwischen ließ, würde ich ebenfalls meinen Teil abkriegen.

„Euer bester Freund ist gerade dabei, Euch zu stürzen, mein König. Er soll sich mit Lyonel getroffen haben. Wahrscheinlich die große brüderliche Versöhnung. Wisst Ihr eigentlich, was das heißt?"

Einen Augenblick herrschte Schweigen.

„Das ist mir völlig egal."

„Wie Ihr meint, mein König", knurrte Guy. „Jedenfalls weiß jetzt Roger, dass Ihr nicht im Tal der Ruhe wart. Er wird nichts unversucht lassen, das herauszubekommen, bis ich Euch vor Gericht stellen muss, um den Beweis Eurer Schuld oder Unschuld zu erbringen. Und er weiß, dass Raphael und René Euch gekannt haben. Von Raphael ist nichts zu befürchten, er macht sich jetzt schon vor Angst in die Hose (danke Guy), aber Grandier. Ich trau ihm nicht. Doch ich vergaß, er ist ja auch Euer Freund. Wann begreift Ihr es endlich: Ein König hat keine Freunde. Man wird Euch ans Messer liefern, während Ihr auf einmal Skrupel entwickelt. Ein ganz neuer Zug an Euch. Oder wollt Ihr etwa Euer ramponiertes Gewissen entlasten mit diesem Freundschaftsbeweis? Roger wird Euer Nachfolger, während Ihr im Niemandsland bei Eurer Mutter verschwindet, die von Eurer Ankunft begeistert sein wird – das Ganze mit Pauken und Trompeten, versteht sich."

„Wenn ich ins Niemandsland verschwinde, wirst du mich dahin begleiten, ohne Pauken und Trompeten, versteht sich."

„Seid Ihr so sicher?" Doch ich glaubte, ein Zögern in Guys Stimme zu vernehmen.

„Oh doch", trumpfte Geoffrey auf. „Der Großmagier hat es in erster Linie nämlich noch immer auf dich abgesehen und er wartet nur auf eine passende Gelegenheit. Das weißt du ganz genau. Er will dich vernichten, so wie er auch deine Schwester vernichtet hat."

Mein Gott, das war es also – der Wächter war auch Guys Schwester. Und in welchem seiner vielen verdammten Leben soll das gewesen sein? Wie ich später erfuhr, war das nicht einmal ein so großes Geheimnis. Wahrscheinlich wurde mir gerade deshalb nichts erzählt. Trotzdem wagte ich nicht daran zu denken, was mit mir passierte, wenn er mich jetzt beim Lauschen erwischte, sofern er nicht schon wusste, dass ich lauschte. (Du hattest schon immer die Veranlagung, dich zu viel mit den Angelegenheiten anderer Leute zu beschäftigen, Efrén).

Guy schien sich wieder in der Gewalt zu haben. Er ließ sich nicht im Geringsten beeindrucken.

„Mein König, ich habe weder Zeit noch Lust, mit Euch herumzustreiten. Unterschreibt endlich das Urteil. Roger muss wegen Verleumdung und Rebellion in die Verbannung geschickt werden."

„Niemals!"

„Seid nicht so töricht. Oder wollt Ihr, dass Euer Volk erfährt, was Ihr in Eurem letzten Leben getan habt? Kleine Jungen vergewaltigt und massakriert. Blonde Knaben mit Engelsgesichtern wie euer Bruder Kieran. Wollt Ihr, dass euer Volk sieht, wie erbärmlich Ihr vor der Inquisition um Gnade gewinselt und wie Ihr nächtelang in Eurer Kapelle heulend die Stufen zum Altar voll gekotzt habt? Ganz zu schweigen von Eurer Scheißangst bei den Beschwörungen. Wollt Ihr auch, dass alle im Zwischenreich und Draußen erfahren, wie Ihr Kieran Eure Seele vor die Füsse geschmissen habt? Scheinbar hat er sie ja abgelehnt. Woher wollt Ihr eigentlich wissen, dass er Eure Seele nicht doch noch nehmen wird vor den Augen eurer versammelten Elite und Eurer Mutter? Armer König Geoffrey, man wird Euch blenden und drei Tage vor den Mauern Eures Palastes zur Schau stellen. Geoffrey Durham – den Säufer, den Teufelsanbeter, den Mörder, den Päderasten, den armseligen Sünder, der gehofft hat mit der Rückkehr in den Schoß der katholischen Kirche das Himmelreich zu erlangen. Was seid Ihr für ein elender Narr, mein König."

„Bist du jetzt fertig?" Geoffreys Stimme begann merklich zu zittern. „Du bist ein so boshaftes Miststück, du und diese Hure von meiner Mutter. Ihr habt mich doch damals im Stich gelassen, nachdem sie den Großmagier angegriffen hatte, sodass er sie töten und verbannen musste. Und aus dir hat man am Ende den letzten Rest Menschlichkeit herausgeschlagen. Der Tag sei verflucht, an dem ich deinen geschundenen Körper und deine erbärmliche Seele aus Lawrence Duncans Verlies geholt und dich zu meinem vertrautesten Berater gemacht habe. Mein Vater sagte mir, ihr beide hättet gegen das Zwischenreich rebelliert. Aber da gibt es noch die schmutzigen Gerüchte, dass du und sie ...", weiter kam Geoffrey nicht.

„Ihr erwartet, dass ich Euch dafür jede Stunde die Füße küsse?", unterbrach ihn Guy zornig. „Warum bin ich widerlich. Weil ich die Wahrheit spreche? Wenn ich nicht Euer Berater geworden wäre, hättet Ihr als König niemals bestehen können. Ihr seid es nicht wert, König zu sein. Ihr habt den Verstand eines wilden Tieres, das nur eine Sprache versteht, nämlich die ..."

„Hör sofort auf!", schrie Geoffrey. Dann hörte ich ein paarmal das Aufklatschen mehrerer Ohrfeigen.

„Kieran hatte recht." Guy schlug noch einmal zu. „Nur so werdet Ihr vernünftig. Eine primitive Methode, aber offenbar sehr wirksam."

„Hör bitte auf ...", schluchzte Geoffrey.

„Aber sofort. Ich empfinde nicht den geringsten Spaß am Prügeln, nicht einmal bei Euch. So, und nun wird mein einsichtiger Neffe und Zweiter König von Draußen das Urteil unterschreiben. Verdammt, Geoffrey, so sieh doch ein, Roger ist ein Verräter und vielleicht erinnerst du dich daran, auch er ist ein Duncan. "

Geoffrey weinte unaufhörlich weiter.

„Na also, warum nicht gleich so." Das Urteil für Rogers Verbannung ins Niemandsland war also unterschrieben.

„Der Großmagier erpresst mich", wimmerte Geoffrey kläglich.

„Ich weiß das längst. Lasst das meine Sorge sein, es kann nichts passieren. Ihr seid jetzt müde. Legt Euch wieder schlafen, hier ist etwas für Eure schönen Träume."

Er war in der Tat ein boshaftes Miststück. Seit Jahren hatte er sich den König mit Prügel und Drogen gefügig gemacht. Vielleicht hatte Geoffrey/ Gilles es nicht anders verdient. Nur auf welcher Stufe befanden sich diejenigen, die ihn zu diesen Schandtaten gebracht hatten oder sie absichtlich nicht verhinderten? Auf der Stufe von Miststücken. Ich konnte gerade noch rechtzeitig zur Seite springen, bevor Guy mich sah. Dummerweise hatte mich dafür der König entdeckt.

„Komm rein, Edward. Ich reiße dir den Kopf nicht herunter."

Zaghaft trat ich ein. Geoffrey wischte sich fahrig die Tränen aus dem Gesicht und gab mir mit einer Handbewegung zu verstehen, mich zu setzen. Er war kreidebleich und hatte Mühe, sich auf den Beinen zu halten.

„Dieser Idiot. Dieser verdammte Idiot von Roger. Ich kann ihm nicht mehr helfen. Steh auf und komm mit, ich will dir etwas zeigen."

Ich folgte ihm in einen Nebenraum seines Zimmers, den ich vorher noch nie wahrgenommen hatte. Der Raum ohne Fenster war hell erleuchtet und prachtvoll ausgestattet, obwohl er mich trotz der anheimelnden Einrichtung spontan an ein Gefängnis erinnerte.

„Er war für Kieran bestimmt", erklärte Geoffrey. „Ich habe ihn so sehr geliebt, Edward. Doch er hatte für mich nur Verachtung übrig? Warum hat er mich dazu gebracht, ihm so weh zu tun." Der König bemühte sich, einen erneuten Weinkrampf zu unterdrücken. Er ließ sich auf das große Bett nieder und barg das Gesicht in den Händen. Ich setzte mich neben ihn und legte die Hand tröstend auf seine Schulter. Kieran verabscheute ihn bestimmt nicht ohne Grund, trotzdem tat mir Geoffrey in seinem grausamen Elend, das er sich selbst bereitet hatte, nur noch leid.

„Du bist eine treue Seele, Edward. Gehen wir zurück. Ich werde sonst wahnsinnig in diesem Zimmer."

„Guy ist ein ekelhaftes Scheusal", war der einzige Kommentar, der mir im Moment dazu einfiel.

„Mag sein ...", bestätigte Geoffrey. „Aber er hat Angst. Angst vor deinem Vater. Weißt du warum?"

Ich schüttelte den Kopf und war natürlich begierig, Näheres zu erfahren.

„In der jetzigen Position ist Guy ziemlich sicher. Aber wenn Roger König werden sollte, bedeutet das für ihn wahrscheinlich das Niemandsland, wenn der ihn an Lawrence ausliefert. Denn dort hat man so zusagen einen hohen Preis auf seinen Kopf beziehungsweise seine Seele ausgesetzt. Wenn es etwas gibt, wovor Guy sich ernsthaft fürchtet, dann ist es die Rache der Dunklen Herrscher, die er einst tötete und ins Niemandsland verbannte. Und das weiß der Großmagier." Geoffrey hielt einen Augenblick inne, zog mich an sich heran und fuhr flüsternd fort, als ob er neugierige Lauscher fürchtete. „Da gibt es noch etwas. Die Dunklen Herrscher sind im Niemandsland gefangen und Guy soll auch dafür gesorgt haben, dass keiner sie herauslassen kann. Es gibt allerdings eine Formel, die die Dunklen aus dem Niemandsland befreien soll, wie es bei allen anderen Verbannten möglich ist. Diese Formel kennen Ginevra, der Großmagier und soviel ich weiß sogar Kieran. Nur, die Sache hat einen Haken. Zu dieser Formel wird das Amulett des Anführers der Dunklen Herrscher benötigt. Wer dieses Amulett besitzt, könnte sich mit den Dunklen Herrschern verbünden, sie befreien und hätte zusammen mit ihnen die uneingeschränkte Macht über das Niemandsland, Draußen, das Zwischenreich und vielen anderen Dimensionen, von denen wir noch nie gehört haben, und vor allem wäre es möglich, den Großmagier zu stürzen."

Ich musste ein paar mal schlucken, bevor ich mir die Frage erlaubte:
„Und wo befindet sich dieses Amulett?"

Geoffrey zuckte die Schultern.

„Keine Ahnung. Soviel ich weiß, soll Guy damals dem Leichnam des Dunklen Meisters das Amulett vom Hals gerissen haben. Ob das stimmt? Ehrlich gesagt, ich glaube es nicht. Denn wenn er es hätte, würde er bestimmt seine Macht damit ausspielen und nicht als mein Diener durch den Palast schleichen."

Ich atmete erleichtert auf und hoffte von ganzem Herzen, dass dieses mysteriöse Amulett für alle Ewigkeiten in das Reich der Legenden verschwand.

„Woher wisst Ihr das? Von Eurer Mutter?"

Geoffrey nickte.

„Ja, vor allem von ihr. Aber diese Geschichte ist eigentlich vielen im Orden nicht unbekannt. Dein Vater hat dich wohl in einem Elfenbeinturm gehalten, dass du davon so gar nichts weißt. Er muss also Ginevra als Wächter und Guy als weiß der Henker wen erkannt haben."

„Ihr meint also, er hat tatsächlich sofort gewusst, dass Ginevra der Wächter ist?"

„Bestimmt."

„Warum hat er sie dann nicht gleich getötet, sondern sich mit ihr eingelassen? Und warum hat er auch Guy nicht sofort nach ihrem Tod verbannt?"

„Das kann ich dir auch nicht so genau sagen. Aber ich nehme einfach an, er wollte Guy sicher erst einmal fertig machen, außerdem, was meine Mutter angeht, diese geheimnisvolle elfenhafte Frau, sie hat ganz einfach ihre weiblichen Waffen eingesetzt, ihn und auch Ashley verführt, der ihr genauso wenig widerstehen konnte wie dein Vater, der selbstherrliche Großmagier. Was sie womöglich mit Macenay angestellt hatte, will ich gar nicht wissen. Vielleicht ist es mein Glück, dass ich mich nicht daran erinnern kann, was in der Nacht ihres schrecklichen Todes geschehen ist. Ich habe nur ihre Schreie gehört. Es war so furchtbar. Sie war meine Mutter. Ich habe sie so geliebt und ich habe so entsetzliche Furcht, ihr wieder zu begegnen. Sie wird mich hassen, sie wird mich verabscheuen."

Geoffrey atmete tief ein, während ihm die Tränen die Wangen hinunterliefen. Er wandte sein Gesicht von mir ab und fuhr fort: „Ich glaube, sie ist zu weit gegangen, als sie den Großmagier zu Fall bringen wollte. Sie hat bitter dafür bezahlt." Er schwieg einen Augenblick. „So wie auch ich jetzt bitter dafür bezahlen werde. Für meine abscheulichen Taten und für meine ebenso widernatürliche Gier, den Körper und die Seele meines geliebten Bruder besitzen zu wollen. Es ist schrecklich, sich nach der Liebe eines Anderen zu verzehren", fügte er noch leise hinzu.

Diese abscheuliche Zuneigung würde ich allerdings niemals als Liebe bezeichnen. Doch ich hatte keinerlei Recht über den zerbrochenen Zweiten König zu urteilen. Kieran hatte ihm das Genick gebrochen, dieses Urteil war grausam und vielleicht auch gerecht. Was war denn mit mir? War ich nicht auch erbärmlich gekränkt und hasste sogar Gott dafür, weil ich Elaine an ihn verloren glaubte? Und viele Jahre später ließ ich in blinder Eifersucht meine geliebte Azunta töten, als sie mich verlassen wollte. Auf einmal war mir klar, Guy würde Geoffrey nicht zurückhalten können. Er musste zu Kieran, er warf sich ihm in die Arme, auch wenn es sein Untergang sein sollte. Da halfen selbst Guys radikale Appelle an die Vernunft seines Königs nichts. Wahrscheinlich konnte Guy derartige Gefühle nicht nachempfinden – oder gerade, doch – wer weiß. Und ich hätte es wirklich zu gern gewusst! Und noch viel mehr!

„Und was ist mit Eurem Vater? Er hat sich damit begnügt, Ginevra davon zu jagen. Hatte er womöglich Angst vor ihr?", fragte ich vorsichtig.

„Keine Ahnung. Als er wusste, wer sie war, wollte er sie nur wohl so schnell wie möglich wieder loswerden, aus Furcht oder aus Enttäuschung, keine Ahnung. Und mich selbstverständlich behalten. Nur Guy ist es zu verdanken, dass ich mit nach Schottland konnte. Er hat mich regelrecht aus Ashleys Burg entführt." Geoffrey lächelte bei dieser Erinnerung „Guy ist nicht schlechter als die anderen hier Draußen. Er ist nur so grässlich vernünftig oder versucht es zu sein. Seine ganze Vernunft hat ihm nichts genützt, als dein Vater ihn grausam vier Jahre lang an Leib und Seele misshandelt hat. Er hat immer wieder Ginevra vor Lawrence gewarnt, so wie er mich jetzt mit aller Gewalt von Kieran fern halten will. Aber es gibt einfach Dinge, die lassen sich nicht mit dem Verstand regeln. Das müsste auch er inzwischen begriffen haben. Es ist meine Bestimmung zu Kieran zu gehen oder mich von ihm vernichten zu lassen, auch wenn ich furchtbare Angst davor habe."

Was sollte ich dazu noch sagen? Dass seine furchtbare Angst berechtigt war? Wenn es sogar Guy nicht gelang, ihn davon zu überzeugen, dass Kieran seinen endgültigen Untergang bedeutete, konnte ich ihn am wenigsten davon abhalten. Ich hatte nur eine Erklärung, Geoffrey wollte für seine Schuld weiter büßen – und bei Gott, Kieran ließ ihn büßen! Aber da war noch eine Frage offen, die mich schon lange beschäftigte:

„Weshalb wollte Sir Ashley unbedingt Euch als König, er hatte doch noch zwei Söhne?"

„Nun, warum wollte ausgerechnet Sir Lawrence dich als seinen Nachfolger. Er hat sogar noch drei andere Söhne und eine Tochter? Siehst du, so einfach ist die Frage nicht zu beantworten. Wahrscheinlich wollte Ashley nur Ginevra beweisen, wie wenig von ihrem verdorbenen Blut in mir fließt. Und er wollte vor allem nicht einen Sohn als König, sondern einen willigen Vasallen haben", fuhr Geoffrey böse auf „Ein gehorsamer Zweiter König von Draußen. Er hat mich sehr streng erzogen. Wenn ich Angst bei den oftmals schrecklichen Beschwörungen hatte, machte er mich fertig. Ich durfte so gut wie keinen Kontakt mit seinen beiden legitimen Söhnen, noch zu anderen Menschen haben. Nur seine Frau oder sein orientalischer Leibarzt hatten den Mut, mich ab und zu in Schutz zu nehmen.

Ashley sagte immer, ein guter König muss mit der Einsamkeit fertig werden, er muss seine Gefühle völlig unter Kontrolle haben, er braucht vor allem niemanden, der ihn liebt. Er hat sogar meine Lieblingskatze und mein treues Pferd töten lassen, um mich von sentimentalen Gefühlen zu befreien. Guy, der ja vorher mein Erzieher war, hat mich oft durchgeprügelt, meistens hatte ich es sogar verdient, aber er war mir lieb und teuer. Dieser Mann, der sich als mein Vater bezeichnete, hat nie geschlagen, aber allein seine Worte, mit denen er mich laufend demoralisierte, verletzten viel mehr. Sie hinterließen Wunden in meiner Seele, die bis heute nicht verheilt sind. (Wie ich ihm das nachfühlen konnte!) Er war eiskalt, ohne eine Spur von Zuneigung – auch als König von Draußen. Dass sein Volk hungerte, weil die besten Ländereien im Ersten Land lagen, störte ihn nicht. Es war ihm auch gleichgültig, wenn er Geschöpfe aus seinem Volk an den Ersten König als Tribut für ein wenig Wasser abgeben musste. Das ganze Zwischenreich konnte, so oft es wollte, im Zweiten Land ein und aus gehen. Ashley und ein paar wenige Hofschranzen bildeten im Palast eine Elite, die sich die Zeit mit schöngeistigen Reden und hochtrabendem Geschwafel vertrieb, während sein Volk sehen konnte, wo es blieb. Er vertrat die Ansicht, wem es schlecht ging war selbst schuld und hatte auch nichts anderes verdient.

Inzwischen hat sich so viel verändert und darauf darf ich stolz sein. Natürlich auch Dank der Hilfe von Roger und Guy. Es hat uns viel Kraft und Mut gekostet, aber unser Reich ist eine Einheit geworden, so gut wie unabhängig vom Ersten Land und vom Zwischenreich. Die Hammelherde hat sich in ein Rudel Wölfe verwandelt, das seine Nahrung selbst jagt und seine Freiheit um jeden Preis verteidigt. Wenn Roger mein Nachfolger wird, habe ich keine Bedenken um das Zweite Land. Er darf unter keinen Umständen ins Niemandsland verbannt werden. Du oder René, ihr wisst wie das verhindert werden kann, nicht wahr? Ich fürchte jedoch nichts mehr wie diesen Augenblick. Und Guy, Guy hat auch Angst um seine eigene Haut. Aber die muss er nun selbst zu retten versuchen. Ich hoffe, du verstehst es, Edward."

Oh ja, ich verstand und registrierte mit Genugtuung, dass der alten bösen Krähe gerade dieses menschliche Gefühl auch nicht allzu fremd war. Der König berührte mich in seinem Mitgefühl für seinen Peiniger, der ihm gerade noch den Verstand eines wilden Tieres zusprach.

Ich hatte es geahnt, Geoffrey hatte es erhofft und Guy musste damit gerechnet haben. Zuerst wurde Roger wegen Hochverrats in die Verbannung verurteilt. Er war der einzige, den dieses Urteil überraschte. Umso mehr brach er völlig zusammen. Roger, der alle Schicksalsschläge bis jetzt mehr oder weniger mit einem Lachen hingenommen hatte, flehte uns, René und mich, unter Tränen an, doch endlich die Wahrheit zu sagen und damit seine Unschuld und die Schuld seines Königs zu beweisen. Meine Angst war unbeschreiblich. Auf der einen Seite konnte ich meinen eigenen Bruder nicht im Stich lassen und auf der anderen Seite war mir klar, was für ein schreckliches Ende Geoffrey nehmen sollte – im Niemandsland oder bei Kieran – ganz zu schweigen von meinem schrecklichen Ende, wenn Guy mich dieses Mal wieder in die Krallen bekam. Ich fühlte mich so elend, so entsetzlich feige und das wusste Guy. Ich hatte die Möglichkeit, den Rest meines ganzen Lebens mein schlechtes Gewissen oder meine Furcht vor der Rache des schwarzen Hexenmeisters mit mir herumzuschleppen. Ich hatte zu lange gezögert, um mich letztendlich doch für die Furcht zu entscheiden. Somit brachte René de Grandier mich um die Revanche für Macenays Quälereien als er bezeugte, dass der König mit dem Baron de Rais identisch war. Damit wurde der Druck zu groß. Die Anschuldigungen aus dem Ersten Reich konnte Guy noch erfolgreich abwenden und Kierans und Lyonels „Beweise" als Lügen abtun. Aber nun war er gezwungen, den Verleumdungen bis auf den Grund nachgehen und er wusste, dass er bereits verloren hatte. Ich glaubte, wirklich einen Ausdruck der Erleichterung in Geoffreys Gesicht wahrzunehmen. Was von Guy nicht zu sagen war, auch wenn er keine Miene verzog. Zum Glück brauchte ich nicht mit dabei sein, als der Großmagier und Ashley Durham sowie zwanzig Jäger und Priester (René und Guy waren dabei) Rückschau auf das vergangene Leben des Königs nahmen, um den Beweis für seine Verbrechen zu bekommen.

Es war ja eigentlich nur ein Verbrechen, für das er hier Draußen verurteilt wurde: Der Mord an König Kieran. Die Geschöpfe Draußen waren allerhand Abscheulichkeiten gewöhnt, aber ihr fassungsloses Entsetzen war das gleiche, von dem damals auch das Inquisitionsgericht in Nantes ergriffen wurde. Nur bei diesem Prozess gab es für Gilles nicht mehr die Gnade der kirchlichen Vergebung. Er sollte einsam mit seiner Schuld in die Verbannung geschickt werden, nachdem der Wächter ihn seiner magischen Fähigkeiten beraubt hatte.

Wie erwartet wurde Geoffrey geblendet – ein Akt der Demütigung. In einigen Jahren würde er allerdings sein Augenlicht zurückhaben. Viel schlimmer war, dass man den König nach dem Urteil an der Mauer des Palastes seinem Volk zur Schau stellte. Einem gaffendem, neugierigem Volk, dem er einst zur Macht und zur Unabhängigkeit verholfen hatte und das er so sehr liebte. Aber Geoffrey nahm das nicht mehr wahr. Er wollte nur noch seinen brennenden Durst gestillt haben und wimmerte um Wasser. Ich drückte mich an den Wachen vorbei, um ihm welches zu geben. Da sah ich einen Jäger, der aus seinem Mantel eine Flasche holte und sie dem unglücklichen König an die aufgesprungenen Lippen hielt. Es war Colin de Grandier.

„Ich sehe ihn heute das erste Mal und warum nur in diesem schrecklichen Zustand? Schade um ihn. Er war ein guter und tapferer König", murmelte er. Ich bestätigte schweigend seine Meinung und rückte Geoffrey den blutigen Verband um die Augen wieder zurecht.

„Ihr hattet so schöne grüne Augen und ich werde sie nie wieder sehen – Eure verdammten schönen Katzenaugen ..." Ich begann hemmungslos zu weinen. „Niemand von uns kann Euch je wieder sehen, dort wo man Euch nun hinbringen wird. Lebt wohl, mein König."

Doch Geoffrey reagierte nicht. Colin hatte ihm eines der betäubenden Getränke gegeben, das ihn für einige Zeit von seinen Schmerzen befreien sollte.

„Wo ist mein Sohn?", fragte Colin aufgeregt. „Hat man ihn etwa auch verurteilt?"

Ich schüttelte den Kopf.

„Ich glaube nicht. Er ist im Palast."

Was sollte ich Colin sagen? Dass René die meiste Zeit apathisch auf seinem Bett lag, wenn er nicht gerade weinte und schrie, weil er die entsetzlichen Gräuel, die sein einstiger Freund begangen hatte, nicht verkraften konnte.

Seltsam. Colin hatte nicht ein einziges Mal die Morde, von denen er gehört haben musste, erwähnt. Auch das andere Volk äußerte sich nicht dazu. Im Gegenteil, sie schauten zwar neugierig auf ihren zerschundenen König, der an die Palastmauer gefesselt war, aber ihre Blicke drückten eher Hilflosigkeit und Besorgnis als Abscheu aus. Den Grund dafür sollte ich bald erfahren.

Wie vorhergesehen, wurde Roger Geoffreys Nachfolger. Nach seiner Krönung wünschte er uns – René, Guy und mich – zu sprechen. Er sah müde aus, der neue König von Draußen. Müde und tieftraurig. Sein Gesicht war eingefallen und sein Lachen verschwunden. Er forderte uns zum Sitzen auf.

„Morgen brechen wir auf vor das große Tor zum Niemandsland. Dort treffen wir auf den Wächter und auf König Kieran …", seine Stimme zitterte, als er den Namen seines Halbbruders erwähnte, „… sie wird ihre Arbeit hoffentlich so schnell und schmerzlos wie möglich verrichten. Ich habe beschlossen, Geoffrey nicht im Niemandsland zu lassen. Ich weiß, es ist nicht richtig, doch ich will ihm diese Gnade zuteil werden lassen. Ich werde ihn wieder unter Ausschluss der Öffentlichkeit in einem geheimen Raum im Palast unterbringen lassen, wo er einigermaßen anständig existieren kann. Er hat so entsetzliche, abscheuliche Dinge getan, aber Schuld trägt daran auch Kieran, der diese Dinge nicht verhindert hat und Geoffrey war doch so gut wie mein Freund. Wir haben Seite an Seite gekämpft und wir hätten noch viel mehr erreicht, wenn seine krankhafte Zuneigung zu Kieran nicht gewesen wäre. Diese Zuneigung hat nun ein Volk seinen besten König und über hundert Kindern, die nur im entferntesten Ähnlichkeit mit Kieran hatten, das Leben gekostet."

Wir schwiegen einen Moment betroffen. Ich glaubte einen Augenblick, Roger würde jetzt anfangen zu weinen. Er riss sich zusammen und besann sich anders.

„Ich bin es ihm schuldig. Ich weiß, ich habe ihn verraten, aber wie ihr wisst, hatte ich wirklich keine andere Wahl. Er war schon zu zerstört, um weiter als König regieren zu können. Und nun das Wesentlichste: Außer dem Großmagier, Sir Ashley, euch und weiteren achtzehn Priester und Jäger, weiß keiner im Zweiten Land von Geoffreys Existenz als Gilles de Rais und es wird auch niemand mehr davon erfahren. Geoffrey ist auf dem Rückweg aus dem Tal der Ruhe von Kierans Leuten überfallen worden – egal, was der in seinem Land behauptet. Wir haben dem Volk versucht klarzumachen, dass er verbannt wurde, weil er bei seiner Rebellion gegen das Zwischenreich einen Schritt zu weit gegangen sei und hoffen, dass man uns Glauben schenkt. Sir Lawrence ist auch damit einverstanden, was mich zwar irgendwie wundert, denn bis jetzt verlangt er keinerlei Gegenleistung, und Ashley, wie ihr euch denken könnt, erst recht. Bitte haltet ihr euch auch daran. Und nun noch zu euch dreien. Ich werde keinen von euch verbannen oder verurteilen. Edward und René, ihr könnt hier im Palast bleiben, auch wenn du, René, nicht mehr Jäger sein wirst. Du, Guy Macenay, verschwindest lieber. Ich lasse dir zwei Tage Vorsprung. Ich habe dem Großmagier zwar versprochen, dich ihm auszuliefern (vielleicht ist das die Gegenleistung, mit der er rechnet), aber ich behaupte einfach, du wärst geflohen. Somit habe ich meine Schuld von damals auf dem Kreuzzug beglichen. Doch das ist es eigentlich nicht, du sollst wissen, ich empfinde keinen Hass gegen dich, auch wenn ich ein Duncan bin."

Dieser Entschluss war für Roger nicht ungefährlich, aber er imponierte mir. Ich glaube, selbst Guy Macenay war beeindruckt, denn er fand keine passende Antwort. Er, der schlaue Hexenmeister, senkte nun vor dem groben schottischen Barbaren schweigend den Kopf.

„Pass auf dich auf und lass Lawrence nie erfahren, wo du dich versteckt hältst."

Das tat Guy dann auch. Er verschwand und ich sollte ihn erst wieder in den Gewölben von Finis Terra treffen, wo Don Rodrigo de Alpojar, alias Lawrence Duncan hoffte, seinem Kontrahenten endlich eine neue Falle stellen zu können.

René und ich blieben nicht im Palast. Wir gingen zu seinem Vater in die Kolonie zurück und lebten dort einigermaßen unbehelligt. Auch wenn das

Leben dort wesentlich härter war und wir regelmäßig gegen den Hunger und die ständigen klimatischen Katastrophen Draußen ankämpfen mussten. Langsam begann sich René zu erholen, denn ich konnte Gilles Namen wieder erwähnen, ohne dass er einen Weinkrampf bekam. Obwohl wir nie darüber sprachen, waren wir beide erleichtert, dass er im Palast untergekommen war und nicht im Niemandsland umherirrte. Auf diese Weise habe ich Roger immer mehr schätzen gelernt. Er wurde ein guter König, wenn lange nicht mehr so verwegen. Er war ja nun mehr oder weniger allein und vielleicht holte er sich hin und wieder Rat bei Geoffrey, aber dieser Gedanke war nichts weiter, als ein schöner einfältiger Traum.

Von Colin erfuhren wir zuerst die große Neuigkeit. König Kieran hatte einen neuen Ersten Jäger – Gilles de Rais. René war vor Schreck einer Ohnmacht nahe.

„Stellt euch vor, seinen Mörder macht er zum Jäger. Na, und wahrscheinlich ist er auch noch sein Liebhaber (mit Sicherheit, lieber Colin). Dieser Jäger passt gut zu ihm, zu diesem abartigen König. Was ist das ekelhaft, mir wird richtig übel bei dem Gedanken. Er soll übrigens Geoffrey Durham ähnlich sehen."

So war Kieran also doch mit Geoffrey in seine Stadt zurückgekehrt. Nein, mit Gilles, nicht mit Geoffrey, denn wie ich später erfuhr, hatte Kieran mit Roger einen zweifelhaften Pakt geschlossen. Für das Volk im zweiten Land sollte ihr König, so wie es Roger geplant hatte, für ein denkwürdiges Verbrechen der Rebellion gegen das Zwischenreich verurteilt werden und an einem unbekannten Ort im Palast weiterleben. Der Mann, den Kieran mit in sein Reich nahm, war also nicht offiziell der ehemalige Zweite König von Draußen, sondern der Mörder, der ihm seine Seele verschrieb. Kieran ging tatsächlich auf Rogers Vorschlag ein. Unter einer Bedingung: Roger musste ihm einen großen Teil der eroberten Länder mit den Wasservorräten zurückgeben. Ich hätte nie gedacht, dass Roger einwilligen würde. Aber er biss tatsächlich in den sauren Apfel. Hatte er plötzlich Angst, seinem Volk, nachdem er es so perfekt belogen hatte, nun doch die Wahrheit zu sagen? Und wie wollte er ihm die Sache mit den Wasservorräten für das Erste Land verkaufen? Ich weiß es nicht und es ging mich auch nichts mehr an.

Jedenfalls wurde im Zweiten Land, zum Teil sogar auch im Ersten Land und im Zwischenreich eine Legende aufgebaut. Die Legende vom ungestümen, aber edlen, tapferen König Geoffrey, dem die Auflehnung gegen das verhasste Zwischenreich den Kopf kostete. Eine imposante Lüge, die sich tatsächlich bei den meisten Untertanen bis heute gehalten hat.

Unsere Harmonie in der Kolonie endete mit einem großen Verlust. Eines Tages kam René von einer Jagdexpedition nicht mehr zurück und alles Suchen nach ihm blieb vergeblich.

Und ich, ich sollte wieder in die Arme meines gestrengen Vater zurückkehren, als Efrén de Alpojar.

9.

Vor dem Tor der Stadt des Ersten Königs II

Nun hatte nicht ich René, sondern er mich gefunden und wir saßen miteinander vor dem Tor zu König Kierans Stadt, während Guy Macenay von Renés Begleitern in den Palast gebracht wurde. René schien meine Gedanken, erraten zu haben.

„Du fragst jetzt sicher, wie ich treuer Anhänger von König Geoffrey dazu komme, seinem Erzfeind meine Seele zu verschreiben?"

„Das ist eine von sehr vielen Fragen, die ich habe. Du hast ihm also deine Seele gegeben? Muss ich dich nun einen Verräter nennen?"

Das hatte ich nicht mal zu vermuten gewagt und hatte Mühe, meinen Schock zu verbergen. Mein Gegenüber lachte auf und bestätigte:

„Ja, ich bin sein Dritter Jäger geworden."

„Freiwillig?"

„Freiwillig!"

„Alles klar, und nun wirst du mir bestimmt erzählen, dass er, seit dem du das Vergnügen hast ihn kennen gelernt zu haben, unglaublich harmlos ist."

„Er ist nicht weniger harmlos, wie es Geoffrey war, lieber Edward, Raphael, Efrén." Er erhob sich, nahm seinen Speer und schlug damit an das Tor. „Aber komm mit in die Stadt und ich werde dir alles erklären, beziehungsweise ich versuche, es dir zu erklären. Und darüber hinaus werde ich dir noch vieles mehr zu erzählen haben. Willst du?"

Ich wusste, dass ich ohnehin keine Wahl hatte und versuchte den Schauder, der mich vor dieser riesigen, erdrückenden Stadt und deren Bewohnern ergriff, zu ignorieren.

„Ich komme gern und freiwillig, lass hören ..."

Und hiermit gebe ich nun wieder das Wort an René de Grandier zurück.

Draußen 1532 – 1922

10.

René de Grandier verkauft seine Seele und trifft alte Freunde Jean T's Attraktion – Amaury de Craon hat ein Problem

Wie konnte René schon zu König Kieran kommen, als dass er von dessen Jägern bei einer riskanten Expedition ins Erste Land abgefangen wurde. Ja, und genau das war natürlich der Grund, weshalb er damals wie vom Erdboden verschluckt blieb. In der Tat erwies sich Kieran als „harmlos". Er bot ihm allerdings ohne Umschweife an, einer seiner „vertrautesten" Jäger zu werden. Zuerst war René von diesem großzügigem Angebot alles andere als begeistert. Doch Kieran überzeugte ihn schließlich ganz einfach, indem er ihm klar machte, welche Zukunft er als König Geoffreys verstoßener ehemaliger Jäger noch Draußen hatte – nämlich gar keine.

„Hör mir einfach genau zu, Graf de Grandier. Du warst der Vertraute von Geoffrey Durham, beziehungsweise von Gilles de Rais. Ich weiß, du bist in eine üble Sache mit hineingezogen worden, an der du keine Schuld trägst. Aber auch ich trage keine Schuld, denn du bist oft genug gewarnt worden. Und das alles hatte mit deiner Person nicht das Geringste zu tun. Stimmt doch? Ich weiß auch, dass der neue Zweite König Roger Duncan dich begnadigt hat. Nur, warum lebst du dann nicht mehr im Palast bei ihm? Soll ich dir sagen weshalb: du willst nicht von seiner Gnade abhängig sein. Du vegetierst lieber in einer dieser elenden Kolonien dahin und du weißt, wie erbärmlich und beschwerlich das Leben dort sein kann. Oder hoffst du etwa, dass der Großmagier dir irgendwann einen menschlichen Körper geben wird? Vielleicht wird er, vielleicht aber auch nicht. Und wenn, was wird er dann mit dir machen? Dich als Medium für seine Experimente benutzen? Er hält nie sein Versprechen (gut, das sagt man von mir auch, aber du musst ja nicht alles glauben) und lässt dich garantiert anschließend wieder fallen.

Solche Spielchen sind doch für einen so hervorragenden Jäger wie dich erniedrigend."

Jetzt kommt das unwiderstehliche Angebot, dachte René. Und er hatte recht.

„Ich würde dich gern beschützen."

„Ihr wollt meine Seele. Redet doch bitte Klartext mit mir, denn solche Spielchen sind für einen so hervorragenden Jäger wie mich erniedrigend", entgegnete René sarkastisch.

„Sei doch nicht gleich so giftig. Warum denken alle, ich würde ihnen die schlimmsten Qualen bereiten? Qualen bereite ich nur denen, die es verdient haben, wie es auch der Zweite König und der Fürst tun. Ich finde dich mutig und fähig und ich will dich zu meinem Jäger haben, weil du mir ganz einfach angenehm bist. Außerdem muss ich endlich die Jäger und Priester von meinem lieben Onkel Richard McDuff, ehemals Erster König, loswerden. Also hab Verständnis für mich. Den lästigsten Jäger habe ich ja endlich vom Hals, obwohl der noch hier in der Stadt umherwandelt. Aber sobald für ihn in den Kolonien ein Platz frei ist, schmeiß ich ihn raus."

Sehr gut. René war auf ein Wiedersehen mit seinem ehemaligen Meister auch nicht gerade erpicht. Jedenfalls Kieran redete und redete. Er ließ nichts aus, um den neuen Bewerber von seinen angeblich besten Qualitäten als König und Beschützer der „Entrechteten" zu überzeugen. René hätte nie gedacht, dass der als schweigsam geltende König plötzlich dermaßen schwatzhaft sein konnte. Und irgendwie begann ihn diese Tatsache zu amüsieren. Kieran war nicht ausschließlich der unberechenbare Despot wie so viele behaupteten. Er war auch der exzentrische Bruder eines ebenso exzentrischen Bruders, dem René lange genug mehr oder weniger freiwillig gedient hatte. Ihn reizte es in der Tat, die blonde Variante mit den grünen Augen kennenzulernen. Er willigte schließlich ein. Was sollte der König gegen ihn haben. Schließlich hatte ja nicht er den Ärger mit Kieran gehabt und vielleicht war er bei ihm wirklich in Sicherheit, wenn er unter seinem Schutz stand. Nicht einmal der Großmagier konnte ihm mehr Vorschriften machen. Schnell und praktisch veranlagt, stellte René fest: Dritter Jäger bei König Kieran war auf Dauer bestimmt ein wesentlich besserer Zustand, als im Palast von König Roger so eine Art Gnadenbrot zu bekommen und womöglich noch von Sir Lawrence als williges Medium benutzt zu werden.

Kieran hielt sein Wort. Entgegen allen Gerüchten, die über ihn im Umlauf waren. Er behandelte ihn anständig und drang nicht einmal unerlaubt in seine Gedanken ein. Gut, er setzte selbstverständlich seine hinterhältigsten Fähigkeiten ein, wenn es darum ging seinen Bruder Roger auszutricksen. Nicht einmal vor seinem Vater schreckte er zurück. Und

Lawrence, der alte Fuchs, der in der Zwischenzeit so etwas wie Respekt vor seinem Jüngsten hatte, spielte sogar mit.

Und René merkte wieder sehr schnell, wie angenehm das Leben in einer der Städte sein konnte. Die Stadt mit mehr als zweitausend Einwohnern übertraf sogar die schwarze Festung des Zweiten Landes an Pracht und dunkler Schönheit. Eingerahmt von über zehn Meter hohen und doppelten Mauern, die weniger potentiellen Angreifern dienten, sondern vor den unberechenbaren Stürmen schützen sollten, waren die teilweise zweistöckigen Behausungen sowie der große Palast des Königs für seine Bewohner ein Refugium, das sie vor der grausamen Wildnis außerhalb der Mauer ausschloss.
   Der König und seine Elite, zu der jetzt auch René gehörte, lebte innerhalb des Palastes. Die Unterkünfte der Jäger und der Priester lagen direkt neben dem von den schwarzglänzenden Säulen getragenen Thronsaal, während die Räume des Königs und seiner zahlreichen Mätressen sowie ausnahmsweise auch das Gemach des Ersten Priesters sich in den oberen Etagen befanden.
   Es war zwar nicht verboten, die Gemächer der Mätressen zu betreten. doch es war ratsam lieber davon Abstand zu nehmen. Nicht, weil womöglich eine Strafe des Königs zu erwarten war, sondern auch René, der seine Neugierde nicht bezähmen konnte, verfolgte der Anblick der marmorweißen nackten Geschöpfe, die schamlos ihre weiblichen Attribute zur Schau stellten, bis in seine feuchten Träume. Er schämte sich unendlich dafür und als er versuchte seine verschmutzte Kleidung diskret zu reinigen, musste er feststellen, dass er nicht der Einzige war, der im Schlaf von diesen verführerischen Kreaturen heimgesucht wurde. Was ihn allerdings nicht tröstete, sondern ihn fühlen ließ, wie weit er von der zärtlichen Liebe zu seiner Cathérine entfernt war. Er war Draußen – und der König hatte seine Seele!
   René fand in Percevale de Thouars bald einen guten Freund. Immerhin war der ein Vorfahre seiner geliebten Cathérine. Douglas McDuff, der Vierte Jäger, verschwand die meiste Zeit auf längeren Expeditionen. Und Gilles, der gefürchtete Erste Jäger, hauste irgendwo in der Stadt. Ihm war für sieben Jahre die Jagd entzogen worden. Was waren schon sieben Jahre in Anbetracht einer Ewigkeit. Er war aus dem Palast verbannt, bekam keine Nahrung und musste sich nun für diese Zeit mit Betteln oder Stehlen durchschlagen. Wie René erfuhr – der Erste Jäger war ein

unerschöpfliches Gesprächsthema für die gelang-weilten Geschöpfe – hatte Kieran zähneknirschend dem Urteil zustimmen müssen. Gilles war ein ausgezeichneter Jäger, er war verwegen, ausdauernd und grausam. Geoffrey setzte noch seine ganze Existenz für das Wohlergehen seines Volkes ein, aber nun gab es für ihn nichts mehr außer Hunger (Kieran hielt ihn ziemlich knapp) und die Gier auf seine noch einigermaßen ansehnlichen Opfer, die er für den König jagte und mit dessen Erlaubnis er mitunter seine sexuelle Lust an ihnen austoben durfte. Lyonels Diener wurde dem Ersten Jäger jedoch zum Verhängnis. Lyonel klagte ihn auf der Stelle wegen angeblicher Vergewaltigung an (die Diener standen grundsätzlich unter dem Schutz ihrer Jäger und Priester) und Kieran musste seinen tapferen, aber bitterbösen Lieblingsjäger für sieben Jahre aus dem Verkehr ziehen. Nein, noch weitere sieben Jahre, denn so lange würde es sicher dauern, bis Gilles, geschwächt vom Nahrungsmangel, wieder voll einsatzfähig war. René war das mehr als recht. Er hatte Angst vor einer Begegnung mit seinem ehemaligen Schüler. Wie würde er ihn vorfinden? Als den gestürzten Zweiten König, der immerhin noch so viel Ehre im Leib hatte, seinem Volk nicht als Mörder vor die Augen treten zu wollen oder als Baron de Rais, der ahnungslos in eine raffinierte Falle gelaufen war? Doch aufgehoben ist bekanntlich nicht aufgeschoben. Die Begegnung mit dieser unangenehmen Vergangenheit würde sich mit Sicherheit nicht vermeiden lassen.

Vorher sollte René jedoch jemanden wieder sehen, der ihm mit Sicherheit Freude bereitete. König Roger war mit seinem Lieblingsjäger zu Gast bei Kieran. Die beiden Könige hatten endlich begriffen, dass nur Einheit sie gegen das Zwischenreich stärker machte und beschlossen, es friedlich miteinander zu versuchen. Colin de Grandier war nun Rogers engster Vertrauter und Beschützer. Natürlich reagierte er zuerst entsetzt, weil sein Sohn sich ausgerechnet Geoffreys Todfeind ausgeliefert hatte und René konnte ihm nicht einmal begreiflich machen, dass Geoffrey hier in der Stadt lebte, denn Colin gehörte zu den vielen Geschöpfen, die ihren unglücklichen ehemaligen König in einem geheimen Raum seines Palastes vermuteten. Aber Colin vertraute seinem Sohn, wie er ihm eigentlich immer vertraut hatte, selbst wenn er ihn nicht verstehen konnte und dann überwog doch die Wiedersehensfreude.

In der Stadt des Ersten Königs befand sich eine Attraktion, von der René bis jetzt noch keinen Gebrauch gemacht hatte. Er kannte eine solche

Einrichtung auch aus dem Zweiten Land. Aber König Roger und Colin de Grandier fanden das Nobelbordell des Ersten Landes einfach „kurzweiliger". So grausam und blutrünstig die Geschöpfe Draußen waren, Sexualität war selbstverständlich zur Genüge vorhanden, aber verpönt. Nicht aus moralischen Gründen. Miteinander zu schlafen, war die größte Peinlichkeit überhaupt. Wenn sich zwei auf gleicher Ebene diesbezüglich trafen, verzogen sie sich diskret an einen abgelegenen Platz, wo sie garantiert nicht entdeckt wurden und hielten ihre Beziehung möglichst geheim, denn Liebespaare galten als schwach und absolut lächerlich, während Vergewaltigungen als Demonstration der Macht mehr oder weniger akzeptiert wurden. Besser man ging gleich in die entsprechenden Häuser, von denen es in beiden Städten genügend gab, wo man hemmungslos seinen Gelüsten frönen konnte. Das war nicht nur legal; es zeugte sogar von Stil und Raffinesse. Allerdings gab es kaum weibliche Kreaturen und von den wenigen gab sich nicht jede dafür her. Die Frauen des Zweiten Landes lebten alle bei Roger im Palast. Für ihn kamen Jünglinge und andere männliche Geschöpfe nicht in Frage, obwohl das Draußen keine Rolle spielte. Die Gefallenen, die ihren Körper (freiwillig?) verkauften, lebten in den einschlägig guten Häusern sehr angenehm, wenn nicht sogar privilegiert. Aber trotzdem standen sie auf der untersten Stufe der Hierarchie, wurden verachtet und eine bestimmte Halskette kennzeichnete sie ihre ganze Existenz lang, selbst wenn sie nicht mehr diesem zweifelhaften Gewerbe nachgingen. Keiner kam natürlich auf den Gedanken, die Besucher dieser Häuser zu verachten. Für Roger waren derartige Besuche selbstverständlich und auch Colin machte keinen Hehl daraus, dass er ab und zu körperliche „Zuneigung" brauchte, egal ob Mann oder Frau. René hatte keinerlei Interesse, er vermisste nichts in dieser Richtung. Ihn ekelte sogar der Gedanke an bezahlte Liebe, beziehungsweise vor dem ohnehin schmutzigen Sex Draußen. Im Ersten Land gab es noch eine Besonderheit zur Steigerung der Lüste: Es galt als „unfein" und zeugte von schlechten Manieren nicht verkleidet ins Bordell zu gehen. Als René nach seinem Eintritt als Dritter Jäger fragte, ob hier auch Karneval gefeiert wurde, erntete er schallendes Gelächter.

„Nein, wie komisch. Wie süß. Ach, der kommt doch aus dem Zweiten Land, dieser elenden öden Provinz, dem Land der Barbaren. Ha, ha, Graf de Grandier, diese Maske und dieses phantastische Kostüm ist für deine Besuche bei Jean T's Nobelpuff bestimmt. Man zieht es immer an, wenn man durch die Stadt dorthin geht. Dort angelangt, kann man verfahren wie man will, anlassen oder ausziehen. Besser anlassen. Nackt zeigen sich nur Huren, Verräter, Sklaven oder die Mätressen des Ersten Königs."

„Habt Ihr auch so ein Kostüm, mein König?"

Kieran versuchte, ein verruchtes Lächeln zu produzieren.

„Aber sicher. Jeder kennt mein Kostüm mit dem Falkenkopf."

René schüttelte verständnislos den Kopf.

„Wo bleibt dann das Inkognito, wenn jeder sein spezielles Kostüm hat?"

„Meine Güte. Das Inkognito ist doch völlig gleichgültig. Außerdem kann man die Kostüme auch tauschen."

„Eins zu null für Euch, mein König. Percevale, du kannst meines haben, bevor es verrottet."

Bevor Percevale antworten konnte, entgegnete Renés kleiner englischer Diener vorlaut:

„Sir Percevale braucht kein Kostüm. Er geht nicht in Jeans Haus. Er bevorzugt das Gemach des Ersten Priesters."

„Ihr erlaubt, dass ich Eurem Diener die passende Antwort nicht schuldig bleibe, Graf de Grandier?"

„Bitte bedient Euch, Baron de Thouars."

Percevale holte aus und eine schallende Ohrfeige landete präzise auf Alan Bates Wange. Er wollte gerade protestieren, da klatschte die zweite ebenso präzise auf die andere Wange.

„Ich habe einfach Sinn für die Symmetrie", kommentierte Percevale.

„Und seine rosigen Wangen sind angenehm anzuschauen", ergänzte noch René und verbarg so gut es ging das Grinsen.

Zu Renés Freude kündigte sich ein weiterer Besucher an: Amaury aus dem Zwischenreich hatte einen neuen menschlichen Körper bekommen. Er stand vor der Prüfung zum vierten Grad und musste Draußen eine riskante Expedition durchführen. Dazu sollte ihm König Kieran, der natürlich erwartete, dass er durchfiel, zwei seiner besten Jäger zur Verfügung stellen.

Selbstverständlich verlangten die Könige eine Gegenleistung, wenn die Magier aus anderen Dimensionen ihre Länder betreten wollten. Draußen gab es nichts, außer grauen Staub, schwarze Steine und verschlammtes schwefelgelbes Wasser. Die Magier waren also auch so etwas wie Vermittler zwischen den verschiedenen Dimensionen und Ländern. Ihre Aufgabe bestand darin, mit den Priestern oder Beratern Draußen über die Anzahl und Möglichkeiten der Dinge, die dort benötigt wurden, zu verhandeln. Somit war zumindest für Bekleidung, Möbel und vor allem für die wertvollen Metalle zur Herstellung der Waffen gesorgt. Tabu war dagegen alles, was zur Nahrungsaufnahme diente und als einer der Könige (es war soviel ich weiß Richard McDuff) versuchte, Lebensmittel nach Draußen schmuggeln zu lassen, musste er zu seinem Bedauern feststellen, dass die so verlockenden Speisen, nachdem sie den Magen erreicht hatten, unter qualvollen Krämpfen wieder erbrochen wurden. Blut, es war hauptsächlich das Blut, das die Körper der Kreaturen Draußen aufnehmen konnten und ihnen die nötige Kraft gab, zu existieren.

René war zwar nicht besonders glücklich, sich seinem ehemaligen Lehrer als Dritten Jäger zu präsentieren, doch er freute sich ihn wieder zu sehen. Aber die Begrüßung verlief dann trotzdem verhalten und René hoffte, dass Amaury beim Anblick seines bleichen Körpers nicht allzu sehr geschockt war. Wenn es Amaury tatsächlich war, sah er gnädiger weise darüber hinweg und René fühlte sich mutig genug, ein Gespräch anzufangen.

„Wie ist es im Zwischenreich?"

„Ganz nett, René (und wohl ganz langweilig, mutmaßte René) und wie geht es dir?"

„Ganz nett, (wenn ich in Betracht ziehe, dass ich hier um jeden Tropfen Blut kämpfen muss, man soll ja aus allem das Beste machen)."

Amaury war schlanker geworden und René beneidete ihn um seinen gesunden jungen Körper.

„Wie ich hörte, ist dein Vater zum großen Versöhnungstreffen hier."

„Richtig. Über das Treffen darf ich dir selbstverständlich nichts sagen. Er ist gerade nicht im Palast, er ist im ..."

„Ich weiß schon Bescheid. Er ist im Puff. Oh René, schau nicht so säuerlich drein. Da sind wir früher oft gewesen. Meine Güte, dein Blick, warst du eigentlich verheiratet?"

Das nicht, aber ich habe mit der Frau deines Neffen gevögelt. René sprach den Gedanken lieber nicht aus. Amaury schwatzte wie ein Buch, er wollte kein Ende mehr finden.

„... kannst du mich begleiten? Die Expedition ist zwar sehr gefährlich, aber sicher auch sehr interessant."

René bedauerte. Er war momentan lieber auf Langeweile als auf gefährliche interessante Expeditionen aus, mit denen sich übersättigte Geschöpfe aus dem Zwischenreich offenbar gern die Zeit vertrieben.

„Tut mir leid. Ich habe meinem Vater versprochen, eine Weile bei ihm zu bleiben. Außerdem brauche ich etwas Ruhe."

„Verstehe. Schade eigentlich. Einen Jäger habe ich bereits. Den besten, versteht sich. Aber ich brauche noch einen. Ich hätte zu gern noch einen von den ersten vier. Wird schwierig, schätze ich. Douglas McDuff ist nicht da, du gehst zu deinem Vater und Percevale will im Palast bleiben."

„Das versteh ich nicht. Percevale soll dich doch begleiten."

Amaury runzelte angestrengt die Stirn.

„Nein, der König hat mir ausdrücklich versprochen, dass ich den Ersten Jäger bekomme."

Der König musste gerade ganz besonders gute Laune gehabt haben, als er sich darauf einließ. Hoffentlich wurde Amaury nicht leichtsinnig. Aber Draußen konnte es ja auch ganz nett sein, man musste nur das Beste daraus machen. René schluckte ein paarmal, bevor er die entscheidende Frage zu stellen wagte:

„Den Ersten Jäger. Du weißt, wer das ist?"

„Ja, der schöne ernste Engel, der auch dein Meister war."

Einen Augenblick wusste René nicht, ob er loslachen oder aufheulen sollte. Er entschied sich schließlich für die Mitte:

„Unser schöner ernster Engel ist ein eiskalter Mörder und schon seit Ewigkeiten nicht mehr Erster Jäger. Lebst du eigentlich hinter dem Mond?"

Amaurys Gesicht wurde länger und nahm dabei einen leicht blöden Ausdruck an.

„Nein René, also mein Junge ..."

„Sire de Craon, bei allem Respekt. Ich bin längst nicht mehr dein Junge. Ich war bereits Jäger bei einem ziemlich verrückten König und bin jetzt wieder Jäger bei einem ebenso verrückten König. Und ich habe viel mitgemacht in meiner magischen Laufbahn, auch wenn mir die Erfahrung eines Puffbesuches noch fehlt."

„Es tut mir leid, René, ich bin ein Dummkopf. Ich habe mich um Draußen bis jetzt nie gekümmert. Ich habe mich in anderen Dimensionen aufgehalten. Draußen, verzeih bitte, es ist so entsetzlich!"

Schön, dass er es endlich merkte, dachte René, hielt sich jedoch mit seinen passenden Kommentaren zurück.

„Na, wenn wir denn gerade beim Entsetzen sind. Der neue Jäger heißt Gilles de Rais und das hat sich meines Wissens sogar bis ins Zwischenreich herumgesprochen."

Jetzt musste sich René wirklich das Lachen verkneifen. Amaury erinnerte ihn mit seinem offenen Mund an einen Karpfen auf dem Trockenen, der verzweifelt nach Luft schnappt. Nachdem er den Mund geschlossen hatte wurde aus ihm wieder ein Mensch – ein sehr empörter Mensch.

„Glaubst du wirklich, ich lasse mich von meinem verzogenen kleinen Neffen, diesem Rotzbuben, in die Geheimnisse der Magie einweihen?"

„Dein kleiner verzogener Neffe ist inzwischen ein ausgewachsenes Miststück geworden, das allerdings über die Geheimnisse der Magie ausgezeichnet informiert ist. Er soll wirklich der beste Jäger hier Draußen sein. Seine Beute ist beachtlich. Er vergewaltigt meistens seine Opfer, bevor er ihr Blut trinkt. Das ist eigentlich auch kein großes Problem für ihn, denn dafür ist er in seinem letzten Leben von der Inquisition zum Tode verurteilt worden. Ich hoffte, dass wenigstens dieser Lebensabschnitt deines kleinen Neffen dir bekannt ist. Vor einigen Jahren ist er allerdings an den Falschen geraten und wurde zu sieben Jahren Verbannung aus dem Palast verurteilt. Keiner weiß, wo er gerade steckt und da er kein Blut bekommt, ist er wohl zu deinem Glück viel zu schwach, um eine solche Expedition durchzuführen."

Amaury wurde blass um seine klassische Nase.

„Ich habe von diesen schrecklichen Dingen gehört und alles für Gerüchte gehalten."

„Gerüchte! Von wegen Gerüchte. Ich war sogar einige Jahre der Erzieher von diesem Früchtchen, bevor er dein ganzes Vermögen verprasst hat. Als dein armer Vater von seinen magischen Praktiken erfuhr, hat ihn vor Entsetzen fast der Schlag getroffen und das will bei dem guten alten Jean de Craon wirklich was heißen. Dein ehemaliger Neffe ist ein Mörder, ein grausamer Mörder (aber er war auch ein so verdammt guter Zweiter König), dessen Reue nur bis zur Hinrichtung gereicht hat. Hier Draußen hindert ihn anscheinend kaum jemand an seinen Ausschweifungen, außer dieses eine Mal, als er sich gerade an diesem Diener vergriffen hatte, was unser bildschöner Engel nicht so angemessen fand. Du kannst den Mund wieder zumachen. Moment, ich bin noch nicht fertig. Ich wollte Gilles sogar helfen, aber der edle Lyonel Duncan – unser bildschöner ernster Engel hat nämlich einen Namen – hat mir deswegen den Schädel zertrümmert und ich bin erst einige Jahre später Draußen wieder richtig zu mir gekommen. Inzwischen nahm das Schicksal seinen Lauf. Gilles war von Anfang an für den König bestimmt und ich Narr wollte das mit allen Mitteln verhindern."

„Warum war ausgerechnet er für den König bestimmt?"

„Ich weiß es nicht", log René so perfekt, dass er selbst daran glaubte. In dem Augenblick nahm er seinen Vater an der Tür wahr. Er hatte also alles mit angehört. Jetzt war es endlich raus. Nach so vielen Jahren erfuhr Colin, weshalb sein Sohn damals gefallen war. René war sogar erleichtert, doch er senkte den Kopf und kämpfte vor Scham mit den Tränen. Colin klopfte ihm freundschaftlich auf den Rücken.

„Du hast keinen Grund, dir Vorwürfe zu machen. Du hast richtig gehandelt. Du konntest nicht wissen, wie es enden würde, mein Sohn. Wenn du willst, unterhalten wir uns später in Ruhe darüber. Wir haben ja genügend Zeit. Grüß dich Amaury, du wirst immer ätherischer."

Amaury bezwang sein Entsetzen über die Schilderung seines ehemaligen Schülers und lächelte Colin tapfer an.

„Das kann man von dir nicht sagen. Aber du siehst trotzdem gut aus, Colin."

„Danke für die gnädige Lüge, mein Freund. Aber in Anbetracht der Verhältnisse hier Draußen muss ich es auch. Ich komme nämlich gerade von meinem Liebchen. So etwas habe ich noch nie erlebt. Was für eine Nacht." Er machte eine eindeutige Geste. „Ich werde morgen, bevor wir ins Zweite Land auf-brechen, noch mal hin gehen, auch wenn dieses Goldstück mich ruiniert. Du solltest es auch mal versuchen, mein Sohn."

„Nein Danke Vater, aber du kannst gern mein Kostüm haben", winkte René hektisch ab und versuchte verzweifelt dieser Seite seines geliebten Vaters etwas Verständnis abzugewinnen. Aber Colin brüllte vor Lachen.

„So ein Blödsinn. Warum sollte ich mich maskieren. Jeder kann sehen, wenn ich Lust auf Fleisch habe. Diese dämlichen Kostüme sind sicher die Erfindung eines prüden Königs, der hin und wieder auch mal so was wie ficken will, natürlich ohne gesehen zu werden ... oh Entschuldigung ..."

Colin war wirklich nicht zum Diplomaten geboren. Er blieb noch immer der grobe Soldat, einfach und geradeheraus. Doch Kieran riss ihm den Kopf nicht herunter.

„Ganz recht. Sie sind in der Tat eine Erfindung des Königs. Mein Vorgänger, Sir Richard McDuff, kam darauf, weil er seine Jäger und Priester nicht kompromittieren wollte. Ich fand diese Idee so herrlich verlogen und dekadent und habe sie deshalb beibehalten. Sozusagen eine ästhetische Dekoration für eine schmutzige Sache. Aber ich bin nicht hier, um Euch von den ungeahnten Vorzügen unseres Bordells zu überzeugen, Sire de Craon. Ihr könnt Euren Ersten Jäger haben."

„Er wird doch viel zu schwach sein", bemerkte René zaghaft und überlegte, wie er sich elegant verdrücken konnte, bevor besagter Jäger hier auftauchte.

„Nein, er ist gut genährt."

„Er wurde von Euch für sieben Jahre verstoßen und hat in dieser Zeit bestimmt kein Blut bekommen."

„René, du nervst mich. Er bekommt genügend Blut. Du musst ihm nicht begegnen, wenn du nicht willst, dafür kann ich sorgen. Also Craon, wie schaut es aus? Er kann Eure Expedition allein führen, aber er darf noch nicht jagen. Ein weiterer Jäger wird ihn deshalb begleiten. Es wird jedoch schwierig sein einen zu finden. Aber kommt, ich habe ihn mitgebracht."

Amaury wurde allmählich doch unheimlich, auch er wollte sich eigentlich zu gern verziehen und seine Expedition absagen, aber es gab nun kein Zurück mehr und lächerlich wollte er sich schon gar nicht machen. Also folgte er dem König. Colin und René begleiteten die beiden, ohne in den Thronsaal einzutreten. Einen Blick, nur einen Blick, ohne von ihm gesehen zu werden, wollte René nun doch auf diese „Legende" werfen. Vor dem Thron stand Gilles. René erstarrte, als er diese marmorbleiche Schönheit sah.

„Ja, das ist er – noch immer abgrundtief faszinierend. Aber jetzt, mein Gott." René verzog sich wieder ins Dunkle zurück.

„Das ist doch nicht zu fassen, das ist …", stammelte Colin und griff sich an den Kopf. Zum Glück unterbrach René rechtzeitig genug seinen Vater, sonst hätte er erfahren müssen, dass der den Ersten Jäger noch vor wenigen Minuten als sein „Goldstück" bezeichnete.

„Ja, das ist er …" Sie schwiegen beide – ehrfürchtig und angewidert zugleich. Gilles trug nichts weiter als ein dünnes indigofarbenes Gewand aus Seide, das bis unter die Taille aufgeknöpft seinen weißen blutleeren Körper den gierigen Blicken des anwesenden Hofstaates preisgab, in seine gepflegten blauschwarzen Haare hatte man ihm silberglänzende Fäden eingeflochten. Seine Lippen waren rotgefärbt und seine schwarz-geschminkten Augen gaben ihm das Aussehen einer lasziven Königin der Nacht. Und als René die goldene Kette an seinem Hals entdeckte, wusste er endlich, weshalb Gilles in der Lage war, die Expedition anzuführen. Er hatte Blut bekommen, die ganzen Jahre während seiner „Verbannung" in Jean T's. Haus – reichlich Blut.

Am Tag darauf sollte René mit König Roger und Colin zusammen in das Zweite Land aufbrechen. Man hatte beschlossen, noch am Vorabend zusammenzusitzen, um vor allem Amaury noch einmal die Möglichkeit zu geben, sich mit seinen Gastgebern auszutauschen. Er war etwas geknickt, weil sich noch kein zweiter Jäger zur Begleitung gefunden hatte.

„Irgendjemand muss doch mitkommen. Warum befiehlt der König denn nicht einfach. Er ist doch sonst nicht so zimperlich!"

„Er kann niemanden zwingen, den Ersten Jäger zu begleiten. Jeder Jäger hat das Recht, die Zusammenarbeit zu verweigern", erklärte Viviane ganz ruhig.

„Aber weshalb?"

„Er ist eine Hure."

„Das ist mir mittlerweile bekannt. Wenn das das schlimmste Verbrechen ist, was man ihm hier zur Last legt, versteh ich die Welt nicht mehr."

„Wir sind nicht die Welt und verstehen musst du das auch nicht, denn hier herrschen andere Gesetze. Man arbeitet eben nicht mit Huren zusammen."

Amaury verdrehte die Augen.

„Das ist einfach nicht zu fassen. Gut, dann geh ich eben mit ihm allein. Hoffentlich fällt er nicht über mich her."

„Das wäre ohne Weiteres möglich. Er hat schließlich Jagdverbot. Und wenn er kein Blut bekommt, nimmt er vielleicht dich oder einen deiner Leute oder er bricht vor Hunger zusammen."

Viviane sprach mit dem angehenden Priester des Zwischenreiches wie mit einer kranken Kuh.

„Wann darf er denn wieder jagen?"

„In ungefähr sieben Jahren."

„Solange kann ich nicht warten. Meine Prüfung scheitert, weil dieses Miststück sich nicht beherrschen konnte und einen Diener vernaschen musste."

„Es war Lyonels Diener. Und Lyonel hat Gilles übel mitgespielt. Das sogenannte Verbrechen an seinem Diener war eigentlich nur ein simpler, wenn auch dummer Racheakt. Außerdem gibt es außer seiner Aussage keinerlei Beweise, dass es eine Vergewaltigung war. Wie ich Lyonels Diener kenne ... ach, ist ja egal ...", mischte sich nun auch Percevale ein.

„Gut, dann nehme ich einen anderen Jäger."

„Welchen? Gilles kennt den Weg am besten. Und er hat den größten Mut."

„Es gehört kein Mut dazu, Kinder abzuschlachten." Amaury verzog angeekelt das Gesicht. „Er hat unser Haus beschmutzt."

Nun war es an Viviane, die Augen zu verdrehen.

„Dein Haus ist längst ausgestorben und zu dem ganzen Dreck hat auch dein werter Herr Vater ordentlich beigetragen. Dein Neffe war mit fünfundzwanzig Jahren Marschall von Frankreich. Er hat tapfer gegen die Engländer gekämpft, während du dich in Azincourt hast abstechen lassen. Und hier Draußen hat er auch mehr gelernt, als seinen Gefangenen die Gurgel aufzuschlitzen, was übrigens alle tun. Komischerweise nimmt man nur Anstoß daran, wenn Gilles das macht."

René kannte diesen Ton noch zu gut – Eleonor wie sie leibte und lebte. Einen besseren Verteidiger konnte Gilles nicht haben.

„Weibergeschwätz."

Das hätte Amaury lieber nicht sagen sollen.

„Ich weiß nicht, in welchen Dimensionen du die ganze Zeit gewandelt bist. Aber vielleicht ist dir wirklich entgangen, dass Frankreich von einem siebzehnjährigen Bauernmädchen, das weder lesen noch schreiben konnte, befreit wurde. Und was meine Wenigkeit betrifft: Ich bin Erster Priester, während du gerade auf dem Weg zu diesem Höhenflug bist. Meine beiden Brüder sind die Könige von Draußen, mein Vater ist der Großmagier und meine Mutter der Wächter. Also, bitte etwas mehr Respekt!"

„Hat ganz schön Haare auf den Zähnen, die kleine Hexe", flüsterte Colin. „Wie die Mutter. Die zerreißt nämlich jeden in der Luft, der den Orden ohne ihre Erlaubnis verlassen will."

„Und ich dachte, du bist so verrückt nach Frauen", bemerkte René, in der Hoffnung, dass sich das auch als die Wahrheit herausstellen würde. „Oder hat sich dein Geschmack zwischenzeitlich verändert?"

Einen Augenblick schien Colin verlegen:

„Mein Sohn, das geht dich nun wirklich nichts an."

Er hatte wohl das entzückte Erstaunen seines Vaters beim Anblick von Gilles registriert und selbst er war einen Moment gegen seinen Willen völlig fasziniert von dem Geschöpf, das anscheinend so sehr der schönen lasterhaften Frau glich, die einmal seine Mutter gewesen war. Aber das alles half Amaury nicht weiter.

„Ist es denn grundsätzlich verboten, mit diesen Kreaturen zu arbeiten?"

Ein neuer Hoffnungsschimmer wurde gesucht.

„Nein, es ist nicht verboten." Viviane wirkte so unendlich geduldig. In Wirklichkeit machte sie sich über den ehrgeizigen Prüfling nur einfach lustig. „Du musst verstehen. Es ist einfach unanständig, mit Huren zu arbeiten und sogar noch für sie zu jagen. Das arme Schwein, das euch begleiten soll, ist seines Lebens nicht mehr froh, wenn er sich dazu herablässt, für eine Hure auf die Jagd zu gehen. Weißt du, lieber Baron de Craon, es ist einfach furchtbar peinlich, das ist wie ... ja, wie, wenn jemand seine Notdurft auf dem Tisch verrichtet."

Der Vergleich schien Amaury plastisch genug zu sein. Er ergab sich in sein Schicksal, während sich Colin und René innerlich kugelten vor Lachen. Er beschloss seufzend, dann doch die sieben Jahre zu warten, bis Gilles wieder „hauptberuflich" als Jäger arbeitete. Natürlich sagte ihm niemand, dass er dann noch immer eine Hure war. Keiner hatte bemerkt, wie Percevale das Gemach von René verlassen hatte. Erst als er mit Helm und Speer wieder auftauchte, war seine Abwesenheit aufgefallen.

„Was hast du vor?", fragte René verblüfft.

„Ich scheiße auf den Tisch."

Amaury schüttelte entsetzt den Kopf.

„An euren vulgären Umgangston werde ich mich nie gewöhnen."

„Dann fang mal schnell an damit. Dein Begleiter, der Erste Jäger, hat einen Wortschatz, der sogar Jean T. die Schamröte ins Gesicht treibt. Aber mit deinen vornehmen Worten ausgedrückt: Ich werde dich auf deiner beschwerlichen Expedition begleiten", entgegnete Percevale und warf den Helm samt dem Speer auf den Tisch.

Amaury konnte sich nicht fassen vor Freude.

„Nein, das ist ja ganz wunderbar! Aber du machst dich lächerlich, für mich?"

„Ich besitze ein gesundes Selbstbewusstsein."

Damit war der Aufstieg in den vierten Grad für Amaury erstmal gerettet.

11.

Draußen 1532 – 1922

René de Grandier trifft abermals einen ehemaligen Freund
Der bluttrinkende Engel stürzt in den Brunnenschacht

Lange Zeit hielt René sich im Zweiten Land bei seinem Vater und König Roger auf. Im Gegensatz zu Colin, war er als Diplomat sehr brauchbar. Nach seiner Rückkehr erfuhr er, dass Amaurys Expedition erfolgreich verlaufen war. Gilles wurde für seine ausgezeichnete Arbeit sogar reichlich belohnt, aber auf dem Weg zu Jean T. dermaßen zusammengeschlagen, dass er erst einmal eine Weile brauchte, um sich zu erholen. Man munkelte, dass es Lyonels Leute gewesen waren, denn Gilles hatte ihn in Gegenwart von Amaury übel beleidigt (es war ja so leicht Lyonel zu beleidigen). Als René eintraf, war der Erste Jäger allerdings gerade von einer erfolglosen Jagd zurückgekehrt. Wahrscheinlich musste er sich erst wieder daran gewöhnen, seine Nahrung mit „anständiger" Arbeit zu verdienen. Der König „belohnte" ihn dafür mit einer Tracht Prügel und einer Hungerkur. Gilles verschwand daraufhin irgendwo im Palast, um den hämischen Blicken der anderen Jäger zu entgehen. Jean T. konnte ihn natürlich nicht mehr einsetzen, um sein Bordell aufzuwerten, weil der König jetzt seine Besitzansprüche für weniger glamouröse Einsätze geltend machte.

Jeder Jäger blieb nach der Jagd oder nach einer langen Reise für eine Weile im Palastgelände, um sich von den Strapazen zu erholen. Auch wenn René den Luxus der Stadt genoss, so fühlte er sich hin und wieder in seiner Freiheit, die er in den unendlichen Wüsten und Bergen hatte, eingeschränkt. Den Palast empfand er als einengend. Vor allem störte ihn, dass er fortwährend von neugierigen Blicken beobachtet wurde. Die Annehmlichkeiten seines Gemachs, in dem regelmäßig aus den unterirdischen Quellen, auf denen die Stadt erbaut war, geheizt wurde und sogar genügend Wasser zum Waschen vorhanden war, wusste er zu schätzen. Doch der Müßiggang machte ihn irgendwann nervös, er musste irgendetwas tun. Immerhin gab es auch innerhalb der Stadt noch einiges zu entdecken. So kam es, dass er sich, getrieben von Übermut und Überdruss, zusammen mit seinem Diener in den unterirdischen Gängen des Palastes wieder fand. Doch außer schwarzen Wänden, gab es im

Grunde nichts zu sehen und René erkannte rasch, dass diese Aktion schlichtweg völlig idiotisch war, was er jedoch seinem Diener niemals eingestehen wollte. Aber als er beschloss umzukehren, stellte er fest, dass er sich verlaufen hatte. Nachdem er und sein Diener in mehreren Sackgassen gelandet waren, versuchte René seine aufkeimende Panik herunterzuschlucken, während Alan, sein geschäftiger Diener, mühsam die einzige Fackel am Leuchten zu erhalten versuchte.

„Schöne Scheiße", schimpfte Alan Bates. „Das ist ja das reinste Labyrinth."

„Du sagst es, fehlt nur noch der Minotaurus. Komm, wir gehen mal hier lang. Vergiss es – wieder eine verdammte Sackgasse."

Unfassbar, in den Gebirgen und Wüsten außerhalb der Stadt fand sich René immer zurecht und hier unten rannte er herum, wie ein verirrtes Kind.

„Du solltest den König benachrichtigen", schlug Alan sinnigerweise vor. Natürlich war das die einfachste Lösung. Nicht nur der König, auch seine Jäger und Priester konnten telepathisch mit ihm in Verbindung treten. Kieran würde ihnen den Weg nach oben sofort zeigen. Aber wie sollte René Alan erklären, dass er gerade dazu keine Lust verspürte. Die Blamage wäre fast unerträglich gewesen. Das spöttische Lächeln des Königs und das hämische Feixen der andern Jäger und Priester – stellt euch mal vor, Grandier hat sich im Keller verlaufen – was für ein kindischer Dummkopf, dieser Grandier. Übrigens war es den Dienern verboten, diese Gänge, die neben den Verliesen der Gefangenen lagen, zu betreten. Bates hatte sich erst darüber lustig gemacht, dass dort unten wirklich ein Monster sein Unwesen trieb, aber jetzt wurde ihm klar, er würde wahrscheinlich eher vor Hunger geschwächt zusammenbrechen und eine Ewigkeit liegen bleiben, bis ihn vielleicht jemand fand. Er wurde langsam ängstlich, aber keineswegs kleinlaut:

„Komm Ariadne, vergiss deinen blöden Faden. Ruf einfach den König. Oder hast du vergessen, wie das geht."

„Hast du schon die Hosen voll?"

„Nein, ich habe Hunger, verdammt noch mal."

René ging es genauso. Gut, sollte Kieran seine Schadenfreude haben.

„Ich werde verrückt. Schau mal ..." Alan leuchtete mit seiner Fackel in einen kleinen Raum, in dem ein schwaches Feuer brannte. Bis auf ein paar verschmutze Decken, einem silbernen Helm und einem Speer, der an der Wand lehnte, war der Raum leer.

„Also doch der Minotaurus. Da, an den Decken klebt Blut." Bates hob die Lumpen mit zwei Fingern angeekelt hoch. „Lass uns bloß schnell verschwinden."

Er erstarrte. René folgte seinen Blicken. Am Eingang stand eine Gestalt, die brennenden grünen Augen musterten die beiden Eindringlinge feindselig. Es war das erste Mal, dass René seit seiner Ankunft bei Kieran Gilles, beziehungsweise Geoffrey gegenüberstand. Gilles Augen waren noch immer dunkel umrandet, nur sicher nicht mehr von der Schminke. Er musste viel geweint haben und sah müde und hungrig aus. Er schien keineswegs überrascht zu sein, seinen ehemaligen Freund und Jäger (sofern er überhaupt noch wusste, dass René sein Jäger gewesen war) hier Draußen wieder zu treffen. Die Angriffslust verschwand aus seinen Augen, er senkte den Kopf und blickte beschämt auf seine zerlumpten Gewänder herunter.

„Habt ihr Nahrung für mich. Ich habe furchtbaren Hunger", flüsterte er schließlich. Noch bevor René sein Bedauern ausdrücken konnte, hielt Alan Gilles ein Fläschchen, das er blitzschnell aus seiner Manteltasche gezogen hatte, vor die Nase.

„Hier, ich habe etwas viel Besseres. Ich weiß, du bist scharf auf das Zeug. Er würde sich mit Sicherheit selbst den Arsch aufreissen lassen, nur für einen Tropfen aus dieser Flasche", sagte er zu René gewandt, dann wieder zu Gilles „Du bekommst alles, wenn du uns nach oben führst."

Alan fühlte sich in Renés Begleitung ziemlich sicher und überlegen. Wäre er allein gewesen, hätte Gilles nicht um Nahrung zu betteln brauchen. Der Inhalt der kleinen Flasche wäre sein „Dessert" gewesen, nachdem er Alan mit seinem Dolch die Kehle aufgeschnitten hätte, ganz zu schweigen von den Dingen, die er sonst noch mit ihm angestellt hätte, denn der zierliche Engländer besaß eine recht hübsche Larve. Selbst wenn Gilles stärker als beide zusammen war, würde er es niemals wagen Alan anzugreifen – nicht in Gegenwart von René. Deshalb nickte er nur stumm als Zeichen seines Einverständnisses. Auf dem langen Weg nach oben überlegte René krampfhaft, wie er ein Gespräch anfangen sollte. Aber was gab es zu sagen? Er wusste doch selbst, der Mörder des Königs wurde von den anderen im Palast abgelehnt. Gilles hauste hier unten in den dunklen Gängen oder wenn er wieder besser aussah, verkaufte er weiterhin seinen Körper für ein wenig Nahrung, damit er Kraft hatte, um auf die Jagd zu gehen. Die wunderschöne Kette mit dem Onyx machte ihn zusätzlich zu einem der verachtetsten Wesen im Ersten Land. Keiner würde mehr mit ihm zusammen jagen, geschweige ihn auf der Jagd begleiten. Gilles ging nicht einmal bis zum Ausgang mit. Er konnte es offensichtlich nicht erwarten, den Inhalt der Flasche in sich hineinzuschütten, um so schnell zu verschwinden wie er aufgetaucht war. René war still und traurig. Der Anblick dieser zerschundenen Gestalt, die einmal einer der glanzvollen Erscheinungen am Hof des Königs von Frankreich und selbst ein verwegener stolzer König von Draußen gewesen war, hatte ihm unendlich weh getan.

„Bei wem arbeitest du eigentlich noch?", fragte er Bates scherzend, um sich abzulenken.

„Ich arbeite nur für dich, mein geliebter Jäger. Bist du etwa eifersüchtig?"

„Lass den Blödsinn, du Ferkel. Ich bezahle dich nicht so gut, dass du dir so etwas wie den Trank des Vergessens leisten kannst."

Jetzt musste Bates laut auflachen: „Trank des Vergessens. Ich hoffe nur eines, dass der Erste Jäger vor allem eines vergisst, nämlich, dass er die Flasche mit dem Zeug von mir bekommen hat."

„Alan, ich bin gerade etwas schwer von Begriff. Also drück dich präziser aus."

„In der Flasche ist Wasser, ganz ordinäres Wasser. Ich habe sie gefunden und behalten, weil ich sie so hübsch fand. Ich bewahre darin immer nur Wasser auf. Für Notzeiten – so wie diese."

„Du niederträchtiges kleines Stück."

Trotzdem bewunderte René die freche Unverfrorenheit seines Dieners.

Neuigkeiten wurden Draußen immer begierig aufgenommen. Sie brachten jede Menge Abwechslung, wie Nervenkitzel und unerschöpfliche Schadenfreude. Wie hatte Lyonel es nur geschafft, unseren Vater davon zu überzeugen, ihm einen menschlichen Körper zu geben. Er bereitete sich gerade auf einer einsamen Hazienda in Mexiko (erobert im Jahre 1520 von einem gewissen Hernando Cortez – man wusste schließlich Bescheid, was in der Welt vor sich ging) auf seine Prüfung ins Zwischenreich vor. Bestimmt trug Richard McDuff, der noch sehr an seinem ehemaligen Jäger hing, einen großen Teil dazu bei. Kieran war es egal, ob Lyonel im Zwischenreich, auf der Erde oder irgendwo Draußen war. Hauptsache, das strenge Erzengelsgesicht verschwand so bald wie möglich für immer aus seinem Blickfeld. Alles wäre auch so gut und schön verlaufen, aber

Lyonel/Enrique machte einen entscheidenden Fehler, als er in Begleitung des Großmagiers und Sir Richard beim König aufkreuzte.

„Er braucht ein Medium für den letzten Teil seiner Prüfung. Je höher das Medium, desto schwerer die Prüfung, umso größer die Ehre."

Bates war nahezu unverwüstlich mit seinem großen Maul.

„Meistens werden dazu die Diener genommen", korrigierte Percevale und rieb sich schon die Hände, bereit zum Austeilen der obligatorischen Ohrfeigen.

„Das ist nun wirklich zu viel. Geliebter Meister René, du wirst doch nicht zulassen, dass dieser barbarische Bretone wieder mein bezauberndes Gesicht verunstaltet. Ich bin immerhin Engländer aus hohem Adel", protestierte Alan schon etwas weniger laut.

„Muss ich jetzt beeindruckt sein?", zischte René zurück. „Und jetzt halte die Klappe."

Der „hohe Besuch" machte auf Kieran keinen großen Eindruck. Im Gegenteil: Er ließ seine „prominenten Gäste" wie Bittsteller vor seinem Thron stehen und befahl gelangweilt:

„Lyonel, nimm dein Medium – ist mir egal, wen – und fahre endlich ins Zwischenreich oder sonst wohin auf."

René glaubte, den Ansatz eines Grinsens in Sir Lawrence Gesicht zu sehen. Lyonel besaß weniger Sinn für diese Art von Humor.

„Ja, König Kieran. Ich nehme mein Medium. Gebt mir Euren Ersten Jäger."

Der König fuhr hoch.

„Wen bitte???"

„Habt Ihr ein Problem mit Euren Ohren. Den Ersten Jäger."

Kieran rückte erst einmal wieder seine Krone zurecht, die etwas verrutscht war.

„Lyonel, nicht dass ich sonderlich um dein Seelenheil besorgt bin, aber das ist ja wohl mit Kanonen auf Spatzen geschossen. Du warst Erster Jäger, er ist jetzt Erster Jäger (und er war vor allem Zweiter König von Draußen, du Dummkopf)."

Nun mischte sich auch Richard ein.

„Er hat recht, das Risiko ist zu groß und es ist auch nicht unbedingt nötig, den Ersten Jäger zu nehmen."

Doch Lyonel blieb bei seinem Entschluss.

„Ich habe doch keine Angst vor dieser Bestie. Gebt ihn mir und hört auf, mit mir herum zu diskutieren."

Jetzt konnte auch der Erste Priester nicht mehr an sich halten:

„Was bist du für ein abgebrühter Scheißkerl, Lyonel. Genügt dir nicht, dass du ihn bei seinem Absturz verletzt hast. Er hat noch immer rasende Schmerzen, wenn der König in seine Gedanken eindringen will? Genügt dir nicht, dass du ihm die Seele aus dem Leib geschlagen hast, bis er sie Kieran vor die Füße geworfen hat? Genügt es dir nicht, dass er endlich so am Ende ist und sich nicht mehr aus den Gängen unterhalb des Palastes herauswagt? Nein, du musst ihn vor deinem großen Aufstieg in dieses verlogene Zwischenreich noch einmal so richtig demütigen, indem du ihn als Medium missbrauchst, nicht wahr! Ein Jäger ist kein Medium für Prüfungen deiner Art, das ist nämlich unter seiner Würde und das bisschen Würde könntest du ihm vielleicht noch lassen – oder?!"

„Würdet Ihr Euren Priester zum Schweigen bringen", bemerkte Richard etwas gereizt. Kieran lehnte sich wieder in seinen Thron zurück und schlug demonstrativ die Beine übereinander.

„Hier hat jeder das Recht seine eigene Meinung kundzutun. Das habe ich von Euch gelernt, Onkel Richard. Aber sei es drum. Ich will doch Lyonels grandiosem Aufstieg nicht im Wege stehen. Gilles hat sich bestimmt von fast allen Jägern und Priestern hier Draußen vögeln lassen, da wird er diese kleine Demütigung auch noch überstehen. Ich werde ihn selbstverständlich bitten, sich anständig zu benehmen. Und du wirst ihn nicht unnötig quälen."

„Ich bin kein Sadist, König Kieran."

„Natürlich nicht, Lyonel. Ich würde deinen gerechten Zorn über den unmoralischen Lebenswandel meines Ersten Jägers niemals als Sadismus bezeichnen."

Der König war manchmal einfach umwerfend.

Gilles wurde geholt. Er nahm die Tatsache, dass er seinem ehemaligen Peiniger als Medium dienen sollte, so gleichgültig hin, dass sogar Lyonel erst einmal stutzte.

„Er ist fromm wie ein Lamm, das alte Raubtier. Was habt Ihr ihm nur angedroht, mein König?", fragte Percevale, als sich Lyonel mit seinem Medium, dem Großmagier und Richard in einen abgelegenen Raum des Palastes verzogen hatte.

„Wahrscheinlich den Entzug seines Bettes." Diese Bemerkung gab Bates erst von sich, als er und René den Thronsaal verlassen hatten und vor allem als auch Percevales kräftige Hände außer Reichweite waren.

Kurze Zeit später wurden René, Viviane, Percevale und Kieran in den Saal gerufen, in dem die Prüfung stattgefunden hatte. Ihr erster Blick fiel auf Gilles, der noch blasser als sonst an der Wand gelehnt auf dem Boden saß und ins Leere starrte. Er zitterte am ganzen Leib und ein Streifen Blut rann aus seinem Mund. Als der König auf ihn zukam, kroch er vor ihm auf die Knie und verharrte in dieser Stellung, bis Kieran ihm befahl sich wieder aufzurichten. Kieran hatte ihm von Anfang an ziemlich schmerzhaft diese Art der Huldigung beigebracht, die von den anderen Jägern und Priestern nur bei besonderen Anlässen verlangt wurde. Lyonel lag ein paar Meter weiter auf dem Boden und stöhnte:

„Oh mein Gott. Meine Augen, meine Augen. Ich kann nichts mehr sehen."

Richard saß bei ihm, die Hand auf seine Stirn gepresst und versuchte ihn zu beruhigen.

„Was ist passiert?", fragte Kieran überflüssiger weise.

„Das sanfte Lamm hat sich wieder in den reißenden Wolf verwandelt." Richard gab die Antwort noch vor Sir Lawrence.

„Alles ging so reibungslos …", fuhr der nun fort. „Zu reibungslos. Lyonel war sich seiner Sache zu sicher. Als er Gilles für den Bruchteil einer Sekunde den Rücken zuwandte, griff der an. Er griff an mit seinem ganzen Hass und seiner ganzen Verzweiflung. Er hätte ihn sogar umgebracht, wenn ich nicht dazwischen gegangen wäre. Nur, fürchte ich, wird Lyonel wahrscheinlich dem noblen Lebensretter nicht allzu dankbar sein, zumal er den Rest dieses Lebens in Dunkelheit verbringen wird. Dein Jäger hat seinen Sehnerv getroffen."

Sir Lawrence schaute verächtlich auf seinen Sohn herab: „Plumps, da ist das dumme leichtsinnige Kind doch wieder in den Brunnen gefallen. Na immerhin bist du um eine wichtige Erkenntnis reicher geworden. Lektion, die letzte, Enrique de Alpojar: Leg dich niemals mit einem ehemaligen König an. Selbst wenn der noch so erniedrigt wurde und noch so schwach scheint, er ist meistens in der Lage einen kleinen Jäger, wie dich, das Fürchten zu lehren."

„Jetzt wird er noch verbissener als vorher werden. Aber ich habe gehört, Kieran hat schon einen schönen Platz in den Kolonien für ihn auserwählt, die sehr weit weg von der Stadt sind – sozusagen als Willkommensgeschenk, wenn er nach seinem erbärmlichen Leben hier Draußen wieder auftaucht."

Trotzdem war in Percevales Ton eine kleine Spur von Mitleid für den armen unglücklichen Lyonel zu hören. René dagegen murmelte nur etwas von ausgleichender Gerechtigkeit und spürte gleichzeitig wieder eine schwache Sympathie für Gilles aufsteigen.

Draußen 1922

12.

Die Jagd nach dem schwarzen Hexenmeister

Lyonel kehrte sogar früher zurück als erwartet. Er wollte, so Sir Lawrence, zu schnell die Treppe hinunterlaufen und war dabei über eine schwarze Katze gestolpert. Lyonel verabscheute Katzen, wahrscheinlich weil die meisten von ihnen grüne Augen hatten und eine von ihnen hatte ihm das Genick gebrochen. Wenigstens konnte er jetzt wieder sehen, auch wenn ihm der Anblick von Kierans schadenfrohem Gesicht unerträglich sein musste.

„Hier bringe ich das Häufchen Elend zurück. Sei wenigstens du gnädig mit ihm."

Der Großmagier machte keinen Hehl aus seiner Verachtung für den gefallenen Sohn.

„Natürlich, auch wenn man mich hier nicht König Kieran, den Gnädigen, nennt, habe ich doch noch so viel Anstand im Leib, dass ich ihn eine Kolonie übernehmen lasse. Dort herrscht Zucht und Ordnung und er kann sogar was daraus machen. Ganz im Sinne des ehemaligen Besitzers, der vor lauter Zucht und Ordnung jetzt im Niemandsland gelandet ist."

„Dann bring mich endlich von hier fort." Lyonel war heute erst recht nicht zum Scherzen aufgelegt. Er hasste Scherze – Scherze, Lasterhaftigkeit und Katzen. „Ich erwarte, dass es eine Kolonie ist, die von Eurem verfaulten Reich unabhängig ist. Und wehe Eurem Bettgenossen, wenn er dort auftaucht. Man wird mich dann Lyonel, den Schrecklichen, nennen!"

„Oh weh, welche Furcht erfasst mich. Es ist weder meine noch die Schuld meines angeblichen Bettgenossen, wenn du ihn in einem Anfall von Größenwahn als Medium haben wolltest", schrie Kieran zurück. „Hau endlich ab. Am besten gleich in eine andere Dimension, auf den Mond, ins Universum oder in die Hölle. Du kannst auch verschwinden, Großmagier."

„Du sprichst mit deinem Vater, Kieran."

„Du kannst mir im Mondschein begegnen, Papi."

„Danke, mein Sohn, vielen Dank. Ich gehe. Ich verabscheue dieses Land, ich verabscheue diese morbiden Kreaturen darin, die vor allem einmal meine Kinder waren." Sir Lawrence wandte sich noch einmal um. „Was bin ich gesegnet mit prachtvollen Söhnen. Lyonel und Kieran, mir wie aus dem Gesicht geschnitten, ich müsste gerade doch euch beide von ganzem Herzen lieben. Tu ich aber nicht, und ich weiß nicht, wen ich von euch beiden widerwärtiger finden soll, den verrückten Heiligen oder den kleinen Satan auf seinem komischen Thron. Wenigstens ist Roger noch in Ordnung, wenn auch etwas aus der Art geschlagen."

„Vielleicht ist er überhaupt nicht dein Sohn", bemerkte Kieran spitz.

„Ja, ja, du putziger Giftpilz. Lass es gut sein, du bist mir ja gewachsen. Zu meinem großen Glück darf ich mich noch auf einen Sohn besinnen, zu dem ich wirkliche Zuneigung verspüre ... aber was geht euch das an, lebt wohl."

Lawrence hatte keine Lust mehr, weiterzusprechen, er zog es vor, endgültig die Stadt zu verlassen. Da brüllte Lyonel auf einmal wie aus heiterem Himmel los:

„Du elender erbärmlicher alter Heuchler! Dein einzig geliebter ahnungsloser Edward, dein geliebtes Spielzeug, du verlogenes Stück. Ich werde dir sagen, zu wem du Zuneigung hast: zu diesem irischen Hund von Guy Macenay! Ihn willst du doch haben. Er hält sich angeblich seit Jahren an einem geheimen Ort auf und du kannst ihn nur Draußen gefangen nehmen. Dein geliebter Edward wird nichts weiter als der Köder für diese Schlange sein. Guy soll wieder sein Meister werden, doch dass Edward fällt, ist so sicher wie das Amen in der Kirche. Du weißt auch, dass Guy deinen geliebten Edward bei sich behalten wird, wenn er ihn erst mal in seinen Klauen hat. Du brauchst ihn nur ausfindig zu machen und du hast auch Macenay. Du wirst den schwarzen Hexenmeister sicher noch ein klein wenig schikanieren, bevor du ihn zu seiner Hure ins Niemandsland verbannst. Ich bin so gespannt, ob es dir dieses Mal gelingt, falls du ihn nicht wieder zu einer Krönung oder so was ähnlichem verschenken wirst. Ausgerechnet du wirfst mir blinde dumme Rache vor, ausgerechnet du! Du hast doch keinen anderen Gedanken mehr, als dich an Macenay zu rächen. Und ich weiß auch warum. Nein, nein ich verrate nichts, von mir hört niemand etwas, aber ich freue mich, wenn deine dunkle Vergangenheit endlich ans Licht kommt. Ich gehe jetzt, aber ich schwöre dir, du wirst mich eines Tages wieder sehen und es bitter bereuen."

„Nach diesem letzten großen Ausbruch wünsche ich mir nichts sehnlicher als das, mein Erstgeborener", knurrte Lawrence.

„Pass auf, was du von dir gibst. Du hast dir einiges geleistet, Sir Lawrence Duncan. Dein Abstieg rückt in greifbare Nähe. Ach, und bevor ich gehe, noch ein kleiner Rat: auch ein irischer Hund beißt zu, wenn man ihn zu oft und zu heftig tritt."

„Verschwinde, bitte schnell und sofort."

Lyonel hatte sich bereits umgedreht und ging zum Ausgang.

„Einen Moment noch ..."

Percevale rannte ihm mit einem Bündel auf dem Arm hinterher.

„Ich soll dir das von Gilles geben."

Achselzuckend und ohne Widerspruch nahm Lyonel das Bündel entgegen und öffnete es. Er fuhr erschrocken zusammen, ließ es fallen und rannte schließlich wie ein Besessener davon, um endlich seinen Frieden in seiner Kolonie zu finden. René und die anderen starrten auf den Boden.

„Das ist seine Maske und sein Kostüm", erläuterte Alan. „Als wir sein Haus aufgeräumt haben – wir dachten ja, er kommt nicht wieder – stand Gilles plötzlich mitten drin und wollte diese Sachen. Wir haben uns kaputtgelacht. Die begehrteste Hure der ganzen Stadt wollte sich mit den Sachen ihres Todfeindes kostümieren. Aber wir haben sie ihm schließlich gegeben."

Sir Lawrence, der rein gar nichts kapierte, murmelte noch etwas von Irrenhaus und verließ endlich den Palast.

„Was das auch immer bedeuten soll", murmelte Kieran, erhob sich und strich mit dem Zeigefinger andächtig über die Schramme, die sich auf der linken Wange der Maske befand.

„Ihr könnt es doch herausbekommen, mein König."

„Nein Percy, lassen wir den beiden ihr schmutziges Geheimnis und es lohnt sich nicht, dafür in seinen lädierten Schädel einzudringen. Ich brauche ihn für wichtigere Sachen. Verbrennt das Zeug. Lyonel wird es wohl nicht mehr brauchen, sofern er es war, der es überhaupt gebraucht hat."

„Ja, mein König. Und was machen wir jetzt?"

„Jetzt?" Kieran setzte sich auf seinen Thron zurück. „Jetzt suchen wir Guy Macenay."

Kieran schickte tatsächlich seine Jäger in die entferntesten Regionen, ohne Erfolg. Macenay blieb verschwunden.

„Er ist wie vom Erdboden verschluckt, mein König." René sank erschöpft auf den Steinfliesen nieder. Auch der König war ratlos.

„Er kann sich doch nicht einfach in Luft aufgelöst haben und irgendjemand muss ihn doch irgendwann mal gesehen haben. Hoffentlich hat ihn Lawrence nicht doch erwischt und ins Niemandsland befördert. (Offenbar war die Tatsache noch nicht bis ins Erste Land vorgedrungen, dass der schwarze Hexenmeister längst dem Großmagier in die Hände gefallen war, jedoch keineswegs im Niemandsland dahin schmachtete, sondern mir nicht weit von der Stadt entfernt gerade das Leben zur Hölle machte). Halt René, bevor du gehst, noch eine Bitte. Ich habe Gilles kurz vor die Tore der Stadt geschickt um den Zustand der Mauer zu prüfen, er hat sich wohl unerlaubt davon entfernt, denn er ist noch immer nicht zurück. Er kann nicht allzu weit sein. Kannst du ihn bitte holen."

„Ich?" René war entsetzt. Kieran verdrehte in gespielter Verzweiflung die Augen.

„Ich habe keine Lust und Zeit ihn telepathisch ausfindig zu machen. Es ist einfach zum Kotzen, dass er nicht gehorchen kann. Wenn er kommt, sehe ich mir seinen nackten Rücken an."

Der König griff nach einer Peitsche und fuchtelte damit vor Renés Gesicht herum. Der ließ sich allerdings wenig beeindrucken.

„Warum gerade ich?"

„Du hast einen guten Draht zu ihm. Du magst ihn doch."

Fast gleichzeitig verzogen die umstehenden Jäger ihre Gesichter zu einem zweideutigem Grinsen. René streckte ihnen die Zunge heraus.

„Natürlich, ich möchte um seine Hand anhalten, mein König." Und ärgerlich weiter, „warum muss eigentlich ich sein Kindermädchen spielen?"

„Weil du sein richtiges Kindermädchen noch immer nicht gefunden hast. René, soll ich vor dir auf die Knie fallen?"

René wollte die Langmut des König nicht zu sehr strapazieren.

„Nein, das hätte mir gerade noch gefehlt. Also gut, ich gehe ..."

„Vielen Dank für dein großes Opfer", erwiderte Kieran überschwänglich und ließ dabei genüsslich die Peitsche durch die Luft sausen. Gleichzeitig dachte René an eine unverschämte Frage und bevor er sie verbal formulieren konnte, stand Kieran plötzlich vor ihm und sagte mit engelsgleichem Lächeln im Gesicht:

„Ja, ich verspüre große Lust dabei."

René verzog angewidert das Gesicht: „Na, dann will ich mich mal beeilen, damit Ihr nicht zu lange auf Euer Vergnügen warten müsst, mein König."

René fand Gilles bereits wenige Meter vor den Stadttoren. Er kam ihm entgegen geschlendert in einer Seelenruhe, als ob er von einem beschaulichen Sonntagsspaziergang zurückkehrte. Er strahlte dabei eine merkwürdige Heiterkeit aus.

„Du sollst sofort zum König kommen." René hatte beschlossen, mit dem Geächteten so wenig wie möglich zu sprechen.

„Ich bin ja schon auf dem Weg zu ihm."

„Aber ein wenig zu spät dran." René wandte sich sofort um und ging in Richtung Stadt, während Gilles hinter ihm her trödelte. René blieb kurz stehen und wartete. Ihm platzte fast der Kragen. Der Tag sei verdammt, an dem ich ihm zum ersten Mal in Champtocé begegnet bin, grollte er innerlich. Zu Gilles gewandt fragte er dagegen zuckersüß:

„Empfindest du eigentlich Lust, wenn du verprügelt wirst?"

„Warum, willst du mich schlagen, mein René?"

„Das hätte ich schon vor langer Zeit tun sollen, aber ich hatte einfach keine Lust. Damit wir uns nicht falsch verstehen, der König wartet auf dich, er hat eine Peitsche und ist sehr nervös."

„Lassen wir ihn noch ein wenig warten, damit seine und meine Lust gesteigert wird."

Gilles setzte sich auf einen Felsen. Jetzt konnte René nicht mehr an sich halten.

„Dass du ein perverses Schwein bist, habe ich schon immer gewusst. Von mir aus, mach was du willst, lass dich von ihm verdreschen, steig in sein Bett, küss ihm die Füße oder sonst was. Ich, für meine Person, bin ganz einfach nur müde, todmüde. Ich will schlafen, am liebsten eine Ewigkeit. Leider habe ich das Vergnügen, dich beim König abzuliefern, weil der keine Lust hat, dein vermanschtes Hirn zu beanspruchen. Komm jetzt, tu mir endlich den Gefallen."

„Ich tu dir den Gefallen, aber vorher möchte ich etwas klar stellen: Ich habe nicht die geringste Lust, von Kieran oder seinen Leuten verprügelt zu werden und ich habe sie auch nie gehabt. Abgesehen davon, dass er schon dafür sorgt, dass erst gar keine aufkommt. In seinem Bett bin ich hier Draußen nicht einmal gewesen und seine Füße küsse ich, weil er mich mit abscheulichen Mitteln dazu zwingt. Das zu dem Thema. Aber vielleicht sollten wir beide uns endlich aussprechen. Du bist nicht sehr freundlich, zumal du nach so langer Zeit das erste Mal mit mir sprichst."

René griff sich stöhnend an den Kopf.

„Du hast dich selbst auf eine Stufe gebracht, wo man sich nicht mehr mit dir unterhalten kann, ohne selbst verachtet zu werden. Soviel ich weiß, sind Geschöpfe deines Standes für andere Gelegenheiten da. Es ist keine Ehre, als der Freund einer stadtbekannten Hure und eines Kinderschänders zu zählen."

Gilles schwieg betroffen und hielt die Hände schamhaft an seinen Hals, um damit die Kette seiner Schande zu bedecken.

„Ich hatte damals Hunger", entgegnete er zaghaft.

Aber René ließ die Rechtfertigungsversuche nicht gelten.

„Hunger! Meine Güte! Da müsste ja ganz Draußen aus Nutten bestehen! Und es hat dir wirklich so gar keinen Spaß bereitet, dieses Leben? Abgesehen davon, dass du die Strafe der Verbannung nicht umsonst bekommen hast, du blutrünstiges Monstrum. Hunger! Was glaubst du, wie oft ich schon Hunger hatte, Hunger, dass ich vor Schmerzen nicht mehr laufen konnte. Aber es wäre mir niemals im Traum eingefallen, mich von irgendwelchen Jägern, Priestern oder Königen ficken zu lassen, die dazu auch noch maskiert waren."

„Dein Vater war nicht maskiert."

„Was?!" René stolperte über einen Stein und wäre fast der Länge nach hingefallen. „Bitte sage sofort und auf der Stelle, dass ich mich verhört habe. Du hast doch nicht wirklich gerade meinen Vater erwähnt!"

„Doch das habe ich", bestätigte Gilles nochmals und ging vorsichtshalber ein paar Meter auf Sicherheitsabstand. „Ja, deinen Vater, den Grafen de Grandier – inzwischen Jäger bei König Roger."

„Du verkommenes Subjekt. Was hast du mit meinem Vater gemacht?"

Gilles ließ sich auf den Boden fallen und begann hysterisch zu lachen:

„Das gibt es nicht. Was hast du mit meinem Vater gemacht? Vater, nicht zu fassen, bisher hat man mich immer gefragt, was ich mit den Söhnen gemacht habe. Nein, das ist wirklich komisch."

René packte ihn und schüttelte ihn zornig durch.

„Aua, René. Bitte lass mich los. Frag lieber deinen Vater, was er mit mir gemacht hat. Er kam oft, er hat mich reichlich belohnt und er war sehr freundlich zu mir."

„Hattest du ein Glück", knirschte René und ließ von ihm ab. „Bitte erspar mir die Details."

„René, was hast du denn vergessen, wo du hier bist? Ja, dein Vater ist ein Edelmann, aber auch ein Geschöpf mit wenig edlen Empfindungen und warum sollte er sie sich verkneifen. Es gibt keinen Grund hier Draußen, sie zurückzuhalten."

Das sah René allerdings vollkommen anders.

Wenn er jetzt auf meine Empfindungen diesbezüglich anspielt, hau ich ihm eine runter, beschloss er. Vielleicht wollte Gilles ihn nur ärgern? Nein, er war ein lasterhaftes Geschöpf, aber er log niemals, er konnte nämlich nicht lügen. Außerdem war Colins Gesichtsausdruck beim Anblick dieser Edelhure alles andere als abgeneigt gewesen.

„Ach, René, schau doch nicht so. Du siehst gerade aus wie Lyonel."

Zum Glück brauchte René nicht mehr zu antworten, denn hinter dem Stadttor wurden sie bereits von Kieran empfangen. Damit wurde auch Gilles Übermut reichlich gedämpft. Aschfahl im Gesicht fiel er auf die Knie und berührte mit der Stirn den Boden.

„Ich verabscheue es einfach, wenn du ungehorsam bist."

Kieran hob Gilles Kopf mit dem Griff der Peitsche nach oben. Ganz entgegen seiner humanen Einstellung überlegte René einen Augenblick, ob er bei der unvermeidlichen Abreibung zuschauen sollte. Er war so wütend, dass er sogar Gilles mit Begeisterung selbst durchgeprügelt hätte. Mit Grauen hörte er schon die Jäger und Priester hinter seinem Rücken flüstern: Stellt euch mal vor, Grandiers Vater hat es mit dem Ersten Jäger getrieben und dabei auch noch fast sein ganzes Vermögen verprasst. In den Boden wäre er vor Scham versunken. Warum hatte sich dieser einfältige Narr von Colin nicht wenigstens maskiert. Oh Gott, und dann erst die blöden Bemerkungen von Amaury de Craon. Denn solche Geschichten machten auch vor den Toren des Zwischenreiches nicht halt und wurden gern aufgenommen, auch wenn man selbstverständlich längst darüber hinweg war. Aber vielleicht hielt ja Gilles, vor allem auch Colin den Mund und die ganze ekelhafte Geschichte verlief im Sand. Der Erstere war im Augenblick sowieso so demoralisiert und voll damit beschäftigt, seinen zornigen König zu besänftigen.

„Mein König, bitte. Ich wollte ja sofort zurückkehren , aber es war so …"

„Keine Ausflüchte. Du kriegst deine Prügel", unterbrach Kieran und winkte gleich zwei Jäger herbei, die dem Unglücklichen bereits die Arme auf den Rücken drehten.

„So hört doch einen Augenblick zu", schrie Gilles verzweifelt. „Ich wollte wirklich sofort zurückkommen, aber dann habe ich Edward Duncan vor der Stadt getroffen."

„Keine weiteren Verzögerungstaktiken. Du hast es ja bald hinter dir. Und was gehen mich deine zweifelhaften Rendezvous an. Moment, sagtest du gerade Edward Duncan? Meinen Bruder? Den Liebling von Lawrence? Das unschuldige Objekt von Guy Macenays Rache?" Gilles nickte schwach. „Lasst ihn los. Wo Edward ist, ist vielleicht auch Guy. Was sind wir alle für Hornochsen. Suchen am Ende der Welt und diese Schlange sitzt womöglich direkt vor unserer Tür. Los, los, beeilt euch. René, du kannst danach genügend schlafen, so lange du willst, versprochen. Oh nein, Gilles du bleibst hier. Du kriegst später die Peitsche – zur Feier des Tages von mir persönlich", ergänzte Kieran noch liebenswürdiger weise.

Bevor René zur großen Jagd auf den Hexenmeister aufbrach, musste er noch einige wichtige Fragen an den Ersten Jäger stellen:

„Du weißt, wer Edward Duncan ist?"

„Der dritte Sohn des Großmagiers."

„Weißt du auch, wer Guy Macenay ist?"

„Der Bruder des Wächters und Onkel des Ersten und des ehemaligen Zweiten Königs."

"Und du weißt also, wie der ehemalige Zweite König von Draußen heißt?"

Gilles lächelte und strich dabei René zart über die Wange:

„Durham, er heißt Geoffrey Durham."

„Und du weißt auch, dass ich einmal einer seiner Jäger war?"

„Ja, mein René. Ich weiß manchmal einiges, manchmal sogar alles, manchmal nichts und oftmals will ich nicht das Geringste wissen."

René hatte begriffen.

Finis Terra 1923

13.

Efrén de Alpojar schreibt einen Abschiedsbrief

So kam es, dass Guy Macenay in einer der wilden Kolonien aufgegriffen wurde, um schließlich mehr oder weniger freiwillig der Zweite Priester von Kieran zu werden. Die Wahl zwischen Pest und Cholera wurde ihm ja auch einfach genug gemacht. Er hoffte natürlich, in Zukunft mit Kieran besser fertig zu werden (er hoffte richtig) und hatte gleichzeitig seinem unermüdlichen Verfolger und Todfeind ordentlich eins ausgewischt. Ausge-wischt war wohl zu milde ausgedrückt: Lawrence tobte nach Aussagen von verlässlichen Zeugen wie ein Verrückter, musste auf der anderen Seite Respekt vor dem Ersten König bekommen haben, denn er bezeichnete von nun an nicht mehr mich, sondern Kieran als seinen jüngsten Sohn. Endlich nach fast achthundert Jahren wurde also der Sohn der „irischen Hure" als echtes Familienmitglied akzeptiert.

Auf der anderen Seite musste ihm beängstigend klar werden, dass das Erste Land zu stark wurde, denn der König verfügte inzwischen über eine ausgezeichnete Mannschaft. Der Erste Jäger, Geoffrey Durham, trotz Gedächtnislücken, war noch immer ein verwegener Draufgänger und seinem König keineswegs so spinnefeind, wenn es darum ging, sein Land zu verteidigen; der Zweite Jäger, Percevale de Thouars, war seinem König schon von Anfang an ergeben. Er hatte ihn immerhin einst in die Geheimnisse der Magie eingeweiht; der Dritte Jäger, René de Grandier, war mutig und unbestechlich; der Vierte Jäger, Douglas McDuff, hatte sich auch längst mit seinem Cousin arrangiert; der Erste Priester, Viviane Duncan, stand den magischen Fähigkeiten ihrer Mutter kaum nach und jetzt der Zweite Priester, Guy Macenay, ein ehemaliger Großmagier, gut genährt und stark, konnte für Sir Lawrence wieder ernsthaft zur Gefahr werden. Der Dritte Priester – Name mir unbekannt – verhielt sich neutral und trauerte zu oft König Richard nach. Er sollte schleunigst ausgetauscht werden. Mit wem? Das wurde mir ziemlich schnell klar, als ich mich nach einem kurzen Besuch in der Stadt des Königs eines morgens in meinem Zimmer auf Finis Terra wieder fand.

Don Rodrigo, ich bleibe aber wohl lieber ab jetzt bei Sir Lawrence, war für meine wunderbare Rückkehr nach Finis Terra verantwortlich. Er erklärte mir ausgiebig und salbungsvoll, dass ich zwar meine Strafe verdient hätte, aber er wolle mir noch einmal eine Chance geben. Wie es ihm gelungen war, mich aus dem Koma zu holen, wird wohl für immer ein Rätsel bleiben. Hatte er geahnt, dass er mich womöglich an den König verlieren würde, hatte er gemerkt, dass er zu weit gegangen war, als er mich abermals seinem schwarzen Kontrahenten zum Fraß vorwarf?

Da sitze ich nun, der angebliche Lieblingssohn des Großen Magiers und schlage den Rest meines armseligen Lebens auf dieser Hazienda am Ende der Welt tot. Ich bin fertig mit meinen Memoiren, die doch eine beträchtliche Anzahl von Seiten gefüllt haben. Ich kann vielleicht endlich wieder in mein heiß ersehntes Zwischenreich zurückkehren. Efrén de Alpojar hatte sich nichts mehr gewünscht als das, Raphael hatte keine Gelegenheit gehabt, es kennen zu lernen und Edward Duncan, der dort einige Zeit existierte, fand es schlichtweg nichts sagend. Ich hätte nie geglaubt, dass ich es einmal sagen, beziehungsweise niederschreiben würde. Die weißen Tempel mit ihren abgeklärten Bewohnern bedeuteten mir nichts mehr. Ich brauche angeblich nicht mehr eine Prüfung abzulegen, sondern nur zu warten bis ich alt, grau und verbittert wirklich von dieser Erde genommen werde. Was wollte mein Vater mir mit dieser großzügigen Geste demonstrieren? Seine uneingeschränkte Macht? Bestimmt hat er nicht rechtens gehandelt, aber rechtens war er sowieso noch nie gewesen. Er erinnert mich an die Götter der griechischen Sagen, die sich im Olymp ständig zu langweilen schienen und sich die entsprechenden Zerstreuungen auf der Erde suchten, indem sie mit den ahnungslosen Menschen mehr oder weniger abscheuliche Spiele veranstalteten. Zeus-Lawrence spielte seine neue Rolle gut und sogar glaubwürdig – der große gnädige Retter, der mich aus den Fängen des bösen schwarzen Hexenmeisters befreite. Warum hat er das verdammt noch mal nicht schon bereits getan, als man mich im Kerker der spanischen Inquisition folterte und am Ende auf dem Marktplatz grausam hinrichtete? Aber dieses Mal meinte er es wirklich ernst (ja, das nahm ich ihm sogar ab), denn noch Tage, bevor er Finis Terra für einige Zeit verließ, schärfte er mir ein, dass ich auf keinen Fall mit Guy Macenay Kontakt aufnehmen dürfe, denn der würde mich auf der Stelle mit nach Draußen nehmen, wo König Kieran auf mein Ja-Wort wartete. (Also irgendwo doch wieder eine dämliche Prüfung). Nun, Efrén, halte schön Fenster und Türen verschlossen, wenn es vor dem Haus heiser ruft: Kleines Schwein, lass mich rein. Ich kenne deine Stimme, du altes Rabenaas. So viel Kreide kannst du gar nicht fressen, um dein Krächzen zu verbergen.

Von Anbeginn dieses Manuskriptes war mir selbstverständlich klar, dass ich den Schwarzen nie wieder sehen wollte. Er hasste mich, er demütigte mich, er verspottete mich. Mir war klar, es hatte nichts mit mir persönlich zu tun, denn ich habe die Grausamkeiten, die ihm mein Vater zufügte, immer verabscheut. Aber er sah das offensichtlich anders. Ich erinnere mich an einen Zwischenfall, nachdem Lawrence ihn in meiner Gegenwart und der meiner Brüder grausam erniedrigte. Ich hatte wirklich echtes Mitleid mit ihm, als er mit zerschlagenem Rücken in die Ecke seiner Zelle kroch. Meine Brüder und mein Vater hatten das Verlies längst verlassen. Ich blieb zurück – geschockt und verunsichert. Auch ich wollte von diesem grauenhaften Ort so schnell wie möglich fort. Auf der anderen Seite war ich nicht in der Lage Guys Stöhnen zu ignorieren. Irgendwie glaubte ich zu hören, dass er leise um Wasser bettelte. Ich bat den Kerkermeister, welches zu besorgen. Vorsichtig näherte ich mich mit einer Schale frischem Wasser in meiner zitternden Hand dem halbnackten Zauberer, der noch immer zusammengekrümmt in seiner Ecke verharrte. Seine verfilzten, schwarzen Haarsträhnen verbargen teilweise sein Gesicht. Es war so blass, so ausgemergelt und eine seiner Wangen, die einen Schlag abgekommen hatte, blutete. Doch da waren plötzlich seine Augen, die mich anstarrten. Ich wich vor Schreck zurück und spürte den stechenden Schmerz in meinem Kopf und bereute auf der Stelle mein Mitgefühl.

„Es tut mir leid", flüsterte ich beschwichtigend und stellte die Schale mit dem Wasser vor ihm auf den Boden. Fort, schnell fort von hier. Warum hatte ich die Warnungen meines Vaters nicht ernst genommen. Hab kein Erbarmen mit ihm und zeig ihm niemals deine Schwäche. Einfacher gesagt als getan. Ich riss mich zusammen, schlich rückwärts zum Ausgang und bevor ich nach den Wachen rufen konnte, die die Tür verschlossen, vernahm ich sie, seine tiefe krächzende Stimme:

„Ich verzichte auf dein selbstgefälliges Mitleid, du blauäugiger Schwächling. Sowas wie du will einmal mein Herr und Gebieter werden? Ach ja, nicht du willst es, sondern dein Vater will es. Du hast noch viel zu lernen, kleiner Magier. Vor allem Mut. Du hast Angst, ich rieche deine Angst bis hierher. Du sollst aber auch Angst vor mir haben, denn eines Tages werde ich wieder frei sein und wenn ich dich erwischen sollte, werde ich deinen zitternden Körper mit samt deiner winzigen Seele in

Stücke reißen, um sie anschließend deinem übermächtigen Vater vor die Füße zu werfen. Jetzt verschwinde, bevor du vor Angst noch eine selbstgemachte Pfütze produzierst."

Warum, zur Hölle, muss ich ausgerechnet jetzt an diese unerfreuliche Begebenheit denken? Er hatte es getan, mich nicht nur einmal in Stücke gerissen. Deshalb frage ich mich gerade, warum ich überhaupt erwäge, mich mit ihm einzulassen. Was schreib ich hier für einen Unsinn? Ich bin frei, ich kann zurück ins Zwischenreich, ich will ins Zwischenreich, ich muss ins Zwischenreich. Nein, ich kann nicht, ich will nicht, ich muss nicht. Ich bin frei. Was ist los mit dir, Efrén?

Es ist viel Zeit vergangen, viel Zeit zum Nachdenken, viel Zeit zum Schreiben und nachdem ich alles zu Papier gebracht habe – bin ich mir in der Tat nicht mehr so sicher. Es ist ja nicht nur Guy (auf den ich ehrlich gesagt verzichten könnte), es sind auch Geoffrey, René, Percevale und Viviane, die mir fehlen, ja sie fehlen mir. Und nun kommen die ersten Zweifel, ob das Zwischenreich überhaupt die Lösung für mich ist. Ich bin wieder Edward, Edward Duncan, der sich dort nie wohlgefühlt hatte, der nie glaubte, im Paradies zu sein. Anfangs schien es in der Tat wie das Paradies, alles wunderschön, so ruhig, so grässlich ruhig, so wunderschön und so leer, aber auch so falsch. Die Bewohner schienen dort keinerlei Emotionen mehr zu besitzen, sie wurden von nichts mehr berührt, sie waren darüber „hinweg". Stimmt, sie waren nicht gemein, nicht bösartig, nicht hinterhältig, nicht grausam, doch sie waren auch nicht fröhlich, nicht traurig, sie waren einfach gar nichts. Will ich wirklich diese Stufe erreichen? Diese Stufe der gleichgültigen Glückseligkeit, die kein anderes Ziel hat, als den unendlichen Einklang mit dem Kosmos?

Einige, die sich noch zu Gefühlsregungen hinreißen lassen, nehmen sich bereits nach kurzer Zeit wieder einen menschlichen Körper, wie es ja auch Lawrence fortwährend tut, obwohl er bereits Großmagier ist, um sich davon endgültig zu trennen oder um sich auszuleben. Ich weiß es nicht. Bestimmt ist er noch nicht reif für den großen Aufstieg in die Unendlichkeit. Wenigstens zeugen seine Gehässigkeiten noch von menschlichen Gefühlen und seine Gehässigkeiten sind eigentlich ganz menschlich. Und grob gesehen, so hundsmiserabel ist er ja auch nicht. (Was stimmt dich bloß so milde Efrén – bist du etwa gereift oder liebst du womöglich doch dieses alte Scheusal?) Erstens: Er kommt von Irgendetwas einfach nicht los. Zweitens: Dieses Etwas quält ihn und nicht mal das Zwischenreich kann ihn vergessen lassen oder womöglich davon erlösen. Drittens: Dieses Etwas hat mit Macenay zu tun, den er so hasst. Aber um jemanden so hassen zu können, muss man ihn auch irgendwann einmal genauso geliebt haben. Davon gehe ich einfach mal aus. Wenn ich im Zwischenreich in den weißen Tempeln versaure, erfahre ich nichts, wenn ich Draußen in der schwarzen Stadt versaure vielleicht. Von Guy? Bestimmt nicht. Aber vielleicht von Kieran, Viviane oder Geoffrey, sie sind die Kinder des Wächters und Ginevra spielt garantiert auch eine beachtliche Rolle in dem Drama. (Und da wäre auch noch das Geheimnis um das mysteriöse Amulett der Dunklen Macht.) Also schließe ich daraus, dass Lawrence unter allen Umständen will, dass ich von diesem Etwas nichts erfahre. Er ist schließlich ein Gott und was dürfen mich die Gefühle eines Gottes angehen. Meine Güte, dabei könnte ich ihn wahrscheinlich viel besser verstehen (das Gleiche gilt auch für seinen schwarzen Kontrahenten), wenn ich diese Gefühle kennen würde. Was ist vorgefallen zwischen Guy, Lawrence und Ginevra, das so viele Jahre diesen Hass der drei genährt hat? Ich glaube, es war nicht einmal so mystisch, bestimmt handelt es sich um so was wie Liebe, Hass, Verrat und Eifersucht, aber daraus sind immerhin die besten literarischen Werke entstanden.

Wenn ich weiß, dass mein Vater zu diesen Gefühlen noch fähig ist, bringt genau das ihn mir persönlich wieder näher – als Vater und nicht als Gott-Zeus. In diesem Augenblick muss ich an Sir Ashley Durham denken und mich packt das Grauen. Er ist auf dem besten Weg einer dieser leeren Übermenschen zu werden. Wie ich hörte, existiert für ihn nicht einmal mehr der Name des Sohnes, den er einst zu seinem Nachfolger erwählt hatte. Geoffrey wie auch seine Mutter sind aus seinem Leben verschwunden, als hätten sie nie existiert und Gilles de Rais ist nur ein perverser Kinderfresser, der dem ehemaligen Zweiten König lediglich „ein wenig" ähnlich sieht. Lawrence Kinder hatten ihrem Vater auch ziemlich zugesetzt. Kieran war nicht ganz unschuldig an den Morden, die Gilles begangen hatte, Lyonel würde unseren Vater mit Freuden im Niemandsland als Diener der Dunklen Herrscher sehen, Roger ist ihm in den Rücken gefallen, indem er Macenay zur Flucht verhalf und Viviane hat sich ganz von ihm abgewandt. Trotzdem spricht er von seinen „Kindern", wobei er allerdings die unglückliche Juana und die kleine Gracía vergessen, oder vielleicht verdrängt, zu haben scheint. Und ganz zum Schluss: ausgerechnet an mir hängt er noch immer, an seinem Lieblingssohn, mit dem er wahrhaftig nicht gerade das große Los gezogen hat. Mir, ausgerechnet mir, gibt er noch eine Chance, um mich zur ewigen Dankbarkeit zu verpflichten. Ich sehe mich schon im Zwischen-reich vor ihm knien, als perfektes Beispiel eines gehorsamen Dieners und Sohnes. Nein, verdammt, ich will aber nicht ins Zwischenreich. Ich bleibe ein menschliches Wesen mit Fehlern, das leidet und das liebt. Dazu gehört Wut, Angst, Verzweiflung und vielleicht sogar der Hunger Draußen. Ich möchte kein seelenloses Geschöpf werden, das einmal als Erlösung in das unendliche Nichts aufgehen soll. Und das Zwischenreich ist doch nichts anderes als eine Vorstufe zu dieser geistigen Vervollkommnung. Ich bin nicht „vollkommen". Ich kann es auch nicht werden, aber ich bin ich selbst. Und ich fühle es, noch fühle ich es – dieser Weg auf den unendlich hohen Berg in meinem Traum ist eine Lüge, eine hinterhältige gemeine Lüge. Ich will nicht mehr wissen, was mich dort erwartet! Aber was ist die Wahrheit? Wenn Lawrence ein „Gott" ist, warum sagt er mir dann nicht einfach die Wahrheit. Oder er weiß sie nicht! Also ist er kein Gott.

Wo steckt er nur, er lässt mich wieder allein. Ich würde so gern mit ihm darüber sprechen, auch wenn ich mich im entscheidenden Moment ohnehin nicht getraue. Er verbirgt einen großen Schmerz hinter einer geballten Festung von Zynismus, genau wie Guy. Beide sind keine Übermenschen, geschweige Götter, darin sind sie sich wenigstens ähnlich. Sie müssen sich nur überwinden, es zu auszusprechen. Lyonel hatte in seiner feurigen Schlussrede Draußen im Palast des Ersten Königs nicht ganz unrecht. Lawrence kann so nicht weitermachen. Auch die Gleichgültigkeit des Zwischenreiches ist hat ihre Grenzen. Er wird eines Tages als Großmagier zurücktreten müssen, bevor er womöglich nach Draußen gejagt wird.

Er blieb nach meiner Rückkehr noch lange bei mir, weil ich ziemlich schwach und angegriffen war. Und in dieser Zeit hatte ich genügend Gelegenheit, ihn zu beobachten. Er schien sich verändert zu haben (oder hatte ich mich verändert?) und er trank für einen erleuchteten Weisen zu viel. Aber entgegen meinen Hoffnungen, lockerte der Alkohol keineswegs seine Zunge. Im Gegenteil, er wurde von Tag zu Tag verschlossener, bis er eines Morgens verschwand und mich mit meinen Ängsten und Zweifeln zurückließ. Was soll ich nur machen? Ich weiß es nicht. Onyx, der angebliche Mörder meines Bruders, schaut mich mit seinen großen goldenen Augen fragend an. Ja, Rodrigo wird dich bestimmt versorgen, wenn ich nicht mehr hier bin, du kleines pelziges Ungeheuer. Ich bin müde, ich geh erst einmal schlafen.

Ich habe nur eine Stunde geschlafen und viel zu viel nachgedacht. Aber ich bin endlich zu einem Entschluss gekommen.

Lieber Vater,

wenn du zurückkommst, wirst du von mir dieses Manuskript hier finden. Vielleicht wirst du es sogar lesen. Ich sehe schon dabei dein spöttisches Lächeln vor mir. Dein Lächeln war sehr oft spöttisch, zu oft. Aber ich hoffe, dass du trotzdem zu so etwas wie einer ehrlichen Zuneigung fähig bist. Behauptet hast du es ja immerhin ein paarmal, ein paarmal zu wenig. Meine Reise ins Draußen war auch eine Reise in die Vergangenheit (von dir beabsichtigt?). Bin ich wirklich das Symbol jener Liebe, die du anscheinend für meine viel zu sanfte Mutter empfunden hast und nach deren Tod du sogar die arme kleine Hebamme vor Zorn und Verzweiflung auf dem Scheiterhaufen verbrennen ließt? Das betrifft meine echte leibliche in Schottland, und eigentlich auch diese wundervolle liebevolle Frau hier in Mexiko. Willst du mich wirklich an deiner Seite im Zwischenreich haben? Oder nur deinen Ehrgeiz befriedigen? Was für Gründe es auch immer sind, ich bin darüber „hinweg". Denn ich habe herausgefunden, dass das Zwischenreich für mich nicht im geringsten erstrebenswert ist. Und vor allem kann ich dort nicht mit dir zusammenleben. Ich weiß, du hast dir viel Mühe mit mir gegeben, du hast mich geformt zu deinem Abziehbild, aber ich bin ein eigenständiger Mensch. Du hast mir jetzt wieder (bestimmt nicht legal, wie ich dich einschätze) nach meinem vermeintlich entsetzlichen Tod und meinem Aufenthalt Draußen eine neue Chance gegeben – gut. Aber ich werde den Eindruck nicht los, dass du letztendlich mit mir gespielt hast. Wie du mit allen spielst: mit Geoffrey Durham, dessen Verzweiflung du so schamlos ausgenutzt hast, mit dem unglücklichen Lyonel, mit Ginevra, die du zuerst wie einen Hund fortgejagt hast, um sie dann zu töten und ins Niemandsland zu verbannen und mit Macenay, den du auf so widerliche Weise gedemütigt hast und der dir schließlich doch wieder entkommen ist. Ich kann es nicht oft genug sagen, du bist kein Gott – Sir Lawrence Duncan, Cesare Alba, Don Rodrigo de Alpojar – und genau zu dieser Erkenntnis bist du selbst in der letzten Zeit gekommen, du hast es erkannt, du bist nur ein Mensch, ein einsamer schwacher Mensch. Hat dich diese Tatsache so entsetzt, dass du jetzt diese Erkenntnis in Alkohol ertränkst?

Glaub mir, es fällt mir nicht leicht, dich zu verlassen. Ich habe dich immer verehrt, gefürchtet und vor allem gehofft, dass du mich wirklich liebst. Ich war so verzweifelt, als du mich nach meiner letzten Verurteilung nie wieder sehen wolltest. Ich habe natürlich eingesehen, dass auch ich diese Strafe verdient habe, aber da wusste ich ja noch nicht, dass ich eigentlich nur der Köder für Guy Macenay sein sollte – ein Spiel, von dir brillant inszeniert. Nein, Lyonel hat nicht gelogen, er hatte dich von Anfang an durchschaut. Warum wolltest du Guy eigentlich ins Niemandsland verbannen? Weil er seine angebliche Schwester aus dem Niemandsland befreite. Und warum hast du noch immer solche Angst vor ihm? Du siehst, ich habe viele Fragen und ich weiß, dass du mir niemals eine Antwort darauf geben wirst. Doch irgendwann werde ich es erfahren, vielleicht sogar von Macenay selbst. Wer weiß?

Ausgerechnet einer deiner Söhne, den du so viele Jahre einfach ignoriert hast – der wirklich jüngste Sohn – dessen Mutter du erfolgreich zu vernichten glaubtest, hat dir einen Strich durch die Rechnung gemacht. Und das wird bestimmt nicht sein letzter sein. Ich werde bei ihm den Platz des Dritten Priesters einnehmen und nicht mehr diesen idiotischen Brunnen hinaufklettern. Es gibt zu viele lockere Steine. Ich bin nicht in der Lage, sie zu überwinden und seitdem mir klar geworden ist, was mich dann erwartet, weiß ich, dass es keinen Unterschied gibt, ob ich in einer weißen oder in einer schwarzen Dimension existiere. Wobei die Kreaturen in der schwarzen immerhin noch zu Gefühlen fähig sind. Und lieber nehme ich deren Grausamkeiten in Kauf, als die Gleichgültigkeit der Bewohner des Zwischenreiches. Im Augenblick tu ich dir bestimmt weh. Oder amüsiere ich dich? Wenn ich nur wüsste, woran ich bei dir bin. Jetzt wo Guy für dich unerreichbar geworden ist, willst du mich plötzlich wieder zurückhaben – bis zum nächsten Mal?! Oder? Wenn du mich wirklich liebst, dann zeige es mir auf eine andere Weise, als mir unüberwindliche absurde Prüfungen aufzugeben.

Vater, ich bin fertig. Ich habe endlich gesagt, was zu sagen ist. Ich bin bei klarem Verstand und dieses Mal laufe ich nicht unbedarft in eine Falle. Ich weiß ganz genau, was ich nun tun werde. Ich will mich mit der Beschwörung beeilen, bevor du zurückkehrst (ich fühle dich ganz in meiner Nähe) und mich womöglich beschwatzt zu bleiben. Ich habe natürlich Angst vor dem endgültigem Verlust meines menschlichen

Körpers, vor Macenay, der mich bestimmt noch weiter zu schikanieren versucht. Doch auch vor allem vor Kieran, von dem ich nicht weiß, wie er mich behandeln wird. Aber da sind noch René, Percevale, Viviane und auch Geoffrey, die mir alle nahe stehen. Vielleicht sehe ich auch Roger wieder, der mir gezeigt hat, dass es in dieser grauen schwarzen Einsamkeit noch einen Rest Menschlichkeit gibt.

Jetzt fange ich schon wieder an zu zögern. Wie sagtest du damals in meinem Traum auf der Festung des unglücklichen Armando so treffend: „Efrén, du darfst den richtigen Augenblick nicht verpassen." Nun ist der richtige Augenblick gekommen. Leb wohl Vater und wenn du kannst, versteh mich oder verzeih mir eines Tages. Und vergiss nicht den Kater zu versorgen.

Dein Sohn – Edward Duncan, Raphael Martigny, Efrén de Alpojar.

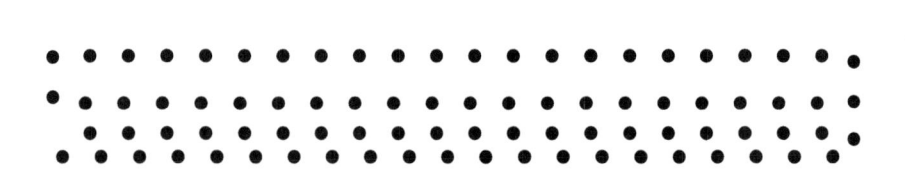

Zweites Buch | Die Macht und die Finsternis

Es war bereits spät in der Nacht, als Amadeé erschöpft das Manuskript aus der Hand legte. Viele Gedanken schwirrten in seinem Kopf herum, viel zu viele. Ein Blick auf die Uhr: Cecil musste sich wohl schon längst schlafen gelegt haben. Wenn er überhaupt zurückgekommen war, denn Amadeé hatte ihn nicht bemerkt. Er war heimgekommen, Amadeé konnte sein Motorrad vor dem Haus im schwachen Licht der Laternen erkennen. Er beschloss, ebenfalls zu Bett zu gehen, auch wenn er sicher war, dass er in dieser Nacht kein Auge zukriegte. Immerhin hatte er Zeit genug bis zum nächsten Morgen, um sich zu überlegen, wie er Cecil festnageln konnte (von wegen übersetzen!) denn dass dieses Manuskript so öffentlich herumlag, war niemals ein Zufall gewesen.

Amadeé erwachte erst gegen Mittag des nächsten Tages. Auch wenn der Himmel trüb und regnerisch war, bei Tageslicht sah plötzlich alles wieder ganz anders aus. Amadeés angeschlagene Nerven hatten sich längst beruhigt. Er maß dem Manuskript nicht mehr so viel Bedeutung bei wie noch am Vorabend. Es war offensichtlich von einer Person geschrieben worden, die zu viel Phantasie und zu viel Zeit gehabt hatte. Er erhob sich in aller Ruhe, nahm ein Bad und begab sich zum späten Frühstück nach unten. Wie sollte er sich gegenüber Cecil verhalten? Er beschloss in der gleichen Sekunde, seine abenteuerlichen Vermutungen vorerst noch für sich zu behalten. Der Tisch war bereits gedeckt, jedoch Cecil nirgends zu sehen. Er musste also schon wieder am Morgen das Haus verlassen haben. Neben dem Frühstück lag eine Mappe mit einer handschriftlichen Notiz darauf:

Lieber Herr Castelon,
Sie waren heute Nacht so tief in dieses Manuskript versunken, dass ich Sie einfach nicht stören konnte. Ich gehe davon aus, dass Sie sicher wahnsinnig darauf versessen sind, zu erfahren, wie es dem armen Efrén de Alpojar in den Klauen des schwarzen Hexenmeisters weiter ergangen ist, schätze ich mal. Ich muss heute noch einiges in der Stadt erledigen und damit Ihnen die Zeit nicht zu lang wird, habe ich Ihnen noch eine Kleinigkeit zum Lesen dagelassen. Für eventuelle Interviews stehe ich Ihnen heute Nacht gern zur Verfügung.

Und da war es wieder, das Unbehagen. Amadeé schluckte, er träumte nicht. Er ließ sich auf dem Stuhl nieder, blätterte in der Mappe und hätte sie vor Schreck beinah fallen gelassen. Das Manuskript stammte offensichtlich von dem gleichen Autor wie das Vorherige. Es war allerdings dieses Mal auf einem Computer geschrieben. Die Sprache war englisch und das Datum der 6.6.2012. Efrén de Alpojar (oder wie immer er jetzt hieß) hatte also im Jahr 2012 eine Fortsetzung geschrieben.

Obwohl Amadeé vor Aufregung keinen Hunger hatte, zwang er das englische Frühstück in sich hinein, um sich auf einen langen aufregenden Tag einzustellen. Er zündete bereits die fünfte Zigarette an. Er rauchte viel zu viel und las:

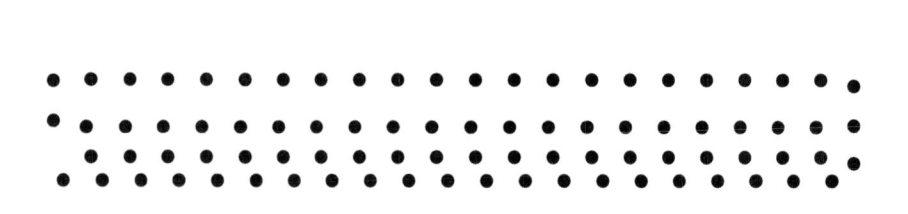

Fünfter Teil | Kieran Duncan

Draußen 1923 bis ungefähr 1970

1.

Efrén de Alpojar kehrt zurück ins Draußen

Es war kein Abschied für immer. Ich sah ihn wieder, meinen Vater. Er war noch immer Großmagier und ich, ich war inzwischen der Dritte Priester des Ersten Königs von Draußen. Trotzdem hatte ich das Pech oder die Ehre, ihn abermals als meinen Vater zu haben. Er verzog keine Miene, als er mir das Manuskript aus Finis Terra überreichte, ohne Kommentar und ich hatte ehrlich gesagt auch keinen erwartet, aber eigentlich doch erhofft. Statt dieses unglückselige Buch gleich ins Feuer zu werfen, habe ich es noch mal durchgelesen. Jetzt ist natürlich die Fortsetzung fällig. Weiß der Henker warum, aber ich habe einfach das dringende Bedürfnis weiter zu schreiben, auch wenn ich längst nicht mehr so viel Zeit dazu haben werde. Doch dieses Manuskript muss nun einmal zu etwas wie einem Schluss kommen. Denn sein Ende bedeutet auch das Ende quälender schlafloser Nächte, das Ende meiner Vergangenheit und vor allem der Beginn eines völlig neuen Lebens.

Ich beginne zuerst dort, wo ich in Finis Terra aufgehört habe:
  Mein Entschluss, nach Draußen zurückzukehren, war für Guy natürlich ein Triumph und nichts erfreute ihn mehr, als dass ich es selbst war, der dem gnädigen Großmagier den Laufpass gegeben hatte. Ich erlaubte mir darauf hin vage anzunehmen, dass ich mir mit meiner Entscheidung bei ihm etwas Respekt verschaffte, obwohl er seine sarkastischen Bemerkungen keineswegs zurückhielt. Wir hatten allerdings beide als Priester des Königs genügend zu tun. Das heißt, wir sahen uns selten und gingen uns demnach auch selten auf die Nerven. Ich verbrachte meine freie Zeit am liebsten mit René und Percevale. Mein Gebieter, der König, ließ mich in Ruhe. Nach der äußerst eindrucksvollen Einweihungszeremonie hatte ich zwar noch eine Weile Kopfschmerzen, ansonsten wurde ich genau wie alle anderen „anständig" behandelt. Aber mir war klar, dass er jederzeit in meine Gedanken eindringen konnte und es auch ohne Skrupel tat, wenn er nur den leisesten Verdacht des Ungehorsams erahnte. Ich war ihm, wie meine sechs Gefährten ausgeliefert. Das Zwischenreich war verschlossen, es sei denn, er fand einen Nachfolger,

sofern er das überhaupt wollte, und dieser Nachfolger schenkte mir die Freiheit. Du hast es so gewollt, Efrén – mit allen Konsequenzen. Zum Beispiel, Viviane lehnte sich zu oft gegen Kieran auf. Doch Percevale war immer rechtzeitig zur Stelle, er war ihr bester Verteidiger. Er liebte sie ganz einfach.

Genau wie mir René erzählt hatte, war Geoffrey beziehungsweise Gilles tief gesunken. Wenn er sich nicht im Palast aufhielt – meistens war er auf der Jagd — verzog er sich nach unten in sein finsteres Loch in den Gängen des Palastes. Seine Kleider waren zerschlissen und verdreckt. Ständig war er hungrig, weil er seine bescheidene Nahrungsration für betäubende Getränke verprasste und wenn er nichts mehr davon hatte, war er sich nicht zu schade zu betteln oder er „verdiente" es sich, sofern die anderen Jäger und Priester nicht zu zimperlich waren und die gepflegten Huren bei Jean T. vorzogen. Die meisten Jäger und Priester verpassten ihm jedoch einen Tritt und jagten ihn davon. Lediglich Percevale und René gaben ihm hin und wieder etwas Nahrung, selbstverständlich ohne eine Gegenleistung zu verlangen. Und Guy und Viviane nahmen ihn sogar zeitweise bei sich auf, packten ihn in eine warme Decke, wenn er sich verfroren wie ein räudiger Hund in einer Ecke des geheizten Raumes selig einrollte. Auch ich hatte Mitleid mit ihm, denn ich wusste selbst aus bitterer Erfahrung, wozu man vor Hunger und Kälte fähig sein konnte (du wirst melodramatisch, Efrén). Kieran machte seltsamerweise keinerlei Anstalten, uns an unserer Barmherzigkeit zu hindern. Am meisten jedoch erstaunte mich Macenay. Jetzt hatte er von seinem Schüler und Ex-König gar nichts mehr zu erwarten, aber er war verblüffend barmherzig, auch wenn er Gilles zuerst ein paar Ohrfeigen verpasste, nachdem er von dessen Nebengewerbe erfahren hatte. Guy war der geborene Erzieher. Ich glaube, er brauchte jemanden, den er permanent bevormunden konnte, selbst wenn derjenige noch so erbärmlich war. Oder vielleicht fühlte er sich auch seiner Schwester gegenüber verpflichtet. Nun ja, der erste Grund wird wohl der richtige gewesen sein.

„Gilles ist ein wildes Tier, aber er hat das Recht auf einen warmen Platz."

Wie viel Güte und Nachsicht war plötzlich in diese schwarze Krähe gefahren. Doch er hatte recht. Und es kümmerte ihn nicht im geringsten, dass die wildesten Gerüchte im Palast um ihn und Gilles kursierten. Seine Souveränität steckte auch Percevale, Viviane, René und mich an.

„Lasst doch dieses moralinsaure Pack tratschen", knurrte er wütend. „Sie haben nichts anderes mehr, als jagen, Blut saufen und Hurengespräche. Ich frage mich, weshalb man hier Draußen noch so großen Wert auf einen guten Ruf und Anstand legt. Vergesst es und nehmt euch lieber unsere erlauchte Majestät zum Vorbild."

Wir mussten gleichzeitig grinsen, denn Gegenstand der übelsten Beschimpfungen (natürlich ganz heimlich hinter vorgehaltener Hand) war noch immer Kieran, der angeblich seinen heruntergekommenen Ersten Jäger ohne Hemmungen mit in sein Bett nahm und mit der Maske unter dem Arm regelmäßig Jean T's Bordell aufsuchte. Heute weiß ich, dass außer seinen weiblichen Mätressen, die hin und wieder sein Schlafgemach mit ihm teilten, nichts davon der Wahrheit entsprach, doch Kieran liebte das Image des verdorbenen Despoten zu sehr, als dass er es berichtigt hätte. Im Gegenteil, er schürte die wilden Gerüchte sogar noch recht kräftig an.

Eines Tages brachte René für Gilles ein paar Schuhe mit, weil er den Anblick seiner blaugefrorenen zerschundenen Füße nicht mehr ertragen konnte. Gilles sah ihn einen Augenblick entsetzt an, bevor er mit heftigem Schluchzen zusammenbrach. René schüttelte fassungslos den Kopf.

„Ich verstehe ihn nicht. Als ich noch mit ihm zusammenlebte, jammerte er laufend über seine kalten Fußspitzen und hier Draußen, wo es wirklich erbärmlich kalt ist, rennt er barfuß herum." Gilles heulte unaufhörlich weiter und gab keine Antwort. „Besoffen ist er auch wieder." René kam langsam in Fahrt, wütend darüber, dass Gilles seine Hilfe offensichtlich ablehnte. „Außerdem stinkt er wie ein Raubtier. Vielleicht sollte er sich mal endlich waschen und die Kleider wechseln."

„Die Gänge unterhalb des Palastes sind wenig komfortabel", entgegnete Percevale stattdessen. „Neue Kleider bekommt er nicht und wenn du die Wahl hättest zwischen eingemauert werden und kalten Füßen, würdest du wahrscheinlich auch lieber auf Schuhe verzichten."

René schwieg betroffen und senkte beschämt den Kopf.

„Es tut mir leid." Er nahm die Schuhe und warf sie ins Feuer. „Manchmal bin ich am Verzweifeln, wie viel Bosheit und Grausamkeit hinter diesem makellosem Engelsgesicht steckt. Verzeiht, mein König, falls Ihr gerade in meinem Gehirn sitzt. Ihr quält ihn, Ihr schlagt ihn und wahrscheinlich schlaft Ihr auch mit ihm. Ich kann es einfach kaum noch ertragen."

„Glaubst du, Geoffrey wäre mit Kieran anders verfahren?", bemerkte nun Guy. „Nun, wahrscheinlich hätte er ihn nicht so vergammeln lassen, aber wo ist da der Unterschied. Geoffrey hat es nicht anders gewollt. Er hätte bis in alle Ewigkeit Zweiter König bleiben können. Aber er musste ja seinen geliebten Bruder bis zur Weißglut reizen und dann auch noch bedrohen. Man reizt und schon gar nicht bedroht man einen Duncan. Außerdem konnte er ja angeblich nicht ohne ihn leben. Jetzt lebt er doch endlich mit ihm, allerdings anders, als er es sich erträumt hatte. Ich konnte ihn beim besten Willen nicht daran hindern, in seinen verdienten Untergang zu laufen und ich habe wirklich alles versucht."

(Klar, weil du damit vor allem auch deinen verdienten oder unverdienten Untergang verhindern wolltest. Wieder die alte Leier von der Konsequenz, dachte ich).

„Mein lieber Ex-König hat einen Hang zur Selbstzerfleischung und Kieran ist ein bezaubernder kleiner Sadist. Sie passen wirklich gut zusammen, die Brüderlein. Fast so wie wir beide, Herzchen."

Das musste ja kommen. (Herzchen! Steck dir endlich dein Herzchen sonst wo hin).

„Kann sein, dass auch ich einen Hang zur Selbstzerfleischung habe", entgegnete ich ruhig. „Du bist ebenfalls ein Sadist, jedoch weder klein noch bezaubernd. Außerdem habe ich bestimmt niemals das Bedürfnis gehabt mit dir ins Bett zu steigen. Und hör endlich auf, mich Herzchen zu nennen."

Guy begann über beide Ohren zu grinsen.

„Du solltest nicht permanent deine geheimen Wünsche unterdrücken, Herzchen. Uups, jetzt ist es mir tatsächlich wieder rausgerutscht. Das gibt hässliche Auswüchse, wie du an deinem großen Bruder Lyonel/Enrique gesehen hast ..."

„Noch ein letztes Mal: zum Mitschreiben: Ich bin nicht mehr dein Herzchen, verdammt. Ich bin Priester."

„Wie du meinst, Herzchen-Priester."

„Ach, rutsch mir doch endlich den Buckel herunter. Bei Geoffrey führst du dich als Moralapostel auf ..."

„Hör mal ...", unterbrach mich Guy gleich auf der Stelle, „es ist mir gleich, was er treibt. Aber als ich ihn das erste Mal hier zu mir in mein Gemach holte, um den barmherzigen Samariter zu spielen, fragte das Schwein mich tatsächlich, ob es sich ausziehen soll. Daraufhin musste ich ihm eine kleben und er erkannte mich wieder und dem Himmel sei Dank auch sich."

Wir mussten auflachen. Sogar Gilles. Er spielte mit seiner Kette am Hals und bekam dabei seinen typischen lasziven Hurenblick. Guy hatte ihm den Rücken zugedreht, somit blieb er von weiteren Backpfeifen verschont.

„So, ihr könnt mich mal gern haben. Ich habe noch eine wichtige Verabredung mit dem König."

Er hatte oft Verabredungen mit dem König, was selbstverständlich zu weiteren wilden Gerüchten führte. Die beiden schlossen sich jedes mal im Gemach des Königs ein und verbrachten dort Stunden, allerdings bestimmt nicht mit dem, was wir dachten. Trotzdem pfiffen Percevale und René gleichzeitig anzüglich durch die Zähne.

„Das ist doch nicht zu fassen", krächzte Guy. „Da lernen diese Stümper wie man die hohe geistige Erkenntnis erlangt, um über alle Fleischeslust erhaben zu sein, und das Ergebnis: Sie haben nur Sauereien im Kopf. Gebt mir und dem König die Chance, noch etwas von unserem guten Ruf zu erhalten. Ihr wisst doch genau, dass wir Schach spielen. Und heute ist er wieder fällig, der König – matt, ganz einfach schachmatt."

„Wer weiß, was ihr sonst noch mit den Schachfiguren anstellt."

„Schämt euch, aber in Grund und Boden."

Damit schwebte Guy aus den Zimmer.

„Ich habe Hunger", lamentierte Gilles auf einmal.

„Ich gebe dir gleich was."

„Gib ihm lieber gleich was zu saufen", fiel René erbost Percevale ins Wort. „Dann ist er wenigstens hinüber und richtet kein großes Unheil an", und an Gilles gewandt fuhr er fort: „Du solltest dich einmal in deinem versauten Leben nicht so gehen lassen!"

Nun konnte Gilles nicht mehr an sich halten:

„Mein René, du kannst mich wirklich am Arsch lecken. Ich habe Hunger, Hunger zur Hölle noch mal. Ich bekomme nur Nahrung, wenn mein Herr und Gebieter mit meiner Jagdbeute zufrieden ist. Das letzte Mal war er es nicht. Er hat mich verprügelt. Prügel und Nahrungsentzug sind schlecht für die Kondition eines Jägers, das solltest du langsam begriffen haben. Ich lasse mich gehen, so lange ich will. Das heißt im Klartext, ich betäube mich, so oft ich die Möglichkeit dazu habe. Dieses Zeug ist mein einziges Vergnügen in diesem Elend. Ich wüsste auch nicht, weshalb ich meinen so hochgepriesenen Stolz noch aufrechterhalten sollte. Ich möchte vergessen, mein ganzes Scheißleben vergessen und wenn es nur für die Zeit ist, die dieses Getränk wirkt."

Gilles sank in sich zusammen und begann wieder leise zu schluchzen. Percevale reichte ihm einen Pokal mit dem bewussten Getränk. Er schluckte es, ohne von unseren angewiderten Blicken Kenntnis zu nehmen in sich hinein, murmelte etwas von Dankeschön und fiel in tiefen Schlaf.

„Ich möchte nur wissen, was die beiden in ihrem kranken Hass und ihrer kranken Liebe miteinander verbindet. Wahrscheinlich ist es das Blut ihrer abscheulichen Vorfahren – der Dunklen Herrscher", bemerkte Percevale nach einer langen Pause. „Vielleicht können sie deshalb nicht einmal etwas dafür. Sie quälen sich und können trotzdem nicht voneinander lassen."

„Sie sind total bescheuert", schnaubte René verärgert auf. „Schade um die schönen neuen Schuhe." Er schaute traurig in die Flammen. „Aber ich fürchte, Kieran übertrifft sogar noch ihn."

„Nicht unbedingt", schränkte Percevale ein. „Du kennst nur Geoffreys Seite. Auch Kieran hat sehr gelitten und er ist nicht unbedingt der, für den ihr ihn haltet. Ich weiß es. Ihr habt doch sicher momentan genügend Zeit, deshalb erzähle ich euch am besten alles ganz von vorn."

Ich schätzte neue Klatschgeschichten. Sie waren unterhaltsam, die Zeit ging schneller herum und René und ich hatten die einmalige Gelegenheit, unseren beschränkten Horizont in der Beziehung Kieran-Geoffrey zu erweitern. René hatte sich bereits hingelegt und wartete entspannt auf Percevales Reise in die Vergangenheit.

„Zeit, ja Zeit haben wir, bis in alle Ewigkeit. Also bitte, fang an."

Percevale zögerte einen Augenblick, als ob er gerade überlegte, ob er sich mit seiner Erzählung lieber doch zurückhalten wollte. Er war mit einem Mal so ernst, ja fast traurig. Jedoch er besann sich schließlich wieder und begann:

„Wie ihr sicher wisst, war ich einige Zeit Kierans Lehrer. Ich hatte ihn sehr gern. Bestimmt lag es auch daran, dass er so überirdisch schön war. Ein zauberhaftes kleines Menschenskind, an das jetzt nur noch vage unser bleicher König erinnert." Percevale seufzte und bevor René eine peinliche Vermutung äußern konnte, fuhr er fort: „Grins nicht Grandier, ich stehe nicht auf Jünglinge. Ich kümmerte mich um ihn, als er tief unten war. Das war vor allem, nachdem Lyonel ihn fallen ließ. Du weißt, Edward, Lyonel hat ihn immer verachtet, wie er alle drei Kinder von Ginevra verachtet und abgrundtief gehasst hat. Er hat Kieran nicht einmal nach seinem Fall in Ruhe gelassen und ihn weiter unnötig gequält."

Ich konnte mir das Grinsen nicht verkneifen. Sollte ich Percevale und René wirklich offenbaren, weshalb Lyonel seinen so armen hilflosen kleinen Bruder auch nach dem Fall nicht in Ruhe ließ und so völlig „unnötig" quälte? Viviane hatte mir einen dieser Vorfälle in einer späteren Stunde detaillierter erzählt. Lyonel war es, der Kieran und sie zusammen im Bett erwischte. Und das ist jetzt kein Gerücht. Er und Roger ließen es sich nicht nehmen, festzustellen, dass die Schwester, die bereits mit Douglas McDuff verlobt war, sich längst nicht mehr im Zustand der Jungfräulichkeit befand. Was Kieran zu hören bekam, würde viele erbauliche Seiten von Anstand und Moral füllen, was Lyonel zu hören bekam, war nur eine knappe doch eindeutige Antwort: „Du brauchst deinen Schwanz wohl nur zum Pissen". Seitdem litt Kieran manchmal unter heftigen Kopfschmerzen, die ihn daran erinnern sollten, sich sämtlicher Spekulationen über das Geschlechtsleben seines älteren Bruder zu enthalten. Ich hielt es dann aus taktischen Gründen lieber für angebracht, diesen Vorfall nicht weiter in Umlauf zu bringen, nicht nur weil ich im Geheimen Kierans Ansicht teilte, sondern weil Lyonel schon genügend unter derartigen Anzüglichkeiten zu leiden hatte und außerdem hatte auch der arme, zarte, verletzliche Kieran ein wenig Mitgefühl verdient.

Was nach dieser Bemerkung mit Viviane geschah, verbietet mir mein Taktgefühl ihr gegenüber, ausführlicher darauf einzugehen. Percevale registrierte verwirrt mein Räuspern und begann endlich mit seiner Erzählung.

Percevale de Thouars Reise in die Vergangenheit

2.

Kieran Duncan sieht eine Möglichkeit seine Haut zu retten

Ich habe Kieran damals bei mir aufgenommen, als er vor Geoffreys Nachstellungen zu mir nach Tiffauges geflüchtet war. Und ich habe es gern getan. Aber über seine Motive war ich mir nie im Klaren. Wovor hatte er Angst? Wirklich vor Geoffrey oder womöglich sogar vor seinen eigenen Gefühlen für ihn? Er hasste Geoffrey so abgrundtief, dass er ihn irgendwo auch wieder abgrundtief zu begehren schien. Aber auf der anderen Seite war es ihm unmöglich, sich ihm hinzugeben. Denn damit hätte er sich selbst aufgegeben und wäre zum willenlosen Spielzeug seines Bruders geworden. Seine Schwester war das abschreckende Beispiel dafür. So weit meine Interpretation, ich denke, sie ist richtig. Er ließ zu, dass Geoffrey seinen vollkommenen Körper zerstörte, als er sich nach den Aussagen der Augenzeugen mit voller Absicht in dessen Schwert stürzte. Das war natürlich keine Lösung. Auch hier Draußen musste er vor Geoffrey fliehen. Ich half ihm ein zweites Mal und überredete König Richard, dass er bei uns bleiben konnte. Der stimmte (zuerst sehr widerwillig) zu, räumte allerdings ein, dass Kieran nur sieben Jahre Zeit hatte, sich eine neue Möglichkeit zur Flucht auszudenken. Wir hofften, dass uns während der sieben Jahre etwas einfiel. Ich besuchte ihn in dieser qualvollen Zeit so oft es mir möglich war, denn er brauchte dringend den Beistand einer Person, die ihm zuhörte. Im Palast ging es ihm gut. Er bekam genügend Nahrung und einen anständigen Raum zugeteilt.

„Der König wird mich in exakt sieben Jahren an Geoffrey ausliefern."

Ich schwieg zuerst auf diese Frage, zumal er die Antwort ja selbst schon wusste.

„Nicht wahr, er wird es tun."

Kieran hatte Angst, denn seine Hände zitterten als er den Pokal zum Trinken an die Lippen setzte. Jetzt musste ich mit der Wahrheit, die er ja selbst schon kannte, herausrücken:

„Ich fürchte, er muss. König Richard möchte keinen Krieg riskieren."

Kierans Augen füllten sich mit Tränen, als er verzweifelt auflachte.

„Einen Krieg? Wegen mir? Geoffrey ist wahnsinnig, genauso wahnsinnig wie unsere Mutter, die wegen ihrer Leidenschaft mit ihrem Leben gespielt hat."

Ich nickte.

„Ja, er hat wirklich mit Krieg gedroht. Und das kann nicht einmal Macenay verhindern."

„Es ist also nur eine Frage der Zeit, bis ich zu ihm zurück muss?"

„Ich glaube ja. Aber Richard wird dich genauso lange behalten, bis die Frist abgelaufen ist. Und es ist doch noch nicht einmal ein Jahr vergangen."

„Nett von ihm. Mein Onkel, der edle gerechte König. Er ist doch im Grunde seines guten Herzens froh, wenn er mich endlich los ist. Na, sag schon, stimmt's?"

Ich seufzte.

„So direkt hat er es nicht gesagt, aber du hast wohl recht. Ist Geoffrey denn wirklich so schrecklich?"

„Schrecklich? Willst du mich verhöhnen? Er soll schon ein wunderschönes Gefängnis für mich in seinem Palast eingerichtet haben – luxeriös. Du weißt ja, wie privilegiert manche Huren hier Draußen leben. Ich fürchte, mein lieber Percevale, du hast nichts verstanden. Ich werde sein Sklave sein, sein blondes Schoßhündchen, das er liebkosen, hätscheln und prügeln kann wie es ihm beliebt. So wie es seine Mutter und leider auch meine Mutter mit ihren Männern zu tun pflegte. Aber mein Vater war es, der sie letztendlich doch besiegt hat. Gut, dass ich mich gerade jetzt daran erinnere. Percevale, ich werde nicht mehr davonlaufen – sonst laufe ich in aller Ewigkeit davon. Ich werde ihn wieder zu einem Kampf herausfordern und dieses Mal wird er verlieren. Mutters Liebling muss mein Sklave werden. Er wird mir gehören, nicht ich ihm. Stell dir vor, dazu gibt es sogar einen Weg."

Mein erstauntes Gesicht fragte automatisch: welchen?

„Nun denk doch mal nach. Er ist der Zweite König. Wer hat mehr Macht als der Zweite König? Na, kommt es dir endlich? Der Erste König selbstverständlich."

Jetzt glaubte ich wirklich, für einen Moment den Boden unter den Füßen zu verlieren und stammelte nur noch:

„Das lässt Richard niemals zu."

„Richard lässt es zu. Warum behält er mich wohl hier. Er tut doch nichts ohne Hintergedanken und hofft, dass ich in meiner Verzweiflung endlich bereit bin, sein Nachfolger zu werden und vor allem hofft er, dass ich wieder aus dem Niemandsland als der neue Erste König zurückkehre. So sehr liebt er euch Untertanen nicht, der gute König. Seine einzige Liebe ist das Zwischenreich, die hohen Sphären, die schönen weißen Tempel. Sein edles Marmorgesicht passt da auch viel besser hin. Und dafür wird er euch hier alle schön sitzen lassen. Percevale, bei allem Edelmut, wer will schon hier Draußen bleiben und eine Ewigkeit Blut saufen, das ist so hässlich. Und bitte, sag jetzt deinem Ex-König, dass ich ihn sprechen muss. Ich wette, er wird sich freuen."

Ich glaubte einen Augenblick, er wäre wahnsinnig geworden. Hoffentlich war er sich darüber im Klaren, was er vorhatte. Mehr wie ein Jahr würde er im Niemandsland bei den Dunklen Herrschern zubringen, die seine Seele im wahrsten Sinne des Wortes bis in das winzigste Detail auseinander nahmen, indem sie ihm ihre grausamen Prüfungen auferlegten. Wenn er bei diesen Prüfungen versagte, gehörte er und sein Blut, das er regelmäßig opfern musste, den Dunklen. Wenn er sie jedoch wider Erwarten bestand, bekam er als König die höchste Macht Draußen.

Nach diesem Gespräch sah ich Kieran nicht mehr. Er war hinter das Tor zum Niemandsland gebracht worden. Er hatte also recht behalten. Richard zog es vor, sein edles Marmorgesicht von uns abzuwenden. Sein Volk lag ihm nicht im geringsten am Herzen, denn für das Zwischenreich gab er es einer ungewissen Zukunft unter der Herrschaft eines unberechenbaren Nachfolgers preis. Auch ich fürchtete mich, denn Kieran als Schüler zu belehren, war etwas anderes wie ihn als mächtigen König ertragen zu müssen. Vor Richards zu erwartendem glorreichen Abgang regte sich in ihm sogar noch so etwas wie ein schlechtes Gewissen.

„Gut, ihr wisst, ich will schon lange in das Zwischenreich. Seid ehrlich, jeder hier Draußen wünscht sich das (seine Logik war umwerfend). Ich gestehe euch, ich bin mit meinem Nachfolger nicht einverstanden (wir auch nicht). Seine Motive gefallen mir nicht (uns auch nicht, aber er will ja letztendlich nur überleben). Er ist eigentlich nicht reif um König zu werden. Es ist der Hass und die Verzweiflung, die ihn zu diesem Entschluss antreiben. Aber wann finde ich jemanden, der wieder bereit ist, diese Prüfungen zu machen (klar, wer will schon freiwillig den Verstand verlieren?). Ich bin nun in einem furchtbarem Dilemma (du wirst es überleben, König Richard – im Gegensatz zu uns), aber der Wunsch, in das Zwischenreich zu gelangen, ist einfach stärker (tu dir bloß keinen Zwang an). Bitte verzeiht mir (was bleibt uns anderes übrig). Und bestimmt kann ich euch vom Zwischenreich aus sogar besser helfen (wir können es kaum erwarten). Aber vielleicht besteht er die Prüfungen ja nicht und alles bleibt beim Alten (Pech für dich – und vor allem, wer vertraut dann noch einem König, der seine besten Leute verraten wollte). Er hat einen unglaublich starken Willen. Ich fürchte, er wird es doch schaffen", schränkte Richard jedoch gleich ein und versuchte, seine Vorfreude so gut es ging unter einem Schwall von Betroffenheit zu verbergen. „Ich hoffe, dass er euch gut behandeln wird (das hoffen wir aber auch) und vor allem, dass er sich neue Priester und Jäger sucht (die ihm dann scharenweise nachlaufen werden)."

Lassen wir Richards unappetitliche, verlogene Schlussrede zu Ende gehen. Kieran bestand, wie befürchtet (von uns), erwartet, erhofft, ersehnt (von Richard McDuff) die Prüfungen und kehrte als Erster König aus dem Niemandsland zurück. Aber er schien keineswegs geläutert zu sein. Ich hatte ihn noch nie so elend gesehen, wie an dem Tag seiner Krönung. Er schien um tausend Jahre gealtert. Ich erlaubte mir, diesbezüglich eine Bemerkung zu machen. Er grinste nur verkrampft.

„Ach Percevale, du willst gar nicht wissen, was die Dunklen mit meinem Körper und meiner Seele gemacht haben. Sie haben mich zerrissen wie rasende Wölfe, mein Innerstes nach Außen gekehrt. Ich war für sie nichts weiter als ein vor Angst zitterndes entblößtes Lämmchen." Er stockte, schluckte tapfer sein Schluchzen hinunter und besann sich dessen, was er jetzt war, nämlich ein mächtiger König. „Ich habe diese Prüfungen bestanden, ihre abscheulichen Prüfungen, bei denen ich abscheuliche Dinge sehen und selbst tun musste. Vielleicht gelingt es mir, irgendwann zu vergessen. Nur das glaube ich nicht. Alles hat seinen Preis, Percevale. Ich habe ihn bezahlt, den Preis – einen sehr hohen Preis."

Für die erste Zeit zog sich Kieran zurück und ließ die verstörten Jäger und Priester mit ihrer Ungewissheit allein. Mir war natürlich auch verdammt unbehaglich bei der Vorstellung zumute, diesem unberechenbaren Geschöpf auf Gedeih und Verderb ausgeliefert zu sein. Am schlimmsten litt aber Lyonel. Ein Weltbild war für ihn zusammengebrochen. Er war von König Richard, der ihm zwar versprochen hatte, ihn so rasch wie möglich zu sich zu holen, sobald er von Kieran frei war, so maßlos enttäuscht und nahm es ihm bis auf den heutigen Tag übel, dass er das Erste Land so schnöde im Stich gelassen hatte, um im Zwischenreich Diener an der Seite des verhassten Vaters zu werden. Und er verabscheute seinen neuen König inbrünstig. Und ehrlich, jetzt hätte er sogar einen Anlass dazu. Jedoch, Kieran reagierte anfangs erstaunlich gelassen. Er ging den Konflikten mit dem unerwünschtem Ersten Jäger aus dem Weg und verwaltete, nachdem er aus seiner Versenkung wieder aufgetaucht war, das Erste Land genauso gut und gewissenhaft wie sein Vorgänger. Wir hatten demnach keinerlei Grund zum Misstrauen und sogar das Gefühl, außer Lyonel, dass wir nicht beherrscht wurden. Der König hatte begriffen, dass es seine Aufgabe war, das Land zu regieren und nicht seinen verletzten Gefühlen zu folgen. Aber er vergaß nicht, weshalb er die Demütigungen der Dunklen Herrscher auf sich genommen hatte. Es war Geoffrey Durham, dem er die Schuld an seinem Elend gab. Er hasste ihn und sein vorrangiges Ziel war noch immer, den Zweiten König von seinem Thron zu stürzen. Und der setzte ebenfalls alles daran, diesen Hass auch auf der anderen Seite ordentlich zu schüren. Sei es durch abfällige Bemerkungen oder sogar durch Übergriffe auf Kierans Reich. Den ersten Gegenschlag leistete Kieran, indem er Viviane tötete und sie zu seinem Ersten Priester machte. Sie hatte ja niemals geahnt, welche grausamen Folgen ihr Schwur haben sollte, den sie im Überschwang ihrer kindlichen Gefühle dem vergötterten Bruder gegeben hatte, indem sie ihm ihre Seele versprach – für immer und ewig. Die Einweihungszeremonie war fürchterlich, denn Kieran quälte sie unnötig. Dabei wurde mir mit Entsetzen klar, was er mit jedem von uns anstellen konnte, wenn wir ihn jemals zum Feind haben sollten. Richard war zwar keineswegs der Humanist, für den er sich immer ausgab, aber er war doch einigermaßen berechenbar und fair, soweit es ihm möglich war. Kieran dagegen setzte brutal und ohne Kompromisse seinen Willen durch, wenn man es wagte, seine Macht in Frage zu stellen. Vor allem, Viviane resignierte schnell und begriff ebenso schnell, dass es weniger schmerzhaft für sie sein würde, wenn sie sich ihrem Bruder fügte, was sie ja früher mit Freuden auf sich genommen hatte.

Als Geoffrey nach seinem gewaltsamen Tod nach Draußen kam, begann eine Reihe von Kriegen, gegen die sogar Sir Lawrence einschreiten musste. Allerdings hatte er wenig Einfluss auf die beiden zerstrittenen Könige und bald wagte sich niemand mehr aus dem Zwischenreich nach Draußen. Nur dem Ersten Priester und dem schwarzen Hexenmeister war es zu verdanken, dass die beiden Länder nicht im Chaos versanken. Viviane arbeitete mit viel Fingerspitzengefühl. Sie hatte ihre Fähigkeit, Kieran um den Finger zu wickeln, nach vielen harten Kämpfen wieder erlangt. Welche Methode Guy Macenay anwandte, war mir nicht bekannt. Er war weder besonders schön noch besonders diplomatisch, aber er schien Geoffrey genügend im Griff zu haben. Immerhin schaffte er es sogar, seinen König zu überreden, für eine Weile ins Tal der Ruhe zu verschwinden. Die Kämpfe mit Kieran und auch die Streitereien mit dem Zwischenreich hatten schleichend an seinen Kräften gezehrt. Für Kieran bedeutete der Rückzug seines Kontrahenten selbstverständlich einen Triumph. Wir Untergebenen waren lediglich froh, dass für eine kleine Weile Frieden herrschte und wir endlich unsere Ruhe hatten. Sogar zwischen dem König und seinem Ersten Jäger kam es zum „Waffenstillstand".

Das Geheimnis bestand allerdings schlicht und einfach darin, dass sich die beiden so oft wie möglich aus dem Weg gingen. Kieran hätte Lyonel schon längst durch einen anderen Jäger ersetzt, aber niemand riss sich offenbar darum, diesem grünäugigem Dämon seine Seele zu verschreiben. Er hatte trotz aller Bemühungen, einen positiven Eindruck zu machen – im Gegensatz zu seinem Onkel Richard – noch immer einen miserablen Leumund. Dazu trug Lyonel eine beachtliche Menge bei. Er setzte haarsträubende Geschichten in die Welt, die selbst, wenn sie der Wahrheit entsprachen, mich von meiner Sympathie für den König nicht abbrachten. Vor allem ließ er ihn bei jeder Gelegenheit spüren, dass er kein vollwertiger König war, sondern eigentlich in den Harem von Geoffreys Lieblingen gehörte. Lyonels moralische Ansprüche waren schon immer zu hochgesteckt. Er verabscheute seinen Vater, dem er die Schuld am Tod der geliebten Mutter gab und er verabscheute noch vielmehr die Frau, die ihm drei Bastarde ins Haus gebracht hatte. Niemals konnte er akzeptieren, dass ausgerechnet gerade einer dieser verkommenen Bastarde über ihn herrschte. Objektiv gesehen, Lyonel hatte sich nie etwas zu Schulden kommen lassen und sein Lebenswandel war nach Außen hin einwandfrei. (Inzwischen, konnte ich längst seine dunkelste Seite kennenlernen). Dass er dabei jedoch kalt, unerbittlich und hochmütig war, steht auf einem anderen Blatt.

Und eines Tages verlor der König, der momentan ohnehin ständig gereizt war, als er einmal wieder mit dem durchdringenden Erzengelblick gemustert wurde, schließlich doch die Beherrschung und beschimpfte Lyonel mit dem gesamten Repertoire an Flüchen, die ihm zur Verfügung standen. Lyonel „bestrafte" ihn, indem er auf die Provokation überhaupt nicht einging und bat angeekelt (er konnte unglaublich angeekelt sein) um Erlaubnis, den Raum verlassen zu dürfen. Kieran ließ ihn mit entsprechenden „Segenswünschen" ziehen.

„Ignoriert Euren gestrengen Ersten Jäger einfach, mein König. Er hat Euch nun mal Feindschaft geschworen vom Tage Eurer Geburt an. Schickt ihn weit weg auf eine lange Reise. Das bildet ihn und beruhigt Eure Nerven."

Ich konnte mir bei allen Bemühungen, sachlich zu bleiben, einen ironischen Unterton nicht verkneifen. Kieran zog eine Grimasse, die ich seinem ebenmäßigen Gesicht nicht zugetraut hätte.

„Auch ich hasse ihn vom Tag meiner Geburt an, mein lieber Percevale. Ich würde ihn zu gern ins Niemandsland jagen, aber ich habe leider nichts gegen ihn in der Hand, was mir diesen Schritt erlaubt. Eigentlich will ich ihn nur loswerden, und zwar so schnell wie möglich. Ich kann dir gar nicht sagen, wie sehr ich ihn verachte. Soll ich dir sagen weshalb? Weil mich seine verlogene Moral ankotzt. Er ist der gleiche jämmerliche Heuchler wie König Richard. Ach, man ist hier Draußen so ungeheuer gut und edel. Das sind doch alles nur Honiglöffelchen auf Scheißhäufchen. Sag mir, wer ist hier anständig? Da unten in den Verliesen hocken Gefangene, die wir bis auf den letzten Tropfen ihrer Lebenskraft ausbluten lassen, weil auch wir sonst keine Kraft zum Leben haben. Alles ist erstunken und erlogen. Kein einziger ist gut, und edel sind nur die Pokale aus denen wir das Blut der Anderen saufen." Mich faszinierte immer wieder die deftige treffende Ausdrucksweise, die im Kontrast zu dem zauberhaften Aussehen des Königs schockierte. „Er ist so stolz auf sich, auf seine Moral. Wenn ich nur will, kann ich seinen Stolz und seine Moral zerstören. Ich weiß, wie das funktioniert, denn ich war Zeuge, wie mein Vater den stolzen irischen Zauberer Guy Macenay zu einem erbärmlichen Tier gemacht hat. Ich brauche ihn nur ein paar Jahre ohne Nahrung einmauern oder jeden Tag auspeitschen lassen und er wird ebenso zu einem Stück Vieh, willig, gar nicht stolz und völlig ohne Moral. Aber das ist mir viel zu simpel und Märtyrer kann ich am allerwenigsten gebrauchen. Er soll eines Tages an seinen eigenen Lügen zugrunde gehen. Seine moralischen Wertvorstellungen sollen zusammenfallen wie ein Kartenhaus.

In seinem eigenen Dreck muss er ersticken, bis er begreift, dass er ein armseliges Menschlein ist, der Herr Erzengel. Und diese Gelegenheit werde ich ihm verschaffen, sobald ich kann."

Ja, lieber Edward, lieber René. Diese Gelegenheit fand sich schneller als erwartet. Ihr wisst doch beide, wie kläglich Lyonel endete. Aber bevor ihr über ihn urteilt, hört mich weiter an.

Percevale de Thouars Reise in die Vergangenheit

3.

König Geoffreys Diener verplappert sich
Begegnung mit einer irdischen Art im Schlafzimmer

Es war lediglich eine Frage der Zeit, bis Kieran seinen Entschluss in die Tat umsetzte und sich nach neuen Jägern und Priestern umsah. Douglas und ich gaben ihm in einer stillen Stunde zu verstehen, dass wir bei ihm bleiben würden. Kieran schien in der Tat gerührt zu sein. Da er in seinem Leben nie so etwas wie echte Zuneigung zu spüren bekommen hatte (außer von Viviane, deren Verrat er jedoch nicht verzeihen konnte), fasste er unser Angebot als eine solche auf (was von meiner Seite auch stimmte). Seitdem behandelte er Douglas und mich mit auffallender Rücksichtname. Dieser mächtige König war wieder zu dem kleinen Knaben geworden, der sich freute, wenn ihm anerkennend über die goldblonden Locken gestreichelt wurde.

Kierans Aufmerksamkeit war auf einen jungen Mann gefallen, den er sich immer lebhafter als Zweiten oder Dritten Priester vorzustellen begann. Der junge übermütige Magier musste bei einer Beschwörung unvorsichtig gewesen sein, deshalb hatte der König Zugang zu ihm ohne dass er es merkte.

„Er gefällt mir. Er ist begabt und er hat die besten Vorraussetzungen für einen meiner Priester. Irgendwie ist er sogar ein klein wenig durchtrieben", berichtete Kieran eifrig. Er schien von den zweifelhaften Eigenschaften seines zukünftigen Priesters sogar noch angetan zu sein. Lyonel konnte sich natürlich eine diesbezügliche Bemerkung nicht verkneifen:

„Dann passt er ja gut zu Euch, mein König."

Aber Kieran war offenbar zu guter Laune, denn er beschränkte sich darauf in gespielter Verzweiflung, die Augen zu verdrehen und beendete den Dialog mit einem lauten Aufstöhnen:

„Oh Lyonel, du bist hier einfach fehl am Platz. Du gehörst wirklich in die weißen reinen Tempel des verklärten Zwischenreiches."

Bevor Lyonel womöglich eine weitere provozierende Antwort von sich geben konnte, zog ich ihn beiseite, um ihn abzulenken.

„Was für ein Mensch ist dieser Magier? Hast du ihn schon gesehen?"
„Ja, ein hübscher eingebildeter Affe. Stinkreich und gelangweilt. Wenn er nicht gerade die Dorfschönen vernascht, spielt er ein wenig Magie – als Nervenkitzel. Aber ist trotzdem erstaunlich begabt."
„Hast du mit ihm Kontakt?"
Lyonel lächelte:
„Das schon. Aber er weiß es nicht. Seinem Meister habe ich eingebleut, nichts zu verraten. Der König will ihn ja unbedingt haben. Er wird sogar Viviane auf ihn ansetzen. Sie soll einen menschlichen Körper bekommen und ganz in seiner Nähe aufwachsen, wahrscheinlich als Dorfschönheit."
Das hatte mir gerade noch gefehlt. Ehrlich gesagt, wurde ich wütend auf den König, denn ich wusste zu gut, was mit dem „ganz in der Nähe aufwachsen" gemeint war.
„Delikat. Du weißt, wie eifersüchtig Kieran trotz der Vorfälle noch immer auf Viviane ist."
Das war nicht nur Kieran. Ich beschloss, dem forschen jungen Mann einen entsprechenden Empfang hier Draußen zu bereiten, wenn er es wagen sollte sie anzurühren. Lyonel grinste nur verächtlich.
„Seit ihrer Unzucht mit Geoffrey (Unzucht, ein starkes Wort. Aus Lyonels Mund wie ein vernichtender Blitzstrahl) und mit dir – ich weiß längst Bescheid – scheint es ihm doch egal zu sein, mit wem sie weiterhin ins Bett steigt. Sie soll die Tochter des Buchmalers werden. Der Baron ist versessen nach schönen Büchern und natürlich nach der ältesten Tochter des Malers."
„Na, hoffentlich lebt der Baron noch, bis die Jüngste überhaupt geschlechtsreif ist. Was sagt eigentlich Viviane dazu?"
„Keine Ahnung, ich glaube, sie weiß es noch gar nicht."
Wie dem auch sei. Ich würde in jedem Fall dafür sorgen, dass dieser Baron schon Priester werden durfte, bevor er sie in sein Bett zerren konnte. Lyonel schien meine Gedanken zu lesen.
„Du bist ja regelrecht verrückt nach ihr."
„Jedem seinen Irrsinn." Ich hatte keine Lust, mit ihm über mein Verhältnis zu Viviane zu sprechen. „Ach, da fällt mir etwas ein. Was ist eigentlich mit dem neuen Gefangenen, den ihr neulich gebracht habt?"
„Ach, Geoffreys Diener. Stell dir vor, er hat tatsächlich behauptet, sein König sei nicht im Tal der Ruhe, sondern hat einen menschlichen Körper angenommen."
„Davon habe ich auch gehört. Wie kommt er nur darauf?"

Jeder Draußen wusste, dass Macenay Geoffrey für längere Zeit ins Tal der Ruhe geschickt hatte und ein Widerspruch wäre völlig zwecklos gewesen.

„Ich denke, er will sich einfach nur aufspielen.

„Und wenn es doch stimmt?"

Lyonel musste auflachen:

„Ärgerlich für unseren König. Er will nämlich Geoffrey bei seiner Rückkehr aus dem Tal der Ruhe abfangen."

„Welch ein Schwachsinn. Er verstößt gegen das Gesetz und außerdem muss er ihn nach sieben Jahren zurückgeben."

„In sieben Jahren kann er ihn zu einem Wrack machen", erwiderte Lyonel nicht ohne Schadenfreude. „Ich weiß, er kann das", fügte er noch leise hinzu. Ich wusste, er wollte mir wieder einmal indirekt zu verstehen geben, dass ich bevorzugt und er bei jeder Gelegenheit unendlich schikaniert wurde.

„Besorg ihm seinen Priester, vielleicht lässt er dich dann endlich für eine Weile wieder in Ruhe."

Lyonels Augen blitzten auf:

„Es wird mir ein großes Vergnügen sein. Dieser Lackaffe hat es nicht anders verdient. Ich gebe diesem verdammten König alle Priester und Jäger die er will – Hauptsache ich komme bald los von ihm."

Ich schaute mir den jungen Baron daraufhin selbst an. Er war tatsächlich sehr blasiert, doch auf der anderen Seite sehr charmant. Armer Amaury de Craon. Ob er noch so witzig und brillant war, nachdem Kieran sein charmantes Gehirn durchwühlt hatte? Bei der Gelegenheit erfuhr ich, dass Lyonel noch nebenher eine große Zuneigung zu dessen Schüler entwickelt hatte. Ja, mein lieber René, du warst auch ein kluges folgsames Kerlchen, genau wie sich unser Erster Jäger einen perfekten Schüler vorstellte. Du brauchst nicht so angewidert dreinschauen. Er hatte dich wirklich gern.

Viviane war inzwischen, ohne Widerspruch, die fünfte Tochter des besagten Buchmalers geworden, der für Amaurys Familie arbeitete. Ich vermisste sie sehr und verzog mich deshalb aus dem Palast, um für einige Zeit auf die Jagd zu gehen. Als ich zurückkehrte, platzte ich ausgerechnet wieder in einen handfesten Krach zwischen Lyonel und Kieran hinein. Zum Glück waren die beiden schon so gut wie fertig damit. Kieran schrie voller Zorn, dass sein Erster Jäger offenbar zu dämlich sei, einen Magier anständig fallen zu lassen, dann folgten die üblichen Schimpftiraden.

Lyonel kam mir entgegengerannt, total verstört und fast den Tränen nah. Ich lieferte meine Gefangenen ab und folgte ihm in seine Gemächer. Dort erfuhr ich auch, es waren nicht die Beschimpfungen des König, die ihn fast zum Weinen brachten.
„Was ist denn passiert?"
Er zitterte am ganzen Körper.
„Ich habe etwas Furchtbares getan." Er konnte nur mühsam weitersprechen. „Wie ich geahnt habe, wurde er in seinem Übermut wieder unvorsichtig. Ich hätte ihn wirklich beinah erwischt, aber dann ging sein Freund dazwischen. Ich musste stattdessen ihn fallen lassen. Er war Renés Vater. Bitte Percevale verzeih mir, aber ich möchte allein sein."

Lyonel war die nächste Zeit nicht mehr zu sehen und die Tatsache, wie sehr er unter diesem Vorfall litt, zeigte mir, dass er sehr wohl in der Lage war, echtes Mitleid zu empfinden. Ja, und für Kieran war bald der Traum von seinem neuen Priester ausgeträumt, als der ein Jahr später bei der Schlacht von Azincourt getötet wurde. Somit hatte Amaury Glück im Unglück, ohne das er jemals davon geahnt hatte, denn er kam auf der Stelle ins Zwischenreich. Natürlich ließ Kieran seinen Ersten Jäger dafür büßen, der noch immer so demoralisiert war und nicht einmal den Mut aufbrachte, sich zur Wehr zu setzen. Zu allem Überfluss hatte ihm Kieran auch noch verboten, Draußen zu verlassen. Lyonel machte sich Sorgen um seinen Schüler und bat mich zusätzlich auf ihn acht zugeben. Ich nahm sein Angebot gern an, denn ich liebte, wie alle Gefallenen, Exkursionen zurück zur Erde, die Abwechslung in unser graues und oftmals eintöniges Leben hier Draußen brachten. Auch wenn ich viel lieber mit einem menschlichen Körper diese besagten Abwechslungen genossen hätte. Selbstverständlich wollte ich noch – so für die Zukunft gedacht – ein gewisses Buchmalertöchterchen in Augenschein nehmen. Ich hatte richtig Freude dich bei der Arbeit zu beobachten, René. Du warst gerade zu dieser Zeit Gast bei Amaurys Vater. Dann kam jener verhängnisvolle Tag, an dem ich dich, gefolgt von einem Knaben, die Burg verlassen sah. Ich machte mir nicht einmal mehr die Mühe, das Kind noch genauer anzuschauen. Ich sah nur seine Augen und rannte voll Entsetzen zurück nach Draußen.
„Wo ist der Diener von Geoffrey Durham?"
Lyonel war ärgerlich als ich ihn aus dem Schlaf riss.
„Unten im Verlies, wo denn sonst."

„Dann lass ihn holen, und zwar sofort."

„Was ist in dich gefahren?"

Kurze Zeit später erschienen wir mit dem völlig verstörten Geschöpf vor König Kieran.

„Aha, du bist also König Geoffreys Lieblingsdiener."

Das Wesen zuckte zusammen und fuhr sich zerstreut durch die langen blonden Haare. Lyonel betrachtete ihn angeekelt, denn er ahnte bereits, welche Art von Diener Frederic für seinen König darstellte.

„Ja, der bin ich", erwiderte der mit einem gewissen Stolz und vorwurfsvoll: „Eure Jäger haben mich auf dem Rückweg vom Tal der Ruhe abgefangen." Sein Blick traf uns.

„Das haben wir Jäger so an sich, wir fangen so ziemlich alles, was uns über den Weg läuft, ab. Und mit dir haben wir anscheinend sogar einen Treffer gelandet. Du hast doch vor einiger Zeit noch behauptet, dein König wäre nicht im Tal der Ruhe?", fragte ich.

Nun wurde Frederic unsicher, ob er diese ungeheuerliche Behauptung aufrechterhalten sollte.

„Habe ich? Ich weiß gar nicht mehr ..."

„Was soll dieser Zirkus eigentlich", mischte sich nun der König ungeduldig ein. „Was für eine Nummer wollt ihr hier eigentlich aufführen?"

„Das werdet Ihr gleich hören, mein König. Nun Honigpüppchen, öffne dein Honigmäulchen und beantworte dem König ganz artig meine Frage."

Ich packte den Diener etwas unsanft am Arm.

„Au, du tust mir weh."

„Ich tu dir gleich noch viel weher, wenn du nicht endlich redest – sehr weh!"

„Also er wollte dann doch einen menschlichen Körper und das, obwohl ihm der schwarze Hexenmeister dies verboten hatte. Er gab mir den Auftrag, ihn zu informieren, damit der später mit ihm in Verbindung treten konnte."

Erst jetzt wurde Frederic bewusst, dass er nicht nur zu viel ausgeplaudert, sondern seinen König an den Feind verraten hatte. (Wir hätten jedoch genügend Methoden gehabt, um ihn in jedem Fall zum Sprechen zu bringen). Er hielt entsetzt inne, doch Kieran hatte längst begriffen.

„Es stimmt, was er sagt", erlaubte ich zu ergänzen. „Ich habe nämlich Geoffrey gerade gesehen."

Das saß. Kieran sprang von seinem Thron. Ich glaubte, er würde gleich einen Freudentanz beginnen. Er besann sich jedoch seiner königlichen Würde und setzte sich wieder.

„Bitte zeig ihn mir, ich bin ganz wild auf seinen Anblick."

„Das wird Euch gar nichts nützen. Guy Macenay wird irgendwann alles erfahren und dann Gnade Euch."

Niemand achtete mehr auf den zeternden Frederic, der in sein Verlies zurückgeschleppt wurde. Kieran, Lyonel und ich machten uns auf den Weg. Es war Nacht als wir in Champtocé ankamen. Kieran trat an das Bett des kleinen Gilles und betrachtete ihn, während wir im Hintergrund blieben. In dem Augenblick kam René ins Zimmer. Die beiden schauten sich kurz in die Augen, dann verschwand Kieran mit uns wieder nach Draußen.

„Er hat Euch gesehen", flüsterte Lyonel aufgeregt.

„Was du nicht sagst. Das ist nicht unbedingt von Vorteil für ihn. Ich hoffe, du wirst deinen lieben Schüler von jeglichem Unsinn abhalten können. Er ist doch dein lieber Schüler, oder? Und nun höre ganz genau zu. Ich habe eine immens wichtige Aufgabe für dich – und für mich. Nachdem du mir keinen neuen Priester bringen konntest, wirst du mir dafür einen neuen Jäger beschaffen. Und zwar einen Ersten Jäger, du hast ganz richtig gehört. Wenn du dieses Mal versagst, schneidest du dich ganz bös ins eigene Fleisch. Gilles de Rais wird immerhin dein Nachfolger."

„Ihr meint Geoffrey Durham", entgegnete Lyonel und wurde immer blasser.

„Falsch, Lyonel. Gilles de Rais. Ich rate dir, dass er in diesem Leben niemals herausbekommt, wer er wirklich ist. Eine echte Herausforderung für dich. Ich will es so. Du wirst dir ja wohl an allen zehn Fingern abzählen können, dass mir Gilles de Rais eher seine Seele verschreibt, wenn er nichts von seiner Vergangenheit als Zweiter König weiß und natürlich möchte ich ihm, wenn er mir gehört, damit eine vortreffliche Überraschung bereiten. Also pass auch gut auf dich selbst auf, denn wenn Gilles/Geoffrey erfährt, wer er ist und dich erwischt, wirst du über das siebenjährige Gastspiel bei ihm im Zweiten Land bestimmt nicht sehr glücklich sein." Kierans grüne Augen funkelten in der Dunkelheit. „Denke daran, Gilles de Rais für das Zwischenreich oder du bleibst für den Rest deiner Existenz bei mir. Allein der Gedanke müsste dir schon Höhenflüge verleihen, wie du den Baron davon ab halten wirst, von seiner

Vergangenheit zu erfahren. Freiheit, Lyonel, Freiheit – das Zwischenreich. Dort warten schon Onkel Richard und unser Vater sehnsüchtig auf dich."

Er war gemein, unser König, er war einfach gemein! Lyonel blickte zu Boden. Irgendwie fühlte ich mich schuldig, weil ich die ganze Geschichte ja ins Rollen gebracht hatte. Ich versuchte, Lyonel zu trösten, als der König uns endlich verlassen hatte.

„Mach dir keine Vorwürfe, Percevale. Ich beginn selbst, an der Sache großen Gefallen zu finden. Zu dem Gedanken an meine Freiheit kommt der zu schöne Gedanke, dass die beiden sich gegenseitig selbst zerfleischen werden – und ich helfe ihnen sehr gern dabei."

Er geriet mit seiner „Hilfe" böse zwischen die Fronten. Er meisterte seine Aufgabe hervorragend, wie er alles, was er begann, hervorragend zu meistern pflegte. Er bekam sogar für eine kleine Zeit seine Freiheit. Aber er verlor sie wieder. Er verlor abermals seine Seele.

Überhaupt, war dieses irrsinnige Vorhaben des Königs mit dem Risiko verbunden, dass Gilles durch einen dummen Zufall von seiner Vergangenheit erfuhr. Die Konsequenzen getraute sich dann auch keiner von uns auszumalen. Es war nicht König Geoffrey allein, den wir zu fürchten hatten, sondern vor allem auch den schwarzen Hexenmeister, der genügend Kraft und Macht besaß, dem Ersten Land ernsthaften Schaden zuzufügen.

Percevale de Thouars Reise in die Vergangenheit

4.

Lyonel Duncan kämpft mit seiner schwierigen Aufgabe
Percevale de Thouars macht eine grauenvolle Entdeckung

Die nächsten Jahre verliefen erstaunlich ruhig. Ich hatte mich bereit erklärt, Lyonel zu unterstützen. Nicht unbedingt aus Edelmut oder weil ich ihn schnell loswerden wollte. Ich war nicht so wild darauf, Geoffrey als Jäger an meiner Seite zu haben, sondern ich wollte Viviane im Auge behalten. Ob ich sie liebte? Schwer zu sagen, jedenfalls begehrte ich sie und danke noch heute unserem König, dass er sie mir nach einem gewonnenen Glücksspiel als „Gefährtin" zur Verfügung stellte. Nach kurzem Widerstreben, erfüllte sie meine berechtigten Forderungen ohne Widerstand und aus der kratzigen Wildkatze wurde ein zärtliches hingebungsvolles Kätzchen. Nun fürchtete ich, dass mein schnurrendes Kätzchen ohne meine liebevolle Aufsicht wieder verwilderte. Sie hieß nun Eleonor, schien genau zu wissen, wer sie war, denn als es mir nicht rechtzeitig genug gelang zu verschwinden, erkannte sie mich sofort.

„Grüß dich, liebe Eleonor", klingt albern, aber ich wusste wirklich nicht, was ich sonst sagen sollte. Sie lachte zu meiner Erleichterung auf.

„Bist du jetzt vom Jagdhund des Königs zu meinem persönlichen Wachhund ernannt worden?"

„Vor allem möchte ich dich vor einen gewissen Raubtier namens Geoffrey Durham alias Gilles de Rais beschützen."

„Was willst du damit sagen?"

„Du weißt doch ganz genau, dass die beiden miteinander identisch sind."

„Davon kannst du ausgehen. Vor allem weiß ich, wer ich bin – nämlich der Erste Priester des Königs, der wohl offensichtlich den Verstand verloren hat."

Ich schwieg erwartungsvoll. Viviane hatte begriffen.

„Bist du etwa in Sorge wegen meiner Tugend? Keine Sorge, da sein Onkel Amaury ja eigentlich schon lange im Zwischenreich weilt, wird der König mich wohl bald zurückholen, weil ich ihm hier nicht mehr nützlich bin. Komisch, dass er es nicht schon längst getan hat. Oder glaubst du im

Ernst, er lässt mich wieder mit Geoffrey ein Verhältnis anfangen? Völlig ausgeschlossen."

„Vielleicht schon ..." Ich erklärte ihr, was der König vorhatte.

„Hab ich es vorhin nicht gesagt? Er hat wirklich vollkommen den Verstand verloren. Das kann er nicht machen, weil Gilles irgendwann ganz sicher erfährt, dass er ein König von Draußen ist. Und was uns allen dann blüht, will ich mir nicht mal ansatzweise vorstellen."

„Er kann und er wird. Ich würde an deiner Stelle auf keinen Fall versuchen, herauszubekommen, ob Kieran recht hat oder nicht. Ich will nicht, dass es dir dann Draußen schlecht ergeht."

„Du bist zu liebenswürdig."

„Also, was geht in deinem rotbraunen Köpfchen vor? Willst du etwa wieder mit Geoffrey …?"

Natürlich wollte sie. Aber ich wollte nicht.

„Percevale du gehst mir auf den Nerv. Du weißt, was ich noch immer für Geoffrey empfinde und ich weiß, dass diese Gefühle verboten sind. Nicht nur, weil er mein Halbbruder ist, sondern weil er meine Seele zerstört. Keine Sorge, er wird mich nicht ehelichen. Da Kieran mich jedoch als Spitzel hier lassen will, blüht mir wieder die Rolle der Mätresse. Ich, die arme Buchmalertochter und er der reiche Baron. Er ist bereits verheiratet, mit einer Nachfahrin von dir."

Um seine Ehefrauen hatte Geoffrey sich noch nie gekümmert, offenbar hatte Viviane das vergessen. Mit meiner Nachfahrin, die, wenn sie eine echte Thouars war, ihn hoffentlich bald zum Teufel jagte, konnte er machen was er wollte, aber ich war leider nicht in der Lage zu verhindern, dass Viviane wieder mit ihm ein Verhältnis anfangen musste und sicher auch wollte. Er war ihr Halbbruder und vor allem, er war grausam. Aber das erhöhte für sie anscheinend den Reiz. Ich hoffte nur, dass sie nicht so dumm sein würde, ihm zu helfen – sie war es! Und das hatte ja auch für dich fatale Folgen, René. Als sich das Drama der misslungenen Beschwörung abspielte, war ich zu einer Jagdexpedition verdonnert worden. Ich kam erst zurück, als Lyonel auch dich getötet hatte. Er war völlig außer sich, außer sich vor Wut auf Viviane, der er die Schuld an all dem Desaster gab und außer sich vor Verzweiflung, weil er den einzigen Menschen, den er gern hatte, fallen lassen musste. Seltsamerweise tat er mir nicht einmal besonders leid, und so fragte ich ihn erst einmal sarkastisch, warum er dich danach im Gebirge liegen ließ, statt dich hierher zu bringen, wo du dich einigermaßen erholt hättest.

„Ich habe ihn in das Gebirge des Zweiten Landes gebracht in der Hoffnung, dass er irgendwann von seinem Vater oder dessen Jägern der Kolonie, die in der Nähe liegt, gefunden wird. Außerdem konnte ich eine Begegnung mit ihm hier Draußen einfach nicht ertragen. Langsam beginne ich, mich selbst zu verabscheuen. Mein Gott, Percevale, ich weiß nicht, wen von den beiden Königen ich mehr hasse. Auf alle Fälle soll Geoffrey leiden wie ein Vieh, wenn wir ihn endlich erwischt haben."

Genau, das wollte Grandier verhindern, dachte ich und laut sagte ich:

„Dein Aufstieg ins Zwischenreich kostet eine Menge Leute das Leben und vor allem ihre Existenz nach diesen Leben. Ich hoffe, du bist dann im Zwischenreich so geläutert oder eher abgebrüht, dass auch du ohne schlechtes Gewissen existieren kannst. Erst Renés Vater, dann René selbst und schließlich Viviane, der du auf dem Felsen die Knochen zerbrochen hast."

„Du weißt, ich hatte keine andere Wahl und mein Gewissen geht dich nichts an. Um Colin und René de Grandier tut es mir ehrlich leid. Aber Viviane, ich weiß, dass du sie hin und wieder besteigst – ist nichts weiter als eine Hure. (Ich hätte ihm vielleicht eine Ohrfeige verpassen sollen, aber in seinen Augen waren alle Frauen, außer seiner Mutter, Huren, also brauchte ich seine Bemerkung nicht ernst zu nehmen). Sie hat nicht eine Sekunde an dich gedacht, während sie sich mit ihrem eigenen Bruder vergnügt hat."

Nicht sehr tröstlich für mich, aber Viviane war nur schwach geworden, sie war Geoffrey hörig. Das Lyonel zu erklären, war sinnlos, er wurde nämlich niemals schwach und er verfiel nur seiner eigenen überzogenen Moral. Doch ihr weiteres Schicksal interessierte mich trotzdem.

„Kieran hat sie auspeitschen lassen wie alle Verräter und einen Bann auf sie gelegt. Sie darf nur in Begleitung auf die Erde, wenn überhaupt."

Na, wenigstens eine „milde" Strafe. Ich hatte schon Angst auf ihren begehrenswerten, wenn auch momentan zerschundenen Körper, verzichten zu müssen, weil der König sie in seinem Zorn womöglich eingemauert hätte.

„Ach, ehe ich es vergesse. Der König hat sich jetzt selbst einen Körper genommen."

„Wie schön, dann ist er Geoffrey erst richtig nah", entgegnete ich locker, nachdem ich den Schock erst einmal verdaut hatte. Wie nah, daran wagte ich überhaupt nicht zu denken, aber genauso geschah es und genau das würde auch Geoffreys Untergang werden.

Mein anzügliches Lächeln rief in Lyonel noch mehr Widerwillen hervor.
„Ich bin froh, wenn ich diesen abnormen Schweinestall verlasse."
Nur wirst du allerdings auch im Zwischenreich deutlich zu spüren bekommen, dass du aus diesem abnormen Schweinestall kommst. Eigentlich tat er mir doch sehr leid, er stand sich so hoffnungslos selbst im Weg. Er ließ mich stehen, um sich wieder für die nächste Zeit nicht mehr blicken zu lassen.

Ich suchte Viviane auf. Sie sah noch sehr blaß und elend aus. Aber ich verheimlichte ihr keineswegs meine Freude über ihre unfreiwillige Rückkehr.

„Percevale, mir ist nicht nach deinen Avancen zumute. Lyonel weiß gar nicht, welchen Preis er für seine Freiheit bezahlen muss. Was mir eigentlich auch egal ist. Aber diesen Preis bezahlen auch wir, die mit beteiligt sind. Gilles hat Blut geleckt. Er will jetzt mit allen Mitteln den Teufel beschwören. Hat Lyonel dir erzählt, dass er seinen Pagen umgebracht hat? Ich weiß es von René und der lügt nicht. Er hat es mir kurz vor seinem Tod erzählt und uns angefleht mit diesem gefährlichen und grausamen Spiel aufzuhören."

„Natürlich nicht."

„Es scheint dich nicht sonderlich zu berühren."

„Geoffrey war in seinem letzten Leben auch nicht gerade zimperlich. Viviane, es geht dir doch nur gegen den Strich, weil Kieran ihn demütigen will." Ich machte eine kurze Pause. „Du kommst von Geoffrey noch immer nicht los. Das ist alles. (Und von Kieran womöglich auch)."

„Es tut mir leid, Percy. Du hast ja recht oder auch nicht. Ich weiß nicht einmal, ob es überhaupt Liebe ist oder eine Abhängigkeit, von der ich nicht loskommen kann. Wenn ich es mir recht überlege, hasse ich beide. Kieran will ganz in seiner Nähe sein. Du weißt, er hat sich einen menschlichen Körper genommen. Vielleicht schlagen die beiden sich so die Köpfe ein, bis sie für immer und ewig im Niemandsland verschwinden, am besten zu unserer Mutter. Dann komme ich von beiden endlich los, bitte hab Geduld mit mir. Ich habe dich nämlich wirklich sehr lieb."

Ich hatte Geduld mit ihr. Dazu hatte ich ja eine Ewigkeit Zeit.

Seit einiger Zeit fiel mir auf, dass Lyonel sehr niedergeschlagen war. An dem König konnte es nicht liegen, denn der ließ nichts von sich hören und sehen. Als ich freundlicherweise nach seinem Kummer fragte, faselte er, dass das junge Mädchen, das Frankreich von den Engländern befreite, vom Inquisitionsgericht zum Tode verurteilt worden war. Was zum Teufel ging ihn dieses Mädchen an? Er sollte lieber achtgeben, dass der Baron de Rais nicht illegale Zauberkunststücke vollführte. Er erklärte mir auf diesen Vorwurf, dass er gerade sie oft in Begleitung von Gilles gesehen hatte.

„Arme Eleonor. Er tröstet sich schnell über ihren Tod hinweg."

Lyonel protestierte sofort.

„Du denkst auch nur an das Eine. Sie war sauber (natürlich). Sie hätte sich nie mit diesem Schwein eingelassen (was, verdammt nochmal, wollte er dann von ihr?)."

„Aber seine Mordlust hat deine kleine Heilige doch in Anspruch genommen."

„Sie hat einen ehrlichen Kampf geführt."

Kam wohl darauf an, auf welcher Seite man stand. Doch Lyonel war von der Unschuld dieses armen Mädchens voll und ganz überzeugt. Wozu weiter mit ihm streiten.

„Wie kommt nur ein Bauernmädchen dazu, mit einem Haufen von wilden Kerlen in den Krieg gegen England zu ziehen?"

„Ihre Stimmen haben es ihr gesagt und sie haben recht behalten."

Meine Güte, gleich würde er den Verstand verlieren.

„Stimmen? Was für Stimmen. Was hast du plötzlich gegen England? Hast du ihr auch gesagt, dass am Ende ihres ruhmreichen Lebens wahrscheinlich der Henker auf sie wartet?"

„Was soll das? Du glaubst doch nicht etwa …? Ich habe nie mit ihr gesprochen!"

„Na wer denn sonst?"

„Der Erzengel Michael, die Heilige …, Percevale, hör bitte auf, so dreckig zu lachen."

Trotz der Tragik konnte ich mich nicht mehr beherrschen. Lyonels Naivität war umwerfend. Aber seine echte Trauer über ihren schrecklichen Tod berührte mich doch und so stellte ich mein Gelächter sofort ein und entschuldigte mich für meine plötzliche Entgleisung. Ich hoffte, er würde sich bald wieder beruhigen. Ein übles Schicksal, all denen, die man liebt, nur Unglück zu bringen. Er schien fast dafür geboren zu sein. Es kam noch viel schlimmer. Weiß der Henker, warum ich mich so um ihn bemühte. Oder war es vielleicht doch Gilles, für den ich mich verantwortlich zu fühlen begann. Im Grunde mochte ich beide nicht besonders. Lyonels

Beherrschtheit war mir genauso zuwider wie Gilles Hemmungslosigkeit. Wahrscheinlich war es Kieran, den ich von einer großen Dummheit abhalten wollte. Er war, außer Viviane, das einzige Wesen, das mir hier Draußen etwas bedeutete. Er war das schlimmste Beispiel dafür, wie ein junger Mensch mit den besten Anlagen durch Hass, Intrigen und Missachtung versaut worden war. Nun spielte er die Rolle des despotischen Königs so perfekt, dass er selbst daran glaubte. Ich sah hinter seiner Grausamkeit noch immer meinen gelehrigen Schüler, der außer sich vor Freude war, als ich ihm mitteilte, dass ich bei ihm zu bleiben beabsichtigte. Er, der Geoffrey die grässlichsten Qualen versprach, weil der seine geliebte Schwester angeblich missbraucht hatte, duldete die Beziehung zwischen Viviane und mir selbstverständlich. Ja, ja, ich habe euch ja schon vorhin gesagt, dass er sie an mich sozusagen verspielt hatte. Ganz richtig, ihr grinst zurecht – er hat mich gewinnen lassen. Doch ich will nicht mit euch über Viviane und mich plaudern, sondern zu Lyonel zurückkommen.

Ich nahm ihn die nächsten Jahre eigentlich gar nicht wahr. Er ging mir aus dem Weg. Aber irgendeine Stimme in mir sagte, es wäre besser, ihn wahrzunehmen. Also bot ich ihm schließlich meine Hilfe, Gilles zu bewachen, erneut an. Nun, er reagierte sehr aggressiv. Er bräuchte meine Hilfe nicht und man solle ihn gefälligst endlich in Ruhe lassen. Bitte schön, bitte schön, dann mach deine schmutzige Arbeit allein. Aber er sah so erschöpft und hundeelend aus und konnte sich vor Müdigkeit kaum noch auf den Beinen halten. Zu dumm, dass mein Neffe Douglas sich zur Zeit nicht im Palast aufhielt. Er konnte gut mit ihm umgehen, weil er den nötigen Ernst besaß, sich Lyonel anzupassen und seinen moralischen Drang ohne Sarkasmus akzeptierte. Viviane sprach ich lieber nicht an, da sie Lyonels Zustand nur mit zunehmender Schadenfreude registrierte. Und was gingen mich eigentlich seine Probleme mit den beiden verrückten Königen an. Ich entschied mich auf eine größere Expedition zu gehen. Mit Viviane konnte ich im Augenblick wenig anfangen, weil ihre beiden Brüder sie trotz Abwesenheit unentwegt „beanspruchten". Das beste wäre, sie wieder frei zu geben, bis sie sich endgültig von ihnen gelöst und eine Entscheidung zu meinen Gunsten getroffen hätte. Viviane war ein absolut gerechtes Geschöpf, doch mit ihren Liebhabern verfuhr sie gleich wie einst ihre Mutter – entweder totale Macht oder totale Unterwerfung. Sie fraß mein Honigbrot und mich, aber die Knute wollte ich sie niemals spüren lassen. Ja, ja, jetzt rede ich wieder über sie und meine Probleme.

Und das geht euch gar nichts an! Also spitzt wieder eure Ohren, es geht weiter mit Lyonel: Eben hatte ich meinen Entschluss, aus dem Palast für eine Weile zu verschwinden, gefasst, da sah ich wie mir Lyonel entgegentorkelte. Er war so schwach und konnte sich nur noch an der Wand angelehnt aufrecht halten. Ich rannte auf ihn zu und als ich ihn erreichte, brach er in meinen Armen zusammen.

„Ich kann nicht mehr Percevale, ich kann einfach nicht mehr."

Jetzt erst, als ich ihn hielt, merkte ich wie abgemagert er war. Er zitterte und versuchte sich vergeblich zu erbrechen, bevor er ohnmächtig wurde. Ich schleppte ihn auf sein Zimmer, rief seinen Diener und bat ihn, etwas Blut zu besorgen.

„Das nützt nichts", bekam ich lakonisch zur Antwort. „Jedes mal wenn er Blut trinkt, kommt es gleich wieder hoch."

Ich selbst habe mich bis heute nicht daran gewöhnt, Blut zu trinken. Ich verabscheue es, aber nur von Wasser und Drogen können vor allem wir Jäger unsere Aufgabe, für Nahrung und Schutz zu sorgen, nicht erfüllen. Ich musste Lyonel überreden etwas zu sich zu nehmen, damit er wieder zu Kräften kam. Aber vorher wollte ich noch unbedingt nach Gilles sehen. Irgendetwas war vorgefallen, was Lyonel zu diesem Zusammenbruch veranlasste. Ich bat den Diener bis zu meiner Rückkehr bei ihm zu warten, denn ich hatte das ungute Gefühl mich beeilen zu müssen. Natürlich musste ich Lyonel in dieser Situation helfen, ich tat nicht nur ihm, sondern auch unserem König, den ich allerdings im Augenblick wirklich zu den Dunklen wünschte, einen großen Gefallen.

Als ich in Tiffauges ankam, wurde mir das Ausmaß meiner Unsterblichkeit erst richtig bewusst. Drei Jahrhunderte waren so schnell vergangen. Geoffrey hatte inzwischen sogar eine meiner Nachfahren geheiratet. Hoffentlich konnte sie besser mit ihm umgehen als die unglückliche Elaine, die ihren Frieden schließlich in einem Kloster fand. Wo war sie jetzt? Sicher in einem anderen Reich. Sie hatte unseren Orden von Anfang an abgelehnt. Wahrscheinlich schlief sie jetzt wie alle „normalen sterblichen" Menschen, um, wie die Kirche es ihren gläubigen Schäfchen vermittelte, zum Jüngsten Gericht geweckt zu werden. Den Gedanken, dass ich da womöglich irgendwann auch antanzen musste, verdrängte ich lieber gleich. Ich dachte in letzter Zeit oft an so etwas. Das entsprang nicht unbedingt meiner soliden katholischen Erziehung, die ich in meinem letzten Leben nebenbei genossen hatte sondern der Angst und Hoffnung, dass womöglich doch noch Irgendjemand über uns existierte, der auch uns richten würde.

Die Luft in Tiffauges war schon immer zum Ersticken gewesen. Doch im Augenblick konnte ich kaum atmen. Dieser widerliche Geruch von frischem Blut. Die meisten Gefallenen lieben diesen Geruch. Ich werde ihn bis in alle Ewigkeit verabscheuen. Bis in alle Ewigkeit, wie leicht sich das sagt. Ich will lieber nicht darüber nachdenken müssen, ob ich überhaupt bereit bin eine Ewigkeit Blut zu trinken. Schließlich war ich in dem Zimmer des Barons angelangt. Wie konnte ich nur Vivianes Hinweis, dass er seinen Pagen ermordet hatte, so gelassen hinnehmen? Der Anblick, der sich mir bot, war entsetzlich und ich begriff, weshalb Lyonel so entsetzlich elend zumute war. Gilles lag mit dem Gesicht nach unten auf dem Boden. Im diffusen Licht der Kerzen konnte ich neben ihm die weiße nackte Gestalt eines Knaben erkennen, dessen Kopf seltsam verdreht in einer großen Blutlache lag. Ihm war mit einem scharfen Messer die Kehle bis auf den Halswirbel durchgeschnitten worden. Ich ersparte mir, ihn noch genauer anzusehen. Das taten wir ebenso mit unserer Beute. Das war nicht weniger grausig, aber wir hatten wirklich keine andere Wahl. Bevor ich mir noch weitere tiefsinnigere Gedanken um unsere triste Existenz machen konnte, schlichen plötzlich zwei Personen in den Raum. Ich erstarrte über die Ruhe und Kälte, mit der die beiden bildschönen eleganten Jünglinge den geschundenen Leichnam in ein Leintuch wickelten, um ihn heimlich zu beseitigen. Als Gilles leise aufstöhnte, wich ich vorsichtshalber ein paar Schritte zurück, obwohl ich sicher sein konnte, dass er mich nicht wahrnahm. Er wälzte sich auf den Rücken. Jetzt sah ich, dass er unter seinem langen gold-besticktem Mantel unbekleidet war. Er öffnete einen Augenblick die Augen und fuhr sich mit den blutverschmierten Händen durch die Haare, bevor er röchelnd wieder einschlief.

Ich fragte mich, warum Sir Lawrence Duncan seine finstere Gemahlin nicht beseitigt hatte, bevor sie ihre unglückselige Brut in die Welt setzen konnte. Ich hatte genug gesehen, war heilfroh, weil dieser grässliche Mord bereits vor meinem Erscheinen passiert war und verließ das Schloss. Der Gestank von Blut und Wein verfolgte mich noch bis nach Draußen. Ich begab mich sofort zu Lyonel. Viviane saß bei ihm am Bett. Er war wach, richtete sich mühsam auf und sah mich kläglich an.

„Bitte Percevale, ich kann nichts dafür."

Natürlich konnte er nichts dafür. Aber er musste mit ansehen, wie der unglückliche Knabe abgeschlachtet wurde. Wäre er dazwischen gegangen, hätte womöglich Gilles ihn auf der Stelle erkannt, und was am schlimmsten war, sich selbst auch. Es gab für ihn kein Zurück, er musste diesen blutigen Weg zu Ende gehen, bis er vielleicht im Zwischenreich von dieser Schuld befreit wurde. Viviane drückte ihn wieder auf sein Bett zurück und strich ihm über die Stirn.

„Er war wieder blond, nicht wahr?"

„Wer?", fragte ich entsetzt und wünschte aus einem Albtraum zu erwachen.

„Der Junge, den Gilles ermordet hat."

„Verdammt nochmal, was heißt wieder?!"

„Sie sind alle blond", heulte nun Lyonel los. „Blond wie unser Miststück von König." Er erhob sich und schob Viviane unwillig zur Seite. „Ich ertrage es nicht mehr. Es ist so schrecklich. Ich habe irgendwann aufgehört zu zählen, wie viele es sind aber bestimmt sind es schon hundert. Es läuft meistens nach dem gleichen Schema ab. Seine Kumpane oder Diener und er besaufen sich, dann vergewaltigt er erst seine Opfer, bevor er sie langsam und genüsslich umbringt. Manchmal habe ich das Gefühl, er spürt meine Gegenwart. Er spricht dann sogar mit mir. Er glaubt, ich sei ein Dämon. Und das bin ich auch. Ich kann nicht davonlaufen, weil er diese widerlichen Schweinereien immer mit einer Beschwörung verbindet. Du kannst dir ja vorstellen, was mir blüht, wenn er jetzt erfährt, wer er in Wirklichkeit ist. Womöglich das gleiche Schicksal, wie das seiner armen Opfer. Was soll ich nur machen? Lasst mich doch einfach vergessen! Er schneidet den armen Geschöpfen oft die Kehle durch während er mit ihnen schläft und manchmal hebt er noch tagelang ihre Köpfe auf. Ich werde noch irrsinnig, wenn das so weitergeht."

Lyonel hielt inne und barg schluchzend das Gesicht in den Händen, wobei er seinen Mageninhalt heraus zu würgen versuchte.

„So kann das nicht weitergehen! Ihr seid alle wahnsinnig geworden", schrie Viviane.

„Und was gedenkst du zu tun!", brüllte ich zurück. „Du weißt so gut wie ich, dass wir nichts mehr machen können, selbst wenn wir wollten."

„Dreckspiel, Scheißspiel! Der Teufel soll Kieran und Geoffrey endlich holen. Lass Lyonel in Ruhe!"

Willig wie ein kleines Kind ließ sich Lyonel von der verhassten Priesterin wieder hinlegen. Sie flößte ihm ein betäubendes Getränk ein, nach dessen Genuss er in einen totenähnlichen Schlaf sank.

„So, das war nötig. Er ist zwar ein Mistkerl, aber er tut mir leid, wenn er so völlig am Ende ist."

„Und wer passt jetzt auf Geoffrey auf?"

„Na, wer wohl, Percy. Mir ist es ja verboten worden."

„Du kannst aber ruhig mitkommen, zum Abgewöhnen."

„Du bist bald genauso ekelhaft wie Kieran, Percevale de Thouars."

„Nein, ich liebe dich Viviane Duncan."

5.

Percevale de Thouars lehrt einen italienischen Magier das Fürchten
Zwei ungebetene Gäste lehren
Percevale, Lyonel und Viviane das Fürchten

Ich hatte nun die Aufgabe, Gilles die nächste Zeit zu beobachten. Ich hoffte inständig, von dem Anblick seiner abscheulichen Orgien verschont zu bleiben, aber leider wurde auch ich einmal unfreiwillig Augenzeuge. Die Einzelheiten erspare ich euch, sie sind ja bis zur Genüge bekannt. Und ich hasste mich für meine Untätigkeit. So verständlich mir Lyonels Wut auch war, ich konnte für Gilles irgendwann nur noch Mitleid empfinden. Er litt wirklich erbärmlich unter seinen unkontrollierten Neigungen zur Grausamkeit und suchte in seiner Verzweiflung oftmals Trost und Hilfe in seiner Kapelle. Lyonel blieb in seinem Urteil hart und unerbittlich. Die nötige Ruhe sowie die Drogen hatten ihn wieder hergestellt, und zu dem gemacht, was er glaubte zu sein, den kalten steinernen Racheengel, der ohne Gewissensbisse diese abscheulichen Morde nicht verhinderte. Immerhin wusste er, meine Hilfe mit überschwänglichen Worten zu danken.

„Wenn Kieran ihn endlich haben will, muss er ihn jedoch erst fallen lassen", fiel mir mit einem Mal ein. „Ist er denn schon überhaupt eingeweiht?"

„Ja, ein Magier hat es getan. Gilles hat sogar mit Blut unterschrieben."

„Meine Güte, hoffentlich dieses Mal mit seinem eigenen. Und was hast du anschließend gemacht? Ich meine mit dem Magier?"

„Ich habe ihm ein Angebot gemacht, das er nicht ablehnen konnte. Er ist freiwillig gegangen, er war ein Feigling."

„Den Helden hast du ja schon vorher aus Gilles Blickfeld verschwinden lassen."

Lyonel wurde für einen Augenblick wütend.

„Nett, dass du mich daran erinnerst. Aber du hast recht. Nun kommt der zweite Schritt. Gilles muss noch fallen. Mit Sicherheit wird eines seiner Opfer ein Mitglied des Ordens sein und dann ist Schluss mit Geoffrey Durham, dem Zweiten König von Draußen."

Lyonel freute sich vergeblich, denn Gilles dachte nicht im Traum daran, jenes Knäblein mit den großen blauen Augen, das seit kurzer Zeit bei ihm ein und aus ging, seinen Gelüsten zu opfern. Ich war mehr als erleichtert darüber, denn der Kleine war immerhin der Lieblingssohn des Großmagiers. Sein Tod konnte uns einigen Ärger einbringen. Ich war schockiert, wie wenig Mitgefühl Lyonel mit seinem Bruder zeigte. Ich sprach ihn darauf an. Er lächelte zynisch.

„Du solltest dieses arme Opfer sehen, wenn es mit dem Baron im Bett liegt. Sir Lawrence geliebtes Söhnchen. Von mir aus kann Gilles ihn kaltmachen, dann begreift er, dass er sich seine Liebhaber in Zukunft sorgfältiger aussuchen sollte."

Tut mir leid Edward, das hat er wortwörtlich gesagt. Jedenfalls waren mir Lyonel, Geoffrey und unser König langsam gleichgültig. Da ich keine Möglichkeit sah, Geoffreys Abstieg zu verhindern, wollte ich wenigstens nicht mehr der Handlanger für diese grausige Intrige sein.

Ich verfolgte lieber Viviane, die offenbar seit Neuestem einen Trick kannte, den Bannkreis des Königs zu umgehen. Diese Fähigkeit erschreckte mich. War sie ihm womöglich ebenbürtig? Sie war hoffentlich schlau genug, nicht wieder Geoffrey helfen zu wollen. Ich konnte beruhigt sein. Sie hatte ein neues Objekt ausfindig gemacht. Bei diesem Objekt handelte es sich um einen jungen italienischen Magier, der auf seine südländische Art sehr hübsch und sehr hohl war. Sie hatte sich ihm unter dem Namen „Barron" vorgestellt und schien sich köstlich mit ihm und vor allem über ihn zu amüsieren. Als ich die beiden belauschte, redeten sie eigentlich nur dummes Zeug, über die neuste Mode und weiß der Henker was noch alles. Viviane war bestimmt eine hervorragende Priesterin, aber sie konnte hin und wieder so schrecklich banal sein. Meinetwegen sollte sie ihre schwachsinnige harmlose Unterhaltung haben. Ich beschloss jedoch, nicht mehr daran „teilzunehmen" und wollte mich von beiden gerade entfernen, da begannen sie über den Großmagier zu sprechen. Natürlich wurde sofort wieder mein Interesse geweckt, denn um seine neueste Frisur oder Garderobe ging es bestimmt nicht. Richtig vermutet. Der junge Magier hatte den Auftrag, nach Frankreich zu gehen – ja welcher einflussreiche Baron hatte ihn wohl auf sein Schloss gebeten? Also wieder Ärger. Das Tal der Ruhe war offenbar die einzige Möglichkeit, diesem Teufelskreis zu entrinnen. Ich sollte sofort davon Gebrauch machen. Andererseits war ich doch zu neugierig und der Gedanke, dass es der

Italiener war, der sich für uns opfern sollte, gefiel mir ungemein. Und ich musste Viviane von ihm fern halten!

„Was findest du an diesem italienischem Schleimer mit seinem Olivenölcharme?"

Ich machte ihr normalerweise nie Vorschriften, aber in diesem Fall versuchte ich ihr schon klar zu machen, dass ich von unserem König als ihr Gebieter auserwählt worden war.

„Ich finde ihn amüsant."

„... und dumm wie Schifferscheiße. Wie kann sich ein Erster Priester so weit herabsetzen und sich mit einem derartigen oberflächlichen Geist einzulassen."

„Ich wollte nie Erster Priester werden. Und ich liebe seinen Olivenölcharme. Er gefällt mir ganz einfach."

„Und du bist ganz einfach ein zu dummes Gänschen. Du wirst schon sehen, wem dein Francesco gefällt. Vielleicht wird ihn sogar in Bälde dein Halbbruder und ehemaliger Liebhaber von hinten abstechen."

Ich lachte auf, als mir die Zweideutigkeit meiner Bemerkung klar wurde. Viviane fand das nicht im Geringsten komisch. Sie lächelte bitter.

„Ich habe dich immer für ein edles Geschöpf gehalten."

Was sollte ich darauf antworten? Auch „edle" Geschöpfe neigen zu Ausfällen, wenn sie verletzt werden. Ich hatte es allmählich satt, den edlen Ritter zu spielen, denn die Dame meines Herzens schätzte die Scheußlichkeiten eines Geoffrey Durham und die Oberflächlichkeit eines Francesco Prelati mehr als meine Tugenden, die sie offensichtlich nur langweilten. Mir war selbstverständlich klar, dass ihr dieser junge Schönling auf Dauer bestimmt nicht all zu viel zu bieten vermochte, zumal er es auch mit Männern zu treiben schien. Trotzdem wollte ich unter allen Umständen verhindern, dass Viviane sich weiter mit ihm traf. Sie hatte sich schon einmal ins Unglück gestürzt, als sie einen Magier zu einer verbotenen Beschwörung anstiftete. Und dieses Mal würde sie nicht nur mit einem zerschlagenen Rücken davonkommen. Daher entschied ich, dieser Süßholzraspelei ein abruptes Ende zu bereiten. Bei seiner nächsten Beschwörung trat also ich in Erscheinung.

„Ihr seid niemals Barron." Welch umwerfende Erkenntnis.

„Oh werter Francesco Prelati, der bin ich wohl. Ich habe nun meine richtige Gestalt angenommen, die Gestalt, die Ihr mir gegeben habt, als Ihr dem Baron de Rais vorgelogen habt, Barron wäre ein schöner junger Mann."

Bevor Prelati antworten konnte, dass er mich überhaupt nicht schön fand, schlug ich ihn einfach zusammen. Diese Reaktion war gewiss nicht besonders geistvoll aber unglaublich wirksam. Er brauchte Wochen, bis er sich erholte. Gilles wich Tage und Nächte nicht von seinem Krankenbett und vergoss viele Tränen, während Viviane dagegen Tage und Nächte vor Wut beinah platzte. Auch ich war kurz davor zu platzen und am liebsten hätte ich sie gar nicht edel in ihrem Gemach eingesperrt.

„Was erwartest du bloß von ihm? Du bist ein Geschöpf aus einer anderen Dimension. Außerdem mag er offensichtlich keine Frauen."

„Ach, lass mich doch in Ruhe."

„Warum hast du ihn nicht gleich totgeschlagen", mischte sich nun Lyonel ein, der sich plötzlich, ohne dass wir es merkten, zu uns gesellt hatte.

„Vielleicht wird Percy künftig auch nur Leute umbringen, die ihm sympathisch sind." Viviane konnte mitunter recht ekelhaft sein. Aber Lyonel ging auf sie gar nicht ein, weil er uns Wichtigeres mitzuteilen hatte.

„Kaum geht es diesem vermaledeiten Italiener besser, überredet er Gilles, doch tatsächlich Raphael für eine Beschwörung zu opfern. Ich dachte im ersten Moment, endlich ist es soweit. Aber zum Glück kam mir rechtzeitig die Erkenntnis, dass das niemals so passieren durfte. Ich bin ihm also erschienen und dazwischen gegangen."

„Ich fass es nicht. Wie einst der Engel bei Erzvater Abraham. Ich hoffe, du hast dafür als Opfer ein anderes dummes Schaf gefunden", höhnte Viviane.

„Du bist geschmacklos", fauchte Lyonel sie kurz an und an mich gewandt, „Gottseidank ist Gilles, betrunken wie er war, rechtzeitig zusammen gebrochen. Ich hoffe nur, dass Raphael mich nicht gesehen hat, bevor er bewusstlos geworden ist und vor allem Geoffrey beziehungsweise Gilles nicht erkannte oder womöglich umgekehrt. Jetzt haben wir also ein neues Risiko. Wenn mein Bruder wirklich etwas wahrgenommen hat, müssen wir verhindern, dass er weiterhin bei Gilles bleibt. Ich nehme an, er weiß nichts. Ich kenne unseren Vater. Das alte Ekel liebt es, die Vergangenheit aller seiner Söhne erst zu enthüllen, wenn sie erwachsen sind. Hoffen wir, dass er weiterhin bei seinem Prinzip bleibt."

„Und er hat dich sicher nicht erkannt?"

„Ich hoffe nicht."

„Wir sollten auf jeden Fall noch mal nachsehen und vor allem den Italiener zum Schweigen bringen."

Genau das wollte Lyonel hören. Viviane folgte uns, wir hatten weder Zeit noch Nerven, sie daran zu hindern. Als wir in den großen Saal von Tiffauges traten, entdeckten wir zuerst den kleinen Raphael, der mit geschlossenen Augen auf dem Tisch lag. Wir stellten erleichtert fest, dass er noch atmete. Gilles war nicht mehr anwesend, man hatte ihn anscheinend bereits in sein Gemach gebracht. In der Mitte des magischen Kreises saß Francesco und schaute ziemlich irritiert drein. Auch wir schauten drein, aber nicht irritiert, sondern zu Tode erschrocken. Neben Prelati stand Sir Lawrence Duncan. Nun, der Anblick allein war es nicht einmal, es war Guy Macenay, der uns den Rest gab. Ich äußerte spontan den Wunsch zu beten, doch Viviane wies mich rechtzeitig daraufhin, dass wir auf einer Erfüllung unserer Bitte von dieser Seite nicht rechnen konnten. Lyonel, der „Engel Abrahams" erstarrte wie Lots Weib zur Salzsäule, rechtzeitig genug, bevor Lawrence ihn ansprechen konnte.

„Was zum Teufel geht hier vor? Francesco behauptet, du hättest verlangt, dass Raphael getötet werden sollte."

„Das ist gelogen", entgegnete ich sofort an Lyonels Stelle, der noch immer stumm und starr blieb. „Im Gegenteil, er hat ihm sogar das Leben gerettet."

Ich warf einen vernichtenden Blick auf Prelati, der nicht zu widersprechen wagte.

„Und was spielt ihr mit dem Baron de Rais? Ist euch etwa langweilig in eurem Elend da Draußen? Wieso ist er bis jetzt nicht eingeweiht? Was habt ihr mit Raphael und Francesco vor, ihr Ungeheuer?"

„Er ist eingeweiht. Der König hat nur eine andere Methode", rechtfertigte ich mich eifrig. „Und mit den zwei anderen haben wir keinerlei böse Absichten."

Ich hoffte, dass nun endlich Lyonel und Viviane auch etwas von sich geben würden, aber die befanden sich weiterhin im Stadium der Salzsäulen. Sir Lawrence grinste verächtlich, er hielt es für müßig, weitere Erläuterungen anzuhören. Er wusste selbst, sein jüngster Sohn hatte hin und wieder skurrile Einfälle.

„Kieran hat wohl auf einmal eine Zuneigung für blutrünstige Massenmörder entwickelt. Er soll allerdings aufpassen, dass er mit seinen anderen Einweihungsmethoden nicht auf seine vorwitzige Nase fällt. Von mir aus kann er auch diesen verrückten Knabenschänder als Spielzeug bekommen. Jämmerlich genug, dass ihr bei dieser Farce mitwirken müsst. Francesco, ich werde Raphael morgen hier abholen. Sorg dafür, dass Gilles wirklich glaubt, er habe ihn umgebracht. Dann sind wir vor Verfolgung sicher. Auch für dich wäre es gescheiter mitzukommen, bevor Kierans Pack dich womöglich noch massakriert."

Wir hatten keine Möglichkeit, gegen diese Beleidigung aufzubegehren, denn nun beschloss Lawrence, sich den Baron näher anzuschauen. Jetzt war es auch an mir, zur Salzsäule zu erstarren.

„Kommst du mit?", fragte er Macenay.

Aber Guy verzichtete großzügig. „Was habe ich davon?"

Ich dankte ihm, sicher auch im Namen von Viviane und Lyonel. Aber unsere Galgenfrist sollte ohnehin nur die Minuten währen, die bis zur Rückkehr von Lawrence vergingen. Wir machten uns auf das Schlimmste gefasst. Was hatte dieser verdammte Ire hier überhaupt zu suchen? Er ließ keinen Blick von uns, in seiner Stimme war die für ihn typisch unerbittliche Strenge als er sich an Viviane wandte:

„Ich hoffe zu deinem Gunsten, der König hat dich zu diesem Schwachsinn gezwungen. Das, was ihr hier macht, ist eine unverantwortliche Sauerei, die eigentlich unter dem Niveau eures engelsgesichtigen Königs ist."

Dass der Schwachsinn allerdings Methode hatte, würde er bestimmt bald erfahren, wenn der Großmagier von seiner Besichtigung aus dem Schlafzimmer des Barons zurückkehrte.

„Ach, lieber Baron de Thouars, falls es dich interessiert, weshalb der verdammte Ire hier ist. Der Großmagier hat mich gebeten, seinen kleinen Liebling zu suchen, der vor einigen Jahren aus einem Kloster ausgebüxt ist. Wie es aussieht, will mich der gute alte Lawrence mal wieder in eine besonders raffinierte Falle locken und sein kleines Schätzchen soll wohl der Köder sein. He, Viviane, kleine Fee, was ist denn los mit dir Haben dir deine Engelsbrüder so grausam mitgespielt? Du siehst miserabel aus."

Viviane war in der Tat entsetzlich weiß im Gesicht. Gleich würde sie losheulen und alles verraten. Nun sag schon, kleine Fee, jetzt ist die beste Gelegenheit deinen geliebten Geoffrey zu retten und uns noch vor Lawrence in die Kerker des Zweiten Landes zu bringen. Jetzt brauchst du auch keinen René de Grandier mehr, der Guy Macenay beschwört. Er steht hier, der Wachhund von König Geoffrey. Vorsichtshalber kreisten Lyonel und ich sie langsam ein. Nur, unsere Bemühungen waren wahrscheinlich sowieso vergeblich. Sir Lawrence kam wieder langsam die Treppe nach unten. Aber er schwieg, er schwieg bis wir Draußen waren und Guy uns verlassen hatte. Wenn ihr glaubt, dass wir jetzt erleichtert waren. Irrtum.

Der alte Fuchs tat nichts ohne Hintergedanken, also machten wir uns weiterhin auf das Schlimmste gefasst.

„Er will ihn zu seinem Ersten Jäger machen ...", Lyonel war wieder in der Lage zu sprechen, „... deshalb ..."

„Was für ein unglaubliches Glück für dich, mein Sohn", unterbrach Lawrence barsch „Ich habe schon verstanden oder hältst du mich für blödsinnig? Ich handle nicht richtig, wenn ich jetzt schweige. Aber das ist die einzige Möglichkeit, diesen ewigen Krieg zu beenden (sowie die Stellung von Guy Macenay als des Königs Günstling), wenn einer dieser Irren nicht mehr König ist. Sieht schlecht aus für Geoffrey, er kann mir fast leid tun, er war so tapfer. Aber schließlich ist doch Kieran mein schlaues Kind. Armer Ashley, er wird einen furchtbaren Schock bekommen, wenn er erfährt, wozu seine einstige große Hoffnung fähig ist. Und am meisten freue ich mich auf Macenays dummes Gesicht, wenn die Schande seines geschätzten Königs auffliegt. Aber Vorsicht, das Spiel ist noch nicht zu Ende. Und dieser irische Hund ist schlau und verschlagen. Wenn er nur das Geringste herausbekommt, bevor euer Plan geklappt hat, geht es euch allen ziemlich schlecht, schätze ich. Wo ist eigentlich mein Wunderkind?"

Wir zuckten gleichzeitig die Schultern.

„Ach, die treuen Untertanen haben keine Ahnung, wo ihr König steckt. Schickt mir sofort euren König, oder ich hole Guy Macenay zurück und präsentiere ihm einen unvergesslichen Anblick im Schlafzimmer von Tiffauges."

„Ich hole ihn." Lyonel verschwand für einen Moment und kam mit dem gleichen zarten Knaben zurück, der vor fast drei Jahrhunderten mein Schüler gewesen war. Ich erschrak für einen Moment. Was für ein Leben hatte sich unser stolzer König ausgesucht, denn der Anblick seiner schäbigen, verschlissenen Kleider, ließ mich schmerzlich erahnen, dass sein neues Elternhaus der untersten Schicht angehörte. Ich hätte ihn zu gern gefragt, was er mit dieser Verkleidung beabsichtigte, doch er ging sofort mit seinem Vater in einen Nebenraum. Wir vernahmen heftiges Wortgefecht.

„Und vergesst nicht ...", mahnte uns Lawrence, als beide wieder zurückgekehrt waren, „... ihr alle macht euch mitschuldig am Tod dieser Kinder. Schafft Gilles aus dem Weg, bevor er noch mehr Unheil anrichtet. Egal wie."

Was sollte dieser überflüssige erbauliche Vortrag. Das hätten wir ja längst getan, nur hatte sich bis jetzt noch kein Mitglied des Ordens als

Opfer erbarmt und seinen Lieblingssohn wollte er uns ja aus verständlichen Gründen nicht zur Verfügung stellen. Als er endlich gegangen war, kam Kieran erst mal richtig in Fahrt. Zuerst beschimpfte er die arme Viviane, weil sie ohne seine Erlaubnis Draußen verlassen hatte, den Rest bekam dann selbstverständlich Lyonel ab.

„Des Großmagiers einziger Schatz. Bist du eigentlich von Sinnen? Du hättest deinen eigenen Bruder abschlachten lassen und dabei womöglich noch zugeschaut? Du steigst über eine Menge von Leichen auf deinem Weg ins Zwischenreich. Onkel Richard Macduff wird dich bestimmt nicht gerade mit offenen Armen empfangen, wenn er erfährt, welchen Preis du für seine Gegenwart zu bezahlen bereit bist. Ich glaub es nicht!"

Diese ein Meter zwanzig kleine blond gelockte, in Lumpen gekleidete Anhäufung von Niedertracht setzte sich auf den Thron und ließ lässig die schmutzigen, nackten Beine baumeln, während sie ihr Gift weiter verteilte:

„Du hast tatsächlich geglaubt, unser Vater sieht tatenlos zu, während Klein-Edward die Gurgel aufgeschlitzt wird? Du hättest doch wissen sollen, dass Lawrence ihn niemals aus den Augen lässt. Oh, Lyonel, du bist zwar gehörig grausam aber dann doch nicht intelligent genug für Intrigen."

„Er hat nicht veranlasst, dass Edward getötet werden sollte. Außerdem wäre das die einzige Möglichkeit gewesen, Gilles fallen zu lassen. Damit der Zweite König wirklich zu Fall gebracht werden kann, interessiert hier Draußen nur der Mord an einem Mitglied des Ordens und habt Ihr, mein König, eigentlich vergessen, dass das alles Eure geniale Idee war?", fuhr ich zornig dazwischen. „Lasst Euch jetzt gefälligst was einfallen, damit endlich Schluss damit ist."

„Ganz richtig, Percevale. Es muss ein Ende finden – mit einem Mitglied des Ordens. Aber das Opfer suche ich jetzt selbst aus, bevor ihr Versager meine Pläne durchkreuzt. Ich weiß sogar wen."

Damit verschwand er von der Bildfläche.

„Was müssen wir uns von diesem verdreckten Stinkstiefel noch alles gefallen lassen. Ich hasse ihn." Viviane war überglücklich, diese Bemerkung endlich laut von sich geben zu können.

„Ich fürchte, dein Italiener kann vom Zwischenreich aus bald seine Einzelteile in den Kloaken von Tiffauges begutachten."

„Percevale, du bist gemein und niederträchtig. Francesco hat dir nichts getan."

„Er ist ein schmieriger kleiner Feigling", bemerkte jetzt auch noch Lyonel. Einer der seltenen Gelegenheiten, wo ich mit ihm vollkommen einer Meinung war.

„Warum lässt Kieran sich nicht gleich selbst umbringen? Er wäre doch ein erlesener Leckerbissen für Gilles de Rais, vorausgesetzt, er wäscht sich vorher", schlug Viviane noch sinnigerweise vor.

„Ja, und ich würde dabei zuschauen, mit dem größten Vergnügen", ergänzte Lyonel. „Nicht eine Träne würde ich diesem süßen Frätzchen nachweinen, außer Freudentränen."

Ob es mir auch so ging, sollte ich bald erfahren.

6.

König Kieran legt einen Köder aus
Lyonel Duncan glaubt endlich seine schwierige Aufgabe gelöst zu haben
Gilles de Rais wird noch einmal der Prozess gemacht

Der Aufruhr im Palast weckte uns aus tiefstem Schlaf: „Der König ist tot!" Die Priester und Jäger sowie die Bewohner der Stadt waren völlig aufgelöst. „Man hat ihn ermordet. Er war noch nicht einmal zwölf Jahre alt! Unser König ist bestialisch abgeschlachtet worden!" Ich war von dieser Solidarität überrascht. Normalerweise hätte ich Freudentänze erwartet, aber mit einem Mal war es „ihr König"! Mir blieb auch keine Zeit, über diesen Widerspruch nachzudenken. Nur Viviane blieb gefasst, kalt und ohne Mitleid:

„Der Arme, mir kommen die Tränen. Hoffentlich hat Geoffrey ihn vorher noch in sein Bett gezogen. Das hat Kieran sich doch immer insgeheim gewünscht, der kleine unschuldige Engel. Nur schade, dass Geoffrey seinen Liebling nicht erkannt hat. Diese Niederlage hätte ich Kieran von Herzen gegönnt."

Sie genoss es offensichtlich zu sehen, wie ihr Bruder, der sie so oft gedemütigt hatte, nun wehrlos und zerschunden vor ihren Augen auf einer Bahre in den Palast getragen wurde. Sie hatten ihn vor dem Haupttor der Stadt gefunden, zurückgekehrt in den Körper des Ersten Königs. Man nahm die Decke von seinem Gesicht. Seine blonden Haare waren noch blutverschmiert, ansonsten schien er sich, bis auf die sichtliche Erschöpfung, wieder regeneriert zu haben. Am grausamsten war sein Lächeln. Nicht mit ihm, sondern mit seinem Mörder hatte ich in diesem Augenblick Erbarmen. Und als ich Kieran näher betrachtete, stellte ich fest, dass er seine Gedanken noch nicht völlig unter Kontrolle hatte. Plötzlich begann meine Umgebung zu verschwimmen. Ich konnte ungehindert in seine Erinnerung der letzten Stunde schauen und er war zu schwach, um sich dagegen zur Wehr zu setzen:

Man ließ ihn in die Burg hinein und in diesem Augenblick wurde ihm erschreckend klar, was ihn dort erwartete – ein grausamer Tod. Bist du bereit, für deine Ziele jedes Opfer zu bringen, dich sogar selbst zu opfern?

Das hatte ihn einst der Meister der Dunklen Herrscher im Niemandsland gefragt. Ja, er war dazu bereit. Er atmete ein paar mal tief durch und brachte seinen zitternden unterernährten Körper unter Kontrolle. Rémy, das war der Name dieses Jungen, der bis jetzt in ärmlichen Verhältnissen in einem unerbittlich brutalen Elternhaus sein hartes Leben als Arbeitskraft fristete. Er hatte die labile Mutter und den prügelnden Trunkenbold von Vater in voller Absicht ausgesucht, denn er fürchtete, ein zu angenehmes oder womöglich zu liebevolles Zuhause würde ihn von seinen Plänen abhalten. Bist du bereit, für deine Ziele zu töten? Fragte die Stimme des Dunklen Herrschers abermals. Ja, auch dazu war er bereit. Er hatte nicht das geringste Mitleid für diese widerwärtigen Kreaturen, die ihn schlimmer wie ein Tier behandelten. Es kostete ihn nicht einmal all zu viel Kraft, eines Nachts die heruntergekommene Hütte in Brand zu stecken, in der seine Zieheltern elendig ums Leben kamen. Dann machte er sich auf den Weg. In der Burg des unermesslich reichen Barons angekommen, gab man ihm reichlich zu essen, badete ihn und steckte ihn in prachtvolle Gewänder. Drei Tage lang. Dann wurde er zur Schlachtbank geführt – ein schönes Opfer mit goldblonden Haaren.

Er spürte wie Hände zärtlich seinen Hals umschlangen. Er blieb ganz ruhig, er versuchte, sich nicht zu befreien, er schrie nicht um Hilfe. Er wartete nur, dass ihm diese kalten Hände die Kehle zudrückten, um endlich die größte Wollust zu empfinden, wenn er ein ganz kleines Stück gestorben war. Wie viele Male hatte er davon geträumt. Wie sehr hatte er sich gegen diese Träume, die nicht sein durften und die nur die Dunklen Herrscher kannten, gewehrt. Er war König von Draußen geworden, um der Erfüllung dieser Träume zu entgehen. Aber in jener Nacht gab es keinen Ersten König von Draußen mehr. Er war nur ein zwölfjähriges Kind, ein kleiner hübscher Bettler, der einem Ungeheuer völlig hilflos ausgeliefert war. Er schloss die Augen. Er wollte jede Phase dieser Qual auskosten. Er röchelte, als er keine Luft mehr bekam, trotzdem flehte seine innere Stimme, dass diese Hände noch fester zudrückten. Er würde sich nicht zur Wehr setzen, selbst wenn er es konnte. Er verbannte stattdessen den mächtigen König und die Vorfreude auf die kommende Rache in sein tiefstes Unterbewusstsein und genoss nur noch den Augenblick seiner Demütigung. Der Druck an seinem Hals hatte nachgelassen. Erschöpft warf er den Kopf zurück. Er stöhnte auf, rang nach Luft als heiße Lippen seinen Mund berührten und ihn zu ersticken drohten. Er liebkoste schwach die Hände, die ihm die Kleider vom Leib rissen. Scharfe

Fingernägel krallten sich in seine Brust. Der Steinboden auf den er gelegt wurde, kühlte seine brennenden Wunden und ließ ihn kurz aus seinem Rausch erwachen. Ein dumpfer Schmerz im Unterleib betäubte wieder seine Sinne, er biss sich die Lippen blutig, versuchte sich verzweifelt zu wehren, dann schlug sein Gesicht kraftlos auf den Boden auf und gierig begann er das Blut zu lecken, das ihm von den Lippen und aus der Nase floss. Der Schmerz, der ihm die Eingeweide zerriss, wurde unerträglich und plötzlich wünschte er nur noch davonzulaufen. Er schluchzte, sein Herz schlug wie rasend, er hatte plötzlich Furcht, schreckliche nackte Furcht – und er war so allein. Irgendwo vernahm er, wie jemand in grässlicher Todesangst schrie. Er selbst war es, der schrie und der salzige Geschmack seiner Tränen vermischte sich mit Rotz und dem lauwarmen Blut, das er noch immer wie besessen zu schlucken versuchte.

Dann war es still. Er spürte, wie er wieder hochgehoben wurde und die weißen schmalen Hände seine schweißverklebten Haare streichelten. Er sah in ein kaltes starres Gesicht. Die grünen Katzenaugen musterten interessiert, aber ohne Anteilnahme seinen zitternden, blutverschmierten, nackten Körper. Die „Katze" küsste zärtlich seine Stirn und lächelte ihn an, aber bevor er das Lächeln erwidern konnte, wurde sein Kopf nach hinten gerissen. Er registrierte noch den metallenen Gegenstand, bevor ein scharfer Schmerz in der Kehle sein Leben beendete.
Mir wurde übel, richtig übel. Ich taumelte ein paar Schritte nach hinten.

Vivianes blasses Gesicht brachte mich in die Gegenwart zurück.

„Sag mir Percevale, wer von den beiden ist das Monster? Ich habe ehrlich gesagt im Augenblick mehr Mitleid mit Geoffrey."

„Du liebst ihn", entgegnete ich ohne Sarkasmus.

„Ja, ich glaube Geoffrey zu lieben. Und ich würde ihm auch nie ein Leid zufügen." In ihren Augen standen Tränen. „Ich wünsche nur, dass Kieran eines Tages das verantworten muss, was er Geoffrey und auch Lyonel angetan hat. Wenn er noch so etwas wie einen winzigen Funken Gewissen hat, soll ihn das quälen bis ans Ende seiner verdammten Tage. Percy, bitte versprich mir, dass du mich nie verlassen wirst." Sie rannte davon und ließ mir keine Zeit, mein Versprechen, ihr bis an das Ende ihrer Tage beizustehen, zu bestätigen. Hoffentlich hatte Lyonel, der jetzt aus der Dunkelheit auftauchte unser kurzes Gespräch nicht mitbekommen. Er beugte sich über den König.

„Fast könnte man ihn für seine Boshaftigkeit bewundern. Manchmal glaube ich, an dem Gerücht der McDuffs, dass seine Mutter von einem Dämon gezeugt wurde, ist wirklich etwas dran."

„Doch gerade sieht dieses Geschöpf hier alles andere aus, wie ein gefürchteter König", fiel mir spontan dazu ein. Immerhin schien sich unser „gefürchteter König" bei seinem Sturz ordentlich den Schädel eingeschlagen zu haben. Er stöhnte qualvoll auf, als er erwachte und griff sich an die Stirn.

„Mir ist speiübel, oh mein Kopf." Sein Blick fiel auf uns. „Worauf wartet ihr noch? Holt mir endlich diesen Kinderfresser. Doch nein, lasst ihn einfach erstmal nur fallen und das bitte nicht zu sanft. Ich will, dass er noch ein wenig am Leben bleibt. Vielleicht bereitet ihm ja die Inquisition ein schönes Feuer unter dem Arsch. Keine Angst, das war sein letzter Mord und wahrscheinlich sogar sein schönster. Lyonel, die Stunde deiner Rache ist gekommen. Und meine Stunde kann ich kaum noch erwarten. Aber Percy, geh lieber mit ihm, denn es kann sein, dass er vielleicht. Oh ist mir schlecht, ich muss kotzen."

Das musste ich eigentlich auch und ich hatte in der letzten Zeit zu viel Leute gesehen, die sich übergeben mussten. Was Kieran auch immer sagen wollte, ich durfte Lyonel wirklich in der „Stunde seiner Rache" nicht allein lassen.

In Tiffauges fanden wir Gilles in seinem Gemach. Seine Diener mussten ihn bereits umgekleidet und gewaschen haben, denn wir konnten keinerlei Spuren mehr von seiner abscheulichen Orgie erkennen. Er lag auf dem Bett, bleich wie der Tod und jammerte über furchtbare Kopfschmerzen. Er glich eher einem menschlichem Wrack, als dem grausamen Mörder, den wir nun richten mussten. Er tastete zitternd nach seinem Pokal und trank ihn hastig aus. Aber der Wein gab ihm auch nicht die ersehnte Ruhe. Vorsichtig näherte sich Lyonel dem Bett. Ob Gilles, vom Wein überreizte Sinne seine Bewegung wahrnahmen? Er begann, sich mühsam aufzurichten.

„Du bist gekommen", flüsterte er. „Ich kann dich fühlen. Hat dir mein Opfer gefallen? Nein, es hat dir nicht gefallen, denn du willst mich haben." Er schrie auf, als Lyonel versuchte in seine Gedanken einzudringen. „Du weißt doch, dass du alles von mir bekommst außer meiner Seele." Das klang fast wie ein Triumph, doch seine Stimme bebte vor Furcht. Lyonel versetzte ihm einen weiteren Schlag. Gilles stürzte aus dem Bett und blieb einen Augenblick wimmernd auf dem Boden liegen.

„Nein, bitte tu mir nicht weh. Oh mein Gott, mein Kopf, bitte!" Er kroch auf allen Vieren zu dem kleinen Altar, der an der Wand seines Zimmers stand.

„Diese Bestie will wieder anfangen zu beten. Bete, du Miststück, du wirst es jetzt wirklich brauchen! Nur dein dummer Aberglaube wird dich nicht mehr retten", zischte Lyonel und folgte ihm. Er wartete bis Gilles vor dem Altar kniete und unverständliches Zeug stammelte, wobei seine Hände zerfahren in dem großen prächtigen Stundenbuch blätterten. Dann setzte Lyonel zum nächsten Angriff an. Vor Schmerz aufschreiend, fiel Gilles nach hinten und riss das Stundenbuch mit sich.

„Mein Gott hilf mir. Bitte erhöre mich! Die Schmerzen, ich werde wahnsinnig. Bitte, keine Schmerzen. Jesus Christus, ich flehe dich an, vergib mir!"

Aber Christus blieb ein stummes Stück Holz. Der Gekreuzigte auf dem Altar hatte kein Erbarmen mit dem armseligen Mörder. Und erst recht kein Erbarmen hatte sein Peiniger. Lyonel nutzte nun endlich die Gelegenheit, den gesammelten Hass, den er in all den Jahren zügeln musste, ungehindert an diesem heulenden Elend von Mensch auszulassen. Gilles versuchte sich aufzurichten, er taumelte wieder auf den Altar zu und umklammerte schluchzend das Kreuz. Ich spürte wie meine Hände und Füße mit einem Mal kalt wurden. Das war es nicht, was mich so entsetzte, doch ich war unfähig, die Tränen, die mir über das Gesicht rannen, wegzuwischen. Und im gleichen Augenblick fragte ich mich, was ich diesem Gekreuzigten beim Jüngsten Gericht antworten würde, wenn er uns für das, was wir gerade taten und vor allem, was wir nicht getan hatten, nämlich diese abscheulichen Morde zu verhindern, womöglich zur Rechenschaft zog. Ich sah in Lyonels Augen kein Mitleid. Er quälte Gilles genauso eiskalt und berechnend, wie der es selbst noch vor wenigen Stunden mit Kieran getan hatte. Er schien ihm wirklich das Gehirn zu zerfetzen und ich war nicht in der Lage einzugreifen. Starr vor Entsetzen sah ich mit an, wie sich Gilles schreiend unter furchtbaren Schmerzen auf dem Boden wälzte, bis er sich erbrach und endlich durch eine Ohnmacht erlöst wurde. Wir schlichen an ihn heran wie an ein gefährliches waid wundes Tier. Sein Kopf lag über dem Stundenbuch, dessen Seiten er zerrissen hatte. Seine verkrampften Hände zuckten noch ein paarmal bis sie erschlafften.

„Er ist gefallen – er gehört uns." Lyonel war aschfahl, er schien wie aus einem bösen Traum zu erwachen. Er starrte in mein bestürztes Gesicht.

„Ich habe mich völlig vergessen, nicht wahr Percevale? Ich wusste nicht mehr was ich tat. Ich wollte ihn nicht so quälen, ich wollte ihn nur fallen lassen, aber ..." Er unterbrach den mühsamen Versuch sich zu rechtfertigen, er hatte meinen angewiderten Blick richtig verstanden und wandte sich schaudernd ab. „Bitte vergib mir." Seine letzten Worte waren an das Kruzifix gerichtet. Er hob die Hand, als ob er sich bekreuzigen wollte, ließ sie jedoch müde sinken, weil er wohl ahnte, dass er von dieser Seite keine Vergebung erwarten konnte. Denn dieser Gott blieb noch immer stumm. Ich kam zu dem Schluss, dass wir ihm irgendwie gleichgültig waren. Wahrscheinlich existierte er nicht einmal.

Gilles Hinrichtung und seine wenig ruhmreiche Ankunft Draußen nahmen Viviane und ich nur noch am Rande wahr. Sie hatte sich, soweit es ihr möglich war, von dem König distanziert und ich flüchtete lieber weit weg auf Expeditionen. Der schwierigste Teil kam ja nun noch auf Lyonel zu. Er musste den unglücklichen Baron dazu bringen, dass er Kieran seine Seele anbot. Und Kieran ließ Gilles bitter büßen für jeden einzelnen Mord. Aber Gilles war offensichtlich doch nicht so naiv, wie wir alle annahmen. Trotz Schläge und Hunger weigerte er sich hartnäckig seine Seele herauszurücken. Irgendwie war er davon überzeugt, dass Draußen nicht sein endgültiger Aufenthaltsort war, höchstens so eine Art Fegefeuer. Wenn ich nicht hin und wieder seine verzweifelten Schreie im Palast gehört hätte, hätte mich sein Starrsinn ungemein beeindruckt. Jedenfalls hatte Kieran seinen Gegner ziemlich unterschätzt. Wer wieder die Nerven verlor, war Lyonel.

„Ich begreife ihn nicht. Ich schlage ihn fast halbtot, aber er will ums Verrecken nicht aufgeben."

Ich äußerte den Verdacht, dass Gilles zur Abwechslung vielleicht Lust hatte, sich quälen zu lassen. Mit meiner weiteren Unterstützung konnte Lyonel jedoch nicht mehr rechnen, selbst wenn er noch so verzweifelt war. Ich selbst hatte zur Genüge in diesem unsäglichem Schauspiel mitgewirkt.

Inzwischen war auch im Zweiten Land bekannt, dass sich König Geoffrey in den Verliesen von Kierans Palast befand. Allerdings hatte Kieran behauptet, seinen Bruder bei der Rückkehr aus dem Tal der Ruhe abgefangen zu haben. Dass er seinen Mörder, den Baron de Rais, noch zusätzlich gefangen hielt, war für das Zweite Land lediglich eine zweitrangige Information und dass seine beiden Gefangenen ein und dieselbe Person waren, wollte er offenbar aus uns momentan nicht bekannten Gründen preisgeben. Vier Jahre waren bereits vergangen. Kieran hatte also noch drei Jahre, dann musste er Geoffrey wohl oder übel herausrücken, egal, ob er seine Seele hatte oder nicht. So wollte es das Gesetz und dass dieses eingehalten würde, dafür hätte Macenay bestimmt gesorgt. Lyonels Verzweiflung wurde von Tag zu Tag größer. Selbst wenn Geoffrey durch den Mord an Kieran gestürzt werden sowie im Niemandsland verschwinden sollte, so hatte Kieran noch immer nicht seine Seele, das heißt das Versprechen, sein Erster Jäger zu werden. Genau darauf kam es an. Leider ließ es sich nicht vermeiden, dass auch ich eines Tages Zeuge bei einem dieser „Verhöre" wurde. Als ich widerwillig den Saal betrat, waren nur Lyonel und Kieran anwesend. Lyonel versteckte auf der Stelle die Peitsche hinter dem Rücken und senkte die Augen. Wahrscheinlich musste ich den selben Gesichtsausdruck gehabt haben, wie damals bei seinem Ausfall in Tiffauges. Er wandte sich, ohne weiter von mir Notiz zu nehmen, an den König:

„Mein König, die zwei Wärter haben mir berichtet, dass er seit einigen Tagen wie verrückt im Verlies herumtoben soll. Irgendetwas war vorgefallen".

Bevor Kieran antworten konnte, brachten die besagten Wärter Gilles, beziehungsweise, das was von ihm übrig geblieben war, herein. Obwohl er vor Erschöpfung kaum stehen konnte, gelang es ihm, sich aus der Umklammerung der Wärter zu befreien. Sie ließen ihn unwillig los, worauf er vor dem König die Knie senkte.

„Ich höre, du begehrst auf!"

Gilles strich sich zitternd die verklebten strähnigen Haare aus dem Gesicht und starrte den König eine Weile fassungslos mit seinen rotgeweinten Augen an.

„Nein, ich begehre nicht auf. Wie könnte ich jetzt noch aufbegehren? Das einzige, was ich noch kann, ist dich zu beglückwünschen", seine Stimme klang leise und merkwürdig fest, „beglückwünschen zu deiner großartigsten Leistung, du hinterhältiges Stück Dreck mit einer lieblichen Engelsfratze."

Kieran sprang zornig vom Thron auf:

„Wie sprichst du mit mir, Gilles de Rais!"

„Hör auf mit deiner Heuchelei, kleiner Bruder. Mein Name ist Geoffrey Durham, Zweiter König von Draußen. Ich dachte, ich hätte alle Möglichkeiten der Bosheit und Verworfenheit ausgeschöpft, aber du bist um Längen besser."

Für den Bruchteil einer Sekunde spürte ich Kieran in meinen Gedanken. Es war das erste Mal, dass er das tat. Dann fiel sein Blick auf Lyonel, aber da war offenbar nichts. Viviane, mein Gott, doch nicht etwa Viviane! Nein, auch sie gehörte nicht zu den Verrätern.

„Woher weißt du das?"

„Spielt das eine Rolle, wenn du das weißt? Du kannst es ja aus mir herausholen, wenn du endlich meine Seele hast. Du willst doch meine Seele, oder? Du kannst sie haben, auf der Stelle, für dich ist sie gerade noch gut genug. Oder glaubst du etwa, ich habe die Absicht, nach dem was geschehen ist, noch jemals als König vor mein Volk zu treten?"

Ich hörte den Stein, der Lyonel vom Herzen fiel, buchstäblich auf den Boden donnern. Vor Erleichterung schien er einer Ohnmacht nahe zu sein, denn er lehnte sich zitternd an eine der Säulen.

„Sag das noch einmal." Kieran ging langsam auf den Knieenden zu. Geoffreys Stimme wurde schwächer.

„Ihr sollt meine Seele haben."

„Und noch einmal, ich kann es nicht oft genug hören."

„Ihr sollt meine Seele haben, mein König."

Er senkte den Kopf auf Kierans Füße. Endlich, das Ziel war erreicht. Der König sah mich an, dann Lyonel und schließlich fiel sein Blick wieder auf sein armseliges Opfer. Doch in seinem Gesicht war nicht die geringste Regung zu sehen. Er schien irgendwie enttäuscht zu sein, dass er über diesen Triumph nicht unbändige Freude empfinden konnte. Ärgerlich befahl er den Wärtern, den Gefangenen wieder nach unten zu bringen und kein Wort von dem eben Gesagten zu verraten. Nun konnte Lyonel sich nicht mehr beherrschen. Er warf die Peitsche aufgebracht in die nächste Ecke.

„Das ist doch nicht zu fassen! Ihr habt jetzt seine Seele. Was ist bloß in Euch gefahren? Ach, Ihr wollt mich auch noch ein wenig quälen. Natürlich, ich vergaß ja, dass dieser Lump Euer Bruder ist. Er hat recht, er hat wirklich recht! Ihr seid in Eurer Abscheulichkeit viel besser als er. Ihr seid einfach genial, König Kieran. Soll ich Euch etwas verraten? Ich glaube, Ihr seid Satan persönlich. Tut mir leid, ein noch besseres Kompliment habe ich nicht auf Lager."

Doch Kieran blieb völlig gelassen.

„Bist du jetzt fertig?"

Ja, Lyonel war fertig, im wahrsten Sinne des Wortes. Er versuchte gequält, ein Schluchzen zu unterdrücken.

„Nun, dann kann ich auch mal was sagen." Kieran setzte sich wieder auf seinen Thron. „Keine Panik, ich werde seine Seele mit Vergnügen nehmen. Schon allein deshalb, weil ich wissen will, wer ihm gesagt hat, dass er Geoffrey Durham ist. Du, Percevale und Viviane, ihr ward es ja zu eurem großen Glück nicht. Ich werde ihn sogar exakt nach sieben Jahren in sein Reich zurückschicken. Damit ihn seine eigenen Leute entlarven und verurteilen können. Guy Macenay, der Großmagier und der ergebene Diener des Zwischenreiches, sein recht schaffender Vater und das ganze Volk soll sehen, was sein König getrieben hat, während man ihn im Tal der Ruhe glaubte. Wenn sie ihm schließlich vor dem Palast des Wächters den Rest geben wollen, werde ich mir holen, was mir zusteht, nämlich das, was er mir gerade vor Zeugen dreimal versprochen hat – seine verdammte schwarze Seele. Zufrieden Lyonel? Bis dahin musst du meine Gegenwart (und ich deine) noch ertragen. Danach gebe ich dich frei für irgendwo Draußen oder sogar für das Zwischenreich, das dich vielleicht von deiner Schuld freisprechen wird. Was für Aussichten! Gilles, beziehungsweise Geoffrey, wird hier solange weiter seine Prügel beziehen. Wir sind erst beim neunzigsten Mord angelangt, den er zu sühnen hat. Keine Angst, ich mache es von nun an selbst. Bei dir ist er sowieso andauernd in Ohnmacht gefallen. Dir fehlt einfach das Fingerspitzengefühl, Lyonel."

Ich überprüfte ernsthaft in Gedanken, ob ich wirklich noch eine Zuneigung für meinen König empfand und kam vorläufig zu keinem Ergebnis.

„Warum tut Ihr das nur, mein König?", erlaubte ich wenigstens nach seinem Motiv zu forschen.

„Zu meinem eigenen Ergötzen, ohne mir bei jemanden Rat einzuholen."

Damit war für Kieran die Diskussion beendet und ich hatte auch keine Nerven mehr, weiter zu fragen.

„Das war Gilles de Rais Antwort bei seinem Prozess in Nantes auf die gleiche Frage", ergänzte noch Lyonel liebenswürdigerweise.

Obwohl Kieran zunächst viele lange Jahre an Guy Macenays Widerstand zu scheitern drohte – und damit hatte er wirklich niemals gerechnet – sollte er Geoffrey schließlich doch bekommen. Die Details der Einweihungszeremonie zum Ersten Jäger möchte ich mir jetzt wirklich ersparen. Es war schrecklich. Und, was ich in meinen ganzen Leben nicht vergessen werde, war Kierans Blick, als sich Geoffrey nach einem langen verzweifelten Kampf um seine Seele, die er offenbar nun doch um keinen

Preis mehr hergeben wollte, nicht mehr rührte. Dieses Mal war es keine Gleichgültigkeit, die ich in den Augen des Königs wahrnahm, sondern unfassbares Entsetzen.

Wir kehrten in die Stadt zurück mit Gilles de Rais als Erstem Jäger. Von dem verrückten Pakt mit Roger Duncan wisst ihr ja bereits. Kieran bekam dafür einen beträchtlichen Anteil seiner Ländereien zurück, obwohl für ihn natürlich der Triumph vor seinem Volk größer gewesen wäre, wenn er den Zweiten König, der auch sein erbärmlichen Mörder war, zu seinem Sklaven gemacht hätte. Gilles selbst scheint sich hin und wieder tatsächlich an seine Vergangenheit als Geoffrey Durham zu erinnern. Meistens nimmt ihm Kieran diese Erinnerung sofort wieder. Er findet ihn so demütiger. Und demütigen tut er ihn weiß Gott genug. Er lässt ihn oft hungern, schlägt ihn und verlangt von ihm als Zeichen seiner Buße, dass er barfuß herumlaufen muss. Trotzdem, Gilles ist sein bester Jäger. Er ist noch immer wild und unberechenbar und, er ist, nach Macenay und Kieran, einer der am meisten gefürchteten Wesen in diesem Land. Natürlich hatte er von Anfang an schlechte Karten. Bereits bei seiner Ankunft haben ihn die anderen Jäger und Priester verachtet und viele weigerten sich schon lange bevor er seinen Körper bei Jean T. verkaufte, mit ihm zusammen zu jagen und unter einem Dach zu leben.

Wir, du Edward, René, Guy, Viviane und ich, wir sollten trotz allem barmherzig und menschlich bleiben. Wir existieren in einer brutalen und grausamen Welt, die nicht die geringste Schwäche zulässt und uns stets daran erinnert, welchen Preis die meisten der gefallenen Wesen bezahlen, damit wir hier in der Stadt ein einigermaßen erträgliches Leben haben. Im Grunde sind wir keineswegs besser, als die verwahrlosten Wilden, denn auch wir ernähren uns von Blut und opfern den Dunklen Herrschern regelmäßig Gefangene, um sie gegen diverse Drogen einzutauschen. Aber selbst Draußen sollten Hass und Kälte niemals die Oberhand gewinnen, denn auch wir schaffen immerhin einen Teil dieser Welt. Und was mich betrifft, kämpfe ich jede Sekunde gegen meine düsteren Gefühle an und das leider oftmals vergeblich. Schaut, Lyonel ist längst nicht mehr Kierans Jäger, aber er hat für seine Freiheit teuer bezahlt. Selbst ihn solltet ihr versuchen zu verstehen. Du weißt, Edward, wie übel dein Vater ihm mitgespielt hat. Zu idiotisch, dass er ausgerechnet Gilles als Medium für seine Prüfung haben wollte und sich damit den Aufstieg ins Zwischenreich verbaute. Nur auch dort hätte er nicht vor sich selbst davonlaufen können. Mir ist auf tausend Umwegen zu Ohren gekommen, dass er, wie Kieran versprochen hatte, in der großen unabhängigen Kolonie gelandet sein soll. Mehr kann ich momentan nicht dazu sagen. Es ist ein elendes Leben hier Draußen und die wenigen Stunden trügerischen Glücks sind rar. Doch wenn ich anfange zu jammern, kann ich nicht mehr aufhören und aufhören werde ich. Ich bin am Ende und ich danke für eure Aufmerksamkeit.

Gehen wir an die Arbeit, denn seit langer Zeit nähert sich wieder ein großer Sturm unserer Stadt. Wir müssen auf jeden Fall kontrollieren, ob die Mauer standhalten wird.

Draußen 1923 bis ungefähr 1970

7.

Der Sturm – Allianzen werden gebildet

Mir fehlte jedoch die Zeit, um nach Percevales eindrucksvoller Erzählung darüber nachzudenken, ob es mir genauso ging wie ihm. Ich selbst hatte große Probleme, Verständnis oder sogar Mitleid für den grausamen Mörder, als auch für sein berechnendes Opfer zu finden. Sollten sie ihre exzessive Liebe und ihren exzessiven Hass ausleben. Hauptsache, ich blieb davon verschont.

Verschont blieben wir im Palast und in der Stadt allerdings nicht von dem, was Perceval bereits angekündigt hatte – dem Sturm. Ich kannte heftige Stürme von den britischen Inseln, vor allem von meiner ersten Heimat Schottland. Aber was sich hier wenige Zeit später abspielte, war kein gewöhnlicher Sturm. Es war die sprichwörtliche Hölle, die über uns hereinbrach. Und schnell wurde mir bewusst, dass unsere Stadt in der weiten Ebene, erbaut auf den wärmespendenden unterirdischen Quellen, den wilden Stürmen hilflos ausgeliefert war. Das war also der Preis, den wir für unser Leben im „Luxus" bezahlten. Das Schrecklichste war das heulende Geräusch, das, obwohl alle Tore, Türen und Fenster fest verschlossen waren, wie enthemmte kreischende Furien bis in den Thronsaal drang. Kieran scharrte, nachdem er alle Bewohner der Stadt rechtzeitig gewarnt hatte, seine vertrautesten Jäger und Priester um sich und wartete, wie wir, stumm und voller Furcht auf das Ende der Katastrophe. Nicht das Zwischenreich, nicht das Zweite Land oder die große unabhängige Kolonie waren unsere wirklichen Feinde, sondern Draußen selbst war es mit seinen Stürmen auf den Ebenen, Steinschlägen in den Gebirgen und der unerbittlichen Kälte.

Es dauerte mehrere qualvolle Wochen bis der Sturm schwächer wurde und als er endlich nachließ, wagten die Jäger behutsam die fest verschlossenen Luken zu öffnen, um einen Blick auf die Schäden, die der Sturm angerichtet hatte, zu werfen. Als der König schließlich mit seinem Gefolge vor das Tor des Palastes trat, gab er vor Entsetzen einen langgezogenen Klagelaut von sich. Seine einst so prächtige Stadt war in eine Ruine verwandelt worden, eine graue Ruine, voll mit übel riechendem Staub, der sich in den Straßen und auf den noch erhaltenen

Dächern niedergelegt hatte. Vorsichtig wurden nun auch die Klappen der unterirdischen Gänge, in die sich die meisten Bewohner in Sicherheit gebracht hatten, aufgeschlossen und die bleichen noch vor Angst zitternden Kreaturen schlichen mechanisch wie lebende Tote auf den Palast zu, um jetzt zu erfahren, was ihr König zu tun gedachte. Es war die schlimmste Katastrophe, die Kieran in seiner Regierungszeit erlebt hatte, denn bis jetzt war sein Land immer einigermaßen glimpflich davongekommen. Wir sollten allerdings Respekt vor ihm bekommen. Er, der zarte Engel, der oftmals jedem Problem gekonnt aus dem Weg gegangen war, zeigte, dass er sein Volk nicht nur unter Kontrolle hatte, sondern sehr wohl in der Lage war, es auch zu schützen. Der Wiederaufbau der zerstörten Häuser sowie ein großer Teil der Mauer würde noch eine ganze Weile dauern, aber Kieran, der sogar selbst mit Hand anlegte, verbreitete bei seinen Untertanen eine Zuversicht, wie sie es bei keinem seiner Vorgänger jemals erlebten.

Die kräftezehrenden Aufbauarbeiten, bei denen nicht nur die Arbeitssklaven eingesetzt wurden, sondern auch die ganze Stadt mitsamt deren Elite und Teile der Kolonien zur Hilfe aufgerufen waren, schwächten das Erste Land. Hinzu kamen Schwierigkeiten mit dem Großmagier, der Forderungen stellte, die zähneknirschend erfüllt werden mussten, denn für einen Widerstand gegen das Zwischenreich reichte die Kraft nicht aus. Der Tauschhandel mit den wichtigsten Waren aus den anderen Dimensionen kam zum Erliegen und die Jäger waren schon zu lange nicht mehr unterwegs gewesen. Es fehlte Nahrung sowie die passenden Opfer für die Dunklen Herrscher und vor allem die Droge des Lebens. Die Bezeichnung Droge wurde allerdings nur im Zwischenreich verbreitet. Für uns hier Draußen waren die meisten Drogen nichts weiter als Medizin. Nur eine winzige Prise der Droge des Lebens, aufgelöst in gefiltertes Wasser, verschaffte jedem Erholung, verdrängte für einige Zeit den Hunger und vor allem gab sie den Jägern die Kondition, die sie für die Jagd brauchten, zurück. Die meisten Drogen wurden von den Dunklen Herrschern nach einem geheimen Rezept hergestellt und diese verlangten dafür regelmäßig ein Blutopfer, das die Priester vor dem Tor des Niemandslandes in einem kompliziertem Ritual vollzogen. Eine der schlimmsten Grausamkeiten Draußen, von dem auch ich in meiner Funktion als Dritter Priester betroffen war, denn die armen Opfer kehrten nie wieder in die Stadt zurück. Wir hatten keine andere Wahl.

Keine andere Wahl hatte auch Guy Macenay, als er mit leeren Händen vor das schwarze Tor trat – ohne Opfer. Ich war ganz sicher, dass die Dunklen seine Bitte niemals erfüllen würden. Ihnen war es gleichgültig, ob die Jäger, noch von der Sturmkatastrophe geschwächt, keine Beute machen konnten. Ich sollte mich irren. Guy Macenay, Zweiter Priester und jetzt engster Vertrauter von König Kieran, kehrte mit genügend Pulver für den gesamten Palast zurück. Wie hatte er mit den Dunklen verhandelt? Er verzog sein Gesicht zu seinem typisch abfälligen Grinsen, als ich ihn staunend anschaute, aber mich nicht getraute ihn anzusprechen. Die Antwort erhielt ich, als er den Arm hob, um seine Haare aus der Stirn zu streifen. Dabei entblößte der Ärmel seines Gewandes den Verband um sein Handgelenk, aus dem noch das frische Blut einer Schnittwunde heraussickerte. Mir wurde übel. Er war offenbar selbst das Opfer. Aber was mich am meisten entsetzte, er war im Niemandsland gewesen, sie hatten ihn hereingelassen, sie hatten ihn wieder herausgelassen – sie hatten ihn zu uns zurückgeschickt. Wer bist du, Guy Macenay? Was hast du vor?

Ich hielt allerdings meine Neugierde im Zaum und den Zweiten Priester in Gegenwart des Königs zu kritisieren, wäre sowieso nicht sehr klug gewesen, denn der Einfluss, den er auf Kieran hatte, sollte für uns alle Draußen ganz neue Perspektiven eröffnen. Zuerst machte er ihm, so behutsam wie möglich, klar, dass es kontraproduktiv wäre, seinem Ersten Jäger mit Schlägen und Hungerkuren die Kraft zu nehmen, die viel effektiver eingesetzt werden konnte. Es war an der Zeit, dem Zwischenreich abermals die Zähne zu zeigen. Den gebrochenen Mörder daran zu erinnern, dass er schließlich als ehemaliger Zweiter König hervorragende kriegerische Fähigkeiten besaß, war schon einmal ein Anfang. Zögernd und widerwillig ging Kieran darauf ein. Guy ließ ihm die Pause, diese Entscheidung in Ruhe zu verdauen, bevor er den nächsten Schritt wagte. Auch Geoffreys Nachfolger, der neue Zweite König, Roger Duncan, besaß hervorragende kriegerische Qualitäten und nicht nur Kieran, sondern selbst die begriffsstutzigsten Kreaturen hatten inzwischen erkannt, worauf der Zweite Priester hinaus wollte – auf eine Allianz gegen das Zwischenreich.

Roger, der trotz der erkämpften Unabhängigkeit ebenfalls noch immer unter den strengen Auflagen des Großmagier litt, war einverstanden und ließ es sich nicht nehmen, das Erste Land auf der Stelle aufzusuchen, um mit seinem jüngeren Bruder den Zusammenschluss der beiden Länder zu begehen. Aber vorher wollte er mit seinem Gefolge einer gewissen

Örtlichkeit in der Stadt einen Besuch abstatten. Dass von Jean T's. Bordell noch immer das Dach fehlte und vor dem Eingang Trümmerteile herumlagen, störte ihn nicht im geringsten. Hauptsache, die „Mädels" befanden sich in einem gut erhaltenen Zustand. Überhaupt strotzte er vor Kraft. Er amüsierte sich ziemlich unangemessen über den Anblick der ausgehungerten und verweichlichten Stadtbewohner und ließ fast zwischen jedem Satz verlauten, dass in seiner eisigen Stadt, in der nur in wenigen Räumen ein schwaches Feuer brannte, die Kreaturen mit „der höchsten aller Konditionen" existierten. Kieran hatte verzweifelt versucht, Lippen und Wangen mit seinem eigenem Blut rosig zu färben. Doch sein elender Zustand täuschte nicht darüber hinweg, dass es momentan mit seiner „der höchsten aller Konditionen" keineswegs zum besten stand, weshalb er Rogers Anspielungen klugerweise mit seinem Engelslächeln quittierte und die Kommentare bezüglich der „primitiven Barbaren" im Zweiten Land lieber zurückhielt.

Leider stellte sich ziemlich schnell heraus, dass selbst der Zusammenschluss der beiden Länder noch immer nicht ausreiche, um die gewünschte endgültige Autonomie vom Zwischenreich zu erlangen. Wenn ich selbst nicht auch davon betroffen gewesen wäre, hätte mich der Blick, den Kieran soeben seinem Berater zuwarf, mit ungeheurer Schadenfreude erfüllt. Ich konnte nicht umhin, demonstrativ einen Blick auf eine der Säulen zu werfen, an der die Verräter, Versager und sonstige Delinquenten gefesselt, ihre Abreibung erhielten. Und dieses Mal würde ich bestimmt kein Mitleid mit dem Schwarzen haben. Nur, Guy wäre nicht das „raffinierte Miststück" (Zitat Lawrence Duncan), wenn er sich nicht elegant aus der Klemme gezogen hätte.

„Es ist mir sehr wohl bekannt, mein König, dass Ihr und König Roger euch nicht allein gegen das Zwischenreich durchsetzen könnt", begann er ohne Umschweife, bevor Kieran ihm wortwörtlich den Kopf zurechtrücken konnte. „Ich habe selbstverständlich eine Lösung gefunden."

So ganz überzeugt schien der König jedoch nicht zu sein. Er trommelte nervös mit den Krallen auf den Lehnen seines Thrones herum und seine grünen Katzenaugen verengten sich, als er triefend vor Sarkasmus entgegnete:

„Ich bitte hiermit alle Anwesenden im Saal um Aufmerksamkeit, denn Guy Macenay, mein Zweiter Priester, wird nun verkünden, dass er im Besitz jenes Amuletts ist, mit dem wir über den Meister der Dunklen herrschen können und damit auch über den Großmagier, über das gesamte Zwischenreich und noch über viele andere Dimensionen mehr. Stimmt doch, Guy? Oder etwa nicht?"

Guy trat zuerst vor den König, dann wandte er sich auch uns zu:

„Ich bitte ebenfalls alle Anwesenden im Saal um Aufmerksamkeit. Mein König, wenn ich in der Tat im Besitz dieses unermesslichen Schatzes wäre, der es mir ermöglicht den Meister der Dunklen Herrscher frei zu lassen und einen Pakt mit ihm zu schließen, würdet Ihr bestimmt nicht mehr auf Eurem Thron sitzen. Die Dunklen werden auch keinen Pakt mit uns schließen, sie werden dagegen alles versuchen, um das Amulett wieder in ihre Hände zu bekommen. Sie lassen sich nicht beherrschen und dulden niemanden an ihrer Seite. Sie wurden zu Recht verbannt und dort, wo sie jetzt sind, müssen sie bis in alle Ewigkeit bleiben. Streicht diesen gefährlichen Gedanken aus Eurem blond gelockten Kopf, bevor er von Euch Besitz ergreift. Das gilt im Übrigen für alle hier von euch."

Wir schwiegen. Die Botschaft war angekommen.

„Selbst die Versuchung, das Zwischenreich zu erpressen, in dem man ihm nur droht, den Dunklen und seine Gefährten frei zu lassen, ist brandgefährlich und könnte den gesamten Orden in eine ungeahnte Katastrophe stürzen", endete Guy und ließ sich sichtlich erschöpft neben mir in seinen Stuhl sinken. Ich wagte nicht, ihn anzuschauen, in der Angst, er könnte meine Gedanken erraten. Hatte er womöglich schon klammheimlich mit seinem Blut einen Pakt mit den Dunklen geschlossen? Wurde er deswegen aus dem Niemandsland wieder freigelassen? Nur der Erste König, der seine Prüfungen erfolgreich bestand, konnte in der Regel das Niemandsland verlassen. Wer bist du, Guy Macenay? Müßig, darüber weiter zu grübeln. Außerdem musste ich mich auf die nun folgenden Verhandlungen konzentrieren.

„Vergessen wir das soeben geführte Gespräch", entschied Kieran. „Und nun zu deinem großartigen Vorschlag, Guy. Ich höre gespannt."

Guy erhob sich wieder und entgegnete ohne Umschweife:

„Ihr müsst den Fürsten der großen unabhängigen Kolonie um Hilfe bitten."

Angespannte Stille, bis Rogers schallendes Gelächter sie auflöste.

„Ich habe schon immer deinen ganz besonderen Humor bewundert, Macenay."

Wir wagten lieber nicht zu lachen, denn unser König fand Guys Vorschlag alles andere als witzig. Und wir waren selbstverständlich alle davon überzeugt, dass selbst er inzwischen wusste, dass man den Fürsten schon vor einiger Zeit aus der Kolonie verjagt hatte.

„Ich nehme an, dir ist bekannt, was dort vor Kurzen geschehen ist und wer jetzt in der großen unabhängigen Kolonie regiert?", fragte Kieran gereizt.

Guy ließ sich nicht aus der Ruhe bringen.

„Euer Bruder Lyonel, mein König."

„Genau. Der wird es kaum erwarten können, ausgerechnet mit mir eine Allianz einzugehen. Bist du eigentlich von allen guten Geistern verlassen, Macenay?"

„Keineswegs, mein König. Selbstverständlich können wir aber auch die ganze Geschichte vergessen und weiter machen wie bisher. Kriege zu führen hat immerhin einen gewissen Unterhaltungswert und wenn ausnahmsweise Frieden herrscht, quält man seine Untertanen, vergnügt sich im Puff oder jeder treibt es mit jedem, der einem gerade über den Weg läuft. Ich wäre im Übrigen der Letzte, der etwas dagegen hätte und unser schlechter Ruf im Zwischenreich interessiert mich in der Tat einen Scheißdreck. Wenn Ihr, mein König, damit zufrieden seid weiterhin ausgenutzt und schikaniert zu werden, der Großmagier eure besten Jäger und Priester ohne Euer Einverständnis in seine weißen Tempel aufnimmt, indem er sie neue Mitglieder einweihen lässt. Ich werde wohl künftig akzeptieren müssen, dass wir in den Augen des Zwischenreiches nichts weiter sind, als verrottete blutsaufende Tiere, die man sich noch immer mit Zuckerbrot und Peitsche jederzeit gefügig machen kann."

Er machte eine kurze Pause und wartete angespannt auf Kierans Reaktion. Doch der schwieg und hörte weiterhin aufmerksam zu.

„Es geht letztendlich darum, was Ihr und Eure Brüder bereit seid zu akzeptieren, mein König. Immerhin bestimmt Ihr bereits, wer durch Eure Länder gehen kann und wer nicht. So bestimmt doch auch, welche Eurer Kreaturen als Meister zur Verfügung gestellt werden, ganz zu schweigen von den Privilegien, die Ihr sind noch erhalten werdet. Aber Eure Unabhängigkeit wird eben einen Preis haben. Ihr müsst euch alle drei zusammen schließen und gemeinsam gegen das Zwischenreich (und euren Vater) vorgehen. Ihr habt die Wahl, König Kieran, König Roger und …"

Guy machte eine theatralische Geste in Richtung der beiden Könige und verneigte vor ihnen wie ein mittelmäßiger Schauspieler in Erwartung des verdienten Applauses.

„Er hasst mich", flüsterte Kieran schließlich kaum hörbar.

„Und er hasst Euren Vater", erwiderte Guy laut und deutlich. „Findet heraus, wen er mehr hasst. Euch oder den Großmagier."

Dieses Argument schien Kieran eine Überlegung wert zu sein. Schließlich fasste er folgenden Entschluss:

„Also gut. Ich werde deinen Rat befolgen und herausfinden, wen mein Bruder am meisten von uns beiden hasst. Wir müssen ja nicht gleich die besten Freunde werden. Sollte es sich jedoch herausstellen, dass er mich mehr hasst als unseren Vater, wird das für dich sehr unangenehme Konsequenzen haben, Guy Macenay", erläuterte er und deutete auf eine der Säulen.

„Sei es drum. Ich nehme sie in Kauf, meine Konsequenzen, mein König", war Guys lapidare Antwort.

Lyonel war in der Tat einverstanden. Doch er verlangte von Kieran ein deutliches Zeichen der Loyalität für die Zusage. Bist du bereit, jeden Preis für deine Ziele zu bezahlen? Kieran war ein sehr gelehriger Schüler, denn er bezahlte diesen Preis. Nein, eigentlich bezahlte nicht er ihn, sondern jemand anderes. Im Augenblick will ich noch nicht schreiben, wer es war. Ich werde es mir ein paar Kapitel später überlegen.

Draußen war also jetzt durch den Zusammenschluss der zwei Königreiche und der großen Kolonie vom Zwischenreich so gut wie unabhängig geworden. Lyonel hatte das zweifelhafte Vergnügen diese „frohe Botschaft" dem Großmagier zu überbringen. Beherrschung war noch nie eine von Lawrence Tugenden gewesen, dementsprechend fiel seine Reaktion aus. Nun ja, gut zu wissen, dass wir elenden Kreaturen von Draußen immerhin in der Lage waren, die verklärten Bewohner des Zwischenreiches hin und wieder auf ihre imaginären Palmen zu bringen.

Unter den beiden Königen und dem Fürsten wurden Verträge ausgehandelt, die ich jedoch im Einzelnen nicht zu Papier bringen werde. Einer davon, sollte vor allem eine gegenseitige Hilfe während der Katastrophen sein, was zur Folge hatte, dass unsere Stadt früher wieder aufgebaut werden konnte, als geplant. Es war in der Tat der schwarze Hexenmeister, der aus dem kriegerischen Chaos ein friedlicheres und funktionierendes System mit klaren Regeln geschaffen hatte.

Wer bist du, Guy Macenay.? Ich werde es herauskriegen und wenn ich dafür noch einmal meine Seele hingebe, ganz gewiss!

Draußen um 1970

8.

König Kieran langweilt sich

Geoffrey hielt sich seit einiger Zeit wieder oberhalb des Palastes auf. Die Mitarbeit bei dem Zusammenschluss der drei Länder hatte offensichtlich sein Selbstbewusstsein gestärkt, denn er dachte nicht daran, sich weiterhin schamhaft in seine dunklen Gänge zu verkriechen. Da er bis jetzt kein eigenes Gemach hatte, ließen wir ihn abwechselnd bei uns schlafen. Aber allein seine Anwesenheit war für einige der Palastbewohner ein Anstoß. Die Beschwerden darüber, dass der König dem Mörder und der Hure keinen Einhalt gebot, prallten allerdings an demselben ab. Im Gegenteil, ihn amüsierte die Tatsache, wie die dünne Schicht der Gelassenheit von den ehemaligen Magiern allmählich abzubröckeln begann, zumal mehr als die Hälfte von ihnen bereits von den legendären Fähigkeiten der so verachteten Hure still und heimlich Gebrauch gemacht hatte. Und Geoffrey selbst änderte nicht im geringsten seinen Lebenswandel, auch wenn ihn Macenay hin und wieder mit Ohrfeigen moralisch aufzurüsten versuchte.

„Dieses Miststück hat es gerade nötig, uns zu maßregeln", schimpfte einer der Jäger empört. Ich glaube, es war René. „Vor einiger Zeit wurde er für sieben Jahre verbannt, weil er sich an Lyonels unschuldigem Diener herangemacht hatte. Und wir alle wissen ja, womit er in dieser Zeit seine Nahrung verdient hat. Er hat dabei gut gelebt, das Schwein, denn er war die teuerste Hure in Jean T's Bordell. Ich habe auch noch mein Leben und meine Seele für ihn gelassen. Ich habe niemanden jemals etwas zuleide getan. Aber wenn Dummheit bestraft wird, bin ich wirklich derjenige, der den Aufenthalt hier Draußen verdient hat."

Es war René.

„Ja, was hindert dich eigentlich daran, zu deinen Lastern zu stehen und sie auszuleben? Oder hast du gar keine Laster?", fragte Kieran höhnisch „Du bist so widerwärtig anständig. Warum eigentlich? Sogar zu deinen Gefangenen bist du nett, was ihnen auch nicht hilft, weil du ihr Blut säufst. Du berauscht dich nicht und du gehst dich nicht mal im Puff vergnügen. Und trotzdem habe ich deine Seele, guter netter lieber Grandier. Soll ich die Worte wiederholen, die du vor mir auf Knien gesprochen hast? Überflüssig, nicht wahr? Also Grandier, dann lass dich doch endlich mal richtig gehen. Vielleicht fühlst du dich dann viel besser."

„Ach, leckt mich doch am Arsch." Erschrocken fuhr René zusammen. „Verzeiht, mein König, es tut mir leid."

„Da, du entschuldigst dich schon wieder. Obwohl es nicht freundlich ist, wenn du mit deinen schlechten Manieren bei mir anfängst. Schon gut."

„Seitdem Ihr Geoffrey die Erinnerung an sein erstes Leben zurückgegeben habt, ist hier eine richtig gute Stimmung." Auch Viviane freute sich.

Kieran kratzte sich nachdenklich am Kopf.

„In der Tat, das ist es. Doch es ist eigentlich eine jämmerliche Art der Unterhaltung. Könnt ihr euch vorstellen, weshalb diese verdammten Moralapostel ihn so sehr verabscheuen? Seine Gegenwart hält ihnen ihre dunkelste Seite vor Augen, ihre geheimsten, gemeinsten Wünsche. Abscheuliche, ekelhafte Wünsche, von denen sie nur träumen können oder ihnen ganz im Geheimen frönen – selbstverständlich in schönen bunten Masken. Nur er selbst hat gewagt, ihre krankhaften Phantasien öffentlich auszuleben und genau das ist es, was sie ihm nicht verzeihen können, dieses verlogene Pack."

Geoffrey hatte die ganze Szene beobachtet, ohne eine Miene zu verziehen. Uns war jedoch allen mehr oder weniger klar geworden, dass die meisten Mitglieder des feinen Ordens gescheitert waren, hier Draußen ohnehin und im Zwischenreich wahrscheinlich auch, nur dass dort den Bewohnern die ekelhafte Nahrungssuche, die ekelhafte Gier nach Sex und die ekelhafte Kälte erspart bleiben. Dafür haben sie höchstwahrscheinlich mehr Langeweile. Natürlich konnte man versuchen, sich ganz langsam abzubrühen nach dem Motto:

„Lieber ein mächtiger König Draußen, als ein buckelnder Diener im Zwischenreich", erläuterte Kieran und gab mit einer Kopf-ab-Geste deutlich zu verstehen, was er unter einem mächtigen König verstand.

Geoffrey runzelte die Stirn und setzte sich unverfroren vor ihm auf die Stufen.

„Ich bin beeindruckt, mein König. Aber offensichtlich habt Ihr für diesen zweifelhaften Preis nicht nur Eure Seele, sondern ebenfalls Euer Gehirn verloren, sonst würdet Ihr nicht solchen Mist daherreden. Ein herrliches Land, über das Ihr herrscht. So reich an Gütern und Schätzen, ich denke nur an die vielen schönen Steine hier, Steine wohin das Auge reicht. Wie wenig muss Euch Eure Seele nur wert gewesen sein, das Ihr sie für diesen trostlosen Steinhaufen verschleudert habt. Lasst Ihr mich weiterreden? Was haben die Dunklen Herrscher im Niemandsland aus Euch gemacht? Ihr könnt euch selbst in Eurem Palast nicht mehr ihrem Einfluss entziehen. Ihr seid nichts weiter als ein Gefangener, mein König – ein verzweifelter Gefangener, selbst wenn ihr inzwischen unabhängig vom Zwischenreich seid, denn eigentlich wollt auch Ihr, wie wir alle, dorthin. Und selbst wenn Ihr damit zufrieden sein solltet, als der kleinste Diener aufgenommen zu werden, müsst Ihr einen Nachfolger finden, der bereit ist, im wahrsten Sinne des Wortes durch die Hölle zu gehen, wie Ihr es bereits getan habt."

Kieran wirkte einen Augenblick tatsächlich ratlos, als ob er darüber nachzudenken schien, seinen zu aufsässigen Jäger mit der Peitsche in die Schranken zu weisen. Er besann sich anders.

„Stimmt, du hast es erfasst. Aber einen Trost in dieser Steinwüste habe ich noch, Brüderlein mit den Haaren so schwarz wie Ebenholz und der ebenso schwarzen Seele. Du bist mein Eigentum. Wir bleiben zusammen, du entkommst mir nicht."

„Wenn Euch das als Trost reicht. Immerhin müsst Ihr eine Ewigkeit davon zehren."

„Du bist heute besonders unverschämt."

„Tut nicht so, als ob Ihr nicht wisst, wie man unangenehme Untertanen ruhig stellt. Reduziert wieder mein Gedächtnis, peitscht mich aus oder verbannt mich zur Abwechslung wieder aus dem Palast – nun, das habt Ihr ja schon alles durchexerziert. Wird allmählich auch langweilig. Also, hört mir doch einfach mal zu, dann habt Ihr wenigstens etwas Abwechslung."

„Genau, du bist wirklich unterhaltsam. Schon deshalb müssen wir zusammenbleiben, das wollten wir beide ja schließlich und wir ergänzen uns doch großartig. Wir gehören zu den verwerflichsten Kreaturen hier Draußen. Du vielleicht sogar noch mehr, Gilles de Rais. Du bist nicht nur schändlicher, sondern vor allem berühmter. Weißt du, wie sie dich in deinen ehemaligen Ländereien nennen? Blaubart. Deine Schlösser sind Touristenattraktionen geworden und den kleinen Kindern in der Vendeé wird mit dir gedroht, wenn sie nicht brav sind. *Er war der erlesenste und raffinierteste Verbrecher seiner Zeit.* Ich zitiere einen Schriftsteller, der einen Roman über dich geschrieben hat, in dem er sehr eindrucksvoll schildert, wie du vor dem Inquisitionsgericht vor Reue bittere Tränen vergossen hast: *Gilles fasste jetzt die Hinrichtung ohne das geringste Grauen ins Auge. Fern seinen Schlössern, einsam in seinem Kerker, hatte er sich aufgegeben und* war hinabgestiegen in jene Kloaken, die so lange die Abwässer gespeist hatten, die den Schlachthäusern von Tiffauges und Machecoul entrannen. Schluchzend war er umhergeirrt an den Gestaden seines eigenen Wesens, ohne Hoffnung, dass er jemals die entsetzliche Schlammflut eindämmen könne. Und geblendet vom Blitzstrahl der Gnade, hatte er dann mit einem Schrei des Schreckens und der Freude plötzlich seine Seele sich überschlagen lassen, hatte sie gespült mit seinen Tränen getrocknet im Gluthauch einer Sturzflut von Gebeten, in den Flammen toller Auffahrten zum Licht. Der Schlächter von Sodom hatte sich selbst verleugnet, der Gefährte der Jeanne d'Arc war wieder erschienen, der Mystiker, dessen Seele sich aufschwang zu Gott, in stammelnder Anbetung, in Tränenfluten.* Mir wird ganz heiß und kalt. Nur vergiss nicht, dass du mir letztendlich deinen zweifelhaften Ruhm zu verdanken hast. Hast du wirklich den verlogenen Versprechungen dieser Kirche geglaubt? Warst du dir so sicher, dass deine gereinigte Seele in einen strahlenden Himmel auffährt, du armer Narr? Man hat dich belogen, Gilles des Rais, hinterhältig belogen und du wolltest dich in deinem Elend belügen lassen, nicht wahr? Weißt du, was ich erahne? Du hast mir deine verkommene Seele vor die Füsse geworfen, als du erkannt hast, dass dein Platz schon lange und endgültig in diesem schwarzen, kalten Land an meiner Seite ist, Geoffrey Durham. Hier Draußen kannst du deinen perversen Lastern weiter frönen Und das ziemlich ungestört, wenn du noch ein wenig Klugheit walten lässt und nicht gerade den Diener von Lyonel Duncan dafür erwählst. Aber du lässt dich ja auch selbst gern erwählen, du verkommene Dreckshure. Meine Jäger und Priester loben deine Künste diesbezüglich bis in den grauen Himmel hier Draußen. Auf der anderen Seite gibt es noch genügend recht schaffende Heuchler, die sich herrlich über dich aufregen und ohne die hätte die ganze Schweinerei ja keinen Sinn, nicht wahr? Denn was nützen die abscheulichsten Laster, wenn sich niemand darüber aufregt. Wenn ich es mir jedoch recht überlege, mir ist wirklich sehr langweilig, Blaubart."

Geoffrey war verstummt, er hatte den Kopf gesenkt, damit keiner sah, wie er mit den Tränen kämpfte. Aber dieses Mal sollte ihn Kieran nicht demütigen. Nach einem deutlichen Aufseufzen, wandte er sich mit fester Stimme an ihn:

„Ich habe eine Idee, wie wir uns zerstreuen können, mein König."
„Raus damit!"
„Gib uns ganz einfach einen menschlichen Körper."
„Was, dir auch?"

„Aber ja, Ihr langweilt Euch sonst."

„Vielleicht amüsiere ich mich aber ohne dich besser. Schandtaten können wir auch Draußen vollbringen. Und die solltest du auf der Erde bleiben lassen. Außerdem leben wir jetzt im 20. Jahrhundert und die Knaben unter achtzehn sind gesetzlich geschützt, was ihnen jedoch auch nicht immer nützt, denn so Dreckskerle wie dich gibt es noch zur Genüge."

„Ich habe weder die Absicht, mich an sie heranzumachen noch sie umzubringen. Ich werde da weitermachen, wo ich in meinen letzten Leben aufgehört habe, in stammelnder Anbetung, in Tränenfluten."

Kieran lachte laut auf:

„Willst du etwa deinen menschlichen Körper in einem Kloster kasteien, statt dass du froh sein solltest, eine Zeit lang keine Schmerzen erdulden zu müssen? Ich fass es nicht." Kieran machte eine Pause, griff sich an die Stirn und fuhr fort: „Verstehe, du hoffst auf eine Gelegenheit, dich von mir zu trennen, um als kriechender Büßer im Zwischenreich die Stufen der weißen Tempel zu putzen. Vergiss es."

„Mag sein. Und das hält dich also davon ab, mit mir auf die Erde zurückzukehren."

„Tja, der Erste König von Draußen fürchtet anscheinend als kleines zartes Menschlein einen Teil seiner Macht zu verlieren." Macenays Kommentare kamen immer im richtigen Augenblick. Kieran schwieg eine ganze Weile betroffen und schien angestrengt nachzudenken, wie er sich aus der Affäre zu ziehen gedachte:

„Also gut", sagte er mit einem Mal völlig heiter, „ich gebe uns einen menschlichen Körper. Nicht nur Gilles und mir, sondern allen. Guy, Viviane, Edward, Percevale, Douglas und vor allem dem guten freundlichem René. Er hat ein gutes Leben am ehesten verdient. Wir kehren alle demnächst in kurzen Abständen zurück auf die Erde. Ich werde allerdings dafür sorgen, dass ihr schon im frühestem Stadium eurer neuen Leben von eurer mehr oder weniger ruhmreichen Vergangenheit erfahrt, um euch vergebliche Bemühungen, ins Zwischenreich zu gelangen, zu ersparen. Doch ihr sollt auch die Zeit auf der Erde genießen dürfen. Macht also das Beste daraus, aber seid euch auf der anderen Seite immer darüber im Klaren, dass ihr am Ende zurück zu mir nach Draußen müsst. Ich bin sehr gespannt wie jeder von euch sein Schicksal in die Hand nehmen wird. Ich selbst habe jedenfalls vor, für eine Weile eine Auszeit nicht nur von Draußen, sondern auch von dem ganzen Orden zu nehmen, bis ich euch wieder als euer König aufsuchen werde, um meinen Tribut von euch zu fordern."

Und genauso geschah es.

England um 2010

9.

Die Rückkehrer

Kieran hielt in der Tat sein ominöses Versprechen und wir alle kehrten in kurzen Abständen zurück auf die Erde. Und damit beginnt die eigentliche Fortsetzung meiner Geschichte. Natürlich hatten wir nun andere Namen und damit andere Voraussetzungen. Ich werde allerdings weiterhin bei unseren bisherigen Namen bleiben. Erstens behalte ich selbst den besseren Überblick und zweitens möchte ich einige aus unseren Reihen nicht bloßstellen, weil sie mehr oder weniger prominente Persönlichkeiten geworden sind. Bevor ich weitererzähle, noch ein paar Worte zum neuesten Stand.

René de Grandier ist jetzt ein gefragter Schauspieler und lebt mit seiner Frau und seinem kleinen Sohn in Frankreich. Er hat am ehesten seinen Frieden gefunden. Percevale und Viviane machen gemeinsam die Opernhäuser unsicher. Guy Macenay (er konnte sich absolut nicht von seinem Namen trennen und heißt noch immer „Macenay"), hat wieder alles mögliche studiert, vollendet hat er in Dublin sein Medizinstudium und doktert zusammen mit einem englischen Freund in einer obskuren „Naturheilpraxis" an seinen Patienten herum. Den ehemaligen Druidenpriester kann er offenbar nicht verleugnen. Nebenher fühlt er sich noch immer als der heißbegehrte Schutzengel von Geoffrey beziehungsweise Gilles (bei ihm werde ich auf seinen besonders massivem Wunsch bei Geoffrey bleiben). Der hat zwar keine Knaben mehr umgebracht (wird er auch nicht mehr tun), aber den Tänzerinnen und vor allem den Tänzern seiner Ballettkompanie konnte er doch nicht widerstehen. Seine unstete Lebensweise mit den ständig wechselnden Beziehungen macht uns allerdings hin und wieder Sorgen. Douglas McDuff lebt zur Zeit in Schottland. Er ist im Gegensatz zu uns, noch immer mit Draußen verbunden und schaut regelmäßig nach dem Rechten. Ich für meine Person schlage mich wacker als Musiker durch und die guten Kritiken lassen mich sogar in der Achtung meines Vaters steigen, auch wenn der noch immer davon zu träumen scheint, dass ich eines Tages sein Nachfolger werde. Ich kann ihm diese Wünsche nicht verbieten, aber ich kann mich weigern, sie zu erfüllen. Sir Lawrence, so geht das Gerücht um, beabsichtigt seinen Rücktritt oder sagen wir lieber, es wird ihm eindringlich nahegelegt, es zu beabsichtigen. Ob und wie das der Wahrheit entspricht, werde ich einige Kapitel später erläutern. Er ist müde geworden und er trinkt noch immer. Inzwischen so reichlich, dass er manchmal nicht mehr zu wichtigen Terminen erscheint, weil er seinen Rausch ausschlafen muss. Wenn er ab und zu eine nüchterne Phase hat, wühlt er in irgendwelchen Altertümern herum, statt sein hohes Amt als Großmagier wahrzunehmen. Es wäre ein Wunder, wenn das Zwischenreich seine zerstörte Seele wieder bei sich aufnehmen würde. Wahrscheinlich schicken sie ihn ohnehin sofort zurück auf die Erde oder im schlimmsten Fall nach Draußen. Sir Ashley (nicht ich, niemals ich!) wird wohl bald seine Stelle provisorisch einnehmen. Darauf hat die englische Kröte schon seit Jahrhunderten gewartet. Jener Sir Ashley Durham, ein einflussreicher Aristokrat, der nun wieder Geoffrey zu seinem ersten Sohn hat. Ein weiterer geschmackloser Einfall von Kieran, dem es tatsächlich gelungen war, Ashleys geduldiger Ehefrau den Wechselbalg unterzujubeln. Zu seinem Glück hat Geoffrey jedoch den größten Teil seiner Kindheit im Internat oder, wenn er wegen schlechten Benehmens herausflog, bei unserer Familie in Schottland verbracht.

Ashley, der damals alles tat, um seinen Sohn zu bekommen, wollte nun nichts sehnlicher als ihn wieder loswerden. Lawrence war der kleine Fresser im Haus herzlich gleichgültig und die üblichen Streiereien, die dadurch wieder in unsere Familie einzogen, ließen ihn kalt. Unsere Familie, das sind wie gehabt, Lyonel (er fand plötzlich Gnade vor den Augen des „Herrn" und gehörte eben wie das Haar in der Suppe dazu), Kieran, Viviane und ich. Nur Roger, der unserem Vater für immer den Rücken zu kehren gedachte, hatte sich „neue Eltern" einige tausend Kilometer von hier entfernt im tiefsten Russland auserkoren. Es waren also offenbar nicht nur König Kieran und wir „glorreichen Sieben", die zur Erde zurückgekehrt waren.

Mein Vater ist mir immer noch ein Buch mit sieben Siegeln und es fällt mir schwer zu glauben, dass er einfach nur ein großzügiges Herz hatte, in dem nicht nur der verachtete älteste Sohn, sondern ebenfalls Ginevras Bastard Platz finden sollte. Und erstaunlicherweise kümmerte er sich sogar um dessen Ausbildung. Er wollte sicher damit Ashley beweisen, dass nur er in der Lage war, aus diesem Wüstling einen anständigen englischen Bürger zu machen. Er kam irgendwann auf die Idee Geoffrey, der sich mit Beginn der Pubertät als unbezähmbar entpuppte, zum Tanzunterricht zu schicken. Damit lernte er gehörig Disziplin, konnte sich auf eine ästhetische Art und Weise austoben, seinen eleganten animalischen Körper zur Schau stellen, bei niemandem Schaden anrichten und war abends zu müde, um auf dumme Gedanken zu kommen. Da aber der ehemalige Marschall von Frankreich nicht für den Rest seines Lebens Schwäne über die Bühne schleppen wollte, ging er für einige Jahre nach Amerika, um Choreographie zu studieren und gründete seine eigene Kompanie.

Wie bereits erwähnt, sind auch Lyonel (vielleicht war er es, der Lawrence noch einmal mit seiner Gegenwart konfrontieren wollte) und Roger wieder da. Der Erstere lebt, dem Himmel sei Dank in Schottland, wo er sich bei Douglas eingenistet hat, wenn er nicht gerade bei unserer „neuen" Mutter in Italien weilt, die sich von unserem Vater, wie es auch nicht anders zu erwarten war, getrennt hat. Genosse Roger, schon seit vielen Jahren aus der ehemaligen Sowjetunion emigriert (oder rausgeflogen) betätigt sich noch immer neben seiner Schauspielerei vorwiegend als Weiberheld. Er sieht ja auch blond und blendend aus. Die Frauen fliegen auf seine barbarischen Züge und seinen hinreißenden russischen Akzent, obwohl er verheiratet ist und bereits drei Ableger in die Welt gesetzt hat. Roger mit seinem Tick für Gleichheit und Brüderlichkeit, war von dem Kommunismus seines Gastlandes, den er auch bei seinem Volk einzuführen gedachte, wohl doch nicht so hundertprozentig überzeugt. Sir Lawrence reagierte wie immer mit Sarkasmus: „Aus einem schottischen Baron wird nun mal kein Wolgaschlepper."

Es ist zu komisch, wem man im Laufe der Zeit noch wieder begegnete. Zum Beispiel Francesco Prelati. Auf den werde ich noch in einem kleinen „Special" zurückkommen. Amaury de Craon, einst ergebener Diener von Sir Lawrence, wird wohl auch zurücktreten müssen, nicht unbedingt aus Solidarität, sondern aus Angst vor Ashley, den er bei den Sitzungen so gern durch den Kakao gezogen hatte. Zurücktreten heißt nicht unbedingt, dass man fällt (wenn man nicht sowieso schon Draußen ist). Man bleibt im Zwischenreich „neutral", präzise gesagt, man hat nichts mehr zu melden – für Machthungrige Strafe genug, abgesehen von der Blamage. Amaury, der laufend betont, ein englischer Großmagier sei wie eingeschlafene Füße, ist selbst englischer Staatsbürger geworden. Aus reiner Dankbarkeit. Dieser dekadente französische Schöngeist wurde zwar in der Schlacht von

Azincourt von einem englischen Soldaten getötet, aber ein Engländer rettete ihm dreihundert Jahre später das Leben, als Robespierre und seine Gang sein schönes aristokratisches Haupt unter die Guillotine bringen wollten.

Jetzt habe ich fast alle durch. Wird noch jemand vermisst? Klar. Er wird übrigens wirklich vermisst. Kieran, er behielt ebenfalls seinen Namen, schreibt sich aber jetzt „Ciaron" (sieht offenbar chic aus!), verschwand gleich, nachdem er volljährig wurde, bei Nacht und Nebel (in Schottland gibt es viel Nebel). Zwischendurch erhielten wir in längeren Abständen hübsche bunte Ansichtskarten und von Unmengen E-Mails und SMS – offenbar als originelle Alternative zur Telepathie – aus Südamerika, Asien und Afrika. Das letzte Lebenszeichen kam aus Italien, dann war Funkstille. Ehrlich gesagt, er fehlte uns nicht sonderlich. Wir waren zur Genüge damit beschäftigt, unser neues Leben in vollen Zügen zu genießen. Dieses vierte Leben ist auch wahrhaftig mein friedlichstes und angenehmstes. Ich hoffe jeden Tag, dass es so bleibt. Der Orden samt Draußen lässt mich völlig kalt und für den ganzen New Age Rummel, der noch immer wie eine Seuche um sich greift, habe ich nur ein müdes Lächeln übrig. Ich lebe nur noch für Mozart, Beethoven, Händel, Verdi und, und, und ... Ich habe Musik schon immer über alles geliebt, sie ist für mich die vollendetste Form der Kunst. Schon Raphael konnte Hunger, Kälte und Furcht damit vergessen. Von Hunger und Kälte ist keine Rede mehr. Klosterkapelle, Gilles Knabenchor, die Kirchenstufen und Kaschemmen sind den Konzertsälen und Opernhäusern gewichen. (Nur eine Furcht ist geblieben. Ich sterbe vor jeder Premiere vor Lampenfieber). Ja, lieber Lawrence, dein Sohn ist Magier, Magier des Taktstocks. Diesen Wortlaut einer lieben Zeitungskritik habe ich eingerahmt über mein Bett gehängt, als tägliche Streicheleinheit. Du bist großartig, Edward, du brauchst Papis Beifall nicht mehr. Manchmal glaube ich, das alles zu träumen – ein zu schöner Traum. Das Gleiche bestätigen mir auch Percevale und Viviane. Wer uns immer wieder auf den Boden der Tatsachen zurückbringt, ist Geoffrey. Es geht ihm relativ gut (seine Kompanie ist da allerdings manchmal anderer Meinung). Er arbeitet oft bis zur totalen Erschöpfung, um zu vergessen, wer er wirklich war. Aber die Jahre Draußen und sein furchtbares letztes Leben haben trotzdem ihre Spuren hinterlassen. Er ist auch keineswegs so gesund, wie es scheint. Er leidet bis heute noch unter schrecklichen Kopfschmerzen, die ihn tagelang ins Bett zwingen, bedingt durch die Verletzung, die ihm Lyonel damals in der Nacht in Tiffauges zugefügt hat. Dann kommt sie wieder, die Angst vor dem Sterben. Nein, die Angst, dass es keinen Tod gibt, sondern die Gewissheit, Draußen unter der Herrschaft eines unberechenbaren Königs dahinvegetieren zu müssen. Und jedes Mal, wenn er in seine Depressionen verfällt und weint vor rasenden Schmerzen, verdrücken wir uns feige wie kleine verschreckte Kinder und überlassen Guy den Unglücklichen.

Ein kleiner Einschub: Wir, das sind Guy, Percy, Viviane, Geoffrey und ich, leben in einem recht komfortablen Haus nicht weit von London. Dieses Haus hat Geoffrey von seinem jetzigen Großvater, der wohl nichts über die Vergangenheit seines Enkels zu wissen schien, geerbt. Und da wir uns offensichtlich nicht trennen konnten, haben wir diese Wohngemeinschaft gegründet, die uns einen Rückhalt in den einsamen Stunden geben soll. Von Ashley hat Geoffrey nichts zu erwarten als den obligatorischen Pflichtanteil. Die Ländereien und das Stammschloss, das nicht weit von unserem Haus entfernt liegt, werden einst den drei anderen Kindern zukommen. In sie setzt Ashley seine ganze Hoffnung. Zu recht, der zweite Sohn ist bereits Diener im Zwischenreich und auch der jüngste Sohn und die Tochter gehören dem Orden an. Die beiden Söhne verachten, genau wie ihr Vater, das abtrünnige Kuckucksei, nur die „neue Schwester" lässt sich gern bei ihm hin und wieder blicken.

„Die alte Krähe muss wieder Händchen halten."

Guy erschien genau in dem Augenblick, als ich nicht mehr an mich halten konnte, diese berechtigte Feststellung von mir zu geben.

„Die Saatkrähe, Corvus frugilegus, macht immer die Drecksarbeit, sie ist die Gesundheitspolizei, Herzchen. Sie beseitigt den Unrat, den andere nicht sehen wollen, also ein nützliches Vögelchen."

Das „nützliche Vögelchen" setzte sich in den Sessel. Ich betrachtete ihn und fragte mich, wie wohl seine Patienten auf ihn reagierten. (Wir hatten ihm eigentlich eine Traumkarriere in der Gerichtsmedizin prophezeit). Ein Arzt, bleich wie der Tod, schwarze schulterlange Haare, ständig eine Zigarette im Maul – wahrscheinlich wurden sie vor Schreck gleich wieder gesund.

„Geoffrey muss sich damit abfinden, dass er nach Draußen befördert wird. Wir alle werden das, irgendwann. Darum, vergesst ganz schnell eure Chance auf das Zwischenreich." Guys Optimismus war einfach mitreißend.

„Hör auf damit!", schrie ich empört. „Und ich bin nicht dein Herzchen."

„Nein, ich höre nicht auf damit. Kein Mozart, kein Verdi, kein Beethoven, kein Wagner, kein Puccini, kein Donizetti, vor allem kein gefeierter Herzchen-Jungdirigent. Nur noch der blutsaufende Dritte Herzchen-Priester des Königs von Draußen. Wenn es dich beruhigt, ich sing dir dann ab und zu was vor."

Es gibt noch eine Steigerung der Hölle, Guy singt tatsächlich. Nachdem seine angeblich hoffnungsvolle Karriere als Rockmusiker dem zeitraubenden Medizinstudium weichen musste, besann er sich plötzlich auf seine „Wurzeln" und gibt nun hin und wieder mit seiner Band in vergammelten Pubs irische Sauflieder zum Besten. Und es soll sogar von Leuten die Rede sein, die von seiner rauen, versoffenen Stimme angetan sind. Genau wie in seinem letzten Leben, war auch Guy in diesem Leben unverhofft aus Irland in unserer Wohngemeinschaft aufgetaucht. Keiner wusste von seiner Vergangenheit. Lediglich Lawrence hatte vor ungefähr einem Jahr das Gerücht in die Welt gesetzt, dass sein Lieblingsfeind sich vorher als Mitglied der IRA, sofern die überhaupt noch aktiv war, betätigte. Doch die Wahrheit ist nun einmal, dass ich mich an dieser Stelle nun etwas korrigieren muss. Ich hoffe, dass Guy diesen Satz nie zu lesen bekommt: Er ist zwar ein großer, sehr schlanker und durchtrainierter Mann, aber längst nicht so bleich wie Draußen, der auf seine Weise sogar attraktiv ist und sich erfolgreich mit dem Nimbus des Geheimnisvollen zu umgeben weiß. Er ist und bleibt der Hexenmeister mit der schneeweißen Haarsträhne in seinen pechschwarzen Haaren – sein unverkennbares Markenzeichen. Und die einzigen Leidenschaften, die uns bekannt waren, sind sein imposantes Motorrad, mit dem er stundenlang einsame Fahrten irgendwohin macht und sein weißer Bullterrier mit dem schwarzen Fleck auf dem Auge, offenbar hervorgegangen aus einer Verbindung von Ratte und Schwein, den er „liebevoll" Master Cromwell nennt.

„Überlass das Singen lieber Viviane, die kann das besser."

„Stimmt, aber eine Ewigkeit die Wahnsinnsarie der Lucia ist auch nervtötend. Ich geh euch auf den Geist, was?"

„Überhaupt nicht."

„Ned hat recht", ergriff nun Percevale Partei für mich. „Du bist heute mal wieder destruktiv und widerlich."

„Verzeihung, Herr Kammersänger. Ich muss euch ab und zu von euren Höhenflügen runterholen."

„Achtung, alle mal herhören. Unser Zweiter Priester beginnt zu predigen", rief Percevale und klatschte in die Hände. „Du hättest Pfaffe statt Arzt werden sollen", ergänzte er noch sarkastisch.

„Nicht nötig. Wir haben wahrscheinlich schon einen in unserer kleinen Familie."

Guy kramte einen Brief aus der Hosentasche, holte ihn feierlich aus dem Kuvert und schwenkte ihn hin und her.

„Hochwürden hat einen altmodischen Brief geschrieben und wird uns nächsten Monat eine Audienz geben."

Wir schauten uns blöde an. In dem Augenblick trat Viviane, gefolgt von Geoffrey, ins Zimmer.

„Hast du etwa einen Pfaffen bestellt?", fragte ich sofort Geoffrey.

„Was soll das? Du spinnst wohl? Noch einmal falle ich auf diese falschen Versprechungen nicht herein." Er riss Guy den Brief aus der Hand. „Dieser Brief ist aus Italien? Falsch, der Brief ist aus Irland, fängt auch mit „i" an, liegt aber wo anders." Er fummelte irritiert an dem Kuvert herum.

„... also doch nicht aus dem Vatikan?" ergänzte Viviane hämisch. Guy warf ihr einen vernichtenden Blick zu und überreichte Geoffrey schließlich den Brief.

„... nun lies schon."

Geoffrey war ohnehin schon weiß wie eine Wand. Jetzt hatte er keine Farbe mehr im Gesicht. Er griff sich stöhnend an den Kopf und sank dekorativ auf das Sofa.

„Nein, nicht auch noch das!"

Nun nahm sich Viviane des Briefes an.

„Er ist von Kieran", stellte sie ohne irgendeine Gefühlsregung fest. „Er kommt nach England. Und er möchte uns in einer wichtigen Angelegenheit sprechen. Er hat auch Douglas und René herbestellt."

„Warum lässt er uns nicht in Ruhe. Wir gehen bestimmt wieder nach Draußen", mutmaßte ich und spürte eine leichte Übelkeit in mir aufsteigen. Vorbei! Unser schönes unbeschwertes Leben war vorbei. Der König kam und forderte seinen Tribut.

„Wir gehen bestimmt nicht nach Draußen. Und wenn schon, du kannst ja auch dort ein Orchester gründen ...", entgegnete Viviane plötzlich, „... aber in Ruhe lässt er uns bestimmt nicht." Sie brach ab und nagte gedankenverloren an ihren Fingern. Das tat sie immer, wenn sie nervös war. Guy, als feinfühliger Mediziner wollte gerade ausholen, um ihr auf die Pfoten zu hauen, als Geoffrey auffuhr:

„Mit dem Briefkopf dieser Pfarrei will er uns wohl verarschen?"
„Ich hoffe, das will er nicht", meinte Viviane. Das hatte zur Folge, dass sie mit der Nägel-Knabberei aufhörte, Guy seine Klauen wieder in die Hosentasche packte und sich mit einem tadelnden Blick begnügte. Druidenpriesterin frisst ihre Hände, weil ihr Bruder womöglich zum katholischen Geistlichen mutiert war, dafür müsste er wirklich Verständnis haben, oder?

Ich konnte mir beim besten Willen nicht vorstellen, dass mein kleiner Bruder Geistlicher worden war, auch wenn er mehrere Semester Theologie studiert hatte. Davon abgesehen, hatte Kieran angefangen, alles mögliche zu studieren: Philosophie, Anthropologie, ein wenig Musik, etwas Kunst und Sozialkunde, wobei er kein einziges Studium beendete. Schließlich entschied er sich, nur noch das Leben selbst zu studieren. Das hieß, er kutschierte wahrscheinlich auf Kosten unseres prominenten Vaters oder unserer gut betuchten Ziehmutter in der Weltgeschichte herum. Von mir aus, hätte er zu gern damit weitermachen können, bevor er endgültig in diesem winzigem Kaff irgendwo in Irland, dessen Namen sogar Guy unbekannt war, landete und auf die Idee gekommen war, unsere Ruhe zu stören.

Immerhin hatte es jetzt unser König geschafft, unsere Stimmung auf den absoluten Nullpunkt zu bringen, auch wenn wir uns längst im Klaren darüber sein mussten, dass unser sorgloses Leben irgendwann ein Ende finden würde. Geoffrey jammerte über seine unerträglichen Kopfschmerzen und schlich hinauf in sein Zimmer. Percevale und Viviane entschuldigten sich ebenfalls und Guy verließ das Haus, um seinen Höllenhund auszuführen.

Ich blieb allein zurück mit meinen Gedanken. Es waren jedoch keine guten Gedanken. Niemals würde ich mir allerdings eingestehen, mit meinem Entschluss nach Draußen zu gehen, einen Fehler gemacht zu haben. Aber die Tatsache, dass in der Stadt Draußen so vieles anders war, als hier auf der Erde, konnte ich nicht leugnen. Denn jetzt wurde mir erst recht bewusst, in welchem Elend wir uns sogar in unserem komfortablen Palast befanden. Es gibt kein Zurück mehr, Edward Duncan. Finde dich endlich damit ab und komm nur nicht auf die absurde Idee, das Zwischenreich nicht mehr langweilig zu finden. Reiß dich zusammen, Edward Duncan – willkommen auf dem Grund des Brunnenschachtes.

Trotzdem konnte ich bis jetzt auf eine wunderbare Zeit zurückschauen und vielleicht gönnte mir der König noch einen Rest meines beschaulichen

Lebens. Bis zum Eintreffen dieser merkwürdigen Botschaft mit dem Briefkopf einer Pfarrei in Irland, hatte ich meine letzten Leben aus meinen Albträumen erfolgreich beiseite schieben können. Ich erfuhr, wie bereits Kieran angekündigt hatte, schon sehr früh von der Vergangenheit als Edward Duncan (dessen Namen ich hier weiter verwende), als Raphael Martigny und als Efrén de Alpojar, der seinem Vater, dem Großmagier, einen eindeutigen Abschiedsbrief hinterlassen hatte.

Finis Terra. Ich habe sie wieder gesehen, die ehemals heruntergekommene Hazienda in den einsamen Bergen Mexikos. Nur sie war in der Zwischenzeit alles andere als heruntergekommen und die einsame Gegend konnte ohne Probleme mit dem Auto erreicht werden. Es war ein Gastspiel, zu dem ich in Mexico-City als Dirigent eingeladen war. Ich weiß nicht weshalb ich mich nach dem Konzert, begleitet von einem geschwätzigen Taxifahrer, der mich irgendwie an den verschlagenen Arturo erinnerte, mit seinem klapprigen Gefährt auf dem Weg zu jener Hazienda befand, nachdem es mir nach verzweifelten Versuchen endlich gelungen war, sie ausfindig zu machen. Dort angekommen, fragte ich mich einen bangen Augenblick, ob mich mein Taxifahrer übers Ohr gehauen und mich womöglich an einen Platz geführt hatte, um was weiß ich mit mir anzustellen. Doch dann, als ich vor dem Tor stand und auf Zehenspitzen über die Mauer schaute, erkannte ich, dass ich mich vor meinem ehemaligem Zuhause befand. Es hatte sich verändert. Aus der brüchigen Ruine war ein schneeweißes, strahlendes Gebäude geworden und der einst verwilderte Garten mit den verdorrten Gräsern erstrahlte in einem prächtigem Blumenmeer, hinter dem auf einem weitläufigem Gelände Pferde grasten. Meine Neugierde war nun erst recht geweckt. Ich schickte den Taxifahrer, nachdem ich mit ihm einen unverschämten Preis für seine rasante Fahrt verhandelt hatte, fort und bat mutig um Einlass. Egal, was mich erwartete, ich wollte ihn unbedingt kennen lernen, den neuen Besitzer von Finis Terra.

„Ich bin ein alter Freund eines entfernten Nachfahren der Familie de Alpojar", stellte ich mich dem Mann mittleren Alters vor und wunderte mich gleichzeitig, wie leicht mir die spanische Sprache noch immer über die Lippen ging. „Ich bin auf der Durchreise nach Mexico-City und wollte wissen, wie inzwischen das Haus seiner Vorfahren aussieht."

Der neue Besitzer, Señor Sanchez, schien zwar überrascht über den Besuch dieses seltsamen Gringos, aber er bat mich mit einer freundlichen

Geste ins Haus. Auch drinnen kam ich nicht mehr aus dem Staunen heraus, wie wunderschön dieser einst so düstere Aufenthaltsraum sich verwandelt hatte. Hell gestrichene Wände, an denen die typischen bunten Bilder und Teppiche Mexikos hingen und auf dem großen Tisch in der Mitte stand eine riesige Vase aus Ton, gefüllt mit den Blumen des Gartens, die ihren zarten Duft im ganzen Raum verströmten. Ja, er selbst habe die Familie de Alpojar nicht gekannt. Es war sein Großvater, der dem Señor Rodrigo de Alpojar die marode Hazienda für ein paar lächerliche Peseten abgekauft hatte. Mehr könne er allerdings nicht sagen, doch wenn ich schon mal hier wäre, sollte ich doch mit ihm und seiner Frau zu Mittag essen. Er hatte gern Gäste, zumal sich selten jemand hierher verirrte und schon gar nicht aus dem fernen England. So blieb ich und genoss Señors Sanchez Gastfreundschaft und die seiner hübschen Frau mit dem milchkaffeebraunem Gesicht, das den aztekischen Göttern zu eigen war. Es war ihr unvergleichliches Lächeln, das in mir die schönste Erinnerung an Mexiko hervorrief – Miahua mit den geschickten Händen. Die beiden boten mir sogar an, in einem der Gästezimmer zu übernachten, was ich jedoch ablehnte in der Angst, dass mich in der Dunkelheit die Gespenster der Vergangenheit heimsuchten.

Señora Sanchez erhob sich, verabschiedete sich höflich, während mich ihr Mann hinaus begleitete. Vor der Tür erwähnte er, dass er mir noch unbedingt etwas zeigen wollte, bevor mein Taxi eintraf. Ich folgte ihm angespannt hinter das Haus und als er in der Mitte des Gartens auf drei Kreuze zeigte, wurde ich starr vor Entsetzen.

„Señor Rodrigo de Alojar hatte vier Kinder", erklärte er, während ich verzweifelt gegen den Schwindel anzukämpfen versuchte. „Der älteste Sohn ist unter mysteriösen Umständen verschwunden, die Töchter starben an einer unbekannten Krankheit. Und der jüngste Sohn …" Er machte eine Pause, sah mich plötzlich durchdringend an, bis er ehrfürchtig den Kopf senkte und fortfuhr, dass Señor de Alpojar nach der Rückkehr von einer längeren Reise seinen jüngsten Sohn tot auf dessen Zimmer fand. Er hatte sich mit dem Jagdgewehr erschossen. Vielleicht, so vermutete Señor Sanchez, wollte Señor Rodrigo de Alpojar diese Hazienda deshalb verkaufen, denn sein Großvater erwähnte, dass er sehr unter dem Verlust seiner Kinder litt. Señor Sanchez seufzte tief betroffen, nachdem er seine Erzählung beendet hatte.

„Wir haben diesen Teil des Gartens so gelassen wie er ursprünglich war. Großvater wollte es so. Er meinte, wir müssen die Toten respektieren und an Allerheiligen schmücken wir ihre drei Gräber mit Blumen und beten für ihre armen Seelen. Ich bin sicher, es hätte Señor de Alpojar gefallen."

Ich machte einen zaghaften Schritt nach vorn und stand vor meinem eigenen Grab. Ob es Señor Rodrigo de Alpojar gefallen hätte oder nicht war mir gleichgültig. Gleichgültig war mir jedoch nicht, wie liebevoll diese drei Gräber gepflegt waren und wie gern ich jetzt Señor Sanchez sowie seine wunderbare Gemahlin vor Dankbarkeit umarmt hätte. Immerhin versprach ich ihm, den Nachfahren der Alpojars die besten Dankes-Grüße zu überbringen. Er klopfte mir als Bestätigung freundschaftlich auf die Schulter und nahm mir das Versprechen ab, ihn wieder, aber dieses Mal mit meinem spanischen Freund, zu besuchen. Ich nickte und kämpfte vergeblich gegen meine Tränen an. Auf dem Rückweg im Taxi weinte ich schließlich so hemmungslos, dass sogar mein geschwätziger Taxifahrer, der offenbar nur für mich reserviert war, während der gesamten Fahrt keinen Laut von sich gab.

Ich schrak auf, als sich die Tür öffnete und Cromwell mit gesenkter Schnauze ins Wohnzimmer trabte und an meinen Füßen schnüffelte. Erst jetzt merkte ich, dass mich die Erinnerung an jenen Besuch in Mexiko wieder zu Tränen gerührt hatte. Ich wischte sie hastig fort und hoffte, dass Guy, der seinem Hund gefolgt war, nichts davon mitbekam. Natürlich hatte er meinen traurigen Zustand bemerkt.

„Geh schlafen, Ned", flüsterte er. „Hör auf dir Sorgen um eine Zukunft zu machen, die vielleicht niemals so eintrifft, wie du befürchtest. Bedenke, auch unser König hat Freude an seinem Leben. Es geht ihm sehr gut. Immerhin lässt er sich dieses Leben sogar finanzieren, mein kleiner Neffe, der faule Schmarotzer, dem nicht einmal euer gestrenger Vater widerstehen kann. Weiß der Henker, wie er das hingekriegt hat. Nun ja, er ist eben Lawrence' Kind – du übrigens auch. Gute Nacht."

Damit verschwand er samt seinem Hund. Ich war wieder allein, allein mit meinen Gedanken an Don Rodrigo, der angeblich nach meinem Tod so gelitten haben soll, dass er Finis Terra für immer verließ. Und ich habe ihm in meinem Abschiedsbrief unterstellt, dass er mich nicht liebt. Zu spät, es ist zu spät. Ich kann und will nicht glauben, dass er für meine Brüder und mich Zuneigung empfindet.

Es ist vorbei, endgültig.

England um 2010

10.

Guy Macenay sorgt für eine Überraschung

Unser König wurde also nun mit Spannung und Bangen erwartet. Wir hatten uns in der Zwischenzeit wieder beruhigt und nahmen relativ gelassen hin, dass uns in Zukunft unser König wahrscheinlich als Pfaffe die Beichte abnahm.

In der Zwischenzeit tauchte René bei uns auf. Sein Empfang wurde gebührend gefeiert. Leider kam er allein. Offenbar wollte er seine neue Familie auf keinen Fall mit irgendwelchen Mitgliedern des Ordens bekannt machen. Ich hätte zu gern gewusst, ob seine Frau Cathérine de Thouars ähnlich war. Als schließlich auch noch Douglas aus Schottland zurückkehrte, waren wir komplett für die Ankunft des Königs.

René lachte sich beinah kaputt, als wir ihm von Kierans angeblich neuester Funktion berichteten:

„Das glaubt ihr doch selber nicht. Was hat dieser Briefkopf schon zu sagen. Wahrscheinlich hat unser Engelchen Unterschlupf bei einem lieben Pfarrer gefunden. Er wickelt doch jeden um den Finger und wer verweigert diesem zerbrechlichem Vagabunden Almosen oder sogar ein warmes Dach über dem blonden Lockenkopf. Er hätte zum Theater gehen sollen."

Wir stimmten fröhlich in sein Gelächter und Geläster ein. Die Quittung würden wir mit Sicherheit Draußen serviert bekommen. Nur Douglas blieb die ganze Zeit merkwürdig still.

„Er hat seit Jahren Draußen nichts von sich hören und sehen lassen", murmelte er plötzlich.

"Warum sollte er", sang René und füllte sein Glas mit Champagner auf. „Er genießt wie wir das Leben auf der schönen Erde. Es gibt Wein, es gibt ... (Die Litanei der französischen Spezialitäten erspare ich mir aufzuschreiben), ... es gibt Frauen, Sonne, Licht. Mich erblickt Draußen erst wieder, wenn ich hier mausetot bin. Santé!"

Das mit dem „mausetot" kann verdammt schnell passieren, Grandier.

„Das ist nicht das Problem", fuhr Douglas ernst und unbeeindruckt von Renés überschäumenden Optimismus fort. Lyonels Einfluss begann langsam und schleichend wie eine Epidemie auf ihn abzufärben. „Er kann doch das Erste Land nicht so lange ohne Aufsicht lassen. Es könnten gewisse Dinge passieren."

„Sprich nicht wie das Orakel von Delphi", schnarrte Guy ärgerlich dazwischen „Falls es dir entgangen sein sollte, meine Wenigkeit sorgt dafür, dass sein Land nicht ohne Aufsicht bleibt und mit Sicherheit werden keine gewissen Dinge passieren. Außerdem, selbst wenn Kieran in der Weltgeschichte herumreist, wird er trotzdem genügend mitbekommen, was Draußen vor sich geht. Oder weißt du etwas, was mir entgangen sein sollte? Also raus mit der Sprache. Wer soll denn so scharf auf seinen Thron sein?"

„Ich weiß von niemanden, der hinter seinem Thron her sein soll", entgegnete Douglas entrüstet. „Wie kommst du auf einen solchen absurden Gedanken?"

„Ich bin doch nicht blind und blöd. Hier läuft zur Zeit die große Rücktrittswelle. Hoffentlich wird Lawrence eines Tages den seinen nüchtern erleben."

„Hör endlich auf, so von meinem Vater zu sprechen", fuhr mit einem Mal Viviane wütend dazwischen. „Er hat schwere Depressionen, das solltest du als Arzt wohl am besten verstehen."

„Seit wann kümmern dich die Depressionen deines Vaters, Fee. Du bist bloß sauer, weil ich auf etwas hingewiesen habe, das sogar dir schon lange genug auf die Nerven geht: der Vater der berühmten Primadonna ist bei einem Empfang wieder aus der Rolle gefallen, beschimpfte die Reporter und schlug einen davon krankenhausreif, nachdem er bereits zwei Tage zuvor wegen Trunkenheit am Steuer festgenommen wurde. Vielleicht hast du irgendwo recht, er kann einem leid tun. Doch ich bin nicht einem. Mir tut höchstens seine arme Leber leid. Wenn er einst den Milchsuppensphären des Zwischenreiches entschwebt, werde ich sie konservieren, als Symbol für den Weg zur höheren Erkenntnis. Früher war er ein niederträchtiger Großmagier, heute ist er ein niederträchtiger Säufer." Guy machte eine kurze Pause, kurz genug, so dass Viviane nicht in der Lage war, über ihn herzufallen. „Woher bist du dir eigentlich so sicher, dass er dein Vater ist?"

Viviane blieb angesichts dieser Ungeheuerlichkeit stumm und erbleichte lediglich – Primadonnen werden nämlich nicht einfach weiß.

„Bitte keine Schimpfworte gegen jemanden, der dir wahrscheinlich viel näher steht, als du jemals vermutest, Fee. Das passt auch gar nicht zu deinem Antlitz, das immerhin zarter ist als meines. Und fang jetzt verdammt noch einmal nicht wieder an, deine Finger zu fressen."

Viviane fraß keineswegs ihre Finger. Sie hatte sie zu Fäusten geballt und verfolgte noch immer stumm und starr vor Zorn mit blitzenden, schwarzen Augen wie Guy sich wieder Douglas zuwandte.

„Ich schätze, seine Lordschaft Ashley Durham wird Lawrence in Bälde ablösen oder dein Erster Ex-König von Draußen, Richard McDuff, der außerdem noch dein Ex-Vater ist. Also, Douglas, von wem wird Kieran abgelöst?"

Douglas, sichtlich irritiert, schaute um sich wie ein in die Enge getriebenes Tier.

„Hör doch auf mit diesem Unsinn. Niemand will ihn ablösen. Ich finde es lediglich merkwürdig, dass der König seit Jahren kein gesteigertes Interesse an seinem Land zu haben scheint, selbst wenn es in deinen Händen bestens aufgehoben ist." Guy ignorierte Douglas Sticheleien und forderte ihn auf fort zufahren: „Also gut, da soll was Komisches mit dem Wächter gewesen sein. Sie behauptet nämlich, er würde gar nicht mehr zurückkommen."

"Wohin zurück? In den Orden? Nach Draußen? Zurück in die Stadt?"

„Ja, so habe ich es verstanden."

„Du hast doch nicht etwa den Wächter beschworen, du kleiner Jagdgehilfe?" Guy konnte kaum an sich halten vor Lachen. Wir hielten uns etwas zurück, denn Douglas McDuff war alles andere als ein „kleiner Jagdgehilfe".

„Nein, ich weiß es von Roger. Er hat mit ihr gesprochen."

„Und du mit Roger, mit Roger dem Russen oder Roger dem Zweiten König?"

„Sicher mit dem Zweiten König. Ist das verboten? Wir haben Frieden und vor allem eine Allianz zwischen den drei Ländern, falls dir das entgangen ist."

„Frieden!", mischte nun auch Geoffrey dazwischen. „Ich bin zu Tränen gerührt. Das Volk im Zweiten Land muss wieder um seine Wasservorräte betteln, nur weil ihm König Roger eine schöne Story vom edlen König Geoffrey aufgetischt hat."

„Er hat es für deinen guten Ruf getan." Douglas schaute drein, als ob ihm nichts mehr am Herzen läge, als der gute Ruf des ehemaligen Zweiten Königs. „Dein Volk braucht ja nicht zu wissen, was aus dir geworden ist."

Geoffrey lächelte sein unvergleichliches Hurenlächeln, machte eine obszöne Geste und erwiderte zuckersüß:

„Jemand, der sich im wahrsten Sinne des Wortes für seine Nahrung und vor allem für seine Drogen den Arsch aufreißen lässt." Er wurde wieder ernst. „Soll mein geliebtes Volk ruhig erfahren, dass sein König als Jäger und sogar als Nutte arbeitet und einmal ein Mörder war. Ja, ich hätte damals alles getan, um das zu verhindern. Aber dieser Preis ist dann doch viel zu hoch. Von dem Heiligen-Geoffrey-Durham-Rebell-Schwachsinn kann es nicht leben. Rogers Taktgefühl in allen Ehren, aber dass er sich von seinem kleinen Bruder noch immer so schamlos erpressen lässt, verstehe ich nicht. Nun ja, schließlich profitiert doch Kieran am meisten von der Allianz. Aber vielleicht ist es für Rogers Ruf besser, wenn er der lautere Freund eines tapferen Rebellen war und nicht der eines gemeinen Mörders. Es wird Zeit, dass ich irgendwann mit dieser Lüge ein Ende mache. Grins nicht so gemein, Macenay."

„Ich grins nicht gemein. Ich freue mich nur über diese zarten Signale menschlicher Reife. Aber du tust Roger Unrecht. Er hat es wirklich ganz ehrlich und echt gemeint. Ich fürchte, unser König wird dich an der Eröffnung dieser schrecklichen Wahrheit zu hindern wissen, denn er will ungern seine Moderwasserkolonien wieder herausrücken. Und das wird er zwangsläufig müssen, wenn der ganze Schwindel auffliegt. Aber wir schweifen vom Thema ab. Man beschwört den Wächter nicht für ein Plauderstündchen. Wenn er nicht Acht gibt und sie ihn erwischt, wird sie ihn auseinandernehmen, dass ihn sein eigener Vater nicht mehr erkennt. Mir kommt da der Gedanke, ob sich Roger womöglich einbildet, sie würde mit ihm zusammen gegen Kieran Front machen? Ist der Zweite König vielleicht auf mehr Macht aus, als ihm zusteht?"

„Gegen Kieran wird sie nichts ausrichten. Vergiss es, sie ist seine Mutter."

„Das hat nicht viel zu sagen. Kieran kommt nach seinem Vater in jeder Beziehung. Und was sie von Lawrence hält, hat sie ja deutlich genug kundgetan."

„Gegen Kieran Front machen? Ich kapier nichts mehr."

„Nun …", warum konnte Guy bis heute nicht das dämliche Krallen putzen lassen. Selbige hat er allerdings inzwischen radikal gestutzt, damit er harmlosen Gitarren schauderhafte Klänge zu entlocken vermag. „Ich kann mir höchstens vorstellen …", er betrachtete wohlwollend seine kräftigen knochigen Hände („Dr. Macenay hat so sensible Finger", das hat doch glatt ein ganz sensibler Patient behauptet. Die Bekanntschaft mit diesen sensiblen Klauen im Gewölbe von Finis Terra waren völlig ausreichend für mich), „… dass Roger sich mit ihr verbünden möchte, weil er von ihr Informationen über das berüchtigte Amulett zu erfahren hofft."

„Na, dann ist er bei Ginevra an der richtigen Stelle", bemerkte ich lakonisch.

„Ich weiß allmählich nicht mehr, wie ich euch allen beibringen soll, wie gefährlich es ist, überhaupt an dieses verfluchte Schmuckstück zu denken. Was mich beunruhigt ist, dass Kieran offensichtlich auch deswegen mit ihr Kontakt hatte. Was spielt er bloß wieder für ein riskantes Spiel? Er soll aufpassen, er ist ihr nicht gewachsen. Seinen besoffenen Vater (bist du auch sicher, dass er sein Vater ist? Schien Vivianes Blick zu sagen) kann er nicht mehr hinter dem Ofen hervorlocken. Jetzt ist wohl die Mutter dran. Meine Güte, ich habe das Schätzchen auch noch mit auf die Welt gebracht. Euch zwei übrigens auch."

Guys Blick wanderte von Geoffrey zu Viviane.

„Wir sind dir ewig dankbar dafür, dass du uns danach nicht ersäuft hast wie junge Katzen", entgegnete Viviane, die ihre Sprache wieder erlangt hatte. „In einer stillen Stunde kannst du mir ja mal genauer erklären, was du außerdem noch für mein Erscheinen in dieser Welt getan hast."

„Nicht viel mehr als dazu nötig war, Feechen."

„Wenn du mich noch einmal Feechen nennst, dann schreie ich."

Die Drohung war mehr als ernst. Viviane war schon als Kind in der Lage mit ihrer Stimme Gläser zum Zerspringen zu bringen. Sie hatte ein leichtes Spiel damit ein ganzes Opernhaus zu füllen. Ich hielt Macenays Anspielungen ohnehin für einen geschmacklosen Witz und offen—sichtlich teilte auch Geoffrey meine Meinung. Er legte zärtlich den Arm um Viviane.

„Glaub doch den Schwachsinn nicht. Oder hast du schon einmal erlebt, dass eine Saatkrähe Eier legt aus denen Nachtigallen schlüpfen?"

Schachmatt, Macenay!

„Soll ich euch mal was sagen? Ihr zerbrecht euch hier alle nur unnötig den Kopf. Ich glaube, dass Kieran sich ganz einfach mit seiner Mutter unterhalten wollte. Das ist wohl normal für einen Sohn, oder?", mutmaßte ich, weil mir die wilden Spekulationen langsam gehörig auf den Geist gingen und ich das leidige Thema Amulett und andere todbringende Schmuckstücke beenden wollte. Viviane brach daraufhin in ein schallendes Gelächter aus, das allerdings nicht im geringsten an eine Nachtigall erinnerte:

„Du bist so herrlich kacknaiv, Edward! Natürlich ein harmloses Pläuschchen mit Mama im Niemandsland. Teatime bei Duncans: Möchtest du noch einen Keks, Kieran? Nein danke, Mum, ich werde sonst viel zu dick. Du hast recht mein Söhnchen, ich mag keine kleinen fetten Engelsputten mit Speckröllchen und Geoffrey schon gar nicht. Hast du etwa wieder deinen Daddy geärgert? Aber nein, Mum. Ich habe ihm nur die Flasche gegeben, echten Scotch. Das ist brav mein Schatz. Du warst doch immer der bravste und stillste von allen meinen prächtigen Kindern. Doch deine Mum mag dich absolut nicht, wenn du den armen Jeff so verhaust und du dich ständig an deine Schwester heranmachst. Willst du nicht doch diesen vorzüglichen Biscuit probieren? Nein, wirklich nicht Mummy. Und wenn ich gerade dabei bin, dir dein entzückendes Goldköpfchen zu waschen, bitte tu Onkel Guy nicht immer Schmierseife ins Guinness ..." Viviane besaß eindeutig ein komödiantisches Talent. Uns allen kamen die Tränen vor Lachen, sogar Guy konnte sich nicht mehr beherrschen. „Ich weiß, du meinst es gut wegen seiner Stimme", endete krächzend das Krähenkind mit Dubliner Akzent. Sie brach ihre Komödie ab und fuhr nun ganz ernsthaft fort: „Ich glaube, unser Klugscheißer hat recht. Nur im Gegensatz zu ihm, fürchte ich, dass Ginevra weiß, wo das Amulett steckt. Wahrscheinlich kommt sie momentan nicht heran und will Kieran womöglich in ihre Pläne einspannen. Ist sie es, die hinter dem Thron des Ersten Landes her ist? Will sie ihren eigenen Sohn ins Niemandsland verbannen? Ich traue ihr alles zu."

Ihr war nicht aufgefallen, dass sie noch immer Macenays Stimme nachäffte.

„Schone deine Kehle, sonst wirst du heiser. Sie ist immerhin dein Kapital", mahnte ich, worauf Guy noch nachsetzte:

„Und schone vor allen Dingen dein rothaariges Köpfchen, indem du es von diesen wilden Vermutungen befreist. Hören wir endlich auf mit den Spekulationen und warten ab, bis Kieran bei uns eintrifft. Bereiten wir unserem König einen würdigen Empfang." Das meinte er doch nicht im Ernst? Immerhin er grinste als er fortfuhr: „Hast du schon das Gästezimmer für ihn vorbereitet, lieber Jeff?"

„Selbstverständlich", erwiderte Geoffrey beflissen und fuhr ebenfalls grinsend fort: „Wobei ich hoffe, dass er mein persönliches Bett bevorzugt und ..."

„Träum weiter", schnitt ihm Viviane das Wort ab. „Aber wie ich dich kenne, wird unser ewiger Student mit Sicherheit ganz kostenfrei bei uns wohnen dürfen."

„Er ist unser König", schnaubte der großzügige Gastgeber. „Mein Haus steht ihm, so lange er es wünscht, zur Verfügung", er strich sich mit der Zunge über die Lippen, „sowie auch selbstverständlich mein Bett."

„Was regt ihr euch so auf", warf Percevale ein. „Kieran ist nicht der einzige, der sich von dem stinkreichen Baron aushalten lässt."

Ich wappnete mich bereits für eine passende Antwort, falls sein anzüglicher Blick mich traf. Ich wusste nur zu gut, auf wen er anspielte und gab Viviane mit einem Wink zu verstehen, dieses heikle Thema nicht auch noch anzusprechen. Meine Vergangenheit als Gilles' kleiner Liebling, Macenays wenig ruhmreich gescheiterter Schüler sowie als gequälter, verbrannter Ketzer soll in die tiefsten Tiefen meiner Erinnerungen verschwinden. Raphael Martigny gibt es nicht mehr – er hat nie existiert. Ich will, ich kann und ich werde nicht weiter über ihn schreiben, geschweige an ihn denken. Basta!

„Zahl deine Miete, Percevale de Thouars", brummelte Guy dazwischen, „dann bist du immerhin nicht dazu verpflichtet, in Jeffs Bett zu kriechen. (Ich fürchtete schon, Percevale würde gleich zu einer Ohrfeige ausholen.) Du hast einen gut bezahlten Job. Und wenn ich als mittelloser praktischer Arzt in der Lage bin, für mein Appartement den nötigen Obolus aufzubringen, dann kannst du das erst recht."

Interessant zu wissen, womit der mittellose praktische Arzt die blitzeblanke neue Harley Davidson finanziert hatte. René unterbrach schließlich diese leidige Diskussion, verkündete, dass er vor Hunger am Zusammenbrechen war und schlug vor, sich endlich über seine französischen Spezialitäten herzumachen.

Ich schlief erst gegen Mitternacht ein, weil mein voller Magen mir zu schaffen machte. Exzessives Essen ist ein Laster aller Kreaturen Draußen, wenn sie mit einem menschlichen Körper, der nicht die Mahlzeiten wieder von sich gibt, die Gelegenheit dazu haben. Mein Schlaf brachte jedoch keine Ruhe. Ich wälzte mich in einem grausamen blutigem Traum hin und her. Als ich schweißgebadet erwachte, erinnerte ich mich nur noch an eine Hand, die ein Amulett von dem Hals einer am Boden liegenden Gestalt riss. Ich knipste das Licht an und schließlich gelang es mir, mich abzulenken, indem ich die Partitur zu Mozarts Zauberflöte hervorholte.

England um 2010

11.

Viviane Duncan sorgt für eine Überraschung

Ich begann, mir noch immer Sorgen zu machen. Sorgen um die Zukunft. Was hatte der König vor? Wollte er uns nun wirklich in einem Anfall von Sadismus zurück nach Draußen holen? Ich traute ihm alles zu. Zu meinem größten Glück hatte ich zu wenig Zeit, mir darüber weitere Gedanken zu machen. Die Premiere zur Zauberflöte rückte immer näher. Ich hoffte lediglich, dass ich sie noch erleben durfte. Ich durfte, denn Kieran teilte uns in einer neuen Botschaft – eine SMS! – mit, er müsse seinen wichtigen Besuch um einige Wochen verschieben.

In der letzten Zeit schlief ich unruhig. Nicht nur wegen dem Lampenfieber. Ich träumte fast jede Nacht von Elaine, die ich schon fast vergessen glaubte. Ich sah ihr liebes melancholisches Gesicht und führte mit ihr eines unserer vielen gemeinsamen Gespräche. Plötzlich begann sie zu weinen. Ich versuchte ihre weiche Hand zu halten und merkte zu meinem Entsetzen, dass sie blutete. Als sie sie öffnete, fiel es klirrend heraus – das Amulett der Dunklen Macht. Diese Träume werden nur durch ein überreiztes Gehirn hervorgerufen, Edward. Sie bedeuten nichts, genauso so wenig wie das Amulett. Vergiss es, es ist nur eine Legende aus längst vergangenen Tagen – es ist nur eine Legende!

Elaine und das Amulett mit den diffusen Albträumen verblassten jedoch schnell wieder angesichts der Launen meiner Halbschwester. Schwester? Wenn das stimmte, was Guy da von sich gegeben hatte, dann war Viviane – ich durfte nicht einmal daran denken. Guy, dieses unverwüstliche Ekel konnte uns jede Freude am Leben versauen. Er sprach immer nur Vermutungen aus, nie sagte er konkret die Wahrheit, sofern es für ihn überhaupt eine Wahrheit gab. Und nun war Viviane der Ungewissheit ihrer Herkunft ausgesetzt. Offensichtlich war es für sie eine Tragödie, dass sie womöglich nicht die Tochter von Sir Lawrence sein sollte. Ich selbst hatte Mühe, an ihrer Bestürzung teilzunehmen. Von mir aus hätte jeder mein Vater sein können, und ich hätte mir auch gleich wie Roger einen anderen „gesucht", wenn ich die Wahl gehabt hätte. Nur nicht wieder Lawrence, aber Macenay? Viviane hatte recht, das war wirklich schlimmer.

Gleichzeitig fragte ich mich, ob Lawrence davon wusste. Wenn ja, warum schwieg er all die Jahre dazu? Immerhin begriff ich, weshalb er Guy so verabscheute und warum er nun so viel trank. Aber ich hatte eigentlich keine Lust mehr, mir weiter über Guys zweideutige Bemerkungen den Kopf zu zerbrechen. Ich war nur insofern davon betroffen, weil sich Viviane Tag und Nacht den Kopf darüber zerbrach. Sie war meine beste Sängerin, sie hatte einen brillanten dramatischen Koloratursopran, der noch ausbaufähig war. Deshalb hätte ich sie zu gern als Königin der Nacht gesehen, beziehungsweise gehört. Aber sie schien sich in dieser Rolle nicht wohl zu fühlen, wie sie mir kurz und knapp zu verstehen gab und ihr schlankes mädchenhaftes Aussehen passte eigentlich dann doch optimal für die Pamina. Es war aber nur das Aussehen. Ich hatte ehrlich gesagt Mühe, mir vorzustellen, dass sich diese Kratzbürste in ein sanftes Geschöpf verwandelte, um den Geliebten treu durch alle schrecklichen Prüfungen zu begleiten. Doch Viviane machte ihre Sache von Anfang an großartig. Sie spielte die Pamina zart, ängstlich, mutig und ein klein wenig widerspenstig und sie verwandelte das verschreckte Töchterlein der Königin der Nacht schließlich am Ende in eine tapfere junge Frau.

Leider wurden die Proben ausgerechnet kurz vor der Premiere etwas strapaziös, denn Viviane, die sonst sehr diszipliniert und professionell arbeitete, war plötzlich launisch, zerstreut und stritt ständig mit dem Tenor herum. Und das alles wegen einer blöden in den Raum geworfenen Bemerkung von Macenay. Ich war am Ende mit meiner Kraft: wie sollten die beiden Liebenden endlich bei Isis und Osiris landen, wenn sie sich laufend hinter den Kulissen und womöglich sogar auf der Bühne an die Kehle sprangen.

Tamino war ein Bilderbuchprinz. Klar, ein Bilderbuchprinz war Prelati schon immer gewesen. Mich traf fast der Schlag, als ich ihn wieder sah. Er hatte sich im Zwischenreich gut versteckt in der Angst, auf einen gewissen Jäger von Draußen zu treffen. Natürlich traf er zwangsläufig auf diesen Jäger in diesem Leben.

Obwohl Gilles geschworen hatte dem einst geliebten François die Gurgel bis zu den Ohren aufzuschlitzen (wäre schade um die äußerst schöne Stimme, von der Percevale allerdings behauptete, dass sie jeder Pizzabäcker hätte), erlag er dann doch abermals dem lasziven Charme des Italieners. Dieser Charme blieb bei mir allerdings vollkommen wirkungslos. Der kleine Raphael, der einst von dem Günstling des Baron de Rais hin und her geschubst, verspottet und sogar geopfert werden sollte, stand nun mit einem Taktstöckchen vor dem Orchestergraben und ließ ihn bis zum Zusammenbrechen „Das Bildnis ist bezaubernd schöööööön..." singen, solange, bis der Maestro diese Arie wirklich angemessen als „bezaubernd und schön" absegnete. Nixe du schmettern wie eine Hinterhoftenore. Mozart muss man singen können, Signore Prelati, du nixe verkaufen hier Gelati. Wie ist das schön, mal wieder so richtig gemein sein zu dürfen! Viviane, die einst großartig behauptete, Francesco Prelati zu lieben (wohl eher um Percevale eifersüchtig zu machen) war der ästhetische Schöngeist zuwider und als er sich weigerte mit ihr zu proben, weil sie ihr überdimensionales Totenkopf-T-Shirt anhatte, knallte sie ihm die Flöte vor die Füße und war nur schwer dazu zu bringen, wieder in die Rolle der fügsamen liebenden Pamina zu schlüpfen. Als Percy davon erfuhr, brachte er seine Schadenfreude ungehemmt zum Ausdruck, obwohl auch er mit Vivianes ungewöhnlichen Bekleidungsstücken seine Probleme hatte. Er wirkte in dieser Inszenierung nicht mit. Doch ließ es sich wohl eines Tages kaum vermeiden, dass die Kontrahenten gemeinsam auf der Bühne stehen. Zum Glück gibt es meines Wissens keine Oper in der Tenor und Bariton als Liebespaar auftreten. Tamino sah dann irgendwann gnädig über Paminas monströses Totenkopf-T-Shirt hinweg, so dass wir ohne Störungen endlich weiterarbeiten konnten.

Die Tage bis zur Premiere vergingen wie im Flug und am Abend davor war Viviane auf einmal wie ausgewechselt. Ruhig und gelassen. Die Aufführung war dann auch ein großer Erfolg. Ich würde mich jetzt zu gern noch seitenweise mit Lorbeeren schmücken, wegen meinem Vater natürlich, den ich noch immer beeindrucken wollte, ich Idiot. Aber ob der den zweiten Teil meines Manuskriptes liest ist zweifelhaft. Außerdem wird er wohl die Lobeshymnen auf seinen ungeratenen Sohn in der Presse zur Genüge verfolgt haben.

Es waren drei Tage vor Kierans Ankunft, als ich mir Gedanken machte, was mit Viviane geschehen sein konnte. Sie, die sonst unentwegt plapperte, Witze erzählte, schlich stumm mit gesenktem Kopf durch das Haus von Zimmer zu Zimmer und wenn sie angesprochen wurde, gab sie nur ein leises Schluchzen von sich. Hatte Guy womöglich seine boshafte Bemerkung noch einmal bekräftigt? Doch bevor ich Viviane selbst danach fragen konnte, kam sie eines Abends zu mir und fragte, ob ich Zeit für sie hätte. Sie wolle mich nämlich sprechen. Ich hatte Zeit, denn ich liebte noch immer Neuigkeiten.

„Wir haben uns eigentlich nie so richtig unterhalten, Edward, ich meine so richtig intim."

Ich begriff nicht, was sie um Himmels Willen unter „intimer" Unterhaltung verstand, aber ich würde es ja wohl gleich erfahren. Wenn sie das meinte, was ich dachte, stimmte das genau. Ich, der linkische Jungmagier, wurde von dem begabten Töchterchen des Großmagiers meistens großzügig übersehen. Manchmal half sie mir, wenn ich bei den Formeln nicht durchkam oder wenn ich eine grauenhafte Angst vor einer Beschwörung hatte. Ich verhalf ihr dafür zu den verbotenen Rendezvous mit ihrem Bruder. Leider flog unser gegenseitiges Geschäft eines Tages auf, sie kam in Arrest und ich in die Obhut meines Bruders Lyonel. Naja, das war lange her. Jetzt jedenfalls saß sie in einem atemberaubend kurzen schwarzen Kleid mir gegenüber auf dem Sofa und schaute mich mit ihren dunklen Augen durchdringend an, das angebliche Produkt des Schwarzen. Jetzt, wo ich sie so vor mir sitzen sah, fiel es mir in der Tat auf: Sie sah ihm wirklich ähnlich. Aber in ihren Augen war nicht die Spur von Boshaftigkeit oder Sarkasmus, deshalb beschloss ich kurzerhand, sie das „Kleine Schwarze" zu nennen. Sie durchwühlte ihre rotbraune Mähne, zerknüllte das gebrauchte Taschentuch, stopfte es verlegen hinter die Sofakissen und als sie wieder anfing, an den Fingern zu knabbern, wusste ich, dass sie nervös war wie ein preisgekröntes Rennpferd. Sie bemerkte meinen Blick und verschränkte die Hände auf dem Rücken.

„Entschuldige, ich bin so aufgeregt, Edward. Ich weiß nicht, wo ich anfangen soll und warum ich dir das überhaupt erzählen will. Ich denke, du wirst bestimmt Verständnis dafür haben. Wir haben nämlich etwas gemeinsam", sie lachte, „nein, nicht nur die Musik, das wäre zu schön, wenn es nur das allein wäre. Unsere andere Gemeinsamkeit ist weniger angenehm, aber ich glaube, sie wird uns zusammenschweißen."

„Zusammenschweißen? Gegen wen?"

„Gegen wen schon, du gegen deinen Vater und ich gegen meine Mutter."

Viviane begann zu erzählen. Es dauerte die ganze Nacht und als der Morgen graute, waren wir beide „zusammengeschweißt". Ich kann ihre Erzählung nicht ganz Wort für Wort wiedergeben, aber ich kann versuchen, mich in sie hineinzuversetzen und so zu schreiben, wie sie es empfunden haben musste.

Sechster Teil | Viviane Duncan

1.

Viviane Duncan hat ein Problem mit ihren Haaren und macht eine Reise in die Vergangenheit

Viviane stand im Badezimmer und starrte ihr Spiegelbild an.
„Heul doch endlich, du dumme Gans. Warum flennst du nicht. Kein Mensch sieht dich hier. Du bist verdammt mager und deine Backenknochen zeichnen sich mit zunehmendem Alter immer mehr ab. Außerdem hast du Ränder unter den Augen und dann noch der schmale Mund. Warum ist dir eigentlich nie aufgefallen, wie ähnlich du ihm bist? Jetzt fang endlich an zu heulen, es ist doch zum Heulen."
Je tiefer sie in den Spiegel schaute, desto mehr nahm ihr Gesicht Guys Formen an. Sie wich einen Schritt zurück. Alles Blödsinn. Was ihr entgegensah, war ein für ihr Alter von Mitte zwanzig Jahren noch sehr mädchenhaftes blasses Gesicht, eingerahmt von einer langen rotbraunen Mähne „Viviane, komm Haare kämmen." Sie stellte befriedigt fest, dass sie nicht im geringsten unheimlich wirkte und der grinsende Totenkopf auf dem großen T-Shirt brachte sie spontan zum Kichern. Dieses dämliche herzallerliebste Tausendschönchen, dieser dusslige italienische Schöngeist. Vielleicht hätte ihn Percevale damals gleich nach Draußen befördern sollen. Viviane war maßlos zornig über sich selbst, denn sie hatte sich von seinem Olivenölcharme genauso einwickeln lassen, wie seinerzeit Gilles. Von wegen Charme, er war nichts weiter als eine hohle Nuss, zwar unbestritten charmant, aber hohl. Und befriedigt über diese Erkenntnis entschied sie, ihn einfach an die Wand zu singen und jetzt erst recht ihre Garderobe mit sämtlichen Motiven aus der Gothic-Kollektion aufzufrischen. Die Premiere zur Zauberflöte würde stattfinden. Sie musste Tamino durch Feuer und Wasser folgen, auch wenn sie ihn am liebsten darin ersäuft hätte. Und ihr war so hundeelend, aber sie war ein Profi. Sie erhob sich, um sich einen kleinen Whisky zu genehmigen. Sie trank eigentlich sehr wenig. Der Grund war nicht unbedingt Ekel vor Alkohol. Immerhin hatte sie dem betrunkenen Lawrence schon oft auf die Beine geholfen und allen Grund dazu gehabt. In irgendeiner Zeitschrift, die sie in den Probepausen haufenweise verkonsumierte, stand, dass Alkohol viel „leere Kalorien" hatte und sie verabscheute ganz einfach fette

Primadonnen. Aber momentan war das nebensächlich. Sie sollte jetzt in Ruhe nachdenken. Der Whisky würde ihr dabei helfen, gewiss. Oder lieber nicht nachdenken? Zu spät, sie hatte keine andere Wahl mehr. Das Zeug brannte wie Feuer in ihrer kostbaren Kehle. Genau, nun fehlte noch die Zigarette dazu. Edward würde in Ohnmacht fallen. Sie nahm noch einen kräftigen Schluck von den „leeren Kalorien" und versuchte, die Erinnerungen, die durch ihr armes verwirrtes Hirn schossen, verzweifelt zu verdrängen. Sie hatte gehofft, geglaubt und es sogar geschafft zu vergessen und mit einem Schlag rollte Guy mit seiner kurzen dummen Bemerkung die Vergangenheit wieder auf. Obwohl sie sich mit Händen und Füßen dagegen wehrte, hatte sie nach dem zweiten Glas Whisky ihren Entschluss gefasst. Sie würde es tun – noch diese Nacht. Kurzentschlossen schraubte sie die Flasche wieder zu und brachte sie außer Reichweite. Sie musste einen klaren Kopf behalten, es ging schließlich um ihr Leben. Wenn wenigstens Kieran hier wäre. Aber Kieran war nicht hier. Er war weit weg, nicht nur geographisch. Die Verbindung, die Jahrhunderte zwischen ihnen bestand, war abgebrochen, nicht mehr vorhanden. Irgendetwas war geschehen, irgendetwas Unglaubliches. Er hatte sie doch nie aus den Augen gelassen. Allerdings fühlte sie, dass sie diesen Weg ohnehin ganz allein gehen würde.

Ob Kieran von damals etwas mit bekommen hatte? Sie sprach niemals mit ihm darüber, er war auch nie in ihre Gedanken eingedrungen, aber bestimmt ahnte er, was einige Tage nach jener verhängnisvollen Nacht geschehen war. Und Guy? Sie begann zu zittern und glaubte, jeden Augenblick den Whisky wieder von sich geben zu müssen. Sie wischte ihre feuchten Hände am Sofapolster ab und ging mit weichen Knien zum Kleiderschrank. Das lange schwarze Gewand des Ersten Priesters, das sie bei den entsprechenden Treffen weiterhin tragen sollte, sah in der späten Nachmittagssonne völlig deplatziert aus. „Geschmacklos", murmelte Viviane, hängte es wieder zurück und entschied, das T-Shirt und die abgewetzten Jeans anzubehalten. Sie wusste, sie sah in dem Priestergewand prachtvoll aus, wie die Tochter der Königin der Nacht, aber eben nur die Tochter. Und sie wusste, dass sie neben dem Wesen, dem sie in wenigen Stunden begegnen würde, noch immer das dumme, kleine Ding mit den roten zottigen Haaren war.

„Viviane, komm Haare kämmen." Mit einem Satz war Viviane auf der Toilette und erbrach die zwei Gläser Whisky. „Leere Kalorien, sagte ich doch. Du musst dich hinlegen, ein Stündchen ausruhen, wirklich nur ein

Stündchen", befahl sie sich, während sie die Wasserspülung tätigte. Oh Gott, dieser Schmerz, sie spürte jedes Haar einzeln auf ihrer Kopfhaut. Sie streckte sich stöhnend auf dem Sofa aus, zog die Decke bis ans Kinn und schloss die Augen.

„Viviane, komm Haare kämmen." Sie wollte aufspringen, zu spät. Jetzt gab es kein Entrinnen mehr. Sie war wieder das neunjährige Kind, das kreischend vor Angst bei dem Gedanken an diese scheußliche Prozedur durch die Gänge einer schottischen Burg jagte. Dieses Mal hatte sie es sogar geschafft, die schwere Eichentür aufzustoßen, um dem Vater völlig atemlos in die Arme zu fallen. Aber bevor sie registrierte, dass Sir Lawrence nicht anwesend war, wurde sie von hinten an den Schultern ergriffen.

„Hör sofort auf zu schreien." Die Stimme war ruhig, beunruhigend ruhig. Eine schmale Hand schob ihre verfilzten Haare aus der Stirn. „Es ist nicht meine Schuld, wenn du dich ständig in der Heide herumtreibst. Meine Güte, was für grässliche Haare du hast, Feechen. Wie schmutzig du wieder bist. Du wirst niemals eine richtige Lady."

Viviane senkte den Kopf. „Ich hasse sie, ich hasse sie, ich hasse sie, soll sie verrecken, soll sie endlich verrecken ..." Sie kam nicht auf die Idee, dass die schöne hochgewachsene Frau ohne Weiteres ihre Gedanken lesen konnte. Aber das war auch nicht unbedingt nötig.

„Schau nicht so böse, du wirst hässlich davon, noch hässlicher." Dieser Bemerkung folgte die Verwünschung, dieser schönen hochgewachsenen Frau mögen die langen glänzenden, schwarzen Haare ausfallen.

Inzwischen waren sie in Ginevras Gemächern angelangt. Vor dem großen Kamin saß der blonde Zwillingsbruder in ein Buch vertieft. Kieran las fast immer. Da Bücher zu jener Zeit sehr kostbar und sehr selten waren, immer in dem gleichen Buch. Er sah in seinem langen weißen Hemd aus wie eine der Engelsstatuen an der großen Kathedrale in der Stadt. Geoffrey lag bereits auf dem Bett und war verzückt in seine bauchigen Gläser vertieft, die bunte Flüssigkeiten enthielten. Sie beanspruchten schon seit Tagen seine gesamte Aufmerksamkeit und ließen ihn vergessen, dass er noch viele schreckliche Stunden Alchemie vor sich hatte.

„Du bist natürlich wieder zu spät. Deine Brüder sind bereits gewaschen. Gut, heute gehst du noch mal ohne Bad ins Bett. Wenn du morgen wieder zu spät kommst, wirst du mit eiskaltem Wasser abgeseift", fuhr Ginvera mit strenger Stimme fort und machte sich mit einem grobgezinkten Kamm daran, Vivianes widerspenstige Haare zu bändigen. Viviane schwieg noch immer trotzig und beobachtete aus den Augenwinkeln den irischen Begleiter ihrer Mutter, von dem es hieß, dass er vor vielen Jahrhunderten angeblich ihr Bruder gewesen sei. Er schaute sie mit seinen dunklen Augen tadelnd an, während Geoffrey schadenfroh feststellte, dass seine Schwester nun endlich wieder mal Schmerzen litt.

„Ich komme einfach nicht durch. Sie sind stumpf, total verfilzt, verlaust – wie Spinnweben." Warum konnte dieses Weib nicht wenigstens mit ihrer Meckerei aufhören. „Ich muss sie wohl ein Stück abschneiden. So, jetzt ab ins Bett und Gnade dir, wenn ich dich morgen wieder in diesen Lumpen herumlaufen sehe."

Ginevra warf den besagten Lumpen angewidert hinter sich und steckte ihre Tochter in ein weißes Linnenhemd. Diese wertvollen „Nachtgewänder" hatte sie extra für ihre drei Kinder anfertigen lassen. Überflüssiger Luxus, genau wie das tägliche Bad. Doch Viviane brauchte nur zu warten, bis sie endlich im Nebenraum verschwand. Sobald die Fackeln erloschen waren, würde sie den lästigen Fetzen ausziehen und sich herrlich nackt unter der Pelzdecke an Kieran kuscheln, der bestimmt bereits ihrem Beispiel gefolgt war.

„Ihr zwei geht jetzt auch schlafen." Kieran, der seinem Vater am ähnlichsten war, gehorchte seiner Mutter, klappte das Buch zusammen und kroch unter die Bettdecke. Geoffrey reagierte auf Ginevras Forderung nicht sofort, erst als Guy Macenay mit seiner krächzenden Stimme dem Befehl noch einmal Nachdruck gab, stellte er nörgelnd die bunten Gläser auf den Boden und schloss seufzend die Augen.

Die drei Kinder waren allein. Ginevra war mit ihrem Begleiter in den Nebenraum gegangen. Er begleitete sie oft in diesen Nebenraum und blieb immer die ganze Nacht. Sie schlief nie bei Vater, der den anderen Flügel der Burg bewohnte. Die beiden stritten sich ja auch andauernd. Viviane wälzte sich zur Seite und legte ihren Kopf auf Kierans nackte Brust. Sie dachte dabei an Sir Lawrence, diesen schönen blonden Mann, weil sie fest davon überzeugt war, auch ihr geliebter Bruder würde einst so wunderschön aussehen. Der Vater war nie böse, wenn sie zu spät zum Unterricht kam, er schimpfte nie über ihre zerrissenen Kleider, über ihre schmutzigen Füße und wenn er ihr liebevoll und fest in die zerzausten Haare griff, nannte er sie immer seine kleine Wildkatze.

Ginevra war Lawrence zweite Frau. Auf der Burg lebten außerdem noch seine drei Söhne aus erster Ehe. Lyonel, der Älteste, der so streng und humorlos war, dass Viviane sich nie getraute, ihn überhaupt anzusprechen. Dann Roger, der schon richtig mit dem Schwert umgehen konnte. Von ihm wurde sie hin und wieder durchgeschüttelt, wenn sie ihn zu sehr ärgerte. Und Edward, zwei Jahre älter als Kieran und sie. Edward war ein zartes Geschöpf mit großen blauen Augen. Ihm widmete Lawrence seine meiste Zeit. Er war dazu bestimmt, die Nachfolge des Großmagiers anzutreten. Er war fleißig und begriff recht gut. Aber er hatte oft Angst und am meisten hatte er Angst davor Großmagier zu werden. Geoffrey, gerade elf Jahre alt, war das Ergebnis aus einer kurzen Affäre mit Ginevra und Ashley Durham, dem Zweiten König von Draußen. Geoffrey war der erklärte Liebling der Mutter, auch wenn sie dessen Vater verabscheute, wie sie bei jeder Gelegenheit betonte. Er hatte ihre rabenschwarze Haare, ihr schönes blasses Gesicht und ihre grünen Katzenaugen. Er durfte alles, er wurde immer in Schutz genommen, er bekam die schönsten Kleider und machte sie niemals schmutzig. Er war überhaupt widerwärtig reinlich. Manchmal durfte er sogar bei Mutter im Bett schlafen, wenn Guy einmal nicht anwesend war. Nur, Guy, der sein Lager zu Füßen ihres Bettes aufgeschlagen hatte, war eigentlich immer anwesend. Er folgte Ginevra wie ein Schatten auf Schritt und Tritt und ließ sie niemals aus den Augen, was natürlich Sir Lawrence sehr missfiel. Er warnte das Zwillingspärchen auch ständig vor dem unheimlichen Iren, aber die zwei gingen ihm schon instinktiv aus dem Weg. Und Guy war Geoffreys Erzieher, der seinen widerspenstigen Zögling oft durchprügelte. Geoffrey weinte sich dann immer an der Brust der Mutter aus und wurde mit einem neuen prächtigen Gewand entschädigt. Er hatte Unmengen von prächtigen Gewändern.

Viviane entfernte seinen Arm, den der um Kierans Hals geschlungen hatte und schob ihn verärgert zur Seite. Niemand außer ihr durfte Kieran anfassen. Sie hoffte inständig, dass Geoffrey bald wieder bei Mutter schlafen durfte, dann hätte sie mit Kieran das Bett allein. Sie konnten sich ungestört umarmen, streicheln und küssen und miteinander balgen wie junge Katzen. Das taten sie oft in ihrem Versteck unten am Flussufer in der Heide, aber in dem großen weichen Bett war es einfach schöner. Geoffrey murmelte irgendwas im Schlaf und legte wieder seinen Arm auf Kierans Hals, worauf Viviane nun heftig von ihren „Krallen" Gebrauch machte. Sie waren genauso lang und scharf wie die von Guy. Geoffrey fuhr mit einem Aufschrei aus dem Schlaf hoch.

„Bist du verrückt. Du blöde Hexe!" Sein schönes Gesicht sah im Schein des Kaminfeuers böse aus und seine Augen funkelten. Er betrachtete entsetzt die roten Striemen auf seinem Arm. „Mein Hemd ist ganz blutig geworden."

Viviane prustete vor Lachen.

„Armer Schatz. Dein schönes Hemdchen, es ist neu, was?"

Geoffrey vergaß einen Augenblick seinen unermesslichen Zorn und nickte bestürzt, wobei er zu vergessen schien, dass Viviane die Ursache für das befleckte Prachtstück war.

„Versteckst du darunter die blauen Flecken von Guy?"

„Du bist gemein, so wie du auch hässlich bist. Wenn ich Mutter erzähle, was du neulich mit Elaine gemacht hast, wird sie dir deine scheußlichen rostigen Haare einzeln vom Kopf reißen."

Bevor Viviane protestieren konnte, fuhr Geoffrey, wieder ganz das alte Ekel, triumphierend fort:

„Ich kann gleich morgen zu ihr gehen. Ich habe Beweise. Du warst es, Feechen."

Er sprach das „Feechen" genauso aus wie Ginevra. Viviane gab sich für dieses Mal geschlagen. Wenn das herauskam, würde sie sogar von Sir Lawrence Stubenarrest bekommen (die schlimmste Strafe für eine Wildkatze ist nun mal Freiheitsentzug), ganz zu schweigen davon, dass Mutter ihre Haare bestimmt fünfmal am Tag kämmen würde. Elaine McDuff, diese einfältige Gans. Sie hatte Viviane nie etwas zuleide getan. Sie tat niemanden niemals etwas zuleide. Sie war, nur ein Jahr älter als Viviane, schon eine richtige Lady, die kleine McDuff. Sie war das leuchtende lästige Beispiel vollendeter Manieren und gute Manieren hatte sie – Knickschen hier, Knickschen da. Ihre zarten weißen Finger zerteilten die Hühnerschlegel elegant, ohne sie zu beschmutzen. Dazu war sie zu allem Überfluss klug und, vor allem, auch noch sehr schön. Sir Richards kleines Juwel. Während einem der letzten Bankette bei den McDuffs hatte Viviane ihr ein mit viel Mühe selbst hergestelltes Gebräu in das klare schottische Quellwasser getan. Die Dosis glaubte Viviane, exakt berechnet zu haben. Elaines rosige Wangen nahmen plötzlich alle Farben an und sie fiel mal richtig schön aus der Rolle. Ihr Vater durfte sie anschließend unter heftigem Wehklagen der hysterischen Mutter in ihr Gemach tragen. Dass sie danach noch einige Tage krank im Bett lag, tat Viviane ein ganz klein wenig leid. Ihr hatte es im Grunde genügt, als Richards kleines Juwel vor den gesamten Gästen auf den Tisch gekotzt hatte. Geoffreys Hand glitt wie von selbst wieder auf Kierans Hals. Viviane konnte ihn nicht mehr daran hindern. Sie ließ sich ebenfalls neben Kieran nieder und ersann noch schnell vor dem Einschlafen eine neue Kräutermischung, die den miesen Erpresser für einige Tage auf den Abtritt zwingen sollte.

Der Morgen graute. Viviane graute es vor dem Aufstehen, denn sie liebte es, ausgiebig lang zu schlafen. Kieran war bereits wach und machte sich leise summend am Kamin zu schaffen. Sie blinzelte. Geoffrey lag noch neben ihr und schlief. Sie betrachtete neidisch seine langen schwarzen Wimpern, freute sich auf eine erneute Runde Schlaf, als das Schicksal seinen Lauf nahm. „Aufstehen!" Guys Stimme verursachte ihr schon eine Gänsehaut. Doch der folgende Geruch von schwerem Parfüm und die melodische Aufforderung „Bist du wach, mein Liebling?" machte den schönen gemütlichen Morgen vollends zunichte. Geoffrey schlang auf der Stelle seine Arme um den Hals der Mutter und küsste sie. Sie sah immer aus, als ob sie niemals schlafen würde. Er sprang mit einem Satz aus dem Bett und machte lärmend ein Riesentheater wegen dem kalten Fußboden. Viviane hätte ihn zu gern einfach erschlagen.

„Auch du musst aufstehen, kleine Fee." Sollte Guy doch krächzen, er hatte ihr überhaupt nichts zu sagen.

„Wer weiß, was sie die ganze Nacht getrieben hat", ergänzte Ginevra. „Hast du nicht gehört? Dein Vater erwartet dich."

Natürlich hatte Viviane gehört, aber sie rollte sich zusammen und stellte sich weiter schlafend. Plötzlich spürte sie, wie ihr die Decke weggezogen wurde und bevor sie den kalten Luftzug richtig wahrnahm, hatte ihr Ginevra eine ordentlichen Klaps auf das nackte Hinterteil gegeben. „Viviane, komm Haare kämmen." Ein weiterer Klaps folgte auf ihren zum Aufschreien geöffneten Mund und der Kamm begann erbarmungslos, ihren müden Kopf zu bearbeiten. Ginevra sprach mit Guy.

„Ich hasse ihre grässlichen Haare, wenigstens bedecken sie ihre abstehenden Ohren. Schau, wie schrecklich mager sie ist. Wie soll nur aus diesem ausgehungerten Geschöpf eine Frau werden."

Guy starrte aus dem Fenster und sagte nichts. Geoffrey hielt mit dem Ankleiden inne und betrachtete den zitternden unterentwickelten Körper seiner Schwester.

„Elaine kriegt bereits Brüste und hat schon Haare zwischen den Beinen", gab er seinen fachmännischen Vergleich dazu ab.

„Seit wann interessiert du dich für Mädchen?", unterbrach Kieran seine Lektüre. „Hast du bei den McDuffs spioniert?"
„Ich weiß es von Edward."
„Ah, der angehende Großmagier betrachtet heimlich nackte Weiber."
„Nein, der weiß es wiederum von Douglas. Seitdem darf der auch nicht mehr bei seiner Schwester im Bett schlafen. Sie sind aus dem Alter raus." Geoffrey legte besondere Betonung auf den letzten Satz und musterte seinen Bruder mit altklugem Blick. „Auch du bist bald aus dem Alter raus um mit Viv herumzumachen, auch wenn sie noch immer keine Haare …"
Nun wurde es Ginevra zu dumm, sie beendete jäh die Morgentoilette ihrer Tochter und fuhr energisch dazwischen:
„Schluss jetzt! Ihr solltet euch wirklich schämen. Und du, Guy hör sofort auf, so dreckig zu lachen."
Guy bedeckte das unverschämte Grinsen mit seiner mageren Hand und erwiderte heiter:
„Verzeih, aber ich bin einfach überrascht über die rasante Entwicklung deiner Leibesfrüchte, Schwester."
Kurz darauf fand sich Viviane allein in einem sündhaft teurem türkisfarbenen Kleid mit goldbestickten Ärmeln wieder. Das passt so gut zu deinen roten Haaren, Feechen. Geoffrey hatte von Guy magische Formeln aufgebrummt bekommen, was hieß, er brauchte vorher dringend einen erholsamen Ausritt, während Kieran bereits auf dem Weg zu Sir Lawrence war. Sie betrachtete wehmütig den kostbaren Stoff. Am besten, sie würde heute nichts essen, damit sie das herrliche Kleid nicht bekleckerte. An dem alten konnte sie wenigstens die fettigen Finger abwischen. Sie bereitete Lawrence so viel Freude, wenn sie knurrend wie die Hofhunde die Knochen abnagte. Ihre Mutter saß dabei mit bösen grünen Augen und konnte sie auch nicht daran hindern, wenn sie anschließend mit Roger um die Wette rülpste. Viviane holte ein paar Mal tief Luft – rrrups – ziemlich kläglich, sie musste noch viel üben, um seine Lautstärke zu erreichen. Eigentlich hatte sie keine Lust zum Unterricht. Das frühherbstliche Wetter war herrlich. Wenn das Kleid nicht gewesen wäre, das so vollkommen unbrauchbar für Ausritte in die Heide war. Ginevra hatte das andere Kleid bestimmt versteckt, wenn nicht sogar weggeworfen. Also gut, Bildung war angesagt. Sie wollte gerade die Gemächer verlassen, da fiel ihr Blick auf Geoffreys Nachtgewand, das fein säuberlich auf der Decke ausgebreitet lag. Ein so zartes Stöffchen für einen so garstigen Jungen. Sie ließ es gedankenverloren durch die Finger gleiten.

Rrrritsch, der Stoff war zwar wirklich äußerst zart, aber es war doch einige Kraft vonnöten. Viviane hatte genügend Kraft. Rrrritsch, heute Abend konnte sich Geoffrey damit Schleifchen in die Haare binden. Sie war fast gerührt, als sie entdeckte, mit welcher Verzweiflung er den Blutfleck aus dem Ärmel herauszuwaschen versucht hatte. Rrrrritsch – Viviane fand weiße Schleifchen eigentlich zu eintönig. Sie entleerte die Alchemieflaschen, die noch immer auf dem Boden standen, und färbte die Fetzen in allen Schattierungen ein, wobei sie es in der Tat fertig brachte, nicht ihr neues Kleid zu beschmutzen. Mit spitzen Fingern hängte sie schließlich die Überreste von Geoffreys Gewand über den Kamin – zum Trocknen! Der Anblick der tropfenden, patschenden bunten Fetzen reizte sie zu einem heftigen Lachanfall. Ihr seelisches Gleichgewicht war wieder hergestellt. Sie freute sich über den strahlenden Morgen, der nun doch eine befriedigende Wende genommen hatte und sprang übermütig die Treppen zu dem Unterrichtsraum ihres Vaters hinunter, nichts ahnend, dass sie soeben eine Katastrophe eingeleitet hatte.

2.

Drachenspiele

Der Tag war endlos lang und Viviane bereute, dass sie nicht doch in die Heide geritten war. Sir Lawrence war immer sehr ernst während der Unterrichtsstunden und Edward, der andauernd mit sarkastischen Bemerkungen niedergemacht wurde, tat ihr leid. Armer Edward, er hatte einen so schweren Stand, so eine schwere Verantwortung und gar keine Begabung. Merkte Vater eigentlich nicht, dass sein jüngster Sohn schon seit Stunden träumend aus dem Fenster schaute? Viviane ließ ihre Hand vom Tisch gleiten, schob Kierans Gewand noch oben und streichelte sanft seinen Schenkel. Er seufzte wohlig. „Ist ihm übel?", schienen Edwards große Augen entsetzt zu fragen. Ein kurzer Tadel von Lawrence ließ seinen Blick wieder in die Bücher versenken. Während Lawrence die Bedeutung des Pentagrams erläuterte, rutschten Vivianes Finger weiter nach oben. Doch bevor sie ihrem Bruder zu ungeahnten Freuden verhelfen konnte, ging die Tür auf und Lyonel kam hastig herein gerannt. Vivianes Finger flogen sofort wieder artig auf den Tisch. Mit Lyonel war nicht zu spaßen und er hatte Augen wie ein Luchs. Keine Heimlichkeit blieb ihm verborgen, schon gar nicht derartige Heimlichkeiten. Heute war sie ihm jedoch von ganzem Herzen dankbar, denn er hatte offenbar wichtige geheime Dinge mit seinem Vater zu besprechen. Das hieß, der Unterricht wurde vorzeitig beendet. Die Kinder wurden hinausgeschickt.

„Edward, du gehst besser nach oben und lernst weiter." Lyonel verabscheute es, wenn Edward mit Ginevras Brut zusammen war. Edward blieb zunächst unentschlossen an der Tür stehen und traute der Autorität seines großen Bruders nicht so recht. Aber als Lawrence nicht helfend eingriff, klemmte er resigniert die Bücher unter den Arm und verabschiedete sich.

Was sollte nun mit dem angebrochenen Tag geschehen? Die Antwort war schnell gefunden – die Heide lockte. Noch einige wenige Male unbeschränkte Freiheit, bevor der lange nasse kalte Winter die meisten Aktivitäten in die dunklen Räume der Burg verbannte. Die Ponys warteten sicher sehnsüchtig auf einen ausgedehnten Ausritt. Aber das neue Kleid! Elaine ritt auch immer in solchen Kleidern aus. Beinchen brav auf der Seite, wie eine richtige Lady. Viviane dagegen ritt, wie es sich gehörte, wie ein richtiger Kerl ohne Sattel, was zur Folge hatte, dass ihre schmutzigen gebräunten Beine unter dem hochgerutschten edlen Stoff sicher einen hässlichen Kontrast bildeten. Schon allein die Tatsache, dass sie sich darüber Gedanken zu machen begann, ärgerte sie ungemein. Viviane beschloss, gerade jetzt mit sauberem Kleid und dreckigen Beinen auszureiten und sich wenigstens nicht in der Heide herumzuwälzen. Spätestens als die Burg außer Sichtweite war, vergaß sie ihre guten Vorsätze. Sie brauchte die tägliche Balgerei mit Kieran. Sie war zwar kräftig und ihre Fingernägel respektable Waffen, aber sie verlor immer. Es machte Spaß, wenn Kieran sie besiegte. Der zarte Junge war ungewöhnlich stark. Viviane quietschte vor Vergnügen, wenn sie endlich am Boden lag, Kieran auf ihr saß und sie durch kitzelte und zwickte.

„Ergib dich", befahl er.

„Niemals, du böser Ritter", schrie sie, als er ihr in die Hüfte kniff, um seinem Befehl Nachdruck zu verleihen. „Ergib dich, oder du bist des Todes." Kierans Stimme klang „verschnupft", denn Viviane hatte eine Hand frei bekommen und hielt ihm die Nase zu. Er war flink wie ein Wiesel, es gelang ihm, seine Nase sofort wieder zu befreien. Er drückte mit einer Hand ihre Arme auf die Brust, sah sie mit seinen grünen Augen plötzlich durchdringend an, wobei er seine Locken, die ihm ins Gesicht fielen, wegzublasen versuchte.

„Gib mir deine Seele, holde Jungfrau."

Viviane schüttelte lachend den Kopf.

„Nein, nie! Aua. Lass das …" Der Rest ging in ein atemloses Prusten über. „Ja, ich gebe Euch meine Seele."

Kieran lächelte zufrieden und beendete die „Tortur".

„Aber du musst es nochmal sagen."

Viviane taten allmählich die Steine im Rücken weh.

„Also gut. Ich gebe Euch meine Seele und jetzt will ich aber aufstehen."

„Noch mal."

„Kieran, das Spiel ist blöd."

„Ich brauche dreimal deine Seele, Jungfrau. Sonst wirst du dem Drachen geopfert. Dreimal deine Seele, damit ich ihn besiegen kann."

Viviane liebte nichts mehr als das Drachenspiel und so gab sie ihm bereitwillig zu dritten Mal ihre Seele. Er ließ sofort los und nahm den Kampf auf. Kieran, der sonst immer still über seinen Büchern saß, geriet völlig außer sich. Er schrie, tobte, tänzelte, vollführte wilde Sprünge, während er mit einem Stock auf den imaginären Drachen einschlug.

„Er ist besiegt, holde Jungfrau", keuchte er schließlich und wankte auf die Ponys zu, um Vivianes Kleid zu holen. Sie war auf die geniale Idee gekommen, es vor der Balgerei einfach auszuziehen.

„Hier, bedecke deine Blöße."

„Ich danke Euch, edler Ritter", hauchte sie, sank vor ihm nieder und umklammerte seine Knie. „Nehmt noch mein Leben, meine Unschuld, alles was ich habe."

„Erhebe dich, schönes Kind." Das Kleid sank achtlos ins Gras, während Kieran ihr auf die Beine half.

„Du musst mich jetzt küssen", flüsterte sie ihm ins Ohr und blies zart in seine Haare. Er drückte ihr einen kurzen feuchten Kuss auf die Lippen.

„Das ist nicht richtig, mein Ritter." Sie schlang plötzlich ihre Arme um seinen Hals und zeigte ihm, was sie unter einem Kuss verstand, den ein Ritter einer nackten Jungfrau, die der soeben aus den Fängen des Drachens befreite, zu geben hatte.

„Du nimmst mir mit deiner nassen Zunge die ganze Luft weg", schnaubte er und rieb sich irritiert den Mund.

„Dummer, kleiner Junge." Sie hatte wieder seine Nase erwischt und bevor er sie zu Boden werfen konnte, rannte sie kreischend davon. Er holte sie ein, brachte sie mit einem geschickten Griff zu Fall und biss sie kräftig in den Hintern. Der Drachentöter hatte sich in einen von Sir Lawrence Jagdhunden verwandelt.

„Kusch, kusch, böser Hund. Kusch, weg mit dir. Verdammter Köter."

Kieran sprang kläffend um seine Schwester herum, die vor Lachen keinen Ton mehr herausbrachte.

Irgendwann wurden die beide müde. Eigentlich wollte Kieran noch schwimmen gehen, aber Viviane verabscheute das eiskalte Wasser, sie verabscheute grundsätzlich Wasser. Kieran warf seine Kleider von sich und sprang mit Todesverachtung in den eisigen Fluss. Den Rest des wahrscheinlich letzten warmen Nachmittags verbrachten sie friedlich am Ufer dösend, geschützt im hohen Gras.

Sie schafften es, gerade bei Einbruch der Dunkelheit rechtzeitig zu den Mahlzeiten einzutreffen. Sir Lawrence wunderte sich kurz wie es seiner Tochter gelungen sein mochte, das neue Kleid so sauber und ordentlich zu halten, denn dass sie sich wieder in der Heide herumgewälzt hatte, verrieten die unzähligen Kletten und Gräser in ihren Haaren. Viviane gedachte, das prächtige Kleid natürlich auch beim Essen nicht zu beschmutzen und da sie es wegen der Schicklichkeit nicht wieder ausziehen konnte, machte sie aus der Not eine Tugend und äffte ihre Cousine Elaine nach. Sie aß, indem sie geziert den kleinen Finger von sich spreizte, während sie die Fleischstückchen vom Knochen zupfte, erhöhte ihre Stimme um eine Oktave und versuchte dabei, die Augen so weit wie möglich aufzureißen. Kieran hätte sich ein paarmal fast verschluckt vor Lachen. Edward fand das überhaupt nicht komisch, obwohl er sonst immer über Vivianes Scherze zu lachen pflegte. Er war in Elaine verliebt. Viviane würde ihm bei Gelegenheit einen Liebestrank für die Angebetete mischen. Die Brech- und Abführmittel verloren sowieso allmählich an Reiz.

„Ihr solltet zu Bett. Eure Mutter erwartet euch", ermahnte Sir Lawrence. Kieran, der ohnehin schnell erschöpft war, erhob sich widerspruchslos und begab sich zu Ginevras Gemächern. Sie, Geoffrey und Guy waren heute nicht anwesend. Sie aßen manchmal bei „sich drüben". Viviane blieb allerdings noch eine kleine Weile und ließ sich schnurrend wie eine Katze von ihrem Vater die Spuren ihrer Expedition aus den Haaren klauben.

Der Tag war zu herrlich gewesen. Sie nahm gleich zwei Stufen auf einmal auf dem Weg nach oben, wobei sie beinah das Kleid zerriss. Das hätte noch gefehlt, wo sie sich die ganze Zeit so angestrengt hatte, das gute Stück nicht zu versauen. Sie war schon fast im anderen Flügel der Burg, als sie mit einem Mal ein merkwürdiges Geräusch vernahm. Sie blieb einen Augenblick stehen und starrte hinter sich in die Dunkelheit, die nur sehr mangelhaft von zwei Fackeln an den Wänden erhellt wurde. Eigentlich hatte sie nie Angst, doch sie wurde das Gefühl nicht los, das Gefahr im Verzug war. Sie wandte sich um und sah in zwei funkelnde grüne Augen. Es waren jedoch nicht Kierans Augen und bevor sie einen Laut von sich geben konnte, durchfuhr ein scharfer Schmerz ihre rechte Schulter, der von dem sirrenden Geräusch, das sie vorhin zu hören glaubte, begleitet wurde.

„Geoffrey, hör auf damit!"

Sie versuchte auszuweichen, aber die Peitsche sauste abermals nieder. Das Blut auf ihrer Schulter begann das türkisfarbene Gewand zu verfärben, während sie fast blind vor Schmerz an der Wand nach unten zu gleiten drohte. Bevor Geoffrey wieder ausholen konnte, gelang es ihr aufzuspringen und sie versuchte, aus Leibeskräften schreiend, den großen Saal, in dem hoffentlich noch ihr Vater war, zu erreichen. Doch Geoffrey, gewandt wie ein Panther huschte an ihr vorbei und stellte sich ihr in den Weg. Geistesgegenwärtig hob sie schützend die Arme hoch, bevor die Peitsche ihr ins Gesicht fahren konnte. Dabei fiel sie allerdings zu Boden und zerriss ihr Kleid. Mist, verdammter! Der ganze Aufwand heute war umsonst gewesen, schoss ihr erst einmal der idiotische Gedanke durch den Kopf bevor ihr wieder klar wurde, dass sie hier auf den Stufen verblutete, wenn sie nichts unternahm. Jetzt half nur noch schreien und Viviane konnte ohrenbetäubend schreien. Sie hatte eine äußerst kräftige Stimme für ihren schmächtigen Körper und die brauchte sie jetzt auch. Geoffrey hatte die ganze Zeit nicht einen Ton von sich gegeben. Er schlug immer wieder stumm vor Zorn auf die Schwester ein, die nun wimmernd auf allen Vieren davon zu rutschen versuchte. Er hätte sie wahrscheinlich wirklich totgeschlagen, wenn Roger nicht plötzlich aufgetaucht wäre, um dem Rasenden die Peitsche aus der Hand zu winden.

„Seid ihr völlig wahnsinnig geworden? Oh, wieder diese verfluchte Teufelsbrut. Lass meine Hand, du kleines Dreckstück!" Er musste Geoffrey laufen lassen, weil der ihm vor Wut fast die Finger abgebissen hätte. Nun kam auch Lawrence, gefolgt von Lyonel und Edward sowie der halben Dienerschaft angerannt. Fassungslos beleuchteten sie mit ihren Fackeln das kleine türkisfarbene Häuflein, das sich langsam weinend und fluchend zu erheben begann. Viviane schämte sich furchtbar, schaute an ihrem Vater mit seinem Gefolge vorbei, wischte sich die Tränen von den verschmierten Wangen und leckte wie ein verwundetes Tier das Blut von den Armen. All das tat so weh und es war so schrecklich entwürdigend. Jetzt nicht auch noch – zu spät. Ihre Schreie waren natürlich von der anderen Seite nicht ungehört geblieben. Da stand Ginevra also an der Treppe, schön und schrecklich anzusehen in ihrem dunkelviolettem Kleid, wie eine Göttin der Nacht. Roger erzählte atemlos in abgehackten Sätzen den ganzen Vorgang. Lyonel zuckte voll Verachtung die Achseln und verschwand in der Dunkelheit, Edward hinter sich herziehend: „Das geht uns nichts an, soll das Pack sich doch endlich gegenseitig umbringen."

„Sie ist ein ungezogenes, böses, dummes, kleines Ding", hörte Viviane ihre Mutter sagen und hielt sich verzweifelt die Ohren zu. Dann sagte Lawrence etwas, ganz ruhig und ganz böse. Dann wieder Ginevra, dann wieder Lawrence. Eine Ewigkeit schien vergangen, bis sie in Sir Lawrence Gesicht schaute, der sich zu ihr hinunter beugte.

„Kleiner Kobold, du solltest deinen Bruder nun wirklich nicht so ärgern. Weißt du, ihm fehlt einfach der Sinn für deine spezielle Art von Humor. Und nun geh mit deiner Mutter und sei wieder ein braves Mädchen."

Viviane erstarrte. Ginevras kleiner Liebling hatte gerade versucht, sie zu ermorden und wer weiß, was sie noch Schreckliches erwartete. Sie versuchte so energisch wie möglich den Kopf zu schütteln.

„Nein, sie ist gemein. Sie will mir alle Haare abschneiden."

Lawrence warf einen verächtlichen Blick auf seine Frau.

„Sie lügt, sie lügt wenn sie nur den Mund aufmacht." Ginevra machte eine kurze Pause, um genügend Volumen für ihren Protest zu sammeln. „Sie ist durchtrieben, hinterhältig und bösartig Eure kleine Tochter, Mylord."

Lawrence seufzte. Er schien der ewigen Kräche müde zu sein und nahm Vivianes Hände in die seinen.

„Stimmt das, Wildkatze?"

Viviane hatte sich wieder gefangen und beschloss Würde zu bewahren.

„Ja, das hat sie gestern gesagt, gestern Abend und dann hat sie noch gesagt ..."

„Ja, das habe ich gesagt", unterbrach Ginevra unwirsch. „Ich habe gesagt, dass ich ihre scheußlichen Haare ein Stück schneiden muss. Mylord, sind wir jetzt schon so tief gesunken, dass wir uns um die Frisur unserer Tochter streiten? Dieses Kind macht permanent die Sachen von Geoffrey kaputt (dreihundert Jahre später sollte sie ihm seine heiß geliebten kostbaren Stundenbücher vor die Füße schmeißen und seine Reaktion sollte ebenso schrecklich ausfallen), aber Euch interessiert das nicht im geringsten. Sie hat keinerlei Erziehung. Ihr lasst sie völlig verwahrlosen. Sie hat seit drei Tagen kein Bad gehabt und außerdem gehört sie ins Bett genau wie ihre Brüder. Ihr wisst selbst, dass wir heute noch einen wichtigen Termin beim Ersten König haben. Gebt mir endlich dieses unglückselige Kind, oder glaubt Ihr, ich würde meine eigene Tochter fressen?"

Sie legte wieder ihre ekelhaften weißen Hände auf Vivianes Schultern.

„Viviane, bitte geh nun mit deiner Mutter."

Er hatte sie nicht Wildkatze, sondern Viviane genannt, das bedeutete, er duldete keinen Widerspruch.

„Ich habe doch die Wahrheit gesagt", protestierte Viviane trotzdem schwach.

„Du warst ganz nah dran an der Wahrheit, Wildkatze", entgegnete ihr Vater geduldig. „Aber du solltest doch einmal über den Unterschied von alle und ein Stück nachdenken. Nun sei ein brav. Wir müssen wirklich zu Sir Richard."

Viviane gab den Kampf auf. Er hatte ja recht, er hatte immer recht. Trotzdem, er war ein Verräter.

Kieran schaute entsetzt von seinem Buch auf, als er seine geschundene Schwester erblickte, während Geoffrey, der in einem hölzernen Zuber saß, im Wasser plätscherte als ob nichts geschehen wäre. Ginevra ließ sich stöhnend in einen der großen Lederstühle fallen.

„Guy, ich möchte einen Augenblick ausruhen. Pack dieses schreckliche Kind ins Wasser und bring es zu Bett. Schau dir ihr Kleid an. Es ist ruiniert. Es ist nicht zu fassen. Am besten man lässt sie nackt herumlaufen, dann kann sie nichts mehr kaputtmachen."

„Das niedliche Fetzchen hat ja wohl dein Augapfel ruiniert", krächzte Guy unbeeindruckt auf die Vorwürfe und knöpfte Viviane das besagte Gewand auf. Er streifte es vorsichtig herunter und hob Viviane, die sich nicht zu sträuben wagte, in das noch warme Wasser zu ihrem potentiellen „Mörder".

„Du kannst schon vorgehen. Ich komme gleich nach. Ich muss noch eine Salbe für dieses verwundete Kätzchen holen. Wo hast du ihr Hemd gelassen?"

„Sie braucht keines. Ich habe ihres Geoffrey gegeben und sie weiß auch warum. Bis später."

Damit verschwand sie und die Atmosphäre im Raum wurde mit einem Schlag behaglich. Guy wandte sich an die beiden Kinder.

„Ich komme sofort zurück. Und wehe, ich höre ein Wort von euch."

Er meinte es bitterernst, ging ins Nebenzimmer, um eine seiner berühmten Heilsalben zu suchen. Viviane tat das warme Wasser erstaunlich gut. Sie fühlte sich schon viel besser. Sie streckte ihre Füße aus und berührte dabei Geoffrey zwischen den Beinen. Sie sah ihm furchtlos in die grünen Raubtieraugen.

„Ich schneide es dir ab", flüsterte sie. „Ganz sicher, ich schneide es dir eines Tages ab, ritsch ratsch."

„Dazu wirst du nicht kommen." Er packte ihren Fuß und zog ihn hoch, so dass sie bis zum Kinn ins Wasser rutschte. „Denn vorher werde ich dich ersäufen."

„Ich habe immer ein scharfes Messer im Bett versteckt", blubberte Viviane unbeirrbar weiter. Der geschwisterliche Aus-tausch endete abrupt, als Guy wieder auftauchte. Er scheuchte Geoffrey aus dem Zuber, trocknete Viviane ab und begann ihre Wunden einzusalben. Es tat weh, aber nur ein wenig, denn der finstere Ire war sehr behutsam. Viviane trug sich mit dem Gedanken, ihn zu mögen, nachdem ihr Vater sie so schändlich verraten hatte.

„So, ich gehe jetzt ebenfalls zu den McDuffs. Wir sind erst lange nach Mitternacht zurück. Wehe euch, wenn ihr keine Ruhe gebt. Ich kann jeden eurer Gedanken lesen – jeden." Er war schon an der Tür, als er sich noch mal umwandte. „Hast du deine Formeln gemacht, Geoffrey?"

Geoffrey zuckte zusammen. Alle Grausamkeit in seinem Gesicht war der nackten Angst gewichen.

„Fast, ja, ja fast alle ...", stotterte er.

Aber Guy hatte bereits das Buch mit dem Ledereinband, in das die alchemistischen Formeln eingetragen werden sollten, in der knochigen Hand und blätterte unwillig darin herum. Er klappte es wieder zu, ein vernichtender Blick folgte, das Buch landete auf dem Bett.

„Fast. So kann man es natürlich auch sagen. Aber die präzise Antwort lautet: Gar nicht! Du wirst die Formeln lernen und aufschreiben und wenn du die ganze Nacht drauf hockst. Wenn ich morgen früh dieses Buch mit den richtigen Lösungen nicht genau vor der Tür zum Nebenzimmer finde, weißt du, was dir blüht."

Schottland 1185 – 1192

3.

**Geoffrey Durham kommt zu einer grundlegenden Erkenntnis
Viviane und Kieran Duncan entdecken ein Geheimnis
mit folgenschwerem Nachspiel**

Die nächtliche Stille wurde lediglich durch ein leises Knacken im Kaminfeuer, verzweifeltem Murmeln und Federkratzen unterbrochen. Kieran schlief tief und fest. Er wollte eigentlich noch die Wunden seiner geliebten Schwester lecken, aber die Salbe darauf schmeckte dann doch zu abscheulich. Er lächelte im Schlaf wie ein kleiner Engel und träumte wahrscheinlich davon, wie sein böser schwarzhaariger Bruder am nächsten Morgen seine gerechte Strafe erhalten würde. Viviane war gerade im Begriff, gleichfalls in einen Traum hinüber zu driften, als sie jemand ganz zart berührte und dabei ihren Namen flüsterte. Sie erhob sich schläfrig. Vor ihr saß Geoffrey auf dem Bett, das Buch auf dem Schoß.

„Ich habe dich gerade im Schlaf beobachtet. Du bist richtig schön."

Viviane glaubte zu träumen. „Doch, du bist gar nicht so hässlich, das ist mir gerade bewusst geworden. Ich habe es nur vorher nie so bemerkt. (Ungläubiges Stirnrunzeln) Gut, ganz ehrlich ..." Er merkte, dass er zu dick aufgetragen hatte, „so schön wie Elaine oder Mutter bist du nicht, Viv, aber sehr klug und sehr begabt. Und das zählt viel mehr. Guy Macenay ist auch sehr klug und begabt."

Viviane fand, dass der Vergleich ein wenig hinkte, aber sie begriff allmählich, was Geoffrey mit diesem nächtlichen Monolog beabsichtigte. Mit Sicherheit wollte er sich bei ihr nicht entschuldigen. Sie war müde, also kam sie gleich zur Sache.

„Du weißt genau, ich bin nicht schön. Du hast Angst vor Guys Schlägen und ich soll die Formeln für dich machen, gell?"

Er nickte stumm. Sie legte sich in die Kissen zurück und kaute an ihren Fingern, was bedeutete, dass sie angestrengt nachdachte.

„Siehst du Jeff, im Leben ist alles gerecht verteilt. Schau, Kieran ist wunderschön und klug. Ich bin nicht nicht so arg schön und sehr, sehr klug. Und du – du bist sehr schön und sehr, sehr dumm. Siehst du das ein?"

Dieses Mal nickte Geoffrey nicht.

„Nun diesen Gedankenprozess musst du nun durchlaufen. Diese Einsicht brauchst du unbedingt, wenn ich dir helfen soll. Das ist wichtig für deine weitere Entwicklung. Hast du's nun begriffen?"

„Ich glaube schon."

„Gut. Dann sprich mir nach: Liebe Viviane, hilf mir, denn ich bin sehr schön und sehr, sehr dumm."

Geoffrey wich entsetzt zurück.

„Aha, also willst du doch lieber Prügel von Guy und von Mutter wieder ein neues Gewand. Mit dieser Einstellung kommst du nicht vorwärts."

„Ich will keine Schläge und ich will auch kein neues Gewand", flüsterte er kaum hörbar. Viviane fuhr ihm liebevoll durch die blauschwarzen dichten Haare.

„Du bist auf dem besten Weg, Geoffrey. Du hast eingesehen, dass Erkenntnis wichtiger ist als irgendein neuer Fetzen, für den du mit Prügel bezahlst. Das musst du verinnerlichen, dir bewusst machen. Also sprich aus aus. Ich bin ..."

„... sehr schön und sehr, sehr dumm", ergänzte Geoffrey schwach.

Es geht doch nichts über ein gewisses Gleichgewicht im Leben, dachte Viviane befriedigt.

„Und weil du aus eigener Kraft und aus eigenem Willen zu dieser umwerfenden Erkenntnis gelangt bist, sollst du belohnt werden. Du darfst Kieran küssen."

Geoffrey machte auf der Stelle von seiner Belohnung reichlich Gebrauch, allerdings ohne den Schlafenden zu wecken.

„So nun aber an die Arbeit. Halt, du kannst doch nicht einfach schlafen ...", mahnte sie, als Geoffrey sich hinlegen wollte. „Du musst schon bei mir bleiben, damit du die Aufgaben kapierst, sonst merkt Onkel Guy nämlich sehr rasch, dass die Lösungen nicht von dir sind."

Er wälzte sich unwillig wieder aus dem Bett und in wenigen Stunden hatte Viviane alle richtigen Lösungen in das Buch und in Geoffreys begriffsstutzigen Schädel gebracht.

Viviane schlief unruhig. Bestimmt war Vollmond. Bei Vollmond schlief sie immer schlecht. Sie kroch tiefer unter die Decke und hörte auf die leisen Atemzüge ihrer Brüder. Die Tür ging knarrend auf. Guy und Ginevra waren zurückgekehrt. Sie tuschelten miteinander und trotz aller Bemühungen konnte Viviane nichts verstehen. Sie hätte ja zu gern gewusst, was die beiden ständig zu bereden hatten. Besser, sie hielt sich zurück. Schließlich hatte sie mit Kieran auch ihre kleinen Geheimnisse.

Ginevra und der Ire verschwanden im Nebenzimmer. Viviane schob die Bettdecke vom Kopf, dabei fiel ihr Blick auf den schlafenden Geoffrey. Oh nein, dieses dämliche Kalb. Da lag er einfach friedlich lächelnd und hielt das Buch in den Armen, als ob er die Formeln noch im Schlaf verinnerlichen wollte. Hatte Guy nicht gesagt, dass er das Buch am Morgen vor seiner Tür zu sehen wünschte. Er strafte den geringsten Fehler. Sollte er doch, Geoffrey hatte eigentlich immer Prügel verdient. Aber Viviane hatte ihm ihr Wort gegeben und ihr Wort brach sie niemals. Sie streifte die Bettdecke vollends von sich und zog das Buch vorsichtig von Geoffrey herunter. Er seufzte, drehte sich auf die Seite und umschlang dabei Kierans Hals. „Er soll ihn nicht anfassen", grollte Viviane, während sie auf leisen Füßen zu der Tür zum Nebenraum schlich.

Sie war einen kleinen Spalt geöffnet, ein Lichtschein verriet, dass ihre Mutter und Guy noch wach sein mussten. Viviane vernahm wieder flüsternde Stimmen. Sie fror, aber statt wieder ins Bett zu kriechen, rieb sie sich lieber die Arme und schaute neugierig durch den Türspalt. „Vorsicht, kleine Fee. Ich kann jeden eurer schmutzigen Gedanken lesen und Neugierde ist der Katzen Tod", krächzte es in ihrem Kopf. Nur Guy hatte im Moment offensichtlich anderes zu tun, als die schmutzigen Gedanken kleiner Kinder zu lesen. Er stand hinter Ginevra, die auf einem Hocker saß, hatte seinen hageren doch erstaunlich muskulösen Oberkörper entblößt und war damit beschäftigt mit geschickten Fingern ihre langen schwarzen Zöpfe zu entflechten. Dabei hatte er einen Gesichtsausdruck, den Viviane bisher noch nie an ihm gesehen hatte. Jetzt nahm er den Kamm. Ginevra warf den Kopf zurück und seufzte wohlig, als er sich an ihren Haaren weiter zu schaffen machte. „Viviane, komm Haare kämmen." Den Geräuschen nach zu schließen, die sie dabei machte, musste das, wenn es Guy tat der Himmel auf Erden sein. Doch plötzlich packte er Ginevras Haare und zerrte sie grob nach oben, schlang sie um ihren Kopf, beugte sich zu ihr herunter und machte etwas mit ihrem Nacken. Viviane schob die Tür noch ein winziges Stück weiter auf – sie hatte sich nicht versehen – er küsste ihn inbrünstig. Viviane zitterte am ganzen Leib. Ins Bett, schnell ins Bett und schnell die Augen und Ohren zu. Sie huschte in der Tat ins Bett, aber keineswegs um die eben beschlossen Vorsätze zu erfüllen und sich womöglich den Kopf zu zerbrechen, wie ihre Mutter mit Guy den Rest der Nacht verbrachte.

Die Entdeckung war einfach zu großartig, zu großartig, um sie allein zu genießen. Kieran schlief wie ein Stein, aber Viviane wusste, wie sie ihn wach bekam. „Was'n los?", murmelte er verwirrt und rieb sich die Nase, noch den Druck von den Fingern seiner Schwester darauf spürend. „Sssscht." Sie hielt ihm sofort die Hand vor den Mund. „Komm, ich zeige dir was ungeheuer Aufregendes und Schreckliches. Na komm schon!", fügte sie scharf hinzu, als sie merkte, wie Kieran zu überlegen schien, ob sie ihm wirklich so etwas Umwerfendes zu bieten hatte, dass es sich dafür lohnte, die warme Lagerstatt zu verlassen. Zuerst hob er den Arm seines Bruders von sich, betrachtete ihn angewidert und ließ ihn wie einen nassen schlaffen Lappen achselzuckend fallen.

„Wo ist mein Hemd?" Er tastete hastig die Kissen ab, während Viviane ihn schon halb aus dem Bett gezerrt hatte.

„Das brauchst du nicht. Dir wird heiß genug bei dem Anblick, der sich dir bieten wird."

Kieran fror eigentlich nie, aber offenbar wollte er nicht gerade in diesem paradiesischem Zustand zur Rede gestellt werden, wenn die zwei bei ihrer Spitzelei doch erwischt wurden. Ginevra hatte sich inzwischen auch bis zur Hüfte entkleidet und Guy begann zärtlich mit seinen kräftigen Händen, mit denen er sonst nur Ohrfeigen zu verteilen pflegte, ihre straffen weißen Brüste zu streicheln. Dabei murmelte er etwas, was die beiden Lauscher nicht verstehen konnten. Ginevra zischte als Antwort so etwas wie „Lass mich" und schob seine Hände unwillig von sich. Er stöhnte auf, strich seine langen Haarsträhnen aus dem Gesicht und begann ihre Schultern zu massieren. Sie lächelte ihr grausames, berechnendes Lächeln, als sie fortfuhr:

„Du weißt doch, ich lasse mich gern bitten. Also bitte mich ganz einfach und bekommst, was du willst."

„Geh zum Teufel." Er ließ von ihr ab.

„Bitte mich", beharrte sie weiter. „Bitte mich und du wirst reich belohnt werden".

Sie erhob sich, dabei glitt ihr Kleid auf den Boden herab. Sie war auch nackt eine atemberaubende Schönheit. Viviane sah kurz an ihrem mageren Körper herunter, in der Hoffnung wenigstens eine winzige Ähnlichkeit mit ihrer Mutter zu entdecken.

„Worauf wartest du noch?" Ginevras Stimme wurde schärfer und lauter. Guy packte sie an den Schultern, seine schwarzen Augen funkelten vor Leidenschaft und abgrundtiefem Hass. Kieran warf Viviane einen ängstlichen Blick zu, der nur besagte, lieber wieder ins Bett zu verschwinden. Sie wollte sogar zustimmen, denn mit einem Mal hatte sie

Angst, Angst vor Guys glühenden, kohlschwarzen Augen, die sie zu einem Häuflein Asche verbrennen würden, wenn er sie entdeckte. Verbrennen würde Ginevra bestimmt nicht. Sie hielt seinem Blick stand, löste sich aus seiner Umklammerung und trat einen Schritt zurück.

„Du liebst dieses Spiel, mein Bruder. Du brauchst es, du hast es schon so oft gemacht, warum zierst du dich jedes Mal. Wie du mich langweilst. Ich verabscheue es, mich zu langweilen. Beeil dich, ich habe keine Lust zu warten, du weißt, wie ich es hasse zu warten. Lass mich nicht warten, sonst wirst du warten müssen, sehr lange, mein Geliebter."

Guy verbarg noch einen Augenblick das Gesicht in den Händen, er schwankte, dann ging er vor ihr auf die Knie und senkte die Stirn auf den Boden. Ginevra lachte auf; triumphierend und schamlos, als sie ihren Fuß auf seinen Nacken setzte.

„Komm, Priester der Sonne, hol dir deine Belohnung."

Guys Hände krallten sich in ihre Beine, er zog sich an ihr hoch und begann wie rasend das schwarze Dreieck zwischen ihren Schenkeln zu küssen. Und Ginevra lachte noch immer:

„Komm, liebe mich, hasse mich, mach nun mit mir was du willst."

Er erhob sich, streifte hastig den Rest seiner Kleidung ab, packte die lachende Frau und trug sie auf das Bett, nichts ahnend, dass sein verbotenes Liebesspiel von zwei kleinen nackten Gestalten an der Tür beobachtet wurde.

Viviane und Kieran saßen wieder im Bett und schauten sich eine ganze Weile wie erstarrt in die Augen, noch fasziniert und abgestoßen, von dem was sie gerade gesehen hatten. Auf einmal grapschte Viviane nach Kierans Nase, drehte sie kurz herum und schlug einen Purzelbaum vor und zurück.

„Komm, liebe mich, hasse mich, mach mit mir was du willst", brummte sie, Ginevras tiefe Stimme nachahmend, als sie wieder an seiner Seite landete. Er gab ihr einen Schubs. Sie fiel auf den Bauch und er biss sie wieder herzhaft in das bevorzugte Körperteil. Viviane unterdrückte einen Aufschrei und verbarg kichernd ihr Gesicht in den Kissen.

„Könnt ihr verdammt noch mal nicht endlich das Maul halten", fuhr Geoffrey hoch und blickte verschlafen auf die zwei sich balgenden Knäuel, die Mühe hatten, mit ihrem Gelächter nicht das ganze Schloss zu wecken.

Die Kinder erwachten am nächsten Morgen von selbst. „Ihr habt morgen keinen Unterricht", hatte Sir Lawrence schon am Abend zuvor angekündigt. „Wir wollen länger schlafen. Es wird für uns eine sehr anstrengende Nacht". Wie recht er hatte. Kieran saß bereits über seinem Buch und Geoffrey konnte es kaum erwarten, vor seinem gestrengen Erzieher mit den komplett richtig gelösten Formeln zu prahlen. Viviane rekelte sich, streckte sich und gähnte ausgiebig.

„Kieran, würdest du so genehm sein und mir etwas zum Bekleiden reichen?"

„Ich werde deiner Gewänder nicht fündig, holde Jungfrau", kam kurz darauf die Antwort, ebenfalls in der „Hochsprache", aus der großen Truhe, in der Kierans Kopf bis zu den Schultern verschwunden war. „Du kannst jedoch deine Blöße zu meinem größten Plaisier mit einem meiner Gewänder verhüllen."

„Mein Dank wird unermesslich sein, denn bestimmt hat die blöde Zicke von Ginevra meine Klamotten verschlampt." Viviane war hingerissen bei dem Gedanken, Kierans Kleider tragen zu dürfen. Sie hatte sich gerade feierlich den Gürtel um die Taille geschnürt, als plötzlich Ginevra an der Tür stand.

„Was machst du da, Feechen?"

„Ich ziehe mich an."

„Das sind Kierans Gewänder."

Das weiß ich auch, du dumme Schnepfe, dachte Viviane, beschränkte sich aber darauf zu bemerken, dass ihre eigenen Sachen nicht auffindbar waren und Kieran ihr freundlicherweise ausgeholfen hatte.

„Du ziehst das auf der Stelle wieder aus", befahl Ginevra. Ihre Stimme klang scharf wie Kristall.

„Ich kann doch nicht nackicht herumlaufen", widersprach sofort Viviane. Sie würde sich nicht aus der Ruhe bringen lassen.

„Keiner sagt, dass du so herumlaufen musst, es sei denn du frierst gern. Hast du eigentlich vergessen, was du getan hast? Du denkst wohl, du kommst ungeschoren davon? Du hast drei Wochen Arrest. Zieh dich aus und dann ..." Als Viviane den Kamm sah, fing sie an zu schreien. „Dein Gebrülle beeindruckt mich nicht. Schrei ruhig weiter. Dein Vater ist weit weg und kommt erst in einigen Tagen zurück." Sie schlug ihr ein paar mal auf die Finger, als sie zu kratzen versuchte, dann riss sie ihr Kierans Gewand von Leib. „So, genauso bleibst du die drei Wochen hier. Im Kamin ist Feuer und du kannst dich ja ins Bett legen. Deine Kleider habe ich übrigens Elaine gegeben. Sie weiß besser, wie man damit umgeht. Und du wirst jetzt eine Weile mal lernen, wie es ist, ohne Kleider zu sein. Vielleicht machst du sie dann nicht mehr so mutwillig kaputt. Ich hoffe, du lernst schnell, mein Kind."

„Muss das sein?", krächzte Guys Gestalt an der Tür.

„Das sagst ausgerechnet du!", fuhr Ginevra ihn gleich wütend an. „Du prügelst meinen Sohn windelweich, wenn er nur den geringsten Fehler macht. Es wird an der Zeit, dass unsere Fee zu Abwechslung auch einmal in den Genuss einer konsequenten Erziehung kommt."

Guys Antwort war Viviane völlig egal. Sie hatte sich unter der Bettdecke verkrochen und unterdrückte das heftige Schluchzen. Keiner sollte sie weinen sehen, ihre Mutter nicht, ihr Onkel nicht und schon gar nicht Geoffrey, der so hämisch grinste. Jetzt bereute sie, ihm bei den Formeln geholfen zu haben und hoffte inständig, dass Macenay es herausbekommen würde. Als sie merkte, wie ihre Mutter den Raum verlassen wollte, kam sie noch mal kurz unter der Bettdecke hervor:

„Vater wird wissen, was du mir antust. Wenn ich nicht zum Unterricht komme, dann sucht er mich", schrie sie triumphierend Ginevra hinterher.

Diese wandte sich nur ganz kurz um.

„Du bist köstlich, du dummes, kleines Ding. Oder hast du vergessen, dass dein Vater dich nicht vermissen wird, so oft wie du den Unterricht schwänzt."

Mist, für alles, was du im Leben tust, musst du die Konsequenzen tragen, pflegte der schrecklich weise Guy immer zu sagen. Ganz richtig, lieber Macenay – Viviane schnäuzte ins Bettuch – ganz richtig: auch ihr werdet eines Tages eure Konsequenzen tragen, du und diese Hexe Ginevra.

Die Tage schlichen endlos dahin, doch zum Glück durften die Brüder – ganz besonders natürlich Kieran, weiterhin bei ihr bleiben. Das machte die Demütigung und der Freiheitsentzug allerdings keineswegs wieder wett. Viviane wurde still und traurig. Die Raufereien, zu denen Kieran sie vergeblich zu ermutigen versuchte, machten keinen Spaß und die tägliche Tortur des Haarekämmens ertrug sie am Ende stumm und ergeben. Geoffrey hielt sich zurück, er machte nicht die winzigste Bemerkung – sie hätte es ihm auch nicht geraten – aber seine Augen sprachen für sich. Zuerst wollte Viviane das Essen verweigern, damit Vater noch wütender auf dieses Weibstück wurde. Unbarmherzige Mutter lässt nackte Tochter verhungern. Doch dem Duft der erlesen Speisen konnte ihr knurrender Magen dann doch nicht widerstehen. Dafür schmatzte sie laut und rülpste reichlich und wischte anschließend demonstrativ die Hände an der

Bettdecke ab. Ginevra würde es bestimmt nicht wagen, ihr das Essen zu verweigern und dass sie ihre Tochter als Schweinemagd bezeichnete, ermutigte Viviane, nur das Repertoire ihrer schlechten Manieren noch mehr auszuweiten. Komischerweise griff Guy niemals ein. Er schien sich sogar über den Widerstand des kleinen ungezogenen Wesens, dessen wirre Mähne bis auf die nackten Hüften reichte, zu amüsieren.

Viviane hatte das Gefühl, außerhalb von Zeit und Raum zu leben. Wie viel Zeit war vergangen? Ein paar Tage, ein paar Jahre, ein paar Jahrhunderte? Bis eines Abend ganz plötzlich Sir Lawrence im Zimmer stand. Sie hielt sich sofort die Ohren zu. Nur als Kierans Name fiel, lauschte sie kurz auf. Er hatte den Vater benachrichtigt, damit er die unglückliche gelangweilte Schwester endlich aus dieser unwürdigen Gefangenschaft befreite.

„Nehmt eure verdammte Tochter und lasst mich endlich in Frieden!", rief Ginevra noch, bevor Lawrence sie und die restlichen Anwesenden aus dem Zimmer gescheucht hatte. Als Viviane wieder aufschaute, war sie mit ihrem Vater allein. Sie nahm die Hände von den Ohren. Er reichte ihr eines von Kierans Kleidungsstücken hin.

„Kann ich bei dir drüben wohnen?", fragte sie, während sie in das Gewand schlüpfte.

„Deine Mutter will das nicht. Willst du denn so gern zu mir?" Sie nickte heftig. „Ich kann natürlich erzwingen, dass sie dich und auch Kieran zu mir bringt, aber ..."

„Was aber ...?", zögerte Viviane, während sie nachdenklich seine blauen Augen betrachtete.

„Das verstehst du noch nicht, Wildkatze. Sag mal, findest du nicht, dass du hin und wieder doch ein klein wenig zu eklig bist? Du bist wirklich ein richtiges kleines wildes Tierchen. Du solltest dich irgendwann doch dazu entschließen, eine Lady zu werden." Viviane warf geziert die Haare nach hinten, klimperte mit den Augen und versuchte, ein Schmollmündchen zu machen. „Nein, doch nicht so wie Elaine. Aber Sir Percevale de Thouars hat vor kurzem eines deiner schönen Kleider gelobt." Viviane unterbrach ihre Theatervorführung. Sir Percevale war zwar Elaines Onkel, aber er war der netteste Mann außer ihrem Vater.

„Er hat gar Wohlgefallen an mir", erwiderte sie in die geschwollene Hochsprache fallend.

„Hat er, aber er hätte noch vielmehr Wohlgefallen an einer hübschen artigen Lady, als an einem halbnackten kreischenden kleinen Monster.

Viviane, deine Mutter meint es eigentlich gut mit dir. Bitte versprich wenigstens mir, dass du versuchst, eine Lady zu werden."

„Warum nimmst du sie immer nur in Schutz", nörgelte Viviane, ohne auf das Versprechen einzugehen. Lawrence seufzte auf, er schien einen Augenblick zu überlegen, wie er diesem unreifen egozentrischem Kind klarmachen sollte, welche Gefühle er gegenüber seiner Frau trotz aller Konflikte hegte.

„Ich liebe deine Mutter", entgegnete er schließlich ganz einfach. Und küsst du sie auch zwischen ihre Schenkel?, dachte Viviane erbost. Sie beschränkte sich jedoch lediglich darauf, festzustellen, dass der Streit der zwei im Gegensatz zur Liebe in der letzten Zeit eher überhand nahm.

„Das stimmt. Aber wir lieben uns beide trotzdem."

Viviane wurde schwindlig.

„Mag sein, dass du sie liebst, aber sie liebt dich nicht allein", hörte sie sich weit entfernt mit einem Mal sagen. „Oder weißt du, dass du deine Liebe mit Guy Macenay teilen musst?"

„Viviane, damit macht man keine Scherze."

„Ich scherze überhaupt nicht", protestierte Viviane völlig außer sich. „Sag mir nur, ob du es weißt? Ich habe die beiden selbst gesehen."

Er hob die Hand, als ob er zum Schlag ausholen wollte, er besann sich jedoch und erstarrte.

„Du willst mich schlagen? Du willst mich schlagen, weil ich dir die Wahrheit sage?", kreischte sie plötzlich mit ihrer ganzen Wut und ihrer ganzen Verzweiflung. „Er hat sie geküsst, zuerst ihren Nacken, dann – soll ich dir noch sagen wohin noch? Anschließend sind sie zusammen in ihr Bett gegangen und haben es miteinander getrieben. Frag die beiden selbst. Klar, sie werden es leugnen. Aber es gibt noch einen Zeugen. Kieran. Er hat auch alles mit anschauen müssen. Ich lüge nicht, ich habe dich noch nie belogen. Und jetzt hör auf, dich selbst zu belügen."

Dieses Kind sprach nicht mehr wie ein Kind. Lawrence hatte sie bei den Schultern gepackt, sie stöhnte vor Schmerz auf.

„Ich werde sie fragen. Beide. Und wenn sie leugnen, werde ich es trotzdem herauskriegen. Und wenn du Wildkatzen-Töchterchen mich wirklich belogen hast, werde ich dich lebendig einmauern lassen. Und wenn du die Wahrheit gesagt hast ...", sein Gesicht war kreidebleich geworden, „... dann Gnade euch Gott, Ginevra und ..." Den letzten Namen sprach er nicht mehr aus.

4.

Die Königin der Nacht – vorerst letzter Akt I

Viviane war Stunden wie betäubt dagesessen. Sie spürte, dass etwas Schreckliches von nun an in der Luft lag – etwas Schreckliches, das sie verursacht hatte und für das es kein kein Zurück mehr gab. Ein paar Mal war sie aufgesprungen und zur Tür gerannt. Sie legte die Hand zitternd auf die eiserne Klinke, wagte aber nicht, sie herunterzudrücken, in der panischen Angst, das Grauen würde in dieses Zimmer treten, sie vernichten oder ihr den Verstand rauben. Sie hielt ihr Ohr an das massive Holz, kein Laut war zu vernehmen. Mit hängendem Kopf schlurfte sie in ihr Bett zurück. Irgendwie hatte sie sich ihren Triumph ganz anders vorgestellt. Statt vor Freude an die Decke zu springen, weil die schreckliche Frau endlich aus dem Haus gejagt wurde, zog eine tiefe Traurigkeit in sie ein.

Wenn wenigstens Kieran hier wäre. Wo war er eigentlich? Und wo war Geoffrey? Und vor allem wo war Macenay? Viviane glaubte, sich übergeben zu müssen. An Guy hatte sie nicht gedacht bei ihrem Verrat. Er würde es herausbekommen – mit Sicherheit. Er würde sie mit seinen unergründlichen schwarzen Augen anstarren und mit tiefer knarrender Stimme sagen: Böse kleine Fee, du weißt doch, es war nicht die Neugierde, sondern der Verrat, der die Katze umbrachte. Nein, nein, Lawrence, der Vater, der Großmagier würde auch ihn davonjagen wie einen Hund – weit weg. Vielleicht sogar über das Meer nach Irland. Doch Viviane konnte auch dieser Gedanke nicht beruhigen. Sie sah in eine ungewisse Zukunft voller Gefahren, immer auf der Flucht vor ihrer eigenen Mutter und deren unheimlichen Begleiter, die ihr von Stund an nach dem Leben trachteten. Schlafen, das wäre erst mal das Vernünftigste. Schlafen heilt die zerschundene Seele und viele Probleme erledigen sich von selbst, kam sie schließlich zu dem verzweifelten verlogenen Schluss. Sie legte sich rücklings auf das Bett und starrte an die Decke, ohne die geringste Müdigkeit zu verspüren. Plötzlich merkte sie, dass sie nicht mehr allein im Zimmer war. Ihr überreiztes Gehör hatte ganz genau das leise Quietschen der Türangeln vernommen. Sie täuschte sich nicht, sie schloss wieder die Augen und spürte wie ihr Mund trocken und ihre Achselhöhlen feucht wurden. Er oder sie oder beide waren gekommen, um ihr wie einem dummen Huhn den Hals umzudrehen. Bestimmt würde Guy aus ihren Knochen anschließend ein Zaubermittel brauen. Immerhin war sie noch imstande, dem Druck ihrer Blase standzuhalten. Jetzt kamen die Stimmen auf das Bett zu.

„Vielleicht ist sie tot", sagte die eine Stimme, „oder sie meditiert."

„Hoffentlich sehe ich nicht auch so bescheuert aus, wenn ich meditiere oder ..." die andere Stimme machte eine bedeutungsvolle Pause, „... oder gar tot bin."

Geoffrey kannte nur ein Problem; wie er in jeglicher Situation seine hübsche Fratze zur Geltung bringen konnte. Viviane hob behutsam den Kopf. Zwei grüne Augenpaare betrachteten sie interessiert und amüsiert.

„Ihr seid es", hörte sie sich zu ihrem Ärger kläglich piepsen.

„Mein Gott, wer denn sonst?" Geoffrey setzte sich sofort auf den Bettrand und blätterte verzückt in seinem Formel-Buch, das er schon den ganzen Tag mit sich herumschleppte als Symbol seines allumfassenden Wissens. „Guy war ganz begeistert von meinen Formeln."

Deinen Formeln? Du blöder aufgeblasener dummer schöner Angeber. Was soll's, gönn ihm den harmlosen Spaß. Viviane war viel zu erleichtert, um sich zu streiten. Apropos erleichtert. Ihr menschliches Bedürfnis nahm allmählich dringliche Formen an. Der Abtritt war weit. Man musste den ganzen dunklen Gang entlanggehen. Und die Vorstellung, von einer weißen mageren Hand in die Kloake gestoßen zu werden, war nicht nur entsetzlich, sondern auch sehr entwürdigend. Es gab deshalb nur die eine Möglichkeit. Sie kroch vom Bett und tänzelte mit verschränkten X-Beinen zum Kamin, um das zu tun, was sie eigentlich bei ihren Brüdern zu Tode verabscheute. Sie erinnerte sich noch lebhaft daran, wie Geoffrey von Guy eine ordentliche Tracht Prügel bezogen hatte, als der ihn dabei erwischte, wie er in den Kamin pinkelte, was ihn nicht daran hinderte, weiterhin zusammen mit Kieran einen regelrechten Wettbewerb im „Feuerlöschen" zu veranstalten, wobei sich die beiden gern und ausgiebig über die anatomische Beschaffenheit ihrer blöden Dinger ausließen. Viviane wäre froh gewesen, sie hätte jetzt auch so ein blödes Ding. Das in der Hocke Sitzen war ihr zwar nicht unbedingt peinlich, aber es machte sie so wehrlos. Sie sollte recht behalten. Sie hatte gerade ihr „Geschäftchen" erfolgreich beendet, bevor Geoffrey ihr lachend einen Schubs in den Rücken geben konnte.

„Du elender Wüstling!"

Sie sprang auf, um ihm ein paar schöne Kratzer zu verpassen, dabei stolperte sie über den Saum von Kierans Gewand, das ihr eindeutig zu lang war. Doch in einem überraschenden Anflug von Ritterlichkeit fing Geoffrey sie auf.

„Du solltest keine Männerkleidung tragen, Weibsbild."

„Halt's Maul, Klugscheißer." Mehr Lust auf Wortgefechte hatte sie heute nicht mehr. Sie verabscheute mit einem Mal alle dummen Jungen und Mannsbilder, die sowieso nur Interesse für ihre blöden Dinger zeigten. Selbst der feinsinnige Kieran machte da keine Ausnahme. Sie entschied, niemals zu heiraten und auf ewig Jungfrau zu bleiben.

„Wisst ihr beide wo Mutter und Guy sind?", fragte sie behutsam, als alle drei einträchtig nebeneinander im Bett saßen. Kieran zuckte die Achseln „keine Ahnung", während Geoffrey zu wissen glaubte, dass sich der weise Onkel Guy auf einer gefährlichen Beschwörung befand. Über Ginevras Verbleib konnte er jedoch ebenfalls keine Auskunft geben. Endlich fühlte sich Viviane sicher und schläfrig genug. Der Frieden und die ersehnte Ruhe waren eingekehrt. Sie lag zwischen ihren Brüdern (Geoffrey hatte heute eine Kuschel-Sondergenehmigung) und schloss die Augen. Was sie nicht ahnte, es sollte der letzte Abend sein, den die drei Geschwister auf diese Weise zusammen in ihrem schönen und warmen Bett verbringen sollten.

Wenige Stunden später glaubte sie, von einem lauten Stöhnen geweckt zu werden. Sie hob den Kopf und blinzelte. Geoffrey litt häufig unter Albträumen. Wahrscheinlich verfolgte ihn sein strenger Erzieher noch bis in den Schlaf. Er wälzte sich unruhig hin und her und murmelte dabei etwas, was Viviane nicht verstehen konnte. Sie hatte auch nicht die Absicht, in dem Gebrabbel einen Zusammenhang zu suchen. Sie war nur hundemüde. Schläfrig legte sie ihre Hand auf seine feuchte Stirn, um ihn zu beruhigen. Diese Methode half im Allgemeinen. Geoffrey hielt tatsächlich einen Augenblick still und Viviane konnte zu ihrem schönen Traum zurückkehren. Doch der Traum wollte nicht zu ihr zurückkehren. Geoffrey nahm sein leises Wimmern an ihrem Ohr wieder auf und sie begann, sich Sorgen um ihn zu machen. Sie konnte ihn ja oft bis zur Weißglut reizen, aber ihn derartig leiden zu sehen, war eine völlig andere Sache. Jetzt verstand sie auch seine Worte, er rief nach seiner Mutter. Verdammt, was war mit ihrer Mutter? Irgendwie hatte sie das Gefühl, dass sie ihn unbedingt aufwecken musste. Aber sie war doch immer noch entsetzlich müde. Jede Bewegung, allein die Augen zu öffnen, bedeutete eine ungeheure Anstrengung. Und auf einmal waren da Stimmen, Stimmen in ihrem Kopf. Sie schrieen so laut, aber weder ganze Sätze noch einzelne Worte konnte sie verstehen. Vor ihren geschlossenen Augen sprühten Funken und sie sah die grünen Augen – so abgrundtief böse. Ginevra war gekommen, um sie zu töten. Verzweifelt versuchte Viviane aus diesem Albtraum zu erwachen, doch sie war wie gelähmt, unfähig, sich zu bewegen, womöglich lebendig gefangen in einem toten Körper – für immer. Sie glaubte, in einen Abgrund zu stürzen, dabei mischte sich ihr verzweifelter Schrei unter die kreischenden Stimmen in ihrem schmerzenden Gehirn. Plötzlich spürte sie einen heftigen Schlag auf ihrem Gesicht. Jetzt konnte sie eine der Stimmen ganz genau verstehen:

„Viviane, wach doch auf. So wach auf. Irgendetwas Schreckliches ist passiert!"

Es gelang ihr tatsächlich, die Augen zu öffnen, sie sah noch immer grüne Augen, Kierans Augen.

„Die Stimmen." stammelte sie und merkte, dass ihr angeblich toter Körper schweißgebadet war und zitterte. „Ich habe sie gehört, im Traum, in einem furchtbarem Traum."

„Meine Güte, ich hatte solche Angst, dass du stirbst, Viv. Du warst wie tot. Ich habe diese Stimmen auch gehört. Und Geoffrey muss sie auch gehört haben. Er ist aufgesprungen und wie ein Verrückter davongerannt. Dabei hat er fortwährend nach Mutter gerufen."

„Wo ist Geoffrey jetzt?"

Kieran deutete hastig auf die geöffnete Tür. Viviane brachte vor Schreck keinen Ton heraus.

„Wir müssen ihm nach. Ich glaube, er ist im großen Saal! Und da ist noch was – ich will gar nicht nachdenken, was."

Kieran schlüpfte in seine Kleider und warf Viviane das andere Gewand auf das Bett.

„Zieh dich an. Schnell. Da passiert etwas Schlimmes, fürchte ich."

Viviane wollte nicht wissen, was da Schlimmes passierte. Sie wusste es doch längst. Sie zog das Gewand über, raffte es in aller Eile am Gürtel hoch und folgte ihrem aufgelösten Bruder. In den Gängen war es wie erwartet kalt und dunkel. Das erste Mal in ihrem Leben hatte sie Todesangst. Sie krallte sich an Kieran und hielt am ganzen Leib schlotternd nach allen Seiten Ausschau, ob ein Dämon sie nicht bald verschlingen würde. Kieran legte ein halsbrecherisches Tempo hin, als er die schwach beleuchtete Treppe hinunterrannte. Er hatte jetzt ihre Hand ergriffen, wie mechanisch ließ sich Viviane mitziehen. Kurz bevor sie die Tür zum großen Saal erreichten, vernahmen sie auf einmal Schritte aus einem der anderen Gänge. Eilige Schritte, gleich den ihren. Jemand wollte wohl ebenso schnell in den Saal, aus dem kein Laut zu hören war. Viviane spürte Panik aufkommen, sie wollte nur eines – zurück. Aber Kieran hielt sie noch immer an der Hand gepackt und zog sie unerbittlich weiter. An der Kurve stießen sie zusammen, die zwei verschreckten Kinder und Guy Macenay. Guy hatte bereits seine Hand nach der Tür ausgestreckt. Als er die beiden wahrnahm, zögerte er einen Augenblick. Sein Blick war eher erstaunt als zornig. So wie: Was macht ihr kleinen Hosenscheißer hier mitten in der Nacht? Dann schrie etwas hinter der Tür. Etwas, denn dieser Ton war nicht menschlich noch konnte er von einem Tier stammen. Er vereinte alles: Hass, Wut und unendliche Hoffnungslosigkeit, als ob soeben eine verzweifelte Kreatur in die ewige Verdammnis gestoßen wurde. Als Guy die Tür aufriss, rannte Kieran, gefolgt von Viviane, hinein in den Saal. Aber Guys Hände packten die beiden jäh an den Schultern und rissen sie an sich. Dabei stöhnte er leise auf. Kieran hatte zuerst begriffen. Macenay wollte ihnen nichts antun, er wollte sie schützen. Auch Viviane fühlte, wie das Zittern langsam in ihrem Körper nachließ, als sie seine bebende Hand auf ihrer bloßen Schulter fühlte. Sie stand wie erstarrt und machte trotz der Kälte keinen Versuch, das Gewand, das ihr ein Stück heruntergerutscht war, wieder hochzuziehen. Das erste was sie sah, war Lawrence. Er stand mitten in dem großen von Fackeln beleuchteten Saal, das Gesicht vor Entsetzen versteinert. Dann hörte sie einen weiteren Schrei. Ihr Blick fiel auf Geoffrey, der am Boden kniete und wie von Sinnen an den Kleidern seiner Mutter zerrte. Ginevra. Viviane wusste es längst. Ihr Vater hatte sich nicht darauf beschränkt, sie davonzujagen, er hatte sie getötet. Sie zuckte zusammen, als sich Guys Fingernägel in ihre nackte Haut gruben. Dieses weiße Gesicht – sogar im Tode war Ginevra noch schön – eiskalt und betörend. Ihre glasigen Augen waren geöffnet, ihr Mund lächelte grausam und triumphierend. Viviane wandte sich angeekelt ab. Und für den Bruchteil einer Sekunde wurde ihr klar, dass es nicht Sir Lawrence, sondern eigentlich sie war, die ihren Tod verursacht hatte. Sie hatte jedoch keine Zeit mehr, weiter darüber nachzudenken, ob es ihr wirklich leid tat. Oben an der Treppe erkannte sie die schmale Gestalt von Edward, der langsam nach unten kam. Seine Schritte auf nackten Füßen waren in der Stille zu hören. Geoffrey begann leise zu winseln, zusammengesunken über den toten Körper seiner Mutter.

Jetzt kam Bewegung in Lawrence. Er hatte Schwierigkeiten, sich auf den Beinen zu halten. Viviane konnte ihn nicht ansehen, ihn nicht, Geoffrey nicht und ... Edward beugte sich über etwas. Der dunkle Körper, der auf der untersten Stufe lag, rührte sich. Als er den Kopf hob, konnte sie Roger erkennen. Er murmelte irgendetwas, versuchte ein Lächeln, das zu einer bleichen blutverschmierten Grimasse geriet. Nun sprach Lawrence. Doch für Viviane war seine Stimme weit weg. Sie war noch immer wie betäubt. Erst als Guy sich von ihr und Kieran löste, kehrte sie in die Realität zurück. Er war zu Roger hinübergelaufen, kniete sich neben ihn und versuchte, ihm das Blut vom Gesicht zu wischen. Es sollte ein erbärmlicher Versuch sein, wieder Ordnung in das Chaos zu bringen. Aber mit einem Mal hatte Lawrence Guy am Arm gepackt, sah ihm einen kurzen Augenblick in die Augen, zischte etwas und riss ihn wütend von Roger fort. Dann brüllte er etwas zu Edward, der daraufhin auf der Stelle mit seinem verletzten Bruder den Saal verließ. Guy rieb sich den offenbar noch immer schmerzenden Arm und wandte sich nun Geoffrey zu, der noch immer wie ein verlassenes Schoßhündchen neben seiner Mutter kauerte. Macenay kam nicht einmal drei Schritte weit, denn auf Lawrence Ruf stellten sich ihm zwei Wachen in den Weg.

„Lasst mich zu ihm." Lawrence reagierte nicht. Guy machte einen erneuten Anlauf. „Bitte, er kann nichts dafür. Ich muss mich um ihn kümmern." Seine Stimme hatte einen flehentlichen Unterton.

„Nein, nein, nicht auch noch ihn", schrie eine innere Stimme verzweifelt in Viviane. „Bitte jag ihn einfach weg. Bitte nicht auch noch ihn!"

„Ich werde mich um ihn kümmern", entgegnete Lawrence nach einer scheinbar endlos langen Pause. „Das heißt, sein Vater wird sich um ihn kümmern. Wie es sich für einen richtigen Vater gehört, Guy Macenay." Er musterte Guy spöttisch von oben bis unten, bis er fortfuhr: „Deine Wenigkeit ist also hier nicht mehr gefragt." Er gab den Wachen einen Wink. „Packt dieses irische Stück Dreck. Ich werde mir noch überlegen, was ich mit ihm mache. Ich kann heute keinen klaren Gedanken mehr fassen, keinen klaren Gedanken. Ich bin so müde."

Er schwankte und konnte sich gerade noch mit einer Hand an dem Eichentisch festklammern, um nicht umzufallen.

„Kieran, du nimmst Geoffrey mit auf euer Zimmer. Ich werde gleich jemanden schicken, der auf euch aufpassen wird."

Kieran nickte schwach und ging zu Geoffrey. Einen Augenblick glaubte Viviane, dass auch er schwankte. Bei Geoffrey angelangt, zögerte er, als ob er zu überlegen schien, was er mit ihm tun sollte. Aber eine scharfe Handbewegung seines Vaters ließ ihn dann doch zur Tat schreiten. Geoffrey war viel zu erschöpft, um Widerstand zu leisten. Er ließ sich willenlos auf die Beine helfen, während er mit rotgeweinten Augen ansehen musste, wie sein einst so gefürchteter Erzieher als Gefangener des Großmagiers aus dem Saal eskortiert wurde. Guys Haltung war bewundernswert. Sein Gesichtsausdruck verriet nichts, nicht die geringste Regung, weder Hass noch Furcht, obwohl er sich darüber im Klaren sein musste, dass es ihm von nun an ziemlich schlecht gehen würde. An der Tür angelangt, wandte er sich nochmals um. Viviane wich seinem schwarzen Blick bekümmert aus.

"Hab auf dich acht, kleine Fee."

Sie hielt noch immer ihren Kopf gesenkt, so konnte sie nicht sehen, wie er Lawrence für eine kleinen Moment flehentlich ansah, als ob seine Augen nur noch eine Wort sagen wollten: Bitte.

„Kommst du auch mit?" Kierans leise Stimme ließ sie hochfahren. Er stand vor ihr, den Arm um den schluchzenden Geoffrey gelegt, der den Kopf an seiner Brust vergraben hatte. Viviane schaute wie in Trance von links nach rechts. Als Kieran endlich begriff, dass sie verneinte, verließ er mit dem Häuflein Elend an seiner Seite ebenfalls den Saal.

Stille. Aber Viviane glaubte, ihr Herz in dem großen kalten Saal dröhnen zu hören. Sie ließ sich auf den Boden nieder und hielt die schweißnassen Hände vor ihr Gesicht. Sie konnte Ginevras totes Lächeln nicht mehr ertragen. Wenn sie doch wenigstens auch weinen könnte wie Geoffrey, nur ein ganz kleines bisschen. Sie war doch immerhin ihre Mutter gewesen. Sie sah zu Lawrence hinüber, der sein Gleichgewicht wieder gefunden zu haben schien. Auch er weinte nicht, aber er sah seine Tochter mit stumpfen Augen traurig an, eine lange Zeit, bis Viviane mit zaghafter Stimme die unerträgliche Stille durchbrach:

„Ich wollte doch nur, dass du sie davonjagst. Ich wollte nicht, dass du sie tötest."

Er kam langsam auf sie zu, kniete neben sie, seine Hand fuhr in ihre Haare, doch sein Griff war völlig kraftlos.

„Ich auch ...", flüsterte er heiser, „... ich wollte es auch nicht, Wildkatze."

5.

Viviane Duncan versucht zu helfen und fällt dem bluttrinkendem Engel in die Hände

Viviane erwachte. Ihr Kopf dröhnte noch immer und sie fühlte sich noch elender als vorher. Sie kroch vom Sofa und barg für ein paar Minuten die Stirn in ihren Händen. Einen Augenblick sann sie darüber nach, ihr Vorhaben aufzugeben. Sie verwarf diesen Gedanken jedoch wieder sofort, denn sie wollte schließlich aus erster Hand erfahren, was in jener Nacht zwischen Lawrence und Ginevra geschehen war. Natürlich konnte sie sich nun zusammenreimen, weshalb ihr Vater, der eben nicht ihr Vater war und dieses mit Sicherheit damals erfahren hatte, seine untreue Frau tötete und ins Niemandsland verbannte. Warum fragte sie eigentlich nicht Lawrence? Er hatte es ihr bis heute nicht gesagt, weshalb sollte er es ausgerechnet jetzt tun. War nur die Frage, ob Ginevra es ihr sagen würde. Sie würde. Viviane kannte sie gut genug, um zu wissen, dass sie sich diese Gehässigkeit nicht entgehen ließ. Und Geoffrey? Konnte sie ihn fragen? Er erinnerte sich angeblich an nichts, war ohnehin erst nach dieser grauenvollen Eröffnung hinzugekommen, und da hatte Ginevra im wahrsten Sinne des Wortes nichts mehr zu sagen. Er hing als einziger der Kinder noch immer an ihr, an dieser schönen Frau, die ihr kleines Ebenbild verhätschelte wie ein Schoßhündchen. An seine Reaktion, wenn diese ganze Geschichte herauskam, hatte Viviane gar nicht gedacht. Aber es war ja schließlich nicht seine Reaktion, die sie fürchtete. So viele Jahre hatte sie diesen Verrat, den außer ihr nur noch Lawrence kannte, geheim gehalten, hatte ihn in das tiefste Unterbewusstsein abgeschoben. Nun brach ihr schreckliches Geheimnis mit aller Macht über sie herein und verursachte schreckliche Kopfschmerzen und Angst, Angst vor der Begegnung mit ihrer Mutter und vor allem Angst, Guy eines Tages beichten zu müssen – in den nächsten achthundert Jahren bestimmt – dachte sie hysterisch.

Trotz Übelkeit verspürte sie plötzlich einen ordentlichen Appetit. Der Kühlschrank lockte mit leckeren kleinen Schweinereien, die René aus Frankreich mitgebracht hatte. Ein kurzer Blick in den Spiegel hielt sie davon ab, in die Küche zu gehen. Sie wollte nicht, dass ihr jemand im

Haus über den Weg lief, um sich womöglich nach ihrem Wohlbefinden zu erkundigen. Meine Güte, du siehst immer mehr aus wie dein Rabenväterchen, arme bleiche verräterische Fee. Sie spülte zwei Kopfschmerztabletten mit Coca Cola hinunter, setzte sich mit angezogenen Beinen auf das Sofa zurück und kaute genüsslich einen Riegel Schokolade (mit ganzen Nüssen), während sie die Overtüre zur Zauberflöte hörte. Mozart und die Schokolade taten ihre Wirkung. Ihre angespannten Nerven begannen sich wieder zu beruhigen. Die Burgunderschnecken und die Crevetten in Knoblauchsoße, die erst so verlockend erschienen, hätten ihr nach wenigen Minuten ohnehin „Guten Tag, da sind wir wieder" gesagt. Viviane vertilgte Unmengen von Schokolade (der Begriff leere Kalorien war eben relativ), die offenbar von ihrem nervösen Stoffwechsel gut verwertet wurden. Sie nahm kein Gramm zu. Francesco „Tausendschönchen" bezeichnete sie hin und wieder als das schokoladefressende Stimm-Monster.

„Das Bildnis ist bezaubernd schön ..." Viviane liebte diese Arie ganz besonders, sogar wenn Tausendschönchen sie sang. Der elegante Florentiner hatte allerdings ein wenig Not mit der deutschen Sprache. Sie streckte ihre Beine aus und gab einen lauten Rülpser von sich. Beim Betrachten der Cola-Dose dachte sie über die unglaubliche Möglichkeit nach, wie sie mit Hilfe dieses vorzüglichen Getränkes Roger seinerzeit um Längen hätte schlagen können. Irgendwie war sie mit einem Mal gut gelaunt, wenn nicht überdreht. Tabletten, Cola, Schokolade und Mozart. Sie sprang auf und kramte aus einer Schublade eine halbe Packung Zigaretten heraus, die sie manchmal heimlich rauchte. Sie öffnete pro forma das Fenster, denn Percevales feine Nase würde den Rauch sowieso riechen. „Wenn du so viel qualmst wie Macenay, dann hast du bald auch so eine Stimme wie Macenay." Was gibt es Schöneres für eine Tochter als ihrem Vater ebenbürtig zu sein! Hä, hä, hä!"

Der Geheimorden, in dem Geheimnisse so geheim waren wie eine Litfaßsäule, würde bestimmt in Kürze eine neue Sensation haben. Er hatte schon viel zu lange von den Schandtaten des Gilles de Rais gezehrt. Der Knüller, dass er außerdem mit Geoffrey Durham identisch war, fehlte der Mehrheit allerdings noch.

Viviane schloss die Augen und dachte an Kieran, ihren geliebten und verhassten Bruder, der nun angeblich katholischer Priester geworden war. Wenn das stimmte, dann mussten die irischen Landmädchen an seinem

Beichtstuhl Schlange stehen, um ihm zu beichten, dass allein sein Anblick ihnen in den hellen Mondnächten feuchte sündige Träume bescherte. Nein, der keusche Priester passte überhaupt nicht zu ihm. Unmöglich, er war und blieb noch immer der König von Draußen, der nicht nur von seinen Mätressen, sondern auch von Jean T's Bordell reichlich Gebrauch machte und bestimmt in seinem neuen Leben ebenso von den irischen feuchten Landmädchen. Pfui, Viviane, du böses Mädchen. Ihre Gedanken schweiften weiter zu Guy Macenay, dem ehemaligen Druiden, der mühsam sein neues Leben vom Rocker zum patriotischen Leadsänger einer Irish-Folk-Band sowie als Arzt und Helfer der „verletzlichen" Menschheit aufgebaut hatte. Zu Edward, dem völlig unbegabtem Zauberlehrling, Vagabund, Lustknaben des schrecklichen Baron de Rais, verbrannter Ketzer, jetzt Stardirigent. Dann war da noch Geoffrey, das grausame Scheusal, der vorbildliche Büßer, der am Ende in ein tiefes Loch fiel, als er von seiner Vergangenheit als Zweiter König erfuhr. Er tanzte oftmals bis zur Erschöpfung, um endlich in den Armen einer seiner zahllosen Liebhaber zur Ruhe zu kommen. Zurück zu Kieran. Sie war sich nicht so ganz darüber im Klaren, ob sie sich über seine Rückkehr freuen sollte. Sie vermisste ihn zeitweise nicht einmal sonderlich, wenn sie daran dachte, was Draußen zwischen ihnen geschehen war. Es hatte wenig Sinn sich jetzt schon darüber den Kopf zu zerbrechen.

Viviane lenkte ihre Gedanken lieber zurück in das Jahr, in dem sie das erste Mal mit Freude feststellte, dass aus dem spirreligen Mädchen eine junge Frau zu werden begann. Wie sie Kieran stolz das zarte Anschwellen kleiner Brüste und ein paar winzige Blutflecken auf ihren Schenkeln präsentierte. Die geschmeidige katzenhafte Figur ihrer Mutter sollte sie jedoch niemals haben. Aber sie merkte schnell, dass sie für Kieran mehr bedeutete als die ungestüme Schwester. Sie war zwar noch ungemein kratzig und trieb sich auch weiterhin auf der Heide herum, doch gleichzeitig gewöhnte sie sich ganz allmählich ihre schlechten Manieren ab. Denn sie fand heraus, dass sich auf einmal auch andere Wesen männlichen Geschlechts für sie zu interessieren begannen, eine ganz neue Erfahrung von Spiel und Macht. Zum Beispiel Sir Percevale de Thouars, der des öfteren als Lehrer der Duncan-Kinder die Burg aufsuchte, betrachtete sie mit Wohlwollen. Douglas McDuff, der sogar behauptete, sie eines Tages zu heiraten (Viviane hielt das für einen wirklich schlechten Witz), Roger, der zwar bei jeder Gelegenheit bemerkte, sie würde zickig, nur weil sie ein paar winzige Tittchen ihr eigen nannte.

Sir Lawrence, der sie endlich zu einer Lady und heiratsfähigen Frau heranwachsen sah – und Lyonel. Viviane zuckte jedes Mal innerlich schaudernd zusammen, wenn er sie mit seinen meerblauen Augen ansah. Lyonel hatte ein ausgeprägtes schönes männliches Gesicht, ohne jeden Makel. Aber dieses Gesicht war aus weißem Marmor gemeißelt und dahinter schien sich etwas unsagbar Schmerzhaftes zu verbergen. Wie das Eis, das im frostigen Winter die bloßen Finger so bös verletzen konnte. Sie wich ihm aus, so oft sie konnte. Er war das einzige Geschöpf, das sie noch mehr fürchtete als Guy. Die schreckliche Nacht, als er mit Roger und zwei Wachen zusammen in ihr und Kierans Zimmer eindrang, um sich vom Zustand ihrer Jungfräulichkeit zu überzeugen, gehört noch immer zu ihren schlimmsten und demütigendsten Erinnerungen. Wie seine kalten Hände ihre Schenkel auseinander rissen, während Roger ihr die Arme fest und den Mund zuhielt, um sie am Schreien zu hindern. An das, was noch geschah, wollte sie nicht zurückdenken. Viviane öffnete panisch die Augen und sprang vom Sofa. Sie fror entsetzlich, außerdem musste sie die CD wechseln. Eingelullt von den Gesängen der drei Knaben, in eine Decke eingewickelt, suchte sie nach einem erfreulicherem Ausgangspunkt in ihren Erinnerungen. Sie konzentrierte sich auf ihre erste Nacht mit Kieran, die Nacht, in der er sie zur Frau machte. Sie wollte es nicht, er war schließlich ihr Bruder und sie begriff, dass es kein Spiel mehr war. Es tat sehr weh und dann wünschte sie sich nichts sehnlicher, als dass seine schmalen Hände immer und immer wieder ihren Körper liebkosten, sein schlanker nackter Körper auf ihr lag und er ihr weh tat. Sie waren keine drachenspielenden Kinder mehr. Sie waren Mann und Frau, Bruder und Schwester, ein Geist und ein Körper – ein Pakt für die Ewigkeit. „Wir wollen uns der Lieb erfreun, wir leben durch die Lieb allein …", wiederholte das Duett Pamina/Papageno in ihrem Kopf, „… die Lieb versüßest jede Plage, ihr opfert jede Kreatur." Viviane spürte Tränen in den Augen. Bei all dem, was danach geschah, bei aller Schuld, die sie auf sich lud und bei aller Grausamkeit, die ihr Kieran zufügen sollte, die Erinnerung an diese Nacht in einer Hütte, in der sie Schutz vor einem Gewitter gesucht hatten, ließ sie sich niemals nehmen und sie versöhnte sie wieder mit dem Bruder. Natürlich, Kieran war ihr Bruder. Er war vielmehr als ihr Bruder: Er war ihr Gemahl und er war ihr Gott und einem Gott hatte man sich hinzugeben – mit Leib und Seele. Zum ersten Mal wagte sie eine Parallele zu Ginevra und Guy zu ziehen. Auch sie mussten so unzertrennlich gewesen sein, sie hatten sich auf ihre Weise geliebt und auch verabscheut, und ein kleines Mädchen, das sich nicht die Haare kämmen ließ hatte diese Liebe zerstört. Viviane beließ es dabei. Sie wollte auf keinen Fall zu viel Verständnis für Ginevra aufbringen, es würde nur unnötige Schuldgefühle ihrer Mutter gegenüber wecken. Aber was war mit Guy? Kieran verblasste und Guy nahm den ersten Platz zu der Reise in ihre Vergangenheit ein.

Nachdem Geoffrey von seinem Vater, einem großen dürren Mann mit strenger Miene, abgeholt worden war, machte sich Viviane daran, ausfindig zu machen, wo der Ire auf der Burg versteckt war. Das war ziemlich einfach. Edward verschaffte ihr mehr oder weniger freiwillig Informationen. Sie half ihm dafür, wie seinerzeit Geoffrey, bei den schwierigen Formeln und Beschwörungen. Und im Gegensatz zu dem schwarzhaarigen Kotzbrocken fand der zauberhafte liebevolle Edward kein Ende, sich permanent so überschwänglich bei ihr zu bedanken, dass es ihr schon fast peinlich wurde. Sie war viel mit Edward zusammen, denn sie schwänzte nicht mehr so häufig den Unterricht, seit ihr einstiges Idol Lawrence Duncan von dem großen dunklen Percevale de Thouars abgelöst worden war. Er war einer der wenigen Menschen, der sie wirklich ernst zu nehmen schien und sie beugte sich bereitwillig seiner sanften Autorität. Auch Kieran und Edward mochten ihren neuen Ersatzlehrer. Edward wurde selbstbewusster, was nicht hieß, dass er plötzlich auch das erhoffte Talent entwickelte und Kieran lernte begierig statt zu träumen. Es dauerte eine ganze Weile, bis sich Viviane zu einer Begegnung mit Guy entschloss. Gelegenheit dazu hatte sie eigentlich von Anfang an. Aber sie hatte fürchterliche Angst vor diesem Augenblick. Und es beruhigte ihr Gewissen, wenn sie hörte, dass der Ire noch am Leben war. Leben tat er schon noch, aber es ging ihm sehr schlecht. Edward hatte ihr schon erzählt, dass Lawrence ihn misshandelte und für grausige Experimente benutzte, aber als sie ihn das erste Mal im Verlies sah, glaubte sie vor Entsetzen davonlaufen zu müssen. Und als er versuchte, ausgehungert, zerschlagen, mehr ein Gespenst als ein Mensch, noch den letzten Rest seiner Würde zu bewahren, machte das seine Lage noch erbärmlicher. Warum wehrte er sich nicht? Er war doch seinem Gegner ebenbürtig. Heute dämmerte es Viviane langsam. Er konnte sich vielleicht zur Wehr setzen, aber sie konnte es nicht. Er musste Schmerzen haben, seine dunklen Augen schauten müde auf die schmächtige Gestalt, die vor ihm stand, in der einen Hand die Fackel und in der anderen eine Schüssel mit Essensresten.

„Es tut mir so leid", murmelte die Gestalt. Er versuchte mühsam zu grinsen.

„Was tut dir leid? Was tut dir denn leid, Fee?"

„Ich meine ...", stammelte Viviane hektisch, „ich schäme mich für meinen Vater."

„Du schämst dich für Sir Lawrence?"

Sie nickte eifrig. Sie war noch nie so nah daran gewesen, die Wahrheit zu sagen. Er übrigens auch. Sie schob ihm hastig die Schüssel vor die Füße.

„Hier ist etwas zu essen für dich. Ich habe es selbst geklaut", endete sie schelmisch, um die angespannte Situation zu entschärfen. Guy ging auf kein weiteres Gespräch mehr ein. Er hatte schlicht und einfach Hunger und schlang den Inhalt der Schüssel herunter.

„Hähnchenleber... (er verabscheute Geflügel) ... euer Speiseplan besteht noch immer aus Hühnern, als ob es nichts anderes auf der Welt gäbe als Hühner. Aber irgendwas brauche ich ja in meinen Bauch", versuchte auch er zu scherzen. „Wenn es mal Wildbrett gibt, klaust du mir die doppelte Portion. Dafür werde ich dir in alle Ewigkeit dankbar sein. Bist ein gutes Kind, Viviane, gib auf dich acht."

Vivianes Lächeln erstarrte, sie nickte stumm, drehte sich auf dem Absatz um, rannte nach oben in ihr Zimmer, warf sich auf das Bett und weinte bitterlich.

Lawrence hatte längst mitbekommen, was Viviane hinter seinem Rücken tat. Doch die beiden hatten ein stillschweigendes Übereinkommen. Er amüsierte sich höchstens darüber, wenn er aus den Augenwinkeln beobachtete, wie sie klammheimlich Fleischstücke und Brot in den Falten ihres Kleides verschwinden ließ. Ab und zu, wenn sie verhindert war, brachte Kieran dem Unglücklichen das Essen hinunter. Er tat das aber nur für sie, wie er penetrant betonte, denn er verachtete den gestürzten jämmerlichen Zauberer wie alle anderen im Schloss. Er hinterfragte niemals, wie sein Vater das Verhältnis mit der Mutter und dem Iren herausbekommen hatte, obwohl Viviane nichts mehr wünschte als das, damit sie wenigstens noch einen weiteren Menschen hatte, der ihr schreckliches Geheimnis teilte.

Sie hatte irgendwie den Eindruck, dass Guy erleichtert war sie zu sehen, aber sie war auch froh, wenn er erst einmal mit Essen beschäftigt war und nicht so viel sagen konnte und wollte. Er erkundigte sich immer wieder sehr eindringlich nach ihrem Befinden und sah sie dabei beängstigend aufmerksam an. Höflichkeitshalber wechselte sie jedoch nur ein paar Belanglosigkeiten mit ihm, in der Angst, sich zu verraten. Auch wenn er sehr schwach und angeschlagen war, er konnte Gedanken lesen – alle. Sie redete sich tapfer ein, ihren Verrat mit ein paar Stückchen Fleisch genügend gesühnt zu haben, nahm die leere Schüssel und hastete schließlich, glücklich dem Dunstkreis des noch immer gefürchteten Iren entronnen zu sein, wieder die Treppen hinauf. Da sah sie neben der Tür eine hohe Gestalt stehen. Sie erschrak kurz, erinnerte sich aber gleichzeitig, dass Sir Lawrence sie lediglich mit einem Tag Hausarrest zu bestrafen pflegte.

„Ich habe ihm nur was von den Abfällen gebracht, weil du ihn zu viel hungern lässt. Das ist schlecht für seine Kondition und ...", sie unterbrach sich entsetzt. Zu spät hatte sie es bemerkt, es war nicht ihr Vater, zu spät, um davonzulaufen. Die eiskalte Hand hatte sie schon am Genick gepackt und hielt sie fest umklammert. Viviane schrie vor Schmerz und versuchte verzweifelt, sich zu befreien.

„Schrei, du irischer Bastard", zischte Lyonel. „Hier hört dich keiner." Er verstärkte den Griff, als sie zu kratzen versuchte. „Jeder weiß, dass du das Rabenaas da unten fütterst. Unser Vater findet das auch noch komisch. Du hast Glück, er nimmt dich nicht ernst. Aber es wird der Tag kommen, da wird er dich ernst nehmen müssen – sehr ernst. Oh, die kleine possierliche Wildkatze kann fauchen. Ich mag fauchende kleine Katzen, besonders wenn sie so zappeln wie du. Ich lass sie ein wenig weiter zappeln, dann schüttle ich sie. Weißt du wie lang es dauert bis kleine fauchende Katzen verrecken? Es dauert sehr lang, sie sind zäh und haben sieben Leben. Wollen wir mal sehen, wie viel Leben du hast."

Viviane hatte längst aufgehört zu schreien, sie wimmerte nur noch leise. Nicht heulen, jetzt bloß nicht anfangen zu flennen oder womöglich auf den Boden zu pinkeln. Er sollte nicht merken, welche Todesangst sie ausstand. Seine Hand fuhr unter ihr Kleid und krallte sich in ihre nackte Brust.

„Poch, poch, das kleine Herz. Ich hasse dich, du Miststück, dich und deine verdammten Brüder. Ihr habt das Blut dieser irischen Hure, die das Leben meiner Eltern zerstört hat. Irgendwann werdet ihr dafür büßen." Er ließ sie los. „Lassen wir es für heute genug sein. Komm mir nicht noch mal in die Quere und du wirst zappeln Kätzchen, jämmerlich zappeln."

Einige Zeit war vergangen, bis Viviane registrierte, dass sie allein war. Sie rieb ihr schmerzendes Genick. Noch am ganzen Leib zitternd, schlich sie in ihr Zimmer und schmiegte sich sofort an Kieran.

„Was ist los? Du bist so kalt."

„Lyonel", flüsterte sie kaum hörbar. Er legte den Arm um sie und streichelte zärtlich ihren Nacken.

„Arme Viv. Das Kätzchen hat nun mal keine Chance gegen den brüllenden Löwen."

„Er hasst uns", schluchzte sie, „ich fürchte mich vor ihm."

„Ich hasse ihn auch und ich fürchte ihn. Aber ich schwöre dir, eines Tages wird er mich fürchten, er wird mich fürchten, dieser verdammte Erzengel", endete Kieran ganz ruhig. Dabei sah er selbst einem Erzengel beängstigend ähnlich.

Schottland 1185 – 1192

6.

Viviane Duncan weigert sich zu heiraten und bezieht eine Ohrfeige

Nachdem der junge König Geoffrey seinen ehemaligen Erzieher aus den Verliesen des Großmagiers befreit hatte und ihn zu seinem persönlichen Berater und zu seinem Schicksal machte, ging in Sir Lawrence plötzlich eine Veränderung vor. Er war zu einer grundlegenden Erkenntnis gelangt: Seine ruppige kleine Wildkatze wurde allmählich erwachsen, war aber noch immer unbezähmbar und zeigte zu häufig ihre Krallen. Was ihm vor einem Jahr noch als niedlich und verspielt entzückte und amüsierte, ärgerte ihn von Tag zu Tag mehr. Also, was macht man mit Wildkatzen, wenn sie geschlechtsreif werden? Man gibt ihnen die Freiheit oder man sperrt sie ein. Er entschied sich für das letztere. Nur auf Dauer war das auch keine Lösung. Gut, sollte sie in Zukunft ihre Krallen an einem Ehemann wetzen – Zeit, sie auf alle Fälle zu verloben. Douglas McDuff war von dem Angebot begeistert. Sein Vater zuerst viel weniger, aber seine künftige Schwiegertochter war immerhin das Kind des Großmagiers, was für die Familie McDuff ein enormes Prestige darstellte. Auch König Richard war nicht unfehlbar. Warum sollte er sein Selbstwertgefühl als Schwiegervater der Tochter des Großmagiers nicht aufwerten?

Lawrence, der sich des öfteren über Richards Eitelkeit ausgelassen hatte, gönnte sie ihm von ganzen Herzen – die Tochter des Großmagiers. Nun lassen sich Wildkatzen nicht so einfach verkuppeln und Viviane zeigte ganz unverhohlen, welche Traumehe Douglas erwartete. Sie griff ihn, der ihr nicht im geringsten gewachsen war, bei jeder Gelegenheit an. Sie machte ihn lächerlich, indem sie ihm mit ihren magischen Experimenten heiles Entsetzen einflößte. Aber der junge Bräutigam ließ sich nicht beirren und sah sich schon als stolzen Sieger aus der gewonnen Schlacht hervorgehen. Nun hatte Douglas einen sehr guten Freund – den Ersten Jäger seines Vaters. Was der bestimmt nicht wollte, war, dass Douglas den rothaarigen Bastard, der seiner Meinung nach niemals aus den Lenden eines Duncan hervorgegangen war, aufgehalst bekam. Also versuchte er mit allen Mitteln, die unsinnige Verlobung zu verhindern und wurde somit unfreiwillig zu Vivianes Verbündeten. Sie wurde von Stund an aufmerksam auf Schritt und Tritt beobachtet. Dabei wollte sie nichts verheimlichen. Im Gegenteil, sollte nun jeder wissen, was ja ohnehin jeder bereits ahnte, dass ihre Beziehung zu ihrem Zwillingsbruder über die geschwisterliche Knutscherei hinausging. Mit fatalen Konsequenzen, denn, wie bereits erwähnt, ließ es sich Lyonel nicht nehmen, den Beweis persönlich in Augenschein zu nehmen. Das war grausam, abscheulich und demütigend und auch der arme Kieran hatte furchtbar zu leiden, aber dieses Opfer war es wert gewesen, sie war von diesem Langweiler McDuff befreit. Vor allem wollte sie es sich nicht nehmen lassen zu hören, wenn Lawrence nun gezwungen wurde, die Verlobung aufzulösen. Sie vergötterte ihn noch immer, ihren Vater, er würde ihr niemals böse sein. Er würde ihr vielleicht ein paar Tage Hausarrest geben, ihr liebevoll über die Haare streichen und sagen: „Böse kleine Wildkatze, du magst die McDuffs nicht – ich auch nicht. Du musst niemals heiraten, Wildkatze, du sollst frei bleiben, für immer."

Viviane hatte den richtigen Riecher, sie kam gerade rechtzeitig, als Edward von seinem ältesten Bruder aus dem großen Saal gejagt wurde, weil der mit dem Vater und Roger eine wichtige Unterredung wünschte. Obwohl sie wusste, dass sie mit ihrer Schnüffelei schon einmal eine Katastrophe ins Rollen gebracht hatte, schlüpfte sie hinter einer der Säulen und spitzte ihre feinen Katzenohren. Neugierde ist der Katzen Tod, nun, bis jetzt lebte sie noch ganz gut. Das Gespräch würde sich bestimmt um ihre Zukunft drehen und sie hatte ein Recht zu erfahren, was Lawrence von seinen intriganten Söhnen zu hören bekommen sollte. Sie hatte sich nicht getäuscht.

„Sie wird Douglas McDuff nicht heiraten", hörte sie Lyonels strenge Stimme.

„Ich werde dich gleich hinauswerfen", hörte sie Lawrence gelangweilte Stimme.

„Hört auf zu streiten", fuhr Roger dazwischen. „Lawrence, was hast du bloß davon. Keiner ist glücklich. Douglas nicht und Viviane schon gar nicht."

Viviane in ihrem Versteck grinste zustimmend. Am unglücklichsten wäre dann wohl Douglas. Aber warum war ausgerechnet Roger so um ihr Glück besorgt? Ihr Grinsen jedoch erstarrte, als sie die Antwort ihres Vaters vernahm:

„Ich will nicht, dass sie glücklich ist. Ich will sie endlich loswerden."

„Ach, wenn das der Grund ist, dann verstehe ich dich zu gut ..."

Auch Roger war ein echter Duncan, so sarkastisch hatte seine Stimme noch nie geklungen.

„Douglas wird sie hinauswerfen, wenn er erfährt, dass sie nicht mehr intakt ist", fuhr Lyonel unbeirrbar fort, „abgesehen von der Blamage für unsere ganze Familie."

„Auf einmal ist sie unsere Familie", feixte Lawrence. „Und woher willst du wissen, dass sie nicht mehr intakt ist?"

„Du weißt, dass ich es weiß. Außerdem ist bekannt, dass sie eine widernatürliche Beziehung zu Kieran hat und ich will auf keinen Fall, dass diese Schweinerei bis zu König Richard vordringt und vor allem, dass Douglas nicht darunter leidet."

„So sehe ich das auch", warf Roger eifrig ein. „Wenn du sie loswerden willst, gib sie dahin, wo sie hingehört."

Lawrence schwieg einen Moment, bis er plötzlich losbrüllte:

„Zum Ersten, Roger Duncan: Ich denke nicht im Traum daran, sie dahin zu geben, wo sie hingehört. Bin ich denn wahnsinnig und schaufle mir mein eigenes Grab? Zum Zweiten, Lyonel Duncan: Verschwinde endlich. Du gehst mir auf den Geist mit deinen Moralpredigten. Vielleicht stört es Douglas nicht einmal, wenn sie angeblich nicht mehr intakt sein soll und wenn es ihn doch stört, wird er es verheimlichen, weil er ein genauso verdammter Heuchler ist wie du. Sie ist intakt, zumindest im Kopf. Ihr Unterleib geht mich nichts an und ich habe keine Lust das auch noch zu überprüfen. Also beweist mir erst einmal ..."

Wäre Viviane noch ein wenig geblieben, hätte sie sofort erfahren können, wo sie „hingehörte" statt erst nach vielen Jahrhunderten. Doch sie wollte nichts mehr hören, sie wollte, dass sie niemals etwas gehört hätte. Sie fühlte sich mit einem Mal so entsetzlich erbärmlich, so verraten von dem Menschen, den sie über alles geliebt hatte. Sie schlich leise davon, verkroch sich in eine dunkle Nische und grübelte verzweifelt, weshalb der Vater sie so plötzlich verabscheute und nur verheiraten wollte, um sie los zu werden und sich auch noch brüstete, mit dieser unseligen Heirat Richard McDuff eins auszuwischen. Sie verstand einfach die Welt nicht mehr und bereute zum ersten Mal in ihrem Leben, heimlich gelauscht zu haben. Tränen kullerten über ihre Wangen und gleichzeitig hasste sie sich dafür, dass sie wegen diesen abscheulichen Männern, die sie wie ein Stück Fleisch verschacherten und mit ihrer Jungfräulichkeit spekulierten, heulen musste. Nicht einer von diesen elenden Hohlköpfen war auch nur eine

Träne wert, am wenigsten derjenige, der seine eigenen Kinder lediglich zeugte, um sie wie Schachfiguren in einem miserablen Spiel einzusetzen.

„Geht es dir nicht gut?" Viviane schaute in Edwards besorgtes Gesicht. Eine kleine Schachfigur mit zu großen blauen Augen, dazu bestimmt, einst zur Rechten seines selbstgefälligen Vaters zu sitzen. Er war rührend sensibel und schwach. Und weil er schwach war, konnte er vielleicht auch eines Tages gemein werden. Sie war auch sensibel, aber nicht schwach. Sie wollte niemals schwach sein, niemals. Die Ahnungslosigkeit in diesem Spiel der Könige war das einzige, was sie mit Edward gemeinsam haben sollte.

Die Familie Duncan hatte schließlich ihren Skandal und Lawrence, genervt von den erdrückenden Beweisen seiner eifrigen Söhne, gab schließlich auf. Die bevorstehende Verlobung platzte wegen angeblicher Unfruchtbarkeit der Braut, an die die Familie McDuff wohlwollend diplomatisch zu glauben gedachte. Der wirklich Leidtragende war jedoch Kieran, der natürlich seine Schwester noch immer beharrlich verteidigen wollte. Nur gegen die zwei zornigen Drachen, in Gestalt seiner ältesten Brüder, hatte er keine Chance. Und er sollte schmerzlich hinnehmen, dass er, ein Gefallener von Draußen, ohne Rechte war. Zu seinem Glück stellte Lyonel keine Ansprüche auf den „Gefallenen" und sollte ohnehin bald auf den Kreuzzug gehen. Sir Lawrence sperrte als Konsequenz seinen Jüngsten lediglich weg, um den Gerüchten im Schloss nicht noch mehr Zündstoff zu geben. Zur „Strafe" verweigerte Viviane den Unterricht bei ihrem Vater, der wieder anstelle von Percevale trat, was den allerdings herzlich wenig störte. Und als er herausfand, dass seine Wildkatze auch noch den zukünftigen Großmagier bestach, um ihren geliebten Bruder heimlich zu treffen, bekam auch sie Hausarrest. Der arme Edward, er wäre sicher froh gewesen, nur mit Hausarrest davonzukommen. Aber über diese Folgen konnte Viviane sich natürlich nicht mehr den Kopf zerbrechen. Für sie begann eine schlimme Zeit. Sie verwahrloste wieder zusehends, hatte für ihre Umgebung kein Interesse mehr, saß auf ihrem Bett, stumm und traurig und fassungslos. Sie glaubte, allmählich zu wissen, weshalb ihr geliebter Vater sie so verachtete. Es war vordergründig niemals die geplatzte Verlobung oder das Verhältnis zu ihrem Bruder. Sie hatte mit ihrem Verrat Lawrence gezwungen, Ginevra zu töten und nach Draußen zu verbannen. Vielleicht hatte er ja schon längst geahnt, was sich im Schlafzimmer seiner Frau abspielte und Viviane hatte ihn nur darauf gestoßen, so wie Lyonel und Roger auch nicht locker ließen, als sie die Hochzeit mit Douglas McDuff verhindern mussten. Sie ekelte sich jeden Tag mehr vor sich selbst und zum ersten Mal in ihrem Leben, dachte sie daran zu sterben. Warum tötete er sie nicht auch, warum verbannte er sie dann nicht wenigstens irgendwo in ein fernes Land, dort, wo niemand sie mehr sehen konnte, sie und das schreckliche Mahl ihres Verrats, das sie sichtbar für alle mit sich herumzutragen glaubte. Nur die Hoffnung, eines Tages wieder mit Kieran, von dem sie überzeugt war, dass er sie wirklich liebte, zusammen zu sein, hielt sie noch aufrecht.

Ihr Wunsch sollte sich erfüllen, allerdings anders als sie dachte. Geoffrey kehrte von Palästina zurück, um Elaine zu heiraten. Das störte Viviane weniger, die dämliche Gans hatte einen Mann wie Geoffrey verdient. Jedoch von Edward, der ihr noch immer unbeirrbar zugetan war, erfuhr sie, dass auch Kieran mit dem König nach England gehen sollte. Ihr Zorn kannte keine Grenzen mehr, Kieran, verkauft wie ein Stück Vieh. Sir Lawrence hatte sich nie viel aus seinem jüngsten Sohn gemacht, aber diese Demonstration von Kaltschnäuzigkeit mobilisierte ihre gesamte Wut. Ausgerechnet zu Geoffrey. Geoffrey war längst kein kleiner Knabe mehr, der sich die Nähe seines Bruders erbettelte. Er war mächtig und bestimmt stark genug, sich Kieran auch mit Gewalt gefügig zu machen. Das alles wäre niemals geschehen, wenn Ginevra noch am Leben wäre. Viviane wagte erst gar nicht daran zu denken, welche Kreise ihr Verrat noch im Laufe der Zeit ziehen würde.

Sie sah Geoffrey erst am Tag kurz vor seiner Hochzeit und einen Augenblick verspürte sie sogar Mitleid mit der jungen Braut, die sich so strahlend und naiv auf ihr künftiges Leben an der Seite dieses glanzvollen skrupellosen Königs freute. Bevor Viviane dazukam, alle Pläne, Kieran aus dieser ausweglosen Situation zu befreien, durchzuarbeiten, wurde sie eines Abends von Edward, offenbar Lawrence geflügeltem Boten, aus ihrem Zimmer in den großen Saal zitiert. Dort fand sie sich kurze Zeit später mit ihrem Vater und Guy Macenay wieder. Er war noch sehr blass, sah aber wieder viel besser aus, Königs Geoffreys engster Berater. Das letzte Mal, als Viviane ihn sah, wurde er in Ketten halbtot und halbnackt dem gerade fünfzehnjährigen König in Gegenwart des versammelten Hofstaats als Krönungsgeschenk vor die Füße geworfen. Lawrence schickte den „Götterboten" hinaus, vergewisserte sich, dass er auch wirklich hinausgegangen war und wandte sich ohne Umschweife an Viviane:

„Setz dich auf den Stuhl, Wildkatze." Sein Ton wurde scharf als sie beabsichtigte, sich auf die Tischkante zu schwingen. Sie hatte beschlossen, sich zu wehren mit aller Kraft, die ihr noch zur Verfügung stand. „Sie ist älter geworden. Auch wenn man es ihr nicht ansieht", sagte er zu Guy, „aber sie ist noch immer unbezähmbar." Widerwillig ließ sie sich über das Haar streichen, „Was ist mit dir, Viviane?" Sie schüttelte den Kopf, um seine Hand loszuwerden. Er verabscheute sie und sie verabscheute ihn.

„Sag mir lieber, was in dich gefahren ist?", startete sie sofort zum Angriff, die Anwesenheit des schwarzen Zauberers ignorierend. „Warum muss Kieran mit Geoffrey nach England?"

„Ach, das Nachrichtensystem funktioniert ja ausgezeichnet. Ich werde wohl Edward irgendwann ein Schweigegelübde aufzwingen müssen", lachte Lawrence und setzte sich ihr gegenüber. „Keiner will hier Kieran haben und Geoffrey ist ganz wild auf ihn. Hast du vergessen, dass er gefallen ist und keine Rechte mehr hat."

„Er ist dein Sohn", erwiderte Viviane etwas kläglich.

„Damit hat er aber keinerlei Sonderrechte", fuhr Lawrence ärgerlich auf. „Keine Angst, du wirst deinen geliebten Bruder nicht verlieren. Du wirst nämlich mit ihm gehen."

Viviane verkniff sich die Antwort: Ich bin nicht gefallen, ich bin deine Tochter und ich habe Rechte, noch habe ich Rechte. Stattdessen wiederholte sie nur dümmlich:

„Zu Geoffrey?"

"Ja, zu Geoffrey. Dann seid ihr alle drei wieder zusammen. Ist das nicht schön?"

Schön! Stimmt, sie wären ohnehin von hier fortgegangen. Einen Augenblick wollte sie sich sogar freuen, denn mit Geoffrey würden sie zu zweit vielleicht fertig werden. Aber mit Sicherheit nicht mit Guy. Sie sah die schwarzen durchdringenden Augen. Wie konnte sie ihn nur vergessen, Geoffreys gefährlichen Verbündeten. Gegen ihn hatten sie und Kieran nicht die geringste Chance. Er würde bald alles aus ihnen herauskriegen, was in jener Nacht geschehen war und was sie und ihren Bruder dann erwartete, war schlimmer als die Hölle. Sie drohte vor Entsetzen die Besinnung zu verlieren. Ihr verzweifelter Blick traf den ihres Vaters. Nun hatte er sie wirklich endgültig verraten. Aber auf der anderen Seite hatte sie schließlich diese Strafe verdient. Sie musste vor allem Haltung bewahren, so wie Guy es vor Jahren auch getan hatte, als Lawrence ihn in die Verliese der Burg schleppen ließ. Insgeheim hoffte sie natürlich, Guy damit zu beeindrucken. Sie hatte sowieso keine andere Wahl, denn mit Lawrence war sie fertig.

„Hast du etwa Angst vor ihm, Wildkatze? Er wird dich anständig behandeln. Nicht wahr, Guy."

„Ich hoffe, dass sie mich anständig behandelt", entgegnete Guy kühl. Bestimmt, wollte er noch etwas hinzufügen, wurde aber durch einen lang anhaltenden Hustenanfall unterbrochen.

„Scheiß Kälte", kommentierte ihn Lawrence nicht ohne einen Anflug von Sarkasmus. „Du hättest in Palästina bleiben sollen. So, nun zu dir, Viviane. Wasch dich, kämm deine Haare, damit du hübscher für den König aussiehst."

Sie wünschte ihrem Vater und dem König die Pest auf den Leib – von ganzem Herzen.

„Der König fand mich noch nie hübsch", fauchte sie, „Er heiratet Elaine, die dusselige hübsche Elaine McDuff. Warum, warum tust du das, sag mir wenigstens warum?"

Ihre schweißnassen Hände krallten sich um die Stuhllehnen.

„Du weißt, ich kann dich nicht hier behalten." Lawrence klang einen Moment ernst und traurig. „Du hast eine gute Partie ausgeschlagen. Douglas hätte dich sehr gern gehabt. Erinnere dich. Aber du hast dich für Kieran entschieden. Du willst zu Kieran. Kieran kommt zu Geoffrey. Wenn du also zu Kieran willst, dann musst du eben auch zu Geoffrey. So einfach ist das."

Und zu seinem Hexenmeister. Viviane war den Tränen nahe. Wie konnte Lawrence ihr das antun? Er liebte sie nicht mehr. Oder wollte er sie und Kieran nur loswerden, damit er nicht mehr an Ginevras schmerzlichen Tod erinnert wurde? Womöglich wurde er sogar erpresst. Sie wünschte nichts sehnlicher, dass er zu diesem Schritt gezwungen wurde. Er wollte doch nicht einfach seine geliebte Tochter dem ehemaligen Liebhaber seiner Frau ausliefern? Er wollte, und er wollte es ganz freiwillig. Niemand sollte sie weinen sehen.

„Ich weiß noch immer nicht, warum du das tust. Und du weißt, warum ich dich danach frage", begann sie einen erneuten Versuch. Ihre Stimme wurde lauter, um nicht die Beherrschung zu verlieren. „Was hat König Geoffrey für Kieran und mich eigentlich gegeben?"

Lawrence sprang wütend auf, doch bevor er etwas erwidern konnte, sagte mit einem Mal Guy an seiner Stelle:

„Nichts, ihr seid einfach Hochzeitsgeschenke. Euer Vater verteilt sie gern, Hochzeitsgeschenke, Krönungsgeschenke und so weiter. Er hat lediglich ein großes Herz. Es wird kein Schaden für euch sein. Und jetzt Ende der Diskussion. Tu endlich, was dein Vater sagt, wasch dich und kämm deine Haare."

Das war zu viel , sie vergaß alle Vorsicht:

„Hast du vergessen, wie sehr ich das Haarekämmen verabscheue? Es sei denn, du versuchst es mal. Du hast doch bestimmt viel Übung darin, als Mutters ehemalige Kammerzofe."

Sie schaute Guy ruhig in die Augen. Das hatte wirklich gesessen, denn er wusste keine Antwort. Jedenfalls nicht verbal. Er machte einen Schritt auf sie zu, hob seine Hand. Ein Schlag – und seine harten Knochen trafen Vivianes Wange. Sie stand noch einen Augenblick wie betäubt da. Ihr Unterkiefer schien ausgerenkt zu sein und sie fürchtete, nie wieder sprechen zu können. Sie versuchte es trotzdem:

„Nie wieder, tu das nie wieder, Guy Macenay." Dann drehte sie sich um, rannte nach draußen und schlug die schwere Tür, so weit sie mit ihren dünnen Armen in der Lage war, krachend zu. In ihrem Zimmer angelangt überprüfte sie erst einmal, ob noch alle Zähne da waren, riss ihre wenigen Kleider aus der Truhe und warf sie auf das Bett.

„Viviane."

„Lass mich in Ruhe."

„Ich werde mit Geoffrey gehen."

„Ich auch."

Heulend warf sie sich in Kierans Arme.

„Wir werden immer zusammenbleiben", flüsterte er ihr ins Ohr.

„Bei meiner Seele, ja", nuschelte sie, ihre Backe schien sich zu verdreifachen.

„Mein Gott, du blutest ja, wer hat das getan?"

„Macenay, ich habe ihn gebeten meine Haare zu kämmen."

„Bist du wahnsinnig? Sei vorsichtig, was du sagst. Du darfst nicht einmal daran denken. Versprich mir, das zu vergessen, vergiss es einfach."

Sie versprach es – sie hatte es vergessen – bis auf den heutigen Tag.

Frankreich um 1196

7.

Das Ende der Drachenspiele

Als Viviane in die Gegenwart zurückkehrte, verklangen gerade die letzten Töne des Finales der Zauberflöte. Und genauso verklang auch ihre anfängliche Euphorie. Sie erhob sich, um den CD-Player auszuschalten. Zum Glück waren wenigstens die Kopfschmerzen verschwunden. Aber sie fühlte sich noch immer elend, die Schokolade lag wie ein Stein in ihrem Magen, sie war müde und ausgelaugt. Was machte es eigentlich für einen Sinn, sich Ginevra gegenüberzustellen? Viviane hatte sie in all den Jahren kein einziges Mal vermisst, warum sollte sie ausgerechnet jetzt mit ihr Kontakt aufnehmen? Sie würde bestimmt den Rest dieses Lebens und der weiteren Leben sehr gut ohne die Antwort ihrer Mutter auskommen. Und ebenso gut würde Guy Macenay auskommen, wenn er von dem schnöden Verrat seiner „Tochter" nichts erfuhr. Die Wahrheit konnte also allen Beteiligten eher schaden und Viviane wollte ihr neues Leben, in dem es ihr so gut wie noch nie ging, jetzt nicht mehr mit ihrer schrecklichen Vergangenheit belasten. So einfach war das. So einfach, wenn Macenay nicht etwas ins Rollen gebracht hatte und was Kieran womöglich mit seiner Ankunft noch ins Rollen bringen würde, daran wagte sie nicht zu denken.

Viviane versuchte sich abzulenken, indem sie hektisch ihr Zimmer aufzuräumen begann. Du kannst ein Leben nur neu beginnen, wenn du deine bisherigen Leben abgeschlossen hast. Du hast sie aber nur mehr oder weniger erfolgreich verdrängt, doch niemals abgeschlossen. Und kann man überhaupt eine Schuld abschließen? Eine Schuld, die dem einem Mann das Herz und dem anderen Mann das Kreuz gebrochen hat? Eine Frau musste sterben, ihre Seele ist irgendwo in einer anderen Dimension gefangen, ohne Hoffnung auf Erlösung – und diese Frau ist deine Mutter. So einfach ist das, du dummes, kleines Ding. Ich interessiere sie nicht. Viviane ging zum Spiegel. Deine Argumente sind dünn und dumm, flüsterte sie dem Gesicht, das ihr entgegen schaute, zu. Es ist doch überhaupt nicht die Frage, ob du sie, sondern ob sie dich interessiert. Und es ist vor allem nicht die Frage, ob sie dir deinen Verrat vergeben wird, sondern ob du bereit bist, ihr das zu vergeben, was sie dir angetan hat.

Verdammt, ich weiß es nicht. Ich muss es aber wissen. Na also, du bist kein neunjähriges Druidenkind mehr, das sich nicht die Haare kämmen lassen will, sondern eine reife erwachsene Frau. Diese Erkenntnis brachte Viviane einen Augenblick zum Lachen. Die innere Stimme war allerdings zu keinen Späßen aufgelegt. Dann benimm dich auch so, unterbrach die reife erwachsene Frau auf der Stelle das Kinderlachen. Sie zog ihr Totenkopf-T-Shirt aus, warf es auf das Bett, ging zum Schrank und schlüpfte in das schwarze Gewand des Ersten Priesters von Draußen. Eindrucksvoll, sehr eindrucksvoll. Zwar noch immer keine Lady wie Mum es wünschte, aber immerhin eine erwachsene Frau. Viviane versuchte es noch einmal mit einem reifen, erwachsenen Lachen, bevor sie sich auf den Weg nach Draußen vor das schwarze eiserne Tor zum Niemandsland machte.

Damals, als sie König Geoffrey und seinem finsterem Begleiter nach Frankreich folgen musste, war sie noch ein junges Mädchen, wahnsinnig vor Angst und vor Wut, wild entschlossen, sich jedem, der sie und ihren geliebten Bruder zu bedrohen wagte, entgegenzustellen. Aber schon gleich nach ihrer Ankunft im Anjou stellte sie fest, dass weder Kieran noch sie sich zu fürchten brauchten. Man ließ die beiden gewähren wie in Schottland, wie lange bevor Lyonel und Roger hinter die „geschwisterliche" Liebe gekommen waren. Geoffrey war viel zu beschäftigt, den Einfluss seines Vaters auf das Zweite Reich endgültig auszumerzen. Und Guy tat alles, damit sein junger König auch auf keinen anderen Gedanken kam. Dann war da Edward, der wie eine Klette an der frisch verheirateten Elaine hing, was den frisch verheirateten Ehemann nicht zu stören schien. Also, waren Viviane und Kieran wieder ganz für sich und genossen alle Freiheiten. Sie durften sich sogar eine Weile bei Percevale de Thouars in seiner eigentlichen Heimat, der Vendée aufhalten.
   Es hätte in der Tat für beide fast das Paradies sein können. Fast ein Paradies, denn im Paradies gab es schließlich die Schlange, eine kleine verführerische Schlange, die Viviane zu oft im Geheimen die Frage stellte, welche Qualitäten Geoffrey noch haben könnte, außer dass er sehr schön und sehr sehr dumm war. Er hat die Intelligenz eines Raubtieres, behauptete Guy von seinem König, vor allem hatte er auch den feinen Instinkt eines Raubtieres. Viviane hätte wissen müssen, was mit ihr geschehen sollte, wenn sie dieses Raubtier reizte und ihm in die Hände fiel. Anfangs waren es nur Blicke, die beide flüchtig miteinander

austauschten. Viviane widerstand diesen Blicken, nur Geoffrey hatte längst herausgefunden, dass sie eigentlich nicht widerstehen wollte. Kieran, ohne den Instinkt eines Raubtieres, doch mit einer ordentlichen Portion gesunden Menschenverstand ausgestattet, war die explosive Spannung zwischen den beiden nicht entgangen. Als er seine Schwester darauf ansprach, stritt diese das natürlich sofort ab und wurde sogar zornig. Er sprach sie nicht mehr an, denn Viviane war in der letzten Zeit reizbar und unausgeglichen. Sie wollte nicht wahrhaben, dass auch sie Geoffrey begehrte und noch viel weniger wollte sie wahrhaben, dass ein Kind von Kieran in ihr heranzuwachsen begann. Sie ignorierte verzweifelt ihren langsam anschwellenden Bauch und hoffte, dass sich das Problem irgendwie von selbst erledigte.

Aber dieses Mal hatte sie mit ihrer Taktik keinen Erfolg. Das Problem erledigte sich nicht von selbst, nicht durch waghalsige Ausritte, nicht durch heiße Bäder, nicht durch übermäßigen Weingenuss. Und als dieses Etwas sich in ihr zu bewegen begann, konnte sie sich den Fakten nicht mehr entziehen. Sie durchlebte viele Stunden des Entsetzens und der Angst, dieses Monster, das von ihrem Leib Besitz ergriffen hatte, nicht mehr loszuwerden. Das Monster, das den Beweis ihrer verbotenen Liebe nun ans Licht bringen sollte. Und sie war allein, sie hatte mit niemandem darüber gesprochen. Kieran, der einzige, der sie nackt sah, tischte sie das Märchen von unbekömmlichen Speisen auf, die ihren Bauch aufblähten. Ob er ihr glaubte, war ihr irgendwann sowieso egal. Sie würde es austragen müssen, zur Welt bringen – und dann? Viviane versuchte einen klaren Kopf zu behalten. Wenn es ein Monster war, würde sie es töten. Sie hatte mehr Angst davor, dass es kein Monster war. Sie war sich wohl darüber im Klaren, dass sie dieses Kind, wenn sie es von Angesicht zu Angesicht sah, niemals würde töten können. Dann musste sie wohl oder übel doch Kieran einweihen. Er würde zu ihr halten, wie auch sie zum ihm gehalten hatte und vielleicht mit ihm zusammen nach Schottland oder sogar zu Percevale fliehen. Sie hatte viele Möglichkeiten, und es war beruhigend, noch genug Zeit zu haben, um einen Plan auszudenken. Es gab für alles eine Lösung, wenn es soweit war. Bis dahin suchte sie Gesellschaft, um nicht an ihre missliche Lage erinnert zu werden, nahm das Spiel mit dem Feuer wieder auf, ohne zu merken, wie sehr sie Kieran, der sich so feinfühlig um sie bemühte, verletzte.

Das trügerische Gefühl, ihre Situation ohne Probleme in den Griff zu bekommen, die Macht, Geoffrey auszureizen, wie sie es schon immer gern getan hatte, versetzte sie in eine gefährliche Euphorie. Dieses Mal leitete kein zerrissenes Hemd, sondern ein Jagdausflug die Katastrophe ein. Erst als Geoffrey sie vom Pferd riss, erinnerte sie sich schmerzhaft daran, wie er damals grausame Rache für ihren Streich an seinem geliebten Nachtgewand nahm. Nur konnte sie nun schreien soviel sie wollte, sie war mit ihm allein im Wald. Kein Sir Lawrence würde ihr zu Hilfe eilen. Geoffrey brachte sie mit zwei Ohrfeigen zum Schweigen, riss ihr die Kleider vom Leib und warf sie zu Boden. Und genau wie damals sprach er kein einziges Wort. Es war ein verzweifelter stummer Kampf. Als er in sie eindrang und sie vor Schmerz fast die Besinnung verlor, gab auch sie keinen Laut mehr von sich. Sie saß noch, nachdem Geoffrey verschwunden war, bis zum Einbruch der Dämmerung still und nackt am Boden. Sie war unfähig zu denken, unfähig sich zu bewegen. Der erste Gedanke, der in ihr verwirrtes Hirn zurückkehrte, war Abscheu. Sie fühlte Abscheu, nur abgrundtiefe Abscheu. Nicht vor Geoffrey, sondern vor sich selbst. Er hatte sie gedemütigt, war wie eine Bestie über sie hergefallen und sie hatte dabei Lust empfunden, dumpfe geile Lust. Ihr graute vor dem Abgrund, in den sie gerade geschaut hatte. Ein Bild tauchte in ihren Erinnerungen auf: Ein stolzer und kluger Mann, der sich vor einer hohnlachenden Frau auf die Knie wirft um ihre Füße zu küssen. Niemals durfte das wieder passieren – niemals. Sie versuchte, sich zu erheben, ein rasender Schmerz im Unterleib ließ sie wieder zu Boden sinken. Sie spürte die warme Flüssigkeit zwischen ihren Schenkeln und als sie hinsah, entdeckte sie zu ihrem Entsetzen, dass sie blutete. Panisch suchte sie ihre zerfetzten Kleider zusammen. Sie konnte den Anblick ihres geschändeten Körpers nicht mehr ertragen. Irgendwie, unter Aufbietung ihrer letzten Kräfte, war es ihr gelungen auf ihr Pferd zu klettern. Und irgendwie erreichte sie auch die Burg. Zum Glück waren nur wenige Bewohner anwesend. Man hatte sie natürlich vermisst und war auf der Suche nach ihr. Sie begegnete zuerst Edward, erzählte ihm hastig, sie sei vom Pferd gestürzt. Dann wollte sie nur noch schlafen, schlafen für immer. Als sie an der Treppe, die hinauf zu ihrem Gemach führte, plötzlich in Kierans Augen schaute, wusste sie – alles war verloren, sie hatte das Band, das ewig zwischen beiden bestehen sollte, zerrissen für einen weiteren widerwärtigen Verrat. Der Versuch, ihn um Vergebung zu bitten, war sinnlos. Sie versuchte es trotzdem und nahm die Ohrfeige, die er ihr als

Antwort verpasste, demütig hin. Auch Edward, der sich noch rührend um sie kümmerte, vermochte sie nicht mehr zu trösten. Endlich allein in ihrem Gemach ließ sie sich in eine Ecke auf den Boden gleiten, weinte bitterlich, weinte um ein winziges Stück Paradies, das sie verloren hatte.

An das, was danach geschah, hatte sie fast keine Erinnerungen mehr. Da stand mit einem Mal Guy Macenay vor ihr und versuchte, beruhigend auf sie einzureden. Sie war zu schwach, zu demoralisiert, um sich zur Wehr zu setzen. Er entkleidete sie, legte sie auf das Bett und flößte ihr ein Getränk ein. Dann kamen die Schmerzen zurück, die furchtbaren Schmerzen, wie durch einen Nebel vernahm sie seine Stimme – flehte er sie an nicht zu sterben? Sie konnte sich nicht mehr erinnern. Als sie wieder erwachte, lag sie im gleichen Bett, im gleichen Raum. Sie hatte sich längst Draußen oder sonst wo geglaubt. Guy, der noch immer neben ihr saß, musste wohl die ganze Zeit bei ihr gewesen sein. Sie war ihm schutzlos ausgeliefert gewesen. Fast drei Wochen, wie er ihr bestätigte. Sie musste in ihren Fieberträumen nichts verraten haben und er war nicht in ihre Gedanken eingedrungen. Denn sonst, schlussfolgerte sie schwach, würde er bestimmt nicht erleichtert lächeln, sondern hätte sie längst zur Hölle geschickt. Das Monster in ihrem Leib war nicht mehr. Bis auf den heutigen Tag hatte sie nicht gewagt, ihn zu fragen, ob oder was er getan hatte, damit es verschwand.

Es war nicht nur das Kind von Kieran, sondern auch Kieran selbst, der aus ihrem Leben verschwinden sollte. Jeder Versuch, ihn um Vergebung zu bitten scheiterte. Er schaute sie nicht einmal an. Ihre Trauer verwandelte sich schließlich in Wut und um nur ein wenig Aufmerksamkeit von ihm zu bekommen, warf sie sich Geoffrey demonstrativ vor die Füße. Der genoss die Kapitulation seiner stolzen Schwester sichtlich und verfuhr mit ihr wie es ihm beliebte.

An jenem Nachmittag im Herbst in einem Wald im Anjou sollte ihre Kindheit enden, ihre Spiele die längst nicht mehr die eines neunjährigen übermütigen Mädchens und die eines verschüchterten Engels waren. Gut, es waren Spiele mit Angst und Schrecken gewesen, aber das gehörte doch zu einem Spiel. Und wenn es zum Schlimmsten kam, gab es immer einen Ausweg und davon war Viviane auch überzeugt gewesen. Doch nun erkannte die kleine Wildkatze schmerzlich, dass sie schon zu viele ihrer Leben verspielt hatte. Ihre Mutter war tot, Guy hatte während seiner

Gefangenschaft bei Lawrence fast den Verstand und seine Gesundheit verloren, Lawrence selbst war zerbrochen an einer schrecklichen Vermutung, die sie ihm bestätigt hatte, Kieran, ihr letzter Halt, brachte ihr nur noch Verachtung entgegen und sie selbst war der Willkür eines unberechenbaren Königs schutzlos ausgeliefert, Scheiß Spiele!

Geoffrey hatte es satt, um die Gunst seines Bruders zu betteln, er würde sie sich einfach holen und noch viel mehr dazu. Davon war er überzeugt und Viviane natürlich auch. Beide irrten. Kieran sollte lieber sterben als sich Geoffrey oder womöglich seinen Gefühlen zu ihm auszuliefern. Er hatte kaum eine Chance, den sinnlosen Schwertkampf gegen den König zu gewinnen und als er blutüberströmt am Boden lag, wurde Viviane grausam bewusst, was sie mit ihren gefährlichen Spielen angerichtet hatte. „Vergib mir, bitte vergib mir wenigstens jetzt ..." Viviane hörte nicht mehr auf zu schreien, sie versuchte vergeblich, den tödlich getroffenen Bruder aufzurichten. Aber Kieran wandte sich von ihr ab und starb ohne ein Wort, ohne ein Zeichen der Vergebung. Sie vergruben ihn bei den Felsen unweit von Percevales Burg, zu dem er sich zu flüchten versucht hatte. Einen Augenblick wollte Viviane ihm sogar nach Draußen folgen, doch sie wusste längst – nicht einmal in der Hölle wollte er sie mehr bei sich haben. Ihre Gedanken wurden durch eine Berührung an ihren Schultern unterbrochen. Sie zuckte zusammen. Genau so hatte sich Ginevra immer von hinten an sie herangeschlichen. Als sie sich umschaute, sah sie in Geoffreys blasses Gesicht, in seine rotgeweinten Augen. Er schloss sie in die Arme. „Es tut mir so leid. Vergib du mir Viv. Bleib bei mir, bitte bleib ganz einfach bei mir."

Sie blieben zusammen, wie zwei verstörte einsame Kinder, die verzweifelt den Scherbenhaufen, den sie angerichtet hatten, zu kitten versuchten. Sie wichen nicht mehr voneinander in der Angst, sich zu verlieren. Geoffrey änderte sich, er wurde aufmerksam und zärtlich. Sollte nun das Paradies zurückkehren? Niemals. Die Schuld, der Schatten des betrogenen und getöteten Bruders begleitete sie immer und überall hin, zu den gemeinsamen Ausritten, den Gesängen abends vor dem warmen Kamin und in den Nächten, wenn sie aneinander gekuschelt im Bett lagen und schweigend in die Dunkelheit starrten. Viviane konnte noch weniger schlafen als Geoffrey. Bei ihm wirkte endlich doch der Würzwein. Sie wachte mitten in der Nacht auf und lauschte angstvoll. Sie fürchtete

Kieran, ihren geliebten Kieran, seinen Hass auf seine Geschwister, den sie und Geoffrey geweckt hatten. Doch außer Guys röchelndem Husten im Nebenraum war nichts zu hören. Er war nun ihr beider Schutzengel geworden – der Berater des Königs. Viviane verdrängte die schreckliche Beklemmung. Sie wusste nur zu gut, dass der kränkelnde irische Zauberer doch noch weit von dem mächtigen schwarzen Hexenmeister Draußen entfernt war und einem zur Rache entschlossenem Ersten König wenig entgegenzusetzen vermochte. Ihre Sorge um Geoffrey war ohnehin erstmal umsonst. Es war ihre Seele, die Kieran, der Erste König von Draußen, forderte.

Deine Seele, holde Jungfrau, dreimal hast du mir deine Seele versprochen. So wie es sich gehört, weil ich den Drachen für dich besiegt habe. Ich habe den Drachen besiegt, jetzt ist es an der Zeit, das Versprechen einzulösen, nicht wahr, Viviane?

8.

Die Königin der Nacht – vorerst letzter Akt II

„Du wirst sie doch nicht etwa getroffen haben?" Ich konnte mein Entsetzen und mein Erstaunen kaum zurückhalten.

Viviane vergrub einen Augenblick ihren Kopf in die angezogenen Knie, bevor sie fortfuhr.

„Ja, das habe ich …" Schweigen, sie atmete ein paar mal tief durch. „… und frag jetzt bloß nicht, wie es war."

„Ich nehme an, es war schlimm."

Sie seufzte: „Schlimmer. Ich weiß nicht einmal, ob ich meine Furcht vor ihr überhaupt jemals überwinden werde. Zumindest weiß sie, dass sie letztendlich ihren Aufenthalt im Niemandsland mir zu verdanken hatte. Keine Ahnung woher."

„Willst du es mir erzählen?"

Viviane zögerte.

„Was soll ich dir erzählen, Ned? Ich habe eine so jämmerliche Figur gemacht. Ich war so voller Mut. Ich wollte ihr gehörig die Meinung sagen. Sie damit konfrontieren, was sie mir mit ihrer unerträglichen Arroganz angetan hat und warum sie und ihr verdammter Bruder und Liebhaber mir so lange meine Herkunft verschwiegen haben. Edward, das sind meine Eltern und ich habe sie so schändlich verraten. Meine Mutter wurde ins Niemandsland verbannt und meinen …", Viviane kramte nach einem Taschentuch und wischte sich die Tränen ab, „… Vater (ja, das stimmt wirklich) wurde von deinem Vater fast zu Tode gequält. Das ist alles meine Schuld."

Ich wollte ihr schon sagen, dass es nicht allein ihre Schuld war, sondern dass diejenigen, die dieses schmutzige Schauspiel inszeniert hatten, ebenso zur Verantwortung gezogen gehörten: Ginevra, Guy und Lawrence. Doch Viviane ließ mich nicht zu Wort kommen.

„Weißt du, was das Schlimmste für mich war? Sie hatte recht, sie hatte in der Tat recht. Sie hatte so viel mit mir vorgehabt und was mache ich? Ich verpfeif sie und ihren Bettgenossen, weil ich keinen Bock hatte, mir die Haare kämmen zu lassen. Immerhin hat es fast neunhundert Jahre gedauert, bis ich zu dieser Erkenntnis gekommen bin. Ach Edward, ich habe mich auf den Weg zu ihr gemacht, um mein angeknackstes Selbstbewusstsein aufzurichten, aber ich komme zurück und bin wieder nichts weiter als das dumme, kleine Ding mit den roten struppigen Haaren. Ich habe mich sogar innerlich auf so etwas wie eine Versöhnung vorbereitet. Aus der schöne Traum von Gnade und Vergebung. Ich hasse sie jetzt noch mehr. Ihren unerträglichen Hochmut und vor allem ihren Anspruch, den ich niemals erfüllen kann und will."

Ich schwieg betroffen. Woher kam mir das alles so unheimlich bekannt vor? Viviane und ich hatten in der Tat viel gemeinsam. Nur, sie hatte im Gegensatz zu mir wirklich eine große magische Gabe. Doch das machte ihr ganzes Elend mit Sicherheit noch schlimmer. „Am meisten jedoch hasse ich mich, Edward. Lassen wir es uns hinter uns bringen. Es war trotz allem einen Versuch wert."

Viviane brauchte nicht lange warten, bis sich das Tor zum Eingang des Niemandslandes öffnete. Sie zog ihren Mantel enger an sich. Draußen war es immer kalt, doch als sie durch das riesige furchteinflößende Tor trat, spürte sie eine noch viel intensivere Kälte, die bis in ihr tiefstes Inneres kroch. Sie versuchte, ihr wie rasend klopfendes Herz zu beruhigen und als sich ihr Puls endlich wieder auf dem normalen Level befand, schaute sie sich vorsichtig um: kein Unterschied. Die Berge waren genauso dunkel und schroff und der Anblick der mächtigen schwarzen Gebäude in der Ferne erinnerte sie an die Stadt, in der sie Draußen zusammen mit ihren Gefährten lebte. Und sie wurde bereits erwartet. Ginevra musterte sie mit ihren grünen Katzenaugen aufmerksam von oben bis unten. Viviane erschauderte. Sie ist die Göttin der Nacht, dachte sie, und ich das zitternde, bebende Töchterchen. Aber zum Teufel, ich werde ganz bestimmt nicht „liebste Mutter ..." wie Pamina rufen. Denn das ist nicht meine liebste Mutter. Das ist ein überirdisch schönes Geschöpf, blass, kalt und böse. Ich verabscheue sie mit meiner ganzen Seele. Ginevra schlang ebenfalls ihren blauschwarzen Mantel um sich. Offenbar fror auch sie und bevor Viviane den Gedanken, sie in einen feurigen Vulkan (ob mit oder ohne Ring) zu stoßen, zu Ende bringen konnte, wurde sie mit Ginevras dunkler weicher Stimme bereits angesprochen.

„Fee, du bist doch bestimmt nicht gekommen, um dir die Haare kämmen zu lassen, auch wenn du es mal wieder nötig hättest? Wenn ich deinen Blick richtig einschätze, liegen dir jetzt die erbaulichen Vorwürfe auf deiner vorwitzigen Zunge, neugierige Wildkatze. Bin ich verpflichtet, dir eine Erklärung abzugeben? Nein, das bin ich gewiss nicht. Ich fürchte, für den Anblick, der sich dir damals in meinem Schlafgemach geboten hat, warst du eigentlich noch viel zu unreif, auch wenn du selbst bei deinem Bruder schon zarte Versuche einer Annäherung in dieser Art gemacht hast. Immerhin, du hast ihn aufgeweckt, damit auch er in den Genuss dieses Schauspiels kommt. Warum habt ihr eigentlich Geoffrey weiter schlafen lassen? Gut, du musst mir darauf keine Antwort geben. Hat es dir gefallen, was du gesehen hast? Wenn ich an deine Biographie denke, bin ich zu der Überzeugung gekommen, dass du immerhin einiges gelernt hast, von dem deine Brüder Kieran und Geoffrey profitiert haben. Viviane, ich weiß, wenn du deine Augenbrauen so zusammenziehst, missfällt dir etwas. Du fandest den Sex zwischen Guy und mir abstoßend? Vergiss nicht, Feechen, beim ersten Mal bist du dabei herausgekommen. Dass von Lawrence kurz darauf auch noch Kieran gefolgt ist, war natürlich eine nette Überraschung. Ich weiß nicht, weshalb dein Vater – und damit meine ich nicht den großen Blonden, sondern den großen Schwarzen – so lange geschwiegen hat. Ist mir ehrlich gesagt, völlig unverständlich. Aber das ist typisch für ihn.

Ich könnte dir noch so viel über ihn sagen, über meinen kleinen geliebten Bruder. Ein mageres wildes Kind, genau wie du, Fee, das mit viel Grausamkeit und Härte gezähmt wurde, bis es …. Nein, liebe Viviane, das soll er dir selbst erzählen. Wenn er es nicht freiwillig tut, dring bei der ersten Gelegenheit in seine Gedanken ein. Schau nicht so verblüfft, du kannst es. Er ist nicht so stark wie er vorgibt. Und du kannst viel mehr als du glaubst.

Meine liebe Fee, du bist nicht ein Unfall, der aus einer der leidenschaftlichen Zusammenkünfte zwischen mir und Guy entstanden ist. Du bist ganz bewusst gezeugt worden. Und du hast alle Voraussetzungen, die ich mir von dir gewünscht hatte, mitbekommen. Aber es ist dein Charakter, du dummes, kleines Ding, der unsere Zukunft zerstörte. Du bist leider auch das wilde Tier wie dein Vater, unbeherrscht, voller Wut und voller Angst. Du hast deine Gefühle nicht im Griff.

Du warst bestimmt, diesen Orden wieder zu übernehmen, den sich die Duncans unberechtigter Weise angeeignet hatten. Und was machst du? Dass du mit dem unbegabten Sohn von Lawrence Duncan jetzt Musik machst, ist völlig lächerlich, aber dass du dem leider sehr begabten Sohn von Lawrence Duncan deine Seele vor die Füsse geworfen hast, ist ein Skandal, Viviane. Ach, ich habe gerade vergessen. Dein Vater hat es ja auch getan. Er selbst, einst ein stolzer König, fällt nun vor Lawrence Bastard auf die Knie."

Er ist auch dein Bastard, wollte Viviane entgegnen, brachte jedoch kein Wort heraus. Ginevra machte eine Pause. Jetzt hatte Viviane die Gelegenheit, sich zu verteidigen. Es gab aber nichts mehr zu verteidigen. Ihre Kehle war noch immer wie zugeschnürt, abgesehen davon, dass sie verzweifelt gegen ihre Tränen ankämpfen musste. Auch Ginevra kämpfte gegen ihre Emotionen an. Guys Entschluss, Kierans Zweiter Priester zu werden, hatte ihr offenbar mehr zugesetzt, als sie zugeben wollte. Aber ihre Tränen waren nicht Verzweiflung wie bei Viviane. Ihre Tränen waren Wut, Wut darüber, ihren willigen Bruder womöglich für immer verloren zu haben.

„Ich hoffe, du bist dir zwischenzeitlich darüber bewusst geworden, was du mit deinem erbärmlichen Verrat angerichtet hast, Fee", fuhr Ginevra, die ihre Beherrschung wieder erlangt hatte, fort. „Deinem richtigen Vater wurde von demjenigen, von dem du geglaubt hast, er wäre dein geliebter Vater, auf abscheulichste Weise das Rückgrat gebrochen. Er wird nie wieder das sein, was er einmal war und welche weiteren Kreise dein Verrat noch gezogen hat, soll er dir selbst erzählen." Ginevra ging auf Viviane zu, packte sie bei den Schultern und sah ihr erbarmungslos in die Augen. „Ach, ich sehe. Er weiß noch gar nicht, dass er seinen Aufenthalt in Lawrence Verlies dir zu verdanken hat. Oh du dummes kleines Ding, da haben wir aber jetzt ein richtiges Problem, löse es so schnell wie möglich. Sonst lebst du weiterhin in ständiger Furcht vor ihm, armes Wildkätzchen. Und dein strahlender ungewollter Stiefvater hat dich ihm auch noch damals in Schottland ausgeliefert. Was konntest du auch anderes von ihm erwarten."

„Mag sein, aber Lawrence war trotzdem immer gut zu mir", flüsterte Viviane kaum hörbar, obwohl sie wusste, dass diese Aussage nur bedingt der Wahrheit entsprach.

„Mein Kind kann ja sprechen. Ich dachte schon, du hättest deine Goldkehlchenstimme verloren, schlecht für eine so hervorragende Primadonna. Ja, dein Stiefvater Lawrence hatte dich so lieb – gestatte, dass ich lache. Er wollte dich mit Richard McDuffs Sohn verheiraten, schon vergessen? Hast du gewusst, dass er Richard nicht ausstehen konnte, diesen von Ehrgeiz zerfressenen Ersten König von Draußen? Endlich hatte er die Gelegenheit ihm eins auszuwischen. Einige Tage nach eurer Hochzeit hätte es den großen Skandal gegeben, meine Liebe. Sir Richard hätte erfahren, dass seine Schwiegertochter keine echte Duncan, sondern nichts weiter ist als ein irischer Bastard, hervorgegangen aus einer inzestuösen Beziehung. Und das sollte ihm nicht Lawrence eröffnen, sondern Guy, der zu diesem Geständnis gezwungen werden sollte. Und Guy befand sich zu der Zeit in einem Zustand, in dem man ihn zu allem hätte zwingen können.

Das zum Thema: So sehr liebte Lawrence Duncan sein Wildkatzen-Kuckucksei. Also hattest du doch wieder Glück im Unglück, denn soviel ich weiß, haben seine zwei ältesten Söhne diese unsägliche Hochzeit verhindert. Was ist plötzlich mit dir, Fee? Du zitterst ja am ganzen Leib. Ich kann mir sehr gut vorstellen, dass du nicht gern daran erinnert werden willst. Schau mich gefälligst an, wenn ich mit dir rede. Es ist gar nicht so einfach, hässliche Erinnerungen auszublenden, nicht wahr? Aber manchmal funktioniert das so gut, dass man glaubt, es wäre niemals etwas geschehen. Schon wieder eine Gemeinsamkeit mit deinem verfluchten Vater. Die zwei Söhne von Lawrence haben offenbar den Beweis erbringen wollen, dass du keine Jungfrau mehr warst, stimmt's? Warst du natürlich nicht. Falls du es doch warst, warst du es nach dieser Prozedur bestimmt nicht mehr. Dein Bruder Kieran erinnert sich vielleicht besser. Er musste schließlich mit ansehen, wie Lyonel ihm auf die schmutzige Bemerkung bezüglich seiner Sexualität seine Erwiderung an dir demonstrierte."

Wut, Wut, Viviane empfand nur noch nackte Wut. Sie biss die Zähne zusammen und wandte sich um. Es gibt nichts mehr zu sagen und nichts mehr anzuhören. Ich würde sie jetzt so gern töten, Mist, sie ist ja unsterblich und sie ist im Niemandsland – und da gehört sie hin in alle Ewigkeit. Aber ich bin nicht im Niemandsland. Ein paar Schritte und sie hatte die Grenze nach Draußen überschritten. Sie atmete erleichtert auf und verbannte die Erinnerung an jene grässliche Nacht zurück in das tiefste Verlies ihres Unterbewusstseins.

„Habe ich dir erlaubt zu gehen, Feechen? Hast du vergessen, dass keiner das Niemandsland betreten darf und wir eigentlich jeden behalten, der diesen Schritt wagt?"

Viviane erstarrte. Ginevra war ihr über die Grenze hinaus gefolgt. Ja, wie konnte sie das nur vergessen. Ihr wurde übel, als sie daran dachte, wie leichtsinnig sie soeben mit ihrem Leben gespielt hatte.

„Schau nicht so entsetzt. Ja, ich kann mich auch Draußen frei bewegen. Der Bann im Niemandsland wurde aufgehoben. Weißt du von wem? Dein heiss geliebter Stiefvater Lawrence Duncan war es, der mir wieder diese ersehnte Freiheit beschert hat. Ich hatte etwas, was er unbedingt wollte. Ich habe es ihm gegeben und dafür kann ich nun Draußen dahin gehen, wo es mir beliebt. Da ich annehme, dass du über die Regeln des Ordens und hier Draußen Bescheid weißt, können jetzt vor allem die zwei Könige Kieran und Roger Anklage gegen ihren Vater erheben. Er hat nicht legal gehandelt und sie mit dieser Aktion in Gefahr gebracht. Und ich, Viviane, bin in der Tat eine Gefahr. Sieh dich also vor, dummes kleines Ding. Für heute lass ich dich ausnahmsweise gehen. Begib dich zu deinem Vater. Du passt vortrefflich zu ihm und vielleicht schont er dich sogar, wenn du ihm endlich deinen grausamen Verrat beichtest. Richte ihm aus, dass ich ihn hier vor dem Tor erwarte. Er weiß warum. Und nicht vergessen: Ich sehe euch. Leb Wohl meine Tochter."

Wie lange Viviane noch immer wie erstarrt Draußen stand, bis Ginevra wie im Nichts auf einmal verschwunden war, wusste sie nicht. Schließlich machte sie sich auf in ihre neue reale Welt, die Welt, die ihr momentan so viel Freude, Geborgenheit und sogar Glück gab. Da war ihr weiches Bett, in das sie sich fallen ließ, sich an den schlafenden Percevale drückte, noch eine Weile vor sich hin weinte und irgendwann gegen Morgen in einen tiefen Schlaf fiel.

Ich erspare mir erst einmal jegliche Kommentare. Vielleicht war ich genauso erschüttert wie Viviane. Ginevras Aussage war mehr als deutlich gewesen: Ablehnung, Verachtung und unermesslicher Zorn für ihre gescheiterte Tochter, die offensichtlich alle ihre Hoffnungen zunichte gemacht hat.

„Ich habe mich noch nie so erbärmlich gefühlt, Edward", nahm Viviane mit tränenerstickter Stimme unser Gespräch wieder auf. „Was soll ich nur machen? Meine Mutter gibt mir einen Tritt, mein angeblicher Vater, von dem ich glaubte, dass er mich liebt, wollte mich nur dafür benutzen, um Richard McDuff zu ärgern und mein leiblicher Vater verrät mir so ganz nebenbei, dass er mich vor neunhundert Jahren mit seiner eigenen Schwester gezeugt hat. Meine beiden Brüder machen sich seit Jahrhunderten gegenseitig das Leben schwer. Irgendwie ist das gerade eine gewaltige Scheiße." Sie schluchzte kurz auf und knüllte ihr „zweihundertes" Taschentuch hinter das Sofakissen. „Eigentlich hätte ich jetzt Lust, mich zu besaufen und in der Versenkung zu verschwinden."

Ich wollte ihr gerade sagen, dass ich mit dieser Methode schon einmal ganz brutal auf die Nase gefallen bin, doch sie fuhr ohne Pause fort:

„Aber Edward, diesen Gefallen werde ich ihr nicht tun. Ich bin kein dummes kleines Ding mehr und meine Haare kann ich inzwischen auch selber kämmen. Ich allein bestimme, ob ich das Opfer bin oder nicht. Und was ich niemals sein will, ist das Opfer. Soll Ginevra doch zur Hölle fahren, soll dein intriganter Vater, Lawrence Duncan, bleiben wo der Pfeffer wächst, sollen Kieran und Geoffrey sich weiter die Fresse einschlagen und irgendwann werde ich Macenays Schnodderschnauze wirklich mit Seife einschmieren. Das ist mein Leben, es gehört nur mir allein. Ich lasse es mir nicht kaputtmachen. Ich habe nicht versagt. Ich wollte genauso wenig den Orden übernehmen, wie du Edward. Darüber brauche ich meinen Eltern keine Rechenschaft abzulegen. Das ist allein deren Problem."

Viviane atmete mehrere Male tief durch, bevor sie weiter ausholte: „Stell dir das mal vor. In der Nacht vor der Hochzeit mit deinem Vater muss sie es mit ihrem Bruder getrieben haben. Und auch später haben die beiden nicht damit aufgehört. Ich und Kieran hatten, wie du ja weißt, das Vergnügen, Zeuge dieses verbotenen Schauspiels zu sein. Eine sehr beeindruckende Performace, sag ich dir. Ich soll mich jetzt deswegen für den Rest meines Lebens mit einem schlechten Gewissen herumschlagen? Verdammt, Lawrence hatte verdient zu erfahren, was sich hinter den verschlossenen Türen ihres Schlafgemaches abgespielt hat."

Ich getraute mich den Gedanken, dass er es längst gewusst haben konnte und Viviane nur der Auslöser für sein Handeln war, nicht auszusprechen. Aber ich bewunderte ihre tapfere Einstellung. Das wollte ich ihr gerade sagen, als sie aus ihrer Handtasche einen undefinierbaren Gegenstand heraus kramte, der sich als ein Stück Schokolade entpuppte, das schon frischere Tage hinter sich hatte.

„Leider, lieber Ned", erläuterte sie mit vollem Mund. „Die ganze Geschichte funktioniert eben so doch nicht. Ich schlafe seit Guys grandioser Eröffnung miserabel, denn ich sehe ihn immer in unserem Verlies in Schottland. An das, was man ihm dort angetan hat, wage ich nicht zu denken. Er ist mein Vater …" Sie schluckte ein paarmal. „Ich verstehe übrigens nicht, weshalb ich in diesem Leben wieder bei Lawrence gelandet bin, er ist doch auch so etwas wie mein Vater? Warum? Hat er mich doch irgendwie gern oder will er mich irgendwie quälen?"

Ich konnte ihr diese Frage nicht beantworten, weil ich nie erfahren habe, wie die Geheimnisse des Ordens in dieser Beziehung funktionierten.

Wahrscheinlich waren wir für unsere neuen Väter oder Mütter nichts weiter als sogenannte Wechselbälger.

„Alles war bis jetzt so schön, Edward. Warum muss uns die Vergangenheit denn nur immer wieder einholen", seufzte sie, „wegen einer blöden Bemerkung, von der ich gehofft habe, dass Guy sie nur gemacht hat, um mich zu ärgern. Ich fühle mich gerade wie Luke Skywalker als ihm eröffnet wurde, dass Darth Vader sein Vater ist. Und wenn ich jetzt ein Lichtschwert hätte, würde ich am liebsten meinen verfluchten Erzeuger damit erschlagen."

Darth Vader und der Schwarze – ich konnte mir das Lachen nicht verkneifen.

„Lach nicht, ich finde das nicht im geringsten lustig", grinste nun auch Viviane.

„Ich muss es ihm sagen", seufzte sie. „Gott, was habe ich alle die vielen Jahre für eine entsetzliche Angst vor diesem Augenblick gehabt und ich habe sie noch immer. Damals fürchtete ich seinen Zorn und heute fürchte ich seine Ablehnung, wobei das letztere noch schlimmer ist."

„Viviane, ich weiß nicht wie ich dir helfen kann. Was soll ich dir raten? Du wirst dich weiter quälen, wenn du schweigst. Geh das Risiko ein. Wenn er dich genauso wie Ginevra verstößt, dann ist das sehr hart. Doch du hast deine Selbstachtung wieder gefunden und kannst in den Spiegel schauen. Du kannst mit so einem schrecklichen Geheimnis nicht weiter leben. Es macht dich krank. Ja, und vielleicht vergibt er dir sogar", ergänzte ich schwach. (Ganz ehrlich: ich hatte da meine Zweifel, die ich jedoch für mich behielt).

Viviane sah mich lange an, ich glaubte schon, sie würde wieder anfangen zu weinen. Sie besann sich anders.

„Natürlich hast du recht. Ich werde es tun müssen. Ich darf nur den rechten Augenblick nicht verpassen. Ja, ich werde es tun", wiederholte sie, um allen Mut zusammenzunehmen.

„Edward, eigentlich bist du ja, wenn es nach meinen Eltern geht, mein ärgster Feind. Du bist in der Tat mehr als mein Verbündeter geworden. Wir haben also doch so viel gemeinsam. Du mit deinem ehrgeizigen Vater und ich mit meiner ehrgeizigen Mutter. Aber du bist nicht mein Feind, denn ich habe dich sehr gern. Du bist mein Freund. Tust du mir einen Gefallen?"

„Was du willst, meine liebe Freundin?", entgegnete ich ohne Umschweife.

„Nimm mich einfach in den Arm."

Das tat ich und nachdem wir beide eine ganze Weile buchstäblich Rotz und Wasser geheult hatten, versprachen wir zusammenzuhalten, ganz gleich, was kommen würde.

Ich kann im Nachhinein sagen, unsere innige Beziehung hat bis heute angehalten Wir passen in der Tat zusammen – das Kleine Schwarze und ich.

Erst nachdem Viviane gegangen war und ich über das Geschehene Zeit und Ruhe hatte nachzudenken, wurde mir mit einem Mal bewusst, in welchen Schwierigkeiten Lawrence sich befand. Er hatte Ginevra, den Wächter, wieder aus dem Niemandsland freigelassen. Für welchen Preis, darauf gehe ich später ein. Wenn Draußen ihn anklagte, dann war auch das Zwischenreich aufgerufen zu handeln. Er konnte für seine Tat verurteilt werden und Draußen hatte durch die Allianz der drei Länder ebenfalls ein Mitspracherecht. Kieran, der Erste König, Roger, der Zweite König, Lyonel, der Fürst der einzigen unabhängigen Kolonie.

Sollten sie es wagen, unseren eigenen Vater zu stürzen und nach Draußen oder womöglich ins Niemandsland zu verbannen?

Ich hatte vorerst keine Möglichkeit, darüber nachzudenken, denn jetzt kehrte erst einmal König Kieran zu uns zurück.

England | Draußen 2010

9.

Das Tribunal der Söhne

König Kieran kehrte an einem sonnigen Nachmittag im Spätsommer zu uns zurück. Wir alle hatten tatsächlich gespannt auf den Priester in seiner langen schwarzen Kutte gewartet und waren sogar auf eine erbauliche Predigt gefasst. Stattdessen trug er, wie auch Guy, eine abgeschabte schwarze Lederjacke, die gefühlte einhundert Jahre alt sein musste, ein weißes T-Shirt und zerschlissene Jeans. Bevor er uns begrüsste, zog er die Kopfhörer seines iPods aus den Ohren. Willkommen im 21. Jahrhundert. Er war noch immer schön und anziehend wie in all den vergangen Jahren und seine grünen Augen, die einen nach dem anderen von uns zu durchdringen schienen, ließen uns wieder erkennen wer er war – unser Gebieter und König. Wir senkten zur Begrüssung die Köpfe. Diese Angewohnheit von Draußen hatten wir uns auch hier auf der Erde nicht abgewöhnt.

„Lange nicht gesehen," begann er ohne Umschweife. „Seid ihr alle wohlauf? Ehrlich gesagt, ich hatte Sehnsucht nach eurer Gesellschaft: Geoffrey, Douglas, Percevale, René, meine tapferen Jäger. Edward, Guy und Viviane meine klugen Priester und Berater. Und ihr seid mir, wie ich sehe, noch immer treu ergeben."

Wir schwiegen beklommen. Ich denke, dass in diesem Augenblick jeder von uns in wenigen Sekunden seine eigene Beziehung zu ihm noch einmal in Erinnerung rief.

1) Ich, Edward Duncan, der ihm freiwillig seine Seele anvertraute, um endlich den überhöhten Ansprüchen unseres Vaters zu entkommen.
2) Percevale de Thouars, sein ehemaliger Lehrer und Mentor, der schon damals eine tiefe Zuneigung zu seinem kleinen gelehrigen Schüler empfand und ihn auch als seinen König von Herzen gern hatte.
3) Douglas McDuff, pragmatisch wie er war, stellte einfach fest, dass es ihm unter seiner Herrschaft sogar besser ging als unter der seines strengen Vaters.

4) René de Grandier, der sich trotz der ersten schmerz-haften Begegnung inzwischen vortrefflich mit ihm arrangiert hatte.
5) Guy Macenay, der sich, seiner eigenen Macht so gut wie beraubt, aus Furcht vor Lawrence Duncan und dem Niemandsland, in der Hoffnung auf ein würdiges Leben unter seine Macht begab.
6) Geoffrey Durham, der ohne den geliebten vergötterten Halbbruder nicht existieren wollte. Er und viele Unschuldige bezahlten bitter für diese krankhafte Zuneigung mit ihrem Leben und Geoffrey am Ende selbst mit seiner geschundenen Seele.
7) Viviane Duncan, die sich lange und verzweifelt wehrte. Es war für Kieran nicht einfach gewesen, sie davon zu überzeugen, dass die Drachenspiele doch keine harmlosen Kindereien gewesen waren. Viviane war stärker als er erwartet hatte, doch er gewann und sie musste sich ihm schließlich unterwerfen. Bis auf den heutigen Tag ließ er sie für ihren Verrat mit Geoffrey büßen. Er wollte ihren Körper dazu benutzen, um Geoffrey/Gilles fallen zu lassen, verspielte sie bei einem Schachspiel an Percevale und kurz bevor wir alle auf die Erde zurückkehrten, wurde sie mehr oder weniger dazu genötigt, den Preis für die Allianz mit Lyonel, inzwischen Fürst der einzigen unabhängigen Kolonie, zu bezahlen. Ich zitiere Rogers derbe Ausdrucksweise zu diesem Thema: Unsere Wildkatze hat inzwischen so prachtvolle Titten bekommen, dass sie selbige sowie noch andere beglückende Sauereien effektiver einsetzen kann, als mancher hier mit seinem sogenannten scharfen Verstand.

Ich mache es so kurz wie möglich. Lawrence Sohn, mein geringfügig jüngerer Halbbruder hatte nach einem längeren Aufenthalt die winzige Gemeinde in einem irischen Dorf, wo sich Fuchs und Hase Gute Nacht sagen, verlassen. Wie wir erhofft hatten, war er kein Geistlicher geworden, sondern war bei einem Missionar, der seinen Posten als katholischer Priester in jenem Dorf antrat, untergekommen. Er hatte den jungen Mann auf einer seiner vielen Reisen kennengelernt, sich mit ihm sogar angefreundet und wurde in sein Haus eingeladen. Welche Gegenleistung gab Kieran seinem neuen Freund dafür? Wir und ganz sicher er, gingen davon aus, dass man von „Engeln" selbstverständlich, außer ihrer Anwesenheit, keine Gegenleistung erwarten durfte. Aber vielleicht hatte der junge Geistliche irgendwann doch herausgefunden, dass hinter seinem Dauergast mit dem Engelsgesicht kein bedürftiger Almosempfänger steckte, sondern der Sohn eines wohlhabenden prominenten Wissenschaftlers. Hatte er ihm in einer stillen Stunde zu verstehen gegeben, dass seine Flunkereien in einem Gotteshaus nicht angebracht waren? Kam es deshalb zu einem Zerwürfnis zwischen den beiden und Kieran wurde womöglich vor die Pfarrerstür gesetzt? Wie dem auch sei, das Thema wurde mit der für ihn typischen Handbewegung, indem er seine blonden Haare nervös aus der Stirn strich, sofort beiseite geschoben. Er behauptete, er wolle sich nun wieder vermehrt seiner Pflicht als unser König widmen. Er hätte bei seinem Gönner viel über seelsorgerische Arbeit gelernt (ja, das hat er wirklich von sich gegeben, allerdings erlaube ich mir erst jetzt darüber herzlich laut zu lachen) und beabsichtige, diese tiefsinnigen Erfahrungen Draußen einzubringen. Unsere Reaktion: Fassungslosigkeit. Seelsorge bei unseren grausamen, hemmungslosen, blutsaufenden Kreaturen Draußen? Darauf konnte nur Macenay kontern:

„Und ab wann wäre dann Eure Sonntagsschule samt Beichtstuhl geöffnet, mein König?"

„Ihr findet das offenbar sehr komisch", entgegnete der geläuterte Erste König, der den denkbar schlechtesten Ruf in dem gesamten Orden hatte und grinste dabei überhaupt nicht geläutert. „Nein, ich werde euch nicht mit meinen Moralpredigten belästigen. Da ist doch unser Erster Jäger viel besser darin oder ist er abermals in den tiefen Abgrund gefallen?" Geoffrey verzog keine Miene. „Ich werde auch niemals auf meine wunderbaren Mätressen verzichten und schon gar nicht Jean T's. Puff schließen. Aber ich möchte versuchen, wenn möglich mit eurer Hilfe, die Existenz für uns alle Draußen so erträglich wie möglich zu machen. Ich habe sogar schon einige Ideen. Keine Sorge, meine lieben Untertanen, es wird niemals das Paradies werden, denn ihr wisst ja selbst, wovon wir unsere Energie Draußen beziehen. Wir haben keine andere Wahl, doch wir können es künftig ganz anders angehen. Alle Kolonien, die uns verpflichtet sind, Gefangene als Nahrung zu schicken, bekommen ab jetzt die Garantie, dass sie nach einer angemessenen Zeit ihre Leute wieder zurückbekommen und zwar in einem Zustand, in dem sie in der Lage sind, von selbst wieder zurückzukehren."

Trotzdem – wir saufen weiterhin ihr Blut. Ich verkniff mir die Bemerkung, zumal Kieran offensichtlich in seinem Rausch der Nächstenliebe kaum zu bremsen war und außerdem verabscheute er es, wenn man ihm widersprach.

„Das ist doch schon mal ein Anfang", warf Percevale plötzlich ein. „Und was gedenkt Ihr mit den Kolonien zu tun, die von uns unabhängig sind, und vor allem mit den verwilderten Horden, mein König?"

„Aber mein lieber Percevale, du willst doch nicht, dass euch Jägern die Arbeit ausgeht." Was waren wir erleichtert, soeben hatten wir unseren alten König wieder zurückbekommen.

„Heutzutage nennt man sowas Schutzgeld-Erpressung", erlaubte noch Guy seinen passenden Kommentar dazu abzugeben.

„Macenay, jetzt sei nicht immer so sarkastisch", entgegnete Kieran seufzend noch immer mit seinem unvergleichlichem Grinsen im Gesicht. „Mach meine ersten zarten Absichten praktizierender Nächstenliebe Draußen nicht gleich wieder zunichte. Ich meine es in der Tat ernst damit. Außerdem möchte ich zusätzlich das Bündnis zwischen unserem Land mit Roger und Lyonel weiter festigen. Gemeinsam werden wir noch mehr Unabhängigkeit vom Zwischenreich und dem Großmagier erreichen." Sein Blick traf Viviane. „Keine Angst Viv, dieses Mal wird es bestimmt ohne deinen Körpereinsatz laufen. Ich verspreche dir hoch und heilig, du musst kein Opfer mehr dafür bringen."

„Wer sagt denn, dass es ein Opfer war" flüsterte Viviane leise zu mir und warf den wahrscheinlich giftigsten Blick ihres Lebens auf Kieran.

Gut, ich brauche nun wohl kaum auf all die revolutionären Reformen unseres zurückgekehrten geläuterten Königs eingehen. Im Grunde war es nicht mal so revolutionär, aber jede noch so kleine Verbesserung war uns allen willkommen. Ich weiß, dass ich die Wahl, meine Existenz im dunklen Draußen und nicht im lichten Zwischenreich zu verbringen, freiwillig getroffen habe. Aber es gab schon einige Momente, in denen ein leichter Anflug von Reue aufkam. Weniger wegen der Gesellschaft meiner Gefährten, die ich zu schätzen wusste, sondern es war das Umfeld, das mir zu schaffen machte. Der Himmel, der vom tiefsten Schwarz bis zum hellsten Grau variierte. Die schwarzen Berge und die aschgrauen Täler zeigten nicht den winzigsten Anflug einer Vegetation. Die Kälte, der heulende eiskalte Wind. Ein grausames raues Land, das dazu oft von Katastrophen wie riesigen Steinschlägen, Überschwemmungen der schwefelgelben Flüsse und heftigen Stürmen heimgesucht wurde. Dann war noch der permanente Hunger. Uns im Palast standen die „Gefangenen" aus den Kolonien zur Verfügung. Alle anderen mussten sich mit der oftmals spärlichen Beute der Jäger begnügen. Doch es gab auch Zeiten, da hatten wir keine oder nur wenige Gefangene. Aus diesem

Grund genießen wir unser momentanes Leben um so mehr und wissen jede Kleinigkeit, wie wie die abwechslungsreiche Vielfalt auf der Erde und vor allem die reichhaltige Nahrung zu schätzen, was im übrigen auch in diesem Jahrhundert und in den Epochen davor nicht immer selbstverständlich ist und war.

Kieran war in London in einem, sagen wir mal etwas brisantem Viertel, eine Stelle als Sozialarbeiter im Auftrag einer kleinen Gemeinde angeboten worden. Zu unserer Überraschung nahm er das Angebot an und blieb damit weiterhin im Schoß der katholischen Kirche. Ausgerechnet unser verdorbener König sollte sogenannte gefallene Jugendliche auf den rechten Pfad der Tugend zurückführen. Wie wir später erfuhren, machte er diese Arbeit sogar ausgezeichnet.

Als wir am Abend seines Besuches sämtliche französischen „Schweinereien", die René angeschleppt hatte, bis auf einen winzigen Rest bei einer „geselligen Zusammenkunft" verputzten, wurde uns schnell klar: wir bekamen einen neuen Mitbewohner. Wer von uns wagte schon, unserem König ein sauberes Zimmer zu verwehren. Leider verzichtete er zu Geoffreys tiefstem Bedauern auf dessen warmes Bett. Kieran zog mit Sack und Pack bei uns ein. Alle Gerüchte, dass er den Orden zu verlassen gedachte, verflogen und keiner erkundigte sich mehr, ob er eine Begegnung mit dem Wächter, beziehungsweise Ginevra hatte oder nicht. Er entpuppte sich als äußerst umgänglich, zumal er die meiste Zeit abwesend und durch seine neue Aufgabe genügend beschäftigt war. Wenn er sich zu Hause aufhielt, verbrachte er, wie wir vermutet hatten, die meiste Zeit mit Guy. Die zwei klebten wie die sprichwörtliche Briefmarke aneinander und unterhielten sich mit Schachspielen, theologischen, nicht-theologischen, philosophischen nicht-philosophischen, schweinischen, sinnlosen, sinnvollen, albernen und dunklen Gesprächen, gespickt mit dem unverwüstlich schwarzen Humor, der beide miteinander verband. Ich war froh darüber, denn ich blieb von sarkastischen Kommentaren verschont und die „Herzchen" wurden endlich auf ein erträgliches Minimum reduziert. Auch Viviane war erleichtert. Es gab angeblich keine günstige Gelegenheit mehr, den Verrat an Guy zu beichten und sie schob ihren Vorsatz erst einmal auf unbestimmte Zeit beiseite. Ich fühlte mich nicht veranlasst, sie zu drängen. Ich hätte es als ihr Freund jedoch tun müssen und es tut mir leid, dass ich es damals versäumte. Macenay sollte von ihrem schändlichen Verrat schmerzlich erfahren, aber nicht von ihr. Doch davon später.

Es kam wie es kommen musste. Lawrence Duncan, Großmagier des gesamten Ordens, hatte den Bogen überspannt. Lange genug hielten seine Gefährten und Diener im Zwischenreich still. Sie ignorierten seine illegalen Machenschaften, wie zum Beispiel, dass er mich von Draußen nach Finis Terra zurückholte. Die Aktion mit meiner kranken Schwester Juana, deren zerstörten Körper er einem Elementargeist namens Azunta zur Verfügung stellte, war zwar nicht verboten, jedoch in seiner Position moralisch nicht vertretbar. Dazu kamen gelegentliche Exzesse mit Alkohol, wobei er wichtige Treffen versäumte, oder wenn er anwesend war, den ehrgeizigen Richard McDuff, der auf seine Nachfolge scharf war, anpöbelte. Obwohl schon einige Zeit vergangen war, wurde erst jetzt registriert, dass er es war, der den Wächter, beziehungsweise Ginevra, aus dem Niemandsland befreit hatte. Warum hatte er sie nicht ausgetrickst, wie ich zuerst vermutete? Er bekam von ihr, was er wollte, nämlich seinen ehemaligen Lehrer oder was Guy sonst noch für ihn war, der in der Zwischenzeit zu den Dunklen Herrschern im Niemandsland gehörte. Er sollte abermals meine „Prüfung" sein. Lawrence hätte wissen müssen, dass ich Guy auch dieses Mal nicht standhalten konnte, auch wenn ihm inzwischen ein großer Teil seiner magischen Macht abhanden gekommen war. Ich konnte es mir denken. Mein Vater liebte zu spielen und nun schien ihm die unbändige Freude am Manipulieren das Genick zu brechen. Dachte ich. Weit gefehlt. Seine „Untaten" wurden im Zwischenreich als Bagatellen abgetan, trotzdem kam er um eine Anhörung nicht herum. Ja, und vor allem kam er nicht darum herum, dass bezüglich Ginevras Befreiung auch Draußen gefragt werden musste, ob er verurteilt wurde oder nicht. Was bedeutete: Kieran, Roger und Lyonel würden über sein künftiges Schicksal entscheiden – Draußen, Niemandsland oder Zwischenreich – wo er allerdings seine Position als Großmagier verlieren würde. Nun ja, alle Macht hat einmal ein Ende und wenn jetzt nur einer von den dreien für Draußen oder sogar für das Niemandsland stimmte, war es vorbei mit dem unantastbaren Großmagier.

Es gab ein Treffen. Draußen, im Palast des Ersten Königs. Wir drei Priester und die vier Jäger hatten als Zeugen Anwesenheitspflicht. Dabei wollte ich Draußen erst wieder nach meinem Ableben betreten. Irgendwie hatte ich bei jeder Reise dorthin das Gefühl, nicht mehr auf die Erde zurückkehren zu können. Aber meine Angst, die ich so gut wie möglich zu verbergen versuchte, interessierte in dieser Situation sowieso niemand. Der Prozess begann ohne einen Anwalt und ohne den Angeklagten. Das Urteil oder den Freispruch dem Zwischenreich zu überbringen, wurde dem Dritten Priester übertragen, also auf mich. Himmel, mir wurde schon jetzt übel.

Roger Duncan, zweiter Sohn des Großmagiers, begann zuerst. Er, der sich geweigert hatte, Lawrence in diesem Leben als Vater anzunehmen, erwies sich als erstaunlich tolerant. Ihm sei es eigentlich, ich zitiere wortwörtlich: „scheißegal", aber er richte sich danach, was seine Brüder entscheiden würden. Er fand auf der anderen Seite, es würde im verklärten, lichten Zwischenreich den edlen Tempelbewohnern hin und wieder gut tun zu erleben, dass eben nicht alles verklärt und licht war und es keineswegs schade, wenn unter den sauberen Tempelbrüdern weiterhin ein schmutziges Ärgernis weilte. Vor allem sollten wir bedenken, dass der gute alte Lawrence uns hier Draußen noch mehr als vorher auf die Nerven gehen könnte.

„Dann bleibt das Niemandsland", schlussfolgerte Kieran, jüngster Sohn von Lawrence Duncan, ohne mit der Wimper zu zucken. „Da passt er hin und wir sind ihn ein für alle mal los. Und wenn wir schon dabei sind, packen wir Ginevra auch wieder mit dazu."

„Du sprichst von deinem Vater und von deiner Mutter, Kieran."

Der Blick, der mich auf diese Bemerkung traf, wird mir bis heute unvergesslich bleiben.

„Es ist mir bekannt, mein Dritter Priester. Nur habe ich in meinem letzten Leben von beiden nichts davon mitbekommen. Die irische Hure, die sich meine Mutter nennt, hat meine Anwesenheit nie zur Kenntnis genommen und der intrigante Kotzbrocken von meinem Vater hat mich eiskalt meinem Todfeind Geoffrey Durham ausgeliefert. Wenn ich es mir also recht überlege, habe ich es ihm zu verdanken, dass ich Erster König von Draußen bin. Heute habe ich nicht nur die die Macht über meinen Todfeind", der gleiche Blick traf Geoffrey, der auf der Stelle den Kopf senkte, „sondern auch die Macht, den Verursacher meines Elends zu vernichten. Was dich angeht, mein Dritter Priester, Edward Duncan, noch immer Liebling des Großmagiers, ich habe dir nicht erlaubt ungefragt zu sprechen. Hast du vergessen, wer ich bin? Du hast mich im übrigen hier im Palast mit mein König anzusprechen und für deine unpassende sowie unverschämte Bemerkung kann ich dich an eine dieser verdammten

Säulen fesseln und auspeitschen lassen. Also halte dich in Zukunft gefälligst zurück."

Das wollte ich mir beim besten Willen nicht vorstellen. Er meinte es sehr ernst mit der verdammten Säule, also senkte ich demütig den Kopf.

„Bitte vergebt, mein König, es kommt nicht mehr vor."

„Es sei dir vergeben. Ich fürchte, hier Draußen muss ich es euch des öfteren klarmachen: ihr habt keinen sanftmütigen Seelsorger vor euch, sondern euren König. Bei mir gibt es nämlich keine Demokratie, denn nur ich allein treffe am Ende die Entscheidungen. Jetzt hast du mich vollkommen aus dem Konzept gebracht, Edward." Ich wagte nicht, zu einer der verdammten Säulen hinüber zu schauen und hoffte inständig, dass Kieran endlich das Thema wechselte.

„Also, Lawrence wird mit Ginevra zusammen ins Niemandsland verbannt. Was heißt das? Die beiden sind wieder vereint. Womöglich raufen sie sich zusammen – im Schlaf-gemach, dort schafft man meistens untrennbare Allianzen." Jetzt traf sein Blick Macenay, der sich allerdings nur darauf beschränkte nach unten zu schauen. „Und womöglich haben sie sogar noch Spaß dabei. Davon abgesehen, was die beiden noch zusammen machen können, wie zum Beispiel die Macht ergreifen? Ich glaube, sie können sehr stark werden, stark genug, um das Niemandsland zu verlassen." Er seufzte auf und wandte sich an den Zweiten König. „Roger, ich denke, du hattest recht. Gönnen wir dem Zwischenreich einen abgesetzten Großmagier. Sozusagen als wandelnde Schande. Außerdem, Blut ist dicker als Wasser, wie mein vorwitziger Priester gerade unerlaubt bemerkte."

Ich weiß nicht warum, aber mir fiel ein Stein vom Herzen. Jedoch jetzt kam er Don Rodrigos lockerer Stein am Rande des Brunnens.

„Was ist mit dir, Lyonel?"

Lyonel, ältester Sohn von Lawrence Duncan, erhob seine Anklage, die jedem Staatsanwalt Konkurrenz gemacht hätte. Mir wurde dabei zum ersten Mal bewusst: er war derjenige, der von uns Brüdern am schlimmsten unter den Demütigungen unseres Vater gelitten hatte. War es wirklich Lawrence Schuld gewesen, dass sich sein Erstgeborener zu diesem erbarmungslosen Racheengel entwickelte? Er machte nicht einmal vor Lawrence geliebter kleiner Wildkatze halt, indem er ihr mit aller Wahrscheinlichkeit mehr antat, als nur festzustellen, dass sie für die Hochzeit mit Douglas McDuff ungeeignet war und auch Draußen vor weiteren Grausamkeiten nicht zurückschreckte. Er ließ keine Gelegenheit aus, seinen jüngeren Halbbruder zu schikanieren, obwohl der ihm anfangs keinen Anlass für seinen Hass gegeben hatte. Und da war noch der Fall von Geoffrey. Kierans abscheulichste Intrige, bei der er gezwungen war mitzumachen, nahm ihm den letzten Rest von Mitgefühl. Warum sollte er ausgerechnet für seinen Vater ein gnädiges Urteil fällen. Ich sah ihn wieder vor mir. Enrique, schluchzend vor Verzweiflung. Wie seine Hände meine Knie umklammerten und er mich anflehte, meine Seele vor den dunklen Mächten zu schützen. Ich hörte seine zermürbenden Auseinandersetzungen mit Don Rodrigo, denen er auf dieser verfluchten Hazienda am Ende der Welt nicht ausweichen konnte und seine grauenhaften Schreie, die verstummten, als sein zerbrochener Körper schließlich unterhalb der Treppe den letzten Atemzug tat. Selbst noch Draußen wurde er von unserem Vater verhöhnt und erniedrigt. Er verschwand irgendwann aus der Stadt des Ersten Königs, übernahm die große unabhängige Kolonie, nachdem man seinen Vorgänger davongejagt hatte, und gewann an Macht, genügend Macht, um nun die endgültige Entscheidung zu treffen: Niemandsland, Draußen oder Zwischenreich.

„Er soll bezahlen, bezahlen für jede Scheißbohne, die er mich hineinzuwürgen gezwungen hat, für jede dreckige Bemerkung, die er jemals von sich gegeben hat, für den Tod seiner unschuldigen Töchter und es war auch nicht seine dämliche Katze, die mich an der Treppe zu Fall brachte. Ich wurde von ihm hinuntergestoßen."

Noch völlig außer Atem ließ sich Lyonel in seinen Sessel fallen. Er zitterte und versuchte unauffällig, die Tränen mit dem Ärmel seines Gewandes aus den Augen zu wischen. Einen Augenblick herrschte Schweigen, bis Kieran das Gespräch erneut aufnahm.

„Wir drei, Roger, Lyonel und ich werden uns zurückziehen und das Urteil endgültig festlegen. Ihr wartet hier so lange."

Ich weiß nicht, warum ich das tat. Aber ich hätte mich nie wieder im Spiegel anschauen können, wenn ich schwieg.

„Mein König", dieses Mal ging ich sogar vor Kieran auf die Knie, „bitte erlaubt mir zu sprechen. Ihr könnt danach mit mir verfahren, wie es Euch beliebt. Bindet mich meinetwegen an eine der verdammten Säulen und lasst mich auspeitschen, doch hört mich an. Das, was ich zu sagen habe, betrifft natürlich auch Roger und vor allem Lyonel."

„Was meint ihr, Roger und Lyonel?", fragte Kieran leutselig, während er mir mit einem Wink zu verstehen gab, wieder aufzustehen.

„Lasst ihn sprechen, er ist schließlich auch Lawrence' Sohn", entgegnete Lyonel ohne Umschweife, während Roger so was wie „Na klar" brummelte.

Jetzt hatte der abtrünnige Großmagier endlich seinen Verteidiger bekommen. Ich glaube, meine Brüder hielten mich für absolut bescheuert, zumindest ließen ihre erstaunten Blicke das erahnen. Mein Plädoyer war allerdings kurz und bündig. Selbstverständlich hätte ich den dreien und auch mir selbst die eigenen Verfehlungen genüsslich unter die Nase reiben können. Und das waren mehr als genug bei jedem von uns. Es gab auch keine Entschuldigung für unser mieses Verhalten, nur weil wir eine „beschissene Kindheit" hatten. Kieran als Sozialarbeiter sollte das am besten wissen. Mit diesem Ansatz würde ich nur auf Widerstand stoßen. Mit unseren guten und schlechten Charaktereigenschaften mussten wir allein klarkommen. Ich bettelte auch nicht um Gnade für Lawrence. Ich machte vor ihnen, ganz besonders Lyonel, noch einmal in aller Deutlichkeit klar, dass keiner von uns das Recht hatte denjenigen zu verurteilen, der uns immerhin das Leben gegeben hatte. Er war unser Vater. Sollte er im Zwischenreich oder am Ende der Zeiten in einem Jüngsten Gericht für alles bezahlen, was er getan oder nicht getan hatte, so war das rechtens. Was im übrigen auch für uns galt. Eigentlich war damit alles gesagt. Sie sollten nun bei ihrem Entschluss ganz genau überdenken, endete ich, was sie womöglich mit einer Verurteilung anrichteten. Nicht an ihm, sondern an ihrer eigenen unsterblichen Seele.

Stille. Ich zitterte, weil ich mich bereits vor einem Riesen-Donnerwetter fürchtete. Doch es blieb aus. Die drei sahen sich an, dann mich. Keine Regung. Ich war völlig verrückt geworden, denn ich hatte soeben für ein mildes Urteil plädiert, für den Mann, dem selbst ich einst alles erdenklich Schlechte auf den Hals gewünscht hatte. Kieran reagierte sofort:

„Ich weiß nicht, ob du gerade irgendwelche Drogen konsumiert hast oder ob du einfach nur ein dämliches Weichei bist, Edward. Aber wir werden über deine salbungsvolle Predigt nachdenken. Nicht wahr, meine lieben Brüder? Wie ihr wisst, verabscheue ich jede Form von Einmischungen, Nörgeleien und idiotischen Vorschlägen, doch hin und wieder bin sogar ich ganz offen für eure Meinungen. Deshalb frage ich nun auch den Rest meiner Elite, ob ich den Rat meines Dritten Priesters befolgen soll. Ziert euch nicht, euch wird nichts passieren. Ich höre gespannt, was ihr zu sagen habt."

Er wandte sich an die vier Jäger, die schweigend die Köpfe schüttelten, dann an Guy. Der hatte sich erstaunlicherweise die ganze Zeit zurückgehalten und tat es auch jetzt.

„Und du, Viviane?"

Sie zögerte einen Augenblick, dann sprach sie es laut und deutlich aus:

„Lawrence Duncan ist nicht mein richtiger Vater. Ich habe nichts mehr mit ihm zu tun. Deshalb werdet Ihr auf meine Meinung dazu verzichten müssen, mein König. Diese Entscheidung müsst Ihr mit euren Brüdern ganz allein treffen und vor allem mit euren Gewissen vereinbaren."

Nun war es offiziell. Wir begriffen, dass sich soeben unsere angebliche Wildkatzen-Halbschwester mit diesem Statement endgültig von den Duncans getrennt hatte.

Kieran, Roger und Lyonel zogen sich daraufhin zur Beratung zurück und ließen uns eine bange gefühlte Ewigkeit allein zurück. Keiner von uns gab einen Laut von sich, bis die drei zurückkehrten. Freispruch! So lautete das Urteil. Ich überbrachte diese Nachricht dem Zwischenreich, wo sie ohne Regung zur Kenntnis genommen wurde. Ich weiß nicht, ob Lawrence nun erleichtert war, dass er weiterhin in den lichten Tempeln verweilen durfte. Ich sah ihn Wochen danach nicht mehr und verspürte nicht das Bedürfnis, in Erfahrung zu bringen, wie es ihm ging. Denn eine Kröte musste er schlucken. Er verlor seine Position als Großmagier, hatte allerdings als neutraler Berater noch genügend Einfluss im Zwischenreich. Sein Nachfolger wurde nicht der ehrgeizige Richard McDuff, sondern sein treuer Freund Ashley Durham, zwar noch immer eiskalt, jedoch sehr besonnen, sehr ehrlich und sehr klug.

Meine Brüder sahen es zwar anders, aber da ich offensichtlich doch das dämliche Weichei der Familie bin, begann ich mir, ob ich es wollte oder nicht, Sorgen um Lawrence zu machen. Schon zu lange war kein Lebenszeichen von ihm zu vernehmen. Anscheinend hatte er sich in seinem Haus verkrochen und war nicht, wie zuerst vermutet wurde, auf einer seiner archäologischen Expeditionen. Ich sah es als meine Pflicht an, nach ihm zu schauen und trat schließlich bangen Herzens den Weg zu seinem Domizil an.

10.

Lawrence Duncan macht eine Reise in die Vergangenheit
Ein König wird geopfert

Als ich vor dem Haus meines Vaters stand, wollte ich nichts sehnlicher als umkehren und andererseits nichts sehnlicher als eintreten. Jetzt, wo ich kurz davor war, kurz vor der Genugtuung, ihn nach all den Jahren der Demütigungen endlich am Boden zu sehen, durfte ich nicht einfach umkehren. Aber vielleicht wollte ich ihn ja im Grunde nicht am Boden sehen. Wovor fürchtete ich mich mehr? Vor dem alten Zyniker, der mir, nachdem er offensichtlich erfahren hatte, dass mein Gespräch mit Lyonel, Kieran und Roger seinen Freispruch erwirkte, meine Schwachheit und meine Dummheit vorhielt oder dem gebrochenen Büßer, der mir Dankbarkeit für seine unverdiente Rettung entgegenbrachte. Ich fürchtete beide Möglichkeiten und ich fürchtete wie ich auf eine dieser Möglichkeiten reagieren würde. Bestimmt sprach er mich nun auf das Manuskript aus Finis Terra an. Ausgeschlossen, er hatte es sicher nicht gelesen. Mach dir nichts vor, Edward Duncan, er hat es ganz bestimmt gelesen. Du hast es für ihn geschrieben also wolltest du auch, dass er es liest. Ich dachte an Viviane. Sie war mir weit voraus, als sie ihre Mutter aufsuchte, um endlich mehr Licht in ihre Vergangenheit zu bringen. Ans Licht kam die schreckliche Wahrheit ihrer Herkunft und noch Schlimmeres. Doch sie war mutig aufgebrochen in das gefährliche Draußen, bis hinter das schwarze Tor zum Niemandsland, wo sich selbst die verwegensten Magier nicht hinwagten.

Und ich? Ich stand an einem milden Frühlingsmorgen vor einem schmucken Haus in der Nähe von London, mit einem blühenden Garten, in dem die Vögel eifrig zwitschernd ihre Nester zu bauen begannen. Und mir war so sterbenselend wie damals vor meiner Einweihung in dem düsteren Gewölbe in Finis Terra. Als sein Butler öffnete, wurde mir klar, dass ich bereits an die „Schreckenspforte" geklopft hatte und es kein Zurück mehr gab. Der Butler, ein zerstreuter älterer Mann, murmelte, der gnädige Herr fühle sich sehr unwohl und was für ein Glück es doch sei, dass sich wenigstens einer seiner Söhne um ihn kümmerte. Ich Scheusal dagegen ergriff sofort den rettenden Strohhalm und hoffte, dass Lawrence für dieses Gespräch zu betrunken sei und mich womöglich wieder davon schickte. Er war in der Tat betrunken, aber auch sehr gesprächig. Er sah wirklich hundsmiserabel aus. Wie hatte ich mir damals diese Stunde in Mexiko herbeigesehnt, sie mir in tausend schönen rachsüchtigen Farben ausgemalt: der unverwundbare Lawrence Duncan, der selbstherrliche Cesare Alba und der grausame Rodrigo de Alpojar, zerschlagen, seiner Macht als Großmagier beraubt, soeben Dank meiner selbstlosen Hilfe und der meiner Brüder der ewigen Verdammnis im Niemandsland entronnen. Ich fühlte keine Freude, nur Mitleid. Mein Gott, der alte Mistkerl tat mir von Herzen so leid, dass ich fast heulen musste. Und er war mein Vater trotz allem, was geschehen war. Nicht einmal Lyonel, Roger und Kieran konnten anders handeln.

„Steh nicht so belämmert herum und setz dich endlich", forderte er mich auf und plötzlich war ich für einen Augenblick wieder in Finis Terra, siebzehn Jahre alt auf der Stuhlkante sitzend, voller Angst zur Flucht bereit, doch auch voller Hoffnung in der Erwartung meines neuen Lebens, das er mir zu geben gedachte. Ein Leben von Wissen, Macht und Unsterblichkeit – zerplatzt wie eine Seifenblase. In seinen Augen glaubte ich, die alte Gehässigkeit aufblitzen zu sehen, die jedoch in einem schwermütigen Schleier von Whisky gleich wieder verschwand. Ich setzte mich; nicht auf die Stuhlkante, sondern in den Sessel ihm gegenüber. Ich hatte nun keine Angst mehr, egal was kommen sollte.

„Reden wir nicht um den heißen Brei herum, mein Sohn. Ich habe es also wirklich dir zu verdanken, der Verdammnis im Niemandsland und Draußen entkommen zu sein. Wie hast du nur deinen gnadenlosen großen Bruder und deinen kleinen intriganten Bruder zu dieser unendlichen Gnade überreden können? Von Roger habe ich nichts anderes erwartet. Und was, mein Sohn, erwartest du jetzt von mir? Doch nicht etwa Dankbarkeit? Dankbarkeit für die Demütigung, dir dankbar sein zu müssen?"

Das verdammte alte Ekelpaket. Ich hätte ihn ohrfeigen können und mich dazu, weil ich wirklich so dämlich gewesen war, wenigstens ein winziges Stückchen Dankbarkeit zu erwarten. Sollte er doch endlich zu Ginevra nach Draußen und ins Niemandsland verschwinden, sie war außer Guy Macenay die einzige, die seinem widerlichen Schandmaul gewachsen war. Genau das sagte ich ihm in diesem Moment. Und noch einiges mehr; nicht die Worte von Macenay zu vergessen, dass er von einem niederträchtigen Magier zu einem niederträchtigen Säufer heruntergekommen war. Ich erschrak über mich selbst. Wider Erwarten gab er eine unendliche Weile keine Antwort. Er sank in sich zusammen, starrte in sein Whiskyglas. Schließlich hob er den Kopf und schaute mich noch einmal ebenso lange an. Endlich begann er:

„Nun bin ich wirklich beruhigt, mein lieber Sohn. Ich hatte schon befürchtet, dass du mir mit so einem Müll wie ich-liebe-dich und ich-vergebe-dir kommen würdest. Ihr müsst euch ja jetzt ganz großartig fühlen, du und deine trefflichen Brüder, dass ihr eurem Kotzbrocken von Vater so selbstlos aus der Bredouille geholfen habt. Ich weiß nicht, was schlimmer ist: Ginevras Hölle oder die Schande, bis in alle Ewigkeit in eurer Schuld zu stehen. Ihr seid einfach meine guten und recht schaffenden Kinder. Ach ja, ich vergaß eure recht schaffende Mutter, die euch in diese schlechte, verdorbene Welt setzte."

Ich kam nicht dazu, ihm darauf zu antworten, denn er schnitt mir sofort das Wort ab.

„Bitte keine weiteren Vorwürfe und Beschimpfungen. Ich weiß selbst, dass ich ein miserabler Vater, ein niederträchtiger Magier und ein heruntergekommener Säufer bin. Warum habt ihr mir wohl geholfen, Lyonel, Roger, Kieran und du? Um mich wirklich zu demütigen? Wollt ihr mich wirklich vor Dankbarkeit auf den Knien vor euch rutschen sehen? Niemals. Dem Einzigen, dem ich so etwas zutraue, wäre Kieran, er ist der Sohn seiner Mutter. Und ihr seid die Söhne eurer Mutter. Ihr habt es wirklich aus Mitgefühl getan, obwohl ich euch in der Tat mehr als schlecht behandelt habe. Ich habe euch vernachlässigt, verachtet und auch gequält. Lyonel, weil er mich immer daran erinnerte, dass ich eure Mutter betrogen hatte; Roger, weil er ihre Gerechtigkeit und ihre Lebensfreude geerbt hatte und dich – mit dir wollte ich wieder gutmachen, was ich ihr angetan hatte, mich loskaufen von meiner Schuld um jeden Preis. Stattdessen gab ich meine ganze Liebe und Zuneigung einem Kind, von dem ich hätte wissen müssen, dass es niemals mein Kind war. Aber ich will jetzt nicht mit dir über Viviane reden. Ihr beide scheint euch ja prächtig zu verstehen. Und das ist gut, mein Sohn, sehr gut, weil es von ihren Eltern nämlich gar nicht so geplant war. Wenn du jemals mehr darüber erfahren möchtest, dann wende dich getrost an ihren Erzeuger, vielleicht ist er ja gewillt, darüber Auskunft zu geben."

Er machte eine Pause. Mehr erfahren wollte ich natürlich über Vivianes Erzeuger, aber da er nun mal ihr Erzeuger war, war es wohl nun ihre Angelegenheit, mehr darüber herauszubekommen. Sie und ich bekamen es heraus. Alles, und dieser letzte Teil des schwarzen Hexenmeisters wird mein Manuskript ein für alle Mal beenden. Lawrence hatte recht. Keiner von seinen Söhnen wollte, dass er im Niemandsland endete, nicht einmal Kieran. Wir hätten ihm bestimmt jede erdenkliche Strafe auf den Hals gewünscht, aber nicht die Verbannung in die niemals endende Hoffnungslosigkeit auf dem Grund des Brunnenschachtes. Verdammt, warum konnte ich ihm das nicht noch vor wenigen Minuten sagen. Die Wahrheit, ganz schlicht und einfach die Wahrheit. Und ich hatte auch nicht das Recht von ihm Dankbarkeit zu erwarten.

„Dein Schweigen, mein Sohn …", begann er wieder, „… sagt mir, ich habe recht, nicht wahr? Nein, du brauchst nicht auszusprechen, dass du es aus Liebe und Mitgefühl zu deinem verbockten alten Vater getan hast und ich nicht, wie dankbar ich dir wirklich dafür bin. Wir sprechen vielleicht an anderes Mal darüber, wenn wir beide soweit sind. Aber eines möchte ich dir noch sagen. Als ich dich zu meinem Nachfolger erwählte, wollte ich wirklich dein Bestes. Das musst du mir jetzt einfach glauben. Gerade weil du anders bist als ich, hoffte ich, dir würde gelingen, was mir nicht gelang. Es gelang dir genauso wenig wie mir, den Gipfel des hohen Berges zu erreichen. Und was sich auch immer auf dem Gipfel des hohen Berges befinden mag, ich will es nicht mehr wissen. Ich fürchte, es wird nicht mehr als ein kalter einsamer Himmel sein. Und diese Erkenntnis und diese Enttäuschung ist noch schlimmer als die Finsternis Draußen. Das hätte ich dir sagen sollen, Edward. Es ist meine große Schuld, die ich zu tragen habe, als ich dich diesen hohen Berg hinaufführen wollte. Ich habe dir nicht gesagt, was dich dort erwarten würde, nämlich das Nichts. Nein, unterbrich mich jetzt nicht. Hör mir einfach zu, so wie ich dir mehr als hundert Seiten zugehört habe, als du dir nichts sehnlicher wünschtest, mein großes Geheimnis zu lüften. Ich lüfte nun mein Geheimnis. Du brauchst mir nicht mehr in dunkle Verliese nachzuschleichen. Mach es dir einfach im Sessel bequem und hör mir zu. Ich sage dir nun die Wahrheit. Wie du dann allerdings damit fertig wirst, ist deine Angelegenheit.

Alles hat einen Anfang. Beginnen wir dort. An diesem Anfang war ich dabei, den Weg auf den hohen Berg zu betreten – genau wie du, mein Sohn – ohne zu wissen, was mich oberhalb und unterhalb davon erwartete. An diesem Anfang, als ich voller Ideale war, besoffen vor Nächstenliebe, Edelmut und den festen Glauben an das Beste im Menschen. Ich hatte einen Lehrer, den besten, den es je gab. Ich liebte ihn, wie ich zuvor noch nie jemanden geliebt hatte. Er war für mich vollkommen, er war für mich ein Gott. Und den einzigen Fehler, den ich ihm bis heute nicht verziehen habe, war, dass er kein Gott war."

Er hielt inne, um sich ein neues Glas einzuschenken.

„Schau mich nicht so vorwurfsvoll an. Ich erzähle dir etwas, was ich noch niemanden erzählen wollte, schon gar nicht dir. Dazu brauche ich eine gehörige Portion Mut und eine gehörige Portion von diesem Zeug. Vielleicht wirst du mich dann sogar wirklich hassen und deine selbstlose Tat bereuen."

Er war stolz, stolz bis zu seinem Untergang. Ich glaube, selbst in der Hölle würde er noch immer den spanischen Granden in seinem zerschlissenen Anzug spielen, der vergammelte Bohnen von vergoldetem Geschirr aß und dessen Blick uns vor Angst erstarren ließ.

„Tu mir einen Gefallen, mein Lämmchen. Trink einen Schluck mit. Es lässt sich so lockerer plaudern."

Ich konnte in der Tat einen Whisky gebrauchen. Für das, was ich jetzt zu hören bekam, hätte ich sogar am liebsten die ganze Flasche ausgetrunken.

„Ich war ungefähr zwölf Jahre alt, als ich in einen keltischen Clan aufgenommen wurde, dem man nachsagte, dass seine Druiden nicht menschlichen Ursprungs waren. Man nannte sie voller Furcht und Respekt die Dunklen Herrscher. Das genaue Datum habe ich nicht mehr im Kopf. Es muss ungefähr um 870 nach Christus in meinem Leben vor Lawrence Duncan gewesen sein. Ich will so schnell wie möglich auf das Wesentliche kommen, bevor ich es mir noch anders überlege und dich hinauswerfe. Zu jener Zeit bestand der Orden aus diesen Herrschern mit ihrem Meister, etlichen Novizen und sogenanntem Fußvolk sowie dem König, die alle mit dem Christentum offenbar noch nichts zu tun haben wollten. Wer zu der Elite der Druiden gehören wollte, hatte außer den strengen Prüfungen nachweisen müssen, dass er zumindest durch ein Elternteil diesem Clan angehörte – ein gefürchteter und kriegerischer Clan. Meine erste Begegnung mit ihnen hatte ich im Alter von fünf Jahren, ängstlich und aufgeregt an die Beine meiner Mutter geklammert, als der Häuptling beziehungsweise der König mit seinem Gefolge meine Familie aufsuchte. Eine Familie normannischer Ritter, die sich zusammen mit ein paar Siedlern in der Nähe seines Dorfes angesiedelt hatten. Mein Vater, ein aufrechter Mann, der offiziell den christlichen Glauben angenommen hatte, aber klammheimlich noch immer Odin und unsere anderen nordischen Götter verehrte, bereit zu Friedensgesprächen, hatte den Häuptling zu sich geladen. Mein Vater war nicht nur aufrecht, er war auch besonnen und klug. Er wusste genau, das Land auf dem wir uns niedergelassen hatten, gehörte diesen heidnischen Wilden, die für ihre unbarmherzige und ausgezeichnete Kampftechnik berühmt waren – und: sie waren ganz einfach in der Überzahl. Dann waren da noch die Gerüchte über die magische dunkle Macht ihrer Druiden, die mein Vater nicht auf die leichte Schulter nahm. Gerüchte, die hinter vorgehaltener Hand die Runde machten, ließen uns erschaudern: scheußliche Rituale mit den jungfräulichen Töchtern der Adligen des Clans, wüste Orgien, blutige Einweihungsriten, bei denen den gefangenen Feinden die Kehle aufgeschnitten und deren Blut getrunken wurde. Man flüsterte von reißenden Wölfen, die eigentlich keine Wölfe waren und schwarzen Reitern, die nachts das Land heimsuchten und jenen, die unvorsichtig genug waren, sich dem verbotenen Wald zu nähern, die Seelen nahmen, um sie für ewig in ein kaltes schwarzes Land zu verbannen. Ich kann das ganze grausige heidnische Repertoire noch ausweiten, mein Sohn. Aber wie gesagt, es waren Gerüchte, die vorwiegend auf unserer Festung an langen langweiligen Abenden gern verbreitet wurden. Trotzdem, mein Vater nahm sie ernst und hatte jedem Mitglied der Familien strengstens verboten, sich den Dörfern der Wilden zu nähern. Immerhin waren schon zwei unserer Siedlerfamilien spurlos verschwunden. Fakt war: wir befanden uns auf ihrem Land und gedachten, auch zu bleiben und ob ein friedliches Zusammenleben mit dem Clan möglich war, hing nun allein von seinem Geschick ab.

König Brian, Anführer dieses kleinen wilden Volkes von gerade mal zweitausend Seelen, erschien mit seinem Gefolge. Aber nur ihn selbst und seinen Sohn ließ man in unsere Festung ein. Sie weigerten sich zwar, ihre Pferde und Waffen am Tor abzugeben, aber uns sollte der unverfrorene König im Zweifel eines Angriffs trotzdem nicht gewachsen sein und sein Sohn, ein Knabe von gerade mal zwölf Jahren, konnte unseren Rittern erst recht nichts anhaben. Von den Verhandlungen selbst bekam ich, ein kleines zitterndes Kind, vollgepumpt mit den schauderhaften Geschichten über unsere wirklich eindrucksvollen Gäste, kaum etwas mit. Und welchen Preis mein Vater für den zweifelhaften Frieden wirklich zu zahlen gedachte, erfuhr ich erst viel später.

Ich hatte nur Augen für den Begleiter ihres Anführers, seinen einzigen Sohn. Das jüngste Kind, herbei gesehnt, herbei gebetet, nachdem ihm die Götter, wie er seufzend erwähnte, bereits sechs Töchter beschert hatten.

Als meine Mutter mich sanft hinter ihren Rockzipfeln hervorzog und neben sich auf einen der hohen Stühle setzte, wusste ich, dass keine Gefahr mehr drohte. Als der König, der offenbar gar nicht so wild war wie er aussah, sich überraschend zivilisiert mit meinem Vater unterhielt, glaubte auch ich, als einzig herbeigesehnter Sohn, mit dem einzig herbeigesehnten Sohn unseres „Feindes" in Kontakt treten zu müssen. Ich, ein schmaler und blasser Engel, der aussah wie dein Bruder Kieran, musterte nun ganz einfach unverfroren diesen jungen Wilden: Für sein Alter schon ziemlich groß, sehr mager, mysteriöse Tätowierungen auf den Armen, halbnackt, lange glatte, schwarze Haare, zwischen denen eine auffallend weiße Strähne hervor blitzte, um den Hals eine Kette aus den Zähnen eines wilden Keilers von beachtlicher Größe, um die Hüften das Fell eines weißen Wolfes oder eines anderen Raubtieres, auch von beachtlicher Größe, bewaffnet mit einem eindrucksvollen Dolch und natürlich Pfeil und Bogen. Bestimmt hätte ich ihn weniger respektlos angesehen, wenn ich gewusst hätte, dass er die Bestien, mit dessen Trophäen er sich schmückte, bereits selbst in einem Alter erlegt hatte, in dem ich noch mit den Welpen unserer Hofhunde kuschelte. Er sah mich übrigens nicht an, ich denke, er registrierte nicht einmal meine Anwesenheit, sondern verfolgte aufmerksam das Gespräch unserer Väter und redete, für einen Wilden ganz zahm und lieb, nur wenn er dazu aufgefordert wurde. Er berichtete von dem Gold, das sein Clan aus unbekannten Quellen bezog, aus dem die Goldschmiede phantastisch schönen Schmuck herstellten. Er hatte wiederum von unseren Stoffen, Waffen, Gewürzen erfahren, die mein Vater aus dem Orient erworben hatte und schlug ganz einfach ein Tauschgeschäft vor, während König Brian gefällig, offenbar stolz auf seinen Sohn, brummend mit dem Kopf nickte. Besser konnte ein Friedensvertrag nicht geschlossen werden. Erst kurz bevor er mit seinem Vater die Festung verließ und wieder auf seinem Pony saß, warf er mir einen ganz kurzen Blick zu, einen Blick aus kohlschwarzen wissenden Augen, gefolgt von einem Lächeln – einem Lächeln, das eine lange innigliche Freundschaft besiegeln sollte."

Lawrence machte wieder eine kurze Pause. Er hatte Durst und ich schaute besorgt auf die Flasche Whisky.

„Nein, Wasser, mein Sohn, ich brauche einen Schluck Wasser und einen klaren Kopf. Kehren wir also zurück nach Irland zu dem wilden heidnischen Clan. Es gab weitere Verhandlungen, allerdings ohne die einzigen Söhne, nur unter vier Augen mit dem König und meinem Vater.

Aber meine scharfsinnige Mutter bekam immerhin so viel mit, dass diese Verhandlungen nicht in ihrem Sinne waren, denn es kam zu handfesten Krächen zwischen meinen Eltern. Es dauerte fast drei Jahre, bis ich mitbekam, dass ich der Grund ihrer ständigen Auseinandersetzungen war. König Brian hatte nämlich unsere Familie in seinen Stamm „aufgenommen", eine große Ehre, eine unglaubliche Ehre. Und die allerhöchste Ehre war nun, dass der einzige Sohn des Ehrenmitglieds von den neun Dunklen Herrschern ausgebildet werden sollte wie alle ranghöheren Söhne und Töchter des Stammes. Meine Mutter, eine überzeugte Christin, hatte für mich eine Ausbildung weit entfernt von hier in einer Klosterschule vorgesehen (kommt dir das bekannt vor, Efrén?) und lehnte noch immer im Grunde ihres Herzens diese Wilden, deren Götzen die umliegenden Wälder bevölkerten, kategorisch ab. Mein Vater stand zwischen zwei Fronten, denn der König machte sanften Druck und eine Ablehnung wäre einer Beleidigung gleichgekommen, die den zerbrechlichen Frieden gefährden würde.

Auf der einen Seite hatten die beiden sich sogar angefreundet und auf der anderen Seite waren da noch immer diese schrecklichen Gerüchte, die mein Vater inzwischen, welch plötzlicher Sinneswandel, als dummes Betschwesterngewäsch bezeichnete. Ich selbst hatte keinerlei Furcht, ich dachte nur an das Lächeln des jungen Jägers, Kriegers und Priesters mit den kohlschwarzen Augen. Ich hatte ihn seit damals nicht wieder gesehen und freute mich nun einfach darauf, mit ihm durch die verbotenen Wälder zu streifen, freute mich darauf, den kleinen verschreckten Engel hinter mir zu lassen um mit meinem neuen Freund wilde Bestien und, wenn es sein musste, sogar die schwarzen Reiter selbst zu jagen. Mein Vater setzte sich gegen meine Mutter schließlich durch (was ich bei dir nicht schaffte, Efrén) und an meinem neunten Geburtstag, das Eintrittsalter aller Novizen, sollte ich in den Clan unserer neuen Verbündeten aufgenommen werden. Aber es vergingen noch ein paar Jahre bis es soweit war. Langweile ich dich, mein Sohn, wir sind noch immer am Anfang."

Er langweilte mich nicht im geringsten. Doch eine weitere Pause tat meinem verwirrtem Kopf gut. In der Pause, in der mir der Verdacht kam, dass in Macenay, der zum Glück in diesem Leben Schwert, Dolch sowie Pfeil und Bogen gegen seine Gitarre und seine Harley eingetauscht hatte, bestimmt noch immer der wilde heidnische Krieger-Priester steckte, der bereits in seiner zarten Kindheit so ziemlich alles gejagt und erlegt haben soll, was sich nicht rechtzeitig vor ihm auf Bäume oder sonst wohin retten konnte. Weiter ließ mich mein Vater auch nicht nachdenken, dazu hatte ich noch später genügend Zeit. Ich will auch ihn wieder zu Wort kommen lassen. Ich habe zu lange darauf gewartet, dass er redete.

„Wenige Tage vor meinem bevorstehenden Eintritt sollten sich die Ereignisse überschlagen. Unsere Grenzen waren festgelegt. Wir befanden uns auf dem uns zugeteilten Land und das Land des Clans war für uns noch immer tabu. Daher erfuhren wir erst allmählich von den Folgen eines Aufstandes, der sich in den Reihen der Elite abgespielt hatte. Erst ein Jahr später, als der Häuptling uns wieder aufsuchte und uns berichtete, dass die Dunklen Herrscher und die alten Götter vernichtet – er sagte wirklich vernichtet – waren, wurde meinem Vater bewusst, dass sein Friedensopfer womöglich nicht mehr nötig war. Mein Gott, hätte es mein Vater dabei belassen, die Nachfahren des Clans würden wahrscheinlich noch heute in Frieden leben. Aber er bestand beharrlich darauf, sein Versprechen, den einzigen Sohn in die Obhut der neuen Priesterschaft zu geben, zu halten und von einem Opfer konnte doch wirklich nicht die Rede sein. Nun war die Ehre auf seiner Seite und der König fühlte sich geschmeichelt von so viel freiwilliger Hingabe. Auch ich erlaubte mir, etwas vorlaut zu bemerken, dass ich mir nichts mehr wünschte, als Ehrenmitglied seines Stammes zu werden. Er versprach, mit den neuen Priestern zu verhandeln. Sie hätten die Gesetze völlig verändert, überhaupt hätte sich viel verändert und dass alle nun glücklich und zufrieden waren. Was er nicht erwähnte, war, dass die Nicht-Glücklichen und Nicht-Zufriedenen sowie die Dunklen Herrscher mit ihren Anhängern samt den gestürzten Götzen erschlagen oder erschossen in den umliegenden Wäldern verrotteten. Meine Mutter und ihre christlichen Schwestern und Brüder sahen schon im Geist das Kreuz in den heidnischen Kultstätten triumphieren und brachten deshalb keine Einwände mehr an. Das war natürlich ein frommer Wunschgedanke, denn vorher beteten unsere heidnischen Freunde zwar eine unglaubliche Vielzahl von Göttern an, jetzt war die Sonne ihr einziger Gott, dem sie jedoch noch immer regelmäßig blutige Opfer darbrachten.

Mein Sohn, die langen Gespräche für und wider meine Aufnahme und die theologischen Auseinandersetzungen meiner Eltern will ich dir ersparen. Endlich nach langen vier Jahren hatte sich die neue Priesterelite mit ihrem König und meinem Vater geeinigt, mir, dem Sohn eines christlichen Normannen und heimlichen Wikingers, vorerst eine Ausbildung zu gewähren und ob ich dann würdig war, aufgenommen zu werden, sollte sich zeigen. Ich wurde von dem Hohepriester selbst unterrichtet, dem einzigen Sohn des Königs, der selbstverständlich auch sein Nachfolger werden sollte. Er war von dem jungen Wilden zu einem würdigen Meister herangewachsen, allerdings hatte er keinerlei Probleme damit, zwischendurch sein schneeweißes Priestergewand abzustreifen, den schneeweißen Wolfspelz um die Hüften zu schnüren und wieder halbnackt, bis auf die Zähne bewaffnet, auf die Jagd nach Tieren, Feinden und unerwünschten Eindringlingen zu gehen. Ich durfte ihn begleiten in die Wälder, in denen er mich lehrte, sich lautlos wie ein Tier zu bewegen, sogar selbst wie ein Tier zu werden. Natürlich kam auch mein Geist nicht zu kurz. Er unterrichtete mich in fast allen klassischen Fächern, die auch in den Klosterschulen gelehrt wurden, als auch in Fächern, von denen ich vorher noch nie gehört hatte. Er war mein großartiger Meister, ich sein wissbegieriger Schüler. Du denkst bestimmt gerade an Merlin und Artus. Die Parallele stimmt sogar zum Teil, vor allem, weil das Ende nicht weniger tragisch war. Aber ich war nicht König Artus und er auch nicht der Zauberer Merlin. Ich, Erik Gunnarsson, war der Sohn eines normannischen Kriegers, er der Sohn eines keltischen Kriegers – und er hieß Cahal."

Lawrence hielt inne und atmete tief durch.

„Weißt du, wie lange ich diesen Namen nicht mehr ausgesprochen habe? Ich glaubte, ihn schon vergessen zu haben. Natürlich habe ich ihn nicht vergessen. Er verfolgt mich heute noch nach all den Jahren bis in meine schlimmsten Albträume. Aber Cahal ist tot, er ist schon so lange tot. Er starb irgendwo in Irland auf einem Hügel vor dem Altar seiner verfluchten Kultstätte. Der kluge Priester und der stolze König, der die Götzen seiner Vorfahren gestürzt haben sollte, um sein Volk von ihrer Herrschaft zu befreien, wurde diesen Götzen geopfert. Und an jenem verhängnisvollen Morgen seines Todes ging die Sonne nach langen dunklen Monaten das erste Mal wie ein Mahnmal am Horizont auf. Von seinem Volk wurde sie und damit auch wieder die alten Götter mit Freudentänzen begrüsst. Für mich ging sie jedoch unter und von da an gab es nur noch die Nacht. Wie es dazu kam? Nun, es wird spannend, mein Sohn, denn jetzt kommt das eigentliche Drama.

Ehrlich gesagt, hatte ich erst einmal große Schwierigkeiten, mich in die doch sehr fremde Welt dieses Clans einzugewöhnen. Ich kannte auf der

Burg meines Vaters nur strenge Disziplin, angefangen bei unserer Familie bis hin zu unserem Gesinde. In König Brians wesentlich bescheidenerer Festung herrschte ein regelmäßiger Lärmpegel. Obwohl es genügend Gemächer für jeden Angehörigen gab, versammelten sich im großen Thronsaal regelmäßig Schwestern, Schwiegersöhne, deren zahlreiche Kinder, die nackt zwischen den Hunden auf dem strohbedecktem Boden herumwuselten, sowie Tanten, Onkel, Cousins und weitere entfernte Verwandte und Freunde. Um dem quirligen Chaos zu entgehen, verzogen sich die Druidenpriester mit ihren Schülern hin und wieder in die Halle des Schweigens. Ein seltsames Gebäude, gebaut aus Holz, das eher an eine riesige Laube erinnerte, stand nicht weit von dem Opferaltar entfernt. Cahal, dem es anfangs widerstrebte, mich als seinen Schüler aufzunehmen, gab sich, nachdem sein Vater ziemlich Druck gemacht hatte, viel Mühe mit mir, auch wenn er noch immer sehr ungeduldig werden konnte. Ich lernte zuerst schmerzhaft seine außergewöhnliche Kampftechnik, dann Beschwörungen aller möglichen Naturgeister, abgehalten auf den Lichtungen der undurchdringlichen Wälder. Und ich erfuhr, dass er nicht nur regelmäßig seine Geliebte, eine gefürchtete wie geachtete Zauberin, die hinter dem Wald in einer Ruine hauste, aufsuchte, sondern auch vor den blutjungen weiblichen Untertanen keinen Halt machte. Aber mein Sohn, ich will wieder auf das Wesentliche kommen, auch wenn dich, wie ich sehe, die ausgesprochen lockere Lebensweise dieses unbändigen Volkes zu interessieren scheint.

Irgendwann wollte ich mehr als nur sein folgsamer Schüler sein. Ich wollte sein wie er. Ob ich dazu die nötige Reife hatte? Nun, er hatte eine große Zuneigung zu mir und vertraute mir, also nahm er mich trotz des Vetos seiner misstrauischen Gefährten endlich als vollwertiges Mitglied in den Druidenorden auf. Das war sein erster Fehler. Zuerst wurde ich in die Gesetze des Ordens eingeweiht – und die waren streng. Stillschweigen war selbstverständlich, das galt natürlich auch bezüglich meiner Familie. Übertretungen wurden bestraft, die kleinen mit Ausschluss aus dem Orden und den sofortigen Verlust der magischen Fähigkeiten, die großen mit Tod und Verbannung in das kalte schwarze Land Draußen. Ich übertrat kein Gesetz, bestand die ersten Prüfungen mit Bravour und wurde sogar das Vorbild meiner Mitschüler, die sich ihre magischen Fähigkeiten nicht so hart erarbeiten mussten, weil sie durch ihre Herkunft schon ausreichend damit gesegnet waren. Trotz meiner guten Leistungen, trotz aller Mühen, die ich mir gab, war es mir nicht möglich, die verdiente

Anerkennung der anderen Ordensmitglieder zu bekommen, geschweige sogar Freundschaften einzugehen. Selbst wenn mich die anderen acht Priester für würdig erachteten, hielten sie mir gegenüber noch immer Distanz. In ihrer Gegenwart hatte ich permanent das ungute Gefühl, auf der Hut sein zu müssen. Sie waren freundlich zu mir, wohlwollend, wenn ich eine Prüfung nicht gleich beim ersten Mal bestand, aber auf der anderen Seite irgendwie bedrohlich. Solange ich unter dem Schutz des Meisters stand und er nach dem Tod seines geliebten Vaters auch noch Häuptling – ich meine König – des Clans wurde, brauchte ich mir keine Sorgen machen. Vielleicht wäre alles zum Besten ausgegangen. Tat es aber nicht. Dann kamen sie auf, die ersten schlechten Gedanken, Gedanken von Misstrauen und Eifersucht, denn ich erfuhr schmerzlich, dass ich die Zuneigung meines Meisters mit seiner Lieblingsschwester teilen musste. Eine Zuneigung, die über die bloße Geschwisterliebe hinausging und sogar von seinen eigenen Priestern missbilligt wurde. Er vergötterte sie und sie vergötterte ihn, den kleinen Bruder, von dem gemunkelt wurde, er würde in schändlicher Weise hin und wieder das Bett mit ihr teilen, obwohl ihn sein Vater bereits zu einer Ehe mit einer hinreißenden rothaarigen Schönheit verdonnert hatte. Keiner wagte, den hässlichen Verdacht auszusprechen. Sie, so hieß es auch, sollte hervorragende magische Kräfte besitzen, aber von Anfang an gegen den Umsturz der Dunklen Herrscher und Götter gewesen sein. Das nicht ohne Grund. Sie war dem Meister der Dunklen als Gemahlin versprochen, sobald sie sein Kind auf die Welt gebracht hatte. Sie verlor beides, ihr Kind und ihren künftigen Gemahl. Angeblich sollte sie sogar die verdammten Herrscher heimlich beschwören, ein absolutes Tabu, das ihr schließlich zum Verhängnis werden sollte. Sie war der heimliche Großmagier, hochbegabt und sehr gefährlich.

Kleiner Zwischenkommentar: einen Großmagier wie heute gab es in dieser Zeit nicht. Die Priester führten den Orden zusammen, sie waren gleichberechtigt und stimmten über jede Entscheidung gemeinsam ab. Damit habe ich jetzt endlich ein paar falsche Informationen beseitigt, die schon seit Jahrhunderten in dem Orden die Runde machen. Cahals Schwester nahm nie an den Sonnenanbetungen teil, sie erschien allerdings zu den Beratungen an den Kultstätten, von denen ich noch immer ausgeschlossen war. Sie war eine atemberaubende Schönheit, kühl und abweisend wie der Mond und ich bekam ziemlich rasch heraus, dass die anderen Priester, ja sogar die meisten Stammesmitglieder Cahals exzessive

Zuneigung zu ihr nicht nur nicht teilten, sondern sie von ganzem Herzen verabscheuten. Ich konnte sie verstehen. Ihre Gegenwart war wie ein dunkler Fleck in dem Orden, von dem alle insgeheim hofften, dass er unauffällig und so schnell wie möglich verschwinden würde. Was sie dann auch irgendwann tat, allerdings sehr auffällig. Alles hätte wahrscheinlich niemals so tragisch geendet, wenn es Cahal nur bei der kleiner-Bruder-große-Schwester-Beziehung belassen hätte. Bei den Bettgeschichten, die vielleicht wirklich nichts weiter als gemeine Gerüchte waren, konnte man es ja noch belassen, aber er räumte ihr Privilegien ein, die ihr niemals zustanden. Vielleicht hatte er ihr gegenüber ein schlechtes Gewissen, weil er den Dunklen Herrscher getötet hatte und sie deshalb vor Verzweiflung ihr ungeborenes Kind verlor. Er nannte sie seine Göttin des Abends und des Mondes, während er mir den Status der Sonne zusprach. Lassen wir diese poetischen Vergleiche, mein Sohn. Oder wenn wir gerade dabei sind: Seine angebetete Sonne hat ihn verbrannt zu Staub und Asche."

Das nahm ich Lawrence ohne Weiteres ab – zu Staub und Asche.

„In ihrer Gegenwart fühlte ich mich ständig klein und unbedeutend. Sie teilte mit ihm Geheimnisse, von denen ich ausgeschlossen war. Das ließ sie mich spüren, und deutlich gab sie mir zu verstehen, dass nur sie allein Besitzansprüche an ihrem kleinen Bruder hatte und ich ihr nicht im Wege stehen durfte. Dabei konnte sie, wenn sie wollte, sogar bezaubernd und sanft sein. Nur ihre smaragdgrünen Augen sprachen eine ganz andere Sprache, die Sprache der alten gestürzten Herrscher, mächtig, grausam, verdorben und faszinierend. Selbst ich, ein Jugendlicher, noch grün hinter den Ohren, konnte ihrem laszivem Charme kaum widerstehen. Cahal bemühte sich, sie von mir fern zu halten, als ob er fürchtete, dass sie mir schaden könne und hin und wieder ermahnte er mich zur Vorsicht. Im Nachhinein wird mir klar, er war weder um meine Unschuld noch um meine Seele besorgt, er war ganz einfach nur eifersüchtig. Ich verstand ohnehin nicht, was die beiden Geschwister miteinander verband. Sie passten nicht zusammen und waren doch ein eindrucksvolles Paar – wie der Tag und die Nacht, im wahrsten Sinne des Wortes. Sie die blasse schöne junge Frau mit den blauschwarzen Haaren und er war ein attraktiver und athletischer Mann. Nur seine Stimme klang schon damals wie die eines Säufers und Kettenrauchers. Natürlich versuchte ich, ihn nach seiner geheimnisvollen Schwester auszufragen und nach den Zeiten, als die Dunklen den Clan noch beherrschten. Ich bekam keine Antwort von ihm, keine Antwort von den anderen Priestern, keine Antwort von den Novizen und über den Rest des Stammes lag schweigende Furcht, als ob nur ein Schimmer der Erinnerung die bösen Geister der Verdammten und die zornigen gestürzten Götter wieder heraufbeschwören würde.

Lag es womöglich auch an den Erzählungen um ein Amulett, das nach dem Tod und der Verbannung des Dunklen Meisters spurlos verschwand? Das Amulett, angeblich erschaffen von uralten Kreaturen, lange bevor die Menschen die Erde bevölkerten. Bestückt mit überirdisch leuchtenden Juwelen aus dem Edelsteingarten in einer fernen Galaxie, verlieh es seinem Besitzer uneingeschränkte Macht, nicht nur über den gesamten Orden, sondern auch über die anderen Dimensionen, mit denen wir bis jetzt nur beiläufigen Kontakt pflegen. Mein Sohn, du hast bestimmt schon davon gehört. Ich gehe davon aus, dass ebenso deine Brüder, insbesondere Kieran, brennend an diesem Ding interessiert sind – und nicht nur die. Wo immer es ist und ob es überhaupt existiert, auch ich will es wissen. Nun lass mich jedoch mit meiner Geschichte fortfahren.

Ich fand mich letztendlich damit ab, dass ich für ihre Gemeinschaft im Grunde genauso ein Fremdkörper war, wie die mondbleiche Göttin. Ich habe bis heute nicht herausbekommen, was sich vor meiner Zeit vor oder auf dem Altar oder den umliegenden Wäldern abgespielt hatte."

Lawrence machte wieder eine Pause, um sich ein weiteres Glas Whisky einzuschenken. Ich erfuhr, was sich vor seiner Zeit abgespielt hatte. Ich erfuhr es, weil ich wieder meine unermessliche Neugierde nicht im Zaum halten konnte und irgendwann wird auch mein Vater erfahren müssen, wovor ihn der unglückliche Cahal zu jener Zeit mit der Vernichtung der Dunklen Herrscher bewahrt hatte, doch davon später.

„Langsam, lieber Edward, endet allmählich das schöne Zauberflötenmärchen von Sonne und Mond."

In seinen wässrigen Augen blitzte wieder der alte Spott auf als er fortfuhr: „Nun eines Tages geriet das Gleichgewicht zwischen Sonne und Mond aus den Fugen und die nachtschwarze Schönheit wurde bei einer Nacht- und Nebelaktion endlich dorthin verbannt, wo sie nach der Meinung des gesamten Clans hingehörte: nämlich ins Niemandsland nach Draußen. Ich befand mich zu dieser Zeit für einige Wochen bei meiner Familie und musste mich nach meiner Rückkehr mit der Nachricht begnügen, dass sie die Grenzen ihrer Befugnisse überschritten hatte, als sie sich die Macht der Verdammten anzueignen versuchte, um die alten Götter zurückzuholen. Sie war aus der Gemeinschaft ihres Stammes ausgeschlossen und keiner, außer Cahal, schien sie zu vermissen. Und ich hatte leider von nun an das dumpfe Gefühl, dass sich mein Freund und Lehrer nur deshalb so intensiv mit mir beschäftigte, um über ihren Verlust hinwegzukommen. Nachdem Guinivere (so hieß sie auch schon damals) als Störfaktor beseitigt war, richtete sich allerdings nun das Misstrauen der Priester gegen mich. So sehr ich mich anstrengte, ihre Grenzen einzuhalten, missbilligten sie ständig meine Freundschaft zu Cahal. Unappetitliche dumme Gerüchte machten wieder die Runde, die Cahal entkräftete, indem er dem einem der Unruhestifter nach einem knappen Wortwechsel kurzerhand den Arm brach. Sie warteten, sie warteten aber noch immer ganz freundlich und falsch auf meinen Fehler, der mir das Genick brechen sollte. Ich war nicht der einzige, den sie im Visier hatten. Cahals Cousin Finian, der Sohn der Schwester seiner Mutter, der fast sein Zwillingsbruder hätte sein können, stand offensichtlich ebenfalls auf der Abschussliste. Er war die feine zartgliedrige Ausgabe des kräftigeren Hohenpriesters mit pechschwarzen schwermütigen Augen. Er schien zum Sündenbock auserkoren, denn er wurde für lächerliche Vergehen zur Rechenschaft gezogen. Ich gedachte, mich mit ihm zu verbünden. Auf der anderen Seite hatte ich in den ganzen Jahren meines Aufenthaltes in dem Orden gerade mal ein paar Sätze mit ihm gewechselt. Außerdem konnte der Schuss gewaltig nach hinten losgehen, denn ich hegte den Verdacht, dass er beauftragt war, mich auf Schritt und Tritt zu beobachten, was auch der Wahrheit entsprach. Vielleicht wollte er sich vor der Priesterschaft rein waschen, indem er mich bei dem Fehler erwischte, der endlich meinen Untergang besiegeln sollte.

Wie du siehst, mein Sohn, auch in dem strahlenden Sonnenanbeter-Orden gab es dunkle Flecken. Flecken von Missgunst, Neid, Verrat und unstillbare Gier nach Macht. In dem zarten Cousin sollte ich mich jedoch täuschen, er war kein dunkler Fleck – der dunkle Fleck war ich selbst. Jetzt, mein geliebter Sohn, komme ich wirklich zur Sache, bevor ich ganz besoffen bin und du den Höhepunkt verpasst. Ungefähr ein Jahr nach Ginevras Verbannung ins Niemandsland hatte ich endlich den Grad erreicht, der mich meinem Meister fast ebenbürtig machte. Und mir dämmerte, dass mein sonnenstrahlender Gott außer seinen schwarzen Augen auch noch einige schwarze Flecken auf seiner Seele haben musste. Er verschwand oft spät in der Nacht und kehrte erst zum Morgengrauen zurück. Das war eigentlich nicht verboten, aber irgendwie war eine Veränderung mit ihm vorgegangen. Schwer zu definieren. Ich würde sagen, er wurde schwermütig und er entzog sich meiner Gegenwart. Vielleicht hatte er noch immer nicht den Tod seines Vater verkraftet und auch die Verbannung seiner Schwester machte ihm zu schaffen. Und hinzu kam, dass sein Land unter monatelangem, andauerndem, Regen litt, der die Ernten verdarb und sein Volk zu verhungern drohte. Gut, ich war auf ihn nicht mehr angewiesen. Unsere Beziehung war inzwischen zu einer gleichberechtigten Freundschaft geworden, auch wenn er mir in vielen Dingen selbstverständlich noch weit überlegen war. Ich machte mir einfach Sorgen um ihn und vor allem erwartete ich, dass er sich mir anvertraute. Ich ahnte ja, wie sehr ihn der Verlust seiner geliebten Schwester und seines Vaters schmerzte. Er ließ diesbezüglich kein Gespräch aufkommen – über die Verdammten durfte nicht gesprochen werden – niemals! Das war sein nächster Fehler. Darauf machte ich meinen Fehler, genau diesen einen Fehler. Ich tat, was ich hätte lieber bleiben lassen sollen. Meine anfängliche Besorgnis um ihn wich dem Misstrauen. Er misstraute mir, also misstraute ich ihm und folgte ihm eines Nachts in die Wälder auf die sumpfige Lichtung, in die man die Leichen der Ausgestoßenen warf, um sie den wilden Tieren zu überlassen. Ein grausiger Ort, an den sich kaum jemand hinwagte. Bestimmt lagen dort noch irgendwo die Überreste von der schönen Ginevra, aber was sah ich? Sie saß neben ihm und schien völlig lebendig – verändert, aber lebendig. Er hatte sie offensichtlich beschworen und aus dem Niemandsland geholt. Von nun an folgte ich ihm jedes Mal zu seinen verbotenen nächtlichen Treffen. Jedoch, außer dass die beiden sehr vertraut miteinander sprachen – ich konnte auf die Entfernung nichts verstehen und in seine Gedanken einzudringen, wagte ich nicht – geschah eigentlich nichts. Aber auch das „Nichts" hätte genügt, ihn zu verurteilen, denn er hatte sie aus der Verbannung befreit und somit war sie eine Gefahr für den gesamten Orden. Ich befand mich in einer schrecklichen Lage. Ich begann ihn für seinen und mich für meinen Vertrauensmissbrauch zu hassen und ich hasste den ganzen verlogenen Orden, den er ins Leben gerufen hatte.

Jetzt kommen mir diese Probleme so lächerlich vor, mein Sohn. Er hatte ganz andere Probleme, als sich um seinen beleidigten Schüler zu kümmern. Er hatte die Verantwortung für ein ganzes Volk. Noch immer war der Himmel grau und dunkel, seit Monaten hatte sich die Sonne nicht mehr blicken lassen. Es regnete ohne Unterlass, das Volk begann zu murren, weil es Hungersnot und Seuchen fürchtete. Und die Schuld daran gaben sie ihrem einst so geliebten König und Priester, der die Dunklen Herrscher und die alten Götter erzürnt hatte. Diese galt es zu besänftigen – mit einem Opfer. Aber all das interessierte mein angekratztes Ego nicht. Von jetzt an redeten wir aneinander vorbei; er, der mir den strahlenden Hohepriester und den tapferen Kriegerkönig vorspielte, und ich, der seine schwache Seite aufgedeckt hatte und nicht wagte, ihn darauf anzusprechen. Mein Gott, hätte ich es nur getan, hätte ich ihn doch nur angesprochen, aber mein Sohn, ich hatte Angst vor ihm. Ich glaubte tatsächlich, dass er auch mich in das dunkle Land verbannen würde. Ich litt fürchterlich unter dieser Situation, denn ich musste meine Anspannung gegenüber Cahal vor den anderen Mitgliedern des Ordens verbergen und ich hatte niemanden, dem ich vertrauen konnte. Sie schienen zum Glück nichts zu bemerken. Glaubte ich.

Als ich mich während einem von Cahals und Ginevras heimlichen Treffen hinter einem Felsen verstecken wollte, stand vor mir Finians schmale Gestalt. Hatte er mich oder Cahal verfolgt? Das spielte keine Rolle mehr, er wusste Bescheid. Ich hatte also einen Mitwisser und einen Komplizen, denn er schwieg genau wie ich. Wenn wir einander begegneten, schienen wir den gleichen Gedanken zu haben: Wir wissen beide, er begeht ein abscheuliches Verbrechen, er hat Kontakt mit einer Verdammten aufgenommen, er kann den ganzen Orden in den Abgrund reißen. Aber er ist noch immer der Hohepriester und er ist das Oberhaupt des gesamten Stammes. Warum habe ich nicht mit seinem Vetter gesprochen? Hätte ich es doch nur, dann würde ich wissen, dass alles ganz anders war, als ich vermutete.

Niemand sollte so schändlich sein, den König zu verraten. Ich war so schändlich und verriet ihn. Warum ich es tat? Mich kümmerte eigentlich weniger die angebliche Gefahr, in der sich der Orden befand, ich fühlte mich einfach hintergangen und betrogen. Um ganz ehrlich zu sein, ich war eifersüchtig, seine Liebe mit einer Verdammten zu teilen. Und er war mein strahlender Gott, ich duldete keine dunklen Flecken an ihm. Ich wollte ihn stürzen, so wie er einst die Dunklen Herrscher gestürzt hatte und wie seine Untertanen darauf warteten, ihn zu stürzen. Und ich gab ihnen den letzten Anlass dazu. Mir war klar, dass ich einen Fehler machte, wenn ich ihn nicht verriet, klar war mir jedoch nicht, dass ich einen viel schlimmeren Fehler machte als ich ihn schließlich verriet. Die anderen Priester verzogen keine Miene und da sie mir von Grund auf misstrauten, verlangten sie auf der Stelle einen Beweis für meine ungeheure Anschuldigung. Da ich gerade dabei war, ordentlich Mist zu bauen, musste ich das jetzt durchstehen. Finian, der blasse, schwermütig dreinschauende Cousin, hatte ihn ebenfalls gesehen. Der zweite Verrat. Dann die Angst, dass er alles abstreiten würde. Tat er nicht. Sie hätten die Wahrheit ohnehin aus ihm herausbekommen. Er würde durch sein freiwilliges Geständnis mit einer milderen Strafe davonkommen, sofern der Ausschluss aus dem Priesterorden eine mildere Strafe war."

Lawrence schenkte sich erneut ein Glas ein und ich fürchtete schon, er würde auf der Stelle umkippen, aber er grinste mich an als er fortfuhr: „Warum erzähle ich ausgerechnet dir Plaudertasche das alles, wenn du es kaum erwarten kannst, die schändlichen Taten deines Vaters zu Papier zu bringen. Wie wirst du dieses Kapitel nennen? Der besoffene verräterische, feige Lawrence Duncan legt endlich ein erbärmliches Geständnis ab. Mach was du willst. Ich könnte jetzt mittendrin einfach aufhören und du würdest nicht erfahren, welche Folgen dieser Verrat noch haben sollte. Nein, keine Angst, du sollst die ganze Wahrheit erfahren und mach dir selbst Gedanken, warum ich gerade dich als Beichtvater auserkoren habe. Nur eine Bitte, wenn ich damit fertig bin, keine Fragen, keine Kommentare, keine Diskussionen, keine Vorwürfe und keine Mitleidsbekundungen. Geh einfach aus dem Haus und lass mich allein. Versprichst du mir das?"

Ich nickte beklommen und schenkte mir auch noch ein Glas ein.

„Ich fühlte mich abscheulich. Ich erwog, den Orden klammheimlich zu verlassen. Nur das wäre ein Eingeständnis meiner Schuld und meiner Schwäche gewesen. Schließlich war es Cahal, der mir weh getan hatte. Und in seinem nächsten Leben sollte er mir noch viel mehr weh tun, aber das ist eine andere Geschichte. Ich musste ihn konsequenter Weise hassen, wie konnte ich so verrückt sein, seinetwegen Gewissensbisse oder womöglich Mitleid zu haben. Verdammt, ich hatte Gewissensbisse und ich hatte Mitleid, aber dafür war es zu spät. Er wurde vor das Gericht der Priester gestellt und er sollte verurteilt werden. Und weißt du, was daran so entsetzlich war? Ich habe eine Anklage noch nie so sanft und gleichzeitig so eiskalt formuliert gehört. Sie stießen ihn aus dem Orden aus, wollten ihn eigentlich nicht ins Niemandsland verbannen, aber seiner magischen Fähigkeiten berauben und ihn auf der Stelle nach Draußen schicken. Was ganz einfach Todesstrafe bedeutete. Auch sein erzürntes Volk, das immer ungeduldiger wurde und forderte endlich ein Opfer an die alten Götter. Er zeigte ebenfalls keine Regung, aber viel Einsicht. Ich hatte gehofft, ihn reumütig zusammenbrechen zu sehen, doch er blieb ganz ruhig und schon fast überirdisch beherrscht. Nun hasste ich ihn wirklich. Ich wollte eine Regung von ihm, ich wollte ihn weinen und zusammenbrechen sehen, seine ganze idiotische Ehre zum Teufel fahren lassen. Du musst wissen, dass jedes Urteil einstimmig sein musste. Also stimmte ich allein gegen seine ehemaligen Gefährten und verlangte die Höchststrafe – Verbannung nach Draußen ins Niemandsland. Er zeigte endlich eine Regung. Er zuckte zusammen und einen Augenblick glaubte ich, in seinen Augen schieres Entsetzen zu sehen und Mitleid, Mitleid mit mir.

Die Priester verhandelten erneut. Es war so irrwitzig, wie sie sich allmählich veränderten. Zuerst schienen sie darauf versessen zu sein, ihren abtrünnigen Hohepriester und König so sanft wie möglich los zu werden und mit einem Mal stimmten sie ausgerechnet mit mir überein, als ob sie nur darauf gewartet hätten, dass ich das Urteil für die Höchststrafe forderte. Und erst heute weiß ich, dass es ihr mieses Spiel war. Finian war es, der den Kompromiss und das endgültige Urteil heraus handelte. Cahal sollte nicht ins Niemandsland, aber in jedem Fall nach Draußen geschickt werden. Ihm, der noch immer König seines Clans war, sollte die Würde gelassen werden, selbst entscheiden zu dürfen, wann und ob er sich dem Urteil der Dunklen Herrscher im Niemandsland stellen wollte. Die Entscheidung wurde schließlich als gerecht abgesegnet. Das Volk jubelte schon jetzt: Der König ist tot, es lebe der König. Gott, wie ist das widerlich. Ich gab mich damit zufrieden, zumal Cahal seine Strafe gleich am nächsten Morgen antreten würde. Man hatte ihm den letzten Wunsch gewährt, noch einmal hinauf zur Kultstätte zu steigen. Man bedauerte das Todesurteil, aber dunkle Geschwüre, die die Reinheit des Ordens zerstörten, gehörten entfernt, so schmerzhaft das für alle Beteiligten auch sein sollte. Ich hatte ihn nie als ein dunkles Geschwür empfunden. Er war ganz einfach ein Freund gewesen, der mich betrogen hatte, mir kein Vertrauen entgegenbrachte und der einzige Schmerz, den ich empfand, war, dass ich ihn für immer verloren hatte.

Am Morgen, kurz bevor es hell wurde, versammelten wir uns unterhalb des Altars. In der Nacht hatte es wieder einen heftigen Sturm gegeben, passend zu meiner Stimmung, doch auf einmal war der Himmel klar und außer der Brandung des Meeres unterhalb der Klippen war kein Laut zu hören. Es war als ob die Zeit still stand. Und nach den langen dunklen

Monaten ging sie nun triumphierend am Himmel auf – eine strahlende Sonne. Cahal erschien in dem Gewand des Königs, geschmückt mit seinem prachtvollen Gürtel und den Armbändern aus Gold. Er sah müde aus. Noch immer gefasst, durchlief er die Reihe seiner Priester. Er schaute jeden lange an, so als ob er sich ihre Gesichter für die Ewigkeit Draußen einprägen wollte. Als die Reihe an mir war, senkte ich den Kopf. Ich konnte ihm nicht in die Augen schauen, mein Gott, ich zitterte am ganzen Leib. Dann flüsterte er mir etwas zu und in diesem Augenblick wurde mir das ganze Ausmaß und die Sinnlosigkeit meines Verrates und meines gnadenlosen Urteils bewusst: „Du Narr, du einfältiger Narr. Flieh du Narr, flieh so schnell du kannst."

Schließlich stellte er den Pokal mit dem Gift, das ihn in Kürze in eine schwarze kalte Hölle bringen sollte, auf einen Felsen und schritt die Stufen hinauf zum Altar. Einer der Priester gab uns zu verstehen, ihm zu folgen. Cahal stand uns mit dem Rücken zugewandt und schien in den Anblick der aufgehenden Sonne versunken zu sein. Was hatte ich getan? Er würde diese Sonne, für die er nun sein Leben ließ, dieses grüne Land, dessen Wälder er so abgöttisch liebte, nie wieder sehen. Das hatte ich getan!

Und – ich sollte noch viel mehr tun. Ich erschrak als mir plötzlich jemand einen harten kalten Gegenstand in die Hand drückte. Bevor mir klar wurde, dass alle Priester diesen harten kalten Gegenstand – einen Dolch – in der Hand hielten, sah ich das Lächeln auf dem Gesicht des künftigen Hohenpriesters und Königs, ein wissendes böses Lächeln. Er ging zuerst die Stufen nach oben. Als der Dolch Cahals Rücken traf, rührte der sich nicht. Er stand noch aufrecht, als sein weißes Gewand sich langsam rot zu verfärben begann. Er stand noch beim zweiten. Erst beim dritten Dolchstoß begann er zu schwanken. Ich erinnere mich nicht genau, aber ich glaube als ihm der vierte Priester seinen Dolch in den Unterleib rammte, brach er zusammen. Er versuchte, sich verzweifelt am Altar hochzuziehen als ihn ein weiterer Stoß traf. Nun war die Reihe an Finian. Der zögerte einen Augenblick, sein Blick traf mich, dann seinen Priester und König, der auf den Stufen vor dem Altar elendig zu verbluten begann. Er umschloss den Griff der Waffe, schien einen Moment zu zittern. Dann warf er sie angeekelt von sich, drehte sich um und rannte, ohne dass ihn jemand daran hinderte, den Hügel hinunter. Ich brauchte eine ganze Weile bis ich merkte, dass es jetzt an mir war, diese abscheuliche Hinrichtung fortzusetzen. Ich tat nichts, ich rannte nicht weg, ich war vor Entsetzen wie erstarrt von dem Anblick, den ich bis auf den heutigen Tag nicht vergessen habe. Sie, diese einst so ergebenen und loyalen Kampfgefährten schlachteten ihr Oberhaupt, das sie einst so liebten und verehrten, wie ein Opfertier ab. Jeder von ihnen hatte mindestens zweimal auf Cahal eingestochen, so sauber und gezielt, dass er noch lebte, als der Letzte sich über ihn beugte, um eine weiße Stelle in seinem blutigen Gewand zu suchen, die er noch beflecken konnte. Es war so grauenhaft, so entsetzlich grauenhaft. Und als sie ihm den goldenen Gürtel und die goldenen Armbänder herunterrissen, glaubte ich, sein leises Stöhnen zu hören. Das Schlimmste waren ihre Gesichter, die Gesichter von Raubtieren. Sie liefen um den ausgebluteten Körper herum, stießen ihn mit den Füßen an, bis er die Stufen hinabrollte und stellten zufrieden fest, dass noch immer Leben in ihm war. Sie hatten alle Hemmungen abgelegt und genossen schamlos seinen langsamen qualvollen Tod und plötzlich wurde mir klar, sie mussten längst von Cahals und Ginevras heimlichen Treffen gewusst haben. Sie hatten nur auf meinen Verrat gewartet, um ihn endlich beseitigen zu können – und auch mich. Da standen sie vor mir, wie die verdammten Herrscher aus der Dunkelheit, schauten mich triumphierend an, in ihren weißen Gewändern, deren Säume getränkt waren von Cahals Blut, während sein Nachfolger völlig unbeteiligt den Goldschmuck mit der Schärpe seines Gewandes reinigte. Ich warf noch einen letzten Blick auf Cahal, der sich nicht mehr rührte – flieh, flieh du Narr! Dann rannte ich los.

Irgendwo in der Nähe verkroch ich mich bis Sonnenuntergang. Ich habe geweint in meinem Versteck, Edward so viel geweint, dass ich den Rest meines Lebens nicht mehr weinen konnte. Ich würde dieses Land verlassen. Doch zuerst ging ich noch einmal hinauf auf den Hügel. Als ich nach unten schaute, sah ich am Strand Finians schmale Gestalt aufs Meer hinausschauen, stumm und traurig wie ich. Ich hätte zu ihm gehen können, um mit ihm zu sprechen. Er hatte Cahal nichts getan. Er hätte ihn bestimmt nicht verraten, er hatte ihn nicht getötet und mein hartes Urteil in ein mildes umgewandelt. Und dafür verabscheute ich ihn, weil er gut war, so unerträglich gut. Es war schon lange dunkel, bis ich Cahals Leichnam vergraben hatte. Was heißt vergraben. Ich versuchte ihn so gut es überhaupt ging, flennend mit meinen bloßen Händen, wie einen Hund zu verscharren – meinen geliebten Meister, meinen Hohepriester und meinen König. Bestimmt würden *SIE* noch in der selben Nacht kommen, ihn wieder ausgraben und ihn auf der verfluchten Begräbnisstätte der Ausgestossenen den wilden Tieren überlassen.

Ich rannte hinaus in die Wälder, wollte zurück zu meiner Familie. Doch meine Familie gab es nicht mehr. Sie war ausgelöscht worden. Ermordet von einem grausamen Volk, das sich nicht damit begnügt hatte, seinen eigenen König abzuschlachten. Irgendwie gelang es mir, mich nach Osten an die Küste durchzuschlagen, fand Zuflucht auf einem der Schiffe, die nach Norden ausliefen und ließ das abscheuliche Land mit den abscheulichen Bewohnern hinter mir. Ich begann ein neues Leben und versuchte, mein altes Leben zu vergessen. Doch ich konnte nicht vergessen. Ihre Gesichter, ihre bösen Raubtierfratzen konnte ich einfach nicht vergessen. Ich hatte von meinem Meister viel gelernt. Zuviel hatte ich gelernt und ich lernte noch mehr. Ich suchte mir noch einmal einen hervorragenden Meister und gelehrige Schüler. Ich hatte mir gut gemerkt, wie man an einen neuen Meister herankam. Ich wurde selbst ein Hohepriester und auch ein Kriegerhäuptling. Und dann kam der Tag des Gerichtes – meines Gerichtes. Und er sollte schrecklich sein. Ich kehrte mit meinem Gefolge, meinen erbarmungslosen Kriegern aus dem hohen Norden und meinen Rittern in ihre Dörfer, auf ihre Festung und in ihre Kultstätten zurück. Sie leisteten lange verzweifelt Widerstand, doch dieses Mal waren wir in der Überzahl und wir ließen, wie auch sie damals, keinen am Leben. Die Männer, die Alten, die Frauen und Kinder, alle ließ ich töten, selbst ihre Tiere verschonten wir nicht. Niemand aus diesem verderbten Clan mit seinen abscheulichen Riten sollte am Leben bleiben und nichts, aber auch gar nichts, sollte künftig daran erinnern, dass er jemals existiert hatte. Doch nein, ihn, Finian, verschone ich. Er, der einzig Überlebende sollte sich erinnern und weinen, weinen um seinen toten König und um sein totes Volk."

Ja, mein lieber Vater, aber du konntest sie mit deinem sinnlosen Blutbad nicht ausrotten, denn Cahal existiert noch immer. Er ist ganz real und leibhaftig. Du solltest ihn endlich um Vergebung bitten, wenn es dafür nicht längst zu spät ist. Doch wie kannst du das, wenn du dir nicht einmal selbst vergeben kannst, du dummer, einfältiger Narr, der die Liebe seines teuersten Freundes nicht teilen wollte. Halt mal kurz ein Edward, Efrén: pack dich an deiner eigenen Nase, denk an deinen eigenen lockeren Stein. Ich glaube, es wird niemanden geben, der uns aus diesem endlos tiefen Brunnen herausziehen kann. Jetzt kenne ich die Wahrheit, ich weiß, wie alles angefangen hat. Angefangen mit einem eifersüchtigen ehrgeizigem Schüler, geendet nach endlosen Jahren in immer währenden grausamen

Verletzungen, die eine Versöhnung nicht mehr möglich machen. Vielleicht besteht aber doch ein winziger Funken Hoffnung, Hoffnung auf eine Versöhnung mit meinem Vater und mit mir. Alles andere war nur noch die Angelegenheit zwischen ihm und Macenay. Er hatte mir gerade sein Herz ausgeschüttet und ich weiß, wie viel Mut es ihn gekostet hat.

Ich wollte mich bei ihm dafür bedanken, aber ich erinnerte mich an mein Versprechen. Außerdem müsste ich dann weinen und das wollte ich nicht in seiner Gegenwart. So weit waren wir noch lange nicht. Also respektierte ich seine Bitte und ließ ihn in seinem Schmerz allein, um nicht auch noch den meinen zu verschlimmern.

11.

Der Weg ins Draußen III

Es ist an der Zeit, zu einem Abschluss zu kommen. Ehrlich gesagt, habe ich sogar das Bedürfnis, auf der Stelle aufzuhören. Denn ich spüre, wie sehr mir die Reisen in meine Vergangenheit sowie auch die meiner Gefährten an die Substanz gehen. Aber ich würde uns allen Unrecht tun, wenn ich nicht bis zum Ende alle Begebenheiten zu Papier bringen würde. Also, kommt Aufhören gar nicht in Frage.

Lawrence Geständnis warf mich noch für Wochen aus der Bahn. Und ich hatte nun wirklich tiefes Mitleid mit ihm. Doch ich war auf der anderen Seite unfähig, auf ihn zuzugehen und hielt mich an mein Versprechen, mich jeglichen Kommentars zu enthalten und auch bis jetzt niemanden, außer Viviane, davon zu erzählen. Um nicht in Grübeleien zu versinken, suchte auch ich außerhalb meiner intensiven Arbeit verzweifelt nach Ablenkung, egal welcher Art. Unserem Vater schien es genauso zu gehen, denn als ich zaghaft versuchte ihn per Telefon zu erreichen, hieß es, er sei für längere Zeit auf Reisen.

Allmählich kehrte der gewöhnliche Alltag in unsere Wohngemeinschaft ein (ich liebe diese gewöhnlichen, langweiligen Tage). Meine beiden Brüder Lyonel und Roger sowie Douglas und René kehrten in ihre gewählte Heimat zu ihren Familien, neuen Freundinnen und Freunden, Ehefrauen und was auch immer zurück. Kieran und Geoffrey hatten genügend mit den Banalitäten des neuen beschaulichen Lebens zu tun. Ihnen ging es wie mir. Sie wollten ganz einfach nur noch ihre Ruhe vor Draußen und sonstigen Ärgernissen innerhalb des Ordens. Mit meiner Ruhe sollte es allerdings bald vorbei sein. Es waren Guy und Viviane, die jetzt das Finale meiner Memoiren einleiten. Viviane, meine neue lieb gewonnene Freundin und Vertraute, machte mir Sorgen. Guy Macenay, ehemaliger mächtiger Druidenpriester und Kriegerkönig eines archaischen grausamen Volkes machte mir Angst. Jetzt wo ich noch mehr über seine Vergangenheit erfahren hatte, war mit einem Mal aus dem schnoddrigen Rocker wieder „Der schwarze Hexenmeister" geworden, womöglich ein sehr ernst zu nehmender Gegner. Ich war noch immer der Lieblingssohn seines Todfeindes. Auch wenn es vermutlich nicht die Schuld von Erik war, weswegen Cahal diesen barbarischen Opfertod sterben musste, so hatte Erik trotzdem Schuld auf sich geladen, als er das abscheuliche Massaker an Cahals Volk veranlasste. Ich wagte nicht daran zu denken, dass der junge König bestimmt eine Ehefrau und vielleicht schon Kinder hatte. Auch sie mussten damals bestialisch ermordet worden sein. Doch Erik/Lawrence tat ja nichts anderes, als sich wiederum an den Morden seiner Familie zu rächen, wobei nicht einmal sicher war, ob und wie Cahal/Guy überhaupt daran beteiligt war. Cahal und seine Schwester kehrten einige hundert Jahre in einem menschlichen Körper zurück und stellten Lawrence, der in ihren Augen den Orden unrechtmäßig an sich gerissen hatte, zur Rede. Wer weiß, was sich in Schottland noch abgespielt hatte, während die drei unter sich waren. Verlor Lawrence schon damals vor Schreck und schlechtem Gewissen die Nerven? Wohl kaum.

Machte er Ginevra zu seiner Frau, um sie zu demütigen und vor allem um Guy zu demütigen? Oder war doch so etwas wie Liebe im Spiel? Ich habe es nie erfahren.

Er beharrte außerdem unermüdlich darauf, dass ich sein Nachfolger und somit leider auch die Zielscheibe seiner Kontrahenten werden sollte. Wie verzweifelt und voller Wut mussten auf der anderen Seite Ginevra und Guy, die letzten Überlebenden ihren Clans in einem menschlichen Körper, gewesen sein, als sie dem abtrünnigen Großmagier ebenfalls ihren Nachfolger entgegensetzten. Womit keiner von den verfeindeten Parteien gerechnet hätte: Es kam ganz anders. Ich wurde nicht Großmagier, weil ich keine Lust und absolut keine Begabung hatte. Beim dritten und letzten Versuch in Mexiko gab Lawrence schließlich resigniert auf, machte seit dem nie wieder einen Versuch, mich von Draußen zu holen oder mich sogar von König Kieran freizukaufen. Viviane wurde nicht Großmagier, weil sie keine Lust, wenn auch eine hervorragende Begabung hatte. Sie rebellierte bereits im zarten Kindesalter gegen ihre dominante Mutter und fürchtete wie ein scheues wildes Tier ihren unheimlichen Erzeuger. Leider fürchtete sie ihn nicht genug. So saß sie mir wieder gegenüber auf dem Sofa, dessen Rückenkissen vollgestopft wurden von ihren verschnupften und verheulten Taschentüchern (Anmerkung des Verfassers: Natürlich entsorgte ich nach unserem Gespräch diese wenig appetitlichen Teile. Schließlich wollte ich nicht den Eindruck erwecken, dass es sich bei unserer WG um einen Schweinestall handelte).

Dass Viviane dieses Mal nicht heulte, fiel mir zuerst nicht auf. Was mir sofort auffiel, waren ihre Haare. Wo war ihre lange rote Mähne geblieben? Abgeschnitten! Und ganz ehrlich gesagt, sie gefiel mir jetzt mit ihren kinnlangen Haaren viel besser, was ich ihr selbstverständlich mitteilte, denn selbst Kratzbürste Viviane schätzte Komplimente bezüglich ihres Aussehens, sogar die nicht gerade „politisch korrekten Sauereien" von Roger, na ja. Ich habe irgendwie gehört, gelesen, gesehen, dass angeblich Frauen ihre Haare abzuschneiden pflegen, wenn sie beschlossen haben, irgendwie, irgendwo, irgendwas in ihrem Leben zu ändern. Es wurde mir langsam unheimlich, das Kleine Schwarze. Jedenfalls bei unserer folgenden Unterredung blieben die Schnupf-Heul-Tücher in der Designer-Handtasche (Viviane legte im Gegensatz zu ihrem ersten Leben in dem letzten und in diesem Leben viel Wert auf „Design". Immerhin ein winziger Hauch von einer „Lady", wenn auch niemals nach dem Geschmack ihrer eleganten Mutter).

„Er will sich mit ihr treffen", begann sie ohne Umschweife. Noch immer irritiert von ihrer neuen Frisur, brauchte ich mindestens eine Minute, um zu kapieren, dass sie Guy und Ginevra meinte.

„Und du willst dabei sein", mutmaßte ich ganz richtig.

„Ich muss dabei sein. Sie wird ihn Draußen vor dem Tor zum Niemandsland erwarten", erwiderte sie unbeeindruckt.

Ich machte mir nicht die Mühe, einen Versuch zu starten, sie von diesem unsinnigen und gefährlichen Vorhaben abzubringen. Wenn Viviane sich etwas in den Kopf gesetzt hatte, konnte nicht einmal der Weltuntergang sie davon abhalten. Immerhin erlaubte ich mir, mich nach dem Grund ihres Entschlusses zu fragen, natürlich mit dem ganz behutsamen Hinweis, dass sie sich mit ihrer Schnüffelei schon einmal ordentlich Ärger eingehandelt hatte, ich übrigens auch.

„Die beiden haben ein großes Geheimnis. Vielleicht erfahre ich mehr über ihre Vergangenheit und vor allem über das, was sie womöglich noch vorhaben." Sie knabberte wieder an ihren Fingern als sie fortfuhr: „Nicht vergessen, sie sind meine Eltern und haben mich offensichtlich in voller Absicht in diese Welt gesetzt. Und ja, ich fürchte mich davor, von ihrem Geheimnis zu erfahren. Ich bin fast sicher, es geht auch um dieses mysteriöse Amulett. Warum sonst ist sie so scharf darauf ihn zu sehen oder sie will ihn wieder …, na du weißt schon". Sie seufzte. „Doch es kann ja auch sein, dass es nur Banalitäten sind, die sie austauschen wollen, wie ‚wie geht's' … und so."

„Wegen angeblichem Austausch von Banalitäten ist Guy einst im Draußen gelandet", entgegnete ich sarkastisch. „Und woher willst du wissen, dass sie dich nicht erwischen?", fügte ich ernsthaft besorgt hinzu und hoffte, das sie den Gedanken bezüglich des Amuletts ganz schnell wieder vergaß. Nun musste Viviane auflachen.

„Sie haben mich schon damals nicht erwischt und mein werter Erzeuger weiß bis heute nicht ... Mist!", unterbrach sie sich entsetzt. „Edward, jetzt schau mich mit deinen großen blauen Augen nicht so vorwurfsvoll an. Gut, ich verspreche dir hiermit feierlich, wenn ich herausbekommen habe, was Guy von ihr will oder umgekehrt, werde ich ihm meinen Verrat gestehen. Großes keltisches Indianerehrenwort."

Ihr Charme war einfach umwerfend. Jedoch das Grinsen wäre mir vergangen, wenn ich geahnt hätte, welches Drama sich Stunden später vor meinen Augen abspielen würde.

Ich war der Einzige, der von ihrem Entschluss, Guy nach Draußen zu folgen, wissen sollte und musste ihr sogar versprechen, niemanden davon zu erzählen, schon gar nicht Kieran. Der war zum Glück so ausgiebig mit seinen widerspenstigen Jugendlichen beschäftigt, dass ihm die verbotenen Aktivitäten seines Ersten Priesters vollkommen entgingen.

Wie viel von seiner magischen Macht hatte Guy am Ende wirklich verloren? Würde er merken, wenn Viviane ihm hinterher schlich und heimlich in seine Gedanken eindrang oder war er vollkommen ahnungslos? Uns war in der letzten Zeit aufgefallen, dass er seine Schnodderschnauze auffallend im Zaum hielt. Keine boshaften und schweinischen Witze mehr und nach einer Woche ohne „Herzchen" kam in mir der Verdacht auf, dass nun Cahal, der gebrochene Kriegerkönig seines erloschenen Volkes, zurückgekehrt sein musste. Ich nehme an, Viviane hoffte in Guys desolatem Zustand die Schwäche zu finden, die es ihr ermöglichte, ohne Probleme hinter sein und Ginevra Geheimnis zu gelangen.

Sie, und kurze Zeit danach auch ich, folgten ihm nach Draußen vor das Tor zum Niemandsland. Damit widme ich auch den letzten Teil meines Buches demjenigen, der unser aller Schicksal, ob bewusst oder unbewusst, in diesem Orden bestimmt hatte – dem „Schwarzen".

Siebter Teil | Der Schwarze II

Schottland um 1175 – 1189

1.

Der schwarze Hexenmeister und seine Schwester

Auf dem Weg nach Draußen glaubte sich Guy endlich allein, allein mit seinen Erinnerungen und allein mit seinen Gedanken, denen er freien Lauf lassen konnte. Es war in diesem Leben das erste Mal, dass er es wagte, abermals diesen Weg zu gehen ohne nur im geringsten zu ahnen, dass er verfolgt und aufmerksam beobachtet wurde. Er empfand die Stille nicht als bedrohlich, sondern eher beruhigend und Ruhe hatte er im Augenblick bitter nötig. Er würde „sie" sicher finden und „sie" würde sich auch sicher von ihm finden lassen und er fürchtete sich so sehr, dass sie womöglich einen gewissen Gegenstand gefunden hatte – das Amulett der Dunklen Macht. Bis zu dieser Begegnung musste er mit sich ins Reine gekommen sein, denn sie würde ihm viel zu sagen haben über seine wenig ruhmreiche Vergangenheit und über sein Versagen. „Wenn du eines kannst, geliebter Bruder, dann ist es versagen." Guy war nun wirklich ganz allein und er konnte sich selbst eingestehen, dass er in der Tat ein großartiger Verlierer war.

In allen seinen Leben, auch in diesem, das er bis jetzt vor allen, die ihn kannten, erfolgreich geheim gehalten hatte. Er war irgendwann ganz einfach hier in England aufgetaucht, hatte sich in die Gemeinschaftspraxis, die keineswegs ein schmuddeliger Kräuterladen war, wie ein gewisser blauäugiger Schmierfink behauptete, seines ehemaligen Kommilitonen eingekauft und führte eigentlich die beschauliche Existenz eines praktischen Arztes. Aber davor war Irland, von dem er glaubte, es abgöttisch zu lieben. Was auch stimmte, solange er dort nicht mehr lebte. Er stellte amüsiert fest, dass es ihm wie vielen Iren ging, wie zum Beispiel – er unterbrach sofort seine Gedanken. Er wollte schließlich nicht über James Joyce reflektieren, sondern über sich selbst und dazu wollte er zurück in seine Vergangenheit nach Dublin zu seinen Zieheltern, die ihn liebten auch wenn sie ihn nicht verstanden, über Belfast, wo sein Praktikum in einem Krankenhaus in einem Fiasko endete und noch viel weiter zurück zu der Kultstätte seines Ordens, vor der er von seinen ehemaligen treuen Gefährten niedergemetzelt worden war, verraten von seinem Lieblingsschüler.

Was war schief gegangen? Guy lachte verzweifelt auf. Alles war schief gegangen. Der Orden war zum Scheitern verurteilt, als Ginevra in die Verbannung geschickt wurde. Er hatte tatsächlich geglaubt, ohne sie leben zu können. Nur, er hatte nicht bedacht, dass sie ein Teil von ihm war. Sie beherrschte jeden seiner Gedanken und er folgte ihr lieber in die Nacht, als dass er das Tageslicht noch weiter ohne sie ertrug. Ihm war natürlich klar, dass die geheimen nächtlichen Treffen mit ihr irgendwann ein böses Ende fanden.

Und er erinnerte sich an sein Volk. An die vielen wunderbaren Jahre im Überfluss, nachdem er die Nachfolge seines Vaters angetreten war. Aber die alten Götter und die Dunklen Herrscher, die er glaubte endgültig vernichtet zu haben, standen wieder auf und nahmen grausame Rache, indem sie Hunger, Krankheit und Elend über sein Land brachten. Und erst in der Stunde seines grausamen Todes wurde ihm bewusst, welchen Schaden er so leichtfertig auch an der Seele seines geliebten Schülers angerichtet hatte. Er hatte ihn geliebt, mehr wie seine Schwester, er wollte ihm noch so viel zeigen und er hatte zuerst gehofft, dass er den Weg in das lichte Land mit den weißen Tempeln schaffen würde. Nur hatte er ihm nie gesagt hatte, wie schmerzhaft und kräftezehrend dieser steile Weg sein konnte. Guy selbst musste kurz vor Ende dieses Weges plötzlich umkehren. Er scheiterte an seinem unkontrolliertem Zorn, den er zu oft nicht im Griff hatte, an der vergeblichen Suche nach dem Amulett, die ihn so sehr beanspruchte, dass er seine wichtigsten Aufgaben vernachlässigte. Diese allzu menschlichen Gefühle standen vielen der Magier im Weg, denn wer es wagte, eine Verbindung mit den gefallenen Kreaturen einzugehen, war bereits verurteilt. Vor diesen Gefahren wollte er seinen Schüler noch einmal warnen, irgendwann und genau irgendwann war es dann schließlich zu spät. Ginevra war diesen Weg gegangen – bis zum Ende vorgedrungen. Sie hatte dafür bezahlt und es waren nicht allein die Priester seines Ordens gewesen, die sie in die Dunkelheit stürzten und zu der Kreatur machten, zu der sie jetzt geworden war. Nun sollte er zu ihr in die Dunkelheit fallen und zurück blieb sein betrogener Schüler, den er nicht mehr um Vergebung bitten konnte und der nie mehr von der Last seines angeblichen Verrats befreit wurde, an dem er keine Schuld trug. Als Guy glaubte, seiner Schwester in die Nacht folgen zu müssen, war er sich nicht im geringsten darüber im Klaren gewesen, was dieser Entschluss bedeuten sollte. Draußen war schlimmer als die Nacht, ein ewig graues Licht. Das einzige Geräusch der eiskalte pfeifende Wind und grausamer

Hunger, den er nur zu stillen vermochte, indem er seinen Leidensgenossen wehtat. Und das Schlimmste: Er war unsterblich, er selbst hatte diesen abscheulichen Pakt mit der Unsterblichkeit geschlossen und nun trieb ihn lediglich noch der erbärmliche Hunger und die damit verbundenen Schmerzen an ohne Hoffnung, den Kreis der Unsterblichkeit abbrechen zu können.

Er blieb die ganze Zeit bei Ginevra, die ihn vor der Verurteilung der gestürzten Priester an einem geheimen Ort Draußen verbarg, vielleicht aus Dankbarkeit, weil er sie aus dem Niemandsland befreit hatte – wer weiß. Sie, die ihn unter Tränen angefleht hatte, ihr zu helfen und sei es nur, um eine Stunde auf die Erde zurückkehren zu dürfen, verspottete ihn, nannte ihn einen jämmerlichen Versager und Verräter und, als ob sie sich von seinem Schmerz und seiner Verzweiflung nährte, bekam sie immer mehr Kraft. Sie war in der Lage, zeitweise in Dimensionen zu verschwinden, in die er sich nicht vorwagte. Und sie hielt weiter Kontakt zu den ehemaligen Priestern und dem Niemandsland. Sie kehrte mächtiger den je zurück, während er müde und schwach in seinem Versteck geduldig auf sie wartete. Er wusste, was es bedeutete, diese Grenze zu überschreiten und sich mit dieser gefährlichen unberechenbaren Macht einzulassen. Er hatte diese fürchterliche Macht selbst kennengelernt. Und er fürchtete und hasste sie, die Dunklen Herrscher. Er hatte so gehofft, ihnen nie wieder zu begegnen. Aber er hätte wissen müssen, dass Mut sowie Pfeil und Bogen dazu niemals ausreichten. Seine Peiniger waren unsterblich, sie waren, wie Ginevra, an ihn gebunden und er an sie. Er selbst sollte zu ihnen zurückkehren, denn er war ihr Besitz. Seit jener Nacht während der Wintersonnenwende, als sie ihn auf dem Altar … Nein, da war nichts geschehen, nichts – Dunkelheit, denke an Dunkelheit, denke an nichts, denke an gar nichts. Doch damals sollte ihm diese Macht, die sich Ginevra angeeignet hatte, eines Tages doch eine Chance geben, eine kleine Chance. War das Amulett der Dunklen Macht also doch in ihre Hände gefallen? Er wagte nicht, sie danach zu fragen. Einige wenige Jahre Glück und Vergessen in seinem Land mit den grünen Hügeln, der Sonne und vielleicht … er wollte gar nicht daran denken, welche Konsequenzen dieser erneute Entschluss haben würde. Er sah nur einen kleinen Lichtstrahl, eine schwache Hoffnung und verbannte die schrecklichen Folgen, die sein Entschluss haben würde, auf der Stelle in die hinterste Ecke seines Unterbewusstseins und kehrte mit Ginevras Hilfe auf die Erde zurück.

Sie hielt sich an ihr Versprechen und ließ ihm einige Jahre Ruhe und Zufriedenheit. Und er war sogar glücklich, vergaß seine Vergangenheit in der Geborgenheit einer liebevollen Familie, bis die Macht dann doch den Preis forderte. Sie trieb seine Schulden erbarmungslos ein. Obwohl er genau wusste, dass seine Ahnungen nun mit präziser Härte zur Realität wurden, startete er einen letzten kläglichen Versuch, Ginevra von ihrem Vorhaben abzubringen:

„Ich bitte dich, lass mich hier bleiben. Ich möchte nur noch ein ganz normales Leben führen. Bei meinem Adoptivvater das Handwerk des Waffenschmiedes lernen, mehr nicht. Du allein hast genügend Macht, wenn du glaubst, den Orden zurückerobern zu müssen. Mach es lieber ohne mich, ich bin dir dabei nur im Weg. Du kannst mich ja dann wieder nach Draußen schicken und ich verspreche dir, dich nie zu verlassen und nach meinem Tod das Urteil des Dunklen endlich anzunehmen."

Ihre Antwort war ein unbändiges Lachen.

„Nein, mein geliebter kleiner Bruder, du kommst mit. So war es ausgemacht. Du bist mir doch nicht im Weg, du sollst mich sogar begleiten auf dem Weg zum Ruhm oder auf dem Weg zum endgültigen Untergang. Und sei nicht so rührend bescheiden. Du bist neben mir das am meisten verabscheute Wesen Draußen. Verabscheut und gefürchtet."

Hätte Guy seiner prophetischen Gabe nicht immer Fesseln angelegt, hätte er längst gewusst, dass dieser Dialog völlig sinnlos war.

„Er ist stark geworden, so stark, dass er uns vernichten kann und er wird uns vernichten wie er unser gesamtes Volk vernichtet hat."

Ginevra fixierte ihn lange mit ihren schrägen grünen Augen.

„Und du weißt, dass wir ihn genauso vernichten können. Er hat sich den Orden unrechtmäßig angeeignet. Weißt du, dass er den Umgang mit Draußen sogar offiziell erlaubt hat? Die zwei Könige sind sogar seine besten Freunde. Besonders Richard McDuff, dieser elende Heuchler, der dich liebend gern bei dem Meister der Dunklen abliefern würde. Ich habe ihn zu meinem Bruder gemacht, um an Informationen heranzukommen und hoffe, dass er mich nicht sofort erkennt. Aber mein richtiger Bruder bleibst natürlich du." Sie strich ihm zärtlich über die Wange. „Genug geplaudert. Mach dir nichts vor. Du hast noch immer Angst um deinen blonden Sonnenschein, deine große Hoffnung, der alles erreichen sollte, was du nicht erreicht hast. Hat er ja auch. Nur, er hat einen ganz neuen Orden gegründet mit unserem Wissen und seinen eigenen Gesetzen. Von allen deinen Priestern wurde keiner mehr gesehen. Hast du eigentlich vergessen, dass er dich in einem Anfall von sinnloser Eifersucht verraten hat und ins Niemandsland befördern lassen wollte? Glaub mir, wenn er dich kriegt, wird er es wieder tun und dieses Mal sogar selbst. Aber niemals mich. Das schwöre ich dir."

„Also darum geht es dir. Um Macht. Nicht um Gerechtigkeit, sondern um Macht. Du weißt, auch dir steht der Orden nicht zu, nicht mehr. Aber wenn du darauf bestehst, dann geh, aber geh verdammt noch mal allein!", schrie Guy zurück. Sie stutzte einen Augenblick, weil sie eine so heftige Reaktion von ihm nicht mehr erwartet hätte.

„Oh mein König und Sonnenpriester. Ach, hast du übrigens gewusst, dass nach deinem Opfertod dein verfluchtes Land unter der Sonne wieder erblüht ist? Das nur nebenbei. Nun lass endlich das Gefasel von der Gerechtigkeit. Du hast eine Vereinbarung mit mir und ich habe eine Vereinbarung mit jenen, denen du besser nicht mehr begegnen solltest. Du wirst dich an dein Versprechen halten. Du kommst mit. Du willst doch sicher wissen, was aus deinem Schüler geworden ist? Oder hast du Angst, ihm unter die Augen zu treten? Hast du noch immer ein schlechtes Gewissen, weil du deine geliebte Schwester für wenige Stunden aus dem Niemandsland geholt hast, ohne vorher deinen Lieblingsschüler um Erlaubnis zu fragen?"

Sie kam auf ihn zu und legte ihm ihre schmalen weißen Hände auf die Schultern. „Du sollst auch Angst haben, Guy Macenay, und zwar nur vor mir. Vergiss nicht, du gehörst nämlich mir, mir und den Dunklen Herrschern, an die auch ich dich jederzeit übergeben kann. Du hast es nur mir zu verdanken, dass du mehr oder weniger frei herumlaufen kannst. Du hast also zwei Möglichkeiten, du kommst mit und kämpfst endlich wie ein Mann oder ich nehme dir auf der Stelle das beschauliche Leben, das ich dir gegeben habe und du wirst Draußen glücklich sein, wenn du gerade noch meine Kammerzofe spielen darfst, was ich natürlich auch sehr schätze."

Er hätte ihr auf der Stelle ins Gesicht schlagen können und er verabscheute sich selbst bei dem Gedanken. Sie merkte sofort, dass sie zu weit gegangen war. Sie brauchte ihn als Verbündeten nicht als Feind. Er war zwar momentan in der schwächeren Position, aber sie wusste nicht, wozu er fähig sein konnte, wenn sie seinen Zorn herausforderte. So klug war sie immerhin.

„Es tut mir leid, ich wollte dir nicht wehtun. Doch es macht mich so unendlich wütend, weil wir uns verstecken müssen wie gejagte Tiere. Wir haben doch ein Recht auf den Orden. Er gehört uns."

„Wir haben unser Recht längst verwirkt. Du hast das Gesetz gebrochen und ich habe das Gesetz gebrochen."

„Das Gesetz hat er gebrochen." Sie ließ nicht locker. „Er ist es, der bestraft werden muss."

„Sei nicht so spitzfindig", unterbrach Guy unwirsch. „Darum geht es doch nicht. Wir beide sind allein zwar fähig, den Orden zu übernehmen, aber nicht mehr fähig, ihn zu führen. Unsere Zeit ist längst abgelaufen, hast du das noch immer nicht begriffen? Du geliebte schöne Schwester willst lediglich deine Rache und dazu ist dir jedes Mittel recht."

„Und du willst keine Rache? Du willst es auch, Versteck dich nicht hinter deinem falschen Edelmut. Du hast bis heute nicht vergessen, wie schmählich sie dich verbrannt hat, deine geliebte Sonne. Vergiss deine Skrupel, er hat sie längst vergessen, als er unser Volk abschlachten ließ. Du bist lächerlich, mein geliebter Cahal."

Er packte sie plötzlich so fest an den Schultern, dass sie vor Schmerz aufschrie:

„Sag nie wieder diesen Namen. Unterschätze mich nicht, liebe Schwester des Mondes. Ich warne dich. Gut, ich werde dich auf dem Weg in unser endgültiges Verderben begleiten, ja das werde ich – versprochen. Aber eines Tages wirst du bitter bereuen wirst, dass du dich nicht damit begnügt hast, mich nur noch deine Kammerzofe spielen zu lassen."

Er begleitete sie nach Schottland, wo sie die erste Zeit bei König Richard lebten, der ihn von Anfang an verabscheute, aber nichts gegen ihn und Ginevra, außer einem vagen Verdacht, in der Hand hatte, um sie los zu werden. Guy spürte, dass der Erste König ihn nicht nur hasste, sondern sogar zu fürchten schien, doch er machte keinerlei Anstalten, ihn davon zu überzeugen, dass er eigentlich nicht das geringste Interesse an ihm hatte. Sein ehemaliger Schüler war ein Mann geworden, der eine Frau und zwei Söhne hatte. Vielleicht schien Lawrence damit gerechnet zu haben, ihn irgendwann einmal wieder zu sehen. Aber er tat fast so, als ob er ihn nie gekannt hätte. Guy war diese Distanz sogar willkommen. Er und Erik/Lawrence hatten sich tatsächlich nichts mehr zu sagen. Ihre gemeinsame Zeit gehörte längst der Vergangenheit an und er war mehr als zufrieden, als Ginevras Rechnung, den blonden Magier für sich zu gewinnen, nicht aufging. Sie versuchte es stattdessen bei dessen englischem Freund Ashley Durham. Guy nahm diese Beziehung zuerst gelassen hin. Er war sich sowieso sicher, dass sie die meisten Nächte viel lieber mit ihm teilte. Er begnügte sich weiterhin damit, ihren schönen Körper nach dem Bad mit duftenden Ölen einzureiben und ihre rabenschwarzen hüftlangen Haare zu kämmen. Aber es gab genügend Momente, in denen er sie begehrte.

In seinem letzten Leben, als Sohn des Königs und später selbst als König, hatte er viele Frauen begehrt und sie auch bekommen – und Muireall, die wilde Waldhexe, blieb sogar bis kurz vor seinem Tod seine bevorzugte Geliebte. Er liebte alle seine sechs Schwestern, die ihn als kleines Kind wie ein Schoßhündchen überall mit sich herumschleiften und liebkosten. Aber Ginevra, die einzige von ihnen, die, wie er, die extrem blasse Haut und die glatten pechschwarzen Haare hatte, liebte er schon damals auf eine Art und Weise, von der er ahnte, dass sie verboten war. Mit zwölf Jahren sah er mit an, wie der Meister der Dunklen Herrscher mit ihr während des jährlichen Frühlingsfestes vor den Augen des gesamten Clans die Vereinigung der Fruchtbarkeitsgötter vollzog. Er bekam das Bild nie wieder aus seinem Kopf: Der Dunkle Meister, bekleidet mit dem weißen Gewand der Priester, sein Gesicht hinter der Maske des wilden Hirsches verborgen und sie, nackt, sich ihm schamlos stöhnend hingebend. Was sich bei diesem Anblick in ihm regte, beschämte und überwältigte ihn zugleich.

Er begehrte sie heute um so mehr. Es war ein immer neues Spiel mit dem Feuer und er genoss dieses gefährliche Spiel. Sie anzuschauen, ihre nackte Haut zu berühren, zu fühlen, wie sie unter seinen streichelnden Händen erzitterte, um sich dann plötzlich zurückzuziehen, so wie man einen Becher mit dem Gift, das unvorstellbare trügerische Träume verspricht, im rechten Augenblick beiseite stellt. Dieser Becher war immer in seiner Nähe. Er wartete nur darauf, wieder in die Hand genommen zu werden, die Finger, die begierig den Rand abtasteten, der süße Geruch, den das Gift ausströmte, der Wunsch, nur einen kleinen Schluck davon zu kosten. Guy ahnte, er würde sich nicht mit einem kleinen Schluck zufrieden geben, er würde den Becher austrinken und dann immer mehr davon haben wollen, so viel davon trinken, bis er voll war mit Gift, betäubt und nicht mehr er selbst. Das Gift wartete schon lange, doch es hatte noch viel Zeit und je mehr Zeit verging, desto süßer und verlockender duftete es, wie eine schöne todbringende Pflanze.

Ginevra witterte ihre zweite Chance, als sie vom Tod der Frau des Großmagiers erfuhr. Sie hatte sich bereits seinen Körper genommen, nun war es Zeit, dass sie sich seiner Seele annehmen sollte. Es fiel ihr leicht, von Ashley fortzugehen. Sie hatte ihn lediglich benutzt, um Lawrence eifersüchtig zu machen, Guy zu demütigen und einen Sohn in die Welt zu setzen. Nur, Ashley kam ihr zuvor. Er nahm ihr den Triumph, indem er sie, noch bevor sie ihren Entschluss in die Tat umsetzen konnte, wie einen Hund aus dem Haus jagte. Guy riskierte fast sein Leben, als er den kleinen Geoffrey aus Durhams Burg entführte.

Guy hatte geahnt und befürchtet, Erik in diesem Leben wieder zu sehen, doch dass er von nun an auf dessen Burg leben sollte, überstieg seine schlimmsten Erwartungen. Erik/Lawrence behandelte ihn wie einen Eindringling, nannte ihn hin und wieder einen irischen Hund und ließ ihn bei jeder Gelegenheit spüren, dass er nur an Ginevra interessiert war. Guy selbst ging ihm, so weit es möglich war, aus dem Weg und vermied jegliche Provokation. Er versuchte, sich unsichtbar zu machen, so weit das bei seiner eindrucksvollen Erscheinung möglich war. Er verzog sich oftmals mehrere Tage in die Heide, wo er das Elend der armen Dorfbewohner mit seinen Heilkünsten linderte. Dafür wurde er von ihnen als wiedergekehrter Zauberer Merlin verehrt. Ginevra dagegen stand im Mittelpunkt, amüsierte sich königlich bei den Festlichkeiten, die Lawrence ihr zu Ehren immer häufiger veranstaltete und zog damit langsam aber sicher den Unmut aller Ordensmitglieder auf sich, während Guy mit ihrem ewig schreienden kleinen Ebenbild in seinen Gemächern geduldig auf ihre Rückkehr wartete. Sie behauptete, dieses Kind abgöttisch zu lieben, doch hegte Guy längst den Verdacht, sie benutze Geoffrey nur dazu, um sich an dessen Vater für den demütigen Rausschmiss zu rächen.

Lawrence war in der Tat wild entschlossen, Ginevra zu seiner Frau zu machen und Guy bemühte sich deutlich zu zeigen, dass es ihm nichts ausmachte. Natürlich machte es ihm etwas aus und er begann Lawrence zu hassen, seine Schwester zu hassen und am meisten hasste er sich selbst. Während Ginevra von ihren irdischen Vergnügungen abgelenkt wurde, versuchte er hin und wieder Beschwörungen auszuführen, um etwas über Finians endgültigem Verbleib zu erfahren, der einzige seiner Gefährten, der ihn nicht ins Niemandsland verbannen wollte. Vergeblich. Einige Tage vor der verhängnisvollen Hochzeit kam in ihm der vage Wunsch auf, Lawrence danach zu fragen und sich noch einmal mit ihm auszusprechen.

Aber er verwarf den Gedanken so schnell wie er gekommen war. Er hatte genug ertragen. Er war von seinen eigenen Priestern, die ihn einst vergötterten, bestialisch hingerichtet worden, hatte Draußen fast jede menschliche Würde verloren, war zum Sklaven seiner ehrgeizigen Schwester herabgesunken und von seinem einstigen Schüler, in den er so viel Hoffnung gesetzt hatte, schmählich verraten worden. Und von diesem nun als irischen Hund beschimpft zu werden, war zu viel, zu viel um überhaupt noch einen Gedanken an eine Versöhnung zu verschwenden.

Am Abend vor ihrer Hochzeit war Ginevra erschreckend gut gelaunt. Guy ertrug sie, wenn sie ihn beschimpfte und tyrannisierte. Aber wenn sie derart gute Laune demonstrierte, wusste er, dass sie einen besonders abscheulichen Plan aussheckte. Sie hatte, was sie sonst nie tat, übermäßig viel Wein getrunken, saß im Badezuber und kicherte wie eine alberne Landjungfer.

„Dein Antlitz ist so finster, mein König und Sonnenpriester. Sei doch nicht so bitterböse, Brüderlein. Du darfst ja bei mir bleiben und bei deinem geliebten Lawrence. Du wolltest immer uns beide und nun, wo wir sogar noch vereint werden, passt es dir auch nicht. Wir werden eine schöne Zeit zu dritt haben. Guy, du verdirbst mir die Laune. Schenk mir noch etwas Wein nach."

„Du solltest nicht so viel trinken, Schwester", entgegnete Guy, während er ungerührt nachschenkte. „Zuviel wird dir nicht gut tun. Wein benebelt deinen so unendlich bösen scharfen Verstand und er macht dein elfenbeinfarbenes Antlitz weiß und aufgedunsen wie das des Mondes, den du anbetest."

Ginevra lachte schallend auf.

„Du bist einfach hinreißend. Ich glaube fast, du bist eifersüchtig. Auf wen bist du denn eifersüchtig? Auf mich? Auf ihn?" Bevor Guy protestieren konnte, fuhr sie noch immer lachend fort: „Du glaubst dich noch immer so erhaben über deine Gefühle. Bist du jedoch nicht. Und vor mir brauchst du dich am allerwenigsten zu verstecken. Ich kenne dich in und auswendig."

„Du magst mich ruhig weiter verhöhnen und mich zu deinem Hanswurst machen", Guy setzte sich an den Rand des Zubers und begann ihre Schultern zu massieren, „ich sehe dir alles nach, geliebte Göttin der Nacht. Ich habe viel Geduld und kann auf deinen besonderen Humor eingehen. Nur, unser Freund Lawrence Duncan wird wohl kaum über deine Scherze lachen können." Guy beugte sich zu ihr hinunter und flüsterte ihr ins Ohr: „Er wird dich töten und dich anschließend dahin verbannen, wo du hingehörst, Ginevra."

„Wieder ein finstere Prophezeiung, Merlin?"

Seine Hände gruben sich fester in ihre Schultern.

„Nein, dazu braucht es keine Prophezeiung. Nur Logik. Du liebst zu verletzen und zu demütigen und er wird sich ganz einfach wehren."

„Du tust mir weh, Guy."

Er ließ sie los und ging zum Tisch, um noch einmal Wein einzuschenken, dieses Mal für sich. Das Gift, nur ein kleiner Schluck, schoss es ihm in den Kopf, während er trank.

„Hilf mir aus dem Wasser", hörte er sie weit entfernt befehlen. „Guy Macenay, träume nicht, hilf mir endlich aus dem Wasser."

„Fahr zur Hölle", brummte er, während er ihrem Befehl Folge leistete.

„Ich möchte schön sein. Für ihn. Und du wirst mich besonders schön machen – für ihn", fuhr sie unbeirrt fort, während er sie in ein frisches Laken hüllte.

„Ja, mein lieber Bräutigam, ich werde deine Braut schmücken. Ich serviere dir das tödliche Gift in einem goldenen Pokal, gefüllt mit glitzernden eiskalten Diamanten, die dir das Herz in tausend Stücke reißen sollen."

„Du bist ja richtig poetisch, mein König", spottete Ginevra, „und nun noch das wundervoll duftende Öl. Hast du auch genug davon?"

„Habe ich und mit Freude werde ich dich damit einreiben. Nur fürchte ich, dass dieses Öl deinen Gestank von Fäulnis ..."

„Jetzt gehst du zu weit!", schrie sie zornig auf.

„Keineswegs. Denn du hast etwas sehr Wichtiges vergessen, Schwester. Er ist Magier, Großmagier vor allem im Zwischenreich. Und du, du bist gefallen. Du kommst geradewegs von Draußen. Und Draußen bedeutet Fäulnis, Verdammnis und Blut. Und diesen Geruch kann ich niemals übertünchen, selbst wenn ich deinen Alabasterkörper mit allen Düften des Orients einsalbte." Er machte eine kurze Pause und warf den Flakon mit dem Öl auf die Steinfliesen, wo er klirrend zerbarst. „Verdammt, verdammt. Sage mir, warum willst du ihn heiraten, warum?"

„Schrei nicht so, du weckst ..." Zu spät. Geoffrey begann ohrenbetäubend zu brüllen. Halbnackt wie sie war, nahm sie das Kind an ihre Brust, wo es sofort glucksend zu saugen begann.

„Du solltest in Zukunft eine Amme nehmen", kommentierte Guy. „Denk an deine schönen und straffen Brüste. Sie könnten schlaff werden. Lawrence mag keine schlaffen ausgelaugten Brüste."

„Woher weißt du das? Du wirst doch mit deinem ehemaligen Schüler nicht etwa über Frauenbrüste gesprochen haben", entgegnete sie ruhig.

„Aber ich sage dir, genau deshalb heirate ich ihn." Sie deutete auf das Kind.

„Geoffrey hat bereits einen Vater, einen Engländer!"

„Ich rede nicht von Geoffrey. Ich rede von meinen künftigen Kindern, vielen Kindern. Du weißt zu gut, wie sehr ich mir schon damals Kinder gewünscht habe, viele Kinder von meinem künftigem Gemahl, dem Dunklen Meister. Das erste davon hast du auf dem Gewissen, Cahal. Doch lassen wir dieses unerfreuliche Thema. Denn was wir beide womöglich allein nicht schaffen werden, sollen sie für uns erreichen. Meine Kinder werden eines Tages diesen Orden zurückerhalten."

Guy ließ sich seufzend auf das Bett sinken. Nach dieser ungeheuren Eröffnung brauchte er noch dringend einen Schluck Wein, auch wenn der allmählich seine Sinne zu benebeln begann. Dann fasste er sich und begann:

„Das glaubst du doch nicht im Ernst? Hast du die beiden Söhne von Lawrence gesehen? Seine beiden Ebenbilder? Und den Säugling? Hast du vergessen, der Platz des Großmagiers ist schon längst besetzt? Und zwar von Edward, diesem kleinen blauäugigem Engelchen. Hast du vergessen, dass Lawrence die Mutter seiner Kinder wirklich geliebt hat, bevor du in Erscheinung getreten bist? Glaubst du also wirklich, er würde zulassen, dass auch nur eines deiner Kinder ins Zwischenreich gelangt, selbst wenn er sie gezeugt hat? Er heiratet dich aus dem gleichen Grund wie du ihn. Er will dich zu etwas benutzen und dich später ganz gewaltig demütigen und nicht mit dir eine neue Dynastie gründen. Der Orden ist nicht mehr der unseres Volkes, finde dich doch endlich damit ab. Du bist also davon überzeugt, deine Kinder hätten schon mit ihrer Geburt einen Anspruch auf den Orden, nur weil du ihre Mutter bist und Lawrence ihr Vater ist? Meinetwegen, setze sie in die Welt, meine fruchtbare Mondgöttin. Blonde, vielleicht auch schwarze blauäugige, grünäugige kleine schottische Bastarde. Einen englischen Bastard hast du ja bereits. Es mögen deine Kinder sein, aber ihr Blut ist vermischt – sie sind nicht rein. Für mich sind und bleiben sie Bastarde, selbst wenn du deine Beziehung zur ihrem Vater legalisierst. Ginevra, weißt du was wir beide für die neuen Herren dieses feinen Ordens sind? Ich bin ein irischer Hund und du bist nichts weiter als eine irische Hure."

Sie hob die Hand, um ihn zu schlagen, aber sie erinnerte sich, dass sie das Kind auf dem Schoß hielt. Ihre Augen glühten für einen Augenblick vor Zorn, aber Guy sah auch ihre Traurigkeit und Verzweiflung, als sie ihm letztendlich recht geben musste.

„Ich weiß, dass wir ausgestoßen sind. Was habe ich denn noch für eine Wahl? Es gibt doch nur noch dich und mich", flüsterte sie kaum hörbar. Er schwieg betroffen, er wollte auf keinen Fall den Gedanken, den er bereits zu erahnen schien, aussprechen. Auch sie sprach ihn nicht aus – noch nicht. „Wir waren wie Götter und wir wären Götter geblieben, mein kleiner Bruder. Lawrence ist nun Großmagier, aber er ist nur ein Mensch." Auf einmal wurde sie heftiger. „Es war deine Schuld. Du hättest ihn nicht in unseren Clan und den Orden aufnehmen dürfen. Du hättest wissen müssen, dass er niemals einer der unseren war. Ich habe es vorausgesehen und du hast deine Augen verschlossen. Ja, nun sind wir wirklich Verdammte, Cahal und das ist deine Schuld, als du geglaubt hast, eine Meuterei anzetteln zu müssen. Du bist ein erbärmlicher Verräter. Nur, ich möchte nicht mehr in diese Hölle zurück und mich schon gar nicht hier auf der Erde verstecken und von den feinen neuen Herren dieses Ordens gejagt werden wie ein Tier. Ich werde kämpfen, mit allen Waffen, die mir zur Verfügung stehen. Ich bin eine Frau, das scheinst du hin und wieder zu vergessen. Ich will Kinder gebären und wenn es sein muss sogar Bastarde. Ich nehme mir jetzt das Recht sein Bett zu teilen, ganz legal, um Macht über ihn zu haben und ihn endgültig aus der Welt zu schaffen. Du brauchst dich deshalb nicht als den Moralapostel aufspielen, du bist genauso tief unten wie ich, du unverwundbarer Sonnenpriester. Du lebst noch immer deinen Traum vom Sonnenpriester und tapferem Krieger, selbst wenn du längst im Reich der Finsternis bist.

Du kannst es jedoch ändern, wenn du aufhörst zu träumen. Du kannst deine Macht zurückerhalten – dafür musst du etwas tun. Du weißt was. Was hält dich also davon ab? Irgendwie bewundere ich deine unglaubliche Selbstbeherrschung. Oder hast du geglaubt, ich würde deine verbotenen Gefühle nicht durchschauen? Oder ist es womöglich nur ein Spiel für dich? Nein, du bist kein Spieler. Also, du weißt die Lösung unseres Problems. Und wenn du es tun willst, tu es jetzt, jetzt sofort. Sonst kann es für dich zu spät sein und du wirst deine Qualen nur verschlimmern, wenn du dich in alle Ewigkeit nach meinem Körper verzehrst. Du hast Angst, dass du mir hörig wirst, aber Guy, das bist du bereits. Woran klammerst du dich noch? Ist es ein Rest deiner verqueren Moral oder willst du mich quälen? Sag, was haben wir noch zu verlieren? Wir haben aber noch die Chance, dass einem der unseren, von unserem Blut, der Orden wieder gehören wird und du hast die Chance, dein Verbrechen an meinem Kind wieder gut zu machen." Sie machte eine kurze Pause in der Erwartung einer Antwort. Aber Guy hatte ihr den Rücken zugewandt und hielt wie erstarrt den Weinpokal in der Hand.

„Trink, mein Bruder", fuhr sie höhnisch auf, „trink, wenn es dir nur hilft, deine scharfen wachsamen Sinne auszuschalten. Betäube sie und gib deinem Begehren endlich nach. Du tust gut daran. Vielleicht wirst du es bereuen, aber du wirst es auch bereuen, wenn du es nicht tust. Denn du wirst mich begehren, ob du deinem Begehren nachgibst oder nicht. Nur wenn du nachgibst, wirst du Befriedigung erlangen – natürlich nur wenn ich es will. Doch du bekommst sie. Es werden sich dir ungeahnte Dimensionen auftun. Wir gehören zusammen Guy, unsere Seelen sind es längst. Hast du eigentlich nie bemerkt, dass auch ich dich und deinen Körper begehre?"

Sie erhob sich, legte Geoffrey zurück auf das Bett, ging auf ihn zu und lächelte ihn an. Er konnte sie nicht ansehen. Wenn er sie jetzt ansah – er durfte keinen Schluck mehr trinken – verlor er endgültig den Rest seiner Freiheit und Würde.

„Aha, ich sehe deine wirkliche Angst. Du hast auf einmal Angst bei mir zu versagen. Du schämst dich vor mir." Sie nahm ihm den Pokal aus der Hand. „Du brauchst dich nicht zu schämen, falls es daneben geht, mein kleiner Bruder. Ich werde mich damit abfinden und in Zukunft nur noch Lawrence' Bastarde in die Welt setzen."

Guy riss ihr den Pokal aus der Hand und trank ihn leer. Ginevra wehrte sich verzweifelt, als er ihre Kehle umklammerte und sie auf das Bett warf. Er wollte sie wirklich töten in diesem Augenblick, stattdessen versuchte er, ihre Schreie mit seinen Lippen zu ersticken. Er hatte nur einen Tropfen von dem Gift gekostet – genau einen Tropfen zu viel. Geoffrey, der auf den Boden gerutscht war, brüllte wie am Spieß. Seine Mutter ließ ihn brüllen. Sie war damit beschäftigt, einen Nachfolger für den Orden zu empfangen, der zwar aus einer inzestuösen Vereinigung hervorging, aber immerhin kein schottischer oder englischer Bastard sein sollte.

Guy erwachte am frühen Morgen wie betäubt mit rasenden Kopfschmerzen. Er versuchte nicht daran zu denken, was sie verursacht hatte.

Der Wein, den Lawrence mit viel Mühe und teures Geld erstanden hatte oder die Tatsache, dass er nun auf Gedeih und Verderb Ginevra ausgeliefert war, dass er beabsichtigte, es niemals bei dieser einen Nacht zu belassen. Es würde noch viele Nächte geben. Aber was hatte er schon getan? Genau das, was Lawrence ohnehin von ihm glaubte. Er registrierte irgendwie befriedigt, dass ihn nicht einmal ein Anflug von schlechtem Gewissen berührte. Ginevra schlief noch. Er ließ sie schlafen. Es war noch Zeit genug, sie für die Hochzeit zurechtzumachen. Er suchte seine verstreuten Kleider zusammen und zog sich an. Dabei fiel sein Blick auf Geoffrey, der noch immer am Boden lag und leise winselte.

„Armes Kind", murmelte er voll von echtem Mitgefühl. „Deine Mutter ist eine irische Hure und dein Onkel ein versoffener irischer Hund. Tut mir leid, kleiner englischer Bastard. Aber wir mussten dir nämlich heute Nacht ein kleines irisches Bastardgeschwisterchen machen." Er nahm ihn in die Arme, wiegte ihn, wechselte ihm behutsam die Windeln und legte ihn schließlich an die nackte Brust seiner Mutter, die inzwischen ebenfalls aufgewacht war.

„Guy, was soll das?"

„Noch hat dein Erstgeborener Anspruch auf deine Milch, Mutter aller künftigen Großmagier."

„Wann werde ich mich endlich an dein elendes Schandmaul gewöhnen, liebster Guy. Mach mich jetzt schön für meine Hochzeit, mein Geliebter. Du wirst mein Geliebter bleiben und ich bedaure, dass du so lang damit gewartet hast. Du bist ein feuriger und gefügiger Geliebter. Aber Lawrence wird mein Gemahl. Unser Kind braucht doch einen Vater, nicht wahr."

„Lass uns verschwinden, noch haben wir Zeit", entgegnete Guy. Seine Hände zitterten, als er ihre Haare zu kämmen begann. Doch sie hörte ihm nicht mehr zu und plauderte munter weiter:

„Wenn es ein Junge wird, nennen wir ihn Kieran und wenn es ein Mädchen wird Viviane. Was meinst du?"

Er beugte sich zu ihr hinunter, um ihr den Nacken zu küssen.

„Nenn es wie du willst. Hauptsache, es wird dir eines Tages das Genick brechen."

Ginevra war noch nie so schön wie am Tag ihrer Hochzeit. Selbst einer ihrer hartnäckigsten Feinde, Richard McDuff, schien Gefallen an ihr zu finden. Guy war wieder in die Rolle der gehorsamen Kammerzofe geschlüpft und hatte sich so viel Mühe gegeben, dass sogar er Gnade vor Lawrence Augen fand. Du sollst es so haben, lieber grausamer Lawrence

Duncan. Ich selbst habe letzte Nacht den Becher mit dem Gift getrunken – es war köstlich. Ich will noch viel mehr davon und ich habe Angst, wozu ich fähig sein werde, es zu bekommen. Erinnerst du dich – damals? Wir hatten uns geschworen, alles zu teilen. Teile du nun mit mir dieses wundervolle Gift, das es dich genauso zugrunde richten möge wie mich.

Die nächsten Monate verliefen ruhig, außer den zu erwartenden Streitereien des frisch vermählten Paares. Ginevra nahm an Umfang zu, und je mehr sie zu zunahm, desto schlechter wurde ihre Laune. Lawrence flüchtete auf Reisen, während Guy geduldig weiter bei ihr ausharrte. Im Gegensatz zu ihrer ersten Schwangerschaft ging es ihr dieses Mal wirklich schlecht. Ihr war übel und sie litt unter fortwährenden Schmerzen.

„Was hat nur Lawrence oder hoffentlich du mir angetan? Mir ist so elend, ich kann nicht schlafen. Ständig ist es am Strampeln. Es scheint nie zur Ruhe zu kommen. Oh, was bin ich dick. Schau dir meinen Bauch an."

Guy gab keine Antwort, er hatte an ihrem Bauch nichts auszusetzen. Aber er freute sich trotzdem über ihre Hilflosigkeit.

„Beim zehnten Großmagier hast du dich bestimmt daran gewöhnt", entgegnete er schließlich bissig. „Keiner hat verlangt, dass du gleich einen ganzen Orden gebären musst. Alles hat eben seinen Preis."

Am Abend ihrer Niederkunft hatte er jedoch Angst um sie. Sie schien wirklich furchtbare Schmerzen zu haben. Sogar Lawrence war in Sorge und als Guy ihn und die Hebamme aus dem Zimmer warf, tobte der:

„Du verdammter Quacksalber, wenn du sie umbringst, folgst du ihr auf der Stelle!"

Vielleicht wirst du sie selbst umbringen, wenn du das Ergebnis eurer erfolgreichen Hochzeitsnacht zu sehen bekommst, dachte Guy gehässig und schlug dem verdutzten werdenden Vater die Tür vor der Nase zu. Die Stunden gingen endlos dahin und Lawrence stand noch wie gelähmt vor Angst um seine Frau an der Tür und wagte sich nicht mehr, der Autorität seines Schwagers zu widersetzen. Immerhin hatte er seine erste Frau ja auf diese schreckliche Weise verloren. Guy gab Ginevra ein Getränk, das ihre Qualen lindern sollte und tastete ihren armen geschwollenen Leib ab.

„Es sind zwei. Oh Götter, es sind tatsächlich zwei", flüsterte er fassungslos.

„Das weiß ich schon lange", stöhnte sie unter der nächsten Wehe. „Herr Medicus, für wie dumm hältst du mich. Ihr habt es beide geschafft."

Es war nicht an der Zeit zu antworten, dass sie ihn in den letzten Monaten nicht an sich herangelassen hatte um das festzustellen, denn das Ende des letzten Satzes ging in einem Schrei unter: „Es bringt mich um, eines davon will mich umbringen!" Keines brachte sie um. Das erste Kind war ein Knabe. Ein winziger kleiner Lawrence. Er gab ein paar Schreie von sich, ließ sich baden und schlief auf der Stelle frisch gewickelt ein. Guy war von dem Urvertrauen des kleinen Geschöpfes völlig gerührt. „Was für ein artiger kleiner Engel, das Ebenbild seines Vaters." Guy hatte keine Zeit und keine Lust in die Zukunft des artigen kleinen Engels zu schauen und es dauerte fast noch eine qualvolle Stunde, bis er den winzigen blutverschmierten Körper des zweiten Kindes aus seiner völlig erschöpften Schwester herausholte. Es war ein Mädchen. Guy erstarrte.

„Lass es mich sehen", rief Ginevra schwach, „zu überhören ist es ja nicht. Oh Götter, es ist ein Mädchen. Aber Guy, du bist von Sinnen. Ich werde wahnsinnig. Das ist nicht möglich. Sie ist doch so klein." Ihre Stimme wurde leiser, „du musst sie auf der Stelle von hier fortbringen. Er wird sie töten. Er tötet unsere kleine Fee, wenn er sie sieht."

Guy wusch das Kind, so schnell er konnte.

„Deine Mutter ist gerade vor Schreck in Ohnmacht gefallen und ich beinah auch. Verdammt, eine Tochter sollte aussehen wir ihre Mutter und vor allem sollte sie niemals das gleiche Muttermal an der gleichen Stelle wie ihr Vater haben. Lawrence Duncan wird dich ersäufen wie eine junge Katze, wenn er dich sieht. Willkommen auf der Erde, kleine Fee, zukünftige Herrscherin des Zwischenreiches und des Draußen. Nur, deine Herrschaft ist von äußerst kurzer Dauer, wenn du jetzt nicht gleich die Klappe hältst."

Ginevra hatte recht, er musste sich beeilen. Er musste, nachdem er seine Schwester gesäubert und die Laken gewechselt hatte, das Kleine sofort aus der Burg schaffen. Irgendwie, er wusste allerdings nicht wie. Auf jeden Fall kannte er eine Familie in der Heide, bei der seine Tochter ohne Gefahr aufwachsen konnte und Lawrence würde er den vierten blonden Engelknaben präsentieren. Der Plan war ausgezeichnet, nur kam er zu spät. Ginevra lag noch immer in ihrem Blut, als er Lawrence wie besessen schreien und an die Tür hämmern hörte. Guy würde öffnen müssen. Lawrence war mit seiner Geduld am Ende und die Drohung, die Tür aufbrechen zu lassen, war bitterernst gemeint. Nun verlor Guy die Fassung und geriet völlig außer sich. Er wollte das Kind vorerst hier verstecken – nur wo – und es schrie aus Leibeskräften, und Ginevra war noch immer ohnmächtig. Hastig warf er ein sauberes Laken auf sie, dann öffnete er die Tür. Er war entschlossen, sein Kind zu verteidigen, selbst wenn er dabei sein Leben verlieren sollte (dass das Kind dabei womöglich ebenfalls sein Leben verlor, verdrängte er erst einmal). Als Lawrence mit seinen Wachen in das Zimmer stürmte, herrschte Totenstille, sogar der kleine Schreihals, den Guy in seinen Armen zu verbergen versuchte, verstummte. Zuerst ging Lawrence zu Ginevra. Als er erleichtert feststellte, dass sie noch am Leben war, befahl er nach der Hebamme.

„War wohl anstrengend, das alles alleine zu bewältigen oder habt ihr heimlich ein Monster auf die Welt gebracht?", wandte er sich sarkastisch an Guy. Der zog sich noch weiter in die Dunkelheit zurück, während er die Kleine mit dem Ärmel seines Gewandes bedeckte.

„Das Kind ist gesund und da drüben", krächzte er schwach und zeigte auf das kleine hölzerne Bettchen.

„Es ist ein Sohn, wieder ein Sohn", hörte er Lawrence flüstern.

„Und kein Ungeheuer. Es ist schön wie sein Vater und seine drei Brüder", gab die eifrige Hebamme ihren Kommentar dazu ab, als sie einen kurzen Blick auf den Knaben geworfen hatte. Gerade wollte Guy bemerken, dass auch Ungeheuer ausnehmend schön sein konnten, spürte er in seinen Armen eine Bewegung, ein Schrei folgte, ein langgezogener Schrei. Ich töte ihn, wenn er, nein, ich knie vor ihm nieder, ich flehe ihn an, mich, mein Kind und Ginevra zu verbannen – nach Irland. Nein, ich flehe nur um das Leben meines Kindes und wenn ich ihm dafür die Füße küssen muss, schoss es Guy in einem Bruchteil von Sekunden durch den Kopf.

„Es waren zwei", hörte er sich weit entfernt sagen, bereit alles zu gestehen als Lawrence auf ihn zu kam.

„Zwei?" Lawrence schien erst nicht zu begreifen. „Zwillinge? Doch nicht noch mal das Gleiche wie das in der Wiege? Also gut, warum nicht. Gib mir das Kind."

Guy umklammerte das Baby, was zur Folge hatte, dass es noch lauter schrie.

„Es mag dich nicht, Druidenpriester. Gib mir mein Kind!"

„Es ist noch sehr schwach", entgegnete Guy noch schwächer.

Nun musste Lawrence schallend lachen:

„Und wie schwach. Ich höre ja wie schwach. Verdammt, gib mir endlich mein Kind!"

Die Wachen hatten sich drohend hinter Guy aufgestellt. Er begann zu zittern und bevor er auf die Knie zu fallen gedachte, hatte ihm Lawrence das Kind aus dem Arm genommen. Stille – auch das Schreien war verstummt. Lawrence betrachtete eingehend das Bündel, das sich ganz ruhig in die Windeln schauen ließ, dann fiel sein Blick auf Guy.

„Das ist ein Scherz, Macenay?" Und bevor Guy überlegen konnte, ob er Lawrence an die Kehle oder vor ihm zu Boden gehen sollte, hörte er ihn weiter sagen: „Aber die Überraschung ist dir gelungen. Ich habe eine Tochter, ich habe eine kleine Tochter", jubelte er und hielt dieselbe triumphierend in die Höhe „Endlich habe ich eine Tochter. Ist es nicht reizend, mein kleines Töchterlein?"

Die Überraschung war dann auch auf Guys Seite, denn damit hatte er schließlich am allerwenigsten gerechnet. Was sollte er nun machen? Lawrence das Kind wieder fortnehmen und ihn deutlich darauf hinweisen, sich die kleine Viviane genauer anzusehen? Er war einfach nicht mehr in der Lage dazu. Er beschloss, es dabei zu belassen und verdrängte das ungute Gefühl, welche Folgen diese Entscheidung auch immer für alle Beteiligten einmal haben würde. Nachdem er Ginevra, als sie aus ihrer Ohnmacht erwachte und sie sich endlich allein wussten, den Vorfall erzählte, brach sie in ein solches Gelächter aus, dass sogar er Mühe hatte, an sich zu halten. Doch er riss sich zusammen und versuchte, nicht mehr daran zu denken, was Lawrence tun würde, wenn der Schwindel eines Tages aufflog. Den Versuch, seine Schwester irgendwann zur Flucht zu überreden, trug er bald zu Grabe. Sie genoss ihren Triumph viel zu sehr und konnte kaum den Tag erwarten, Lawrence die endgültige Wahrheit über sein Töchterlein zu sagen. Aber da sollte es für ihn zu spät sein, für ihn und seinen Sohn Edward, den er als Nachfolger auserkoren hatte.

Aber sie und Guy machten die Rechnung ohne Viviane. Sie wuchs heran und liebte Lawrence abgöttisch, während sie ihren richtigen Vater sogar zu meiden schien. Noch viel schlimmer erging es Ginevra. Viviane verabscheute ihre Mutter, obwohl die sich alle Mühe gab, zumindest anfangs, sie auf ihre Seite zu bekommen. Es fing schon damit an, dass eine Amme geholt werden musste, weil sie sich weigerte, ihre Milch zu trinken. Viviane entwickelte sich, wie erwartet, als hochbegabt und das machte alles noch komplizierter. Trotzdem ließ Ginevra sich nicht von ihrem Entschluss abbringen, sie so bald wie möglich einzuweihen. Nur ohne Vertrauen war das natürlich fast unmöglich, und dass Viviane kein

Vertrauen hatte, erboste Ginevra noch mehr und somit war die Feindschaft zwischen den beiden voraussehbar. Guy hatte längst keinen Mut mehr dazu. Seine zaghaften Versuche, die kleine Fee zu erziehen, endeten damit, dass sie sich bei „ihrem Vater" über ihn beschwerte. Also ließ er es schließlich bleiben. Es war sowieso von Anfang an die idiotische Idee seiner Schwester gewesen. Lawrence verwöhnte seine kleine Tochter maßlos und sie wuchs heran wie ein wildes Tier. Mit jedem Jahr zeigte sich, sie hatte wirklich alle Voraussetzungen zum Großmagier, doch sie schien kein Interesse an einem solchen Aufstieg zu zeigen. Sie spielte einfach mit ihren übersinnlichen Talenten völlig unbeschwert, so dass Ginevra schon giftete, ihre reinrassige Druidentochter könnte einmal ihr Brot auf dem Jahrmarkt mit Zauberkunststücken verdienen oder, wenn sie nicht Acht gab, auf dem Scheiterhaufen enden. So beschränkte sie sich schließlich nach neun Jahren vergeblichem Kampfes darauf, aus dem Feechen eine „nette, heiratsfähige" Frau zu machen, was zur Folge hatte, dass sie noch mehr verabscheut wurde. „Sie hat den ganzen geheimen Groll in sich, den du gegen mich hegst, mein geliebter Bruder. Sie ist begabt wie du und genauso unfähig, etwas daraus zu machen, sie ist dir verdammt ähnlich, ich hätte es wissen müssen." Diese Vorwürfe bekam Guy in regelmäßigen Abständen zu hören. Meistens, wenn sie die Nacht mit ihm verbracht hatte. Er hoffte nur inständig, dass sie nicht wieder schwanger werden würde. Sie wurde es nicht mehr, nicht von ihm und nicht von Lawrence, dessen Bett sie häufiger zu meiden schien oder er das ihre. Guy wusste es nicht, es war ihm auch gleich. Hauptsache, er durfte die Nächte bei ihr bleiben. Sie demütigte ihn, sie ließ ihn gewähren, stachelte ihn zu immer neuen Höhepunkten an und manchmal war sie einfach unglaublich zärtlich, nahm ihn in die Arme und sang ihm Lieder in einer längst vergessenen Sprache aus einer längst vergessenen Zeit. Auch wenn er sie oft genug hasste, so genoss er jeden Augenblick mit ihr, denn es konnte vielleicht bald der letzte sein. Er fühlte mit jedem Jahr das Ende langsam kommen – ein grauenvolles trauriges Ende.

Ginevras Augenmerk richtete sich seit einiger Zeit auf ihren Erstgeborenen. Guy hegte die Befürchtung, dass nun Geoffrey der Auserwählte sein würde. Er sollte sich nicht täuschen. Selbst das wäre ihm gleich gewesen, aber er hatte die lästige Aufgabe bekommen, das kleine Raubtier zu einem neuen „Kriegerkönig" zu erziehen. Geoffrey hatte in fast allen Dingen die Fähigkeiten Ginevras. Außer, dass er als Magier völlig unbegabt war und nicht so gut lügen konnte wie sie. Er hätte bestimmt gelogen, wenn er gekonnt hätte, aber zum Glück fehlte dieses hervorragende Talent seiner Mutter. (Wahrscheinlich war das ein winziges Plus von Ashley Durham). Immerhin hatte er die zweifelhafte Begabung, gleich wie Ginevra, Guy zu maßlosem Zorn zu reizen. Und da Guy der Überzeugung war, die schlechten Eigenschaften in dem Jungen so früh wie möglich im Keim ersticken zu müssen, rutschte ihm, völlig gegen seine erzieherischen Prinzipien, des öfteren die Hand aus. Zuerst tat es ihm leid, aber mit der Zeit gewöhnte er sich daran und die Abstände zwischen den Ohrfeigen wurden immer kürzer. Dumm war nur, dass auch Geoffrey sich daran gewöhnte, zumal er von seiner Mutter nach jeder Tracht Prügel mit einem Geschenk getröstet wurde.

Irgendwann, nach genauerem Hinsehen und viel gutem Willen, entdeckte Guy dann doch noch ein paar versteckte „gute Anlagen" und gab sich Mühe, ihn wenigstens zu einem anständigen Ritter zu erziehen, denn seine magischen Fähigkeiten waren, wie bereits erwähnt, äußerst mangelhaft. Was Guy mit viel Schadenfreude ziemlich schnell herausfand war, dass Lawrence ähnliche Probleme zu haben schien, denn der angehende Großmagier Edward Duncan bekam zu oft Unterstützung von Viviane. Guy verstand ohnehin nicht, weshalb Lawrence ausgerechnet diesen zarten verängstigten Jungen zu seinem Nachfolger machen wollte. Wahrscheinlich hatte er keine andere Wahl. Roger war sicher zu uninteressant – ein schöner Draufgänger – und mit Lyonel hatte er ständig Streit. Da blieb noch Kieran. Aber der war schließlich auch der Sohn von Ginevra. Kieran war ein Engel und so wurde er von allen behandelt. Er war still, in sich zurückgezogen. Er war einfach da. Immer freundlich, immer undurchsichtig und manchmal vollkommen unwirklich. Wenn er nicht so ausgesprochen schön gewesen wäre, hätte ihn bestimmt keiner bemerkt. Aber da war etwas in seinen Augen. Guy hatte die Gabe, in den Augen der Menschen die Zukunft zu erkennen, machte jedoch davon so gut wie nie Gebrauch. Er wollte ja nicht einmal seine eigene Zukunft sehen, wozu sich mit der der anderen belasten. Doch bei Kieran reizte es ihn. Es gab Augenblicke, da konnte er nicht widerstehen. Aber ab und zu nur ein kleiner Blick, den er aus den grünen Augen erhaschte, hielt ihn doch davon ab. Er ahnte Schreckliches zu sehen und er – Guy selbst – war irgendwie daran beteiligt. Er ließ es schließlich bleiben, denn wenn er das Unvermeidliche sehen konnte, hieß das noch lange nicht, dass er auch in der Lage war, es zu verhindern.

An einem ruhigen Abend, an dem er sich weder von Ginevra noch von Lawrence beobachtet fühlte, gelang es ihm endlich, seinen ehemaligen Cousin ausfindig zu machen und zu beschwören. Es war Finian, der ihm damals zusammen mit Lawrence zu seinen verbotenen Ausflügen zu Ginevra gefolgt war. Gut, er hatte Cahal nicht verraten, hatte sogar für eine mildere Strafe Draußen gesorgt, hatte sich nicht an der Metzelei beteiligt und trotzdem, der stille Vorwurf in seinem schmalen melancholischen Gesicht war nicht zu übersehen. Selbst er machte, wenn auch sanft und stillschweigend, Guy für den Untergang des Ordens verantwortlich – und er hatte sogar recht. Obwohl Guy längst erfahren hatte, was für ein grausames Ende sein Volk nahm, hörte er nun tief betroffen zu, wie Finian seinem wilden Schmerz über dessen Verlust freien Lauf ließ.

„Es war ein Blutbad ohnegleichen. Diese Bestien kamen mit ihren Schiffen aus dem eisigen Norden über das Meer. Sie plünderten, sie brandschatzten, sie töteten unser Volk mit ihren Pfeilen, ihren Dolchen, ihren Schwertern und ihren Äxten. Sie zerstückelten die Leichen, schändeten unsere Frauen und Mädchen, darunter auch deine Schwestern. Deine beiden ältesten Söhne kämpften tapfer, aber sie waren der Übermacht nicht gewachsen und starben im Pfeilhagel. Deine Mutter sowie deine Gemahlin hatten sich mit deinen zwei jüngeren Söhnen und mit mir ganz nach oben in das Turmzimmer geflüchtet. Doch auch hier drangen sie ein. Sie erschlugen zuerst die Königinmutter, die sich ihnen mutig in den Weg stellte. Morgan, deine wundervolle Gemahlin, sah am Ende nur noch einen Ausweg, um einer Vergewaltigung vor ihrem Tod zu entgehen, bei der womöglich ihre beiden Kinder zusehen mussten. Sie tötete selbst euer drittes Kind, indem sie seine Kehle durchschnitt, um es vor der Knechtschaft der Barbaren zu bewahren und sprang schließlich mit dem weinenden Kleinsten aus dem Burgfenster hinab in die Tiefe. Nur mich allein ließ er am Leben, Erik Gunnarsson, der Anführer dieser abscheulichen Tiere. Er jagte mich davon wie einen geprügelten Hund und erst in meinem Versteck hatte ich die ersehnte Ruhe zu trauern."

Finian senkte den Kopf, bevor sein schmächtiger Körper von heftigen Weinkrämpfen geschüttelt wurde. Guy schwieg. Was hätte er auch antworten sollen? Hätte er seinem gebrochenem Cousin berichten sollen, was er auf der anderen Seite bitter erfahren musste? Wie Erik seine Burg vorfand, in der er verzweifelt Hilfe vor seinen Verfolgern suchte, die ihn auf ihrem Altar den alten Göttern opfern wollten? Sollte er von den

Leichen der Knechte, Mägde und Krieger erzählen, an denen sich die Krähen bereits gütlich taten? Sollte er ihm erzählen, wie Erik vor Schmerz seinen Kopf an der Mauer blutig schlug, beim Anblick der erhängten Frauen, die einst seine Mutter, seine Schwester und seine Verlobte waren? Wie er seine Seele aus dem Leib schrie, als er den Kopf seines Vaters aufgespießt auf einer Lanze entdeckte? Auch hier gab es einen Überlebenden. Der einstige Vertraute seines Vaters half ihm schließlich zu fliehen – zurück in die Heimat seiner Vorfahren. Blut, soviel vergossenes Blut, so viel sinnloser Hass und keine Möglichkeit mehr, Frieden zu schließen.

Er wandte sich an Finian und legte ihm zärtlich die Hand auf die Schulter.

„Es tut mir leid, es tut mir so leid", flüsterte er. „Was kann ich für dich tun? Wo bist du?".

Finian schob Guys Hand behutsam beiseite, trocknete seine eingefallenen Wangen, fasste sich und begann:

„Draußen, irgendwo Draußen. Meinen Aufenthalt gebe ich niemandem niemals preis. Weißt du, dass ich den Rest meines armen Lebens in der Ruine verbrachte, in der Muireall, die schöne Waldhexe gehaust hat?"

Guy zuckte zusammen. Muireall, seine unbändige Geliebte mit den spitzen Zähnen und den gelben Raubtieraugen, unergründlich und anziehend. Eine begabte und gefürchtete Zauberin. In ihrem weichen Bett war er in einen tiefen traumlosen Schlaf gefallen, nachdem er die Dunklen mitsamt ihrem mächtigen Meister getötet und ins Niemandsland verbannt hatte. Wie oft versuchte er, sich an Einzelheiten jener verhängnisvollen Nacht zu erinnern. Da war auch das Amulett. Er, der Meister, trug es immer um seinen Hals. Das goldene Amulett der Dunklen Macht, bestückt mit den betörend leuchtenden Juwelen aus dem Edelsteingarten. Er schien sicher zu sein, dass er es dem Leichnam vom Hals gerissen hatte, bevor er ihn in den Ozean stieß. Und dann? Finian beobachtete Guy aufmerksam, als ob er versuchte, seine Gedanken zu lesen.

„Es ist in jener Nacht spurlos verschwunden", bemerkte er. „Du hast es an dich genommen, das Amulett. Und sie war es, die es dir stahl, während dein verwirrter Kopf auf ihrem nackten Schoß ruhte. Es sind immer die Frauen, die dir Schwierigkeiten bereiten, Cahal."

Guy verkniff sich die Bemerkung, dass Finian bestimmt nie Schwierigkeiten mit Frauen hatte. Schließlich zeigte er vielmehr ein sehr lebhaftes Interesse für den jungen, blonden Erik, als für die zahlreichen hübschen Mädchen seines Clans.

„Ich sehe es dir an. Du willst wissen, ob ich das Amulett in einem Versteck in der Ruine gefunden habe?"

So verrückt es war, genau das wollte Guy ihn wirklich gerade fragen. Der sanfte Finian versuchte sich mit einem verschlagenem Gesichtsausdruck, der ihm allerdings misslang.

„Vielleicht habe ich es, vielleicht habe ich es nicht. Finde es heraus, Cahal. Meine Zeit ist für heute um. Irgendwann und irgendwo sehen wir uns einmal wieder. Bis dahin lebe wohl." Finian wandte sich um und bevor er verschwand, hörte Guy ihn wispern: „Gib auf dich acht. Du bist in großer Gefahr."

Diese Warnung war ernst zu nehmen. Es war zu viel Blut geflossen, zu viel Hass gesät worden. Eine endlose Spirale von Gewalt, die endlich durchbrochen werden musste. Dazu gab es nur eine Möglichkeit. Er, Ginevra und die Kinder mussten auf dem schnellsten Weg die Burg und Schottland verlassen, bevor es zu spät war. Und dieses Mal würde seine Schwester auf ihn hören müssen.

Als Guy sich auf dem Rückweg in sein Gemach befand, spürte er plötzlich eine gefährliche Stimmung, die vom großen Saal der Burg auszugehen schien. Ginevra und Lawrence – sie stritten sich. Sie stritten sich oft, aber dieses Mal war etwas anders. Er versuchte, die Stimmen aus seinem Kopf zu verscheuchen. Ein rasender Schmerz fuhr in sein Gehirn. Er musste sich sogar einem Moment setzen. Zitternd barg er den Kopf in den Händen. Sie bringt ihn tatsächlich um. Sie will Lawrence töten. Er sprang auf und taumelte in Richtung des großen Saales. Das war kein gewöhnlicher Ehekrach mehr. Das war Krieg, tödlicher Ernst. Sollte sie Lawrence betrügen, quälen, aber töten und ihn nach Draußen verbannen – niemals. Ihr Spiel neigte sich dem Ende zu, aber er würde nicht mehr mitspielen. Jetzt rannte Guy. Kurz vor der Tür stieß er mit Viviane und Kieran zusammen. Doch bevor er die beiden in ihr Zimmer zurückjagen konnte, vernahm er den Schrei. Und diesen Schrei hatte er vor vielen Jahren schon einmal gehört. Er wusste, was er bedeutete. Statt davonzulaufen öffnete er die Tür. Instinktiv packte er die beiden Kinder, die bereits in den Saal gelaufen waren, und hielt sie zurück. Da lag Ginevra, sie war tot. Sie hatte zu hoch gespielt und sie hatte verloren, sie war wieder gefangen im Niemandsland. Sie hatte ihren Gegner unterschätzt. Einen Augenblick war

Guy fast erleichtert. So viele Gedanken wollten ihm durch den Kopf gehen, aber es war keine mehr Zeit dafür. Da waren die kleinen Körper, die sich bebend vor Angst an ihn schmiegten, da war Geoffrey, der weinend versuchte, seine Mutter wieder zum Leben zu erwecken, da war Edward, der kreidebleich die Treppe herunter geschlichen kam und Roger, der blutend unten auf den Stufen lag. Er hatte bestimmt versucht seinem Vater zu helfen und einen entsetzlichen Preis dafür bezahlt. Spontan fühlte Guy sich verantwortlich, etwas für ihn zu tun und wenn er ihm nur half, sich aufzurichten. Edward und Lawrence waren bereits bei dem Verletzten, als Guy ihm mit dem Ärmel seines Gewandes das Blut vom Gesicht wischte. „Alles in Ordnung …", murmelte Roger, „… alles in Ordnung." Doch Guy wusste, dass nichts, aber auch gar nichts in Ordnung war. Da spürte er, wie er heftig beiseite gestoßen wurde.

„Du Hund, du verdammter irischer Hund."

Der Schmerz in seinem Kopf wurde unerträglich. Er versuchte, Lawrence abzuwehren, was ihm für einen Augenblick gelang. Dann sah er Lawrence ins Gesicht. Er würde ihm noch oft ins Gesicht sehen müssen und das sollte die schlimmste Strafe für seinen erneuten Verrat sein. Dann ging alles sehr schnell. Die Wachen wurden gerufen. Vergeblich bat Guy, den verzweifelten Geoffrey nicht seinem Vater zu überlassen. Er wollte wenigstens noch einmal mit Viviane sprechen, doch sie hielt den Kopf zwischen ihren mageren Schultern gesenkt, das Gesicht unter ihrer roten Mähne verborgen. Dann war Ruhe, Stille und Dunkelheit. Es war zu spät.

Schottland 1175 – 1189

2.

Der schwarze Hexenmeister und sein ehemaliger Schüler

An dieser Stelle wollte Guy seine Erinnerungen eigentlich abbrechen, vor allem wollte er sie vergessen. Natürlich konnte er diese niemals vergessen, genauso wenig wie den grausamen Opfertod vor dem Altar seiner heidnischen Kultstätte und was dort noch geschehen war vor so langer Zeit. Dunkelheit, denke jetzt nur an Dunkelheit und sonst nichts. Er legte eine Pause ein und setzte sich auf einen Felsen um nachzudenken. Jetzt erst merkte er, dass er am ganzen Leib zitterte. Bis dahin war es lediglich Hass gewesen, vor allem Hass gegen Ginevra, der ihn antrieb und diese schrecklichen Erinnerungen ertragen ließ. Doch dieser Hass war notwendig, denn ohne ihn würde er nie die Kraft haben, sie wieder zurück ins Niemandsland zu verbannen. Nur momentan gab es keinen Hass mehr in seinem Herzen, sondern nur noch Schuld und Hoffnungslosigkeit. Er war zurückgekehrt in Lawrence' Kerker.

Er sah sich um in seinem Gefängnis. Es war nicht stockdunkel; von einem schmalen Fenster oben an der Mauer fiel ein schwacher Lichtstrahl herein. Er lag auf frischem Stroh und man hatte ihm sogar Decken zum Wärmen gegeben. Seine Hände waren frei, lediglich an den Füßen trug er Ketten. Er schien erleichtert. Man hatte also vor, ihn am Leben zu lassen – vorerst. Er ahnte natürlich, was das bedeutete. Aber was ihn Draußen erwartete, darüber hatte er absolute Gewissheit, das Niemandsland. Die ewige Verbannung dorthin, wo er über die Ermordung der Dunklen Herrscher Rechenschaft ablegen musste. Solange er hier noch das geringste Leben hatte, bestand immer noch Hoffnung. Hoffnung auf was? Er schloss die Augen und versuchte lieber nicht daran zu denken, was er alles würde tun müssen, um diese armselige Hoffnung aufrechtzuerhalten. Und für einen Augenblick wurde er sogar von so etwas wie einer Euphorie gepackt. Er war davon überzeugt, dass er das Tageslicht, das sein Gefängnis schwach erhellte, eines Tages wieder sehen durfte. Lawrence würde ihn bestimmt nicht töten, er konnte ihn nicht töten, er durfte ihn nicht töten. Und Viviane? Guy glaubte, die Besinnung zu verlieren. Nein. Er kannte Lawrence, er liebte dieses Kind, er würde ihm niemals etwas zuleide tun.

Guy bemühte sich, ihn wieder vor sich zu sehen, seinen jungen Schüler, den er einst zu seinem Nachfolger bestimmt hatte. Sein Edelmut und sein unbeirrbarer Glaube an die Gerechtigkeit waren die besten Voraussetzungen dafür. Guy schrie auf und schlug mit dem Kopf gegen die Mauer.

Warum belügst du dich? Dein ganzes Leben ist eine einzige Lüge. Du hast nicht nur deinen Schüler, du hast vor allem den Menschen, denn du am meisten geliebt hast, belogen und du würdest ihn wieder belügen, weil du ein Lügner und ein jämmerlicher Versager bist, Guy Macenay. Schieb nicht vor, dass du dein Kind schützen wolltest. Du hast mit einer Lüge angefangen und du musstest dann einfach weiter lügen, lügen aus Schwäche. Du wolltest es dir nicht eingestehen, du bist noch immer dieser Frau hörig, die dich hinab in die Finsternis gezogen hat. Schickt mich nicht so schnell zurück in die Finsternis, hörte er sich in seinem Inneren wimmern. Ich weiß, ich muss zurück, denn ich habe nichts Besseres verdient, aber nicht jetzt. Jage mich davon, wenn du meinen Anblick nicht mehr erträgst, nach Irland. Ich schwöre dir, du wirst mich nie wieder sehen. Und verschone dieses Kind, es kann nichts dafür, vor allem verschone dieses Kind. Töte es nicht, wie meine vier Söhne, die du damals ermorden ließest. Er ahnte, dass er von Lawrence keinen Edelmut mehr erwarten konnte und er begann sich zu fürchten, erbärmlich zu fürchten.

Guy war erschöpft, erschöpft und müde und sank schließlich in einen tiefen Schlaf. Er wachte kurz auf, stellte fest, dass es Nacht sein musste und schlief wieder ein. Als er abermals erwachte, glaubte er jedes Zeitgefühl verloren zu haben. Sein Blick fiel auf den Krug mit Wasser. Er hatte ihn zuerst nicht wahrgenommen, oder hatte man ihn hereingestellt während er schlief? Er wurde versorgt, natürlich, er musste bei Kräften bleiben, er würde noch viel Kraft brauchen. Er konnte kaum schlucken. Er musste trinken, denn er wollte überleben, um jeden Preis. Er erhob sich und spürte, dass er noch ziemlich schwach auf den Beinen war. Die Ketten, er hatte die Ketten an seinen Fußgelenken vergessen, mit denen er an die Wand gefesselt war. Er stolperte und fiel der Länge nach hin. Nur noch wenige Zentimeter trennten ihn von dem Krug mit Wasser. Doch so sehr er sich bemühte, er konnte ihn nicht erreichen. Was bist du, Guy Macenay? Du bist kein Magier mehr. Er kicherte hysterisch. Großer Hexenmeister, Beschwörer von Geistern und Dämonen, ehemaliger tapferer König und Sonnenpriester, du bist längst deiner Macht beraubt. Du bist ein armseliger Gefangener in einem schottischen Verlies mit Ketten an den Füßen, die dich daran hindern, deinen quälenden Durst zu stillen. Er machte einen erneuten Versuch – vergeblich. Er hatte das Bedürfnis zu schreien. Nein, nimm dich zusammen, lass es, du machst dich lächerlich, wenn du hier am Boden kriechst. Geh zurück auf dein Lager und versuch, wenigstens noch etwas Würde zu bewahren. Du wirst Wasser bekommen, denk daran, sie brauchen dich. Denk immer daran, sie brauchen dich, denn auch sie sind hinter dem Amulett der Dunklen Macht her. Reiß dich also gefälligst zusammen und zeig niemals Schwäche. Lass sie glauben, dass sich das Amulett in deinem Besitz befindet oder dass du weißt, wo es ist und vielleicht lassen sie dich dafür am Leben.

Er spürte mit einem Mal, wie seine Wangen feucht wurden – nein, es war nur die Wange, die den Steinboden berührte. Es waren keine Tränen, es war Wasser, lediglich Wasser, das über den Boden floss. Und er versuchte, davon zu trinken. Er leckte gierig die Fliesen in der Angst, nicht genügend davon zu bekommen, bevor das kostbare Wasser in den Ritzen versickerte. Ein Geräusch ließ ihn erschreckt aufschauen. Er vergaß das Wasser, sein wie rasend klopfendes Herz schien den ganzen Raum zu erfüllen. Es war der Tonkrug, der langsam über den Boden rollte. Hatte er also doch genug Kraft gehabt, ihn umzuwerfen? Er wusste nur zu genau, dass er es nicht war und er wusste, dass er schon längst nicht mehr allein war. Er wagte nicht, den Kopf weiter zu erheben, als er die ruhige eindringliche Stimme über sich vernahm:

„Großartig. Du liegst mir bereits zu Füßen, wie es sich gehört, du irischer Hund." Dann Stille. Guy versuchte, nicht zu atmen. „Du kannst dich aufrichten. Ich habe gesagt, du sollst dich aufrichten." Guy setzte sich, schaute jedoch weiterhin nach unten. „Schau mich an, ich möchte in das Gesicht eines Lügners und Hurenbockes sehen. Na los, zeig mir dein Gesicht!"

Lawrence Stimme war noch leiser und je leiser sie wurde, desto bedrohlicher schien sie. Guy sah ihn schließlich an, er sah den Hass, die Abscheu und die unendliche Traurigkeit. Verzeih mir, mein geliebter Freund – Guy brachte nicht eines dieser Worte heraus. Er hätte bitterlich weinen müssen, wenn er es getan hätte.

„Sie hat es dir gesagt", hörte er stattdessen seine raue Stimme. Lawrence schwieg einen Moment, dann setzte er sich zu ihm gegenüber auf den Boden.

„Hat sie. Was konnte ich auch von ihr anderes erwarten. Also stimmt es. Sie hat nicht gelogen und du bestreitest es offenbar auch nicht. Du hast mich ja immer wieder vor ihr gewarnt und ich denke, du hast sie sogar auch vor mir gewarnt. Du hast dich nicht verändert. Du warst ihr schon damals verfallen und du bist es noch immer und du wirst es in alle Ewigkeit sein. Das ist wohl deine Bestimmung. Aber dass ich ihr verfalle, hätte ich weiß Gott verhindern können, wenn ich euch beide rechtzeitig davongejagt hätte. Meine Schuld. Ja, auch ich habe Schuld. Doch ich rede jetzt nicht von meiner Schuld. Reden wir von deiner Schuld, Macenay. Ich wette, diese vortreffliche Intrige war nicht einmal deine Idee gewesen. Du warst nur ihr Werkzeug, doch genau das ist deine Schuld. Du bist ihr sklavisch ergeben, obwohl du mit Sicherheit stärker bist als sie. Du erniedrigst dich für eine Nacht mit ihr und begehst weiter jede Abscheulichkeit, um abermals in ihr Bett zu gelangen. Dann deine ekelhafte Reue und dein verdammtes Selbstmitleid. Weißt du eigentlich, wie tief du gesunken bist? Aber du scheinst dich in diesem Sumpf sogar noch wohl zu fühlen. Das ist gut so. Je erbärmlicher du bist, desto mehr kann ich dich hassen und mein Albtraum, in dem ein Magier in einem weißen Gewand auf den Stufen vor seinem Altar verblutet, verblasst für immer." Lawrence hielt inne und barg den Kopf in den Händen, als ob er seine Tränen verbergen wollte. „Habt ihr viel gelacht, während ihr euch in eurem Bett gewälzt habt? Gelacht über den dämlichen, gehörnten Lawrence Duncan, der so stolz sein Töchterchen zur Schau gestellt hat, sein einzig geliebtes Töchterchen? Warum hast du mir so weh getan? Sag mir, Cahal, warum hast du mir so weh getan?"

Es war nicht nur Lawrence, der zitterte. Was Guy antworten wollte: Ich wollte dir niemals wehtun auch wenn ich allen Grund dazu gehabt hätte. Nur, ich hatte keine andere Wahl. Ich gehörte mir selbst nicht mehr, ich war ihr Eigentum. Und ich wollte nicht ins Niemandsland, kannst du dir überhaupt vorstellen, was es bedeutet den Dunklen von Angesicht zu Angesicht gegenüberzustehen? Und ich musste schließlich das Leben meines Kindes schützen. Bitte lass nicht sie für das büßen, was ich dir angetan habe. Verzeih mir. Stattdessen jedoch sagte er:

„Du allein hast dir wehgetan. Denn du bist von dem Sumpf, in dem du mich glaubst, nicht mehr so weit entfernt. Du hast alle Warnungen in den Wind geschlagen. Du hast mich verraten, aber nicht aus Gerechtigkeit, sondern aus blinder Eifersucht und krankem Ehrgeiz. Nur war dein Verrat völlig überflüssig, denn mein Opfertod war längst beschlossen. Du hast geglaubt, mich erfolgreich zu Fall gebracht zu haben und warst dann doch zu feige, das zu Ende zu bringen, was man von dir erwartet hatte. Du hast den Dolch fallen gelassen und bist davongelaufen. Aber einer Schuld kann man nicht davonlaufen, man kann sie auch nicht tilgen, indem man die Henker dessen, den man mit zum Tode verurteilt hat, vernichtet und verbannt und sich schließlich zum Großmagier dieses Ordens erhebt. Du hattest die Fähigkeit, vielleicht mein Nachfolger werden. Konntest du es nicht erwarten, den letzten Grad zu erreichen? Nur ich war in der Lage das zu tun. Jetzt hat der Neid dich dazu gemacht, der Hass auf dich selbst, weil du genau wusstest, dass auch du mir Unrecht zugefügt hast. Wie musst du dich vor dir selbst fürchten, Lawrence. Du hast dich durch Verrat und Mord auf diesen Thron gebracht, durch eigennützigen Verrat und hinterhältigem Mord. Ginevra ist gefallen, ich bin gefallen und das zu Recht. Wir sind beide nicht mehr in der Lage, diesen Orden zu führen. Genauso wenig wie du. An deinen Händen klebt Blut, auch wenn du meinst, dich damit nicht besudelt zu haben, weil du dich im Recht glaubtest, meine Familie, meine Kinder, mein ganzes Volk massakrieren zu lassen. Also was haben wir getan? Ginevra und ich haben lediglich einen rechtmäßigen Erben für diesen Orden gezeugt. Einem von unserem Blut, wie es schon seit allen Zeiten üblich war. Es war mein Fehler gewesen, dich zu meinem Nachfolger machen zu wollen. Deine Begabung allein reichte nicht aus. Das ist das einzige, was ich mir vorzuwerfen habe. Du willst natürlich jetzt weiter Großmagier bleiben. Aber wenn du das bleiben willst, musst du vielleicht wieder einen Mord begehen. Kannst du, ohne dein angeschlagenes Gewissen noch mehr zu belasten, auch dieses Kind beseitigen? Bei meinen Söhnen hattest du kein schlechtes Gewissen, als sie von deinen armseligen Söldnern und Piraten abgeschlachtet wurden. Und du weißt wohl, dass nur sie der rechtmäßige Erbe dieses Ordens ist – die Tochter von Ginevra und mir. Dass sie niemals deine Tochter ist, hat dein ganzes Gesinde längst gewusst. Nur du wolltest in deiner Verblendung nichts davon hören. Und darüber kann ich nicht lachen und darüber habe ich auch nie gelacht. Bring Viviane um, lass sie fallen, ich kann es nicht mehr verhindern. Aber denk daran, dann stirbt auch noch der letzte Rest Menschlichkeit in dir, denn du bist ein Mensch, Lawrence, du bist nur ein ganz gewöhnlicher Mensch."

Lawrence wurde bleich. Er hatte Tränen in den Augen und versuchte sie nicht einmal mehr zu verbergen.

„Ich werde dich töten, du irischer Hund", flüsterte er kaum hörbar.

„Dann tu es auch selbst oder lauf wenigstens nicht mehr davon, wenn du es andere tun lässt."

Lawrence zuckte zusammen und Guy glaubte, er würde die Beherrschung verlieren und ihm ins Gesicht schlagen. Doch er blieb ruhig und je ruhiger er wurde, desto gefährlicher wurde er.

„Ich habe dich geliebt, Cahal. Es hat so unendlich wehgetan, dich sterben zu sehen. Ich habe versucht, deinen ausgebluteten Körper mit bloßen Händen zu verscharren und ich hätte mir gewünscht, ich wäre an deiner Stelle gestorben. Ich wäre sogar als Buße nach Draußen gegangen. Ja, der Verrat tat mir leid, ja, ich war eifersüchtig weil ich dich geliebt habe. Deine elenden Priester, Sonnenpriester, die nichts weiter als ein Rudel blutgieriger, machthungriger Hunde waren und auch meine Familie ermorden ließen und mich auf eurem Blutaltar opfern wollten, habe ich gern vernichtet und das bereue ich bis auf den heutigen Tag nicht. Du sagst mir jetzt ins Gesicht, ich hätte den Thron mit Verrat und Mord erlangt? Verrat und Mord waren doch längst vorhanden in deinem Orden und in deinem Volk, das sogar die umliegenden Klöster plünderte. Dein abscheulicher Orden existiert nicht mehr. Ich bin Großmagier eines neuen Ordens, ich werde Großmagier bleiben und meinen Nachfolger selbst bestimmen. Hältst du mich wirklich für so heruntergekommen, dass ich deiner Tochter etwas zuleide tun würde? Glaubst du, ich fürchte mich vor diesem kleinen Mädchen?"

Er machte eine kurze Pause, um durchzuatmen.

„Allerdings kann ich nicht immer auf meine Söhne aufpassen, doch ich denke, sie wird sich zur Wehr setzen, nicht wahr Guy? Sie wird irgendwann nach Draußen gehen, wie alle Kinder Ginevras es tun werden. Das ist ihre Bestimmung. Schade, ich habe diese kleine Wildkatze wirklich gern. Du hast wohl Angst gehabt, ich würde dich mit ihr erpressen? Keine Angst, dazu braucht es nicht deine Fee. Du wirst sowieso tun, was ich will, Macenay. Du wirst es nicht aus Edelmut tun, um dein Kind vor mir zu schützen, du wirst es tun, weil ich dich von deinem Götterthron, auf dem du noch immer zu sitzen glaubst, herunterstoßen und dir zeigen werde, wo in Zukunft dein Platz ist. Du wirst deine Knie vor mir beugen und mich um Vergebung bitten, nein anflehen wirst du mich. Ich werde dich in die Zukunft, in die Vergangenheit und in Dimensionen schicken, von denen du nicht einmal etwas zu ahnen wagst. Und ich werde in jeden noch so verborgenen Winkel deiner Seele vordringen. Du wirst niemals mehr etwas vor mir verbergen können, Macenay, denn ich weiß zum Beispiel längst, dass du nach dem schändlichen Tod des Dunklen Meisters einen sehr wertvollen Gegenstand an dich genommen hast. Du glaubst mir nicht? Du glaubst nicht, dass ich dazu in der Lage bin? Du fühlst dich mir noch immer überlegen?

Ja, ich bin ein Mensch, ein ganz gewöhnlicher Mensch. Aber ich bin imstande, aus dir viel weniger als einen Menschen zu machen, weniger als ein Tier – mein einst angebeteter Gott. Es wird wehtun, sehr wehtun. Vor der Tür warten zwei meiner Wachen, König Richard McDuff und einer seiner Jäger. Ich werde sie gleich rufen. Wenn sie hereinkommen, wirst du vor mir auf die Knie gehen, und zwar ganz genau zwischen diesen beiden Säulen. Wie ich dich kenne, wirst du es ohne Regung tun, nicht wahr Cahal? Ich erinnere mich zu gut, mit wie viel bewundernswerter Beherrschung du damals dein Todesurteil hingenommen hast, doch auch wie jämmerlich du verblutet bist. Der Tod hat keine Würde, er ist immer erbärmlich, vor allem, wenn man weiß, dass man zur Hölle fährt. Du hast diese Hölle ja bereits kennengelernt und ich bin davon überzeugt, du willst niemals freiwillig dahin zurückkehren, sondern wirst alles tun, um am Leben zu bleiben. Das ist gut so, denn ich will dich lebend, zumindest noch für eine ganze Weile. Bist du erleichtert?"

Guy regte sich nicht und allmählich erahnte er, was auf ihn zukam.

„Eigentlich solltest du jetzt zittern, Macenay. Wenn du zwischen den Säulen kniest, werde ich dich bitten, deinen Rücken zu entblößen. Ich werde genauso höflich sein wie einst deine verdammten Priester. Ich weiß, du schätzt so was. Dann werden dich meine Wachen mit den Händen zwischen diese Säulen fesseln, und zwar so, dass ich immer dein Gesicht sehen kann. Ja, und schließlich wird dich Richards Jäger auspeitschen. Oh, habe ich da gerade ein Zittern auf deinen Lippen gesehen? Zu Recht, mein Lieber, zu Recht. Er ist kein tumber Schläger. Er ist ein Künstler, der seinesgleichen sucht. Du hast bestimmt schon von ihm gehört, hast du? Alle in seiner genialen Hand glaubten sich anfangs tapfer und bissen brav die Zähne zusammen. Bis zu fünf Schläge hält fast jeder aus – von den Tapferen. Aber ich sagte bereits, Richards Jäger ist der Beste in seinem Fach. Er trifft haargenau die richtigen Stellen. Er wählt sie aus, wie es ein guter Arzt tut. Und dann tut es verflucht weh, so weh, dass du glaubst, vor Schmerzen krepieren zu müssen. Du krepierst natürlich nicht, du wirst nicht einmal ohnmächtig. Und diejenigen, die sich nicht schon vorher vor Angst voll gepisst haben, tun es garantiert jetzt vor Schmerzen. Du wirst schreien, Macenay. Richard hat es mir geschworen. Jeder hat geschrieen. Danach lassen wir dich allein, damit du dich besinnen und erholen kannst. Du wirst kaum glauben, wie schnell die Striemen verheilen, schneller als dir lieb ist. Ja, du hast richtig gehört, du wirst dir wünschen, dass sie nie verheilen, denn wenige Tage nach deiner Genesung komme ich mit den Wachen, Richard, dem Jäger und vielleicht mit ein paar anderen Mitgliedern des Ordens zurück. Dann wirst du schon mehr zittern und in deinen Augen ist ein Flehen zu erahnen, vielleicht noch verborgen, aber ich kann es bereits spüren. Beim ersten Mal hast du dir sicher vorgenommen, nicht die Beherrschung zu verlieren. Du warst noch sehr stolz. Beim zweiten Mal weißt du jedoch, dass du das nicht kannst, dann schreist du gleich nach dem ersten Schlag. Und wenn wir zum dritten Mal kommen, schreist du bereits, wenn ich dir befehle, auf die Knie zu gehen. Vielleicht wirst du dich sogar verzweifelt zur Wehr setzen. Meine Wachen müssen dich womöglich mit Gewalt fesseln und dir das Hemd zerreißen und du hörst nicht auf zu schreien. Irgendwann wirst du nicht mehr schreien, du wirst dann nur noch weinen, Guy Macenay, bitterlich weinen. Bestimmt weine auch ich, aber ich habe dann endlich den Albtraum von meinem übermächtigen Götzen besiegt.

Ja, und dazwischen wirst du mir alles erzählen, was du mir verschwiegen hast. Alles. Ich werde von dir hören, das alles eine Lüge war, das Zwischenreich, diese weiße unendliche Leere ist. Alles Bestreben nach Erleuchtung war so sinnlos, weil wir uns niemals von uns selbst zu befreien vermögen und am Ende bleibt nur Hoffnungslosigkeit. Hoffnungslosigkeit, das hast du mir verkauft, du elender Lügner und Betrüger. Aber vielleicht bist du doch kein Lügner und es gibt noch einen völlig anderen Weg. Ich werde es aus dir herausbekommen. Denn ich schicke dich auf andere Wege. Mein Wissensdurst ist noch immer unendlich, bis ich von dir eine Antwort bekomme. Jede Reise wird für dich wie ein kleiner Tod sein. In diesem Leben wirst du ganz langsam sterben, jeden Tag ein kleines Stück, weil ich fürchte, dass du mir doch die letzte Antwort schuldig bleiben wirst. Wenn ich von dir genug habe, wirst du einen jämmerlichen Tod erleiden und ich werde dieses Mal bestimmt nicht dabei sein. Ich lasse dich nämlich ganz einfach allein hier unten in diesem Loch verhungern, verrecken, Guy Macenay. Du sollst am Ende verrecken wie ein Hund, der vor Hunger seine eigene Scheiße frisst – wie ein irischer Hund."

Lawrence hielt sein grausames Versprechen. Alles, bis auf das schreckliche Ende, sollte sich erfüllen. Guy versuchte gegen die Tränen und die ansteigende Übelkeit anzukämpfen. Für ihn brach damals alles zusammen, was noch menschlich war. Er wurde zu einem blutenden, hungerndem Elend, das um sein armes Leben flehte. Aber noch viel schlimmer war der Hass, der schleichend mit jeder Demütigung seine Seele mehr und mehr zu vergiften begann. Er bekam viel zu sehen, in der Vergangenheit und in ferner Zukunft. So grauenvolle Dinge, die Menschen ihresgleichen antaten. Bis auf den heutigen Tage konnte er nicht vergessen, was er sah und versuchte, seine schlaflosen Nächte mit Medikamenten zu bewältigen.

Nach ungefähr einem halben Jahr sah er einen schwachen Hoffnungsschimmer, als die Bewohner der umliegenden Dörfer beschlossen, ihren Medicus, der ihnen immer so wohl gesonnen war, zur Flucht zu verhelfen. Der Wärter, den Lawrence für seinen Gefangenen ausersehen hatte sowie dessen alte Mutter mit dem Ruf einer Dorfhexe und auch ein Teil der restlichen Dorfbewohner, organisierten bis in das letzte Detail den Fluchtplan für den geliebten Zauberer. Um die Weihnachtstage herum war es Brauch, dass Lawrence Duncan oder Richard McDuff ein „Fest der Gnade" feierten. Das heißt, ein Gefangener hatte für einen Tag beziehungsweise Abend das zweifelhafte Privileg, an diesem Fest, das in diesem Jahr auf Richards Burg stattfand, teilzunehmen. Warum Sir Lawrence ausgerechnet Guy für seine gute Tat auswählte, blieb den meisten seiner Untergebenen ein Rätsel. Bestimmt wollte er nur damit demonstrieren, wie gut er den gefährlichen Hexenmeister unter Kontrolle hatte. Er sollte sich irren. Die Vorbereitungen zur Guys Flucht waren bereits vor Wochen getroffen worden: das Schwert, das hinter der Latrine der Burg deponiert wurde und das Pferd, das bepackt mit den nötigsten Dingen zum Überleben vor dem Tor wartete. Guy musste während des Gelages nur noch Lawrence dazu bringen, dass der ihn auf den Abtritt ließ. Guy hatte sich in der letzten Zeit taktisch ruhig und vor allem kooperativ verhalten. Er war frisch eingekleidet worden, hatte sich reichlich satt gegessen und als er Lawrence mit einem gefälligem Kopfnicken zu verstehen gab, wie unendlich dankbar er für die Ehre, an der Tafel des Großmagiers sitzen zu dürfen, war, sah der eitle Lawrence auch kein Problem, seinem Gefangen unter Aufsicht zweier Wachen den Gang zur Latrine zu gewähren. Das war sein Fehler und als er schließlich den schwarzen Zauberer vermisste, war es bereits zu spät. Den beiden Wachen war die Kehle aufschlitzt worden und ihr Mörder verschwunden. Aber Guys Glück sollte nicht anhalten. Er kam nicht weit. Es war ein Sturm, der ihm einen grausamen Strich durch die Rechnung machte, denn ein Stein oben auf der Burgzinne lockerte sich und stürzte krachend nach unten. Das Pferd vor dem Tor scheute, riss sich los und galoppierte davon. Panisch versuchte Guy trotzdem davonzukommen. Zu Fuß und ohne warme Bekleidung hatte er jedoch in den unübersichtlichen Highlands keine Chance. Sie jagten ihn wie ein Tier, fingen ihn wieder ein, fesselten ihn, und zurückgekommen im großen Festsaal der Burg, schlugen sie ihm mit der Peitsche buchstäblich die Seele aus dem Leib. Und als er wenige Tage nach seinem misslungenem Fluchtversuch in den Hof von Lawrence Burg geführt wurde, um mit anzusehen, wie seine Helfer am Galgen hingerichtet wurden, brach er endgültig zusammen.

Von nun an gab es nur noch den Kerker, Schläge, Hunger und die Hoffnung, seine geliebte Insel mit den grünen Wäldern und Wiesen wieder zu sehen, war ein für alle mal dahin.

Er sollte jedoch wieder zurück ins Licht kehren. Doch als Lawrence in seinen Kerker trat, um ihm eines Tages zu verkünden, er wolle sich von ihm trennen, gelangte Guy an die äußerste Grenze seiner Verzweiflung. Nicht einmal die Schläge von Richards Jäger, die furchtbaren Schmerzen, verursacht von Lawrence, wenn er brutal in seine Gedanken eindrang, brachten ihn so zum Weinen. Er erinnerte sich nicht mehr, an das was er gesagt, gestammelt hatte. Guy musste sich wieder setzen. Er trug sich einen Augenblick mit dem Gedanken, diese Reise in die Vergangenheit abzubrechen, doch das war sinnlos und zu spät. Er hatte es so gewollt. Er wollte zurückkehren zu den Qualen, den Erniedrigungen, die ihm bewusst werden ließen, wie zerbrechlich er war, zerbrechlich wie ein Mensch. Er erinnerte sich noch daran, wie er um Gnade flehte und unaufhörlich weinte, wobei er seinen Peinigern verzweifelt vorzulügen versuchte, dass er inzwischen herausgefunden hätte, wo sich das besagte Amulett befand. Lawrence, der ihm kein Wort glaubte, rief seine Wachen. Sie packten den Unglücklichen und schleppten ihn hinaus, bestimmt in ein noch tieferes Verlies, in dem er nun endgültig den Tod finden sollte.

Er fand sich jedoch wieder in einem großen beleuchteten Saal. Er spürte die vielen Menschen. Er vernahm Raunen, während er auf dem Boden lag und nicht wagte, den Kopf zu heben. „Bringt ihn auf mein Gemach." An diese Stimme erinnerte er sich noch, als er erneut ergriffen und fortgebracht wurde. Er befand sich in einem Raum, den er vor Ewigkeiten einmal zu sehen geglaubt hatte. Mit einem richtigen Bett, Wärme aus lodernden Flammen im Kamin. Was für einen grausamen Scherz trieb man

nun mit ihm? Er hob den Kopf und als er in die grünen Augen sah, wurde ihm bewusst, wer noch grausamer als Lawrence sein konnte. „Guy, was haben sie dir angetan?" Es war dieselbe Stimme, die er vorhin im Saal vernommen hatte. Seine Augen waren noch verschleiert von den Tränen und sein Mund vom Schreien völlig ausgetrocknet. Er fuhr sich mit der Hand über die zerbissenen Lippen und krächzte:
„Fass mich nicht an, tu mir nicht weh, bitte tu mir nicht weh."
„Aber Guy", stammelte die Stimme. „Mein Gott, sie haben dich wahnsinnig gemacht. Guy, ich ..." Er schaute abermals in diese Augen. Er sah Tränen – irgendetwas war anders. Ginevra musste sich verändert haben, nur er konnte im Augenblick nicht erkennen wie. Sie kam langsam auf ihn zu. Ihre Stimme flehte: „Guy, erkennst du mich nicht mehr? Guy bitte schau mich doch an." Diese Augen gehörten nicht Ginevra, trotzdem versuchte er, vor ihnen davon zu kriechen.
„Geoffrey", ächzte er, „Geoffrey." Wie konnte er sich so getäuscht haben. In diesen Augen war soviel Schmerz, dass er sogar den eigenen vergaß. Nicht nur ihm hatte man wehgetan. Auch diesem wilden, grausamen Kind war viel Leid widerfahren. Und eines Tages würde er dieses Leid in einer schrecklichen Weise weitergeben. Aber das wollte Guy jetzt nicht sehen – nicht in diesem Augenblick. Er schloss ihn weinend in die Arme. „Mein armer Geoffrey, was haben sie dir angetan?"
„Bleib bei mir", wimmerte Geoffrey und krallte seine Hände in Guys zerschundenen Rücken. „Lass mich nie wieder allein, hörst du Guy."
Und das Rad drehte sich von Neuem. Ginevra war im Niemandsland. Dieses Mal sollte es ihr Sohn sein, der Guy zum Verhängnis wurde.

Frankreich | Palästina 1189 – 1196

3.

Der schwarze Hexenmeister und sein König

Guy hatte zuerst nicht die Kraft, sich über seine Befreiung aus Lawrence Kerker zu freuen. Die nächsten Wochen war er sogar unfähig zu reisen, weil er um den letzten Rest von Leben, das er noch in sich hatte, kämpfte. Es grenzte fast an ein Wunder, dass er überhaupt wieder auf die Beine kam. Er war zwar zäh, doch sein Körper war sehr geschwächt und für den Rest dieses Lebens ging er gestützt auf einem großen Stock, weil seine angeschlagene Hüfte ihn nicht mehr von allein trug. Nahrungsmangel, die körperlichen und seelischen Misshandlungen forderten ihren Tribut. Schon seit längerer Zeit spürte er Schmerzen in der Brust, begleitet von quälendem Husten, Fieber und Schüttelfrost. Er machte sich nichts vor, seine Jahre in der neugewonnenen Freiheit sollten gezählt bleiben.

Es wurden mehr Jahre, als er erwartete und diesen Aufschub verdankte er einem Mann, der in diesem Leben sein bester Freund wurde. Karim stammte aus Palästina, von wo er vor Jahren als Kriegsgefangener verschleppt worden war. Sir Ashley Durham hatte ihn einem Sklavenhändler abgekauft und zum Leibarzt seiner Familie und zum Erzieher seiner Söhne gemacht. Er war ein hervorragender Arzt, von dem Guy noch viel lernen sollte, nicht nur was die Medizin anbetraf. Guy, der bis dahin nur Verrat, Hass und Verzweiflung gekannt hatte, begann sich in kürzester Zeit unter Karims Einfluss zu verändern. Er fühlte sich an Leib und Seele genesen, auch wenn ihm klar war, dass seine Krankheit unheilbar war. Die Ruhe und die Freundlichkeit des Orientalen färbte sogar auf sein Verhalten zu Geoffrey, seinem König, dem er nun untertan war, positiv ab. Vor allem beeindruckte Karim Guy durch seinen unbeirrbaren Glauben. Mit Christen, oder solche, die sich dafür hielten, hatte Guy eigentlich nie direkten Kontakt gehabt. Er verachtete sie sogar, sie, die damals seinem Volk Hilfe in der schweren Hungersnot verweigerten. Er hatte seinen Glauben auf den Stufen seines heidnischen Tempels an seine Götter verloren und im Kerker in Schottland den Versuch, an einen Gott des Erbarmens zu glauben, längst aufgegeben. Und er belächelte trotz des Respekts, den er Karim entgegenbrachte, dem gläubigen Moslem, der seine Gebete und Riten mit präziser Regelmäßigkeit verrichtete, als unmündigen Menschen, dessen Schicksal von einem gnädigem oder ungnädigem Gott abhing, dem Karim sich gehorsam fügte. Karim dagegen nannte Guy hin und wieder „seinen Wilden". Er tat das jedoch keineswegs herablassend, er liebte seinen Freund, den er allerdings wiederum wegen seines Unglaubens aufrichtig bedauerte. Was er auch immer in Guy Macenay, den oftmals keineswegs liebenswerten Zyniker sah, er war fest davon überzeugt, dessen gute Seiten ans Tageslicht fördern zu können. Und er verabscheute von Herzen diejenigen, die Hass schürten und ihre Mitmenschen mittels Folter und Sklaverei ihrer Würde beraubten. Aber in seinem Abscheu war kein Hass, wie bei Guy, der in den Jahren seiner Kerkerhaft genügend Nahrung gefunden hatte. Gott selbst würde diese Vergehen bestrafen, denn nur er hatte das Recht dazu und er war denen gnädig, die seine Gebote befolgten. Guy wollte keinen Gott – er selbst war ja einst ein Gott gewesen, der am Ende gestürzt wurde, wie er es zuvor mit seinen zahlreichen Götzen getan hatte. Hochmut brachte den Satan zu Fall und Hochmut zwang ebenso den stolzen Kriegerkönig in die Knie.

Er war zurück in der Gegenwart Draußen, auf dem Weg, seine Schwester zu treffen. Er setzte sich wieder, um einen Augenblick nachzudenken. Er zitterte. Er versuchte verzweifelt den Gedanken, wie klar ihm mit einem Mal seine Situation vor Augen geführt wurde, zu verdrängen. Diesen Weg musste er noch ein kleines Stück gehen, bis er zu Ende war. Dann hatte Guy die Wahl, umkehren oder hinabstürzen in das Tal der Verdammnis, zurück ins Niemandsland zu seiner abtrünnigen Schwester und den alten götzendienenden Priestern seines Volkes und dieses Mal für immer. Er war sich jedoch darüber im Klaren, wenn er sie hinter dieses schwarze Tor verbannte, bedeutete das wahrscheinlich die endgültige Trennung von ihr. Sie würde zurück in den Palast des Dunklen Herrschers verschwinden, wo er keinen Zugriff mehr auf sie hatte, es sei denn, der Dunkle erlaubte es ihm. Und ihn selbst? Der Dunkle würde ihn brechen und den letzten Rest seiner Würde nehmen. Demut, es fehlt dir an der nötigen Demut, mein aufsässiger Schüler. Guy lachte auf. Er war zur Genüge gedemütigt worden von seinem Meister, von seinem Schüler, der geliebten Schwester, den neuen Priestern und Gefährten seines Ordens und in diesem Leben von seinen eigenen Landsleuten, die ihn für einen Verräter hielten, ihm mit dem Gewehrkolben das Handgelenk zerschlugen und damit seine erfolgreiche Zukunft als Chirurg beendeten.

Er war einsam. Wer blieb ihm noch? Kieran und Geoffrey, seine beiden Neffen, trugen die Gene ihrer Väter in sich und das einzige Kind, das ihm geblieben war, wich ihm zu Recht zornig, über sein langes Schweigen aus. Er war verflucht, verflucht und allein. Guy wurde übel, als er sich erhob und weiterging. Ich entscheide mich am Ende des Weges. Egal, wie es ausgeht, ich fürchte mich, wenn ich sie für immer verliere, ich fürchte mich aber auch, wenn sie bei mir bleibt.

Das erste Jahr nach seiner Befreiung wurde in seiner Erinnerung zu einem schönen Traum. Er verbrachte die meiste Zeit mit Geoffrey und Karim auf der Burg von Lady Durham, Geoffreys Stiefmutter, im Anjou. Zum Glück blieb Ashley in England. Er verlor kein Wort mehr über den Iren, doch Guy spürte seine unverhohlene Verachtung. Ashley verabscheute alle Iren, dieses Lumpenpack. Und diesen ganz besonderen Iren hasste er. Und diese kalte Verachtung des Engländers entsetzte Guy noch mehr als Lawrence unkontrollierte Wut. Ashley hatte noch zwei Söhne, sie wurden, gleich Geoffrey, zu Rittern ausgebildet, gehörten ebenfalls dem Orden an und sollten selbstverständlich später als Diener ins Zwischenreich eingehen. Erstaunlicherweise hatte ausgerechnet die Mutter dieser eiskalten Prachtexemplare eine liebevolle Beziehung zu dem irischen Bastard ihres Mannes entwickelt. Guy machte sich darüber nicht allzu viele Gedanken. Er nahm die Sache wie sie war und war mehr als froh, als die französische Lady und der junge Sarazene seinen wilden Zögling positiv beeinflussten. Er wurde Draußen König Geoffreys intimster Berater, als dieser endlich mündig geworden war und das Zweite Land übernahm. Und Guy gewann damit wieder an Macht und Einfluss. Er machte sich keine Illusionen bezüglich des Königs. Er glich in zu vielen Dingen seiner Mutter, aber er war leicht durchschaubar und hatte einen erstaunlichen Gerechtigkeitssinn entwickelt. Bestimmt hatte das Leid, das ihm in der Kindheit von seinem eiskalten Vater zugefügt wurde, dazu beigetragen. Mit Hilfe von Guy Macenay, der langsam das Zwischenreich das Fürchten lehrte, konnte er vieles zum Besten für die Geschöpfe im Zweiten Land ändern. Das sollte erst der Anfang sein.

Nur der Großmagier selbst hielt sich zurück. Er brauchte sich keineswegs zu fürchten. Er hatte noch immer ein Pfand in der Hand, mit dem er den schwarzen Zauberer des Zweiten Königs in Schach halten konnte. Guy dachte oft an Viviane. Seine kleine rothaarige Fee, die er niemals unter Lawrence Einfluss lassen wollte. Und es gab genügend

Momente, da wünschte er, sie wäre nie geboren worden und er verfluchte die Nacht als er sich in Ginevras Hände begab. Auf der anderen Seite tauchte in seinen Erinnerungen immer wieder ein Bild auf. Das Bild eines kleinen dünnen Mädchens, das ihm Essenreste in den Kerker brachte und so stolz darauf war, ihrem herzlosen Vater eins ausgewischt zu haben. Dieses Bild beruhigte ihn. Sie war eine Kämpferin, seine kleine Fee, eine Kämpferin wie ihre Mutter. Irgendwann würde er ihr die Wahrheit sagen (Lawrence hatte es bestimmt noch nicht getan). Nur vor diesem Augenblick hatte Guy Angst. Er hatte zu lange Angst davor gehabt (so wie auch sie zu lange Angst gehabt hatte, ihren schrecklichen Verrat zu gestehen). Er wünschte sich nichts sehnlicher, als ein wenig Zuneigung von ihr und die Zuneigung, die sie auch heute noch Lawrence entgegenbrachte, schmerzte ihn tief.

Guy vermied, sich all zu viel Draußen aufzuhalten. Das konnte er noch zur Genüge, wenn er seinen menschlichen Körper nicht mehr hatte. Er beschränkte seine Anwesenheit im Zweiten Land auf das Notwendigste und zog vor, lieber ein beschauliches Leben auf Lady Durhams Burg zu genießen. Das beschauliche Leben hielt, wie befürchtet, jedoch nicht lange. Abenteuerlust, Neugierde, ein anderes Motiv gab es für seinen König wohl kaum, seine ritterlichen Fähigkeiten auf dem Dritten Kreuzzug auszutoben. Guy interessierten weder die religiösen noch politischen Zusammenhänge dieses menschlichen Irrsinns. Hier wurden Menschen abgeschlachtet, um das Grab eines Gottes zu befreien, der ohnehin angeblich nicht mehr drin lag. Also, wozu dieser Krieg um ein leeres Grab? Guy blieb wenig Zeit, darüber nachzudenken. Seine Aufgabe bestand von jetzt an darin, in diesem glühend heißen Land Tag und Nacht die Körper derer, die noch am Leben waren, mühsam wieder zusammenzuflicken, um sie nach ihrer Genesung erneut in einen sinnlosen Tod zu schicken. Fast tausend Jahre später, in einer Welt, die sich als zivilisiert bezeichnete, sollte er in einem Krankenhaus in Belfast genau da weitermachen, in einem Terror, der trotz angeblich ausgehandelten Friedensgesprächen und verordnetem Waffenstillstand unterschwellig weiter existierte. Christen gegen Christen, abscheulich und sinnlos. Immerhin, sein Sarkasmus schützte ihn, den Verstand nicht endgültig zu verlieren. Das Betätigungsfeld war reichhaltig und brachte ihn nicht aus der Übung.

Und so, wie er einst im Kerker seines Feindes um sein eigenes Leben gekämpft hatte, kämpfte er nun verbissen um jedes andere Leben bis zur totalen Erschöpfung. Er lernte den Tod von ganzem Herzen zu hassen und so unvermeidlich er auch war, tat Guy alles, was in seiner Macht und Fähigkeit stand, ihn wenigstens aufzuhalten, selbst wenn es oftmals nicht mehr als ein Minute war. Dabei vergaß er mitunter, wie nahe er selbst schon wieder an dessen Schwelle stand und seine angeschlagene Gesundheit aufs Spiel setzte. Karim freute sich zwar, wie hervorragend sein ungläubiger Freund von ihm gelernt hatte, doch er war auch besorgt darüber, dass Guy sich für jeden Patienten, der starb, verantwortlich zu fühlen begann, erbärmlich versagt zu haben und danach oft tagelang in dumpfe Melancholie versank. Er machte keine Unterschiede zwischen den erkrankten oder verletzten Rittern, Knechten, Christen und Sarazenen und als ihm der schwer verletzte Roger Duncan gebracht wurde, sah er zwar, dass er nicht unbedingt sein Leben, sondern „lediglich" das Bein, das christliche Kollegen, die Guy als erbärmliche Stümper bezeichnete, amputieren wollten, retten musste. Allen Widerständen zum Trotz, der größte war natürlich der aufgebrachte Bruder Lyonel Duncan, gelang es Guy, dass der Sohn seines Todfeindes mit heilem Bein nach Schottland zurückkehren konnte. Auch Geoffrey Durham gedachte, wie durch ein Wunder unverletzt, vorzeitig heimzukehren. Was immer in dem unbändigem König, der laut Berichten mutig gegen die Sarazenen gekämpft hatte, vorgegangen war – Reue? Vergebung? Launenhaftigkeit? Er schenkte seinem Sklaven und Leibarzt die Freiheit. So großherzig Guy diese Tat auch fand, so schmerzte es ihn, von Karim Abschied nehmen zu müssen.

Am Abend vor der Abreise saßen er und Karim lange am Strand von Akkon und sahen schweigend auf das friedliche Meer hinaus. Guy wollte ihm noch so viel sagen, ihm vor allem danken, dass er ihn damals in Schottland wie einen Menschen behandelt hatte und ihn nicht für den Grund seiner Gefangenschaft verachtete – dazu hätte er als gläubiger Moslem wirklich allen Grund gehabt – und dass er sein großartiges Wissen sogar an ihn, den wilden Ungläubigen, weitergegeben hatte. Doch Guy schwieg und Karim hatte längst verstanden.

„Ich weiß. Ihr müsst mit Sir Geoffrey gehen. Ich weiß, Ihr wollt auch in Euer Land zurückkehren, weil Ihr dort gebraucht werdet", begann er leise. „Es ist dumm von mir, Euch bei mir haben zu wollen. Aber es ist nicht nur

Euer Freund, der zu Euch spricht, es ist auch Euer Arzt. Es ist kalt und nass in Eurem Land."

Guy hatte begriffen. Vor Geoffrey konnte er sie noch einigermaßen verbergen, die immer heftigeren Anfälle von Husten und vor allem die blutigen Tücher, die er diskret in die Ärmel seines Gewandes verschwinden ließ. Aber nicht vor Karim.

„Mein Freund und Arzt", flüsterte er in der Sprache Karims. „Wir wissen, es ist niemals möglich. Ich werde ohnehin bald sterben. Aber ich habe die vielen Jahre, die ich noch leben durfte, allein Euch zu verdanken. Nicht nur Eurem Können, sondern vor allem Eurer Zuneigung. Behaltet mich also so wie jetzt in Erinnerung." Er schwieg einen Augenblick und sah hinaus auf das Meer. „Wisst Ihr wie die wilden Männer ganz hoch oben im Norden ihre Toten bestatteten? Es war ein junger Nachfahre dieses Volkes, der mir das vor langer Zeit erzählte: Sie legten sie auf ihre Schiffe, ließen diese hinaus auf das Meer treiben und dann schossen die Krieger brennende Pfeile auf das Schiff. Das war ein großartiges und wunderbares Schauspiel. "

Karim lachte auf.

„Ihr werdet wohl immer ein Ungläubiger bleiben."

„Natürlich. Für diese Menschen war es jedoch ein Symbol von Heldentum und Freiheit, brennend auf das offene Meer hinauszufahren. Nicht so entsetzlich, wie Eure Glaubensbrüder und die Christen es machen, hinab in die feuchte Erde oder in dunkle Höhlen, wo Würmer die Körper langsam zerfressen. Die Nordmänner waren davon überzeugt, dass der Körper, der im Feuer verbrannte, im Reich ihrer Götter wieder aus der Asche auferstehen wird."

„Wollt Ihr denn so bestattet werden, Ungläubiger?"

Guy grinste.

„Das ist lange her und die toten Nordmänner fallen längst ebenfalls den Würmern zum Opfer. Und ich vergaß natürlich zu erwähnen, dass nur die ganz großen Helden so bestattet wurden, Moslem. Helden, die in zahlreichen Schlachten möglichst viele Feinde getötet hatten."

„... und Ihr habt vielen Feinden das Leben gerettet, wilder Hexenmeister", entgegnete Karim mit unverwüstlicher Logik, „Ihr hättet ein solches Begräbnis meiner Meinung nach eher verdient, selbst wenn ich Eure Ansicht nicht teile."

„Ihr beschämt mich", sagte Guy keineswegs ironisch, „aber nach Eurem Glauben und dem der Christen lande ich ohnehin auch nach so einem heroischem Begräbnis in einer Art von Hölle", und ironisch dachte er: Wie recht sie haben diese Muslime und diese Christen. Doch es gibt auch da einen Ausweg. Ich muss Draußen lediglich genügend Macht bekommen, um jederzeit auf die Erde zurückzukehren, wann ich will und ohne Hilfe eines Magiers oder Königs, um vielleicht irgendwann den Kreislauf meiner Wiedergeburt zu durchbrechen – und dann? Ich muss ja nicht gleich aussehen wie Phönix aus der Asche. Gleichzeitig wurde ihm schmerzlich bewusst, dass er seinen Freund in keinem seiner künftigen Leben mehr sehen würde. Für ihn galten andere Regeln. Karim ließ sich Zeit für eine Antwort auf Guys Bemerkung:

„Das steht nicht in meiner Macht. Ich habe die Ungläubigen, wie Ihr es seid, auch einmal verachtet, das lehrt uns unser Glaube. Ich habe jedoch gelernt, dass es unter ihnen sogar bessere Menschen als meinesgleichen gibt. Trotzdem, verzeiht mir, ich kann Euch keine Antwort geben. Vielleicht sind Gottes Wege anders als ich denke. Es steht mir aber nicht zu, überhaupt daran zu denken. Ihr seid ein guter Freund und ich liebe Euch. Mehr kann ich Euch nicht sagen. Und wenn Ihr einmal in Not seid, kommt zu mir, ich werde immer für Euch da sein." Karim erhob sich und schaute Guy mit seinen schwermütigen Augen lange an, ehe er ihn umarmte: „Es ist an der Zeit, Abschied zu nehmen. Ich werde Euch nie vergessen, lebt wohl mein Freund und Allah schütze Euch."

Damals hatte Guy Mühe, seine Tränen zurückzuhalten, aber nun von dieser Erinnerung überwältigt, weinte er hemmungslos. Warum hatte er überhaupt von Karim eine Antwort erhofft – er wusste sie doch längst. Er kam in seine selbst gewählte Hölle, er bekam durch eine Laune seines neuen Königs einen menschlichen Körper und hatte mit der Übergabe seiner Seele an König Kieran jede Chance, ins Zwischenreich zu gelangen, verspielt.

Er kehrte zurück nach Frankreich, kränker denn je und doch voller Pläne. Er träumte sogar davon, in absehbarer Zeit auf einer berühmten Universität auf Sizilien sein Medizin- und Philosophiestudium zu vollenden. Aber Guy war Realist und vor allem noch immer ein Zyniker. Er gönnte sich trotzdem diese Träume hin und wieder eigentlich nur, weil er davon überzeugt war, dass sie seinen geschwächten Organismus kräftigen würden. Er nannte das, was man heutzutage als „positives Denken" bezeichnet, „verzweifelte Hoffnung".

Sein erster Weg führte ihn zusammen mit Geoffrey zurück nach Schottland. Guy, der ständig darum bemüht war, irgendeine Logik im menschlichen Verhalten zu finden, war am Ende. Er fand absolut keine logische Erklärung, weshalb Richard McDuff seine einzige Tochter Geoffrey Durham zur Frau zu geben gedachte. Gut, Richard war der Erste König von Draußen, Geoffrey der Zweite König und die arme zarte Elaine sollte wohl lediglich das Opfer für das friedliche Zusammenleben der beiden symbolisieren. Weiter kam Guy mit seinen Überlegungen nicht. Er hatte andere Sorgen. Zum Beispiel sah er sich gezwungen, mit allen Mitteln zu verhindern, dass Geoffrey Kieran bekam, den stillen Kieran. Ein Blick in seine Augen genügte und Guy wusste, welche Gefahr eines Tages von ihm ausgehen sollte. Wurde Lawrence mit seinem jüngsten Sohn nicht mehr fertig? Wie auch immer, der König sollte ihn als seinen Diener haben und der freute sich mehr über den angebeteten Bruder als über seine schöne Braut. Macenay versuchte natürlich, während seines Aufenthaltes in Schottland seinem Peiniger aus dem Weg zu gehen, doch in diesem Fall machte er eine Ausnahme. Er fand sich also bald ihm gegenüber bittere Vorwürfe machend und wunderte sich über seine eigene Courage.

„Ich werde es zu verhindern wissen, Großmagier", beendete er schließlich seine lange Anklage, die er nur einmal wegen eines Hustenanfalls unterbrach. Erstaunlicherweise hatte ihm Lawrence geduldig zugehört.

„Du magst deinen kleinen Neffen nicht, Macenay. Ich kann dich nicht verstehen. Er muss dich doch an mich erinnern, an damals, als ich noch genauso zerbrechlich und unschuldig dein geliebter Schüler war. Und du hast mich so geliebt, mehr als dir gut tat. Du wirst doch nun nicht so herzlos sein und meinem Ebenbild eine neue Heimat verwehren? Oder hast du etwa Angst, dass Kieran dir und deinem König gefährlich werden könnte? Schon vergessen, er ist gefallen und er ist schwach."

Guy ließ sich nicht provozieren.

„Es bleibt dabei. Für das Kind, das du mit meiner Schwester gemacht hast, bist allein du verantwortlich."

„Geh mir nicht auf die Nerven, Macenay. Du wirst Kieran mitnehmen."

„Willst du mich dazu zwingen?"

Lawrence grinste verächtlich.

„Du weißt, wozu ich dich schon zwingen konnte. Vergiss nicht, auch du warst einmal sehr glücklich, mit Geoffrey von hier fortgehen zu dürfen."

Guy beherrschte sich gerade noch, um nicht vor ihm auszuspucken.

„Spiel nicht den Wohltäter. Du hättest mich niemals zu töten vermocht, habe ich recht?"

Lawrence musste lachen.

„Sicher hast du recht. Aber ich habe es dich gut glauben machen, dass ich es könnte. Du hast dir die Seele aus dem Leib geflennt und meine Füße voll gesabbert mit deinem jämmerlichen Gewinsel und du weißt ganz genau, weshalb ich dich nicht gleich ins Niemandsland ausgeliefert habe, denn ich bin hinter ihm her, dem wertvollen Schmuckstück. Ich bin auch noch immer davon überzeugt, dass du mehr darüber weißt, als du zugeben willst. Doch lassen wir das Thema vorerst beiseite. Aber du gefällst mir auch, wenn du so richtig wütend bist, Macenay. Dein Hass, den ich in dir geweckt habe, ist mir ein ebenso großer Genuss wie deine Verzweiflung. Doch wir kommen vom Thema ab. Du wirst Kieran mitnehmen, nicht, weil ich dich dazu zwinge sondern, weil ich dir ein Angebot mache, das du nicht ablehnen kannst." Lawrence hielt einen Augenblick inne und Guy wünschte sich nichts sehnlicher als fortzukommen, fort aus dieser grauenvollen Burg. Deshalb schwieg er und hörte sich das unwiderstehliche Angebot an. „Ich finde, lieber Guy, die Kinder des Wächters gehören zusammen. Alle drei. Du wirst Kieran und Viviane mitnehmen."

„Willst du mich verhöhnen, Großmagier?", erwiderte Guy zornig.

„Ausnahmsweise will ich dich nicht verhöhnen, Hexenmeister. Ich möchte nur nichts mehr hier herumlaufen sehen, was mich an deine Schwester und an dich erinnert. Und da du ihre einzige große brüderliche Liebe warst, sollst du sie nun haben, ihre drei unseligen Leibesfrüchte. Glaubst du mir jetzt?"

Das musste Guy ja wohl, denn kurz darauf wurde Viviane gerufen und als Lawrence ihr sein Vorhaben eröffnete, sah Guy das nackte Entsetzen in ihren Augen – Entsetzen und Wut. War das noch sein Kind, das ihn mit einer bösartigen Bemerkung beleidigte, der er sich nur mit einer Ohrfeige erwehren konnte?

„Sie mag dich nicht, großer Hexenmeister", feixte Lawrence, nachdem Viviane aus dem Saal gerannt war und sich in den Sessel neben dem großen Tisch fallen ließ. „Mich mag sie auch längst nicht mehr. Ich wollte sie anständig verheiraten mit Douglas McDuff, eine so gute Partie. Sie mag nur Kieran. Wir sollten die beiden nun wirklich nicht mehr versuchen zu trennen. Keine Sorge, ich bin davon überzeugt, du wirst bestimmt eine Gelegenheit finden, ihr zu sagen, dass du sie mit deiner eigenen Schwester in der Nacht vor deren Hochzeit noch schnell gezeugt hast, um sie als rechtmäßigen Nachfolger eures gestürzten Ordens einzusetzen. Sie wird es verstehen. Sie treibt ja schließlich auch Blutschande mit ihrem eigenen Bruder und vor allem, sie wird dich dafür lieben, Macenay."

Guy war so fassungslos, dass er dieses Mal einen längeren Hustenanfall bekam.

„Warum …", keuchte er schließlich, „warum bist du so ein Dummkopf, Lawrence. Du hattest mich in der Hand mit ihr. Und jetzt lässt du mich und sie einfach laufen. Du bist nicht nur unlogisch, mein ehemaliger gelehriger Schüler, du bist leichtsinnig. Aber es ist mir gleich, ich nehme sie sofort, bevor du es dir anders überlegst und deinen verdammten Kieran mit dazu."

Guy wandte sich von Lawrence ab, um sich mit dem Handrücken den Streifen Blut von seinem Mund zu wischen. Lawrence beobachtete ihn aufmerksam und lauernd.

„Eigentlich sollte ich dir wegen deines Gesundheitszustandes die Antwort schuldig bleiben. Ich sehe, diese Anfälle von unkontrolliertem Husten sind Gift für dich, Guy. Aber da mir auf der anderen Seite dein gesundheitlicher Zustand gleichgültig ist, hast du hiermit meine Antwort. Du drohst mir vergeblich, denn ich habe keine Angst vor dir. Ich brauche nichts, womit ich dich in der Hand haben sollte. Ich allein habe bestimmt, dass du noch immer auf dieser schönen Erde weilen darfst und das wird wohl, wenn ich dich so ansehe, nicht mehr allzu lange sein. Dann bist du wieder Draußen, als mächtiger Berater des Zweiten Königs. Ich gönne dir diese Macht, da ich weiß, es wird nur an mir liegen, sie zu beenden, wenn ich Lust dazu verspüre. Merke dir, hör genau zu: Ich werde niemals, in keinem Leben, ob hier oder sonst wo, aufhören, dich zu jagen. Irgendwann wirst du wieder mir gehören, mir oder meinem Sohn und Nachfolger, Macenay. Siehst du, ich nenn dich noch bei deinem Namen, Guy Macenay, bis zu dem Tag, an dem du wieder nichts anderes sein wirst als ein irischer Hund."

Auf dem Weg nach Frankreich fasste Guy endgültig den Entschluss, Lawrence nie wieder sehen zu wollen. Geoffrey hatte Kieran und Kieran hatte Viviane. Die kleine Elaine war nebensächlich. Nebensächlich war allerdings nicht der dritte Sohn von Lawrence, der ebenfalls mit nach Frankreich gekommen war. Bei allem Hass fand Guy dieses Vorhaben seines Todfeindes so lächerlich, dass er nicht einmal Anstoß an Edwards

Gegenwart nehmen konnte. Er ließ ihn gewähren, redete sich ein, dass er keine Schuld an seinem widerwärtigem Vater hatte, führte mit ihm hin und wieder sogar amüsante Gespräche, vergaß, was damals in Schottland mit ihm passierte, als er glaubte, das Vertrauen des Lieblingssohnes von Lawrence gewonnen zu haben und dachte nicht einen Augenblick daran, dass dieser Jüngling mit den großen blauen Augen, die ihn noch immer verschreckt und bewundernd anschauten, viele Jahre später sein Herr und sein Verhängnis werden sollte.

Zwischen Geoffrey und Kieran gab es anfangs keine Probleme. Guy gab dem Zweiten König genügend sinnvolle Aufgaben, so dass er ständig zwischen Draußen und seiner Burg im Anjou hin und her gescheucht wurde. Viviane, noch immer dünn und zart und noch immer unbezähmbar, wich Macenay aus wie ein scheues Tier. Er konnte beim besten Willen nicht ihr Vertrauen gewinnen. Sie wich ihm aus oder wurde sogar aggressiv und er fragte sich oft, was Lawrence ihr nur erzählt haben musste, dass sie ihn derart fürchtete. Er versuchte, sie zu ignorieren, denn er hatte Angst, sie wieder in die Enge zu treiben, was sie zu bösen Beschimpfungen und ihn zu weiteren Ohrfeigen provoziert hätte. Geoffrey brachte er mit dieser Methode noch immer zur Vernunft. Viviane würde er damit noch wütender machen. Sie war ein stolzes Geschöpf wie ihre Mutter und ihm graute vor dem Tag, an dem sie fallen würde.

Es waren in der Tat ihre beiden Brüder, die sie zu Fall brachten. Zuerst Geoffrey: Die kleine übermütige Fee hatte noch nicht verinnerlicht, dass der schöne dumme Bruder kein Mamakind mehr war, dem man ungestraft die Nachthemden zu bunten Streifen verarbeiten durfte. Was war passiert auf der Waldlichtung während der Jagd? Sie war vom Pferd gestürzt, klar. Ausgerechnet der Naseweis Edward musste ihn darauf stoßen, dass Geoffrey sie angeblich vergewaltigt hätte. Guy wünschte, Karim wäre jetzt hier und würde sich um Viviane kümmern. Die arme kleine Fee saß, gar nicht mehr stolz, zusammengekauert in ihrem verschmutzten zerrissenen Kleid in der Ecke und schluchzte. Sie schien auf den ersten Blick nicht schwer verletzt und irgendwann bekam Guy aus ihr heraus, dass es eine Ohrfeige von Kieran war, die ihr Herzeleid verursachte. Sie wimmerte, sie hätte sein Vertrauen missbraucht und fühle sich deshalb elend und unendlich schuldig. Dazwischen erlangte sie kurz die Beherrschung über ihre Tränen und betitelte Geoffrey mit wenig schmeichelhaften Namen aus der Tierwelt. Guy fand sie im Augenblick sogar komisch und er war froh, dass sie sich ohne Widerstand von ihm aufheben ließ, genau wie vor etlichen Jahren nach der Schlägerei mit Geoffrey, als er sie entkleidete, in den Badezuber setzte und anschließend ihre Wunden mit Salbe einrieb. Doch dieses Mal, stellte er dann doch mit Schrecken fest, war sie nicht nur mit ein paar blauen Flecken und Striemen auf den Armen davongekommen. Als er ihren entblößten zitternden Körper abtastete, fiel ihm sofort auf, dass ihr sonst so flacher Bauch angeschwollen war und unwillkürlich fiel sein Blick in die Ecke, in der sie noch vorhin gesessen hatte, auf den großen Blutfleck. Er griff sich ihr Kleid, das auch vollgetränkt mit Blut war. Er durfte jetzt nicht die Nerven verlieren. Er hatte auf dem Kreuzzug grässliche Wunden und abstoßende Krankheiten behandelt. Es hieß, er soll Wunder vollbracht haben. Und so etwas wie ein Wunder brauchte er nun. Er war ein guter Arzt, mehr als gut, wie ihm Karim bestätigt hatte. Doch das hier war kein Ritter mit zerspaltenem Schädel und zerschlagenen Knochen. Das war sein Kind und dieses Kind hatte in seinem mageren Leib ein weiteres Kind. Guy verdrängte auf der Stelle den Wunsch, denjenigen, der dieses Kind ins Leben gerufen hatte, als auch den, der wahrscheinlich den Tod dieses Kindes verschuldete, zu verprügeln. Er gab Viviane ein Mittel, das vorzeitig die Wehen einleitete und es dauerte noch lange qualvolle Stunden bis er endlich den abgestorbenen Fötus eines Jungen aus der schreienden wimmernden Fee herausgeholt hatte. Und es dauerte noch Tage, bis er hoffen konnte, dass sie diese Fehlgeburt, geschwächt vom Blutverlust, überlebte. Die Stunden dazwischen verbrachte er einsam mit Weinen, Fluchen und Flehen – zu wem auch immer. Endlich, als sie sich allmählich zu erholen begann und außer Lebensgefahr war, war er zu müde und zu schwach, die beiden Brüder zur Rechenschaft zu ziehen sowie das Gerücht von der angeblichen Abtreibung aus der Welt zu schaffen. Sein Kind hatte überlebt. Nur das zählte.

Sie lebte jedoch nur noch eine kurze Zeit. Als Kieran Erster König wurde und ihre Seele, die sie ihm bei den kindlichen Drachenspielen versprochen hatte, forderte, hatte auch Macenay keine Macht mehr. Er verlor seine Fee, die er und Ginevra einst zum Großmagier auserwählten, an den jüngsten Sohn von Lawrence Duncan. Sie wurde sein Erster Priester und somit auch sein Feind und der von Geoffrey Durham. Und als Geoffrey selbst nach seinem dramatischen Abgang endgültig nach Draußen zurückkehrte, war Guy plötzlich allein. Allein. Die Burg war bis fast auf die Grundmauern heruntergebrannt, alle Bewohner kehrten zurück nach England oder Schottland. Auch Guy spürte, es war an der Zeit, er musste nach Draußen an die Seite seines Königs. Er hatte furchtbare Angst davor, aber noch vielmehr Angst hatte er, nun völlig verlassen zu sein. In seinen immer häufigeren Fieberanfällen sah er ihn wieder vor sich, den Strand von Akkon. Ihn wollte er noch einmal sehen, ihn und den treuen Karim, bevor er diese Welt für einige Zeit oder womöglich für immer verließ. Doch Guy war mittellos. Was heißt mittellos? Er hatte gar nichts, außer Hunger. So tat er einen Schritt, an den er nie zu denken gewagt hätte. Er vergaß allen Stolz, all dieses Gerede von Würde und Ehre und machte sich auf den beschwerlichen Weg in die Vendée zu Percevale de Thouars, von dem er gehört hatte, das der in Kürze nach Palästina aufbrechen wollte. Er klopfte hungrig und zerlumpt an das Tor von dessen Burg und besaß noch die Kraft und ein winziges Fünkchen Stolz, ihm seine Dienste als Schiffsarzt anzubieten. Er wusste, dass er dabei keine eindrucksvolle Erscheinung machte und musste sich von Douglas McDuff, der gerade bei Percevale weilte, deutlich anhören, dass man diesen schwindsüchtigen Hungerleider zum Teufel jagen sollte. Aber Percevale war ein echter Ritter. Vielleicht verachtete er den Iren insgeheim, doch er besaß Anstand genug, ihn als Gast in seinem Haus und als Arzt auf seinem Schiff anzunehmen. Er sah in ihm nicht den gefährlichen schwarzen Hexenmeister des Zweiten Königs von Draußen, sondern einen sterbenskranken Menschen, dem er den letzten Wunsch nicht abzuschlagen vermochte.

Als Guy endlich völlig geschwächt und abgezehrt vor dem Haus Karims stand, war die Freude groß. Karim kümmerte sich um ihn bis zur letzten Stunde seines qualvollen Todes. Und nachdem Guy seinen ausgebluteten Körper verlassen hatte, um sich auf den Weg nach Draußen in die Stadt des Zweiten Königs zu begeben, konnte er noch einen letzten Blick auf seinen Freund werfen. Karim stand in Begleitung seines Dieners am Strand, an jenem Strand, an dem er und Guy sich nach dem Kreuzzug so inniglich verabschiedet hatten. Und als Guy den Blicken aus Karims verweinten Augen auf das Meer hinaus folgte, sah er das kleine Segelboot, das brennend der untergehenden Sonne entgegen glitt.

Selbst wenn seine Existenz als Geoffreys Berater erträglicher sein sollte, konnte sich Macenay nur schwer damit abfinden, wieder Draußen zu sein. Und es war natürlich nicht so schnell möglich, sich erneut einen menschlichen Körper zu nehmen, denn er brauchte seine gesamte Kraft, um den König zu unterstützen. Hilfe bekam Geoffrey zusätzlich von Lawrence zweitem Sohn Roger. War es auch Dankbarkeit gegenüber Guy, der so unbeirrbar damals auf dem Kreuzzug für die Heilung seines zerbrochenen Beines gekämpft hatte? Guy konnte keine andere Erklärung dafür finden, weshalb Roger Duncan ausgerechnet der Jäger des Sohnes der Frau wurde, die ihn in jener schrecklichen Nacht zu Fall gebracht hatte. Geoffrey und er wurden sogar Freunde. Wenn Guy darüber nachdachte, hatte sich Roger ihm gegenüber immer anständig verhalten und sich sogar von Lawrence Quälereien distanziert. Er verzichtete deshalb, weiter in die Zukunft zu sehen und schob das unangenehme Gefühl, dass Roger trotzdem das Blut eines Duncans hatte, erst einmal beiseite. Er wollte das Schauen in die Zukunft ohnehin endgültig aufgeben, denn sie offenbarte ihm immer nur einen Bruchteil ihrer Geheimnisse, die er nicht einmal zu entschlüsseln in der Lage war. Dieser Zustand hatte sich seit seines Untergangs in Irland nicht verändert und im Grunde verabscheute er diese Visionen, die von ihm noch immer unkontrolliert Besitz ergriffen. Die letzte Vision hatte er in Palästina. Roger lag von Wundfieber geschüttelt auf dem Krankenbett als Lyonel Guy mit wüsten Beschimpfungen aufforderte, auf der Stelle die Finger von dem verletzten Bruder zu lassen. Guy antwortete mit ebenso wüsten Beschimpfungen und dass er niemals im Traum daran dächte, seinen Patienten im Stich zu lassen und wollte gerade den aufgebrachten Bruder aus dem Zelt werfen, als der zischte:

„Hast du irisches Stück Dreck vergessen, wie jämmerlich du vor meinem Vater auf den Knien gerutscht bist und um dein erbärmliches verhungertes Leben gebettelt hast?"

Wie hätte Guy das vergessen können. Er hatte es bis auf den heutigen Tag nicht vergessen und bevor er noch darüber reflektieren konnte, dass allen ihm zugedachten wenig schmeichelhaften Bezeichnungen, wie Hund, Stück Dreck, Mistvieh, Hungerleider, Lump, das Adjektiv „irisch" voran-gestellt wurde, war sie da, die Vision. Er packte Lyonel mit seiner mageren, aber erstaunlich kräftigen Hand am Arm und flüsterte ihm ins Ohr:

„Auch du wirst einmal vor deinem Vater heulend auf den Knien um dein beschissenes Leben flehen, Ritter und Erster Jäger des Ersten Königs von Draußen. Aber in einer Beziehung geht es dir besser als mir. Du musst nicht in seine kalten erbarmungslosen Augen sehen, weil du nicht mehr sehen kannst, Lyonel. Du wirst nämlich blind sein, stockblind." Die

Erfüllung und die genauen Details dieser Prophezeiung sollte er jedoch erst erfahren, als er die Fronten wechselte und Kierans Priester wurde.

Guy machte eine kleine Pause, um über sich nachzudenken. Als er jedoch feststellte, dass er wieder in unendliches Selbstmitleid zu versinken drohte, raffte er sich auf und kehrte zurück zu dem Punkt, als er seinem König gewährte, für eine längere Zeit in das Tal der Ruhe zu gehen. Das hieß für ihn auch eine Weile Ruhe, dachte er. Der Großmagier war ihm erstaunlicherweise die meiste Zeit aus dem Weg gegangen. Aber Guy sollte Lawrence zu gut kennen – er würde niemals davon lassen, ihn zu schikanieren und zu beleidigen.

Der Großmagier hatte seinen Liebling auf die Erde geschickt, um ihm in einem Kloster in Frankreich eine anständige Erziehung angedeihen zu lassen. Doch hatte die Erziehung offensichtlich nicht genügend gefruchtet, denn der kleine Zögling entwich bei Nacht und Nebel aus diesem Kloster. Guy konnte nur darüber hämisch lachen, dass Lawrence angeblich nicht imstande war, seinen flüchtigen Sohn selbst zu finden und ausgerechnet ihn, seinen Todfeind um Hilfe bat. Er bat ihn selbstverständlich nicht „um Hilfe", er wollte ihn ganz einfach demütigen. Nur, Guy wollte sich nicht mehr demütigen lassen und stellte eine Forderung, von der er hoffte, dass Lawrence niemals darauf eingehen würde. Leider ging er darauf ein, also war Guy nun in der Pflicht. Er machte den kleinen Ausreißer ausfindig, der in sehr zweifelhafte Gesellschaft geraten war. Über diese „zweifelhafte Gesellschaft" sollte Macenay schmerzlich und zu spät aufgeklärt werden. Er verzichtete, sich in nähere Details zu vertiefen. Edward war in seinen eigenen Memoiren eingehend darauf eingegangen. Nur kurz: Guy bekam Raphael Martigny als Schüler. Er spielte mit in dem Drama von Lawrence Größenwahn – und gewann. Raphael fiel auf schreckliche Weise und, obwohl er von Rache und Wut verblendet war, fühlte Guy doch ein Fünkchen Mitleid mit ihm. Er beabsichtigte sogar, ihn in eine Kolonie zu bringen, weil er davon überzeugt war, dass Lawrence seinen untalentierten Lieblingssohn irgendwann zurückzuholen gedachte, um ihm eine neue Chance zu geben. Sollte er doch. Was konnte Guy auch mit diesem heulenden Elend anfangen, das jetzt ohnehin ihm die Schuld an seinem wenig ruhmreichen Fall gab und für ihn lediglich noch Beleidigungen übrig hatte. Allerdings war er noch nicht so fortgeschritten wie sein Vater und sein großer Bruder, denn vor seinen Schimpfwörtern fehlte das „irisch". Aber eine innere Stimme, ganz tief drinnen, eine Ahnung, sagte Guy ganz unerwartet, dass es klüger wäre, Edward/Raphael nicht laufen zu lassen.

Zu seinem großen Glück gab Macenay dieser Stimme nach, versteckte Raphael an einem sicheren Ort und ließ ihn nur ab und zu zu seinen Rachefeldzügen frei. „Und mehr, Herzchen, habe ich auch nicht getan", murmelte Guy. „Ich habe dich nur begleitet, damit du nicht abhaust. Den Rest hast du ganz allein besorgt. Ich habe dich nie dazu gezwungen, die Villaviejas auszurotten. Dieses Märchen hast du René de Grandier aufgetischt, um sein unendliches Mitleid zu wecken. Solltest du deine Biographie also weiter zu Papier bringen, wäre es sehr nett, wenn du das richtig stellst." (Anmerkung des Verfassers: Wahrheit ist immer nur subjektiv, Klugscheißer Macenay. Aber ich habe hiermit deine Stellungname zumindest mal aufgeschrieben – mit deinen Worten – zufrieden?)

Noch vor Raphaels Fall, der wusste übrigens nichts von seiner Vergangenheit als Edward Duncan und Guy verspürte keinerlei Bedürfnis ihn darüber aufzuklären, erfuhr das Zweite Land mit Schrecken, dass sein König auf dem Rückweg vom Tal der Ruhe in Kierans Hände gefallen war. Guy hatte keine Visionen mehr gebraucht, um das vorauszusehen. Er bemühte sich auch nicht, obwohl Roger ihn immer wieder dazu drängte, dem Ersten König Lösegeld anzubieten. Es war sinnlos, Kieran wollte kein Lösegeld, er wollte Rache. Und die konnte er nun ungehindert austoben.

Nach sieben Jahren kehrte Geoffrey zurück, das heißt seine Überreste waren in einem verfallenen Tempel abgelegt worden. Kieran war nicht nur der Sohn seines Vaters, sondern auch der Sohn seiner Mutter. Er hatte wirklich ganze Arbeit geleistet. Guy hatte zuerst die Aufgabe, diesen armen zerschundenen Körper wieder herzustellen. „Wir sind jetzt quitt, mein König." Dann gedachte er in seinem grenzenlosen Erbarmen, sich auch der zerschundenen Seele in diesem Körper anzunehmen. Er verfluchte bis heute den Tag, an dem er damit begann. Was er zu sehen bekam, erschütterte ihn so sehr, dass er sich etliche Tage einschloss, um ungehindert zu schreien, zu fluchen und zu weinen. Ekel, er empfand nur noch Ekel, er konnte nichts mehr zu sich nehmen, weil er sich ständig übergeben musste. Kein Mitgefühl rührte sich in ihm, als Geoffrey ihn flehentlich um Vergebung bat. Er war viel zu müde, um vergeben zu können. Und verdammt, er wollte auch nicht vergeben. Für diese abscheulichen Gräueltaten an unschuldigen Kindern durfte es keine Vergebung geben. Keine Vergebung für Gilles de Rais und auch keine

Vergebung für sein letztes Opfer, das mit einer absolut genialen Intrige den Zweiten König zu Fall gebracht hatte. Hatte er nicht, noch nicht. Guy selbst hätte Geoffrey wirklich gern in die Verbannung verstoßen, nur um ihn nicht mehr ertragen zu müssen, aber den Gefallen tat er Kieran nicht — niemals. Guy erinnerte sich wieder, wer er einmal gewesen war, nicht nur Hohepriester und König, sondern er selbst hatte die Regeln dieses Ordens ins Leben gerufen und es war an der Zeit, das nun auch dem Ersten König klarzumachen. Er versuchte, einen klaren Kopf zu bekommen, er brauchte unbedingt einen klaren Kopf. Kieran wollte also, dass Geoffrey von seinen eigenen Leuten entlarvt werden sollte, der Höhepunkt seines perfiden Plans. Entlarvt hatte bis jetzt den König nur sein Onkel und Berater und dabei würde es auch bleiben. Zuerst versuchte Guy, Geoffrey mit gutem Zureden und stichhaltigen Argumenten davon zu überzeugen, dass er unter allen Umständen König bleiben musste und sein Volk weiterhin glauben zu lassen, er sei auf dem Heimweg von Kierans Jägern gefangen genommen. Als das nicht auf fruchtbaren Boden stieß, half Guy mit Gewalt nach und erschrak über sich selbst, wie leicht er dazu plötzlich in der Lage war. Gleichzeitig wurde ihm ja mit Entsetzen bewusst, dass Geoffrey auch aus einem anderen Grund König bleiben musste, denn dessen Fall hätte auch seinen Fall bedeutet und auf ihn wartete der Großmagier, wenn nicht noch Schlimmeres. Lawrence wusste natürlich, dass der Zweite König mit dem kinderfressenden Baron identisch war. Er war ja damals, als er mit Guy zusammen Raphael befreien wollte, in dessen Schlafzimmer gegangen und hatte ihn bestimmt sofort erkannt. Auf der anderen Seite nahm entweder die reine Dummheit, Größenwahn oder beides zusammen von ihm Besitz als er Macenay sein Juwel anvertraute. War er wirklich davon überzeugt gewesen, dass der ängstliche Edward/Raphael dem ehemaligen mächtigen Hexenmeister standhielt? Müßig, darüber nachzudenken. Jedenfalls konnte Lawrence seine Rolle als Zeuge zu Grabe tragen, wenn er Edward jemals wieder sehen wollte. Also schloss er mit Guy einen Pakt des Stillschweigens gegen die Freiheit seines Sohnes. Er nahm die Niederlage sogar relativ gelassen hin. Er freute sich über den Hass, den er in seinem ehemals so umsichtigen und klugen Lehrer geweckt hatte und begann, hinter dessen Rücken den armen demoralisierten König zu erpressen.

Guy stellte unterdessen mit Genugtuung fest, wie leicht es war, König Kierans Behauptungen, Geoffrey sei mit Gilles identisch, zu zerstreuen. Keiner im ganzen Zweiten Land glaubte dem verhassten Ersten König auch nur ein einziges Wort und als Guy schließlich noch einen Zeugen, René de Grandier (vor Raphael brauchte er sich nicht zu fürchten) in Geoffreys Obhut gab, sah er seine sichere Zukunft nicht mehr gefährdet.

Er hatte Geoffrey, der furchtbar unter seinem schlechten Gewissen litt, Fehler machte und unfähig war zu regieren, jedoch irgendwann nicht mehr im Griff. Und da war da noch Roger, ein Duncan, den Guy am Hof zu lange geduldet hatte. Roger schien den Verdächtigungen Glauben zu schenken und begann sich allmählich mit dem Gedanken vertraut zu machen, dass Kieran vielleicht doch die Wahrheit sagte. Er traf sich hin und wieder heimlich mit Lyonel. Und das war Hochverrat. Als Guy die Entscheidung traf, diesen Menschen, der ihm nie etwas zuleide getan hatte, in die Verbannung zu schicken, verabscheute er sich zwar selbst, aber er hatte keine andere Wahl. Für Gewissensbisse und Moral war in seinem Kampf ums Überleben Draußen längst kein Platz mehr. Er wusste nur zu gut, was es für ihn bedeutete, wenn er jetzt Skrupel bekam. Sie warteten beide auf ihn: Lawrence und Ginevra.

Er sollte schließlich den Kampf gegen die Skrupel seines Königs, gegen die Hartnäckigkeit Rogers und gegen die Aufrichtigkeit Renés verlieren. Und Roger, der der erwählte Nachfolger von Geoffrey Durham wurde, erteilte Guy eine Lektion bezüglich der „Moral Draußen". Er lieferte den gefürchteten Hexenmeister nicht an Lawrence aus, sondern schenkte ihm die Freiheit – eine Freiheit, in der Guy nur wenig Frieden und Glück finden sollte.

4.

Das Ende des schwarzen Hexenmeisters

Guy trieb sich unendlich viele Jahre allein herum, mal im Zweiten und mal im Ersten Land. Anfangs machte ihm die Einsamkeit keine großen Probleme, zumal er einfach nur froh war, Lawrence entkommen zu sein. Doch irgendwann begann er sich zwangsläufig nach einem Gegenüber zu sehnen, diese Sehnsucht wurde schließlich so stark, dass er fast sein sicheres Versteck verraten hätte. Jeder, der ihm Draußen begegnete, konnte ein potentieller Verräter sein, denn Lawrence hatte eine hohe Belohnung auf Macenays Kopf ausgesetzt. Guy musste auf der Hut sein. Auf der anderen Seite war die Vorstellung, bis in alle Ewigkeit einsam wie ein wildes Tier gehetzt zu werden, genauso grauenvoll. Er war kraftlos und zermürbt. Er ahnte, dass nun der Zeitpunkt gekommen war, sich demjenigen zu stellen, der schon so viele Jahre auf ihn wartete. Eine Entscheidung, vor der er sich einst so gefürchtet hatte. Und Cahal, Priester und König beugte in Demut seine Knie vor seinem einstigen Meister. Der grausame Blick des Dunklen Herrschers, voll Verachtung für den gebrochenen Rebellen, war seine schlimmste Strafe und die Erkenntnis, dass es sinnlos gewesen war, gegen die alten Götter und deren Priester vorzugehen.

Verräter, Mörder, Verfluchter, Gotteslästerer. Diese Worte flüsterten und schrieen abwechselnd in seinem malträtiertem Kopf, sobald er den Kreaturen im Niemandsland über den Weg lief, wenn er gekleidet in seinem schwarzen Gewand wie ein Schandmahl auf bloßen Füßen zwischen den unendlich hohen Säulen der düsteren Karikatur einer Kathedrale schlich, in der die Dunklen untergekommen waren. Es gab keine Möglichkeit, ihnen auszuweichen. Er war noch immer ihr König und dass sie sich trotz ihrer Abscheu vor ihm verneigten, verschlimmerte nur noch seinen Schmerz. Er opferte ihnen regelmäßig sein Blut. Danach zog er sich wieder in die entlegenen Räume zurück, um seinen Tränen freien Lauf zu lassen. Er fand dann doch sein Gegenüber, das genauso einsam und verbannt so viele Jahre sehnsüchtig auf ihn wartete. Ginevra hatte sich kaum verändert. Auch sie hatte ihre Strafe erhalten, auch sie musste, wie ihr abtrünniger Bruder, ein schwarzes Gewand tragen, das sich deutlich von den silbergrauen Gewändern der übrigen Bewohner abhob. Sie hatte den Meister der Dunklen betrogen, indem sie seinen Mörder Draußen versteckte und ihm sogar einen menschlichen Körper gab. Sie brach zusätzlich den Pakt mit ihrem künftigen Gemahl, denn allein der Meister der Dunklen Herrscher hatte das Anrecht auf ihren Körper und ihre Seele. Sie teilte das Bett verbotenerweise mit dem Zweiten König sowie mit dem unrechtmäßigem Großmagier und verführte ihren Bruder zur Unzucht. Sollte sie ihr schändliches Verhältnis weiter mit ihm treiben, tief unten, an der dunkelsten Stelle des Brunnenschachtes, in den kein Lichtstrahl mehr vordrang. Die Endstation aller Gescheiterten „Willkommen daheim, Cahal." Weshalb sie ihm erlaubten, wieder das Bett mit ihr zu teilen, begriff er sehr schnell. Es war nicht mehr die unbändige Lust, sondern nur noch die tiefe Traurigkeit, die von nun an das Zusammensein der beiden bestimmte. Er durfte ihren viel zu mageren ausgehungerten Körper berühren, sich mit ihr versuchen zu amüsieren, sich mit ihr streiten und da sie niemanden mehr hatte außer ihn, gab sie ihm zumindest den Anschein, ihn auch zu lieben.

Er verbrachte viele Nächte in ihrem Bett, betäubt vom Trank des Vergessens, der beiden reichhaltig zur Verfügung stand. Deshalb reduzierten sie ihre Exzesse irgendwann nur noch auf dieses Rauschmittel. Sie waren beide erschöpft und schwach geworden, sogar zu schwach, um sich gegenseitig weh zu tun. So lagen sie wie Opiumsüchtige auf ihrem zerwühlten Lager und dämmerten vor sich hin. Jeder hing seinem Traum nach. Die Zeit stand still, es gab keine Zukunft mehr und die Vergangenheit war den verklärten Träumen vorbehalten. Mit keinem Wort hatte bis jetzt Ginevra ihre Kinder, in die sie so viel Hoffnung gesetzt hatte, erwähnt. Und Guy fragte sie auch nicht danach.

Doch bei aller Gier auf den Trank des Vergessens, bei aller Sehnsucht nach ihrer Gesellschaft achtete Guy noch immer darauf, dass Ginevra zuerst trank. Sie wiederum passte auch auf. Also nahmen sie das Gift eigentlich immer gleichzeitig. Guy war misstrauisch, schlau und auch bösartig geworden wie ein von Jägern gehetzter alter Wolf, der erst zubiss bevor er selbst gebissen wurde. Das bekam auch Ginevra zu spüren. Aber der schlaueste Wolf macht dann doch irgendwann einmal einen Fehler. Sie war in der letzten Zeit einfach zu liebevoll gewesen – so liebevoll. Er vertraute ihr nur einen Bruchteil einer Sekunde. Er war schon völlig benommen, als er zu spät registrierte, dass sie ihren Pokal noch nicht ausgetrunken hatte. Das verfluchte Zeug lähmte augenblicklich seinen

Körper und seine Sinne. Sein Kopf sank seufzend auf ihre Brust, ihre Hände fuhren zärtlich durch seine Haare und sie sang mit tiefer sanfter Stimme ihr gemeinsames Lied. Das nächste Mal wollte er Acht geben, er nahm sich vor in Zukunft wieder vorsichtiger sein, aber nicht jetzt. Zum Teufel mit der Vorsicht.

Er wollte gerade in einen schönen Traum hinüber triften, als das Lied mit einem Mal verstummte. Er war noch immer betäubt, doch nicht genügend, denn er bekam mit, dass sie und er nicht mehr allein im Raum waren. Eine Stimme, die erschreckend leise und monoton klang und die ihn wieder an die grässliche Todesangst erinnerte, die er vier Jahre in einem Verlies in Schottland durchlitt. Er verstand nicht genau, was Lawrence und Ginevra sprachen, doch einige wenige Gesprächsfetzen drangen bis zu seinem benebelten Gehirn vor. Lawrence forderte ihn und versprach, Ginevra dafür einen hohen Preis zu bezahlen. Er wollte sie aus der Verbannung freilassen, er war bereit die Gefahr für den ganzen Orden auf sich zu nehmen, nur um Guy in seine Hände zu bekommen. Das alte grausame Spiel zu dritt sollte also wieder von vorn beginnen. Wie sehr er ihn hassen musste. Dann war nichts mehr. Guy erwachte, sein Kopf lag noch immer auf Ginevras Brust. Sie schlief friedlich, umgeben von dem süßlichen Geruch des Rauschgiftes. Er versuchte, sich mühsam zu erinnern. Hatte er womöglich nur Halluzinationen gehabt? Keine Spur von Lawrence. Warum hatte sie ihn nicht sofort ausgeliefert in seinem Zustand der Hilflosigkeit? Oder wollte sie Bedenkzeit, um einen Plan, ihr Versprechen zu umgehen, auszuhecken? Natürlich, sie war schon immer gefährlich, gefährlich und verlogen. Sie liebte niemanden, außer sich selbst und Guy war wieder auf sie hereingefallen. Sie wollte mit allen Mitteln ihre Freiheit und ihre Macht zurück und ob Guy dafür in Lawrence Hände fiel, war ihr gleichgültig. Es war doch nur eine Frage der Zeit. Guy kannte dieses entspannte Lächeln in ihrem Gesicht nur zu gut. Er wollte sie wach schütteln, sie schlagen, doch er beugte sich zu ihr hinab und küsste sie: „Warum, warum tust du das?" Er unterdrückte ein Aufschluchzen, erhob sich, taumelte ein paar Schritte und erbrach den Trank des Vergessens, um einen klaren Kopf zu bekommen. Er musste fort, jetzt sofort, bevor sie erwachte und Verdacht schöpfte. Er verließ die Festung, ohne dass ihn jemand daran hinderte. Schon diese Tatsache hätte ihm verdächtig vorkommen müssen. Schließlich rannte er, obwohl er vor Erschöpfung kaum atmen konnte, bis über die Grenze des Niemandslandes, direkt in die Falle, die ihm ein noch schlauerer alter Jäger gestellt hatte. Lawrence war nämlich nicht entgangen, dass Guy das Gespräch zwischen ihm und Ginevra mitbekommen hatte. Er brauchte nur noch zu kombinieren – und er kombinierte richtig. Guy würde in Panik geraten, die schützende Festung im Niemandsland verlassen und Ginevra brauchte von dort nicht mehr freigelassen werden (was nicht hieß, dass Lawrence sein Versprechen trotzdem hielt, wie wir später erfahren durften). Und Guy bekam tatsächlich Panik. Er flatterte wie ein gefangener schwarzer Vogel gegen die Felsen und versuchte vergeblich, dem unsichtbarem Netz zu entkommen. Dabei lachte er, lachte, bis er am Boden zusammenbrach. Lawrence lachte ebenfalls:

„Ich habe sie hereingelegt, deine verdammte Schwester, ich habe euch beide einfach hereingelegt." Er hielt einen Augenblick inne. Guy starrte entsetzt in sein mageres Gesicht. Er war wahnsinnig geworden. „Komm jetzt mit mir."

Guy folgte ihm, was blieb ihm anderes übrig. Er war zu ausgelaugt, um sich weiter zu wehren.

„Ich habe dir nichts mehr zu bieten", murmelte er schließlich mit belegter Stimme. „Ich lebe in ewiger Finsternis, wie du es gewollt hast und die meiste Zeit stehe ich unter Drogen und habe daher keine Kraft mehr. Oder willst du wieder bei den Sonnentempeln anfangen?"

Lawrence blieb stehen.

„Ich denke schon, dass du mir noch genügend zu bieten hast. Und Kraft hast du auch noch genug, immerhin soviel, dass du deine verfluchte eigene Schwester im Bett wieder ausgiebig zu beglücken vermagst. Sie wollte dich genau deswegen erst gar nicht herausrücken. Aber was den Sonnentempel angeht, kein übler Gedanke. Hier in Mexiko gibt es viel Sonne, mehr Sonne als in deinem verpissten Irland. Das Volk, das einst hier lebte, betete auch die Sonne an. Diese elende, heiße Sonne. Ihre Sonnentempel sind voll von Blut. Sie opferten ihr, indem sie den Auserwählten bei lebendigem Leibe das Herz herausrissen." Er stöhnte auf, faselte noch etwas von seinem Herzen, das ihm herausgerissen worden war und sprach den Rest des Weges kein Wort mehr. Sie gelangten nach kurzer Zeit in einem Raum an, der auf ein unterirdisches Gewölbe schließen ließ. In der Mitte befand sich ein Tisch, ein paar Stühle, so als ob Besuch erwartet wurde.

„Hier findet eine Einweihung statt", erklärte Lawrence überflüssiger weise.

„Und dafür holst du mich aus dem Niemandsland?" fragte Guy sarkastisch „Hast du noch immer nicht genug davon, mich zu schikanieren? Wer ist denn das neue, glückliche Mitglied?"

„Hier findet ein Neubeginn statt. Es geht um Edward. Er ist wieder soweit und vollkommen ahnungslos, was seine Vergangenheit angeht. Ich will es so. Er wird heute eingeweiht und dieses Mal wird er es schaffen."

Guy verdrehte die Augen und versuchte, nicht zu grinsen.

„Möglich. Soviel ich weiß, gibt es keine Inquisition mehr und der schreckliche Gilles de Rais ist auch gut verwahrt. Jetzt sag mir, was ich bei dem Hokuspokus soll?"

„Gib acht auf das, was du sagst." Lawrence Stimme wurde ganz leise und wenn sie so leise klang, wurde er meistens gefährlich böse. „Du bist das Geschenk zu seiner Einweihung."

Das hatte Guy befürchtet.

„Deine Geschenke sind schon abgegriffen, Großmagier. Man verschenkt das Gleiche nicht zweimal, das ist unhöflich. Was würd dein hoffnungsvoller Sprössling von dir denken, wenn er erfährt, dass du mich schon einmal als Krönungsgeschenk vergeben hast?"

„Er weiß ja nichts von deiner und von seiner Vergangenheit. Und du wirst ihm auch nichts davon sagen, klar? Ich selbst werde ihn zur rechten Zeit aufklären."

Guy musste sich wegen diesem umwerfenden Entschluss setzen.

„Das Spielchen hast du doch schon einmal vor knapp sechshundert Jahren gespielt. Du hattest keine Skrupel, deinen eigenen Sohn bei einem wahnsinnigen Kindermörder zu lassen und ihn sogar später der spanischen Inquisition in die Hände zu geben. Sie haben ihn halbtot gefoltert und auf dem Marktplatz lebendig verbrannt, während du dich feige in ein anderes Land verdrückt hast. Er ist dein Sohn. Ich bin gespannt, was für eine großartige Prüfung du jetzt für ihn ausgeheckt hast. Wenn du meine Meinung hören willst: Dieses Spiel ist abgedroschen und widerlich."

„Du hast überhaupt keine Meinung zu äußern. Du hast nur zu gehorchen und zwar ihm." Lawrence leise bedrohliche Stimme meinte es ernst. Guy erhob sich wieder, mehr aus Angst als Respekt, nur eine weitere Bemerkung konnte er sich dann doch nicht verkneifen:

„Auch gut, dann hat er immerhin vergessen, wie du mich in seiner Gegenwart erbärmlich gedemütigt hast, nur weil ich ihn zum Lachen brachte, weil er Mitleid mit mir hatte, mir, den du zu seinem Todfeind deklarieren wolltest. Du hast hoffentlich nicht vergessen, was ich dir dann gesagt habe, dass ich ihn zum Weinen bringe, wenn er mir in die Hände fällt. Er fiel mir in die Hände, dein Raphael, und seine Tränen flossen reichlich. Ist das übrigens die Festung, auf den sich die Nachfahren seines schnöden Verräters geflüchtet hatten?"

Die letzte Frage überhörte Lawrence.

„Täusch dich nicht in ihm. Er hat viel gelernt. Auch ich habe gelernt und mich verändert, ich werde Gnade walten lassen: Denn wenn du es schaffst, ihn ins Zwischenreich zu bringen, bekommst du vielleicht einen menschlichen Körper."

Guy begann am ganzen Leib zu zittern, dieses Mal vor Wut.

„Danke, vielen Dank. Was erwartest du nun? Einen Kniefall? Weißt du was, Lawrence Duncan oder wie immer du jetzt gerade heißt. Du weißt genauso gut wie ich, dass ich niemals ins Zwischenreich gelangen kann. Hast du vergessen, von wo ich gerade herkomme? Sie haben mich freigelassen, aber bestimmt nicht, weil sie mich oder womöglich dich, so nett finden. Sie haben einen triftigen Grund. Ich werde allerdings einen Teufel tun, ihn dir zu verraten. Und am Ende werde ich bestimmt wieder ins Niemandsland zurückkehren und dagegen kannst nicht einmal du, Großmagier, etwas machen. Du hast damals in Schottland das aus mir gemacht, was ich jetzt bin, ein geschundenes Wrack. Ich bin davon überzeugt, dass du mich nur abermals demütigen willst und dass ich nun wieder das Spielzeug für deinen verzogenen, absolut unbegabten Rotzlöffel von Sohn werden soll, ist in der Tat der Höhepunkt deiner gesammelten Geschmacklosigkeiten. Unterbrich mich nicht. Lass mich ausreden, dann mach mit mir was du willst. Gut, ich hoffe nur, dein Liebling hat gut gelernt, Zeit hatte er ja zur genüge. Vor allem gelernt, weniger vertrauensselig zu sein. Ich sage dir noch einmal: Wenn dein Herzchen nur den winzigsten Fehler macht, dann werde ich dieses Mal selbst Hand an ihn legen und ihn genüsslich in kleine Stücke reißen, sozusagen an deiner statt, Lawrence Duncan. Oh, du wirst jetzt gleich damit kommen, wie ungerecht ich doch bin, denn du hast ja meiner Viviane nie etwas Böses getan, außer dass du sie mit dem Sohn des Ersten Königs verheiraten wolltest, was gemein genug war. Diese Rechnung geht nämlich nicht auf. Auch ich habe mich verändert. Ich hatte eine gute Schule bei dir in deinem verfluchten Schottland, in deinem verfluchten Kerker, Draußen im Zweiten Reich meines Königs und schließlich im Niemandsland. Was ist nur aus dem mutigen Kriegerkönig Cahal geworden – eine bösartige Bestie. Aber genau das hast du doch so gewollt. Glückwunsch, Erik Gunnarsson, Nachfahre der tapferen Wikinger. Glückwunsch für diese zweifelhafte Leistung. Du wolltest meinen Hass? Du sollst ihn haben, meinen Hass! Vergiss alles, was ich dir einst beigebracht habe und quäle mich weiter. Ich selbst habe nie gern gequält, mein lieber Schüler und ich habe nur getötet, weil mein Volk und ich keine andere Wahl hatten. Aber ich warne dich. Ich bin dank deiner Hilfe auf den Geschmack gekommen. Lawrence, wir haben nur zwei Möglichkeiten, wir führen Krieg miteinander, erbarmungslosen Krieg oder wir gehen auseinander und sehen uns nie wieder. Ich bitte dich zum letzten Mal, sogar wenn es auf Knien sein muss, lass mich gehen. Du hattest deine Genugtuung und die Gewissheit, dass ich jetzt wirklich am Ende angekommen bin. Ich bin nicht mehr der, der ich einmal war. Weih deinen Sohn selbst ein, wie es sich gehört. Schick ihn ins Zwischenreich oder sonst wo hin, lass ihn Großmagier oder Kaiser von China werden, aber lass mich endlich in Ruhe. Hast du gehört, lass mich in Ruhe, bitte, ich flehe dich an, lass mir noch einen Rest Frieden."

Guy ließ sich wieder auf dem Stuhl fallen, er wollte noch etwas sagen, brachte aber lediglich ein schwaches Krächzen heraus, dann barg er die Hände vor das Gesicht, damit Lawrence die Tränen in seinen Augen nicht sehen konnte.

„Ich erwarte dich hier in einer Stunde, Guy Macenay. Fliehen ist zwecklos, das weißt du." Dieses Mal war Lawrence Stimme so leise, dass Guy sie unter seinem Schluchzen fast nicht gehört hätte. Und er ergab sich schließlich in sein Schicksal.

Der neue Edward – Efrén de Alpojar – entpuppte sich sogar als ziemlich gelehrig und pflegeleicht, wenn man von seiner Macke, ständig den Sohn des Großmagiers herauszuhängen, absah. Zu Anfang lief alles sogar so blendend, dass sich Guy schon fast Hoffnung auf einen menschlichen Körper machte, falls Efrén der Weg ins Zwischenreich unversehrt gelang. Er hatte sogar die Freiheit, sich hin und wieder auf der Erde frei zu bewegen und von Lawrence bekam er so gut wie nichts mit. Dessen Familie hatte es in einen entlegenen Winkel ausgerechnet in Mexiko verschlagen und nicht weit von dieser Hazienda, auf der verlassenen Festung, war Raphaels Racheschwur an dem letzten der Villiviejas in Erfüllung gegangen. Und hier in Mexiko starb auch der erblindete Lyonel den erbärmlichen Tod, den ihm Guy einst in Palästina prophezeite. So blieb nur noch Efrén und dessen debile Schwester, von der ein kleiner raffinierter Teufel namens Azunta Besitz ergriffen hatte. Dieser blaue Elementar-geist brach dem künftigen Großmagier ganz einfach das Genick, in dem er ihn glauben machte, ein Verhältnis mit seinem Vater zu haben. Azunta hatte längst nicht die Schönheit und das Charisma von Ginevra, aber sie schaffte es mit fast gleichen Mitteln.

Armer Efrén. Guy fühlte sogar einen Augenblick Mitleid mit ihm als Lawrence ihn nach Draußen jagte, was ihn nicht daran hinderte, seine Drohung in die Tat umzusetzen. Er hatte seinen widerspenstigen Zögling Geoffrey oft durchgeprügelt, meistens vor Zorn über dessen zügellose Grausamkeit. Er hatte Draußen und vor langer Zeit in Irland seinen Mitgeschöpfen und seinen Feinden die Kehle aufgeschnitten, um ihr Blut zu trinken. Aber was er jetzt tat, als Lawrence ihm den geliebten Sohn zum Fraß vorwarf übertraf alles. Guy wurde zur Bestie, zu der Bestie, die Lawrence aus ihm gemacht hatte und er fiel damit noch ein ganzes Stück tiefer in den Brunnenschacht. Als er dann endlich von dem um Gnade flehenden Efrén abließ, packte ihn das nackte Entsetzen über sich selbst. Er rannte davon nach Draußen und schrie, schrie sich die Seele aus dem Leib, bis er sich erschöpft zwischen die Felsen fallen ließ um zu sterben, um zu vergessen. Irgendwann erwachte er wieder. Lawrence war ihm nicht gefolgt. War er am Ende frei? Er war es für einen Augenblick, für den Augenblick als Lawrence ihn in seiner Wut und seinem Schmerz über den erneuten Verlust seines hoffnungsvollen Sohnes laufen ließ. Ob mit Absicht oder versehentlich war letztendlich gleichgültig. Denn wo sollte Guy hin? Das Versteckspiel konnte wieder erneut beginnen. Auf keinen Fall zurück zu Ginevra, die ihn so erbärmlich verraten und schon gar nicht zu ihrem verdammten Gefolge, das ihn lange genug gedemütigt hatte. Als er seine blutigen Hände betrachtete, wurde ihm wieder bewusst, was er getan hatte. Irgendwo in den Gewölben von Finis Terra lag noch immer Efrén, vielleicht sogar noch am Leben, zitternd vor Angst und Verzweiflung. Sollte er doch. Aber warum ausgerechnet er? Was hatte er ihm denn getan? Das Verbrechen des zehnjährigen Edward bestand darin, Mitleid mit einem gequälten irischen Zauberer zu haben, ihn sogar zu mögen und herzlich über seine Witze zu lachen. Guy wusste nur zu genau, wie schrecklich es auch für Edward gewesen sein musste, als Lawrence ihn in seiner Gegenwart schlug, ihn vor ihm auf die Knie zwang und forderte, seinen Sohn künftig mit My Lord anzusprechen.

Doch dieser Hass wurde von Edwards Seite kaum erwidert. Eigentlich hatte Edward ja die besten Anlagen seiner Mutter, auch wenn er weich und labil war. Er konnte eigentlich nicht hassen. Nur Lawrence selbst brachte sogar ihn dazu, indem er ihm mit Azunta zusammen diese abstoßende Komödie vorspielte, um ihn angeblich wieder zu prüfen. Guy trocknete angeekelt seine Hände mit der Schärpe seines Gewandes ab. In ihm wurde eine leise Stimme wach, die ihm sagte, dass er den kleinen gefallenen Magier, der nicht einmal wusste was mit ihm gespielt wurde, unmöglich allein in dem Gewölbe liegen lassen durfte. Verdammt, er hatte also doch Mitleid für den armen Dummkopf. Zuerst suchte Guy einen sicheren Zufluchtsort in einer Kolonie des Ersten Landes. In diesen Zufluchtsort nahm er auch Efrén bei sich auf. Nur musste er mit ihm zusammen leben. Er konnte sich nicht mehr distanzieren und ihn weg sperren wie zu der Zeit von Raphael. Er bemühte sich, wenig mit ihm zu sprechen, was natürlich fast unmöglich war. Er brauchte Ansprache, denn er war ganz einfach zu lange zu einsam gewesen, dass er darauf verzichten wollte wobei Efrén davonzujagen, wäre für beide bestimmt die bessere Lösung gewesen. Außerdem war es nicht ungefährlich, ihn bei sich zu haben. Lawrence konnte noch immer Kontakt zu ihm halten. Auf der anderen Seite fühlte Guy sich stark genug, um sich abzuschirmen und vielleicht konnte ihm das Herzenssöhnchen auch wieder nützlich werden wie einst, als er noch Berater im Zweiten Land war. Aber die Bestie, die Guy in sich geweckt hatte, ließ sich jedoch kaum noch bändigen. Auch wenn er sich mit Efrén hin und wieder angenehm unterhielt, genoss er zu sehr, ihn zu quälen. Er ließ so gut wie keine Abscheulichkeit aus. Doch Edward schien an ihm zu hängen wie ein treuer geprügelter Hund, der nicht verstand, weshalb ihn sein Herr so misshandelte. Und genau dies machte Guy noch wütender. Hätte Efrén ihn wirklich verabscheut, verachtet, aber dieses unterschwellige Verständnis, vielleicht noch die vage Erinnerung einer beginnenden Freundschaft, die von seinem hasserfüllten Vater zunichte gemacht wurde, ließ Guy nur noch widerlicher erscheinen.

Um nicht ganz seine Selbstachtung zu verlieren, beschloss Macenay schweren Herzens, sein Anhängsel doch endlich loszuwerden, indem er einfach wie vom Erdboden verschwand in die Weiten von Draußen, wo er von niemanden gefunden werden konnte. Und wenn es sein musste, kehrte er sogar zurück ins Niemandsland.

Guy konnte diesen Entschluss nicht mehr in die Tat umsetzen. Der alte Wolf hatte nicht gemerkt, dass noch ein anderer Jäger hinter ihm her war. Es waren exakt fünf Jäger, die schließlich seinen zerschlissenen Pelz ihrem König vor die Füße warfen. Guy ahnte, was ihm blühte. Kieran war nicht der leichtsinnige Edward, den man so einfach aus der Fassung brachte, auch nicht der unberechenbare Geoffrey, den er jahrelang ohne Probleme gut im Griff hatte. Er war das Kind seiner Eltern. Die Raffinesse Ginevras und die unerbittliche Härte eines Lawrence Duncan, die kein Vergehen duldete, ergaben eine beängstigende Konstellation. Und Guy spürte wieder Angst, hatte er nicht schon immer geahnt, dass es besser gewesen wäre, diesen stillen, zarten Engel nicht zu unterschätzen? Kieran machte ihm auch ohne Umschweife klar, was er von ihm wollte. Warum nur hatte Guy nicht daran gedacht. Er hätte wissen müssen, in welche Gefahr er sich begab, als er seinen Unterschlupf in der Nähe der Stadt des Ersten Königs suchte.

„Wozu brauchst du einen Priester? Du hast doch schon einen." Guy versuchte sich zusammenzunehmen und keine Furcht aufkommen zu lassen.

„Ich brauche sogar drei neue Priester", entgegnete Kieran.

„Soll ich mich nun durch drei teilen?", grinste Guy verzweifelt. „Du übernimmst dich, Engelchen", fuhr er ermutigt fort, als er Kieran ebenfalls grinsen sah.

„Für dich bin ich wohl noch immer die kleine putzige Ausgabe meines Vaters? Du wärst nicht der einzige, der diesem grausamen Irrtum erliegen würde, Macenay. Ich spüre übrigens deine Angst. Du kannst vor mir nicht verbergen, dass du erbärmliche Angst hast."

„Ich habe Angst? Möglich." Natürlich hatte Guy Angst. Er setzte sein Pokergesicht auf, vielleicht gelang es ihm, den König zu bluffen. „Ich möchte jetzt nur noch abwägen, vor wem ich mehr Angst haben soll, vor dir oder deinem Vater."

„Oh du verfluchtester und gerissenster aller Hexenmeister", schrie Kieran plötzlich händeringend auf. „Du hast Angst vor uns beiden – fürchterliche Angst. Aber ich will dir keine Angst machen, ich brauche fähige Priester, die mit mir zusammenarbeiten und sich nicht bei meinem Anblick permanent einnässen. (Und vor allem den einen, der mir einen gewissen Gegenstand besorgen kann)."

„Jetzt fühle ich mich aber ungeheuer geehrt, denn dieses Angebot ist mir schon einmal gemacht worden. Ich glaube mich zu erinnern, es war dein

Bruder, ehemals Zweiter König von Draußen. Du siehst, mit meinen magischen Fähigkeiten steht es miserabel, denn er wurde an dich verscherbelt und mich jagt man von nun an durch sämtliche Dimensionen", erwiderte Guy ganz gelassen. Er fürchtete sich noch immer, aber er wollte den König ausreizen, um zu sehen wie ernst er es mit dem „fähigen Priester" wirklich meinte. „Was machst du, wenn ich deinen Vater bevorzuge? Ihm wirst du mich doch ausliefern, wenn ich dein großzügiges Angebot ablehne."

„Kann schon sein. Auf jeden Fall wirst du ihm kaum entkommen und schließlich landest du beim Wächter und den Dunklen Herrschern im Niemandsland", versuchte Kieran seinen Triumph auszuspielen.

„Phantastisch! Jetzt habe ich sogar drei Möglichkeiten. Falsch gepokert, Engelchen. Genau von dort komme ich nämlich her und vor allem, dahin bin ich ganz freiwillig gegangen."

Er hatte es mit dieser Feststellung tatsächlich geschafft, den König für einen Augenblick zu verunsichern.

„Was? Und Lyonel behauptet, Lawrence wollte dich nur abfangen, um dich dahin zu schaffen."

„Wieder falsch. Er hat mich sogar selbst von dort herausgeholt." Nun musste Guy sogar lachen. „Also, was gedenkst du zu tun? Du kannst nichts tun. Ich habe nämlich die Wahl: ich werde von deiner Mutter erniedrigt, von deinem Vater gequält und die Leibesfrucht aus dieser Verbindung will nun meine arme geschundene Seele." Guy wurde wieder ernst. „Nun, wer von euch dreien kann mich überzeugen? Du bist ja richtig ratlos, Engelchen. Du hast eine Möglichkeit. Denk nach. Komm, ich helfe dir dabei …" Guy begann sein Gewand aufzuknöpfen und entblößte, zu Kierans größter Verblüffung, seinen Oberkörper: „Na los, hol sie endlich, deine Schläger. Sie sollen mich an eine dieser schmucken Säulen fesseln. Dann lass mich prügeln, so lange bis ich dich winselnd anflehe, meine Seele zu nehmen. So einfach ist das, König Kieran. Ich bin längst nicht so widerstandsfähig wie Geoffrey. Ich bin ziemlich wehleidig und habe scheußliche Angst vor Schmerzen. Jetzt zier dich nicht. Dein Vater hatte damit keine Probleme und du hast mit dieser überzeugenden Methode ja auch schon Erfolg gehabt, wie man an deinem Ersten Jäger sieht."

„Bitte kleide dich wieder an", entgegnete Kieran leise. „Ich will, dass du es freiwillig tust."

„Freiwillig?" Guy zog sein Gewand wieder über die Schultern. „Freiwillig – was für ein großes Wort aus deinem Mund, König Kieran. Also gut, freiwillig geh ich auch zurück zu Ginevra und betäube mich für den Rest meiner Existenz mit Drogen. Freiwillig geh ich auch zurück zu Lawrence, spiel den Hanswurst für sein Nesthäkchen, lass mich durch alle möglichen Dimensionen scheuchen, streite mit ihm über die mannigfaltigen Möglichkeiten eines Weges zur Erleuchtung, lande dazwischen in einem dunklen Verlies, wo ich sehnsüchtig darauf warte, bis er wieder Lust an meiner illustren Gesellschaft verspürt. So, und was bietest du mir, wenn ich freiwillig bei dir bleibe? Willst du deine Eltern wirklich übertreffen? Du wirst dich verdammt anstrengen müssen. Lass mich doch ganz einfach eine Nacht überlegen, warum ich dir freiwillig, ganz freiwillig, meine schwarze Seele anvertraue."

Kieran schien sich geschlagen zu geben. Er erhob sich, ging auf Guy zu und sah ihm lange in die Augen:

„Ich biete dir weder den Trank des Vergessens, noch mein Verlies", flüsterte er kaum hörbar. „Wie wär es ganz einfach mal mit Vertrauen. Ich brauche dich, Guy Macenay, und ich bitte dich hiermit noch einmal mein Priester zu werden."

Und Guy hatte sich in diesem Augenblick entschieden. Da war etwas in diesem bleichen traurigen Gesicht. Eine Erinnerung, längst verblasst, als ihm vor langer Zeit ein Schüler vorgeführt wurde und eine einzigartige Freundschaft begann. Auch er gab Guy sein Vertrauen, das der so schändlich missbrauchte. Er hatte in diesem Augenblick die Wahl. Er, der selbst ein König gewesen war, unterwarf sich diesem König oder er kehrte zurück ins Niemandsland, wo er nur noch ein Schatten seiner selbst, dem Meister der Dunklen diente. Gab es in in der Tat eine Chance, als Zweiter Priester seine Macht oder sogar seine Freiheit wieder zu erlangen? Oder sollte die Entscheidung, Kieran seine Seele anzuvertrauen, nichts weiter als ein dummer, sentimentaler Entschluss sein? Den geliebten Schüler, Erik Gunnarsson, gab es längst nicht mehr. Es gab nur noch Lawrence Duncan, den verhassten Feind. Kieran war dessen Sohn und er war auch der Sohn Ginveras, die ihn so grausam belogen und verraten hatte. Er entschied sich trotzdem für den Ersten König und spürte, dass es irgendwie richtig war. Zumal er hoffte, durch ihn wieder zu einem menschlichen Körper zu gelangen, denn diese Fähigkeit hatten ihm die Dunklen im Niemandsland als härteste Strafe für sein Vergehen genommen.

Zum Zeichen, dass es Kieran wirklich ernst meinte, durfte Macenay sich frei im Palast bewegen. Er hatte ohnehin die Absicht, die Stadt nicht zu verlassen, selbst wenn der Großmagier noch nicht mitbekommen hatte, wo er sich befand. Er schaute durch eine offene Tür. In einem der zahlreichen Räume saßen Edward und René de Grandier und unterhielten sich angestrengt. Sie mussten sich viel zu erzählen haben und sie schienen sich wirklich gern zu haben. Dieser aufrichtige französische Ritter, verstand sich mit jedem und jeder mochte ihn, sogar Guy trug sich mit dem Gedanken. Eigentlich wollte er noch Viviane und Geoffrey suchen, konnte sie jedoch im Augenblick nicht ausfindig machen. Er war müde. Er fand bei Percevale ein Lager und fiel das erste Mal nach langer Zeit in einen ruhigen friedlichen Schlaf.

Er erwachte noch lange bevor der graue Morgen begann und machte sich sofort auf den Weg zu den Gemächern des Königs. Vor der Tür stand der Erste Priester. Er zögerte einen Moment. Ihm wurde klar, was es bedeutete wieder in ihrer Nähe zu sein. Er hatte Zeit, viel Zeit.
„Der König schläft noch", empfing ihn Viviane ziemlich unwirsch. „Er hat fast die ganze Nacht wach gelegen."
„Dafür habe ich ausgezeichnet geschlafen. Mach Platz, Fee."
„Noch bist du hier nicht Priester, Onkel Guy."
Ihre offensichtliche Feindseligkeit tat ihm weh. Er durfte sich seinen Schmerz in keinem Fall anmerken lassen, verkniff die Bemerkung, die er auf der Zunge hatte, und begnügte sich damit, sie sanft aber bestimmt zur Seite zu schieben und fragte sich dabei, ob es für alle Beteiligten nicht sinnvoller wäre, die Wahrheit über ihre Herkunft für immer zu verschweigen. War nur die Frage, ob Lawrence diese Wahrheit für immer zu verschweigen gedachte. Ja, er hatte Zeit, Zeit genug, darüber nachzudenken. Kieran schlief in der Tat noch. Guy dachte wieder an den kleinen Knaben von damals in dem großen Bett, umarmt von seinen beiden Geschwistern, die ihn so abgöttisch liebten, ihn so grausam enttäuschten und ihn mit ihrer erdrückenden Hassliebe indirekt zwangen, der unbarmherzige König von Draußen zu werden.
„Mein König." Er berührte ihn vorsichtig. Kieran schlug die Augen auf.
„Du hast doch nicht etwa eine Entscheidung getroffen?"
„Ja, mein König, Ihr sollt meine Seele haben."
„Wie bitte?"

„Ihr seid doch nicht womöglich überrascht? Ihr habt mir Vertrauen versprochen und ich vertraue nun auf Euer Versprechen."
„Du bist oft hereingelegt worden, nicht wahr?"
„Ja, das bin ich. Aber ich bin ein unverwüstlicher Dummkopf und probiere es immer wieder, vielleicht klappt es ja dieses Mal. Also, ich muss es wohl dreimal sagen. Aber erspart mir den Kniefall."
„Den erspar ich dir – im Augenblick. Bei der offiziellen Einweihung kommst du nicht darum herum. Das gehört dazu und schindet ordentlich Eindruck", erwiderte Kieran, während er sich erhob. „Meine Leute werden staunen und natürlich kein Wort davon glauben, dass du es freiwillig getan hast. Aber das stört uns beide wohl nicht weiter. Ich jedenfalls freu mich über jeden, der mir freiwillig seine Seele gibt."
„Das kann ich nachfühlen. Man hat dich dann so lieb, wie einst jeder Jäger und Priester König Richard lieb hatte, was", scherzte Guy.
„Liebst du mich, Onkel Guy?" Kieran fuhr durch seine zerzausten Locken und schlüpfte in seinen Mantel.
„Muss ich diese Frage womöglich beantworten, mein neuer König? Ihr wisst, ich bin sparsam mit großen Gefühlen. Wie kann ich Euch sonst meine Zuneigung zeigen?"
„Du sollst hervorragend Schach spielen."
„Schlechte Voraussetzung für den Beginn unserer zarten Freundschaft. Ihr werdet mich dafür hassen, denn ich weiß, dass Ihr nicht gern verliert. Ihr werdet nämlich immer verlieren, mein König."
„Du musst dein Anliegen noch zweimal wiederholen", überging Kieran lachend die Frage und setzte seine Krone auf. „So, nun ist es wirklich feierlich." Nachdem Guy sein Zweiter Priester geworden war, fragte der offensichtlich gerührte König: „Sag mir, warum hast du mir gerade deine Seele gegeben? Vertraust du mir wirklich, obwohl jeder Draußen weiß, dass niemand das niemals sollte? Warum hast du dich für mich entschieden? Bitte eine ganz ehrliche Antwort."
Guy schwieg einen Moment. Was sollte er antworten? Dass er am Anfang wirklich nur gepokert hatte, um seine Haut zu retten, dass er plötzlich glaubte, in den Augen des Königs etwas zu erkennen, was der seit vielen Jahren erfolgreich zu verbergen versuchte? So etwas wie Sehnsucht nach echter Zuneigung?
„Weil …", krächzte er, „weil …", er räusperte sich, „…weil Ihr den Drachen besiegt habt, mein König. Ihr habt gerade Euren Drachen besiegt."

Er wurde schließlich Kierans Priester, lieferte ihm seine Seele, sein Innerstes aus, er hatte ohnehin nichts mehr zu verlieren. Aber er bereute seinen Entschluss, zu dem er ja mehr oder weniger doch genötigt wurde, trotzdem nicht, denn Kieran nützte seine Macht nicht aus und behandelte ihn so gerecht, wie er das mit den anderen auch zu tun versuchte. Nur ein Schatten fiel auf den König. Er war erbarmungslos gegenüber seinem einstigen Todfeind. Zuerst versuchte Guy natürlich zu vermitteln: Ich weiß, er hat grauenvolle unverzeihliche Verbrechen begangen, doch hat er nicht schon genug gelitten? Nein, hatte er offenbar nicht, also merkte Guy sehr schnell, dass seine Versuche, in Kieran Mitleid für den völlig heruntergekommenen ehemaligen Zweiten König zu wecken, auf keinen fruchtbaren Boden stießen. Er fand sich damit ab, schließlich trug auch Kieran die Gene seines Vaters in sich und Guy fühlte sich auch nicht befugt, den unkontrollierten Hass im Herzen seines Königs zu beseitigen. Das konnte Kieran nur selbst. Und der wollte es nicht – zumindest vorerst. Guy griff zu der Strategie, die bereits Viviane und Percevale entwickelt hatten. Er ließ Kieran beiseite und kümmerte sich fast aufopfernd darum, diesem armseligen Wrack noch etwas menschliche Würde zurückzugeben. Nur, der Erste Jäger hatte es nicht mehr so sehr mit der Würde und wenn Guy spürte, dass Geoffrey sich ohne Würde auch ganz prächtig zu fühlen schien, packte ihn abermals der alte Zorn, was zur Folge hatte, dass die barmherzigen Zuwendungen hin und wieder mit erbaulichen Ohrfeigen bereichert wurden.

Von den anderen Jägern und Priestern wurde Guy inzwischen akzeptiert. Percevale de Thouars gewährte ihm wieder Unterkunft, bis er sein eigenes Zuhause hatte, René de Grandier war froh, dass er ihm nicht mehr seinen Verrat nachtrug, Douglas McDuff ging ihm kleinlaut aus dem Weg und gab nicht eine einzige Beschimpfung mehr von sich und mit Viviane kam er zu seiner größten Verblüffung zurecht, solange er sie nicht Fee nannte. Sie hatte früh genug herausgefunden, dass der neue Priester weder eine Konkurrenz darstellte, noch gedachte er, ihr Innerstes zu durchforschen, wie sie erst vermutete. Guy verbrachte lieber seine Zeit damit, in die Tiefen der Seele seines neuen Königs vorzudringen. Er war in der Tat die meiste Zeit mit Kieran zusammen und seine Beziehung zu ihm wurde sogar noch enger wie seinerzeit zu Lawrence, beziehungsweise, Erik. Manchmal versuchte Kieran natürlich aus ihm herauszubekommen, was damals den unversöhnlichen Zwist zwischen ihm und den Dunklen

Herrschern ausgelöst hatte, ganz raffiniert auf der einen Seite, ganz behutsam auf der anderen.

„Ihr gebt Euch ungeheuere Mühe. Dabei habt Ihr doch kein Problem in meine Gedanken einzudringen", bemerkte Guy amüsiert, der den König längst durchschaut hatte. „Ich habe Euch in einer sehr eindrucksvollen Zeremonie dazu meine ausdrückliche Genehmigung erteilt."

„Was unterstellst du mir", rief Kieran mit gespielter Entrüstung. „Das würde ich niemals tun, ich bin schließlich nicht der machtgierige Großmagier."

Aber du solltest es mir freiwillig erzählen, sagte sein Blick und sein Blick sagte auch: Vielleicht will ich dir auch etwas von mir erzählen, das ist jedoch nur möglich, wenn du den Anfang machst. War Kieran wirklich so leicht zu durchschauen oder ließ er sich einfach nur so leicht durchschauen?

„Manchmal tut es der armen Seele gut, wenn sie sich ausspricht", versuchte der listige König Guy zu ermuntern.

„Ist das jetzt Neugierde oder Mitgefühl, mein König? Aber Ihr wisst bestimmt, es tut nicht nur meiner armen, unwürdigen Seele gut, es tut auch Eurer königlichen Seele gut, wenn sie sich ausspricht."

Kieran lachte auf

„Dann tun wir unseren beiden Seelen etwas Gutes, nicht wahr Priester?"

„Tun wir mit Sicherheit, mein König. Und da Ihr mein König und mein Gebieter seid, sollt Ihr das Recht haben, Eurer Seele an erster Stelle Gutes zu tun. Fangt an, ich höre."

„Du bist unschlagbar, Macenay. Also frag mich was du willst. Du erhältst eine ehrliche Antwort."

Was sollte Guy fragen? Kieran hatte mit Sicherheit vor Jahrhunderten das letzte Mal eine ehrliche Antwort von sich gegeben. Aber Guy hatte längst wie durch einen Spiegel in die Seele des Königs geschaut. Es war die Macht, von der der junge, unerfahrene Schüler bereits im Niemandsland gekostet hatte und von der er jetzt als erfahrener Erster König noch immer nicht genug bekommen konnte.

„Ihr wollt es besitzen, mein König." Guy glaubte, ein Blitzen in Kierans Augen zu sehen.

„Jeder in diesem Orden will es besitzen. Jeder im Zwischenreich, Draußen und im Niemandsland, Macenay."

„Und vor allem seid Ihr einer dejenigen. Ihr weicht mir aus, mein König."

„Warum hat man dich wohl freigelassen? Haben dir die Dunklen womöglich befohlen, es zu finden?"

„Nein mein König. Ich bin in ihren Augen nicht würdig, es zu finden. Ich bin nichts weiter als deren erbärmlicher, ergebener Diener", erörterte Guy völlig ernst. „Jetzt verachtet Ihr mich, nicht wahr? Und ich kann Euch sogar verstehen. Ihr habt mich schon damals verachtet, als ich mich von Eurem Vater demütigen ließ."

Kieran schwieg einen Moment betroffen.

„Ja, Guy, das habe ich. Ich habe es nur einmal mit angesehen und da habe ich mir geschworen, niemals werde ich vor jemandem meine Knie beugen."

„Wirklich vor niemandem?"

„Vor niemandem", bestätigte Kieran sofort und trotzig.

„Ihr seid nur Erster König von Draußen geworden, weil Ihr nackt und bloß eure Knie gebeugt habt. Und zwar im Niemandsland vor den Dunklen Herrschern", beharrte Guy. Er fand Gefallen an diesem nicht ungefährlichem Gespräch.

„Warum sollte ich? Sag mir einen Grund, warum ich das getan haben sollte?" Kieran begann wieder zu lachen:

„Ich soll Euch den Grund sagen? Ihr wisst ihn doch längst. Ihr wisst ihn ganz genau. Weil die Dunklen Herrscher trotz allem unsere Götter sind. Jeder, auch der stolzeste König, muss vor ihnen auf die Knie fallen und sie anbeten."

Nun wurde es still, Kierans Lachen war verstummt. Guy spürte, dass er den Bogen überspannt hatte. Hatte er denn vergessen, dass der König auch unberechenbar und schnell mit der Peitsche sein konnte? Und Guy fürchtete noch immer die Peitsche. Er glaubte sogar einen bangen zweifelnden Augenblick, Kieran würde gleich seine Wachen rufen, doch der wandte sich an Guy und sah ihm lange in die Augen.

„Ich sage dir etwas, was ich noch niemandem jemals gesagt habe, mein Priester. Ich fürchtete den Dunklen Meister in der Tat sehr. Seinen grausamen Blick aus den eisigen Augen und vor allem seine erschreckend sanft gesprochenen Befehle, die nicht den geringsten Widerspruch duldeten."

Guy wich seinem Blick nicht aus.

„Auch ich vertraue Euch ein Geheimnis an, mein König – mir ging es genauso."

Sie schwiegen noch einen Moment, dann nahm Kieran das Gespräch wieder auf.

„Haben wir jetzt unseren Seelen wirklich etwas Gutes getan? Wir haben uns zwar unsere Geheimnisse anvertraut, aber es geht uns nicht besser."

„Es ist kein Vergnügen zuzugeben, wie sehr die Angst selbst bei den Stärksten oftmals die Übermacht ergreift, zumal hier Draußen schon die geringste Schwäche nicht erlaubt ist", ergänzte Guy lakonisch.

„Aber verstehst du, Guy", fuhr Kieran überschwänglich fort. „Ich bin trotz allem kein armer Trottel wie Geoffrey, der nicht verstehen will, dass er verloren ist, egal wie er um Erbarmen winselt. Ja, ich wurde im Verlauf meiner Prüfungen von den Dunklen auf das Übelste erniedrigt. Aber ich weiß, wie ich sie zu meinen Dienern machen könnte. Dazu brauche ich einen bestimmten Gegenstand." Kieran machte eine theatralische Pause, bevor er Guy verschwörerisch zuflüsterte: „Du weißt, wovon ich rede. Sag mir, mein kluger Hexenmeister, habe ich mit dem Besitz des Amuletts die uneingeschränkte Macht über das Niemandsland und die Dunklen Herrscher?"

„Nein", widersprach Guy kurz und prägnant.

Kieran seufzte.

„Ich habe eine solche Antwort von dir erwartet. Wir sollten dieses wenig aussichtsreiche Gespräch einfach verschieben, was nicht heißt, dass es beendet ist. Ich danke dir für deine Offenheit, Guy Macenay."

„Ihr braucht mir nicht zu danken. Euer Vater hat vier Jahre gute Arbeit geleistet, mir klarzumachen, dass man mit Ehrlichkeit im Leben relativ schmerzfrei auskommt. Habt Ihr noch einen Wunsch? Ihr habt einen. Das lese ich von Euren Augen ab, mein König."

„Du bist ein so vorbildlicher Untertan. Na, dann lese mal …"

„Ihr wollt Edward Duncan zu Eurem Dritten Priester machen, was?"

Jetzt war Kieran wirklich verblüfft.

„Du beherrscht die Magie besser als ich. Du hast recht."

„Ich bin eigentlich ein miserabler Magier, mein König, aber das ist ein Geheimnis, das nun wirklich ganz unter uns bleiben sollte", entgegnete Guy bescheiden. „Aber ich versteh ein wenig von der menschlichen Psyche. Auch wenn ich bestimmt richtig vermute, sagt mir trotzdem, weshalb Ihr ausgerechnet dieses umwerfende magische Talent Edward Duncan zu Eurem Priester erwählen wollt?"

„Ich habe dich in mein Herz geschlossen. Ich will deine Rache an meinem Vater, der dich so schändlich erniedrigt hat, nun vollenden."

Jetzt konnte Guy nicht mehr an sich halten. Er brach in ein schallendes Gelächter aus.

„Nett von Euch, wirklich sehr aufmerksam, mein König. Vielen Dank. Aber eigentlich bin ich schon vollauf damit zufrieden, den Fängen Eures Vaters dank Eurer großzügigen Hilfe entkommen zu sein. Ich will keine Rache."

„Aber ich will Rache!"

Na endlich – Guy hatte schon befürchtet, dass Kieran womöglich seine Boshaftigkeit eingebüßt hatte.

Die ganze Angelegenheit regelte sich von selbst ohne das Zutun des Königs und des Priesters. Edward Duncan/Efrén de Alpojar verfasste viele Seiten seiner Memoiren und kam am Ende zu der Erkenntnis, dass er a) nur Draußen seinem allmächtigem Vater aus dem Weg gehen konnte und b) nur noch Draußen die Menschen hatte, an denen ihm etwas lag. Als Guy ihn von Finis Terra holte, registrierte er sofort das Manuskript auf dem Tisch und konnte nicht umhin, einen Blick auf den Abschiedsbrief daneben zu werfen. Und mit einem Mal fühlte er Trauer, nicht Wut, Hass oder Rache, ganz einfach nur Trauer darüber, wie Lawrence immer wieder versucht hatte, mit den denkbar ungeeignetsten Mitteln um die Liebe seiner Kinder zu kämpfen. Lawrence, der nie verkraftet hatte, dass ausgerechnet sein Lieblingssohn den „irischen Hund" anscheinend in seiner Gunst vorzog. Und Guy wiederum tat alles Mögliche, dieser Gunst nun wirklich nicht würdig zu sein. Dabei hatte im letzten Leben des Efrén de Alpojar Lawrence Erziehung schon eine gewisse Wirkung erzielt: Edward war noch schüchtern und schnell zu beeindrucken, Raphael dagegen war durch seinen Umgang in der Gosse alles andere als zurückhaltend und bei Efrén, da war plötzlich etwas hinzugekommen. Lawrence hatte nicht ganz umsonst all die Jahre dafür gekämpft, dass auch dieser Sohn irgendwann für den irischen Hund das Gleiche wie er empfinden sollte – nämlich Verachtung. Denn für Efrén war Guy nicht nur der zu respektierende Lehrer, sondern auch der Sklave, mit dem er beliebig verfahren durfte und gleichzeitig das gefährliche Raubtier, das er fürchten und bändigen musste.

Zu guter Letzt gewann das Raubtier. Nun verspürte Guy keine Lust mehr, das Rad wieder umzudrehen. Er hatte seine schäbige Rache genügend ausgekostet und wollte nur noch seine Ruhe. Er überließ Edward gleich König Kieran und hielt sich möglichst weiterhin von ihm fern. Er weigerte sich auch, Lawrence Draußen zu empfangen, der selbstverständlich ihm die Schuld gab, weil sein hochgelobter Sohn das großzügige Angebot, es noch mal mit dem Zwischenreich zu versuchen, ausgeschlagen hatte und ihn daher wütend zur Rede stellen wollte. Reden mochte Guy nicht mehr mit ihm, und er wollte ihn ebenso wenig wieder sehen. Sollte er Lawrence mühsam klarmachen, was dieser selbst wissen musste? Sein Sohn, sein Nachfolger hatte ihn ganz von selbst verlassen. Und trotzdem hegte der heutige so erfolgreiche Dirigent, der in dem Orden so kläglich versagte, noch immer die Hoffnung auf ein kleines Wort der Anerkennung seines übermächtigen Vaters. Wenn Lawrence diese hunderte von Seiten geschriebene Botschaft seines eigenen Kindes nicht selbst verstehen wollte, wie sollte ausgerechnet Guy sie ihm nahe bringen? Er hatte genügend eigene Probleme.

Was hatte er selbst aus allen seinen Leben bis jetzt gemacht? Er hatte wieder so ziemlich alles vermasselt, was es zu vermasseln gab. Aber das würde ihm in wenigen Minuten ohnehin seine Schwester unter die Nase reiben.

Draußen 2010 | Irland um 870

5.

Guy Macenay ist gezwungen eine weitere Reise in seine Vergangenheit zu machen

Wieder die Dunkelheit und wieder die Stille und der Geruch von frischem Blut. Er fürchtete sich vor der Helligkeit, denn selbst das schwache Licht des Feuers im Kamin gab den schrecklichen Anblick preis. Den Anblick acht ermordeter Priester, deren weiße Gewänder rot gefärbt waren von ihrem Blut. Die entsetzten Gesichter ihrer Mörder. Was hatten sie getan? Was hatten sie wegen ihm getan? Er war es, der sie dazu angestiftet hatte. Er, ihr erwählter Priester, Zauberer und künftiger König. Die Dunklen Herrscher waren vernichtet und verbannt nach Draußen in das Niemandsland. Von dort sollten sie nie wieder zurückkehren, sie, ihre abscheulichen Rituale und ihre grausamen Götzen. Doch wo war er, ihr Meister? Nein, er sei nicht in dem Saal der Festung gewesen, nein, er habe auch nicht von dem Wein getrunken, der seine Sinne betäuben sollte, damit er schließlich einschlief und wie seine Gefährten ein leichtes Opfer für seine Mörder wurde. War er womöglich entkommen?

Panik kam auf und das zu recht. Denn plötzlich stand er am Eingang und schaute ohne Regung auf die Ermordeten, die Mörder und auf seinen rebellischen Schüler, der im Laufe seiner Lehrjahre unbemerkt und schleichend eine beängstigende magische Kraft entwickelt hatte. Für einen winzigen Augenblick zögerte Cahal. Noch bevor die Angst vor diesem überirdisch schönen, eiskalten Geschöpf von ihm Besitz ergriff, spannte er seinen Bogen. Der Pfeil traf seinen einstigen Erzieher und Peiniger gezielt ins Auge. Der stürzte ohne einen Laut von sich zu geben nach hinten. Noch zitternd vor Aufregung schlich Cahal zu ihm hin, um sich davon zu überzeugen, dass sein Pfeil wirklich tödlich getroffen hatte. Der Meister der Dunklen Herrscher rührte sich nicht mehr. Sollte er nun endlich Draußen alle Qualen erdulden, die er redlich verdient hatte. Dann war nichts mehr.

Cahals Vater, König Brian, erinnerte ihn Tage später an das, was danach geschah. Durch die Schreie und den Lärm geweckt, erschien er samt seinem Hofstaat im Saal und konnte gerade noch rechtzeitig seine Frau und seine Töchter von dem grausigen Anblick fern halten. Er war vor

Entsetzen nicht in der Lage, die Wachen zu rufen, um die Mörder, die noch immer wie erstarrt waren, zu entwaffnen. Erst nachdem er mit lauter Stimme, brüllend vor Zorn, Druck machte, erfuhr er von ihnen, dass sein Sohn soeben den Dunklen Meister getötet hatte und ihn, an sein Pferd gebunden, hinauf zu den Klippen schleifte. Sie fanden Cahal tatsächlich oben an den Klippen. Sie fürchteten um seinen Verstand. Er weinte und schrie abwechselnd und das einzige, was noch aus seinen unartikulierten Lauten zu vernehmen war, war Wut, Hass und Verzweiflung. Schließlich gab er dem Leichnam einen Tritt und ließ ihn ins Wasser stürzen, wo die Wellen den zerschundenen Körper hinaus in den Atlantik trugen, während die Seele im Niemandsland um den Verlust ihrer Macht trauerte. Cahal verschwand in dieser verhängnisvollen Nacht zu Muireall, seiner Geliebten, einer Waldhexe oder was auch immer, die außerhalb der Festung und der Dörfer in einer verlassenen Ruine hauste. Er kehrte erst nach drei Tagen zurück, als neuer Meister der Priester mit dem Einverständnis seines Vaters, der den bisherigen dunklen Priester und dessen Gefolge ebenfalls fürchtete und deren Tod ihm inzwischen sogar gelegen kam. Allerdings, mit der Absicht seines Sohnes, im gleichen Zug auch die alten Götter zu stürzen, war er weniger einverstanden. Die Königin dagegen trauerte noch lange um den Dunklen Meister, der immerhin ihr Bruder war. Sie fügte sich aber der neuen Ordnung und ließ Cahal gewähren, warnte ihn allerdings wie auch König Brian vor der Rache der alten Götter.

Guy machte abermals eine Pause und unterbrach für einen Augenblick seine Reise in die Vergangenheit. Eigentlich wollte er nie wieder an dieses Leben erinnert werden, doch wie ein endloser Film lief es unerbittlich vor seinen Augen ab. Vor allem gab es einen Riss und er bemühte sich vergeblich, jene Stunden in der Nacht, nachdem er den Meister getötet und verbannt hatte, in sein Gedächtnis zu rufen. Da war Dunkelheit, nichts weiter als Dunkelheit. Er war sich sicher, dem Leichnam, bevor er ihn ins Meer stieß, das Amulett der Dunklen Macht abgenommen zu haben. Jenes Amulett, das seinem Besitzer die Herrschaft über die Dunklen im Niemandsland verlieh. Es war allerdings auch gefährlich, es zu besitzen, denn seine ehemaligen Eigentümer würden sich niemals unterwerfen und alles daran setzen, ihren kostbaren Gegenstand wieder zurückzugewinnen. Er ahnte, was Finian ihm bereits gesagt hatte, sie Muireall, hatte es ihm, nachdem sie ihm einen Schlaftrunk eingeflößt hatte, um seine angeschlagenen Nerven zu beruhigen, entwendet – gestohlen, geklaut. Diese verfluchte, kleine, wilde Hexe mit den gelben Augen, die jedes männliche Wesen, das nur einmal das Bett mit ihr teilte, um den Verstand brachte. Sie verschwand nach Cahals Tod und wurde nie wieder gesehen.

Es war Finian, der seine letzten Lebensjahre in ihrer verlassenen Behausung zubrachte. Hatte er womöglich das Amulett dort gefunden? Er machte keine klare Aussage. Ich muss ihn wieder suchen, dachte Guy spontan. Nein, ich werde ihn lieber nicht mehr suchen, korrigierte er sich sofort. Denn ihm wurde plötzlich bewusst, dass König Kieran ihn nicht nur aus reiner Nächstenliebe zu seinem Priester und Vertrauten gemacht hatte. Irgendwann würde der Zeitpunkt kommen, wo er ihm den Befehl erteilte, nach dem Amulett zu suchen, wie es bereits die Dunklen Herrscher taten, wenn er das Niemandsland aufsuchen musste, um die Opfer für den Trank des Lebens dort abzuliefern.

Alle diese Gedanken bereiteten ihm furchtbare Kopfschmerzen, aber zum Umkehren war es zu spät. Als er schließlich vor dem eisernen schwarzen Tor zum Niemandsland stand, kehrte er zurück zu seiner Reise in die Vergangenheit.

Cahal, der seinem künftigen Volk mehr Freiheit und Gerechtigkeit und seinem Priester-Orden Frieden versprach und vor allem auf die abscheulichen Einweihungsrituale und grausamen Prüfungen verzichten wollte, musste schmerzlich erfahren, dass sich trotzdem Widerstand gegen ihn zu formieren begann. Blut, die gefallenen Götzen und deren Priester verlangten Blut, das Blut des Frevlers, des Rebellen, des Verräters und des Mörders und auch das des Königs, der sich weigerte, seinen verbrecherischen Sohn zu verurteilen. Es gab kein Zurück mehr. Den erwünschten Frieden konnte es offenbar erst geben, wenn noch mehr Blut vergossen wurde. Der König und sein Sohn töteten die Aufständischen sowie dessen Familien und warfen ihre Leichen zur Abschreckung in den Wald der Verdammten, wo sie unter den dunklen Bäumen verwesten oder von den wilden Tieren gefressen wurden. Nur seine geliebte Schwester verschonte Cahal, auch wenn sie aus ihrem Abscheu gegen ihn keinen Hehl machte. Sie war dem Dunklen Meister als Gemahlin versprochen worden und wurde es, als sie endlich ein Kind von ihm erwartete: Vielleicht hatte sie ihn geliebt – vergöttert mit Sicherheit. Sie bestand weiterhin auf der Ausübung der grausamen Einweihungsrituale, der fast nicht zu bewältigenden Prüfungen, betete die alten Götter an und hatte ihnen sogar in ihrem Schlafgemach einen Altar errichtet. Cahal hielt zu ihr, bis zu ihrem bitterem Ende, das auch sein bitteres Ende bedeutete.

„Ich hasse dich, kleiner Bruder. Du erbärmlicher Verräter an deinem Volk, du elender Mörder an meinem Gemahl und an meinem ungeborenem Kind. Du und deine geliebte Sonne. Warum nur hat sie sich so lange geweigert zu scheinen und damit unser Volk in Elend und Hunger gebracht? Wegen Verrat und Mord. Das war die Strafe der Götter und du hast letztendlich dafür bezahlt, Cahal, du und dein verfluchter Schüler Erik Gunnarsson. Und du bist ebenfalls daran schuld, dass er am Ende unser gesamtes Volk bestialisch ausgerottet hat. Ich hasse dich, Guy Macenay!"

„Es tut mir leid", flüsterte Guy kaum hörbar. Mit einem Mal waren seine Vorsätze, Ginevra zurück ins Niemandsland zu verbannen, wie verflogen. Warum brachte sie es immer wieder fertig, dass er sich schuldig fühlte. Elend und schuldig an seinem Volk, an seiner Schwester, an seinem ehemaligen Schüler und sogar an seinem Mentor, dem Dunklem Meister.

„Es tut mir so leid", äffte Ginevra ihn nach, während sie ihn umkreiste. „Ich kann es nicht mehr hören. Eigentlich habe ich es auch so satt, dir immer aufs Neue dein Versagen vorzuwerfen. Wenn du wenigstens zu deinem Versagen und zu deinen Abscheulichkeiten stehen würdest. Aber nein, es tut dir so leid, Jammerlappen. Wie hast du bitterlich geweint, nachdem du den Leichnam meines Gemahls geschändet und ins Meer geworfen hast. Statt wie ein richtiger Rebell zu reagieren, bist du anschließend davongerannt zu deiner Hure, um mit ihr in viehischer Eintracht die Nacht zu verbringen."

Überflüssig, Ginevra klarzumachen, dass es seine „Hure" war, die ihn tröstete, im Kraft zum Weiterleben gab und ihn vor allem vor Ginevra und Erik warnte. Er hatte die kleine verzauberte Waldhexe, die nicht nur die „Kunst der Liebe" beherrschte, sondern auch die Gabe der Prophezeiung besaß, mehr als gern. Muireall, sie erinnerte ihn immer wieder an eines der winzigen Tiere mit spitzen Zähnen, die in der Dunkelheit die Wälder durchstreiften. Er liebte es, stundenlang mit ihren zerzausten schwarzen Haaren zu spielen, während sie wiederum zärtlich mit ihren Raubtierkrallen seinen Rücken streichelte. In dem einzigen, erhaltenem Raum der verlassenen Ruine, vollgestopft mit bizarren Einrichtungsgegenständen, allerlei Krimskrams wie Federn, Tierknochen, Gefäßen, gefüllt mit undefinierbaren Substanzen, wild gemusterten Decken und Unmengen von uralten Büchern, konnte er von ihrem weichen Bett aus, wenn sie nackt aneinander geschmiegt lagen, durch ein großes Fenster hinaus in die Vollmondnächte schauen. Die Stille, die ab und zu durch den Ruf eines Käuzchens unterbrochen wurde, ließ ihn Raum und Zeit vergessen. In Muirealls Armen war er gefangen im Reich der Waldgeister, die, so die Sage, ihre Opfer erst nach vielen Jahren oder gar nicht mehr freiließen. Und in diesen Momenten wollte er sowieso nie wieder frei sein. Aber da war der Wermutstropfen. Sie hatte es ihm gestohlen, das Amulett. Er wagte jedoch nicht, sie zu hart zur Rede zu stellen und versuchte stattdessen, sie so behutsam wie möglich auszuhorchen.

„Ihr hattet kein Amulett bei Euch, Meister Cahal. Denkt nach. Ihr seid so verwirrt gewesen, mein Gebieter, dass Ihr bestimmt so vieles vergessen habt. Ich bin ganz sicher, dass das Amulett zusammen mit dem Dunklen hinab in den Ozean gestürzt ist. Mögen die Götter des Meeres es dort für immer verwahren."

Ihre gelben Augen blitzten in der Dunkelheit, während sie vor sich hinsummend die Kerzen auf dem groben Holztisch anzündete.

In längeren Abständen fragte er trotzdem immer wieder danach. Er bekam jedes Mal die gleiche Antwort, bis er sich schließlich selbst nicht mehr sicher war, ob sie die Wahrheit sagte oder nicht. Es stimmte, er war wirklich wie von Sinnen gewesen, nachdem er den Dunklen Meister getötet und verbannt hatte. Das Amulett befand sich also auf dem Grund des Ozeans – und das war gut so.

Überflüssig, auch Ginevra auf ihre gemeinsamen Nächte viehischer Eintracht hinzuweisen. Er wusste, wenn sie sich in dieser hasserfüllten Stimmung befand, war es besser zu schweigen, um ihr keine weitere Angriffsfläche zu bieten. Sie hielt unerbittlich die Chronologie ihrer Vorwürfe ein, denn nach ihrer Meinung hatte ihr kleiner Bruder diese schon zu lange nicht mehr zu hören bekommen.

„Und bei deiner Hure warst du ebenfalls, als unser Vater, der König, starb."

„Ja, das war ich", fuhr nun Guy auf und allmählich gewann seine Wut die Oberhand. „Ich habe sie angefleht, ihm zu helfen. Aber selbst sie konnte die Blutvergiftung, die er sich in einem tapferen Kampf mit unserem verfeindeten Clan zugezogen hatte, nicht mehr stoppen. Mir gab sie einen Betäubungstrank. Ich weiß nicht warum. Wahrscheinlich wollte sie mich ganz einfach nur beruhigen, so verzweifelt wie ich war. Am nächsten Morgen, als ich wieder auf der Festung ankam, war er bereits tot. Ich habe ihn geliebt, ganz im Gegensatz zu dir. Tu doch nicht so, als ob dir jemals etwas an ihm gelegen hätte. Für dich war er niemals einer der Unseren, weil er die Priester und den Orden im Grunde seines Herzens abgelehnt hatte. Wäre es nach ihm und nicht nach unserer ehrgeizigen Mutter gegangen, stünde ich heute nicht hier in diesem verdammten Draußen oder in diesem verdammten Zwischenreich, sondern wäre in Würde nur als einfacher Krieger und sein Nachfolger gestorben. Trotzdem, auch wenn ich die Priester-Elite selbst verabscheut habe, wollte ich alles geben, um als neuer Priester einen neuen Orden aufzubauen ohne diese gierigen Götzen, die sich von unserer Angst und unseren Schmerzen ernährten. Ja, es tut mir so unendlich leid, dass ich am Ende versagte. Aber mit dieser ernüchternden Realität muss ich mich wohl abfinden. Von mir wurde erwartet, dass ich handelte wie ein Gott und mein Verbrechen bestand darin, dass ich glaubte, einer zu sein, jedoch unfähig war, wie einer zu handeln. Ja, es tut mir leid, dass ich Idiot ernsthaft davon überzeugt war, die Demütigungen von dir und Erik ohne Konsequenzen zu ertragen."

Er zögerte einen Augenblick, ging auf Ginevra zu und packte sie grob am Kinn. „Du bist es, schöne begehrenswerte Schwester. Du bringst nur Verzweiflung und Krieg in unser beider Leben. Du bist Gift, Ginevra, böses, tödliches Gift und ich noch immer besessen von deinem Gift!"

Er küsste sie auf den Mund. Sie ließ ihn einen Moment gewähren, bevor sie ihn von sich stieß.

„Willst du wieder vor mir auf die Knie gehen? Warten wir damit, bis du in mein Schlafgemach zurückgekehrt bist, geliebter Cahal."

„Hör endlich auf, mich so zu nennen. Doch ich muss dich bitter enttäuschen, geliebte Ginevra. Mein Gedächtnis funktioniert noch hervorragend. Ich befand mich in deinem Schlafgemach, als du mich an Erik/Lawrence, beziehungsweise in dem Fall an einen gewissen Don Rodrigo de Alpojar ausliefern wolltest. Ich wurde zum Meister und Diener seines heiß geliebten Sohnes, bis der abermals verblendet in meine Arme gerannt ist. Was danach geschah, sollte dir auch bekannt sein. Jetzt bin ich der Sklave und der Priester seines und deines Sohnes, Erster König von Draußen, wie es im Übrigen auch dein verbrecherischer Geoffrey und unsere kleine Fee Viviane sind. Ich werde also nicht mehr in dein Schlafgemach zurückkehren können, selbst wenn ich gerade Lust dazu verspüre. Abgesehen davon, dass der Dunkle Herrscher, dein Gemahl es dieses Mal nicht mehr erlauben würde."

„Also gut, ich habe deine Worte zur Kenntnis genommen. Was stehen wir eigentlich so förmlich herum?", entgegnete Ginevra, während sie sich auf einem der Felsen niederließ. „Schade, mein Schlafgemach im Niemandsland ist bestimmt viel gemütlicher und wärmer. Aber wir wollen uns ja unsere Vorwürfe gegenseitig an den Kopf werfen und wer weiß, ob wir dort überhaupt dazu kommen. Machen wir eben hier vor dem Tor weiter mit unseren Beleidigungen. Woher willst du eigentlich wissen, ob ich dich tatsächlich an Lawrence ausgeliefert habe? Du bist von ganz allein hinter das Tor gerannt und ich weiß sogar warum man dich laufen ließ. Was kann ich also dafür, wenn du deine weitere Existenz wieder in einem dunklen Loch, dieses Mal in Mexiko, verbringen musstest. Dass du deine jämmerliche, verlorene Seele Kieran vor die Füsse geworfen hast, beeindruckt weder mich noch den Dunklen Meister. Denn sobald du hier durch dieses hohe Tor gehst, gehörst du uns. Du bist unser Sklave und unser König zugleich. Es wird der Tag kommen, dann wirst du wieder das Bett mit mir teilen, Cahal, dazu braucht es deine magischen Fähigkeiten nicht mehr, von denen du die meisten ohnehin schon vor langer Zeit verloren hast.

Was meine drei Kinder angeht, stell dir vor, ich habe sie genau an diesem Platz hier angetroffen. Geoffrey, das Ungeheuer, blieb nicht einmal fünf Minuten, bis er wie ein geprügelter Hund davon gekrochen ist. Viviane, unserem gemeinsamen Kind – du hast ihr ja bereits gesagt, dass du ihr Erzeuger bist – blieb die Goldkehlchenstimme förmlich im Hals stecken. Sie kehrte gleichfalls nach wenigen Minuten zurück in ihr angeblich sicheres Heim, zurück zu ihrem neuen Freund, dem Versager-Magier und Star-Dirigenten, um ihm schluchzend ihr Leid vorzuzwitschern. Dann wäre noch Kieran. Auf ihn müsste ich eigentlich stolz sein. Nur, er ist leider auch der Sohn von Lawrence. Er leistete lange Widerstand und brüstete sich damit, die Seele seines Onkels ganz freiwillig bekommen zu haben, weil der ihn so sehr liebe. Hat er das wirklich, Guy Macenay? Hast du sie ihm tatsächlich freiwillig gegeben, weil du ihn so lieb hast, wo er dich eigentlich fatal an deinen Sonnenschein und Untergang Erik erinnern sollte? Irgendwie kann ich nicht so recht glauben, dass ihr euch derartig sentimentalen Gefühlen hingebt. Ich will ja deine Illusion diesbezüglich nicht zerstören. Er glaubt, dass du ihm einen ganz bestimmten Gegenstand besorgen kannst. Aber weiß ich, was in euren armen, gebrochenen Herzen vorgeht?"

Sie streichelte zärtlich über Guys Wange, als der sich neben sie gesetzt hatte. Er dagegen schob ihre Hand wütend von sich, ließ sie aber fortfahren:

„Doch selbst der großartige Erste König scheiterte. Ich machte ihm klar, dass er als ein armes, zitterndes Bündel vor die Dunklen Herrscher getreten ist, um seine Prüfungen zum Ersten König von Draußen abzulegen. Nun ja, es waren keine Drachen oder Ungeheuer gegen die er tapfer zu kämpfen hatte – er selbst war das Ungeheuer, das er besiegen musste. Und das tat weh, sehr weh. Aber er lernte schnell seine Lektionen in Demut. Er glaubte tatsächlich, durch mich als seine Mutter geschont zu werden. Im Gegenteil. Für meinen dunklen Gemahl hatte ich unseren unauflöslichen Pakt gebrochen und Lawrence Sohn ist in seinen Augen nichts weiter als ein elender Bastard. Und das bekam Kieran zu spüren. Er vergoss viele bittere Tränen, bevor er zum mächtigen Ersten König von Draußen aufstieg. Er leidet noch immer, er leidet, weil er die Zeit im Niemandsland niemals vergessen wird. Die schmutzige, blutige Arbeit, die er anfangs verrichten musste, die abschätzenden und gierigen Blicke der Dunklen Diener, die permanent seinen nackten Körper musterten und noch viele Grausamkeiten mehr. Nun ja, er hat sich sein Elend, stolz wie er ist, nicht anmerken lassen. Aber ich fürchte, in seinen einsamen Stunden wird er noch heimlich hoffen, seine Macht hier Draußen zu vergrößern, um Rache an den Bewohnern des Niemandslandes zu nehmen. Er hofft jedoch vergeblich. Darf ich ganz bescheiden daran erinnern? Ich bin der Wächter und die Gemahlin des Dunklen Meisters. Keiner erhebt sich über ihn und über mich. Keiner verlässt den Orden ohne mein Einverständnis und schon gar nicht meine Kinder."

Nein, das brauchte sie wirklich nicht, ihn daran zu erinnern, wer sie war. Was sollte Guy darauf antworten? Sie sprach von ihren Kindern, die sie offenbar nur in die Welt setzen wollte, um mit ihnen den bisherigen Orden zurückzuerobern. Er weigerte sich, ihr das zu glauben. Sie musste trotzdem noch irgendwie so etwas wie Mitgefühl für ihre widerspenstige Tochter und ihre gefallenen Söhne empfinden. Nein, das musste sie nicht. Sie empfand auch keinerlei Mitgefühl mit ihrem einst so vergötterten Bruder, obwohl sie an seinem Scheitern nicht ganz unschuldig war. Sie verabscheute einfach alle, alle die in ihren Augen ihre Erwartungen zerstört hatten. Und doch hoffte Guy noch immer, dass seine schöne verbitterte Schwester nicht völlig zu der emotionslosen Kreatur geworden war, wie sein ehemaliger Meister. Vielleicht gab sie wenigstens ihm, dem Dunklen Meister, einen winzigen Teil ihrer verzweifelten Zuneigung. Sie war ihm damals in Irland, während einer magischen Zeremonie zu seiner Gemahlin versprochen worden. Sie wurde damit sein Eigentum und war auch nach seinem Tod an ihn gebunden. In ihrem nächsten Leben brach sie jedoch ihren Schwur, verführte ihren Bruder und nahm Lawrence Duncan, den neuen Großmagier, zum Gemahl, nachdem sie beinah dessen Freundschaft mit Ashley Durham zerstört hatte.

Was will ich eigentlich noch von diesem bildschönen, gewissenlosen Monster?, dachte Guy. Ach ja, ich will sie ins Niemandsland zurückverbannen, damit sie Draußen nicht mehr frei umherlaufen kann und womöglich in der Lage ist, sich einen neuen menschlichen Körper zu nehmen. Es gibt noch genügend Unheil im 21. Jahrhundert, da braucht es nicht auch noch Ginevra. Deshalb bin ich hierher gekommen. Und was mache ich? Ich lass mich von ihr beleidigen und küsse sie auch noch dafür. Allmählich beschlich Guy der unheimliche Gedanke, dass er überhaupt nicht dazu fähig war, sie zu verbannen. Fähig war er schon, aber er zögerte plötzlich seinen Entschluss in die Tat umzusetzen und das war gefährlich Er musste sich vor ihr und vor allem vor seinen verbotenen Gefühlen in Sicherheit bringen, bevor er abermals betäubt von ihrem einschmeichelndem Gift und ihren Drogen in ihrem Bett landete. Er erhob sich.

„Du weißt, weshalb ich dich treffen wollte?" Er versuchte seiner rauen Stimme mehr Nachdruck zu geben. „Ich wollte dich ..."

„Du wolltest mich endgültig hinter dieses Tor verbannen", unterbrach sie ihn lachend und erhob sich gleichfalls. „Ich warte, großer Magier. Ich begebe mich gern in deine wunderbaren kräftigen Hände. Willst du meine Verbannung mit einer deiner unvergleichlichen Ohrfeigen einleiten? Ich habe nicht vergessen, als du wie ein Mann gehandelt hast, auch wenn deine Tränen nicht zu deinen Schlägen gepasst haben."

Natürlich hatte Guy nicht wie ein Mann gehandelt. Er fand sich schlicht weg widerlich, als er seiner hysterisch schreienden Schwester, die ihn wegen dem Tod des Dunklen Meisters verfluchte, ins Gesicht schlug, bevor er selbst weinend in die umliegenden Wälder verschwand.

Überhaupt war es sinnvoll, diese unerfreuliche Reise in seine unerfreuliche Vergangenheit zu beenden. Er wollte vor allem damit verhindern, dass noch mehr grausame Verletzungen hervorgeholt wurden, die er bis jetzt einigermaßen erfolgreich verdrängt hatte. Nur Ginevra dachte nicht daran aufzuhören. Sie hatte den besonders wunden Punkt ihrer Kinder präzise getroffen, ohne Erbarmen in deren Ängsten und Schuldgefühlen gewühlt und nun war die Reihe wieder an Guy. Und ihm sollte es richtig weh tun.

„Cahal, im Grunde warst du, als du ihn getötet hast, noch immer das vor Angst zitternde Kind geblieben. Die Nacht zur Wintersonnenwende. Ich bin sicher, du hast deine Einweihungszeremonie nicht vergessen. Bestimmt erlebst du sie in deinen Träumen immer wieder. Habe ich recht? Oder hast du sie völlig verdrängt? Nein, das hast du gewiss nicht. Falls ja, dann helfe ich gern deinem Erinnerungsvermögen auf die Sprünge. Eine ungewöhnlich milde Nacht, Trommeln, Gesänge, maskierte Gestalten, Feuer und der steinerne Altar. Davor das nackte Kind, dessen Schreie die Trommeln und Gesänge übertönten, als die Priester es bäuchlings auf den kalten Altar legten, während seine verzweifelte Seele und sein magerer Körper unseren Göttern dargebracht wurde. Gerade dich müssen sie ganz besonders begehrt haben, unsere Götter, so wie du deinen Schmerzen Ausdruck gegeben hast, mein kleiner Bruder. Aber allen schlechten Prophezeiungen zum Trotz, hast du danach die einschlägigen Prüfungen einigermaßen anständig bewältigt, auch wenn deine Angst oft die Oberhand über dich gewonnen hat. Und irgendwann ist sogar ein tapferer Krieger und später ein guter König aus dir geworden. Nur entgegen deiner anfangs edlen Absichten, hast du sehr viel Blut vergossen. Das der Aufständischen und ihrer Familien, das unserer Feinde, deren Anführern du nach der Tradition unseres Clans die Kehle aufgeschlitzt und ihr Blut getrunken hast. Und am Ende hast du die Mönche aus dem umliegenden Kloster massakrieren lassen. Eine grausame Verzweiflungstat, weil sie während der Hungersnot unserem Volk, dem heidnischen Pack, ihre Nahrungsvorräte verweigerten. Was hast du also nach dem sinnlosen Tod der Dunklen Herrscher besser gemacht? Nichts. Aus dir wäre ein übermenschlicher Herrscher und Magier geworden, eine wahrhaftige Bestie, Cahal, wenn du deinen jämmerlichen Gewissensbissen nicht freien Lauf gelassen hättest. Weißt du, wovon ich überzeugt bin? Du hast den Dunklen und seine Diener nicht vernichtet, weil du einen neuen besseren Orden gründen wolltest oder sogar gehofft hast zu verhindern, dass deinem geliebten blonden Erik Gunnarsson womöglich ebenfalls diese furchtbare Einweihungszermonie blüht. Nein, du hast nicht verkraftet, dass du keine Schmerzen ertragen konntest und mit deinem kläglichen Weinen die Götter beleidigt hast. Deinen Gefährten soll es allerdings ähnlich ergangen sein, nur du hättest standhalten und still sein müssen, Sohn des Königs. Du hast dich geschämt vor deinem Volk, deinem Lehrer und vor unseren Eltern, die alle Zeugen der Zeremonie waren. Du wolltest also lediglich die Schmach dieser Demütigung rächen. Armes, kleines, heulendes, nacktes Ding, kleiner Bruder.

Armer, großer, geopferter König. Du hast schließlich doch nach deinem grausamen Ende die Bestattung bekommen, die eines blutrünstigen Kriegers würdig war. Deine untreuen Gefährten und Henker haben deine übel zugerichtete Leiche hinter dem Altar gefunden, wo Erik sie notdürftig vergraben wollte. Dann haben sie dich oben an den Klippen verbrannt, genau an der Stelle, wo du den Dunklen Meister ins Meer gestoßen hast. Der Kreis wurde damit geschlossen. Du warst das Versöhnungsopfer für ihn, Cahal."

Guy schwieg. Er hatte sich ein Stück von ihr entfernt, ihr den Rücken zugedreht, damit sie nicht sehen konnte, wie er stumm vor sich hinweinte. Armes, kleines, heulendes, nacktes Ding. Ginevra, hilf mir, lass mich nicht allein, bleib bei mir. Wie oft hatte er nach ihr gerufen, nicht nur während der erniedrigenden schmerzhaften Einweihungszeremonie, auch bei den Prüfungen, die ihm oftmals unbändige Angst einjagten. Er fürchtete die Magie, zu der er schon als achtjähriges Kind gezwungen wurde. Vor allem fürchtete er seinen Meister. Die weiche, erschreckend sanfte Stimme, mit der er die verborgenen und schmutzigen Gedanken des kleinen Königssohns öffentlich vor seinen Mitschülern bloßstellte. Die eiskalten schmalen Hände, die Cahal am ganzen Leib erzittern ließen, wenn er sie auf dessen Schultern senkte und der Blick aus den dunkelgrünen Augen, der wie ein glühendes Schwert in jede Phase seines Körpers eindrang. Doch er war gegenüber seinen Eltern und seinem Clan gehorsam und war sich seiner späteren Pflichten als künftiger König und Priester sehr wohl bewusst. Zu seinem Leidwesen war er sehr begabt, sodass der Anspruch an sein magisches Talent entsprechend hoch war. Und mit der Zeit verlor er die Angst und sein Mut nahm irgendwann endgültig deren Stelle ein. Vielleicht hatte Ginevra mit ihrer Vermutung der Rache nicht einmal unrecht.

Es war nicht er allein, der von den Dunklen Herrschern gedemütigt und gequält wurde. Bereits nach der Einweihungszeromonie starb einer seiner Gefährten. Sein Körper war zu den Göttern gegangen. Guy war kurz davor, sich zu übergeben, wenn er wieder daran dachte, was dieser Satz bedeutete. Und als sein bester Freund bei einer Beschwörung starb und nach Draußen musste, fasste er mit dem Rest seiner Gefährten den Entschluss, die sadistischen Peiniger für immer zu entmachten.

Damals glaubte er, endlich frei zu sein. Sein kurzer Triumph und die wenigen Jahres des unbeschwerten Glücks, endeten blutig vor dem Opferaltar. Er hatte anschließend wie ein Feigling versucht, dem Gericht der Dunklen zu entkommen. Er wurde gejagt, bis er endlich weinend vor Reue seinen Dunklen Meister um Gnade anflehte. Die Dunklen Herrscher wandten sich jedoch angewidert von ihm ab und sein Schluchzen sollte noch lange zwischen den Mauern des schwarzen Palastes im Niemandsland widerhallen, als die Gespenster seines ermordeten Volkes an ihm – dem König der Schatten – vorüberzogen.

„Ginevra, warum tust du mir das an?" Es war ihm gleichgültig, was sie über ihn dachte. „Ich habe dich so sehr geliebt. Ich habe nicht gewollt, dass du sterben und nach Draußen ins Niemandsland verbannt wurdest. Ich hatte jedoch keine andere Wahl und war gezwungen, dich zu verurteilen. Ich habe dich selbst in den Wald der Verdammten getragen, dich auf den höchsten Felsen gelegt, damit die wilden Tiere dich nicht erreichen konnten und deinen toten Körper mit deinen Lieblingsblumen bedeckt, nachdem ich deinen kalten Mund geküsst habe. Ich habe dich geliebt. Ich liebe dich noch immer, mein Leben. Warum tust du mir so weh?"

Plötzlich spürte er ihre Hand auf seiner Schulter.

„Hör auf zu weinen, kleiner Bruder", wisperte ihre sanfte Stimme in sein Ohr. „Ich lass dich nicht mehr allein. Habe ich dich nicht nach deiner Ankunft hier Draußen vor deinen Richtern, den Dunklen Herrschern, versteckt? Und uns beiden einen neuen menschlichen Körper gegeben? Gut, auch daran willst du nicht mehr erinnert werden – ich habe es begriffen. Wir sind beide gescheitert. Doch ich liebe dich ebenso, und das weißt du. Verzeih meine grausamen Worte, denn ich fürchte mich ebenso allein zu sein. Im Niemandsland und hier Draußen ist es sehr einsam. Wir gehören zusammen, Cahal."

Sie setzte sich zurück auf den Felsen und zog ihn zu sich herunter.

„Deine Schwäche stört mich nicht mehr, ich habe genügend Stärke für uns beide. Jetzt hör endlich auf zu weinen, ich kann dich nicht weinen sehen, Geliebter. Lass dich von mir trösten, du brauchst nur meinen Trost und meine Liebe." Er legte erschöpft seinen Kopf auf ihre Knie, während sie zärtlich seinen Nacken küsste. „Komm zurück zu uns, mein kleiner Bruder, mein Geliebter, mein König."

„Das wird er nicht, du verlogenes Miststück!"

Ginevra schrak hoch, sie brauchte einen Augenblick, bis sie registrierte, dass Guy noch immer sein Gesicht in ihrem Schoß vergraben hatte und er es deshalb nicht sein konnte, der soeben zu ihr sprach. Aber der Besitzer, beziehungsweise die Besitzerin dieser Stimme, hatte Guys Augen, kohlschwarze durchdringende Augen.

„Viviane?" Ginevra konnte ihre Überraschung nicht verbergen. „Was willst du?"

Sie ärgerte sich als sie ein leichtes Zittern in ihrer Stimme spürte. Denn die kleine Fee war furchtlos und wild entschlossen, zu was auch immer. Und dieses Mal sollte sie sie wirklich fürchten lernen – ihre und Guys Tochter.

6.

Die Königin der Nacht – letzter Akt

So schnell wie Ginevra über das plötzliche Auftreten ihrer Tochter verunsichert war, so schnell hatte sie sich wieder gefangen.

„Feechen, zelebriere deinen dramatischen Auftritt auf der Bühne und falls du jetzt deine Rachearie starten willst, würde ich dir ernsthaft raten, lieber dein bezauberndes Stimmchen zu schonen. Verschwinde ganz einfach unauffällig und wir vergessen deine Anwesenheit. Hier unterhalten sich erwachsene Leute, dummes, kleines Ding."

Nun hatte auch Guy Viviane wahrgenommen. Er erhob sich, wischte sich hastig die Tränen aus dem Gesicht, während er Ginevra grob beiseite schob. Bevor sie ihm Vorwürfe machen konnte, dass er sich offenbar vor Verfolgung nicht ausreichend geschützt hatte, wandte er sich an Viviane:

„Verdammt Viv, du hast mir tatsächlich nachspioniert. Wie lange belauscht du uns schon?"

Gleichzeitig wurde ihm klar, dass seine Frage überflüssig war. Viviane hatte höchstwahrscheinlich genug gesehen, sie hatte garantiert auch jedes demütigende Wort von Ginevra verstanden und was sie von seiner Reise in die Vergangenheit noch mitbekam, daran wollte er vorerst nicht denken. Er fühlte sich elend und erniedrigt, denn nun wusste nicht nur seine Schwester, sondern auch seine Tochter wie verletzlich er war. Er hätte sich am liebsten in irgendein dunkles Loch zurückgezogen, um allein weiter zu weinen, um seine Schwäche, um sein Versagen in seinen drei Leben und um seine aussichtslose verderbte Liebe zu Ginevra. Stattdessen riss er sich zusammen, bewahrte noch den letzten Rest von Stolz und entschied, dass es für ihn an der Reihe war zu verletzen.

„Antworte gefälligst, wenn ich dich was frage, neugieriges dummes, kleines Ding. Seit wann belauschst du uns schon?", wiederholte er und spürte wie seine Wut auf dieses dumme kleine Ding immer heftiger wurde. Aber das dumme, kleine Ding ließ sich weder von ihm noch von ihrer Mutter einschüchtern. Sie wich keinen Schritt zurück, als er auf sie zuging, sondern entgegnete schließlich mit fester Stimme:

„Bestimmt lange genug als es euch beiden recht ist. Immerhin weiß ich jetzt, was euch beide miteinander verbindet. Das bin also ich: Nachfahrin eines morbiden Volkes, dessen Elite zu Recht für alle Zeiten verbannt gehört. Und eben das könnt ihr nicht akzeptieren. Ich wollt mit meiner Hilfe euren entarteten Orden mit den blutsaufenden Kinderschändern wieder auferstehen lassen." Sie machte eine kurze Pause. „Ach, nein. Ginevra, du warst es, die Guy dazu überredet hat, mich in diese Welt zu setzen. Und du Guy, bist offenbar noch immer zu schwach, um ihr Widerstand zu leisten. Und weil du schwach bist, bin ich dir nachgeschlichen, denn ich habe geahnt, dass du es niemals schaffen wirst, sie hinter dieses Tor zu verbannen. Ich bitte dich um des Himmels Willen, lass endlich von ihr ab. Sie ist ein böses Gift. Alles an ihr ist Gift, ihre Küsse, ihr Blut, selbst ihre Milch, die ich mich geweigert hatte zu trinken. Mach dich doch nicht unglücklich. Ich habe Angst, dass sie dich abermals in ihr Bett zerrt und du vollgepumpt mit Drogen in der Finsternis dahinvegetierst. Bitte komm mit mir zurück in unser neues wirkliches Leben. Lass sie und deine Vergangenheit hinter dir. Ich bin deine Tochter, ich brauche dich."

Guy war nicht in der Lage zu reagieren. Wäre sie ihm unverschämt gekommen wie damals in Schottland, hätte er kein Problem gehabt, sie wieder mit einer Ohrfeige zurechtzuweisen. Nun erklärte ihm dieses dumme kleine Ding so ganz einfach ihre Zuneigung und er war unfähig, damit umzugehen. Sie, die ihm in allen Situationen scheu wie ein unbezähmbares Tier instinktiv ausgewichen war, nahm seine Hände in die ihren und schaute ihm mutig in die Augen. Jedoch irgendetwas hinderte ihn daran, ihre Gefühle zu erwidern. War es das Zittern ihrer schmalen Hände, das ihn veranlasste, einen Augenblick in ihre Gedanken einzudringen? Er konnte nichts erkennen. Sie blockte gekonnt ab und zum ersten Mal wurde ihm erschreckend bewusst, dass er und Ginevra in der Tat einen absolut „fähigen Magier" in die Welt gesetzt hatten. Aber da war der dunkle Fleck in der Seele der taffen Zauberin – ein sehr dunkler Fleck. Er schob Vivianes Hände von sich und schaute hinüber zu Ginevra. Die hatte sich bis jetzt schweigend zurückgehalten und beobachtete scheinbar unbeteiligt die Szene.

„Nun geh schon mit ihr, geliebter Bruder." Wenn ihre Stimme so einschmeichelnd klang, war die höchste Alarmstufe geboten. „Es ist deine Entscheidung und wie ich erahne, hast du sie gerade getroffen. Sie gehörte von Anfang an ohnehin zu dir, sie ist dir nicht nur äußerlich so ähnlich. Na los, umarmt euch und weint ein bisschen. Lasst euch von mir nicht stören. Ich gönn ihn dir, Feechen. Jetzt hast du sogar zwei Väter, die dich lieb haben, was für ein unverhofftes Glück. (Was hast du eigentlich mit deinen Haaren gemacht?). Da bin selbst ich gerührt. Wie es aussieht, hat Guy dir wohl vergeben. Das übrigens zum Thema Rückgrat, lieber Bruder."

Vergeben? Was sollte er Viviane vergeben haben? Dass sie all die Jahre Distanz zu ihm gehalten hatte? Ihre widernatürliche Beziehung zu ihren beiden Brüdern? Ihre Freundschaft mit Edward? Ihre uneingeschränkte Sympathie für Lawrence? Er kam beim besten Willen nicht darauf. Er wollte gerade versuchen, noch weiter über Ginevras letzten Satz nach zu grübeln, da war es wieder, das Zittern, das Viviane dieses Mal nicht mehr so einfach verbergen konnte.

„Was soll ich dir vergeben haben, Fee?"

Viviane senkte die Augen und schwieg. Aller Mut schien sie in diesem Moment verlassen zu haben. Der „fähige Magier" war wieder zu dem dummen, kleinen Ding geworden. Und sie hatte Angst, schreckliche Angst.

„Sag es ihm, Frechen", fauchte Ginevra, während sie Viviane am Arm packte, dicht an Guy heran zerrte und ihr Kinn mit ihren Händen brutal nach oben fixierte. „Und schau ihm dabei gefälligst in die Augen. Von wegen, du sorgst dich aus reiner Tochterliebe um ihn. Nein, du hast dafür einen ganz anderen Grund, nämlich dein schlechtes Gewissen. Raus mit der Sprache, was du für uns getan hast. Mein Schicksal war es, in dieses elende, verfluchte Niemandsland hier Draußen verbannt zu werden. Und er? Hast du ihn hin und wieder besucht in Lawrence Verlies? Hast du auch zugesehen wie sein Rücken blutig geprügelt wurde und wie er am Ende an einer abscheulichen Krankheit krepiert ist?"

Nun war es an Guy zu zittern, vor Angst und vor Zorn über seine grausame Schwester und vor Trauer über seine verzweifelte Tochter, der bereits die Tränen über die Wangen liefen.

„Lass sie los, verdammt noch mal", knurrte er. „Warum quälst du sie. Sicher handelt es sich nur um eine lächerliche Bagatelle, wegen der du sie wieder schikanieren willst."

„Aber gern lass ich sie los, die kleine hinterhältige Verräterin", entgegnete Ginevra, ließ von ihrer Tochter ab, wobei sie ihr noch einen kräftigen Stoss in den Rücken gab, so dass sie in Guys Arme stürzte. „Na los, bedank dich bei unserer kleinen Tochter für die lächerliche Bagatelle, die sie uns angetan hat."

Viviane versuchte vergeblich, sich aus Guys Armen zu befreien. Jetzt zitterte Ginevras Stimme als sie fortfuhr:

„Unser rothaariges Miststück hat uns damals klammheimlich beobachtet als wir mit einander geschlafen haben." Sie ließ sich auf einen der Felsen sinken und barg ihr Gesicht in den Händen. „Und weil sie von diesem Anblick so angetan war, dachte sie daran, ihn mit ihrem Bruder Kieran zu teilen und hat ihn dafür extra geweckt. Ich kann es einfach nicht fassen." Guy glaubte, dass auch sie jeden Augenblick in Tränen ausbrechen würde. „Aber damit nicht genug. Sie hat uns an Lawrence verraten, sie hat ihm gesagt, dass sie uns …"

Er nützte ihre dramatische Pause, um vorsichtig nachzufragen, woher sie von diesem ungeheuerlichen Verrat ihrer Tochter wusste.

„Lawrence hat es mir selbst gesagt, bevor er mich getötet und verbannt hat."

„Sicher, nachdem du ihm eröffnet hast, dass Viviane nicht seine Tochter ist, habe ich recht? Woher willst du wissen, ob er dich nicht angelogen hat? Ihm würde ich das ohne Weiteres zutrauen. Doch wie dem auch sei, hör du auf zu jammern. Ich war derjenige, der die schlimmste Last von uns beiden getragen hat. Ich wäre im Gegensatz zu deinem heroischem Abgang elendig verreckt, wenn Geoffrey mich nicht befreit hätte. Ausgerechnet Geoffrey, die Bestie."

Er spürte wie ihm auf einmal schwindlig wurde. Vielleicht hatte Lawrence doch nicht gelogen. Ginevra wollte er auf keinen Fall weiter danach fragen. Es war Viviane, die ihm die richtige Antwort schuldig blieb.

„Stimmt das, was deine Mutter von dir behauptet, Fee?"

Er fürchtete sich erbärmlich, die Wahrheit zu erfahren und in einem Bruchteil von Sekunden wurde ihm schmerzlich bewusst, weshalb ihm Viviane die vielen Jahre ausgewichen sein musste.

Viviane hatte sich inzwischen aus seiner Umklammerung befreit, wandte ihm und Ginevra den Rücken zu, um ihnen nicht in die Augen schauen zu müssen, als sie kaum hörbar erwiderte:

„Ja, es stimmt. Ich habe euch beide beobachtet. Ja, ich habe Kieran geweckt, damit auch er zuschauen sollte. Ja, ich habe euch beide an Lawrence verraten. Ich habe euch verraten, weil ich euch verabscheute und meinen Vater Lawrence liebte", endete sie schluchzend und fiel auf die Knie.

Er hätte nie geglaubt, dass es noch eine Steigerung des Elends geben würde. Es gab sie. Doch es war nicht nur sein eigenes Elend, das ihm das Herz zerriss. Er schaute auf das kleine rothaarige Wesen, das zusammengekrümmt am Boden kniete, die Schultern verkrampft nach oben gezogen, weinend hin und her gerissen zwischen dem schlechten Gewissen und dem unendlichen Zorn auf die lasterhaften Eltern. Da sogar Ginevra schwieg, hoffte er, dass auch sie wenigstens einen kleinen Funken Mitgefühl für ihre gefallene Tochter empfand. Weit gefehlt.

„Na endlich. Du hast es hinter dir, Fee. Hör auf zu heulen, du bist schließlich die Nachfahrin eines stolzen Volkes. Du hast nicht nur sein Blut, sondern auch seine magische Begabung. Wir dulden keine Schwäche. Steh jetzt zu deinem jämmerlichen Verrat, den du an uns und damit an deinem gesamten Clan begangen hast und trag mit Würde die Strafe, die du dafür erhalten wirst."

Es reichte. Sie konnte ihn erniedrigen, beschimpfen, hassen, lieben. Er hatte seine Würde ihr gegenüber längst verloren. Aber ihren grenzenlosen Hass an ihrem eigenem Kind so kaltschnäuzig auszulassen, überstieg sein Fassungsvermögen. Er musste etwas tun. Jedoch bevor er seinen Entschluss in die Tat umsetzen konnte, hatte sich bereits Viviane erhoben.

„Genug, es ist genug. Ja, ich habe das verderbte Blut meiner abscheulichen Ahnen in mir. Ich bin so unglaublich erleichtert seit ich weiss, dass sich alle dort befinden wo sie hingehören." Ihre schwarzen Augen funkelten. „Ja, ich habe ihre magische Begabung in mir. Ja, ich bin sogar bereit, meine Strafe auf mich zu nehmen, wie immer sie ausfällt und wenn ich mich persönlich den Dunklen Herrschern stellen muss. Aber du, du Ginevra, hast mir das letzte Mal weh getan. Du wirst niemanden mehr weh tun, außer deinen verfaulten Gefährten im Niemandsland. Lawrence hat dich daraus befreit, Guy hat dich daraus befreit. Du bringst immer wieder Männer dazu, blind vor Begehren mit deinem Gift zu machen. Nicht mit mir, Ginevra. Du wirst nun selbst meine magischen Fähigkeiten richtig kennenlernen. Du wirst jetzt hinter dieses Tor gehen und nie wieder heraus kommen."

Sie würde es schaffen. Verdammt, Viviane schaffte es in der Tat, ihre eigene Mutter ins Niemandsland zu verbannen. Niemals sollte Guy Ginevras fassungslosen Blick vergessen als sie merkte wie ihre Kraft mehr und mehr nachließ. Ihr zynisches Lächeln erstarb, sie war nicht mehr in der Lage, dieser geballten Wucht, die in ihre Gedanken eindrang, zu widerstehen. Und er sah sie, die hochmütige Königin der Nacht wurde wieder zu dem traurigen jungen Mädchen, hineingeboren in eine grausame Zeit, in ein Volk mit abstoßenden Ritualen, in ein königliches Elternhaus, das keine Verfehlungen duldete und die Gemahlin eines grausamen, eiskalten Druidenpriesters wurde und dessen Brut sie austragen musste. Ihr einziger Trost war der kleine Bruder, das letzte und siebte Kind des Königs, geliebt und verhätschelt bis er sich ab seinem achten Lebensjahr dem brutalen Diktat der Priesterschaft unterwerfen musste. Trotzdem, sie hatte die Vernichtung ihres Volkes niemals überwunden, und dass ihre reinrassige Tochter sich weigerte, Rache an den Mördern ihres Clans zu nehmen, war für sie die schlimmste Demütigung. Sie war anfangs so stolz auf Vivianes magische Begabung gewesen – ihr und ihres Bruders Kind. Was habe ich dir nur getan, kleine rothaarige Fee? Du warst unsere letzte Hoffnung. Es war deine Pflicht gewesen, unsere Hoffnung zu erfüllen. Du wirst dich niemals von deinen Vorfahren lösen können, also hör auf und nutze deine Energie für wichtigere Aufgaben. Hör auf damit, verdammt noch mal."

Vergeblich, Viviane dachte nicht daran aufzuhören, ihre Mutter weiter in die Enge zu treiben. Und sie wurde immer gefährlicher und stärker. Ginevra geriet in Panik. Nicht nur, dass Viviane sie ihrer ohnehin eingeschränkten Freiheit berauben würde, sie tat ihr dabei so weh, dass sie vor Schmerzen nur mit Mühe die Tränen zurückhalten konnte. Es war Zeit. Guy war nicht mehr bereit, sich dieses Drama weiter anzusehen. Viviane hatte sich selbst in ihrem Hass vergessen. Er wusste nur zu genau, was es bedeutete, blind vor Hass zu werden. Sie sollte nicht auch noch ihre Seele für eine sinnlose Rache opfern, selbst wenn es die verständliche Rache an ihrer hartherzigen Mutter war. Und es war auch Mitleid mit Ginevra, das ihn jetzt veranlasste, endlich Vivianes Aggression zu stoppen. Bei all dem, was in der Vergangenheit geschehen war, er wollte sie nicht mehr hinter dieses grauenhafte, schwarze Tor sperren.

Er hatte viel von seiner Macht verloren, doch sie reichte aus, um Viviane schwächer werden zu lassen. Ginevra fing ihren Sturz gerade noch rechtzeitig auf, erhob sich taumelnd und krallte sich zitternd an der Felswand fest. Sie war blasser als sonst, atmete schwer und keuchte schließlich kaum hörbar „Danke Cahal, danke." Er ignorierte ihre behutsame Annäherung und wandte sich seiner Tochter zu, die ihn für den Bruchteil einer Sekunde fassungslos anstarrte, bis sie zu schreien anfing. Eine gefühlte Ewigkeit hallten ihre unerträglichen Schreie zwischen den Wänden der schwarzen Berge wider. Irgendwann verstummten sie, wobei ihr angespanntes Schweigen weitaus schlimmer war. Ihr Blick traf zuerst Ginevra, dann Guy:

„Du hast dich wieder mit dieser schändlichen Frau verbündet. Warum tust du das? Macht es dir Spaß, dich von ihr demütigen zu lassen? Was habt ihr beide bloß vor? Ich bin sicher, du hattest niemals die Absicht, sie ins Niemandsland zu verbannen, habe ich recht?" Sie schlich langsam auf ihn zu. „Willst du ihr womöglich einen neuen menschlichen Körper geben, damit ihr noch einmal einen neuen Nachfolger zeugen könnt, der kooperativer ist als ich? Ihr zwei habt nicht einen Augenblick an mich gedacht. Ich bin eure Tochter und nicht eine x-beliebige Waffe, die nach euren kranken Wünschen eingesetzt werden kann." Sie hielt inne und ihre Stimme ging in ein lautes Schluchzen über, als sie plötzlich mit ihren Fäusten wie besessen auf Guys Brust einzuschlagen begann. „Es tut mir leid, es tut mir so leid. Bitte verzeih mir, es tut mir so leid."

Wie viele Jahre musste sie unter diesem Verrat qualvoll gelitten haben. Ein neunjähriges dummes kleines Ding, das sich weder von ihm noch von ihrer Mutter bändigen ließ, vernarrt in den Mann, von dem sie glaubte, dass er ihr leiblicher Vater war. Er packte sie an ihren Handgelenken, schüttelte sie bevor er dieses dumme kleine Ding fest in seine Arme schloss. Was haben wir getan, Ginevra, was haben wir getan? Ginevra hatte seine Gedanken sehr wohl verstanden und er hoffte, dass auch sie sich endlich ihrer Schuld bewusst wurde. Er hoffte vergeblich.

„Wir sehen uns wieder, geliebter Bruder", entgegnete sie, während sie den beiden triumphierend in die Augen schaute. „Und auch wir sehen uns, liebe Tochter. Du gehörst mir und den Dunklen Herrschern, du und deine beiden verfluchten Brüder. Ich werde anfangen es zu suchen und ich werde es finden. Du weißt, wovon ich rede, Cahal."

Dann drehte die Göttin der Nacht beiden ohne ein weiteres Wort den Rücken zu und verschwand wie aufgelöst in die Weiten nach Draußen. Natürlich war auch sie hinter dem Amulett der Dunklen Macht her. Die Vorstellung, dass ausgerechnet sie es in ihren Besitz brachte, jagte ihm unvorstellbares Entsetzen ein und er bereute, sie soeben laufen gelassen zu haben. Er überlegte, ihr zu folgen, aber da lag noch immer sein zitterndes Kind in seinen Armen.

„Natürlich vergebe ich dir, dummes, kleines Ding. Du bist es doch, die mir eigentlich vergeben muss." Er streichelte Viviane zärtlich über den Kopf „Himmel-Herrgott-nochmal, du hast ja deine Haare abgeschnitten."

Sie schniefte ein paar Mal, bis sie ihm erleichtert in die Augen schaute und grinste.

„Falls du meine lange prächtige Mähne kämmen wolltest ist es dafür jetzt zu spät", murmelte sie, zog die Nase ein letztes Mal hoch und löste sich aus seiner Umarmung.

„Viv, Frucht meiner Lenden, ich habe als dein Erzeuger die Lizenz, dich für derartige Bemerkungen zu züchtigen."

„Bedien dich", erwiderte Viviane und deutete mit dem Daumen auf ihre Wange. „Aber die Rechnung für meine Ersatzzähne wirst du übernehmen, Doc." Sie wurde wieder ernst. „Danke Guy, dass du mir vergeben hast. Du hast eben eine große Last von mir genommen. Also, fangen wir in diesem Leben ganz von vorn an. Was meinst du?"

„Weißt du eigentlich wie oft wir schon von vorn angefangen haben, Viv? Was bleibt uns aber anderes übrig, als wieder von vorn anzufangen. Nur, unsere Vergangenheit können wir niemals hinter uns lassen …" Er hielt inne. „Was war das gerade?" Er glaubte, ein Geräusch zu vernehmen. Auch Viviane schaute in die Richtung, aus der das angebliche Geräusch kam und lauschte angestrengt.

„Stimmt, ich höre es schon eine ganze Weile. Nein, es ist nicht der Wind. Vielleicht Ginevra, die zurückgekommen ist?"

„Fee, du hast zwar deine Mutter für einen Augenblick das Fürchten gelehrt, aber dass sie sich aus Angst vor uns heimlich anschleicht ist schlichtweg absurd. Da ist es wieder. Hörst du? Wir werden beobachtet und ich ahne auch von wem. Kriech aus deinem Versteck heraus, Herzchen."

Stardirigent hin oder her. Edward/Raphael/Efrén war noch immer sein ehemaliger Schüler mit den blauen verschreckten Augen. Er schlich hinter einem der vielen Felsen hervor, stolperte und fiel erst einmal der Länge nach hin.

„Ich würde dich jetzt am liebsten am Schlafittchen packen und über dieses Tor schmeißen. Aber mein liebes Kind hier ist der Meinung, dass wir in diesem Leben endlich ganz von vorn anfangen sollen. Also, fangen wir ganz von vorn an. Ich vergesse, dass du deine schmutzige Schnüffelnase in Angelegenheiten gesteckt hast, die dich nichts angehen und du vergisst schleunigst was du hier gehört oder gesehen hast. Kannst du meinen Äußerungen folgen, Herzchen?"

Edward nickte schwach, während er sich mühsam erhob und den Staub aus seinem Gewand klopfte.

„Mein lieber Freund. Du bist auch mir eine Erklärung schuldig. Weshalb bist du mir nachgelaufen?" fragte nun auch Viviane.

„Ich habe mir Sorgen um dich gemacht, Viviane. Ganz ehrlich, ich wollte dich nur beschützen, du bist schließlich meine Freundin", entgegnete Edward kläglich.

Guy kamen spontan die Tränen, dieses Mal vor Lachen. Der schwächliche vollkommen unbegabte Nachfolger von Lawrence Duncan wollte ausgerechnet seine beängstigend begabte Tochter, der es vor wenigen Minuten fast gelungen war den Wächter zu verbannen, beschützen. Lächerlich. Nein, es war eigentlich nicht lächerlich. Es war unglaublich rührend und mutig. Er ertappte sich dabei, wie er das Herzchen für diesen unerwarteten Beistand beinahe umarmen wollte. Er hielt sich jedoch rechtzeitig zurück, vielleicht gab es später eine andere Möglichkeit, dem „tapferen Helden" seinen Respekt zu zollen. Vorerst wollte er seine Reise in die Vergangenheit dorthin verbannen, wo sie hingehörte – nach Draußen. Er musste Draußen verlassen und zurückkehren in sein neues Leben, wo er hoffte, endlich für eine Weile Frieden zu finden. Trotzdem suchte sein Blick noch einmal die Umgebung ab. Wo war sie? Wo war Ginevra? Wo war Muireall? Wo war Finian? Und wo war das Amulett? Er hatte Zeit, noch viel Zeit. Guy würde sie alle ausfindig machen. Schließlich forderte er Viviane und Edward auf, ihm zu folgen.

„Lasst uns endlich von hier verschwinden. Auf der Erde beginnt ein neuer Tag. Und wenn du, geliebte Tochter, deinen Verrat an mir wieder gut machen willst: Ich trinke meinen Kaffee schwarz ohne Zucker, ich will dazu frisches Toastbrot mit fetter Butter und Konfitüre, präzise, gelbe Orangenkonfitüre, bloß keine Himbeere-, Erdbeer- oder sonstige rote Konfitüre. Du kannst dir bestimmt denken weshalb. Dann brauche ich noch dringend ein Rührei mit Speck und für den Abend ein großes Glas irischen Whiskey und sofort eine verdammte Scheißzigarette. Alles klar, Fee?" Sein Blick traf Edward, der einige Meter entfernt mit gesenktem Kopf den beiden hinterher schlurfte. „Du bist auch eingeladen, Herzchen, Beschützer und Verteidiger meines einzig verbliebenen Kindes. Und komm bloß nicht auf die Idee, deine Enthüllungen mit meiner beeindruckenden Biographie aufzufüllen."

Selbstverständlich versprach ich spontan, was ich bei seiner Reise in die Vergangenheit gesehen und gehört hatte, brav für mich zu behalten. Schließlich befanden wir uns im Draußen und seine kräftigen nervösen Hände, die sich in meiner unmittelbaren Nähe befanden, hatten noch immer meinen Respekt. Selbstverständlich hielt ich am Ende nicht mein Versprechen, was ihm sowieso klar war. Er ist immerhin einer meiner Hauptakteure. Aber zurück nach Draußen. Viviane hatte sich inzwischen an meine Seite begeben und legte ihren Arm um meine Schultern. Guy verdrehte die Augen, beeindruckt von so viel demonstrativer Zuneigung, zuckte die Achseln und trieb uns zur Eile an. Viviane hatte ihn nicht gefragt, weshalb er Ginevra vor ihrer Verbannung bewahrt hatte. Ich glaube, sie wusste es längst. Es war ihre Seele, die tiefer in den Brunnenschacht gestürzt wäre, wenn sie ihrem unbändigem Hass nachgegeben hätte. Ich dachte an meine Brüder und war, wem auch immer, dankbar für deren Entscheidung, unseren Vater nicht ins Niemandsland oder nach Draußen zu verbannen.

Endlich hatten wir den Berg erreicht, in dem sich der Ausgang aus Draußen befand. Noch außer Atem von dem langen anstrengendem Aufstieg, schauten wir wie gebannt noch einmal zurück ins Tal, auf die schwarze zerklüftete Landschaft. Düster, furchteinflößend und trotz allem beindruckend.

„... *den Sterblichen, ewig dem Tode verfallen, neun ...*", hörte ich Viviane flüstern.

„... *einer dem dunklen Herrn auf dunklem Thron. Im Lande Mordor wo die Schatten drohn ...*", zitierte ich weiter, „... *ein Ring sie zu knechten, sie alle zu finden ...*"

„... *ins Dunkel zu treiben und ewig zu binden. Im Lande Mordor wo die Schatten drohn*"*, ergänzte Guy. „Ihr putzigen, naseweisen Orkse könnt wohl von Zauber-Geschichten nicht den Hals voll kriegen, was? Wenn ihr einst wieder hier nach Draußen zurückkehrt und vor lauter Langeweile nicht wisst, wie ihr euch die Zeit vertreiben sollt, macht euch auf die Suche nach einem Vulkan. Es gibt da etwas, das ich dringend hineinschmeissen sollte. Nein, das kein Ring. Doch dieses Schmuckstück hat eine ähnliche Wirkung. Vor langer Zeit glaubte ich, es besessen zu haben. Dummerweise kann ich mich nicht mehr genau daran erinnern, ob das stimmt oder nicht." Er machte eine kurze Pause und dachte angestrengt nach. „Doch ja, ich hatte es dabei, als ich zu ihr kam. Sie hat es mir gestohlen. Oder? Nein, ich habe mir alles doch nur eingebildet. Ich war zu verwirrt. Diese kleine Hexe macht mich noch heute, wenn ich nur an sie denke, ganz wuschig. Falls sie die Wahrheit gesagt hat, dann bin ich wirklich erleichtert, denn dann liegt das Ding zusammen mit dem Leichnam des Dunklen Meisters

---

* J. R. R. Tolkien: Der Herr der Ringe

auf dem Grund des Ozeans, wo es langsam verrottet. Lassen wir es für heute gut sein. Mir ist gerade saukalt. Ich muss zurück in mein warmes Zuhause." Um seinem letzten Satz noch mehr Nachdruck zu verleihen, rieb er seine Hände und schlang den zottigen Mantel fester um sich. „Ich jedenfalls habe von der Magie für heute die Schnauze gestrichen voll und wenn ich nicht bald mein Frühstück bekomme …"

Ich kannte diesen Blick und flehte Viviane telepathisch an, endlich ihr Versprechen, Buße zu tun, zu erfüllen. Ja, wir werden zurückkehren. Nicht nach Mordor, sondern nach Draußen. Irgendwann, irgendwo, wird irgendjemand dieses gefährliche und begehrenswerte Amulett finden. Diese unglückliche Person wird es jedoch nicht lange behalten können, denn die Dunklen werden es ihr entreißen und mit Hilfe ihrer bösen magischen Macht abermals die Herrschaft über den gesamten Orden erlangen.

Doch in diesem Augenblick wartete auf uns ein hoffentlich sorgloseres Leben, ein sonniger Tag und auf mich: Kaffee mit Milch und viel Zucker sowie frischer Toast ohne fette Butter mit – ja, und ich liebe sie – die rote Erdbeer-Himbeer-Konfitüre auf dem frischem Toast.

England 2010

7.

Was es am Ende noch zu sagen gibt

Ich könnte noch endlos weiterschreiben, weil unsere Geschichte nie ein Ende finden wird. Über unser jetziges relativ harmloses Leben sowie über die ungeklärten Lücken aus unserer Vergangenheit, sofern sie aufzuklären sind. Zum Beispiel hätte ich zu gern genauer gewusst, was Dr. Guy Macenay, der ja aus Dublin stammt, vor einigen Jahren in Belfast widerfahren ist. Gerüchte behaupten, er hätte ein ungesundes Verhältnis mit einer Frau gehabt, die wiederum ein ungesundes Verhältnis zu einer mehr oder weniger gefährlichen Gruppierung pflegte. Also, ganz banal gesehen, befand er sich einmal wieder zur falschen Zeit im falschen Bett. Da sich zwischen uns beiden mittlerweile ganz allmählich eine entspanntere Beziehung entwickelt, verzichte ich lieber vorerst auf weitere Erkundigungen.

Gerade schaue ich auf die Tastatur meines Computers und dabei kommt mir der Gedanke, wie es denn wäre, wenn unsere vorigen Leben ganz einfach mit einem kleinen Klick gelöscht werden könnten. Aber da man angeblich selbst bei einem Computer unerwünschte Daten niemals vollständig entfernen kann, brauche ich diesen überflüssigen Gedanken nicht weiterzuspinnen. Wenn das Wissen um unsere vorigen Leben doch wenigstens dazu führen würde, im nächsten Leben aus den Fehlern der Vergangenheit Konsequenzen zu ziehen und sein Verhalten zu ändern. Weit gefehlt. Denn mit jedem Versuch, das-mache-ich-in-meinem-nächsten-Leben-besser, scheitern wir und gleiten mehr oder weniger sanft ein Stück tiefer in den Brunnenschacht. Wir können unsere Vergangenheit nicht löschen, wir dürfen sie auch nicht löschen, denn sie muss uns immer wieder an unsere Unvollkommenheit erinnern. Ich habe kein Problem mehr damit, nicht vollkommen zu sein, doch ich werde unermüdlich weiter versuchen, mich zu ändern und vor allem zu bessern. Leicht gesagt, vollgestopft mit einem opulentem Frühstück, körperlich in bester Verfassung und vom Erfolg verwöhnt. Und ich bin momentan in dieser glücklichen Lage und da ist es einfach, edelmütig zu sein. Hör auf, dich in Selbstkritik zu verlieren, Edward. Und weil ich gerade mit meinem

„unendlichen Edelmut" so prächtig in Fahrt gekommen bin, bringe ich ihn hiermit, sofort zu Papier:

Ich freu mich jeden Tag (und das macht mich glücklich) nicht nur über die kreative Zusammenarbeit mit meiner Lieblingsprimadonna, sondern vor allem über unsere innigliche Freundschaft. Ich freu mich, dass Guy (was ich von ihm nie erwartet hätte) in einer so sanftmütigen Weise Vivianes Verrat vergeben hat. Ich freu mich für René de Grandier, denn dieser tapfere Ritter hat vor uns allen sein angenehmes Leben redlich verdient. Ich freu mich für meinen Bruder Kieran, der durch seine soziale Arbeit allmählich menschliche Züge zu entwickeln beginnt, dass er sesshaft geworden ist und dafür hat er sogar einen triftigen Grund – sie heißt Megan Farrell und er wird sie heiraten (wenn das mal gut geht).

Ich wünsche, dass Erik/Lawrence und Cahal/Guy sich irgendwann wieder annähern. Freunde werden sie bestimmt nicht mehr, aber vielleicht schließen sie wenigstens Frieden. Ich wünsche für meinen Bruder Lyonel alles erdenklich Gute in diesem Leben (ja, das meine ich ernst). Ich wünsche, dass mein Bruder Roger seinen unverwüstlichen Optimismus behält und sich eventuell endlich für ein einziges weibliches Wesen entscheidet. Ich wünsche (was mir nicht leicht fällt) für Geoffrey ein paar ruhige Stunden, in denen er einmal nicht von seinen Schandtaten heimgesucht wird. Ich wünsche Douglas eine lange Auszeit von Draußen. Er ist der Jäger mit der größten Ausdauer, der die meiste Zeit außerhalb des Palastes unermüdlich den Strapazen, die diese Expeditionen mit sich bringen, trotzt.

Ich bitte meine arme kranke Schwester Juana um Vergebung, die ich in meinem abscheulichen Egoismus wissentlich einem gierigen Dämon preisgegeben habe. Ich bitte diejenigen um Vergebung, deren Leben ich in einem Anfall von blinder Rache und maßlosem Zorn zerstört habe.

Ich danke Percevale de Thouars, unserem geduldigen Lehrer, der es mit uns widerspenstigen oder begriffsstutzigen Schülern nicht immer leicht hatte. Ich danke meiner kleinen Schwester Gracía, die ein wenig Licht und Hoffnung in unser düsteres Zuhause auf Finis Terra brachte. Ich danke Elaine, meiner einzigen großen Liebe für die schönsten Stunden voller Glück in jenem Leben, in dem wir im sonnigen milden Anjou jeden Morgen ausgelassen durch die taufrischen Wiesen rannten und den Tag am warmen Kamin mit endlosen Gesprächen ausklingen ließen. Für die Nächte voller Wärme und Geborgenheit, die wir in unserem kleinen

Paradies verbringen durften. Sie fehlt mir so sehr. Möge ihr Gott sie weiterhin beschützen.

Ich hoffe, dass wir auch in einer fernen Zukunft wieder auf diese Erde mit einem menschlichen Körper zurückkehren werden. Das ist für uns allerdings nicht einfach. Draußen auf diese Weise zu verlassen, kostet uns sehr viel Kraft, denn mit jeder „neuen Geburt" werden die Abstände immer länger und jedes Mal verlieren wir auch ein Stück unserer magischen Macht. Wir alle werden Draußen gebraucht und unser Aufenthalt auf der Erde dient eher dazu, uns zu erholen, denn die Chance auf das Zwischenreich wird es für uns kaum noch geben. Ich bin nicht nur der erfolgreiche Musiker, sondern vor allem einer der engsten Berater meines Königs, dem ich zur absoluten Treue verpflichtet bin. Wie auch Viviane, Geoffrey, Douglas, Percevale, René und Guy.

Auch die Suche nach jenem düsteren Gral, dem Amulett der Dunklen Macht, wird unermüdlich weitergehen. Wie viele haben es schon angeblich gesehen, wenn nicht sogar besessen und wieder verloren. Ich, für meine Person, hoffe jedoch weiterhin dass dieses gefährliche Schmuckstück, wie auch der Heilige Gral, nur eine Legende ist.

Noch sind wir mit unseren menschlichen Körpern hier auf der Erde und haben vor, so lange wie möglich zu bleiben. Wir wissen, ein langes, erfülltes Leben steht nicht in unserer Macht. Deshalb haben wir gelernt, dieses Leben zu schätzen und es jeden Tag zu feiern, aber uns trotzdem jeden Tag bewusst zu machen, von woher wir kommen und wohin wir wieder gehen müssen.

Zum Ende noch ein letzter Dank an alle Leser, die bis jetzt durchgehalten haben und ich entschuldige mich gleichzeitig bei jenen Protagonisten, in deren mehr oder weniger spannender Privatsphäre ich gezwungen war, herumzuschnüffeln, damit diese Manuskripte überhaupt zustande kommen konnten.

London im April 2010

Irgendetwas stieß schon eine ganze Weile an seinen Fuß. Es war Zeit, nachzuschauen was es war. Nur Amadée war viel zu müde, um die Augen zu öffnen. Schließlich blieb ihm jedoch keine andere Wahl, wenn er wissen wollte, was ihn so sanft aber fordernd berührte. Er brauchte mehr wie eine Minute, um seine Umgebung wahrzunehmen. Langsam kam die Erinnerung zurück: Er befand sich in Professor Stanfords Haus, in dessen schwach erleuchteten Wohnzimmer und war offensichtlich im Sessel eingeschlafen. Immerhin hatte er es noch geschafft das Manuskript, das ihn die halbe Nacht in Beschlag genommen hat, beiseite zu legen. Eine weitere Berührung ließ ihn aufschrecken. Zögernd sah er hinunter zu seinem Fuß. Nein, es war kein Gespenst, weder aus dem Zwischenreich noch von Draußen, obwohl das Geschöpf, das ihn mit seinen winzigen zusammenstehenden Äuglein fixierte, seltsam genug aussah. Mittelgroß, muskulös, schneeweiß, ein einziger schwarzer Fleck auf einem Auge, eine eigenartig spitze Schnauze, die bestimmt respektable Zähne beinhaltete. Es war ganz einfach ein Hund. Ein komischer Hund, aber ein Hund. Nur, wie kam er hier her? Im gleichen Augenblick erinnerte sich Amadée wieder daran – Guy Macenay hatte nach Aussage seines Autors einen Hund, einen Bullterrier. Amadée musste sich erleichtert das Lachen verkneifen, als er leise Master Cromwells Namen aussprach und dem Tier behutsam über den Kopf streichelte. Master Cromwell leckte dankbar seine Hand und machte damit dem Ruf seiner Rasse keinerlei „Ehre". Gott sei Dank. Nur, wo war sein Besitzer? Bestimmt war er schon längst zu Bett gegangen. War er nicht. Er befand sich zwar im schlafenden Zustand, allerdings hatte er sich gegenüber von Amadées Sessel auf dem Sofa niedergelassen und schien vollkommen in irgendwelchen Träumen untergegangen sein. Er betrachtete ihn, den Schwarzen.

Waren er und seine Gefährten wirklich menschlich oder hatten sie sich längst in etwas Anderes verwandelt, das sich hin und wieder einen menschlichen Körper aneignete? Lachhaft. Wovon mochte Cecil träumen? Von seiner Vergangenheit als keltischer Kriegerkönig in Irland, als geschundener Zauberer in einem Verlies in Schottland oder war sein Geist nach Draußen gegangen, um nach seinen beiden Geliebten, Ginevra und Muireall, Ausschau zu halten oder war er womöglich auf der Suche nach dem mysteriösen Amulett? Auf jeden Fall war Cecil niemals Stanfords Neffe. Amadée nahm das letzte Manuskript in die Hand und blätterte zerfahren darin. Natürlich wusste er auch von dieser rothaarigen schmalen Primadonna, er selbst war schon als Zuschauer in einem ihrer Opern-Gastspiele gewesen. Er wusste ebenfalls von dem Stardirigenten, dessen Vater der in Fachkreisen geschätzte und bei der Presse wegen seiner Alkoholexzesse gefürchtete Wissenschaftler war. Diese Personen existierten wirklich, aber waren sie deshalb mit denen in den Manuskripten identisch?

„Na, ausgeschlafen?", riss ihn Cecils raue Stimme aus seinen Überlegungen. „Sie haben sich doch hoffentlich nicht gelangweilt mit diesem Buch, was?"

Er gähnte, schob die Decke beiseite, legte seine Lederjacke, die er vorher achtlos auf den Boden geworfen hatte, über die Sofalehne und streckte sich ausgiebig. „Ich sehe, Cromwell hat Freundschaft mit Ihnen geschlossen." Wie um Cecils Aussage zu bekräftigen, leckte der Lordprotektor von England abermals euphorisch Amadées Hand. „Er mag Sie."

„Sie haben ihm tatsächlich den Namen eines in Irland verhassten Engländers gegeben", grinste Amadée amüsiert. Cecil verzog keine Miene als er spöttisch entgegnete:

„Klar, er ist schließlich ein englischer Hund. Aber Sie wollen sich doch bestimmt nicht mit mir über meinen Hund unterhalten." Er machte eine kurze Pause. Amadée würde sich nie an diese schwarzen durchdringenden Augen gewöhnen. „Sie rätseln sicher noch eine gefühlte Ewigkeit, ob ich es bin oder nicht, was?", schloss Cecil, während er eine Zigarette aus einer zerknüllten Verpackung kramte. „Ich werde diese Dinger einfach nicht los, habe aber schon gewaltig reduziert. Scheiße, jetzt fang ich schon an, mit Ihnen nicht nur über meinen Hund, sondern auch über meine Süchte zu reden."

Er zündete sie an, nahm drei Züge und drückte sie schließlich angewidert aus. Wenn er es war, der in seinem letzten Leben buchstäblich die Lunge aus dem Leib gekotzt hatte, hat er in diesem Leben tatsächlich nichts dazu gelernt, dachte Amadée spontan, was ihn nicht daran hinderte, sich ebenfalls eine Zigarette zu genehmigen in der Hoffnung, dass auch der Professor Raucher war oder zumindest nichts gegen ein voll gequalmtes Wohnzimmer hatte.

Natürlich war er der schwarze Hexenmeister – Cecil, Cahal, Guy Macenay, das heißt, der Name Cecil existierte offenbar nur für Amadée. Was jedoch wiederum nicht hieß, dass die Erzählungen in den beiden Manuskripten mit dem Orden zu tun hatten. Vielleicht waren sie nur Phantasie und Cecil spielte ihm zudem eine Komödie vor. Es half nichts, er musste seine Zweifel los werden.

„Sie haben in Ihrem überaus erhellenden Begleitbrief erwähnt, mich endlich aufzuklären." Er schob Cecil den Brief über den Tisch. „Ich warte auf eine Antwort. Diese Manuskripte waren niemals vorher in Professor Stanfords Besitz. Sie haben Sie mitgebracht, damit ich sie lese. Aber wozu? Um mir schon einmal einen Einblick zu geben, was mich in diesem Orden erwartet oder um mich lediglich zu unterhalten, bis der Professor eintrifft?"

„Selbst wenn ich Ihnen sage, dass der Inhalt in diesem Manuskript der Wahrheit entspricht, würden Sie mir trotzdem nicht glauben", erwiderte Cecil etwas genervt. „Um die richtige Antwort zu bekommen, müssen Sie eingeweiht werden. Ich bin nicht befugt das zu tun. Einweihen darf Sie nur der Großmagier oder einer seiner engsten Diener im Zwischenreich. Lawrence Duncan ist zwar nicht mehr Großmagier, aber er hat noch immer die Erlaubnis, neue Mitglieder einzuweihen. Haben Sie Geduld bis morgen. Er kommt nämlich früher zurück als geplant. Sein tattriger Diener ist übrigens schon da und schleicht wie ein Gespenst im Haus herum."

Amadée war in der Tat erleichtert. In Bälde würde er die Wahrheit erfahren, und zwar von … persönlich, mein Gott! Er erhob sich, um sich die Beine zu vertreten und ein wenig frische Luft ins Zimmer zu lassen.

„Über eines müssen Sie sich im Klaren sein", fuhr Cecil fort und folgte ihm ans Fenster. „Wenn er alle Ihre Fragen beantwortet hat, werden sie alles über unseren Orden erfahren. Aber Sie werden dann zuviel wissen, wie der Protagonist dieser Manuskripte. Sie sind dann richtig eingeweiht und es wird kein Zurück mehr für Sie geben. Sie gehören uns für immer. Sie werden einen sehr hohen Preis bezahlen müssen, für Wissen, Macht und Unsterblichkeit."

Amadée schluckte ein paar Mal, denn ihm wurde gerade der Ernst der Lage bewusst.

„Sie wollen damit sagen, dass ich keine andere Wahl habe"?, fragte er zaudernd und erwartete als Antwort ein Nein zu erhalten. „Entweder …"

„… Sie lassen sich darauf ein", ergänzte sein Gegenüber, „und warten auf Professor Stanford, der Ihnen sagt, ob die Manuskripte unseren Orden beschreiben und er sich Ihnen als ehemaliger Großmagier zu erkennen gibt. Oder Sie verzichten auf die Antwort. Das Letztere würde für Sie selbstverständlich Ungewissheit bedeuten, aber Sie bleiben ein normaler Mensch." Cecil legte ihm die Hand auf die Schulter. „Sie müssen noch morgen früh, bevor er eintrifft, dieses Haus verlassen. Gehen Sie fort von hier und schauen Sie dabei auf keinen Fall hinter sich", flüsterte er als ob er fürchtete, gehört zu werden. Nun begann sich Amadée richtig zu fürchten, denn er begriff, dass diese Bücher nicht nur eine Aufforderung, sondern auch eine Warnung bedeuteten.

„Vielleicht haben Sie recht", antwortete er ebenso leise und spürte wie seine Knie weich wurden. „Es ist zu spät in der Nacht, um nach einer anderen Unterkunft zu suchen. Ich werde hier bleiben, aber morgen früh, noch bevor Professor Stanford eintrifft, gehen. Ich werde ihm eine Nachricht hinterlassen, dass ich es mir anders überlegt hätte und nicht in den Orden eintreten werde."

Erleichtert über diesen Entschluss setzte sich Amadée zurück in den Sessel und zündete sich eine neue Zigarette an. Irgendwie schien ihm Cecil jedoch keinen Glauben zu schenken. Er musterte ihn eine ganze Weile von oben bis unten bis er das Gespräch wieder aufnahm.

„Ich werde nicht beurteilen, ob Sie richtig handeln oder nicht. Es ist allein Ihre Entscheidung. Ich bedaure, dass ich mit Ihnen, wie versprochen, nicht weiter plaudern kann. Ich muss in der nächsten Stunde von hier fort. Ich will auf keinen Fall dem Besitzer dieses Hauses begegnen. Wenn er erfährt, dass ich hier sogar übernachtet und noch seinen scheußlichen Morgenmantel getragen habe, flippt er aus. Ich darf unseren zerbrechlichen Waffenstillstand auf keinen Fall gefährden. Seinem verwirrten Butler habe ich vorhin weiß gemacht, dass Edward, der sonst während Lawrence Abwesenheit auf das Haus Acht gibt, momentan keine Zeit hat und ich ihn daher vertrete." Er grinste und hielt Amadée demonstrativ die Schlüssel hin, bevor er sie wieder in seine Jeanstasche gleiten ließ. „Ehe ich es vergesse. Die Manuskripte gehören uns. Ich erlaube mir, sie wieder mitzunehmen und klar wollte ich, dass Sie sie lesen. Nun wünsche ich Ihnen noch eine eine gute Reise und sage Ihnen Lebe wohl." Er schlüpfte in seine Lederjacke, klemmte die Bücher unter den Arm, rief den Hund zu sich und bevor er die Tür hinter sich zuschloss, hörte Amadée ihn noch leise wispern „Oder soll ich lieber Auf Wiedersehen sagen?"

Natürlich war an Einschlafen für den Rest der Nacht nicht mehr zu denken. Als der Morgen anbrach, hatte Amadèe bereits seinen Koffer gepackt. Nachdem ihm der zerstreute maulfaule Butler ein spärliches Frühstück serviert hatte, stand er vor der Haustür und zog sein Handy aus der Manteltasche, um ein Taxi zu rufen. Wenigstens hatte es endlich aufgehört zu regnen, doch es war kühler geworden. Er fror. Es war nicht die feuchte Kälte, die ihn zittern ließ, es war die Gewissheit, noch gerade einem unwiderruflichem Schicksal entronnen zu sein. Er atmete erleichtert durch, als er betont langsam die kleine Treppe hinabstieg. Am Gartentor angelangt, kamen sie wieder – die Zweifel. War es in der Tat nur ein einfacher phantastischer Roman eines Autors, der sich lediglich die Zeit totschlagen wollte? Oder war es am Ende tatsächlich die Beschreibung eines geheimen Ordens mit all diesen endlosen Schrecken und einem hoffnungslosem Ende am Grunde eines Brunnenschachtes? Aber auf der anderen Seite versprach dieser Orden auch Wissen, Macht und Unsterblichkeit.

Schauen Sie nicht zurück, hatte Cecil ihn eindringlich gewarnt. Warum eigentlich? Was würde es schaden, sich zum Abschied dieses harmlose Haus noch einmal anzusehen? Er drehte sich um, da war nichts mehr, was ihn in irgendeiner Weise beunruhigte. Er wartete, wartete nur eine Sekunde zu lang – Wissen, Macht und Unsterblichkeit – bis er zurück zur Haustür ging und entschlossen auf die Klingel drückte.

ENDE

Folgende Personen wirkten mit:

Lawrence Duncan = Cesare Alba, Rodrigo de Alpojar, Erik Gunnarsson, Großmagier im Zwischenreich und Draußen | *Lyonel Duncan = Enrique de Alpojar*, ältester Sohn von Lawrence Duncan – Fürst der großen unabhängigen Kolonie – ehemals Erster Jäger von König Kieran | *Roger Duncan*, zweitältester Sohn von Lawrence Duncan – Zweiter König von Draußen – ehemals Jäger bei König Geoffrey | *Edward Duncan = Raphael Martigny, Efrén de Alpojar*, dritter Sohn von Lawrence Duncan – Dritter Priester von König Kieran – ehemals Diener von König Geoffrey – Autor dieses Buches | *Kieran Duncan*, jüngster Sohn von Lawrence Duncan und Ginevra McDuff – Erster König von Draußen | *Viviane Duncan = Eleonor Giraud*, Tochter von Ginevra McDuff und Guy Macenay – Erste Priesterin von König Kieran | *Richard McDuff*, Diener im Zwischenreich – ehemals Erster König von Draußen | *Ginevra McDuff*, angebliche Schwester von Richard McDuff und Guy Macenay – Herrscherin im Niemandsland und Wächter von Draußen | *Douglas McDuff* – Sohn von Richard McDuff – Vierter Jäger von König Kieran | *Ashley Durham*, Diener im Zwischenreich – ehemals Zweiter König von Draußen | *Geoffrey Durham = Gilles de Rais*, Sohn von Ashley Durham und Ginevra Mc Duff – Erster Jäger bei König Kieran – ehemals Zweiter König von Draußen | *Guy Macenay = Der Schwarze, Cahal*, Zweiter Priester von König Kieran – ehemals Berater von König Geoffrey – Kriegerkönig eines verlorenen Volkes | *Percevale de Thouars*, Zweiter Jäger von König Kieran | *René de Grandier*, Dritter Jäger von König Kieran – ehemals Jäger von König Geoffrey

Und noch wirkten mit: *Elaine McDuff*, Tochter von Richard McDuff – unglückliche Gemahlin von Geoffrey Durham | *Colin de Grandier*, René de Grandiers tapferer Vater | *Amaury de Craon*, leichtsinniger Magier mit viel Glück im Unglück | *Cathérine de Thouars*, Percevale de Thouars Nachfahrin – Ehefrau von Gilles de Rais und René de Grandiers Geliebte | *Aurelie und Beatrice Giraud*, Buchmalertöchter und Stiefschwestern von Eleanor Giraud | *Juana und Gracía de Alpojar*, Töchter von Rodrigo de Alpojar | *Miahua und Arturo*, Efrén de Alpojars Weggefährten auf seiner Flucht von Finis Terra | *Felipe und Pancho*, Koch, Diener und Stallknecht auf Finis Terra | *Señor und Señora Sanchez*, die neuen Besitzer von Finis

Terra | ***Armando de Villavieja***, letzter Nachfahre eines verfluchten Geschlechtes | ***Frederic und Alan***, vorwitzige Diener im Draußen | ***Karim***, Ashley Durhams orientalischer Leibarzt | ***Francesco Prelati***, das singende Tausendschönchen | ***Brian***, keltischer Kriegerkönig eines wilden Volkes und Vater von Cahal | ***Finian***, Cahals sanfter Cousin | ***Muireall***, Waldhexe mit gelben Raubtieraugen | ***Gunnar***, Erik Gunnarssons Vater, heimlicher Wikinger | ***Die Dunklen Herrscher***, mysteriöse, gefürchtete und verbannte Kreaturen aus uralten Zeiten | ***Amadée de Castelon***, zweifelt an der Realität des Ordens.

Glossar

Der geheime Orden: Wissen, Macht und Unsterblichkeit verspricht der Orden jedem, der bereit ist, sich dessen Regeln zu unterwerfen. Sieben Grade können mit individuellen Prüfungen erreicht werden. Erlernt werden übersinnliche Fähigkeiten, beziehungsweise werden Fähigkeiten gefördert, die bei einigen Mitgliedern bereits vorhanden sind. Ewiges Leben und die Möglichkeit wieder geboren zu werden, um auf die Erde zurückzukehren, ist das wichtigste Argument, dem Orden beizutreten.

Das Zwischenreich: Eine der vielen Dimensionen, die ein Magier, im Laufe seiner Leben kennenlernen wird. Das Zwischenreich ist eine Dimension/ ein Land, in denen die Magier sich von den Strapazen auf der Erde erholen können. Um dort hinzugelangen, ist jedoch eine erneute Prüfung nötig. Ansonsten werden die Magier sofort wieder geboren und bekommen damit „neue Eltern", wobei genetisch immer diejenigen die Eltern bleiben, die man beim Eintritt in den Orden hatte. In fast allen Fällen sind die Zieheltern auch Mitglieder des Ordens und mit der Geburt ihrer „Adoptivkinder" einverstanden. Will ein Magier einen höheren Grad erreichen, muss er zurück auf die Erde und wieder ganz von vorn anfangen.

Draußen: Ein finsteres und kaltes Land, in das die Gescheiterten nach ihrem irdischen Tod kommen, aus dem es so gut wie unmöglich ist, wieder auf die Erde zu gelangen. Nur den Stärksten gelingt es, sich als Meister für neue Mitglieder beim Großmagier zu bewerben, um eine Chance, durch einen menschlichen Körper ins Zwischenreich zu gelangen, zu bekommen. Hunger, Schwäche und die großen Katastrophen Draußen hindern die meisten Gefallenen daran, überhaupt in Kontakt mit den Magiern aus dem Zwischenreich zu treten. Draußen herrscht eine strenge, archaische Hierarchie. Auf der untersten Stufe stehen die illegalen Kolonien und die verwilderten Horden. Die größeren Kolonien sind dem Anschein nach „zivilisierter". Ihre Bewohner sind abhängig von den königlichen Ländern, sind dafür besser genährt und ähneln weniger den ausgemergelten Gespenstern der wilden Horden. Auf der höchsten Stufe stehen die jeweils tausend bis zweitausend Bewohner der beiden Städte sowie der großen unabhängigen Kolonie, an deren Spitze die zwei Könige und der Fürst stehen.

Das Tal der Ruhe: Rückzugsort der obersten Kreaturen Draußen, in dem sie sich mittels einer Droge in einem Schlaf erholen.

Das Niemandsland: Endstation Draußen, in der die gestürzten Dunklen Herrscher aus vergangenen Zeiten verbannt sind und auch diejenigen, die Hochverrat sowie ähnliche Vergehen begangen haben. Im Niemandsland wird auch der Bewerber zum Ersten König von Draußen von den Dunklen Herrschern ausgebildet und geprüft.

Der Großmagier: Er ist das Oberhaupt des gesamten Ordens und hat das Sagen im Zwischenreich, in anderen Dimensionen sowie teilweise auch Draußen. Er bestimmt, bis auf einige Ausnahmen, wer von den Mitgliedern auf die Erde zurückkehren wird.

Die Könige von Draußen und der Fürst der großen unabhängigen Kolonie: Der mächtigste der drei ist der Erste König, der über das größte Land Draußen herrscht. Er ist dem Großmagier fast ebenbürtig. Sein Werdegang ist hart und erbarmungslos, denn während seines Aufenthaltes im Niemandsland wird er auf seine Aufgabe als Erster König vorbereitet. Erst wenn er für diese Position als würdig erachtet ist, darf er sein Amt antreten. Bewerber, die den hohen Anforderungen nicht gerecht werden, verbleiben bei den Dunklen Herrschern. Der Erste König kann sieben Gefallene an sich binden. Er ist es, der bestimmt, ob sie, wie er selbst, wieder einen menschlichen Körper bekommen. Der Zweite König und der Fürst werden entsprechend ihren Fähigkeiten entweder von ihren Untertanen oder dem Großmagier eingesetzt. Auch sie haben die Macht, ohne die Hilfe des Großmagiers auf die Erde zurückzukehren.

Jäger, Krieger und Priester, Berater von Draußen: Die Jäger, die auch als Krieger ihr jeweiliges Land verteidigen und beschützen, machen regelmäßig Jagd auf die wilden Kreaturen, um sie als Nahrungsquellen oder als Blutopfer für die Dunklen in die Städte zu treiben. Die sogenannten Priester – im Zweiten Land werden sie als Berater bezeichnet – sind diejenigen, die die magischen Kulthandlungen, wie zum Beispiel das Blutopfer für die Dunklen, vollziehen. Sie verhandeln zudem mit den

Magiern aus dem Zwischenreich über die Mengen von Waren, die Draußen benötigt werden und stehen ihren Königen und dem Fürsten mit ihrem Rat zur Seite.

Der Wächter: Eine Person, die zu dem Volk der Dunklen Herrscher gehört, die eigentlich nur herausgelassen wird, um das Urteil über Verräter und Meuterer zu sprechen oder Mitglieder daran zu hindern, den Orden zu verlassen.

Die Dunklen Herrscher: Geschöpfe aus uralten Zeiten, bei denen keiner sicher ist, ob sie wirklich menschlich sind. Sie sollen in einer undefinierbaren Vergangenheit den Orden gegründet haben, als sie in Irland Fuß fassten. Die Auswahl ihrer damaligen Schüler, nur die wirklich magisch begabten davon wurden ausgesucht, war streng. Einer ihrer Schüler mit großen magischen Fähigkeiten, zettelte eine Meuterei an. Ihm, dem Sohn des damaligem Königs, gelang es zusammen mit seinen Gefährten, die Dunklen Herrscher samt ihrem Meister zu töten und ins Niemandsland zu verbannen. Der junge Rebell bezahlte jedoch bitter für seine Tat. Er wurde von seinem einzigen Freund verraten, von seinen Kampfgefährten grausam ermordet, weil diese aus Furcht vor der Rache der Dunklen glaubten, ihnen ein Opfer darbringen zu müssen.

Das Amulett der Dunklen Macht: Ein Gegenstand, ein Schmuckstück von ungeheurer magischer Ausstrahlung, das der Meister der Dunklen Herrscher stets bei sich trug und das der Legende nach, sein Mörder ihm nach seinem Tod von Hals gerissen haben soll. Angeblich verschwand es anschließend unter mysteriösen Umständen spurlos. Nach diesem düsteren Gral, dem goldenen Amulett der Dunklen Macht, hergestellt von unbekannten Wesen aus der Zeit vor der Erschaffung der Erde, wird noch immer gesucht. Denn wer es besitzt hat die Herrschaft über die Dunklen, den Großmagier, über Draußen, das Zwischenreich und noch viele andere Dimensionen.

Vielen Dank

... an alle geduldigen Zuhörer und Probeleser, die mich die vielen Jahre während der Entstehung dieses Romans mit neuen Ideen, Anregungen und Kritiken begleitet und vor allem immer wieder zum Weitermachen ermutigt haben.

Ilona Arfaoui
Stuttgart, im Juli des Jahres 2016

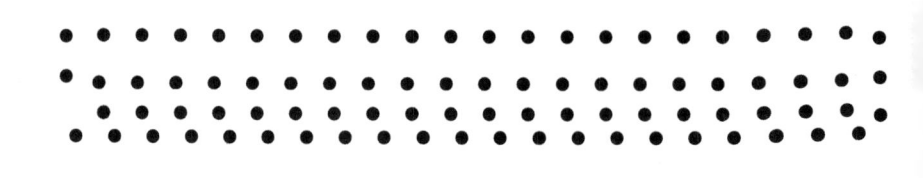